广东粤剧院优秀剧本选

GUANGDONG YUEJUYUAN YOUXIU JUBEN XUAN

第一卷

广东粤剧院 编

中国戏剧出版社
CHINA THEATRE PRESS

图书在版编目（CIP）数据

广东粤剧院优秀剧本选 / 广东粤剧院编. — 北京：
中国戏剧出版社，2021.12
ISBN 978-7-104-05059-9

Ⅰ. ①广… Ⅱ. ①广… Ⅲ. ①粤剧－剧本－作品集－
中国－当代 Ⅳ. ①I236.65

中国版本图书馆CIP数据核字（2021）第026658号

广东粤剧院优秀剧本选

责任编辑： 肖 楠 齐 钰
责任印制： 冯志强

出版发行： 中国戏剧出版社
出 版 人： 樊国宾
社　　址： 北京市西城区天宁寺前街2号国家音乐产业基地L座
邮　　编： 100055
网　　址： www.theatrebook.cn
电　　话： 010－63385980（总编室）010－63381560（发行部）
传　　真： 010－63381560

读者服务： 010－63381560
邮购地址： 北京市西城区天宁寺前街2号国家音乐产业基地L座

印　　刷： 廊坊市印艺阁数字科技有限公司
开　　本： 787mm×1092mm　1 / 16
印　　张： 170
字　　数： 3406千字
版　　次： 2021年12月　北京第1版第1次印刷
书　　号： ISBN 978-7-104-05059-9
定　　价： 800.00 元（全六卷）

《广东粤剧院优秀剧本选》编委会

编　例

一、本选集共六卷，收录的60个剧本，乃本院1958年建院以来的一部分优秀剧目，比例约为全部演出剧目的10%。

二、本选集收录的剧本，既有原创的剧作和重新整理的传统剧目，也有改编、移植自其他文艺作品或其他剧种的剧目，包括传统戏、新编历史（或民间故事）剧、现代剧等各种不同题材。

三、本选集收录剧本的标准大致有如下几条：

1. 建院以来各个时期、各个团队或艺术名家中，具有代表性的剧目。

2. 有较高艺术成就、较高观赏价值，并获得过省级以上奖项的剧目。

3. 多年来历演不衰，或某阶段演出场次较多，深受观众喜爱的剧目。

4 在体现剧种特色、保留传统技艺方面具有优势和传承价值的剧目。

5. 在题材、样式的开拓方面，有着探索意义，并有一定影响的剧目。

四、本选集收录的剧本，基本按首演时间先后为序，进行分卷和排列。

五、本选集收录的剧本，作者众多。由于写作习惯与艺术风格各异，原剧本的格式（包括舞台提示、标点符号）各有不同。本选集为规范文本，有利阅读，尽量靠近当代常规的剧本样式。故在不伤害原剧内容原则下，对收录剧本的格式作了如下几点调整：

1. 每个剧本的开头，均标示该剧类型、剧名、来源、作者姓名、人物表，统一不录入剧情简介、场次表和编剧以外的其他二度创作人员名单。

2. 剧本中涉及的术语、程式、曲牌、锣鼓，均使用统一的名称和符号。

3. 原剧本一些本属导演职能的舞台提示、表演调度，本选集统一作了删减。

六、每个剧本结尾均按实际情况附有简单说明，内容包括所录的剧本是何时的演出版本及主演人员名单。

七、由于篇幅所限或版权原因，尚有一些优秀剧目未能录入，深以为憾。

八、由于年长月久、资料不全及编纂水平之限，本选集错漏难免，敬祈行尊、读者包涵，并予指正。

前　言

粤剧是岭南传统文化的瑰宝，是我国戏曲艺术百花园中一株艳丽的奇葩。在粤剧发展的历史中，一大批粤剧剧目的编演为广东乃至全国的戏曲舞台争辉添彩，使“南国红豆”竞发新枝，深受广大观众的欢迎和喜爱。

广东粤剧院成立于1958年，建院至今60多年来，本院几代醉心于粤剧艺术的编剧家团结合作，共同努力，并联同院外的作者，组成强劲的创作力量，在党的“百花齐放、推陈出新”方针指引下，在艺术上孜孜以求，编写了600多个剧本，并反复修改提高。如今，我们认真挑选、梳理出其中60个，分作6卷，编成《广东粤剧院优秀剧本选》，交由中国戏剧出版社结集出版。

卷中这60个剧本，既有经过认真整理的传统剧目，也有锐意新编的历史剧，更有充满时代精神的现代剧；既有文戏，也有武戏；既有喜剧，也有悲剧，题材丰富，风格多样，异彩纷呈，各具特色，而且都具有浓郁的“粤味”。这批剧作多由本院著名的表演艺术家排演，不少还在全国、全省获奖；有的名作更誉满海内外（如《搜书院》《关汉卿》《山乡风云》《荆轲》《柳毅传书》《梦断香销四十年》等），产生了很大的影响，充分体现了编剧者们丰硕的创作成果，为粤剧艺术的传承和发展留下了宝贵的财富。

通过本书6卷的出版，可以让我们从中认真总结经验，获取借鉴。我们一定要努力学习贯彻习近平总书记关于文艺工作的一系列重要讲话的精神，牢记使命，守正创新，继续狠抓创作，多出精品，为粤剧创作的繁荣和粤剧事业的发展再创佳绩！

《广东粤剧院优秀剧本选》编委会

2021年3月

总目录

第一卷

第二卷

第三卷

第四卷

第五卷

第六卷

目录

搜书院

（根据琼剧改编）

改编：杨子静　莫汝城　林仙根

人物表

谢　宝　　琼台书院掌教

张逸民　　琼台书院学生

林　伯　　琼台书院老仆

翠　莲　　镇台家侍婢

镇　台　　驻琼州镇台

夫　人　　镇台的老婆

小　姐　　镇台的女儿

秋　香　　镇台家侍婢

师　爷　　镇台的幕客

谢　福　　谢宝的轿夫

谢　禄　　谢宝的轿夫

书生甲、乙、丙

书僮、家丁、更夫、兵丁若干人

第一场

[重阳节日。

[琼州镇台府内花园。

[小姐扑蝴蝶上。蝴蝶被扑下又飞去，小姐追赶不着。

小　姐　（唱“滚花”）

蝶儿逃避过花荫，

追扑不来心恼恨。

翠莲糊得风筝好，

不若叫她侍候放风筝。

翠莲，快把你的风筝拿来！

[翠莲捧风筝上。

翠　莲　（念“引白”）

夫人日夜催针黹，

小姐偏叫放风筝。

小　姐　（唱“滚花”）

你持彩蝶候风来，

我执红丝将线引。

[翠莲捧风筝退下。

[小姐牵线放风筝。

[翠莲复上，仰看风筝飞舞。

翠　莲　（唱“双飞蝴蝶”）

看它乘风向青云，

飘飘举举自在身。

小　姐　（接唱）　莫教凌空逐雁群，

手中彩线我捏紧。

翠　莲　（接唱）　天空海阔任它高飞去。

小　姐　（接唱）　高低俯仰任我手牵引。

翠　莲　（接唱）　看天空，五彩缤纷。

小　姐　（接唱）　我家彩蝶谁能近？

翠　莲　（接唱）　化作雨中鹰，风中燕，

冲霄一去势莫禁，

青天碧海洗红尘，

云端翻个身。

[小姐因风紧不会纵线，正手忙脚乱。翠莲上前想帮忙，小姐却把她挥开。

[风筝线断。随风飞去。

翠　莲　（张望）小姐，断线风筝，飞落圣母宫那边去了。

小　姐　（生气）这都怪你，这都怪你！（向内叫）娘亲快来。

[秋香扶夫人上。

夫　人　女儿，又与何人生气？

小　姐　可恨翠莲，把风筝失落，娘亲快打她！

夫　人　女儿休要气恼，为娘定不饶她。翠莲过来！

（唱“快滚花”）

两三天皮鞭未到，

侍候小姐又不殷勤。

真是天生贱骨头，

打死也无人怜悯。

[夫人打翠莲嘴巴。

夫　人　快去把风筝找回来。

（唱“滚花”）

拾得风筝犹自可，

若然失落你要当心！

去！

[翠莲含泪下。

[幕闭。

第二场

[与上场同日。

[琼州府城外，圣母宫山前。

[张逸民、书生甲、乙、丙上。

[书僮挑食盒、书箱随上。

书生甲　（念“诗白”）

极目重洋浪拍天，

书生乙　（接念）　椰林莽莽鸟翩翩。

书生丙　（接念）　海南九月花还好，

张逸民　（接念）　未觉秋声过耳边。

书生甲　逸民兄，想我辈埋头攻读，坐守书斋。虽生长在琼州，还不知有此胜地。若非书院放假，结伴登高，未免辜负这秀丽风光了。

书生乙　对呀！书僮，那边是什么所在？

书　僮　前面就是圣母宫。

书生乙　久闻圣母宫香火旺盛，今日重阳佳节，定然更加热闹，何不同去游玩一番。

书生甲　逸民兄意下如何？

张逸民　小弟意欲暂留，饱看景色，诸位先行。

书生甲　如此说，我等先行随喜去吧！

四　人　请！

[书生甲、乙、丙下。

[书僮从书箱里取出笔砚，在石上摆好。

书　僮　张相公，笔砚已经摆好，让我也去游耍一会儿吧！

张逸民　好。

[书僮下。

张逸民　（念“诗白”）

天开地阔生秋色，

水态山容动客心。

（唱“凤凰台”）

美景无如海岛边，

眼底琼崖胜洞天。

风满帆悬，

群鸥逐绕打鱼船。

看天上竞放纸鸢，

似羽扇，

似雪片，

似云端舞白燕。

（忽见飘下断线风筝）

（转“滚花”）

碧空陨落断线纸鸢。

看它飘泊东西——

啊！险落山泉水面。

（上前拾起风筝）

好一只蝴蝶风筝！可惜线断飘零，落得身沾尘土，真正可惜可惜！（把风筝拂拭干净）趁我诗兴正来，就此借物抒怀，填词一首，倒是一番雅事，正是：

几曾晓梦迷蝴蝶，

一片秋心托纸鸢。

（执笔在风筝上题词）

[翠莲上。

翠　莲　（唱“快滚花”）

忘饥忍倦到山前，

不见风筝心倍乱。

[翠莲看见张逸民手上的蝴蝶风筝。

翠　莲　（上前）请问相公，这风筝是……

张逸民　是小生方才拾到的。

翠　莲　风筝原是镇台府中失落，奴婢奉命，正在找寻。

张逸民　啊！所幸水未沾来尘未染，璧还原物理当然。（交还风筝）

翠　莲　（接过风筝，如释重负）好了！

（唱“快中板”）

一声多谢别尊前，

接过风筝回府转。

[施礼欲走。发现风筝上有字即回头。

翠　莲　相公，这风筝不是我的。

张逸民　不是你的？

翠　莲　奴婢风筝之上，并无文字。

张逸民　哦！俚词一首，是小生方才写上去的。

翠　莲　（为难地）这……你写了些什么？

张逸民　姑娘放心，让小生念来你听。

（念词）　不羡红丝牵一线，

扶摇直上遥空。

几曾愁梦绕芳丛，

栖香心宛转，

写影骨玲珑。

信道黄花还比瘦，

无端轻落泥中。

拚将弱质斗西风，

命虽同纸薄，

身肯逐飘蓬？

翠　莲　（沉吟）命虽同纸薄，身肯逐飘蓬？（忍泪）

张逸民　姑娘因何伤感起来？

[翠莲低头无语，强忍眼泪，移步下山。百感集怀，心神不定，失足跌地，碰伤手腕。

[张逸民见状，稍作踌躇，撕下衣襟一角，上前为翠莲包扎伤处。

[翠莲感极而泣。

张逸民　姑娘何以伤心落泪呢?

翠　莲　相公!

（唱“反线中板”）

听君感慨念诗篇，

不禁伤怀身世，暗自凄然。

可叹那风筝，俯仰沉浮，

操在人家手中线。

身似飘蓬，命同纸薄，

泥涂沦落，似我翠莲。

张逸民　（唱“中板”）

见姑娘感触伤心，

引起我同情一念，

真果是相逢何必曾相识，

萍漂絮乱共辛酸。

既是身世凄凉，

（转“滚花”）

可否对我细谈一遍?

翠　莲　（唱“乙反二黄”）

多感相公垂问，我且忍泪开言。

（转“合字过门”）

我是寒门弱女，世代租种别人田。

不幸丧了妈妈无钱殡殓，

老父迫得忍痛卖女儿换血钱。

时已十四年，

我受折磨受棍鞭，

磨难不断。

张逸民　姑娘卖身葬母，孝义堪嘉，既是身受折磨，我想尊翁定会设法赎你出来的。

翠　莲　唉!

（唱“紫云回”）

亲爹爹，更不幸，

只因遭遇大旱天，

强迫纳税交租捐，

惨受公差拷打丧黄泉。

张逸民 （唱“乙反清歌”）

可叹弱女飘零家惨变，

沉沦苦海更堪怜。

（转“乙反木鱼”）

何不拜求亲友，赎你出生天？

翠　莲 （接唱） 亲朋零落，无处求援！

张逸民 （接唱） 小生家道清贫，亦是一筹莫展。

空抱满腔义愤，无能慰解悲酸。

翠　莲 （接唱） 相公怜及路人，已感阳和春暖。

[山寺晚钟忽响。

翠　莲 （接唱） 眼看夕阳将下，不敢山上流连。

张逸民 镇台家法森严，姑娘请便。还望多多珍重……

翠　莲 相公，奴婢尚有一言奉恳。

张逸民 姑娘请讲。

翠　莲 相公高义，奴婢铭心，还求赐告姓名，留作终生永记。

张逸民 姑娘言重了。小生张逸民，文昌人氏，家有老母在堂。现在琼台书院谢宝老师门下攻读。

翠　莲 如此张相公珍重！

张逸民 翠莲姑娘珍重！

[翠莲恋恋地下。

[张逸民感叹地目送她远去。

张逸民 （唱“滚花”）

教我行人偷下泪，

秋山九月有啼鹃。

[幕闭。

第三场

[次日。

[镇台府二堂。

[镇台持风筝含怒上。家丁随上。

镇　台　（念）　世道衰微家出丑，

常言女大不中留。

人来，快请夫人！

家　丁　有请夫人

[秋香引夫人上。

夫　人　老爷相请何事？

[镇台瞪秋香一眼。秋香知意，退避一旁。

镇　台　（对夫人）你好家教！

（唱“滚花”）

女儿有辱门风，

皆因你这败儿慈母。

夫　人　老爷何说此话？

镇　台　（指风筝，续唱）

内有私情暧昧，

你休诈作糊涂！

夫　人　（一惊）吓？（取过风筝一看，心里明白）哦！

（唱“减字芙蓉”）

女儿昨日放风筝，

风筝线断随风舞。

镇　台　少讲废话！

夫　人　树由根脚起嘛。

（续唱）　曾叫翠莲去捡拾，

归来复命话含糊。

镇　台　我要问诗词来历！

夫　人　（唱“滚花”）

常言“斟酒问提壶”，

追究翠莲不怕不吐露。

镇　台　都是你没用！

（接唱）　才有外招浪蝶，家养妖狐。

人来叫出贱丫头——

[家丁领命下。

镇　台　（续唱）　审出情夫，差人拘捕。

[师爷上。

师　爷　启禀镇台，道台驾到！

镇　台　道台驾到，待我出迎。

（对夫人，续唱）

你且执行家法，拷问女奴！

[镇台与师爷下。

[翠莲上。

翠　莲　（唱“中板”）

搜去风筝难免祸，

暗自犹疑唤奈何。

猛听堂前呼喝我，

强镇惊心把步挪。

拜见夫人。

夫　人　贱婢好胆！（掴翠莲一巴掌）

（唱“快慢板”）

骂一声小贱人可知罪过？

你昨天背地里干了什么？

翠　莲　（接唱）　伴小姐在闺房描花绣朵。

老夫人严责问不知为何？

夫　人　你瞒不了！

（唱“快中板”）

既敢艳句淫词相唱和，

定有投桃报李自执柯。

（把风筝掷在地上，转“滚花”）

铁证如山，奸情已破！

翠　莲　夫人容禀！

（唱“石榴花”）

昨日寻风筝，夫人命我急似星火，

上山找去寻来我未敢稍延俄，

及后遇见一书生，

是他拾得在山坡。

他交还我，我欢喜不过，

不知纸鸢上，写的是什么？

（转“西皮”）

谁想会招横祸！

夫　人　（接唱）　书生姓名，不得瞒我！

翠　莲　（唱“西皮尾腔”）

与他相逢陌路，

未问姓名可奈何？

夫　人　你好利嘴！

（唱“快中板”）

你欺我近来收了火，

撬不开你这死田螺。

家法拿来——

[家丁拿藤鞭上。

夫　人　你讲不讲？

翠　莲　　我都讲了！

夫　人　（续唱）　手执藤鞭要你皮开肉破！

　　　　[挥鞭狠打翠莲。

翠　莲　（唱“沉腔滚花”）

　　　　　　　　新伤旧痛，忍灾磨！

　　　　[夫人见硬的不行，转过一副面孔。

夫　人　（念“白榄”）

　　　　　　　　翠莲你一向聪明，夫人我再三开导。

　　　　　　　　有道是船沉大海，先救出自己为高。

　　　　　　　　若能如实吐真情，老爷面前我将你保。

翠　莲　（接念）　夫人心意奴明白，将来有日报劬劳。

夫　人　（接念）　一时急切望你回头，夫人打你是为你好。

翠　莲　（接念）　夫人待我我记在心，好歹哪有不知道。

夫　人　（见软的又不行，变脸，快念）

　　　　　　　　贼婢矢口不招，枉我唇焦舌燥，

　　　　　　　　贱骨头，真可恼！打死你，没状告。

　　　　（再打）你讲不讲？！

翠　莲　（旁唱“乙反慢滚花”）

　　　　　　　　张生受累实无辜，

　　　　　　　　名字一提他灾祸到。

　　　　　　　　何忍善良遭牵累，

　　　　　　　　任教皮肉受煎熬。

　　　　　　　　“拚将弱质斗西风”。

　　　　　　　　冷眼横眉对强暴。

　　　　（对夫人，转“正线快滚花”）

　　　　　　　　奴婢并无差错，夫人拷问徒劳。

　　　　　　　　纵使刀斧加身，也是无言可告。

夫　人　　看我收拾你！

（唱“滚花”）

贱人颈硬硬不过刀！

[镇台上。

镇　台　贱婢如何？

夫　人　矢口不招！

镇　台　可恼！人来，把钢刀麻绳拿上。

[家丁下，取钢刀麻绳复上。

镇　台　贱婢！你的情夫是谁，快快从实供出，如若不然，你来看，钢刀一把，麻绳一条，逢刀刀上死，遇绳绳上亡！

[镇台掷下刀绳，举足要踩踏翠莲。

[夫人拉开镇台。

镇　台　夫人为何饶过贱婢！

夫　人　老爷说过，要送一婢与道台为妾，难道忘了此事？

[秋香在一旁留意静听。

镇　台　好！就将翠莲断送。人来，将这贱婢，锁困柴房！

[家丁无奈拖扯翠莲下。

[幕闭。

第四场

[同日夜里。

[镇台府内一间堆放柴草的破屋。

[翠莲被锁禁柴房内，独坐悲泣。

翠　莲　（唱“哭相思尾腔”）

千悲万怨！

（抚伤悲痛，撑持不起，唱“南音”）

情惨惨、泪涓涓，

满腔含恨，恨恶主滥施威权。

摆下麻索似长蛇将我来死缠，

架起钢刀如恶虎等着喝血吞膻。

（转“乙反南音”）

黑压压石牢房难将天日见，

雾沉沉苦海里望啊望不到边沿。

（转“快乙反流水南音”）

不信奴婢生来身下贱，

不信主人命里福齐天。

只为你显贵尊荣权飞烈焰，

把我辈烹炮宰割摆做琼筵，

苦煞我手足鳞伤肝肠痛断。

（转“乙反二黄”）

盼谁来解救，向何处申冤？

翠莲行止光明，相公居心良善。

本是抒怀寄意，诬作递柬传笺。

惨受重打严拷。

（转“正线二黄”）

——真是百辞莫辩。

含冤无告，死难瞑目到黄泉。

饱受灾磨，路到尽头何所恋？

（拿起麻绳意欲自缢，见手腕上张生为她裹伤的一角衣，寻思片刻，愤然把麻绳掷在地上）

（唱“恋檀慢板”）

纵使轻生，冤枉有谁知，苦处有谁怜？

我断不肯，冤屈招承累张生，

且忍度日如年！

但得拨开层云青天现。

（转“二黄滚花”）

怎把囚牢冲破跳出深渊？

展翅迎风似徊翔海燕。

[翠莲推门，牢门紧锁，一时无法。

[秋香悄悄上。

秋　香　（靠近门边，轻声地）翠莲姐，翠莲姐！

翠　莲　你是何人？

秋　香　我是秋香。

[秋香轻手开锁入门。

翠　莲　秋香——

秋　香　翠莲姐，有要紧事情，来见你面。

翠　莲　啊！

秋　香　可知镇台夫妇狠心害你翠莲。

翠　莲　这话怎讲？

秋　香　他们要把你——

（唱“三脚凳”）

送与道台为妾，正似与虎同眠。

道台四妾三妻，一去如入阎罗殿。

永无出头之日，屈杀你火坑莲。

（转“快七字清”）

秋香急忙来报信，

事紧有如箭在弦，

苦命翠莲，你要即时打算。

翠　莲　（唱“沉腔滚花”）

恨恨恨，恨深如海世难填！

（翠莲悲愤凝思）

秋　香　翠莲姐，事到如今，你该当机立断。

翠　莲　秋香，我……（做手势表示出走）

秋　香　好！只是投奔何处去？可有亲朋在外边？

翠　莲　（与秋香耳语）……

秋　香　（点头）我来助你，事不宜迟！

[秋香拉翠莲欲出门，突闻击柝声由远而近，两人复退入柴房，秋香隐蔽墙边。

[更夫提灯击柝上，向柴房略一张望。见翠莲独坐，更夫轻轻叹息一声，击柝下。

[翠莲、秋香耳语，秋香下，拿一包袱复上。

秋　香　找来巾袍一套，快改装逃走吧！

翠　莲　秋香！

秋　香　姐姐！

[相抱感泣，更声又起，两人疾走。

[幕闭。

第五场

[紧接上场，上弦月夜。

[琼州府城外。

谢　宝　（内唱"首板"）

步月黄泥之坂。

[林伯提琼台书院灯笼上。谢宝上。

谢　宝　啧啧……好月色！

（唱"滚花"）

一轮明月照海南。

林　伯　老师，莫非多饮几杯花了眼。刚过重阳只得半边月，何以说"一轮明月照海南"？

谢　宝　哦！你见的是半边明月？

林　伯　半边明月。

谢　宝　我见的也是半边明月。

林　伯　本来就是半边明月。

谢　宝　你见半边明月，我也见半边明月，合起来岂不是一轮明月了么？哈哈……

林　伯　哈哈……老师博学多才，无人不赞，赞你诸子百家、天文地理无所不识……

谢　宝　有所不晓！

林　伯　有所不晓？

谢　宝　一不晓阿谀谄媚，二不晓颠倒是非，三不晓伤天害理。

林　伯　所以得人称赞……

谢　宝　所以得罪权奸，唉！

（唱“七字清中板”）

吏恶官贪真可叹，

地棘天荆仕路难。

附势趋炎人齿冷，

卑躬屈膝太无颜。

甘愿粗茶和淡饭，

风云路断倒清闲。

非是老夫脾性硬，

应留正气在人间。

（转“滚花”）

愿得天下英才而教育之，虽穷何患。

翠　莲　（内场叫头）苦呀！

谢　宝　（谛听，唱“滚花”）

何来悲声隐隐，令我心烦。

林伯，方才悲声阵阵，是什么声音？

林　伯　老奴耳背。

谢　宝　老夫心清。

林　伯　唔——想是孤雁哀鸣？

谢　宝　非也。

林　伯　啊——莫非长空鹤唳？

谢　宝　亦非也。

林　伯　老师，我想这荒郊地面，夜静更深，除了这些，更无别的。

谢　宝　还有……

林　伯　还有什么？

谢　宝　（感叹）唉！“非因风弄竹，不是雨淋铃；民间多疾苦，四野有悲声。”

林　伯　老师，夜寒多露，早回书院休息。

谢　宝　如此步月起行。

林　伯　老师，我曾吩咐谢福、谢禄打轿到来，就在前面。

（向内）喂！谢福、谢禄。

[谢福、谢禄上。

谢　福
谢　禄　见过老师。

谢　宝　（笑责林伯）哎，你真多事，想老夫骨头尚硬，步履还轻，不用坐轿，你们回去。

谢　福
谢　禄　谢过老师。

[谢福、谢禄下。

[谢宝、林伯下。

[翠莲男装上。

翠　莲　想我脱离虎口，前路茫茫，坐等天明，去见张相公求助，方才悲声发叹，惊动书院老师，见他处事待人，是个慈祥长者，何不赶去，求他书院收留，趁此机缘，得见张生一面。（犹豫）哎，事到头来，也顾不得许多了。

[翠莲要追上去，跌倒，呼痛。

[林伯闻声，提灯复上，照见翠莲。

林　伯　（向内）老师！

[谢宝复上。

林　伯　老师，果然有人呻吟叫苦。

[翠莲跪见，谢宝扶起。

谢　宝　这位书生，深夜之中，荒郊之地，因何孤身一人，哀哀叫苦？

翠　莲　小子父母双亡，欲去投亲访友，不想迷失路途，故而难忍悲声，惊动大人，请大人恕罪。

谢　宝　我不是什么大人，不必以大人相称，我乃书院一名掌教，你单身一人，深夜到此，纵不为歹人所害，也难免为猛兽所伤，此地离我书院不远，何不在书院歇宿一宵，明天再做打算，你道如何？

翠　莲　多谢老师！

谢　宝　古人说过："安得广厦千万间，大庇天下寒士俱欢颜。"些小事情，何足挂齿。请呀！

[谢宝下，林伯随下。

翠　莲　（念）　心里未消千种恨，

眼前喜过一重关。

[翠莲正欲赶上谢宝，师爷带兵丁一名提灯笼上，碰面。翠莲一惊，随即故作镇定下。

师　爷　奇怪！这个小子，神色仓皇，行藏闪缩，看来事有蹊跷，待我跟随，查个明白。

[师爷示意兵丁把灯笼吹熄，跟踪下。

[幕闭。

第六场

[次日清晨。

[琼台书院张逸民书房。

[张逸民磨墨写扇。

张逸民　（念"韵白"）

登高写意翻惆怅，

今日书怀亦黯然。

[林伯上。

林　伯　（接念）之乎者也听人读，

书院敲钟四十年。

[林伯入门。

林　伯　张相公，一早就写字读书，难怪老师夸奖。啊！老师收留了一位公子，要来拜会你这个同乡。

张逸民　同乡？有请。

[林伯下，引男装的翠莲上。

[林伯指点房门后下，翠莲门外徘徊。

翠　莲　（唱“七字清中板”）

一步一行一暗想，

如何开口诉衷肠。

脚步难抬心跳荡，

隔条门槛，似隔城墙。

（转“滚花”）

常言患难见真情，

试探相公，对我翠莲怎样。

[翠莲上前，轻叩房门。

张逸民　（唱“七字清中板”）

又闻来客叩书房，

肃整衣冠——看是谁人过访？

[张逸民出迎，相见愕然，但觉面善，一时无语。

翠　莲　张兄，一别多时，特来拜望。

张逸民　（唯唯诺诺）呃……仁兄枉驾，蓬荜生光。请！

[张逸民让翠莲进房，心里在想“他是谁呢”？

张逸民　仁兄请坐。

翠　莲　告坐。

张逸民　仁兄此来，有何赐教？

翠　莲　这……素仰张兄才高学广，小弟一来拜会乡亲，二来要多多领教。

张逸民　　小弟不才，哪敢班门弄斧。

翠　莲　　张兄休要客气。

张逸民　　既蒙不弃，但不知是要谈诗还是论文？

翠　莲　　这个……张兄！

（唱“长句滚花”）

论诗文，我本是门外汉，
不过近日听闻人家讲，
有新词一首共八行，
争论不休难定案，
有人骂它是淫邪词句，
有人又赞它是绝好文章。
愿听张兄高见品评……

张逸民　　（接唱）仁兄读来容我鉴赏。

翠　莲　　张兄请听。

张逸民　　仁兄请念。

翠　莲　　（念）　不羡红丝牵一线，
扶摇直上遥空。
几曾愁梦绕芳丛，
栖香心宛转，
写影骨玲珑。
信道黄花还比瘦，
无端轻落泥中。
拚将弱质斗西风，
命虽同纸薄，
身肯逐飘蓬？

[张逸民越听越惶然，暗暗看扇上方才写的这首词。

翠　莲　　这首词，张兄以为怎样？

张逸民　　（唱“三脚凳”）

敢问诗句自何来？

翠　莲　（接唱）　是个同乡对我讲。

张逸民　（接唱）　他又听从何处？

翠　莲　（接唱）　早已到处传扬。

张逸民　到处传扬？

翠　莲　（接唱）　不只议论纷纷，有人为这首词，祸从天降。

张逸民　（不安）祸从天降？

翠　莲　张兄以为是好句还是淫词呢？

张逸民　哎！……仁兄，实不相瞒，小弟重九高登，拾得风筝，一时有感，题下这首词的。

翠　莲　啊！其中原委，小弟愿闻其详。

张逸民　（念“韵白”）

镇台府内把风筝放，

风筝断线落山冈。

丫鬟寻找来山上，

我拾得风筝付女郎，

她身世谈来多苦况，

我至今惆怅未能忘。

[张逸民把扇上的词交给翠莲看。

翠　莲　啊！

（唱“沉腔滚花”）

这这这，这叫无心惹出祸一场。

张逸民　（唱“二黄”）

莫非冤枉了丫鬟？

翠　莲　（接唱）　硬说她私情偷汉。

张逸民　（接唱）　岂能无辜入罪？

翠　莲　（接唱）　诗句他便作实据真赃。

张逸民　（接唱）　好诗竟作淫词，

镇台无风起浪。

那丫鬟又怎样？

一定是饱受灾殃。

翠　莲　（唱“流水南音”）

那丫鬟不愿累兄遭枉，

眼前苦难一身当。

夫人追究施刑杖，

鞭鞭打落血染衣裳。

丫鬟宁死不愿讲，

牙龈咬紧泪汪汪。

张逸民　（接唱）　及后如何来发放？

翠　莲　（接唱）　连拖带扯困锁在柴房。

张逸民　哎！

（唱“追贤二黄合字过门”）

寻常事竟不寻常，

莫须有，成罪案，

恨难虎穴救羔羊，

徒然气愤心不安，

长叹一声“枉”！

翠　莲　（念“韵白”）

张兄若是有心人，何不助她脱罗网？

张逸民　（接念）　镇台跋扈多兵马，笔墨焉能敌刀枪？

翠　莲　（接念）　张羽煮海斗龙王，有志竟成一榜样。

张逸民　（接念）　神话分明凭想象，人间不易覇强梁。

翠　莲　（接念）　秤砣虽小压千斤，事在人为凭志向。

张逸民　这个……

（唱“滚花”）

欲待商量难再见，

姑娘困锁在柴房。

她心未必似我心……

翠　莲　（暗示地，接唱）

我看姑娘比你有胆量！

张逸民 （接唱） 书上张生情义重，

中间还要靠红娘。

难将冰扇代瑶琴……

翠　莲 （接唱） 我为你送到姑娘手上。

[翠莲取扇，张逸民急阻止。

翠　莲 啊！到底你是相公，她是丫鬟……

张逸民 说哪里话！

（念“韵白”）

世上无黄衫客，昆仑奴难入镇台府上。

又防万一疏漏，那时反误小姑娘。

翠　莲 （感慰，自语，接念）相公他果是真诚，翠莲我来得不枉。却又如何表露呢？

[翠莲寻思表白无法，看到手腕裹伤的衣角。

翠　莲 （接念）张兄，有道是“二人同心，其利断金”。请看——

（解帛回身递给张生）这衣帛一方。

[张逸民接看，审视翠莲面容。

张逸民 啊！你……你就是翠莲？

[翠莲点头，羞涩背身走开。

[张逸民忙出门瞻顾，慌张关门。

张逸民 怪不得面善非常，何以改装到访？

翠　莲 若非如此，今生难到你书房。

张逸民 唉！受苦蒙冤，竟是这般惨怆？

[翠莲点头，感伤下泪。

张逸民 出乎意外，累你遭劫一场。

翠　莲 还有苦情在后呀！

（唱“乙反中板”）

镇台还将我翠莲，送与道台为妾，

惊闻噩耗胆战心寒。

说什么食珍馐，说什么着绫罗，

绝不是我翠莲愿望。

我便逃奔乘黑夜，路遇老师怜念，

才得一诉恓惶。

（转“乙反滚花”）

多少话，咽喉哝，叫我翠莲怎讲！（掩泣）

张逸民　（唱“叹板”）

痛她遭逢苦难，敬她意志坚强。

本该诚掬肺腑，又觉不宜鲁莽。

翠　莲　张相公，我虽贫贱出身，却非无耻之辈，只为镇台迫害，才有冒险奔逃，念相公当日同情，因此到来求助，若蒙相救，定感再造之恩……

张逸民　路见不平，理应相助，唯是镇台势大，怎避锋芒呢？

翠　莲　相公！我是破笼飞鸟，誓不重蹈网罗，就算刀斧临头，也不甘为姬妾。若是相公留我……

张逸民　我岂是无义之人，哪有不留之理，无奈此时此地……

翠　莲　相公，我也知书院学堂，难容女子。能否作为亲友，且住数天，然后一道回乡，代你把高堂侍奉，翠莲能耕能织，愿同甘苦，相公参详。

张逸民　好呀！

（唱“滚花”）

多感情深义重，愿偕地久天长。

翠　莲
张逸民　（同唱“同命鸟”）

茫茫云路远，密密网罗张。

愿为同命鸟，生死亦双双。

[幕闭。

第七场

[同日下午。

[二幕前——路上。

[师爷率四兵丁过场。

[开二幕。转琼台书院内，谢宝书斋。

[学子们持卷吟哦过场，各向老师为礼，下。

谢　宝　（唱“梆子慢板”）

一片读书声，满门桃李好，

不枉我掌教廿年，人道是宝刀未老。

公道在人心，疾风知劲草，

百年身后，是非公论岂能逃。

（转“梆子中板”）

琢玉雕金良工心苦，

言传身教夫子任劳。

百载树人方是兴邦之道，（坐书案前）

重阳假后学子有待熏陶。

[林伯匆匆上。

林　伯　老师，事情不好。

谢　宝　何事慌张?

林　伯　镇台派了兵马，围困书院，听说有婢女私逃。

谢　宝　这与书院何干，可知什么缘故?

林　伯　说是书院学生勾引，门外闹嘈嘈。

谢　宝　绝无此事!

（唱“滚花”）

老夫所教生徒，个个规行矩步。

镇台作威作福，一向糊里糊涂。

又来侮辱斯文，待我出而应付。

林　伯　且慢！

（唱“滚花”）

镇台虽然无理，亦非根据全无。

老师，书院百多学生，或有一两个顽皮亦难担保，依老仆之见，先查问明白，再接见为高。

谢　宝　（略考虑，唱“滚花”）

姑且稍作稽查，此亦未尝不好。

叫年长的学生出来！

[林伯急去，却被叫住。

谢　宝　（续唱）　少时镇台来到，先代我打个招呼。

[林伯下。

[谢宝寻思踱步。

[学生甲、乙、丙、张逸民同上。

众　生　拜见老师。

谢　宝　嗯，镇台兵马临门，你们可知何故？

众　生　学生未知底细，大家不解意图。

谢　宝　听着！

（唱“快二黄”）

说我书院有人，在外拈花惹草，

竟至逾闲荡检，拐他侍婢私逃。

谁坏书院名声，快向老师自报！

[众不作声，张逸民不安。

谢　宝　（唱“滚花”）

重阳三天假日，可有出外登高？

书生甲　（念“韵白”）

重阳佳节去登高。

书生乙　（接念）　携手同游兴致豪。

书生丙　（接念）　圣母宫前风景好。

张逸民　（接念）　空山寂寂听松涛。

谢　宝　（接念）　山上遇见何人，归程是否同路？

书生甲　（接念）　上山逢道士。

书生乙　（接念）　问路遇樵夫。

书生丙　（接念）　来回四个人。

张逸民　（接念）　我……未行差半步。

谢　宝　（接念）　守规矩，好门徒！且去读书，各归房号，待我更衣。

[谢宝进室内。学生甲、乙、丙下。

张逸民　（焦灼不安，唱“乙反长句滚花”）

风既来，雨就到，

弱女怎能抗强暴，

翠莲插翼也难逃。

她似迫近悬崖无退路，

我似热锅蚂蚁受煎熬，

两下彷徨，一般苦恼。

[林伯上。

张逸民　（唱“哭相思尾腔”）

如何是好！

林　伯　张相公，你有什么心事？

张逸民　没……没什么。

林　伯　没什么？何以又说“如何是好”呢？

张逸民　我……担心那镇台搜书院……

林　伯　啊！难道是你……

[张逸民暗示不要声张。

林　伯　莫非就是那个——落难之人？老师还在闷葫芦啊！

[张再暗示不要声张。

林　伯　（着急）张相公，镇台大人快到了！

张逸民　林伯，求你救她一命……

林　伯　唉！事到如今，还是快向老师禀明才好。（催促张去见老师）

张逸民　镇台临门，怎生应付？

林　伯　不妨！我说未曾下课，老师正在讲解《离骚》。

[林伯急下。

[张逸民焦灼逡巡，见谢宝上，急跪在跟前。

谢　宝　你跪在跟前，是何缘故？

张逸民　老师，镇台侍婢在我书斋之内，她……实在无辜。

谢　宝　吓！就是你？

[翠莲上，在窗外驻足倾听。

谢　宝　（唱“快慢板”）

想不到，小奴才，不由正路。

累为师，丧名誉，你自误前途。

张逸民　（接唱）　事有因，情可恕，老师息怒。

敢将心，比明月，不染尘污。

谢　宝　（接唱）　她淫奔，你勾引，离经叛道，

到今时，还狡辩，说话滔滔。

张逸民　（唱“滚花”）

她非是苟合淫奔，我不曾有乖教导。

谢　宝　内情怎样？

张逸民　容禀。

（唱“快二黄”）

重阳佳节，与书友登高，

拾得风筝，题诗寄怀抱。

那丫鬟来到，谢我捡拾之劳，

她讨了风筝便告辞就道。

谢　宝　却又来！风筝诗篇之意，男女授受之间，若无暧昧之情，何至弄成今日？吓！

张逸民　（呈上抄有风筝词的扇。唱“三脚凳”）

一诗成罪证，平地起波涛。

镇台乱猜疑，侍婢难申告，

堂前遭毒打，柴房作监牢。

出走是死里求生，

（转“滚花”）

她宁折不弯，洁身自好。

谢　宝　嗯！这个女子倒是硬骨头！

张逸民　学生敬重于她正是这一点。

谢　宝　胡说！她出奔则有志，淫奔则不该，你敬之为同情，纳之为非礼。失之毫厘，差以千里，可不慎哉！事到如今，我问你怎样？你叫老师怎样？

张逸民　（唱“快滚花”）

学生岂能负义，临阵而逃。

正气难摧，白刃可蹈。

[张逸民欲奔出，翠莲急入阻拦。

谢　宝　啊！你……

翠　莲　老师！我是翠莲，有苦情面告……

谢　宝　慢！（瞻顾左右）你们真个不知地厚天高！

翠　莲　老师！（下跪）

谢　宝　起来起来，你的事情我都知道。你家主人来搜书院。你累已累人急煞老夫！

翠　莲　（唱“十字清中板”）

老师请恕张生，勿论是非邪正，

出自我一意私逃。

恶主是仇雠，他迫我束志输心，

我誓要全身抗暴。

义不累他人，勇不回心志，

纵使面临鼎镬，决不婉转哀号。

（转“滚花”）

生不重入镇台衙，死不屈嫁琼崖道。

谢　宝　（慨叹，接唱）

朱门大户，古今同慨一团糟！

其奈从井救人，却怕自身难保。

[林伯匆匆上。

林　伯　老师！镇台到！

[气氛骤紧，各思应付之策。

[谢宝转身凝望壁上孤松图，一时无语。

翠　莲　（愤然，念“快白榄”）

我似砧上肉，他如砧上刀。

宰割既由人，一死何足道。

老师绑我见镇台，书院名声仍可保。

张逸民　（接念）我愿救翠莲，挺身将险冒。

去与镇台来论理，常言义愤即兵韬。（欲出去）

翠　莲　（拦阻，接念）

镇台得我始甘心，应该我去好。（欲出）

张逸民　（拦阻，接念）

你去定送死，还是我去好。

翠　莲　我去！

张逸民　我去！

谢　宝　慢！

（感动地，唱“滚花”）

他两人艰危不避，

可算得义重情高。

镇台他煮鹤焚琴，

我应该主持公道。

援救那深渊弱女，（指翠莲）

爱惜这一片凤毛。（指张逸民）

那镇台势大官高，

却叫我如何……如何应付？

林　伯　老师，依老仆之见，先找个地方将她收藏。

谢　宝　藏？……

林　伯　再来远放。

谢　宝　放？

[谢宝苦思焦虑片刻，成竹在胸，点头有计。

谢　宝　（睁视两人，似责实爱。唱“滚花”）

为你两人之故，令我心血交枯。

逸民过来！快带她……（示意林伯看过无人）带她前去轿厅，藏在我的轿底。（对翠莲）你在轿底，不可声张，须要记得！

张逸民
翠　莲　谢过老师！（急下）

[内场锣声响，林伯急望谢宝。

[谢宝镇静无言，挥手着林伯出迎。

[林伯下，引师爷、四兵丁上。

[镇台后上，谢宝接待，不卑不亢。

谢　宝　大人驾临书院，有失远迎，还祈见谅。

镇　台　哼！

谢　宝　大人有何指教，请道其详。

镇　台　谢掌教，你门下有多少生徒？

谢　宝　一百有余。

镇　台　可算得桃李满门……

谢　宝　大人过奖。

镇　台　谢掌教，未知日常功课，授何书本？

谢　宝　单日授经，双日讲史。

镇　台　嗯！经史诗文，不教也罢，何不专攻一课……

谢　宝　哪一课？

镇　台　教读《西厢》。

谢　宝　（不语）……

镇　台　哼！看你满面羞惭，若非教读《西厢》，何至书院不成书院？

谢　宝　敢问大人，若说不成书院，乃是什么？

镇　台　乃是勾栏，乃是藏垢纳污之所！

谢　宝　何以见得？

镇　台　你枉食朝俸，误人子弟，还来诈懵装傻！

（唱“快慢板”）

《三字经》，讲清楚。

“教不严，师之惰”。

你门生，不向学，

干了坏事许多。

谢　宝　（唱“慢板”）

谢某虽不才，圣人亦有错，

敢请大人，明以教我。

镇　台　（唱“霸腔滚花”）

你门生勾引女子，作奸犯科。

谢　宝　勾引谁家女子？

镇　台　（续唱）　拐带我侍婢翠莲，非同小可。

淫奔苟合，借书院作安乐窝。

谢　宝　这还了得！

镇　台　哼！

（续唱）　什么道德文章，全是欺人欺我！

谢　宝　如此说来，谢某太过糊涂……

镇　台　糊涂太过！

谢　宝　有疏管教……

镇　台　管教有疏！

谢　宝　不过……

镇　台　不过什么？

谢　宝　请问，我们门生勾引尊婢翠莲，大人耳闻还是目睹？

镇　台　这个……（望师爷一眼）

师　爷　（忙代答）是我家大人亲眼看见！

镇　台　着呀！是我“的目而观”。千真万确！

谢　宝　如此说来，辱没大人你了。

镇　台　此话怎讲？

谢　宝　大人！自你镇守琼州以来，重刑治乱，多杀立功，官绅怀大德，百姓畏虎威。但今日之事，既是大人亲眼所见，区区一府中侍婢，为何不就地擒拿，却让她逃来此地，大人似有相当之罪！

镇　台　吓！老夫有罪？罪在何来？

谢　宝　大人官居镇台，容纵侍婢私奔，诱惑生员，玷污书院，居心何在？

镇　台　这个……分明是你的门生，勾引在前，窝藏在后，你这书院学规何存？你这老师要来何用？

谢　宝　小弟无才无德，管教不严，有此不肖生徒，也未可料，唯是衙中侍婢，生长礼义之门，出自大人所教，居然淫奔，干得好事，令人难信，岂不出奇！

镇　台　这个……呸！

（唱“滚花”）

看你支吾应付，狡辩诸多。

休得包庇徇私，快讲个一清二楚。

谢　宝　（接唱）既说大人亲眼见，还来问我做什么？

重阳放假我回家，昨晚归来不清楚。

镇　台　（接唱）显见定然有此事，莫道老夫难奈你何。

叫左右，把书院搜过。

[师爷率兵正要搜查。

谢　宝　慢！

镇　台　（狞笑）嘿嘿！

（念“快白榄”）

我劝你，快认错，

书院周围都封锁。

她飞也飞不去，躲也难以躲。

知机者快交人，倒还可补过。

谢　宝　（念“慢白榄”）

我有何罪过？

大人要搜书院，先将公文交与我。

镇　台　（快念）　兵权我掌握，谁个敢拦阻。

搜你小小一书院，要公文做什么？

谢　宝　（慢念）　文有文职权，武有武官佐。

谢某虽小总是朝廷器脉，

书院虽小有助取士开科。

道台大人是我上司，

搜书院要得他许可。

镇　台　哎呀！

（唱“滚花”）

你你你，分明借词推搪……

谢　宝　非也！

（接唱）　只怕两位大人因我，弄到文武不和。

镇　台　（接唱）　你莫以道台压本官……

谢　宝　（接唱）　也请大人尊重我。

镇　台　（接唱）　没有公文也要搜……

谢　宝　（接唱）　搜不出问你如何？

镇　台　（接唱）　分明藐视本镇台……

谢　宝　岂敢！

（接唱）　藐视王法，蔑视同僚，

我倒担心大人你做错！

[镇台气得软下来，师爷拉他到一旁私语。

师　爷　大人，翠莲原系送与道台为妾，去取手令公文，有何不可？

镇　台　唉！被道台知情，搜出时家风有损，搜不出怎样收科？

师　爷　大人说得是，不过，道台向你讨翠莲，你又如何交货？

镇　台　唉！搜书院是为越权，见道台又妨失礼，小小谢宝，气煞于我！（气得发昏）

谢　宝　大人，是否贵体欠安？

镇　台　哼！我晓得你的诡计！

（唱“滚花”）

你想在我去见道台之际，私放狗男女脱网罗。

谢　宝　（接唱）　书院围满贵兵丁，加上一个能干师爷，

苍蝇也飞不过。

镇　台　我要与你同去！

谢　宝　谢宝正要同去。

镇　台　好！

（唱“滚花”）

一同前去莫蹉跎。

师爷过来！传命加派兵丁，包围书院，不论男女人等，一律不准进出！

师　爷　（对外传命）吠！镇台大人有令，加派兵丁，包围书院。不论男女人等，一律不准进出！

[内场应声“知道！”

镇　台　立刻前去！

谢　宝　事不宜迟。

镇　台　门前备马！

师　爷　遵命！（下）

谢　宝　内庭打轿！

林　伯　（会意）知道！（下）

镇　台　走！

谢　宝　请！

[幕闭。

第八场

[紧接上场。

[郊外竹树坡附近。

[镇台策马与四兵丁上。

镇　台　（唱“快滚花”）

谢宝老头儿，偏偏逍遥在后。

不能让他再停留！

[谢福、谢禄抬轿上，谢宝端坐轿中。

谢　宝　（唱“长句二流”）

离书院，一路暗筹谋，

要把轿底翠莲来放走，

怎奈镇台骑马几步一回头。

（对轿底翠莲安慰，轻唱）

知你心忧，还要暂时忍受。

镇　台　（唱“海南曲”）

你居心把计扭，分明将气斗。

天时已经晏昼，还不快些走。

快走！

[镇台率众圆场。

谢　福　（唱“海南曲”）

尊一声谢老师，我膊头真够受。

谢　禄　（接唱）　不如歇一歇，歇过后再走。

谢　宝　（接唱）　将近竹树坡，到时好舒身手。

镇　台　（接唱）　中途不准歇，我要快把书院搜！

（威喝众兵）押轿起程。

[众兵押轿圆场。

谢　福　老师，已到竹树坡，让我们喝点水湿湿口。

谢　禄　经已抬到气喘喘，大汗满头。

镇　台　不准歇息，休多开口！走！

谢　宝　大人，人心肉造，他们非是马牛。你骑的是畜生，我用的人力，人怎比得你那禽兽！天时未晚，何必担忧。

镇　台　（唱“滚花”）

看来你不敢前去，故意在此逗留。

叫左右！押轿快走！

[众兵强推轿夫，谢福、谢禄故意趋前退后。

[众兵牵扯，谢福、谢禄乘机诈跌倒。

[众兵吆喝轿夫，举棒要打。

谢　宝　慢！大人，看你部下如狼似虎，推倒两名轿夫，还要逞凶殴打。不独有干律例，怕也难服人心呀！

镇　台　这……（对兵）慢打他们，扯起来赶路！

[众兵扯谢福、谢禄，两人佯呼痛。

谢　宝　（佯问）你们可有受伤呀？

谢　福　我跌伤尾闾骨，痛到了不得。

谢　禄　我倒是没什么，只是动不得。

谢　宝　哦！累你们受委屈！

镇　台　（唱"滚花"）

轿夫纵然跌坏，也不善罢甘休。

左右打开轿夫抬轿走！

[众兵打开轿夫，正要抬轿。

谢　宝　慢！以大人部下，充作谢某轿夫，于理不应，于法不容，于情不合。

镇　台　出自本官主意，这又何妨？

[众兵又要抬轿。

谢　宝　大人，我想朝廷养兵，用来守土卫国，岂能充作谢某轿夫，这等斗胆！纵使大人体贴，人言可畏，心有不安，一旦朝廷闻知，那时嘛，你我头颅不保呀！

[镇台暗惊，示意众兵不要抬轿。

谢　宝　大人，此地离道台府不远，以我之见……

镇　台　怎么样？

谢　宝　（下轿，唱"滚花"）

我宁愿舍轿不坐，步行而去倒优游。

镇　台　（接唱）　立刻趱程，莫延时候。

谢　宝　谢福、谢禄，你们休息片时，再抬轿到道台府前伺候。莫阻行人来往，

把轿抬到竹树坡头。（暗示放人）

谢福
谢禄 （会意）知道。

镇台 来来来！

谢宝 走走走！

[镇台、谢宝、众兵丁同下。

[谢福、谢禄一跃而起，张望无人，谢禄大笑，谢福暗示慎重。

谢福 （仿谢宝口吻，唱“滚花”）

莫阻行人来往，把轿抬到竹树坡头。

[两人抬轿到竹林边放下。

谢福 （对轿底的翠莲）姑娘，快快出来，惊慌过了。

[两人抬轿入竹林，卸轿放了翠莲，再抬轿去接谢宝。

[音乐。翠莲从竹林闪出，悲喜交集，惊惶四顾。急闻人声，忙躲回竹林内。

[镇台高举道台公文策马上，众兵随上。

镇台 （念） 同见琼崖道，公文已取到，

搜出贱丫头，严惩老谢宝。（下）

谢宝 （内唱“追信头”）

返书院——

[谢宝坐轿怡然自得地上。

谢宝 （唱“追信”）

喜则喜那翠莲消灾难，

经我筹算一番，计生心间，

半途已释放受苦丫鬟，

莽将军何堪与先生谈？何堪与先生谈！

人已出关，任搜千番，

搜不着，枉逞蛮，

他来时威武，去必羞惭。（大笑三声下场）

张逸民 （内唱“五更头”）

匆匆赶去接她回乡下。

[张逸民匆匆上，在竹林四周寻找。

张逸民　翠莲！翠莲！翠莲！

[翠莲在竹林内应声，走出。

翠　莲　张相公，候得你好苦呀！

张逸民　不是苦尽甘来了么？你看啊！

（接唱）　看彩霞灿烂如画。

翠　莲　（接唱）　看海鸥云水为家。

张逸民　（接唱）　似你不怕风吹和浪打。

翠　莲　（接唱）　似你不嫌贫贱志堪嘉。

二　人　（接唱）　成就了患难姻缘，

留海南千秋佳话。

张逸民　（接唱）　向水涯。

翠　莲　（接唱）　向水涯。

张逸民　（接唱）　归林下。

翠　莲　（接唱）　归林下。

二　人　（接唱）　荷锄耕垄，垂钓渔槎。

[幕闭。

——剧终

本剧选载的是在马师曾、红线女 1956 年演出本基础上，于 1983 年由杨子静、莫汝城再次整理的广东粤剧院演出本。

牡丹亭

（根据［明］汤显祖原著改编）

改编：望江南　谭青霜

人物表

杜丽娘

柳梦梅

春　香

陈最良

杜　宝

杜　母

石道姑

家　院

男女花神

第一场　闹学

[一所精雅的书房，外面春光明媚。

[幕启。

陈最良　（上）自家，南安府廪生陈最良是也。一世坎坷，两年失馆。近蒙杜太爷见重，说我老成，聘作西宾，教他小姐。（看介）日上三竿，还不见女学生进馆，也太过娇生惯养了。——（敲戒方）春香，春香！

[春香内应。

陈最良　请小姐上学。

春　香　（内场）知道了！

[春香捧书引杜丽娘上。

杜丽娘　（唱“中板”）

晓对菱花梳洗罢，

一轮红日上窗纱。

春　香　（接唱）　手捧经书尽是含糊话，

白纸黑字密麻麻。

杜丽娘　（接唱）　同谒先生，缓步书堂下。（入）

先生万福。

陈最良　坐下。

春　香　春香拜见先生。

陈最良　罢了，——女学生！

杜丽娘　在。

陈最良　昨日上的书，可曾温熟？

杜丽娘　已经温熟。

春　香　熟过酱油！

杜丽娘　（厉她一眼，对陈最良）请先生讲解。

陈最良　听我道来，关关雎鸠，在河之洲。窈窕淑女，君子好逑。兴也！关关乃是鸟叫之声，雎鸠乃是鸟雀之名也。

春　香　先生，那个雎鸠是怎样叫的？你学来与我们听听。

陈最良　呃，我如何能学得鸟叫？

春　香　我看你也是学不来，我呢，不只学得来，还时常和禽鸟讲话呀！……

陈最良　啊？！

春　香　有小姐为证，今朝我就同鸭“倾偈”，我问它“你叫什么名呀？”它说“鸭鸭！……”

陈最良　（笑恼不得）胡闹！——听讲下去，关关雎鸠，在河之洲。是说此鸟性喜幽静，时常在河之洲……

春　香　先生，你讲的我晓得了。

陈最良　你晓得什么？

春　香　不是昨日是前日，呵，不是今年是去年，我在府中捉到只斑鸠，被小姐一放，“嘟”一飞，飞到隔邻何知州衙门去了。你讲的可是这个故事么？

陈最良　呃，头这两句是“兴”（念“庆”）。

春　香　飞去了，还高兴？

陈最良　哎，兴者起也，引起那下文。

春　香　（学最良）引起那下文。

陈最良　（不悦）唔，听讲下去！——窈窕淑女，即是幽娴贞静的女子。君子好逑，是说有个君子好好去求她。

春　香　先生，求她什么呀？吓？吓？

陈最良　好者好也，逑者求也，依注讲解，莫来缠我！

春　香　（暗白）鬼来缠你！

杜丽娘　（暗责）春香！

春　香　（暗吐舌）……

陈最良　（唱“滚花”）

春香你在书房伴读，不许任意喧哗。

若再胡言，要将你打。

春　香　（唱“三脚凳”）

呵！先生我想出去。

陈最良　（接唱）　哼！又是偷懒借口饮茶。

春　香　（接唱）　俗语说人有三急，

陈最良　（接唱）　九成是装假。

不准！

春　香　（接唱）　哎哟，急都不准去，先生要管死人家。

陈最良　（无奈，唱“滚花”）

好啦，好啦。快去快回！

春　香　（急应）哦！（出门）

（接唱）　人“急”计生，偷到那边玩耍。（下）

陈最良　女学生，书就教到这里，总之诗经大意嘛，

（唱“滚花”）

有风有化，宜室宜家。

诗三百,一言以蔽之：

“思无邪，遵教化。”

杜丽娘　学生知道。

陈最良　春香，春香！

春　香　（潜到身旁）吓！

陈最良　过去写字。

春　香　（过去丽娘旁，低唱“流水中板”）

小姐呀，小姐呀，那边花园真幽雅，

桃红柳绿难描画，还有秋千架。

不如两家走去玩耍！

陈最良　（听到了，斥）胡说！

（唱“快滚花”）

你不专心伴读，反来引诱于她。

春　香　先生，终日埋头读书，眼皮自己会掉下来的，去花园玩一玩，正好振起精神哩。

陈最良　还来犟嘴！你师父终日读书，今年已六十多岁，就从不晓游什么春，从未曾踏入花园一步。

春　香　为什么？

陈最良　你不知，孟夫子说得好，圣人千言万语，则要人收其放心！

（唱“滚花”）

问你游春归，怎约束心猿意马？

女学生。

杜丽娘　（脉脉沉思，不觉）

陈最良　女学生！圣人之言，你可记得？

杜丽娘　（勉强应）学生记得。

春　香　先生，这样读书，要读死人了。

陈最良　胡说！

（唱“滚花”）

须知读书人要头悬梁……

春　香　（楔白）头悬梁？怪不得先生光顶。

陈最良　（续唱）　锥刺股——

春　香　（楔白）哦，难怪先生满面疤嘞。

陈最良　（恼，续唱）

哼！你这教而不善的小丫头，

手取荆条将你打。

春　香　你就打，打，打！（拉扯荆条）

杜丽娘　（喝）春香！

[春香放手，陈最良倒地。

陈最良　（唱“沉腔滚花”）

哎呀呀，气死我也！

杜丽娘　还不扶起先生！

[春香无奈扶起陈最良。

陈最良　告诉老爷，我要辞馆了。

杜丽娘　贱人！

（唱“快滚花”）

快递上荆条，向先生跪下。

春　香　不如跪小姐吧。

杜丽娘　胡说，快跪先生！

春　香　（跪）春香跪先生。

陈最良　谁要你跪？

春　香　那个跪你！（丢下荆条）

杜丽娘　贱人！自古道：“一日为师，终身是父。”

（唱“滚花”）

你把先生唐突，快些认罪斟茶。

递上荆条，请先生责打！

春　香　请先生你轻轻责罚喎。（陈最良接过荆条，恐吓）哎呀！

陈最良　下次可还敢？

春　香　下次还敢……啊！下次不敢。

杜丽娘　请先生恕她初犯。

陈最良　好，饶你一次。

杜丽娘　快谢过先生。

春　香　谢过先生。（做鬼脸）

杜丽娘　春香！

（唱“滚花”）

以后不准你把花园路踏，

不准你把秋千索拿。

只要你跟书案，守砚台，

伴读芸窗下。

陈最良　女学生果然教导有方。

（唱“滚花”）

春香顽皮成性，

必须约束严加。

我有事先归，

你们且在此温习经书，

莫辜负这书斋潇洒。

杜丽娘　先生请便。春香，送先生。

春　香　是。春香送先生。

陈最良　学精于勤，荒于嬉，春香好好用功读书呀！（下）

春　香　（在陈最良后背指划介）呸！老古板！（潜至杜丽娘身后侍立介）

杜丽娘　（细细玩味诗句，低念）关关雎鸠，在河之洲。窈窕淑女，君子好逑，君子好逑。（悄然掩卷而叹）咳！

春　香　（点头暗笑）小姐，小姐，为何唉声叹气呀？

杜丽娘　不过读书困闷罢了，春香，你方才说的大花园在哪里？

春　香　小姐，你还是用功读书吧。以后我不敢把花园路踏，不敢把秋千索拿。唯有跟书案，守砚台，伴读芸窗下。

杜丽娘　小鬼头牙尖嘴利。

春　香　哦，小姐当真要去？（见丽娘点头）哪哪哪，那不是大花园么？

杜丽娘　可有景致？

春　香　有景致。亭台六七座，秋千一两架。还有流觞曲水，太湖山石，异草奇花。

杜丽娘　原来有这样好所在。（欣喜）

春　香　小姐，快去玩咯！（急牵丽娘欲下）

杜丽娘　（欲行又止）慢！老爷知道如何是好？

春　香　怕什么？老爷今早下乡劝农去了。

杜丽娘　（一喜）老爷下乡去了？好！

（唱“滚花”）

莫教娘亲知道，

悄往园里赏花。

春　香　（轻声）随我来！（同下）

[幕闭。

第二场　惊梦

[南安太守府中的一所幽雅庭园，正是春光明媚，百花盛开的时候，可惜无人赏玩，有点“好花空自艳，春色为谁妍”之感，在丹青剥落的牡丹亭畔，植有梅柳。

[幕内横箫吹奏，幕启。

[“打引”，春香引杜丽娘上。

杜丽娘　（念“引白”）

一生爱好是天然，
却锁深闺年复年。
不是春香提掣我，
丽娘哪便晓游园。

春　香　小姐，我们快去吧。

[“慢板板面”，春香引丽娘进园内浏览景色。

杜丽娘　不到园林，怎知春色如许呀！

（唱“士工慢板”）

原来是姹紫嫣红开遍，（尽情欣赏介）
似这般都付与断井颓垣。

（清唱）　良辰美景奈何天，
赏心乐事谁家院？（过序）

这般景致，爹娘却从不提起！

（入乐，续唱）

朝飞暮卷，云霞翠轩，
雨丝风片，烟波画船，（过序，轻叹息）
锦屏人，忒看的这韶光贱。（过序）

春　香　小姐，那边去吧。你看这青山……

杜丽娘　（唱“小曲”）

遍青山，啼红了杜鹃。

春　香　你快来这边看看，还有荼薇架。

杜丽娘　（续唱）　荼薇外烟丝醉软。

春　香　小姐呀，是花都开了，那牡丹还早。

杜丽娘　（续唱）　牡丹虽好，他春归怎占的先。（鸟声）

春　香　小姐你看莺莺燕燕。

杜丽娘　（续唱）　闲凝眄，生生燕语明如剪，

呖呖莺歌溜的圆。

[音乐无限句，至春香口白完收。

春　香　好一座大花园，观之实不厌。小姐玩赏已多时，不宜再留恋。

杜丽娘　不宜留恋吗？

（唱“滚花”）

一念到兰闺寂寞，

我便更恋此庭园。

春香呀！我怎得长作勾留……

春　香　小姐，不若我先行回去，若果夫人问起……

（接唱）　我便通知你回房转。

小姐，你若是游倦之时，就在这牡丹亭畔，芍药栏前，暂作将息，使奴婢易于寻你。春香去了。

[音乐起“一支梅”衬白。

杜丽娘　（左瞧右望，低首沉吟）真是春色恼人抛不得，红颜易老信非虚呀！想我杜丽娘，生于宦族，长在名门，年已及笄，仍未婚配，真是虚度青春。枉我杜丽娘有颜色如花，又怎奈命如一叶呢！

（唱“凤凰台”）

绿瘦红肥映眼鲜，

只有这春三二月天，

愁呀愁，愁的是似水流年，

我这里暗自哀怜，

在名门，没良缘，

说什么如花美眷。

青春抛的远，

心有啼红愿，

我不住柔肠转，

教人闷恹恹。

我问苍天，知心在哪边？

（转“滚花”）

我愿效莺莺和韩氏……（羞介）

但是一思量处，

禁不住羞上眉尖。

融融春意醉人魂，

春香，春香！（想起）我忘记春香已回去了！

（续唱） 且在芍药栏前舒体倦。（芍药栏前坐下，渐入睡介）

[入梦境。音乐奏“送子”一段。众花神上。

大花神 （念“诗白”）

催花御史惜花天，检点春工又一年；

蘸客伤心红雨下，勾人悬梦彩云边。

吾乃南安府后花园花神是也，今有杜丽娘小姐游春伤感，致使秀才柳梦梅入梦，吾神专管惜玉惜春，正宜保护于她，众花神请呀！

众花神 （唱“新曲”）

好景艳阳天，万紫千红尽开遍，

为佳人才子谐缱绻，梦中儿有十分欢忭。

[众花神引柳梦梅执柳枝飘然上。众花神下。

柳梦梅 （唱“小曲”）

一霎魂飞万里天，

身轻似燕入桃源。

[略寻觅即见杜丽娘，丽娘冉冉而起，四目相视。丽娘含羞转身避开，梦梅跟上，半圆台后，梦梅停步。

柳梦梅　（续唱）　怯怯相逢娇面，

飘飘下拜妆前。

我似人间刘阮，

她是天上神仙。

一路落花随水转，

多情天方便，

小姐却怎不开言？小姐呀！

莫负他春色满园群芳开遍。

杜丽娘　（接唱）　是哪处与他曾一面意惹情牵，怎不羞惭惊颤。

柳梦梅　（上前欲言又止，递上柳枝）小生适才在园中折得垂柳一枝，小姐，素知你淹通书史，还求题诗一首，以赏此柳枝何如？

杜丽娘　（惊喜）叫我题诗呀？（欲言又止，另场）这书生素昧生平，却又因何会到此。

柳梦梅　小姐！

（唱“长句二黄”）

你在花间自怜，我在芸窗思念，

则为你如花美眷，似水流年，

动我一点痴心，蓦地来会面，

两下相逢有幸，怎不相爱相怜。

趁此大好春光，且效那双飞紫燕。（拉“教子腔”，牵丽娘袂而行）

杜丽娘　（羞避，悄问）到哪里而去？

柳梦梅　（唱“减字芙蓉”）

转过这湖山石畔，

绕过那芍药栏前。

杜丽娘　（羞怯）……

柳梦梅　（续唱）　与你悄声儿，倾诉平生愿。

道不尽相思话，效那蝴蝶舞蹁跹。（与丽娘共舞介）

［音乐续奏，杜丽娘脚下一滑，梦梅上前相扶，丽娘含羞取柳梦梅手中柳

枝急下。

[梦梅追入场。

[音乐奏。大花神引众花神上。

众花神　（唱“新曲”）

湖山畔云缠雨绵，

雕栏外锦簇翠屏，

惹下蜂愁蝶恋，

三生石上缘，都因梦幻，

一枕华胥两下蘧然。

大花神　众花神，且看他两人，梦酣春透，怎可流连，且抛些花瓣来惊醒于他。（落花）吾神去也！

[与众花神下。

[柳梦梅、杜丽娘相随舞蹈上。

杜丽娘　（唱“骂玉郎”）

蝶双飞，舞蹁跹，桃李吐芳鲜。

柳梦梅　（接唱）　情意缠绵，

我我卿卿双双共谐美眷，

同订三生石上缘。

杜丽娘　（接唱）　趁春风，跨凤上白云端，

愿檀郎，恩义比金坚。

柳梦梅　（接唱）　死生相依恋，

笑向苍天誓过，愿长作并头莲。

[配音乐。落花如雨。二人惊觉，柳梦梅送杜丽娘如前坐下。

柳梦梅　小姐请将息片时，小生去也。（下）

[春香上。

春　香　小姐，小姐！

杜丽娘　秀……

春　香　绣什么？哦！莫非问我春香绣被可曾香薰暖？

杜丽娘　困春心，游赏倦，也不索香薰绣被眠。天啊！有心情，那梦儿还去不远。

春　香　小姐，什么香梦啊？

杜丽娘　（唱“滚花”）

旧梦难寻春去也，

此后凄凉妆阁，

也则是楼上花枝照独眠。

春　香　我们回去吧！

[幕闭。

第三场　写真

[幽静的闺房，中设书案，套间设大帐。

[幕启。

[杜丽娘卧帐内，杜母愁坐榻前，春香侍立一旁。

杜　宝　（忧郁地“打引”上，念“引白”）

肘后印嫌金带重，掌中珠帕玉盆轻。（入内介）

杜　母　（起迎）老爷。

杜　宝　夫人，女儿病体如何？

杜　母　方才服药安眠，切勿将她惊醒。（同出台口）

杜　宝　到底近日有无起色？

杜　母　（念“口鼓”）哎！全无起色，半年来都是长眠不起，如啼似笑，乍喜还惊。可恨春香你这贱人引逗小姐游园，致令她归来后奄奄得病。

杜　宝　（怒，续念）春香！小姐在园中究竟曾见何人？有何隐事？如不直讲，家法无情！

杜　母　（暗止杜宝勿躁）春香，快讲吧。小姐得病与游园有关，你所见所闻，今日要快些讲白。（虚扶介）

春　香　这个……（起来）夫人，奴婢委实并无所见，只是小姐对我说过，曾遇见一位少年书生，闯进园来，手弄柳枝，求小姐题咏。后来又与小姐在牡丹亭前，梅花树下……

杜　宝　（急）梅花树下怎样？

春　香　小姐梦中情景，春香哪得知情。

杜　宝　（释然）哦，原来是女儿发梦。

杜　母　老爷，

（唱“滚花”）

我只怕女儿运蹇时衰，

触犯了柳妖花圣。

[杜丽娘微醒，开帐窥听。

杜　宝　（怫然）呸！

（接唱）　皆由慈母疏防范，枉请先生教读经。

我要儿女拘秉身心，你却纵她闲游任性。

杜　母　（接唱）　唉，女儿若早受人家茶礼，谅不致有如此病情。

杜　宝　（一望春香在侧，忙掩饰，接唱）

夫人切莫乱语胡言，资人话柄。

女儿定是游园受了风吹日炙，

不过是传来潮热急慢风惊。

（对春香）都是你这贱丫头，

（续唱）　惹出祸端，我定要将你鞭笞示儆！（切齿顿足介）

[春香吓得跌坐地上。

杜丽娘　爹——娘——（出帐上前，不支欲倒）

[同时，三人忙扶着丽娘，坐下。

杜　宝　哎！真乃家门不幸！

杜　母　（念“口鼓”）唉！可怜你昏昏沉沉，又被那奴才惊醒。（暗指斥春香）

杜丽娘　（续念）娘亲，春香无过，望求老父息了雷霆。

杜　宝　（续念）为父责问春香，也是为的女儿——可知却病祛邪，莫如修心养性。

杜丽娘　（长叹，续念）自料病入膏肓，亲恩难报，但有一宗心事，愿乞二老哀矜。

杜　宝　（续念）只要无损于名教，无碍于家声，我可如你所请。

[内场白：“圣旨下！”

[家院急上。

家　院　禀老爷，钦使到来，朝命高升，快请出堂接旨。

杜　宝　这个……夫人，你也是诰命之身，随我更衣出堂。

杜　母　（望女儿，心惶急）唉！这便怎好？春香，你要好生服侍小姐！

杜　宝　但愿新恩添喜，女儿久病得医！

[杜宝、杜母随家院下。

春　香　（忙向丽娘解慰致歉）唉，小姐啊，小姐！我悔不该带你游园，致令你得见什么少年书生，归来之后又要寻什么旧梦，这都是……

杜丽娘　这都是，我丽娘——

（唱“乙反减字芙蓉”）

情牵春梦客，魂向柳枝销。

春　香　（接唱）　一梦苦相思，此情人世少。

杜丽娘　（接唱）　根苗托磐石，松柏志难摇。

（转“滚花”）

纵使雀不填桥，拚断送青春不要。

春　香　（另场唱“木鱼”）

她明月为谁照？好花为谁娇？

恨我难寻一语，点活心苗。

你要珍贵金躯，摆脱病魔缠绕，

看你经已憔悴了，若再多愁善感，

只怕十分容貌不上九分瞧。

杜丽娘　我憔悴了？（音乐，对镜自照）

（唱“沉腔滚花”）

哎！往日轻盈美艳，今日暗淡萧条。

春香，快备下素绢丹青，我要描容写照。

春　香　小姐，你又何必再劳神呢？

杜丽娘　春香，我自顾今日花容仍未尽萎，若不趁此时描画，留在人间，一旦无常，又有谁知我西蜀杜丽娘生前模样呢。春香，快为我备下丹青。

[春香下。

[幽怨音乐。

春　香　（复上，取绢笔铺陈）

杜丽娘　正是三分春色描来易，一段伤心画出难呀！

（对镜边描边唱“反线慢板下句”）

对菱花，挥彤管，不禁泪湿冰绡。

镜中人，伤春去，无复当年窈窕。

什么玉树丰标！什么风流才调。

今日红颜未老，早落得柳悴花憔。

（催快）　倒不如，闭目寻思，追写那旧时色笑。

（寻思，对镜顾盼少顷，奋笔描画介）

点樱桃，匀杏脸，凤鬟雾鬓。

迤逗得彩云飘飘，悄弄青梅，

潋滟秋波，似喜如愁。

春　香　小姐，你这幅春容，呼之欲出，真是惹人怜爱呀！

杜丽娘　（长叹，续唱）

惜此画里真真，也无人唤叫。（拉腔）（放笔掩泪介）

春　香　小姐，你又在伤感了。（介）啊！有画岂能无诗，你何不题诗帧末呢小姐？

杜丽娘　好呀！（写诗介）

（读“诗白”）

近睹分明似俨然，远观自在若飞仙，

他年得傍蟾宫客——

春　香　（接读）　不在梅边在柳边。

啊！小姐你题诗寄意，莫非说他年所嫁姐夫，不是姓梅便是姓柳吗？

杜丽娘　他年吗……（凄然）

（唱“合尺滚花”）

但有荒冢白杨啼杜宇，

那得蟾宫贵客咏桃夭。

今生已矣，又何敢望他年，

不若改作他生为妙。

[取笔欲改诗，吐血，笔跌下。

春　香　（扶住）小姐，你保重呀！

杜丽娘　（悠然，苏醒，唱“慢二流”）

莫不是，丽娘今日，已届魂断香消。

（回顾凄然，“叫头”）爹爹！娘呀！（跪下）

（续唱）　恕孩儿，孝顺无终，难以再承欢笑。

十八载，空劳养育，永诀一朝。

春　香　（扶起，泣）小姐，你不能丢下春香而去呀！

杜丽娘　春香，我也舍不得你呀！

（续唱）　我死后，你要在灵前，对我晨昏唤叫。

春　香　小姐，你不要死，你的梦中人定来寻你的。小姐！

杜丽娘　（甜蜜地笑，旋即惨然，续唱）

梦中人，知何处，痴魂怨魄倩谁招？

（念“口鼓”）春香，你是我闺中知己，今有一事相烦，望你千万休要忘记了。这幅遗容，因有题诗在上，外观不雅，他日葬我之后，你把它装在紫檀小匣，藏于太湖石底。（介）但愿那梦中情侣，再来慰我寂寥。

（取画交春香，晕去）

[哀乐齐鸣，丽娘死去。春香扶入大帐。

春　香　（哭叫）小姐！小姐！老爷夫人快来呀！

[杜宝、杜母急上，

杜　宝
杜　母　（见状，扑前，哭叫）女儿！女儿！

[三人同“乙反哭相思”介。

杜　母　（唱“乙反滚花”）

女呀你忍心抛爷撇母，痛煞我一寸肝肠做了百寸焦。

从今后更有谁人，把亲娘来叫。

杜　宝　（接唱）　唉，夫人你还须保重，随我淮阳赴任在今宵。

杜　母　今晚就要起程？

（念“口鼓”）唉！女儿尸骨未寒，身后事情又有谁人照料？

杜　宝　（接念）老夫喜得升迁，女丧不便返里，只有托陈先生代营后事，夫人，你速把行装准备。春香，你快请陈先生进衙内，说我有急事相邀。

[春香下。

杜　母　（扑入大帐，哭叫）女儿，你好命苦呀！

杜　宝　（劝止）夫人！

[幕闭。

第四场　拾画

[三年后。

[花园，大致与二场同，台侧梅树下有孤坟一角，碑上写："杜丽娘之墓"，春天气象，但景色荒芜。

[幕启。

石道姑　（上，念"诗白"）

几年红粉萎黄泥，十二峰头月欲低。

天上人间无限恨，落花流水杜鹃啼。

贫道石道姑是也，自从丽娘小姐去世，太守升迁。吩咐将这衙内后园。改建梅花道观，小姐就在寒梅树下，瘗恨埋香，老身奉命在此焚修，转瞬已经三载。日前陈先生引来岭南柳相公，在西斋养病，看他却也是个至诚君子。今日他体病初痊，意欲寻春，以消郁闷，我只得领他到后园一游，且到那边将他等候便了。（下）

["合调慢板序"，柳梦梅上。

柳梦梅　（唱"合调慢板"）

脉脉梨花深院香，一年春事惹思量，

喜得随步名园，寻芳拾翠，

莺燕关情，薰风解意，

自恨飘零书剑，愧无彩笔赋新词。

（唱“滚花”）

待请姑姑把路途指示。

哦，原来姑姑在此，请受小生一礼！

石道姑　贫道稽首了，相公喜占勿药，今日天气晴和，正好游园遣兴。

柳梦梅　小生赴试京华，不幸客途抱病，深感姑姑时刻关怀，今日游园，更烦姑姑引路。

石道姑　相公游园，可从西廊转画墙而去，百步之外便是篱门，半里之遥都为他馆，你可尽情玩赏，竟日消停，不须老身陪去。

柳梦梅　如此请便。

石道姑　（欲下复回头）相公记着，游园只可散闷，不许伤心。

柳梦梅　游园怎的会伤心？

石道姑　（叹息）老身是这般说，相公自去游便了。

（另场）正是：名园随客到，幽恨少人知。（下）

柳梦梅　姑姑去了，我可依路而行。（配音乐，行介，至篱门，趋前一望。音乐起）好个葱翠篱门，可惜倒了半架。（探身而进）好大一所园林，因何弄到如此荒芜呀？（择路而行左顾右盼，慨然）

（念“诗白”）

凭栏仍是玉栏杆，四面墙垣不忍看，

想得当时好风月，万条烟罩一时干。

（唱“反线中板”）

可叹风月暗消磨，金残粉褪，大好台榭半倾颓。

九十春光，都付与芳草斜阳，断烟流水。

漫步苍苔，只见寒花绕砌（介）垂柳牵衣。

（顺手折柳玩弄，忽有所忆）呀！这一株垂柳，我似曾相识。（回顾惊奇介）

（唱“滚花”）

啊！这牡丹亭，芍药栏，

景物俨然我确曾到此。

（“二黄板面”追忆前梦，唱“长句二黄”）

尚忆翠柳如丝，红梅一树，

如花美眷，与我共证心期。

恍惚迷离转过那湖山石背。（看介）

这牡丹亭畔，犹记艳迹依稀。

（看介）今日怎生这般凄凉冷落呢？

（续唱） 看这边，（序）挂着个冷湫蹝。（序）

（趋前看惊异介，续唱）

尚有半片裙拖，惆怅彩云何处。（拉腔）

（四顾惘然，忽想起是梦，失笑）啊，想起当时情景，不过是南柯一梦，我远在广州，何尝一到南安？梦中美人又岂能寻见。然而，梦虽是梦，我却念念难忘，所以改名梦梅，以寄情思。——但今日是梦是真？难道我柳梦梅今日不是再入梦中？（介）非也，非也！看园中景物确在目前，这又焉能是梦呢？（介）这是牡丹亭，芍药栏，（介）呀！这一树寒梅之下为何多了一座孤坟？（读碑文）杜丽娘之墓（重句）。原来有女儿葬在此间。唉！

（唱“二流”）

荒冢当年埋玉处，白杨今日几人悲！

如此寂寞苍凉，宁不教人心碎！

忍听声声杜宇，不如归。

（掩袖转身欲行，忽见太湖石）啊，这是太湖石依然屹立如故，只是苔痕斑驳了。（以手抚石，石裂，窥介）呀！这里有个紫檀盒儿，看是何物。（取匣出）匣内有画。（急展视）呀，是一幅观世音喜相，善哉善哉！（再看介）啊，是观音大士，为何身旁不栽紫竹，又不放鹦哥呢？莫不是月里嫦娥？（再看介）不对，是嫦娥也应该有丹桂飘香，祥云烘托呀。（想介）

（唱“滚花”）

既不是观音，又不是嫦娥，

人间哪得有此。（细看）

哦，我又觉得似曾相识这美人儿。

但我一生未接近红颜，莫非在梦中相遇？

（细看喜）对了，看她似喜似嗔，如迎如送，宛然是我梦中仙子。

（续唱） 待我携返书斋虔诚供奉，聊以慰情痴。（捧匣下）

[暗转。初更介。

[“快二黄首板”，风起。

杜丽娘 （旋风舞上，扎架，静场唱“长句乙反首板”）

夜茕茕，墓门人静，

孤冷冷，对月中庭。

游魂渺渺，漫步荒林曲径。（拉腔）

（圆台扎架。静听。风动摇铃叮叮响，内场几声钟磬，其声凄切）

（静唱“乙反弹词长句滚花”）

风动铃，殿阁响咚叮，

是断鼓零钟金字经，

三年含泪听，愈听愈伤情，

冷冷冥冥花弄影，

凄凄楚楚，叶飘零。

似昔日太守衙中千金女，

今日水流花榭悄无声。（拉腔）

（转“乙反中板”）

唉，梅卿柳兄！痴愿成虚，空自盼他三年整。

花亭水亭，都荒废尽，不堪回首牡丹亭。

问一声，梦中人，何日重来寻梦境？

知否冢中人，怀念你，孤魂夜夜梦难成。

（转“乙反滚花”）

芳魂无依，伴我者是不灭不明春月影。（拉腔）

我杜丽娘好苦呀！

（唱“乙反沉花”）

怀往事，倍伤情。

柳梦梅 （梦呓）美人姐姐，美人姐姐……

杜丽娘 （一惊而起）呀！

（唱“快二流”）

何处呼唤声声，（合）

不由我不听。（上）

[内叫介。

杜丽娘　（续唱）　原来那边厢内，（士）

有人悲叫姐姐连声。（尺）（很急切地）

为什么？为什么？叫不出你可人儿的姓和名？（合）

不叫姓名谁来应？（上）（自苦介）

怎得有个人来叫唤，（士）

叫唤丽娘姐姐一声。（尺）

不免寻声上前，（合）

一观究竟。（上）（舞蹈下）

[幕闭。

第五场　叫画、冥誓

[梅花观内一角幽斋，儿上设檀炉。屏上悬丽娘画轴，杂边小回廊，几树春花点缀。黄昏月出至深夜。

[幕启。打二更，柳梦梅掌灯上。

柳梦梅　（唱“滚花”）

剔亮灯儿再唤真真。

（对春容）姐姐，我的美人姐姐呀！

（续唱）　怎的万唤千呼你全不应我。

姐姐，你题诗说道“他年得傍蟾宫客，不在梅边在柳边”。梅边是指我，柳边也是指我。姐姐，你可知柳梦梅在此？你可还认得小生么？你怎生不应我呀？姐姐，（来回看画，越看越爱）姐姐定然认得小生，看她含情欲语，不住来回顾盼着我呢。

（唱“西皮尺字过序”）

你眼儿轻送秋波，鬓钗飘然欲堕。

手弄青梅，轻盈婀娜。

似乎春心一颗，有愁许多，

低悄欲言，只少口气儿呵。

唉，她是画里仙姬，我乃人间秀士，怎叫得应呀。（静场）小娘子画似崔徽，诗如苏蕙，行书逼真卫夫人，小生虽则典雅，怎能学她一样，蓦地重逢，不免步韵一首。（题诗画上介，读）

（念“诗白”）

丹青妙处却天然，不是天仙即地仙，

欲傍蟾宫人近远，恰些春在柳梅边。

岭南柳梦梅。

（唱“滚花”）

画意诗情连梦境，

深感美人对我用情多。（介，如有所悟）

我定要效唐朝赵颜一般，

叫出画里真真同唱和。

好啊，好啊！待我狠狠叫她几声。（恳切地叫介）美人姐姐，美人姐姐！请！请呀！真的下来了！

（续唱）　乍听得珮环摇曳——

却不见倩影轻挪。

真真不肯下堂来，

有影无形急煞我。

（起　“南音板面”衬白）唉，有道精诚所至，金石为开，我唯有将小娘子春容，早晚玩之，拜之，叫之，赞之，以表我真情一片。（抹炉香，对画凝神介）

（唱“流水南音”）

沉寂寂，不见动凌波。

只是含情欲语锁双蛾。

姐呀你自把春容描画妥。

寻梅问柳隐情多。

记否牡丹亭畔初逢我？

（转“二黄”）

梦酣春透意密情和。

（转“合字过门”）

正在流连美境似醉如酡。

天花乱坠骤惊甜梦破，

双燕竟分飞可奈何。

旧梦难寻武陵深锁，

你教我年月怎生过。

（唱“二黄”）

今夕重逢画里，愿姐你再续丝萝。（拉腔）

美人，姐姐！（拈香拜介）

（食“合”字唱“反线叹颜回”）

唉！顽石有知亦点破，

缘何打不动嫦娥，

迟迟不肯下银河。

杜鹃叫凄楚，寒虫叫凄楚，

凄风呜咽自窗过，孤单，是我，

愈感愁多，愈感愁多，

悄向真真啼血连呼百遍，姐你知道么？（拉腔）

姐姐，我的姐姐呀！唉，梦梅不似赵颜福，百叫真真不作声，梦里寻她，梦里会她！姐姐呀！

（唱“合尺滚花”）

姐若娇羞难近我，

香魂入梦共厮磨。（靠桌而睡介）

［三更介，杜丽娘飘然上。

杜丽娘　（唱“滚花”）

循声步上西廊径，

只见书斋内香烟隐隐灯火荧荧。

且在门外相窥，

怯怯心儿难定。（在门外窥视介）

柳梦梅　（醒介，见丽娘，讶异，“推磨”，望望丽娘，望望丹青，喜极欲狂，唱“沉腔滚花”）

你你你，是我梦中人。

（转“爽中板”）

数载相思无处问，

今宵何幸会真真。

柳外梅边人已近，

诗情画意证心盟。

（转“滚花”）

今夕牡丹亭畔梦重圆，

明月清风添雅韵。

杜丽娘　秀才。

（唱“木鱼”）

我不是你梦中情侣，也不是画里真真。

不过是东邻处子，偶尔闲步园林。

怜你独对孤灯特来将你慰问。

柳梦梅　（失望，颓然退避）哦，你不是画中人，又不是我梦中人。

（接唱）　恕我一时错认，获罪良深。（揖介）

简陋书斋未便款留红粉。

还请速移莲步返家行。

杜丽娘　（唱“二黄”）

有道彩云易散春梦无凭。

你又何妨以假为真聊补情天缺憾。

柳梦梅　（接唱）　请恕我心中眼底只有一个梦里情人。

任教弱水三千，

（转“滚花”）

我只取一瓢饮。

杜丽娘 （暗喜，接唱）

相公不愧志诚君子，一往情深。

记否牡丹亭畔梦魂中，

我一点灵犀早以为君赠。

柳梦梅 （大喜，趋前）你当真就是我梦中人，又是画中人？唉！（故意吁一口气）

杜丽娘 秀才因何长吁短叹？

柳梦梅 好姐姐！

（唱“泣残红”）

你为何为此忍心戏弄人，应知我心，

自从牡丹亭畔，春去梦无痕，

冷冷孤馆青灯，渺渺云鬟雾鬓。

相思直到今，一点痴心未泯。

此际月缺重圆，衷怀尽倾诉，愿你相信。（揖介）

杜丽娘 （接唱） 愿郎毋怨恨，我特来践约花月下，

再续前盟，与你共寻牡丹亭艳韵。

柳梦梅 （唱“五槌滚花”）

一天好事今宵定，喜极翻疑梦与真。

究竟是梦是真，敢向卿卿一问。

杜丽娘 你看眼前景物，又焉能是梦呢？

柳梦梅 （环顾）难道是真？

杜丽娘 这又非真。

柳梦梅 是假？

杜丽娘 却又非假。

柳梦梅 唉，既不是梦里相逢，又非假非真，真使我惝恍迷离莫名底蕴。姐姐，到底你贵姓专名仙居何处，能否对我讲真？

杜丽娘 我是——（望梦梅不敢直说）我是画中人又是你梦中人，并非邻家女儿，

秀才何必多问。

柳梦梅　（焦急）我知我知，我知你是画中人又是我梦中人，但我请你讲明是谁家闺秀，好让我——我替你做冰人。

杜丽娘　（讶异）你欲替我说亲？

柳梦梅　现有一人正如我一般，潦倒穷愁未青一衿，不知姐姐可嫌他贫困？

杜丽娘　富贵功名何足论，奴所重者是情高意真。

柳梦梅　此人品格一似小生，姐姐能否把婚姻俯允？

杜丽娘　多谢冰人美意，可惜我早已订下终身。

柳梦梅　（唱“沉腔滚花”）

一腔热望化烟云。
他是谁人竟有此如天福分？

杜丽娘　（转“长句二黄”）

他是倜傥书生，与你一般人品。
梅边柳外，与我共订婚盟，
只为远在羊城难访问，
未知他堂上更有何人？
君若知情还请直言毋隐。

柳梦梅　（大喜，唱“快中板”）

小生何幸得遇佳人。

（转“滚花”）

唯是他他他，三年前早已定亲，
此刻高架鹊桥好事近。

杜丽娘　（唱“沉腔滚花”）

此语是假还真，是谁家绣阁千金——

柳梦梅　（接唱）　就是这画里真真，眼前红粉。

杜丽娘　（接唱）　玄虚故弄，恨煞了狂生，
但梦中情，一似水中月镜中花，
岂不辜负你朱颜绿鬓。

柳梦梅　（接唱）　纵是镜花水月，拚教厮守终身。

正是情有独钟，我亦难自禁。

杜丽娘　痴哉秀才，难道竟为追寻此梦而至南安？

柳梦梅　非也。

（唱“爽士工慢板”）

梦无彩凤双飞翼，心有灵犀一点通。

千古幽情，只有藏于心坎。

我此行，只为京华献宝，

不幸途中染病，暂在此栖身。

杜丽娘　（接唱）　君不闻，朝廷重宝轻贤，

若图献宝求荣，岂不有玷你清才逸韵。

柳梦梅　可敬，可敬！

（接唱）　原来好姐姐，不独能诗善画，

高风卓识，更令我倾慕输心

但我所献者，不是异宝奇珍，

却是腹内珠玑，胸藏绣锦。

此去临安，春闱应试，

只欲匡扶社稷，献策平金。

（转“爽中板”）

且看江北淮南金鼓震，

惊破西湖碎梦魂，

剩水残山何限恨，

岂容金寇又南侵。

（转“滚花”）

我千里迢迢叩帝阍，

只愿笔尖儿扫尽胡兵刃。

杜丽娘　（接唱）　秀才深于情而忠于国，

洵属可贵难能。

只恐儿女之私，

误你前途似锦。

柳梦梅　（接唱）　但得有情人成眷属，当更励我雄心。

若不见嫌，我明日便踵府求亲，

再向金殿抡元将御酒饮。

杜丽娘　（凄然）你欲到我家中求亲？（旋又改容）秀才你可知我是何等样人？

柳梦梅　看姐姐绝艳惊才，却不似人间脂粉。

杜丽娘　不是人间难道天上？

柳梦梅　（故意）是了，是了！姐姐不肯把身世讲明，一定是大罗仙子，小生福薄不敢冒渎天人。（故意合十回避介）

杜丽娘　秀才不是董永，奴奴也不是天上仙姬。

柳梦梅　难道是人间红拂？

杜丽娘　秀才不是李靖，何来红拂私奔？

柳梦梅　（焦急）姐姐你到底是谁家淑女，哪样门庭？何妨对我表白呢。

杜丽娘　（欲言又止）秀才，我——我曾集唐诗一首，请你仔细参详。

柳梦梅　小生洗耳恭听。

杜丽娘　（念“诗白”）

拟托良媒亦自伤，月寒山色雨苍苍，

不知谁唱春归曲，又向人间魅阮郎。

柳梦梅　（讶异介。唱“滚花”）

诗句凄清不似人间语，

（行近丽娘诚恳体贴地）姐姐！

（续唱）　你纵有难言之隐，又何妨直告你梦中人。

杜丽娘　（接唱）　君呀！我有无限哀衷——

柳梦梅　（接唱）　我愿与姐姐分担愁恨。（更亲切地抚慰介）

杜丽娘　（唱“反线中板”）

君情如许使我喜极还颦。

一自芍药栏边落红成阵。

惊残蝶梦梦难寻。

从此一病伤春命随花殒。

留下春容诗句寄情心。

（转“滚花”）

痛煞痴情杜丽娘，

一树寒梅埋幽恨！

柳梦梅　哦，你就是杜丽娘小姐？

杜丽娘　正是杜丽娘。

柳梦梅　丽娘，我的好姐姐！

（唱“反线中板”）

感痴情，怜薄命，我亦痛不欲生。

我与卿，虽则恨隔幽冥，隔不了情心相印。

柳梦梅，誓同生死，与你再续鸳盟。

（转“滚花”）

冥冥苍天可证我此心耿耿。

杜丽娘　幽冥有别，人鬼殊途，郎君岂可如此。

柳梦梅　姐姐不弃，请同向苍天发誓。

[“手托”一段，柳梦梅、杜丽娘同跪拜介。

柳梦梅　皇天在上，柳梦梅与杜丽娘共结夫妻，生则同衾，死则同穴，口不心齐，寿随香灭。

杜丽娘　（感泣，暗“相思”介）

柳梦梅　（抚慰，唱“相思”尾腔）

妻你因何伤感？

杜丽娘　泉下幽魂，竟蒙厚爱。

（唱“滚花”）

郎君情深义重，丽娘宁不感激伤心。

柳梦梅　丽娘！

（念）　死死生生何足憾，死生难隔两情真。

梦梅愿化丹青里，俪影双双永不分。

杜丽娘　（念）　游魂夜夜觅郎君，情到真时死亦生。

一灵未肯随风化，三生石上证前因。

柳梦梅　此话怎解？

杜丽娘　（唱“爽中板”）

三载香销情未泯，

至诚感动上天心。

许我芳魂游远近，

访寻旧爱续前盟。

（转“滚花”）

前日为柳郎而死。

今日为柳郎而生。

君去发冢开棺，

我便回生有幸。

柳梦梅　当真？（介）果然？（介）

（唱“快中板”）

好乘良夜启香坟，

倩女魂归真庆幸。

杜丽娘　（唱“滚花”）

知否午夜盗棺其罪重？

柳梦梅　（接唱）　为卿哪怕祸临身！（欲冲下）

杜丽娘　且住！丽娘候君三年矣，郎去发冢开棺，一要在天明前得手，二不能损坏我身躯，三要秘密行事。君如有误，丽娘含恨九泉。

柳梦梅　姐姐放心，梦梅决不有误。

杜丽娘　（下拜）拜谢了！

（念）　准备香魂重入窍，牡丹亭畔庆回生。（拉腔，舞蹈下）

柳梦梅　（喜极感叹）想不到梦中人却是真知己，柳梦梅你几生修得伴梅花也。

（唱“滚花”）

高山流水韵双清，

天上人间情不尽。

待我借取银锄开玉冢，

寻将蝶梦结灵姻。（下）

[即起排子头，变下一场景。

[幕闭。

第六场　回生

[花园夜景。

[反线引子。幕启。

[轻爽，序。

众花神　（在这个序里，拈花飘然舞上唱新曲“花弄影”）

断守到如今，痴情杜女魂。

丹青藏石匣，引得梦中人。

悄语唤真真，真真果现身。

幽斋重话旧，春色入园林。（拉腔）

大花神　（食序而上）哈哈哈！春工检点又三年，一树寒梅梦未圆，今夕香魂应入窍，巧结人间并蒂莲。我等惜玉惜春，三年护冢，今宵才见，杜女还魂，唯恐柳子多情，银锄无眼，还当暗施花露，保护香尸为是。

众花神　（应）然也！

（起舞，续唱“花弄影”）

珠海云山客子临，挥锄发冢盗佳人，

漫天花雨缤纷舞，同庆情鸳续旧盟。

（拉腔起舞，各按方位扎架介）

[一连打几个紧而快的三更。

柳梦梅　（紧促地内场）哎吔！（执锄上）

（唱“爽反线快中板”）

更声阵阵催人紧，步履匆匆踏月行，

依稀认得园中路，转过湖山就是坟。

（小圆台，被花枝牵袖缠颈，大吃一惊，急撑挺避开）

（续唱）　花枝牵袖蔓缠身，疑是飞来守夜人。

一刀头落吾何惧，苦了黄泉路上魂。

当小心！（仰首望天，接打四更，大急）

（快唱“反线归时”尾段）

月冷星稀夜已深，

声声更鼓夺人魂。（士）（疾行介）

一分阴，一寸金，

穿花径，行复行，

走近香坟，动手发冢开棺救玉人！（入场）

[过快序奏至“反线归时”尾句。

[众花神作缤纷舞，洒花雨，笛仔包尾句。内场闪光。

[满园春色。

[众花神卸近天幕一字排开。

[横箫奏“步步娇”引。

杜丽娘　（内唱“步步娇”）

梦醒——（眼儿迷迷，身儿荡荡，倚着梦梅肩悠悠上）

昏昏沉沉，身飘渺，若腾云。

柳梦梅　（耳边悄语）丽娘我妻，你回生了。

杜丽娘　（睁眼）果是柳郎！

柳梦梅　柳郎在你身边。

杜丽娘　（喜极，续唱“步步娇”）

感谢君以忠信待人，不枉丽娘数载盼君临。

柳梦梅　（接唱）　知卿为我而亡，心中悲痛不欲生，

哪有不星夜，开棺救你生。

杜丽娘　（接唱）　重回阳世念前尘，绮梦忆犹新，

牡丹亭，芍药栏，君你复将津问。

柳梦梅　是第三回了。

[天将曙，几声鸡啼。

杜丽娘　（惊）丽娘回生，恐惊世俗，天将曙矣，妾将安归？

柳梦梅　（慨然起唱“折桂令”）

烽烟滚滚，国危在旦夕，

金兵已迫近。

此番进京去展学问，

我当力主战，靖胡尘。

顺挈妻上路行，

生同衾，死同穴，永不寒盟！

杜丽娘　（接唱）　爹闻知，不允又如何？

柳梦梅　（接唱）　据理力争，哪怕海枯石烂，地裂天崩！

杜丽娘　（接唱）　情坚哪怕星河暗，

柳梦梅　（接唱）　比翼双飞破雾行！（拉腔）

[起“大开门”一小段。

[众花神起舞暗送梦梅、丽娘入场。

[幕闭。

——剧终

本剧选载的是 1959 年吕玉郎、林小群等主演的演出本。

屈　原

（根据郭沫若同名话剧改编）

改编：杨子静　莫汝城

整理：马师曾

人物表

屈　原	三间大夫
宋　玉	屈原弟子
婵　娟	屈原之侍女
楚怀王	
子　兰	楚怀王之稚子
南后郑袖	子兰之母，怀王宠姬
靳　尚	楚上官大夫，佞臣，奸险无耻
子　椒	楚令尹，老朽昏庸之佞臣
景　庸	楚大夫，佞臣
张　仪	秦国丞相
庙　官	东皇太一庙的庙官
女中官	
仆　夫	原甲士之一
老　农	楚国庶民
渔　妇	楚国庶民
樵　夫	楚国庶民
屠　户	楚国庶民
商　人	楚国庶民

桑　女　　楚国庶民

士　人　　楚国庶民

牛　郎　　楚国庶民

织　女　　楚国庶民

家　人　　靳尚家人

更　夫　　楚王宫内更夫

甲　士

副　将

宫　女

九歌舞者十人（均戴面具）：

东皇太一　　男像。面色青极猛恶，右手执长剑，左手执爵

云中君　　女像。面色银灰，星眼，衣饰极华丽，左手执日，右手执月

湘　君　　女像。面白，眼极细，周身多以花草为饰，两手捧笙

湘夫人　　女像。面色绿，余与湘君相似手执排箫

大司命　　男像。面色黑，头有角，手执青铜镜

少司命　　女像。面色粉红，手执扫帚

东　君　　男像。面色赤，手执弓矢，青衣白裳

河　伯　　男像。面色黄，手执鱼

山　鬼　　女像。面色蓝，手执桂枝

国　殇　　男像。面色紫，手执干戈身披甲

第一场

[东周战国。

[楚廷。

[“帅牌”音乐。子椒、景庸郁郁不乐同上场，互相摇头叹息。

子　椒　（念“口鼓”）唉！大王信任屈原，疏河治水，毁坏了我家不少田地。

景　庸　（接念）唉！屈原时时助长民间志气，灭我们官宦威风，未知何日把佢诛除。

靳　尚　（撞上，向子椒、景庸拱手为礼）令尹，景大夫。

子　椒
景　庸　（同拱手还礼）上官大夫！

（同念“口鼓”）你来得正好，我们要除掉屈原，你来从长计议。

靳　尚　（接念）除屈原，要借外力，我们要借助秦相张仪。

子　椒
景　庸　（均齐口赞成）一于如此。（和靳尚背台）有请大王临朝！

[“大开门”，楚怀王由四甲士、四宫监、拥上就位，

楚怀王　（念“诗白”）

孤为六国合纵长（音掌）。
威风八面气洋洋，
内宫外廷多快意，
凭吾喜怒作行藏。

孤，楚怀王，众卿催孤临朝，有何奉奏？

靳　尚　臣奏大王，秦相张仪求见，大王定夺。

楚怀王　嗄！秦相张仪求见？（大喜介，自夸）我楚国称强，威镇天下，秦人畏我之威，使其相国来聘，此乃势所必然，靳大夫！

靳　尚　臣。

楚怀王　与孤请秦相张仪相见。

靳　尚　（奉命）遵命。（介）大王有命，请秦相张仪相见。

张　仪　（上，念“诗白”）

一怒而诸侯惧，安居而天下息。

（入拜介）外臣张仪拜见大王。

楚怀王　（欠身）张先生有礼，请坐。

张　仪　谢大王！（进就宾位而立）

楚怀王　张先生，不远千里而来，有何见教？

张　仪　大王！楚秦本是兄弟之国，寡君秦王虽僻处关中，然久慕大王威德，楚国国富民强，将来必霸天下！

靳　尚
子　椒　（同声）大王好威风！
景　庸

楚怀王　（大喜）好威风！

靳　尚
子　椒　（同声）大王好威势！
景　庸

楚怀王　（大喜）好威势！

[共大笑介。

张　仪　可惜美中不足呀！

楚怀王　美中不足？

张　仪　可惜大王，不思自强，反借助于齐赵诸国，进不能开疆拓土，堂堂楚国，自降附庸，长他人志气，灭自己威风，奇耻大辱，莫甚于此！（奸笑介）

楚怀王　（自觉气短）呃！（愤怒拍案无语）

张　仪　（知楚王意动，有机可乘）寡君秦王，愿结好大王，将商於六百里地，献与大王。愿大王能弃六国之盟，寡君与大王合兵，共取天下，平分疆土。大王意下如何？（即献地图介）

楚怀王　（接地图，用“三搭箭”观地图完，三笑，起唱“快点”）

秦王赠我商於地，慕孤威德喜何如。（向张仪）

愿与秦君图大事，共取天下平分之。

（转“滚花”）

请张先生上复秦王，道达寡人诚心共事。

张　仪　（反激之）且慢！

（唱“滚花”下句）

大王一时之喜，未加三（去声）思。

臣闻轻诺者必寡信，大王之言，臣却未能深信呀。

楚怀王　张先生，寡人一言既出，驷马难追。先生不要多疑才是。

张　仪　（念“口鼓”）大王，背六国，亲秦邦，何等大事。苟大王左右，有人从中作梗，大王你又心内狐疑。

楚怀王　（忙中无以应者）这个吗？

靳　尚　（念“口鼓”）大王，立传王命，有人敢谏者斩，便可成其大事。

楚怀王　（大喜）对呀，靳大夫，快些传命得来。

靳　尚　遵命！（步出台中传令）

（念“口鼓”）呔！大王有命，毁纵约，亲秦邦，共取天下。有人敢谏者九族当诛。（转身就原位）

屈　原　吔！

（唱“慢滚花”）

一路上传闻秦相张仪来献地。

如今又传下王命，亲秦邦，背六国，

有人敢谏者九族当诛。

事关国家安危，我奋不顾身来谏止。（想）

臣屈原见驾，拜丹墀。

楚怀王　（大喜）屈大夫上殿何事？

屈　原　（念“口鼓”）大王，臣闻秦将张仪来聘我邦，特来与张先生相见。

张　仪　（开位向屈原，接念）不佞秦相张仪，久闻大夫大名，今日幸得，拜识高贤。（见礼）

屈　原　（还礼）张先生，你以秦相之尊，辱临我国，必有大事，不佞愿闻高见。

楚怀王　屈大夫，我楚国富兵强，还要依附齐赵诸邦，实为可耻。今已决意，尽弃诸国之盟，示威天下。你休要多言也罢。

屈　原　休要多言也罢？（大笑）大王，臣奉命治水，路过南山，见了一宗离奇怪事，愿与大王言之。

（唱“中板”）

见有一大雕，展翅恨天低，正在翱翔空际。

忽来一猎户，他用花言巧语，骗取得雕鸟回归。

他笑大雕，靠两翼而飞，有损大雕威势。

雕鸟一时不察，自毁两翼，跌下万丈深溪。

问大王，那毁翅的大雕，是否自招其毙？

楚怀王　（冲口而出叹息）哎呀，它是一只笨鸟呀。

（唱“滚花”）

此鸟自寻死路，是个蠢东西。（收）

此鸟自取灭亡呀。

屈　原　自取灭亡。

楚怀王　自取灭亡呀。（笑介）

屈　原　大王。

（唱“爽七字清”）

此鸟与大王同一例，大王则翼三晋整齐。

自毁羽毛殊非计，伏望大王谨慎施为。

楚怀王　（略有所悟）这个吗？

靳　尚　（急接）大王，屈原以禽鸟比大王，犯了大不敬之罪，本应要斩。

子　椒
景　庸　（同附和）本应要斩！

屈　原　（很安闲）哦，我……本应斩？

靳　尚
子　椒
景　庸　（同）不敬大王，本应斩！

屈　原　（正色）不敬大王，应该论斩，先斩他等几人。

靳　尚
子　椒　（同）我等所犯何罪？
景　庸

屈　原　（念“口鼓”）大王，自从六国合纵，暴秦闭关十年，不敢干戈妄动。天下万民乐业，楚国实受其利无穷。三岁孩童，也知此理，他等是大臣，难推不懂。他们知而不谏，分明欺君，有罪，国法难容！

靳　尚
子　椒　（面面相觑，不知如何）
景　庸

张　仪　（见势不利即开位上前，很有礼貌）屈大夫。

屈　原　（亦很镇静者）哦，难道先生又来替他等讨情吗？

张　仪　非也。窃闻两害相权取其轻，两利相权取其重。

（唱“慢三脚凳”）

虽然六国合纵，可保疆土。
以楚国强大，应天下称豪。
保境安民，不能开疆拓土。
受五国牵制，霸业定难图，
寡君实惜之，使张仪来结好。
献上商於地，更愿效微劳。
秦楚合兵，取天下何足道。

（转“滚花”）

亲秦有大利，应权轻重为高。

楚怀王　屈大夫，张先生所言有理，秦愿献地结楚盟，共取天下，其利甚大。

屈　原　大王！臣闻有与虎谋皮之事。愿为大王言之呀。

（“西皮”序，唱“西皮”）

有六壮士，挟弓箭，守南山巅。

（念“韵白”）忽来噬人猛虎，口吐人言。他说列位贤豪，何幸相见。更说虎无伤人意，何必防卫严。请尽弃弓矢，愿以虎皮相献。五人共议称不可，独有蠢汉不喟然。蠢汉弃弓箭，步上前，待猛虎，将皮献。虎忽稽首声声称，壮士胆识罕见。山中尽多麋与鹿，我能尽猎献君前。能尽毙此五人，君利可独占。此蠢汉贪利没思量，助虎尽将同伴歼。尽歼同伴后，此蠢汉死于虎口终难免。

（唱“西皮”）

贪秦地，去亲秦，与此人同浅见。（拉腔收）

楚怀王　（大惊，悟）这个吗？

（念“口鼓”）屈大夫，若不是一言提醒，否则几（音机）误大事。（将地图交回张仪）张先生，原物奉回，不便受之呀。

[张仪只得接回地图者。

屈　原　（接念）大王，张仪欲祸楚国，应即囚之，请大王传旨。

楚怀王　（接念）两国交兵，不斩来使，张先生仍留宾馆，以宾礼待之。退朝。

[楚怀王与宫监同下。

[群臣无精打采下。

张　仪　（向屈原拱手）屈大夫，张仪有辱君命。

屈　原　（向张仪拱手）张先生，勿谓楚国无人。

[幕闭。

第二场

[张仪到楚国说楚王弃齐盟，修秦好，为屈原败谋以后一个早晨。

[屈原宅后橘园。

[愉快而雄壮之谱子启幕。

宋　玉　（内场叫）好先生，好先生！

（持《橘颂》从杂边小桥上）

（唱“剪剪花”）

我先生，我先生，今日异常欢悦兮！

晨到园中写成《橘颂》，与我谈复笑挥笔瞬息中，叹先生，那笔锋，颂成橘亦雄。

（唱“二黄滚花”）

先生将《橘颂》写成，说天生楚材应楚用，

说我们后生可畏，将《橘颂》赐我手中。

婵　娟　（衣边内场）走呀！

宋　玉　（唱“西皮”）

婵娟到，我隐身花丛，将她捉弄。

（“西皮”浪里短序，藏身入花丛）

婵　娟　（从衣边捧古琴上，唱“西皮下句短序”）

常常在春风，熏陶中。

（唱“西皮”下句）

我婵娟，受主人教育，看重。

（转“西皮”尾腔）

我学得气节高崇。

（放古琴到琴案，接近宋玉所藏匿之处，欲调弦）

[宋玉潜出在婵娟身后，作怪声以惊之。

[婵娟被吓几乎跌倒。

[宋玉急扶之。

婵　娟　（回身见是宋玉，嗔）宋玉，彼此都不是三岁孩童，不时鬼鬼祟祟，毫无规矩。

宋　玉　哦，你说我毫无规矩？好，我就做成规矩样子给你看。（学先生言语举动，边说边做）婵娟你果然聪明伶俐，不可多得呀。（学先生捋须并学先生竖起大拇指赞人）你看我学先生如何呢？

婵　娟　（不觉失笑）你也想学先生？

宋　玉　（得意）我学先生学得像否呢？

婵　娟　你学先生好有一比呀！

宋　玉　好比何来呢？

婵　娟　好比猴子学人呀。

宋　玉　（厉色）婵娟，你开口伤人，真正全无规矩。

婵 娟　（初有不屑宋玉之意，继思己实失言，乃忸怩调之）婵娟自知失言，待我陪还一礼。（敛衽）

宋 玉　（回嗔作喜）先生还说我后生可畏，你可知我将来成就，还比先生高呀。你看先生今早在园中欢欢喜喜，赐我《橘颂》添。

（唱“滚花”）

你常自命深知先生，你可知他欢喜为了何事？

婵 娟　（唱“长句滚花”）

你真枉为先生佳弟子，不关怀祖国安与危。

张仪来献大王，以六百里商於（音如）地，

欲诱我邦绝齐成孤立，有利秦国侵略我边陲。

先生识破他奸谋和歹意，喜得大王纳谏，

昨天在朝廷之上，击败了张仪。（句）

先生之喜是如斯，你能否以先生《橘颂》来见示？

宋 玉　（唱“花下句”）

先生已将《橘颂》赐宋玉，岂能轻易任你得而观之。（得意状）

（念“口鼓”）我知你近日致力于经书，旁及宫商徵羽。常听得你低吟浅唱先生的九歌词，你如此多艺多才，我要将你来面试，我鼓瑶琴，你歌《橘颂》，才许得而观之。（高举《橘颂》诱之使歌）

婵 娟　（接念）宋玉，先生文章要公诸国人，传诸后世，岂容你据为自有，你太过自私。（正欲夺视）

[宋玉走避，婵娟绕琴案追之。

老 农　（从衣边撞上，叫）屈大夫！屈大夫！（见宋玉、婵娟如礼）

（接念）请问屈大夫现在何处？王后之父不肯让田开水道，我要向大夫言之。

宋 玉　好，我带你往见先生。

婵 娟　（出其不意，夺得《橘颂》）

宋 玉　（不敢在人前争执，只得招老农过桥同下）

婵 娟　（得《橘颂》，展而观之，念“诗白”）

先睹为快慰，《橘颂》新成时。

（唱“小曲”）

碧绿叶，金黄果，凌霜傲雪般枝柯。

无些流俗般婀娜，不甘移植去家邦。

天生我材用于楚，身许楚，心许楚。

坚贞品质性生成，贵贱兮能为福祸。

朝夕相对励人心，师之可以无大过。

贤师益友立楷模，正直不屈无偏颇……

生于楚，死于楚，为君歌，为君贺。

[屈原乘雄壮的音乐出，立桥中以听。宋玉、老农随上，亦侍立静听着。

婵　娟　（不知先生已到，续唱）

生于楚，死于楚，为君歌，为君贺。

（歌罢回首见先生来即行礼）

[屈原笑介，宋玉、老农徐步过桥。

屈　原　（向老农）你明天早晨，在宫门相候，我带你入见王后，定有着落。

（拱而送之）

[老农从衣边来处下。

屈　原　（赞婵娟）婵娟你方才歌得好，歌得妙呀！

婵　娟　婵娟一时喜极忘形，自知放恣，主人原谅。

屈　原　歌得好！

婵　娟　主人以琴书授门人，婵娟常在旁听，今日窃知大略，都是受主人熏陶之功。

宋　玉　请先生为我们讲解《橘颂》如何？

屈　原　（念“诗白”）

文章所以舒怀抱，存心忠义是圣贤。

（唱“反线二黄”）

借橘树比为人，要有坚贞之志，

大丈夫，威武不能屈，贫贱富贵不能移。（序）

生在楚，死在楚，死生不二。

有气骨，无偏颇，可作人师。（序）

年青人，莫自轻，后生可畏。

青出蓝，胜于蓝，此理无疑。

（快）　决不可遇困难低心丧气，

更不可，争名利，不辨是非。

（慢）　要忠诚为社稷，终身谨记。（将《橘颂》交宋玉）

宋　玉　（唱“二流”）

蒙先生赐《橘颂》，何幸如之。

我当蕴牍珍藏，即刻书房而去。（从衣边下）

婵　娟　（唱“二流”）

恕婵娟妄求非分，能否许我拜主人为师。

屈　原　（接唱）　有志气好婵娟，我喜得一个聪明女弟子。

[婵娟大喜，下拜。

[屈原大喜，命之起。

子　兰　（乘婵娟下拜时上，向先生行礼，唱“二流”）

奉母后命请先生明日进宫，指点九歌之词。（收）

禀上先生，我母后因父王之命，舞九歌于宫中，为张仪饯行，请先生明天早些进宫，指点一二，请先生勿辞。

屈　原　屈原当得从命，子兰，我今天新收一女弟子，就是婵娟，你应该向我贺喜呀。

子　兰　（凑趣向屈原揖拜）贺喜先生！（转向婵娟揖拜）我们今后是同门师兄妹了呀！（目挑婵娟为乐笑）呵呵呵呵！

[婵娟羞涩还礼。

屈　原　（大喜，在袖中取出一橘剖之，分赐子兰、婵娟）我要修书送齐邦，言张仪不得志于我邦之事。以安齐邦君臣上下之心，你们既是同门兄妹，应该互相砥砺，你们谈谈吧！（从衣边上石阶下场）

[子兰、婵娟揖送屈原去后。

[婵娟凝看屈原所赐半橘出神。

子　兰　（另场）我大有意于婵娟，奈何无缘亲近，今天喜得有同门之谊，更可借先生赐橘以挑之，岂不是好呢？看看就是这个主意。

（向婵娟，唱“板眼”）

叫声贤师妹，心内喜滋滋，

我素来都赞美你是可人儿。

先生剖橘赐我们必有用意，

你聪明伶俐应该知。

（拖长三字做手示意，意谓先生欲撮合你我姻缘）

婵　娟　（另场念“韵白”）可恶的子兰真该死，曲解先生善意。胡说泼皮，我要儆戒于他，免他有下次。（回头对子兰）先生赐橘用意我当然知。

子　兰　（会错意狂喜）哦，你知，你知我知，两人心知，婵娟呀，你真是解语花善知人意呀。（上前欲拥抱婵娟介）

婵　娟　（正色喝止之）子兰站开一边。

子　兰　（一惊，退三步尴尬）婵娟何必太认真呀。

婵　娟　（正色）对你这样人非认真不可。

子　兰　（知失望，即施以反击）对对对，对对对，对我你非认真不可，唯是你对宋玉又如何呀？

婵　娟　（知其言中有物，即反问之）你说我对宋玉如何呢？

子　兰　（嬉皮笑脸）宋玉彼狡童兮我所思兮，你对他当然心许之矣咯！

婵　娟　（严辞止之）你胡说，宋玉虚有其表，不在婵娟眼内。

子　兰　（复难之作柔声）婵娟你究竟心许是谁呀？

婵　娟　（见子兰越说越不像样，大喝一声）住口！

（唱“快中板”）

何物子兰无忌惮，逼人太甚真冥顽。

我心许谁人当由我拣，何况心如止水我没波澜。

公子兰，你瞎了眼，欺婵娟是小丫鬟。

我出身虽微有真肝胆，王孙公子我视等闲，

你革面洗心犹未晚，否则今后再不与你交谈。（转身走向衣边）

[宋玉从衣边上，撞婵娟。

[婵娟见宋玉而藐之，急奔下。

宋　玉　（觉出奇，以问子兰）公子兰，婵娟怒气冲冲，是何缘故呀？

子　兰　（强笑）彼美人兮，逢彼之怒兮呀。宋玉我来问你，你平素有意婵娟否呢？

宋　玉　（绝不犹豫）唉，此人我不敢领教。

子　兰　宋玉你是真心话？

宋　玉　真之至也。

子　兰　真出奇，如此佳丽，对之谁孰无情呢？你说对她不敢领教，我有些不信呀。

宋　玉　你有些不信？我先问你，你说先生为人如何呢？

子　兰　先生为人我不甚知，常常听我父王说道，先生喜悦之时，确是有可亲之处，在先生固执之时，真是凛若冰霜，咄咄逼人，令人望而生畏。父王屡为所屈，父王说，言之犹有余怖呀！

宋　玉　婵娟品性不易相处，更有甚于先生，虽艳如桃李，又何所取焉呢。所以我不敢领教呀。

子　兰　唯我则独不然。我之对婵娟真有好（读去声）而不知其恶，诗云，求之不得，辗转反侧，其我之谓乎咯！（悄然行过杂边）

[宋玉随之行过杂边。

[婵娟捧宣炉一个卸上，宋玉与子兰交谈，忽听得宋玉谈论先生，而止步窃听。

宋　玉　（向子兰）你说什么乎不乎呀，你对于婵娟，大概是因求之愈难，而欲得之愈切。公子，你刚才说大王对先生，真有望而生畏之感？吓。

子　兰　谁说假话呀，真之至。

宋　玉　（欲媚子兰，乃悄然）我常常也觉得先生事君，过于憨直，君臣恐难相终给。如果我是先生，事君几（读字基）谏，不可则止，否则有扬君过之嫌，小则不保其位，大则有杀身之祸呀！（以目视子兰而观其意）

子　兰　（以宋玉为可取，而带有玩笑）宋玉，我若为王，必以子为政，以代先生，子意如何呢？

宋　玉　（大喜过望，急稽首下拜谢之）臣，宋玉谢主隆恩！

子　兰　（喜宋玉之能谀己）何虽礼重，先生请起。

宋　玉　（仍下跪）臣当拜谢。

子　兰　先生请起。

宋　玉　（愈恭）臣当拜谢！

子　兰　（乃以手扶之起）先生请起！

[宋玉起立与子兰互视大笑。

婵　娟　（不屑宋玉，子兰之所为，一声喝）宋玉无耻！

[宋玉、子兰一惊，回头见是婵娟，知刚才所为，尽为娟见闻，抱头鼠窜，从衣边走下。

婵　娟　（不胜浩叹）唉！先生呀！

（念“引白”）你枉对宋玉多期望，其奈枯木欲雕难！（作叹气介）

[幕闭。

第三场

[紧接上场之翌日。

[楚宫中。

[“士工慢板”序，四宫女、南后上。

南　后　（唱“慢板”）

谁说妇人偏多妒，谁哀美人迟暮。

将近黄昏，徒叹夕阳虽好。

有感月升灯失色，常患前波低后浪。

临别新枝掩旧叶，欲承雨露，梦想空劳。

（转“慢中板”）

可恨那张仪，无面目回秦邦，却来给我楚宫烦恼。

他扬言去魏国，为我君王选美，我自忧君宠难牢。

我已命靳大夫，尽之以金钱，请他勿送美人上路。

现在犹难料，能否打消献美事，使我心似辘轳。

整天在宫闱，盼望回音，尚未得回报。（坐立不安）

[音乐，靳尚由女中官带上侍立静候。

[南后回头见靳尚已到，即示意众宫人退下。

[女中官和宫女们回避分下。

南　后　（问靳尚）靳大夫，事情如何？

靳　尚　（看左右无人，唱“滚花”）

张仪说，欲他不献美倒容易，

他要求除去屈原。

南　后　（有些气愤）靳大夫，那张仪分明借词推诿，他献美不献，却与屈原有何相干呢？

靳　尚　有干连！

（念“白榄”）

他说屈原在楚邦，欲楚绝齐难如愿。

难望楚君受秦地，弃齐与秦联。

迫得他无面目返秦邦，才有往魏国的打算。

他已答允我大王，到魏国代我君将美选。

若不迫他到魏国，选美之事就没来源。

因此献美同屈原，的确关系有连串。

南　后　（深思有顷）如此说来，欲张仪不献美，便要除掉屈原？（自忖自问）

靳　尚　非除掉屈原不可呀。

南　后　唉，除掉屈原非易事，我君王正重用屈原呢。（俯首沉思似很为难）

靳　尚　易如反掌去屈原，事在王后你愿不愿。

南　后　呵！事成在我？

靳　尚　张仪已有去屈原之计，只要王后你肯成全。（在袖中取出张仪信呈南后看）

南　后　（接信拆看读信）能令君王目睹屈原调戏王后，除屈原易如反掌，伏维王后图之。（重句）

[做手，思量布陷屈原之计。

女中官　（报上）禀王后，屈原大夫门外求见。

南　后　妙呀。

（唱“滚花”）

靳大夫，你立刻到朝廷请君王进宫观舞。

我计算要半个时辰，可毕宫廷往返路，

我便大事可图。（示意靳尚照办）

[靳尚领命下杂边。

南　后　（续唱）　女中官你快去带屈大夫进宫，

然后去守候宫门，等候君王驾到。

你见君王驾临宫外，

你即来报，用眼色向我打招呼。

女中官　领命！（下什边）

南　后　（续唱）　回身叫宫娥，（音乐拖长）

[四宫女分边卸上。

南　后　（续唱）　小时屈大夫进宫，不用你等侍候于旁，

非有我命传不准到。

[四宫女领命下衣边。

南　后　（续唱）　郑袖宫中藏陷阱，屈原插翼已难逃。

[“打引”，屈原、老农由女中官领上。

屈　原　为民请命步进宫廷。（入见南后）臣屈原参见王后！（揖介）

南　后　免！

老　农　（下跪）叩见王后！

南　后　（见屈原领农民进宫诧异）屈先生，你带此人（指农民者）进宫何事？

屈　原　臣奉命疏河治水，劝耕助农，国丈不肯舍田让路，农民公举此人，告到臣处，臣知王后深明大义，必能劝国丈奉公守法，以利民生。王后恕罪。

南　后　这个……（为了急于陷原，在头上拔下凤钗）既有此事，老农夫，我赐你凤钗为凭，如果我父亲再不舍田让路，你拿他送官就是。（交金钗与老农）

老　农　（大喜叩谢）拜谢王后！

南　后　女中官，带他（指老农）下去，你还须在宫门守候呀。（与女中官关目）

女中官　领命！（带老农下什边）

屈　原　（念“口鼓”）王后为国为民，公以忘私，真令屈原钦敬！

南　后　不敢当。

屈　原　（接念）昨天公子兰传王后之命，着臣今天进宫参订九歌巫舞，是否有这事情？

南　后　（作想）这个……

（另场唱“滚花”）

我素知此人（指屈原）非公事不进王宫，

我就借九歌把他羁留，好使我奇谋得逞。（回头对原）

正是请大夫来向我，解说每位神灵职责，

以及神衣神像等情形。

下边听者，九歌中人，即时进宫表演。

[九歌者衣边内场同齐雷诺。

[东皇太一，“牌子头”锣鼓由衣边上，在柱前亮相立定。

屈　原　（向南后作解说，起音乐唱“五更头”）

东方东皇太一掌九州生灵命。

[东皇太一锣鼓卸下衣边。

[云中君、湘君、湘夫人，同时同用东皇太一下场锣鼓，由衣边上场，在柱前亮相立定。

屈　原　（合前，续唱）

云中君，是掌阴阳时令。

湘君与湘夫人掌花发虫鸣。

[云中君、湘君、湘夫人同用锣鼓卸下衣边。

[大司命、少司命、东君、河伯，同时用云中君等下场锣鼓，由衣边上场，在于柱前亮相立定。

屈　原　（合前，续唱）

夫（指大司命）妻（指少司命）同司民命，

这东君，掌弓矢车乘，

河伯，掌盐渔之利与海晏河清。

[大司命、少司命、东君、河伯用锣鼓下衣边。

[山鬼、国殇，同时用大司命等下场锣鼓由衣边上场，在柱前亮相立定。

屈　原　（合前，续唱）

这山鬼，司人民疾痛，此童（指国殇）童年卫国死于兵。

[山鬼、国殇同用“五更头”最尾锣鼓卸下衣边。

南　后　（另场念“口鼓”）靳大夫往请大王，为什么还未见有动静？

[女中官暗过场，与南后关目。

[南后见女中官来示意，已知楚王即到。

屈　原　（念“口鼓”）臣外边还有公事，敢请告退出宫廷。

南　后　（急上前止之）且慢！（趋步上前，特故意失足倒地，托音乐）

[屈原急扶之。

[南后乘机倒在屈原怀中诈晕，偷眼看楚王已来否。

[楚怀王、四甲士、四宫女同上见状。

南　后　大王，救命呀！

[同时众侍卫擒住屈原。

楚怀王　贼臣，你调戏王后，该当何罪？

屈　原　大王，王后倒地，臣将她扶起，大王恕罪。

南　后　大王，贼臣见宫中无人，启手动足，调戏妾身。大王作主。

楚怀王　贼臣，为王亲眼所见，你分明调戏王后，还想抵赖，左右过来，将贼臣推出宫闱，永不录用。

[众侍卫“雁儿落”推屈原下。

楚怀王　爱美人，为王来迟一步，累美人受惊，宫女们，快些内庭摆酒，与王后压惊，随王下去。（与王后众人同下）

女中官　（“水波浪”）屈大夫是朝廷柱石，中了王后阴谋，如何是好？（介）我本待面奏大王，为屈大夫申冤，又怕孤掌难鸣，难成大事，怎样处置呀？（想介）我何不偷离宫廷，找寻乡亲，同商大计，以救屈大夫，岂不为高？（介）走走走！（下杂边）

[幕闭。

第四场

[紧接上场之翌日。

[楚城郊。

[“王祥哭灵”大笛牌子头，启幕。

[音乐急奏，老农等群众上场同叹一声。

士　人　（念“白榄”）

先生有崇高好品行，哪肯调戏及妇人，

说他秽乱到宫廷，将人头担保我都肯。

众　人　（接念）　将人头担保我都肯。

屠　户　（接念）　说先生欺君和罔上，分明冤枉屈先生。

众　人　（接念）　分明冤枉屈先生。

渔　妇　（接念）　说先生通齐想作反，有什么证据可为凭?

众　人　（接念）　有什么证据可为凭。

桑　女　（接念）　分明诬蔑屈先生，谗人含血将人喷。

众　人　（接念）　谗人含血将人喷。

商　人　（接念）　君王不分黑和白，竟把好人作坏人。

众　人　（接念）　竟把好人作坏人。

牛　郎　（接念）　朝中去了屈先生，百姓疾苦无人问。

众　人　（接念）　百姓疾苦无人问。

织　女　（接念）　忧国忧民行善政，何处再有屈先生。

众　人　（接念）　何处再有屈先生。

老　农　（接念）　昨日屈先生带我进宫禁，面见了王后，参奏她父亲。

奏他不肯舍田让水路，王后当时做假好人。

还赐我凤钗为凭，命我拿她父亲将罪问。

谁知今天去到见她父亲，他当堂反噬，大喝拿人。

说我偷盗凤钗，说我偷入宫禁。

好在我跑得快，否则变成无辜罪人。

南后一定恨先生，参奏她父亲心怀恨。

因此说先生调戏王后，无端陷害屈先生。

众　人　（齐念）　无端陷害屈先生。

女中官　（急上，唱“快慢板”）

众乡亲，听言陈，诉我心头孤愤。

那南后，用阴谋，陷害贤臣。

我本是，宫内人，尽知底蕴。

众　人　吓！你尽知？

女中官　（唱“滚花”）

待我和盘托出，尽告乡亲。

（念“口鼓”）我亲眼看见王后故意失足倒地，诈作寸步难行，命屈大夫将她扶持，突然将屈大夫抱紧，硬说屈大夫调戏王后，无端冤枉好人。

众　人　（接念）我们要救屈大夫，你可有胆量向大王面禀？

女中官　好！

（接念）我正要众乡亲为后盾，救屈大夫我愿作证人。

两副将　（冲上驱散众人，单拿女中官）你背主私逃，奉王后之命，拿你回宫治罪。（押女中官下介）

[屈原上。

屈　原　（内场）天呀，天呀！

（唱“二黄首板”）

怀磊磊，心悠悠，难宣诸口。

（唱“二黄慢板”）

谁知我心忧，谁解我烦闷，四望愁云弥宇宙，

将有狂风暴雨，我尚在泽畔闲游。

芳草弃山丘，荆棘盈庭茂，绿衣黄裳谁司其咎。

任青蝇，穿堂入室，贤者难留。

召鼠蛇，藏宫内，鼠凿蛇穿，败我宫墙中冓。

一木已难支，将倾大厦，何堪毁梁去栋，屋塌徒忧。

覆巢下，岂有完卵，哀我黎民无辜遭惨受。

天呀！知我者为我心忧，不知我者为我何求。（卸入衣边介）

[楚怀王乘舆，南后乘舆，张仪、靳尚均乘马，二副将、四甲士、四宫娥上。

[屈原披发素服佩剑从衣边卸上，掩面挡路。

[楚怀王人马因有人挡道按例应停骖以问。于是王下舆，众随之下马，南

后不下舆。楚怀王居中排开队伍。

楚怀王　来，将挡道人带来。

[甲士带上屈原。

楚怀王　（见是屈原，暴怒）贼臣，你身怀利剑，定欲行刺君王，侍卫官将他拿下。

[众侍卫擒屈原并去其剑介。

屈　原　大王！秦不以地献齐，而单以地献楚，大王可知其故安在？

楚怀王　这个！

张　仪　屈原，敝国敬重楚王，以地献楚，有何不可呢？

屈　原　张仪，你邦既然敬重大王，献地我国，因何要我邦东绝齐盟呢？

张　仪　屈原，你通齐篡楚，我劝大王绝齐，以救楚国。

屈　原　张仪！假使我屈原有篡楚之心，你何不请我大王，将我杀却，便可无事。又何必献地求绝齐？

南　后　屈原，你既调戏王后，定有篡楚之心。大王，你还容许贼臣，诸多狡辩，你君威何在？

楚怀王　这个吗？贼臣呀贼臣，当日你调戏王后，孤已格外施恩，将你驱逐，作为了事。今日你还敢挡驾，分明藐视寡人。人来，将贼臣囚在东皇太一庙中，待寡人受秦地之日，烹这贼臣助酒。押他下去。

屈　原　秦地未归楚国日，秦兵已入楚宫中。

[四甲士上前押屈原下杂边介。

楚怀王　来！摆齐队伍，送张先生出城！

[用大笛“排对对”牌子上马圆场，“反猪肠”下衣边。

靳　尚　（留场）不好！大王不杀屈原而囚之，此事传扬出外，必启关东诸侯之责，反为多事。我何不假传南后之命，命东皇太一庙官，今晚进酖酒毒死屈原，再放火焚庙，毁尸灭迹，岂不是好呢？（想介）好，就是这个主意。（奸笑下衣边介）

婵　娟　（急急从杂边上场，走到衣边向内叫）先生！（又从衣边走到杂边向内叫）先生！（转身）

（唱“快滚花”）

　　四处找寻不见面。

（圆场，踢到先生地下遗剑，拗腰注意剑，拾剑细看）

（续唱） 因何先生宝剑，遗在路边。

（看剑凝思）宝剑——先生——唉！

（唱“快中板”）

昨天先生回家转，精神颓丧口无一言。

急脱朝衣怀宝剑，出门以后未家还。

风雨满城人传遍，调戏王后冤大贤。

（转“滚花”）

先生你人去了何方？空见路上遗留先生剑。

［内场喝道锣声，侍卫们喝道声。

婵 娟 （续唱） 大王驾到，为先生鸣冤！

［跪杂边。

［南后、二副将、四甲士、四宫女、车夫、伞夫一对从衣边上，挡道排场“花开门”，南后不下车正面位。

南 后 将挡道人带来。

［甲士带婵娟跪衣边台口。

南 后 下跪女子，把名姓报来。

婵 娟 我叫婵娟。

南 后 （似有所触）婵娟，你抬头来让我一看。（见婵娟相貌不凡而兼有傲气）果然生得不错，你是否随嫁到屈原家内，齐女婵娟呀？

婵 娟 （很自傲）正是。王后呀！婵娟到此，欲觐见大王，有所陈说。敢请！

南 后 （已存心要令婵娟过不去，柔声）婵娟你见君王也是一样，见我也是一样。我来问你，闻说屈原之妻，久已去世，一向是你侍奉屈原吗？

婵 娟 （很骄傲地）正是，一向是我侍奉先生，蒙先生不弃，收我为女弟子。

南 后 好一个女弟子，果然貌美如花，真是我见犹怜。哎吔，屈原呀屈原，你妻已死去，婵娟是你随嫁之人，女弟子也好，随嫁娘也好，实在有何分别呀？何况男女居室，你日夕坐对婵娟，你应该心足了。可恨你还见色起心——（正欲说下去，却为婵娟所阻止者）

婵 娟 （虽受委屈，但在王后面前不敢过分发作，略一思量，只得用婉辞以对，愤极）王后呀！先生是正人君子，我亦非无耻之人，请王后勿听人作无稽之语，今天婵娟到此，是为先生鸣冤。朝廷降罪先生，说先生调戏王后，先生光明正大，王后淑德幽娴，国人尽信必无此事，惶惑此事从何而来呀王后！

南　后　（很不在乎地）哦！原来婵娟你来追究此事！恐怕讲出来，有伤婵娟你的心呀！

婵　娟　王后呀！先生蒙冤，全国之人，皆为先生伤痛，伤心者何止我婵娟一人？

南　后　（强笑）婵娟！你日夜侍奉屈原，必定亲情独厚，我度你为屈原伤心，恐怕有甚于国人。

婵　娟　（愤然）王后呀！先生助大王，施利民之政，国人感先生恩厚，甚于我婵娟，国人痛先生蒙冤，比婵娟尤甚。王后你语含讥讽，我婵娟不敢计较许多。我找寻先生要紧，恕我告辞。（便欲行）

南　后　（大怒，唱“快点”）

贱人所为太不敬，欺藐王后当受刑。

叫左右，与我打杀贱人来示警。

[一甲士执鞭将婵娟毒打介。

[婵娟被打至呕血，晕倒在地。

南　后　（唱“滚花”）

把她灌醒再用刑。

[甲士即仆夫是同情婵娟者，即用凉水灌婵娟。

婵　娟　（唱“首板”）

几乎丧命！（士字腔）（醒在地上）

南　后　贱婢！大王榜示屈原罪状，有据有凭，你竟敢信屈原冤枉，分明以屈原作圣贤，以大王为桀纣，你再多言，怕你性命难保。

婵　娟　再敢多言，我性命难保么？唉！

（唱“滚花”）

我拚了性命，也要说个尽情。

（转“中板”）

我信必有人，欲诬蔑先生，在宫中暗藏陷阱。

无端说先生，调戏王后，实在公愤难平。

众所周知，先生迈圣贤，何止形端表正。

先生皎如天日，哪有欺心暗室，上愧神明。

（转快） 他执法无私谁不敬，奸邪妒忌他严明。

谁助奸邪除忠正，谁祸社稷害生灵。

（转“滚花”）

我不欲多言，寻找先生向大王请命！（欲行介）

南　后　（止之）人来，将她拿住。

[甲士将婵娟反按其手拿住。

婵　娟　（唱“花下句”）

我所犯何罪，应知国有常刑。

南　后　（假慈悲）婵娟，你还欲寻你先生么？

婵　娟　（傲岸）正是！

南　后　（另场）原来贱婢，还未知屈原已在狱中，好！待我向她说屈原已死，看她如何？（向婵娟柔声）婵娟真正枉你痴心，屈原调戏王后，欺君罔上，两罪俱发，他无面见人，已经自刎多时了。

婵　娟　（叫）先生自刎身亡！（晕倒）

[甲士即以后的仆夫，立刻上前扶持之。

南　后　来！将贱婢收禁死牢，待我奏过君王，明天将她处死。

[甲士即以后的仆夫，领命扶婵娟下杂边。

南　后　摆驾回宫。

[幕闭。

第五场

[紧接上场之夜。

[宫中死牢。

［“诉冤”牌子开幕。

［仆夫站在牢门外。

婵　娟　（伏身地上“哭相思”，起唱“鸟惊喧”）

一天昏暗没处申悲愤，狱里遭锁困，

举眼但见恶兽四下噬人。

虺蛇纵横于宫禁，

妖狐工谗邀宠幸，国事竟置不问，

却残杀柱石贤臣，今日国中丧了贤人，

婵娟心中愤恨，婵娟心内如焚。

唉，先生呀！

（转“乙反二黄慢板”）

痛惜你雕鸟冲天，却暗被中伤堕混。

痛惜你忠贤一片，却难雪谣诼纷纭。

可叹直道难行，千古忠良抱憾。

眼看浓云如墨，掩蔽了日月星辰。

好叫我无泪可挥，有天难问。

（念“诗白”）

婵娟无路叩天阍，咫尺君门诉不闻。

安得陆离三尺剑，歼她妖后与奸臣。

（唱正线“七字清”）

害先生，你等存心狠，

哭先生，何处赋招魂。

有先生，秦兵不敢近，

丧先生，谁救我黎民。

心头有愿空成恨，狱里无辜作罪人。

想念先生常教训，贪生怕死枉为人。

求先生泉下来接引，容我婵娟步后尘。

（转“滚花”）

死得磊落光明，虽死无憾！

（转“煞板”）

九死不屈，怀抱丹诚，以报先生！（欲闯死介）

仆　夫　（急开牢门入内拦阻）婵娟姑娘。

子　兰
宋　玉　（宫服刚从杂边上，由外看见仆夫抱持婵娟，即喝问）干什么？

仆　夫　（回头见是子兰，即放开婵娟）婵娟寻死，故而阻之呀。

子　兰　站过一边。

[仆夫如命闪过杂边。

子　兰　（向婵娟）我在宫中惊闻你遭不幸，特来慰问你个难中人，

[婵娟到衣边昂首忍泪不屑介。

子　兰　（尴尬）婵娟！

（念“白榄”）

你何必，要轻生，辜负天生丽质一美人。

你是天地之精华非凡品，天精地髓集你一身。

天生将相王侯易得很，天地出尽气力才产出美人。

我与婵娟你有缘分，待我奏明母后释放娇身。

只求婚姻你肯答允，我终身拜倒你石榴裙。

全靠你一言为定，婵娟请你决定吧！（候复）

婵　娟　（怒）决定，决定要你与我滚出去！（步到杂边昂头不理）

子　兰　（亦怒，向宋玉）唏！此人不识抬举。（重句）

宋　玉　（急止之，拖子兰另场低声献计）婵娟平生事先生如父母，公子何不以能救先生出狱为言，以求婵娟婚事，我谅她因先生之故，此事可成呀。

子　兰　（不以为然）唏，你不知道为了我婚姻之事，我救婵娟出狱易，救先生出狱难。而且我母后对婵娟说先生已经死去，我焉能说先生尚在人间呢。（很急躁地）不能不能，不能！

宋　玉　好好好，既然不能，我只有代公子去劝劝她吧！（转身向婵娟）婵娟，我知你事先生如父母，人遭父母之丧，尚应节哀顺变，如以身殉父母，愚孝贤者不为，而且父母在天之灵，必愿子女荣华富贵，你是及笄之女——

（唱“和尚思妻”小曲）

凡是女人，礼有明训，

及笄之女是当嫁人，

择偶择配乾坤始合卺。

采葑采荇，在河之滨。

女有贤行，堪作王傧，

文王配后妃，诗有明训。

你有才有德是佳人。

有宋玉，是媒人，

将楚公子命我代求婚姻。（还想说下去者）

婵　娟　（喝止之）宋玉，勿再多言，我知先生《橘颂》，尚在你手中，你立即取来，才有话说。（步过衣边）

子　兰　（催取）宋玉快取《橘颂》来。

[宋玉如命趋下杂边。

子　兰　（以为婵娟有转机，即向婵娟唱“长句滚花”）

美婚姻，不是恶婚姻，何故子兰竟不值你一哂。

我是楚王宫内一贵人，嫁得我你一生富贵荣华不须问。

纵使你轻视富贵，亦当求脱你长在缧绁之身。（句）

你之生死荣辱系此时，请勿自取无穷之恨。

宋　玉　（从杂边持《橘颂》卸上，向婵娟）婵娟，《橘颂》在此，你有何话说呢？（将橘颂示娟）

婵　娟　（急夺得《橘颂》在手，展示无讹）宋玉，先生《橘颂》不宜落在你手中。你且自看，你已脱下儒衣，换上官袍。先生一死，你便忘却先生，甘居下流，求荣媚主，不哀先生受罪，竟代子兰向我求婚。纨绔无识之子兰，我不深责，你名为先生弟子，竟狗彘不如！你快与我滚出去。（将子兰、宋玉指逐，转身昂首屹立）

子　兰　（怒）唉呀婵娟呀婵娟，你竟然如此无礼，好！我回去奏过母后，必要娶你入宫，将我侍奉。（向仆夫）你来，你好好看管婵娟，不许她求死，她若有风吹草动，唯你是问！宋玉随我回宫。真不识抬举。

[子兰与宋玉从什边下场。

[婵娟仍屹立不动，怒气未消。

仆 夫　（看兰、宋去后，即转身向娟）婵娟姑娘，屈大夫尚在人间呀。

婵 娟　（惊喜）吓！我先生尚在人间么？——（有些不信，向仆夫）你不要安慰我婵娟，婵娟决不累你，我必待子兰再来此地，让他眼见我身殉先生，你便可告无罪于子兰。

仆 夫　（诚恳地，念"口鼓"）我岂是畏罪之人，屈大夫确实未死。君王将他囚在东皇太一庙内，是当时我随驾因此得知。你若然要见屈大夫，我可以陪你前去。十室之邑必有忠信，莫看我地位卑微。（挺身而立以候答复）

婵 娟　（惊奇而惭愧）这个——（转身）壮士呀！

（念"口鼓"）请恕我失言，受婵娟一拜！（敛衽介）

仆 夫　（急急还礼）不必如此。

婵 娟　（接念）壮士，你声声陪我出走，有无想及你以后如何？

仆 夫　哎呀！（拍心口）

（接念）我敬爱屈大夫忧国忧民，佩服姑娘你忠心义气。常言道仗义多出屠狗辈，不必再问其余也。

（唱"爽七字清中板下句"）

我从来做事不狐疑，
今天助人今天事，
明日愁来再图之，
快些随某离此地。

[内场更鼓声，二更。

[仆夫示意婵娟勿声。

[婵娟知其意，面背狱门坐地上。

[仆夫出狱假锁狱门以候。

[更夫挑布灯笼打更从杂边上，在狱门外巡视。

仆 夫　（乘更夫不觉，吹熄其灯笼以佩刀似其颈，细声喝）如敢扬声，你人头下地。

[更夫顾命不敢作声。

仆 夫 （将更夫推入衣边，即将衣帽带上交婵娟介）

（唱“花下句”）

快更衣前去，事不延迟！

[幕闭。

第六场

[紧接上场。

[东皇太一庙。

[“五更头”牌子，开幕。

[风声，舞台效果衬锣边风雷电锣鼓。

屈 原 （念“引白”）

屈某羁囚念楚君。

风呀！

（唱“雨打芭蕉”）

风发吼声，惹起愁怀千万，心思起狂澜，

惆怅不为荣辱，不因繁难。

惆怅国事如晦，似此夜漫漫。（序）

任你风狂，狂时逆溯黄河，倒青山。

阴霾迷殿宇，风狂吹不散，

乌云满楚宫廷，真真堪浩叹。

鹑之奔奔，鹊之疆疆，

更掩袖工谗，叹江山不复挽。

君不顾先王创业艰难，不辨贤愚忠奸，噬脐知晚。

吾君是明君应知返，为苍生应纳谏。

[天空闪电。

屈 原 （望闪电，起音乐托心声）电光呀！

（唱“叹五更”）

忽然见天空电剑闪，

光明瞬息时何暂，

光明不永大堪怜。

叹君心，如闪电，

明，明而复暗，夫复何言。

[风雷雨电一齐怒吼，以助威。

屈　原　（念“诗白”）

霹雳雷霆势万钧，黄河倒泻像天崩。

雨箭风刀旋空舞，地惨天愁泣鬼神。

（唱“反线中板”）

问苍天，更问鬼神，何故天愁地惨！

莫非是，为我楚王蒙蔽，他不辨忠奸。

枉天公，有雨箭风刀，难把群奸尽斩。

任你黄河倒泻，难洗宫廷污秽，何必洒扫江山。

枉你发雷霆，任你振作天威，难使君心有忌惮。

试问苍生有何罪，社稷何罪！忍见败于那群奸。

（转“滚花”）

我屈原蒙冤视等闲，念苍生社稷谁救挽。

（转“慢板”）

空有心，却无力，去挽狂澜。

（转“七字清中板”）

不听忠言徒力谏，从今国步渐艰难。

（转“三字经”）

信张仪，行反间，弃合纵，用连环。

（转“七字清中板”）

楚国山河原有限，无边秦壑欲平难。

（转“滚花”）

我悲愤填胸——徒伤叹！

天呀！苍天！

（转“合尺滚花”）

呼天抢地，热泪纵横。

[庙官持灯笼、毒酒上。

庙　官　（向屈原）三闾大夫，我敬你忠心为国，君王竟信奸谗。你被囚此间，我忝为地主，今晚天时寒冻，敬奉热酒，为大夫御寒，尚祈笑纳。

屈　原　（无心与之应酬者）多谢多谢！时已深夜，请官长回去安睡吧！

庙　官　（以为得计）下官告辞。（另场）毒酒已奉，准备放火。（杂边下）

婵　娟　（杂边内场已闻先生之声，大叫）先生！

[屈原惊愕退立台中。

婵　娟　（持《橘颂》上，走向衣边背台叫）先生！

[仆夫随上立杂边静观。

屈　原　（仍立台中）婵娟。

婵　娟　（回头，狂喜，趋前跪倒在屈原膝下，仰面呆看）先生呀！

屈　原　（痛惜抚娟头）婵娟，你满身鲜血，你好苦呀！

婵　娟　（坚强）先生，我婵娟不苦。

屈　原　哎，婵娟，究竟你遭谁人所害？还须讲明。

婵　娟　（愤而起立）南后不仁呀！南后不仁，恨我为先生鸣冤，将奴毒打。

屈　原　（叹息）哎！你去见南后，正是奉虎以羊，你不应去见她呀！

婵　娟　（很愤慨地）先生呀！

（唱“七字清”）

谁愿和她来相见，思觐王驾进忠言。

岂知龙车犹未见，先锋凤辇在当前。

她含血喷人施凶焰，将先生污辱我不愿多言。

屈　原　（愤怒，）南后——南后呀，你仇视我屈原，竟仇及婵娟。（转温和）哎婵娟！你可知宋玉如何呀？

婵　娟　（愤怒）宋玉无耻，有负先生。他已衣带荣身，到牢中见我，不悲先生受罪，反欲说我背师求荣，我已将他《橘颂》取回。（交《橘颂》与屈原）

屈　原　（叹息）哎！名缰利锁，害尽青年，宋玉所为，只怪我未能循循善诱。婵娟，现在才知这《橘颂》只配你所……你，你既身在牢，何由而得到此呀？

婵娟　多蒙壮士仗义，（指仆夫）弃官救我到来呀！

屈原　（拱手谢仆夫）壮士相救婵娟，令人钦敬！

仆夫　屈大夫，路见不平拔刀相助，算不得什么。

屈原　唯是你将婵娟私放，量南后必不相容。你二人若不速逃，定遭南后毒手，依我之见，你与婵娟速离楚地，否则后祸无穷。

婵娟　（不提防先生有此一着，急反对）先生，我婵娟久受熏陶，愿做先生佳弟子，只知临危受命，不愿苟且偷生，叫我速逃，恕难从命呀！（跪在屈原膝下，有哀恳收回成命之意）

屈原　（见婵娟如此，）吓！恕难从命！唉，婵娟，古人报国尽忠，才是临危受命，你今逃遁避祸，算不得苟且偷生，你不听先生良言，日后必招杀身之祸，你佳弟子佳在何处？佳在何来？

婵娟　（起立自语）然则，我非逃不可么？

（背身饮泣“哭相思”）喇呀喇呀……

屈原　（慰之，唱“滚花”）

你徒悲无益呀。

婵娟　（长叹一声，起唱“双星恨”）

自思量，别楚邦，到哪方可把身藏？

前途，前途诚绝望。（句）

宇宙，宇宙你虽大呀——

却教我哪处哪处去把俺身藏？（过序）

屈原　（插）婵娟，不必多思多想，你做什么安排？

婵娟　（续唱）　先生我无家，教我何归呢？

唉心中怆伤怆伤流亡异邦。（句）

我身似落花飘零无涯岸，（句）

盼望，永在永在你膝下呀，

哪怕处处受她欺凌，

棍打鞭笞我愿尝。（序）

棍打鞭笞呀唉我胜流荡。

屈　原　（“双星恨”过序）你应思避仇快逃亡。

婵　娟　（续唱）　往哪里哪里而逃？往哪处哪处而藏？

四顾四顾茫茫，何处可逃亡？

屈　原　（接唱）　千里飞燕他有千里路，

飞燕不要飞返汉上，汉上有罗网。

婵　娟　（潜思向屈原）先生呀，汉上有罗网，飞燕避之，先生也应速逃，免遭杀身之祸。

屈　原　唉！你反叫我避祸速逃，婵娟，《橘颂》还在你手中，其中词句，你记得吗？

婵　娟　（自负）先生，终身藏之，何日忘之呢？

屈　原　你把最后一段念出来吧！

婵　娟　遵命！（即起《橘颂》尾段锣鼓及音乐序）

生于楚，死于楚，为君歌，为君贺。

（已知屈原有死志，悲苦）生于楚，死于楚？

屈　原　婵娟，生于楚，死于楚，是我之素志。为君歌，为君贺，你弟子应为。

[婵娟闻言即晕倒介。

[屈原即同仆夫将婵娟扶持。

[婵娟仍昏迷不醒。

[屈原即用庙官送来之酒敬婵娟。

婵　娟　（唱“二黄首板”一句）

悠悠苏醒。

（搓眼呕酒）先生！（五内如焚，痛楚难支以手抚祭坛，不觉碰跌酒杯于地，酒焚）

屈　原　（惊）此酒乃庙官所献，酒中有毒，我一时不察，以毒相救，我害了你呀！

婵　娟　（闻言苦笑）先生，奸人欲杀先生，幸天佑楚国，才有先生不死，愿先生为社稷苍生计，暂避其锋，他朝复出为国为民，楚国幸甚！

屈　原　（急极）婵娟婵娟！

婵　娟　（唱“滚花”）

婵娟能代先生一死，虽死犹荣。

（痛苦）唉吔，唉吔！先生保重！先生《橘颂》……

[屈原即将《橘颂》交与婵娟，此时目不忍睹，闭目面向衣边忍耐。

[婵娟含笑而逝，但手中仍握紧《橘颂》不放，身渐斜倾。

[屈原与仆夫扶之卧祭坛上。

屈　原　（哭相思）

[此时起沉痛音乐，屈原将《橘颂》覆在婵娟身上介。

[同时，仆夫做手入庙内杀庙官介。冲入杂边下。

屈　原　（唱“三奏”）

冤重重，可怜又复可恨，

悲切切，何时何时才消恨，

心节节，心结结，悲难陈，

徒窃窃，愁闷处，徒添恨，

却教我，怎生雪恨！（双句）

[内场两边火起。

[“雁儿落”。仆夫复上，拉屈原下。

[幕闭。

——剧终

本剧选载的是 1959 年马师曾、红线女、少昆仑、陈笑风、郑绮文等主演的演出本。

焚香记

（根据同名川剧和田汉《情探》改编）

改编：杨子静

人物表

王　魁

焦桂英

小　菊

王　忠

翠　云

彩　屏

丞　相

榜　眼

探　花

张　千

相府家院、梅香、随众、门官、判官、鬼卒

第一场　庙遇

[海神庙前搭，即进庙的门官厅，中间屏门，左右是入大殿的通道。庙颇壮观。

[隆冬。

[音乐声中幕启。景物萧索，风雪交加。

[王忠老态龙钟地提篮上，内放书画卷轴。

王　忠　（念）果然失运一条虫，我家公子运不通；功名落第归无计，失路羁留古庙中。（风雪大作）哎唷，你看：风飘瓦，雪转蓬，冷落长街一望空。可怜书画无人买，怎救饥寒我相公！

[王忠入庙，旁下。

[王魁挟书画三两卷瑟缩上，风雪相侵。

王　魁　哎，好冷的天气啊！

（唱“昭君怨中段”）

飘飘风雪，萧萧景象，
落拓在异乡心自伤；
高科攀不上，归家亲不谅，
是文章误我，抑我误文章。
哀哉我王魁困处莱阳，
字画无人赏，空怨怅。（吊慢）
天呀！满腹诗书又怎样？

[风雪，忙呵冻避入庙去，遗下一卷字。从屏风后搬出火盆，坐蒲团取暖，拨灰无温，丢箸叹气，抱头假寐。

[同时，小菊提香篮上。赏景。

小　菊　（念）三冬佳景难得看，难得看，粉搓玉琢雪莱阳。（见庙）啊，到了，姐姐，海神庙到了，请下车吧！

[音乐，焦桂英坐车上。小菊上前傍桂英下车，车退。

焦桂英　（唱“七字清”）

当日神前许下平安愿，

今朝来谢神恩结善缘。

一路冒雪衔寒重裘不暖。

小　菊　（见地上字画）咦！有人遗下字画。（捡示）姐姐，你看。（展现）

焦桂英　（赞叹）啊，是好书法！

（唱“滚花”下句）

正个淋漓酣畅写云烟。

小　菊　这些字好吗？孛孛蜷蜷，鸡肠咁！

焦桂英　这叫作狂草。

（唱“长句滚花”）

笔锋刚健，气势连绵，

似公孙舞剑，力士挥拳，

未晓谁人来点染，

定然高手得真传，令人钦羡！

小　菊　（已窥见庙内书生）呃，什么高手。

（唱“滚花”）

远在天边，近在眼前，（暗指引看）

是个卖字寒生，冷到浑身打颤。

焦桂英　（另场）唉！可叹！

（唱“四季歌”）

一介书生命迍邅，

冷饿在异乡倩谁怜，

定是壮怀未展悲落魄，

像我飞花飘絮度华年。

小　菊　姐姐，大殿参神去吧。

[桂英点头，示意小菊把字幅放回人家身边，同入大殿。

王　忠　（上，见到王魁）啊！原来少爷也回来了。（摇醒）少爷，这里冷，睡不得，睡不得。

王 魁 奶公，你早回来了？字画可有人买？

王 忠 总唔发市。

王 魁 （顿足）哎，天绝我也！（悲愤地捡起字幅，扯碎）

王 忠 （劝阻）少爷，不必悲伤。你们圣人不是说过“天将降大任于斯人也，必先苦其心志，劳其筋骨，饿其体肤”吗！（见王魁冷饿震抖）啊，少爷实是饿坏了，待我拿粥来。（卸下取碗粥上）

王 魁 （诧喜）奶公，字无人买，粥从何来？

王 忠 是……是我把少爷的蓝衫当了些钱。

王 魁 哄我！那件蓝衫，店主早已扣下，抵作房租了。

王 忠 这……

王 魁 这碗粥到底怎样得来？

王 忠 唉！少爷病中，两天没米到肚，我心不忍，所以就求人周济。

王 魁 秃！你少爷一时落魄，到底是世代簪缨，谁叫你乞？

王 忠 “行其位，素乎其位”，难道眼巴巴饿死在异乡不成？

王 魁 “君子不食嗟来之食”！（指碗，扑前倒地晕厥）

王 忠 （吓得抛碗，急跪地扶）少爷，少爷，救人呀！

[桂英、小菊急从内殿走出，王忠哭苦。

小 菊 老人家，何事悲伤？

王 忠 哎，大姐呀！

（唱“北上小楼”）

是这位，小东家，饥寒病倒命难存！

焦桂英 敢问因何沦落？

王 忠 （续唱） 这一科，他落第，流离异地绝无援。

小 菊 姐姐，那书生已昏迷了。

焦桂英 冰天雪地，四下无人，如何是好？

小 菊 若不救他一救，性命危乎！

焦桂英 （决然）也罢，快扶他上车。

小 菊 扶他上车？

焦桂英　接回家里。

小　菊　这……恐怕有些不便。

焦桂英　呃，救人一命，胜造七级浮屠，什么便与不便。老人家，把相公扶上车去。

王　忠　谢小姐大恩，只是萍水相逢，怎好叨扰。

焦桂英　老人家说哪里话来，你看！

（唱“江南调”）

一江风，满天雪，路冷行人断，

但冻饿交煎染病须顾念，

我亦是个路歧人，义当救援！

王　忠　小姐！（趋前跪拜，高叫）活菩萨！

焦桂英　（对小菊）打车来！

[幕闭。

第二场　钟情

[桂英楼居的花厅，布置淡雅，台中红木圆台凳。

[春夜，华灯初上。

[音乐幕启。小菊在桌旁习字。

[彩屏、翠云携手上。（彩屏用彩旦演）

翠　云　（念）桂英心地最纯良，一片真情对玉郎；

彩　屏　（念）却怕落花有意随流水，流水无情下夕阳。

[两人同进厅内。

翠　云　（轻唤）小菊——小菊！

彩　屏　（对云）她入了迷了。（走近，高叫）喂！赶科场呀？

小　菊　（惊觉）啊，原来是屏姑娘、云姑娘。

翠　云　（取字看）哎呀，练得一手好字！

彩　屏　准是啦，桂英哺出来的鸡仔噃，又多个扫眉才子。

小　菊　两位取笑了。

彩　屏　你桂英姐呢？

小　菊　在内边裁衫。

翠　云　裁谁的衫呀？

彩　屏　那还用问，自然是为佢“王郎”扮靓嘛。小菊，可知今天是什么日子？

小　菊　（想想，摇头）不知道。

彩　屏　（对云）哼！你看你看，往日的金兰结义，人家全忘记了。

彩　屏　怪不得备好酒菜，等极桂英都不来，

彩　屏　不行，我要找桂英罚她一罚！（边行边说）罚她一罚。

[桂英捧工夫箩上，内放新缝的海青，与彩屏碰面。

焦桂英　罚我什么啊，彩屏？

彩　屏　罚什么？桂英！

（唱“十字清中板”）

记当年十姐妹金兰结义，

三月三今天乃结拜之期。

焦桂英　（忆起）啊！

彩　屏　（带嗔）啊！

（续唱）　你一颗心伴王魁乜都唔理。

姐妹情抛脑后忘了前时。

翠　云　（唱“七字清”）

枉佢今天忙布置，

专诚候你叙情谊。

彩　屏　怎知——

（唱“三字清”）

上昼你不来，

下午你不至，

黄昏唔见影，

姐妹觉离奇，

才有登门来看你，谁知你，

却为郎忙着制新衣，余事不知。

［举手打，桂英以团扇一挡，扇落地。

翠　云　（代执扇）呃，桂英。

（念“口鼓”）何以扇头不见了玉扇坠？

焦桂英　（接念）我怕跌烂了，所以早就拆除。

翠　云　（接念）对！你父亲的遗物，不能让它失去，

小　菊　（一笑）跌不碎，失不去。

［桂英示意小菊莫再说下去。

彩　屏　（明白）呵！我明白啦。一副心肝都俾过佢。桂英呀！

（唱“反线新曲”）

当年十姐妹，曾结金兰义。

如今嗟零落，剩下几相知？

同是火坑莲，关心才劝你。

义重情痴原可贵，但怕“人心隔肚皮”。

焦桂英　（不以为然）不！不会的！我们是——

（唱“滚花”）

除却巫山不是云，

誓存终始情无二。

彩　屏　好，好，是这样就好啦！

翠　云　桂英，但祝你——

（唱“滚花”）

白头偕老情如玉，

绿叶成荫子满枝。

［王魁内场咳嗽声，桂英郑重起来。

焦桂英　（念“口鼓”）啊，他醒来温习了，我们到内边倾偈去。

彩　屏　（接念）不，我们通气，人家要“红袖添香夜读书”。

焦桂英　（自承，接念）一张利嘴。

彩　屏　（接念）翠云，我们回去，好让佢夫唱妇随。

[彩屏故意纵笑哈哈，牵翠云下。

焦桂英　小菊，姐夫的桂圆汤煮好了吧？

小　菊　哎呀！你不提，我就忘记了。（急下）

[桂英坐下在量新衣，补些针线。

王　魁　（内唱“武西厢”引子）

乐对古圣贤。（持卷上）

（唱“秋江别”中段）

熟读书千卷，佳思涌如泉，

名场堪一战，今科要夺状元。

展我平生冲霄愿，

占鳌头，御前挂彩簪花醉琼筵。

[进厅，桂英起迎。

焦桂英　王郎！

王　魁　娘子，怎不休息？

焦桂英　有些针头线尾。

王　魁　什么针黹？

焦桂英　为你赶制新衣。来，试一试。

[亲热地试衣，桂英捧镜，王魁顾盼自得。

王　魁　果然手巧，费你心机。

（唱“长句二黄”）

一针一线见情牵，

多艺多才堪赞羡，

王魁何幸伴妆前，

两载关怀嘘寒问暖，

一衣在体感激难宣，

却自愧无能未报得恩情半点。

焦桂英　呃！

（唱“二黄”）

有道夫妻同鱼水，

所贵在义重情专。

王　魁　是呀！

（接唱）　披上你手制新衣，

涌起我诗情一片。

焦桂英　啊！又有好诗句了？念来听听。

王　魁　（另场）好，让我来考考她。

（念诗）　慈母手中线，游子身上衣。

临行密密缝，意恐迟迟归。

谁言寸草心，报得三春晖。

焦桂英　呃！这不是你王魁之作，是古人的诗。

王　魁　对，对，是唐朝李白的诗。

焦桂英　呃！不是李白的诗，是孟郊的诗，题目叫《游子吟》。

王　魁　啊！桂英你真好记性！

焦桂英　唔！（娇嗔地）原来是考我。

王　魁　（得意地纵笑）哈哈……

焦桂英　来，还是吟你自己的诗吧。

王　魁　（骄矜地）我的诗！（构思一会，命令式）好！铺纸！磨墨！

[音乐，桂英铺纸磨墨，王魁叉手沉思，近桌拈毫挥写介。

焦桂英　（取过诗笺）待我拜读。

王　魁　慢！念诗不如唱曲，你就试谱新声，弹唱弹唱，如何？

焦桂英　只怕——词情谱不出，声情不中听。

王　魁　一定中听的，来，我为你抱琴来。

[王魁取琴交桂英，桂英细阅诗后。

焦桂英　（弹唱“红烛泪”）

生平志愿欲凌烟，

雪案青灯勤不倦，

闺中友情比金石坚，

伴读添香送酒艳福教人羡。

王　魁　（谱照奏，拈诗自赏，楔念）

记当初遭风雪冷倒海神殿，
多亏你护飘零情缱绻，
赴春闱倘若我文章中选，
先向卿卿报喜笺。

焦桂英　（加后场帮腔）
那时节准备白马金鞍接红鸾，

王　魁　妙呀！
（唱“快中板”）
歌喉好似珍珠串，
为我心声细细传，
此生得尔如花眷，
不羡鸳鸯不羡仙。（腔）

[以指一扫琴弦，铮琮有声，疏狂地倚傍桂英，显示恩爱。小菊上。

焦桂英　啊，小菊上楼来了。

小　菊　姐姐，刘公子到来，说要面见姐夫。

焦桂英　（对王）定有要事商谈。

小　菊　听讲，上京应试，明天便要起程。

王　魁　什么？明天上路？

焦桂英　也好，结伴同行，旅途就不寂寞了。小菊，请刘公子稍坐，说姐夫就来。

小　菊　是！（急下）

王　魁　呃……（拦阻小菊不及）桂英呀！明天上路，去也匆匆，叫我如何舍得离开你。

焦桂英　王郎，前程为重！

[王魁欲更有言，给桂英婉劝住。感叹。

王　魁　（唱“妆台秋思”）
人世何多苦自煎，
鸳鸯顿变作劳燕，
羡什么绘像凌烟，
又哪及携手花前。

焚桂英　（接唱）　出鞘剑，青锋现，
光辉灿烂照九天，
盼你早得功名，
寄与金书捷报，
遂我付托良人愿。

王　魁　（接唱）　桂英既是频劝勉，
此一去，显手段，
成名归伴你妆前。

二　人　（同唱）　地老天荒百劫情难断。

[小菊快上。

小　菊　姐姐，刘公子等姐夫的答复呀。

[内场声：“王兄，快来！”

王　魁　啊，我来了！（忙下）

焦桂英　小菊，随我收拾行装去！（同下）

[幕闭。

第三场　饯别

[海神庙前，不见庙，台左见石牌坊，正面海景。

[前场之翌日。

[内场合唱：
趁东风，开桃李，
阳春三月风光美；
各家举子赴京师，
角逐功名忙应试。

王　忠　（挑行李上。接唱）
但愿今科我相公，
龙虎榜中标姓氏，标姓氏。

啊，行行不觉已到海神庙，等候公子，稍息片时。

[王魁、桂英上，小菊提食格篮随后。

焦桂英 （接唱） 送王郎赴京师离怀黯黯，

王 魁 （接唱） 近离亭嗟分袂不禁销魂。

焦桂英 （接唱） 君此去展高才探骊夺锦，

王 魁 （接唱） 愿苍天怜苦志得宴琼林。

娘子，已到十里长亭，别话离言，请当面嘱咐。

焦桂英 王郎呀，你我萍水相逢，三年共处，今朝一别，话有万千，却不知从何说起！（泪下沾巾）

小 菊 （忙取过酒具，上前）姐姐，饯行杯，已准备好了。

焦桂英 （接杯）郎君满饮此杯。

王 魁 多谢娘子！（一饮而尽）娘子呀！

（续唱） 本待白头相守莱阳郡，

却为功名二字拆鸾群；

此去雁塔题名应有幸，

桂英且舒怀抱候佳音，

（转唱另调）

寂寞春闺你休惹恨。

焦桂英 （接唱） 萧条旅况我念行人，

在路途晓行夜宿须谨慎，

遇饥寒无人料理自当心。

王 魁 （接唱） 却怕命世奇才每遭厄困，

今科不中我又沉沦。

焦桂英 （接唱） 纵是落第你且宽心，早返家行。

[王忠上。

王 忠 时候不早了，相公，准备登程吧！

王 魁 知道了。——娘子！

焦桂英 王郎！

[音乐声中，执手过位，内场合唱衬气氛。

合　唱　（唱“新曲”）

惜别悲难禁，

牵衣泪满襟。

王　魁　娘子！“黯然魂销者，唯别而已！”有什么叮咛嘱咐，多讲几句罢！（音乐收）

焦桂英　王郎！

（接唱）　你我同命贴心相倚凭，

怜我自小无亲难里人。

王郎得志身披锦，

都市繁华莫醉心。

王　魁　娘子少虑！

（接唱）　郎非薄幸，郎非薄幸。

摘得宫花定献细君。

[王忠持玉扇坠上。

王　忠　相公，你的玉扇坠放在书箱，恐防有失，还是交还与你，佩带在身为好。（交玉）

王　魁　（顾妻指玉）是呀！这是你的传家之宝！（佩带）

焦桂英　（音乐衬念）家传玉扇坠，赠郎佩在身，长愿人为玉，坚洁不生尘。

王　魁　（接念）我妻情义重，人亲物亦亲。

[海神庙钟声数响。

焦桂英　（惊觉）啊！这不是海神庙的钟声么？

王　忠　是呀，海神庙就在前边（一指）。记当年，你们初次相逢，就是风雪为媒，海神为证，待老奴进庙焚香点烛，你们在此祷告一番。如何？

焦桂英　（顾夫）礼当遥拜。

王　魁　听娘子主张。

王　忠　（唤）小菊，随我奠酒去。

[小菊应：“是。”内场复出，手提食格篮随王忠下。

王　魁　娘子你看，青天碧海，正好指水盟心，来来来！

（散唱）　跪对神明陈心事，

焦桂英 （接唱） 威灵显赫鉴情词。

王 魁 海神爷呀！

（唱“秋江别”）

当初我落拓寄居，

多感你为牵红丝，

王某与桂英结发不相离，

我若情爱有反复，

死便剥去了人皮。

焦桂英 （掩其口）王郎，何须发此重誓？

王 魁 一点衷心，人天共鉴！

焦桂英 海神爷呀！

（唱“反线二黄板面”）

望海神着意，倾听信女词，

保佑我郎上京师，

身处凤凰池，

我贞心一片可表天地，

恩爱百年期，

贫富穷通无二志。

[内场声：快开船了！

王 魁 啊，快开船了！

焦桂英 （唱“反线二黄”）

听说起舟去人离五内痛如刀刺，

王 魁 （接唱） 劝贤妻休落泪且强抑愁思。

焦桂英 （接唱） 挽手儿送郎君侬心碎矣，

王 魁 （接唱） 念今宵人独自足重难移。

焦桂英 （接唱） 无奈何道一声前程万里。（拉腔）

[内场声：“扬帆咯！”船家紧吹号角。

王 魁 娘子……千万珍重！

焦桂英 郎君……一路小心！

[音乐声中，王忠担行李，小菊提食篮上，

王　忠　相公，快开船了！（挑担径下）

王　魁　娘子，请回歇息，为夫去了！（依依不舍，别下）

[即起合唱，桂英起立目送，随王魁背影慢慢移位，终于伏在小菊肩上暗泣。

合　唱　（唱“新曲”）

芳草如丝，

归途万里，

去时何疾返时迟，

叹人生偏有这死别生离！

[幕闭。

第四场　攀缘

[丞相府堂。

[春末夏初。

王魁等　（内唱“首板”）

适才间赴过了琼林宴。

[头锣声中开大幕。二幕前，执事人等上。

[王魁、探花、榜眼打马夸官同上。

王　魁　（唱“点翰中板”）

适才赴过琼林宴，

路上人争看状元；

苍天真个从人愿，

王魁等　（同唱）　不枉十载寒窗铁砚穿。

[随从人等下，王魁等三人打马下，

[“牌子”头，开二幕。

[韩丞相上，家院、梅香等侍立。

丞 相　（念“引白”）

官高称相国，

量大可撑船。

首相韩承龙，当朝一品，位列三台，有女年已及笄，未曾婚配，闻得今科状元王魁，品貌出众，曾托媒作伐，未见回音，打听着。

[家院上。

家 院　启禀相爷，新科状元参府叩见。

丞 相　打开中门。

[“小开门”，韩丞相出迎，王魁上，迎入，家院下。

王 魁　阁师请升，受晚生一拜。

丞 相　看座！

王 魁　谢座！

丞 相　老夫昨觐龙颜，称道状元公才华富有，品貌超凡。眼见十三科老前辈都被状元公压了。

王 魁　阁师过奖！

丞 相　可曾见过尊师？

王 魁　见过恩师了。

丞 相　老夫与贵座师商谈之事，曾否告知贵人？

王 魁　（不安）都，都谈过了。

丞 相　好啊！如此，洞房花烛，就趁这登科之日，如何？

王 魁　这个……

[家院上。

家 院　启禀相爷，新科探花、榜眼同来参府。

丞 相　啊，贵人速做准备，老夫去去就来。（下）

家 院　（随下中，回头关照）状元公，相爷掌上明珠，人间绝色，若然成亲，不少荣华富贵呀！

王 魁　（漫应）承教，承教！

[家院下，王魁踌躇不安。

王 魁　（唱“滚花”）

丞相有女招亲，奈我无缘消受。

只为盟言在耳，怎可另赋河洲，

但念到丞相他——

（转“走马”）

他显赫声势是皇舅，

试问谁敢不低头，

婚姻拒就定至隐忧，

高官厚禄怎得到手，

岂非天大前程付东流？（拉“二流腔”）

（转“长句二流”）

况闻相府千金，

生得花容月貌，

高才咏絮性温柔，

堪配状元成佳偶。（上）

看起来应把那丝鞭接受。（士）

（转“散板”）

笙箫引入凤凰楼。（尺）

答应，该答应！（高兴有顷，隐隐钟声，一怔）哎呀！还是答应不得。

（唱“二黄滚花”）

猛听得钟声悠悠，

顿忆起神前赌咒，

当日全凭桂英援手，

常言饮水要念源头。

我应当推却相爷，

却怎把衷情直剖？

[束光笼照王魁筹思介。

[台前左角，烟中幻出榜眼，嘻笑连声。

榜　眼　（念“慢白榄”）

王魁呀王魁，你何须瞻前顾后。

管什么神前咒，怕什么恩作仇。

你本是天上文曲星，

桂英乃陌路章台柳。

从来又哪有，状元及第配青楼？（隐去）

王　魁　这个……？

[台前右角，烟中幻出探花。

探　花　年兄！

（慢“白榄”）

你妻焦桂英，真情来守候。

你不应遗弃佢，做个薄幸之流。

相府个千金，你无福消受。

让我来做娇婿，享尽富贵温柔。（得意介）

王　魁　（带忌恨）这……

探　花　（续“白榄”）

你莫错打念头！（隐去）

[内场韩丞相声“送客”，灯光复照，王魁低首沉思。

[丞相上，家院随上。

丞　相　状元公，（王魁未觉）状元公！（王忙应）就婚一事，意下如何？

王　魁　阁师！

（唱“滚花”）

承蒙厚爱垂青，无奈自惭鄙陋。

丞　相　不必过谦，答应才是！

（接唱）　难道我家闺女，不堪攀配状头？

王　魁　（听出语气严重）岂敢，岂敢！

（接唱）　只是来得匆忙，聘物无从措手。

丞　相　呃！

（接唱）　寸丝可以为聘——（指王所配玉扇坠）

一方玉珮好订鸾俦。（迫讨）

王　魁　是，是，“长者命，不敢辞”，（摘下玉扇坠献上）拜上泰山北斗。

丞　相　好贤婿!

王　魁　好岳丈!

丞　相　哈哈……后堂共进一瓯。

[幕闭。

第五场　义责

[汴京，新科状元府。

[前场之同日。

[王忠满怀高兴地上。

王　忠　（念）相公平地一声雷。大厦华堂匹马车。

太老爷，太夫人，我家相公高中状元，光宗耀祖。你两位老人家，虽然未得亲见。如今么，也当含笑九泉了。我王忠这些年来，到今天才笑得痛痛快快!（笑介）

[头锣声三响，内场："状元回府!"

[王忠出迎介。

["牌子"，旗牌先上，王魁持马鞭上。下马、迎入、旗牌等下。

王　忠　相公拜会应酬，定然疲倦，待我奉上参汤。（卸下）

王　魁　奶公待我真是无微不至。

王　忠　（上奉茶）相公，你赴过琼林宴啦?

王　魁　赴过了。

王　忠　我想琼林宴上，三百名新科进士，哪个比得上我家状元爷儒雅。

王　魁　（自鸣得意）嘿，那还用讲。

王　忠　从此青云直上，一路亨通。

王　魁　说得不差，眼前就有天大的喜事。

王　忠　啊?什么天大的喜事?

王　魁　（自知失言，窒口）这……这话慢讲，如今嘛，我要写一封要紧书信。

王　忠　书信？哦！我知道为哪个而写。

王　魁　为哪个而写？

王　忠　一定是家书捷报，送往莱阳你那位贤德夫人。

王　魁　这个……

王　忠　哈哈，相公的心意，我一猜就中。（乐极忘形）好咯！不枉少夫人日夕盼望，望你出头，今日夫荣妻贵，共享荣华，天从人愿……

王　魁　呃，（不悦）你的话也太多了！

王　忠　是，是，心头高兴，嘴上啰唆，耽误了相公写信，待老奴磨墨。

王　魁　不用了，封上三百两银拿来。

王　忠　遵命。（另场）这三百两银，一定是少夫人治装旅费。唔，终不免要我莱阳一走哩。（下）

王　魁　哎呀，方才险把相府许亲之事，说出口来，想王忠为人固执，此事要暂时瞒隐，待我修书。（就位执笔，沉思有顷）哎，往日文思敏捷，笔走龙蛇，为何今日拈毫，有若千斤重担——哎，想我与桂英三载绸缪，恩情不薄，这一封休书，叫我如何下笔，不写也罢。（搁笔，踌躇）且住，方才相府提亲，我已应允，势难反复，若是激怒相爷，怎么得了？哎！

（唱“西皮序”）

事到难办处，令人意朦胧，
新怜旧爱纠缠中，我情向哪边重？

（想想）唔，还是“该断则断”！

（唱“西皮”）

何须千疑万虑中，书一封，即时路就通，
把旧情，一扫空，
好当娇婿效乘龙，
上云梯，借好风。（略写，突然住笔）

哎呀，我怎么提到“海神”二字来了！想当日南浦分别，难舍难分，曾在海神面前，双双誓愿，说过男不重婚，女不别嫁，若是寒盟，必遭天谴。哎呀，神灵不可欺，休书不能写呀。（想介）唏，海神爷只管海上风涛，哪里管得人间婚嫁。况我是文章魁首，自当有禄马扶持，怕什么区区一个海神呢？

（唱序） 毋庸盘算吉与凶，时来百事通，

我是天子门生，皇家重用，

正风翻云动，

桂英是路岐人，惯于迎送，

难共始终，任俺乘龙跨凤，

管她飞絮飘蓬。

[王魁修书毕，王忠背包袱持雨伞捧银两上．

王 忠 相公，银两在此。书信写好就交我即时上路。

王 魁 慢着，小事一桩，不必劳你前去。

王 忠 呃，迎接少夫人，怎说是小事，非我去不可。

王 魁 此去莱阳千里，路上艰辛，还是另差别人去吧

王 忠 少夫人一路之上，有我照顾，方便得多。

王 魁 我自有打算，不用多言，唤张千。

王 忠 相公，还是我去好。

王 魁 不必啰唆，唤张千！

王 忠 是。（出门介）啊，我家相公昔日，言语温和今天为何这样。唔，中了状元，就是不同了。张千上堂。（衣边脱包裹，放雨伞复上，同时张千上）

张 千 叩见状元爷。

王 魁 罢了，今有书信一封，纹银三百两，命你送到莱阳。（见王忠在旁）记住，速去速回！

[王魁交银两、书函与张千，下。

[王忠与张千出门介。

王 忠 小哥，我有一件心腹事情，不知怎样讲好。

张 千 并无别人在此，但讲不妨。

王 忠 （指信封）你没到过莱阳吧？（见张摇头）这鸣珂巷第三家，你知道是什么所在？（见张又摇头，王忠左右望过）让我静静告诉你，那是一座勾栏曲院。

张 千 （惊异）是勾栏曲院？

王　忠　哎，细声的，细声的。

张　千　如此看来，这焦桂英是……

王　忠　她是，她是贤淑的夫人！

（唱“七字清”）

清白家风人厚重，

当年父死值家穷。

逼着卖身营葬送，

落得笙歌夜夜座春风。

张　千　啊！

（唱“滚花”）

原是个卖唱歌姬，风尘播弄。

王　忠　她与我家状元爷，雪中邂逅，一见倾心，这才结为夫妇。三年供养，一意栽培，我相公才得今科高中。

张　千　可敬，可敬！

王　忠　小哥，你见了夫人，要拜多几拜。

张　千　拜完之后又怎样呀？

王　忠　夫人看罢书函，必然欢天喜地，随你立即登程。

张　千　登程？往哪里而去？

王　忠　接她到京都来啊。

张　千　咦！状元爷没提过迎接夫人。

王　忠　何须向你提及，家书自然有写。

张　千　哦，书中有写，老人家，我去了！（欲下）

王　忠　慢着！

（唱“滚花”）

记得替我王忠问候，夫人福寿雍容。

张　千　记得，我去了。（下）

[内场鼓乐声，王忠诧异。

王　忠　（唱“滚花”）

何事鼓乐声喧，外面人头涌涌。

[门官上。

门　官　老人家请了。

王　忠　请了。

门　官　老人家，我是奉了相爷之命，来接新姑老爷。

王　忠　哎，你搞错了！这里没有新姑老爷。

门　官　请问，这里可是王魁状元府上？

王　忠　王魁状元，那就不错。可是我家状元爷早有了夫人。

门　官　对呀！状元爷与我们小姐完婚，就是有了夫人了。

王　忠　你家小姐婚事，不知哪个为媒？

门　官　大人为媒。

王　忠　何日完婚呢？

门　官　明天黄道吉日，相府招赘成亲，相爷备了轿马，先接状元过府，现有金帖一张（交帖），敢烦代我通报，我在外边等候。（下）

王　忠　（看帖愤然）哼！

（唱"滚花"）

惊闻此事，令我怒愤填胸。

他不该得步青云，便把恩情断送。

我要过问！（圆台）（撞上王魁）

王　魁　奶公！

（唱"滚花"）

为何慌张走动满面通红？

王　忠　（佯作无事）哎呀，方才真是笑话，相府派人来接他家新姑老爷，金帖一张，相公请看。（呈帖）

王　魁　哦，来人讲些什么？

王　忠　来人言道：迎接新姑老爷到相府居住，黄道吉日，招赘成亲。（观察神色）但不知新姑爷是哪一个呢？

王　魁　是……哦，方才不是对你讲过，有一件天大喜事，落在我王魁头上吗？

王　忠　莫非这新姑老爷就是……

王　魁　（赧然强笑）嘻嘻。就是我呀。

王　忠　吓，就是你！（气愤）

王　魁　奶公，何必劳气，这等认真呢。

（唱“木鱼”）

有道游戏人间原是梦，

何况状元择配要讲门风。

王　忠　哼！

（接唱）　只怕人心天理两难容，

我问你如何对待那家山风？

王　魁　三百两银不是送去了么！

（接唱）　酬她三年供奉与照顾之功。

王　忠　那家书是这样写么？

王　魁　（淡然一笑）那不是家书，

（接唱）　乃一纸休书向莱阳送。

王　忠　吓！你是怎讲？

王　魁　（续唱）　一休、永断、不重逢！

王　忠　哎呀呀，这使不得！

（唱“快中板”）

一纸休书莱阳送，

强似阎王索命凶。

片刻难容忙走动。

王　魁　哪里而去？

王　忠　去把张千赶回，扯了休书，你俩夫妻团聚。

王　魁　不去也罢，张千走远了，你赶他不上。

王　忠　这个……如此我去见大人。（欲行）

王　魁　去见大人何事？

王　忠　来人言道：这段婚姻，乃是大人为媒，我去见他，说我家状元爷有了夫人，求他转告相爷，推却这头亲事。

王　魁　呸！大人一番好意，撮合良缘，我既允婚于前，岂能失信于后。

王　忠　失信！（冷笑）你既不愿失信于韩丞相，为何偏偏失信于恩高义厚、患难相扶的焦桂英呢？

王　魁　奶公，我有为难之处！

王　忠　你可想过少夫人比你更为难，你这一纸休书，恐不免闹出事来！

（唱“长句滚花”）

少夫人恩义重，

三年供养从未怨夫穷，

病榻殷勤汤药奉，

为郎憔悴金尽囊空。（句）

若不是她万苦千辛，

你哪得状元高中。

王　魁　事过情迁，还讲她则甚。

王　忠　过去之事，回心想下有好处，你如今不但失信于人，还失信于神！

王　魁　啊！海神庙的说话，你都听见了！

王　忠　句句记得清楚！……

王　魁　哎，奶公算了，不要再讲下去了。

王　忠　你背信弃义，短情薄幸，我岂能不讲。

王　魁　奶公，非我王魁薄幸，只是状元夫人，她青楼妓女消受不起。况且又非明媒正娶，相府婚姻已成定局，你就莫再多言。

王　忠　啊？！

王　魁　叫你不必多言！

王　忠　呸！

（唱“滚花”）

千言万语难醒迷蒙，

昧却天良便是狼胎虎种。

王　魁　（恼羞成怒）奴才，好胆！

（接唱）　若不念你多年抚育——

王　忠　哎呀，咁有本心？

王　魁　（续唱）　——定必重责难容。

若不念你孤老无依——

王　忠　咁可怜我！

王　魁　（续唱）　逐出府门让你捱饥受冻！

王　忠　王魁！你这负心的狗才！我念在太老爷待我不薄，临死托孤，可怜你父母双亡，无人照顾，我才与你患难相依，直到如今，也不知挨了多少苦处，苦来苦去，却苦出你这个反骨状元！（介）王魁，可记得三年前落第出京，羞归故里，转往莱阳，偏偏投亲不遇，病倒庙中，眼看就要变作他乡之鬼。（介）岂料绝处逢生，来了一位你口中的青楼妓女，慷慨仗义的焦桂英。（介）一片恻隐之心，将你救回院中，有赖她起死回生，难得她赎身下嫁。（介）她，为你深闺伴读，彻夜不眠，望你出头，与她争一口气，想不到你一朝得志，竟然负义忘恩。（介，快念）你还声声妓女，句句奴才。（气喘转慢念）王魁呀，你要想一想，（介）你病倒风雪之中，倘没有她这个妓女，我这个奴才，你早都死去，还讲什么高中状元？

王　魁　（气极）奴才！奴才！

王　忠　奴才？我见高不攀，见财不钻，腰骨不挛，膝头不软，何得谓之奴才？你，见了高官，忘了根本，抛弃糟糠，死人不管。你的心又何止奴才！我把你这个名教中的罪人，着衣冠的禽兽，我没眼看你！

（唱“大滚花”）

你做你的凌霄美梦，
我做我的傲雪苍松。
我这一把老骨头，
也不靠你来入塚。

[出门略停，复转回。

王　魁　老人家，不要逞一时意气，还是与我共享荣华吧。

王　忠　哎呀呀，你当我回头，是舍不得你这荣华富贵么，我是回来还你这身的奴才衣服。喏喏喏！（脱衣服一件一件掷向王魁介）一件一件都交还与你！状元爷，相府轿马在外边等你，快前去相府做奴才吧！

王　魁　奴才，好胆！

（唱“滚花”）

出言放恣，一发难容。

叫左右——

[家丁侍从上。

王　魁　（续唱）将他驱逐出门不复用。

掩门！（王魁下）

[众人推王忠出门，掩门下。

王　忠　（唱“滚花”）

不怕残躯沦饿殍，

但悲团扇泣秋风。（转身）

[幕闭。

第六场　打神

[海神庙殿堂。深秋。

[幕启。音乐、小菊从殿后提拜盒香烛上，拂拭神案，陈设供品。复入伴桂英（穿斗篷风帽）上。

焦桂英　（念）衣锦人归劳梦想，海神殿上献心香，

小　菊　姐姐，供品摆齐，诚心祷告吧。（递香）

焦桂英　（唱“乙反西皮”）

一炷香保夫君身强气爽，

遇贵人好照着，

灾星降犯我郎，奴愿一身当。

[小菊接香代供，又交第二炷香。

焦桂英　（接唱）二炷香祝他功名如所望，

身列朝堂前程无量；（交接香）

三炷香纵是王郎落第，

佑他安返莱阳。（叩拜）

[彩屏内场叫唤“桂英”急上，张千随后。

焦桂英　（迎上）彩屏姐，何事走到气呵气喘呀？

彩　屏　恭喜妹妹、贺喜妹妹，王魁高中状元了！

焦桂英　啊，当真？

彩　屏　喏！（指外）长差前来报喜，我已带到外边。（唤）差大哥！（张千进来）

张　千　（上前）小人张千，叩见夫人，贺喜夫人，状元公命小人前来报喜。

焦桂英　啊，真的高中了！

张　千　高中了！现有书信一封，押书银三百两，请夫人收下。

小　菊　（接过）是状元公派你来接夫人上京吗？

彩　屏　准是啦，还用问。

张　千　呃……书中有写。

焦桂英　为何王忠不见前来？

张　千　他要侍候状元爷，托我向夫人问好。

焦桂英　他倒有心！

彩　屏　差哥初到莱阳，先跟我回去，招呼酒饭。

张　千　不用了，小人有差事，不便多留，告退。（下）

小　菊　姐姐快念喜讯。

彩　屏　哎，状元公给状元婆的信，我们听不得，回去替她准备行装吧。

小　菊　姐姐你……

焦桂英　谢过菩萨，即刻就回。

彩　屏　我们走吧。（牵小菊下）

焦桂英　（窃幸，奔到神前）海神爷，你聪明正直，保障一方，今日王魁高中状元，也是凭你庇佑，来日定当重修庙宇，再塑金身，以报恩德。此信乃是王郎手书，真不枉我一念怜才，三年心血。（上前）海神爷，让我拆信念给你听。（拆信，念）王魁寄柬，桂英贤姐妆次，（觉得有异）啊！不称爱妻，却称贤姐？（手颤，续念）自别入京，名登金榜，蒙丞相招赘，即日成亲，既有新婚，难谐旧约。今奉上白银三百两，报姐三载照顾之劳。（身体摇晃）附诗一首，贤姐清玩。

（念诗） 比翼连枝愿已乖，休将薄幸怨王魁；

只因憔悴章台柳，怎向琼楼玉宇栽。（重句）

[天色骤暗，惊雷乍响。桂英望着远方，猝然苦恨交并，喊出：“王魁，你，你你——好——呀！”

焦桂英 （愤恨地丢风帽，抛斗篷。里穿素衣裙）苍天！

（唱“叹板”）

恼恨王魁贪势利，

人间谁为我支持。（雷声）

无奈何，跪对海神诉去，（圆台，跪，叫头）

罢了海神爷，海神爷呀！当日王魁上京，曾在神前发誓，说过男不重婚，女不别嫁。今日王魁身荣。竟然抛弃桂英，海神爷你岂不知情？海神爷你为何不报？

（唱“长句二黄”）

说什么天眼昭昭，说什么神恩普照，

何以王魁薄幸偏荣耀？

我桂英情重却身坠奈何桥。（拉腔）

（转“二黄板面”）

当日神前一炷香，两家设誓条，

他说到老不相分，我说黄泉情未了，

他说中途若负阿娇，天理也难饶，

我说信难饶。

岂料言犹在耳旁，他得志便身骄，盟誓都不要。

（唱“二黄”）

害得我烟花女，

情似到死春蚕，解不开魂缠梦绕。

（转“饿马摇铃”）

忆当初风雪日，

我驱车上庙了愿把香烧，

见他处境飘摇，应试落第无聊，客心焦。

我念他漂泊异乡心里苗爱苗，

与他共渡鹊挢，

一点情真非为恋他俏，

喜得终身相依有良人，

亲送他上京去求名博展翅扶摇。

（转“中板”）

岂料姓名标，博得状元高第，

狠心便把旧爱一笔勾销。

招赘在相府中，珠围翠绕绿衣郎，

他只见新人欢笑。

一纸休书染遍我断肠红泪——

（转“乙反二黄”）

海神爷怎也冷眼都不瞧。

天高渺渺诉无门．莫不是人间你不管了？（拉腔）

海神爷，海神爷，我对你哭诉千番，你竟片言不答，难道你聋了不成？哑了不成？哎！

（唱“快二流”）

骂一声，海神爷呀！

你装聋作哑，不理人间是非，

说什么正直无私，

怒冲冲，我要打，打打过你！

（打神，见判官）啊，你，你是判官爷爷。

（唱“二黄滚花”）

只见判官神气，为我怒目睁眉，

待我诉说冤情，求他作主。

判官爷爷！

（念） 王魁做事伤天理，抛弃桂英你也知。

烦向海神忙请示，勾拿贼子莫延迟。（哀求不应）

哎，海神不理事，你也把奴欺，

有冤无处诉，枉自敬神祇。

呸！

（唱“二黄滚花”）

你享什么祭祀，判什么是非？

怒上心来，要你威仪扫地。

（冲前，取过判官手拈的笔拗折，神思错乱地又把皂隶幻化成王魁）

啊！原来是王郎，王郎回来，这便好了！（拭泪）

（唱“乙反长句滚花”）

卜归期，盼归期。

不图相会顿开眉，

你不负侬，侬又何尝负你，

情如磐石不能移。

（转“二黄”）

一见郎君，尽散了愁怀闷气，

此后生生世世鱼水相依。

可知我心中——

（转“滚花”）

只有一个你你你！

（上前执手，化回皂隶手持铁链，惊骇）

（转“快滚花”）

又见一条锁链，他手中持。

王魁你弃我桂英犹未止。

如今还来迫害，将我锁解阴司。

事到无可游移，我桂英只好拼死对你！

（愤怒推倒皂隶，昏厥坐地）

（唱“阴告”）

万缕恨，（醒，雁叫）

醒来但听得天际雁声悲切。

鸿雁儿夜茫茫叹孤飞，

它惊弓中矢，呼夫抢地。

（相思锣鼓。挣扎而起）

（续唱） 哎呀！王魁贼子！

你此际绣帏成双对，

只可怜奴半生不死，

双挥血泪。

泪眼模糊问苍天，焦桂英到底有甚罪？

王魁，贼子，你你你休得意！

（转“快中板”）

王魁纵有皇恩庇，桂英不忿受凌夷。

生前无地平冤气，死做鬼雄了是非。

王魁，我桂英来了！

[雷电，“雁儿落”牌子，桂英解带、踩带，奔入自缢。

[幕闭。

第七场 上路

[春夜。

[高空，星月微明。

[牌子头起幕。

[二鬼卒舞上、判官舞上。

判 官 （念） 状元王魁薄幸，桂英饮恨轻生，

尘世何多鬼蜮，阴间不少冤魂。

吾神，海神庙判官是也，只因焦桂英被王魁休弃，自缢身亡，海神爷准了她的诉状，命我勾拿王魁魂魄，焦桂英随我来来来！

[起牌子，舞蹈，引出焦桂英，同舞蹈圆台，下。

[幕闭。

第八场　情探

[汴京，状元府，书斋卧室。深秋。

[幕启。短“河调慢板板面”，王魁上。

王　魁　（唱“河调慢板”）

说不尽珠箔银屏脂香粉腻。

效古人风流韵事巧画蛾眉。

喜今宵映楼台月明如水，

[风飘桐叶落。

王　魁　（续唱）　听秋声思往事不禁神驰。

想我王魁，入赘相府以来，小姐待我十分恩爱，年华如水，不觉又是深秋。回忆前在莱阳，与我妻桂英……（顾望后心安）在那月下桐阴，浅斟低唱，如今都成陈迹了！

[二更声。

王　魁　啊，二更了！

（唱“寄生草”）

远处寒更频入耳，中天月色转迷离，

愁无寐前事怕寻思，

辜负了烟花弱女一片情谊，

纵骨化形销她难解怨气，

恨王郎无道义，（吊慢）

岂知我不得已。（稍停，叹气）

桂英，你谅解我为难之处吧。待明日——

（续唱）　我偷偷去，请名僧来超度你，

早教芳魂冉冉赴瑶池。

是呀，待下官明日，暗请高僧，为焦氏桂英，多念几卷经文就是。

[一阵风声。窗开帘动。

王　魁　啊，那边园林树下，是谁来了？（张望）哦，原来树影。（关窗）

[远处传来女歌声，（第二场“红烛泪”：生平志愿欲凌烟，雪案青灯勤不倦）王魁惊疑谛听。

王　魁　啊！

（唱“快滚花”）

谁人唱我当年事，

呖呖莺声恰似伊。

[风吹帘动。王魁惊怯忙关房门，强自镇定，一声咳嗽。

王　魁　（唱“七字清中板”）

我是天子门生相爷半子，

断无魑魅敢相欺。

剔银灯——观书史。（拉短腔，入座观书）

[三更声。

焦桂英　（内唱“牌子头”）

带恨衔哀！（上）

（唱“牌子性散板”）

衔哀带恨进园来，

哪怕侯门深似海。

（欲闯入，又迟疑，自语）慢着。

（唱“长句滚花”）

意徘徊，权忍耐，

或者他尚有良心一点在，

楚襄犹自梦阳台，

教我一时无主宰，

回肠百结触目生哀。（句）

我且试探于他，（到门前，拂油，门开）

飘飘闪入他房内。

[车身舞袖入内，风吹灯灭，王魁惊觉有异，桂英一旁背立。

王　魁　（发现）谁？你是谁？

焦桂英　奴家。

王　魁　奴家？

焦桂英　是我！（转身）

王　魁　（惊跳，叫唤）打鬼，打鬼！

焦桂英　郎君何必惊慌，桂英在此。

王　魁　你未死？

焦桂英　此乃旁人妄传死讯罢了。

王　魁　这，莱阳到汴京，迢迢千里，你孤身上路，还是结伴同行？

焦桂英　为妻受尽人家冷眼，谁肯与我同行呢！为见夫君，哪怕千辛万苦！

王　魁　既然远道而来，为何不在日间由正门而入？

焦桂英　相府门卫森严，为妻衣衫褴褛，怕有伤状元体面。

王　魁　唔，倒知进退。桂英，我与你银两家书，可曾收到？

焦桂英　多谢郎君，银两已收，家书未见。

王　魁　吓？家书未见？（自语）莫非张千，他把书信失落了？

焦桂英　郎君不用焦急，那张千带来的不是家书，却是休书。

王　魁　对，正是休——休书。

焦桂英　也曾看过。

王　魁　既然看过，还到来则甚？

焦桂英　一来向状元公道喜

王　魁　不必了。

焦桂英　二来问状元公身体可安？

王　魁　我身体何尝有病。

焦桂英　状元公，真是贵人多忘事了，记否当年，冷倒庙中，我把你相救回家，你染下一场寒病，奴在神前祷告，但得郎君安好，愿减十年之寿，后来求得药方，为你医好病体，此事郎君可还记得？

王　魁　这……

焦桂英　奴就怕状元公旧病复发，侍奉无人，故把药方送来呀。（交药方）

王　魁　唉，往事如烟，说得我柔肠寸断。

（唱“杨翠喜”）

悔抛旧情爱，贪把牡丹栽，

谁料桂英义厚前缘在，

奔波千里图完聚，这药方包向浓情内。

她远道而来，真情难得，拒不相认，于理不该，待我——（欲前又止）哎，认不得呀！

（续唱） 万一韩家执怪我便惹祸灾，

乌纱不保前程有碍，

枕畔旧情再难理睬，

哎，天公当知我负心也是无可奈，（吊慢）

药方不用劳烦你为我送来。

我，不病了，就算病了，也……有人侍候。

焦桂英 哦，侍候有人，此人又是谁呢？

王　魁 就是圣旨为媒的相国千金小姐！

焦桂英 果然可喜可贺。奴今日，倒想见见这好福好命的状元夫人，听听她奉旨成婚后的教训。

王　魁 不必了。前者纹银三百两，书信一封，就是成婚后的教训。

焦桂英 但不知教训二字，如何解释？

王　魁 你回去自然明白。

焦桂英 回去？回到什么地方去，桂英自从与君分别，唉！

（唱“乙反南音”）

梨花落，杏花开，

夜夜思君和露立苍苔。

到闷来辗转书斋外，

人去楼空我怕把门户打开，

怕见留下衣襟宛似郎君在，

却又人何在，

只落得望穿秋水不见家书来。

王　魁 人说，事如春梦杳难寻，

焦桂英　我却身似秋云无着处。郎君啊，记得四月初旬，算来春闱放榜，那时奴又到海神庙祷告，我说海神爷呀!

（唱“流水南音”）

你保佑我郎文章惊海内，
莫使他功名事业展不开。
神灵鉴领我情如海，情如海，
果然是马头喝道我这位状元来。

王　魁　可知我那试卷文章，得心应手。嘿嘿，这状元及第又岂靠神恩。

焦桂英　纵不靠神恩，也须凭人力吧。

王　魁　人力？（语塞）过去之事，不要重提了。

焦桂英　不提过去，就说如今。

王　魁　如今怎样?

焦桂英　我桂英——

（念）　举目无亲吊影哀，关山千里觅君来，
君既另宠新欢无可奈，但愿绿杨移作两家栽。

——你，你就容我做个偏房吧。

（唱“秃头滚花”）

眼前明月入君怀，君呀！幸勿绝情推出纱窗外。

王　魁　这个……唉，认也不得。“压妻为妾”，其罪非轻。

焦桂英　既是难认偏房，比如容我府内栖身，为奴作婢，又如何呢?

王　魁　这……也认不得，也认不得。你，速速回去!

焦桂英　若是不回去呢?

王　魁　就要问你一个擅闯相府，冒认官亲之罪。

焦桂英　如此说，恩义无存？

王　魁　势难复合!

焦桂英　也罢！记得定情之日，我有玉扇坠一枚，相赠于你，如今那玉扇坠呢?

王　魁　玉扇坠么？……已经失去了。

焦桂英　失去了？！（逼视）你……

王　魁　（心怯）若要讨还，与你另买一枚就是。

焦桂英　（气极，语促）你也知道，玉扇坠是我爹爹遗物，为爱郎情重，才相赠随身，永留纪念，不想如今。你……

王　魁　不必多言，赔你五十两银，快回家去！

焦桂英　家？（哭泣）我已无家可归了！

王　魁　如此，赠你黄金百两，让你重张艳帜，再着歌衫吧。

焦桂英　（火起）吓！到了此时，你还要我桂英，再落风尘，重沦苦海。你你你，你还有没有人心？（迫前）

王　魁　好了，好了，今生算我负情，来世再修缘分。皇天在上……

焦桂英　我，被你害了今生，还能信诸来世？呸！

（唱"恋檀二流"）

你无情无义无口齿，

惯于信口说浮词，

可怜害得我今如此。

[频频闪灯，变鬼形。

王　魁　（同时惊悸扎架，接唱）

何处妖魔把伎俩施？

我是文魁谁敢动毫厘？

知机快快来退避！

焦桂英　（唱"尾腔"）

侬决意誓不饶恕你！

王　魁　（退到床边，按剑）焦桂英，（见桂英近前）再刁难，我就要你的命！

焦桂英　（冷笑）嘿嘿，我桂英有几条命被你要呀！

王　魁　焦桂英，看剑！

[王魁剑刺不着，寻觅，台左现出一个桂英。冲刺隐去。台右又现出一个桂英。王魁神智昏然，乱刺，跌剑，被困，跪求饶命，卒被活捉而去。

[幕闭。

——剧终

本剧选载的是1959年红线女等主演的演出本。

一枝花

（根据传统剧目改编）

改编：莫汝城　唐　峰

人物表

一枝花	江湖侠盗
赵秀梅	黉门秀士
李春兰	秀才娘子
陈　宝	财主乡绅
教　头	
县　官	
老狱卒	
庙　祝	
大　差	
小　吏	
衙　差	甲、乙、丙、丁
捕　快	甲、乙
家　丁	甲、乙

第一场

[某日下午。

[城郊。大树旁有一座凉亭，亭边有条小河，河上有小板桥。

[一枝花上。

一枝花　（念“诗白”）

穿州过府渡关卡，

闯荡江湖到处家，

世间何必留名姓，

五湖四海一枝花。

此处离城不远，不若找个地方，养足精神，今夜进城，向那为富不仁的财主下手，岂不是好。我就走、走、走！（下）

赵秀梅　（内场唱“二黄倒板”）

途穷路尽！（上）

（唱“长句二流”）

家贫困，命不辰，

遥望炊烟越觉饥难忍，

谋生无计，愁看芳草迷云。

连日出门，向亲朋借银，

无奈人情冷暖难借分文，

走到力尽筋疲浑身倦困。（进凉亭坐下）

想我赵秀梅，自幼饱读诗书，怎奈命蹇时乖，日受饥寒所困。虽则我妻贤淑，从未口出怨言，然大丈夫至此，宁不愧煞人也！

（唱“二黄滚花”）

陈宝登门追债，使我受辱难堪，

明日已到限期，更觉忧思不尽。

[陈宝与教头、家丁甲、乙上。

教　头　员外，那个穷鬼就坐在凉亭里。

陈　宝　啊！赵秀才，怎么这样巧呢？真是相请不如偶遇了。

赵秀梅　（旁白）弊！真是冤家路窄，（勉强招呼）陈员外，幸遇，幸遇。

陈　宝　（与众进凉亭）幸也好，不幸也好，你欠我一百两银，我已经追过三次，喂，须知明日就是最后限期啰！

赵秀梅　陈员外，我连日奔走借银，可惜如今还未有法子。望员外宽宏大量，略展限期。

陈　宝　废话！

（唱“滚花”）

老夫一向到期收债，
哪管你卖女卖儿，
既是没银归还，
就把家产抵偿了事。

赵秀梅　用家产抵债？

（念“白榄”）

小生家道贫寒，无田又无地，
只有半间破屋，几箱字画旧书。

陈　宝　呸！

（接念）　烂屋不值二两银，字画旧书臭过狗屎！

赵秀梅　（接念）　小生确实家无长物，员外本来也尽知。

陈　宝　（接念）　我知！

你家有件东西，十分中我意。
拿它来抵债，你意下何如？

赵秀梅　员外想要小生什么东西抵债呢？

陈　宝　（唱“板眼”）

就是秀才娘子，生得婀娜腰肢，
不高不矮不瘦不肥。
老夫前年见过一次，

害得我回家以后起单思。
可惜大好鲜花插在牛粪里，
嫁个穷酸秀才委屈了美人儿。
不若转送老夫来做妾侍，
替我生儿育女散叶开枝。
你借去百两白银就算了事，
货银两讫有你便宜。

赵秀梅　（气极）你、你……

（唱“快中板”）

你存心迫债夺人妻，
凭财恃势无天理，
我纵然饿死也不依。

（转“滚花”）

须知君子固穷，就是穷得有志气！

陈　宝　有志气就把钱还来、还来、还来！

（唱“流水中板”）

你你你，有志气，
快把白银交我手里。
既是无钱休放恣，
快送老婆做我妾侍。
若然你敢讲多句，
我打手拳头不客气，
立刻整服你！

[一枝花卸上，隐大树后察看。

赵秀梅　员外，做事要讲天地良心啊！

陈　宝　除了有良心的事，我什么都做。老实告诉你，明天一早，我就带人到你家中，有银要银，没银要人。老夫还要到东村收债，没时间同你多讲，人来起程！

[陈宝与教头、家丁下。

赵秀梅　（唱“沉腔滚花”）

陈宝狼心狗肺，要强夺人妻，

问句苍天，难道全无天理？

唉！正是人间多少辛酸事，天地不闻只自知。

一枝花　（突然从树后走出来）我都知哩！

[两人关目。

赵秀梅　大哥，你知？你知道什么？

一枝花　我知道有个人，胸罗万卷，七尺昂藏，只会短叹长嗟，遇事束手无策。真是哈哈哈！（大笑）

赵秀梅　唉！小生时运不济，如之奈何？

一枝花　不济不济，瓮缸无米；奈何奈何，苦了老婆！

赵秀梅　（唱“沉腔滚花”）

哎呀呀，大哥莫出言耻笑，小生苦处不消提！

一枝花　不消提，不消提，忍气吞声掩面啼。不如讲给别人听，大家商量想个计。

赵秀梅　唉！

（唱“乙反恋檀板面”）

自觉惭愧，枉是秀士，

胸中枉有万卷书，进身却无期。

缺柴米，没法养妻儿。

一枝花　难道你比我还穷？

赵秀梅　更惨的是债务缠身哩！

（唱“乙反中板”）

只为老娘亲，多年病榻缠绵，

到处延医诊治，

虽则药石纷投，怎奈沉疴莫挽，

哀哀与世长辞。

药债尚未清偿，又要发送开丧，

购买寿材寻墓地，

无奈向陈宝，借了白银一百，

订明只限半年期。

到今天，我无力偿还，

（转“乙反滚花”）

他便要夺人妻子！

一枝花　有道杀人偿命，欠债还钱，哪有要人妻子抵债之理？

赵秀梅　大哥有所不知，那陈宝财雄势大，又是官亲，家中打手众多，他要你死，你不得不死，他要你亡，你不得不亡。

一枝花　如此说来，陈宝这老龟公果然厉害。

赵秀梅　厉害得很啊！

一枝花　何不求助他人，暂解危困？

赵秀梅　唉！

（念）　上山擒虎易，开口靠人难。

穷途遭白眼，谁惜一寒生？

一枝花　这个吗？（“水波浪”做手）

（旁唱“快慢板”）

骂一声，老陈宝，真是禽兽不如！

恃有钱，凭官势，竟要夺人妻子，

又催租，又迫债，分明活剥人皮。

（转“中板”）

人情天理难容你，

看你横行到几时？

回头安慰穷秀士！（拉腔过门）

秀才！

赵秀梅　大哥！

一枝花　（续唱）　天无绝人之路，你不用伤悲。（拉腔过门）

赵秀梅　天无绝人之路么？唉！

（接唱）　大哥心中虽好意，

可惜好言难治肚中饥，

大家穷对穷时一般境遇。（拉腔过门）

一枝花　秀才，不用怕，有办法的。

赵秀梅　多谢大哥好言安慰了。

（接唱）　在此多留不便，小弟告辞。（拉腔收）

一枝花　秀才，我们还是再商量商量。

赵秀梅　大哥，陈宝往东村讨债，回头定从这里回城，被他见到.我又要受辱，我先走了！（欲行）

一枝花　且慢，秀才，你尊姓大名，家住何处？

赵秀梅　小弟赵秀梅，家住东门内吉祥里，大哥，请了！（下）

一枝花　（"水波浪"思索）且住，这位秀才公，境遇十分可怜，他若无钱还债，妻子便落入陈宝手中，我不救他，谁人救他？（介）方才秀才言道，陈宝必从原路回来，不若我守候此间，到时见机行事，岂不是好？就是这个主意。（下）

[陈宝、教头、家丁甲、乙复上。

陈　宝　（唱"跳花鼓"）

讨债到东村，行到脚都软。

（念"白榄"）

可恨个班穷鬼，人人有意拖延，

好在我开硬弓，一文不准拖欠，

白银三百两，没少半厘钱，

（唱曲）　老夫能发达，全靠不肯行善。

教　头　（接唱）　又返到涌边，凉亭都望见。

陈　宝　（接唱）　入凉亭休息一阵，我已经觉得疲倦。

[陈宝与众人凉亭坐下。

教　头　员外，你向那班穷鬼讨债真有办法。

陈　宝　不会对付穷鬼的人，是发不起来的。讲办法，你不如我，到开硬弓，动拳头之时就要靠你。明天一早去抢秀才娘了时，就全看你的了。

教　头　包管手到擒来，万无一失。

[一枝花化装成一个有小胡子的商人背包袱上。

一枝花　（上前拍教头的肩头）林老哥，你等我很久了吗？

教　头　（回头看）岂有此理，你是何人？

一枝花　（故作惊愕地）啊！对不起，认错人。（欲离开）

教　头　（一手把他拉住）慢着，你是什么人？为何乱拍我肩膀？看你鬼鬼祟祟，定有祸心包藏。

一枝花　老哥，请你大量包涵，恕我一时莽撞，皆因带了一些货物，保镖未到，我有点心慌。

陈　宝　你请了个保镖？你带些什么货啊？

一枝花　（冲口而出）珠宝。

教　头　（紧接）珠宝？

陈　宝　哦，办珠宝的，是大财东，不知不罪，不知不罪！

一枝花　这位员外真好人事，贵姓名呀？

教　头　本县首富陈宝陈员外都不认识，还说是办珠宝的，眼睛都不识货。

一枝花　哦！陈员外，我真是有眼不识……原来是泰山，泰山！

陈　宝　什么？

一枝花　有眼不识泰山。

陈　宝　老哥贵姓名呀？

一枝花　免贵，姓花，名志逸，花——志——逸。

陈　宝　花老哥，请坐。老夫想买一些珠宝钗环，能否拿出来让老夫一看？

一枝花　可以，可以，不过在此处不太方便，有道财不可露眼，改日送到府上任员外选择也不妨。

陈　宝　甚好，甚好！

一枝花　（作注意陈宝的面色）陈员外，你方才可曾饮酒？

陈　宝　没有。

一枝花　那就恭喜你

（唱“有序中板”）

你红云罩印堂，点点桃红泛面上，

你虽然三角眼，好在眉目一样长。

运正交桃花，更有横财从天降，从天降。

明天一定，好事成双。

陈　宝　（唱“减字芙蓉”）

原来你做珠宝商，还会替人睇相。

一枝花　走江湖做买卖，总要趋吉避凶嘛！

（接唱）　所以得闲常读下，麻衣与共柳庄。

不过员外，你印堂红中带黑，十清一浊。

（续唱）　恐妨近日会破财，员外小心为上。

陈　宝　会破财？怎样破法呀？你讲清楚点。

一枝花　（续唱）　呢层我功夫未够，总之死人塌屋要提防。

陈　宝　呸！大吉利事，福星高照。

一枝花　福星高照就好啦，

（唱“滚花”）

近来骗子好嚣张，员外要谨防上当。

教　头　呸！骗子敢来，我就把他一拳、一脚……

一枝花　老哥拳脚当然厉害，不过只怕骗子站到你面前，你也不知道。

教　头　那你又怎知道？

一枝花　因为我被骗过。

陈　宝　你被骗过？

一枝花　（唱“送情郎”）

半年前，我在此经过，

被骗子呃到我跌落条河。

佢乘机取去我包裹，

里边是金银珍珠宝货。

陈　宝　花老哥，我们虽是萍水相逢，但是一见如故，到底骗子是什么样子的，有劳你仔细讲讲，我们也好以后免得被骗呀！

一枝花　骗子有大骗小骗，两种我都见过。

陈　宝　你先讲大骗如何啦！

一枝花　大骗副心肠，比墨黑得多。家有万顷田，出入将轿坐，收租食贵利，想霸人老婆。

陈　宝　我问他是什么样子的。

一枝花　有的瘦到似马骝，有的肥到似只鹅。有的国字口面耳堕堕，有的尖嘴哨牙缩耳朵。

陈　宝　岂不是似我？

一枝花　看来差不多。

陈　宝　他骗法又如何？

一枝花　这就员外更清楚。

陈　宝　我更清楚？

一枝花　大骗你清楚，小骗我清楚。

陈　宝　那你就说小骗。

一枝花　（唱“旱天雷”）

小骗貌似傻，古怪亦好多，
他会令你头晕眼黑跌落河。
时时会现身在此凉亭坐，
有时又会对你唱山歌。
他会扮个傻瓜随便任你把钱财攞。
你要留神莫上当，
一叉错脚悔恨难返弄到要归家卖老婆。

陈　宝　小骗有几种骗法？

一枝花　小骗有三十六计。

陈　宝　比如这第一计……

一枝花　是空城计！

陈　宝　就是孔明摆的那个，我知，这第二计？

一枝花　金蝉脱壳。

陈　宝　我明。这第三计……

一枝花　过桥抽板。

陈　宝　啊！过桥抽板，如何抽法？

一枝花　我就是被他过桥抽板骗了的。

陈　宝　那你就快讲清楚。

一枝花　靠讲很难明白，除非做给你们看。

陈　宝　那就更妙。

一枝花　我就做骗子，你就做我。

陈　宝　我即是被骗的那个。

一枝花　我现在就开始做骗子，你们跟着我来。

[音乐起奏“合尺相思”。

一枝花　（唱“合尺相思”）

行行行行，行行行快的。（无限句）

[一枝花边唱边引众人圆场。

[一枝花诈作几乎失足跌倒。

一枝花　哎呀！脚底一滑，几乎跌倒。

陈　宝　还好，没有跌。

一枝花　员外，对不起，不做了，

陈　宝　刚刚开头，怎么就不做了？

一枝花　跌碎我这包珠宝，我就倾家荡产了。

陈　宝　我替你抱着吧。

一枝花　劳驾劳驾。（把包裹递过去）小心了！

陈　宝　花老哥，继续来吧！

一枝花　唉！不像不像。

陈　宝　什么不像？

一枝花　没有一包东西拿着总是不像。

陈　宝　教头，把你这包银子给他拿着。

一枝花　员外，这不好吧！

陈　宝　不要紧，银子跌不碎，你有一包珠宝在我手上，我还会信你不过？

一枝花　员外，这包银子（摸布包）好像有三袋。

陈　宝　每袋一百两，共三百两。

一枝花　够了！

陈　宝　什么够了？

一枝花　我说再多些我就拿不动了，这就跟着来吧。

（唱“士工相思”）

快快快些快些跟住尾。（无限句，众圆场至河边桥头，唱尾腔）

系道企！（众一齐站住）

一枝花　员外，当时到了桥头，你是被骗的人站在这边，我是骗子就过桥了。（过桥）员外，我就在这里被骗了，你想我是怎样被骗的？

陈　宝　这……啊，过桥抽板，一定是这样。（伸手把桥板掀下河里）

一枝花　员外这样聪明，真该发大财，我就是这样被骗的。

（唱“滚花”）

骗子当时偷偷笑，一声多谢立刻溜。

陈　宝　还有吗？

一枝花　完了。我的包袱，交还我吧！

陈　宝　你过来拿吧！

一枝花　没有桥我怎么过？

陈　宝　没有桥我怎样还？

一枝花　你把我的包袱抛过来．我再把你的抛回去。

陈　宝　你先抛。

一枝花　你先抛。

陈　宝　我看算了吧，一包换一包，大家不吃亏。

一枝花　不行，不行！我的珠宝值几千两银子，岂不是我又被骗一次？我去叫人把桥修好，过去和你换回自己的包袱。

陈　宝　你快去吧！

一枝花　你千万不要走。

陈　宝　你不用担心我不走。

［一枝花忍笑下。

陈　宝　真是宁生败家子，莫生蠢笨儿，这样的傻瓜笨蛋哪有不被人骗的道理？（对众）快打开看看是什么珠宝，看完快走。

［众七手八脚地解包袱，解了几层发现一枝花。

家　丁　怎么有一枝花？

陈　宝　可能是珠宝店的标记．

教　头　（再解几层）怎么包这么多层？

陈　宝　值几千两银子的东西嘛！（解到最后露出石块）这是什么玉？

家　丁　是石头！

陈　宝　石头？

教　头　（拿起一枝花）不好，那个花志逸一定是江湖上有名的一枝花。员外，是你被骗了。

陈　宝　我……我被骗了？

[幕急下。

第二场

[当晚，赵秀梅家。

[落更锣鼓。

[李春兰“打引”上。

李春兰　（念“引白”）

寒生枉有凌霄志，

巧妇难为无米炊。

（唱“凤凰台”）

独闭柴门心暗悲，

我夫纵然满腹珠玑，

缺盘缠，皇都赴试无期，

困家中日夜锁双眉。

这数天里，处处失意。

更是连声叹气。

（转“梆子中板”）

连日债主临门，个个怒目睁眉，

句句粗言恶语，

迫得我夫君，四出张罗筹措，

踏遍亲友门间。

又怕愿难偿，世态炎凉，

谁助书生寒士。

（拉腔，开门张望，一阵寒风扑面，不禁打了一个寒噤）

（唱“滚花”）

阵阵寒风扑面，倍觉身中寒冷肚中饥。

夫婿到处奔波，怎禁这凄风寒雨！

不若我到厨房，煲定滚水，待我夫借得白米回来，替他煮粥也吧。（下）

[打二更。赵秀梅上。

赵秀梅 （唱“恋檀慢板”）

归家，身中冷时越觉腹中饥，

今日，尚未有一粒米沾过唇皮。

娇妻，家中等我借来白米煮，

怎奈，任我奔波到力尽筋疲，

故交旧戚，翻脸无情，不肯周济。（入门）

娘子。

[李春兰持蜡烛上。

李春兰 相公回来了。

（接唱） 外面毛毛微雨，寒风似刀利，

坐下待为妻取衣服与你。

[李春兰搬凳让秀梅坐下。

赵秀梅 唉！娘子，我那几件破衣服不是都已当清光了吗？哪有什么衣服呢？

李春兰 为妻一时忘了。相公又奔走了一天，可有借来银子？

赵秀梅 （长叹）总之人情冷暖，有钱的亲友，个个都一口推辞。

李春兰 事既无可奈何，明天再想办法就是。若是有借来白米，待为妻煮粥你充饥。

赵秀梅 白米？唉！

（站起来，唱“滚花”）

枉我昂藏七尺，无计养活妻儿。

今日又累你挨饥，真是令人羞欲死！

[一枝花出现在房顶上，静听秀才夫妻说话。

李春兰　相公，我不饿，我是怕饿着你哩！

赵秀梅　我、我、我吃过饭了。

李春兰　你吃过饭了？你……你哪里有饭吃啊？

赵秀梅　是……啊……是

（唱“减字芙蓉”）

今日适逢有个书友，他儿子满月之期。

请我陪伴亲朋，吃得饭饱酒又醉。

李春兰　真的？……我不信。

（接唱）　你若然饱又醉，一定面上红粉绯绯。

何以双手冷如冰，口唇青又紫？

赵秀梅　我……我一定是饮得酒多，发起酒寒了。

李春兰　真的？

赵秀梅　真的。

（接唱）　纵然骗得过你，怎骗得自己的肚皮。

（转“滚花”）

我本想装些饭菜回来，看见人多不好意思。

李春兰　好在你没有装回来，我都……我都吃过饭了。

赵秀梅　你也吃过？你哪有饭吃啊？

李春兰　就是……就是

（续唱）　就是隔邻张婶请食饭，有肉又有鱼。

因为食得太多……（觉饿得难受）

现在个肚……

赵秀梅　个肚怎样呀？

李春兰　好像有点不舒服。

赵秀梅　肚饿也是不舒服的。

李春兰　（接唱）　一定是食得猪肉多，过于肥腻。

赵秀梅　那你真是吃过饭？

李春兰　是。我食饱饭就回来煲定滚水，等你借到米就煮粥你食。如今你又说食过饭了，我就倒出来给你洗面吧！

赵秀梅　啊！你煲了滚水？妙极！我方才饮了酒，现在非常颈渴，你倒一碗出来给我饮吧！

[李春兰应声下。

赵秀梅　（念“诗白”）

堪笑欺人亦自欺，四大皆空一肚皮。

万卷诗书填不饱，且将清水暂疗饥。

[李春兰捧一碗开水上。

赵秀梅　（接过大口大口地喝完，透了一口大气）唉！热气攻心，成个人都舒服了。娘子，还有吗，替我再倒 一碗出来。

[李春兰下，捧一碗开水复上。

赵秀梅　（接过欲喝，忽然想起）里边还有没有？

李春兰　就剩这一碗了，你饮了它吧。

赵秀梅　这碗还是你喝好了。

李春兰　你说饮了舒服，就饮了它吧。

赵秀梅　你食了猪肉滞住，滚水去腻的，你饮了它吧。（递给春兰劝她喝）

李春兰　（顺从地喝下）呀！饮了个肚当堂舒服。

赵秀梅　（叹息，旁唱“滚花”）

陈宝要抢人抵债，我未敢告诉娇妻。

明日怎渡难关，真令人忧心欲死。

李春兰　相公，你奔波一日，精神困倦，早些安歇也吧。

赵秀梅　（念“诗白”）

枉我饱读诗书一秀才。

李春兰　（接念）　还说什么之乎者也矣焉哉呀，

快些安歇回房内。

赵秀梅　（接念）　万事由天作主裁罢了！

[二人同下。

一枝花　真是有情饮水饱，好一对患难夫妻啊！

（唱“长句滚花”）

看他两公婆，真有趣，

你有情时我有义，

为免大家烦恼宁愿难为自己肚皮，

手上白银想落该送你，

让你得来还债更把米饭维持。

莫以为只是你夫妇有恩情，须知我一枝花从来够义气。

[打三更。

一枝花　三更了，他两公婆瞓着了。赵秀才啊赵秀才，算你够好彩，三袋白银送你两袋，我留下一袋亦好应该。当使用时要使用，不当用时莫乱来。（顺手把 一袋银子抛下，跌在水桶里）

（唱“连序西皮”）

这一百两，我一枝花。

应承送畀你们夫妻。

清早你便有白银还畀债主。（再抛一袋落在房门口）

如果陈宝这老狗要抢你老婆，你就说：老狗别动手！白银我足够。一枝花是我的朋友，当心打崩你狗头，就这样说！

（续唱）　再来一百两，送畀你做家用。

你夫妻两人要悭悭地。（又抛一袋落在屋角）秀才不要读懵书，要学下耕田种地，秀才娘做下针黹，我帮得你一次不能帮你两次。好了，剩下一百两，足够我明日约齐一班江湖朋友去长风楼摆几席。九大簋，炖元蹄、白切鸡、烧乳猪、炸虾辘，开几埕肉冰烧，大家来猜几拳（作猜拳状）一定中、两相好、三点三、四雄四、半边月……好，你输了，快饮。喂喂喂，不用客气，算陈宝老狗请的，我找数。（一拍腰间没银子）弊弊，还有一袋呢？（锣鼓做手模拟方才抛银动作）哦哦，原来三袋都丢了下去，不行，长风楼没钱找数，我下去拾回一袋。（正想下去，忽听里边秀才叹气声停住）瞓着觉还唉声叹气，一定是担心无钱还债，不要唉唉声了，至多全都给了你就是了。呙呵！长风楼这一餐没有啰！无钱一身轻，找个地方瞓觉。（从屋顶跳下来，下场）

[打四更。赵秀梅上。

赵秀梅　（念“诗白”）

连声更鼓把人催，又怕天明债主来。

终宵辗转难安睡，如此生涯实可哀。

[踢着银袋跌倒，爬起来。

赵秀梅　（接念）　时不通兮运不通，石头欺我秀才公。

蛟龙未得风云会，竟然当我是条虫。

[愤然一脚踢去，脚痛。

赵秀梅　哎哟！是什么东西这么重。（拾起又摸又看，惊异）什么？白银？难道我发梦？（揉眼）不是发梦，这袋银哪里来的？（想）哦！今日那位大哥说：天无绝人之路，（狂喜）天无绝人之路，天无绝人之路！（“三搭箭”手舞足蹈，狂笑）

[李春兰持蜡烛急上。

李春兰　相公，天未五更你就起床，高声大叫所为何来呀？

赵秀梅　（韵白）为何来，为何来，自有苍天赐宝财，高声叫，大声笑，只因时运皆通了，未五更，就起床，男人眼醒财星旺呀娘子。

李春兰　（惊疑地望着他）相公你……

赵秀梅　我……

（一想，旁唱“滚花”）

让她明天才知道，定然格外开心，

反正还未天光，这回安心大觉瞓。

我瞓觉去啰！（把银袋藏在怀里下）

李春兰　（忧虑地）为什么他一时高声大叫，一时说话又奇奇怪怪呢？

（唱“滚花”）

莫非连日忧思过度，迷乱了心神？

倘若有个两短三长，真是不幸再逢不幸！

[散更。天渐亮。

李春兰　（吹灭蜡烛）天光了，我先去井头汲水（去拿水桶，发现桶内有东西，捧起细看，一惊）哎呀！怎么桶内有包白银哩？……一夜关门闭户，哪里来的呢……呀！瓦面有个窿。

（唱“二黄慢板”）

定是皇天有眼，怜悯穷人。

天赐白银，解我夫妻之困。

我把相公叫醒，好令佢欢心，

（转“二黄滚花”）

相公快快起床，有件事情好要紧。

赵秀梅　（内唱“银台上”）

行好运，梦里也欢欣。

李春兰　相公，我们不用向别人借钱啦！

赵秀梅　当然啦！

（续唱）　我秀才再不去求人，

天注定，祸福有根，

从此我们一通百顺。

（坐下，唱“木鱼”）

娘子你，放宽心，

须知你李家先祖就是李世民。

我赵姓祖宗名叫赵匡胤，

唐宗宋祖后代结成亲，

有这样的祖宗儿孙一定有福分，

难道会被迫投河吊颈因一百两银。

何须到处去求人呀，坐在家里，天就会跌下来的了。

李春兰　啊！你全知道了？

赵秀梅　知道什么？

李春兰　天跌落一百两银啰。

赵秀梅　咦！怎么你也知道了？

［二人同时拿出一袋银子。

二　人　（同时）怎么你又有？在哪里得来的？

赵秀梅　（唱“秋江别中板”）

我一伸脚就踢到袋银，

李春兰　（接唱）　我在水桶里拾到袋银。

赵秀梅　（接唱）　全靠祖宗庇后人！

李春兰　（接唱）　全靠苍天庇善人！

二　人　谢天谢地谢祖宗了。

[陈宝、教头、二家丁上。打门。

[李春兰藏银入房。赵秀梅开门。

陈　宝　（领众入门）赵秀才，我昨日已经讲明，今日到来有银要银，无银要人的了。

赵秀梅　欠债还钱，应该！娘子，拿一袋银出来。

[李春兰拿银上。

赵秀梅　（接过交给陈宝）这里是一百两纹银。

陈　宝　（接银、惊异、与教头关目）喂！还有利息呢？

赵秀梅　你借钱之时，说念在我年年过年都替你写挥春，不计利息……

陈　宝　哈哈，不是这样怎得你上钩呀！

赵秀梅　圣人说过：言而无信不知其可也……

陈　宝　呸！

（唱“中板”）

管你圣人不圣人，

计算利钱应本分。

我从来半点不饶人。

（转“滚花”）

一本一利不能少半分……

赵秀梅　一本一利？

（接唱）　你、你、你欺人太甚！

陈　宝　你无钱纳利吗？好，拉他老婆去顶利息。

[李春兰急入内再取一袋银上。

李春兰　相公，全都给他算了。

陈　宝　（一手抢过，又生奸计）咦！秀才，你一贫如洗，何来二百两白银呀？哼！来路不正，定是贼赃，与我搜！

[家丁在屋角找出白银一袋。

教　头　员外，搜出白银一百两。

陈　宝　老夫昨天失去白银三百两，原来是你所偷，好胆！

赵秀梅　你有何凭证呀？

陈　宝　我是人证，银子是物证。白银三百，我原物收回，你所欠本利，用老婆填抵，人来动手！

[赵秀梅拦阻，被教头踢倒。

[家丁抢了李春兰与陈宝、教头下。

赵秀梅　（爬起来，唱“滚花”）

可恨豪强恶霸，恃势横行。

我有殴辱之仇，夺妻之恨。

要去县衙告状，誓把冤申。（急下）

[急闭二幕。

[内锣鼓效果作秀才鸣冤告状及在公堂被拷打声。

[即转第三场。

第三场

[紧接上场。

[二幕前。城内街道。

赵秀梅　（内唱“阴告”）

恨只恨——

（赵秀梅水发上，跌地，抚伤爬起）

（续唱）　他凶横毒狠欺我贫困，

抢去白银又抢人。

我含恨到县衙把冤伸，

怎知告官不准。

打得我周身血痕。

（叫头）苍天啊苍天！天啊！

（唱“快二流”）

我有满腹冤情，一腔悲愤。（抬头望）

大王庙！大王庙！

（续唱） 人世无门可告，唯有上诉灵神。

[音乐过门，赵秀梅圆场，开二幕。

[大王庙内，有神龛、神像、神台。

赵秀梅 （进庙，续唱）

但望菩萨慈悲，把我夫妻怜悯。（跪下）

大王菩萨啊！弟子赵秀梅，乃黉门秀士，今有冤情上告，望大王神灵显赫，把恶人惩治，使我夫妇团圆。

（唱“乙反减字芙蓉”）

天赐宝财还旧债，陈宝诬我盗纹银，

横蛮抢去我妻房，我便经官来理论。

谁料狗官尤可恨，说我诬告大乡绅！

（转“乙反三字经”）

革去我功名，打我四十棍。

呼天天不应，叫地也不闻。

（转“乙反中板”）

万望大王多哀悯，

但得夫妻团聚永感神恩。

（转唱“乙反滚花”）

弟子泣血叩头，哀哀上禀。

[一枝花从神台下伸出手来拉住赵秀梅。

赵秀梅 （大惊）你……（看清）你可是昨天在凉亭相逢的那位大哥？

一枝花 隔了一夜就不认得了？

赵秀梅 唉！差一点把我吓死了？

一枝花 县太爷的大板都打不死，会给我吓死？

赵秀梅　大哥，你都知道了？

一枝花　我在神台底下瞌眼瞓，你禀神的说话，菩萨未听到，我句句听真了。

赵秀梅　大哥！

（唱“二黄慢板”）

你说天无绝人之路，今日我海底冤沉。

一枝花　（唱序）　你正是大懵人。

（唱曲）　鬼叫你投诉衙门，向狗官递禀，

（唱序）　你读书越读越笨，

（唱曲）　从来是官绅勾结，专害穷人。

赵秀梅　（接唱）　这真是“水尽山穷”……

一枝花　（唱“滚花”）

须知还有个“花明柳暗”。

赵秀梅　大哥，你是说“山穷水尽疑无路，柳暗花明又一村”？这又一村在哪里呢？

一枝花　这又一村吗……

陈　宝　（内场声）大王庙进香！

一枝花　嗯！是陈宝这只老龟公。

赵秀梅　我和他拼命！

一枝花　手无缚鸡之力，拼鬼拼马么？

（唱“滚花”）

随我藏在神龛背后，见机而行。

[一枝花拉赵秀梅躲在神龛后。

[陈宝、教头、家丁带供品上。

陈　宝　（唱“连序西皮”）

真心爽，喜今天新郎又再当，

那秀才娘，已在我掌。

收她作偏房，但愿明年请食姜，

我来进香，望得神灵庇佑，生儿来继后，

免得身后家财，无人执掌。

唯愿我家，丁财两旺。

福寿康宁，百世绵长。（与众进庙）

[庙祝迎上。一枝花伸头窥看。

庙　祝　陈员外进香，迎接来迟，望多恕罪。

陈　宝　点香烛，摆供品。

[庙祝点香烛，家丁摆供品。

庙　祝　请员外上香。

陈　宝　（上香，叩拜）信士陈宝，乐善好施，年将花甲，膝下犹虚。人说是因我好事多为，实情是我少些妾侍。今有秀才前妻李氏，家中缺食少衣。因此下堂求去，另择高枝，愿入我家为妾，与我育女生儿，若得一男继后，虔诚奉献金猪，再替大王菩萨，更换一套新衣。（“帅牌”奠酒）

庙　祝　员外，请到后边，敬奉香茶。

陈　宝　引路！

[庙祝引众下。

[一枝花从神龛后出来，

一枝花　陈宝老乌龟，真不是东西。禀神没句真，大话更无稽。说人家自甘做妾，分明你强夺人妻。待我略施巧计，教你卸甲丢盔。不止竹篮打水，还要血本无归。如今腹中饥饿，先食你只肥鸡。菩萨不用眼睇睇，有你一份不吃亏。（撕下一条鸡腿塞在神像手中）喂！秀才，还有你一份。（捧鸡复入神龛后）

[庙祝引陈宝等人复上。

家　丁　员外，桌上供品……

陈　宝　带返家中。

教　头　一只肥鸡，无影无踪。

陈　宝　吓！拜神不见鸡？庙祝是吉还是凶？

庙　祝　员外不用找了，菩萨受落，你看，还食剩一只鸡髀在手。

陈　宝　哦，菩萨受鸡，好比做官受礼，当官的受人钱财，替人消灾，菩萨受落我只鸡，保佑我生仔。

庙　祝　保佑员外一胎生十二个。

陈　宝　总之多生，与我多添香油——引路回府。

[庙祝送陈宝等人下。

庙　祝　陈宝这个孤寒种，供品一件都不留下，不是菩萨留下一只鸡髀，我连骨头都没得吮。保佑你生仔？保佑你断子绝孙？（取下神像手中的鸡腿下）

[一枝花拉着赵秀梅从神龛后出来。

一枝花　秀才，这回你老婆有救了！

赵秀梅　谁去救？

一枝花　菩萨！方才菩萨托梦。

赵秀梅　方才我和你一齐食鸡，你一边食鸡一边会发梦？

一枝花　我一边走路一边都会发梦。菩萨说你一更穷，二更穷，三更屋顶穿个窿，白银三百落家中，可有此事？

赵秀梅　真有此事！真有此事！菩萨还说什么？

一枝花　菩萨还说你老婆被抢不用愁，三更便会转回头。今夜庙中来等候，夫妻相会快向别处奔投。

赵秀梅　（唱“滚花”）

果然菩萨有灵，弟子千叩首，万叩首。

[欲下跪，被一枝花拉住。

一枝花　这个头等救出你老婆再叩，

（唱“滚花”）

今晚再来等候，而今不要多留。

赵秀梅　（作揖）多谢菩萨！多谢大哥！（下）

一枝梅　大王菩萨！要你去救人，可惜你唔会郁，由我去代劳，就要借你身上衣服，救了人出来，多奉你香烛，肯不肯呀？不肯都一样剥了！（上神龛脱神像衣服）

[幕下。

第四场

[当晚，陈宝家。

[李春兰被关在一间布置成新房的室内。

李春兰　（唱“双星恨”）

一片夜色更迷茫，

只见外已锁门内闭窗，

此身似关进牢房，

今宵叫我如何，如何脱出魔掌?

只恐怕今夜，苍天注定我李氏要身亡，

唉！夫君不须太悲怆。

那恶霸要我作侧室偏房，我玉洁冰清秀才娘。

誓以一死抗豺狼，

愿把一腔正气留世上。（从怀中取出剪刀）

身中剪刀露寒光，与豺狼力拼不发慌。

[打二更。李春兰闻脚步声，急藏剪刀坐下。

[奏“四不正”，陈宝与教头上。

陈　宝　（唱“四不正”）

辉煌红烛心花放，

喜得如花秀才娘，

二更鼓咚咚响，

正是成亲好时光。

[音乐继奏衬念白。

教　头　员外今晚要小心提防……（做手示意防暗算）

陈　宝　哦，一个娇滴滴的秀才娘，泥鳅翻不起大浪，不过你醒瞓些也好……

教　头　有什么冬瓜豆腐，你高声一叫，我就会到你身旁。员外今晚一刻千金，我不阻你了。（下）

[陈宝开锁进房。

陈　宝　娘子，为夫来了！

[李春兰起身、退后，严阵以待。

陈　宝　（唱“有序中板”）

你何用太惊惶，我对女人不鲁莽，

最会怜香惜玉，经已十次娶新娘。

（转“滚花”）

你又来来来，与我玉手相携，香肩紧傍。（拉“士”字腔）

[向前拖春兰。

李春兰　（猛掴陈宝一掌，唱“快慢板”）

骂一声，老奸贼，无礼猖狂。

恃手上，有臭钱，横行乡党。

害人夫，夺人妇，丧尽天良。

（转“中板”）

莫道穷人难反抗，

一纸状告到公堂。

（转“滚花”）

天日昭昭，你难逃法网，

陈　宝　告我？知府大人是我表侄，是县太爷的顶头上司，你丈夫同我打官司？嘻嘻！

（唱“手托”）

须知道，他未够斤两，

今天也曾到县衙递了状，

这一告，便更遭殃。

李春兰　我夫县衙告状，反而遭殃？

陈　宝　哼哼！挨了四十大板！

（续唱第二段）

打到皮破血流乱叫嚷，

几乎地府见阎王……

未死得去，便押到监仓。

李春兰　恶霸！狗官！好可恨啊！

（接唱第三段）

惊闻我夫被困牢房。

恨不已，怒气一腔。

我和你拼命！（拿出剪刀猛扑陈宝）

陈　宝　（夺去剪刀，反执春兰双手，唱“滚花”）

拿把剪刀想吓我？乖乖同我上牙床。

[一枝花穿戴菩萨衣冠，手执金锏在窗台出现。

一枝花　（大喝）老狗住手，吾神来也！（跳下来一手执住陈宝，高举金锏）

陈　宝　呀！（晕倒）

李春兰　菩萨，信女死不足惜，恳请到监牢中救出秀才赵秀梅。

一枝花　我不是神，是个人。（脱衣）陈宝的话你不要信，你夫在大王庙中将你等。快去夫妻相会就向别处投奔。（扶李春兰从窗口出去，指路）更夫已被我绑住，你从这边走！（回头）陈宝老狗，他们夫妻是被人迫走，路费由你出，米饭要给够。（到陈宝身边摸钱）

陈　宝　（惊醒大叫）救命呀！捉贼呀！捉贼呀！

[一枝花急把蜡烛吹灭。

[教头急上，黑暗三人摸夜。

[一枝花欲摸回衣服逃走，被教头抱住两只脚。

教　头　员外捉住了！

陈　宝　捉住什么？

教　头　捉住贼仔的脚。

[一枝花急捉陈宝的脚用力捏。

陈　宝　（“嘘嘘”呼痛）哎唷，你捉错了，是我的脚，快放手啦！

[教头放手，一枝花也放手，回身打教头一拳，抱衣服从窗口下。

[两家丁提灯笼急上。

家　丁　贼呢？

教　头　走了！

陈　宝　统统都枉食米。

教　头　我明明捉住贼仔的双脚。

陈　宝　明明是我的脚，你拼命捏，你看，现在还痛，（发现靴筒里有一枝花）呀！一枝花？

教　头　又是这个一枝花。

陈　宝　又是一枝花？（突然想起）还有一枝花呢？

教　头　还有一枝花？

陈　宝　新娘呀！

教　头　不见了，一定走了！

陈　宝　快分头报官追人啦！

[幕急下。

第五场

[紧接上场，由半夜到天亮。

[大王庙内。阴森黑暗，只有一盏神前的琉璃灯，忽明忽灭地摇晃不定。

[赵秀梅在庙内等候妻子。

赵秀梅　（唱“雨霖铃”）

四面沉沉暗暗，心里受怕担惊。

一盏残灯，几颗寒星。

夜已深，半灭明。

望我娇妻，避过灾星，脱身陷阱。

[打三更。

赵秀梅　三更了。

（唱“长句二黄慢板”）

耳畔更鼓声声，四处夜深人静，

只有寒虫凄切阵阵长鸣。

虫啊！你为天降寒霜哀绝命，

我为被人迫害放悲声，

大哥说庙内大王曾答应，

今夜救我妻脱难显威灵，

何以打罢三更还是渺无踪影？

真令我心中焦虑行坐不宁。（合字过门）

莫非求神与告官都要送人情？
全赖三牲猪头将你奉敬，
还未添足香油便一事办不成。
难道大王爷与那狗官一样禀性？

（转“二黄慢板”）

空嗟叹，叹千声，何处有秉公持正？
枉说道，明有王法，暗有神灵！（打四更）

四更了！

（转“二流”）

谯鼓频催，更觉心神不定，
四更打罢，将要天明，
我妻难脱牢笼，经已面临绝境。（静听，吊慢）
忽听得传来阵阵

（转“二黄滚花”）

脚步之声！

莫非是我妻来了？（欲出门迎接）且慢！陈家爪牙众多，我且躲在暗处，看猜来者是谁，再作道理。（即隐身神龛后）

[李春兰奔上。

李春兰　相公，赵郎！

赵秀梅　（出来）娘子！

二　人　（拥抱）赵郎，夫啊！娘子，妻啊！（同“哭相思”）

赵秀梅　（唱“饿马摇铃”）

妻呀，我已久候，
估道今生不再得见，死后再相逢，
幸得神灵搭救，把你我保佑，
谢神恩再得聚头。

李春兰　（接唱）夫呀！我今夜，
估道今生已了，我们永分手，

妻已立念头，要刺杀那豺狼恶狗，

恩公三更救出苦命人，赶来此聚头，

不是神仙把你妻救，

恩公他是人，他假装个菩萨不肯把名留。

赵秀梅　（念“诗白”）

恩公不肯把名留，难酬恩典倍惭羞.

李春兰　（接念）　救我夫妻恩义厚，且在当天叩个头罢了！

一枝花　（内声）不要叩！

[赵秀梅夫妻被吓一惊。

[一枝花挟菩萨衣冠上。

李春兰　相公，他就是我们的恩公。

赵秀梅　原来恩公就是大哥，请受我们夫妻一拜！

一枝花　（止住）都说不要叩了！（指自己）若将你救，不用你叩，（指菩萨）若要你叩，不将你救。你们大祸临头，快些逃走，若然不走，大祸临头。

赵秀梅　娘子！

（唱“滚花”）

我们马上回家，把字画带齐，

便高飞远走！

一枝花　慢着！你们还要回家？

（唱“三脚凳”）

真是秀才才不秀，懵上鼻哥头，

人家今晚洞房，新娘三更逃走，

定然点起人马，埋伏你巷口门楼，

你夫妻再回家，就是送羊入虎口，

若然再被捉去，我再也没计谋。

赵秀梅　大哥！

（唱“滚花”）

我要卖字画作盘川，才能出走。

一枝花　（搔头）啊！这也是。方才向老狗要盘川未能得手，又要等到今晚方能再去一游，这样吧！这里转个弯就是兴仁里。

赵秀梅　这地方我知道。

一枝花　（拿出一枝花交给秀梅）你拿它去找……

[对秀梅耳语，秀梅不住点头。

一枝花　（唱“快中板”）

躲藏一日不准露头。

现在你们快些走，

此间不可再停留。

赵秀梅　（拉着春兰“开边”跪下，接唱）

几番救助恩情厚，

恩公还请把名留。

李春兰　（接唱）　把你真容来刺绣，

香花供奉在楼头。

一枝花　千万不要这样！

（唱“滚花”）

我还想食饭食多几十年，未想上神楼，

快走，快走，不走我要踢你走了。

赵秀梅　（唱“快中板”）

谨遵尊命不敢逗留。

拜别恩公……

一枝花　（唱“滚花”）

记得今夜三更将我等候。

[赵秀梅夫妇下。

一枝花　怪不得秀才造反，三年不成。

（唱“滚花”）

连叫他走路，都要立夏讲到立秋。

[散更锣鼓。

一枝花　菩萨，天光了，有人会来上香，替你穿回衣服免出丑，我有借有还，非抢非偷。（想替神像穿衣）

教　头　（内场）细心搜查!

一枝花　早知你会来，得闲无事不妨捉捉“衣因”（迷藏）。（一枝花躲进神龛后）

［教头与两家丁、两捕快上。

教　头　（唱“快中板”）

秀才家中曾去搜，

他们早已脚底搽油。

（转“滚花”）

一枝花扮大王，这线索不能疏漏。

家丁甲　教头，菩萨衣裳果然被脱光。

教　头　追查庙祝!

［家丁乙进内把庙祝拉上。

教　头　（执庙祝，唱“连环西皮”）

该当斩首，该当斩首，

你把贼人庙内窝藏。

罪难恕宥！（一拍庙祝转身）

庙　祝　（接唱“尾腔”）

我不明不白，雾水一头。

教　头　还想诈懵！

（唱“滚花”）

菩萨衣裳被脱光，自要向你来追究！

是谁脱的?

庙　祝　我、我不知道啊!

教　头　敢说不知道！（举拳头）

庙　祝　啊、啊！知道，知道，是菩萨自己脱的。

教　头　胡说！（欲打）

庙　祝　教师爷，我实在不知道，昨晚靠一只鸡髀多饮了几杯酒。一更上床瞓，二更静幽幽，三更听到老鼠声，四更听到人咳嗽。

教　头　是谁?

庙　祝　我以为是鬼，吓得大被盖过头。

教　头　（把庙祝一脚踢开）搜！

[与家丁、衙差分边下搜查。

[一枝花从神龛后走出来。

一枝花　教头，捉“衣因”你找不到我，就是我赢。对不起，我先走了，你慢慢找啦！（欲出门又停住）且慢，那秀才夫妻，不知已否找到人，藏好身？不如用个缓兵之计，把他们拖住。就是这个主意。（又钻进神台底下）

[家丁与众人复上。

教　头　如何？

众　人　无影无踪！（忽闻鼻鼾声）你们听！

[众屏息静听鼾声更大。

家丁甲　教头，在台底。

教　头　大家严加戒备，找个人把他拖出来。

[众人互相推诿不愿上前，家丁乙被推到最前面，只好硬着头皮把台帷掀开，发现有人睡在帷里，众人又一齐倒退。

捕快甲　喂！你是谁？

一枝花　嗯，不要吵，不要吵。（转个侧又睡）

[教头示意众人一齐动手把一枝花拖出来。

一枝花　（呵欠连声）哎！想瞓个好觉都不成！

教　头　呸！浑身臭气，是个乞儿，

教　头　你是什么人？

一枝花　我一……

捕快乙　你一、一什么？

一枝花　我一夜都听到老鼠叫，现在更叫得大声。

捕快甲　你是不是一枝花？

一枝花　（仍合着眼）是，是。

[捕快甲、乙互相打眼色一齐上前给一枝花戴上手铐。

一枝花　（睁眼）喂！给我戴上这个干什么？

捕快甲　押你去坐监，听县太爷发落。

一枝花　（慢慢站起来，唱“滚花”）

反正得闲无事，不妨去做客应酬。

[捕快甲、乙押一枝花下。

家丁甲　教头，此人不像是在凉亭过桥抽板那个一枝花。

教　头　笨蛋，人是他们捉，错了是他们的事，我们乐得好交差。跟我回去领赏啦！

[幕闭。

第六场

[当天晚上。

[监狱中。

[一枝花在牢房里枕着一块石头睡觉。

[“扑灯蛾”，老狱卒捧一碗饭上。

老狱卒　（念“白榄”）

为人切莫做狱卒，

做了狱卒损阴骘。

自古衙门八字开，

公堂之下多冤屈。

食了官家一碗饭，

是非曲直难管得。（行近牢前）

唉！未见过入了监仓还这样好睡的。（拍牢门）

一枝花，起来吃饭了！

一枝花　（坐起，伸懒腰，打呵欠）

大梦谁先觉，世人没个知，

牢房春睡足，监外饭迟迟。

坐监就是这一样不好，天都黑了还没有饭吃。

老狱卒　一枝花，这碗饭还是剩下来给你的，坐监没人送饭就要吃臭饭啰！（从槛外把碗筷递进去）

一枝花　这就多谢你老伯了。（接过饭就吃）

老狱卒　（对一枝花注视一会，旁唱“滚花”）

这个一枝花，我似乎见过一趟，

他音容神态，心中隐隐未能忘。

相识于何地何时，待我从头细想。

一枝花　（吃完饭，拿筷子敲碗，唱“龙舟”）

这碗饭，分外清香。

锦上添花常见有，雪中送炭不寻常。

漂母一饭之恩，韩信曾以千金赏。

我无千金可赠，唯有唱曲打当当。

人生在世几十年，总有三衰六旺，

我为人时人为我，有事要彼此帮忙。

好，食饱饭又瞓觉。（放下碗筷又睡）

老狱卒　（旁白）想起来了，是他，是他！

（念“白榄”）

记得两年前，又逢天大旱，

财主催租债，要捉我女抵偿。

我四处去张罗，晕倒在路上，

恩公将我救醒，又赠银帮我脱灾殃。

分明就是他——（又觉怀疑）

何以姓名不一样？

恩公姓花名志逸，心中紧记没遗忘。（想）

啊！花志逸，一枝花，

颠倒过来就是一样，就是一样！

（大声叫）恩——慢着，我先试他一试，（故意对大声叫）花志逸！

［一枝花冷不防，突然坐起。

老狱卒　是了，是了！恩公！（跪下）

一枝花　（也跪下，捧起饭碗）你才是我恩公。

老狱卒　恩公，你可记得两年前晕倒在路旁那个老汉？

一枝花　　哦！你就是……快起来，此事不可张扬。

[两人同时起来。

老狱卒　　（向四边张望后）恩公！

（唱“滚花”）

你何以一时失手，被捉入牢房？

我定要报答恩情，一时又无计可想。

一枝花　　你不用替我担心。

（唱“跳花鼓”）

他要捉我进监仓，我不妨玩耍一趟，

我若然要出狱，不用到天亮，

我见你好心，把真情对你讲，

你为人如是坏，板子有得尝。

老狱卒　　你有办法走？

一枝花　　（念“白榄”）

我今早入监时，已经看明方向。

挖好一个洞，已经见到光。

[搬开睡觉的石头，墙根露出小洞。

老狱卒　　（接念）　小小一个窿，逃走无希望。

一枝花　　（接念）　只等初更后，你们上了床，

我挖大这个窿，一钻就到街上，

逃走了人犯，岂非板子有得尝。

老狱卒　　那就不等初更了，我替你把风，你现在就挖大这个窿快走。

一枝花　　我现在不想挖大，想将它塞好恢复原状。

老狱卒　　你不走了？

一枝花　　我不走哪行？

老狱卒　　你怎样走？

一枝花　　你放我不就行了！

老狱卒　　我放你？哎！恩公呀！

（唱“三脚凳”）

逃走了犯人，最多屁股打成肉酱。

若然我开锁放，便要斩首在法场。

（唱“滚花”）

不如等到天明，我找个人来顶档。

一枝花　我等不到明天了，今晚有急事要办。

老狱卒　有急事我替你办。

一枝花　你办不了的。我要救一对夫妻脱离魔掌，今夜送他路费远走他方。

老狱卒　哦，是救人的大事。

[打二更。

一枝花　（唱“快二流”）

闻听二更鼓响，心内焦躁不安，

他们今夜不逃，明日会重罹罗网，

老狱卒　（接唱）　怎可心存畏惧，误他大事一桩，

为救苦难之人，

（转“二黄滚花”）

老命何妨搭上。（毅然打开牢门）

恩公快走！

一枝花　（走出牢门）老伯，你不用惊慌，我四更就回来。

老狱卒　你既然走出去了，还回来做什么？

一枝花　现在不便多讲，总之不会连累你。

老狱卒　只要你能走，我不怕连累。

一枝花　我又能走，你又不受连累，你信不信？

老狱卒　信！信！恩公说话我句句相信。

一枝花　那你就等着我。（下）

[老狱卒进牢内用草席、破衣、稻草铺成一个人在睡觉的样子，出来锁好牢门。

老狱卒　恩公说回来就一定会回来，我就坐在这里等他。

[打三更。

老狱卒　（拍大腿，唱“南音”）

三更锣鼓响叮当，

我将身守候在牢房。

恩公是我亲手放，

他曾经吩咐我不用惊慌。

他二更请假有公干。

四更销假返监房。

[打四更。

老狱卒　四更了，嗯，有脚步声，是他回来了。（急迎上去）恩公……

[捕快甲、乙迎面上。

捕快甲　什么恩公？谁是恩公？

老狱卒　我……我是说，你，你们因公务日夜辛苦。

捕快乙　（半醉地）少，少废话，开、开牢门，查、查监。

老狱卒　（一惊）开、开哪个牢门？

捕快甲　开一枝花那个。

老狱卒　这个我、我不敢开，一枝花是有名的飞贼，一开牢门，他“嘟”一声飞了，这罪谁个担当？

捕快乙　不开门就、就、就不开，我们在外面瞄一瞄（在木槛外瞧了瞧）好像是在里边睡觉，走吧！回去继续喝。（拖甲欲下）

捕快甲　（欲行，突然回头）不行，这个是要犯，一定要开监查看，快开！

[老狱卒无法抗拒，只好开了牢门。

[捕快甲、乙拔刀在手，步步戒备进牢房。

老狱卒　算了吧，吵醒他又多事了。

捕快甲　一定要验看明白（迅速一掀草席，不见人）人呢？

[此时一枝花正回来，急闪入监内另一角落躺下。

一枝花　（故意地转个身）唔……

[捕快甲、乙迅即转个身，老狱卒见了人，惊魂始定。

捕快甲　原来躲在这一边。锁门！（与乙下）

老狱卒　恩公，差点吓死我了！你事情办妥了？

一枝花　办妥了。那对夫妻我替他们改装易容，五更一开城门就走。

老狱卒　现在你趁还未天光，快挖大个洞逃走吧！

一枝花　我说过又要走，又不连累你。

老狱卒　那你怎样走？

一枝花　我要你那县太爷亲自放我走。嘻嘻！

（唱"滚花"）

三更时分，我光顾了大老爷的库房！

老狱卒　（惊讶）啊！

[散更。

人　声　（内场）一枝花提堂！

一枝花　快塞好那个窿，不留痕迹。

老狱卒　（点头）……

[捕快甲乙带一枝花下。

[幕闭。

第七场

[紧接上场。

[县衙大堂。

[大差、四衙差上站立。

众衙差　吲呵！

[县官上。

县　官　（念"引白"）

期逢三六九，坐堂先伸手。

石头磨出汁，老糠榨出油。（拉腔）

升堂！

众衙差　吲呵！

县　官　（坐好）左右，今日大老爷升堂，有何案件发落？

大　差　启禀大老爷，有一件兄弟争家产。

县　官　不用审问。兄弟二人各打四十，所争家产，全部充公。

大　差　有一件拐带私逃。

县　官　讲不明白！到底是男拐女抑或女拐男？是女拐女还是男拐男？

大　差　是男人拐少女。

县　官　不用审问，男的判刑三月，女的发送后堂服侍大老爷——夫人。

大　差　还有一件，惯贼一枝花落网，请大老爷发落。

县　官　不用审问，惯贼杀头，贼赃入库。

大　差　大老爷，无赃呀！

县　官　废话，大老爷自然是无赃啦！

大　差　我说是没有贼赃。

县　官　无赃更懒理，暂时扣押。

大　差　大老爷，这不行啊！

（念“白榄”）

这个一枝花，不是普通贼，

原告陈宝是乡绅，知府大人的表伯，

若然不破案，恐怕上头把你指责！

将你职革！

县　官　（接念）　怎么这样搞法？

（唱“跳花鼓”）

碰着个一枝花，真是冤家兼路窄，

到底案情是怎样？我如今还是黑墨墨。

大　差　这里有状词，请大人看明白。

县　官　好吧！

（唱“滚花”）

把一枝花提堂，要多加两把塔。（锁）

大　差　吠！一枝花提堂。

[捕快甲、乙押一枝花上。

一枝花　（一边走一边张望，念“韵白”）这一间庙堂，又另有一格。红头黑脚鬼，两旁来站立。中间这一个，一定是菩萨。

大　差　下跪！

一枝花　（诈作吓得跌坐地上）拜见菩萨！

县　官　（念“韵白”）大胆贼人，果然狡猾。见了本官，狂言乱发。快把真情，招认明白。若不招供，先打一百。

一枝花　（故作不懂，目视大差，摇头摊手）……

大　差　大老爷问你，有没有偷过东西？

一枝花　如果我说没有呢？

大　差　不肯招供，先打一百。

一枝花　那我就只好说有了！

县　官　那就一一二二，招认明白。

一枝花　要我讲就讲啦！

（唱“板眼”）

有晚夜，天黑黑。

我偷了人家菜地两只大萝卜。（读白）

县　官　（拍案）呸！只讲些鸡毛垃圾，谁问你青菜萝卜？

一枝花　你要我一一二二讲明白，我第一次就是偷萝卜。

大　差　大老爷要你讲大件的。

一枝花　那两只萝卜是很大的啰。

县　官　要讲贵重的，值钱的。

一枝花　哦！

（续唱“板眼”）

要贵重值钱就不同讲法，

可以天光一直讲到天黑。

那日时迁带我偷雁翎甲，

我偷错包公那把虎头铡。

有次我扮成一个菩萨……

县　官　（拍案）慢着！（看状词）是了，是了，假扮菩萨，讲下去。

一枝花　你一截断，我记不得讲到那里了，要讲只好又从偷萝卜讲起。

县　官　你讲到假扮菩萨，快讲假扮菩萨偷了些什么？赃物藏在何处？

一枝花　藏在何处？偷了什么？

县　官　先讲偷，后讲藏。现在就讲偷！偷……

一枝花　偷、偷……

（续唱）　偷了齐天大圣头上金刚箍，

偷了托塔天王手上宝塔，

藏到玉皇大帝那间住宅。

县　官　可恼！

（唱“快中板”）

你乱造胡编真蛊惑，

触怒太爷打你一百。

一枝花　（接唱）　我不招供喊打喊杀，

招了供时又说狡猾。

县　官　（接唱）　你不招供我证据在握，

这张状词已写明白。（示状词）

一枝花　（接唱）　我未读过书唔识黑（不识字），

不知状词怎样写法？

县　官　（看状词，接唱）

你扮珠宝商人来靠呃，

骗去白银有三百。

又假装菩萨将人吓，

拐走新娘闹陈宅。

一枝花　哇！大老爷，这些事是谁人做的？

县　官　就是你一枝花。

一枝花　是哪个？

县　官　一、枝、花！

一枝花　哦，原来是一枝花。是他才有这样的本事，我就做不到了。

县　官　什么？你不是一枝花？

一枝花　我是四处乞食的那个何九，几时变作一枝花？

捕快甲　大胆一枝花，你在我面前已经承认，如今又想变卦？

一枝花　我什么时候承认过是一枝花啊！

捕快甲　昨日大王庙中，我问你是不是一枝花，你说是。

一枝花　哦，我想起来了。昨日我瞓在大王庙神台下，还在矇忪矇醒，他们（指捕快甲乙）就来嘈吵喧哗，把我从台底拉出来喊杀喊打，是你（指甲）问我是不是乞儿呀（读如乞衣丫）。

捕快甲　我问你是不是一枝花！

一枝花　我听到你问我是不是乞儿呀？我日日在街叫花，自然系乞儿啦！你两个就又锁又拿，要我坐监冤哉枉也。如今好有一比——

县　官　好比何来？

一枝花　好比想捉大鱼只捉到只虾。

县　官　好胆！

（唱"快中板"）

安图翻案口花花，

（转"滚花"）

不动大刑你不招，来人将他重打！

众衙差　吼呵！（正欲行刑）

[陈宝上。

陈　宝　大人快与我破案，昨夜一枝花又到我家，偷去大批珠宝首饰，名贵字画。

县　官　绝无此事，一枝花昨日已被捉拿。

陈　宝　有一枝花标记为凭（呈上）……

县　官　陈员外，这到底是真是假？

[库房小吏匆匆上。

小　吏　大老爷不好，昨夜库房被盗，失去白银五百两，贼人留下标记……

县　官　什么标记？（站起）

小　吏　是一枝花。（呈上）

县　官　（惊呆，跌坐椅上，唱"沉腔滚花"）

哎呀呀，光顾到大老爷头上，算你是贼阿爸！

快动大刑，将他拷打！

一枝花　我最怕打，我招，我招。昨夜我在监房捉虱乸，大老爷放我一晚假，我就到陈家偷珠宝字画，又偷库钱五百并无虚假，原来是县太爷放贼出监作案！

县　官　胡说，我将你稳稳阵阵地锁在监仓，何曾放假？

一枝花　你不放假，我又怎能出去偷库银字画？

县　官　这个……

陈　宝　（注视一枝花）大老爷，此人是谁？

县　官　就是本官捕获的一枝花。

陈　宝　呸！一枝花我见过，唇边两撇须，身上穿袍褂。怪不得昨晚又来作案，原来你拾到芝麻当西瓜。

县　官　这件事难办了！

（唱“滚花”）

昨夜他在监房，一枝花在外作案，

他显然不是一枝花。

陈　宝　（接唱）　连出大案几桩，怎容你弄虚作假，

不拿获真赃正犯，当心头上乌纱。

县　官　（叹气，接唱）

一枝花啊一枝花，大老爷被你搞得周身虱乸，

怎办呢？

大　差　大老爷，大贼、贼仔都是同行，一枝花的行踪，他（指一枝花）可能知道。

县　官　有道理，一枝花，啊！你不是一枝花，你是乞儿何九，只要你帮大老爷做一件事情，过去的小偷小摸一概作罢。

一枝花　大老爷要我做什么事？

县　官　帮我捉住一枝花。

一枝花　（摇手）我没这个本事，我只对他平日行踪留心过一下。

县　官　这就行了，快说快说。

一枝花　（抖动枷锁不语）……

县　官　哦，人来开枷！

[捕快甲开枷后一枝花又动脚。

县　官　哦，站累了，人来端椅，让他坐下说话。

[捕快乙端椅，一枝花坐下张口又不说。

县　官　哦，口渴了，人来端茶。

一枝花　（喝过茶）大老爷，你问一枝花行踪，他为人实在鬼马，有时藏在你屋梁，（县官惊望屋梁）有时藏在你台下，（县官惊跳上椅望台下）有时和你当面说话，（县官仰身闪避）你还两眼矇查查。

县　官　喂喂喂，你别吓我，我只问他现在藏身何处。

一枝花　不行，一枝花耳目众多，知道已露行藏会马上变卦。

县　官　你在我耳边细细声讲。

一枝花　还是你过来我这边好。

[县官离座走到一枝花身边。

一枝花　（一边与县官耳语，一边把一枝花插在他乌纱帽上）大老爷，听清楚了吗？

县　官　清楚了，清楚了！

（唱"快中板"）

这般如此把他捉拿，

何九罪名全作罢，

你先行一步盯住一枝花。

一枝花　大老爷，你马上带人来。陈员外，得闲就去探你。

陈　宝　好说，好说！

一枝花　（出门大笑，唱"滚花"）

来无影去无踪，一枝花如今去也！（下）

县　官　众差人，带齐绳索刀枪，随我去捉拿飞贼！

陈　宝　（看县官乌纱大叫）一枝花，一枝花！

县　官　（大惊）在哪里？在哪里？

众衙差　（也发现）在大老爷头上！

县　官　（除下纱帽一看大惊）吓！何九就是一枝花，

陈　宝　好啊！是你亲手放走一枝花！

县　官　好啊！是你亲口证明他不是一枝花！

陈　宝　（唱"沉腔滚花"）

哎呀呀，他说得闲就来探我……

县　官　（接唱）　这回难保乌纱！

[幕急下。

——剧终

本剧选载的是1959年文觉非、王中王、小飞红等主演的演出本。

关汉卿

（根据田汉同名话剧改编）

改编：马师曾　杨子静　莫志勤

人物表

关汉卿	元代大戏剧家，又号已斋
朱帘秀	元代大都擅演杂剧的名歌妓
赛帘秀	朱帘秀的徒弟
王和卿	关汉卿的挚友
杨显之	关汉卿的挚友
朱小兰	含冤而死的女子
蔡　婆	朱小兰的婆婆
王　著	益州千户
关　忠	关汉卿的老仆
刘大娘	酒店女掌柜
周老汉	二妞的公公
二　妞	刘大娘的女儿，后名秋燕
何总管	玉仙楼戏园总管
叶和甫	混在当时杂剧界的败类
和礼霍孙	大司徒，后任中书右丞相
阿合马	中书省平章政事，元世祖的宠臣
郝　祯	中书省左丞，阿合马的死党
阿　母	阿合马的母亲

二十五公子　　阿合马的第二十五子

贵　妇　　阿合马第二十五子之妻

春　鹃　　阿合马母亲的侍女

歪帽子　　公子的随从

演员甲　　(扮监斩官)

演员乙　　(扮刽子手)

刘大爷　　二妞的父亲

鸨　母

狱　吏

禁子婆

后台管事

监斩官、刽子手、差役、蒙装家郎、蒙装侍卫、郝祯侍卫、狱卒、梅香、农民、群众、解差

第一场

[元世祖（忽必烈）至元十八年（1281年）。

[大都城边小酒店的街头。

[靠城边街头，其中有刘大娘的酒店，街的一头通向城门，许多人堵列着看行刑。

[“雁儿落”转“水底鱼”。监斩官、刽子手等押着捆绑的朱小兰上。

朱小兰　（唱“二黄滚花”）

喊声冤肺摧肠断，
叫声屈动地惊天，
豺狼当道冤杀无辜，
谁说是皇天有眼。

[蔡婆追上欲拉住小兰，被刽子手推倒。

蔡　婆　天呀！

（接唱）　分明是李驴儿想霸占媳妇害死为婆，
却诬告你毒死他爹，害得你泉下含冤。

[蔡婆冲上，朱小兰跪在婆婆跟前。

朱小兰　（接唱）　生前冤气难平，死化厉鬼雪怨，
冲破茫茫黑夜，重见朗朗青天。

蔡　婆　（叫相思）贤媳！小兰呀！

差　役　走！

[蔡婆被摔倒在地，小兰被押走。蔡婆痛哭疾呼，关汉卿与刘大娘上前扶起。

蔡　婆　（念“口鼓”）冤枉呀！我两婆媳苦命相依，谁不赞小兰她为人良善。可恨恶人先告状，赃官贪财枉断，我媳妇有口难言。
冤枉呀！（追下）

[群众有的跟队伍去了，有的走进酒店来，同情朱小兰，纷纷议论着。

关汉卿　（唱“二黄滚花”）

官吏们无法无天，百姓受屈含冤。

眼前贤孝的朱小兰，无辜头断。

想替她申冤雪恨，奈何我有勇无权。

凭谁净扫胡尘，恨不当年学剑。

周老汉　（念“白榄”）

耕无锄，住无庐，

田不收，屋为圩。

群众甲　（接念）我为肉，人为俎，

死的是冤屈鬼，活的是釜中鱼，

周老汉　（接念）汉人性命贱，不如一头驴。

众　人　（齐念）恨难舒！恨难舒！

[悲惨的号角声。二妞奔上。

二　妞　（念“口鼓”）妈妈！午时三刻快到了。小兰姑娘就要被斩。（见关）关伯伯，你救救她吧！

刘大娘　（接念）二妞，你太不懂事了，关伯伯是个大夫，只能医人伤风咳嗽，怎么救得杀头？你分明是令他为难。

[号炮声，衬锣鼓音乐；众人向门外拥去。

关汉卿　（悲愤，唱“滚花”）

号炮一声，人头下地，眼睁睁孝妇沉冤。

哪里有人间正义！（重句。愤然下）

刘大娘　（唱“滚花”）

可怜苦命人，含冤一命损。

[母女相对暗泣。同时，阿合马的二十五公子和歪帽子及随从四蒙装家郎上。

歪帽子　（高叫）刘大娘！

刘大娘　（惊怯地）啊啊！公子爷到来，请坐。

公　子　不必坐。（对歪帽子）有话对她直讲。

刘大娘　崔四爷，老身昨天说过，二妞已许了宛平周家，秋后就要成婚了。

［大娘暗示二妞避开，二妞欲下。

歪帽子　胡说！阿合马大人的二十五公子看上你家女儿，就是天大福分。今天公子亲身到来，你肯也要人，不肯也要人。

刘大娘　（请求）啊！公子……

公　子　休要啰唆，把人带走！

［随从不由分说，拖走二妞。大娘拖着歪帽子不放，被推跌在地。

刘大娘　（唱“滚花”）

青天白日，强抢民女，王法何存？

歪帽子　（冷笑）哼！忽辛知府大人，就是我家的大少爷。阿合马大人就是公子的父亲，你要王法么？除非去问天。

［幕闭。

第二场

［距上场后的翌日晨。

［大都附郭朱帘秀的家，当时的行院，壁挂琵琶、箫管之类。

［“打引”。朱帘秀上。

朱帘秀　（念“引白”）

身落风尘不记年，琵琶弹断几多弦；

歌残玉树声声泪，湿透红毡枉自怜。

［赛帘秀捧茶双盏上。

赛帘秀　师父，请茶。

朱帘秀　赛帘秀，为何今天奉茶两盏呢？

赛帘秀　是我凭栏看见，关大爷他从街上上楼来了。

朱帘秀　哦，关大爷来了吗？

赛帘秀　是啊。

［关汉卿带气愤执卷上。朱帘秀喜迎。

朱帘秀　关大爷请坐——请茶。

赛帘秀　关大爷，你猜何以先斟好茶相候呢？

关汉卿　这是何故？

朱帘秀　正有"童子报"。

关汉卿　鬼神之说，我却不信，若果神鬼有灵，那朱小兰就应向赃官索命！（拍案，碎茶杯）。

朱帘秀　哎呀！关大爷，索命还索命，何以跟我的茶杯过不去呢？

[赛帘秀收拾茶杯下。

关汉卿　（唱"中板"）

恨如今，人命贱不如驴，满目是辛酸景象，

说什么，官吏是民之父母，尽是吮血豺狼。

可怜朱小兰，屈死这一纸判词，（递手中卷）

你能不为她叫枉？

你说成何世界？成何世界！

朱帘秀　（唱"长句滚花"）

百姓入官衙，好似飞虫堕蛛网。

但论他赃银多少，哪管你道理短长。

但图他衣紫腰金，哪管你蒙冤受枉。

一般人司空见惯，只当寻常。

偏是你大爷两鬓添霜，遇事不平，还气得无名火起三千丈。

关汉卿　啊！如此说，莫非你……

（唱"雨打芭蕉"）

要我关汉卿对凶顽讲忍让？

低首拜豪强？

还是说我为人鲁莽，

比不得你度量大胸襟放，

安安详详，

从容自扫门前雪，

不管他人瓦上霜。

朱帘秀　难道我会忘怀：谁杀我父母，谁逼我为娼，谁教我家破人亡！

（接唱“雨打芭蕉”）

难道我帘秀，愿意年年岁岁弄琵琶，对豺狼歌唱？

我没奈何且把泪珠咽，笑容装脸上。

纵然有百折千磨，也不把悲声放。

唉，这大都城外，我们两万五千个姊妹，哪里有开笼放鸟之时，怎比得你们这些读书人，还有个吐气扬眉之日啊！

关汉卿　我们读书人，正是斯文扫地了！于今大元朝人分十等，七医八娼九儒十丐，我们读书人的地位，还比不上你们。活该！枉我读书破万册，却没有半点用场。勇李逵尚能劫法场。眼见朱小兰被害含冤，我却无法可想。难怪刘大娘说我——

（唱“滚花”）

关汉卿只医得人伤风咳嗽，

只懂得开薄荷甘草小单方。

［楼下大街上传来哭喊叫骂声。

［赛帘秀急上。

赛帘秀　大街上又抢人了！

［三人一同凭栏向下看。

赛帘秀　又是阿合马的二十五公子！这些狗强盗，什么时候才能恶贯满盈？

关汉卿　古人说得好：“路见不平，拔刀相助。”奈何我关汉卿今日无刀可拔，只有秃笔一枝！

朱帘秀　大爷！

（唱“滚花”）

你的笔利比钢刀，你的戏唱得奸人胆丧。

（转“慢板”）

你写过《望江亭》，骂臭杨衙内，

你写过《包待制智斩鲁斋郎》。

（转“七字清”）

你活画赃官凶恶相，

剖开酷吏毒心肠。

教人是是非非都明朗，

教人时时刻刻不能忘。

（转“滚花”）

何不把朱小兰这段冤情，写入剧中，搬到舞台去唱。

关汉卿　（兴奋地，唱“追信”）

一支笔写出这冤案，

揭奸官害民殃国状，

借弦管歌声把正义伸张，

使群丑畏惧，使众志激昂。

朱帘秀　（接唱）　就算骂天地，骂神鬼也无妨。

关汉卿　（接唱）　忘身上战场，

谁肯相帮把主角担当！

朱帘秀　（唱“滚花”）

荆棘丛中行走惯，

将来演出自有我担纲。

关汉卿　你敢演？

朱帘秀　你敢写？

关汉卿　我写！

朱帘秀　我演！

赛帘秀　我也演！关大爷，我们的好戏叫什么戏名呢？

关汉卿　叫作……《窦娥冤》。

朱帘秀　《窦娥冤》。

朱帘秀　赛帘秀，《窦娥冤》就是写朱小兰那段冤案，

赛帘秀　那窦娥就是指朱小兰？

关汉卿　方今之世，有多多少少个朱小兰！

赛帘秀　这个戏好啊！虽然是替朱小兰死后鸣冤。骂透那赃官也觉心爽。关大爷，师父演窦娥，我演什么角色呀？

关汉卿　你演窦娥的家姑蔡婆婆吧。

赛帘秀　　蔡婆婆呀？

关汉卿　　你未演惯这样角色吧？虽然是老旦，在剧中重要非常。

赛帘秀　　好呀！我一定把她演好！啊，师父，今天我做了几样菜，留关大爷在这里试试我的手艺吧！

关汉卿　　多谢了。四姐，我还要去西山看病人。

[幕闭。

第三场

[紧接前场。

[城外西山林园中，当朝权臣阿合马华丽的别邸。

[阿合马的母亲病愈坐榻前，一贵妇伴着，侍女春鹃旁侍，关汉卿远坐一旁。

[阿母试走动，贵妇搀扶着，关汉卿注视着医疗效果，阿母走动了一回。

阿　母　（念“白榄”）

啊！果然我能举步，大夫你确高明。

大都有多少名医，都医不好我心痛症。

全靠你回春妙手，我已经好了八九成，

贵　妇　（接念）　老太太得复安康，孙媳我为你高兴。

阿　母　（接念）　快些准备礼物，答谢大夫盛情。

贵　妇　春鹃，快叫秋燕将礼物呈上。

春　鹃　从命。秋燕，礼物拿出来。

[秋燕内应“来了”。秋燕捧礼物上，与关汉卿相见，各吃一惊。

秋　燕　（惊呼）啊！关……

春　鹃　关什么？

秋　燕　（失措，忙转口）关起窗来，外边风大，恐怕冷着老太太。

阿　母　多事！快呈礼物！

[关汉卿婉却赠礼。

[二妞暗向关汉卿做手势求救，关会意，但踌躇。

阿　母　大夫。

（唱“滚花”）

莫非你嫌礼物轻，所以推辞不愿领。

难得我消灾退病，应谢你医术高明。

除了要天上星星，其他有求必应。

关汉卿　（接唱）　只怕我一言出口，老太太不肯顺情。

阿　母　只管讲来。

关汉卿　（望着秋燕）珍珠宝贝吾不羡，只羡谢家堂上燕。

阿　母　哈哈！大夫果然好眼力，看中秋燕丫头。（望孙媳）

（唱“秃头滚花”）

但是难于答应。

贵　妇　老太太！她是我丈夫抢来的野狐狸，留她在家反而多事，答应他才是。

阿　母　好呀！（唱“滚花”）

另送妆奁百两，祝你鸾凤和鸣。

[幕闭。

第四场

[距前场两日后，深夜到天明。

[关汉卿的书房，壁上悬着琴剑。

[音乐声中幕启。

[关汉卿坐案前，执笔构思，吟哦，时而狂草，最后对残烛支颐冥想。

[四更。老家人关忠披衣上。

关　忠　（念“诗白”）

大爷赶写《窦娥冤》，半夜深更不肯眠。

欲尽忠勤人已老，有心无力也徒然。（进房）

大爷睡吧，快天亮了！

关汉卿　是呀，快天亮了，你也去睡吧！

关　忠　大爷！你是个大夫，时时劝人不要熬夜，何以你自己偏偏要熬夜呢？若果夫人在世，见你这样，就会连笔墨都收起来了！

关汉卿　大概你不会收起我的笔墨吧？

[关忠瞠目不知所对。

关汉卿　快给我添蜡烛一支。

关　忠　（想想）没有蜡烛了。（下）

关汉卿　（续写毕，念）没来由。犯王法，不提防，遭刑宪，叫声屈，动地惊天！我将天地合埋怨。天哪，你不与人为方便。

（唱“快中板”）

通宵写就《窦娥冤》，

天地鬼神都骂遍。

（转“滚花”）

骂奸官，骂恶吏，无颇无偏。

[关忠引杨显之、王和卿上。杨止关忠勿报，关忠会意，下场。二人在外谛听。

关汉卿　（唱）　有日月，朝暮悬；

有山河，古今鉴。

天哪，却不把清浊分辨，

可知道错看了盗跖、颜渊。

有德的受贫穷，更命短；

作恶的享富贵，又寿延。

天哪，做得个怕硬欺软，

不想天地也顺水推船。

地啊，你不分好歹难为地；

天啊，我负屈含冤哀告天！

哎，只落得雨泪涟涟。

[王和卿、杨显之听至此，叹赏不已。二人同入，与关汉卿彼此招呼。

关汉卿　啊！显之，和卿，你们都来了，我正想找你们。

王和卿　不用找，我们会送上门来的。

[关汉卿让座，分坐，

[杨显之拿过关汉卿手中文稿，看。

杨显之　好文章，我们已听到了。“地啊，你不分好歹难为地”，好极了，不过下面那一句，又何必哀告天呢？骂透他吧！下面改为“错勘贤愚枉做天”！好吗？

王和卿　壮得多了！

杨显之　（回顾关）怎样？

关汉卿　五体投地，不愧称为杨补丁。内厢还有许多草稿，请替我修改吧。

[拥王、杨进内。

关汉卿　（欣赏地念）“……地啊，你不分好歹难为地；天啊，你错勘贤愚枉做天！”对，改得好！（执笔改稿）

[叶和甫进入客厅。

叶和甫　好句！好句！

关汉卿　坐，你也赞好？

叶和甫　不过……

关汉卿　不过什么？

叶和甫　（唱“减字芙蓉”）

不过听来有点刺耳，火气未免太大一点。

汉卿，欠温厚啊！

（续唱）　什么错勘贤愚枉做天，不分好歹难为地。

喂！天地鬼神，岂能乱骂。

（续唱）　写戏要供人娱乐……

关汉卿　（接唱）　写戏要惩奸劝善，分辨是非。

[叶和甫趁空翻阅文稿。

关汉卿　（续唱）　甘草薄荷只医得咳嗽伤风，怎能回生起死。

叶和甫　汉卿，关于朱小兰一案，街谈巷议何必管它，你把它形之笔墨……

关汉卿　怎样？

叶和甫　我以为万万不宜！

关汉卿　怎么万万不宜呢？

叶和甫　于今大元朝禁的是犯上恶言，我们汉人应该明哲保身，识时务者为俊杰。

关汉卿　哼！汉人亦有两等——一等是奴颜婢膝，一等是顶天立地！

叶和甫　唉！不管怎么说，你这样写法对你不利！（做关切地讨论状）你第三折戏骂官骂吏，而且，那山阳县宰，分明是指忽辛知府大人，你可知道忽辛知府是阿合马的长公子？

关汉卿　当然知道！

叶和甫　知道你还写？

关汉卿　该写就要写！

叶和甫　汉卿。我看你还是放聪明点好。你若能多写一些阿合马大人喜欢看的戏，我保你骏马任骑。

关汉卿　骏马任骑？我无此福气！（逐客）请！请！

[叶和甫尴尬拂袖而去，遇朱帘秀上。

叶和甫　帘秀，你来得正好，快些劝汉卿不要写《窦娥冤》，否则凶多吉少啊！（下）

关汉卿　叶和甫"沐猴而冠"，全无人味！

[朱帘秀进去，走近关汉卿身旁。

朱帘秀　汉卿啊！叶和甫来劝你不要写《窦娥冤》，是吗？

关汉卿　这斯文败类！

朱帘秀　（一笑）大概他是一番好意……

关汉卿　嗄！威逼利诱，好在哪里？

朱帘秀　他怕你得罪当今的权贵阿合马，惹出是非呀！

关汉卿　哦！原来你也是为劝我而来？

朱帘秀　是呀，我也是为劝你而来。

关汉卿　好，你就劝，劝，劝！（离去）

朱帘秀　汉卿，我劝你……

关汉卿　嗄？

朱帘秀　我劝你快些写剧本呀。

关汉卿　　哦！错怪好四姐了。

　　　　（唱“滚花”）

　　　　　　　　昨日交给你的曲词，你看过可还合意？

朱帘秀　　（接唱）　第二折“梁州”一曲，真是字字珠玑。

关汉卿　　（接唱）　你就试唱一番，

朱帘秀　　（接唱）　还求指点一二。

　　　　（唱“梁州”）

　　　　　　　　哪一个似卓氏般当炉涤器？

　　　　　　　　哪一个似孟光般举案齐眉？

　　　　　　　　近时有些婆娘们，

　　　　　　　　道着难晓，说着难知，

　　　　　　　　旧恩忘却，新爱偏宜；

　　　　　　　　坟头上土脉犹湿，架儿上又换新衣。

　　　　　　　　哪里有边庭上哭倒长城？

　　　　　　　　哪里有浣纱处甘投大水？

　　　　　　　　哪里有上青山便化顽石？

　　　　　　　　可悲，可耻！

　　　　　　　　无人意，

　　　　　　　　多淫奔，

　　　　　　　　少志气。

　　　　　　　　亏煞了前人在那里，

　　　　　　　　便休说百步相随。

关汉卿　　四姐，字正腔圆，唱得好！

朱帘秀　　汉卿，你写得真好！借窦娥的贞烈，骂透那弃旧从新毫无节操的男儿，吐出了积郁胸中的块垒，伸张了天地间的正气！

关汉卿　　四姐此话，深得我心。这里还有一折，是骂那赃官恶吏的。（交稿给朱）

朱帘秀　　待我念一遍：“做什么三年不见甘霖降，也只为东海曾经孝妇冤，如今轮到你山阳县。这都是官吏们无心正法，使百姓有口难言。”汉卿，你的胆子真不小呀！

关汉卿　将来演出，你这主角麻烦更不少！

朱帘秀　我嘛，九死不悔！

[王和卿暗上。

关汉卿　好个“九死不悔”！小生失敬了！

王和卿　你成日对着四姐称小生，可惜胡须多几根。

关汉卿　你打趣整天不停口，我荐你去舞台当小丑。

朱帘秀　喂！你们正经些好不好？

王和卿　正经！我是最正经的！他写窦娥，你演窦娥，我，我就等着看这窦娥。不过，就怕我没这个眼福。

关汉卿　此话怎讲？

王和卿　我担心没有戏园敢演你这泼辣货！

朱帘秀　和卿先生，你识许多戏园老板，设法帮忙一下吧！

王和卿　（故意捉弄）你演《窦娥冤》，骂天骂地骂官吏，叫我去找园子，将来出了乱子，要我挨板子，我不干！

关汉卿　王和卿！你这胆小鬼，如此怕事！

（唱“快慢板”）

为《窦娥冤》，我拼命也要演成。

即使在街头，也能唱演，到处绘声绘影。（向朱帘秀）

又何必强求人，惊动和卿。（生气背立）

王和卿　哈哈！蛤蟆虽小，气倒有一肚。汉卿，你莫焦急，找戏园我有门径。戏园就是大都最好的玉仙楼……

关汉卿
朱帘秀　玉仙楼？

王和卿　是，这叫作巧事天成。伯颜丞相的老太君迟日做寿，唱戏助兴。那老太婆爱看苦情戏，我把《窦娥冤》推荐给玉仙楼的何总管。他便一口应承。

关汉卿
朱帘秀　（喜）哦！

关汉卿　方才错怪你了。

王和卿　（笑）将来功劳簿上要有我一笔。

[鸨母上。

鸨　母　帘秀，谢天谢地，《窦娥冤》不演了。

朱帘秀　谁说不演？

鸨　母　叶和甫先生说的。快回去排别的戏吧。

朱帘秀　没有这回事。《窦娥冤》一定要排！

关汉卿　一定要演！

[幕闭。

第五场

[距前场的数日后，夜。

[玉仙楼后台。

[关汉卿从绣幕的门帘后面，窥望着前台演戏和观众席上的情况。

[台上正演唱着《窦娥冤》的第四折末段——魂旦唱“尾声”：

你将那滥官污吏都杀坏，

敕赐金牌势剑吹毛快，

与一人分忧，为万民除害！

[观众席发出喝彩声，有人高呼“为万民除害”！

[王和卿高兴地赶到后台，对关汉卿连摇拇指。

王和卿　（念“口鼓”）朱帘秀演窦娥演得逼真，台下人人赞好。汉卿，谁说你只会写“烟花粉黛”，你写悲剧倒更显功夫。

[关汉卿拱手谦逊，再到帘后看戏。

[下场口的帘子打开，朱帘秀带着装入后台。

关汉卿　（迎上）四姐，你演得真好！

朱帘秀　汉卿，方才演唱之时，台下一片喧哗……

关汉卿　是啊，有人大叫“为民除害”！

[何总管上。

何总管　四姐，你演得真好！老太君看得哭湿手巾，说戏够苦。还说要见一见你，说不定有好招呼。

[朱帘秀进内更衣。

[后台管事上。

后台管事　何总管，有人要见朱四姐，自称是益州千户。

关汉卿　谁是益州千户？

何总管　这个益州千户姓王名著，为人豪爽英武，方才听见喊“为万民除害”，就是他高呼。

关汉卿　哦，就是他！正好相识，请！

王　著　（内声）演得好，唱得好，好戏呀！

[王著上。朱帘秀已换好衣服出来。

王　著　大姐，你唱得真好！

（唱“霸腔滚花”）

你唱“官吏们无心正法，使百姓有口难言”，

把我们的心声吐露。

朱帘秀　这都是关先生写的好剧本。

王　著　（续唱）　你唱得有感情，你写得有力量，字字利似钢刀。

[后台管事上。

后台管事　朱四姐，太君等着见你。

王和卿　（接唱）　王将军，四姐有事失陪，请恕招呼不到。

朱帘秀　失陪。

王　著　请便。

[朱帘秀与何总管下。

王　著　关先生！

（接唱）《窦娥冤》是你生平杰作，感动者何止我一个老粗。

请问此剧是否由朱小兰一案而来？

关汉卿　当今之世，何止一个朱小兰！

王　著　（续唱）　为民喉舌，痛斥奸邪。先生真是疾风劲草。

侍　卫　郝祯大人到！

[后台管事引左丞郝祯、侍卫与叶和甫上。

郝　祯　谁是关汉卿？

关汉卿　我是关汉卿！

郝　祯　你就是关汉卿？写得好戏！

关汉卿　岂敢。

郝　祯　阿合马大人吩咐：明天再演，曲词必须照条子上改过来！

[叶和甫交条子与郝，郝示意交与关汉卿。

[关汉卿匆匆看了一下。

关汉卿　不能照改！

郝　祯　不能照改？！

[何总管嘻笑地捧着好些赏赐拥朱帘秀上。

郝　祯　何总管，你来得好！

（念）　阿合马大人吩咐：玉仙楼明日包租，

《窦娥冤》重新唱做，改曲白，不许含糊！

关汉卿　要改曲词，势难办到。

朱帘秀　宁可不演，难动分毫。

郝　祯　好胆！戏要演，又要改，不演不改，当心脑袋！人来打道。

[侍卫拥郝祯怫然下场。

[叶和甫临去还想向关警告，关回身不顾。叶想向朱说话，朱又不理。叶想向王说话，王怒目而视。叶只好溜下。

[关汉卿将条子撕扔地上。

[王著见此情景，深为感动，对关施礼。

王　著　关先生！我王著今天有幸，看到你们的好戏，还见到你的为人，真是令某钦敬。“为万民除害”，百姓自必同声高呼，对世间恶吏赃官，决不甘休善罢。有事告辞，两位多多保重。请呀！（下）

王和卿　好啊，这才是个人！叶和甫简直是只老鼠！

朱帘秀　汉卿，明天打算怎样？

关汉卿　要改就不演！

王和卿　无奈明天不能不演。

关汉卿　要演就不改！

何总管　改改曲词，也算不了什么一回事呀！

关汉卿　一字也不能改！

朱帘秀　对！一字也不能改！

（唱“滚花”）

明日照原曲演唱，不改分毫。

汉卿呀！

（唱“快中板”）

重担千斤由我负，

你快马加鞭远奔逃。

（转“滚花”）

明日纵有事情，我自知应付。

关汉卿　（大不谓然，摇头）嗳，

（接唱）　人不离，戏不改，拼着同掷头颅！

[幕闭。

第六场

[上场之第二晚。

[玉仙楼的客厅，陈设华丽。

朱帘秀　（内唱）　如今轮到你山阳县。

[幕启。郝祯、四侍卫站立。和礼霍孙、阿合马坐着在看戏。

朱帘秀　（续内唱）这都是官吏们无心正法，

使百姓有口难言。

阿合马　（怒喝）停下！不许再演！

郝　祯　（随着喝）不许再演！

[场上管弦乐停止。

阿合马　（唱“滚花”）

这出恶言犯上的《窦娥冤》，今晚居然照旧演。

这班佻优男女，胆敢无法无天。

和礼霍孙　大人！

（接唱）　难怪你大发雷霆，优伶敢揭官场污点。

唯是似不宜小题大做，且恕他口出狂言。

阿合马　大司徒！这班词客文人骂官骂吏，稍一放松，他们就要犯上作乱。

和礼霍孙　（另场）哼！平日受你欺压排挤，今天有人替我骂你，正是求之不得。（向阿）大人呀，优伶诚然可恨，有道平生不做亏心事，尽可处之泰然。

阿合马　他骂天骂地，骂官骂吏，我们岂能视而不见。我要她在跟前再演一遍，看他们还敢不敢当面放肆胡言。请上坐！（与和同坐）传狗男女到此演唱！

[郝祯领命下。带朱帘秀（扮窦娥）、甲演员（扮监斩官）、乙演员（扮刽子手）同上。

郝　祯　阿大人命你在他跟前再演一遍！

朱帘秀　唱得一自然唱得二，决不改只字片言。

郝　祯　进去！

[朱帘秀等同向阿合马为礼。

阿合马　你就是朱帘秀吗？

朱帘秀　正是朱帘秀。

阿合马　朱帘秀！你快把《窦娥冤》问斩一段在此再演！

朱帘秀　从命。（见甲、乙演员面有惧色，悄告）不要怕，有我在此，要杀我就杀。

[朱帘秀与甲、乙演员进场，复上，演戏。

刽子手　将到行刑时候，你还有何话说？

窦　娥　大人，如今正是三伏天道，倘若我窦娥死得冤枉，苍天必降三尺瑞雪，掩盖我窦娥尸体。

监斩官　胡说！这等三伏天道，你便有冲天怨气，也召不得一片雪来。可不胡说？

窦　娥　大人呀！

（唱“二煞”）

你道是暑气喧，

不是那下雪天，

岂不闻飞霜六月因邹衍？

若果有一腔怨气喷如火，

定要感的六出霜花滚似绵，

免着我窦娥尸体现，

要什么素车白马，断送出古陌荒阡。

大人，我窦娥死得委实冤枉！

（续唱） 从今以后，着这楚州亢旱三年。

监斩官 哪有这等说话！打嘴！（打）

窦 娥 （续唱） 你道是天公不可欺，人心不可怜。

不知皇天也肯从人愿，

做什么三年不见甘霖降？

也只为东海曾经孝妇冤，

如今轮到你山阳县。

这都是官吏们无心正法，

使百姓有口难言！

阿合马 （怒喝）停下！停下！

郝 祯 停下！

阿合马 朱帘秀！恶言犯上，该当何罪？

朱帘秀 回大人的话，小女子并无恶言犯上。

阿合马 还敢狡辩，你唱的“官吏们无心正法，使百姓有口难言”，岂非犯上？

朱帘秀 啊呀！我估道什么地方，冒犯了老大人，累得大人发雷霆之怒，却原来是为了这呀。大人，戏文里骂的是屈杀人命的贪官污吏，按照本朝律例，也是骂得的。如果不准骂贪官污吏，难道要我们骂忠臣孝子吗？

阿合马 好利嘴。我来问你，叫你修改词曲，竟敢抗命，只字不改，打的什么主意？

朱帘秀 大人！词曲经关先生修改，只因时间仓卒，新词我记不来，真是罪该万死，只求大人开恩。

阿合马 那写本子的关汉卿现在何处？

朱帘秀　大人！关先生的母亲有病，已经回乡去了。

阿合马　回乡？

（狞笑，唱“滚花”）

你为救关汉卿，独担罪名，替他巧辩。

你是否想学窦娥，为救婆婆一命，宁愿独受熬煎？

好吧，成全你的志愿吧！

（续唱）　且看天公有没有三尺瑞雪把你尸骸掩。

推出斩首！

丙丁侍卫　遵命！

[关汉卿内声：“慢！”冲上。

关汉卿　曲词是我不愿修改，与朱帘秀无干，要杀便杀我一人！

阿合马　你是何人？

关汉卿　关汉卿。

阿合马　关汉卿！你挺身而出，不让朱帘秀独担罪状，倒有担待。你妄撰词曲，恶言犯上……

关汉卿　大人，此言差矣！《窦娥冤》写的是汉朝东海孝妇含冤之事，千百年来，家喻户晓，何得谓之妄撰词曲，更何得谓之恶言犯上！

阿合马　什么东海西海，抗命不改，该当何罪？

关汉卿　古人说“有过则改”，汉卿无过，故而不改，何罪之有？

阿合马　我不管这许多。人来，把关汉卿推出斩了！

[关汉卿大笑。

阿合马　死到临头，因何发笑？

关汉卿　大人，汉卿非笑别的，笑大人枉用聪明，以为杀了一介汉卿，便能钳尽天下万民喉舌：殊不知“防民之口，甚于防川”，秦始皇焚书坑儒，二世而亡。遑论大人……

阿合马　好胆！推出砍了！

和礼霍孙　大人！关汉卿固然有罪应得，唯是大人在此时杀了关汉卿，岂不教天下人以为《窦冤娥》骂的正是大人吗？

阿合马　这个……就看大司徒金面。人来，把关汉卿暂时收押起来！

[侍卫押下。阿合马拍案哼哼，瞟和礼霍孙一眼，表示不满。

和礼霍孙　衙中有事，老夫告辞。

阿合马　人来代送。

郝　祯　（向和）请呀！

和礼霍孙　留步。（冷笑下）

[阿合马气极。

阿合马　把朱帘秀推出斩了！

郝　祯　（悄告阿合马）大人，我看朱帘秀也杀不得呀！

阿合马　怎么？！

郝　祯　闻说伯颜丞相老太君，非常喜爱她，曾认她为干女，因此嘛……

阿合马　哼！

（唱“滚花”）

八九等的人渣滓，也让她爬进权贵之门。

来。把贱人收进监房，再作打算。

郝　祯　来，把贱人押下。

[侍卫将朱帘秀押下。

阿合马　把演蔡婆婆的贱人拿来！

郝　祯　把赛帘秀拿来！

[侍卫押赛上，跪下。

阿合马　（看也不看）你识字吗？

赛帘秀　回大人，识几个字，会看唱本。

阿合马　你刚才上场念得“有日苍天开眼，定将酷吏剥皮”是原词吗？

赛帘秀　原词没有。

阿合马　原词没有，你怎么念出来？

赛帘秀　是从别个剧本借来的。好比“花有重开日，人无再少年”这类词句，常常是借来借去。

阿合马　好词多得很，你为何偏要借此两句，是何用意？你有多大来头？

郝　祯　讲！

赛帘秀　我的来头吗？——我本是农家女，我家田地被你家丁霸占。害得我人亡家散，流落勾栏受苦到今天。

阿合马　胡说！谁霸占你家田地？谁害得你人亡家散？

赛帘秀　你的家丁作恶多端，谁不知见。你勿以为官高势大，就可以只手遮天。

阿合马　（唱“滚花”）

你指望苍天开眼，我偏要你无法见天。

来！施以挖目之刑！

[赛愤怒，二次冲向阿合马，被侍卫拉着，押出花厅。

赛帘秀　（在内惨叫）天呀！

[赛帘秀再被推出，仆地。

赛帘秀　（唱“首板”）

霎时间，地黑天昏魂魄荡。

阿合马　贱人！你服罪吗？

赛帘秀　大人！

（唱“快慢板”）

弱女子，堕风尘，何罪不可当。

孰无辜，孰有罪，青天在上。

我目虽盲，心未死，恩怨怎能忘。

（转“快中板”）

纵然满目尘沙障，

有日苍天开眼放光芒。

暮气妖氛都扫荡！

阿合马　还敢胡言！

赛帘秀　（唱“滚花”）

还求把我眼睛挂在城门上……

阿合马　嗄！挂在城门之上？

赛帘秀　（续唱）　看奸官你好结局，好收场！

阿合马　打下死囚牢去！

[幕闭。

第七场

[至元十八年（1281 年）三月尾的一个晚上。

[大都狱中。

[音乐，幕启。狱吏上。

狱 吏　关汉卿哪里？

内 声　传关汉卿！

[“打引”，关汉卿上。

关汉卿　（念“引白”）

日月照肝胆，霜雪添须眉。

狱 吏　关大夫，杨显之送来诗笺一纸，你且收着。（交诗笺与关汉卿，下）

关汉卿　（念诗）　一曲新成尽百杯，故人昨夜梦中来；

珍重大都铜豌豆，留将正气壮歌台。

——杨显之赠

显之呀！

（唱“反线中板”）

拜谢故人，关怀我处世立身，汉卿自知珍重，

请放心，我能凌霜傲雪，比得那岭上青松。

砥柱镇中流，任他汹涌波涛，我自屹然不动。

关汉卿，是叮叮当当的铜豌豆，越煎越炒声更洪，

（转“滚花”）

高山流水故人情，

——为民珍重。

[狱吏引叶和甫上。叶趋前故作关怀。

叶和甫　汉卿，想不到在这个地方再见你面。

（唱“石榴花中段”）

当时我劝你审慎，

休为小兰案，逞一朝之忿，

今日惹火烧身。

皆由你一意孤行。

[关汉卿生气，但隐忍不发。

叶和甫　汉卿！大事不好，上月初十王著在上都，将阿合马大人和郝祯大人都杀死了！

关汉卿　壮哉王著！（向空遥拜）

叶和甫　危哉汉卿！

[关不睬，叶进行威逼利诱。

叶和甫　老实讲，我是奉忽辛知府大人之命而来，事关阿合马大人之死，朝廷将派大臣来查察此事，如果到时你能供称，王著杀死阿合马大人为的是图谋造反，与朱小兰一案无关，忽辛知府大人自然将你释放，并赠一百两黄金……

[关气极，转身打叶一记耳光，叶被打倒地。

关汉卿　（唱“七字清”）

甘为走狗事寇仇，

还来威迫和利诱。

渭清泾浊不同流，

（转“滚花”）

快滚出监房，莫污了大爷双手。

[叶狼狈而逃，边逃边说：“看着你死！”

[狱吏上。

狱　吏　关大夫，你真不愧称硬汉。实对你说，你与朱帘秀二人的性命，只在旦夕；你有什么事要我做，不妨开口。

关汉卿　我关汉卿生死早已置于度外，能否许我与朱帘秀再见一面？

狱　吏　（考虑）好吧！传朱帘秀！（下）

[禁子婆引朱帘秀罪衣披锁上。禁子婆下。

朱帘秀　汉卿！

关汉卿　帘秀！

朱帘秀　汉卿，我们先谈好消息，慢诉别离情。

关汉卿　莫非王著事，你早已得风声？

朱帘秀　是啊！闻说王著杀了阿合马，他临刑之际，还高声大呼："我王著死后，一定有人将我事迹，写上一笔。"完成他的志愿，汉卿你可有此意呢？

关汉卿　（唱"滚花"）

王著快人快事，写成剧本自必大快人心。

可叹时候已无多……

朱帘秀　汉卿，在狱中你尽可写作，为什么说时候无多呢？

关汉卿　（续唱）　可知你我两人，死期迫近！

朱帘秀　嗄！死期迫近？

关汉卿　四姐！你莫非有些惧怕！

朱帘秀　我……我不怕！

关汉卿　四姐，为了我《窦娥冤》一曲，累你到此田地，我心有未安！

朱帘秀　汉卿，说哪里话来呢？常言道"得一知己，死可无憾"。我朱帘秀能与大爷一同赴死，还有何不足呢？

关汉卿　四姐，你是女中豪杰，令人钦敬；惟是你年尚青春，死得未免过早。

朱帘秀　方才我听到消息之时，的确心如絮乱。如今嘛，正是：

（念）　取义从来轻死生，敢将颈血溅奸臣；

窦娥教我朱帘秀，决不低头让敌人。

关汉卿　好一个"决不低头让敌人"！我关汉卿啊！

（念）　悲歌慷慨慕前人，欲救斯民敢惜身？

玉碎竹摧青节在，一篇留得万年春。

朱帘秀　一篇留得万年春！（暗"哭相思"）

关汉卿　（唱"相思尾腔"）

因何伤感？

朱帘秀　（唱"小桃红"）

我惜君又痛君，

剧坛如君有几人？

曾劝你离大都，珍惜有用身，

奈你偏偏又不允。

关汉卿 （接唱） 临难图幸免，岂是丈夫行径。

忍教你孤军临阵，只手对敌人？

是以挺身试白刃。

朱帘秀 汉卿！

（接唱） 我这弱女怎比君，

君有锦心绣口，

敢替百姓尽吐心中愤。

（音乐，念）你所写剧本啊！一个个动地惊天泣鬼神。虽则与君同命是福分，怎忍见你一样街头血染尘。栋折梁摧人萎去，管残弦断不成声。

（续唱） 教我如何不断魂，

为苍生痛哭丧斯文。

关汉卿 （接唱） 相知到今日，友谊似海深，

我等纵然同被杀，分不开这友情。

写戏文用血，更打动人心。

朱帘秀 是啊！当日我们说道："你敢写，我敢演。"只道是粉墨因缘，想不到我们的血，可以流在一处。

关汉卿 四姐！我们是风尘知己，生死同心，这几天写了一首曲词，名叫"蝶双飞"。为我们两人写照。四姐——看！（取曲词交朱帘秀）

朱帘秀 待我看来！（感动地）正是：

（念） 壮似长江浪，愁如秋月光；

一歌一荡气，一唱一回肠。

（唱"蝶双飞"）

将碧血，写忠烈，

化厉鬼，除逆贼，

这血儿啊，化作黄河扬子浪千叠，

长与英雄共魂魄！

强似写佳人绣户描花叶，
学士锦袍趋殿阙，
浪子朱窗弄风月；
虽留得绮词丽语满江湖，
怎及得傲干奇枝斗霜雪？
念我汉卿啊！

（念）　读诗书，破万册，
写杂剧，过半百，

（接唱）　这些年，风云改变山河色，
珠帘卷处人愁绝，
只为了一曲《窦娥冤》，
俺与他，双沥苌弘血；
嗟胜那孤月自圆缺，
孤灯自明灭；
坐时节共对半窗云，
行时节相应一身铁；
各有这气比长虹壮，
哪有那泪似寒波咽！
提什么黄泉无店宿忠魂，
争说道青山有幸埋芳洁。
俺与你发不同青心同热，
生不同床死同穴；
待来年遍地杜鹃花，
看风前汉卿四姐双飞蝶。
相永好，不言别！

汉卿！

关汉卿　四姐！

[二人扑前拥抱。

[狱卒、禁子婆同时上。

狱　卒
禁子婆　时辰已到，快些话别。

朱帘秀
关汉卿　话别？

朱帘秀　汉卿，我们生死不言别，

关汉卿　千秋共此心。

[幕闭。

第八场

[距上场数月后。

[距大都不远的卢沟桥远景，台左见“卢沟晓月”的碑亭一角。

[幕启。王和卿、杨显之、农民刘大爷，周老汉在等候着为关汉卿饯行。侍女梅香手提食盒扶赛帘秀上。

王和卿　小二姐，你来了！

赛帘秀　啊！和卿先生，关大爷来了吗？

王和卿　汉卿还没有来。

周老汉　关大爷大难不死，真是万幸，这次送行，大家都准备来看看他。

王和卿　这次全仗乡亲们出力，递了万名禀救出汉卿。

刘大爷　关大爷是个好人，谁不愿他平安出来，谁知又被逐出大都，真令人气愤难平！

周老汉　我们快去催促大家来送行吧！

[刘大爷点头与周老汉下。

杨显之　小二姐，你先到长亭歇息歇息吧。

[杨显之、王和卿扶赛帘秀上亭子。

[关忠挑行李先上。

[关汉卿上，后随解差二人。

关汉卿　（唱“五更头”）

关汉卿被逐出都门，
霎时间离乡别井，
煞是难忘家乡故友情。
且抛开离愁别绪，
一支笔，为民请命，
何分南北一般情。
关汉卿，仇奸佞，
谁能阻我笔墨兵。

［王和卿、杨显之、赛帘秀上，相迎。

赛帘秀　关大爷！

关汉卿　小二姐，为了一曲《窦娥冤》，你被权奸害到这般田地，教我既痛且恨！

赛帘秀　大爷你与我师父平日为人侠骨豪情，令我敬慕。演《窦娥冤》乃义之所在，我死而无怨，何况这一对眼珠。

（唱“滚花”）

一息尚存，誓与奸邪不并。
眼睛虽失，心头善恶更分明。　　、

关汉卿　小二姐！

（接唱）　你与师父两人，更应相依相敬。
多加关照赛帘秀，有劳显之与和卿。

赛帘秀　大爷啊！

（念）　今日你被迫南行，我自愧无物可敬。
只有一支兔管，表我心情。
愿你再写新词，多编剧本。
口诛笔伐，胜他百万雄兵。

关汉卿　多谢了！

（唱“快中板”）

七寸笔同三尺剑。
诛奸削佞不留情。

赛帘秀　（接唱）　遥望南天万里鹏程远，

鸿鳞有便寄新声。

王和卿　汉卿呀！

（念）　北雁南行，春行秋令。

杨显之　（念）　将军一去，大树飘零。

[周老汉、刘大爷、刘大娘、二妞和众农民已暗上。

周老汉　（率众叫）关大爷！

刘大娘
周老汉　（唱“秋江别”）

今天你仓皇离境，

众　人　（齐唱）　今天你仓皇离境，

刘大娘
周老汉　（接唱）　莫忘了与乡亲血肉之情，

众　人　（齐唱）　莫忘了与乡亲血肉之情。

王和卿　啊！四姐来了！

[朱帘秀内声：“汉卿呀！”上。

朱帘秀　汉卿，为了你写我演，我欲相随南下，已托何总管代我请求脱籍……

关汉卿　四姐，你请求脱籍，好比缘木求鱼啊！

[何总管、鸨母上。

何总管　四姐呀，我代你请求脱籍已无望。

鸨　母　帘秀，你飞不去的，跟我回去吧！

何总管　这张批示，请你细看。（交批示）

[朱帘秀略看，愤然撕碎批示，希望破灭，精神不支，关汉卿扶她坐下。

关汉卿　四姐，且把悲怀放下，休要挫折雄心。正是：

（念）　鸡鸣犹未已，风雨倍相亲；

朱帘秀　（念）　一时多少恨，饮泪送征人。

汉卿，我就唱你的旧作“沉醉东风”，以送君行吧！

（唱“沉醉东风”）

咫尺的天南地北，

霎时间月缺花飞。
手执着饯行杯，
眼搁着别离泪，
把这泪儿化成曲子，
直唱到秋江怒涛起！
好去者，
望前程，望前程万里！

杨显之　（念）　彩笔珠喉破敌归，

王和卿　（念）　死生离合不相违；

朱帘秀　（念）　忍见秋高雁孤往，

关汉卿　（念）　相期春暖蝶双飞。

解　差　走！

[朱帘秀难过，关汉卿劝慰她，关回身欲去，众呼："关大爷！"关回头，

众　人　关大爷！保重，保重！

关汉卿　（与众揖别）保重！

[关揖别至朱帘秀前，朱暗泣，关抚肩劝慰。

关汉卿　四姐保重！

[关昂然而去，频频回头向众拱手。

[众揖送，赛帘秀难过地扑向朱帘秀怀中。

[幕闭。

——剧终

本剧选载的是1959年马师曾、红线女、区少基、黎国荣、薛觉明等主演的演出本。

荆轲

编剧：莫志勤　望江南　杨子静

人物表

荆　轲

荆　妻

荆　母

燕太子丹

储　妃

燕王喜

田　光

鞠　武

樊於期

秦舞阳

高渐离

夏　扶

宋　意

狗　屠

秦王嬴政

蒙　嘉

夏无且

赵　高

燕臣甲、乙

燕内侍甲、乙、丙

燕武士

秦武士甲、乙

朝臣、侍卫、太监、宫女、宾客、士兵

第一场　请战

[燕王喜二十八年（公元前227年）

[燕都蓟城内王宫偏殿。

[“牌子头”，起幕。燕臣仓皇上。

燕　臣　（唱“快滚花”）

战祸燃眉忙向君王启奏。

可恨秦王野心，图霸天下，吞韩灭赵，进迫燕邦，军情紧急，须要奏明主上。

（续唱）　抗秦救国却怕一将难求。

有请大王。

[迭奏“静悄悄”，燕王持酒杯碎步上，二太监持酒壶随上。

燕王喜　（唱“催归词”）

叫内臣扶就快搀扶——

燕　臣　参见大王。

燕王喜　（续唱）　进宫廷你有何启奏。

燕　臣　（念“白榄”）

忙启奏，忙启奏，

秦王灭赵邦，又向我燕关入寇。

现在兵临易水北，请主上快筹谋。

燕王喜　（失惊跌杯，唱“沉腔滚花”）

吓得我六神无主，仿似失舵孤舟。

速去再探军情，寡人慢图解救。

[燕臣领命急下。

燕王喜　（徘徊思索，唱“慢滚花”）

战战战，又怕燕邦弱小，难敌他百万貔貅。

降降降，叫我怎舍得易水燕山如锦绣。

罢罢罢，一筹莫展唯有借酒消愁。

来来来，内侍臣，快为寡人进酒。（士字腔）

[入座饮酒。

太　子　（内场“叫头”）气坏了！

[“锣边花”，燕太子丹匆忙上。

太　子　（唱“大滚花”）

闻道秦师压境，父王束手无谋。

何忍燕国臣民沦于虎口。

岂容秦兵饮马易水滩头。

闯深宫，见父王速图挽救。

（入门参见）参见父王。参见父王。

燕王喜　王儿平身！

太　子　谢父王。

燕王喜　王儿来得正好。

（念“口鼓”）可知秦王移师易水，欲向我燕邦入寇。

太　子　（接念）臣儿正欲抗秦救国，与父王共策良谋。

燕王喜　（接念）我已力绌计穷，目今诸侯畏秦，不敢合纵，谁能援手？

太　子　（接念）臣儿愿率举国臣民抗敌，力保金瓯。

燕王喜　（唱“木鱼”）

慎莫轻言战斗，

我燕邦贫弱武备不修。

只怨你自招其咎，与秦国为仇。

你既入质于秦，不合偷偷逃走。

樊於期叛秦有罪，你又收留在此礼义周周。

今日引起战争，实非强拳敌手。

唯有准备降旗一面竖上城楼。

太　子　父王，此言差矣！

（唱“霸腔芙蓉中板”）

知否强秦残暴，久欲兼并诸侯。

韩赵沦亡，岂是自招其咎。

我不与秦为敌，秦亦与我为仇。

说到屈辱投降、生民贱如刍狗。

记否长平坑赵卒，地惨天愁，

（转“七字清”）

力抗秦师还有救，

若然归顺永贻羞。

易水燕山犹足守，

允儿及早砺戈矛，

（转“滚花”）

国人不可弃，

宗庙不能忘，

父王还要瞻前顾后。

燕王喜　（念“慢白榄”）

曾想通，曾想透。

弱燕抗强秦，有如羔羊投虎口。

归降虽委曲，仍冀可封侯。

祖宗血食幸保存，富贵荣华依旧有。

我决意降秦国，王儿不用费筹谋。

太　子　父王三思！

（唱“快中板”）

父王休要立错念头。

忍看江山沦敌手，

偷生人世为马为牛。

（转“滚花”）

父王纵执意降秦，臣儿决挺身战斗。

燕王喜　（唱“血泪花”）

唉！莫提抗秦，空夸海口，儿你计虑不周，

太　子　（接唱）　儿誓血写春秋！

燕王喜　（接唱）　岂能为博声名不朽，妄动干戈拚掷金瓯。

太　子　（念“白榄”）

抗秦未必败，降秦最可忧。

那赵王肉袒愿称臣，宫室尽为秦所有。

幽禁房陵石室内，夜夜哀歌迄未休。

父王岂欲步后尘？

燕王喜　（接念）　提起此情我心颤抖，

战亦难时降不易，王儿何以解吾忧？

太　子　（接念）　秦王劳师远征，其势不能持久。

父王若不降，燕关未许叩。

臣儿自归国，矢志复秦仇。

折节事英贤，奋勉图自救。

强秦虽肆虐，合力遏狂流。

宁为玉碎不瓦全，抗暴英名垂宇宙。

燕王喜　（唱“滚花”）

只怕你有心无力——

太　子　（接唱）　所重者破釜沉舟。

燕王喜　（接唱）　若果弄到国破家亡——

太　子　（接唱）　唯有一死以殉，在父王跟前授首。

燕王喜　这个……

（接唱）　事无可奈，唯有任你决策运筹。

太　子　谢父王。

燕王喜　（续唱）　从此燕国安危在你掌中，

但望祖先有灵多庇佑。

引路回宫。（醉步下，太监扶持同下）

太　子　（“水波浪”介，叹息，念“诗白”）

家国安危系一身，忧心忡忡意如焚。

抗秦除暴平生志，只愁无计转乾坤。

[幕闭。

第二场　荐贤

[紧接上场。

[燕太子东宫。

太　子　（上，唱“泣残红”）

奈何未有青霜杀敌人，宣威易水滨，

念内无战守外无援助，好教我五内如焚。

慨昔日武备不修，致令独夫秦嬴启兵衅。

哀哀弱国邦，一一被兼并，

忍见赵继韩亡生民尽厄困。

此日我燕国，艰危实甚，料难对阵交兵刃，

要设下奇谋挟制暴秦始得挽回国运，

（圆台入门，唱“二黄滚花”）

嗟我苦思焦虑，尚无良策破秦军。

且阅地图，研究行军布阵。

[坐案前披阅地图。

[“打引”。宫女捧盘餐，引储妃上。

储　妃　（念“引白”）

郎为国忧忘寝食，劝进盘餐表寸心。

（入门参见）参见殿下。

[太子专心阅地图，全然不觉。

储　妃　（再拜）参见殿下。（太子仍不觉）

储　妃　（牵衣惊醒他，然后下礼）臣妾参见殿下！

太　子　（矍然）爱卿你来了，小王正在细看地图，研究行军布阵。你且一旁坐

下。（仍掉头看地图介）

储 妃 太子！臣妾惜你为国忧劳，忘餐废寝，故而亲自调羹，与你疗饥解渴。

[宫女献上盘餐，储妃挥宫女下。

太 子 爱卿。

（唱“滚花”）

小王实在食难下咽，有负你义重情殷，

秦国兵临易水滨，战祸燃眉心着紧。

储 妃 （唱“反线中板”）

恨秦王，图兼并，竟肆蚕食鲸吞。

当日妾随君，入质秦庭，忘不了前仇旧恨。

今日虎狼师，临易水，当誓保吾土吾民。

（转“滚花”）

未知父王有甚良谋销兵刃。

太 子 （唱“沉腔滚花”）

恨恨恨、父王懦弱，欲订城下之盟。

（转“二黄合字过板”）

他说道强秦大军虎跃龙腾，

居心灭赵吞燕势难阻禁，

念兵微将寡抵抗无能，只有称臣。

我力图抗暴秦，励军心，同抒义愤。

（唱“长句二黄”）

自顾此一身，兴亡肩重任，

却恨尚无良策，可以保国安民。

意欲招聘贤良匡扶国运，

曾命鞠武太傅往请田光老先生，

但不知事体如何，不禁忧思阵阵。

储 妃 （唱“滚花”）

太子礼贤下士举国知闻。

樊於期将军尚且未归，未必田光先生不闻不问。

[鞠武上。

鞠　武　启禀太子，鞠武幸不辱命，已请得田光先生驾临，宫门候见。

太　子　（大喜）爱卿暂避，待小王亲自出迎。

[同出门外迎接介。

[“小开门”。田光上。太子丹等行礼，再拜致敬，跪拂几席，尊之上坐。

太　子　（念“口鼓”）田光先生，今日之势，燕秦不两立，闻先生智勇足备，倘能奋奇策，救燕须臾之亡，则国家幸甚。

田　光　（接念）鞠太傅已对臣转致，太子欲刺秦王，此实回天妙策，独惜臣年衰老，只恐力不从心。

太　子　（接念）度先生交游中，亦有智勇如先生少壮之时，可代先生持筹者乎？望先生力为荐引。

田　光　（接念）这个……臣虽交游不广，以臣所知，可用者只有一人。

太　子　（唱“滚花”）

此人何名何姓，有甚奇能？

田　光　（接唱）　此人就是荆轲。神勇天生，

喜怒不形，堪当大任。

太　子　（接唱）　荆轲今在何处，小王渴欲一见其人。

田　光　（唱“中板”）

好荆轲，人皆尊号荆卿，为人任侠而勇敢。

好读书，善击剑，谋略深沉。

常醉燕市中，慷慨高歌，使人心振奋。

酒酣看剑，叹息天下无知己，空负壮志凌云。

（转“滚花”）

田光愧不及荆卿，为国荐贤情切恳。

太　子　（唱“快中板”）

荐贤自代见忠忱。

还望先生速接引，

自当设馆待嘉宾。

田　光　（唱“滚花”）

老臣立即访荆卿，商议刺秦来宫禁。

太　子　老先生！

（轻声接唱）

“事机不密则成害”，守口如瓶莫告人。

[田光闻语，凝望燕丹，觉其相信不足，欲有所言，始于一揖而去。

田　光　老臣告辞。

[幕闭。

第三场　狂歌

[上场的当晚。

[燕市郊区酒肆，狗屠之家。

[“帅牌”开幕。奏音乐。

[宋意、狗屠、渐离、夏扶自斟自饮介。

众　人　（同唱“新曲”）

饮酒，饮酒，消不了忧愁，

国难时艰使英雄难受，

大丈夫要凭血泪洒神州，

大丈夫要凭血泪洒神州。

[众狂饮介。

[荆轲内唱“荆轲吟”新曲引子：

丈夫应有凌霄志！

众　人　（同时注视内场，望着窗口）呵！荆卿来了！

[荆轲继唱“荆轲吟”：

四海尘迷，五方鼎沸，风云会，尽要雄飞。

[荆轲上。

众　人　荆卿，荆卿！

荆　轲　（续唱“荆轲吟”第二段）

荆轲养就屠龙技，正待囊锥脱颖时。

剑铗不弹愧无知己，江湖漂泊市井追随。

逃名溷俗，纵酒忘饥。

众　人　好歌好歌！

荆　轲　过奖过奖。夏扶、宋意、高渐离，荆轲来迟，劳兄等久候，理应谢罪，罚酒一杯。

众　人　应罚一杯。

狗　屠　（送酒上）荆卿，这壶醇旧高粱，留待荆卿受用。

高渐离　再歌一曲！

荆　轲　多谢多谢！（饮酒后笑介）

（续唱“荆轲吟”第三段）

喜来时，唱一曲短长歌，

闷来时，洒几点英雄泪，（慢）

凭人拍掌，

任我舒眉。

夏　扶　（念“口鼓”）荆卿！可恨暴秦吞并韩邦，到处杀人，百姓伤亡惨重。

宋　意　（接念）那秦师覆灭赵国，坑杀赵卒数十万，可算极恶穷凶。

高渐离　（接念）那暴秦移师向燕，易水燕山将受到侵凌骚动。

屠　户　（接念）难道将与韩赵百姓一样，惨受残害而终。

[众人表示愤恨介。

荆　轲　（惊心关目）国不可亡，敌不可纵！

众　　　对！国不可亡，敌不可纵！

荆　轲　（唱“萧萧班马鸣”）

一语惊心怒满胸，

痛恨强秦逞狼凶，

他略地攻关谋一统，

残暴杀戮——

（转“反线二黄”）

到处鲜血流红。

家国恨，赵灭韩亡，遗下了无穷惨痛。

哀生民，心肠激烈，我拔剑舞长空！

（拉腔，黯然落泪，拔剑起舞介）

[田光在舞剑时卸上。

荆　轲　（唱“反线新曲”）

燕国臣民千万众，

丹心一片似火红，

不信秦嬴能吞大地，

（转“散板”）

抗敌保国……必成功！

田　光　好歌呀！

荆　轲　（望见田光）田光先生！

田　光　荆卿！

[荆轲和众人出外，扶田光入内介。

[即起“催归词”序。

荆　轲　（与众同唱“催归词”）

金风吹送，酒幌飘动。

招来旧友共醉一盅，

荆　轲　（续唱）　难得会见，难得会见，快慰心中。

田　光　（接唱）　歌声慷慨，听者感动。

具见热血满心胸，

人将共勉，人将共勉，尽力为国用。

荆　轲　田光先生，这里有高粱旧酒，敬请同醉一杯。

田　光　且慢！今晚我来，有……

夏　扶
宋　意　田光先生乃天下义士，此番到来必有要事磋商，我们回避一时也罢。
高渐离

[众下介。

田　光　荆卿，田光此来与你商量国事。

荆　轲　有国事商量？（介）田光先生，我与你已成知己，若有用我之处，荆轲定然不负所望。

田　光　荆卿呀！只因秦王嬴政，暴虐天下，六国人民怀恨，无可如何。今燕丹太子虽处宫中，颇怀大志，意欲为天下除暴，故而招募勇士，西去刺秦，此正大丈夫建功立业之时也。荆卿啊！

荆　轲　（握拳凝视，愤然欲试）唔……

田　光　无奈天下之大，九洲之广，勇士难得，田光垂垂老矣，雄心虽在，气力不佳。诚恐有误大事。因想生平所见，勇士莫如荆卿，故而举荐于太子。太子敬慕英贤，准备高车驷马，白璧黄金以聘，田光今日，正为引荐而来。

荆　轲　这个……田光老先生，想我荆轲，以身许天下，愿效一死，只是此身并非太子丹一人所有，岂能为了高车驷马，白璧黄金，轻许一人耶？

田　光　非也！荆卿你救民于水火，岂为太子一人，岂为燕邦一国，此所谓“以天下为己任”者也。荆卿其勉之！荆卿其勉之！

荆　轲　这个……

（“水波浪”，唱“滚花”）

为家邦，来效命，荆轲已等待多时，

劳荐引，荷提携，沥胆披肝求一试。

入宫廷，见太子，谈兵议计不宜迟。

但念到年迈娘亲，（关目，考虑）

又教我踌躇顾虑。

田　光　荆卿呀！你为保燕国山河，正是英雄志士。所恨者田光老矣，难以附骥追随。常闻大丈夫受命之日即忘其身，请莫以亲老家贫为虑。太子定然加厚待，荆卿好去勿踌躇。

荆　轲　荆轲承教。

田　光　荆卿，你此去秦邦，身蹈不测，我与你生死之交，岂能独自偷安，让你一人赴义，我誓与贤弟共同生死，

荆　轲　田光先生。

田　光　荆卿！回忆太子相送之时，嘱我勿泄机密。大丈夫顶天立地，不受人疑。负托而来，幸不辱命，田光可以死矣！

荆　轲　田老先生何出此言？

田　光　（快念）荆卿速见太子，早建奇功，解生民于倒悬，救国家之纷难，社稷幸甚。请受田光一个全礼！

[田光施礼。荆轲答拜。田光即取荆轲案上之剑，自刎而死介。

[荆轲转身见田光已死。扶他坐在椅上。“绞纱”“哭相思”介。

[幕闭。

第四场　归家

[接上场。

[荆轲家。

[贫家厅堂，台左有门通内室，正面墙壁有小窗。

[开幕。

[幕启时，奏谱子。荆母坐在案旁，对灯缝补衣服。

[荆母放下针线，出外张望，不见荆轲归来，回屋，掩门介。

荆　母　（唱“长句滚花”）

旧衣裳，新针线，
一针针挑起我怀乡念，
一幕幕忆起了旧田园，
国破家亡归梦远，
寄居燕市十余年，
补我故国衣裳不禁肝肠辗转。

[荆妻暗上。

荆　妻　（念“口鼓”）婆婆！时已夜深，请婆婆早些安睡。

荆　母　（接念）家嫂，老身未见儿归，放心不下，还须等候一时。

荆　妻　（接念）官人深夜不归，累婆母倚闾，媳妇亦难过意。他日夕流连燕市，狂歌纵酒，恐怕惹是招非。

荆　母　家嫂不必过虑。轲儿他——

（唱“滚花”）

胸怀磊落，性格嵚崎。

名重江湖，人称义士。

荆　妻　（接唱）纵使系与人无忤，也当戒落拓不羁。

望婆婆教导于他，少讲些豪情侠气。

荆　母　这个……

（接唱）老身当善为约束，这一个孝顺孩儿。

谅他不久就归家，解酒茶汤须准备。

荆　妻　媳妇从命。（下）

[打二更。

荆　母　（谱子，坐下。再补衣服。唱“滚花”）

但觉灯昏眼涩倦难支。

真个人老不能夸本事。

[渐觉疲倦，伏案睡着。

[荆轲持宝剑上，做手关目，表示在田光自刎的勉励下，报国志更坚决，但怕母亲知情，难免伤心，不知如何吐露介。

荆　轲　（唱“滚花”）

曾向故人许诺，舍身力保家邦。

却怕慈母伤心，怎把真情直讲。

[略作踌躇，终于意决，推门入内，见母睡着。

荆　轲　（另场念“白榄”）

荆轲夜归家，娘亲长盼望。

自知违孝道，问心实不安。

寒气刺肌肤，牵衣为盖上。（取衣为荆母盖上）

[荆母惊醒介。

荆　母　呵！轲儿你回来了。

（念“口鼓”）可知夜静更深，为娘盼望。

荆　轲　（接念）累娘亲夜难安睡，儿我问心不安。

荆　母　（接念）轲儿，格外迟归，究竟有何事干？

荆　轲　这个……

（接念）孩儿适逢二三知己，高谈阔论一桩事，故而迟返家堂。

荆　母　（接念）看你神色不似往常，有事应对为娘直讲。

荆　轲　（接念）孩儿不过酒多几盏，故而态度失常。

荆　母　轲儿啊！

（唱“滚花”）

常言四海皆兄弟，交朋结友亦伦常。

但不应夜夜归迟。令到家人挂望。

荆　轲　（接唱）　此后自当检点，母命不敢违忘。

时已夜深，有事明朝禀上。

荆　母　轲儿，你也要早些安睡。

荆　轲　孩儿知道。

[荆母下介。打三更。

[荆妻上。

荆　妻　官人回来了！

荆　轲　回来了。

荆　妻　啊，此是什么时分了？

荆　轲　呃——三更敲过了吧？

荆　妻　官人呀！

（念“白榄”）

盼望你归来，合家难入寐，

可知婆婆挂着你，黄昏望到月西移。

命我下厨备茶汤——

荆　轲　（接念）　实在有劳娘子！（下礼）

荆　妻　（淡笑）这倒不必，官人啊！

（接念）　常言人各有志，又道禀性难移

官人性好交游，日夕流连燕市。

不知交游者，究是哪家儿？

是否论诗书，还是谋生理？

荆　轲　这……

（接念）　诗书非所重，国事正堪虞！

同人抚剑共悲歌，甘为社稷——（怀念田光）

荆　妻　官人你说什么？

荆　轲　（掩饰，唱“滚花”）

我说的是歌中之意，你莫猜疑。

荆　妻　官人呀！依我说：

（唱“滚花”）

悲歌休放剑休弹，更莫贪杯逞意气。

荆　轲　我——对！

（接唱）　此后荆轲辞燕市，不会夜夜归迟。

荆　妻　（惊喜）哎呀！官人，今后真不再去燕市饮酒么？

荆　轲　（半带自语）我不会再去了。

荆　妻　对呀，在家清茶淡饭，母子婆媳朝夕团聚，岂不更好呢！

荆　轲　（在沉思中）唔，但愿如此……

荆　妻　（想起）啊！茶汤想已煮好，待我捧来与官人解酒。

[荆妻下。荆轲心情激动。“水波浪”拔剑介。

荆　轲　宝剑呀，田光先生！你为救燕国，劝勉荆轲，刎颈明心，竭忠尽义。你我生死之交，同以身许天下，大丈夫一言允诺，本当义无反顾，惟是我回转家内，眼见娘亲风烛残年，赖我夫妻侍奉，若把事情讲出，娘亲不免凄楚，娘子亦会悲伤。想我平日侍母尽孝，伉俪情深，教我怎样措辞，明日向娘亲与贤妻告别呢？

声　音　（田光自刎前之语）荆卿！请莫以亲老家贫为虑，速见太子，早建奇功，解生民于倒悬，救国家之纷难，社稷幸甚。请受田光一个全礼！

[荆轲下意识地——像刚才在狗屠之家面对田光那样——忽然还礼跪下，这时恰巧荆妻把茶汤捧到他的面前。

荆　妻　（愕然）官人礼重了！（亦跪下）

荆　轲　（从迷惘中清醒）啊，娘子！（挽妻同起介）

荆　妻　（发觉荆轲神色有异）官人精神恍惚，莫非心中有事？

[荆轲考虑，二人“推磨”——荆妻顺手置茶汤于台上。

荆　轲　娘子呀，为夫有难决事情，你能否为我分忧一二？

荆　妻　份属夫妻，理应相助，有甚为难之事，不必隐约其词。

荆　轲　娘子呀，实不相瞒，今夜遇见了田光先生，引荐荆轲，明日进宫见燕丹太子。

荆　妻　哦！原来田光先生，引荐官人，明日去见燕丹太子？（介）想太子重贤，聘你为卿为相，乃属喜事。愿与不愿，官人自决，何必多虑多思？

荆　轲　（执手）娘子呀，此番进宫，身膺重寄，西入秦关，把那残暴秦王，进行刺杀！此番一去，生死难言，教我如何向娘亲告禀呢？

荆　妻　（惊心关目，唱“沉腔滚花”）

你你你，只怕未除秦政命先危。

（转“长句二黄”）

轻身西去蹈危机，

赤手焉能成大事，

纵是天生神勇亦不宜，

可知缚虎屠龙非易事，

有若送羊入虎口落得人笑不知机，

安邦文武满朝堂，何用平民来参议，

[荆母卸上介。

荆　轲　（唱“爽二黄”）

可知国将危殆，何以家为？

正是一诺千金，早轻生死。

各行其是，此心坚决难移。

荆　妻　（接唱）　待我禀告婆婆，谅她亦赞同我意。（欲下 介）

荆　母　（早已坐在另一边）家嫂，老身在此。

荆　妻　（发现）婆婆，刚才官人所言，婆婆可曾听到？

荆　母　并未留意，相谈何事？

荆　妻　婆婆呀！

（念“口鼓”）他要冒险入秦，拼把秦王行刺。他竟全不顾虑，家中有母有妻。舍却亲娘抛了家，婆婆，你以为应去不应去？

荆　母　应去不应去？

（接念）轲儿！如何想法，快些讲与娘知，

荆　轲　娘亲呀！

（唱“滚花”）

心存社稷，方是大好男儿。

英勇献身，才算仁人志士。

荆　母　好志气！

荆　妻　婆婆呀！

（念“白榄”）

官人西入秦，天大危难事。

婆婆年纪老，家道又寒微。

应该在家中，同把老人奉侍。

婆婆百年归老后，尽忠报国未为迟，

重赏之下有勇夫，可以另选他人去。

荆　轲　娘子呀！到了今时，顾不得家庭两字。你来看！（拿起宝剑介）田光先生，借此宝剑，刎颈明心，表他救国之诚，坚我刺秦之志。难道叫俺，负了国恩，忘却道义，做个无耻之徒吗？

荆　妻　（关目）官人呀！你只知尽忠，难道忘了尽孝吗？

荆　轲　这个！（望着娘亲，略有考虑）

荆　母　轲儿，媳妇！

（唱“二黄下句”）

田光先生，真乃义友良师。

为国尽忠，博得名留青史。

（转“乙反木鱼”）

若单念母子之情，我当然难舍儿去。

但念到燕邦危殆，挺身谁退虎狼师？

老身幸教子成材，喜他有英雄壮志。

为天下苍生除暴，捐躯报国谓之大慈。

我不舍儿子入秦，就会牺牲千万——

（转“正线二黄”）

人家儿子。

（转“二流”）

为了国不亡，家不破，正该公而忘私。

轲儿，你决意入秦，明日速见太子。

（转“滚花”）

娘为你把行装打叠，（低声）劝妻还要善言词。

（欲下，转头，念“口鼓”）轲儿你行近娘旁，我要看真你这个贤孝子。

荆　轲　（跪在母前，接念）娘亲，孩儿明日进宫。决定行止，暂时分别，恕不能膝下长依。

荆　母　（接念）有媳妇在家，为娘绝不介意。儿你功成之日，便是最大孝思。（荆母下介，）

荆　柯　娘子。妈妈的话你可曾听到?

荆　妻　既是婆婆允许，官人意决，我自不应阻止了。（想起）啊，茶汤冷了，快饮吧。

荆　轲　谢娘子！（饮介）燕山之茶，可以解酒……

荆　妻　官人！燕山之茶可以解酒，燕山之茶亦可以代酒 呀！

荆　轲　（猛然想起）啊?娘子你是说——

荆　妻　（即插话）对呀！我们新婚交拜之时，那些情景你还记得么?（跪下，荆轲陪跪地上）

荆　轲　（唱“合卺交杯曲”）

合卺交杯，当年无钱买酒。

烹茶代酒，杯杯暖在心头。

荆　妻　（接唱）　多年来，茶淡茶浓——

荆　轲　（接唱）　美夫妻，如宾如友，

荆　妻　（接唱）　饯君行，情逾往日——

荆　轲　（接唱）　珍重此香茗一瓯。

（念“楔白”）娘子呀！这杯酒你饮啖。

荆　妻　（接唱）　当年花烛洞房，一床絮语长相守。

今夜临岐举案，无限深情也不敢强留。

荆　轲　（接唱）　此去咸阳，龙潭虎穴，看我施身手。

诛除暴虐，好为苍生，尽解倒悬忧，

但愿皇天庇佑我荆轲——

荆　妻　（接唱）　一旦功成归来重聚首。

二　人　（同唱）　那时燕山春茶初发，当再洗盏尝新乐唱酬。

[同饮茶。四更。

荆　轲　为夫走后，侍奉亲娘，就偏劳娘子了。

荆　妻　此乃分内之事，不用挂怀。

荆　轲　好呀！娘为我收拾行装，怕老人过于劳累，娘子前去，帮助打点打点。

荆　妻　妾身知道。（下）

[一阵狂风吹来，荆轲沉思。

[恐怖锣鼓音乐，荆妻内叫“官人”！

荆　轲　哎呀！（冲入）

[荆轲抱荆母上，荆妻随上介。

荆　轲　娘亲！

荆　妻　婆婆！

荆　母　轲儿呀！人谁无国，国重于家！（死介）

荆　轲　（呼叫）娘亲——

荆　妻　（呼叫）婆婆！

[幕闭。

第五场　晋见

[上场之翌日。

[同第二幕第二场。

[二内侍引太子丹手持出匣匕首上。

太　子　（唱“新曲”）

百炼钢，一捧雪，
干将铸成能削铁，
为问何时痛饮蛟龙血？
匕首啊！你莫悲咽，我怀激烈，
愿英雄肝胆照人热，
将尔飞腾西去闹秦廷，
除暴安良成大业！

［丙内侍上。

丙内侍　启禀太子。樊於期将军求见。

太　子　呵，有请。（丙内侍下）

［樊於期上。

樊於期　（唱“快中板”）

我本秦邦一猛将，
无端降罪逼逃亡。
杀戮全家情惨怆，
於期誓死抗秦王。
向太子辞行——潜回乡党。

参见太子！

太　子　将军请坐。

樊於期　太子，樊某此来，不愿久坐，只欲三言两语，告别尊前。

太　子　（诧异）樊将军，何事匆匆，舍我而去？

樊於期　太子呀！

（念“白榄”）

可恨那秦政，居心似虎狼。
杀戮我全家，不容吾漏网。
到处张皇榜，定要我身亡。
若得我头颅，千金为重赏。
（催快）　仇深与恨重，血债要清偿。

誓杀此独夫，潜返咸阳往。

太　子　将军，此事早已风闻，正为将军悲怆。你欲报仇雪恨，固属份所应当。唯是回去秦邦，何异自投罗网。

樊於期　这个！（介）太子，那秦政务求得我而甘心，我若长留在此，祸及燕邦。

太　子　将军呀！

（唱“滚花”）

樊家之仇即燕邦之恨：“时日曷丧，予及汝偕亡。”

望将军顺变节哀，慢把良谋细想。

樊於期　（接唱）　太子恩深义重，於期没齿难忘。（一拜）

丙内侍　（上）启禀太子，壮士荆轲求见。

太　子　荆轲来了？快传口谕，赐他衣冠进见。（丙内侍领命下）樊将军，你乃当代英豪，荆轲是燕邦俊杰，难得相遇，可愿共聚一堂呢？

樊於期　素闻荆轲大名，於期正欲一见。

太　子　如此，安排筵席，动乐相迎。（甲、乙内侍照传）

[击鼓鸣钟，燕丹与於期迎接荆轲，分位坐下。

太　子　荆卿国士无双，今日相逢，邀天之幸。

荆　轲　太子言重了！荆轲草野之士，无德无能。

太　子　这位是樊於期将军，对荆卿一向仰慕，心存好感。

樊於期　荆卿在燕邦名重，令人可敬可钦！（行礼）

荆　轲　（还礼）樊将军有礼！

[丙内侍上。

丙内侍　禀上太子，樊馆侍卫来报。追荐樊家灵台，经已摆设，请樊将军拜祭先人。

樊於期　太子呀，臣欲尽孝思，即回樊馆，荆卿，迟日再会，请恕失陪了。

荆　轲　将军请便。

[樊於期下，丙内侍随下。

太　子　荆卿呀，今日相见，快慰生平。何以田光先生不见同来呢？

荆　轲　田光先生他……（黯然泪下）

太　子　荆卿何故流泪？

荆　轲　太子啊，田光先生，表忠自刎。

太　子　啊，所因何故，处士星沉？

荆　轲　（唱“追信”）

老先生耿耿忠心，

心死激劝故人肩挑重任，

守口如瓶报储君，他刎颈牺牲。

太　子　（跪唱“水仙子”尾）

这这这都怪燕丹多心，

一声“守口”，累你牺牲。

田光先生，燕丹本意唯求保密，非是对你怀疑呀！

荆　轲　太子呀！

（扶燕丹起立，唱“爽梆子慢板”）

还望节哀思，齐发愤，报答这烈烈之臣。

荆轲慕故人，承大志，誓不负先生荐引。

太　子　好呀！燕丹喜得英才，谨备薄酒一杯，聊表区区之意，人来摆酒。

[甲、乙内侍卸上摆酒介，燕丹请荆轲上坐。

太　子　荆卿请酒。

荆　轲　请。

[“帅牌”同饮酒介。内侍摆酒后，下。

荆　轲　（念“白榄”）

酒味香，情义好，愿在筵前倾肺腑。

太子设奇谋，把强秦对付，

田老虽谈及，未尽说宏图。

我欲效微忱，愿闻其教导。

太　子　荆卿呀！

（唱“梆子中板”）

可恨那秦邦，吞韩灭赵，有亡我燕国企图。

我欲抗秦师，奈何将寡兵微，实在不宜用武，

为了挽危亡，出奇制胜，意欲借助英豪。

荆　轲　（唱“滚花”）

太子有甚良谋？尚祈赐告。

太　子　（即唱“七字清中板”）

荆卿神勇动江湖，

愿仗你西行施威武，

出使秦邦制独夫。

（转“滚花”）

接近秦王，斩蛟刺虎。

到了那时，手执秦政，当堂把他杀却。彼大将手握重兵，各不相让，君亡国乱，上下猜疑。我若联合楚国，共立韩赵之君，则合纵之计，可以实行，丹欲委命于卿，幸毋见却。

荆　轲　这个吗？（关目做手，表示不计利害，决意应承）

（唱“快中板”）

决心报国不辞劳。

唯是此去刺秦休草草。

兴亡成败在此一遭。

（转“滚花”）

望假一月时光，让我安排至好。

太　子　荆卿，时不与我了！

（唱“滚花”）

又怕秦兵早晚渡易水，未成大事已破燕都。

我曾准备匕首一张——（出示匕首）

此匕首名徐夫人匕首，锋利非常，吹毛可断，涂上毒药，中人即死，特赠荆卿。

（续唱）　望即西行早上路。

[燕丹交付匕首。

荆　轲　好青锋！

（念“白榄”）

太子心急切，派我入秦都，

臣所以迟行，内里有缘故。

因为此行责任重，不能仓促便登途，

有三件事情，要统筹兼顾。

太　子　哪三件事呢？

荆　轲　其一：

（接念）　手刃那秦王，须找一人来相辅，

既要临危不反顾，又要刺杀显功夫，

太　子　哦，要找助手，这也不难。

（接念）　小王宾客中，秦氏舞阳最威武，

当日童年十三岁，报仇杀贼震江湖。

小王就派秦舞阳，以为荆卿辅。

荆　轲　秦舞阳？秦舞阳彪悍有余，沉潜不足。秦廷乃龙潭虎穴，只怕他对付不来。今有壮士盖聂，生平胆色过人，荆轲愿为荐引。

太　子　盖聂本领，小王早有所闻，奈何他行踪飘忽，一时不易寻找。荆卿，秦舞阳机智非常，艰危不避，派他为辅，料也无坊。

荆　轲　殿下志在速成，荆轲就不便多说了。

太　子　比如那第二件事，又是什么？

荆　轲　其二吗？

（接念）　还须备厚礼，孝敬那独夫。

秦王虎狠狼贪，志在开疆辟土。

请割让督亢地，由我去献地图。

太　子　割地献图？

（唱“滚花”）

督亢平原七百里，焉能轻易割版图。

荆　轲　（接唱）　若不献督亢地图，这匕首便难用武。

太　子　此话怎讲？

荆　轲　太子！想那秦廷法度，防制甚严，上殿之人，不得身怀武器。执戈卫士，只许站立阶前，臣此去若无一卷地图，匕首收藏何处？

太　子　啊，原来用场如此，割地献图就是。荆卿，快讲其三。

荆　轲　其三吗？……只怕讲将出来，太子不忍卒听。

太　子　荆卿但说无妨。

荆　轲　说到其三，臣要的是：樊於期将军首级！

太　子　樊将军首级？——这又何解？

荆　轲　太子呀！今者秦王，悬赏千金，购取樊将军首级，太子如欲取信于秦，莫如借将军之头，作献秦之礼，以示臣顺。

太　子　这个……（自语）不可呀，不可！

（唱“可怜我”）

记当初我返燕都亏他救护，

若果负情杀将军，

不义不仁会触天怒。（向荆轲一摆手）

荆　轲　太子仁慈，荆轲领会，怎奈令恩不割，大事难成！

太　子　荆卿！

（续唱）　恕燕丹决不忍把将军杀戮。

荆　轲　太子呀！想樊将军，是个血性之人，深明大义，借他首级，原为刺秦，既可报他合家之仇，又为天下万民除暴，此乃千秋不朽之业也！荆轲愿去劝说将军，料他必然不惜一死，太子三思！

太　子　这个？

荆　轲　（另场）且住，看来太子，恻隐为心，难以说动。（一想）唔，俺自有主意。

太　子　荆卿且归宾馆，容小王仔细思之！

荆　轲　告退！

太　子　恭送！

[荆轲下，燕丹深思。

[幕闭。

第六场　借级

[接上场。

[樊馆的厅堂，台右摆祭坛。

[“哭亡魂”牌子头。开幕。

[幕启时，樊於期对着祭坛，猛然转身。

樊於期　我把你个秦王，你个独夫！我樊於期当日在秦，与你对抗，遭逢降罪，逃避燕邦，幸蒙燕丹太子，将吾厚待。谁料独夫含恨，即将我全家老幼杀戮净尽。又以千金重赏，买我人头，如此戴天之仇，我樊於期焉能不报呀！（一望灵台）哎呀！

（“哭相思”）

罢了爹娘、妻呀！

[荆轲上入门介。

荆　轲　（念“口鼓”）樊将军，荆轲衔哀致诚，来向灵前叩首。

[下拜介，樊於期同跪还拜。

樊於期　（接念）谢荆卿祭吾家族，樊於期感铭心头。

荆　轲　（接念）将军何必言谢呢？残暴秦王杀你一家，太子痛如身受。派我入秦而去，为将军雪恨报仇。

樊於期　（接念）每念秦政凶残，樊於期痛心疾首。荆卿有何良法能为我报仇？

荆　轲　（接念）我不只为将军报仇，还要把燕邦挽救。更为天下苍生除暴，曾经设下良谋。这件事情，要求助于将军方能成就。

樊於期　这个……

（接念）义之所在，不用相求，纵然碎骨粉身，决不瞻前顾后。

荆　轲　果然大义，受我一拜。（下拜）

樊於期　（连忙扶起，接念）荆卿何用礼义周周，且把真情直剖。

荆　轲　（接念）将军听我说因由——荆轲奉命刺秦，准备一场智斗。那秦王多疑多忌，须防他识破机谋。为了取信于他，要请将军帮忙，（欲言又止）此事碍难开口。

樊於期　荆卿！你我一见如故，有话请讲！

荆　柯　（接念）此事非将军不办，未可借箸代筹。将军仗义应承，定留得声名不朽。

樊於期　声名不朽？（介）俺又明白了。

（接念）那秦王以千金重价购我人头。莫非要借我人头去除桀纣？

荆　轲　正是此意。

樊於期　（“大水波浪”做手介，）好呀！

（接念）凭君为我报深仇。荆卿好去舒身手，一剑出鞘定九州。樊於期何惜微躯，就在君前授首。（拔剑自刎）

[荆轲下拜，

[燕丹赶忙来到，一见大恸。

太　子　樊将军，燕丹来迟了！（扑前痛哭）

[幕闭。

第七场　壮别

[距上场后不久。

[燕国易水之滨。

[“追思”头，秦舞阳鞭马上，下马，“追思”第二句收。

秦舞阳　（唱“追思”）

俺这里枕戈待旦，

挽救危亡把宝剑重弹，

（念“英雄白”）

昔日歼仇燕市上，谁人不识（介）俺秦舞阳。

（唱“慢板”）

易水滩，易水滩，今日别燕丹。

（念“白榄”）

与荆轲，入秦关，刺秦王，不怕死，不贪生。

（续唱）　俺意气纵横。

（转“快中板”）

山川脉脉情无限，

励我西行去犯难。

耳边又听人声喊，

且歇征鞍任马饱餐。

[高渐离击筑与宋意、夏扶上。

高渐离　（念“扑灯蛾”）

风萧萧，路漫漫，故人一去歌筵散。

送荆卿，入秦关，击筑狂歌易水滩，易水滩。

秦舞阳　（上前）原来是高兄三位。

高渐离　原来是秦舞阳好汉，受余一礼。（下礼介）

宋　夏　相逢恨晚，我们重施一礼。

秦舞阳　施礼何来?

高渐离　（念“口鼓”）为民为国堪称赞，雪恨图存在此番。

秦舞阳　（还礼，接念）男儿应具真肝胆，先生礼重实羞颜。

夏　扶　（接念）太子与储妃到来祖饯，我们恭候在此间。

[“一锭金”。

[二朝臣、二太监、二武士捧人头盒及地图盒，六宫女捧酒具，燕丹、储妃上。

太　子　（念“诗白”）

荆轲慷慨别燕丹，西入咸阳叩秦关。

储　妃　（接念）　易水奔流不复返，白衣相送泪偷弹。

[众人上前参见介。

秦舞阳　（念“口鼓”）这位是荆卿的好友高渐离，击筑人人称赞。

高渐离　（接念）愿借筑声壮行色，心随故友入秦关。

太　子　（接念）敢请先生同把盏，饯别英雄易水滩。

荆卿将至，准备恭迎。

荆　轲　（内唱“首板”）

壮志如虹冲霄汉。

（鞭马上，唱“易水寒”快板）

敢把乾坤一肩担，管教风云变幻。

（下马，向众拱手）

荆轲祭母别妻，故而来迟，有劳久候。

太　子　荆卿此去，再造乾坤，敬备离筵，以为祖饯。拿酒来。

荆　轲　多谢了。

太　子　（敬酒，唱“易水寒”新粤讴）

初进酒，壮君行，祝君勇把秦庭撼，

莫教铁骑渡燕关，君看易水滩，战云弥漫，

易水滔滔阻不住秦师千万，愿君努力恤时艰。

荆　轲　（接酒）祝燕昌盛，皇天昭昭！（向天奠酒）

储　妃　（敬酒，接唱）

再进酒，壮君行，秦廷此去任纵横，

旋转乾坤指顾间，早些儿去早些儿还。

荆　轲　（接酒）效忠祖国，后土垂鉴！（向地奠酒）

（接唱“易水寒”散板）

暴秦无道苍生惨，西望咸阳发冲冠，

宝剑于今能用武，青锋出匣翦凶顽，

不完大任誓不生还，决不使天下生灵涂炭。

高渐离　（敬酒唱“易水寒”粤讴）（慢）

君去后，筑弦冷，旧谱向谁弹，

愿君尽此盏，带醉下龙潭。

批龙鳞，拔龙角，摘取龙珠早日还。

救苍生，纾国难。

宋　意
夏　扶　（同敬酒）荆卿尽此盏，慷慨入秦关。祝君完大任，温酒侍君还。

渐离等　（同唱）　奏凯荣归易水滩。

荆　轲　有劳了！

（唱“易水寒”慢板）

燕市狂歌酒未阑，壮怀激烈入秦关。

哪怕他，哪怕他，大海里浪涌波翻，毒龙凶猛。

俺定要，俺定要，

折角拔甲，把龙珠探，誓保河山。

众　人　（接唱）　保河山！

太　子　　我们同敬秦舞阳壮士一杯。

（敬酒，接唱“易水寒”）

饯别英雄易水滩，

祝君奋勇济时艰。

众　人　（接唱）　同心协力挽狂澜。

秦舞阳　　多谢了！（敬酒与荆轲）

（唱“易水寒”）

与荆卿，把酒干，

心同热，血同丹。

剑纵沉埋锷不残，浩气长存天地间。

太　子　（向荆轲敬酒，接唱）

三进酒，壮君行，离筵草草路漫漫。

储　妃　（接唱）　别时容易会时难！

众　人　（同唱）　问君一去几时还。

[突然，风吼云翻，寒波腾涌，景色至奇。

[荆轲拔剑起舞，高渐离击筑和歌。

荆　轲　（唱“新曲”）

江头风怒乱云翻，裂石悲歌易水滩。

今番好施回天手，剑指西秦出燕山。

众　人　（和唱）　剑指西秦出燕山。

荆　轲　（唱“易水寒”）

风萧萧兮易水寒，

壮士一去兮不复还，不复还。

[歌声变微，众皆黯然垂泪。

荆　轲　（持酒一饮而尽，掷杯，起强音乐，续唱）

探虎穴兮入蛟宫，

仰天吁气兮成白虹、成白虹。

众　人　（和唱）　成白虹。

[歌声激烈雄壮，众皆瞪目奋厉。

[荆轲仰天吁气，白虹贯日。

[强音乐加笛仔，大鼓，音乐重奏前段。

[音乐配奏，荆轲别燕丹介。

太　子　荆卿、舞阳珍重！（与众跪下）

[荆轲、舞阳别众，昂然下。

[幕闭。

第八场　刺秦

[秦王政二十年（公元前 227 年）五月。

[秦国咸阳宫殿。

[“碧天”牌子头开幕。

[“文点绛唇”牌子。甲乙朝臣，夏无且、赵高、蒙嘉同上。

蒙　嘉　列位同僚请了。

众　臣　请了！

蒙　嘉　今有燕国使臣，过邦求见，请主临朝，排班侍候。

众　臣　有请！

[内白：“圣驾到”！

秦　王　（内场）摆驾！

[“牌子头”。

[“六波令”牌子，二太监、四宫女（分拈熏炉、宫灯，御扇）伴秦王政上，迈身型至台前。

秦　王　（念“英雄白”）

五霸秦为伯，七雄我最强。（拉腔，继“六波令”就位介）

先吞韩与赵，随将列国亡。

[众朝臣参拜已毕。

秦　王　众卿家，催孤临朝，有何本章上奏？

蒙　嘉　（念“白榄”）

臣奏上，臣奏上，（介）

王翦带领兵和将，

征讨那燕邦，燕王不敢抗。

请求为藩属，愿纳贡归降。

斩了樊於期，将首级献上。

割了督亢地。献图入我疆。

派来两使臣，午门候旨降。

秦　王　（笑介）哈哈哈！那燕王俯首归降了？

蒙　嘉　甘愿臣服。

秦　王　那樊於期首级送来了？

蒙　嘉　请主定夺。

秦　王　（“三搭箭”笑介，唱“滚花”）

亡命他邦，终不免人头奉上。

看来顺我者生，逆我者亡。

众卿家，燕国归降，须防有诈，召见使臣，须要多添侍卫。快传口谕，众武士排列阶前。

甲太监　领旨。（传谕）呔！大王有旨，众武士阶前站列。

[众武士上，参拜毕，在阶下站立。

秦　王　果然仪容肃整，气势威严。宣燕国使臣进见。

甲太监　领旨。（传宣介）呔！大王有旨，燕国使臣进见。

[荆轲内“来了”！

[“锣边大滚花”，荆轲捧地图（内藏匕首）秦舞阳捧首级（木匣）同上，同扎架。

荆　轲　（唱“霸腔包槌滚花”）

面对虎狼秦，国重身轻心自壮。

不负生民望，千钧责任独担当。

妙计巧安排，一动惊雷天地晃。

[武士、郎中呼喝介。

[荆轲执舞阳手过衣边，神色自若。舞阳略露慌张。

荆　轲　（唱“滚花”）

入秦廷临大事，你要把仇恨全忘。

若怀愤怒之心，就会形诸面上。

（力持镇定，与舞阳行至阶上，下拜介）燕国使臣，朝觐上邦，愿大王万岁万岁万万岁。

秦　王　（喝）呔！燕国使臣快把姓名报上！

荆　轲　外臣正使荆轲。

秦　王　你是荆轲。

秦舞阳　（有点畏惧）外臣副使秦、秦舞阳。

众　臣　来使有诈！

秦　王　呔！大胆来使，你们到来，莫非想行刺孤家吗？

荆　轲　大王，何以见得？

秦　王　你等身中定有夹带！

荆　轲　并无夹带。

秦　王　孤王要搜！

秦舞阳　搜？

众　搜！

秦　王　武士上前搜过！

[二武士上前搜荆轲、舞阳，并无发现介。

二武士　启禀大王，并无夹带。

秦　王　秦舞阳，你手持何物？

荆　轲　是大王千金赏购的樊於期人头。

秦　王　人头？呈孤一看。

荆　轲　遵命。

[荆轲即取过秦舞阳手中木匣。秦舞阳接过地图，神色不安。

众　来使有诈！

[舞阳战栗。

秦　王　呔！秦舞阳如此慌张，定然有诈！

荆　轲　（若无其事）大王，北鄙小臣，未见过上邦真主，故而诚惶诚恐。

秦　王　呸嘍！秦舞阳奉使失仪，行藏有异，只许站在阶前。不许登临殿上，叉了下去！

[武士押舞阳下金阶。

荆　轲　大王，下邦燕国。敬献首级、地图，大王不以为礼。反而诸多疑虑，诚恐列国知闻，众皆寒心，不敢归附。

秦　王　荆轲，孤王不过试你有无奸诈，若是无诈，快把樊於期人头，呈来一看。

[太监在荆轲手中取过木匣，跪下打开，秦王看介。

秦　王　哈哈哈，我把你这樊於期，你个逆贼！试问你英雄在何处，豪杰在哪里，真令孤王可怒也！

（唱“滚花”）

谁敢对孤王叛逆，一例的刀下身亡。

（略有怀疑介）

（续唱）　荆轲，你主既尽忠于秦，

何不早斩逆贼臣来献上？

荆　轲　（接唱）　樊於期四方逃窜，缉捕大费时光。

秦　王　（接唱）　为何又不进献生功？（半句）

荆　轲　（接唱，半句）

怕押解途中被他漏网。

秦　王　好！人来，将樊於期人头，午门示众。

[太监捧首级下。

秦　王　荆轲，快呈上督亢地图，待孤一看。

荆　轲　领命。（取出地图，即起“梆子慢板”序，上金殿）

（唱“梆子慢板”）

督亢地，七百里，

寡君呈献，归并秦邦。

秦　王　（接唱）　督亢地，多肥美，

你主因何轻于割让？

荆　轲　（念“白榄”）

寡君既称降，对大王敬仰。

但求保宗庙，不敢惜地方。

上国不加兵，大王恩浩荡。

秦　王　（接念）　好个燕王喜，知道怕孤王。

荆　轲　（接念）　大王震天威，诸侯谁敢抗。

秦　王　（接念）　只争迟与早，关东六国尽消亡。（介）

荆轲呀荆轲，快打开地图，待孤来细看。

荆　轲　领命。

[“斑竹马”牌子头段，打开地图引秦王开位看介。续第二段，秦王忘形，不觉下阶介。

秦　王　（拈图细看，念“口鼓”）果然是一片平原，河流通畅。

荆　轲　（接念）乃兵家必争之地，险要非常。

秦　王　（接念）孤王久已图谋，今日始归我掌。

荆　轲　（接念）大王从心所欲，如愿以偿。

秦　王　好地方！

荆　轲　献大王。

秦　王　好地方！

荆　轲　要你命亡！

[时正图穷匕见，荆轲执匕首向秦王刺杀。

[秦王避过匕首，甩袖一幅，踢开荆轲，走避，下。

[荆轲刺杀秦王不中，紧紧追下。

[殿上群臣赤手空拳，不敢接近荆轲，一片慌乱。

[“四兄弟”牌子，秦王狼狈上，荆轲追上，秦王绕柱而走，当荆轲接近秦王，危急之际，夏无且用药囊掷击荆轲，荆轲奋臂一挥，药囊即碎。秦王乘机走下，荆轲追下。

[众武士在阶下徘徊。

赵　高　（望介）哎呀！大王危险！（向内）王负剑！王负剑！

[秦王内场：“孤家明白了！”

[“雁儿落”，秦王奔上，将剑拔出。荆轲随上，把他追近，展开格斗，

荆轲被秦王斩断一足，倒在什边铜柱旁，以匕首掷击秦王不中，中了铜柱，溅出火花。

[秦王冲前，再斩荆轲。荆轲大喝一声，惊退秦王。

秦　王　（神魂未定，忙呼叫）保驾！

[赵高、蒙嘉、夏无且、甲乙朝臣扶着秦王在一边台口。

[荆轲倚柱而笑。

[秦王大怒，持剑冲杀荆轲。

[荆轲受死，怒视秦王。

[秦王震惊倒退，众臣搀扶。

[天地变色，白虹贯日。

内　唱　（唱“易水寒”）

风萧萧兮易水寒，

壮士一去兮不复还，不复还。

——剧终

本剧选载的是1959年罗品超、楚岫云、冯镜华、少昆仑、卫少芳、王中王、罗家宝、刘美卿等主演的演出本。

林冲

（取材自《水浒传》有关章节）

编剧：华　嘉　杨子静

人物表

林　冲
贞　娘
锦　儿
鲁智深
张　勇
孟　婆
王　进
高　俅
高　朋
陆　谦
富　安
旗　牌
董　超
薛　霸
小　童
家　丁
婢　女
侍　卫
校　尉
兵　丁
带书人

第一场　弹剑高歌

[宋徽宗某年，春晨。

[林冲家厅堂。

[音乐。幕启。林冲背场，仰天长叹。

[“慢板板面”，林冲抑郁踱步，对着奏本，慷慨长嗟。

林　冲　（念“诗白”）

天昏日黄地暗愁，吏恶官贪政不修。

权奸当道苍生苦，赤手谁人——挽逆流。

（唱“霸腔慢板”）

恨只恨，那童贯，弄权阉狗。

还有那，高太尉，与他同谋。

有忠良，也无力，难与虎狼争斗。（拉腔，见壁上挂剑）

（转“霸腔滚花”）

又只见壁间宝剑，抱恨埋愁。

（取剑摩挲，拔剑出鞘）罢了宝剑呀！（扎架，舞剑高唱）

（剑歌）　青天暗昧兮悲风吼，四海毒流兮生民忧。

三尺龙泉兮空铸就，何时出匣兮射牛斗。

伸正气兮魑魅休，整乾坤兮定九州。

剑兮剑兮永不朽，剑兮剑兮永不朽！

[锦儿扶贞娘暗上。

贞　娘　歌得好，舞得妙！

林　冲　原来是娘子，有礼了！

贞　娘　（抱拳调侃）壮士有礼了！

林　冲　（难过）娘子休要取笑，林冲也罢。哎！（顿足，抚剑长叹，低首无言）

贞　娘　（诧异）官人，今日朝罢归来，因何弹剑高歌，忽然又抚剑长叹？

林　冲　（无限感慨）唉，娘子呀！

（唱“追信头”）

俺林冲空有好身手。

用武无地，解不得百姓忧。

贞　娘　官人却又来了！

（唱“滚花”）

自古来文武百官，各有职守。

我夫原是，八十万禁军教头。

他日临阵交锋，边疆驱敌寇。

报国为民终有日，何须空叹志不酬。

林　冲　哎，娘子呀，只恨权臣童贯高俅朋比为奸，误君祸国，如今朝政不修，苍生颠沛流离，为夫曾上劾奏之本，奈何为太守截下，反与权奸结了冤仇。唉！因此高歌弹剑，聊吐胸怀。

贞　娘　原来如此，夫呀！

（续唱）　鸿鹄有志不空吼，未到时机权忍受。

锦　儿　（暗告贞娘）娘子呀！

（接唱）　官人烦闷，不如岳庙春游。

今日天气晴和，正好散心饮酒。

贞　娘　（点头）啊！锦儿，今天三月三，莫不是岳庙诞辰么？

锦　儿　正是岳庙诞日，定有一番热闹。

贞　娘　好呀，官人。为妻意欲前往岳庙进香，与官人一同春游，散心遣兴，官人意下如何？

林　冲　娘子既有此心，为夫也顺路去寻鲁智深大哥饮酒浇愁。

贞　娘　既然如此，锦儿过来。

（唱“滚花”）

快把轿儿准备，（锦儿应下）

官人候我梳头。

[林冲点头，贞娘入室。

[二幕闭。

第二场　游春启祸

[紧接上场。

[岳庙内小园，后有楼阁。

[二幕前。陆谦上。

陆　谦　（念）在下虞侯陆谦，太尉府中卖力，踢毬双陆皆精，博得衙内赏识，靠他父子权势，倒也丰衣足食，今日岳庙诞辰，美女佳人如鲫，衙内约我游春，因何未见踪迹？（瞭望）啊！那厢衙内呼拥而来，待我迎上前去善观气色。（谄媚迎下）

[开二幕。

["担梯望月"音乐，男女游客游春过场。

[岳庙内小园，进香游客来往，林冲与贞娘、锦儿同上。孟婆进香后衣边上，见林冲等人，停足相候。

林　冲　（"板面"楔白）娘子，来到岳庙，你们进庙烧香，我去寻鲁大哥在庙前酒家饮酒。

贞　娘　不要多饮误事，待奴烧香完毕一同回家。

[林冲别下，与衣边撞上的游客互作相见行礼。锦儿与贞娘上前和孟婆相见为礼。

锦　儿　孟婆何处去？

孟　婆　进香去来。我往那边解签，等会再来寻你们一道归家。（下）

["二黄板面"，众家丁前呼后拥着高朋上，富安紧随。贞娘、锦儿不及躲避，打个照面，高朋惊艳，乐极忘形。贞娘、锦儿急下，

高　朋　（唱"长句二黄"）

风流年少许多多，

俊俏多情谁似我。

今日游春遇娇娥，

体态轻盈腰婀娜，

惹我情怀荡漾眼流波，

悔恨落魄失魂把她一时错过。

[陆谦上，见了高朋，上前巴结献媚。

陆　谦　陆谦拜见衙内。

高　朋　你来了。

陆　谦　陆谦来了。

高　朋　（失魂落魄）陆谦来了。

陆　谦　（和富安关目）衙内，你的魂儿给哪个娘儿勾去了？

高　朋　陆谦呀，你这个糊涂虫。

陆　谦　是。（骤看那边有游春男女过来）衙内，你看这边来了个月里嫦娥。

高　朋　（如醉如痴）好一个嫦娥。

陆　谦　那边又来了个九天仙姬。

高　朋　（懒慵慵）好一个仙姬。

陆　谦　万紫千红，衙内竟无意折它一朵？

富　安　衙内自有意中之人。

高　朋　（如醉如痴，唱“滚花”）

佳人远去我犹醉，我欲上前又踌躇。

好苦也。

陆　谦　衙内有权又有势，何必苦坏自己。

富　安　那厢美人来了！

高　朋　（乐极忘形）啊！天赐良缘，时机勿失。陆谦听命，速上藏经阁去为我布置一番。

[陆谦应命上阁，高朋挥手，富安及众家丁一旁准备。

[贞娘、锦儿上。

贞　娘　（唱“滚花”）

三月初三游岳庙，

人来人往似海潮，

烧罢心香还愿了。

锦儿，去酒家找寻官人回家去吧。

锦　儿　（发觉高朋一众）娘子快走！

（接唱）　那人无礼不停瞄。

[锦儿牵贞娘急走，高朋迎上。

高　朋　小娘子，小生这厢有礼了。

锦　儿　（以身遮着贞娘）施礼何来？（闪）

高　朋　有道是礼多人不怪。

锦　儿　我呸！（拖贞娘欲下）

高　朋　（长揖挡路）小娘子呀！

（唱“下西岐”）

你与环儿游岳庙，

寂寞无欢心内焦，

想你家中无人来慰阿娇。

小生最有情有义，

看那春意撩人，花鸟都欢笑，

敢请娘子共渡鹊桥。

锦　儿　（护着贞娘，接快唱）

狂少年，谁听你妄夸耀，枉你有斯文外表，

不知廉耻，正是爹娘管教少！（乘高朋不备，牵贞娘急下）

高　朋　这个，这个……

[陆谦自藏经阁返。

陆　谦　布置妥当，衙内，事情怎样了？

高　朋　（念“白榄”）

想我本多情，佳人全不晓。丫头来抢白，冷水照头浇。

陆　谦　（接念）　衙内心太仁慈，再不动手就晚了。

高　朋　（接念）　对，教她文来容易挡，武去定难招。

人来，给我追回来。

[富安领众家丁下。

高　朋　（接念）　敬酒不饮饮罚酒，教她欲逃难上轿。

[富安等人逼贞娘、锦儿退上。陆谦稍退。

高　朋　（佯喝）休得无礼，站开两旁！（笑向贞娘）小娘子受惊了。

锦　儿　（怒）白天抢人，意欲何为？

[孟婆卸上，见状不妙，匆匆逃下。

高　朋　（赔笑）藏经阁上，一杯薄酒，给娘子压惊。

贞　娘　（凛然）素昧生平，男女有别，休得无礼。

高　朋　小娘子呀！

（唱“七字清”）

小生家财称百兆，家严一品在当朝。

我既风流娘子俏，正好共赏春光解寂寥。（上前欲牵衣）

贞　娘　（拂退）我呸！

（唱“快中板”）

富贵荣华奴不要，心如铁石永难摇。

休得恃强欺弱小。

高　朋　（唱“滚花”）

执意不从，小生便要……

贞　娘　要什么？

高　朋　（续唱）　击鼓摧花，怒折牡丹苗。

[高朋率众迫贞娘，一步一步迫近阁楼梯级，贞娘呼救，众家丁正欲动武。

鲁智深　（内白）洒家来也！（提禅杖冲上，一怒打散众家丁）

高　朋　何处来的野和尚？人来给我拿下。

[众家丁冲上，又给鲁智深打得七歪八倒，鲁智深抓着高朋欲打。

陆　谦　（赶来扯住鲁智深）鲁提辖息怒，这人打不得。

鲁智深　为什么打不得。

陆　谦　他是当朝高太尉的公子高衙内。（示意富安保护高朋等悄悄下）

鲁智深　我正要把他高衙内打得落花流水，给俺林家兄弟消气。

林　冲　（内场）狂徒你休走！（冲上）

[孟婆随上，陆谦闻声遁下。

鲁智深　贤弟来晚了，那高衙内被洒家打走了。

林　冲　（惊）是高衙内吗？唉！

鲁智深　是呀，待我上前，把他一拳一脚，痛打一顿！

林　冲　算了就罢。

贞　娘　（安慰）官人，不要招惹是非，回家去吧！

林　冲　（吞声忍气，对鲁智深）多谢大哥搭救。请了！

鲁智深　（拱手）请！

[幕闭。

第三场　权奸定计

[前场数日后。

[太尉府高朋卧室。

[音乐引子，幕启。“河调慢板板面”，二婢搀扶高朋，离床站起。

高　朋　（唱“慢板”）

皆因前几日，岳庙遇佳人，
心愿成空，害得我神魂不定。
林冲真可恨，娘子太无情，
更遇秃奴冲散，使我好事难成。

（转“上云梯”）

夺不得娇娃死不目瞑，
只为我力不胜，要老爹出面事方成，
陆谦确是智多星，教我天天装作沉沉重病，
诈作胡言乱语，好比染了相思症，
高家只有我一个螟蛉。
骗得老爹心忧佢自有本领，

夺去娇娃方能医得我病症。（冲前，诈作不支）

甲　婢　（忙扶）公子保重！

高　朋　（发脾气）与我滚开！（驱甲婢下。乙婢上前扶持，回身又驱乙婢下）

［富安引高俅上，高朋不暇细看，一并斥逐。

高　朋　滚开！（把高俅推倒）

高　俅　（喝）为父在此，我儿休得无礼！

高　朋　（故作呻吟）哎唷，哎唷！

高　俅　人来！（两婢女复上，扶高朋至床边坐下）富安，太医可曾来过？

高　朋　常言道：心病还须心药医，若非得到心上之人，太医来有何用？

高　俅　（怒）胡说！

（唱“霸腔滚花”）

太医妙手回春，保你消灾退病。

我儿须知珍重，老夫只有你这个螟蛉。

好生调治，不要胡为任性。

高　朋　（跌坐，撒娇撒痴，唱“沉腔滚花”）

唉吔吔！何须爹爹挂念，孩儿此次活不成。

高　俅　（接唱）　你你你，真是我眼前报应！

［富安端椅让其坐下。

高　俅　（念“口鼓”）儿呀，到底你属意谁人，快讲来一听。

高　朋　（接念）爹爹息怒，孩儿岳庙游春，遇着那天上织女星，她冷若冰霜，我才会惹起相思病症。奈她不来，纵有卢医扁鹊，也是药石无灵。

高　俅　到底是谁家的人？

高　朋　（接念）说将出来，又怕爹爹惧怕他一身本领。

高　俅　（怒，接念）想我一品当朝，谁个不畏惧我三分？

高　朋　就是爹爹手下，八十万禁军教头，那林武师之妻。

高　俅　（怒）哼哼！

（唱“快慢板”）

那林冲，好胆量，真是个撼柱蜻蜓。

前日里，上奏本，敢与老夫作梗。

却又来，害我儿，难忍这眼中钉。

（转“滚花”）

罢罢罢，无毒不丈夫，传陆谦把计定。

富　安　（传令）陆虞侯走动！

陆　谦　（内应）来了！（上）

（念）妙计千条，用之不了，太尉传呼，吉星拱照。（入房，参见介）叩见太尉爷，叩见大公子。

高　俅　罢了。

陆　谦　听候太尉爷吩咐。

高　俅　我儿岳庙游春，因何起病？

陆　谦　（惊惶，与高朋关目）这个……

高　朋　何用这个那个，爹爹要对症下药，知你熟读‘内经’。

高　俅　（点头）唔！

陆　谦　（献媚上前）太尉爷，公子心病，小人倒有独步单方。

高　俅　你且讲来。

陆　谦　（上前附耳后）只要如此这般。

（唱“滚花”）

正是恃勇难擒山上虎，

唯有用谋拔得眼中钉。

[关二幕。

高　俅　好呀！

（唱“快中板”）

富安过来听命令，

拿爷名帖走一程。

富　安　遵命！

高　俅　（唱“滚花”）

计赚林冲到节堂……

陆　谦　（谄媚，接唱）

借他宝刀伤他命。

高　俅　（接唱）　诛除异己恨方平。

（笑）哈……

高　朋　（笑）哈哈……

陆　谦　（笑）哈哈……

富　安　（笑）哈哈……

[幕闭。

第四场　节堂构陷

[紧接上场。

[太尉府内白虎节堂。

[二幕前。旗牌上。

旗　牌　府中校尉听着，太尉有命，各人埋伏白虎节堂前，少时林冲到此，一声号令，把他擒拿，不得有误！

[校尉内应："领命！"旗牌下。

["雁儿落"，四校尉、四侍卫上，分边过场下。

[陆谦引林冲携刀上。

林　冲　（唱"中板"）

献刀登堂非所愿，寄人篱下复何言。

陆　谦　（接唱）　我兄高才人共羡，青云有路定占先。（圆台）

来到政事堂前，同把太尉谒见。

（向内问）请问一声，太尉可在？

内　声　太尉爷到宴宾堂去了。

陆　谦　（续唱）　定是设宴相待，速去莫迟延。（圆台）

[二幕启。白虎节堂，气象阴森。

陆　谦　（唱"滚花"）

林大哥且候片时，待我登堂报上。（下）

林　冲　劳烦书友了。

（接唱）　因何宴宾堂上，暗淡无光。

伫候太尉传呼，不免抬头观看。

（抬头看见匾额，失惊）白虎节堂，白虎节堂。（急忙跳出门外）不好！白虎节堂，乃是军机重地，擅进者斩！中计了，多留不得，走走走！

[高俅内喝："林冲休走！"率旗牌及四侍卫上。

高　俅　（喝白）林冲！你手拿利器，闯进节堂，意欲何为？

林　冲　（呈刀）卑职是奉命献刀而来。

高　俅　（收下宝刀，怒）呸！好刁诈的奸徒！人来！锁！

[林冲欲上前说理介。

高　俅　把他押下，褫去衣冠，开堂侍候！（下）

[传令开堂介。校尉押下林冲。"小开门"，高俅整肃衣冠，复上。

高　俅　带上林冲！

[校尉押林冲上。

高　俅　嘿！大胆林冲，手持利器，闯进节堂，谋刺老夫，该当何罪？

林　冲　卑职素守法度，哪有出轨谋图！

高　俅　莫非你也来节堂共议军机大计？

林　冲　卑职不敢，确系奉命献刀登堂，大人明察。

高　俅　何人为证？

林　冲　富安送书。

高　俅　传富安！

旗　牌　禀上太尉爷，富安日前被差遣出门去了。

高　俅　林冲还有何话说？

林　冲　虞侯陆谦引我进堂。

高　俅　传陆谦！

旗　牌　禀上太尉爷，陆虞侯因母病，昨日请假归家去了。

高　俅　（喝）秃，大胆林冲，还不认罪！

（唱"霸腔滚花"）

人赃并获，罪证俱全。

死罪难饶，百辞莫辩！

林　冲　林冲委实冤枉！

高　俅　住口！

（唱“快中板”）

刑不动来谅不言，重打八十来呈验。

校尉，（应介）拖下去打！

[押林冲下。内有刑杖之声。林冲负伤上。

高　俅　林冲，你招也不招？

林　冲　冤枉难招！

高　俅　（怒）也罢，把他押在南牢，待老夫奏明圣上处斩。

[林冲横眉怒目，义愤填膺。被押下。

[陆谦悄上。

陆　谦　（上前参见）参见太尉爷。

高　俅　陆谦，林冲不招，你有何话说？

陆　谦　太尉爷！

（唱“快长句滚花”）

要杀林冲，自有妙算，

但怕八十万禁军生变乱，

还须考虑周全。

卑职之意吗？

（续唱）　且送开封府堂，判他充军，

途中一刀两段。（耳语介）

高　俅　着呀！

（唱“滚花”）

命人施毒手，看他怎报冤。

[幕闭。

第五场　郊别休妻

[前场后数日。

[东京郊外长亭。

[老教头张勇及小童携水饭上。

张　勇　（唱“滚花”）

林冲含冤遭毒手。

（念）高俅父子如禽兽，构陷忠良配沧州。可怜我女肝肠断，老汉气愤白了头！

（续唱）　先来长亭等候，备下水饭一瓯。（进长亭休息）

林　冲　（内唱“丹凤眼”引子）

恨长似江水，冤高比泰山！

[解差内声：“趱路！”董超、薛霸提水火棒押林冲上。

林　冲　（唱“丹凤眼”）

念苍生倒悬水火间，未得为国诛奸，

含恨解沧州去，何日我得生还。

董　超　（念“口鼓”）林冲呀，你要快走，可知你是个军犯。

薛　霸　（接念）你来看！（介）无情水火棒，慢行就打，怕打就快行。走！

张　勇　（从长亭出）林冲慢走。

董　超　（喝白）秃！来者何人？

张　勇　老汉张勇，特来送别小婿。

薛　霸　呸！什么小婿大婿，老爷荷包才是水洗。（谐音）

张　勇　这个吗？（介）解差大哥方便，老汉这里孝敬。

董　超　原来是老教头。（薛霸接过银子）也罢，念在当日情谊，容你翁婿一叙。兄弟，开枷。

薛　霸　（另场对董超）董大哥，休要误了大事。

董　超　林冲是一条汉子，误不了事的，来！我们饮酒去吧。（为林冲开枷，二人下）

张　勇　贤婿！

林　冲　丈人！

张　勇　贤婿呀！天有不测之风云，人有霎时之祸福。

（唱“叹颜回”）

可怜你今惨遭诬陷，受屈蒙难。

这番起解远行，好教我泪潸潸。（递水饭介）

林　冲　罢了老丈人，我的好丈人呀！想我林冲，承蒙丈人错爱，贞娘贤惠淑德，正是夫妻相敬如宾，翁婿情同骨肉。如今高俅害我，发配充军，此去凶多吉少，恐怕归还无日，俺林冲吗……

张　勇　贤婿有话直说无妨。

林　冲　小婿有句不中听的话，老丈人休怪我林冲无情。想贞娘待我情深似海，人非草木，俺林冲也不是无义之汉。无奈高俅父子视我为眼中之钉，死罪幸免，活罪想必难饶。俺林冲是个男人大丈夫，何忍连累贞娘受罪，因此吗……

张　勇　贤婿不必如此气短……

林　冲　（抢白）非也！（决心）老丈人呀！这里有休书一纸，请交贞娘……

张　勇　你说差了。

（唱“乙反木鱼”）

你不过是一时落难，难敌权奸。

不信山中狼虎，任意纵横。

此去沧州，你应知小心避患。

破笼有日，迟早可返乡关。

贞娘凛若冰霜，老汉穷而不滥。

（转“二黄”）

说什么休书两断，哪有个独死孤生。

正是来日方长，贤婿切莫心灰意冷。

林　冲　（接唱）　终不忍贞娘为我，熬不尽那苦楚艰难。

（催快）　求岳丈，接休书，（递休书，跪下）

（转“滚花”）

林冲此去不返。（拉士腔，跪步向前）

张　勇　（不接休书，接唱）

林冲心如铁石，老汉左右为难。（扶起林冲）

［“快二流”，锦儿携酒食背包袱引贞娘上。

锦　儿　（唱“二流”）

闻听官人，发配沧州去。

贞　娘　（接唱）　生离死别，痛何如。

锦　儿　（接唱）　匆匆赶来，伤心地。

［贞娘骤见林冲，悲叫应，慢上前，再叫应，“哭相思”。

贞　娘　（唱“尾腔”）

肝肠寸碎。（拉士腔）

林　冲　娘子呀！（“反线二黄板面”楔白）林冲自悔不听娘子之言，横遭如此惨祸，教我愤无可诉，累妻苦有千般，思想起来，真是好羞好恨呀！

贞　娘　（唱“反线二黄”）

忍悲泪，强抬头，万语千言却不知从何说起。

痛夫君，惨遭刑辱，世上还有什么公道是非。

冤怎雪，恨难平，谁不为官人同声叹气。（泣不成声）

锦　儿　（唱“教子腔”）

今日事已如此，节哀珍重才是，

且收悲苦泪，奉上酒和食。

［锦儿递过酒食，贞娘献给林冲，林冲接过。

林　冲　（接唱）　深感娘子，情长无比，

愁我腹中饥，为我添冬衣，

恩义永难忘记，来生报谢你！

罢了贤妻，贞娘呀！（音乐“悲秋”衬白）为夫刺配沧州，料无生理，此去夫妻缘断，再见无期。娘子好自珍重，莫以林冲为念也吧。

［贞娘悲恸欲绝，锦儿扶持。

锦　儿　官人，你，你说到哪里去了！

张　勇　贤婿，你看，这休妻两字如何提得。

贞　娘　（凄惶痛苦）哎！官人呀！难道是忍心把我休了不成，忍心把我弃了不成？……

林　冲　娘子呀！

（唱“乙反流水南音”）

为夫非是无情义，肝胆相投怎忍离。

无奈我去后凭谁照顾你，虑的是妻受高朋贼子欺。

别嫁分妻原恨事，却胜低头受凌夷！

贞　娘　（接唱）　我是山中松柏树，盘根错节傲霜枝。

锦　儿　（接唱）　休妻也未必救得娘子。

林　冲　（接唱）　锦儿说话虽成理，无奈我林冲决意不移。

（转“秃头乙反花”）

娘子呀！还请接过休书一纸。

（“昭君怨”交休书，贞娘退避不接，转向张勇）老丈人，求你相劝贞娘接过休书，念我林冲一片好意。（张勇不接，转向锦儿）锦儿呀，我林冲起解在即，烦你交与娘子，切莫延迟。（强纳休书）拿去吧！

[锦儿无奈接过。

林　冲　送去吧！（指送给贞娘介）

锦　儿　（上前对贞娘）娘子呀，这不过是白纸一张，至于改嫁还是相守，还不是看你自己。

张　勇　也罢！我儿呀，你就收下吧。有我一日，拼却老命，决不让你受凌欺。

贞　娘　（忍痛接休书，读介，念“锣鼓白”）林冲休弃妻张氏，（颤抖凝望丈夫，续念）我妻贤淑，九族皆知。不幸林冲遭冤狱，充军一去痛长辞。山高水远书难寄，生死存亡两不知。（介）立此休书一纸，任凭改嫁无词。委系情甘自愿，夫妻永远仳离（重句）！（跌书气结）

锦　儿　（扶持）娘子保重！

贞　娘　（唱“沉腔滚花”）

你你你，今生难道相见无期？（介）

（转“二黄”）

说什么别嫁分飞，这休书痛如刀刺。

说什么，误我青春，纵然一死，矢志不移。（介）

罢罢罢，容我贞娘加上两行血字。

（“雁儿落”排子，咬指头血书两行字，交还丈夫）

林　冲　（念）　死生情不变。

贞　娘　（念）　鱼水永相依。

[孟婆高叫：“林大哥！”拄杖冲上相见。

孟　婆　林大哥！

林　冲　孟婆婆，孟婆婆！你有心了！

孟　婆　林大哥，奸人当道，好人受难，孟婆懂得黑白是非，你今番发配充军，一路上小心在意。常言道：在家千日好，出门半步难。孟婆穷苦无物相送，一包针线，（掏出送上）此后衣衫破烂，缝缝补补靠你自己。（偷偷抹泪）

林　冲　（感动）多谢了！

贞　娘　（诉不尽离情）官人呀……

[董超、薛霸上。

薛　霸　（对董超）想不到陆虞侯有此一手。

董　超　得人钱财，替人消灾，前途相机行事就是。（圆台）

薛　霸　（喝）呔！天色不早，立刻登程！

众　人　立刻登程么？（“水波浪”）

锦　儿　娘子，有话快些讲吧！

贞　娘　罢了官人，奴的夫呀！

（唱“乙反恋檀板面”）

便隔人万里，夫妇更恩义，

家书莫断，念妻志难移，

长候你，夜夜盼归期。

林　冲　（唱“锦城春”尾）

林冲生死唯天得知，莫倚寒门徒自悲。

张　勇　（接唱）　你纵不归，她是你的妻。

锦　儿　（接唱）　关照娘子自有我锦儿。（哭）

二　差　（喝）立即登程，走吧！

[董超给林冲戴枷，薛霸举起水火棒喝走。

贞　娘　（唱“恋檀二流”尾腔）

夫君，官人，罢了官人！

霎时间满布昏暗愁云。

千般仇恨记心里，含悲忍痛别离去。

[音乐“昭君怨中板”尾段。

[董超、薛霸三拉介，拖打林冲下。

林　冲　（回头）保重！

[贞娘再扑前，林冲强纳休书，贞娘气倒，锦儿、孟婆两边扶持，张勇怒目。林冲昂然下。

[幕闭。

第六场　野林遇救

[前场数日后。

[野猪林。

[幕启。鲁智深手提禅杖上。

鲁智深　（唱“五更头”）

翻山越岭，为的是搭救林冲好弟兄。

洒家行行来到野猪林，高俅奸贼虎狼性。

他要在此间害林冲性命，洒家从来抱打不平。

（锣鼓白）且住，洒家从东京追赶前来，暗里护送林冲弟兄，连夜赶到野猪林，果然是阴阴森森，好一个险恶去处，不免藏身此地，少时结果那些贼子。我走，走，走。（下）

[“雁儿落”，董超、薛霸棒打林冲上，催行圆台，林冲痛楚倒地。

林　冲　（唱“承恩”）

林冲惨受狼虎摧残，仰天兴叹，

天呀！何时脱灾和难？

薛　霸　（念“白榄”）

脚痛也要行，不容稍怠慢。

董　超　（接念）　上命不能违，谁敢误期限。走！

林　冲　（接念）　昨夜宿店房，滚汤烫坏我脚板。

今早赶路程，新草鞋把我脚板打烂。

差大哥，同是父母所生，相迫何必这般惨。

薛　霸　你到底行也不行？（举棒欲打）

董　超　（另场暗白）且慢打他，你看此是何地？

薛　霸　野猪林。

董　超　既是野猪林，还用得着我们麻烦？

薛　霸　对呀！此地全无人迹，趁此时机，将他结果，回禀太尉领赏岂不是好？

董　超　这还用说！

薛　霸　立刻动手。

董　超　且慢，林冲武艺高强，万一不小心，休说伤他不得，还怕为他所杀啊！

薛　霸　这便如何是好？

董　超　依我之见，先用计骗他，绑在树上，然后动手。

薛　霸　着呀！

董　超　林冲，你行动艰难，我等亦十分疲倦，不如大家休息片时。只是此地无关无锁，恐你逃脱，放心不下。

林　冲　林冲是何等样人，决不逃走。

董　超　人心隔肚皮，信你不过，我们要睡得安稳，除非把你捆绑。

林　冲　任从大哥摆布。

[绑林冲介。

薛　霸　（举棒）林冲，野猪林是你葬身之地，且吃我一棒。

董　超　（抢白）且慢！林冲，我知你是一条好汉，对你讲清楚，待你死得明明白白。

薛　霸　多说无益。

董　超　林冲呀林冲，我等与你，一无冤，二无仇，只为受了太尉钱财，他命陆虞侯来教我等杀你。太尉势大位高，我等怎敢不依，冤有头，债有主，你死后再向他们索命去！

林　冲　差大哥，你慢动手呀。想不到俺林冲，今天屈死在这无名地，空有一身本领，竟然无法可施。（介）董超，薛霸，林冲今天成全了你们这一双狗奴才杀人勾当。不过有一事相托，你们返到东京后，寻着张老教头，代俺向他报知，要紧的是，千万不要惊慌了我家娘子。（介）哎，高俅奸贼，你今日虽杀了林冲，他日你一定死无葬身之地，天下英雄终有一日剥你狗皮，拆你狗骨，把你寸段凌迟。

薛　霸　休得啰唆，送你归终。

［两人挂脚扑前举刀。此时，鲁智深大喝一声："好胆！"冲出挥杖扫倒两解差。

鲁智深　（唱"霸腔滚花"）

谁人大胆，把我手足伤残！

董　超　（哀求）好汉饶命！

鲁智深　（举杖）饶你不得！

林　冲　大哥且慢！

（念"口鼓"）冤有头，债有主，休杀这两个奴才，东京还有我娘子，恐怕株连受难。

鲁智深　（接念）不是贤弟求情，你两人难逃一死。（两差叩头谢介）快开枷锁，让我兄弟长谈。

（两解差忙开枷锁）滚过一边！（对林冲）贤弟受惊了！

林　冲　多谢兄长搭救！

鲁智深　贤弟，事到如今，何不随我回转东京，杀却高俅父子，轰轰烈烈大闹一场。

林　冲　万万使不得呀！（痛楚介）不如且到沧州，再作打算吧。

鲁智深　如此说，为兄送你一程。

林　冲　有劳相送！（欲走，又倒下）身受重伤，寸步难行。

鲁智深　寸步难行吗？（见两解差心中有计）两人过来！

两　差　（同声）有！

鲁智深　洒家命你二人轮流背负教头，赶往前面找个宿处。

两　差　（踌躇不前）是！

鲁智深　你们看，（忽挥一杖，打断路旁松树）若有怠慢，看此松树为戒。

两　差　（连声应）从命，从命！

[薛霸无奈背起林冲，董超提棒挑起包袱。

鲁智深　走走走！

[同下。

[幕闭。

第七场　高家逼婚

[林冲被解一月后，黄昏到初更。

[东京老教头张勇家内。

[排子一句，幕启。“四不正”，锦儿焦急等候消息，不时到门旁窥听。张勇气急败坏上，叫门。

张　勇　开门！

锦　儿　谁人叫门？

张　勇　你家老爷回来了。

[锦儿开门，张勇入，忙关门，叹气。音乐结束。

锦　儿　老爷，事情到底怎样？

张　勇　（苦恼，念“锣鼓白”）锦儿呀，可恨奸贼高俅，传我进府，逼我将贞娘送过府去，与衙内成婚，是我不从，说道女儿出嫁从夫，老夫实难作主，况且林冲还乡有日，如何交代得来。

锦　儿　老爷说得对呀！

张　勇　谁料贼子陆谦，一旁冷笑，他说道这却不妨，林冲刺配途中，早已染病身亡了！

[贞娘早卸上。

贞　娘　（闻语，扑前悲叫）爹爹！……

（“快哭相思”唱尾腔）

罢了夫呀！

锦　儿　娘子！

（唱“石榴花中段”）

奸人话，恐怕非真相，

休难过，偏你身中恙。

怎样避灾殃，且把大事商量。

张　勇　（叹气）女儿呀，高家逼婚，势难抵挡，今天更后，打轿强娶而来，这、这、这便如何是好？

贞　娘　（哀叫）爹爹呀！你家女儿自有主张。

（唱“双星恨”第四句起）

决不负我官人，决不更改志向，

若是若是奸党逞强，定要威逼我贞娘，

愿拚牺牲斗豺狼，哪肯甘心受凌辱，

我志坚刚，何惧他凶悍。

[孟婆引鲁智深上。

孟　婆　这就是老教头家，贞娘搬来这边已多时了。

鲁智深　谢过孟婆。（欲上前叩门）

孟　婆　且慢，你为人粗鲁，不要惊了贞娘。（上前叩门）

张　勇　门外谁人？

孟　婆　我是孟婆，休要惊慌。

张　勇　（开门，鲁智深闯入，惊）鲁大哥，有礼了。

[孟婆随入，张勇忙关门。

鲁智深　洒家有礼了。（见各人神色不安）看你们好比惊弓之鸟，如此惊惶，是何缘故？

锦　儿　鲁大爷来得正好，高家奸贼，今日逼婚，花轿就要到来，你要搭救我家娘子啊！

鲁智深　　有这等事情……

张　勇　　说来话长，锦儿，看茶。

　　　　　[锦儿下。

贞　娘　　（让鲁智深坐下）鲁大哥，可知我家官人消息怎样？

鲁智深　　嫂嫂呀！

　　　　　（唱“滚花”）

　　　　　　　　林贤弟充军路上，险些遇害身亡。

　　　　　[锦儿刚上，听闻此语，险些把茶打翻。

众　人　　（急同声问）此事当真？

鲁智深　　（续唱）　洒家搭救他在野猪林，保他一路平安无恙。

锦　儿　　（后听此语，才转悲为喜，接唱）

　　　　　　　　我早说官人定可脱难，（向鲁）真是大德难忘。

鲁智深　　（接唱）　刚才说什么高家逼婚，请把详情直讲。

张　勇　　（念“口鼓”）高俅父子不是人，逼占贞娘欺老汉，更后花轿来强娶，一家无计甚彷徨！

鲁智深　　（义愤填膺）这个吗……

　　　　　（唱“爽霸腔慢板”）

　　　　　　　　天生我，鲁智深，扶弱锄强。

　　　　　　　　他不来，由自可，若来时吃俺三杖。

张　勇　　又怕他官高势众，我等孤掌难鸣。

鲁智深　　（怒）气煞我也！

　　　　　（续唱）　待俺杀高俅诛衙内，大家逃亡。

贞　娘　　（唱“滚花”）

　　　　　　　　只怕株连我家官人，还要为他安危着想。

鲁智深　　这个……也是道理，洒家是个粗人，再无别计也。

锦　儿　　（沉思很久，顿下决心）娘子，锦儿倒有一计。

贞　娘　　锦儿有计，讲将出来，再作参详。

锦　儿　　（唱“快寻针”）

　　　　　　　　为娘子脱身奴有计，

一切苦难由我担当。

鲁智深　（接唱）　怎样？怎样？

锦　儿　（接唱）　我愿虎口轻生来代嫁，锦儿扮作张贞娘。

贞　娘　这是我一身之事，岂能连累于你。

锦　儿　娘子，锦儿欲舍此身，为官人报仇，为一家解困，嫁到高家，我自有区处，娘子乘夜出奔，寻官人去吧。

鲁智深　锦儿好计，嫂嫂走吧。

贞　娘　锦儿，这万万不行啊！

孟　婆　林大嫂，事到如今，只好如此，锦儿能如此赤胆忠肝，你应谢她好意，老身这里，一路陪伴你去找官人，岂不是好？

贞　娘　孟婆婆呀，你们如此情深，贞娘岂能无义。

张　勇　也罢！女儿休要如此，上路要紧。

鲁智深　快走也吧！

[初更鼓起，众人着急。

锦　儿　娘子呀！

（唱“秃头乙反长句滚花”）

初更鼓响，莫再思量，高家人马快到门墙。

我敢与奸人来较量，报你多年待我犹胜亲娘。

孟　婆　走吧。

锦　儿　（接唱）　娘子速去沧州，还要当心路上。

张　勇　女儿呀，走吧。

贞　娘　（哭叫）锦儿！（相抱“哭相思”）

孟　婆　（唱“尾腔”）

趁早登程远离罗网。（入取雨伞包袱复上）

[关二幕。

鲁智深　洒家引路，捎送一程。（出门张望）

[贞娘与张勇“悲叫头”，锦儿与贞娘“悲叫头”，依依不舍。

[孟婆牵贞娘出门，随鲁智深下。

[启二幕。

[“马步吹”，高朋、陆谦带众家丁，四兵丁，花轿上。

[张勇闻声惶恐，锦儿抹泪，卸下更衣。

[陆谦入门。

陆　谦　张老教头，高衙内有言吩咐。

（念“口鼓”）有福无福，是亲非亲，事到如今，应当识想。

张　勇　（接念）既来迎亲，何须仗势？老汉自会，送女出堂。

陆　谦　懂得为人之道，人来动乐。

[“小开门”，张勇入内，伴锦儿披红帔，以扇障面上，众家丁拥簇锦儿出门，上轿而去。陆谦紧随，扬鞭大笑。

[张勇目送，拭泪长叹。

[幕闭。

第八场　锦儿代嫁

[紧接前场。夜深

[高衙内的新房。

[“小开门”作坐堂吹。

[幕启。大鼓打三更。锦儿新娘装扮以扇遮面，坐床。

[“汉宫秋月”谱子，衬锦儿做手怎样刺贼介。

[“中板新板面”，两侍婢提灯，引高朋醉步上。

高　朋　（“板面”衬诗白）

人生莫负少年时，老去簪花悔已迟，

只要得偿心里愿，何妨再作病相思。

（唱“中板”）

金屋玉笼彩凤，交杯合卺喜乘龙。

花街常作鸳鸯梦，怎比得藏娇绣阁中。（挥退侍婢，入门）

又只见俏佳人，低头不动，

任你心如铁，我似火炉红。

我便忙忙忙，忙上前，行一个夫妻礼重。（拉腔）

小娘子，有礼了。

[音乐奏“三醉”。

锦　儿　来者可是高朋？

高　朋　正是，你家多情夫婿，进洞房来了。

锦　儿　慢论洞房，快些出去。

高　朋　这，这是何意？

锦　儿　你可是知书识礼的人？

高　朋　这个……我乃是名门子弟，当然是知书识礼之人。

锦　儿　既是知书识礼之人，可懂得：“君子不夺人所爱”之理。杀害奴夫，强抢奴妇，可是名门子弟所当为。

高　朋　（词穷，强辩）常言有道“爱之弥深，求之弥切”，此乃不得已而为之。

锦　儿　（见机用计）也罢，既然如此，要我相从，须答应奴三件事情。

高　朋　（惊喜）莫说三件事情，三百件、三千件也可答允。你快讲出来。

锦　儿　第一件，为奴夫举哀盛殓，造坟立碑。

高　朋　一定照办。

锦　儿　第二件，送奴父还乡，终老家园。

高　朋　此事更易为，第三件又如何？

锦　儿　第三件么？（介）奴夫新故，尸骨未寒，奴岂能忘哀作乐，待奴百日服满，与你成亲。

高　朋　这个万万不能！

锦　儿　为何不能？

高　朋　春宵一刻值千金，教我高朋如何过此百日！

锦　儿　奴未除服，难免不祥。

高　朋　有道是无情却有情，小娘子呀，今宵吉日正好成礼，你答允了吧！

[情急上前，正要卸扇。

锦　儿　（正言厉色）高朋休得无礼！

高　朋　娘子须要依从。

锦　儿　（拂袖而起）休强迫。

高　朋　（执袖卸扇）快依从。

锦　儿　（决心去扇）也罢，高朋你这个贼子呀！

高　朋　（惊退）你你你是谁人？

锦　儿　莫问我是谁人，只问你将怎样？

高　朋　哦！你你你……

（唱“滚花”）

你是林家侍婢，冒认贞娘到我家中。

快快讲明，贞娘往何方走动？

锦　儿　她么！

（接唱）　她不甘高家凌辱，压迫重重。

她她她，她已玉碎珠沉，投江命送。

高　朋　贞娘投江身死？（半信半疑，望见锦儿貌美）好呀！不管真情假话，你既甘心代嫁，那就洞房也罢。（上前）

锦　儿　（最后挣扎）高朋！

（唱“快二黄”）

有道回头是岸，还望放鸟出笼，

你纵玉鞲金鞍，我不肯低头受控。

高　朋　（冷笑，接唱）

你纵有飞天两翼，也难以破壁凌空。

（转“滚花”）

顺者生，逆者亡，莫枉将命送。（迫前）

锦　儿　（怒白）高朋，你这该死的贼子。

（唱“士工滚花”）

按不住我满怀愤恨，数不尽你罪恶重重。

（念“锣鼓白”）我把你个高朋，这个禽兽！你父子作恶行凶，害得忠良无辜受屈，囚的囚来杀的杀，死的死来亡的亡。（介）当日岳庙相逢，娘子险遭玷辱，恨只恨，当时没将你打死，错只错，那天放虎归山，才有官人刺配沧州，娘子避仇无地，这这这，这都是你高家滔天罪行，天理不容！……

高　朋　贱婢你好胆！住口！（上前威吓）

锦　儿　（顺手高举烛台）站住！

高　朋　（惊怯）嘿嘿，太岁头上动土，你不要命了？

锦　儿　（念“快锣鼓白”）我锦儿代嫁，早拚着牺牲，方才好意相规，竟是恶心不息，你若苦苦相迫，我锦儿吗……

高　朋　你待怎样？

锦　儿　（怒）我要为百姓除奸，为林家雪恨，打死你这个花花太岁！（“救弟”一段）

[锦儿掷烛台，不中，高朋扑前，锦儿拔出利剪刺伤高朋，高朋高声呼救。

[富安率众家丁急上，乱叩门，锦儿情急吹熄烛台，高朋不敢开门。

富　安　（高声大呼）掌灯上来！

锦　儿　（悲叫）官人，娘子，锦儿死也！（自刺咽喉，倒坐身亡）

[高俅、陆谦率侍卫掌灯上，富安踢开房门，众人入。

高　俅　我儿可有受伤？

高　朋　（惊呼）你们给我杀，杀这贱婢！

陆　谦　（发现锦儿尸首）禀告太尉爷，此非贞娘，乃是侍婢锦儿。

高　俅　贞娘何处去了？

高　朋　（惊魂始定）锦儿代嫁，贞娘投江死了！

高　俅　谁人所讲？

高　朋　锦儿所讲。

高　俅　快些扶他调治。（指侍卫抬高朋下）

陆　谦　（献计）此乃金蝉脱壳之计，贞娘定然未死，想必逃往沧州寻夫去了。太尉爷，只要派人前往寻找，必可追回，林冲既死，贞娘必从，那时，衙内也可偿心愿。

高　俅　（点头）富安，传王进！

[富安传王进，王进上。

王　进　教头王进，参见太尉。

高　俅　今有林冲娘子，私逃沧州，去还未远，命你追她回来，自有重赏。若她不肯回来，割下她人头回话。

王　进　卑职领命。（欲下）

高　俅　转回！富安拿刀来。（接过刀介）这口宝刀，原乃林冲之物，价值千金，今将此刀赏你。好好劝告贞娘回来，速速前去。（授刀介）

王　进　领命。（下）

富　安　启禀太尉爷，今日解差有书到来，不知与此事有何干连？

高　俅　何不早说，速传带书人来。

[富安传带书人介，带书人上。

[富安取过书信，呈书介。

高　俅　待我一观。（念书）杀害林冲，为人所救，林冲未死，解往沧州。（气怒。掷书介，白）陆谦何在？

陆　谦　（战战兢兢）在。

高　俅　林冲不死，你有何话说？

陆　谦　（观看书介）太尉息怒，一计不成，还有二计，小人愿往沧州，取那林冲首级，只求富安同行，还带白银百两。

高　俅　不杀林冲，休来见我！

[高俅拂然下，侍卫随下。

[幕闭。

第九场　草场夜奔

[隆冬，风雪之夜。

[草料场附近。

[幕启。风雪大作。

林　冲　（内唱“二黄首板”）

雪纷纷，风阵阵，

孤身独步，孤身独步。

[林冲枪挑酒葫芦上，踏雪跳架。

林　冲　（念“诗白”）

漫天风雪一身孤，千里乡关两眼枯，

解闷消愁惟借酒，花枪衬着酒葫芦。

（避风雪过位。唱“二黄慢板”）

有风刀，和雪斧，刺肌肤。

俺这里，冷落无欢，苍茫四顾，

此身作了北地囚徒。（拉腔过位）

乾坤万里，家何在，

屈死沧州，恨的是豺狼当道。

枉忠心，无明主，眼见四野哀鸿，

说什丰年瑞雪，堪叹家国难扶。

哎呀呀，俺难展壮志宏图。（奏“跳檀溪序”）

俺林冲，自被发配沧州，充当一名军卒，看守大军草料场。日给斗粟，久延残喘，怎不令人悲愤。还有我家娘子，更不知苦难何时了。

（雁叫。续唱）

忽听得，雁叫声悲，

怜我有国难投，有家难奔，

难奔难投，难投难奔，空有冤情满肚。（拉腔）

（转“二流”）

英雄嗟末路，攘臂作悲呼。

有泪不轻弹，伤心无路诉。

待何年何月，一洗大地糊涂。

且踏雪，过溪桥，（过桥介）只见酒帘飘舞。

（转“士工煞板”）

大丈夫，无可奈，权做个燕市狂徒。（风雪，车身下）

[转夜景。“快王祥哭灵”，陆谦、富安上，两家丁携引火物随上。

陆　谦　（念“白榄”）

千里奔波只为钱，一意寻仇讨封诰，

前边就是草料场，你们一个二个听吩咐。

这隆冬风雪天，赶狗都不出户。

我想林冲这贼配军，草料场里定必冷倒。

（呼喝）火种可曾带备？

众　人　（应介）已备多时。

陆　谦　（喝问）胆色有无？

众　人　有！

陆　谦　立刻火烧草料场，回来名列功劳簿。

[富安率众家丁冲下放火。

陆　谦　（得意）哈哈，哈哈！（念）孔明借东风，周瑜用火攻，曹兵八十万，一日化成空。（下）

[中景。草料场起火，烧得半天红透。

[林冲上。

林　冲　适才间在酒家买醉，忽闻得草料场起火，如今远远看来，果是满天通红。（介）不好了，日后追究起来，岂非罪上加罪？

（念）正是："屋漏兼逢连夜雨，逆水偏遇顶头风。"俺林冲好苦啊！（介）想起来了，日前路过柴家庄，得遇小旋风柴进，谈文论武，倒也投机，俺林冲，今日不如投奔柴大官人去也。（介）走不得呀。（介）想我家贞娘，尚在东京，俺林冲一走，岂非连累了一家，这便怎好？（介）那边人声嘈杂，不知何故，不如站过一边，看看来者何人，再作打算。（藏身介）

[陆谦、富安兴冲冲上，两家丁随上。

陆　谦　（念"白榄"）

林冲呀林冲，你想梦周公。

谁知有今日，糊涂将命送。

富　安　（接念）　虞侯有妙计，火烧是成功。

陆　谦　（接念）　你有功，我有功，大家都有功。

林　冲　（冲上，怒）泼贼休走，林冲来也！

[开打，林冲打死两家丁，刺杀富安，抓着陆谦。

陆　谦　（哀求）请念当年结拜之情，大哥饶命！

林　冲　（怒容满面，快念）

何仇何怨，害我林冲，人情难恕，天眼不容！

[一脚踢陆谦倒地，滚无头鸡，脚踏陆谦，以金枪指胸。

林　冲　我家贞娘，可也遭了你的毒手，快快直说，如有半句谎言，教你好死！

陆　谦　（苦苦哀求）贞娘无恙，大哥饶命！

林　冲　狗嘴长不出象牙，你还不说实话，可知我花枪无情。

陆　谦　我说我说，高朋迫婚，锦儿代嫁，贞娘寻你，出走离家。

林　冲　此话当真？

陆　谦　并无半句虚言，大哥饶命！

林　冲　你这等险恶之人，留来何用？

[刺死陆谦。鲁智深上，粗中有细，急止步，见陆谦已死，大笑一声，林冲惊觉，回头一刺，鲁智深忙把禅杖格开。

鲁智深　贤弟，是洒家来也。

林　冲　（喜出望外，急抛枪相见）师兄，因何来到此地？

鲁智深　贤弟，打算投奔何方？

[关二幕。

林　冲　（迟疑介）这……

鲁智深　看你是个汉子，罢罢罢，你随我来，还你贞娘。

林　冲　贞娘真个一路上寻我来了？

鲁智深　我们还得一路上寻贞娘去哩！

林　冲　好呀！走走走！

[幕闭。

第十场　还刀上山

[紧接前场。

[沧州附近郊野。

[二幕启。荒郊野路，风雪交加。

[孟婆扶持贞娘上，滑跌。音乐“引子”。

贞　娘　（唱）　雪儿飘，风儿喊，心忙脚懒路漫漫。

孟　婆　（接唱）　刚离苦海又逢劫难，

不佑好人，我骂句天无眼。

贞　娘　（接唱）　这苦难何曾惯，

一路上有多少危难险渡，断涧荒山。

问天何时旦，奴不信冬无尽时春不返。

跨过刀山，踏破险关，奴也一定寻夫还。

孟　婆　（接唱）　重返东京杀尽权奸。

[音乐回头续奏。

贞　娘　可知这是什么所在？

孟　婆　前不把村，后不把店，谁知是个什么所在。

贞　娘　天黑路滑，也该寻个歇脚所在。

孟　婆　过了这山坡，再做打算也罢！

贞　娘　风雪交加，饥寒相逼，奴走不动也。

孟　婆　死生所系，只好走呀！

[孟婆搀扶贞娘过山介。

[王进内场：“哪里走！”

[“冲头”，王进上。

王　进　（发现贞娘）你可是张贞娘？

贞　娘　正是。

王　进　跟我回去！

孟　婆　（挺身相护）你是何人？

王　进　太尉有令，千里追踪，寻你同返东京，如有不从，割下人头回话。（拔刀出鞘介）

贞　娘　如有不从，割下人头回话么？（见刀介）好呀！此刀是我林家之物，我生死是林家之人，愿死在林家刀下，壮士下手吧！（跪前引颈）

孟　婆　（陪跪）壮士呀，休伤娘子，要斩要杀，杀我孟婆！

王　进　你是何人?

孟　婆　（念“口鼓”）我是邻人身姓孟，护送贞娘到此间，林冲义士英雄胆，朝中上本忤权奸，妻被欺凌夫被陷，仇深似海恨如山。你若然定要将她斩，我孟婆舍命又何难。

王　进　这个吗……（大水波浪）

（唱“滚花”）

两个节义妇人，真肝胆!

愧煞须眉男子王进俺。

眼见高俅害却多少人亡家散，

这宝刀难斩重义轻生白发红颜。

（收刀入鞘，看刀介）两位请起。

贞　娘　（起）壮士大德，没齿难忘，请留姓名他日买丝绣像。

王　进　俺王进也是禁军教头，原与你夫有旧，此来并非本意，只因奉命，无可奈何。高俅不义，王进岂能不仁。也罢，既不能返京复命，唯有另投他处。娘子珍重。（一揖欲去，抚刀而止，转回）娘子，这宝刀原乃林武师家传之物，俺王进带去不该，特此奉还，并请多多拜上林武师。俺去也!（还刀而别下）

孟　婆　（喜）这个王进才是好人。

贞　娘　（抚刀无限感慨，念“诗白”）

睹刀添新恨，何时能杀奸!

[林冲与鲁智深上，与贞娘、孟婆相遇。

林　冲　（失声叫）娘子!

贞　娘　（冲前）官人!

[两人相对片刻。

贞　娘　官人，奴的夫呀!

（唱“昭君怨”中段）

想不到，夫妻相会，疑在梦里恐非真。

林　冲　（接唱）　勾起了，多少宿恨，人逢绝处死还生。

孟　婆　（接唱）　天心，到底也不负好人。

林　冲　（接唱）　似野草生，总有根，他朝定雪恨。

（见刀介）宝刀何来？

贞　娘　官人，想太尉不仁，命教头王进，追杀你妻，孟婆大义，感动于他，他已另投别处，将宝刀还君，并向官人多多问候。

林　冲　好个英雄王进！

鲁智深　贤弟，今已夫妻团聚，何去何从？应早打主意。

林　冲　（踌躇）这个……

鲁智深　何必这个那个，不如反上梁山去罢！

林　冲　好呀！反上梁山，权且栖隐。

[鸡鸣，旭日东升。

鲁智深　（唱“快中板”）

风雪响处乾坤震，

杀上东京斩佞臣！

内　声　（齐唱）　杀上东京斩佞臣！

[幕闭。

——剧终

本剧选载的是1959年罗品超、楚岫云、冯镜华、少昆仑、王中王、郑绮文等主演的演出本。

红花岗

（根据广州市三轮车工会第十分站粤剧组同名粤剧改编）

改编：杨子静　范　敏

人物表

张　胜　　人力车工人，广州工人赤卫军中队长，30多岁

阿　金　　人力车工人，工人赤卫军队员

阿　根　　人力车工人，工人赤卫军队员

华　叔　　海员老工人，工人赤卫军联队长，45岁

周　英　　地下党员，伪保安大队部秘书，20多岁

张大嫂　　张胜妻，近30岁

张　母　　张胜母亲，60多岁

尤大姐　　革命烈士家属，工人赤卫军队员，45岁

黄　雄　　起义人员，伪保安大队小队长

李　万　　起义人员，伪保安大队小队长

张　斌　　张胜之子

工人赤卫军战士

群　众

少先队员

特　务

伪侦缉

伪警兵

伪保安大队大队长

伪军官

伪保安队士兵

伪保安大队新任大队长

马　弁

国民党省党部方委员

第一场

[1927年12月10日，午后。

[广州小北马路口，近越秀山脚。

[音乐声中幕启。

[北风呼呼，天阴微雨，景象萧条。一架下了蓬的手车（即人力车）停在路边，坐处挂上油布。

[一群特务恶狠狠地押群众过场。充满着白色恐怖。

[张胜头戴竹帽，身披油布，蹲在手车旁，时而站立张望，心中焦急愤怒。

张　胜　（唱“中板”）

骂一声蒋介石心肠毒狠，
霎时间遍中国满布乌云，
张发奎来广州破坏我们工运，
封工会，阴谋毒辣残杀人民。
激起了众工人心头愤恨，
党领导工人群众一起斗争。
组织起赤卫军人心振奋，

（转“滚花”）

且等待时机到杀绝那敌人。

[手车工人阿根、阿金夹着车垫，披着油布上。

阿　金　胜哥，你还未收工？

张　胜　（细声地）我另有任务。

阿　根　（四顾无人）胜哥，近日那班家伙好紧张，铁甲车成日出动。随时随地戒严，看来我们不能再等待了，

阿　金　胜哥，究竟组织有没有内定起义日期呢？

张　胜　日期，我看今晚开会便会决定，你们接到通知没有？

阿　根
阿　金　收到通知了。

张　胜　你们早些吃饭，预备去开会吧。

[阿根、阿金点头忙下。

[华叔披雨衣上。

华　叔　张胜！

张　胜　华叔！任务如何？

华　叔　（唱“长句滚花”）

当前任务，是运“寿桃”。

张　胜　又得到手榴弹！

华　叔　（续唱）　一会有位姑娘来到，装束时髦，

她手挽皮箱，你便上前通暗号，

她叫车去西濠口，还价二毫。

这个就是自己人，她还说要经过南关戏院，

（续唱）　你便将皮箱放入车中，外遮油布，

立即运回家里，路上注意奸徒，

倘发觉有人跟踪，你便转多几条马路。

张　胜　（唱“滚花”）

定当小心接运这一箱“寿桃”，

不是我张胜自夸，必定完成任务。

华　叔　我相信你定能完成任务，我先走了。

张　胜　华叔呀，我们天天做准备工作，究竟何时起义呢，方才有同志心急问我，希望你讲给我知道。

华　叔　张胜，有个秘密消息告诉你，张太雷同志到了广州，已有一个多月，正在策划起义事情，日期快要决定。你们等待上级命令，千万不要焦急，记住记住。今晚再见。（下）

张　胜　（唱“长句滚花”）

动刀枪，敲战鼓，

明日红旗到处齐飞舞，

广州城内一片胜利欢呼，

掇起心肝，迎接当前任务。

[张胜四处张望，仍不见人，复蹲在车旁等候。

[周英手挽皮箱上，盯着张胜的车号。

周　英　车仔呀！

张　胜　（端详周英一会儿）姑娘，往哪里去？

周　英　去西濠口。多少钱？

张　胜　四毫子。

周　英　二毫子去吗？

张　胜　四毫子。

周　英　好，四毫就四毫，我要经过南关戏院。

[张胜四望无人，急接过皮箱，拉开油布，放进车内。

[周英急从原路下。

[张胜拉车起行，远远听得行刑的号声

张　胜　（愤怒）哼！反动派又拉人去打靶，我们工人群众千千万万，看你杀不杀得完！

[张胜正要拉车走，伪侦缉从后逛上。

侦　缉　（喝住）车！

张　胜　（被迫停步）先生，我要收工了，请坐别一部车吧。（欲行，被拉住）

伪侦缉　（念“白榄”）

老爷要坐车，谁敢说不拉，

可知我是什么人，

难道你不想捞世界！

张　胜　（接念）　拉不拉，我有自由权，

伪侦缉　（接念）　呀，你个胆真大。

哼，看你这情形，一定有古怪。

我要检查你部车。

张　胜　（接念）　我并无藏私和夹带。

你是什么人，敢来耍无赖？

伪侦缉　（接念）　我是侦缉老爷，

快把你眼睛睁大！

停下！

[张胜惶急，用力拉车欲走，伪侦缉拖住不放，正要掀开油布。

[周英暗中关顾着张胜，见状，情急智生，忙上前拖开伪侦缉，张胜乘机拉车跑下。

伪侦缉　周秘书，有什么新情况呀？

周　英　（唱“三脚凳”）

刚才接到密令，探听得新的敌情。

共产党活动甚紧张，有偷运军火行径。

外勤要加倍注意，随时报告情形。

（转“滚花”）

大队长命我紧急通知。

伪侦缉　（接唱）　哦，早已传达过一番，何必又重复这密令？

周　英　（念“口鼓”）大队长已传达过，如今再作通知。正说明了情报的重要性。好啦，不妨碍你执行任务。我还有别样事情。（一笑而下）

伪侦缉　又传达，又通知，真是大惊小怪！（回头不见张胜的车子）糟糕！被那衰仔走了。方才那部车子确有嫌疑，可惜未曾一搜。（忽然想起）啊，记得他的车牌是三〇〇一。

（有把握地，唱“滚花”）

自古道“捉猪问地脚”，追寻线索便可查明。

（得意地下）

[幕闭。

第二场

[同日下午六时左右。

[张胜的家，贫民窟。

张大嫂　（内唱“倒板”）

穷人受贱！

［幕启。张大嫂背着婴儿，忧郁地哄着。出门张望，复入，叹气。

张大嫂　（唱“长句二黄”）

真是穷富隔重天，世道几时得改变？

捱尽那咸酸苦辣，顾不了柴米油盐。

难怪手作穷人，不断罢工和请愿，

但听到枪声号响，我又不禁心似油煎。

（转“二黄滚花”）

眼前乌天黑地乱糟糟，好景难得见。

［儿啼。忙解下。

［暗奏“哭相思”。张母挟破衣一件，颓丧地上，入门。

张　母　（唱“相思尾腔”）

家嫂，又是空行一遍。

（念“白榄”）

当铺佬，心肠劣，

九出十三归，榨尽穷人血，

剩得件土布衫，当两毫子，

他还怕将本蚀。

唉，你说世界几艰难，

正是“米贵兼闰月”，

穷人定命绝。

张大嫂　奶奶。

（唱“滚花”）

苦尽甘来终有日，拨开云雾见青天，

望胜哥拉得三几头车，籴米买柴就有钱。

张　母　（接唱）　阿胜近来忘饥失食，成日奔波在外边。

如今还未见收工，时钟已敲过六点。

张大嫂　奶奶，还有米碎半筒，你煮粥吃吧，我等胜哥回来再算。

张　母　我饿一两餐不要紧，你一个人吃两个人饱，先要顾住个孙。

张大嫂　天寒地冻，你老人家先吃吧。

张　母　还是喂孙儿要紧！

[尤大姐上，入门。

尤大姐　大妈，大嫂！

张　母　啊，尤大姐！近日不见你来，我两婆媳挂着你呀。

尤大姐　大妈，我近来找到散工做啦！

张　母　恭喜你了，做什么散工呀？

尤大姐　我去做亲家郎，（即运嫁妆、担仪仗的力夫）同人担伞灯，抬亭，不过是餐粥餐饭。

张大嫂　唉！现在博得餐粥餐饭，就算走运了，尤大姐。

尤大姐　吞口水养命罢了！（四顾）张大哥还未收工吗？

张　母　如今他都无时无候。（悄问）尤大姐。听说外边日日还是……（作反绑被害状）

尤大姐　（点头）唉！不要提了。

（唱"长句滚花"）

穷人命，苦黄连，

既是出头拚死，怕他杀也杀不完，

今日眼见街头又拉一串，

有些临死，一路上唱歌宣传。

张　母　啧啧！……

张大嫂　（接唱）　迫到无路可行，难怪穷人要把天翻转。

张　母　哎呀！话不要乱讲呀。（自语地）

（接唱）　我真担心阿胜——

唉！正是"养儿一百岁，长忧九十年"，

家嫂呀，宁可怨命捱穷，勒实裤头就算。

尤大姐　啊！张大嫂，你们吃过晚饭没有？

张大嫂　阿胜哥他还未……

尤大姐　啊！（从袋里摸出几毫子）大妈，我今日赚到几毫子，大嫂你拈去籴米吧。

张大嫂　（想想，摇头，唱“十月怀胎”）

我实在不敢拈，你这穷人辛苦钱，

你是个寡妇，怎好要你关顾，

多谢你时时好心一片。

尤大姐　（唱“快滚花”）

唏！甘苦同当穷义气，二三毫子算什么钱。

彼此自己人，客气就反为不赏脸。

张　母　（念“口鼓”）既然尤大姐一片好心，就算暂时借转。等一会阿胜回来还给你……

尤大姐　（接念）无所谓还不还哪。大嫂，快籴米回来顾眼前。（抱过婴儿）

张　母　我生火，家嫂你去吧！

［张母与尤大姐入厨，下。

［张大嫂出门，伪侦缉便衣上，打个照面，大嫂临下场时见有人在门外张望，怀疑，下。

［伪侦缉暗示找对了门路，敲门。

［张母上，开门。

伪侦缉　借问一声，张胜在家吗？

张　母　阿胜未收工，你找他有什么事？

伪侦缉　……没什么，大家工友，想来问问开会的事情。

张　母　开会，开什么会？

伪侦缉　罢工呀，游行呀，请愿呀……打倒国民党那些会呀！

张　母　我阿胜没有这些事。先生你贵姓。你有什么话留下呢？

伪侦缉　我，我过几天再来找他，我走啦，伯母。

［张母喃喃自语，入厨。伪侦缉在后暗骂。

伪侦缉　呼！这个老虔婆，口风真密实。好，先回大队部报告，谅你张胜飞不上天！（下）

［张胜托皮箱急上，入门，把皮箱隐藏好。尤大姐持灯上，

尤大姐　啊！张大哥你回来了。

张　胜　是呀，尤大姐你来了。

尤大姐　　唉！齐黑才收工，难为大妈挂念你。

张　胜　　我阿妈呢？

尤大姐　　大妈在厨房，大嫂去籴米。

张　胜　　（想起袋中大洋）啊，尤大姐，你来得正好。（交银元）

尤大姐　　两个大洋！做什么的？

张　胜　　（唱“减字芙蓉”）。

自从南哥被害身亡，你就时时捱苦困。

南哥生前的好友，个个对你好关心。

托我问候你一声，托我送来两枚大银。

此后你少担忧虑，工会就即是亲人。

尤大姐　　（接银元感触，唱“沉腔滚花”）

酸一阵来甜一阵，不禁泪落纷纷。

张　胜　　尤大姐，天不会永远黑下去的。

尤大姐　　想起炳南，我……

张　胜　　阿南哥在“四一五”被白匪屠杀，我们工人兄弟是永远记住的！

尤大姐　　我也是永远记住的！

（念“韵白”）我要做朵火，点着大红灯，黑暗都消尽，光明永照临！

张　胜　　好呀！“我要做朵火，点着大红灯。黑暗都消尽，光明永照临！”尤大姐。这几句话，你在哪里听来的？

尤大姐　　这四句话是炳南生前常常对我讲的，炳南一世人只照过一次相，他拿回来就把这四句话题上去。（掏出照片）你看！

张　胜　　（对照片轻叫）炳南哥！

尤大姐　　你看他！

（唱“中板”）

他双眼怒睁睁，

似有十冤九仇，对着那敌人痛恨。

你看他拳头抓紧，

要打个天溶地烂，救出我苦难穷人，

（转“七字清中板”）

今日我伤心，非为再难亲近，
只恨国民党，偏要害好人。
日里思量心中火滚，
夜里思量满眼泪痕。
何日得消仇与恨，除黑暗！
好叫炳南瞑目，泉下喜笑吟吟，
我可以告慰亡魂。

[音乐，两人沉痛无言。

张　胜　尤大姐，炳南哥的仇恨也就是大家的仇恨，血债迟早是要用血还的！

尤大姐　几时才见得到呢？

张　胜　有些事情就好像鸡蛋孵鸡仔，什么时候脱壳，你和我都不会知道的，只要我们千千万万穷人都起来奋斗，报仇的日子就会来得更快！

尤大姐　张大哥，我想跟你们一起，有什么工作就交给我做吧！

张　胜　你……

尤大姐　你不要以为我是个女人，我有气有力，你叫我做什么，我就做什么。

张　胜　唔，我看你十足似炳南生前一样！

尤大姐　哦，你答应我了！

[张母从厨房出来，张胜忙把话岔开。

张　胜　钱，你先收起来吧。

张　母　阿胜，你回来了——尤大姐，钱，你收回去吧，阿胜穷是穷，素来桥还桥，路还路。

尤大姐　（解释）大妈，这不是……（见张胜眼色，住口）

张　胜　啊，阿妈——你最喜欢吃的柿饼。（边说边掏出柿饼一小包）

张　母　唉！又为我使钱做什么呢？留给阿斌戒奶炖饭吃吧。

张　胜　阿妈，你老人家有就吃吧，你忧阿斌没得吃？将来好世界！

尤大姐　是呀，将来好世界哪！大妈。

张　母　是……不过……（亲切吐心事）唉，阿胜呀！

（唱“三脚凳”）

怪不得人家说，老来不死累亲人，

累你拉车博两餐，时时挨那巡警棍。

冬天又熬更抵夜，夏天又日晒雨淋。（暗揩泪）

如今世界只有强权，真是想忍都难忍。

阿妈怕你无端惹祸，今日坏人偏会害好人。

（转“滚花”）

得食不肥安乐肥，但得心宽，阿妈宁愿手紧。

张　胜　（接唱）　阿妈你何须多虑，我总会带眼识人。

尤大姐　大妈！

（接唱）　胜哥为人有见识，做事有分寸。

张　母　我亦知道。不过，做老母总是担心的。啊！方才又有人找你呀。

张　胜　找我？

张　母　还问长问短，问得我一头雾水。

张　胜　他叫什么名字？

张　母　问他，他又不讲。

张　胜　（力持镇静，慰母）哦，我知道了。妈，你煮饭吧。

张　母　（自语）煮饭？米还在米铺！（摇头入厨）

[张胜考虑应急，连忙取出皮箱要走。转念，放下。尤大姐惊异。

尤大姐　张大哥，你……　、

张　胜　尤大姐，我想你帮我做点事。

尤大姐　什么事呢？

张　胜　把这个皮箱拿到你家中藏好。

尤大姐　里面是——

张　胜　送给汪精卫的礼物！　、

尤大姐　（想想，恍然）哦！我明白了。（提箱就走）

张　胜　（指她走后门）要谨慎！

尤大姐　你放心。（急向后门下）

张　胜　（稍宽心，唱“滚花”）

一箱手榴弹，犹如我命根。

赤卫军今晚要光复广州齐上阵。

[华叔急上，张胜迎上。

张　胜　啊！华叔！

华　叔　那一箱“寿桃”怎样？

张　胜　你放心，转移好了，在尤大姐家。因为方才有个可疑的人来找我。

华　叔　你要小心提防。你那里情况怎样？

张　胜　工人情绪非常高涨，大家都想知道几时起义。

华　叔　总指挥部张太雷同志命令：决定今晚十二点钟起义，这次起义，先由叶剑英同志率领教导团发难，但听三声炮响，全面响应。我们海员工人和手车工人编成第一联队攻打保安大队，你要准备行动，今晚见。（下）

[伪保安小队长黄雄、李万走上。

黄　雄　张大哥，方才我在队部得知，不久便派人到来捉你。风头火势，你要暂避为宜。

张　胜　派人捉我？（激愤）

李　万　事情紧迫，请你立即躲避。

张　胜　好，我有办法。

黄　雄　你要马上离开，我们先走了。

[伪侦缉率领四伪警兵上，黄、李正欲出门，一见伪警兵，缩回，急由后门走出，张胜要走已来不及，被伪侦缉拔枪指住。

伪侦缉　不要动！举手，你便是张胜吗？锁！

[伪警兵上前，给张胜喝退。

张　胜　我犯了什么罪？

[张大嫂拿着一纸袋米和一些咸鱼、青菜上。见状扑向张胜。

伪侦缉　你犯了什么罪，你自己知道。哼，三〇〇一号，我找你够找得辛苦了。（令伪警兵）搜！

[伪警兵分头搜索下，复上，推出张母。

伪警兵　报告，搜不到。

伪侦缉　张胜！一箱手榴弹放在哪里？（见张胜不应）哼！带返大队部！

[伪警兵与张胜上手镣。

张　母　（狂怒）你拉我的儿子，我要跟你拼命！

[张母上前扯住不放，被推倒，张大嫂急扶起。

张　胜　妈，你不必担心，我天亮就回来啦！

[幕闭。

第三场

[紧接前场，夜。

[广州伪保安大队部楼上，大队长办公室。

[幕启。周英夹雨伞上，略带紧张，解围巾，放伞，到桌前翻阅公文。

[伪侦缉内场喊"报告"，周英应"进来"。伪侦缉上。

伪侦缉　周秘书，大队长在家吗？

周　英　还未回来，有什么事？

伪侦缉　（念"白榄"）

手榴弹一案，找到了苗头！

捉到人犯押回来，难为我奔走。

周　英　（接念）　捉到哪一个？

伪侦缉　（接念）　此人大有来头，

（唱"送情郎"）

这犯人，叫张胜，

是手车工会的共产党徒，

平日搞风搞雨十分可恶，

全靠我精明将他缉捕。

周　英　（接唱）　你曾否掌握实据真凭？

他曾否把真情一一吐露？

伪侦缉　他不肯招承，我亦未落盐醋。少时重刑拷问，还怕他含糊。

周　英　哦，恭喜你升官发财咯！不过，既是重犯，暂时不要将他难为……

伪侦缉　当然！我当他是衣食父母。

周　英　大队长回来，我会报告你的大大功劳。

伪侦缉　好，我在下面等，敬礼！（得意地下）

[“快西皮”板面。周英紧张焦急着。

周　英　手车工会，张胜？莫非就是……

（唱“快西皮”）

为同志，暗担忧，

他今时落敌手，要营谋来解救。

面对紧急关头，必须善为战斗。

[“快过门”，大队长满肚疑难，怀惭带怒地冲上，颓坐沙发上，喘气。

周　英　（续唱）　眼见大队长，他带羞带恼，

所为何由，教我猜疑不透。

[快“过门”，周英取公文一叠，上前。

周　英　大队长，好多公事呀。

大队长　（丧气摆手，不顾）不看，不看！

周　英　大队长，好多电话打来呀。

大队长　不听，不听！

周　英　大队长，方才刘侦缉报告，抓到一个犯人。

大队长　不管不管！

周　英　到底为的什么呀，大队长？

大队长　唉，还大队长，大队长，冇得捞啦！

周　英　呀！

大队长　撤差啦！

周　英　撤差？

大队长　（有气无力地）差不多。

周　英　（续唱）　大队长，你的后台有势力，

撤差所为何由？

大队长　（唱“爽中板”）

只为我负责保安，

却不料近来难保自己的老虎窦。

公安局的军械库，

近日点查军械，发觉不少被人偷。

失去步枪，失去“七九”，

失去手榴弹，好似公案无头，

（转“七字清”）

朱局长方才穷追究。

无言可对，骂得我狗血淋头。

周　英　大队长！

（唱“滚花”）

失军火错处，岂能要你一人担受。

大队长　唉！这叫作“斧头打凿凿打木”——张发奎司令骂朱晖日局长，朱晖日局长就骂我，这叫作层层节制，级级服从！

周　英　哦！怕什么，到底是官官相卫。

大队长　不过也难讲，有时连左手也信不过右手。（悄告）你知道吗？连我们的教导团都靠不住，日内就要解散了……

[电话铃响。周英接听后告诉大队长，大队长不愿听。

周　英　是朱局长找你！

大队长　（慌忙接听）是——哦——唔——呀！（暗向周英）喂，我们抓到个重犯吗？

周　英　方才不是告诉你了。

大队长　（忙对电话讲）是，抓到一个重犯。（又问周英）是叫张胜吗？（见周英点头）是，张胜。——吓，审问过没有？（见周英摇头，急得搔首，扯谎）呃……我正在审问，审问。重要，重要。——是——是。一定要水落石出，一定要水落石出……（放下听筒，对周英得意地）得啦！抓到人，破得案，说不定我就因祸得福。（高叫）刘侦缉！

[伪侦缉内应“有”，连忙奔上，敬礼。

大队长　快把张胜带上！

张　胜　（内唱，“快首板”）

坚持战斗！

［“雁儿落”，两队兵推押张胜上，张胜倔强地挣脱，昂然屹立。

伪侦缉　报告大队长，张胜带到。

大队长　（上前端详，冷笑）张胜！你是共产党员，共党活动情形，我早知通透。

张　胜　哦，看来大队长早已与共产党有交游。

大队长　混账！

（唱“滚花”）

国共永难合作，你对共产党死心塌地为何由？

有饭食，有车拉，国民党对你恩高义厚。

闹风潮，搞工运，你偏要替人出头。

我问你，手榴弹一箱送往何方，谁交你手？

张　胜　手榴弹？哈哈哈！……

（唱“霸腔芙蓉中板”）

真是令人好笑，又令人嬲。

我日日接客拉车，七十二行都有。

皮箱行李时常载，怎知有无手榴弹，

你问得太没理由，

（转“滚花”）

什么叫搞工运，闹风潮，

工人就一定是帮工友。

大队长　张胜！

（唱“恨填胸”）

你今天已经失手，

想生想死早开口。

（念“白榄”）

快洗心，快自首，

有官做，有厚酬，

（续唱）　好趁顺水推舟。

张　胜　（笑，唱“霸腔快中板”）

张胜生来硬骨头，

厚禄高官全不受。

恩是恩来仇是仇。

（转“滚花”）

我是马路上手车夫，结交的无非是穷朋友。

大队长　（冷笑）张胜！

（接唱）　一切难逃我眼，

今日小北路上，早已暴露阴谋。

周　英　（忙上前，关目）张胜！

（接唱）　莫当我们无实据真凭，性命随时在我手。（双关）

大队长　（狠狠握举）对哪！

张　胜　嘿嘿！

大队长　（怒喝）笑什么？

张　胜　（蔑视地笑）嘿嘿！

（念“口鼓”）来到官厅你口大我口细，难同你斗。要辩是非，分道理，就请到十字街头。

大队长　（震怒）可恶！

（唱“快中板”）

阳关大道你不投。

死到临头还驳口，

要命何须问理由。

（转“滚花”）

毒刑侍候！

伪侦缉　毒刑侍候！

周　英　张胜！（看看表）现在是十一时五十五分，容你五分钟考虑，一到十二时，我们就要动手。（双关）

大队长　留你五分钟性命，哼！一阵有戏你看！

张　胜　（笑）哈哈……

大队长　（怒吼）人来！

［黄雄、李万凶模恶样地急上，敬礼。

大队长　你们一天到晚哪里去了？

黄　雄　报告大队长，我们值班之后，到海珠戏院看戏。

大队长　（念“口鼓”）饭桶！共产党的风声越来越紧张，还敢擅离职守。来，拉他进去打，问他要共产党还是要人头。

［黄雄、李万故意作威作福，“雁儿落”，推张胜下。

［动刑声，同时三声炮响，一片枪声，大队长惊疑，到小露台向下看。

［伪军官仓皇奔上。

伪军官　大队长不好！

大队长　什么事？

伪军官　教导团兵变，联合工人百姓围攻对面公安局。大队长定夺。

大队长　呀！教导团兵变？（惊惶失措）

伪侦缉　大队长，马上集队，马上集队。

［大队长率侦缉、伪军官下。

［周英瞻前顾后，招出黄雄、李万引张胜上。张胜已释绑。

周　英　啊，张大哥！（握手）黄雄同志，李万同志，大队部的兄弟们都准备好了吗？

黄　雄
李　万　都布置好了。

张　胜　外面情况怎样？

［密集枪声。

周　英　你听。好消息！

（唱“快滚花”）

依时武装起义，开始震动广州。

张　胜　（接唱）　我们策应乘机，立即参加战斗。

众　人　马上行动！

［周英取出红带，各人迅速系上。

［大队长急上，黄雄拔枪。

黄　雄　举手！

大队长　（大惊，强作镇静）我是大队长，你，你想造反吗？

周　英　住口！

[大队长突然要跳出露台，张胜、李万急拦，缴了手枪，并加捆绑。

周　英　听我命令：继续执行大队长任务。集合全体官兵！叫！快叫！

[大队长被威胁，站近露台，向外喊口令。

大队长　全体官兵集合！

[内场哨子声、人声。

周　英　叫搭枪架！

大队长　（叫口令）搭枪架！

周　英　叫退后二十步！

[内场人声哗噪。

周　英　快叫！

大队长　（无奈，再叫）向后转，向前二十步走。

周　英　（对黄雄、李万）快去发动兄弟们一起缴枪！

[内场人声哗噪，黄雄、李万急下。

[张胜接枪监视大队长，

周　英　（走出露台）各位兄弟！共产党领导我们起来革命，外面枪声就是教导团、警卫团和工人一同起义，我们的士兵都是穷人出身，快站到工人农民的旗帜下，为工农民主政府而斗争，不愿参加的可以自由回家，愿意参加革命的，快拿起武器来，配合赤卫军消灭反动派！

[大队长乘此时欲逃跑，张胜即开枪，大队长倒地。

张　胜　同志！华叔已率领同志们攻入公安局，打开监仓，放出难友，现在下面正进行缴械工作。

[华叔上。

众　人　同志们！我们胜利了！

华　叔　胜利了！　同志们！我带来一个好消息！在中国共产党领导下，广东工农民主政府今天正式成立了。同志们！从今天起，我们劳动人民有了自己的政权，我们政府的代理主席，就是领导我们起义的张太雷同志。

周　英　同志们！继续战斗，消灭反动派！

众　人　继续战斗，消灭反动派！

[周英随手扬起一面红旗。众人欢呼，举枪、扎架。

[幕闭。

第四场

[翌日下午。

[广州市永汉路与大南路交叉点，现在是工人赤卫军与白匪军作战的阵地，筑起沙包、障碍物，上有红布横额，写着“消灭白匪军，保卫工农民主政府！”另有工人赤卫军红旗一面。

[在枪声中幕启。工人赤卫军的战士们向敌人射击。张胜掌握机关枪，尤大姐来回运送子弹，照顾各人。

众　人　（唱“合唱曲”）

手榴弹，机关枪，
杀到敌人心胆寒，
杀他十个当五双。

张　胜　（接唱）蒋介石，吃人狼，
汪精卫，黑心肝，
四月十五逞疯狂，
白骨如山血满江。

尤大姐　（接唱）难道穷人是砧板肉，
难道穷人注定要受灾殃？

众　人　（接唱）穷人不是砧板肉，
穷人不再受灾殃。
一朝烧起仇恨火，
千年血债要清偿。

张　胜　（接唱）　我们有了共产党，

越战越勇越坚强。

众　人　（接唱）　要把豺狼一扫光，

红色广州放光芒。

[一阵强烈火力，击退了白匪军的进攻，众人大笑。

尤大姐　（对敌喊话，唱“荡舟”）

你们无田地，有妻儿，

替匪官打仗没便宜，

赶快转机跟我起义，莫迟疑，

缴枪不杀你，快投降竖白旗。

众　人　尤大姐，唱得好！

尤大姐　同志们！你们打得更好！

张　胜　同志们！

（唱“花鼓芙蓉”）

看我工人赤卫军，打得匪兵落花流水。

敌人若要顽抗，坚决消灭不留余地。

[众人大笑，尤大姐下，提一桶茶水上。

尤大姐　同志们！有茶水饮呀！（舀茶分送）

黄　雄　（念“口鼓”）渴时一滴如甘露，同志们！大家多谢尤大姐。

众　人　（接念）多谢尤大姐，不辞劳苦送茶来。

尤大姐　（连忙摆手，接念）茶水是对面横巷一位老太太送来，不关我事。

张　胜　（接念）我们要多多消灭白狗，报答老百姓情谊。

[一阵枪声。

[张大嫂送粥到来，中途中弹受重伤，尤大姐忙扶她坐下。

尤大姐　张大嫂！你……

张大嫂　（勉强支持，唱“长句滚花”）

我送稀粥，来阵地，

半路忽然遭白匪，

我身上中弹强支持，

伤重垂危难医理，

你们无须救我，打仗更要用心机。

张　胜　阿珍！

张大嫂　（唱“滚花”）

胜哥你要安慰奶奶，用心抚养斌儿。

此后爹是你，娘也是你。

张　胜　你放心，你还有什么话要讲？

张大嫂　胜哥，你不要顾我，你快去杀敌人，你要为我报仇。为穷人雪恨！……（死去）

[张胜悲愤起立，众人注视默哀。

[尤大姐背尸下。

[敌人枪声又起，张胜赶回机枪岗位，赤卫军举枪奋击，

[外边有人到来。

黄　雄　口令！

周　英　（内应）光复！

黄　雄　广州！（对众）自己人。

[周英上，从沙包跳下。

众　人　周英同志！

张　胜　情况怎样？

周　英　上级有令，马上撤退。

众　人　撤退！为什么？

张　胜　是不是张太雷同志下的命令？

周　英　（流泪，念“口鼓”）张太雷同志，已遭不幸，今早在惠爱路遭到敌人袭击，为革命壮烈牺牲了！

[强烈音乐，众人震动，悲愤。半晌说不出话来。

张　胜　（沉痛，接念）张太雷同志，你没有死，你永远活在人民的心坎。我不退，我坚决不退，我要为张太雷同志报仇雪恨！杀尽万恶敌人！

众　人　我们坚决不退！为张太雷同志报仇！

周　英　（接念）张大哥，同志们！现在白匪张发奎、李福林，勾结帝国主义军

队，反扑入城，情况万分吃紧。外国军舰掩护匪军在南堤登陆，我四面受敌，要立刻撤退，不能稍误时辰。

张　胜　（接念）工人赤卫军，斗志坚强，能把阵地守稳！

周　英　（接念）张胜同志，撤退是党的决定，我们要坚决执行。

张　胜　（想想）对！（转向大家）现在立刻撤退，由黄雄同志率领，从沙河撤退，由我担任掩护。

黄　雄　张大哥，让我担任掩护。

张　胜　不用多言，赶快撤退。同志们再见！

[黄雄指挥众人下。场上留下张胜、周英。

[敌人枪声猛烈，加上炮声。

张　胜　白狗你来吧！让你看看我们工人赤卫军是什么样的人。（搬机枪痛击敌人）

[敌人炮火集中轰阵地，红旗将倒。

周　英　（抢上，拿起红旗，唱“红旗歌”）

广州，广州起义红旗飘，
大南路上逞英豪，
赤卫队，志气高，
勇杀敌人，热血滔滔！热血滔滔！

（中弹，高呼）中国共产党万岁！（死去）

张　胜　小周，小周！

（接红旗，唱“快二流”）

恨只恨，敌人残暴，
英雄洒热血，壮士掷头颅。
立下决心，誓将仇报！
珠江河畔，翻腾革命波涛，
广州城上，红旗永远不倒！

[音乐转沉痛，张胜以红旗覆周英。

张　胜　周英同志！你是党的好女儿，后世子孙，将永远学习你的榜样！

[尤大姐上。

张　胜　尤大姐，你还不走？快些赶上撤退队伍。

尤大姐　我不走，我哪儿也不去，在这个世界上我已无家可归，我就留在这里，要死一齐死，要生一齐生！

张　胜　我们不能死，我们要顽强生存下去！现在给你一个重要任务。（掏出文件）这是我们工会的组织名单和党的重要文件，你带着冲出去找华叔，找到党，党就是你的家。

尤大姐　我一定完成任务！

（唱“快中板”）

眼前忍痛撤出战场。

（转“滚花”）

一有转机，你快退下来，把大队追上。

张　胜　路上小心，好好保重！

[尤大姐跑下，枪炮声大作。两面敌人喊“缴枪！”

[张胜机枪已坏，拿出手榴弹。

张　胜　有胆你就来吧！我一个够本，两个有利。

[台左伪兵上，被张胜扔手榴弹炸倒。台左另一伪兵开枪打中张胜，张胜这时已经没有手榴弹了。

[四面敌人呼喊：“缴枪投降！”

张　胜　呸！

（唱“滚花”）

革命到底，宁死不降！（高举红旗屹立）

[幕闭。

第五场

[紧接前场，下午。

[张胜的家，贴上“打倒万恶的刽子手蒋介石、汪精卫”及“农民耕有田，工人食有米”两张新标语，

[幕启。外面疏落枪声。张母抱着小孙，来回踱步，心里又喜欢，又焦急。

张　母　（念“白榄”）

天眼开，时势变，

阿胜从今得露头，工农政府真出现。

穷人闹翻天，好日子有得见。（小孙啼哭）

阿斌仔，好乖孙，

你哭到阿嫲心乱乱。

阿妈送粥就归来，阿爹不久亦回转。

一家几口乐融融，三代同堂舒笑脸。

从今不受王法管，千年枷锁一朝断。

［尤大姐急上，入门。

张　母　尤大姐你回来了！快坐下饮杯茶吧！

尤大姐　大妈，你快跟我离开，避过眼前危险。

张　母　消息怎样？家嫂她还在外边哪。

尤大姐　大嫂……她……

张　母　她什么？

尤大姐　她……

张　母　（唱“快滚花”）

她送粥到阵前，

可曾见到阿胜面？

她几时才回返，因何一去大半天，

是福是祸要讲明，你不要遮遮掩掩。

尤大姐　（接唱）　大南路一场血战，大嫂流血牺牲在阵前。

［张母惊愕，流泪，尤大姐忙接抱婴儿，扶她坐下。

张　母　（唱“乙反滚花”）

恨国民党万恶匪帮，个个兽心人面。

［张母欲冲出门，尤大姐急拦。

尤大姐　你去哪里？

张　母　去找阿胜。

尤大姐　大妈，你去不得，一出去就有危险。

张　母　我不怕，哪管他枪林弹雨，炮火连天。

尤大姐　你不能去！

张　母　我一定要去！

尤大姐　大妈！

（唱“流水南音”）

事到头来难遮掩，

话出伤心也要直言。

胜哥英勇临前线，

果然一个可当千。

被敌包围还苦战，

张　母　啊，阿胜被包围！如今呢？

尤大姐　（续慢唱）生死不明联络断。

[张母晕倒，缓缓醒来。

张　母　（唱“沉腔乙反滚花”）

魂离魄散，地转天旋。

我……拚了老命一条……（冲出门）

尤大姐　（急拦，接唱）

还要从长打算。

[张母不听，尤大姐一拦再拦。

尤大姐　大妈！白狗凶残，杀害革命家属不分老幼，要顾你自己，也要顾你小孙。

[张母痛定思痛，接抱孙儿，突然哀叫。

张　母　阿斌呀，阿斌！（音乐，念“韵白”）今日你是无母之儿，孤苦伶仃真可怜。我是无儿之母，半支残烛在风前。两婆孙，苦竹苦笋根难断，两婆孙，白发黄毛怎雪冤？阿斌呀！你有日长大成人，要记住今天惨变，要报却穷人仇恨，好叫阿嫲闭眼在黄泉。（快念）回头向大姐求怜念，年迈之人跪在面前。（跪）张家血脉留一线。望你把我孙儿搭救出生天。

尤大姐　（接抱，扶起）大妈，快同我一起走吧！

张　母　（续念）我，我保命逃生亦难走远。就借一张铰剪——（取剪刀）

[尤大姐怕她寻短见，要夺剪刀，张母避开。

张　母　我，我要拼命！（对剪刀，续念）恶鬼登门，还靠你，消我心头恨一团。

尤大姐　大妈，听我劝，跟我走吧！

[远处狗吠声，尤大姐惊惶。

尤大姐　（唱“快滚花”）

狗吠定然白匪到，立刻逃走莫迟延。

[牵张母走，张母挣脱。外面人声，张母强推尤大姐从后门下。

[伪侦缉率两队兵冲上，入门，见张母屹立怒视，不敢造次，暗示队兵，分头搜查，戒备。

伪侦缉　（念“口鼓”）老虔婆！我来问你，有哪个红带友躲在里面？

张　母　（瞪眼不答）……

伪侦缉　（接念）哼！你儿子已被我们俘虏，快交出尤大姐——女赤卫队员。

张　母　（震惊）呀！

[队兵甲复上。

队兵甲　报告，里边没有人。

伪侦缉　（接念）还有你的手抱孙儿，为何不见？

张　母　（冲前接念）老骨头倒有一把！

伪侦缉　（接念）还要交出你个孙！

（念“白榄”）

我要你两婆孙，跟我返公安局。

你如果不交人，就人熟它（指枪）不熟。

张　母　（愤恨如狂，接念）

我怕你支枪，早就不在屋。

你班野豺狼，害我家散人亡真狠毒，

我要寝你皮，我要食你肉！

[张母抽剪刀刺伪侦缉，被打跌地上，张母奋起咬伪侦缉，被踢倒，伪侦缉开枪打死张母。

[队兵乙自后门上。

队兵乙　报告！后街有个女人，手抱小孩，向北逃走。

伪侦缉　一定是尤大姐。追！

[队兵、伪侦缉向后门跑下。

[幕闭。

第六场

[当日黄昏至夜晚。

[红花岗上，红棉树一棵，枝叶零落。

[“北上小楼”牌子，幕启。新任大队长、伪侦缉率领队兵持步枪、重机枪跑步上。

大队长　迅速准备，加强警戒！

[伪侦缉部署队兵警戒，架好机枪。

伪侦缉　报告大队长，准备完毕。

大队长　押上！

[伪侦缉示意队兵押革命者上。

[《国际歌》声由远而近，伪官兵紧张。

[张胜、黄雄等革命同志被捆绑上。

大队长　（喝）不准唱！不准唱！

[张胜等续唱不停，向台左下。

太队长　（怒喝）不准唱！

（唱“滚花”）

你这班共产党徒，真是至死不变。

临刑之际，还唱什么“奋勇向前”。

红花岗是杀人场，要唱就到阎王殿。

（下令）准备！

伪侦缉　大队长！

（念“白榄”）

省党部方委员，曾经有指点。

他说擒贼要擒王，用硬不如用软。

这班红带友，张胜是手车工会的委员，

又是赤卫军队长，共产党情形他知全面，

若将他利用，连底都可以揭穿，

杀绝共党红军，要凭他做引线。（耳语）

大队长　好，在此生死关头，给他一个最后机会。押张胜出来！

伪侦缉　是！（下）

[张胜被押上，摆脱伪侦缉。

大队长　张胜！蝼蚁尚贪生，难道你竟绝无求生之念？

张　胜　（不屑地）不想生存就不搞革命，搞革命为了好好生存。

大队长　唔！到底识趣。（对伪侦缉）来！指给他一条生路。

伪侦缉　是！

（唱“长句滚花”）

老张呀，你要听良言，

人生如梦不过几十年，

英雄不吃眼前亏，凡事要通权达变，

眼前摆着荣华富贵，何必死走共产党那一边，

说什么人死留名，怎似得生前贵显。

张　胜　哼！

大队长　（接唱）大丈夫不可一日无权，

小丈夫不可一日无钱，

争名夺利难怪各找机缘，

不过路不通行就要转，

顺风使帆远胜逆水撑船，

降汉不降曹，关公义气何曾捐？

今日你悬崖勒马，明日又何只做工会委员。

只要你肯回头，一切罪名都赦免。

我大队长就是识得时务，所以如今才做大官。须知道一着之差，终身饮恨！

张　胜　我正是恨！恨当初放过了你这个白狗。

大队长　岂有此理！（对伪侦缉）准备！

伪侦缉　（传令）准备！

大队长　我要杀人！拿酒来！

[伪侦缉忙递酒，内场汽车声，一马弁冲上。

马　弁　方委员到！

大队长　（叫口令）通通有，立正！

[方委员上，大队长敬礼。

方委员　事情如何？张胜是否就范？

大队长　报告方委员，张胜不怕死。（见伪侦缉暗示他说错了）啊，张胜就在这里。

[方委员脱手套要上前握手，发现张胜被绑。

方委员　谁叫你将他捆绑？本党一向宽大为怀，仁爱为本。解开！

[伪侦缉忙上前替张胜松绑。

方委员　你们的暴动，已经完全失败了！你们的牺牲，又为了什么呢？

张　胜　为了全中国千千万万的劳苦大众，解放翻身！

方委员　好呀，你们的目的正是我们党国一贯的主张！所谓曲达直达，殊途不妨同归。

张　胜　胡说！国民党叛变革命，"四一二""四一五"大屠杀，青天白日旗已成为白色恐怖、青面獠牙的标志。只有中国共产党才是中国革命真正领导者，永远是人民的希望，红白分明，不容混乱。

方委员　你也太执迷不悟了！须知共产主义不适合于中国国情，你们受人欺骗，误入歧途，实为可惜！在此最后关头，应该悔改自新，追随我们从事国民革命。本党一向重视工农，你自新之后，依然可以做工会委员，依然是工人领袖，所谓悬崖勒马，此其时矣！何去何从，当机立断！

张　胜　（冷笑，唱"快中板"）

任你威逼利诱也枉然，

我视死如归心不变，

坚贞气节与日月长存。

（转“霸腔滚花”）

革命一定成功，留待后人实现。

（转“霸腔慢板”）

当初共产党，领导大革命，

北上扫除军阀，外抗强权。

可恨蒋介石、汪精卫，布下残酷阴谋，中途叛变。

反动派，勾结帝国主义，把人民屠杀，罪大弥天！

（转“快中板”）

今日在广州高举红旗，烧起冲天火焰。

张发奎，福林李贼，已经吓作一团。

可恨他，勾结外国兵船，驶入珠江河面。

大队长杀人民，丧权卖国，遗臭万年！

方委员　（怒不可遏）住口！你不要命了！

张　胜　（续唱“七字清”）

今日被擒头可断，

浩然之气永留存。

岗上红花鲜血染，

今年开罢有明年。

水长流，难割断，

共产党，杀不完，

革命根芽留一点，

星星之火可燎原。

霹雳一声如雷电，

红旗插上白云端。

（转“滚花”）

重重血债永难忘，有日条条都清算。

[方委员命大队长开枪，张胜中弹不倒。

张　胜　你们这些反动派！卖国贼！人民永远不会饶恕你们的！

[伪侦缉与马弁开枪。

张　胜　（高呼）中国共产党万岁！（幕后革命者齐应）中国共产党万岁！（死）

大队长　（暴跳狂叫）通通杀！通通杀！

[机枪扫射中，就义同志内呼“打倒国民党！打倒蒋介石！”

[暗转，夜景，月黑风高。

[“叹五更”牌子头，华叔领李万、阿金、阿根、赤卫军甲上，同做摸索舞蹈。扎架。

华　叔　（唱“叹五更”头段）

恨白匪罪恶昭彰，
痛我同志就义身亡，
风高月黑，偷到红花岗，
触目惨伤，仇深恨重永难忘。

同志们！党派我们来安葬先烈，救出虎口余生，必须仔细找寻，小心防备！

[“叹五更”第二段。同志们四下寻觅。舞蹈。

华　叔　（发现张胜）同志们，张胜在此！

[众人齐上前。见已死去，哀悼。华叔发觉步声。

华　叔　同志们！有人前来，快些隐蔽！

[众下。

[尤大姐抱张斌，背包袱上。

尤大姐　（唱“快二流”）

山岗上一片荒凉，
但听松涛怒响，
似赞颂那英雄好汉。
似哀悼那烈魄忠魂。
恨匪军人性全无，
数不尽阴谋罪状。
终须有日，血债血偿！

（转“手托”牌子）

今晚我踏遍荒岗，

心里怀着热望，

愿他父子会见我始心安。

[华叔等暗上窥察，尤大姐认出华叔。

华　叔　啊！可是尤大姐？我叫你远走东江，因何又来到红花岗上？

尤大姐　华叔，我一来带斌仔送终尽孝，二来为偷祭烈士身亡。

华　叔　哎呀，尤大姐你好冒险呀！

尤大姐　华叔，张胜曾将文件嘱我交给你。（掏出文件，交华叔收藏好）他的尸骸在于何处？

华　叔　就在此间。

尤大姐　（跪前，“哭相思”，唱“爽乙反二黄”）

痛惜你牺牲性命，未得歼尽虎狼。

匪军残害你家，结下了深仇万丈。

可叹你年高慈母，今日愤恨如狂。

遗下年幼孤儿，我尽力把他抚养。

特地偷来哭祭，望鉴我一点心肠。

（转“二黄滚花”）

胜哥呀！英雄树下息英魂，

你且听松涛阵阵响。

华　叔　尤大姐！

（接唱）　你还了一番心愿，不能留在此山岗。

要速去东江，听我把机宜再讲。

（念“口鼓”）你连夜走向东江，去到海陆丰，必须依靠党。每到一处站头就找“大叔”，你说我要送红鸡蛋与曾叔，打哪条路去，那时定有人为你帮忙。你到埗时将孤儿交给党人，你们生活有保障。（随取张胜尸体的红布系在斌仔身上）你要好好继承父亲遗志，投身革命，准备上战场。

[尤大姐即背斌仔急速下场。

[伪大队长、侦缉从另一方上。

伪侦缉　（喝）举手！

华　叔　自己人，不要误会！

大队长
伪侦缉　有何凭证？

华　叔　手折在此。

伪侦缉　看过！（上前验手折）

[华叔踢去伪侦缉的枪，拔枪打死伪大队长。

[李万等冲上，与华叔合力同侦缉及队兵搏斗，最后将敌人全部歼灭。

[李万扶黄雄上。

李　万　黄雄同志还未命丧。

[黄雄醒来叫"华叔"。

华　叔　（大喜，念"口鼓"）黄雄同志，今日能将你救活，不枉我冒险一场。还有个好消息，毛泽东同志率领湖南秋收起义队伍，进军井冈山上。

[众人欣然相告。

华　叔　党的指示，我们要马上转移到农村，建立革命根据地，中国不久便普照太阳。登程。

[众人向先烈致敬，

[音乐引子。暗转，一幅庄严美丽的二道幕，上面绣着毛主席像和毛主席在《论联合政府》中的一段话：

中国共产党和中国人民并没有被吓倒，被征服，被杀绝。他们从地下爬起来，揩干净身上的血迹，掩埋好同伴的尸首，他们又继续战斗了。……

——毛泽东

[幕闭。

第七场

[1958年春天的早晨。

[广州起义烈士陵园（原红花岗旧址）。

（幕后齐唱“新曲”）

红花岗上英雄血，
英雄鲜血染红棉，
红棉本是英雄树。
红花插上白云天。
红旗处处迎风展，
歌声响彻珠江边，
珠江滚滚长流水，
人民饮水要思源。

[奏“耍孩儿”，幕启。一群少先队员持鲜花欢乐地舞蹈上。

少先队员 （接唱） 共产党带来好日子，
六亿人民喜欢天，
齐心歌唱共产党，
带来幸福万万年。

[张斌、尤大姐（全国妇联委员）同上。

张　斌 （唱“长句二流”）
英风犹在，浩气长存，
纪念起义英雄功一段，
红花岗畔新建烈士陵园，
我为吊先人，归心似箭，
昨晚自北京回穗，今日瞻拜陵前。
和暖太阳光，园林都照遍，

花木亭台，春色点染，

规模壮丽，气象庄严。

革命战斗精神，代代传承不断。

尤大姐　说得对！

（唱“爽二黄”）

今日重临旧地，顿觉百感交添。

哀悼当日战友牺牲，景仰前人音容宛现。

（转“二黄滚花”）

喜看老了英雄树，喷火开花分外鲜，

苦去甘来三十年，记不尽南征北战。

[奏“银河会”，尤大姐缓步到红棉树下盘桓，坐下缅怀过去。

张　斌　（上前体贴地问，念“口鼓”）阿妈，由北京坐几十个钟头火车，昨晚才到达广州，今朝你又要绝早到来，现时是否觉得精神疲倦呀？

尤大姐　（提起精神，接念）今天的日子，哪有疲倦之理。其实昨晚就想赶来此处，以致兴奋得整夜未眠。

张　斌　阿妈，我昨晚也激动得睡不着呀！

（唱“中板”）

想当年，广州起义，赤卫军热火一团。

随着教导团，战斗几小时，把公安局完全攻占。

共产党，领导成立工农民主政府，闹个覆地翻天。

（转“滚花”）

新社会，奠基人，子子孙孙当纪念，

阿妈，你常常提起的英雄树，又在哪处呢？

尤大姐　（唱“长句滚花”）

忆当年，退兵战，

你父单身殿后，使同志撤退安全，

身受重伤仍苦战，

他还临刑骂贼，大义凛然，

那时我与你寻觅他遗骸，就在此树旁发现，

昔日英雄流血地，今日红花开放丽南天。

张　斌　原来这就是我父亲牺牲之地吗？

（唱“长句滚花”）

红花岗，花开遍，

都是英雄鲜血染，

爹爹从容就义三十年，

我年轻难记爹颜面，

英雄气概如在眼前，

对着木棉追怀纪念，

革命花结成幸福果，

爹你当年遗志，已实现在今天。

[华叔、黄雄、李万上。

尤大姐　（唱“滚花”）

昨晚打电话到省委约华叔，

为何尚未见他与起义同志来相见？

华　叔　（认出尤大姐，念“口鼓”）起义同志一讲就到，我是谁人，请你细加分辨。我们当年的尤大姐呀，今天的全国妇联委员！

尤大姐　（细认华叔，惊喜，接念）啊！原来华叔到了！隔别多年，看来越老越壮健。（指张斌）这个就是张胜之子张斌，日前方从朝鲜凯旋。

华　叔　哦！好一位抗美援朝英雄张世侄！（与张斌握手）

张　斌　好一位革命老前辈华叔！

华　叔　尤大姐，其实你不介绍我都认得，他同张胜一样的轩昂。

黄　雄　虎父出虎子！尤大姐。你只记得华叔，可还记得我黄雄呀？

李　万　还有我李万呢？

尤大姐　啊！黄雄同志，李万同志！（与黄雄、李万握手）

华　叔　张世侄，黄雄、李万两位两位老同志也是你父亲生前好友，同是起义勇将一员。

[张斌与黄雄、李万握手。

华　叔　张胜有子成材，尤大姐你功劳不浅。

尤大姐　不敢当，不敢当。我们都是党培养出来的。

华　叔　讲得对，讲得对，我们能有今天，也应感谢烈士们伟大的牺牲精神。

[少先队员们已预早暗上，听见他们是起义英雄，十分高兴。

少先队员　（念“口鼓”）首长同志！你们是广州起义英雄，请把光荣事迹向我们讲一遍。

华　叔　（接念）光荣事迹，真是一言难尽，我倒先有一句话，要告诉你们青少年。

少先队员　好好，请首长指示。

华　叔　（唱“反线芙蓉中板”）

此处陵园地下，有烈士长眠，
他们为革命尽忠头可断，
换来后代幸福万年。

（转“滚花”）

愿你们接过红旗，继承革命先烈的崇高志愿！

尤大姐　（唱“爽梆子慢板”）

建设共产主义，责任在青年，
应把红旗接过，奋勇向前。
前人真伟大，后代更英雄，
无愧前人，愿你等互相励勉。

少先队员　我们要学习先烈的崇高精神，完成革命伟大事业！向首长敬礼！

[少先队员向四人敬礼、献花，穿三角，扎架，一片欢娱热闹气氛。“送子”牌子，尾声。

[幕闭。

——剧终

本剧选载的是1960年罗品超、红线女、少昆仑等主演的演出本。

拉郎配

（根据同名川剧改编）

改编：陈晃宫　莫志勤　陈酉名

人物表

董　代	正直、热心的唢呐手
董大嫂	董代之妻，职业媒人
县　官	钱塘县父母官
李　玉	秀才
张彩凤	卖武女
张　宣	张彩凤之父，教头
李　母	李玉之母
王　夏	员外
王玉兰	王夏之女
夫　人	县官太太
小　姐	县官之女
李　六	县衙大差
李　七	县衙大差
钦　差	朝廷命官

李大叔、刘大伯、陈老汉、赵小弟、村民

绅士、家院、丫鬟、衙差、校尉各若干

第一场 张榜

[封建时代某年某月的一个上午。

[钱塘江畔，县城大街上。

[音乐声中幕启。二幕前，李六敲锣、李七扛高脚牌上。

李 六　（唱“王祥哭灵”）

皇上选美圣旨下，

李 七　（接唱）　钦差大人到县衙。

李 六　（接唱）　若然有女未曾嫁，

李 七　（接唱）　三天之内报县衙。

李 六　（念“口鼓”）一张皇榜高高挂，

李 六　（接念）挑选美女入皇家。

李 七　（接念）官家赚钱不在话，

李 六　（接念）乘机勒索笑哈哈！（同笑）

李 六　（边敲锣边唱“王祥哭灵”）

喂喂，皇上选美圣旨下，

李 七　（接唱）　钦差大人到县衙。

李 六　（接唱）　若然有女未曾嫁，

李 七　（接唱）　三天之内报县衙。

李 六　（接唱）　若有隐瞒和顶假，

李 七　（接唱）　家家户户要搜查。

李 六　（接唱）　查出不报要抄家，

李 七　（接唱）　知情不报也要捉拿。

李 六　阿七呀，我们大声些叫呀！

（敲锣，接唱）

皇上选美圣旨下，

李　七　（接唱）　钦差大人到县衙……（边唱边同下）

[二幕启。大街景：音乐声中，众百姓上，看了皇榜，纷纷避下。

[紧张音乐中，若干民女神色惊惶地跑过场，王夏拉董大嫂上。

王　夏　（唱“连环西皮”）

好心喇，好心喇，

快跟我来，有事商量，请到我家。

董大嫂　（唱“沉腔滚花”）

唉呀呀，为什么拉我走到头晕眼花？

王　夏　（唱“金钱花”）

请你好心帮忙下，帮忙下。

董大嫂　（接唱）　找我呢个媒人有乜事呀？

王　夏　（接唱）　我女如今要出嫁。

董大嫂　哦，你个女出得阁啦？

（唱“减字芙蓉”）

原来员外真有心，将我来照顾下。

这就恭喜了！

王　夏　还恭喜什么？

董大嫂　（续唱）　比如王员外，你中意哪一家？

要什么样的人家，你才合意呀？

王　夏　（接唱）　那家也不拘，只要人才有返咁上下。

董大嫂　这就容易了，我十天八天就包找到。

王　夏　（续唱）　喂，我要即刻来办妥，谢媒银可以多加。

（转“滚花”）

今日做媒今晚就要拜堂，叫埋你老公来吹啲吖。

董大嫂　员外，哪有这样快的？

（接唱）　如今是拣女婿，不同买青菜、黄瓜。

难道叫我随街去拉人？

王　夏　（接唱）　有得拉也不怕。

[李大叔内喊“董大嫂——”，提着一只母鸡上。

李大叔　（念“白榄”）

求你帮忙下、帮忙下，

做妥一件事，我送你一只老鸡乸。

董大嫂　（接念）　你求我什么事？

李大叔　（接念）　求你做媒人，替我个女对亲家。

董大嫂　（接念）　你又找我做媒人？

王　夏　（接念）　大嫂应承了我王夏，你不要挖墙脚。

李大叔　（接念）　大嫂一起应承我吧！

[刘大伯内喊：“董大嫂 ——”，手捧一个大南瓜上。

刘大伯　（念“白榄”）

我送你一个大南瓜。

董大嫂　（接念）　莫非又是找我做媒？

刘大伯　（接念）　请你帮忙下。

董大嫂　（接念）　你又叫我帮忙下，他又叫我帮忙下。

我一个媒人得一把嘴，怎能帮得你三家？

我不做了！（欲走）

[王、李、刘三人一齐拦住大嫂。

刘大伯　（接念）　大嫂不要走，我好易商量咖，

财礼多少也不论，但要挑个好人家。

李大叔　（接念）　我财礼一文也不要，宁愿倒贴妆奁将女嫁。

王　夏　（接念）　我贴一百亩田来妆嫁，谢媒利市你先拿。（递银）

李大叔　（接念）　喂喂董大嫂，请你收下这只老鸡乸。（送鸡）

刘大伯　（接念）　喂喂董大嫂，请你受落我个大南瓜。（送瓜）

李大叔　（接念）　老鸡乸！

刘大伯　（接念）　大南瓜！

李大叔　（接念）　鸡乸！

刘大伯　（接念）　南瓜！

王　夏　（接念）　先来先得不能争，大嫂先帮我王夏。

[王夏强拉大嫂想跑，李大叔、刘大伯连忙扯住大嫂，拉来拉去……

董大嫂　（叫痛）哎呀救命呀！（顿足甩手）

[大伯、大叔两人一惊，连南瓜、鸡髓都跌在地上，王夏拖着大嫂跑下，两人抬起头来不见了人。

刘、李　（同时）董大嫂……

[大叔要去追，大伯把他拉住。

李大叔　王员外将董大嫂拉走了！

刘大伯　怎么？快追！

李大叔　追！（二人追下）

[董代上。

董　代　（念"诗白"）

常言百艺可成家，一支啲吖揾饭茶。

五六反工合士上，吹就人间并蒂花！

在下董代，娶妻吴娅，她做媒人我吹啲吖。夫妻开店，只此一家。有她有我，有我有她，拍档谋生，本一乐也。

（念"白榄"）

谁料目前婚嫁少，淡到得人怕。

富者择婿太苛求，贫者无能谈婚嫁。

媒人坐到发了霉，我要挂起支啲吖。

今朝个个找我老婆做媒人，突然旺到得人怕。

这里贴有皇榜一张，待我上前睇真下、睇真下！

（读皇榜）"圣谕钱塘县境，征选美女八百。不论官民人等，不论肥瘦黑白！"肥肥白白就说要选啫，连黑墨墨、瘦蜢蜢都要呀？（续读）"勒令三日征齐，送交钦差选择。如敢有违皇命，全家大小尽杀！"

（唱"滚花"）

钱塘少女选尽也不够八百名，

此后还有谁人谈婚嫁？

我做呢行生意，恐怕要吃泥沙。

[张宣内喊："董代呀！"急上。

张　宣　董代呀！

（唱“流水中板”）

董代呀，董代呀，正要找你帮忙下，

应付风头避过罅，你应承我心才放得下。

董　代　张教头！

（念“口鼓”）你为什么急于找我帮忙，董代尚未明你说话。

张　宣　唉，董大哥！

（接念）只因皇上广挑宫女，我个女正当二八年华。不愿被选入宫，想把她趁快出嫁。求你帮忙撮合女婿，即日过门成亲，不用果饼礼茶。

董　代　（接念）做你女婿虽容易，恐怕没人承受也是假。我想替你去找，但不知找哪一家？

张　宣　哪一家都好啦，随便过得去就算了！

董　代　最怕人家不肯呢？

张　宣　你就帮我说一下！

董　代　说也不行呢？

张　宣　那你帮我求一下！

董　代　那求也不肯呢？

张　宣　求不肯，硬拉也要了。

董　代　硬拉吗……

（唱“滚花”）

强硬去拉，我自问不够人打。

不若叫我老婆去寻揾，她素来舌灿莲花。

况且做惯媒人，定能撮成婚嫁。

张　宣　（接唱）　拜托你早些办妥，免至我心乱如麻。

董　代　（接唱）　如果事干一成，我就到你家中回话。

张　宣　就此一别，越快越好。（下）

董　代　他要找女婿，我要去找老婆。糟了，我老婆一早出街，也不知去了哪一处？

[陈老汉急上。

陈老汉　（念“口鼓”）董代，快些去我处吹啲吖，我个女即刻就要把堂拜。

[赵小弟急上。

赵小弟　（接念）董大叔，我姐姐今日出嫁，我找你找了几条街。

陈老汉　（执董代手，接念）董代，先去我家，最紧要是趁快。

赵小弟　（接念）董大叔，先去我家里，不要把时候拖拉。

陈老汉　（拉董）先去我家！

赵小弟　（也拉董）先去我家！（争持不下）

董　代　喂喂喂，得了，得了！总之我一支啲吋，吹齐你两家就是。

（唱“滚花”）

真是世事越来越古怪，连找啲吋佬也要靠拉！（同下）

[幕闭。

第二场　文拉

[当日下午，村边路上。

[唢呐“马步吹”，幕启。“南音序”中，李玉背包袱上。

李　玉　（唱“南音”）

忙举步，转回家，

出外从师攻读，有一载年华。

只为慈母在堂，心牵挂，

今日辞师别友，归家探望妈妈。

行行不觉，已是夕阳西下，

又只见满天云彩，趁晚霞。

[内场传来吹打乐声。

李　玉　（唱“滚花”）

今日是什么良辰，何以家家都将女儿出嫁？

[董大嫂上，二人相遇。

李　玉　啊！原来董大嫂，有礼！

董大嫂　有礼了！（旁白）真是踏破铁鞋无觅处，得来全不费工夫。啱哂！

（对李玉，唱“玉美人”）

李秀才，李秀才，

你去了哪一方，不见咁耐？

李　玉　（接唱）　我去读诗书有一载，

为怀念母亲今日回来。

董大嫂　（接唱）　李秀才，睇你眉有喜色，

一定有喜事来！

恭喜呀李秀才！

李　玉　董大嫂，我喜从何来呢？

董大嫂　你不知有喜事吗？喜事正来找你呀！

李　玉　喜事正来找我？

董大嫂　（唱“三脚凳”）

老实跟你说，大嫂替你做媒。

王员外有个千金，生得人见人爱。

李　玉　（接唱）　原来你拦住我，想为我做媒。

董大嫂　（接唱）　我想你一定应承，我即刻去找董代。

同你吹啲啲——（欲行）

李　玉　（拉住大嫂，接唱）

大嫂你请回！

（转“滚花”）

婚姻是大事情，怎能随便应承将婚配！

董大嫂　秀才！

（唱“爽中板”）

秀才你须知，今日不同往日，

随便答允也不拘。

李　玉　点解呢？

董大嫂　（接唱）　结姻缘，当作积下阴功，

望你好心将她迎娶。

李　玉　（接唱）　订婚姻，怎能当作善事，

真是怪也奇哉。

董大嫂　（接唱）　总之娶妻当作做好心，四处有人陪，

你不怕应承这婚配。

小姐她生来，亦算端庄秀丽，

家有万贯钱财。

（转“滚花”）

正是一家着数两家便宜，

秀才快依我所言将婚许。

李　玉　（接唱）　齐大非偶，我怕贫富悬殊。

况且未见高堂，更不敢自行作主。（欲行）

董大嫂　（拉住李玉）且慢，原本先通知你妈妈才对，但是现在来不及了，成不成平常事，我和你先去王员外家看看他女儿才商量吧！（拉起李玉走圆场，呼叫）王员外、王员外！

[王夏应声而上。

董大嫂　王员外，你看这个李秀才好不好？

王　夏　（看了一眼，喜出望外）得了，董大嫂，即刻找董代来吹啲嘀！（拉李玉下）

董大嫂　（唱“滚花”）

心急嫁女王员外，偏偏遇到李秀才。

（念“韵白”）对亲家有如买把菜，拉到新郎算好彩数。如今叫我找董代，他不知吹到第几台？钱银赚来真是不自在。

[内场传来吹打乐。

董大嫂　（望去）啊，这家吹完了，看看有没有董代出来吧！

[董代持唢呐上。

董　代　（唱“梳妆台”）

到处被人拉，吹到第八台。

张家揾娇婿，我被迫做不来。

难为我嘴真受罪，啲嘟啲，嘀嘟嘀，脷都肿起来。

董大嫂　董代！

（接唱） 叫句我地夫，今次就发财。

东村富家女，又揾我做媒。

承接吹啲啲，照顾埋董代。

董　代　（接唱） 我的妻，我好辛苦，为揾你做媒。

董大嫂　你咪讲住，跟我行先！（拉董欲行）

董　代　你咪行住，听我讲先！

董大嫂　都话你咪讲住，跟我行先！

董　代　都话你咪行住，听我讲先！

董大嫂　你有什么这样要紧？

董　代　你又有什么这样要紧？

董大嫂　你听我讲……

董　代　你听我讲……

董大嫂　（大声地）你听我讲先！

董　代　（另场）时常迁就惯了。好，就让你先讲，快讲上来！

董大嫂　听呀！

（唱“快慢板”越快越好）

王员外拉到了李玉秀才，

要揾你吹啲啲即时嫁女。

走咯！

董　代　喂，你说得这样快，我不知你说什么？

董大嫂　你叫我快讲上来，怎能怪我呢？

董　代　请你吊慢一些，讲清楚些。

董大嫂　你听呀！

（慢唱） 王……员……外……拉……

董　代　（截住）怎么那么慢？

董大嫂　是你说要慢些的。

董　代　但不可以那么慢吗！

董大嫂　那么要怎样说呀？

董　代　不快不慢地说。

董大嫂　你听呀!

（唱“爽慢板”）

王员外，拉到了，李玉秀才。

要揾你，吹啲吖，即时嫁女。

董　代　你说道王员外拉到李秀才叫我吹啲吖? 急死我了!

董大嫂　此话怎解?

董　代　听呀!

（唱“爽慢板”）

张教头，曾托我，请你为媒。

替他儿，揾女婿，即成婚配。

董大嫂　啤! 我以为什么事了不起，常言有道，财来自有方，不用太狼忙，做完一单至一单，你先去吹这一台吧!

董　代　（秃头唱“七字清中板”）

喂，你不分轻重太不该。

教头本是朋友辈，

既然有烦闷应当替他解开。

侄女生来人可爱，最好匹配李秀才。

（转“滚花”）

你即刻带李玉到张家，免他焦急等待。

董大嫂　（秃唱“仙花调”）

我做媒人岂可立乱来，怎好去谋求李秀才?

他已被人拉了去，已成亲不可再。

董　代　（接唱）张家个女求配难，我早应担带为人解忧，

这番若果不做妥我怎为媒?

董大嫂　（唱“和尚思妻”）

媒我惯做媒，配亦难合配，

皆因婚嫁日中有几十回。

我四方去，四方去，难撮合一对。

你拚之失信，就把啲吖吹。

董　代　（接唱）　我不去吹！要顾全信誉，
应替张家解窘尽我心意，
我想到李秀才，定不爱那王氏女。
你实在不应该，实在不应该，只顾那王员外。
实情你要顺从我，将李玉拉返过来。

董大嫂　（念“白榄”）
这样拉返转头，我名誉仲使爱吗？
此后有谁个，来找我做媒呀？

董　代　（接念）　我失信张教头，也是给人骂董代。
有妻做媒人，难替他消灾。
义气竟全无，行街也没人睬呀！

董大嫂　（接念）　不睬有什么要紧，最怕没饭开。
只要我做媒人，顺利无妨碍。
我做得多几户，带挈你吹多几台。
若果媒人做不成，你的生意也要等待。

董　代　（接念）　“懒叻”，你一单未做妥，我经已吹了八台。
你不要单顾自己，要顾朋情在。
你不帮我做妥，我个心怎放开。
成亲吹啲呖，你不要找我董代。

董大嫂　你当真不去？

董　代　我果然不去。

董大嫂　（大声地）你果然不去？

董　代　我当真不去。

董大嫂　可怒呀！
（唱“快中板”）
既然推搪做不来，
阻误时光难忍耐，
必须做好赶下台。

（转“滚花”）

喂，你来来来……

董　代　（接唱）　你来我唔来。

董大嫂　（接唱）　为何你不来？

董　代　（接唱）　你叫我来做“麻介”？

董大嫂　（接唱）　哎呀呀！你分明想攞彩！

［抢笛舞蹈……最后，大嫂抢去董代唢呐的“笛嘴”。

董大嫂　喂，你来不来？

董　代　不来！

董大嫂　你来又怎样？

董　代　如果来我就不姓董。

董大嫂　你记住来！（下）

董　代　难道我一定要跟你的呀？我有支啲吖……（一吹，发现没有“笛嘴”）老婆、老婆——

（唱“沉腔滚花”）

唉呀呀，我越叫她越走，

叫极也叫不来。

［二幕闭。

董　代　（念“韵白”）一路叫她她不睬，登时被她气到呆，若然她主意不改，我怎赶下台呢？这样看来，岂不是要跟她到王员外家中，吹完了那桩生意，取回笛嘴然后再讲下文……回想李秀才，被王员外拉去对亲，定不愿意。齐大非偶，不能够任他受那富家女的脾气。待我进到王员外家中，搞垮那段婚事，岂不是好？（行几步又止介）不行，不行！万一李秀才心甘情愿，我又何必多管闲事呢？还是吹完这一单，然后拉着老婆再替张家打算便了。（行两步又停介）董代呀董代！你还未见过李秀才，又未曾问过李秀才，你又怎知他愿意不愿意呢？对！我要到王员外家中问过他有无苦衷。（催快）若有委屈替他想通，若还无事，吹完就松（走），跟着老婆大步追踪。（追下）

［二幕启。

第三场　逃婚

[当晚，王员外家，喜堂景。

[王夏和大嫂正在劝告李玉，李玉欲逃，被王员外拉住。

王　夏　（唱“赛龙夺锦”中段）

你不能甩身，不能甩身。

李　玉　（接唱）　冤屈婚姻，冤屈婚姻，

满腔愤恨，我誓不依允。

董大嫂　（接唱）　秀才放心，别要生气，

小姐貌美贤惠，大可对亲。

李　玉　（接唱）　任她是月里嫦娥，我也不肯！

王　夏　（与大嫂另场白）董大嫂，他不出声就算应承了，我即向女儿催妆，你即刻叫董代来吹啲哳，快去，快去！（与董大嫂同出，倒扣二厅门）

李　玉　（摇门）喂喂喂，你们这样拉人怎可以呀？

董大嫂　李秀才，益了你也不知，日后夫妻相好，那时还要答谢我呀！

王　夏　讲得好，讲得好，我先行一步。（下）

董大嫂　我行后一步等董代来到。

[董代上。

董大嫂　唉，董代我的夫呀！看看你呀，走到满头大汗。你又说不来，还笛嘴给你。

董　代　你以为我好想来吗？不过我来看看李秀才能不能脱身！

董大嫂　你想秀才脱身吗？

董　代　（改口）不是，想入去看看李秀才，我几时吹完啲哳可以脱身。

董大嫂　我还未走，你心急要去哪里呀？

董　代　这个……要去回复张教头才是呀！

董大嫂　现在快了，等小姐梳妆完就拜堂，拜完堂就可以走啦！

董　代　李秀才呢？

董大嫂　在二厅。

董　代　李秀才愿意吗？

董大嫂　都算愿喇！

董　代　都算愿么？好好好，快去替小姐梳妆吧！我在这里等拜堂。

董大嫂　也好！喂，你不要入去厅呀！

董　代　老婆呀，你替小姐梳妆，扮好些才好呀！迟一些拜堂也不要紧。

董大嫂　知道了！（下）

董　代　（望着董大嫂背影，见两下无人，唱“快滚花”）

我支开了老婆，即要向李秀才一问。

就要拜堂成礼，看他怎样存心。（入厅，见门倒扣）

原来倒扣厅门，定是夹硬将人困。

[开扣入内，反掩厅门，见秀才睡着。

（续唱）　何以他安安乐乐，大梦沉沉。

李秀才醒来！李秀才醒来！

李　玉　（唱“银台上”引子）

恨只恨迫我订婚姻！（醒来，骤见董代）

啊，董大叔！

（唱“快二黄”）

你怎么会到来？

董　代　（接唱）　只为把秀才寻问。

李　玉　（接唱）　为何事故呢？

董　代　（接唱）　想问呢段婚姻。

李　玉　（接唱）　你无谓再谈！

董　代　（接唱）　你又何须瞒隐。

李秀才，我与你相识在前，有什么不可讲吗？

李　玉　董大叔原来你与董大嫂一样。

（唱“三脚凳”）

我以为你来到，做我的解救人。

原来又为了婚姻，无须再来问。

董　代　（接唱）　你未曾明白，还疑雨又疑云。

我帮助你并不难，但要问明底蕴。

李　玉　董大哥你肯帮助我，真是多谢你了！（拜谢）

董　代　且不要拜，我未必一定帮助你的。

李　玉　怎解呢？

董　代　如果你肯，我就不肯；你不肯，我就肯。

李　玉　（莫名其妙地）董大叔，你分明戏弄我吧！

董　代　怎会是戏弄你呢！

李　玉　按你说，我肯你就不肯，我不肯你就肯。即是我肯求你，你就不肯帮助我；我不肯求你，你就肯帮助我，岂不是要我不求你么？

董　代　秀才你估中一半估错一半啦！

李　玉　错在哪里呢？

董　代　其实我说你肯与王员外之女成婚，我就不肯帮助你，若果你不肯与王员外之女成婚，我就肯帮助你。

李　玉　原来如此！唉，董大叔呀！

（唱“快滚花”）

我并无谈婚之意，他夹硬拉我来临。

我决不答应婚姻，他就把人羁困。

如此迫成婚礼，我正苦无计脱身。

逃出王氏家门，望你将余指引。

董　代　（接唱）　既是你立心摆脱，要依我计而行。（正欲授计）

[王夏内喊：“快叫董代来吹啲吖拜堂啦！”

[董大嫂内应：“他在二厅等着你呀！”

董　代　糟了！

（续唱）　现在有人到来，你还要等一等。

[董代匆匆出门，倒扣厅门后装模作样地守候。

王　夏　（复上）董代来了吗？开二厅门啦！

董　代　员外，我不会开呀！

王　夏　老爷自己开！（打开二厅门）董代，吹啦！

董　代　哦，吹！（吹起丧笛）

［大嫂、丫鬟扶小姐玉兰上。

王　夏　嘍！大吉利是，怎么吹起丧笛来呀？

董　代　哦哦哦，新人配错，啲吋吹错，不是出丧，大可吹过。（吹“小开门”）

［王夏、大嫂捉住李玉，迫他拜堂，李玉挣扎，三人纠缠不休。

［董代对着他两人猛吹唢呐，丫鬟扶着玉兰，等着拜堂。

李　玉　（怒）唏，岂有此理！岂有此理！（顿足，踩着大嫂的脚）

董大嫂　哎呀！（脚痛，坐到椅上）

［李玉被王夏拉下，丫鬟也扶着玉兰下。

董　代　啊，功德圆满！

王　夏　（复上）功德圆满，快出去啦！

董　代　员外，利是钱呢？

王　夏　出大厅才给你。（同到大厅，递上两封利是）俾个双封（伤风谐音）你！

董　代　乞痴！

王　夏　什么乞痴呀？这是董代、董大嫂的利是钱！慢行少送了。

董　代　员外，怎么这样少的？

王　夏　还嫌少么，快些走吧！（推董代、大嫂出门，即关门）哈哈，本员外五十斤柴一乐也。（下）

董　代　老婆听到没有？打完斋不要和尚了，还成日帮着他，得受到刻薄。

董大嫂　我又怎知他这样孤寒呀？早知这样就不帮他做了。算了，这项生意无奈何，哎呀，我还要赶下台呀！（下）

董　代　你赶下台我也赶下台……帮助李玉秀才，如何进得室内呢？（一想，拔笛嘴，叩门）喂喂喂，开门呀！

［丫鬟应上。

丫　鬟　来啦！谁人叫门呀？

董　代　董代呀！

丫　鬟　董大哥，员外吩咐，谁人也不准开门呀！

董　代　别人不准我准呢！

丫　鬟　什么事呀？

董　代　丢了个嘴！

丫　鬟　丢了个嘴，你怎能讲得话呀？

董　代　不是人嘴是笛嘴。

丫　鬟　你在外边找吧！

董　代　我在里边丢失的呀！

丫　鬟　用过第二个啦！

董　代　独一无二，若找不到，难赶下台，请你好心开门啦！

丫　鬟　这样吗？也好！（开门给董代进内）你快些寻找吧！

董　代　（入门）二厅门能够开吗？

丫　鬟　你看看，员外锁了的，我没有锁匙。

董　代　这样吗？你帮我找一找。

丫　鬟　好，我帮你找一找！

董　代　（故意大声喊）喂笛嘴呀笛嘴，董代找你呀！

[董代作寻找状，李玉闻声由房出来。

李　玉　（故意地）董代你找到了吗？

[二人隔门细语，董代暗示李玉越窗跳墙，李玉会意。

丫　鬟　董大哥，你找到没有呀？

董　代　（取出笛嘴）呢呢呢，找到了。

丫　鬟　好走啦！否则员外找扫把打你的。

董　代　啊！找扫把打我！唔！（吹唢呐一声）

丫　鬟　（一惊）啊！

[幕急闭。

第四场　定亲

[当晚，隔壁张宣家院子内，摆有刀剑、棒棍、盾牌，有矮墙一道。

[初更鼓响幕启。张宣带着气怒和忧愁的心情上。

张　宣　（念白）　昏君选女恨不休，为儿解救费筹谋。

圣谕皇皇无可奈，武夫枉有铁拳头。

[张彩凤上。

张彩凤　阿爹你做什么？

张　宣　没做什么！

张彩凤　你一定有事的，如果没事，怎么这样气愤？阿爹，是不是为着我的事呀？

张　宣　唏，乖女啊！

（唱“七字清”）

选美到期儿知否，

董代又未到使我确担忧。

谁愿女儿进宫将苦受，

一定去如黄鹤不回头。

（转“三字经”）

在深宫，徒空守，

求显贵，等若云浮。

（转“七字清”）

宫女白头朝朝有，

落得千秋万古愁。（拉腔）

张彩凤　（见父形神，心里难过，唱“爽七字清”）

大难临头心恨透，

又只见高年慈父叹气摇头。

爹爹为儿眉锁皱，

心焦怎得解忧愁？

（转“三字经”）

好爹爹，毋疾首，

女儿誓不，作宫囚。

（接“滚花”）

若是官差无理强横，我誓死与他来争斗。

张　宣　唉，女儿呀！

（接唱）　我单生一女，怎忍令你宫禁羁囚。

你志虽属可嘉，但亦恐怕难逃官家辣手。

张彩凤　难逃官家辣手吗？

（念“口鼓”）阿爹既不愿女儿入宫，又不敢违抗宫廷，究竟有哪一条路走？

张　宣　（接念）我还是胸中无主，待我先找董代，乖女不用忧愁。

我去也！

张彩凤　爹，早去早回才好呀！

张　宣　为父有分数的。（下）

张彩凤　（关上门，心事重重，“引白”）

唉，居家有若惊弓鸟，女儿何罪似楚囚呀！

（唱“凤笙怨”）

心中怨，昏君作孽害女流。

深宫内，泪暗飘，

几多少女青春误了徒白首。

念到爹娘痛苦不休，

终日彷徨怎消受，

长年禁宫抱恨悠悠。

[李六带醉上。

李　六　（念白）趁住好时势，威迫女温柔！（拍门）开门！

张彩凤　谁个叫门呀？

李　六　差人李六，查户口！

张彩凤　那么晚了，改天再来吧！

李　六　姑娘，你不必担忧，我此次到来都是为你着想。我是找你爹爹，开门吧！

张彩凤　（半信半疑）好，开门看看你怎么样？（开门）

李　六　张姑娘，怎么一个人在家呀？张教头呢？

张彩凤　我爹爹外出。

李　六　这样寂寞，何不找个人陪伴呢？你穿起这件衫真是靓呀！（借意摸凤手

臂）

[张彩凤强忍怒火，一掌拔开李六。

李　六　怎么你动手动脚的呀？

张彩凤　你先行无礼，意欲何为？

李　六　（念“韵白”）唉呀，你大难临头还这样恶，选女入宫你有名写落，你好即时来出阁，嫁给我做老婆转饭锅，若不依从恐怕你祸发作，拉你到县衙那时你眼泪就一壳壳。乖乖跟我回去吧！（拖住彩凤手）

[张彩凤拨李六转身，一脚踢去，李六应声滚地。

张彩凤　要你的狗命！（取缨枪示威）

李　六　饶命呀！（抱头逃下）

[张彩凤追出门外，突然李玉从矮墙跳下，张彩凤一怔。

张彩凤　前门拒虎后进狼，你这班差头好可恶！

[李玉急忙躲在藤牌里面。

张彩凤　（以缨枪指住藤牌，喝令）出来！

[李玉不敢露面，彩凤挑开藤牌，李玉执住缨枪，二人相持。

李　玉　姑娘饶命呀！

张彩凤　你你你从何处来？

李　玉　从隔墙跳过来呀！

张彩凤　你好大胆呀！

（唱“平湖秋月”）

原来你是个书生却逾墙，
你定有不轨行藏，
有何用意尽快讲，
不得欺骗巧舌如簧。

李　玉　（接唱）我求原谅、求原谅！
冒昧投身多苦况。
归家慰我慈帏望，
怎知遭到隔壁王氏夹硬拉郎。
困在楼房，强结婚配，

波折几番，被他囚禁不肯放。

张彩凤 （接唱） 婚姻，婚姻岂有这些波浪？

你做如斯勾当，心意定有不良，

我定要查明真相，未许以虚作实胡言肆欺诳。

李 玉 （接唱） 寒生宁敢狂妄？心中确实确实有苦衷，

求谅鉴，且将始末说端详。

（转“爽七字清”）

我回家探望老亲娘。

路过王家将我抢，

不由分说要拜堂。

婚事焉能来相强，

因乘黑夜越东墙。

（转“滚花”）

万望姑娘你放我回家，真是感激无量。

张彩凤 （顿起同情之心，接唱）

他说得入情入理，纵然摆脱也应当。

我又何必为难，好吧，你立即回家往。

李 玉 多谢姑娘！（欲出门）

张彩凤 且慢！因为王家拉郎，你才爬到张家墙上。离开我家之后，难道你不怕给别人再次拉郎吗？

李 玉 这个……姑娘你说怎么办呢？

张彩凤 不若暂避我家中，公子意下如何呢？

李 玉 （考虑）哎呀，王家正在隔墙，若搜查到此不得了，我还是走好。（欲走）

张彩凤 （喝白）我取你的狗命！（踢脚，做一个打的姿势）

李 玉 （一惊，跌地）你做什么？！

张彩凤 哦，我是说王家有人来，我保护你。你怎么这样胆小呀？快起来吧！

李 玉 （唱“滚花”）

蒙你收留关照，真是感激难忘。

请问你家内还有何人？能否讲明状况！

张彩凤　我家中只有父女二人，都是卖艺为生，爹爹深夜出外还未回家。

李　玉　姑娘，如此深夜为何你父还未回来？

张彩凤　我爹爹他出去——（惹起心事，烦闷地）唉！

李　玉　姑娘，为何问及尊翁，惹你心中烦闷呢？

张彩凤　公子有所不知，爹爹还未回来，我又怕大祸临头了。

李　玉　姑娘哪里话来呢！小生正蒙姑娘挽救，你现在却有大祸临头，这是何解呢？

张彩凤　公子啊！

（唱“老鼠尾”）

真正恨，恨恨煞朝廷上，

钦差昨晚已来到了钱塘江。

挑选女儿几百入宫墙，

家家女儿都觉彷徨。

唉，可悲今晚又怕难望脱灾殃，

令我心凄怆！

李　玉　（唱“二黄”）

既是遭逢大祸，我亦为你凄凉。

欲想从井救人，但我愧无力量。

张彩凤　公子你真够运气，由王家跳过我家，就有我来救你。如今我大难临头，救我者又有何人呀？公子！

李　玉　这个……

（唱“长句二黄”）

听她言外之音，我不觉心头暗想，

她说无人挽救，看来用意深长。

她似有万缕情丝，欲向余求倚仗，

若效金枝玉树，她就可以免进宫墙。（句）

我看她武艺高强，真是令人敬仰。

姑娘你无须焦虑，我愿为你帮忙。

张彩凤　（接唱）　多感你乐意相帮，但不知有何善法想？

李　玉　只要我共你……

（不好意思说出口，另场唱“二黄滚花”）

婚姻怎能无谋证？此刻何处觅红娘？（踌躇）

张彩凤　（另场念“白榄”）

看他的情形，似是欲将婚事讲。

若得此好郎君，固能如所望。

我放胆来问白……你办法如何请快讲！

［董代上，在门外窃听。

李　玉　我……

张彩凤　大家想想吧！

张、李　（二人分边另场唱“减字芙蓉”）

何不向他来表白，愿同偕老百年长。（上前面对）

我办法已想出来……（犹豫）怎好当面讲？

欲讲心便跳，越想越彷徨。

张彩凤　（鼓起勇气）只要你我……

李　玉　你我……你我怎样呀？

张彩凤　只要你我……（难于启齿）不知道！

李　玉　不知道！

董　代　（另场）你不知他不知，我全都知！（故意以女嗓叫门）开门呀！

张彩凤　哪个呀？

董　代　隔离三婶呀，开门啦！

张彩凤　三婶，夜深了，明晚才来坐吧！

董　代　今晚不同我谈，苏州过后没艇搭，怎么不开门呀？

张彩凤　哦，就来。（推李玉入内）

董　代　怎么这么久还不开门呀？

张彩凤　等我先点起蜡烛呀！（持烛开门）

［董代入门。

董　代　这个姑娘真好计呀！

张彩凤　原来是董大叔，又说是三婶，扮鬼扮马，给你吓坏人呀！

董　代　吓不坏的，你的八字总是有惊无险的呀！（坐下）

张彩凤　（心里烦躁）大叔，你有没有见过我阿爹呀？

董　代　早就见过了，若不见过，怎会到来呢？

张彩凤　大叔，你到来何事呀？

董　代　还用问么？我到来是为你的事，不过如今没事了……不用我也可以了。

张彩凤　董大叔，我爹尚未回家，既然没事了，不如你回家吧！

董　代　坐一刻也没相干的，我想倒杯茶喝几口。

张彩凤　今晚没有茶哩！

董　代　你烧一壶吧！

张彩凤　烧过一壶吗？（另场）想他快走他不走，烧滚一壶岂不是更耐？董大叔凉的茶还有。

董　代　凉的茶也好，麻烦你倒杯茶给我吧！

张彩凤　你等一等！（为难地入内斟茶）

董　代　（自语）这回气坏这丫头了。……

张彩凤　（斟茶复上）饮茶啦董大叔。（递茶）

董　代　（接茶饮）哎呀，还是热的呀！

张彩凤　暖和的。

董　代　彩凤呀！今晚杯茶甜甜的，好似新妇茶一样甜呀！

张彩凤　董大叔，又讨便宜了，现在饮完茶你还是……

董　代　我还是等着你爹回来。

张彩凤　既然没事，就不用再等了。

董　代　不要紧，反正你爹爹未回，董大叔陪你，也不至太寂寞呀！

张彩凤　我寂寞惯了的。（另场）糟了，他总是不肯走……哎吔，董大嫂候你门呀，还不回去？

董　代　我们老夫老妻哪有此事呢？啊！不喜欢我陪，莫不是另有人陪你吗？

张彩凤　没有！

董　代　没有就由我在这里好了，嫌我阻了吗？

[鼓打二更。

张彩凤　（心更焦急）二更了！

董　代　二更呀！还那么早呢，忆起一支歌仔好好听的。等我唱给你听。

张彩凤　不要唱了，我很眼倦。

董　代　看你眼睛亮亮，哪里是眼倦呢？不是的，听我唱吧！

（起南音短序，坐下唱“爽流水南音”）

二更锣鼓响叮当，张家有位小姑娘……

张彩凤　吓！为什么唱我呀？

董　代　谁唱你呀！

张彩凤　还说没有，你说张家有位小姑娘！

董　代　我唱的是长尾章的章呀！

（续唱）　说道夜深不愿听唱，偏偏欢喜学西厢。

她相貌生成莺莺样，奈何缺少一位红娘。

曾记初更新月上，她声声长叹误了时光，

递柬无人多失望，怎知张生独自跳粉墙。（做跳墙动作）

张彩凤　（明知故问）这里哪有人跳墙来呀？

董　代　你道真是有人跳下来吗？不过我学个张生这样跳罢了！

张彩凤　不要唱喇，我不喜欢听。

董　代　为什么听头不听尾呀，你是不是想嫁个老公不到尾呀？

张彩凤　（负气地）吓，你这个董大叔！

董　代　（窃笑，续唱）

话说两个相逢生波浪，莺莺故意作惊慌。

怪责张生来白撞，定要将他送往公堂。

张生就把真情讲，登时打动小姐心肝。

大好姻缘从天降，两人有意结鸾凰。

但话到唇边难以讲，无媒无问怎磋商？

忽然来了董老汉，那个张生狼狈躲入房。

[佯作要入内房。

张彩凤　（紧张）呀，董大叔，怎么你走入我房呀？

董　代　我没有走入你房呀，我学那张生罢了！

张彩凤　董大叔你唱错了！

董　代　错在什么地方？

张彩凤　（唱“快滚花”）

西厢何来有董老汉。

你分明是信口雌黄。

董　代　（接唱）　我唱的是董西厢，写书人就是董老汉！

张彩凤　董大叔，你唱的分明是取笑我，不要乱讲，我要你赔名誉呀！

董　代　莫说赔名誉，赔什么也可以呀！好，等一等！（高声）笛嘴呀笛嘴，出来呀！

［李玉闻声，闪缩而上。

董　代　（上前拖出李玉）李秀才，你何必心怯呢？查实一切都是董代安排妥当。跳墙是我教你，喂喂你谈了这么久妥不妥呀？

［李玉点头。

董　代　彩凤你话妥不妥呀？（彩凤点头，取出唢呐）好！男家女家我包做妥，哟哟吖吖庆贺小登科。只要我支唢呐大声吹过，左右邻里听清楚，知道彩凤今晚出嫁咗，就避免挑选做宫娥。动乐！

张彩凤　我爹还未回来呀！

董　代　仲等到你爹回来？那是什么时候了！

张彩凤　这……

董　代　你俩的衣服都有一点红，可以啦动乐！

［董吹起唢呐，指挥二人拜天地。

董　代　好了！

（唱“滚花”）

已成嘉礼，不阻你俩洞房。

李　玉　（接唱）　今晚大礼已成，

我欲回家，向慈母告知情况。

张彩凤　（接唱）　路上还未宁静，你要步步提防。

［李玉欲出门。

张彩凤　（忽然想起）啊，相公你贵姓呀？

董　代　啊，你们做了夫妇还未知姓名呀？哈哈哈……

［幕闭。

第五场　计议

[同一时候，钱塘县衙后堂。

[幕启。县官“打引”上。

县　官　（引白）　选美进宫期将够，未曾足数心内忧！

[夫人、小姐上。

小　姐　参见爹爹！

夫　人　（念“口鼓”）老爷，挑选宫女八百名，听说这个数目还未凑得够。若果民间无人可选，我女岂不是大祸临头？

县　官　（接念）你估我唔知咩？女系要顾，但是又要顾住我的职守。我现在好似半夜食黄瓜，唔知边头打边头。

小　姐　（接念）阿爹，你要同我想办法至得喇……

县　官　（接念）我想过嘅叻，办法阿爹系有。

母　女　（同问）什么办法呀？

县　官　（接念）不过……不过我只晓得出主意，主要靠夫人你出头。

夫　人　啤！咪转弯抹角呀，究竟点做？

县　官　（作一个拉人的手势）咁啰！

夫　人　（接念）拉？你拉埋我份，老娘唔愿街头出丑。

县　官　（接念）今日重唔拉郎，明日个女被人拉去，个钦差凶神恶煞，唔同你咁滋油。

夫　人　我不理阴差定是阳差，总之拉我个女就唔得。

县　官　（念“白榄”）

皇榜选宫娥，内容你知否？

夫　人　（接念）　皇榜我看过，贴满在街头。

县　官　（接念）　皇榜点讲呀？

夫　人　（接念）　限期选闺秀咯。

县　官　（接念）　闺中藏有少女呢？

夫　人　（一想大惊，接念）

哎哟死咯老爷，全家要斩首呀！

县　官　你知道就好，夫人！

（唱“减字芙蓉”）

正系火烧到眼眉，就迫着要动手。

精的拉女婿，犹豫就输一筹。

我这个知县去拉郎，恐怕风声来泄漏，

皇上若知道，一定革职无情留！

（转“滚花”）

明拉暗抢有差人，唔使夫人你亲自动手。

小　姐　咁唔得呀爹！

（接唱）　倘若拉得个翩翩公子，自然合我心头。

最怕衙差不懂闺女心，买鸡不问肥与瘦。

县　官　有道理。

（接唱）　女儿说话颇有理由！

不若夫人亲自带女上战场，

阵前招亲便知好丑。

夫　人　点得呢老爷！

（唱“三脚凳”）

夫人拉女婿，绝非好良谋。

体面与家风，应要瞻前和顾后。

何计精粗和美丑，只要君子赋好逑。

（转“滚花”）

乖女你刁乔扭拧嫌遭殃，求其年晚煎堆人有我有。

小　姐　（念“口鼓”）我真系唔理呀，总之差人去拉又好，阿妈你亲自去拉又好，一定要我钟意，不能随便选些阿猫阿狗。总之有才有貌就得咯，女儿暂不作过分要求。若阿爹阿妈对我亲事唔关心，我就只有两条路走。

夫　妇　（同问）哪两条路走呀？

小　姐　一条入宫应选。

夫　妇　（同问）那还有呢？

小　姐　一条就命丧阴州。

县　官　（唱“木鱼”）

我单生呢个女，怎不为她担忧？

又怕上等货色，已经一个不留。

夫　人　（接唱）审核颜容，我眼光够。

若论才华多少，老爷唔去有乜收？

小　姐　（接唱）衙差跟随，你当打手之吗。

阿爹还要，与我亲自出头。

阿爹……

县　官　咁一定要我去啰啵？

夫　人　老爷不去不行呀！

县　官　撞了板老爷革职，夫人没得做你不要埋怨呀！

夫　人　无咗个女亦系紧要呀。

县　官　革职就衰啦！无咗个女儿咁闲哩。

小　姐　（突然娇痴地大哭）呀……

夫　人　惹得女儿这样，你真是老糊涂。

[小姐仍嘤嘤地哭介。

县　官　好啦，不要哭了，我去我去咯！（对夫人）至衰是你啦！几多不生生个女，生个仔那就无事啦！

夫　人　一日都是你家山无福，有福怎会生个衰女呀！

小　姐　（又突然娇痴地放声大哭）嗳……是我衰……

夫　人　（发觉自己讲错话忙安慰）唔系，你唔衰，我们都唔衰，一日都是你阿爹衰，最衰都是你……（指着县官大骂）

县　官　梗系衰啦！大老爷三更半夜随街拉女婿，重唔衰？

小　姐　你要多拉几个呀！

县　官　吓！拉那么多要来上仓吗？

小　姐　拉多几个回来挑拣嘛！

县　官　你还想拣呀？风水尾啦乖女。唉！

（唱“滚花”）

想我堂堂七品，今回做外父做得最下流。

好啦，叫公差……

李　六　（内应）有！（上，参见）

县　官　（续唱）　准备一只官船，开到钱塘江口。

等到夜深人静，不可泄漏机谋。

李　六　知道！

[切光，幕闭。

第六场　戏官

[当晚深夜，钱塘江畔。

[先二幕外：李七和另一衙差上。

李　七　（唱“板眼”）

呢份差事讲起来，真正讨厌。

公差办咗，私差尚未办完。

要替阿老爷，将女婿选。

三更半夜，等候在江边。

衙　差　（接唱）　我们守候在江边，呢好处不鲜。

若果有人经过，可以收些买路钱。

但是成晚那么长，连只鬼影都唔见。

我们白挨眼瞓，企到脚都酸呀！（打呵欠坐下，鼓打三更）

李　七　三更咯，都不知要等到几时先至有人经过？

大　差　过鬼过马咩，阿七，不如我们到那边瞌阵先罢了。

李　七　咪喇，等会瞌着走咗鸡，无人拉回去交差仲死添……（发现）唉，有人行紧来，我地匿埋先。（同退下）

[董代匆匆上。

董　代　（唱“快滚花”）

　　江风吹来神气爽。

　　喜得秀才、彩凤结成双。

　　一路归家，心花怒放。

[李七等突然将董代抓住。

李　七　捉到一个啦！

大　差　仲有走鸡？

董　代　两位差大哥，我是个好人呀！

李　七　好人我才拉！

大　差　我们专拉好人！

董　代　我要找食呀！

李　七　大可放心，唔忧冇得食啦！

大　差　我等咗你一晚叻！

董　代　（误以为拉他去吹啲吖）咁就唔使拉，行啦！

大　差　站住！（发现董代有须，和李七细语）这个人拉不回去的，他有胡须的。

李　七　我们等了成晚都没人经过，唔好理咁多咯，有须都拉回去交差了事啦！

大　差　唔得呀，大老爷知道，你同我的屁股都要挨板子。

李　七　（想了想，做个剃须动作）咁样得唔得呀？

大　差　（领会其意，做个按人姿势）好，就咁啦！

[两人按着董代剃须。

董　代　（唱“滚花”）

　　唉，真系艰难找食，连我的须都剃清光。

李　七　唔好嘈，快行！（同下）

[二幕启：钱塘江畔，岸边隐见官船一角。

[县官久候李六、李七不归，又恐有外人来，因此又焦急又慌张地两边望。

县　官　（唱“催归词”）

　　我心中卜卜跳，心中纷纷乱，

　　好似老鼠呀乱咁窜。

行吓望吓，行吓望吓，

哎哟，行落泥里边。

（转“减字芙蓉”）

未曾见李六，李七又未归旋。

我虽则是扮民装，但又怕人看见。

人还可以避，但是避不了官船。

（转“滚花”）

往时明月得人欢，今晚月明讨人厌！

[鼓打四更。

县　官　（唱“长句二黄”）

鼓打四更天，更添人烦乱。

呢个堂堂知县，枉有无上威权。

为着儿女婚姻，等到我脚都软。

何以李七李六，还未见归旋？

难道走遍钱塘，总无一人撞见。

[李七与大差带董代上。

李　七　禀上大……

[县官急做手势止之。

李　七　（改口）禀上老爷，经已带到！

县　官　（唱“滚花”）

乜你们去足半晚，望到我眼都穿。

拉到一个？

（续唱）　等我落真下眼光，看看能否入选。

（看了一下董代相貌，对李七）这个人好似上了年纪噃！

李　七　老爷呀，他说廿、廿几岁！

县　官　廿几岁？又生得几老迹。……（再审视）阿七，他的身世麻麻地噃！

李　七　他……人够老实。

县　官　好啦！

（唱“木鱼”）

姑且算数，等我问一下他先。

喂你……

（欲问又止，另场续唱）

若问他有无妻室，他一定不肯明言。

等我抹角转弯，试下他一两遍。（对董代）

喂你三更半夜，一个人想走去边？

董　代　你问我呀老爷！

（接唱）　他慌我仲有下台，唔得闲做他这边定叻。

横掂连须都同我剃咗，好——

等我赚埋他那封利是钱。

老爷，我现在得闲无事归家转。

县　官　你返屋企呀？

（接唱）　咁你屋企仲有无第二个人添？

董　代　（另场接唱）

他梗系想找多一个人，才够体面。

唉！三更半夜去哪里找呀？

（上前，续唱）

我从来单身一个，混咗好多年。

县　官　（大喜）原来你是单身汉！

董　代　我一个……

县　官　（另场）我两句说话，就试出他有没有老婆！

（唱“滚花”）

你家中父母是否双全？

系有就慢慢话他知都未迟，

首先你我两人倾到惦。

董　代　（另场接唱）

点解他越讲越远，讲了去个边。

请我来吹啲叮点会查家宅呢？（一想，恍然大悟）

（续唱）　原来他又是拉郎，

仲以为他找个啲叮佬就算。

这个是官，恃官势力乱拉一通，捻化下你至得。（上前）我父母死晒啦老爷！

县　官　那么你父母有无为你定下婚配呢？

董　代　既然早丧，又点能为我定亲呢？

县　官　咁就无嘢欢喜得过咯！

董　代　老爷，我双亲早死，正是终身抱恨，老爷欢天喜地。未免太过黑心呀！

县　官　（唱“滚花”）

若果我情形讲白，你比我更喜地欢天。

我再来问你一声，诗赋文章你懂得深定浅。

董　代　（一想）唔理乜嘢，总之我董……

县　官　你懂就得啦！我即时出副对联，你能够对得通，便事无不成。

董　代　对对呀！试下啦！

县　官　哪，你听着：千里缘，万里缘，翁今有婿。

董　代　这是对头呀老爷？（边走边想，手碰身上的唢呐，思量）五尺合，六尺合，士工士工……（灵机一动）老爷，你听着：五尺合，六尺合，士不离工！

县　官　好嘢，工整、工整！千里缘、万里缘对五尺合、六尺合，数目字对数目字，翁今有婿对士不离工，人物对人物，工整！睇来他梗系个文士，仲晓得工艺。妙极，你真是多才多艺咯！

（唱“减字芙蓉”）

难得你才学广，出口便成文。

董　代　过奖过奖！

县　官　（接唱）　一定读尽万卷书，才华如绣锦。

董　代　（接唱）　我只是读了两个月，识得八个音。

县　官　你真系聪明咯！

（唱“滚花”）

我还想领教下你的诗才，

请你在此即景吟哦，赋一首五言八韵。

董　代　五言八韵呀？你问我五音六律好些。

县 官　我想欣赏下你既诗。

董 代　你总不想听我支笛呢？

县 官　诗以言志！

董 代　笛可谋生！

县 官　你一定很爱音律叻。

董 代　当然啦，我靠它揾食嘝。

县 官　吓，你靠它揾食？你做乜嘢呀？

董 代　我做啲吖佬啰。

县 官　你做啲吖佬呀？死人啦！

董 代　死人找我都可以呀老爷！

县 官　大吉利是！

（唱“戏皇叔”）

同你成晚谈论词文，点知道你系做八音。

（念“白榄”）

真火滚，你个正衰神！

我成晚同你讲，以为你系读书人。

真是晒心机，捱眼瞓，

同你讲咁耐，点解你唔讲明你身份？

董 代　（秃唱“中板”）

喂喂喂大老爷，我并无胡言乱语，

都是你自己听唔真。

你问我是否读过诗书，我想话董代不是文人，

刚说得个董字，你就不容我再禀。（拉腔）

县 官　啤，咁你为乜又识对对呢？

董 代　其实刚才所对系我吹惯嘅曲文呀！

县 官　曲文？“五尺合，六尺合……”

董 代　即系“乌车河，鹅车河……”

县 官　衰神！

（唱“滚花”）

俾你当堂气到我眼瞪瞪！

怒冲冲——（五更鼓响）

弊叻，天光将近！

（转“板眼”）

俾你激到我跳，宜得打他一身！

但系天光将近咯，又未拉到别人。

你咁衰，被你混咗我一晚！

（另场） 他虽系下贱之人，低几等，

好过女儿被选，要去伴人君。

移勘就船，整定你有福分……（上前）

喂喂，同你做埋亲戚，等你平步青云。

董　代　（唱“滚花”）

但得老爷携带，真是万代沾恩。

李　七　（接唱） 快些拜跪跟前，正名定份。

县　官　来，正正式式叩个头先！

董　代　拜见契爷。

县　官　啤！乜契爷呀？

董　代　你又话同我做亲戚？

县　官　我招你做女婿嚁！

董　代　女婿呀？揾第个做至得。

县　官　点解呀？

董　代　（唱“秋江别”中板）

皆因我已经结婚，夫妻俩义厚情深。

穷也开心欢快过日辰，唔会贪心另娶有钱人。

县　官　（唱“沉腔滚花”）

唉呀呀，俾你气死人！

（转“滚花”）

你家有妻室，不应把我瞒隐。

费时失事晒精神。

人来打他一身，泄我胸中之愤。

董　代　老爷，我唔做你女婿都要打一身，无道理呀！

县　官　你瞒骗我！

董　代　我无瞒骗你呀！

县　官　仲话无？我问你有无父母吖吗？

董　代　我话父母早死咯！

县　官　我问你父母有无同你定亲，你又话无！

董　代　我父母早死又怎会同我定亲呢？个老婆是我自己娶嘅嘛！

县　官　衰神哪！

（唱“滚花”）

分明有意阻我时辰。

人来打他一身，看他下次仲敢唔敢！

董　代　下次仲拉我来呀？

县　官　鬼拉你呀？打！

[衙差应声，欲打董代。

董　代　（大呼）救命呀！

[李六与另一衙差押李玉上。

李　六　启禀老爷，我们拉到一个书生呀！

李　玉　你们拉我来做乜至得咖？

李　六　老爷你看看，是个秀才添呀！

县　官　吓，几好嚅！

（唱“滚花”）

看来这个容貌，正合得我女儿心。

好，立即带他落船，因为时候吆（无多）！

李　七　呢个仲打唔打呀老爷？

县　官　算咯，唔打叻！

（续唱）　算他一场彩数，快赶他走人！

李　七　（推董）走吧！

董　代　老爷，横掂你嫁女都要吹啲吖，既然找得我来咯，等我赚埋封利是都好呀！

县　官　（一想）吓，系嚅！好啦，一于带佢走！开船——

李　六　开船！

[二幕闭。

第七场　寻婿

[二幕前；翌晨，大街之上。

张彩凤　（内唱“首板”）

污吏劣绅真可恨——（男装上，四顾）

（唱“滚花”）

乔装打扮长街走，为把夫婿找寻。

那边来了两个差人，且到一旁避隐。（下）

[李六、李七带醉上。

李　六　（唱“滚花”）

三杯两盏，饮得我醉昏昏。

（念“白榄”）

真系同人不同命，同伞不同柄。

昨晚在江边，拉个书生落官艇。

大人迫他把婚成，他不断摇头兼使颈。

他姓李名玉，我姓李名六，

他就有人拉，我就无人请。

这样看起来，不由你不信镜。

李　七　（接念）叫一声六哥，莫说我瓦风领，

早运甘罗晚太公，迟早有人拉共请。

卖武张个女，彩凤的确靓，

包你等到手，不用患单思病。

李　六　（接念）想起个张彩凤，如今还心惊。

昨日调戏她，被她一拳几乎要我命！

李　七　（念“口鼓”）六哥，枉你一世聪明，同彩凤当面讲婚姻，定打到你碌侧拧正啦！

李　六　要怎样呀？

李　七　（接念）要同卖武张讲，包你一讲就成。

李　六　真的？

李　七　真的……不是吗？

李　六　（喜，接念口鼓）多蒙老弟指教，再上酒楼一醉，我请！

李　七　（接念）一于咁话，杏花楼最靓竹叶青。走！（同下）

张彩凤　（复上）且住——适才李六言道，昨晚县官拉了个李玉秀才落官船，莫非正是我李郎不成？何不待我，前去县衙，打听明白，岂不是好？就是这个主意！

[彩凤欲下，与王夏相遇，推磨打量。

王　夏　公子慢走，老汉有礼！

张彩凤　有礼，施礼何来？

王　夏　公子，我看你一表非凡，定是个侠义之辈，老汉有事相求。

张彩凤　老伯你有何事，直讲不妨。

王　夏　壮士请听！

（唱“板眼”）

我家门不幸，女婿不肯成亲，

拜堂之后，竟不告而行。

女婿悔婚，本来不要紧，

但是官家知道，就要祸临身！

张彩凤　又不是你悔婚，官家怎能将罪问呢？

王　夏　（续唱）　因为皇帝派人来选妃嫔，

有女未嫁就要选入宫行。

张彩凤　（念“口鼓”）如此看来，你不若先将小姐藏好，避过风头再将女婿寻揾。

王　夏　（接念）你有所不知，县官请我做媒人，仲要我携同女婿一起官府行呢！

张彩凤　（接念）县官还请你做媒？未知千金嫁与谁人？

王　夏　（接念）我亦不知底蕴。你能否顶替我女婿一阵，随我去见县官大人？

张彩凤　这个……

（另场唱“滚花”）

我正好趁机入县衙，从中探明底蕴。

老伯，我就暂充你女婿，一同去见知县大人。

王　夏　好极，好极，公子请呀！

张彩凤　老伯，请！（同下）

[“王祥哭灵”引子，张宣、李母、董大嫂分头上。

董大嫂　（唱“王祥哭灵”）

叫一句……

李　母　（接唱）　李玉我儿。

张　宣　（接唱）　叫声李秀才，我的好贤婿。

董大嫂　（接唱）　叫声董代，你快返来！

张　宣　（四觅）李玉贤婿、李玉……

[李六与李七醉态复上。

李　七　咦？六哥，你外父叫你呀！

张　宣　李玉贤婿……

李　六　哦，李六贤婿，是叫我呀……（上前）拜见外父！

张　宣　谁是你外父？想占我便宜呀？招打……（欲打）

李　母　（拦阻）亲家翁，我们找人要紧，算了！

张　宣　好，饶你一次，快滚！

李　六　使乜咁大火气呢外父？

（念“白榄”）

好外父，你无须发火！

而家个个去拉郎，拉到也未必有好结果。

我李六算是上等货，送上门来免你奔波。

李　七　（接念）　系啰，拉女婿拜堂，郁下会闯祸。

有的女婿不愿意，会迫到吊颈或投河（双）。

李　母　（一怔）什么？有的拉来嘅女婿会迫到吊颈投河？

董大嫂　　咁，你们可知王员外拉去的女婿，如今下落如何？

李　六　　王员外拉来的女婿……（故意乱说）死咗啦！

三　人　　（齐惊）吓？！

董大嫂　　（忙问）那我董代呢？

李　六　　（随口乱说）董代呀……不又是同王员外的女婿一起投河。

董大嫂　　（恸哭）吓？董代呀——

张　宣　　贤婿！

李　母　　乖仔！（三人同"哭相思"）

　　　　　[李六、李七暗自得意。

张　宣　　（唱"哭相思"尾腔）

　　　　　　　　贤婿呀！

李　六　　（忙应）吓——外父，你应承将个女嫁给我了吧？

张　宣　　（忍无可忍）好，我应承你，应承打扁你个鼻哥！（一拳打去）

李　七　　六哥你流鼻血呀！

　　　　　[李六、李七狼狈逃下。

张　宣　　亲家，可恨王员外迫死你儿害死我婿，此事断难罢手。何不随我闯进他家，打个落花流水，好替女婿报仇。

李　母　　亲家翁，现在人命关天非同小可，你同我报官罢！

董大嫂　　他害死我董代，我也要报官！

张　宣　　好！一齐告状到县衙！（同下）

第八场　闹衙

　　　　　[二幕启。紧接上场，钱塘县衙，喜堂布置。

　　　　　[喜乐声中，县官、王夏、彩凤同上。

王　夏　　恭喜大人、贺喜大人！

县　官　　哈哈哈！

王　夏　（对彩凤）女婿，上前拜见县官大人！

张彩凤　（上前向县官行礼）见过县官大人！

县　官　少礼少礼，这就是你贵婿咩？好好好！

王　夏　指教指教。

县　官　（念“口鼓”）今日为我女儿完婚，还请王员外拍硬档。

王　夏　（赔笑）一定、一定！

县　官　（接念）我信里头拜托你个番话，还请紧记莫忘。

王　夏　（接念）这个自然，大人千金出阁，定当办得似模似样。

［内白：“全城绅士到！”

县　官　（接念）好，人来动乐，有请贵客到后堂！

［“帅牌”音乐，众绅士上，县官、王夏迎入。

众绅士　恭喜大人！

县　官　今日小女于归，蒙各位赏光又赐贺仪，不胜感激之至。

众绅士　草草不恭，还请恕罪。

县　官　好话好话，少时赞礼司仪，请各位多讲几句好话！

绅士甲　这个自然！令千金这段婚姻，不知何人为媒？

县　官　王员外为媒。

绅士乙　呵，原来是你！

王　夏　好话叻，讲到我呢个媒呀！（望县官）小姐未出世就做到今时嘅叻。

绅士丙　呵，闻所未闻。

众绅士　倒要听听！

王　夏　请听！

（唱“流水中板”）

记得当年呀，小姐未曾生下，

指腹定亲谈婚嫁，做媒就请我王夏，

金钗为聘无虚假，转眼韶光快过跑马，

又见小姐拜堂吹啲咑，哪架哪咕哪架！

众绅士　（同笑）哈……

绅士甲　（唱“滚花”）

相信你呢个媒人，不会讲大话。

因为尊庚六十，尚未见甩牙。

绅士乙 （接唱） 请问新郎高姓大名？

王 夏 呃……

县 官 （尴尬，接唱）

已到吉日良辰，请大家多说几句好话。

绅士甲 姻缘巧合。

绅士乙 龙凤呈祥。

绅士丙 拜堂成礼。

绅士丁 喜气洋洋。

县 官 动乐拜堂！

[音乐起，夫人先上，家院、丫鬟扶李玉、小姐上，董代在后吹啲哒，拜堂。

[王夏、彩凤见李玉大惊，同时上前相认。

王 夏 哦，乜你呀？贤婿——

张彩凤 李郎！

[顿时堂上大乱，堂鼓咚咚。

衙 差 （匆匆报上）启禀老爷，张教头在外面击鼓鸣冤呀！

县 官 呸！老爷的事都未搞惦，哪有咁得闲理他们呀，叫他第日再来过啦！

李 六 （边叫边上）老爷，张教头要打人！

县 官 混账，老爷要杀人！

李 六 是、是！（刚转身又回头）卖武张闯进来了！

[张宣、董大嫂、李母同上，一见李玉、董代、彩凤，同时分别上前招呼。

县 官 （喝止张宣等）呸！你们几人到来何事？

张 宣 到来告状。

县 官 好呀！你们有状子，老爷有板子，你们状告何人？

张、李 （同白）状告王夏！

县 官 告他何事？

张　宣　强占我婿。

李　母　强拉我儿。

县　官　谁是你儿，叫何名字？

李　母　就是李玉。

王　夏　大人我……

县　官　你什么？

王　夏　我要讲明。

县　官　你讲什么？

王　夏　老爷的女婿是我嘅。

张　宣　老爷的女婿是我嘅。

夫　人　大胆，个女婿是我嘅就真！

王　夏　是我嘅。

张　宣　是我嘅。

县　官　咪嘈！

（唱“滚花”）

公堂之上，岂容你等叫闹嚣张？

知县大老爷是七品官……

一个品字三个口，七个品字就廿一个口。

（续唱）　儿时轮到你讲？

实行是大人的女婿。

董　代　咁唔得呀大人！其实……

县　官　不准你讲！

［内场叫：“钦差大人到！”

县　官　（唱“沉腔滚花”）

唉呀呀，钦差驾到，你们肃静一旁。

［二校尉拥钦差上。

县　官　（低头恭迎）参见钦差大人！

钦　差　（念“口鼓”）哼！贵县应选美女还差两名，未曾了案。呵呵，莫非违抗王命，敢犯刑章？

县　官　（接念）正为此事商量，因为王夏、张宣两个女生得非常好样。卑职打算凑足数目，明日就呈进朝堂。凑巧今日小女与李玉成婚，忙到我头昏脑涨。今日大人驾到，正好为婚礼增光。

钦　差　哦，原来贵县嫁女咩？（向张、王）你两人个女嫁未呀？

王、张　禀上大人，我有女婿嘅叻。

钦　差　你两个的女婿是谁？

王、张　（同指李玉）就是李玉！

钦　差　（念“口鼓”）嘿，三女一夫，分明糊涂混账！

董　代　（接念）他们为争女婿，官司打得唔水唔汤。

钦　差　钱塘县！

县　官　卑职在。

钦　差　你身为县宰，竟然与民争婿？人来，传令升堂！

[“小开门”，升堂。

钦　差　钱塘县！

（接念）你身为父母官，快快搞掂呢件糊涂案。

县　官　（接念）大人有命，等我判决当堂。

（唱“中板”）

王夏你女儿如花样，

未曾选婿强拉郎。

张宣你行为同一样，

企图避免送女入朝堂。

圣谕煌煌敢违抗，

念你无知初犯返家堂。

（转“滚花”）

快快送女到来，请大人结案。

王、张　（同白）大人！

王　夏　我讲先！

张　宣　我讲先！（争执）

钦　差　咪嘈！

（接唱） 县官有何证据，说李玉是你家新郎？

县　官　（接唱） 王夏做媒，他方才曾经当众讲。

王　夏　（接唱） 大人，此事系县太爷摆布，其实我乌铛铛。

张彩凤　（接唱） 李玉是我夫郎，特地将他寻访。

钦　差　到底你是男是女呀？

张彩凤　我是女扮男装。

钦　差　（念“白榄”）

真系越讲越糊涂，越审越多事干。

你又说是你女婿，她又说是她夫郎。

到底这段婚姻，可有媒证俱齐快些讲！

董大嫂　系我做媒嘅，我讲给你听啦大人！

董　代　我知道得更加清楚，我讲你听呀大人！

钦　差　快讲快讲！

董　代　（唱“滚花”）

从头一二，我知清光。

（转“渔歌晚唱”）

朝中消息到呢处地方，宣布选美又贴了张榜。

吓得满城有女的，听见就三魂丧。

个个想嫁女，唔愿做皇娘，

临时无女婿，求其就去拉郎。

啱啱个李秀才，佢回到钱塘，

被佢（指王）撞见就不愿放。

要佢来做女婿……

（过门楔白）拉拉扯扯，扯扯拉拉。

（续唱） 拉秀才返家内，

一支啲吖即刻迫佢要拜堂，

佢（指王）未肯放，佢（指玉）漏左网，

佢暗有主张，连夜跳到墙上，

又跳到他（指张）门墙，

与佢（指凤）又结鸳鸯。

怎知夜深归家的公差又靠装。

（念“白榄”）

佢（指县官）又去拉郎，布下捞虾网，

捞极都捞唔到，天光又将近。

连我都拉埋，不论后生抑或老汉。

我以为有生意，夜点都无相干。

点知到连须都剃埋，仲唔俾我讲。

（续唱） 须也剃尽未算佢呢笔账！

县　官　大人，卑职的确是嫁女，唔系拉郎咖大人！

钦　差　（念“白榄”）

糊涂知县糊涂事，确是糊涂到极荒唐。

此案判断有何难？何必搞到咁多事干？

待我亲来处理，解决在当堂——

你们三个女选入宫闱，不用你争我抢。

[各人力争，李玉、彩凤连忙拜跪。

李　玉　（接念） 彩凤是吾妻室，并有媒证在当堂。

张彩凤　（接念） 挑选美女有法规，岂可求其来了案？

董　代　（接念） 佢两个成婚我为媒证，焉能选彩凤入宫墙（双）？

（唱“滚花”）

选有夫之妇入宫廷，有辱圣君，有违皇榜。

钦　差　这个……

（接唱） 无须三女一夫同争夺，只求凑足数目送朝堂。

应选入宫是谁人？你们一于听我讲——

大胆张彩凤，女扮男装，招摇过市，定是出身微贱，粗手粗脚，点能应选入宫呢？算数罢啦！

县、王　（嘈吵）大人……

钦　差　咪嘈，你们一个是官，一个是绅，朝廷选美有女嘅应要早些送到，还来与民争执，与朝廷作对。简直混账！你两个实行送女入宫，若有违抗，依法治罪！

县、王　（同时唱“沉花”）

唉呀呀，魄散魂亡！（昏倒）

[张彩凤与李秀才相拥，张宣、李母与董代夫妇笑逐颜开。

[造型幕闭。

——剧终

本剧改编、首演于20世纪50年代末，这里选载的是80年代初整理、复排的版本，主演者为文觉非、张玉珍、王中玉、刘美卿、白超鸿、麦维佳等。

广东粤剧院优秀剧本选

GUANGDONG YUEJUYUAN YOUXIU JUBEN XUAN

第二卷

广东粤剧院 编

中国戏剧出版社
CHINA THEATRE PRESS

《广东粤剧院优秀剧本选》编委会

目录

红梅记

（根据孟超的昆曲《李慧娘》改编）

改编：陈冠卿

人物表

李慧娘

裴舜卿

霞　英

郭稚恭

李子春

土　地

四姬妾

四丫头

船　家

贾似道

贾　化

廖　寅

四校尉

四家丁

四舟子

第一场 赠梅

[初春。

[李家花园，春光明媚，梅花盛开，衣边红楼。正什边短墙。

[起幕。

[“贵妃醉酒”序，慧娘、霞英从衣边上。

李慧娘 （唱“贵妃醉酒”）

寻梅穿花径，雨初晴！

景物分外明媚，

院里阵阵幽香放，芳满庭！

余性独爱红梅，梅幽静！

（转“滚花”）

千红万紫笑迎春，

傲雪欺霜梅独胜。

万点梅花相倚傍，

嫣红一片巧装成。

此身如在画屏中——

霞 英 （接唱） 小姐呀，何不折取一枝供题咏？

李慧娘 折梅？

霞 英 我为小姐折来。

[“士工相思”，转身攀梅笑指一枝。

霞 英 小姐，这枝好吗？

李慧娘 （含笑摇头）这枝只合插花瓶。

霞 英 （又指另一枝）这枝当合意了？

李慧娘 （又摇头）叶大枝粗韵欠清！

霞 英 这不合，那不合，哪一枝才合呀小姐？

李慧娘　（不自觉地，临池顾影摸鬓边介）

霞　英　（解意）哦！小姐临池而顾影，口里无声胜有声。

（急折一枝梅，趋前）就折这枝奉小姐！

李慧娘　（见梅喜爱）这枝很好。

霞　英　（得意）奴婢素是知小姐意的，来来来，待我把这枝红梅，插上小姐鬓边呀。

（弄梅，舞唱“朦胧”）

红梅一枝艳盈盈，
梅添上小姐鬓，
人越见其美，玉立婷婷，
请折腰略略低螓首，
略略俯过来，
看红梅与玉貌互相辉映。（把梅插上慧娘鬓边介）

[排子，锣鼓音乐。

李慧娘　（笑就霞英，插上梅后，临池顾影，接唱）

临池低首一顾影，动幽情！
梅花呀你逢春呀，
花儿茂盛，
春去后，爱梅人，
要寻梅，梅已凋零！

霞　英　小姐伤梅了。

李慧娘　梅花虽可爱，春去便凋零。

霞　英　春去虽凋零，逢冬又再生呀小姐，我看梅不以此而自悲，反而发笑呢。

李慧娘　梅花笑什么？

霞　英　梅笑爱梅人，将花来插鬓，不知谁家子，怜惜爱梅人！

李慧娘　胡说！

霞　英　不是胡说是实说，小姐百美俱全只一缺！

李慧娘　缺什么？

霞　英　缺缺缺，裙边蝶。

李慧娘　（唱“七字清中板”）

思量身世暗伤情，

粉蝶双双穿柳径，

叹奴夜夜叹孤零。

（转“三字经”）

老娘亲，常抱病，

还未解，女儿情。

（转“滚花”）

问何日得配才郎，

莫教奴寒灯吊影！

霞　英　奴婢讨打，令小姐伤情呀。

李慧娘　（唱“滚花”）

扶我到东篱游玩，

那边厢柳暗花明。

[慧娘、霞英入场介。

裴舜卿　（满怀忧忿，上唱“长句二流”）

万紫竞芳菲，湖山多美景，

江南花草百般情，

骚客逢春本该游兴盛，

怎奈我无心赏玩，意绪难宁。（合）

都为小朝廷，殊非安定，

内有权奸操国政，

不管胡骑南下喋血边城，

怀国恨，愤难平，

我要上表诛除奸佞。（拉腔）

（转“合尺滚花”）

连日搜罗老贼卖国赃和证，

食难下咽梦难成，

春风吹绿小江南，

无意游春寻胜境。

贾似道，老奸贼呀！不怕你独手遮天，满朝党羽，裴舜卿要奏你一本，方快人心也！唉，圣上昏迷江左，宠信权奸，此篇劾奸表文，不能大意，郭稚恭满腔热血，忧怀国恨，何不找他商量商量，所谓一人计短，二人计长也！我好比屈大夫满腹牢骚无处诉，行吟泽畔泪千行！

[缓步而行，举目浏览。

裴舜卿　好座梅园！梅花高洁，傲雪欺霜，何不折取一枝，归奉案头，助我文思，振我神笔呢！

（唱“士工滚花”）

园内娇红嫩白，吹来阵阵芳馨，

墙也不高，梅正迎人弄影。

[乐奏“柳青娘”。

[裴舜卿攀墙欲折梅，见无当意者，不自觉跨墙入，坐墙头，欲折梅介。

霞　英　（上，惊叫）贼呀！

[裴舜卿吃惊，踉跄坠入园内。

[李慧娘随着闻声上介。

霞　英　有贼进园，快叫人来。

裴舜卿　慢，我不是贼。

霞　英　不是贼，却来偷梅？

裴舜卿　不是偷梅是折梅。

霞　英　折梅不算偷吗？

裴舜卿　折、折、折而已！

霞　英　折就是偷，好大胆子，你是何人？

裴舜卿　（惶然应）裴舜卿！

霞　英　叫何名字？

裴舜卿　太学生员。

霞　英　答非所问，显见情虚，小姐你说应如何发落？

李慧娘　这个……（介）（见其年少翩翩，低头不语）

霞　英　贼不可饶，还是叫人来。（作势欲行）

裴舜卿　（惊）小姐！

李慧娘　（用目止之）……

霞　英　小姐，骂他！骂他！

李慧娘　（唱“木鱼”）

红梅幽静，玉洁冰清，

跳墙攀折见高情！

霞　英　不责之而反赞之！

李慧娘　（续唱）　君子爱梅成癖性，

折枝归去不必惊。

霞　英　（努嘴）哦！折啦折啦，叫你折呀。

裴舜卿　（尴尬长揖，接唱“乙反木鱼”）

梅主高情不敢领，

但求饶我，

（转“二黄”）

擅自闯进梅庭，不敢妄取一枝。

有辱红梅，高洁性。

霞　英　奇了！

（唱“三脚凳”）

偷梅却有胆，叫你折梅不领情。

然则进园来，观花还是赏景，

抑或醉翁之意不在酒，

在乎窥处子于深庭。

（转“滚花”）

若不明白讲来，

小姐呀，以杖叩其胫！

裴舜卿　姑娘慎言，小生光明正大。

霞　英　好个光明正大，“光”天化日，“明”目张胆，坐“正”墙头，睁“大”双眼望小姐。

裴舜卿　（勃然变色，起唱“反线中板”）

我岂同，那些登徒浪子，窥人闺女卖风情。

我更不同，那些无耻仕人，满腹藏污充贤圣。

我更不同，那些醉生梦死，高居廊庙贼公卿。

（转“爽七字清”）

南渡君臣惜生命，不知大厦已危倾，

贼相嬉游于葛岭，舜卿要作不平鸣。

（唱“滚花”）

折梅归去是欲助文思，

痛陈时弊诛奸佞。

[音乐。

李慧娘　诛奸佞？

裴舜卿　（慷慨）祸国殃民贾似道，欺公枉法罪非轻，不灭奸臣难保国，吾将上表奏朝廷。（慷慨昂立介）

李慧娘　（倾慕其人，另场唱“南音短序”）

春风下降小芳庭。

（唱“南音”）

扳梅客，骨格比梅清。

相逢梅下慰平生。

看他昂立梅边梅失其秀挺，

不由梅主暗心倾，

梅花有幸，得遇林和靖，

怎奈红梅难作主，未敢吐梅情。（拉腔低首介）

裴舜卿　误闯香居，伏祈原宥，小生告辞！

霞　英　（知慧娘倾心爱裴，急阻）相公不要梅了？

裴舜卿　不敢妄折。

李慧娘　相公！

（唱“雨打芭蕉”）

岂可无梅达雅情，既欲扳梅，

又何妨折枝梅，红梅芳馨，

添君逸兴，更助那文思，

诛邪匡正，毋劳贵手抬，

亲扳一枝以示敬。

裴舜卿　岂可劳动小姐。（乐续奏此曲谱）

霞　英　（牵开慧娘）小姐！（暗示）

（接唱）　有风当驶，不须另折梅。

（指慧娘鬓边梅介）

[过序。

李慧娘　（接唱）　带羞除，鬓边梅。

霞　英　（早代接过梅，对裴，接唱）

幽香一缕，

梅，有的是现成。（扬鬓边梅）

长情小姐以鬓上红梅相敬。（纳裴手介）

裴舜卿　（愕然，接唱）

梅属卿，梅属卿，

却送给舜卿，

教我怎报卿，深感铭。

霞　英　（故意大声）相公你可以走啦，免家中娘子盼望！

裴舜卿　姑娘真会取笑，我家中哪有娘子。

霞　英　没有娘子就好谈，我家小姐名叫李慧娘，是已故李御史之女，家中只有一母，小姐今年十九岁，尚未字人。

裴舜卿　这个！……

霞　英　何必这个那个，相公聪明人呀。

裴舜卿　（唱“滚花”）

小姐以鬓边梅赠，分明对我生情。

小生也不是木头人，心正愁思不知如何回敬。

霞　英　她赠你梅花，你赠她一物，明日命媒说亲，便是大大的回敬了！

裴舜卿　（唱“爽七字清中板”）

余非木偶不通情，

姐赠红梅情意盛，

吾将玉珮报卿卿，

（转“滚花”）

白玉红梅盟心共证。

[交玉与霞英介。

霞　英　（雀跃）小姐！相公有回敬了！

李慧娘　（喜接着低头介）

裴舜卿　（远远长揖）小姐！一待劾奸表文书就，自当命媒拜谒令高堂，小姐请呀！（下介）

霞　英　相公，好行！

[裴舜卿下。

李慧娘　（望玉珮）白玉红梅！

霞　英　真好名堂！

李慧娘　好块玉珮。

霞　英　在小姐手里。

李慧娘　鬓边梅呢？

霞　英　人家带走了。

李慧娘　真好梅花，霞英（翘足欲望裴）

（唱“滚花”）

随我登楼游玩，

那边厢柳媚花明！

[霞英会意，笑扶慧娘下介。

[贾似道微服带贾化上。

贾似道　（唱“快中板”）

充耳不闻刀兵事，

私行为访美人儿，

三十六房不称意，

枉居相位权重一时。

（转“滚花”）

贾化与爷，留心沿途美女。

贾　化　知道。（抬头望见慧娘，急告知似道看楼上）

[音乐奏“弹竹花”。

贾似道　（看见，大喜）好个美貌佳人，嘿嘿嘿……

贾　化　哈哈哈……

[慧娘、霞英闻声，转面一看，慌忙下楼去了。

贾似道　（念“口鼓”）果然貌赛天仙，这是谁家娘子？

贾　化　（接念）已故李御史之女李慧娘，端庄秀丽谁个不知。

贾似道　好个端庄秀丽，嘿嘿嘿……

贾　化　哈哈哈……

贾似道　贾化！

贾　化　相爷！

贾似道　（念“口鼓”）随带花红彩礼，去到她家，就说相爷要娶慧娘做三十七房妾侍，若不应允，与爷强抢回归！

贾　化　此事担在小人身上！

贾似道　（唱“滚花”下句）

事情速办莫延迟。

与爷回府嘿嘿嘿！

[同下。

[幕闭。

第二场　游湖

[数日后。

[西湖。湖光艳艳，清波荡荡，堤柳摇曳。

[音乐起“沉腔首板”。

裴舜卿　（内唱“首板”）

山河非旧。（士腔）

[启幕。

[奏“湖上悲歌”序，舟子划船载裴舜卿、郭稚恭、李子春三人上介。

裴舜卿　（唱“湖上悲歌”）

北地胡儿兵入寇，烽烟四起国人愁。

抚膺悲痛，江山非旧，铁马横行三江口！

大丈夫，要有扭转乾坤之手，

当竭诚，救国家于危急之秋。

一点孤忠，景仰岳统制，

哪怕刀斧裂我之首！

郭稚恭　舜卿，慷慨悲歌，感人肺腑呀！

李子春　舜卿，慷慨悲歌，感人肺腑呀！

郭稚恭　锦绣中原归敌有，是热心人，哪个不怆然垂涕呢？

裴舜卿　两位仁兄，我们快到灵隐寺去，痛写劾奸表文。

郭稚恭　事不宜迟。

（唱“快中板”）

襄樊已有破城忧，

贼相迟迟不发救，

选色征歌作冶游。

李子春　（唱“滚花”）

劾奸贼，就是救襄樊，

郭稚恭　（接唱）贾贼不除，襄樊难守！

裴舜卿　两位贤兄高论。

（唱“滚花”）

决不让奸臣当道，胡马嘶秋！

船家快桨。

舟　子　相公坐稳。

[舟子划船，音乐起。

众　　（齐唱小曲“三州令”）（内场和歌）

山河色变恨悠悠，

共展鸿猷，补那破碎金瓯。

坚守杭州，攻取汴州！

再直指幽州！

驱兵黑水头！

[舟子划船载裴、郭、李三人入场，歌声飘荡。

[甲乙两校尉分驾快船上。

甲校尉　　呔！丞相游湖，船只回避。

乙校尉　　呔！丞相游湖，船只莫近。

[分边喝叫下介。

[贾似道内场纵声大笑。

[笛仔“六幺令”

[四丫头、四姬妾、众校尉、贾化、李慧娘、贾似道，乘大船上，四船子摇橹。

贾似道　　（左顾右盼，唱“滚花”）

画船一串妙笙箫，更令西湖添美秀。

痴人才说山河变，不见湖山苍翠依旧映清流。

（转“慢板”）

赵氏江山，贾家天下，皇上见臣，低首。

满朝公卿谁似我潇洒风流。

绮罗香，环列身前，

看不尽环肥燕瘦。

李慧娘　　（另场唱“慢板”）

望湖山，忍不住，热泪盈眸。

画舫中，有愁人。问郎知否？

贾似道　　爱姬想什么？

李慧娘　　湖光美好，看多几眼。

贾似道　　哈哈，你就看到够罢，拿酒来！

（唱“滚花”）

今日尽情游玩，不醉不休。

叫左右，（介）画船开到断桥口！

[入场“仙花调”。

[裴、郭、李、舟子上。

裴舜卿　（唱“快中板”）

碧波深处荡飞舟，

懒赏湖光堤上柳。

[内场箫声。

裴舜卿　啊！鸾箫凤管声呜咽，是谁家这般闲情荡画船。

郭稚恭　还有谁家，定是那“充耳不闻刀兵事，醉心但娱妇人”的蟋蟀相公贾似道！

裴舜卿　若是贾似道，我要当面问他一番。

李子春　（摇手制止）算了算了！横竖本章檄文快发出，又何必和他争吵找麻烦呢？

裴舜卿　（断然）不！

（唱“滚花”）

既是两船相近，又岂可示弱回头？（顾舟）

船家！

（续唱）　小船开向大船走！

[子春不安介。

[贾船上。

贾　化　（立船头喝）贾相爷官眷游湖，小船上乃是何人，敢不回避？

裴舜卿　西湖乃天下人的西湖，贾相爷游得，难道我们就游不得！

贾　化　圣上把葛岭一带赐给我家相爷，这里乃相爷禁区，不许百姓船只到此游玩。

裴舜卿　只闻湖山属天下，不闻湖山属贾家。

郭稚恭　圣上把天下交给你家贾相爷掌管，你家相爷像开绸缎店一样，零割出卖得差不多了，还敢呼呼喝喝，好个仗势欺人的狗奴才！

贾似道　（闻声，厉声）何人喧闹？

贾　化　禀报相爷，三个书生又在吵闹。

贾似道　（阴险）哈哈，老夫素来礼贤下士，他们既要在此游玩，就叫他们转船他去，不许吵闹。

贾　化　相爷恩准你们在西湖游玩，只是要转船他去，不许吵闹。

裴舜卿　俺正要与你家相爷当面说话，不向他处游玩。

贾似道　哼！他们既要相见，不见倒显得老夫心怯了。（走出船头）你等如有话讲，来日相府商谈，老夫家眷在此，多有不便。

郭稚恭　（讽刺）相爷也晓得有家眷在而感不便吗？哈哈！

裴舜卿　（念“口鼓”）问有谁人，行同禽兽，窥人妻子，作狎邪游。多少忠良，丧在你手？

贾似道　你骂谁？

裴舜卿　（续念）就是你个蟋蟀宰相，秦桧之流。

贾似道　呸！你是何人，敢辱骂老夫？

裴舜卿　太学生员裴舜卿！

贾似道　裴舜卿！

[此时，李慧娘闻声卸上暗窥听。

贾似道　素闻你颇有才名，如有话说，来日请到舍下，回船！

裴舜卿　且慢！

（唱“爽士工慢板”）

国濒危，民待救，朝野哀愁。

你掌甲兵，居相位，却旁观袖手，

（转“爽七字清中板”）

横征暴敛霸杭州，

舞弊营私耽色酒，

殃民祸国弄阴谋。

（转“滚花”）

襄樊危急待援兵，你高卧湖山不去救！

贾似道　乳臭小儿，懂得什么。

（接唱） 岂不闻东山丝竹一响，肥水之血狂流！

老夫自有计退元兵，永保山河锦绣！

裴舜卿 一派胡言！

（念“口鼓”）当日督师汉阳，出乖露丑，称臣纳帮，天下引以为羞。弃甲曳兵西逃，谎说凯旋高奏。天下百姓全知晓，不是大被蒙头！

贾似道 （唱“霸腔沉花”）

唉吔吔，疯若喘月吴牛！

（转“快中板”）

狂言犯上难原宥，

教你热血一腔付水流！

（散唱） 叫左右！（介）

[众应介。

贾似道 （关目，唱“滚花”）

老夫自会收拾他们，不屑与疯人口舌斗！

回船。

[大船移动介。

裴舜卿 （逼前）你答复我！你答复我！

李子春 乱子闹了，走吧！走吧！

[舜卿发现慧娘在船边垂涕介，激情音乐。

裴舜卿 （愕然介，唱“叹板”）

唉吔吔！娇花落在奸人手！（士腔序）

[舜卿、慧娘相望凄然。

[稚恭、子春愕然。

郭恭稚
李子春 舜卿兄，怎么？

裴舜卿 （惨然唱“煞板”）

她！她！她！（合腔序）

李慧娘 （望湖水凄然答唱）

鱼入网——（士腔序）

李慧娘　（尾腔）　难以比翼同游。（上腔。指玉珮）

郭稚恭　舜卿兄，原来她就是你的——

李子春　愈发不妙！走吧！回船回船！（催舟子回船，助摇桨介）

[延长“合”音。

李慧娘　（望）去了！

贾似道　（在身后狡问）谁去了？

李慧娘　游鱼去了！

贾似道　（一手夺过玉珮）好条游鱼，立即回府！

[贾似道狞笑。

[众姬惊骇。

[幕闭。

第三场　杀妾

[当天黄昏。

[贾相府，半闲堂，正面台椅。

[“大首板”。

贾似道　（唱“快首板”一句）

气冲牛斗！

[贾似道火辣辣，气咻咻，腰佩剑，手持玉珮上。贾化随上。

贾似道　（唱“快中板”）

贱人可杀不可留。

立即升堂从严追究。（升坐）

（转“滚花”）

未平学府礼，先割爱姬头！

贾化。

贾　化　小人在！

贾似道　通知各位夫人，不必进堂侍候，单传慧娘进见。

贾　化　领命！（跳出台口向衣边）呔！相爷有命，各位夫人不必进堂侍候，单传慧娘进见。（摸颈，吐舌，缩膊、急脚下什边）

李慧娘　（什边上，唱“滚花”）

湖上春光愁泄露，

乍闻呼唤更添愁。

为裴郎，应对要小心，免遭毒手！

（入内，强作礼）

贾似道　慧娘，今日游湖快乐否？

李慧娘　（婉转接）湖光美好乐悠悠。

贾似道　（冷冷地）底事观鱼眉锁皱？

李慧娘　观鱼乃是动乡愁。

贾似道　（怒）胡说！

（唱“滚花”）

借鱼比喻，分明另有原因。

玉珮何来，快把真情直剖。（把玉珮一扬）

李慧娘　（接唱）玉珮是娘亲所赐，佩带已有十余秋，

见玉珮便思亲，因而看不释手。（伸手欲索）

贾似道　呸！

（唱“梆子慢板下句”）

巧语花言难狡辩，窃慕风流，

暗与隔船人，通眉语，泪沾襟袖。

李慧娘　（接唱）临流嗟叹，是思亲，

不禁热泪盈眸！

生员骂相在船头，

谁不惊惶回首。

贾似道　贱人！

（唱“快中板”）

船中姬妾尽低头，

独你凭栏频仰首，

手摇玉珮泪双流。

必有隐情难宣于口。

怪不得你，府中平日，常摇玉珮，默默含愁。

（快拼句）

李慧娘　（接唱）　疑雨疑云莫须有，

怪人怪得没来由。

偶尔一窥成罪咎，

说什么宽宏大量，

相爷腹内可行舟。（合前快拼句唱法）

贾似道　呸！

（开位，唱“快中板”）

莫问私情无与有，

裴生与我不同谋，

流泪一窥都有咎，

是嘉其志慕风流。

（转“三字经”）

我家规，你不守。

通情愫，在船头。

（转“滚花”）

辱我体面，

败我门风，

贱人知罪否？（三批介）

李慧娘　（快水波浪，愤恨，快唱“长句滚花”）

你居相位，尚嬉游，

贪花闹酒慕温柔，

不上沙场驱敌寇，

深宵派使入红楼，

强令红颜随皓首，

青春辜负恨悠悠。

你既误国，

又害民，

反问一声你知罪否？（介）

贾似道　可怒也！

（唱“快点”）

不知大祸已临头，要警淫娃施辣手。

（拔剑刺慧娘）

李慧娘　（负剑，怒）老贼你杀我，你杀我！

（痛极，切齿，战指，恨恨地，接唱）

李慧娘（工），生纵不能裂你首（士），

死为厉鬼报冤仇。（合）

贾似道　（接唱）　余先裂你之首！

（“三搭箭”，执慧娘，以剑架入慧娘颈，推入衣边刺杀介）

[慧娘死。

贾　化　（刚刚跑上，见慧娘死状，惊叫）哎呀……

贾似道　（喝）奴才！

贾　化　（直起腰，震）小人不敢。

贾似道　把慧娘尸首埋在牡丹花下，首级放在金匣之内，捧上来。

贾　化　是是是！

[贾化入衣边，发着抖捧金匣上。

贾　化　相……相爷！

贾似道　放在那边。

贾　化　（顺着似道所指之处放金匣）是！

贾似道　贾化！

贾　化　（吓了一跳，转过身来）相……爷！

贾似道　呼唤众位奶奶，出来见我！

贾　化　领命。（向台右下，向内）呔！相爷吩咐，各家奶奶来见。

[孙、赵、钱、罗四姬妾，战战兢兢，互相顾盼，惊怯怯地上。

四姬妾　参见相爷！

贾似道　罢了！（介）现在有一种稀奇之物，要你们看过。

四姬妾　什么稀奇之物？

贾似道　慧娘喜爱美貌少年，我已替她纳聘了。

四姬妾　啊！

贾似道　礼物就在这金匣之内，你们去看。

四姬妾　（战战兢兢，去到金匣前揭开，一看，大放悲声，齐跪向前）唉也！（“叫相思”）唉唉罢了慧娘，妹妹，慧娘呀！

贾似道　（气得要命，喝）呸！

[四姬妾吓得连忙擦泪站起，低头侍立。

贾似道　（唱“滚花”）

此后谁个慕风流，贪少艾，

与慧娘地府同游！

四姬妾　我们不敢。

贾似道　下去也吧！

四姬妾　遵命！（步怯怯转身抹泪下介）

贾似道　（望玉珮。吃吃奸笑介）贾化过来！

贾　化　小人在。

贾似道　（念“口鼓”）命一心腹丫头，拿此玉珮，往见裴舜卿，说李慧娘有心事痛陈，约他今夜到府后花园聚首。

贾　化　（茫然）相爷？

贾似道　（接念）明刀明枪杀他，学府诸生又怪我，我要裴生小子死得人不知鬼不觉，今晚夜罗网自投。

贾　化　相爷好计！

贾似道　去！（交玉珮）哈哈哈！

[幕闭。

第四场　鬼怨

[深夜。

[相府花园，星月惨淡，银汉无光。寒林萧索，天地苍茫。

[悲凉音乐，起幕。

[风悲，鹃啼。

[转起“乙反首板”。

[青燐闪闪，寒虫悲叫。

李慧娘　（内唱“乙反首板”）

怨气腾腾三千丈！

[重力奏音乐锣鼓。

李慧娘　（身穿素衣，一股旋风，一扫而上）

[音乐续奏。

李慧娘　（飘身旋舞，仰首望空，唱“三叠雨霖铃”）

谁怜怨妇命夭殇！

谁怜怨妇命夭殇！

谁怜怨妇命夭殇！

命苦李慧娘，

有泪血一眶，恨怨一腔，

此身已入鬼乡！

[慢起“竹提调二黄”序，竹提琴古筝领奏。

李慧娘　（幽幽地，边慢慢移动脚步边唱“竹提调二黄”）

哀慧娘，刀下丧，

冤如海，恨茫茫。

身似断线风筝无倚傍，

飘飘荡荡独彷徨，

风露冷，月星寒，幽魂脉脉悲泉壤，
说不尽一腔愁愤，万种凄凉！
不见攀梅客，跳粉墙。
但见鬼火磷磷，与几声杜鹃啼唱！
一声何满泪千行，
人向牡丹花下葬，
西湖一面成永诀，
人间地府两参商。
（吊慢） 苦命慧娘！
[李慧娘垂首啜泣，内奏“石榴花”。
李慧娘 （续唱） 这边厢缕缕笙歌深夜响，
我这边声声鬼哭痛肝肠。
（直转“竹提调慢中板”）
谁令我，花下有盟，难偕凤唱？
谁令我，青春年少，饮恨而亡？
（快） 就是这辣手蛇心贼宰相，
就是这草菅人命活阎王。
（慢） 临安城人比鬼惨，阳世阴曹无两样，
临安城，帝主偏安，权臣祸国，临安其实不安。
我李慧娘，身虽丧，精灵未丧！唉！
（唱小曲“寒宵吊影”）
身居鬼乡，旧居未忘。
家有萱亲，闻儿身丧，
哪有不随儿地下，
念到此，更断肠！
我郎忠义肝肠，挺身骂权相，
贼岂相容，他身可安？
（转“快西皮”）
害我者，是贾平章，似海深仇，难轻放。

做鬼也要报仇雪恨，裂彼胸膛。

（转“排子头”）

飘身，闯进半闲堂！

[强音乐快奏，风起。

[慧娘被风吹退介。乐起。

李慧娘　（唱“沉腔滚花”）

哎呀呀！风猛娇无力，

越不过园墙！

[裴舜卿内场恨恨地叫：“贾似道！你这老奸贼！”

李慧娘　（一跃而起，秃头唱“快中板”）

园林深处悲声放，

孤灯寂寂照芸房，

听悲声知是裴郎遭罗网，

老贼阴谋害善良。

（转“三字经”）

生前未聚，红绡帐，

死后也要，会裴郎。（趋前，却步，愁苦）

恨只恨，阴阳难合鸿沟挡！（士腔）

（转“低腔滚花”）

咫尺天涯各一方！（合）

裴郎！（乙乙）裴郎！（士士）裴郎！（合合）

（俯首抽泣委在一隅）

[音乐，古筝独奏“悲秋”。

土　地　（上，笑眯眯，低声叫）慧娘！慧娘！

李慧娘　（猛惊，见土地笑容可掬，感到他是善良之神）

土　地　慧娘！

（唱“士工滚花”）

慧娘不要太伤心，老汉有言对你讲。

九天玄女怜念你，叫我土地帮你忙，

天灵灵，地灵灵，空中一望！

[空中一缕火光坠下，土地手拿折扇。

土　地　（唱“滚花”）

飞下阴阳扇，赠给李慧娘。（士工相思）

[打开扇的阳面，登时红光闪闪，阴面向外，绿光闪闪。

[慧娘惊异介。

土　地　这把扇儿休小量，它是护身法宝，阳变阴来阴变阳，我今交给你带身上，快到花园会爱郎。

李慧娘　（大喜，接扇，唱“快中板”）

舒开笑脸愁怀放，深情厚义永难忘。

拜别爷爷花间往！

[将扇翻弄，灯光随之明暗，大喜，飘然而下。

土　地　哈哈！

（唱“滚花”）

我老汉又做了好事一场。（飘然而下）

[幕闭。

第五场　谋杀

[二幕。

[排子头。

廖　寅　（执刀上，念）手举钢刀头落地，眼明手快胜专诸呀也！

（唱“滚花”）

一把钢刀丞相赐，三更要把裴生诛。

快步如飞花园去。（圆台）

廖　寅　（续唱）　廖某只知求重赏，哪管刀下鬼含悲。

（挥刀下介）

[幕闭。

第六场　幽会

[深夜。

[园中石室，桌上残灯一盏，石墙高处有小窗，窗外天昏黑。

[音乐起幕，琵琶独奏。

裴舜卿　（困处室中，焦急悲愤，来回踱步，望望墙上窗，又望一望紧闭的室门，再望一望手上的玉珮）

（唱“反线二黄序”）

已是樊笼鸟，展翅扑飞难，
室门打不开，窗高欲跳难。
夜色残，此身已是刀下囚，
难度过今晚。

（唱“反线二黄”）

此情此景，
梦耶非耶，
天台未入陷重关，
守约进园，逢厄难。

李慧娘，这是怎么一回事呀？

（转“长句二黄”）

你可弦向别人弹，你可变节事权奸，
不合串通老贼弄机关，
竟以玉珮相邀引我来就范，
叹我不知其诈，身陷虎穴龙潭。

（拉合字腔，过短序。唱“二黄”上句）

裴舜卿，在囚笼，心情惨淡。

（“水仙子”尾段低奏无限句。玩摸手中玉珮作沉思介）

（念“诗白”）

飞花缥缈落尘寰，

薄命难留绣阁间，

贾贼欺人经已惯，

忘情未必是红颜。（稍停，追忆往事介）

折赠红梅不等闲，

几回低首独凭栏，

无端一阵急风雨，

那不花残月又残。

前日西湖泛棹，两下相逢，慧娘她呀！

（秃头起唱“反线雁落平沙”）

凄然相对，靠窗而站，

格于防范，偷偷饮泣绿波间，

指几指玉珮，难通片语花容惨！

仇恨压春山，一汪泪眼，一顾一盼，

向我倾诉，身已是囚鸾展翅难，

两下从此拆散，

湖上泛舟，所处境况实可叹。

慧娘好比笼中鸟、网中鱼，不会害我呀！

（转“流水南音”）

此日裴郎身被陷，慧娘未必暗藏奸，

玉珮一方落入奸人眼，设谋坑害亦非难。

想到此情惊破胆，我为伊人把惊担，

老贼杀人不眨眼，慧娘弱妇，

（转“二黄下句”）

希图免祸殊难。

（转快） 身被囚，心念慧娘，愁思无限。

慧娘必无辜。（鼓雷风起，园中竹林沙沙响介）

（唱“二流”下句）

园中悲风阵阵，月暗星残。

一室凄凉，只孤灯一盏。

西窗外竹林影动，疑是凶徒到此间。

老贼你丧心病狂，

（转“滚花”）

敢命人来将我犯？！（收掘）

我把你个贾似道，你个老奸贼，你祸国殃民，罪大恶极，恣行不法，把我羁囚，想我乃太学生员，岂是任人欺负，有日伏阙上书，定把你罪名历数呀！

（唱“合尺滚花”）

就是骂贼而死，也留正气在人间！

风透门窗，夜寒阵阵，坐而待毙，岂大丈夫之所为，我要精神抖擞，好来骂奸！（坐下支腮）慧娘呀！玉珮相邀，其中定有故。裴生为你，添上无限哀思！（朦胧入寐介）

[排子头锣鼓，音乐奏“乙反北上小楼”。

李慧娘　（上。唱小曲“夜亡词”）

幽魂不肯随风散，

宝扇生光把路探。

藤萝缠树树缠藤，

死也相依不离散。

隐听悲声阵阵，知是我裴郎悲喊，

好郎君闯进了刀山，你必定遭那奸贼诬陷，

我应来看一看，

行行复行行，冲破阴阳界限！

（音乐，趋步门前，便欲以扇划门闯进，一想，急缩手）且住，我若把惨遇明言，裴郎定必悲痛，我应扮作常人无异，才好与郎相见。（望扇）妙呀！土地爷爷，赐我阴阳宝扇。其中玄妙，正是运用之时。（把扇一抖，红光招展，露笑容，理云鬓，走俏步，到门前，将扇一指，暗开门，门开，飘身而入）裴郎睡了，裴郎醒来，裴郎醒来！（扇轻拍之）

裴舜卿　（“子规啼引子”醒介，发现慧娘，喜叫）慧娘！想得你好苦啊！（趋前

欲抱，有所感触，徐徐倒退，叹息）

李慧娘　（念“口鼓”）裴郎，今宵相见意当欢，因何见慧娘而情冷淡。

裴舜卿　（接念）你无恙！慧娘还在人世，深夜仍能到此间？

李慧娘　（黯然，接念）我无恙！我是知君身被囚，深夜特来将你探。

裴舜卿　（接念）来得这么容易呀！如今一切都明白，幸毋再度把人坑。

李慧娘　裴郎你意何所指？

裴舜卿　（慨叹，唱“减字芙蓉”）

春光如泄露，你我欲生难。

如今只把我羁囚，你却逍遥无忌惮。

分明欲博专房宠，同谋设陷坑。

（转“滚花”）

计确高明更难防范。

请看玉佩。

李慧娘　（惊愕）郎君因何有此？

裴舜卿　讨老贼之欢，命家人持玉佩，诱我进府囚禁，打得好主意。

李慧娘　（唱“沉腔滚花”）

哎呀呀！老贼你计确凶残！

（另场唱“快二流”）

横钢刀（六），不惜花愁玉惨（工），

还要我（工），死将恶誉在人间（尺），

怨气一腔（合），

（转“滚花”）

永难消散（上）。（切齿顿足）

裴舜卿　良心有愧！

李慧娘　（叹息）裴郎呀！

（“乙反中板”下句）

白玉红梅，花前明誓，永留心上不凋残。

慧娘自入笼中，几回肠断楼头，

红泪丝丝迷两眼，

欲见裴郎难会见，

空题红叶，倚楼栏，

那日泛西湖，两船相近不相亲，

此情此景多痛惨，

君是隔船人，当知其苦况，

更知我处境之难。

（转“乙反滚花”）

是老贼（介）利用此玉珮一方，（介）

把君坑陷。（顿足介）

裴舜卿　是老贼利用此玉珮一方，把我坑陷？哼！你不告他，他焉知此物！

李慧娘　他哪有不知呢，正如裴郎所说，湖上春光泄露，老贼把玉珮夺了！

裴舜卿　老贼把玉珮夺了？

（另场唱“银台上”）

游湖境况记心间，伊人独倚船栏。

拈玉珮，弄数番，愁绪满怀多惨淡，

湖上情，贼倘觉察，那有何不凭玉珮，

欺心设计来将我陷！

李慧娘　（上前）裴郎！

（唱“长句滚花”）

郎此日，身遭难，

都是贼臣将计陷，

君毋因此罪红颜，

君呀你在外未知奴遇惨，

那日西子湖心相见后，

半闲堂上起波澜！

裴舜卿　西湖事泄，老贼定不相容，何以我被囚而卿无恙，怎不令人疑惑，到底老贼如何待你？

李慧娘　老贼？（愤极）

（唱“滚花”）

此仇不共戴天，老贼手执青锋将我斩！

裴舜卿　老贼将你斩？

李慧娘　多亏众家姐妹苦苦哀求，我才得存性命！

裴舜卿　后来怎样？

李慧娘　老贼将我打入冷房，话从此一刀两断，是我听说你被囚在此，冒死偷来相见，估道今宵情缘能再续，不料你多疑若此把人冤！（含嗔转面介）

裴舜卿　（急谢过，唱“沉腔滚花”）

唉呀呀！非我多疑虑，是老贼凶残。

（转“反线中板”）

花玉两情深，互换定良缘，你我情非泛泛。

恨权奸，不许梅花自作主，还施辣手把花扳。

侯门似海深，一面也无缘，怎不令郎悲叹。

西湖相见后，身遭罗网，怎不疑虑多番。

真相既明了，所有疑雨疑云自当消散。

玉梅缘，应复合，不再是阻隔重山。

（转“滚花”）

卿你转过面来，恕余冒犯。（长揖介）

李慧娘　（回嗔作喜）谁怪你呢！

（唱“滚花”）

君有情来妾有义，

老贼空张罗网设刀山。

今宵你我庆重逢，

真是难分欢乐和悲惨。

（枨触所遭，抚裴肩而流泪介。“叫头”）裴郎。

裴舜卿　慧娘！

[园外风沙作响，有脚步声。

李慧娘　（一跃而起）裴郎不好，园外风沙大响，有脚步之声，老贼派人来要将郎谋杀了。

裴舜卿　大丈夫身陷魔阱，有死而矣，难施笔伐，当用口诛！

李慧娘　郎呀！元兵犯境，老贼横行，国事为重，犯不着以颈血吻屠刀也，慧娘救君出去。

裴舜卿　你弱质纤纤，如何救我？你去吧！

李慧娘　（唱“快滚花”）

慧娘熟悉园中路，今宵救你出龙潭。

（执舜卿手出门）

[廖寅此时一手执火把，一手执刀腾步上，见有人自室出，大喝一声。

廖　寅　看刀！（钢刀落）

李慧娘　慢来！（宝扇挥）

[慧娘护住舜卿，举扇以阴面向外一扇。

[廖寅打一寒噤，倒退数步。

[慧娘趁机执起舜卿手，飞步入衣边下。

廖　寅　何来冷风？搜！（入室搜索不见人）室中无人，追！（追入衣边）

[幕闭。

第七场　放裴

[紧接上场。

[黑夜花园。

[大笛排子头“北上小楼”。

[慧娘携裴生手，走步上。

裴舜卿　（唱“快二流”）

躲过了恶贼钢刀，踏上了荒园曲径。

李慧娘　（接唱）　哪怕刀山火海，脚下似点水蜻蜓！

裴舜卿　（接唱）　路径难行，赖卿照应！

[内场光火，廖寅大喝一声。

裴舜卿　慧娘不好，恶汉又来了！

李慧娘　（唱“合尺快滚花”）

我郎休惧，慧娘有法退追兵！

廖　寅　（咆哮）哪里走？

[人随声至，疾如风雨，举刀猛向裴砍下。

[李慧娘迎上一扇，绿光。

[舜卿随即闪过刀锋。

[李慧娘再扇，绿光，怒目瞪廖。

[廖寅退步发狠，横刀自卫，乱劈乱扫。

李慧娘　（唱“合尺滚花”）

园内喊杀声声，裴郎惊魂不定。

老贼凶残频加害，此仇此恨永难平。

[廖寅复冲来，展开搏斗，扇子时阳时阴，慧娘时隐时现。

[廖寅乏力，最后被慧娘扇倒，踉跄入场。

[慧娘携裴生旋舞圆台。

[裴生惊魂稍定。

李慧娘　郎呀！

（唱“手托”二段）

早击退贼追兵，君也离开陷阱，

别矣，鸳侣梦化烟轻。

裴舜卿　（接唱）　方庆鸾凤两重叙，因何又各奔前程，

什么意？问句卿卿？

李慧娘　（唱“乙反快滚花”）

薄命难和君作伴，此身经已丧幽冥。

裴舜卿　（急问）此话何意？

李慧娘　那日游罢西湖，老贼已把我一刀两段，君所见者，已是非人，我郎不信，唉！

（续唱）　看我颈上剑痕，

便知我是鬼非人早丧命！

（张扇，现惨绿光示剑痕，随即掩面啜泣介）

裴舜卿　（惊倒地，“绞纱”而起，甩水发，膝行而前）哎呀呀！慧娘，爱卿呀！

（唱“乙反西皮”连序下句）

身虽死，心坚贞，

多情是爱卿，为郎身作鬼，

做鬼也不昧本性，与裴郎相依为命，

有此幽灵知己，当相依不离形影，

愿永随卿卿，花下约，未忘情，同把归鞭整。

李慧娘　（唱“乙反二流”）

已断头，空余魂一缕，

难以再续前情，缘尽于斯，

来世再将缘订。

郎呀！

（念“口鼓”）国有权奸，赖君扶危诛佞，君你正当年少，前途未艾方兴，此后厉鬼孤魂，飘摇无定，勿以慧娘为念，郎君珍重前程。

裴舜卿　（唱“快合尺滚花”）

忍便舍卿而去！

李慧娘　（接唱）　慧娘送君一程。

[笛子领奏，乙反“俺六国”。

[李慧娘舞扇送裴舜卿下介。

[幕闭。

第八场　鬼辩

[接上场。

[贾相府。

[起幕。

[廖寅慌张失措上。

廖　寅　有请相爷，有请相爷！

[贾似道由台左上，贾化随上）

贾似道　事情怎样？

廖　寅　（锣鼓白）相爷不好。方才我去到花园，看见裴生一刀劈去，不料闪出一个红衣妇人，将我打翻在地，就把裴生拉拉扯扯，带他逃跑出去了。

贾似道　啊！裴生逃跑了？（介）没用奴才，坏了大事，下去！

贾　化　（夺过廖刀）下去！

廖　寅　啊！（神经错乱，抱头转了个圈。下介）

贾似道　是哪房贱人放了裴生，这还了得！（介）贾化！

贾　化　有！

贾似道　传话下去，哪个贱人，放了裴生，从实招来！

贾　化　领命！（出外，向内场）呔！相爷传话，哪个贱人，放了裴生，从实招来。

[众姬内白："我们不敢。"

贾　化　（进内）禀相爷，她们不敢，（一想）啊，她们说道"我们不敢"！

贾似道　再去传话，若不从实招来，一个二个，吊在回廊，皮鞭拷打！

贾　化　（出外）呔！相爷言道，若不从实招来，一个二 个，吊在回廊，皮鞭拷打。

[李慧娘内场："慢着，是我手放！"

贾　化　（入内）相爷，是我手放！

贾似道　是你这个奴才手放？

贾　化　相爷，不是啊，是她说道，是我手放。

贾似道　报上名来。

贾　化　（出叫）报上名来！

李慧娘　（内）李——慧——娘！

贾　化　哎呀，我的妈呀！（吓得跪进）相……爷……她自称李慧娘。

[风起，灯绿，贾似道打个寒噤。

贾似道　贱人好胆！

（唱“滚花”）

烈鬼敢将贼子放，

还来作祟太猖狂！

贾化……

贾　化　（应）有。

贾似道　（续唱）　吩咐校尉家丁，

点起火把灯笼，

照得满堂明亮，

贾相爷，审烈鬼，

要她永远不还阳。（下）

贾　化　领命！（战栗地）呔！相爷吩咐，家丁校尉，点起火把灯笼，堂上会齐。

[内场吆喝一声。

贾似道　升堂！（下介）

[大笛“小开门”擂大鼓。

[八校尉各执火把钢刀，一对对气昂昂地上，贾似道身着相衣、相帽上，贾化跟随出入。

贾似道　（念）半闲堂中杀气旺，老夫好比活阎王。

[撒火粉，李慧娘执扇上，扎架，以手指贾似道。

贾似道　（感到阴森森，毛骨悚然，但看不见什么，惶恐）贾化！

贾　化　有！

贾似道　传李慧娘！

贾　化　传李慧娘！

李慧娘　早就来了。

[扇打贾化，贾化寒噤。

[贾似道与众同视慧娘发声处。

贾似道　你……你哪里而来？

李慧娘　来处而来！（飘忽）

贾似道　（向慧娘发声处）你……哪里而去？

李慧娘　去路而去！（飘忽）

贾似道　（又向慧娘发声处）贱人你好大胆，好呀胆！

（唱“恨填胸”）

阴间鬼，好嚣张，

（念“白榄”）

身作鬼，还放荡，

离地府，会情郎。

（续唱）　死不流芳！

李慧娘　（愤怒）贾似道，老贼呀！（扎架，以手指似道，出一把火）

（唱“梆子慢板”）

一剑仇，永难忘，慧娘要惩奸相！

[以扇打贾似道，红光绿光，阴阳两用。校尉难近，慧娘踞坐，似道挥剑扑空。众人乱作一团。

李慧娘　（续唱）　展凌光，挟雷霆，

要你把命来偿。

贾似道　（唱“滚花”）

老夫堂堂一宰相，

何惧阴间李慧娘！

[疯狂扑上，欲争相座，被慧娘打翻。

[众校尉、家丁挥刀上。

[“水仙子”慧娘闹堂，校尉、家丁互相揪打，桌椅掀翻，似道倒在贾化身上喘息。李慧娘上前一根根地拔贾发须，似道喔喔怪叫，相冠落地，玉带离身，宝剑脱手，袍履歪斜。

李慧娘　（立案上）哈哈。

（唱“快中板”）

老贼受罚魂魄丧，

满身死罪命不长，

看我慧娘升天上。

（转“滚花”）

飞云掣电，任翱翔。

[贾化、校尉欲上，被慧娘一扇，纷纷倒地。

[慧娘舞扇腾身，冉冉腾空去介。

[幕闭。

——剧终

本剧选载的是 1961 年罗家宝、李燕清、王中玉等主演的演出本。

金鸡岭

编剧：李门　林榆　范敏　陈仕元

人物表

洪宣娇　　20余岁，太平天国西王娘

萧朝贵　　30余岁，太平天国西王

邱二嫂　　30余岁，太平军指挥

萧三娘　　20余岁，太平军指挥

萧铁牛　　20余岁，洪宣娇南下时为军中联络

盘金妹　　18岁，瑶族人，洪宣娇的参护

朱老藤　　50余岁，粤北义军首领，后参加太平军

李开芳　　20余岁，西王部将

林凤翔　　30余岁，西王部将

太平军男女兵将若干人

众百姓、老者、义军、义民等若干人

叶总督　　40余岁，两广总督

胡　贵　　30岁，叶总督心腹，官任经历，掌握缉捕谍报等事项

吴道台

王镇台

苏副将

林知府

罗知县

中　军

探　目

清营兵将若干人

第一幕　道州话别

[清咸丰二年（1852 年）7 月。

[湖南道州城内。

[一轮大鼓开幕。

（合唱）　金田巨雷响，风云卷南国，

立地顶天皆勇将，鏖战南北解民瘼，

干戈蔽天日，战鼓震山岳，

中原转乾坤，人心向天国。

[随歌声暗转西王府。

[内白：西王殿下回府，男营将领，两厢侍候！

[众应介。

["六幺令"牌子，李开芳、林凤翔二大将、四男太平军引萧朝贵上。

萧朝贵　（念"英雄白"）

金田风暴惊胡虏，

万马千军共一心！

列位兄弟，刚才天王有谕，令我们兴兵北上，进取长沙，你们可有准备？

众　准备已多时。

萧朝贵　李开芳、林凤翔！圣兵探得两广总督叶妖，率兵数万，援湘而来。为保天军顺利攻取长沙，天王定计，派一队人马，牵制援湘清妖。未知你们谁愿前往？

李开芳　西王！

（念"口鼓"）开芳本是铁肝胆，南下杀敌我承担。

林凤翔　西王！

（接念）披荆斩棘我已惯，领兵讨贼不畏难。

李开芳
林凤翔　（唱"滚花"）

为天国立功，请殿下交我办。（互争介）

［洪宣娇、邱二嫂、萧三娘上。

洪宣娇 （唱“滚花”）

传来军令下岭南。

邱二嫂 （接唱） 请战出兵为民除患。

萧三娘 （接唱） 从来不惧虎穴龙潭。

洪宣娇 （接唱） 随我进营勿怠慢。

萧朝贵 （念“白榄”）

宣娇因何故，巡营不久便回还？

洪宣娇 （接念） 闻得天军下岭南，请派女营除妖患。

邱二嫂
萧三娘 （接念） 南下责，愿承担。

萧朝贵 女营……承担？

（唱“滚花”）

牵制清兵重责，关系天国江山。

李开芳 （接唱） 女兵只有三千，怎能制敌数万？

邱二嫂 （接唱） 用兵贵精不贵多，千万百万也等闲。

林凤翔 （接唱） 你可知那叶妖诡计多端？

萧三娘 （接唱） 谁不晓我嫂嫂王娘有良谋无限。

李开芳
林凤翔 还是男营去好！

邱二嫂
萧三娘 女营去好！

洪宣娇 众兄弟姐妹呀！

（唱“芙蓉中板”）

南下与北上，任务确艰繁。

林、李兄弟助西王，力量不宜分散。

南行牵制之责，女营正可承担，

（转“快七字清”）

宣娇素来性刚硬，

披荆斩棘不畏难。

萧三娘，好比南山豹，

邱二嫂，犹似浪里蛟，

还有义民千千万，

何惧叶妖性凶残。

（转“滚花”）

交令女营勿迟慢。

萧朝贵　好呀！

（唱“快中板”）

王娘之策实可行，

众将心齐堪称赞。

女营接令即下岭南。

洪宣娇　（接令）得令！

（接唱）　二嫂三娘传令饱餐战饭。

（转“滚花”）

校场点将往南行。

萧三娘
邱二嫂　知道了！（同下）

萧朝贵　（对将士）众兄弟，现派女营南下，李、林兄弟随军北上，你们下去准备登程。（众下）宣娇！

洪宣娇　殿下有何嘱咐？

萧朝贵　宣娇呀！

（唱“长句二黄”）

今日南北两分兵，出奇制胜。

你阻那援湘清妖，我突进那长沙城，

分道扬镳，同为天朝效命，

南征北战，你我责任非轻，

（唱序） 为的是早日下南京。

（唱曲） 你此次提师，须先挫那妖头气盛。

洪宣娇 （唱序） 未知兄王还有何命令？

萧朝贵 （念“口鼓”）天王说过，湘粤交界地方有个咽喉之地金鸡岭。

洪宣娇 金鸡岭？

萧朝贵 （接念）牵制援湘清妖，你可在此扎兵！

洪宣娇 （接念）想当年我随哥哥到粤北访贤励众之时，曾到过此岭。今日重游旧地……（有感触地）

萧朝贵 如何？

洪宣娇 （接念）我……我高兴不胜。

萧朝贵 （接念）这就好了。宣娇，金田起义以来，永安突围，桂林大战，你们女兵战无不胜。分兵以后，为通两地消息，就派萧铁牛随你南下，联络军情！

洪宣娇 萧铁牛，他不是那里的矿工后裔么？

萧朝贵 正是！

洪宣娇 （高兴地）好呀！未知殿下何时兵发长沙？

萧朝贵 指日便可登程。

洪宣娇 （动起夫妻之情）如此说我们就要分别了！

萧朝贵 就要分别了。（见宣娇难舍难离之态）宣娇呀，同心何必伤离别，万里犹牵两地情。他日长沙等待你会师挺进夺南京！

洪宣娇 殿下呀！你轻骑挺进撼清营，须防长沙驻重兵。恕我未能随君去，战阵小心事可成。

萧朝贵 知道了！

（唱“快中板”）

谨记贤妻语叮咛。

征战多年相依为命，

为民为国马不停。

（转“滚花”）

纵然马革裹尸，也不失英雄本性。

洪宣娇　这……（见朝贵粗豪之态，不放心地）殿下呀，此去长沙，敌众我寡，你勿因一时气愤，误了天国大事呀！

萧朝贵　嗳！宣娇你多虑了！

（念“锣鼓白”）想我朝贵起义以来，战无不胜，攻无不克，管它什么敌众我寡。今战长沙，慢说是偷袭，就是鸣锣北上，攻关斩将，也是易如反掌，何惧之有！（重句）

洪宣娇　你忘记了南王么！

萧朝贵　南王？想那南王冯云山兄弟，蓑衣渡之战，乃是死于非命，若有我朝贵在场，那……我定把那班清妖踩成泥酱！多说无谓，你我快准备出发行装！

洪宣娇　慢！（下，取剑，复上）殿下看来！

萧朝贵　这是何意？

洪宣娇　这是何物？

萧朝贵　谁不知道是把剑！

洪宣娇　是什么剑？

萧朝贵　（看介，一惊）是南王龙凤剑！

洪宣娇　南王教导，你忘记了么？

萧朝贵　这……（水波浪）忘不了！

（唱“十字清”）

他教我，脱离苦海投奔天王。

他教我，诛杀妖魔驰驱阵上，

他教我，军中对敌步步提防，

他教我，勇谋兼备方称良将，

他教我，戒骄戒躁万勿恃强。

（转“七字清”）

故人永别心悲怆，

金石之言未敢忘。

洪宣娇　（唱“滚花”）

不忘，不忘，不忘，此去长沙，何以说易如反掌？

萧朝贵　　这个……

洪宣娇　　（接唱）　赠君南王龙凤剑，

　　　　　　　　　　但愿勇谋并重效南王。

萧朝贵　　此剑赠给我？

洪宣娇　　正是敬赠殿下。

萧朝贵　　宣娇情重了！

洪宣娇　　（取剑，唱“士工慢板”）

　　　　　　　　　　剑影光芒，

萧朝贵　　（接唱）　珍重情长，

洪宣娇　　（接唱）　亲交与我郎手上。（拉腔过门）

萧朝贵　　（接唱）　闪寒光，未把故人忘，

洪宣娇　　（接唱）　南王多谋智，不愧天国一栋梁。

萧朝贵　　（接唱）　感贤妻，情意重，

　　　　　　　　　　斩却虎狼，方显我英雄好汉。

　　　　　（浪里白）想我朝贵当年烧炭卖，无衣无食满山爬。全靠南王常指引，口口黑烟变火花。今日一挥故人剑，不取长沙（介）誓不还。（一剑把桌角斩去）

洪宣娇　　小心才好！

　　　　　（唱“减字芙蓉”）

　　　　　　　　　　此去长沙多风险，殿下遇事要三思。

　　　　　　　　　　宣娇不在你身旁，饮食起居须注意。

　　　　　　　　　　君有凌霄志，胜利定可期。

　　　　　（一轮战鼓。转“滚花”）

　　　　　　　　　　战鼓声声，姐妹已在校场列队。

　　　　　　　　　　就此告别，后会有期。（续奏“秋水龙吟”）

　　　　　[宣娇正要走，朝贵觉得不安。

萧朝贵　　且慢！（想介。感到要赠些什么给宣娇，但摸来摸去，什么也找不到，急得蹬足捏衫，一想即脱下披风）宣娇呀！

　　　　　（接唱）　朝贵回赠你一领披风。

洪宣娇　　（接唱）　我下岭南正好遮风挡雨。

萧朝贵　　对了，对了！来，待我为你披上！

洪宣娇　　多谢殿下。

萧朝贵　　铁牛在哪里？

萧铁牛　　（上）叩见殿下！

萧朝贵　　俺令你随王娘南下，联络军情。

萧铁牛　　铁牛从命。

洪宣娇　　我们走了！

萧朝贵　　好呀！

（唱“滚花”）

长沙城下再会师。

[“排对对”，金鼓雷鸣，一队队持灯笼的女兵由窗后经过。

[幕闭。

第二幕　官亭遣将

[距上场不久。

[韶州郊外。

[“牌子头”起幕。中幕前。

[“帅牌”，众官上。

吴道台　　风闻发逆岭南来。

王镇台　　将寡兵微实可哀。

林知府　　制台大驾临韶地，

罗知县　　又怕祸从天上来。

吴道台　　南韶连兵备道吴长寿。

王镇台　　总兵王仁金。

林知府　　韶州知府林光弼。

罗知县　乐昌知县罗成章。

吴道台　列位同僚请了。

众　官　请了。

吴道台　今天制台大人统兵亲临韶州，抵御发逆，正是万民之幸。只是贼兵未至，罗知县却闻风先逃。此事制台大人得知，恐有不便。

罗知县　列位大人，乐昌地瘠民贫，兵粮不足，又无险可守，卑职离开，实属万不得已，烦劳列位大人在制台面前说几句好话，多多包涵，感恩不尽。

众　官　权且尽力。

[内场头锣十三响。

吴道台　制台大人已到，我等站立恭迎。

[开中幕。接官亭。

[苏副将引四清兵先上。

[叶总督，下轿。悠然自得上。

叶总督　（念“诗白”）

赫赫官威震广东，
但求长保顶子红，
纵是人云鲜血染，
谰言且当耳边风。（介）

[众官参见。

吴道台　制台大人驾临韶州，卑职有失远迎。望求恕罪。

叶总督　唔，想那发逆进犯三湘，本督奉旨增援，还望列位同心协力，效命朝廷。

众　官　食君之禄，担君之忧，自当效死。

[胡贵匆匆上。

胡　贵　参见大人，卑职奉命查探军情，查得……（不便说下去）有文书在此，请大人一观。

叶总督　（旁念文书）发逆声势，如火如荼，民心归顺，迎者载道，（介）乐昌知县，闻风先逃。（强忍怒气埋位介）哪位是乐昌知县？

罗知县　卑职罗成章在。

叶总督　哦，你就是乐昌知县罗成章么？

[示意押斩。

胡 贵　斩!

清 兵　（齐喝）斩!

[清兵押知县下斩首，众官震慑。

叶总督　（阴沉地笑）诸位不用惊慌，本督来韶之前，曾扶乩请吕祖指示，乩中有云:“将不行法，是谓无将，兵不畏法，是谓无兵，四维不振，何以成章！既犯天地之禁忌，复违仙圣之科条，十恶不赦，罪大当诛。”如今看来，四维者罗也，“四维不振，何以成章”二句，正应在罗成章身上。可知罗知县正法，实属天命，非本督好杀也!

众 官　吕祖先师，灵验！灵验!

[探目匆匆上。

探 目　启禀大人，女贼洪宣娇，领兵犯境，向乐昌方向而来。

[众人大惊。

叶总督　再探!

探 目　得令。（下）

叶总督　洪宣娇?（哈哈大笑）

胡 贵　（主动介绍情况）大人!

（唱“滚花”）

洪宣娇乃洪秀全之妹，萧朝贵之妻。

挽弓能百步穿杨，飞骑可日行千里。

[众官咋舌。

叶总督　胡说!

（接唱）　发逆兵微将寡，怎敌我数万雄师?

本督成竹在胸，要她生则生死则死。

列位同僚！常言养兵千日，用在一时，你们食朝廷俸禄，凡事应替君分忧。发逆金田叛乱，已被天朝大兵打得东奔西窜，今天贼妇南来，正是你等立功机会，慢说她们是一班丫头弱妇，就是那黄巢、李闯，也大可瓮中捉鳖，逐个杀光!

众 官　是，是，杀光，杀光!

叶总督　圣上还有谕示到来，生擒发逆头领一个，赏银百两，灭除发逆人马一队，升官三级，皇恩浩荡，你你……

众　官　我们万死不辞！

叶总督　本该如此！列位同僚，你们可知湘粤边境有个咽喉之地金鸡岭？

王镇台　有，有，此岭险如屏障……

叶总督　可有驻兵？

王镇台　制台大人来粤东之后，国泰民安，未有驻兵。

叶总督　呸！苏副将过来！

苏副将　有！

叶总督　发逆南来，必先抢占高地。金鸡岭是湘粤要塞，易守难攻。如今命你带领人马，先行据守金鸡岭。速速前去！

苏副将　得令。（下）

叶总督　（唱“滚花”）

快些齐集人马，随我兵发金鸡。

众　官　喳。

[落闭。

第三幕　智取金鸡

[道州出发后不久。

[金鸡岭下。

[中幕前。

洪宣娇　（内场唱“首板”）

戴月披星，兵临粤境。

[“大相思”，太平军、萧铁牛、邱二嫂引洪宣娇上。

洪宣娇　（唱“滚花”）

红绡宝马，且看女子用奇兵。

举目抬头，前面已是金鸡岭。

众三军，可有军情回报？

萧三娘　（上场。朱老藤、盘金妹随上）有禀王娘，义民首领朱老藤带瑶民女子盘金妹求见。

朱老藤
盘金妹　拜见王娘。

朱老藤　有禀王娘，叶妖前队苏副将，昨日占了金鸡岭，四处强拉百姓运粮上山。金妹爹不肯替清兵运粮，被他们活活打死。

盘金妹　求王娘收留，替爹爹报仇。

洪宣娇　好，你留在女营就是。三娘，还有什么军情回报？

萧三娘　王娘，探得那叶妖数万人马，连同韶州府属官兵，接踵而来，望嫂嫂速为定夺。

洪宣娇　这……

邱二嫂　请王娘快下令攻山！

洪宣娇　且慢！想金鸡岭峭壁千仞，强攻定难取胜。

萧三娘
邱二嫂　势将如何？

洪宣娇　（对邱）你率众扮作百姓，随民夫运粮上山。

邱二嫂　得令！

洪宣娇　既然叶妖就要到来，我们正好相机行事。萧三娘、朱大叔，附耳过来。（萧、朱附耳听介）

（唱“滚花”）

安排妙计，取下金鸡好扎营。（率众下）

[中幕启。金鸡岭下一古庙前。

[“当！当！”锣声从远处传来。朱老藤上，义民甲、乙、丙、丁紧跟着上。

义民甲　老藤叔，清兵拉去的人，还放不放回来呀？

义民乙　金鸡岭扎兵，历来就是打仗。大叔，太平军是否真的要来？太平军对我们怎样呀？

义民丙　大叔，你向来为我们穷人作主，我丈夫被拉之时，衫没多穿一件，身无粮米，你替我想个法子啦，大叔！

义民丁　大叔，闻说太平军金田起义，要推翻清廷，解除民困，大叔，若有门路，你……你就带我去参加太平军。

朱老藤　众兄弟婶嫂呀！

（唱“长句滚花”）

恨清兵来了金鸡岭，
拉丁运粮欺压百姓，
杀人放火不安宁，
想我老藤虽为民请命，
昨天情景你们也看得清。

义民丁　对呀，老藤叔不是不为大家，但是要杀绝那班恶人，还要等太平军到来！

朱老藤　对了！

（接唱）天国义师须响应，
若然到此快相迎。
目下为救亲人，

众　怎样？

朱老藤　（接唱）我们不能听天由命。

[难妇打扮的萧三娘匆匆上。

萧三娘　大叔，我们连州难民，被那清兵强拉运粮上岭了！

朱老藤　（忍住高兴心情）这……

[百姓打扮的萧铁牛上。

萧铁牛　大叔。前面有两广总督到，我们乡亲有苦，何不趁此大官过境，拦路鸣冤？

朱老藤　好呀！

（唱“快中板”）

不平之事不怕鸣，
既然大官过此境，
拦路告状诉冤情。

（转“滚花”）

不允我等所求，

他们休过此境。

众　对呀！

萧三娘
萧铁牛　听大叔指点就是！

[太平军化装的鸣锣开道者、护卫兵丁、清将官舆等上。众人拉舆呼冤。

清　将　呔！制台大人驾到，你们何事拉舆？

萧三娘　民等请求伸冤！

清　将　州有州官，县有县衙，不得在此拉舆申诉，违者格杀勿论！

萧铁牛　（怒，念“锣鼓白”）堂堂叶总督，边疆称重臣。民有千万恨，为何不与闻？

难民们　民有千万恨，为何不与闻？（骚动，一时秩序大乱）

清　将　刁民休得乱动。（向金鸡岭）呔！岭上苏副将听话！

苏副将　（出现在半山腰）何事？

清　将　制台大人驾到，山下刁民拦舆挡道，还不速速带兵下山护驾，该当何罪？

苏副将　有这等事么？（一看山下情况）末将领命。（下山）

[苏副将率兵上，驱散众百姓，到舆前行礼。

苏副将　末将护驾来迟，请制台大人多多恕罪。（与兵低头作揖）

[舆帘突然挑起，走出一个戎装女将。

苏副将　（大惊介）你是何人？

洪宣娇　太平天国洪宣娇，今日要取你狗命。（拔剑斩介，清兵同时被斩介）

众百姓　（惊喜介）洪——宣——娇！

朱老藤　（趋前）西王娘！

众百姓　（齐跪下）西王娘！

洪宣娇　你们礼重了。（扶众起）

[邱二嫂、盘金妹等一队人马打着“洪”字旗号出现在半山腰。

邱二嫂　启禀王娘，岭上清妖已杀绝，请王娘登山！

众　这……

朱老藤　此乃王娘调虎离山之计。

[众惊讶赞叹，齐声呼“王娘”。

洪宣娇　（唱“快中板”）

军民共策显奇能，

智取金鸡人振奋。

三军听令上山行。

萧三娘　得令！（下）

朱老藤　（念“口鼓”）百姓感动从戎，老藤誓为天国助阵。

洪宣娇　（接念）愿从军者上岭去，大叔留在山下扰敌人。特派圣兵助你建立义军，山上山下联络紧。

义民等　（接念）黎民个个向天国，哪怕胡虏虎狼群！

探　目　（上）启禀王娘，叶妖带领人马来了。

洪宣娇　（哈哈大笑介）他来迟了。铁牛在哪里？

萧铁牛　叩见王娘。

洪宣娇　你把金鸡岭战况，立即飞报西王。

萧铁牛　得令！（下）

洪宣娇　老藤大叔，我们快分头行事。众兄弟姐妹，随我登山！

众　知道了！

[洪率军民、朱老藤带一队太平军，分头下。

[叶总督率清兵将上。

中　军　（上）启禀大人，洪宣娇杀了苏副将，带领人马占了金鸡岭。

叶总督　与我攻山！

[“雁儿落”，王镇台率众攻山。一阵战鼓、呐喊过后，狼狈折回。

王镇台　金鸡山道难攻，我军死伤众甚。

叶总督　饭桶！（对山痛骂）我把你个洪宣娇呀，贼婆娘！本督大军压境，你还不知死活，妄想螳臂当车，知机者快快下山投降，如若不然，定必将山夷为平地。

洪宣娇　（内应）来也。（站在半山腰）

（念“口鼓”）你姗姗来迟，恕吾不候。说什么大军压境，可笑你这无能妖头。

叶总督　（气极，接念）贼妇你占领金鸡，正是送羊入虎口。看我瓮中捉鳖，杀尽你这班黄毛丫头。

洪宣娇　（接念）今日你死到临头，还夸海口。待王娘赏你一箭，儆戒你喋喋不休！（一箭射跌叶的顶戴。下）

王镇台　（震惊地）大人，你的顶戴……

叶总督　（摸一摸头，狡猾地）哈哈，吕祖助我，女贼怎能动我分毫！

（举头不见洪宣娇）女贼哪里去了？

王镇台　避入深山去了。

叶总督　（念“锣鼓白”）有此人来！你们立即传令下去，把金鸡岭团团围住，要它鸟飞不出，水泄不通，看她洪宣娇守到几时。她不饿死岭上，本督绝不收兵。

清　兵　喳！

叶总督　与爷安营！

中　军　遵命！

[幕闭。

第四幕　岭上坎坷

[占金鸡岭半月后。

[金鸡岭上。

[金鸡岭上洪宣娇营帐里。远见广阔凹凸山地，巍峨石壁，还有一些岗哨；帐内台左，上有大旗，下摆桌椅，看来此营帐是四通八达。

[牌子头起幕。

[四女兵引洪宣娇上，示意女兵下。

洪宣娇　（念“诗白”）

任敌围山如铁桶，岭上茶花日日红。

（唱“慢板”）

那妖兵，连日围攻，山鸣地动；

难敌我，金鸡岭上，巾帼英雄。

惟此间，粮秣无多，该省吃俭用。

细思量，如何坚守，助大业成功。

（转“滚花”）

怎得全军上下同心，不为一时困难所动。

[“扑灯蛾”，盘金妹、女兵捧饭上。

盘金妹　（念“白榄”）

王娘巡营归，请将早膳用。

洪宣娇　（见饭奇怪，接念）

何来白米饭，是否全军所食也相同？

盘金妹　（接念）　不——同。

王娘深夜常不眠，都为南下军务重。

不能只吃一餐粥，忍饥受饿肚空空。

姐妹恳求管粮人，取得白米来敬奉，来敬奉。

洪宣娇　快把白米饭拿回厨房和蕨粉煮粥，让大家一同吃。

[金妹为难得几乎哭起来，女兵甲拉她私语，女兵甲急下。

洪宣娇　以后不许这样，姐妹吃什么，我就吃什么。

盘金妹　是！

[金妹拿饭欲下，女兵甲把邱二嫂引上，自己即下。

邱二嫂　金妹，把饭给我。

[邱二嫂把饭端在洪宣娇面前，洪误为金妹复转。

洪宣娇　你还不拿去。（一望见是邱）你……

邱二嫂　请王娘快吃！

洪宣娇　我不想吃。

邱二嫂　王娘！

（唱“滚花”）

但得王娘一饱，我愿十日肚空。

洪宣娇　（续唱）　主帅三军，应该甘苦与共。

邱二嫂　（续唱）　既是王娘又是主帅，就不应枵腹从公。

洪宣娇　（续唱）　谢你对我关怀。

邱二嫂　（续唱）　如此请王娘受用。

洪宣娇　我不吃。

邱二嫂　王娘！（跪下）

[音乐起“二黄板面”。

洪宣娇　二嫂。

邱二嫂　这是全军姐妹敬王娘的！（跪求）

[宣娇扶起二嫂。

洪宣娇　（恳切地，唱“十字二黄”）

我记心中，谢你情谊重，

但我出身同你一样贫穷。

以粥为餐，胜当年长挨饥冻。

哀民生，多疾苦，要忍暂时困厄立志捣黄龙。

（合字过板楔白）金妹快把饭拿下去吧！

[金妹拿饭下，默然有顷。

邱二嫂　我有一言闷在胸，今日要尽情倾吐。

洪宣娇　请讲。

邱二嫂　（唱“南音”）

江山广袤，何必困处孤峰？

作茧自缚有若蚕虫，

粮种不能山上送。

圣库粮草日渐空。

姐妹挨饥我心痛，

不如早日，

（转“二黄”）

摆脱樊笼，

打回广西家乡，

（转“滚花”）

诛土豪，杀官绅，胜过他乡乱碰。

洪宣娇　此言差了。

（唱“恋檀二流”）

师出广西，立大志，

解救家邦于灾难重重。

为何你今天，

因一时困苦，就忘却初衷？

邱二嫂　（唱“快慢板”）

蓑衣渡，丧南王，

辗转流离，我怕劳师无用。

洪宣娇　二嫂！

（接唱）　出广西，入湘境，

势如破竹，南国称雄。

我天军，攻长沙，

壮志凌云，天惊地动。

（转“滚花”）

天王教我辈坚忍，勿因艰苦弃前功。

坚守金鸡，牵制敌人，

望你三思毋妄动。

盘金妹　（匆匆上）王娘，你看谁个回来？

洪宣娇　谁个回来，你这般高兴？

[邱二嫂卸下。朱老藤上前，参见。

洪宣娇　大叔你回来了！敌妖围困，上山可有险阻？

朱老藤　老藤攀藤附葛，爬过峭壁小路上山，请示王娘！

洪宣娇　有何要事？

朱老藤　王娘请听。

（唱“霸腔快十字清中板”）

那天你，留下我，策动乡民。

百姓们，要投军，请缨上阵，

几日间，唤起了，上万义军。

弟兄们，求王娘，授旗颁印，

老藤我，来请示，是否可行。

（转“滚花”）

乡亲还有几尾鲤鱼，赠予王娘烹饪。

洪宣娇　慢！大叔你来得正好呀！

（念“口鼓”）近来叶妖似落魄游魂，说不定是被那咸丰妖头责问。看来他想留下部分兵丁围岭，其余则移师北上，我们要格外小心呀！

朱老藤　（接念）王娘料事如神，叶妖确想拨一部分兵丁北进。但我义军苦苦缠住，妖兵无法动身。

洪宣娇　（接念）为了确保西王进军，我们要把叶妖牵引。山下还须增强实力，正式改号太平军。特命朱老藤掌握帅印，并将旗号颁发卷起北粤风云。

朱老藤　得令！

洪宣娇　大叔登山劳顿，在山上稍为歇息。待我准备旗印，送你下山。

朱老藤　王娘，请速收下几尾鲤鱼。

洪宣娇　（见鱼喜悦）鲤鱼来得也合时，金妹你领受下来，放到山塘去养。

朱老藤　几条小小鲤鱼，不养也罢，金妹拿去煮给王娘佐餐。

洪宣娇　不！我看鲤鱼生气盎然，正可养殖。我们坚决与清妖周旋，还准备开荒种植杂粮稻谷。你看，那些泥土多么黝黑肥沃，看来岭上土地正可耕种。

朱老藤　待我一观。王娘眼力不差，此土实可种植。

洪宣娇　金妹，把鱼拿去，放下山塘。大叔，我们一同去看看。

朱老藤　是。

[洪宣娇等下。邱二嫂上场。

邱二嫂　她还要养鱼种植，不怕鱼粮未收人饿死。她决意不走，难道我自己不能走么？（欲行又止）唉！一想到姐妹情深，真使我左右为难呀。

[金妹拿一封书信上，女兵甲、乙、丙上。

邱二嫂　何事？

盘金妹　二嫂家乡有人托义军带来书信一封！

邱二嫂　拿来一观！（看信，怒愤填膺介）

（唱“手托”）

可恶万恶清兵！

无数父老死于非命，

回乡去，救弟兄！

（转“快中板”）

父老来书呼救命，

不惩清妖气难平，

悔恨当初别乡井，

孤岭困守误前程。

（转“滚花”）

打回广西，把父老救拯。

女兵乙丙　邱指挥要回广西么？！

[盘金妹卸下。

邱二嫂　广西父老来书，说道我们走后，清妖把黎民杀的杀，拉的拉，奸淫抢掠，无所不为。我们太平军，声声说救黎民于水火，今日我们还能袖手旁观，困此山峰么！

女兵乙　我去。

女兵丙　我也去。

女兵甲　事关重大，请指挥与王娘商议。

邱二嫂　事不宜迟，去者快随我下山！

[内白：慢走！盘金妹引洪宣娇、女兵上，洪宣娇拉马介。

洪宣娇　你欲哪里而去？

邱二嫂　回广西而去。

洪宣娇　去者为何？

邱二嫂　（递过书信）一看便知。

洪宣娇　（看）这就是你要回广西的原因吗？

邱二嫂　难道要让那些妖头残害家乡父老么？

[打马走，洪宣娇扭马介。

洪宣娇　邱指挥你不能走呀！

（唱“反线中板”）

论清妖，残杀百姓，谁不疾首痛心，

看中华，满目疮痍，我等才执戈上阵；

太平军，图大业，要挽救天下黎民。

（转“中板”）

广西兄弟虽遭苦困，

权衡轻重要想深一层。

海浪未平小舟怎安稳，

乌云不散何处不阴。

（转“滚花”）

我们坚守金鸡，为的是进燕京，

杀妖头，使世间消除黑暗。

众女兵　（唱“沉腔滚花”）

我等知错，不顾天国大业，只念少数人。

（一齐解剑下跪）请王娘处罪！

邱二嫂　（也跪下，唱“滚花”）

要罪罪我一人，莫把姐妹们罪问。

洪宣娇　（接唱）　有错就改，以后戮力同心。

邱二嫂
众女兵　谢王娘。

[山下突然骚动及有炮声传至。

探　目　（上）禀报王娘，妖兵又攻山来了。

洪宣娇　各自坚守阵地，痛击敌人！

众　人　得令。

[幕闭。

第五幕　西王报国

[1852 年 8 月。

[长沙城外。

[音乐奏反线牌子头。

[幕启。大树土阜，西王大纛旗旌，金鼓和值勤士兵。

[夜，刚打三更。

萧朝贵　（念“诗白”）

夜望长沙影朦胧，
连日攻城愿未从。
闻报敌援从北至，
提前三更把城攻。

（唱“二黄”）

如飞战马走湘中，
攻取长沙军务重，
可恨清兵顽抗，
使我有愿难从。
唯恐把时日迁延，
又遇敌援兵调动。
我完成挖道，
即可把城攻。
爆炸城墙，

（转“滚花”）

哪怕城坚如铁桶。

李开芳　（上）启禀西主，萧铁牛由金鸡岭赶来求见。

萧朝贵　快传!

李开芳　西王有命，铁牛进见。

萧铁牛　（上）叩见西王。

萧朝贵　铁牛来了，南下姐妹可好？

萧铁牛　南下姐妹个个安好。

萧朝贵　金鸡岭可曾拿下？

萧铁牛　（念“诗白”）

王娘妙计建奇功，

妖兵三万扑个空，

天国旌旗迎风展，

金鸡早在我掌中。

萧朝贵　好呀！

（唱“爽十字清”）

她那里登山据险气如虹，

我这里斩妖搴旗山岳动，

夫妻俩同为天国建奇功。

（转“三字经”）

长沙城，能扳动。

三更到，就冲锋。

李总制！

李开芳　有！

萧朝贵　（唱“滚花”）

挖道攻城可准备齐全？

李开芳　（接唱）　西王大令一声便可行动。

萧铁牛　西王，攻城之责，请交铁牛一份。

萧朝贵　你远行劳苦，理当歇息。

萧铁牛　无须歇息，愿效前驱。

[炮声大作，一群百姓上。

萧朝贵　何事？

众百姓　清军放炮把城外民房扫荡，求王爷为百姓报仇。

萧朝贵　（大吼）清妖可恶！传命聚将。

[兵士擂鼓。

[林凤翔领太平军上。

萧朝贵　众兄弟，目下长沙清妖据险顽抗，敌人援兵一到，我军便有前后受敌之危。如今南下女军，已把敌人牵制，天王大军又在北上途中。众兄弟，我们今夜誓要攻下长沙！

众　将　（齐应）攻下长沙！

[打三更介。

萧朝贵　李总制，（介）你带领所部人马，从地道爆城。

李开芳　得令！（下介）

萧朝贵　林指挥，（介）你带领所部人马，守住北路，敌人援兵一到，立即迎头痛击。

林凤翔　得令！（下介）

萧朝贵　萧铁牛，你带领一支人马，往来接应，协助攻城。

萧铁牛　得令！（下介）

萧朝贵　众兄弟，今夜攻城，均应勇猛，爆城声响，随我冲锋！

太平军　（齐应）知道。

老　者　禀西王，百姓前来讨令。

萧朝贵　众乡亲也来讨令？

众百姓　太平军解民倒悬，我等愿共生死，一同杀敌。

萧朝贵　好好好！

（唱“快滚花”）

军民同心生死共，
何愁大业不成功。
乡亲留此助战威，
看天国锦旗城楼飘动。

[红光远处闪过，隆然三声巨响，众望着西王。

萧朝贵　（高呼）冲——锋！（下）

[众士兵刀紧随下。

[内场战鼓震天。

[士兵击鼓助战。

老　者　（念“快白榄”）

杀杀杀，冲冲冲，太平将士显威风。

百姓甲　（接念）白刀进，出刀红，

勇如虎豹猛如龙，长沙即在我手中。（双句）

百姓乙　那身穿黄袍，一马当先者是谁人?

百姓甲　那就是勇猛刚强、冲锋第一的西王殿下!

老　者　哎哟! 殿下黄袍显眼，倘若有失，如何是好! （急下）

[内场喊杀，战鼓齐鸣。

[百姓呐喊助威。

[突然一声炮响，击鼓者突然停住，惊呼“西王”，鼓棍跌下。

百姓甲　清妖发炮击中西王，快去抢救! （一齐冲下）

[大笛“困谷引”，反线。

[铁牛与老者等拥西王上。

萧朝贵　（重伤中呼号）冲呀! （举臂作痛）

（唱“困谷引”，大笛与管弦乐齐奏）

动青峰陷阵冲锋，

喋血城前战袍红，

任他发炮攻，

冲向烟硝火海中。

妖兵何足恐，

誓把长沙攻。

众　西王珍重! （战鼓喊杀声紧）

萧朝贵　何事?

李开芳　（急上）禀西王，敌人援兵从北方大队掩杀而来。

萧朝贵　（高呼）众兄弟，今日之事，有我无敌，有进无退，枪来! 马来! 兄弟们，冲呀! （晕过去）

李开芳　（对众）你们护卫殿下，待我为林指挥助阵，杀退敌援。（下）

[一轮战鼓由近而远。

萧朝贵　（高呼）杀！（欲倒）

[萧铁牛奔上惊呼“西王”，扶着。

[林凤翔、李开芳上，惊呼：“西王，西王！”

萧朝贵　（徐徐睁眼）敌援可曾杀退？

林凤翔　已经杀退！

萧朝贵　长沙可曾攻下？

李开芳　未曾攻下。

萧朝贵　（长啸一声，念“韵白”）想我萧朝贵，随天王举义金田，才有南征北讨，长沙必须攻下，显我天国英豪。

（唱“回龙腔二黄慢板”）

吾生何幸，纵横战地，得为百姓抡刀。

今日里，不慎受伤，壮志雄心扳不倒。

（念“韵白”）我如殉国，为我禀天主，不要为吾哀恸。太平军，深得百姓爱戴，天朝大业必成功。

萧铁牛　（悲叫）西王！

萧朝贵　（见铁牛，想起金鸡岭洪宣娇）铁牛，你拿文房四宝来。

萧铁牛　（跪奉上文房四宝）西王！

萧朝贵　（执笔“手托”写书，剧痛，自知生命无望）

（唱“滚花”）

再不能与妻携手共从戎。

妻要继我志灭胡虏，

珍重金躯为国用。（痛楚掷笔介）

众　西王！西王！

萧朝贵　萧兄弟！

（念“口鼓”）此书交与西王娘，路上小心行动。此剑乃王娘赠我，你一并带回金鸡岭去，好令王娘见剑如见我，携它上阵为天国立功。

萧铁牛　铁牛知道！

探　目　（上）禀西王，天王大军漫山遍野，旌旗动地而来。

萧朝贵　天王大军到了么?

[欢声雷动。

[萧朝贵被铁牛扶上高岗，远望大军，高呼天王!

[红日高升，萧朝贵屹立不动，气绝。

萧铁牛　(惊呼)西王!

众　(惊呼)西王!

[趋前下跪，乐声大作。

[幕闭。

第六幕　闻噩应变

[秋收时节。

[金鸡岭上洪宣娇帐内，外面可以见到金黄色的稻浪，帐内陈设剑戟。

[中幕前，萧铁牛打马上。

萧铁牛　(唱“滚花”)

身带宝剑遗书，金鸡路往。

(转“快撞点”)

重重险阻，多费时光。

只见岭下妖营将路挡，

转路而走慎行藏。

催马加鞭心雄志壮。(圆台)

清　将　(内喊)哪里走!(与两清兵上，铁牛接战急下)

放箭!

(齐发箭)好小子中箭坠马了，与我杀!

(同下介)

[牌子。叶总督、胡贵急上。

叶总督　何事喊杀?

清　将　（拿西王遗书上）有禀制台大人！刚才一名发逆，偷上金鸡，被卑职砍毙，搜出书函一封，呈上大人。

叶总督　拿来一观！（读书介）我今升天去，书嘱我宣娇，发愤继吾志，杀妖扶天朝。萧朝贵绝笔。……啊，原来是萧朝贵遗书，（一想）哈哈哈！

胡　贵　大人有何好笑？

叶总督　都是吕祖有灵，助我杀绝女贼也！

胡　贵　此话怎解？

叶总督　想我包围女贼，数月有余，既未能上山将她杀绝，山下又来发逆四出骚扰。圣上屡加指斥，本督无颜上奏，今还限三天为期，不灭岭上女贼，我便要人头下地。如今得此遗书，你可取下死者军衣佩带，乔装登山，假传洪秀全口谕，宣她北上报仇，我伏兵北路，剿灭女贼，可竟全功呀！

胡　贵　大人妙计！

叶总督　计妙！（同笑介）速速行事。

胡　贵　喳！（众下）

[拉开中幕是金鸡岭上。

[“水仙花”音乐。女兵分两队，扛禾穗舞上。

女　兵　（唱“水仙花”）

鱼儿满山塘，
禾儿满山黄，
看姐妹勤劳几月长，
庆丰收，军心壮，
可笑他，叶妖头，
围山几月一场空，
女军安然无恙乐洋洋，乐洋洋。

[众女兵舞下。

[洪宣娇农装上。

洪宣娇　（念）　躬耕陇亩秋如锦，左手镰刀右手枪。

（唱“滚花”）

时届秋收喜见鱼肥谷重，

纵横阡陌一路金风。（介）

盘金妹　（拿披风卸上，接唱）

薄暮新寒，王娘保重。（替宣娇披上）

洪宣娇　（披上衫后，内心有一种说不出的温暖感）

（唱“反线中板”）

我着征袍，余暖尚在，不禁有感于中。

忆在紫水荆山，与殿下并马横刀，杀得妖魔震恐。

画角声高，湘南驰骋，夫妻壮志如虹。

今日念征人，直取长沙，可有显他谋勇。

日暮风烟，军书傍午，未晓有否瘦损颜容？

（转“滚花”）

萧铁牛，北去匆匆，至今未把回书传送。（拉士字腔）

（起“老鼠尾”行行想想介）

[萧三娘上。

萧三娘　嫂嫂，有一名天使从长沙而来，要见王娘。

洪宣娇　（无限兴奋地）快请！（萧三娘应声下）

[萧三娘引胡贵上。

胡　贵　（趋前）拜见王娘！

洪宣娇　辛苦了。长沙战况如何？铁牛兄弟可曾见到？

胡　贵　（机灵地）铁牛兄弟未有见到；长沙被我天军重重包围，指日可破，但西王……

洪宣娇　西王怎样？

胡　贵　西王阵中殉国了！

洪宣娇　（执胡手介）此事当真？

胡　贵　西王遗书在此，呈与王娘。

洪宣娇　（接书，极大震动）遗书？

萧三娘　哥哥！

众女兵　西王！

[强烈悲壮音乐，洪宣娇昏介。众扶。

众女兵　王娘保重！

萧三娘　嫂嫂醒来！

洪宣娇　（跪下）西王：

（唱“回龙腔”）

惊闻噩耗好悲伤，

天王失将我失去郎。

读遗书，

物在人亡，

壮志未酬，郎身先丧。

忆道州话别，

想不到言犹在耳，你便弃我而亡。

叫宣娇，怎不心中悲怆。

众女兵　王娘！

萧三娘　嫂嫂！

[悲壮音乐配以下口白。

胡　贵　西王立志顶天高，长沙立下大功劳，如今不幸升天去，望王娘节哀顺变上征途。

洪宣娇　天王有何吩咐？

胡　贵　天王命我传达口谕，命王娘立即领兵北上，为西王报仇。

萧三娘　嫂嫂呀，我们应该马上兴兵为哥哥报仇！

[左右两边女兵先后喊：“为西王报仇！”

洪宣娇　好呀！

（唱“乙反滚花”）

殿下英灵当不灭，

九天且看我斩强梁。

萧三娘　（接唱）　血仇不报枉为人，秣马厉兵束装北上。

洪宣娇　有此三娘！传令众将兵，准备冲出重围。（下）

萧三娘　姐妹听着，西王进攻长沙，阵中殉国，王娘有令，束装准备突围。（众应声下）

胡　贵　（水波浪）洪宣娇呀！你纵有千般妙计，也难逃出我掌中了。

（唱“板眼”）

我食君禄，报君恩，

但求得个际遇风云。

谍报有功，连封四品，

今日摇身一变，成个似太平军。

洪宣娇呀！

你能百步穿杨，我会鬼神变幻，

眨眼你归地府，我又变了功臣。（下）

[邱二嫂、萧三娘、盘金妹、胡贵及众女兵素服缟带上。

萧三娘　禀王娘，人马齐备。

[“哭亡魂”牌子头，洪宣娇上。

洪宣娇　（唱“水仙子”头段）

宣娇一声令下，大军奋勇争先，（双句）

重围何惧。

誓把那妖魍清扫，建功在阵上。

（列阵圆台，忽然勒马停住）慢着！（宣娇有所思，音乐奏“水仙子”尾段，兵将慢慢分站两旁）

邱二嫂　王娘，为何按兵不动？

洪宣娇　山下敌人几何？

众女兵　三万有余。

洪宣娇　山上我军多少？

众女兵　三千不到。

洪宣娇　（念“口鼓”）杀出重围，要避免损兵折将。如何下岭，还须慎重参详。

邱二嫂　（接念）金田起义以来，屡次受敌包围，我们都能打胜仗。

萧三娘　（接念）为将者犹豫不决，只怕辜负了士气激昂。

洪宣娇　（一气）好吧，走！（冲向南面山路，山下战鼓介）

（接念）南面战鼓喧天，姐妹们随我北路往。（圆台走向北路）北路今日为何偃旗息鼓？

胡　贵　（抢着强调）对呀！

（接念）北路清兵稀薄，我正是由北路上山岗。

洪宣娇　金妹过来。

盘金妹　王娘。

洪宣娇　打探北路妖兵虚实，速回告我。（金妹应声下介）

胡　贵　王娘！我上山之时，确实查明北路空虚状况。待我带头引路，包管无妨。（拔剑举起）随我来！

洪宣娇　（见剑大喝）慢！（瞪定胡贵，“推磨”）天使好剑可否借来一看？

胡　贵　（一怔）呈王娘！（邱、萧趋前看后私语）

洪宣娇　（看剑强忍悲痛）好剑，好剑呀！天使过来，此剑何时何地何人赐你执掌？

胡　贵　此乃去年天朝在永安大封将士时颁发，亲手交我者是天王。

洪宣娇　当真？

胡　贵　果然。

邱二嫂　我呸！

（唱“连环西皮”）

真真倒颠，真真倒颠，

巧语花言，此乃西王佩剑。

洪宣娇　（执胡贵，唱“沉腔滚花”）

你你你，是奸细一员！

胡　贵　我是天使，休得乱说！

盘金妹　（匆匆上）有禀王娘，清妖在北路布满伏兵。

洪宣娇　可怒也！奸细既然不供实情，人来，与我斩！

胡　贵　王娘饶命！

洪宣娇　快供上来！

胡　贵　（念“白榄”）

求饶命，我不虚言。

清营杀了一天使，搜出西王的遗笺。

宝剑本是天使佩，在下实不知来源。

叶督命我骗你北上，才有乔装把谕传。

南路击鼓乃虚张，北路伏兵是暗算。

所讲尽实情，万望行方便。

洪宣娇　被害天使姓甚名谁？

胡　贵　我实在不知。

洪宣娇　把他押下。（两女兵押胡贵下）天使定是萧铁牛！（拿遗书再看）九月初十……今天已是九月廿五，如此说，铁牛离长沙半个月了！

[女兵上。

女　兵　启禀王娘，朱老藤带领李开芳李总制上山求见。

洪宣娇　（意外欣喜）来得正是时候，快请。

[朱老藤、李开芳随即出现。

李开芳　王娘！

朱老藤　（同时）王娘安好。

洪宣娇　李总制，朱大叔。（向李）长沙战况如何？

李开芳　（唱“滚花”）

西王殉国人悲痛，

哀兵杀敌士气高。

铁牛传令守金鸡，

如今突围应及早。

洪宣娇　果然是铁牛传令？

李开芳　他怎样？

洪宣娇　他已被清妖截杀身亡了。（介）李总制，天王有何谕示？

李开芳　谕示在此，请王娘一看，

洪宣娇　（看介，转向朱）朱大叔，如今天兵正向武昌攻打，天王有谕，着我军从速突围。山下破妖之策，可曾拟好？

朱老藤　（唱“滚花”）

粤北军民奋起，截敌粮船众心豪。

目下清妖快要绝粮，军心鼓噪。

洪宣娇　好呀！

（唱“快撞点”）

军民协力立功劳，

要那叶妖归黄土，

挥戈北进士气高。（一顿）

萧三娘　（唱“滚花”）

快快收拾军粮，提师上道。

洪宣娇　（想起军粮，如有所得）有了！

叶妖围金鸡，料我无生路。

怎知我心齐，同甘又共苦。

我有谷与鱼，敌反缺粮草。

秋收有礼物，送与妖头好。

朱老藤　（会意）妙呀！

洪宣娇　除了攻心之计，还要巧布兵马，扫荡胡虏。萧指挥，营前聚将，听我调遣，准备下山。

（唱“滚花”）

行见剑光如雪映征袍。（扎架）

[幕闭。

第七幕　杀妖北上

[翌日拂晓之前。

[金鸡岭下。

[起幕。清兵甲、乙上。

清兵甲　当官个个荷包胀。

清兵乙　可怜兵丁受饥寒。

清兵甲　守望山边几个月。

清兵乙　若想擒敌眼眉长。

叶总督　（持经卷卸上，咳一声，诈未听见兵丁说话）哪里走？

众　兵　大人饶命！

叶总督　（奸笑）哈哈哈！

[兵丁震惊。

叶总督　（唱“长句滚花”）

不用慌，不用忙，

本督素来行善良，

你们所言皆谬妄，

须知齐心协力定可消灭那贼婆娘。

吕祖保我成功，来日定论功行赏，

若果心怀邪念，我有军法刑章。

山上早已绝粮，说不定贼妇已饿死山上。

[吴道台上。

吴道台　制台大人不好，此地纵横百里，找不到一粒稻谷。

叶总督　胡说，此际正当禾熟，哪有无谷之理！

吴道台　（唱“滚花”）

可恨南村北里狼狈为奸，

一夜割尽田禾，我等去得太晚。

叶总督　（唱“快撞点”）

刁民作反立心奸，

定是勾结长毛把我触犯。

严加查究勿作等闲，

若不献粮当堂斩！

吴道台　（唱“滚花”）

可恨刁民老少都已逃避深山。

叶总督　（接唱）　走了和尚还有庙堂，

替我把所有民房烧烧烧、铲铲铲！

吴道台　知道。

清　兵　启禀制台大人，山上吊下来一个大竹篮。

叶总督　取来。

[清兵捧竹篮上，欲趋前取给叶看。

王镇台　（拦住）且慢，女贼多诡计，须防有火药在其间。

[众惊退几步。

叶总督　快看看有什么？

[镇台推道台，道台推中军，中军惊慌地揭篮介。

中　军　（看后高兴地）启禀大人，里面装有大鲤鱼一尾，禾穗一大把。

众　兵　（相对丧气）山上还种禾养鱼，我们怎打得过他！

王镇台　大人，这定是胡经历孝敬大人之物。

叶总督　篮内还有其他么？

中　军　并无其他。

叶总督　拿来一看！（中军拿来看介，抛篮）

众　（接篮一看介）是胡大人的头！（众兵丁惊，偷偷走了几个）

叶总督　（抛下经卷，唱“沉腔滚花”）

机谋败露，胡贵你虽死也无颜。

探　目　启禀制台大人，各路兵丁逃走甚多，山上贼妇率军冲下山来！

叶总督　你们快上前应战，哪个临阵退缩，立斩不饶。镇台在哪里？

王镇台　在。

叶总督　把山下贼妇团团围住，不准走漏一个。

王镇台　得令！

[正想下，忽然鼓声大作，喊杀连天。探目上。

探　目　启禀制台大人，贼妇大队人马杀来！

叶总督　贼妇杀来么？好胆！

[邱二嫂率女兵上。

邱二嫂　妖头，本指挥讨伐你来了！

叶总督　（下令）与我杀！

[清将冲杀太平军，太平军诈作败退。

叶总督　女流之辈，何堪一击！追。（率众追下）

朱老藤　（率粤北军士上）二嫂诈败将敌诱，老藤埋伏杀妖头。众兄弟，随我去

杀。（下）

[邱二嫂等过场，清将等追上，朱老藤等突出，清将等被朱杀败。

[镇台、道台护叶上。探目急上。

探　目　启禀大人。女贼诈败，我军遇伏，伤亡甚大，贼兵现四面八方掩杀而来！

叶总督　可恼也！左右，与我冲杀出去。（众下）

[吴道台上。

吴道台　女贼萧三娘好厉害呀！

[萧三娘上，对打，吴不敌被斩。

[另一清将领兵上，盘金妹与之战，清将逃，盘追下。

[清将上，李开芳斩之。

[王镇台纠合清兵保护叶上。

[洪宣娇穿披风执宝剑，威风逼人地接上来。

洪宣娇　神箭也曾寒贼胆，青锋今日取人头！看剑！（举宝剑向叶劈下，叶将头一缩，王镇台上前架住。叶被执，脱衣而逃）

[洪大战王镇台，将王刺死，其他清兵急逃，洪等追下。

[太阳升起，朝霞满天，邱二嫂、萧三娘、盘金妹、朱老藤、李开芳各率队伍上。老百姓也扶老携幼上。

李开芳　各位兄弟姐妹，我们杀妖胜利，大军北上。西王娘来了！

[众迎接洪宣娇。洪登上高墩。

洪宣娇　（念“锣鼓白”）

兄弟姐妹果贞忠，

掩护北征显威风。

活捉咸丰太平日，

挥戈南下再相逢。起——程！

[众上马，欢呼。鼓乐雷鸣，太平军启行。

——剧终

本剧选载的是 1962 年谭玉真、区少基、文觉非等主演的演出本。

花木兰

编剧：何建青　林仙根

人物表

花木兰

花　弧

花　母

花木蕙

花木棣

贺廷玉

突厥王

刘　忠

陈　刚

黄　强

薛　勇

孟　定

吴　赞

探　马

第一场 军书十二卷

[郊外景。

[音乐“雁儿乐”，甲、乙、丙、丁飞巾均背负公文，进出入三次跑马过场。转景。

[花家，壁上一把古剑与一幅古行军图。

[紧接过场转景时，音乐奏织机的声音，起幕。

花木兰 （内唱“首板”）

女儿晨起弄雕弓，仰射天边红日影。（上）

（唱“滚花”）

天边日日燃烽火，昨宵军帖有爷名。

见军帖，木兰愁，静静机房心不静。（挂弓）

（唱“梆子慢板”）

唧唧复唧唧，惟闻女叹息，

爹爹年迈怎去从征。

手抛梭，何似抛头颅，

喜看兵书，小慰风雷心性。（谱子取书看介）

花木蕙 （捧纱上，念“白榄”）

走不停，走不停，

时时脸上笑盈盈。

阿姐会打纱，乱纱能理正，

阿妹会织布，转瞬便织成，

姐妹两个人，各有各本领。

将纱送入机房内，（停步）

何以机杼忽然停？（入内见花木兰）

见佢心神不安，欲向书中求佳境。

系咯，书中自有颜如玉。

当日卓文君亦善听司马琴声。

嗱，这是宋玉登徒子赋，这是《洛神赋》，不是家姐，说你个小鬼头春心动咯。（一路拈书塞在木兰怀内介）

花木兰　（唱“五槌长滚花”）

我心已动，寇未平，

拼将血肉作长城，

可奈木兰是女性，

难学班超投笔请长缨。（句）

我曾偷看兵书，今欲从头细认。

嗱，这部系孙武子十三篇，这部系黄石公三略，这部系姜太公六韬。这幅系孔明八阵图——（如前塞在木蕙怀内介）

花木蕙　（很诧异）兵书你都识睇？

（唱“剪剪花”）

你似男儿脾性。

花木兰　（接唱）　爹爹平素善谈兵，我在旁偷偷听，杀敌驰骋。

花木蕙　（接唱）　岂有闺女统兵丁，太不应，女儿只管家内事情。

[花母急上，木棣追着杂边上。

花　母　（唱“长句滚花”）

有军情，有军情。

军书十二卷，卷卷有爷名，

你父多病身，如何来驰骋。

军书接过后，要跨马去从征。

劝也劝不来，姐妹快去劝他不要拼老命。

去劝吓亚爹啦。

花　弧　（内场）夫人，袍甲取来（持军帖杂边上）

（唱“滚花”）

征人老去也从征。

乐向沙场，把敌人杀得一干二净。

（取壁上双股剑，三看拔剑亮相介）

花　母　（静场）老爷你年已老去咯。

花　弧　虎老雄心在。

花　母　毋复当年气力咯。

花　弧　气力更胜当年。（舞剑，闪了腰介，有点索气介）

花木兰　（唱“中板”）

尊声老爹爹，你能征惯战，

今日又要去从征，

跨雕鞍，涉尽了万水千山，

过尽了巅崖峻岭，日日急行军，

北国天寒地冻，每夜在雪里扎营，

怕你是多病身，怕你难历长途会误了急行军令。

又怕在半途中，忽然生病，

如何驱马兼程。

（转“滚花”）

一则无益于国，二则有损军威，

爹不如——（合—合—合—）养好病时才应命。

花　弧　（唱“快中板”）

古人有病可从征，

孱弱几多为将领。

花弧难道袖手不成？

（转“滚花”）

拈宝甲，取金盔，（迫花母介）

人到沙场不知病。

花　母　（念“白榄”）

劝老爷，休嗜性，

你少年上战阵，我送至短长亭，

何曾有阻拦，何曾会扫兴。

英雄今垂老，无复旧豪英，

大病甫初痊，扳得山来难越岭。

不若找人来顶替，避免误己误军情。（双）

花　弧　（接念）　你误军情。（双）

军书十二卷，卷卷有我名，

重听战鼓声，有病变无病。

木棣年纪细，谁可替从征？

花木兰　（接念）　愿从征。（双）

女儿少小便知兵。

刚才欲自荐，不敢乱开声。

父亲既出言，女儿急得应，

你今年实多病，让我去从征。（双）

花　弧　你去？（望介摇头以其不能介）

（唱“五槌滚花”）

从军不同儿戏。

花木兰　（接唱）　儿戏就不是从征。

花　弧　（接唱）　要上阵冲锋——

花木兰　（接唱）　量敌决胜。

花　弧　（诧异）量敌决胜，何谓量敌决胜？

花木兰　将在谋而不在勇，兵在精而不在多。

花　弧　吓！你从何得知？

花木兰　兵法有讲。

花　弧　兵法有云么？（惊疑）你兵法也晓得？

花木兰　略晓一二。

花　弧　好，为父来问你何为三略？

花木兰　战、守、和才为三略！

花　弧　为父再来问你，何为六韬？

花木兰　一文、二武、三龙、四凤、五虎、六豹，才为六韬。

花　弧　好个一文、二武、三龙、四凤、五虎、六豹，才为六韬。为父再来问你一声，身为将帅者，行兵调将又如何？

花木兰　身为将帅者，行兵调将，高山有水可扎兵，平地无水不安营。

花　弧　好呀，身为将帅者，头队有败怎么样？

花木兰　身为将帅者，头队有败，二队接应。

花　弧　接应不来？

花木兰　三队催兵！

花　弧　催兵不来？

花木兰　若还催兵不来，身为将帅者，我就单人独马唥啦啦，走到两军阵前，眼观四处，耳听八方，知兵知机，知进知退。机谋韬略，一言难尽呀。

（唱“滚花”）

女儿可有差错？（半句）

花　弧　（接唱）　兵法深明。

花木兰　（接唱）　能否去从军?

花　弧　这个?

（接唱）　要比过剑时方能决定。（收）

花木兰　比如女儿斗败怎样？

花　弧　去也不得！

花木兰　比如女儿比胜？

花　弧　比胜么？（不信她会胜）可以去得。

花木兰　可是当真？

花　弧　当真!

花木兰　果然?

花　弧　果然！

花木兰　你又来！

花　弧　你又来，来，来！（接剑介）

花　母　（拦介，念“口鼓”）老爷不许她去就算啦，木兰又怎及你本领?

花木蕙　（向木兰，接念）阿妹，兵书你会死记，剑法所学未精。

唔好打。

花木棣　（接念）计我话二家姐会打赢都未可定。

弧、兰　（接念）一同比剑决个输赢。（花弧除海青介，比剑，剑格剑过位介）

花木兰　（用力一送，花弧退后几步，木兰弃剑连忙过去扶花弧。跪下）

（唱“血泪花”）

汗流，泪流惊魄难定。

我不应，罪非轻！

剑来剑去无负胜，

拼命一推泰山倾！

花　弧　（唱“手托”）

击剑术已深精，

爹老去难及少年劲，

喜巾帼涌现精英！

（转“快中板”）

女儿剑法已深明。

（转“滚花”）

恨你不是男儿，难往沙场驰骋。

花木兰　不是男儿么？（大水波浪，过位，做手，想起木蕙说自己有男儿脾性。望木棣推磨做手，想到可以改装）

（唱“滚花”）

木兰与木棣略相似，

学他行动更冒他名。

家姐话我脾性似男人，

我大可扮成男性。

花　母　（唱“五槌滚花”）

我本舍不得女儿抛头露面，

唯是你爹多病又高龄。

随我入房内改装，

看看是否雌雄难认。

跟住我来改装啦木兰。

[花木兰随花母下介。木兰下场改男装。

花　弧　（唱“滚花”）

不是花弧惜老命，

兵剑两法都不及女儿精。

东市买匹骏马回，

千程万程堪用命。

木棣随我来。

[花弧、花木棣同下介。

花木蕙　（“水波浪”，唱“滚花”）

笑什么木兰兵书长贪看，

只自叹当年学剑未有成。

唯将美酒送妹行，

姐姐不如妹本领。（下介）

[内场马嘶。

弧、棣　（内场）马来！（上，父子配马介）

花　弧　（唱“慢中板”）

念花家，今日里又有英才。

念花家，雌木兰，男儿气概。

好雕鞍，载她去，载她归来，

大叫一声我儿快出堂外。

花木兰　（改男装上，唱“中板”）

银盔戴了弃荆钗，

不穿红裙穿铁铠。

威风凛凛出堂来，

走上前来深深拜。

花　弧　（接唱）飒爽雄风猛士怀！

猛士不须弯腰拜，

莫把机关露出来，

突厥番兵心肠歹，

偷营劫寨用计歪。

知彼知己胡必败。

伫看捷报遍天涯。

花木棣　（接唱）　要把番兵通杀晒，

不除强寇莫归来。

花木兰　（接唱）　爹爹良言记心内，

弟郎壮语快壮怀。

拜别爹爹把马带。（木棣带马介，木兰欲上马）

[花母内场：慢走！

花　母　（持剑上，唱“滚花”）

快将宝剑佩于怀。

儿呀！

（念“口鼓”）你一向未出闺门，如今只身千里外。你一向养蚕纺织，今日提枪战狼豺。愿儿你似父当年用这青锋将敌人杀败，佩剑而去，佩剑回来。

（唱“快中板”）

女儿宝剑腰间带，

马蹄一去到天涯，

快剑歼仇心痛快。

花木蕙　（捧酒上，接唱）

钗裙应愧此裙钗，

万种离情怀中载，

一点一滴入壮怀，

家中事情休挂带。

花木兰　（俯身接杯，唱“中板”）

俯身接过酒杯来，

姐在家来吾北塞，

你养蚕桑，我把阵排，

美酒深情存五内。

（唱“煞板”）

投军去！

蕙、棣　（接唱）　从此别。

弧、母　（接唱）　早去早归来。

花木兰　（上马）

[幕闭。

第二场　君莫笑女儿

[黄河。

刘　忠　（内唱“追信头”）

出匆匆，加鞭快走。

（跳架上，引出薛勇、陈刚、黄强上扎架。续唱）

抛家乡从戎将虎斗，

年少征夫要显身手。

投到军旅，灭却强酋。（拉合字）

（转“二流”）

此是请缨时候。

挽神弓、挟利箭，

（转“滚花”）

还我赤县神州！

悲神州来痛神州。

薛　勇　腥风处处使人愁。

陈　刚　弟兄结伴投军去。

黄　强　不灭番奴誓不休。

刘　忠　（唱“霸腔芙蓉”）

勇比孟贲能与蛟龙搏斗。

薛　勇　（接唱）　问句番奴敌将有几个人头？

陈　刚　（接唱）　杀敌争先岂肯落他人之后。

黄　强　（接唱）　豪情侠性一发难收。

刘　忠　（唱“快中板”）

我为诸君擒魁首，

苍鹰飞过白云头。

（转“滚花”）

盘马弯弓，看我箭穿其口。（放箭射老鹰介）

薛　勇　（拾鹰）果然是箭穿其口。

刘　忠　箭穿其口。

薛三人　好箭法。

刘　忠　好箭法啊，哈哈！

（唱“滚花”）

恶贼当如恶鸟休。

走吧！（与三人同下）

花木兰　（内场唱“披星头”一句，上跳架介）

（念“英雄白”）

西风起处冷飕飕，

惊闻征雁怯凉秋，

木兰朝别爷娘去，

暮宿黄河古渡头。

（起笛仔，唱“二黄慢板”）

西北风，吹又吹，

辞了爹时别了妈，

辞爷别妈夜宿滩头。（扎架过位作马上眠架）

（接唱）　只听得，风助水声，溅溅怒吼。

马嘶风，风前长啸，不绝不休。（过位雁叫声）

妈罢妈，父罢父，征鞍别久。

征鞍别久，不闻叫唤，但听雁啾。（过位）

古有个提萦女将爹来救，

今日里，木兰女代父把军投。

不畏风（风声），又加鞭，往前疾走。

（转快打慢唱“二流”）

与男儿同报国，谁信我是女流。

牢谨记，遇他人，

（唱“滚花”）

弯腰拱手。（打马至什边）

[内场，刘忠：“马来也！”薛勇、陈刚、黄强等同上。

刘　忠　（唱“二流”）

竟被后来壮士追过我头。

快马加鞭（撞马），壮士慢走。（圆台拦过位介）

壮士有礼了。

花木兰　好汉有礼了！

刘　忠　有礼！壮士可是前往投军？

花木兰　正是前往投军，列位壮士今欲何往？

刘　忠　也是前往投军，正是男儿之志。

花木兰　报国一心。

刘　忠　他朝袍泽。

花木兰　今日良朋。

刘　忠　今日良朋。哈哈哈！

（唱“长句滚花”）

今日路上识新朋，他日阵中同战斗。

少年意气贵相投，报国只应男子有。

此日男儿走马，女儿犹在窗下梳头。（句）

天生男子是英雄，未知君以为然否？

花木兰　（接唱）君莫笑女儿，女儿勤奋君知否？

清夜复朝朝复昼，纺棉种地汗如流，

君你一葛一衣从何有？

壮士征袍鞋袜、一针一线何尝不是出自女流？（句）

报国从无彼此分。男儿女儿齐动手。

刘　忠　（接唱）　休道女儿家务事，既是同行伙伴看战功谁个拔头筹？

稍时比武校场，未知谁是强手。

花木兰　（接唱）　听你言外语，如今方悟要碰头。（双关语）

比枪比箭与比刀，我定落英雄之后。

刘　忠　（念“白榄”）

论孰劣，与孰优，

校场之上斗不休，

校场比弓弦，扛鼎继其后。

薛　勇　（接念）　刘兄好弓箭，箭射白云头，

老鹰在飞翔，一箭贯其口。

陈　刚　（接念）　神弓千斤重，其力大如牛。

黄　强　（接念）　开合真自如，无人出其右。

花木兰　（接念）　敢借宝弓来一挽，小子从来不畏羞。

刘　忠　壮士请试。（交弓介）

花木兰　献丑了！（三下开弓介，到最后用轻轻力连续耍其弓如带一般介）

[薛勇等惊介。

刘　忠　好厉害！

花木兰　好说了。（交还弓介）

刘　忠　（唱“滚花”）

貌似桃花力如虎。

花木兰　（接唱）　与君共掷少年头。

请啊！（同下）

[幕闭。

第三场　飞箭见丹心

[山前元帅扎营处。

[“蝴蝶头”起幕。

[吴赞、孟定黑红二将分边上跳架介。

孟　定　（念“口鼓”）新兵未来，元帅把疑兵布上。

吴　赞　（接念）马尾绑树叶，跑到尘土飞扬。

众三军，跑马得来。

[兵丁马鞭上，度织壁等动作介，最后“雁儿落”走蓝蛇介，扎架表示再转回营介。

吴、孟　（跪下）启禀元帅，回来交令。

贺廷玉　（内场）喳——（起“点绛唇”介）

[四堂旦持百足旗先上介。

贺廷玉　（“点绛唇”上，念“英雄白”）

众寡悬殊暗暗慌，

进营故意作安详，

管他一夜头先白，

不学霸王学子房。

吴、孟　（跪下）启禀元帅，回来交令。

贺廷玉　回来交令，可曾到各处走动？

孟　定　也曾到各处走动！

贺廷玉　马尾绑了树枝未有？

孟　定　大小三军个个都有绑着。

贺廷玉　吓，大小三军个个都有绑着？

孟　定　尘头滚滚！

贺廷玉　果然中用，起来起来！

贺廷玉　（开位，另场唱“滚花”）

只为敌人早已陈兵对岸，

元戎布下疑兵计，

三军日日马蹄忙。

跑得处处滚滚黄埃，

好似日日添兵添将。

敌人不敢跨江渡海，

我军得以等待增防，

耳畔又闻人声喧嚷。

[静场 · 马蹄声 · 呵声介。

[大笛马叫介。

贺廷玉　（唱排子头“北上小楼”）

人喊呐，马声嘶，

可喜闻援兵到战场。

探　马　（上）应征新军已到营前。

贺廷玉　立即传见。

贺廷玉　好呀！

（唱“滚花”）

新兵来到，大可转危为安。

[“赛龙夺锦”引子。

[花木兰、刘忠、薛勇、陈刚、黄强内唱“赛龙夺锦”：

共怀报国心，

投军斩敌将！（五人同上扎架介）

花木兰　（续唱）　共往、共往，军营路往。

刘　忠　（接唱）　一心作虎将，马上雄风甚壮。

薛　勇　（接唱）　挽缰。

陈　刚　（接唱）　挽缰。

花木兰　（接唱）　共到营厢。

五　人　（圆台，各下马，入门一条蛇跪下介）参见元帅！

贺廷玉　罢了，站立！

五　人　谢了！（起身，叉腰作有威介）

贺廷玉　各把名字报来！

[刘忠等各报上名字。

花木兰　花木棣。

贺廷玉　（逐个指其貌而心悦介，唱“快中板”）

志气昂昂志气昂，

知兵知机为上将，

问谁韬略腹中藏。

（转“滚花”）

论才智作高低之分，

斗武艺则弱强可量。

有此众豪杰，（介）你等慷慨从戎，气吞胡虏，可慰可嘉，唯是上阵交锋，须知韬略，因此本帅嘛，欲想盘你等一盘。

花　等　盘我什么？

贺廷玉　不错，本帅来盘问你们一声。何为三略？

花木兰　启禀元帅，战、守、和才为三略。

贺廷玉　好呀！刘忠过来，本帅盘问于你。何为六韬？

刘　忠　启禀元帅，一文韬，二武韬，三龙四凤，五虎六豹韬，才为六韬。

贺廷玉　好呀，答得不错。花木棣，本帅再来盘问于你，身为将帅者，行兵调将又如何？

花木兰　身为将帅者，行兵调将，高山有水可扎兵，平地无水不安营。

贺廷玉　好个高山有水可扎兵，平地无水不安营。本帅再来问你一声，身为将帅者头队有败，又怎样？

花木兰　头队有败，二队接应！

贺廷玉　接应不来。

花木兰　三队催兵。

贺廷玉　催兵不来。

花木兰　倘若催兵不来，单人独马我就哼啦啦，走到两军阵前，眼观四处，耳听八方，知兵知机，知进知退，一言难尽呀——（大笛介）

贺廷玉　好呀。好个对答如流，未知你们箭法如何，那旁有金钱在此，快些上马射来。

众　　　领命！

[孟定捧出金钱介。

[黄强拉山射箭不中入场。

[薛勇开箭射不中入场介。

[刘忠拉山箭一支，中金钱眼，很得意介，又射二箭中，再射三箭不中下衣边介。

[花木兰拉山弯弓，射箭三支俱中。入衣边。

孟　定　（上）启禀大帅，刘忠射中二箭，花木棣连中三元。

贺廷玉　出包箭上。

[花木兰、刘忠复上。

贺廷玉　（“三搭箭”，唱“滚花”）

花木棣三元连中，

小刘忠也不寻常。

耳畔忽闻杀声乱响。

探　马　（匆匆上，念“口鼓”）突厥番兵蜂拥而来，快要上岸。约有五千之众渡海，贼势披猖。（下介）

贺廷玉　（唱“快中板”）

番兵半万又何妨，

不许一人来靠岸，

新军火速上战场。

（转“滚花”）

新羁之马，必破疲乏之师，

预祝诸君打胜仗。

快去！

[花木兰、刘忠等五将率八兵丁冲下介。

[内场擂鼓介。

[内场鼓声，夹着“喎呵”声。刘忠五将上。

花木兰　（上，唱“快中板”）

木兰初次露锋芒，

半万敌人三魄荡，

抢船抢渡抢返航。

（转“滚花”）

中华儿女有神威，

乱箭之中来来往。

启禀元帅，花木棣回来交令。

贺廷玉　胜负如何？

花木兰　托将军洪福，旗开得胜。

贺廷玉　旗开得胜么！（开位搀起木兰）好威风，好将才。啊！哈！哈！

（接唱）　花木棣果然有勇。

花木兰　（接唱）　要乘胜追击，令敌人胆战心寒。

[扎架。

[幕闭。

第四场　血战十二年

[二幕。

[突厥王及八大甲，“锣边大滚花”上。

突厥王　（唱“大滚花”）

突厥有无敌之精兵，

也曾抢得了几州九郡。

满以为中原锦绣任我横行，

谁知来了花家小孩儿非常勇敢。

大小七十余战我未曾胜过一匀，

今夜突出奇兵要他全军命殒。

成功在望无限欢心。

[开二幕，暗转一大段音乐。

[深秋的军营。

[起幕。军营内案上亮有明灯一盏。

[打更过场二次。

[花木兰上，四兵丁手持灯笼上巡营介。

花木兰　（念）十二年来浴血争，至今犹未靖胡尘，夜夜征人长不寐，提防敌寇暗来侵！

（唱“夜深沉”）

夜深深，夜沉沉，
绕营行，行行复行行，
一更复一更，
夜半西风紧，鸦雀无音。

（唱“二黄慢板”）

鸦雀无音，沉沉夜永，
铁衣寒透，又听边风狂啸，
征人冒着风行，绕营行。（拉腔）
紧握青锋，按剑频频，
便有千（拉腔）人难近。
青锋渴饮胡儿血，
豪光杀气，时作吟啸声音。（拉腔）
十二年来，几多苦战，
刀去刀来唯有一腔忠耿，
万里赴戎机，关山飞渡。
敌人不灭我不还乡，
敌寇未除我心未快。
头颅可断，征人壮志难更。

（唱“悲秋”）

烧村庄，劫州郡，
敌兵一到乱纷纷，
散失父母惨不堪，
石马金刚有泪痕，
征人夜里悲愤，
何日尽可杀胡人，
征人拔剑激愤，

又听更声破夜沉。

[内场，打三更。音乐，风起介。

花木兰　朔气传金柝，寒光照铁衣，舞我青霜剑，热血沸腾时。

[刘忠率四兵丁从什边上，作巡营介。

花木兰　刘副先锋有礼了！

刘　忠　花先锋有礼了！

[风声起介。音乐作宿鸟惊飞介，随而鸦叫及雁叫。

花木兰　（“水波浪”望介，对宿鸟惊飞作出判断）先锋呀，你来看，宿鸟惊飞，定有敌人到来偷营劫寨。

刘　忠　定有敌人偷营劫寨么？（怀疑）看来恐怕未必。

花木兰　此话怎解？

刘　忠　秋风夜夜过寨林，吹散鸟群又雁群，吹起鸟群疑敌劫，先锋是个多疑人。

花木兰　因何飞鸟乱纷纷，畏寒飞鸟早投林，林里敌兵偷出动，惊起鸟群又雁群。

[贺廷玉衣边卸上，孟定、吴赞同上。

刘　忠　无稽之谈。

花木兰　有感而发。

贺廷玉　两先锋因何口角，说什么畏敌如虎，又说什么料敌如神？

刘　忠　（唱“快打慢十字清中板”）

花木棣，望天空，鸟鸣阵阵。

花木棣，见飞鸟，疑鬼疑神。

说什么，敌兵来，操心太甚。

一夜间，鸟飞过，何止千匀。

花木兰　（接唱）敌兵出，望鸟飞，其情可问。

鸟飞过，又不是，几只飞行。

突厥兵，营扎在，丛林附近。

突厥兵，林中过，惊起鸟群。（指鸟群介）

贺廷玉　好好好！

（唱“快中板”）

宵深鸟飞可疑甚，

先锋料敌果如神。

花木兰　（唱“七字清中板”）

敌寇此来图侥幸，

将计就计诱敌人，

撤下空营来围困。

贺廷玉　（唱“快中板”）

先锋妙计确惊人，

今宵但听弓弦震，

猛虎无望有归林。

（转“滚花”）

撤下空营作重重围困。

人来撤营。

[雁儿落，兵丁“走蓝蛇”表示撤营介。

贺廷玉　（唱“滚花”）

敌军今夜投罗网，

不许走漏一个人。

[贺廷玉与花木兰、刘忠、孟定、吴赞下介。

[摸更番兵上，三笑车身擂大战鼓。

[“雁儿落”四手下过场。

[众上。

突厥王　催！

[开打介。

[贺廷玉被突厥王杀败介。

[花木兰救贺廷玉。

[花木兰中暗箭，冲下介。

[花木兰搭箭射突厥王，突厥王中箭倒地。

花木兰　（“三搭箭”）威呀好，依呀好，好好好好。

[木兰发现箭伤，众搀扶。

[幕闭。

第五场　月是故乡明

[花木兰还乡途中的一个驿馆。

[月夜。

[“古老慢板”序，木兰面对明月，思乡之念切切。

花木兰　（唱“梆子慢板”）

驱散愁云和惨雾，大地重光现太阳，

放马南山，催军鼓不响，

百姓重返旧家乡，骨肉团圆多欢畅，

只愿太平盛世，不愿把战祸延长。

但不知我爹娘，他是否健康无恙。

一年征袍，便有思乡之想。

（念“诗白”）

十二年来着戎装，

谁知木兰是女郎。

不愿封侯归故里，

但愿胭脂傅粉（介）（改女儿声）学梳妆。

（唱“担梯望月”）

一别好家乡，心里更惆怅，

想念好家乡，心里便神往，

爹娘在家中，朝夕倚门望，

孩儿我在边疆，也想念爹娘！

（转“中板”）

他日我木兰回到旧机房，

唧唧机声重复响，

但只愿常伴我爹娘。

乐天伦，无别想，

丫角老，又何妨。

念到骨肉重逢，不觉笑从心上。

（小锣相思）

[刘忠上。

刘　忠　将军请坐！

花木兰　请问将军到来何事？

刘　忠　末将此来，问候将军你的伤势如何？

花木兰　啊！已痊愈八九了。

刘　忠　痊愈八九吗？将军呀！

（唱“长句二黄”）

一同投军到边疆，

并马齐驱战阵闯，

时光易逝，屈指十二年长。

识得宿鸟惊飞，

凯旋高歌，

至少尚书郎，

百胜将军，名标麒麟阁上。

自悔当时孟浪，与君路上斗短长。（句）

（转“滚花”）

自愧远远不及将军，星星怎比月亮。

花木兰　（唱“南音”）

将军谬誉不敢当，

木棣投军非别样，

只因突厥太猖狂，

别家从戎为息边攘，

如今狼烟灭尽便思乡，

年迈爹娘常想望，

回归故里做一个田舍郎。

（转“滚花”）

从此宝剑匣中藏，富贵功名无意想。

[内场：“大帅到！”

花木兰　大帅到来，出迎！

[“帅牌”，贺廷玉上，四兵丁同上。

花木兰
刘　忠　（同参见）参见大帅！

贺廷玉　免礼罢了。

花木兰　大帅！

（念“口鼓”）不辞跋涉送我还乡，已感关怀万状，更复夜深过访，令我更觉难安。

贺廷玉　（接念）花将军呀，屈指归程，分离在望，离情别绪令我一夜难安。

（唱“中板”）

花将军，你秉烛夜夜，

思量破敌人之方。

花将军，彼此同行十二年，

分别岂无惆怅？

本属一殿之臣，

唯是最难明白，你不用尚书郎。（拉腔）

花木兰　（唱“上云梯”）

我本乡中野汉，

别家乡，驰马动银枪，

祇今唱凯歌，

再归乡里田园上，

童谣唱，山歌唱。

刘　忠　（接唱）他最喜村社在农忙，

谈到织布便欢畅，

我未解将军志向。（对贺元帅说介）

贺廷玉　将军志在归田？比如原因何在？

花木兰　水流千里归大海。

贺廷玉　男儿有志在四方。

花木兰　庭前古木高千丈，（抽象地指树介。各同看介）落叶归根不可忘。

贺廷玉　（念“锣鼓白”）班超年老思乡，宰相老始归田，将军年方廿七，何以对于功名如此淡薄呢？（忆起别家挂帅上马时，女儿才十岁很矮牵衣，现已十二年。想花将军二十七岁，自已的女儿二十二岁，很为匹配，很自得地）哦！花将军啊，花将军，本帅来问你，可曾婚配？

花木兰　这……未曾婚配！

贺廷玉　未曾婚配就好了。

（唱“中板”）

我家女儿年已长，

英雄犹未有妻房，

十二年来同打仗，

知他敦厚又忠良。

（转“滚花”）

既是花将军有意还乡，

我亦有意（稍顿），此事难直讲，

未有冰人来撮合，

又见刘忠在一旁。

有此刘都尉——（附耳过来介）

刘　忠　（唱“三脚凳”）

大帅一点心，

怜才又爱将，

十二年伙伴，

情比骨肉长，

结成二姓亲，

时时可来往。

敢不为撮合，

撮合好鸳鸯。

（转“滚花”）

上前叫句花将军，
大帅见你躬耕欠人陪，
故以一人相傍。

花木兰　此话怎讲？

刘　忠　（唱“长句滚花”）

大帅心难舍，
大帅又重贤良，
知君归里志坚强，
春耕夏耘常挥汗，
秋天收割又繁忙，
大帅千金年已长，
愿在田边送饭送茶汤。（句）
因此托我为媒，
愿永随将军于田野上。

花木兰　（另场唱“长句滚花”）

大帅情可感，
大帅义难忘，
沙场甘苦惯同尝，
惜别又将儿相傍，
奈何我本是女郎。（句）
欲将身世言明，
话到唇边难直讲。

大帅夜色将阑，此事权且按下，早些歇睡便罢了。

贺廷玉　花将军，夜色未阑，此事不能按下，早些答复便罢了。

花木兰　这个！常言道：娶妻——

刘　忠　只恨无良媒！

贺廷玉　既有良媒——

花木兰　还要禀命于双亲。

（唱“快中板”）

回乡以后告爹娘，

此事今时且暂按。

贺玉廷　（接唱）　他日班师返朝堂，

看望当年花老将，

信之教子有义方。

（转“滚花”）

话到投机便说来，

凯歌唱罢鸾歌唱。

本帅告辞！（下）

[花木兰有难色介。

花木兰　（闻回乡已忘了昔才的为难，喜形于色，接唱）

愿借明驼千里足，

明月送我还故乡。

[幕闭。

第六场　伙伴皆惊惶

[花家草堂。

[起幕。

花木蕙　（“合尺相思”，拿着古镜边照边上，做照水影等动作介）

（唱“石榴花”）

花吐芳菲，喜鹊檐前叫吱吱，

妹妹木兰归里，阖家笑微微。

我换过新衣，画过眉，

手持镜，把青丝理，

将花黄贴，再梳宝髻，

与妹妹倾诉别后心思。

花木棣　（“小锣相思”，持刀作抽象动作牵猪羊什边上介）

（唱“荡舟”）

杀羊后，再劏猪，

阿姐刀向蛮夷，

小弟手中刀向羊儿，

庆贺家姐回故里，

一家团圆乐怡怡。

（“小锣相思”牵羊入内宰介）

[花弧、花母“小锣相思”衣边上，望着儿子磨刀霍霍向猪羊，女儿当户理红妆，花弧掀髯自若介。

花　母　（唱“三脚凳”）

十二年前儿远去，

泪痕暗暗湿罗襦，

十二年后儿归家，

家中无个不欢喜。

花　弧　（接唱）　今日家门贵客至，

（转“滚花”）

准备迎接莫迟疑。

[内白：大帅到！

花木蕙　（喜，离座）大帅到了！

花　弧　快把酒筵准备，打开东阁相迎！

[花母、花木蕙下介。

[刘忠、贺廷玉上介。

花　弧　大帅请坐！（花弧吩咐家人入内劏猪杀羊介）

贺廷玉　花老将军请坐！

[各坐下介。

贺廷玉　（唱“五槌滚花”）

令郎智勇双全，可称虎父无犬子。

花　弧　大帅过奖！

（接唱）　非常惭愧，自问不善教导孩儿。

贺廷玉　（唱“梆子慢板”）

花将军，平日静如处子，

临敌阵似虎入羊群，

立时斩将搴旗。

刘　忠　（接唱）　花将军，更娴戎机，

每乘敌人于不备。

对三军能爱护，

常推食解衣。

贺廷玉　（唱“七字清中板”）

可见老丈有方来训子，

今日有功于国喜可知。

（转“滚花”）

更敬他立意称功成便身引退。

刘　忠　（接唱）　他视功名敝屣，

辞朝回里作乡居，

不羡玉带锦袍，

只羡田园乐趣。

花　弧　（心喜木兰的机智，念“口鼓”）我儿本属田舍郎，素来不重名与利，只知男儿为国职责难辞。现既战祸已平，国家幸喜太平无事，他不惯五更待漏朝天子，只惯鸡鸣荷笠到田基。

贺廷玉　难得难得，花老丈！

（接念）本帅此次到来顺带有一宗心事，欲与你结为秦晋之好，未悉尊意何如？

花　弧　结为秦晋之好吗？

刘　忠　（接念）花老伯！此事大帅曾托我为媒，但花将军推说不能作主，今日亲来作伐，良缘天注堪称佳妇佳儿。

花　弧　（“扑灯蛾”，另场念“白榄”）

心暗笑，又唏嘘，

木兰果是一男儿，

此段美满姻缘确天注，

唉！可惜她雌雄倒乱，

秘密未有人知。

但怎样来推辞，

又说不出道理。

（回身唱“三脚凳”）

大帅原好意，

不弃我寒微，

自问难高攀，

门户不登对。

贺廷玉 （接唱） 我眼光非势利，

不用说谦辞。

刘　忠 （接唱） 大帅为爱令郎英雄，望老伯莫负其美意。

花　弧 （念“口鼓”）非老夫故意推辞，只有难言之处。

贺廷玉 （接念）花老丈有难言之隐，莫非嫌少聘礼金珠？

花　弧 （接念）非也！此事唯有叫我儿出来，看他如何主意？

贺廷玉 （接念）好！烦花老丈将花将军请出，看他尚有什么言词？

花　弧 （向内呼）木兰儿快出来！

[内奏织机声，即表示木兰在机房拨机的情况，花弧再次呼唤介。

[“打引”，木兰穿回女服上，花母、木蕙、木棣簇拥上。

花木兰 （念）卸下连环甲，重着旧罗衣。拜见大帅！

贺廷玉 （疑惑）花老丈，为何不见花将军出来？这位姑娘却是何人？

花　弧 她非是别人，就是随大帅出征一十二年的花将军。

[众人露惊诧之色。

贺廷玉 （唱“快滚花”）

花将军原是昂藏七尺，

怎会变作女儿？

刘　忠　（接唱）　花将军是赳赳武夫，

断不是娇柔女子。

花木兰　花木棣是我，花木兰是我，十二年来随大帅从征的花将军又是我。

（接唱）　十二年雌雄倒乱，

真是扑朔迷离。

[贺廷玉和刘忠等皆目瞪口呆。

花木兰　（唱“中板”）

忆当年，突厥侵略中原，

遂至风云顿起，

父名列军帖上，

只因年老多病，

不能为国驱驰。

我花木兰，代父从征，

因此乔装男子。

十二年南征北讨，

曾经斩将搴旗。

在军中，千百同袍，

谁识我木兰是女子。

因此上，功成身退，

当时未说白玄机。

（转“滚花”）

到今天，迫得真相说明，

拚获欺君之罪。

贺廷玉　（唱“四时果”）

十二载当中，

被你蒙在鼓里。

（念“白榄”）

好女儿，世间稀，

代父来从军，忠孝贯天地，

空前和绝后，千古一女儿。

刘　忠　（唱“四时果”）

你弥缝真有术，

自问不曾知。

花　母　（唱“滚花”）

木兰乔装冒名出战，

罪不轻微。

花木蕙　（接唱）　万望大帅宽容，

感恩不已。

贺廷玉　（接唱）　木兰有功于国，

本帅自愧不如，

岂能以罪相加，

宽恕为是。

正是：木兰为国存忠孝，

众　须眉男子愧不如。

（唱“滚花”）

雌木兰，雄不及，

为国奔驰。

[幕闭。

——剧终

本剧选载的是 1963 年郎筠玉、少昆仑、李艳霜、王中玉、黄超全等主演的演出本。

三件宝

编剧：陆云飞（口述）

陈冠卿　陈晃宫　刘汉鼐

人物表

钱毕仁

韩　义

钱素梅

赖　氏

钱金菊

钱玉兰

黄家富

白生财

冯　桂

钱　七

苗穿石

秋　儿

四贺客

二丫鬟

四家丁

第一场 祝寿

[腊月中旬的一个下午；财主钱毕仁家的寿堂。

[幕启。钱七与两丫鬟捧各式礼物上，摆放堂上，侍候两旁；钱毕仁上。

钱毕仁 （唱“中板”）

有利可图摊大手，

算盘一拨鬼神愁。

今天是我梅花寿，

亲朋戚友，以礼相投。

多谢一声，全盘接受——（进堂坐下）

[秋儿扶赖氏从内堂上，叩拜后入座。

钱毕仁 （接唱） 满堂吉庆，喜上心头。

老夫钱毕仁。

赖 氏 老身钱门赖氏。

钱 七 我叫钱七。

秋 儿 奴婢秋儿。

钱毕仁 夫人！（念“韵白”）寿辰礼物如山积，鸡鸡鸭鸭多到极，做多几次又何妨，好过放债收利息。

赖 氏 今年格外多亲戚，何以酒菜完全无一席？

钱毕仁 妇道人家无见识，观音怎请罗汉食？做人悭得就要悭，大饮大食最无益。

赖 氏 今天老爷红日当头，老爷请上，受老身拜贺。

钱毕仁 老夫老妻，随便得啰！

[奏乐，赖氏、钱七、秋儿及两丫鬟依次叩拜。

[内报：“大姑爷、大小姐、二姑爷、二小姐到！”

钱毕仁 他们来啦，请请请！

钱 七 （呼唤）老爷有请大姑爷、大小姐、二姑爷、二小姐进寿堂！

[黄家富、钱金菊、白生财、钱玉兰上。

钱毕仁　你们来啦？坐坐坐！

黄家富　恭喜岳丈！今日乃寿诞之期，小婿我送来烧鸭两只，腊肠一包，绸缎数幅，京果一盒，请岳丈大人笑纳。

白生财　恭喜岳丈！今日乃寿诞之期，小婿送来金寿桃两颗，金寿星公一个，酥饼一盒，香茗一包，为岳父大人上寿。

钱毕仁　两位贤婿太客气了！不过，自己人无谓推三让四。钱七，全盘收下！

四　人　岳丈、岳母（爹爹、娘亲）请上，受小婿（女儿）叩拜！

[奏“帅牌”，叩拜；四贺客奉礼上。

贺客甲　恭喜钱翁，贺喜钱翁，今天做其寿星公！

贺客乙　钱翁寿诞，也不通知一声，不是这位兄台照会，小弟错过一餐了！

钱毕仁　承蒙各位送来厚礼，更亲临祝贺，真是愧不敢当，万分感激！本当聘请名厨，巧制熊掌驼峰，山珍海错，大摆筵席，与诸位共醉一觞。

贺客丙　有此盛会，不可多得，多谢多谢！

贺客丁　钱翁不惜巨资，盛筵招待，未免太破费了！

钱毕仁　嗯，我也觉得破费。不独破费，而且大大不孝！今天老夫生日，正是母难之期，当初母亲生我时，与阎罗王仅隔一纸，我怎能大饮大食，忘记亲恩呢？我真不孝呀！（哭）所以，我今日要食斋一天，以表孝心！

众贺客　（失望）食斋？

贺客甲　钱翁孝思不匮，钦佩钦佩！（对众）食斋也不错呀！有斋烧鹅、斋烧鸭、斋扣肉、斋……

钱毕仁　食斋本来是好事，唯是想起母难深重，就算食斋亦不能表我孝思，所以我还是绝食一天，以志不忘。今天饮碗清水算了，我对不起娘亲，我万分不孝，万分不孝呀！（放声大哭）

[众贺客面面相觑，败兴辞退。钱毕仁仍在涕泪交流……

钱　七　老爷，走光了！

钱毕仁　（精神一振）钱七，关大门！

[钱七应声下。

两女婿　我们也走吧！

钱毕仁　（阻拦）哎——　母难还母难，应悭就要悭，我不哭几下，就蚀（白贴之意）一大餐。你们可不同呀！我已劏了一只肥鸡，弄了几个小菜招待你们。

两女婿　多谢岳丈另眼相看！

钱毕仁　自己人嘛，只要你们多些孝敬老人家就得了。人来摆酒！

[丫鬟斟酒上菜，各人入座，奏"帅牌"饮酒。

钱金菊　阿爹，因何不见三姐素梅和妹夫韩义来祝寿呢？

钱玉兰　来得这样容易么？一来无钱送礼，二来衣衫褴褛，所谓手长衫袖短，无衣懒出门。

钱毕仁　素梅这个衰女，不要提她！生来周身贱骨头，偏爱韩义这个烂泥头，试问穷鬼书生怎会有出头？管教一生挨饿勒实裤头。他们不来向我祝寿叩头，我倒一身安乐，免得见了皱眉头！

赖　氏　看你呀，不分皂白，开口就骂素梅贱骨头，既不喜欢韩家，当初你何以又答应韩家亲事？

钱毕仁　当初我还未发达，韩家亦未破落嘛，总之人穷就得人憎！

赖　氏　总算是自己骨肉，叫他们来吃一餐饭也好。

钱毕仁　不必啰！

[钱七急上。

钱　七　禀上老爷，韩义……三姑爷、三小姐来了。

钱毕仁　就说就到真头痛，叫他进来啦！

钱　七　（回头）进来呀！

[韩义、钱素梅挽礼盒上。

钱素梅　礼薄怕人讥讽。

韩　义　人穷志气不穷。（进堂）

钱素梅　拜见爹爹、娘亲！

韩　义　拜见外父、外母！（夫妻一起向其他人行礼）拜见大家姐、二家姐（大姐夫、二姐夫）！

钱毕仁　唔，你们这个时候才来，谅必用过晚饭了？

钱素梅　韩义街头卖字，回家不久，因此还未用膳。

钱毕仁　未食饭来做什么？

韩　义　（唱“三脚凳”）

恭喜好外父，红日正当头。

谨具薄礼仪，为外父祝寿。

钱毕仁　送什么来？

韩　义　（续唱）　是一件蒸品，新鲜好入喉。

（接“滚花”）

略表子婿孝心，外父莫嫌粗陋。

请外父笑纳！

钱毕仁　看看什么“精”品？（揭开，愕然）啊，一底松糕？

韩　义　是松糕。

钱毕仁　又说是“精”品？

韩　义　松糕是蒸的嘛。

钱毕仁　怎见得新鲜好入喉？

韩　义　刚刚蒸好，又松又软，足有二寸厚呀，外父。

钱毕仁　（不悦，念“白榄”）

你羞不羞、羞不羞？礼薄还将架子兜！

看你两位衿兄，礼物多丰厚。

你竟以松糕来祝寿，不怕外父嬲！

黄家富　（接念）　物似主人形！

白生财　（接念）　面皮与松糕一样厚。

钱金菊　（接念）　贱物岂是人所食？

钱玉兰　（接念）　最好拿去喂猪牛！

韩　义　外父！

（唱“滚花”）

一底松糕来不易，几多血汗滴田头。

他年韩义运亨通，岂乏奇珍来上寿。

钱毕仁　（冷笑，唱“滚花”）

穷鬼书生能发达？老鼠会拖大黄牛。

阿梅做着韩义妻，今世今生将难受。

钱素梅　素梅不以为苦。

（唱“减字芙蓉”）

所谓知足贫亦乐，不知足者富亦忧。

韩义每日去卖文，我在家中常刺绣。

公一份时婆一份，吃穿不用担愁。

（转“滚花”）

虽是淡饭清茶，犹幸夫妻情厚。

赖　氏　阿梅！

（唱“花鼓芙蓉”）

你脾气不改，依然这么硬口。

你纵然吃得苦，为母替你担忧。

（转“白榄”）

韩义呀韩义，见了你就眉头皱。

一股寒酸气，何日才有出头？

男人大丈夫，莫将妻饿瘦、莫将妻饿瘦！

韩　义　外母呀！

（唱“梆子中板”）

请安心，勿愁我夫妻两口，有柴米之忧。

总有一天，我平步青云，身披锦绣。

常言道，将相本无种，我未必一世卖字街头。

说到素梅，自入我家，真是常开笑口。

告诉外母知，你快有外孙抱，大概在明岁初秋。

〔钱素梅微羞，众愕然露妒意。

韩　义　（得意地，唱“滚花”）

那时定请外父外母大人，诸位大姐衿兄，到我家中饮杯喜酒。

钱毕仁　素梅有了？（向赖氏）夫人，不孝有三，无后为大，你我年已半百，子嗣犹虚，我想……

赖　氏　想想想，想什么？不准想！

钱毕仁　我是说……一定祖坟风水不佳，想请个风水先生看看嘛。

黄家富　岳父，闻得风水先生苗穿石眼力非凡……

白生财　何止瞄穿石，还可看穿天！

韩　义　积善之家有余庆，求子何必问堪舆呢？

钱毕仁　（怒）你不要得意！

（唱“滚花”）

养活老婆都不易，多添一口你更担忧。

连你骨头都啃光，你就怨做错老窦！

韩　义　外父！文章盖世，夫子亦厄于蔡陈；武略超群，太公曾钓于渭水。小婿一时落魄，何足为奇？将见草履麻鞋，换上紫衣金带。

钱毕仁　换换换，换了你的松糕吧！

[众冷笑，钱素梅忿极欲言。

赖　氏　算了，算了，饮酒吧！

（唱“滚花”）

酒菜冷了，不好入喉。

韩义、素梅，坐下饮杯美酒。

秋儿，摆多两个位。

[秋儿端杯斟酒。

三　女　爹爹、娘亲请！

父、母　随便得啦！（众举杯对饮）

[冯桂匆匆上，跪在钱毕仁身前。

冯　桂　（念“口鼓”）老爷，我家老母病在垂危，求你借二两银，将她一救。不借就会死的了，老爷！

钱毕仁　大吉利市！

（接念）你家死人你家事，不应在我大喜日子，叩此死人头。

赖　氏　真系大吉利市啰！

冯　桂　（接念）老爷，念我替你做了半世长工，看着你几十亩田变成千百亩。

钱毕仁　混你个账！

（接念）我有万顷良田是我的福，为了养你这奴才冯桂，累我少养了一条牛。赶出去！

钱素梅　（接念）阿爹，做做好心——

韩　义　（接念）不能见危不救。

钱毕仁　（接念）你有钱可以你周济他呀！遇事无我十分益，半个铜钱不外流！

冯　桂　老爷，我照纳利息的呀！

钱毕仁　好笑！

（唱“滚花”）

你有何本事还本息，只能一世为马为牛。

以前欠债尚未清，亏你还敢再开口。

赶出去！

[钱七逐冯桂下。

钱毕仁　（恼）向我借钱，真大想头！

赖　氏　不必生气了，饮过杯吧。

黄、白　叨扰已久，小婿告辞！

钱　七　外边下雪哩，姑爷！

钱毕仁　下雪吗？女婿不比别人，不必走了。钱七，带大姑爷、大小姐往东厢安歇，二姑爷、二小姐往西厢安歇。

[钱七领黄家富、钱金菊、白生财、钱玉兰等下。

钱毕仁　（望着韩义）韩义，夜了。

韩　义　小婿告辞！

[韩义携钱素梅欲行。

秋　儿　（念“白榄”）

不能走、不能走！风雪漫天封路口。

归去路遥遥，又是初更后。

老爷与夫人，要把姑爷小姐留。

赖　氏　（一想，接念）

素梅身有孕，确难将路走。

不留他两人住一宵，街坊邻里又多口。

明朝再走吧！

[钱七复上。

钱毕仁　留就留啰！钱七，你开后花园最通爽那个房间给他们住吧！

[钱七领韩义、钱素梅下。

钱毕仁　（唱“滚花”）

你们把所有礼物，捧进后楼。

[幕闭。

第二场　宝袍

[当晚；钱家后花园破柴房。

[“银台上”引子幕启。韩义往来踱步，素梅睡在板床上。

韩　义　（唱“七字中板”）

阵阵朔风敲窗户，

飘飘白雪拥寒庐。

蛰处柴房遭欺负，

不忍低头是丈夫。

（转“柳青娘”音乐，即景吟哦）

漫天风与雪，遮断银河月，

问雪几时晴？好将丹桂折。

（摇首）不好不好，待雪晴才能折桂，太无志气！要改要改，尾两句要改！

（吟哦）漫天风与雪，遮断银河月，我有上云梯，桂枝随手折。

（喜）佳句佳句，这才有丈夫气概！（风卷进房，打个寒噤，愤懑）风雪呀风雪，任你来磨折，韩义不愁寒，未肯因人热！（“嘘嘘”呼冷）

钱素梅　（醒来）夫君不畏寒，因何呼“嘘嘘”？

韩　义　素梅，你又醒来了。

钱素梅　秀才，被你吟诗吟醒我了。

（唱“长句二黄”）

且看夜冷风高，你尚摇头摆脑，

浅吟低唱，乐陶陶。

被薄衣单，试问今晚如何度？（句）

你看风如利箭，雪似钢刀。

快披上它——（将被单加在韩义身上，续唱）

只怨老父偏心，不该欺贫重富。

韩　义　素梅！（又将被单加在钱素梅身上）

（唱“小红灯”）

你莫为我烦恼，我人穷志气豪。

两餐虽不保，不过暂时受下苦，韩义有才见识高。

你父亲脑筋太糊涂，他哪里想得到？

我有朝一日寒酸当尽扫！

（唱“长句滚花”）

龙虎榜，登上我名号，

门前打响头锣送喜报，

我脱却青衫换紫袍。

万人争看贵人和命妇，

外父定来祝贺，拜倒于途。（句）

那时嘛……

钱素梅　那时又怎样呢？

韩　义　（唱“滚花”）

那时我昂昂然拂袖而行，掉头不顾。

（作出门状，一阵风来，打了一个寒噤）

钱素梅　（急将被加在韩义身上）快披上吧！不要冷着。

韩　义　（推开）我不觉冷！

（唱“减字芙蓉”）

我身体素来结实，似山上棵老松。

（作态表示坚强，窗外一阵风来，当堂发抖）

钱素梅　看你，发抖了。

韩　义　（续唱）　松树被风吹，当然会摆动。（强作支持）

钱素梅　看你冷得面色发青了。

韩　义　青才好。

（续唱）　松树不怕冷，越冷越青葱！

钱素梅　看你竖起汗毛了。

韩　义　（续唱）　光滑就不是松皮，这些道理谁都懂。

钱素梅　何以你这样瑟缩呢？

韩　义　（续唱）　这是苍松古劲态，与瑟缩绝不同。

（转“七字清”）

总之风来当扇频摇动，

雪当棉花盖几重。

（转“滚花”）

你就与我不同，应把身躯保重。

你先去睡吧！

钱素梅　你呢？

韩　义　古人爱月夜眠迟，我韩义爱雪夜眠迟，我不睡，你放心去睡吧！

钱素梅　我眠君坐，我暖君寒，心实难安。

韩　义　我欲稍待片时才来入睡，妻你不要固执，先顾腹中小儿郎。

钱素梅　（唱“滚花”）

夫郎情殷意重，为妻只有依从。

你莫寒宵久坐损精神，明早还要街头走动。

[钱素梅上床睡下，韩义为她盖被，一阵风来，韩义觉冷。

韩　义　（唱“长句滚花”）

真可恶，你个顶头风，

专向穷人显威风！

见我衣衫单薄便来戏弄，

冷得我当堂变成一只大虾公。

顾得窗来门又动，

顾得西时又顾不得东。（句）

风呀风，请勿进房来，

韩义将你送。（挥手推门）

送客！（找东西顶门，见石磨，移动了几下，浑身发热，有所悟）我再把石磨举几下，岂不胜于穿上一件棉袄么？就是这个主意！（托起石磨，上下举动，最后把门顶住）风大哥，这回不由你做主了！（满头大汗，喘不过气来，顺手拿起葵扇扇起来）

[钱七持灯笼引钱毕仁上，四处查看。

钱毕仁 （唱“滚花”）

园中似有人走动，惹起我疑惑重重。

有道“贫穷起盗心”，留个韩义在家，

累我今宵难入梦。

日防夜防，家贼难防，宁可不睡，步步提防。钱七，与我上前一看！

[钱七示意不可声张，钱毕仁窗外窥视，见韩义扇扇取凉，大为惊异。

钱毕仁 奇怪，我穿这么多衣裳还觉冷，看他衣衫单薄却在那里拨扇……（示意钱七上前敲门）

钱 七 开门、开门！

韩 义 谁呀？

钱 七 老爷来了，快开门。

韩 义 （开门迎入）外父深夜到来，有何要事？

钱毕仁 近来盗贼猖獗，官府有命严加防范呀！喂，你不觉冷吗？

韩 义 （气恼）我不冷，我全身发滚。

钱毕仁 奇了，我内穿棉袄外罩皮袍还觉冷，你衣裳单薄反而全身发滚，还拨着扇？

韩 义 （生气）外父，有道烂船还有三斤钉，若非这件火袍呀，我今晚早已冷毙多时！

钱毕仁 火袍？（另念“韵白”）这件火袍真有用，穿来不怕雪和风，老人财多身子弱，有它就胜过烘火笼。

钱　七　老爷行路似虾公，穿起皮袍还怕风。若然有了这件宝，虾公也变一条龙。

钱毕仁　（上前）贤婿，你有这件火袍我就安心了。

韩　义　此话怎解？

钱毕仁　（唱“减字芙蓉”）

只因漫天风雪大，才留你在家中。

我彻夜不能眠，怕你夫妻同受冻。

所以亲自来探望，冒着雪和风。

韩　义　啊！外父为了我，连防贼也忘记了。

钱毕仁　（尴尬地）这……这当然啦！

（唱“滚花”）

有道女婿是半子之亲，

冷坏你夫妻，叫我怎不心痛。

贤婿，我有一件事情想和你商量，不过难于启齿，你是个聪明人，不说你也明白。我想……

韩　义　你想什么？

钱　七　老爷，这有什么相干，份属翁婿，直说无妨。

钱毕仁　我想……

（秃起唱“二黄”）

我想求女婿，出让这件火袍。

我们翁婿至亲，谅你定能做得到。

韩　义　这个？

（接唱）　原来外父，想买此袍。

恕难转让别人，此乃传家之宝。

（唱序）　卖了何颜对宗祖。

钱毕仁　贤婿！

（念“口鼓”）怎会对不住宗祖呢，我又不是外人，是你外父。我给你白银五两，你可以再造过一件袍。

韩　义　（摇头）外父！

（接念）三代留传只得这件宝。随便出卖，人家会怪我太糊涂。

钱毕仁　不会的！你后生，我年老，你卖件火袍给外父，人家只有说你好。

韩　义　不能呀！外父。

钱毕仁　外父开口都不能？（哭丧着脸）贤婿！

（喊口腔）好心啦！好心啦！可怜我气衰血渐枯，

一翻北风就患疴肚，日夜不离个药煲，

贤婿做下好心，让件火袍给外父。

韩　义　待我想想……

（旁念“白榄”）

我不过随口说几句，他当真信是宝。

何不顺水推舟答应他，有钱赠些冯桂医老母。

（欲上前，又却步）不能呀，不能呀！

（唱“滚花”）

宝非真宝，袍非宝袍，

他日识破之时，如何是好？

钱毕仁　贤婿，答应我吧！

韩　义　难呀，外父。

钱毕仁　添够十两。

韩　义　十两都难呀！

[钱素梅被吵醒。

钱毕仁　（有些生气）你当真不答应？

韩　义　我实在无法答应。

钱毕仁　你太绝情了！

（唱“滚花”）

你做初一我做十五，

你再不答应，我就动手剥你件袍。

我要你件袍好应该，

鬼叫你是女婿我是外父。

[钱毕仁欲动手剥袍。

钱素梅　爹！（上前阻拦）

（唱“滚花”）

因何动手，脱我夫婿件袍？

钱毕仁　我就是要他这件袍。

（唱“滚花”）

乖女快劝你丈夫，割爱让袍给外父。

钱素梅　叫他让袍？阿爹，你太过分啦！

钱毕仁　他不卖才过分哩！乖女，你体谅阿爹几十岁人了！

钱素梅　你要了件袍，岂不冷坏他。

钱毕仁　嗯！你只关心丈夫冷坏，就不顾父亲冷坏了。难怪人家说：嫁出女，泼出水。你只顾两公婆齐全，就不顾外家死绝了！

钱素梅　阿爹，你看这件……

钱毕仁　他这件火袍我不是白要的，我愿给他白银十两，作为补偿。

钱素梅　（愕然）究竟……

钱毕仁　究竟还是让给我好！

钱素梅　（对韩义）这是什么一回事啊！

韩　义　（拉钱素梅低语）我刚才举石取暖，信口说身有火袍，你父信以为真，强我出让。我本欲顺水推舟，好助冯桂医母，又怕……（指袍）

钱毕仁　（急接）怕什么？袍一定要让给我的了，钱七快取十两银来！

［钱七奉银。

韩　义　外父，你一定要吗？好啦！

（唱“滚花”）

丈人识宝，小婿何惜此袍？

韩义家穷，顾不得列宗列祖。

（脱衣，有寒意，急将衣蔽体，摇头）外父，我脱了火袍给你，轮到我冷了。

钱素梅　真的，没有袍穿，容易冷坏。

钱　七　姑爷，后生仔怕什么？看我钱七！（拍胸膛）下大雪、刮大风还冲冻水凉！

韩　义　我不同你，你不怕冷我怕冷。

钱　七　怕冷怎么出来捞？学我钱七，穿一件单衫，跑几十里路，帮老爷收租。

钱毕仁　钱七你不怕冷?

钱　七　不怕。

钱毕仁　你不怕冷，就脱你件袍给他吧!

钱　七　(一缩头)老爷，我怕冷。

钱毕仁　是你自己说不怕冷的，快脱、快脱!

[钱七无奈，脱衣，缩作一团。

[韩义毅然脱去长袍，钱素梅急将外衣披在韩义身上。

钱毕仁　(递银给韩义，接袍大喜，唱“滚花”)

女儿女婿都孝顺，

知吾年老乐相扶。

钱七!

(续唱)　快带姑爷、小姐搬进上房，

等到明朝再就道。

韩　义　(双关地，唱“快中板”)

殷勤留宿见情高。

(转“滚花”)

外父盛情，容图后报!(散更)

天已微明，我们就此回家，小婿告辞!

钱毕仁　钱七开门。

[钱七连打喷嚏，引二人下。

钱毕仁　一个人行起运来，真是有头有路，有此宝袍，以后落大雪、刮大风都不怕，先试试看……(抖袍掩鼻)唔，起晒“镜面”(“垢迹”之意)，一股酸气，怎着上身呀?

(唱“滚花”)

将它洗净藏高阁，

择定良辰吉日我就试火袍。

[幕闭。

第三场　试袍

[若干日后；郊野，小山岗上。

[幕启。音乐声中，苗穿石一步一拐上，作看风水状。

[钱毕仁披着长皮袍，蹒跚上。钱七肩挂包袱跟上。

钱毕仁　（唱“八板头”）

周身外父相，老是无儿养，

枉我大米满谷仓。

一朝病魔降，阎罗王诏往，

身后便感孤寒。

苗先生！

（唱“滚花”）

看过了我家祖坟，你觉得风水怎样？

苗穿石　（拈着稀疏的胡子，念“白榄”）

好地方、好地方，财帛星君照远方。

可惜只旺财，人丁并不旺。

因为山坟刚对正，前面个玉女岗。

钱毕仁　玉女岗？

苗穿石　玉者育也，岗称玉女，顾名思义，只育女而不生男。再者，我细观天象，坟上刚对正九天玄女娘娘位，玄女乃旺女之星，九者九也，员外不生九个女就奇哉怪也！

钱毕仁　要命么！生九个？

（念“白榄”）

原来祖坟对正玉女岗，

又被玄女娘娘骑在头壳上。

阴气如此重，怪不得连生三个姑娘。

好在老婆身子差，生到素梅就无生养。

先生有何好办法？叫我老婆快弄璋。

苗穿石　（唱“滚花”）

归圆杞菊无济事，

参茸炖品不过是一啖热辣汤。

风水乃是福之源，欲想生男把祖坟迁葬。

钱毕仁　迁祖坟？不行！一迁祖坟，变了旺丁不旺财，岂不更惨？

苗穿石　员外放心，非有吉地，也不敢叫员外移动祖坟。

钱毕仁　吉地在哪里？

苗穿石　（遥指远处）那边吉地，对正文昌，文昌主生贵子，丁财两旺，福禄齐全。

钱毕仁　（喜）真的？

苗穿石　我苗穿石半世看风水，从未骗过人，不然哪有“瞄穿石”这个宝号。

钱毕仁　好极、好极！我完全相信！告诉你——财嘛，我好比韩信点兵，多多益善。丁呢？三个男丁就够啦！一个做文官，一个当武将，一个在家里帮我看当铺，管田庄。寿呢？九十八岁命也差不多了！

苗穿石　有有有，一定有！员外，那块吉地，前对东海，后靠南山，左青龙右白虎，迁祖坟后，定然从心所欲，如意吉祥！但是，迟行一步，就会被南村马员外抢先了。

钱毕仁　（惊）真的？哎吔！

（念“快白榄”）

快去觅地方，把祖坟迁葬。

苗穿石　（接念）要考定经纬，太阴对正太阳，

最紧要寻龙，照罗庚方向。

如果乱葬乱迁能发达？

我这风水先生都要改行。

钱毕仁　那么，快去寻龙！

苗穿石　员外，我未吃饭。

钱毕仁　加送步金，去啰、去啰！

苗穿石　员外随我来！

［起风。

苗穿石　（觉冷）咦，员外，天气变了！

钱毕仁　不妨！快走！迟一步被马家抢去吉地了！

苗穿石　（风更大，颤抖）员外，太冷了，改日天气晴和再来吧！

钱毕仁　打铁趁热！

苗穿石　你热我不热，你有皮袍我没，改日再来吧！（转身欲下）

钱毕仁　喂喂喂，不要走！（望见钱七背上包袱）我宁愿借我这件袍给你，钱七，打开火袍！

苗穿石　（怀疑地）借袍给我？你呢？

钱毕仁　你为得我，我亦为得你，我不紧要！（脱袍给苗穿石）

［钱七把轻飘飘的“火袍”披在钱毕仁身上。

钱毕仁　（心理作用）初次穿上，浑身发热，宝即是宝！

苗穿石　去啰！（起行）

钱毕仁　去啰！

（边走边唱“赛龙夺锦”）

火袍罩身，火袍罩身，

暖洋洋，暖洋洋！

哪管刮风，哪管降霜，

永不愁冷，永不冻僵。

好一件火袍堪赞赏！

［风雪愈来愈大，苗穿石走远，钱毕仁渐觉寒冷，缩作一团。

钱　七　老爷，你觉得怎样？

钱毕仁　（颤抖）我觉得冷！越来越冷！

钱　七　穿上火袍还觉冷？

钱毕仁　冷，冷！一点暖气都没有，顶不住了！钱七，快揽实我！

钱　七　哦！（紧紧搂抱着钱毕仁）

钱毕仁　用力啦！

钱　七　哦……老爷，你口唇黑了，面色变了。我好像抱着块冰！

钱毕仁　冰！（战栗，望袍，醒觉，大怒）

（唱“滚花”）

何尝有一点火气，披上如盖冰霜。

韩义奴才，敢以假袍欺岳丈。

（欲走，难于举步，急）快追上风水先生，索回件皮袍！

钱　七　风水先生已去到没雷公那么远，人影都不见了！

钱毕仁　吓？

（唱“快滚花”）

找韩义算账，捉他上公堂！

我、我不能走了……钱七，背我！

[钱七硬着头皮背起钱毕仁，风雪更大。

钱毕仁　（喘着气，在钱七背上）阿七，你真听话！你好好服侍老爷，我将来一定将秋儿嫁给你！

钱　七　（大喜过望）是吗？多谢老爷！（想叩谢，一松手，将钱毕仁抛落地上）

钱毕仁　（四脚朝天）唉吔！

[幕闭。

第四场　宝煲

[紧接上场；韩义家中。

[幕启。“西皮序”中，钱素梅抱着一捆柴上。

钱素梅　（唱“西皮”）

我夫圩场摆字摊，

风凄凄，依然是夹衫。

为求两餐，急景残年，

穷人度日艰！

（过门衬白）岁暮严寒，我夫还要长街奔走。我素梅人在家里，心念夫

郎，因此把纺织所得，买来猪脚一对，美酒半壶，好待我夫回来，相对共饮。正是：清茶淡饭多恩爱，不信贫贱夫妻百事哀。（下）

[韩义一手拿布招牌，一手挽猪脚一对上。

韩　义　（唱“西皮”）

岁晚挥春生意好，几乎手也僵。

买来猪脚一双，足有一斤重量，

可惜无佳酿。

走忙忙，归家去——

是炆？是卤？还是炖？

得请教妻房。

（音乐衬白）我妻她见了猪脚，定然欢喜。何不先让她猜猜，开开玩笑。（用招牌遮住猪脚，入门）

[钱素梅由内上。

钱素梅　啊！夫郎回来了么？

韩　义　回来了。

钱素梅　漫天风雪，你衣衫单薄，为妻心内不安，快把招牌放下，到厨中烘火取暖吧！

韩　义　我不觉冷，无须烘火了。

钱素梅　今天生意如何？

韩　义　挨年近晚，生意兴旺，买回一些食物，与你一同度岁。你猜猜是什么东西？

钱素梅　待为妻猜来……蒲团打坐？

韩　义　咸煎饼？不是。

钱素梅　交拜天地？

韩　义　油炸鬼？不是。

钱素梅　这不是，那也不是，慢说为妻愚蠢，就是夫郎聪慧，你也猜不到我买了什么给你吃。

韩　义　除非不猜，一猜便中。观音手指？

钱素梅　番薯仔？不是。

韩　义　那就是杨枝甘露?

钱素梅　野菜煲粥?更不是。

韩　义　不要猜来猜去，总之我买的堪称一枝独秀。

钱素梅　为妻买的就不能并驾齐驱么?

韩　义　当然啦!我的好食!

钱素梅　我的有益!

韩　义　我的能下酒。

钱素梅　我的补脚力。

韩　义　（拿出猪脚）补脚力你好得过猪脚?（放在桌上）

钱素梅　这真凑巧。

韩　义　莫非你买的也是猪脚?

钱素梅　正是，快煲熟了!你看——

韩　义　（入内，复出）好香、好香!不弹此调久矣!

（唱“滚花”）

一煲猪脚，足庆除旧更新。

家里未有余资，猪脚何来将妻问。

钱素梅　（唱“中板”）

日夜里，纺织勤。

积有余资防手窘，

免逢逆境靠无人。

喜值良宵除夕近，

迎新除旧庆芳辰。

（转“滚花”）

我已备美酒佳肴，候夫你归来共饮。

韩　义　（接唱）三姐真是，先得我心。

一阵阵饥腹雷鸣，

快快拿来饱餐一顿。

[钱素梅欲下，钱七背钱毕仁跄踉上，推门而入。

韩　义　外父——什么事?

钱　七　快拿杯热茶来吧，老爷几乎冷死了！

[韩义取热茶，灌醒钱毕仁。

钱毕仁　（唱“连环西皮”）

真真可恶，真真可恶！

破衣冒称火袍，几乎冷死岳父。

韩　义　（唱“沉腔滚花”）

外父少安毋躁！

钱毕仁　（唱“反线芙蓉中板”）

以为你件火袍真有宝，

穿起犹胜烘火炉。

谁知衣薄难当狂风暴，

几乎冷死在中途。

（转“滚花”）

你骗去我十两白银，

我要追还这笔数。（脱袍）

交还你，还钱来！

韩　义　（接袍）外父！

（唱“滚花”）

十两白银事小，不能冤枉我件袍。

你亦亲眼见到我取扇纳凉，

怎能说袍不是宝。

钱毕仁　宝宝宝，此袍确有“补”！烂衫当火袍，冷到我口唇似乌枣，一点宝气都无！

韩　义　外父……

钱毕仁　鬼是你外父，衰仔！

钱素梅　阿爹！

（唱“滚花”）

是你甘心情愿求相让，

不是韩义骗你买此袍。

阿爹穿起火不生，

怕是无福消受这件宝。

钱毕仁　胡说！分明夫妻串通，冒宝行骗，如不还钱，送官究治。

韩　义　且慢！此袍三代祖传，穿起便暖，何以说不能御寒，外父有无糟蹋这件宝？

钱毕仁　我珍之重之，藏之高阁，择定今天良辰吉日，才来穿着。你看，洗得它何等干净！

韩　义　（看袍，机智地）你将它洗过吗？

钱毕仁　这样肮脏，不洗哪能穿上？

韩　义　（顿足）糟啦！

（唱“有序中板”）

袍是有名唤火袍，

水能克火外父应知道。

一经用水洗，火气就全无。

当晚仓促间，我竟忘嘱咐、忘嘱咐，

今把火袍糟蹋，心似割了千刀。

（唱“滚花”）

韩义对不起列祖列宗，

更对不起这件宝。（叫“相思”）

罢了我的宝袍！祖宗呀！

钱毕仁　（惊愕地）素梅，他的话是真的吗？

钱素梅　是呀！他一向不许我用水洗，所以火袍一直未下过水的。

钱毕仁　（恨）因何不早告我？

（唱“沉腔滚花”）

哎吔吔，我洗错了火袍。

天寒地冻我怎归家？阿义快拿件棉衣来！

韩　义　仅得此袍，哪有棉衣？

钱毕仁　没有棉衣，棉胎亦好，给我卷着回家。

韩　义　棉胎也没有一张好的。

钱毕仁　衰仔！牛高马大出来捞，棉胎也捞不到一张，十两银呢？

韩　义　送……送入肚里去了。

钱毕仁　嘿，竟学人大饮大食呀？写字有入息呀？

韩　义　哪有许多生意，外父你又不帮衬？

钱毕仁　帮衬你连外父都映衰呀，你又不帮衬我间当铺？

韩　义　我没有东西好当。

钱毕仁　什么都没有？

韩　义　没有。

钱毕仁　不管你有没有！

（唱“滚花”）

就追回十两白银，

连同利息一起计数。

钱七，算盘来。（钱七在腰间取出算盘，递上）七得个七，逢三进一，上梁加一粒，下梁加两粒，一粒又一粒，见五就进一，你借了十日，连本带利二十一两七钱七。还钱！

钱素梅　阿爹，当晚你说过什么应记得，要韩义转让火袍哀声求乞，他不答应你就将我罚，才有劝说我夫割让传家宝物。你今毁坏火袍乃是自己疏忽，还说我夫骗你，未免太过冤屈！

钱毕仁　你个衰女手指拗出不拗入，被你激到我气咳！还钱！

韩　义　没有钱。

钱毕仁　没有钱？（拍桌，突然看见桌上猪脚）没钱怎会吃起猪脚？衰仔，怪不得你穷，原来大饮大食！好，我现在又冷又饿，你就先煲猪脚给我食。

钱素梅　煲猪脚？几时才得熟呀！

钱华仁　没得说，加猛火好了，不然叫我怎回家！（坐下不走）

韩　义　（拉钱素梅旁白）厨中已有猪脚一煲，让他吃了好快走，免得在此苦苦纠缠。（耳语）

钱毕仁　（气）哦！弄多少东西招待外父都要商量一番？快去煲！

韩　义　好吧！（对钱素梅）开台啦！（拿猪脚下）

钱毕仁　加猛火呀！我肚饿了。（边说边要随着韩义入厨房）

钱素梅　（急拦）噢！厨房浅窄，阿爹不要进内。

钱毕仁　煲猪脚也要有方法，我入去教他。

[韩义捧瓦煲上。把煲放桌上，揭开盖，热气腾腾。

钱毕仁　这样快？想吃疴我吗？（一摸烫手）哗！

韩　义　（送来碗筷）请外父受用。

钱毕仁　（尝了一块，惊异）好脸（烂熟之意）好香呀！

（唱"滚花"）

何以入厨片刻，便捧出炖烂猪脚一大煲。

有何妙法烹调，教你外父都好。

钱素梅　有什么烹调妙法，实在沙煲有……

韩　义　（急止之）有什么？加猛火罢了！（拉钱素梅低语）勿乱说，被他识破，连那付猪脚也给他吃掉。

钱毕仁　（怀疑）又商量什么？唔！

（唱"滚花"）

任你如何加猛火，亦难以一煮便出炉。

素梅你刚才说沙煲有……

（回想刚才夫妻互递眼色，窃窃私语的情景，突然注视沙煲，若有所悟）唔，我明白了……

（续唱）　莫非沙煲有宝？

韩　义　沙煲哪有宝，外父发宝寒！

钱毕仁　不要骗我了，眼见你拿着猪脚入厨，眨眼就煲到又脸又香。我问你有何妙法烹调，你两个又挤眉弄眼，不肯实告。我刚想入厨看看，又被素梅拉住，分明怕我发现沙煲有宝，是吗？

韩　义　（啼笑皆非）外父，你说沙煲有宝就有宝吧！

钱毕仁　（得意）你外父双眼厉害哩？一看就知沙煲有宝啦！阿义，你讲讲，这个沙煲宝在哪里？怎样用法呢？

韩　义　哎……（被迫砌词搪塞）此乃家传第二宝。没什么，只不过点着一枝香，在煲底燂三燂，念几句：一燂滚，二燂熟，三燂口有福，食得！就什么肉都又脸又香了！

钱毕仁　素梅，真的吗？

钱素梅　哎……

钱毕仁　放心啦，我不会对外人说的！

（唱“减字芙蓉”）

女婿穷得真有福，有此宝沙煲。

想我一日食五餐，另炖参茸将身补。

你外母更多病痛，长年不离个药煲。

阿七，我们每日煲药，大大话话都要用十几斤柴。但这个煲只不过用一枝香熚三熚就得啦。

（唱“滚花”）

慳柴慳火慳功夫，有此宝煲千万个好。

阿义，煲是好极了，只是可惜……

韩　义　可惜什么？

钱毕仁　可惜宝煲落在你们手上，你们又没什么东西煲，真是浪费这件宝了。不如……我给回你多少钱，卖此宝煲给我吧？

韩　义　又卖给你？我不敢做主，问三姐吧！

钱毕仁　乖女，怎样？

钱素梅　阿爹，我们夫妇安闲过日，都是赖此沙煲。它不止节省许多柴薪，还能为我空出很多时间，多织几尺布。一旦卖了，诸多不便。这沙煲不能卖呀！

钱毕仁　阿梅！

（念“白榄”）

虽有宝，虽有宝，奈何你家境并不好。

夫妇终日忙，生活一样苦。

不如卖了此沙煲，换取白米肥肴医脏腑。

韩　义　（接念）　外父说来虽有理，无奈此乃传家宝。

一误于前今再误，教我如何对宗祖？

钱毕仁　说什么宗祖宗祖，我说真金白银最好。你肯出卖此煲，我就抹去以前欠数。再补你二两白银，可谓天公地道！

韩　义　不能呀。外父！

钱毕仁　嫌少就三两。

钱素梅　阿爹，卖不得的呀！

钱毕仁　（瞪眼）你不出声我不会说你是哑巴！贤婿，补够四两好吗？五两、六两、七两、八两、九两，十两得了吧？

韩　义　（还是摇头）……

钱毕仁　贤婿，我糟蹋了一件，就希望得回另一件。我真……

（喊口腔）你就好心啦、好心啦！可怜我气衰血又枯。

时时都要将身补，日日不离个药煲。

女婿你做下好心，就卖个沙煲给外父！

韩　义　（拉钱素梅低语，唱"滚花"）

你父贪婪成性，唯利是图。

不大诫，也小惩，聊为穷人将气吐。

钱素梅　（接唱）只怕将来识破，又来吵吵嘈嘈。

迫你加倍还钱，问你如何应付？

钱毕仁　商量妥了吗？老实说，沙煲我一定要！（作捧煲走状）

韩　义　（顿足）好吧！

（唱"快中板"）

朝朝暮暮叹辛劳，

四壁萧条空有宝，

不如卖了此沙煲。

（唱"滚花"）

外父即带回家，小婿不愿再睹。（转身）

钱毕仁　（大喜，唱"滚花"）

贤婿性情爽快，堪称大丈夫。

钱七快取十两银来……（钱七数银）

嘘，不要慢慢数！

（一把夺过银子，交给素梅）真是乖女啰！（喜极，即命钱七拿出包袱，亲自将煲包好，捧起）好、好、好！

（唱“快中板”）

今天庆得宝沙煲，

福有攸归天有数，

自问福泽比天高。

（唱“滚花”）

天寒地冻最好打边炉，

钱七，引路！（出门回步）这回要问清楚了，刚才你说点枝香，念几句什么经？

韩　义　呃……（思索一会儿，边想边说）哦，点着一枝香，在煲底燂三燂，边燂边念：“一燂滚，二燂熟，三燂……（望望素梅，素梅指指嘴巴）是是是，三燂口有福。食得！”

钱毕仁　（大喜）这就清楚了！（慎重捧煲，边行边念）“一燂滚，二燂熟，三燂口有福……”（反复背诵，与钱七下）

钱素梅　（执韩义手）夫呀！我父回家打边炉，定然动用此沙煲，发觉沙煲不是宝，又来吵闹怎样好？

韩　义　是呀，怎办？

[二人正想计，冯桂上，几与韩义相碰。

冯　桂　韩义，什么事情这样焦急？

韩　义　唉，不就是卖袍这件事。

冯　桂　提起卖袍的事，还应该多谢你的帮忙呢！

韩　义　这不用客气了！

（念“口鼓”）刚才我外父登门，责备袍不是宝。

冯　桂　（急）那你怎样？

韩　义　（续念）我急中生智把他应付过去。不料他发觉我买了一付猪脚，便喊饥喊饿，要我立即来煲。

冯　桂　开胃！

韩　义　（续念）刚好素梅也买了一付猪脚回家，而且已经煲好。

冯　桂　真巧！

韩　义　（续念）为免外父在我家中嘈吵，我便挽猪脚入厨，立即捧出炖脸猪脚一大煲。

冯　桂　干脆！

韩　义　累事就真！

（续念）外父见猪脚熟得这么快，一口咬定这沙煲有宝，出价白银十两，强行买去我这个旧沙煲。

冯　桂　活该活该！

韩　义　唉，我正担心呢！他说回家打边炉，一定发觉沙煲不是宝，到时又来吵闹，我夫妻就难以应付了！

冯　桂　这个……有办法！

（唱“滚花”）

不如闯进他家里，乘机打烂那沙煲。

打烂了沙煲，谁敢说沙煲不是宝？

韩　义　你的主意好！沙煲烂了，他说是假，我说是真，口说无凭，谁敢断定？

冯　桂　好，我马上去一拳打烂它！（欲下）

钱素梅　桂哥！你打烂沙煲，我阿爹肯放过你吗？

韩　义　真的！你不能去。

冯　桂　难道怕他打死我吗？

韩　义　还是想个万全之策较好。

[三人同想办法。

韩　义　有了。（对冯桂耳语）

冯　桂　好计！就依此计而行……（兴冲冲下）

韩　义　我的计好不好？

钱素梅　你还未告诉我，我怎知道好不好？

韩　义　哦……（耳语）

钱素梅　（窃笑）好计，好计！只不过……你不怕我阿爹……

韩　义　怕什么？

（唱“滚花”）

随机应变，我还有一着棋高。

[幕闭。

第五场　宝棍

[紧接上场；钱家花厅，正中摆有八仙桌。

[幕启。钱毕仁捧着簪花挂红的沙煲，如获至宝地上。

钱毕仁　（唱“宝煲曲”）

喜得宝沙煲！

神煲、妙煲、怪煲，

铁拐李个大葫芦亦拜倒。（序）

问谁户，有此煲，

值得簪花挂红，捧到高高。（序）

唉吔，好沙煲，要紧抱，不可跌倒。

藏好，藏好奇宝，

落地开花个阵时，

我愿相随入土啊！（序）

不少钱才买得此奇宝，

今天就要试沙煲。

生菜皖鱼都切好，

乱话不祥之语，我太糊涂！（序）

请进花厅啦，我件心爱宝。

[“合尺相思”，谨慎地捧煲入厅，放在方桌正中小架上，抹了一把汗。

嘘！沙煲呀沙煲……

（念“口鼓”）我为你忍痛刺一刀，不惜挥金如土。我对你非常珍爱，唯恐碰损分毫。今晚主人准备佳肴，享受你这件奇珍异宝。望你宝光大发，吃到我不肯收煲。腹似雷鸣应进食。（向内）钱七！猪牛鱼肉统统搬上来。

[钱七内应声：“来啦！”领四家丁捧菜上。

钱　七　（念“白榄”）

一盘菜，四盘肉，切成薄片刀法熟。

捧来给老爷，摆其生锅局。

钱毕仁　（接念）　小心摆桌上，不用太忙促。

碰损了沙煲，你们人命贱过畜！

四家丁　知道！（小心翼翼把菜肉放在桌上）

[黄家富、白生财上。

钱毕仁　（挥手）嘘、嘘！离开一点。

黄家富　哦！原来岳父在此打边炉。咦，怎的将沙煲簪花挂红呢？

白生财　真奇怪！

钱毕仁　年轻人少见多怪！告诉你，此乃宝煲。

黄家富　哪里来的？

钱毕仁　莫问出处。

白生财　宝在哪里？

钱毕仁　妙不可言！两位贤婿来得正好，坐下等食吧！钱七，加多两个位。

钱　七　（转喝家丁）加多两个位！

黄、白　看看岳父弄什么把戏。

[家丁添杯筷。

钱毕仁　（挥手）你们下去！

[四家丁应下。

黄家富　岳父，怎样吃法？

钱毕仁　犀利！一阵你就知。钱七，点着一枝香，舀一壳水来。

[钱七应下，取香、水复上。

钱　七　老爷，香点着了，水也取来了。

钱毕仁　拿来！（揭起煲盖，注水于煲，接过香）

白生财　一枝香就打得边炉？

钱毕仁　看吧！（向沙煲一拱手）沙煲呀沙煲，肉已安排，香已点着，主人动用你之前，应该题你几句。记得古人有篇《陋室铭》，现在我为你做首《沙煲赞》。（摇头晃脑念）

煲不在新，有宝则名；

火不在多，有香则灵；

沙煲状元，为我而兴。

台前肥鸡肉，不用炉来蒸，

谈笑落鲮鱼，食来甜又清。

大可以炖肥肴，送“孖蒸”，

无霹雳之乱耳，无柴火之劳形。

老子炼丹炉，观音净水瓶，

毕仁云，全不及你。落肉！

[“合尺相思”。先向沙煲一揖，左手执煲盖，右手举筷夹肉落煲，复盖上煲盖，唱“手托”。

沙煲里，肉冻水似冰。

香一到，能跳又能泳。

待等我，念返几句经。

（用香燂煲底）一燂滚，二燂熟，三燂口有福。食得！（揭盖）

黄家富　这么快就吃得？

白生财　汤都未滚呀岳父。

钱毕仁　（蛮有把握，先呷一口酒）此宝煲也，看似未滚，实则滚矣！饮吧！

黄、白　岳父请！（饮酒）

钱毕仁　起筷啦！

黄家富　（举筷望煲）菜肉还没变色呀，岳父。

钱毕仁　虽未变色，其实已熟了，还不起筷？

[翁婿三人夹肉入口，咀嚼，急呕吐。

钱毕仁　怎样？

黄家富　（咧着嘴）未熟！

白生财　生的。

钱毕仁　奇怪！想是念经念得少了，待我念多几遍。（取香快念）

一燂滚，二燂熟，三燂口有福！（反复再念）这回得了，起筷！

黄、白　（迟疑望煲）得了么？

钱毕仁　得啦、得啦！

[翁婿三人举筷夹肉，黄家富、白生财略嚼觉生，互打眼色，背着钱毕仁暗地吐了出来。

钱毕仁　（未食先问）好味吗？

黄家富　其味无穷！

白生财　与别不同。

钱毕仁　（得意）阿七，见你为人不错，赏一件给你吃！（夹肉塞入钱七口中）

[钱七咀嚼作呕。

钱　七　老爷，生区区的！

钱毕仁　奴才舌贱，不会享福！（夹肉吃，急吐出）怎么我吃的是生的，你们吃的却是其味无穷，与别不同呢？

黄家富　岳父，其实也是生的！（指地上生肉）

白生财　（指煲内）确是生的。你看，水汪汪呀！

钱毕仁　（半信半疑，夹肉视嗅，探手入煲，愕然。唱“滚花”）

沙煲到我手，何以会失灵？（迫视钱七）

奴才可有偷换沙煲？有就快些招认。

钱　七　（忙辩）老爷，哪有这回事呢？沙煲是你亲手捧回来，亲手簪花挂红，亲手捧进花厅，亲自装上清水，奴才怎能偷换呢？

钱毕仁　（望着黄家富、白生财）没有偷换？你两个几时入来的？有无见过我的沙煲？

黄家富　我们刚刚到的。

白生财　刚刚才见到这件宝贝！

钱毕仁　（恍然顿足）哦！

（唱“快滚花”）

一定是韩义夫妻好胆量，

对老人家不尊诚。

钱七，将他夫妻捉回来，

打到神魂不定！

黄、白　哦，原来是韩义做的好事！

[钱七正欲下，冯桂慌张地上。

冯　桂　（跪下）老爷！

（念“口鼓”）我家孩子病危，求你借一两白银请大夫医病。

钱毕仁　（呵斥）走走走，

（接念）老爷正有事，哪管你全家死清。

冯　桂　（叩头）老爷呀！

（唱“快滚花”）

我无门可借，才向你开声。

望你做做好心，救我孩儿性命。

钱毕仁　（怒）将他打出去！

[钱七追打冯桂，冯桂绕桌而走，故意碰倒沙煲，沙煲破碎，冯桂假作情急，惊叫一声，倒地昏迷。

钱毕仁　（大怒）打打打！

钱　七　（欲打，见冯桂昏迷，误以为死）老爷不好，冯桂惊慌过度，气绝身亡！

钱毕仁　冯桂气绝身亡？哎呀，不好了！

（唱“滚花”）

冯桂死在家门内，小事变作大事情。

万一告我到公堂，破财未必能抵命。

弄出人命，如何是好？

黄、白　（见势不妙）岳父，对不起，小婿有事，就此告辞。

钱毕仁　（拦阻）慢，有的吃就留在这里，闹出人命就想甩身？哪有这么容易。我是主犯，你两个最少也是帮凶。今回有边炉同打，有监同坐，有债同抵，有命同偿！

黄、白　（惊）不关我们事的呀！

[韩义腰间插棍，手捧风炉上。

钱毕仁　（一见大怒）韩义，你做的好事！你做的好事！

韩　义　小婿做事，向来是有始有终，如今送风炉来了。

钱毕仁　此话怎解？

韩　义　外父，沙煲、风炉是一对，有沙煲没有风炉怎行呢？如今女婿我特地送风炉来。

钱毕仁　（气极）早又不送，现在沙煲打烂了，有风炉亦无用啦！你害得我好惨呀！你看，冯桂打烂了沙煲，情急气绝，死在我家，官府闻知，定来乘机勒诈，这回我副身家……你害死我了！

韩　义　外父不用担心！

（唱“滚花”）

冯桂既是情急气绝，

我保他不会进枉死城。

什么药物也难医，

我有办法将他打醒。

（从腰间取出棍）天灵灵，地灵灵，冤鬼难进枉死城。（连敲三下冯桂的头）

冯　桂　（一骨碌站起来）好睡！（转向钱毕仁）老爷，你就借……

韩　义　还敢说借？你打烂沙煲不追究，已成新鬼救还阳。算你好彩数，还不快走！

冯　桂　是。（会意抱头奔下）

韩　义　外父呀外父，估不到两件宝物，你都无福享受。小婿有事，就此告辞！

钱毕仁　慢——钱七斟茶！（盯着韩义的棍）

韩　义　外父，你望什么？

钱毕仁　唔！

（拉黄、白，另场念“白榄”）

刚才的情景，你两个看分明？

黄家富　（接念）　冯桂已身亡，看来难活命。

白生财　（接念）　因何敲他三下，便跳出枉死城？

钱毕仁　（接念）　莫非此棍有神奇，能起死回生医百病？

韩　义　外父！

（催快接念）

村西有良朋，突然患急病。

我要去探望，不敢再留停。（转身欲下）

钱毕仁　慢——朋友有病你就去探，外父身体多病你就不管了？

韩　义　哪里话来？外父若有三长两短，小婿也来探望的。（欲行）

钱毕仁　（呵斥）去不得！

韩　义　外父，迟去就死人呀！

钱毕仁　只顾朋友死，就不顾外父死？

韩　义　外父未死。

钱毕仁　我就死给你看……（作寻死状）

[韩义不理，转身便行。

钱毕仁　站住！看着外父死也不顾？

韩　义　外父假死罢了。

钱毕仁　真死又如何？

韩　义　鞭尸三百！

钱毕仁　就用这条棍？

韩　义　是。

钱毕仁　哎呀！鞭三下已经龙精虎猛，鞭三百下岂不是寿与天齐，吞得黄牛三只！

韩　义　外父废话，小婿告辞！

钱毕仁　走不得！

（唱“滚花”）

留下木棍才能去，休怪外父无情。

价值几何快开声，我要买此棍来医病。

韩　义　我条棍怎能医病？

钱毕仁　（韵白）冯桂刚才现死色，眼见阎王已设欢迎席，不料女婿跑进来，举棍迎头击三击，死者立即庆回生，龙腾虎跃精神极。木棍明明是件宝，在我眼中难藏匿。

韩　义　要我条棍医病？你想错了。

黄家富　韩义，棍能医病，你大衿兄不惜重金购买。

白生财　你二衿兄一掷千金，毫不吝啬。

钱毕仁　哦，你两居然上门抢生意？回家去吧！

黄、白　现在又不想走了！

[韩义欲行。

钱毕仁　慢走！你想要几多？我今回出手不会低的，十两，二十两，三十两……

[黄家富、白生财在钱毕仁身后，对韩义暗竖手指争购，被钱毕仁喝止。

韩　义　不卖不卖，不用想了。（转身欲行）

钱毕仁　贤婿，我成个女都嫁给得过你，你连一条棍都不能转让？

（喊口腔）你就好心啦，好心啦，

可怜外父年高血气差。

我怕听街边打起个副丧锣镲，

当堂头痛眼花花。

女婿有半子之亲，

你就卖给外父啦！

韩　义　外父，此事不好自作主张，我要问问三姐。

钱毕仁　问什么？三女素来听老父话。

韩　义　她肯听父话，早就返外家了。

钱毕仁　那么她听丈夫话？

韩　义　有时也不听的，还是问一问的好。

钱毕仁　不用问了，收钱吧！（牵着不放）

[钱素梅上。

钱素梅　（向韩义）喂，还不回去？

[钱毕仁执住钱素梅不放。

钱毕仁　乖女来得正好，为父给三十两银购买你家宝棍，你答应吧！

钱素梅　什么？

韩　义　（拉钱素梅低语）依计行事，尚称顺利，不料救走冯桂之后，他又要买这条棍……

钱素梅　不用怕，看我的！（向钱毕仁）爹，你要买棍吗？

钱毕仁　是，我出三十两。

钱素梅　（唱"七字清"）

白银三十两当芝麻，

宝棍一条敲几下，

犹胜请大夫吃苦茶。

宝棍之妙难以言传，爹你只顾两老齐全，就不理后生死绝吗？不得女儿点首，宝棍休想卖出！

钱毕仁　那要几多才肯卖呀？女！

钱素梅　（唱“滚花”）

须知宝物无价！

钱毕仁　哪有无价之理！若嫌少就添够五十两。

钱素梅　好大个五十两。

钱毕仁　五十两不算少了，不愿就算，走吧！

钱素梅　阿义，我们走！

钱毕仁　（急拦）素梅！父母年老多病，正要这棍医治，难道这也做不到吗？若再嫌少，我就给你一百两吧！

钱素梅　不卖不卖！

钱毕仁　女，一百两了！

[钱素梅、韩义相顾暗笑，先迟疑，后点首。

钱毕仁　（喜）愿啦、愿啦！阿义愿卖啦！

钱素梅　那就卖吧！

钱毕仁　对呀，真乖女！钱七，取银来！

[钱七取银上。

钱毕仁　阿义收下吧！

[韩义反不敢接钱。

钱毕仁　想什么？（一手夺棍，把银推给韩义）过手作了。

钱素梅　爹，我夫妇若然有病，要拿棍回去打的。

钱毕仁　姑念父女翁婿之亲，你夫妇若然有病，上门打则可，拿回家去打则不可。

钱素梅　有什么不可？这条棍原来是我们的。

钱毕仁　卖了还是你们的？待我想想……这样吧！双方立字收执，再谈借用之事。

韩　义　翁婿至亲，何必立字！

钱毕仁　一来百两白银为数不少，二来免日后生事，一定要立字。

韩　义　请问如何立法？

钱毕仁　就写“钱毕仁愿出白银百两，买韩义……木棍一条。一经交易，双方永不追究，恐口讲无凭，各执一纸”。

钱素梅　因何不写买韩义宝棍，而写买韩义木棍？

钱毕仁　宝宝声，惹人注目。还是写木棍好，韩义，快立字！

韩　义　双方情愿，宝贝又已落人手，木就木吧！我写。

钱毕仁　一齐写。钱七，捧上文房！

［钱七捧上文房，双方立字据。

钱毕仁　韩义，还要打指模。

韩　义　打啦！

［双方同打指模。

钱毕仁　好啦，这就清清楚楚啦！

钱素梅　爹，你真聪明！

钱毕仁　你阿爹素来都聪明啦！如今宝落我手，我不怕对你们实说。此棍既然能医百病，有人求我之时，我就开天索价，这个要十两，那个要百两，千两万两由我要，皇帝有病都要求我医！可笑韩义蠢钝如猪，笑你素梅相夫无术，该我家山有福，你夫妻永远难断穷根，回去罢啦！

钱素梅　哎呀！这样不卖了！

钱毕仁　呸，已立字据，反悔不得！

韩　义　三件宝物，只余此棍，也该让他，留来享福，三姐，我们走吧！（挽素梅手，捧银下）

钱毕仁　钱七关门！

［钱七应声下。

钱毕仁　（对棍）哈哈哈，我的宝棍！我的宝棍！（抱在怀里亲热）

黄家富　（念“口鼓”）岳父，棍是被你买了，我近来腰骨有点痛，求你用宝棍打打。

白生财　（接念）我也求岳父打打，因近来身体虚弱，蹲得久一起身就觉眼花。

钱毕仁　哈哈哈，立即有生意，妙呀！你们有什么东西孝敬岳父？

黄、白　翁婿之间，何必谈这些？

钱毕仁　初发市，不收钱不行，每人五两银吧！

黄家富　请大夫也用不着这么多钱。

钱毕仁　你又不想想，一打之后，永无病痛。

白生财　岳父说得有理。打吧！

[赖氏追打秋儿上。

赖　氏　贱婢，叫你槌骨，你竟打瞌睡！

秋　儿　夫人，我槌了一日一夜，我眼倦！

赖　氏　敢来驳嘴驳舌，打死你！

[赖氏追打秋儿，跌倒在地，秋儿溜下。

钱毕仁　快扶起她啦！

黄、白　（扶起赖氏坐下）岳母又气促了！

钱毕仁　那该怎好？（想起宝棍，忽有所悟，指赖氏）注定你有福！注定你有福！一打没气促，再打……嘻嘻，说不定明年祠堂分猪肉。（举棍欲打）

黄、白　岳父，先打我！（伸头待打）

钱毕仁　不要争！排排坐，由大至细。

[赖氏坐正中椅，黄家富、白生财分坐两边椅。

钱毕仁　（念念有词）天灵灵，地灵灵，冤鬼难进枉死城。

[钱毕仁举棍分别力击赖氏、黄家富、白生财各三下，赖氏、黄家富、白生财先后晕倒椅上。

钱毕仁　（得意地）一打就安静了，真是宝棍！

[钱七上。

钱　七　（发觉情况不妙）老爷不好，夫人晕了，姑爷也晕了！

钱毕仁　（跳起）啊？夫人、夫人！（望棍，知道上了当）什么宝棍？分明是条木棍！钱七，跟我往官衙，告韩义行骗。

钱　七　告韩义行骗？（举字据）老爷，字据明明写着买韩义木棍一条，一经交易，双方永无追究呀！

钱毕仁　啊？（迁怒钱七）奴才，因何立据之时不提醒我？该打！

（乱棍打晕钱七，再看左右，气急败坏。唱“戏妲己尾腔”）

　　　　唉呀呀，该打该打真该打！（举棍击头，晕倒）

[幕闭。

——剧终

本剧选载的是 1963 年陆云飞、文觉非、小飞红等主演的演出本。

南海长城

（根据赵寰同名话剧改编）

改编：杨子静　麦大非

人物表

区英才　民兵连连长，30 岁

阿　螺　区英才的妻子，27 岁

钟阿婆　阿螺的母亲，渔民，60 岁

赤卫伯　58 岁，老赤卫队员

江书记　中共某县渔业工委书记，40 多岁

钟　好　钟阿婆的儿子，民兵班长，24 岁

海　兰　钟好的妻子，23 岁

甜　女　钟阿婆的次女，民兵，19 岁

虎　仔　甜女的未婚夫，解放军某部上士、班长，23 岁

林望高　茶楼报务员，民兵，28 岁

男群众　民兵、起卸工人、理发员、厨师、店员、农民、渔民等

女群众　女民兵、女教师、保育员等

海军战士们

侯一光　押送匪特的特派代表，约 50 岁

何　从　匪“海鲨”小队司令，40 多岁

单眼王　匪“海鲨”小队副司令，40 多岁

蓝继之　电台台长，匪情报骨干，约 30 岁

9　号　“海鲨”小队行动组长，30多岁

78　号　美国中央情报局派来的特务，30多岁

杨美娣　绰号“大光灯”，30岁，看来约20多岁

卫太利　单眼王的老下属，地主，50多岁

匪特们

第一幕

[1962年国庆前夕。

[祖国南大门某渔港码头。

[新扩建的渔港小码头，国庆十三周年节日的布置。

[幕启。夕阳一抹，小渔港的节日灯火初亮。

[区英才率众起卸工人上，扎架。

众　人　（唱“霸腔快中板”）

一盏红灯北京挂，

四海渔民向着它。（舞蹈，换架）

为建设社会主义大厦，（舞蹈，换架）

区英才　（接唱）　加油猛干卸海鲨。

众　人　（接唱）　卸海鲨！

[区英才领众下场。欢笑的人群上，聚看卸海鲨。

区英才　（内场领唱“号子”）

山中老虎海中鲨，刀是鳞来锯是牙。

任它再厉害，敌不过我渔家！

[他们扯着大缆上。

群　众　呀哈！这么大一条鲨鱼！

区英才　少也有五百斤，快运到水产站磅一磅！

[区英才正要领众人下场。

阿　螺　（内场叫）英才！（背着小孩上）

区英才　（回头一顾）就来！

阿　螺　英才！英才！（追前，停步，生嗔）嘿！

（唱“长句二黄”）

真是花名没错安，人叫英才做不锈钢。

一年四季总闲不住，辰时卯刻都见佢忙。

既是个搬运站长哩，又是个民兵连长。（句）

（左边内场叫“老区”介）

这边叫老区，

（右边内场唤“连长”介）

那边叫连长。

南北征，东西闯。

望得佢收工回去，嘿！佢又大扯鼻鼾。

[起卸工人们扛扛抬抬着鱼箩过场，英才后上，阿螺拦住。

区英才　（唱“滚花”）

阿螺你闪开点，有话回头再讲。

阿　螺　（接唱）　看你身水身汗，先返去冲个凉。

区英才　（接唱）　这手尾工夫，还须要做妥当。

民兵甲　（卸上，抢走区英才手上的工具，接唱）

看看你阿螺，嘴都噘起几寸长。

（向阿螺做鬼脸，跑下）

区英才　（看看民兵的鬼脸和阿螺的撒气，笑了起来）

阿　螺　笑！净是挂着做，明天什么日子都忘了！

区英才　哼，怎么会忘得了，明天是十月一日国庆节，（向码头方向喊着）喂！快收工冲凉去看大戏，明天热热闹闹过国庆节啊！

阿　螺　净顾旁人。英才，我问你，明天除了国庆节还有哪？

区英才　还有？

阿　螺　看，忘了不是！（回顾背上孩子）哎呀，爱兵呀爱兵，明天九月初三，是你对岁，你爸爸呀“竹织鸭——没心肝”。

区英才　哦，爱兵对岁，好呀！

阿　螺　这就算了，头长女对岁，做爸爸的长命锁都不打一个。

区英才　长命锁？

阿　螺　唔，还有，明天是家庆节。

区英才　家庆节？

阿　螺　三件喜事。

（唱“三脚凳”）

一来是小爱兵，明天做对岁，

二来部队个虎仔，明日赶返来。

共我甜妹快成亲，又是一宗高兴事，

三来海兰我弟妇，检查过有了喜。

（转“滚花”）

我阿妈话三喜临门——

区英才　你就叫做家庆节？

阿　螺　（接唱）你说几难得的好日子。

（唱“快木鱼”）

你快回家去，冲凉换新衣，

跟我阿妈返海岛，趁佢有艇驶来。

明日热闹一番，贺我一家团叙。

区英才　（接唱）啊！今回我要请——

阿　螺　（接唱）哦，请哪个都唔拘。

区英才　不是请人，是请假。

阿　螺　（接唱）哦，请假这层我早与连部通了气。

他们说：区连长日日值班，国庆节还用请假吗？

（续唱）那你就可以欢度假期。

区英才　唉，我是说，要向你请假！

阿　螺　什么，向我请假？（负气）

[钟好、甜女巡逻归来，背枪上场。

钟　好　你看螺姐！

区英才　钟好、甜女，有什么情况吗？

二　人　（大声）报告连长，没有发现什么情况。

区英才　好！等会下了岗（交班），跟你们的螺姐陪着你妈妈、海兰一道回海岛。

二　人　干什么？

区英才　国庆节，“家庆节”，协同作战一起过。

阿　螺　呵，英才，你答应的啦！

区英才　（含糊其词）呵，呵！（匆匆下）

阿　螺　嗳，英才！

甜　女　二哥，这发生了什么情况？

钟　好　情况不明。

阿　螺　三妹，是这么个情况。

（唱“荡舟”）

明日邝虎仔，部队准假赶回来，

招到我家中，做入门婿，嫁妆曾办齐，

你心中明白了，却诈作糊涂口不提。

甜　女　他来他的，和我有什么相干！

阿　螺　呵，嘴这么硬，迟日虎仔和你成了亲，我看你……

甜　女　螺姐，我现在放哨，不要谈家务！

阿　螺　哗！好好，不谈家务，有志气！当年你螺姐比你的志气还大得多！（走）

[老民兵——赤卫伯背枪上场。

阿　螺　赤卫伯！（下）

赤卫伯　哈哈！班长，三姐弟学什么大戏呀？

钟　好　赤卫伯，是你来换岗？

赤卫伯　还有靓仔。

[林望高背枪上。

钟　好　赤卫伯，以后你不要轮班放哨啦。

赤卫伯　班长，你又要迫我退队！退队、退队，老叫我退队！看，我哪一点比你们后生哥差，我不及靓仔？

甜　女　赤卫伯，你，你老了。

赤卫伯　我老，我不老！不信，你们看！（亮相，打南拳）

（念）站岗放哨抓特务，押送犯人打夜操，从来没早退和迟到，何曾耳背眼模糊。

退队？我不退！除非你们打报告，毛主席亲批下来，我这民兵才不做。哈哈，毛主席不会批准的，你们快下岗吧。

钟　好　（无奈地）好，不过，今晚你们要特别警惕，明天是——

赤卫伯　我知道，明天是国庆节，我的生日。

甜　女　啊，你也是国庆节生日的？

赤卫伯　唏，傻女，自从有了国庆节，我这个老鬼才算确确实实生到这个世界上来啦。明白吗？快走吧！

[钟好兄妹下。

[场上，赤卫伯和林望高在放游动哨。林望高低低地哼着一支小调。

赤卫伯　别唱，靓仔！（林不理）靓仔！（林仍不理）林望高同志，这是放哨，别唱那样不开胃的东西。

[林望高仍哼着小调。卫太利卸上，戴小竹帽，持特制竹筒手杖。

赤卫伯　哪一个？

卫太利　是我，卫太利。

赤卫伯　卫太利，天黑了，不许你在海边乱走乱窜！（念捐）

卫太利　哦哦……（卸下）

林望高　赤卫伯，对这个死地主，用得着动这么大火气？这些狗虱虾毛，你怕它掀得起大波浪么！

赤卫伯　什么？你说他是虾毛、狗虱？你莫见他点头弯腰，就当这老狗信得过。哼！他这一套我在三十五年前当赤卫队的时候，就见过。来，你这二十几岁就戴手表的后生哥，听我讲：那是三十五年前啦……

林望高　又是三十五年前，那时，这儿还没有社会主义，你不要上我的大课。

赤卫伯　靓仔！

林望高　算啦，我怕你啰唆！（一边下场，一边又唱那支小调）

赤卫伯　靓仔，不要唱啦！（追下）

[少顷，卫太利鬼头鬼脑复上，看看无人，向内招手。一个穿着朴素但很有“吸引力”的女人——杨美娣随上，肩上搭一“搭膊布”，像刚劳动完的样子。

卫太利　契女！

（念“白榄”）

你要利用民兵靓仔林，

骗得小船离海港。

为了协助蒋统裁反攻大陆，

今晚我们去迎接你姐夫单——眼——王！

（从竹筒手杖里抽出一把刀）

杨美娣　（急忙把他的刀塞回竹筒内）

卫太利　（指着海边）船！

[两人急去看船。

杨美娣　有人！（向卫太利示意快走开）

[卫太利急下。

杨美娣　哼！

（唱“快滚花”）

这有朝一日，我已望了十几年长。

眼下的问题，是怎样骗得小船离海岸？（想介）

[林望高边唱小调边上。见美娣，高兴地走近她。

杨美娣　林仔，我等你好久了！（二人挽手入场）

[钟阿婆手提五角星灯、节日用品；海兰持竹篮上场。

钟阿婆　（唱“长句二流”）

薯莨衫，胶绸裤，

人说我六十岁婆婆似个新媳妇（心抱），

笑我头光髻靓，越老越……越时髦。

嘿，我说我这个渔婆，往日挨尽苦。

好在是苦尽甜来油甘子命，

白头花甲才得讲究打扮工夫。

海　兰　（环顾）妈，你看那幢新房子多好！上次来还没有的呀！

钟阿婆　别眼馋，说不定明年我们照样建一幢。

海　兰　那好呀！

钟阿婆　（取出证明文件，四顾，叫）民兵，民兵！——呵，那不是靓仔！

——（高呼）靓仔！靓仔！……

林望高　（上）哦，钟阿婆！

钟阿婆　（指内场）刚才和你笑笑口点点头的那个不是大光灯？

林望高　嗯，是她。

钟阿婆　刚才你们在谈……

林望高　在谈，我们在谈——思想。

钟阿婆　对！要和她谈多点思想。大光灯死去的男人以前骑在我们头上，今天就要他们跟我们（地）走呀！

林望高　这个当然。

钟阿婆　大光灯现在怎样啦？

林望高　已改变了立场啰！（欲下）

钟阿婆　哎，别走啊，我们要开船回金星岛，给你查看查看证明。

林望高　嘿，钟阿婆还用看证明吗？不用了！

钟阿婆　公事公办嘛。

林望高　（随便翻一下）得啦，得啦。（急下）

钟阿婆　（望着林望高的背影）嘿，魂不守舍！

[甜女挎竹篮、背胶丝渔网上。

甜　女　妈，海兰嫂怎么样啦？

钟阿婆　（笑）你问她自己吧！

甜　女　二嫂，卫生院怎么说呀？

海　兰　（羞）你问你妈去！

钟阿婆　有了喜啦！

甜　女　二嫂，你看：

（唱“木瓜腔”）

这呀这一个——（示背带）

那呀那一个——（示带铃脚厄）

这一个那一个，全买妥，

赠予我家小侄哥。（过序）

海　兰　（唱“西皮”下句）

该死的姑娘，你的嫁妆也全办妥。

衣料、束妆，还有银钗。

甜　女　还用你们买，该买的我早买啦。你看——渔网！我们将来一边打鱼，一边打仗。

钟阿婆　那也得成亲哪！

甜　女　年纪还轻，五年后再讲。

钟阿婆　虎仔答应？

甜　女　哼，不答应我一刀两断！

[阿螺背着爱兵、提着竹篮扯区英才上，区英才背着枪。

阿　螺　哎呀，我的好三妹，不信你这么舍得！

钟阿婆　英才！

区英才　阿妈！

钟阿婆　怎么，你们商量好啦？

阿　螺　啊，他想请假我没批准。

钟阿婆　对，公事要紧，别老请假。

阿　螺　唉，是他向我请假，我没批准！

钟阿婆　哦！

[钟好内场叫"连长"奔上。

甜　女　二哥，二嫂有了喜了。

[海兰望钟好一眼，含羞避到阿婆身后。

阿　螺　阿好也来了，人都齐了，用民兵话来说，集合完毕，出发！（俨然在指挥队伍）

钟　好　慢点，连长。

（念"白榄"）

刚有电话来，说那工委江书记，

要到前边来，一定有紧要事！

甜　女　（接念）唔，会是紧急集合打夜操？

钟　好　（接念）对，我去通知大家来准备！

区英才　（接念）啊，把队伍先摆好？

钟　好　对！

区英才　（接念）叫大家不看戏？

钟　好　对！

区英才　（接念）　节都不过啦？

钟　好　对！

区英才　（接念）　对什么，全不对！

钟　好　嗳，等江书记到来好集合呀！

区英才　应该——

（秃唱“快二黄”）

叫大家照常过节，无谓预早紧张。

但等首长一来，听到一声螺号响，

那时召之即来集合，才是真正迅速非常。

（转“滚花”）

走，先到连部一行！（与钟好、甜女欲行）

阿　螺　（阻止，接唱）

嗳，说走就走，走得真快当！

英才，你不是亲口答应过今晚回海岛的？

区英才　是，不过目前形势发生了变化，我们的任务也得跟着……

钟、甜　变化！

阿　螺　英才，你说说，哪儿是你的家？是我们母女这儿，还是民兵连部？

区英才　两个都是我的家！

阿　螺　今天刚讲好的，回哪个家？

区英才　哪个当紧就回哪个。

阿　螺　啊，我们这个家就不当紧？妈，你来评评道理。

钟　好　阿姐，评什么理，干脆一句话，你这叫拖后腿！

阿　螺　什么？

甜　女　当秤砣！

钟　好　你整天都想“秤不离砣，公不离婆”！

阿　螺　好！我就是要“秤不离砣，公不离婆”！好妹妹，你姐姐从前的嘴比你硬得多！……找男人可不为他整天不粘家。（寻求同情）你说对吗，海兰？

海　兰　　阿螺，我的好姐姐！

阿　螺　　海兰，我的好弟妇！

钟　好　　嘿，连长，你看她们俩！

区英才　　鲤鱼找鲤鱼，黄鳝找黄鳝！

钟阿婆　　阿螺，你像个什么样子？

阿　螺　　妈还怪我，我还怪你哪！都是你叫我跟上这个当兵的！

钟阿婆　　啊！阿螺！

（唱“走马”）

试想当日你如何讲，你说如果要嫁郎，

嫁给战士最理想，他饱经锻炼志气刚，

怎么今日回头来却怪你娘！

阿　螺　　当初……

（唱“孟姜女”）

当初哪里晓得他放不下支枪，

当兵在部队已五、六年长，

今日还要出操站岗放哨，

逢年过节佢就更加——

区英才　　（接唱）　更加忙！

阿　螺　　（愤然）好！

（唱“三宝佛”第三段）

忙就由得你忙，犟就由得你犟。

爱兵我交俾你，看你又怎样强！（解孩子）

区英才　　（接唱）　喂，慢慢讲，细磋商，

莫三句未完（唔埋）就火气上，

被江书记睇见，还成什么样？

阿　螺　　（快接唱）睇见没相干，有什么不像样，

他是书记首长，让他了解情况。

（交孩子给英才，音乐急奏，下）

众　人　　阿螺！

钟　好　真是个秤砣！

区英才　（唱尾二句）

她用儿女，来难我——

钟、甜　（唱尾句）决不可迁就投降！

[孩子哭了。

[江书记早些时候上场，看到了这一切，背着写有“金星港渔业工委会”竹帽上。

江书记　孩子！给我！

区英才　江书记，你已经到了！

钟阿婆　我来！我来！

江书记　钟大妈，我来抱，我会，受过专门训练哪。看，怎么样？还合符要领吧！是个男，是个女？

钟阿婆　女。

江书记　叫什么名？

钟阿婆　爱兵。

江书记　爱兵？

钟阿婆　我给起的，我把她妈许给个当兵的，我把她的姨也许给个当兵的，等我这媳妇海兰生的也是个女呀，还是……

海　兰　妈！

钟阿婆　还是找个当兵的！

江书记　哦，是这样的爱兵！

区英才　江书记，（接过孩子）你看这算……这算什么！

江书记　嗯，这算矛盾，更快去做点思想工作，解决一下这个矛盾吧！快去，回头我们再谈工作。

区英才　是，江书记！（军人姿态，抱孩子追下）阿螺，阿螺！

钟阿婆　江书记，看看我们这一家人。

江书记　这一家人，好嘛！这么些当兵的，这么些爱兵的，再过些日子，又要招个当兵的，大喜事呀！

钟阿婆　大喜事，可还得张罗衣、食、住！

江书记　（笑笑）钟大妈，你提这个“住”字，我晓得你又要追问我盖房子的事了！

钟阿婆　（也笑笑）啊！

江书记　钟大妈，你要急着盖房子，就拨给点砖瓦木料，先盖个平房……

钟阿婆　那呀，我们就先住船吧。

钟　好　妈，钢筋水泥得先用在建设上！

甜　女　妈，先公后私！

江书记　钟大妈，再过几年一定要把你们岛上的木船房子都盖上——

钟阿婆　楼！（指方才与海兰看的新楼房）

江书记　（一看）哦，还带有花栏杆天台的！

钟阿婆　到那时候，江书记，我可就一点意见也没有了。哎呀，不早了，我们还得回岛哪。（向钟好、甜女）你们俩今晚不回家吧？

甜　女　我的家，就在这儿，民兵连部！

钟　好　妈，我们过节，美国鬼、蒋介石可不过节！我们放假，美国鬼、蒋介石可不放假！

江书记　钟好，你留下来，（指海兰）她不会有意见吧？

甜　女　海兰，你说呢？

海　兰　先公后私嘛。

钟阿婆　对！江书记！

（唱“快中板”）

海面岛中和陆上，不论何方摆战场。

我钟家的人随你调将，我这老太婆，

也帐前听令，敢没（音未）水冲墙。

江书记　好，真是老当益壮呀！

钟阿婆　江书记，我们走哪！

江书记　（对钟好、甜女）你两个送大妈一程吧。

钟　好　不是要紧急集合吗？

甜　女　不是要打夜操吗？

江书记　谁说的？送出港口去吧。你两个精灵鬼！

[四人荡船下场。渔歌音乐。

[江书记望着舟行渐远，扬手相送。

[区英才抱着孩子上场。

区英才　江书记，你有什么指示，就快说吧。

江书记　怎么，爱兵还没有交出去？

区英才　我宁愿带着民兵打一个月的夜操，也不想去跟她解决一次矛盾！

江书记　要解决，同志呀！

（唱“长句滚花”）

全民皆兵，是无穷力量，

但莫以为民兵手上揸枪杆，就万事大吉可保无妨。

重要的是每一个人，都要武装思想。（句）

头脑里面，都要有一支枪。

尤其是当前——

（续唱）　美蒋匪帮会派爪牙，来捣乱我海防沿岸。

区英才　哼，来就太好啦！

（唱“采花词”）

我们正要清算，那吃人的美蒋匪帮，

既送上门来决不轻放，民兵战斗精神旺。

他来多少，消灭多少，

全盘照收，懒发收条，

总之包起来个一扫光！

江书记　包起？

（接唱）　我看你们有点包不下（唔落），

难道大家背仔上战场？

区英才　这个……

[幕后阿螺叫：“英才，英才！”

区英才　哎呀，她又来啦！

江书记　怎么，她，你不敢包？

区英才　嘿，别的我都敢。

江书记　好，孩子交给我。

区英才　（一时不解）江书记，你……

［阿螺叫声。

江书记　（挥手）我来试试看！

区英才　是！（躲下）

［阿螺上场。

江书记　（抱着孩子，自语地，念）小小姑娘生得美，两个酒靥双眼皮，不知哪个爹娘不成器（唔系器），忍心丢下这亲儿。

阿　螺　（一愣，忙抢过孩子）嗳，她爸爸呢？

江书记　我也正在找他，你是孩子的……

阿　螺　啊，邻居！

江书记　哦，邻居。他们这家人是怎么回事？

阿　螺　（快而连贯的韵白）唉！她爸爸是民兵连长，日忙夜忙。她妈说同她做对岁，今晚返金星岛上。两夫妻，谈妥当，又打扮，又梳妆。正要出门，哈哈，偏偏又说来了个首长、书记，姓江，给他一来，就当堂拆散档！

江书记　这一个江书记，也太……

阿　螺　（接念）太不懂人情，你说是不是这样讲？

江书记　（接念）哦！那个江书记找他爸爸，是什么事干？

阿　螺　（接念）什么事干？多名堂！除了将货卸，把船装，就是加紧训练民兵三操四讲，成日说备战备战，把力用枉，同志，你想想，渔船都上了天咯……

江书记　（接念）渔船上了天？

阿　螺　（接念）啊，大家不是当歌唱！

江书记　（接念）哦，你说的是宇宙飞船上了天……

阿　螺　（接念）宇——宇宙飞船都上了天，还要民兵不是撒憨！

江书记　依我讲！

（唱“三脚凳”）

它上它的天，我打我的仗，

仗要人来打，民兵还大有用场。

（转“滚花”）

毛主席号召全民皆兵，你没听讲？

阿　螺　嘿！

（唱“手托”）

依我看就有点摆样，几时见敌人敢上岸。

什么备战，赚得自我惊慌！

[钟好、甜女上岸。

甜　女　姐姐。

阿　螺　嗳！

甜　女　你和他在……

阿　螺　我们在……在谈……

江书记　谈心！

甜　女　你真的要好好地和我姐姐谈谈呀，江书记！

阿　螺　什么？他就是江书记！

甜　女　怎么，你们还不认识？

江书记　认识了，她是爱兵妈妈邻居（向螺），我请你带句话给爱兵妈妈：那个江书记真想秤总不离砣，老公总不离老婆，不过要等我们把吃人的妖魔鬼怪都消灭干净再讲！钟好、甜女，先到你们连部去！

钟、甜　是！（三人下）

区英才　（走出）阿螺！（递小螺壳）小爱兵的长命锁！

阿　螺　（怨恨交集，唱“连环西皮”）

哼！东躲躲，西躲躲，

合计收磨我阿螺！（要走）

区英才　（情至义尽地）阿螺呀！

（唱“芙蓉中板”）

说什么我们合计将你收磨，

无非是一片衷心对你思想帮助。

阿　螺　我的什么思想？

区英才　麻痹思想，太平观念。

（续唱） 忘了世上还有鬼怪妖魔。

阿　螺　哼！鬼怪妖魔！

（接唱） 这十年来，海不扬波，

什么鬼怪妖魔又何曾见过？

区英才　虽然没见过，也不能说没有啊！

阿　螺　（转“滚花”）

有有有，一网撒落去，鱼虾龟鳖数不尽咁多！

区英才　（恼火）阿螺！你……唉！

（唱“反线七字清”）

江书记也曾吩咐我，小心耐性教阿螺。

怎奈我性情如烈火，似那鱼炮差不多。

（唱“三字经”）

不惯收火，做思想工作，

目前无时间，慢慢把牙磨。

常言知我能谅我，因何你不听良言走下坡！

阿　螺　啊！

（唱“滚花”）

你争上游，我走下坡？

好，那就各行各过！（交孩子，要走）

区英才　哪儿去？

阿　螺　（续唱） 回外家！（一顿）返海岛！（一顿）免把你拖。

区英才　好，阿螺，你走你的吧！你不要以为我怕你，其实是我疼你，也许这两年我疼过了头，才得到这报应！好！（背上孩子）女儿给我背着，我也照样执行任务！（要走）

阿　螺　英才！

区英才　阿螺！（音乐，沉痛地）这两年你变了，从前你似个螺号，不论在海面上、在码头上、在练靶场上，到处都听见你笑、你叫，但这两年，你真的像个海螺，钻进自己的小螺壳去了！阿螺，现在我们不能净顾自己，在海那边，那群吃人的妖魔鬼怪，连做梦都想来夺我们的江山，害我们的孩子！普天下还有多少穷兄弟、穷姐妹在受苦受难！阿螺，这两年你退了民兵队，放下了枪，你连思想上都解除武装啦，这样迟早会吃大亏的！

阿　螺　英才！

区英才　你回海岛也好，过了这两天，我再去接你回来。（要走）

阿　螺　英才，把爱兵给我，替我背起来！

区英才　（替她背好孩子，把小螺壳挂在孩子脖子上）阿螺，你到底想通啦！

阿　螺　我什么也没想过！迟两天你也别去接我们两仔娘，再也不回来啦！（下码头摇船而去）

[英才望着阿螺远去，气极，回头摸摸肩上的枪，坚定地向连部走去。下场。

[少顷。杨美娣与林望高唱着那支小调上场。

林望高　呃，有人来！

杨美娣　（唱“木鱼”）

使乜藏藏躲躲，
我们自由恋爱，
光明正大怕什么！

林望高　（接唱）　我怕同班个老家伙，
讲多句就彼此失和。

杨美娣　（接唱）　那，不若到东沙尾好好地谈谈。

林望高　东沙尾？

（接唱）　这个地方不大妥。

杨美娣　（接唱）　不大妥？

（转“快二黄”）

哎呀！你真是顾忌诸多！

林望高　美娣！

杨美娣　哦！

（接唱）　又是什么秘密军机，不能传播？

林望高　美娣……

杨美娣　（接唱）　我不听不问，我倒知道内外亲疏！（掩耳）

林望高　美娣！

（念“白榄”）

东沙尾那边，新来了部队，

一直到灯笼角，有大军巡逻来去。

杨美娣　（接念）　大军又怕什么，是保护我们的部队。

林望高　噎——

（接念）　一来不好意思，二来怕惹人疑。

杨美娣　（接念）　那就改地方，到那西沙尾。

我先坐小船，去西沙尾等你！（自去解船缆）

林望高　嗳！美娣，坐船出港要证明……

杨美娣　（快接）林仔，今晚我们就要决定终身大事啦！（上船）

林望高　终身大事？嗳，美娣……

杨美娣　林仔，记得下了岗就来，不见不散！（诱惑地）呵！——（摇船下场）

林望高　（望着去影，甜蜜地）终身大事！（高兴得一边梳头，一边哼着小调）啊，九点了，该换岗哪。走……哎，还没交班哪，挨个批评可不划算！哎，反正也下岗啦！（正欲下）

赤卫伯　（上）靓仔！

林望高　啊，赤卫伯，你替我交班吧，我有急事！

[海螺号突然响了。

林望高　什么响？

赤卫伯　紧急集合！

林望高　哎呀，不行！我有急事啊！

赤卫伯　再急，也急不过备战呀！

林望高　备战备战，备而不战，你给我请个假吧。（忙跑下）

赤卫伯　哎，靓仔、靓仔！（急追下）

[螺号声大作。“牌子”，众民兵背枪上。

[各行各业的民兵，不同服饰，有男有女，有老有少，个个意气风发，纷纷上场集队。

[江书记在区英才陪同下，上场。

江书记　这是一排吗?

区英才　是，江书记。

江书记　同志们!

（唱“快中板”）

你们来自不同岗位上，

各行各业各有专长，

因应斗争形势拿枪杆，

一心齐集演兵场!

（指民兵甲）你是哪一行的?

民兵甲　水产加工站的工人。

江书记　哦!

（唱“滚花”）

我们工人有力量!

（指民兵乙）你呢?

民兵乙　公社社员。

江书记　哦，农民。

（续唱）　一手揸枪一手种粮!

（指钟好、甜女）你们兄妹是——

（续唱）　打鱼能手，民兵骨干。

（指女民兵甲）你呢?

女民兵　保育员。

江书记　好呀，

（续唱）　虽非生娘是养娘。（收）

你呢?

民兵丁　打麻绳的。

江书记　哦，手工业。你呢?

民兵丙　售货员。

江书记　哦，商业部门。哦，我认得，你是茶楼大师傅?

民兵戊　对，炊事员。（脱帽鞠躬，露出剃了一边的头发）

江书记　啊，你这个头——

民兵己　报告首长！

（秃起念“白榄”）

我为佢剃头，

正剃得一半，

忽闻吹号声，

工作未完都不管，

一起赶到来，

头发才有这样新款。

无问题（对戊）休气闷，

等消灭了敌人，

再消灭这一半！

江书记　哈哈，原来你是个理发员。（发现未卸戏装的女民兵乙）啊！不用问，你是演员！

女民兵乙　不，我是渔民中心小学的教员。我们正在演“刘三姐”，正要出台，螺号就响了。

女民兵丙　我们都来不及卸装，就赶来了！

江书记　好啊，同志们，你们这次集合，做到了：召之即来呀！

区英才　不，江书记，我们没做到召之即来。

江书记　怎么？

区英才　我们有两个民兵，召之没来。

江书记　谁呵？

钟　好　赤卫伯和靓仔！

[赤卫伯拉着林望高上场。

赤卫伯　报告！

钟　好　你们俩……

赤卫伯　迟到了！

林望高　他没错，他是为了找我！

钟　好　为了找你？你干什么去啦？

区英才　先入列吧！

江书记　先认识认识吧！

区英才　（向林）这是江书记。（向江）他就是靓仔……

江书记　啊！（握手）难怪你叫"靓仔"，是够靓呀！干什么工作？

林望高　茶楼——（小声）服——务——员。

区英才　大声点嘛！像蚊子叫似的！

林望高　（大声）茶楼——服务员！

江书记　服务性行业，好嘛！（指赤卫伯）啊，赤卫伯！你为什么还不退队呢？

赤卫伯　你不能叫我退队呀，江书记！我想起三十五年前——靓仔，我又要讲三十五年前啦。我就是要常对你这些二十多岁就戴手表的青年讲一讲！

江书记　对，快讲讲！让我们都好好地听听。

赤卫伯　回想三十五年前，成立工农赤卫队，我们拿上了枪！

（唱"爽慢板"）

那土豪劣绅，驯若羔羊，

对我们点头弯腰再不敢催租追账。

为什么？（指枪）为这个！后来一丢下了它——

（续唱）　那土豪劣绅，当堂凶悍，

他要你人头落地，

卖儿卖女，家散人亡。

他们靠什么？（指枪）靠这个！

（转"快七字清"）

就讲近来那美蒋，虽然大叫大嚷好嚣张，

到底不敢贸然来乱闯！

怕什么？也是怕这个！

（续唱）　枪！枪！枪！

江书记　说得好呀！我们创天下靠这个，保天下也靠这个！

赤卫伯　可是有些后生哥，看不到这是光荣，是拿钱买不来的光荣！

区英才　不只光荣，还有责任！可就是有人把它随便一扔，离开了岗位。

林望高　我，我，我……

钟　好　我们这个连的“召之即来”，被你这个“我”字搞黄（念湾）了！还“我”！

区英才　江书记，批评我吧！

江书记　批评什么？你们有两位同志来迟了，可是绝大多数同志还是做到了“召之即来”呀。

区英才　江书记！

江书记　同志们！

（唱“霸腔滚花”）

毛主席号召民兵，“召之即来，来之能战，战之能胜”。

相信你们能做到，筑起那铁的长城。

须知美蒋匪帮，阶级敌人，总妄想阴谋得逞。

会趁我万家欢腾，来一个小股偷袭，

切勿忽视敌情。

打醒精神，对付一切反革命！

区英才　放心吧，江书记！金星港一带沿海，我们民兵连包起来！

众　人　对，包起来！

江书记　区连长，别看敌人是小股偷袭，俗语说“大黄牛易拉，小老鼠难捉”呀。

区英才　江书记！

（唱“滚花”）

大黄牛也好，小老鼠也好，

他如果敢来，

我们一定坚决、干净、全部、彻底！

全　体　（接唱）　把它消灭清！

[熄灯。

第二幕

[前场深夜。

[南海海面。

[大海茫茫，惊涛骇浪。

[幕启。大渔船在风浪中颠簸地上，内载侯一光、何从、单眼王、蓝继之、9 号、78 号、众匪特圆台扎架。

侯一光　（唱“水仙子”）

反攻大陆，浪海兴兵，复国先声。

何　从　（接唱）　前途难料，孤注一掷，去赌命运。

[风浪倾船，船身褪了一部分入衣边，只留侯一光站船头，9 号、78 号陪着。

9　号　（念“白榄”）

报告侯代表，大陆已接近，距离只有二十海里。

侯一光　（接念）　快熄灯航行！

9　号　（接念）　是！（向内）快熄灯航行！

侯一光　（接念）　把蓝继之叫来！

78　号　（接念）　是！把蓝继之叫来！

侯一光　（向 78 号，接念）

你俩人入舱休息等候命令。

78　号　是！（二人同下）

侯一光　（掏出电报看，唱“滚花”）

台湾电报来军命，

今晚不登大陆就严惩。

看那司令何从怀心病，

用人之际——唯有大卖恩情。

[蓝继之上。

蓝继之　报告!

侯一光　啊! 继之!

（续唱）　那个何从司令态度如何?

蓝继之　（接唱）　不发一言眼定定。

侯一光　嗯!

（接唱）　大陆上的民心向背,

他依旧担惊。

快把反共救国军大印拿来——

蓝继之　Yes sir!

侯一光　（续唱）　有请何、王两位司令。（蓝下）

有人说过:

"一加仑汽油不如一滴蜂蜜,

能够粘住乌蝇。"

["慢板锣鼓",何从、单眼王出船头。

侯一光　（起"慢板"短板面,楔白）哦,两位出来了,我们就要分手了。在这个神圣的时刻。

（唱"慢板"）

我代表国防部宣读一宗庄严任命,

海鲨队上校司令何从晋级为少将,中校副司令王宇臣晋级为上校。

（续唱）　两位高升,可喜可贺,

我也引以为荣!

何　从　侯代表!

（诚惶诚恐唱"孔雀开屏"尾段）

小弟有何本领,当这小队司令,

加入队以来步步晋升,

今天恩赐这少将军阶资历实不称!

侯一光　嗳!

（接唱）　你当之无愧大有前程,

蒋总统曾经讲明。

像你们这样的党国栋梁，过去重用不够，多有屈才。现在正是你们报效党国的好机会，你们是时代的宠儿，党国的中坚，反攻大陆的先行官！

（续唱） 你们二人是天之骄子，是中华民族的精英！

单眼王 侯代表，你放心好了！

（念“口鼓”）这次行动，我单眼王“冚啅呤”包上身，总之熟性。这南海岸边，四十岁以上的人都做过我的部下，谁不知我名声。只要我们一登陆，哼哼！天下就重归蒋姓！

侯一光 （接念）好一个忠肝铁胆，国之干城！

[蓝继之捧印盒上。

侯一光 （接念）这是广东反共救国军的关防，交何将军手领！

何 从 何从担此重任，恐怕力有不胜。

[9号急上。

9 号 （唱“连环西皮”）

报告敌情，报告敌情，

发现前头驶来一只小艇！

单眼王 做佢世界！

9 号 看！

（念“白榄”）

小艇用灯光，表示求救命。

何 从 （接念） 共军多诡计，恐怕有别情。

侯一光 （接念） 让它靠近来，看过再决定。

[卫太利和杨美娣驾舟上，侯等察看。

9 号 喂！

（接念） 你们是什么船，为什么叫救命？

卫太利 （接念） 渔艇遭风打，迷失了航程。

侯一光 （接念） 救上来！

9 号 是！

（接念） 快接绳。

[抛绳，接绳，系艇。卫太利、杨美娣踏绳梯上大船。

卫太利　你们是什么船？

9　号　我们是渔船。

卫太利　政府的？

9　号　祥顺股份有限公司的。

卫太利　啊！你们是外港渔船？（向杨美娣）契女，我们总算逃出来了！

侯一光　你们从哪里来？

卫太利　金星港。

侯一光　到哪儿去？

卫太利　到外港。

侯一光　胡说！一定是共产党的探子！

卫太利　哎呀！老板别冤枉好人！

单眼王　你是——

卫太利　卫太利。你是——

单眼王　王宇臣。

杨美娣　王宇臣？

卫太利　王大队长，她就是杨美娣。

单眼王　美娣？

杨美娣　姐——夫！

单眼王　（向侯）这是我的人，小姨子。

杨美娣　姐夫，我们跑出来就是要投奔你的呀！

卫太利　王大队长，你看——

单眼王　刀！我的刀——十几年了，恐怕早生锈了！

卫太利　（从手杖抽出利刀来）我又给你磨亮了！

单眼王　好呀！

（唱“王祥哭灵”）

宝刀闪闪亮，助我立功名。

潜登大陆如得逞，用穷人鲜血祭你精灵！

[风浪打来，全体一个趔趄。单眼王“抢背”滚在甲板上。

何　从　（爬起来，唱“三脚凳”）

常言知己知彼，

方能百战百胜。

金星港有多少兵力？

卫太利　（接唱）　一排民兵廿几名。

何　从　（接唱）　他们武器如何？

卫太利　（接唱）　都是杂牌应景。

何　从　（接唱）　弹药有多少？

卫太利　（接唱）　只得四五成。

何　从　（接唱）　民兵头目是谁人？

卫太利　区英才！

何　从　（唱“滚花”）

他是什么官？

有什么本领？

杨美娣　姐夫！是他带头斗你的鱼栏，要了我家公一命！

单眼王　哼哼！

（接唱）　原来一个穷苦力，

带着一队烂民兵。

何　从　你们那里民众的生活怎么样？

卫太利　生活？

侯一光　（诱导地）你们的日子好过吗？

卫太利　我们的日子？唉，不好过呀！

何　从　民众的心情怎么样？

卫太利　心情？

侯一光　你们是不是整天提心吊胆地过日子？

卫太利　可不是！我们的心里呀，整天都是七上八下的！

侯一光　怨声载道，民怨沸腾？

何　从　民众心里都想什么呢？

卫太利　想——

侯一光　是不是想我们回去呀？

卫太利　对，我们都想蒋委员长反攻大陆啊！

何　从　反攻大陆？

卫太利　啊，我们都想你们回去掌印哪！

何　从　回去掌印？

侯一光　重坐天下！

何　从　变了，大陆上的人心真的变了！

侯一光　何司令，这就是共产党统治的活见证。

何　从　何从愿为党国效命。

侯一光　何将军真正不愧是党国的栋梁啊！

杨美娣　姐夫！——

（唱“送情郎”）

我本来还想带个民兵靓仔来投诚，

谁知临到开船不见佢踪影！

不过，他说过金星岛两边——

（接唱）　如今开来了部队官兵。

侯一光　啊！这句话重要。图！（看图，判断）共军在金星港两翼有了新的布防？

杨美娣　嗯，从灯笼角这儿——（指图）

侯一光　那么说，我们必须改变原定计划，重新选择登陆地点。

何　从　共军在金星岛有没有设防？

杨美娣　没有。

侯一光　你有什么打算？

何　从　我想，是不是先登金星岛，然后绕开金星港两翼，直插百花山！——因为金星岛有王副司令的旧部下，在那里可以找到船，可以安全混过共军耳目，一直上岸的！

侯一光　王副司令你说呢？

单眼王　好！

侯一光　好！那就先登金星岛，后插百花山！行动组长9号，你先游水到金星港探路。

9　号　是!

[蓝继之卸上。

蓝继之　报告！前方就是内海。

侯一光　什么地方?

蓝继之　海图上没标出来，有三块礁石。

单眼王　哦！这里叫作三杯酒。

侯一光　三杯酒?

单眼王　内外海在这里分界，风浪特大，老舵工过这里也得饮上三杯酒。

侯一光　好一个三杯酒！何司令，你率领海鲨小队换乘橡皮艇直插金星岛，

[一个浪头涌来。

何　从　这儿的风浪太大。

侯一光　我们就是要在这风大浪险的地方，他们狂欢歌舞的时候登上去!

何　从　是！王副司令下达命令，全体换乘橡皮艇!

侯一光　杨美娣你做向导，卫太利留下，为下一批领航。

单眼王　好！"冚嗪呤"包在我单眼王身上！（下）

侯一光　（挎住何从）老兄呀！

（唱"快中板"）

今次反攻兴国运，

要从死里去求生。

临别之前待我来荐引。（招手）

[78号闪上，露面。

侯一光　这是美国中央情报局亲手训练出来的专家，代号78。

（唱"滚花"）

是你未来的合作者，

彼此共一心。（挥手）

[78号闪入。

何　从　（略喜）啊!

（接唱）　有美国中央情报局撑腰，

做我们的后盾!

侯一光　所以你们是先行官哪，何司令你要记住：

（唱“煞板”）

心存领袖，志在党国，

不成功——（取出毒药“氰化钾”递过去）

何　从　（惊骇，伸手接了，接唱）

便成仁！

[一个浪打来，二人几乎倒地。

[熄灯。

第三幕

[翌晨。

[金星港民兵连连部。

[一幢临海的小楼房。

[一夜的大风平息了，晨曦照进了连部。

[墙头挂着一个喇叭，在广播着节日音乐。

[幕启。区英才在打电话，赤卫伯、钟好在旁。

区英才　（向电话）江书记，派出所把情况转来了连部，卫太利、杨美娣昨晚潜逃，现正在追查，这可能关系到靓仔林望高。（稍停）是，江书记！一定密切注意海上情况。有事再行报告。（放下听筒）赤卫伯，快找靓仔到来。

赤卫伯　钟仔，等一下同靓仔好好地谈谈，不应急躁。（下）

钟　好　连长，我哪有这样的耐性啊！

区英才　要耐性，因为可能关系到大光灯私逃。

[甜女与民兵上。

甜　女　连长——

（唱“秋江别”尾段）

沙滩上，挖出这对活宝。

区英才　啊！

（接唱）是水鬼的胶靴脚套。

钟　好　哼！

（接唱）来就照捉，要佢一个不能逃！（要去）

区英才　钟好！

（接慢唱）你留下解决靓仔思想糊涂。

甜女，我们分头去抓，走！（下）

[赤卫伯领林望高上场。

钟　好　（一见，有火）都是你！

（唱“快慢板”）

害得我，不能够去抓特务。

都是你，平日里，满脑浆糊。

都是你，欠警惕，眼看着坏人“趯路”。

林望高　你怎么这样说我？

钟　好　不这样说你，哪样说？

（唱“滚花”）

不是你，大光灯怎能够私逃？

林望高　怎么，她跑了？

钟　好　昨晚九点多钟，她和卫太利从西沙尾跑啦！

林望高　九点多？西沙尾？（看手表）她跑了？

赤卫伯　靓仔！

（念“白榄”）

大光灯是什么人，难道你不知道？

他家公是猪仔头，除了坏事什么都做。

你父亲被佢骗去金山，冚仓屈蛇，死了连尸都无。

你七岁卖了给人，神台那般高就挨尽苦。

如今解放翻了身，往日凄凉你总不回顾，

竟然同大光灯搞恋爱，你怎能对得住死去的父母？

钟　好　（接念）　我看你的思想，和我螺姐一个模。

太平麻痹，警惕不高！

险些就变成大光灯的俘虏！

林望高　（接念）　我才不会跟她跑！

钟　好　（接念）　嘿！我看昨天晚上你就危危乎。

林望高　吓！班长，你处分我吧！

钟　好　当然要处分！赤卫伯，先将他关起来！

赤卫伯　关起来？这件事还是等连长回来再说吧。

钟　好　好。不过，枪，你别扛了！

林望高　什么，不给我当民兵了？不，把枪给我！

钟　好　你不配当民兵了，昨天紧急集合你就把这个连拖累了！今天又犯了这么大的错误！

林望高　（捂着头）唉，这真是划不来呀！（蹲下）

[甜女匆匆上场。

甜　女　报告班长，我们请来了个“大军”——

钟　好　请个大军来做什么？

甜　女　哼！

（唱“仙花调”第二句起）

我看佢是个假军佬，完全不对路。

军衣领章，颜色不符。

在海滩一带来回想去海岛，

问他来历却说话含糊。

钟　好　没看错？

甜　女　没有，我仔细看过虎仔穿的戴的，记得可真啦！

钟　好　快把他带上来！

赤卫伯　我看，还是先“请”上来吧。

钟　好　对，“请”上来。

甜　女　是。“请”！

[上来的“大军”果然与众不同，细心观察，可以看出他就是9号。

钟　好　快请坐，甜女斟茶。

9　号　别客气，自家兄弟，解放军和民众是一家人嘛！

钟　好　你是哪个单位的呀？

9　号　8765部队，二营六连第三排第八班上等兵吴振强，这是通行证。

钟　好　你多大年纪呀？

9　号　三十齐头，西历一千九百三十二年生。

甜　女　哟！这么大岁数才当上等兵，虎仔都当了上士班长啦！

钟　好　呃，不许人家是下放干部？你没见过大军同志嘛。

9　号　对，我是下放干部，啊！不，我不是下放干部。我一没挨过斗争，二没挨过整肃，怎么会下放呢？

钟　好　（示意）甜女，快斟茶！（趁9号接茶之际，夺枪在手）你别装了，什么斗争？什么整肃？

民兵甲　（以枪抵住）不准动！

钟　好　狗特务，你是干什么来的？

9　号　我不知道。

甜　女　讲不讲？（举拳欲打）

9　号　（惶恐万状）你们要用刑罚？

钟　好　我们解放军讲宽大政策，你说实话，坦白从宽，抗拒就从——严！（一拉枪栓）

9　号　我讲，什么都讲！只要先让我睡一觉，什么都讲。我们在海上漂了两天两夜，昨天又整晚扒艇游水，倦呀，倦呀！

[区英才早已登场，盯视着9号在耍无赖，他不语地把那双水鬼鞋扔在地上，9号倏然起立。

区英才　你是哪儿来的？

9　号　（被慑服地）报告长官，我是从台湾来的！

区英才　坐下讲。

9　号　是，坐下讲。

区英才　抽烟吧？

9　号　抽烟吧！啊，我自己有。（指桌上被搜出的香烟盒）美国货"发财"牌的。

区英才　这是中国货"万里长征"牌的。尝尝吧。

9　号　不敢当，不敢当！

区英才　抽吧！

9　号　谢谢长官！

区英才　我问你！

（唱"三脚凳"）

你们来了多少人？

9　号　（接唱）　一共廿六只上岸。

区英才　（接唱）　他们现在何处？

9　号　（接唱）　我不知什么地方。

区英才　（接唱）　你当兵还是当官？

9　号　（接唱）　上尉行动组长。

区英才　（接唱）　哼！小队行动都不知道，

你这组长够荒唐！

9　号　长官！我……知道。

区英才　（转"滚花"）

不得隐瞒，知道快讲！

9　号　是！知道快讲，我们预定登陆的地点，就在你们这金星港。

区英才　啊！（大家震动）

9　号　可是昨晚东北风大，橡皮艇就——打上孤岛——

区英才　（拿出地图）你讲，是什么地方？

9　号　（指）就是这个岛，五角星形状。

区英才　金星岛，你什么时候离开的？

9　号　五点整，天蒙蒙光。

区英才　限你什么时候回去？

9　号　十点钟以前。

区英才　这么快能回去？分明乱讲。

9　号　真的，要不是这位大姐拦阻，我早就游水漂洋。——不信？我在全台湾水上运动大会，当过万米殿军捞过奖。

区英才　唔，倒真是个水鬼！如果到时回不去呢？

9　号　他们就不等我，叫我到百花山集合，是司令的主张。

区英才　你们的司令是谁？

9　号　名叫何从，是个少将。

区英才　副司令呢？

9　号　王宇臣，花名单眼王。

众　人　单眼王！他回来了？

区英才　电台台长呢？

9　号　啊，名字记不起来，二十多岁的后生仔，（指林望高）就像他的模样。

林望高　（光火）你莫拿特务比我！

区英才　钟好，送他到指挥部！

9　号　长官，我这是主动坦白，都讲清光，可靠的程度，达到百分之九十几的呀。

区英才　（唱“滚花”）

坦白从宽要真坦白，
你莫钻空子错主张。
一分欺瞒，全部作废，
你要好好地想想。

（喝令）押出去！

9　号　（慌）长官！我错了，是我记错了。别的全是真话，只有一点，我昨天不是被风打上金星岛的，是我的司令故意叫我们在那里停一下。

区英才　干什么？

9　号　我不知道。

区英才　你要老实坦白！

9　号　我真不知道，我不能拿人头来开玩笑。

区英才　把他押下！

[民兵押 9 号下。

区英才　（唱“滚花”）

那匪特停留岛上，有什么诡计包藏。

我要向江书记，用电话报告情况。

（摇电话）你是江书记，我向你报告……

林望高　（唱“风吹荷叶”尾）

心自恨，没眼光，

把爱情，来用枉。

想起来难怪班长，

不给（畀）我扛（揸）枪，

到如今，后悔不来好心伤！

区英才　（打完电话，回头）嗳，靓仔。

林望高　……连长，你，你枪毙了我吧！

区英才　为什么？

林望高　我放走了大光灯……

区英才　吓？！真是你放走大光灯？

林望高　我不知道她要偷走……

区英才　你什么都不知道！同志，敌人的实力统计已经把你统进去了，说不定这帮特务，还想在你身上打主意！

林望高　什么？那么说我林望高犯了大错误了！嘿，可真划不来！

区英才　你真能认识这次的错误，以后改了，那还是划得来！

林望高　区连长，那我，我还能当民兵吗？

区英才　（踱来踱去，终于走进屋里去了）……

林望高　（担心地等着）……

区英才　（拿出靓仔的枪来）靓仔，给你！

林望高　连长，你还信得过我？！

区英才　靓仔，我为什么信不过你！我两人从小一起讨过饭，常到海边捡蚬充饥，天冷时，在破庙里挨身取暖，长年受尽单眼王的欺负，你的刀痕还在肩膀上，我怎能不信你呀？

林望高　（感动）英才哥！

区英才　（指着他的枪）不过——

（唱“爽十字二黄”）

这创伤，你遗忘，手上的枪锈得全不像样。

生锈枪，打不响，可知斗争武器不是摆样装潢。

你心不亮，眼不明，把狐狸作知心人错看。

林望高　我……

区英才　（转“滚花”）

你，你把穷兄弟的真心实话——无耳装。

林望高　（震动）英才哥，我，我犯了大错误啦！昨天晚上我泄露了军事秘密！

区英才　什么秘密？

林望高　我不觉意告诉了她，灯笼角新来了部队。

区英才　哦，怪不得他们停留在金星岛！

林望高　区连长，你处分我吧！

区英才　你的错误好严重！

（唱“快中板”）

你脑筋生锈心迷惘，

敌我不分帮倒忙。

能讲出来还可谅，

处分两字待商量。

快去立功——

（转“滚花”）

抓个特务回来再讲。

林望高　是，我一定抓个特务回来，才对得起你！（跑下）

区英才　（忙看地图）嗯，明白了！

（续唱）　特务知道灯笼角早已布防。

故意停在金星岛，

想绕道钻进百花山，真多伎俩。

[收音机里开始转播北京天安门国庆典礼的实况。

区英才　还有十分钟，毛主席他老人家就要到天安门上啦！可我们怎么能在这个时候干瞪着眼叫敌人跑掉？！（拿起海螺号欲出）

[钟好、甜女奔上。

钟　好　报告连长！一大队长出海打鱼，在金星岛附近海面发现破坏了的橡皮艇！

区英才　嗯，他们破坏了橡皮艇，准是要在金星岛上找渔船改装潜登大陆！钟好！

钟　好　有！

区英才　快吹号集合！

钟　好　是！（拿螺号下）

区英才　甜女！

甜　女　有！

区英才　快去准备船只！

甜　女　是！（下）

区英才　（打电话）总机，搭灯笼角指挥部——你是江书记吗？

（念“白榄”）

我是区英才，有个新情况报告，

敌人是立意，停在金星岛，

目的是找渔船，想改装来偷渡。

……对，我们民兵连，

请求立刻出发去金星岛，

谅他廿几人，我们有办法对付。

……要同敌人抢时间，我们先行一步。

书记请放心，我们保证完成任务！

[林望高“冲头”上。

林望高　报告连长，我也抓到了一个特务！

区英才　好，靓仔！

林望高　也是个冒牌的大军，单身一人，东问西问。

区英才　先带上来。（急去取枪）

林望高　带上！

[虎仔风尘仆仆上场，二民兵押上。

虎　仔　同志，我们是一家人。

林望高　别装了，谁和你是一家人？

虎　仔　同志，别误会。

林望高　误会不了，你这样的，我刚才见过。连长！

虎　仔　（见区英才）老班长！

区英才　虎仔，是你！（热烈握手）

林望高　嘿，我……

[甜女急上场。

甜　女　报告连长，船只准备好了！

区英才　甜女，你快看谁来啦！

虎　仔　甜女！

甜　女　虎仔——哎，你怎么偏在这个时候回来！……

虎　仔　这个时候，怎么了？

甜　女　我要出发！

虎　仔　那我也要出发呀！

甜　女　我去抓特务。

虎　仔　抓特务，我也去呀！

甜　女　我是民兵，这是任务！

虎　仔　我是战士，这是职责！

甜　女　你没命令呀！

虎　仔　枪声就是命令！报告连长同志：上士班长邝大虎向你报到！

区英才　好，我们正需要你呀！邝大虎同志！（递枪）

虎　仔　（接枪）是！

[螺号响，钟好上场。民兵们纷纷上场，列队。虎仔、甜女、林望高均已入列。

钟　好　报告连长，基干民兵第一排全体集合完毕，等待出发！（得意地）这回可真做到了召之即来呀！

区英才　好呀！

[喇叭正播国歌。

区英才　同志们，刚好十点正，听，天安门的礼炮响啦！毛主席他老人家正在天安门上望着我们！我们做到了召之即来不算什么，我们还要来之能战……

众　人　战之能胜！

区英才　同志们，向金星岛进发！

[熄灯。

[幕闭。

第四幕

[时间同上场。

[金星岛上一角。

[钟阿婆的船形屋前，屋檐挂一面国旗和一盏五角星灯，檐下放一张大红漆小木桌，上置干电池的收音机一台，另挂着一张胶丝渔网。

[幕启。晴空万里，碧海无涯，白云满天，朝阳遍地，钟阿婆在织着渔网，阿螺在替海兰"绞脸"。收音机正转播着天安门国庆节检阅典礼实况。

钟阿婆　你们快听！毛主席现在正上天安门哪！你听多热烈，都在喊着"毛主席万岁"哩！

阿　螺　毛主席！呵——（快步到收音机旁）

海　兰　毛主席！（也跟着走过去）

[三人围在收音机前听着，收音机继续播放着《东方红》，乐声中伴随着千万群众热烈的欢呼声，有节奏地不断呼着："毛主席万岁！毛主席万岁！"

钟阿婆　（听着听着，兴奋地）有了共产党、毛主席，我们渔家的日子大大不同了！（音乐。渐坠入回忆中）记得十三年前——那些日子，你家公被单眼王逼上船去为他掌舵，不幸淹死在三杯酒上——（不禁悲从中来）

阿　螺　（略显烦躁）妈，算了！别哭了！

海　兰　别哭了，妈！（指指国旗、五角星灯）你看今天人人都高兴，是我们的大喜日子呀！

钟阿婆　（一想，坚强地抑制过来）对，今天是我们渔民翻过身来的大喜日子！（急揩去眼泪）

阿　螺　（微不满）又是你小外孙的生日，做外婆的偏偏在哭。（继续整装）

钟阿婆　看你！小爱兵睡了？（织网）

阿　螺　（指屋内）睡着了。

[乐衬以下口白。

钟阿婆　阿螺，你说，虎仔和你三妹成了亲，肯不肯到我们岛上安家呢？

阿　螺　在岛上安家？你有房子（屋）给人家住么？

钟阿婆　（自豪地）我有“楼”呵！

阿　螺　呀！（指船屋阁楼）这个“楼”啊？唷，哈哈……

钟阿婆　怎么，嫌失礼你呀？我们钟家世世代代就是住在这只船上的！阿螺，你莫跟我嘴刁刁！

（唱“快三脚凳”）

你这两年来，变得不成样子。

还来向我告状，说英才撕破你面皮。

他帮助你思想提高，你还怪他骂你。

我说骂得你还太少，因为你太自私！

阿　螺　妈，你——

钟阿婆　（唱“滚花”）

我帮理不帮亲，连阿妈都要骂你几句！

阿　螺　（唱“快滚花”）

你骂人须有理，谁叫他心里全没有妻儿。

钟阿婆　你呀！

（唱“快十字中板”）

你要他，不顾民兵只顾妻子。

（转“快七字中板”）

不为公来只为私。

（转“滚花”）

你哪里像我钟家人，

我都替（戮）你丑掉（甩）耳！

阿　螺　我不像你钟家人？好，我走、我走！……

钟阿婆　要走就快点走！

[阿螺愤然下场。

海　兰　哎呀，螺姊！螺姊！（追上去）

[钟阿婆也有点慌了。

海　兰　妈，阿姊哭了。（禁不住眼眶含泪）

钟阿婆　（有点后悔）……我的话是讲得太重了！（以此自慰，亦慰海兰）不要紧，不要一会儿，她自己会回来的。你阿妈懂她的脾气（脾性）。呵，你看，小爱兵都还没有抱去嘛！哈哈……

海　兰　（也抹着泪笑了）

钟阿婆　（像没有发生过刚才的事情似的）呵，海兰，我们快去劏好鲳鱼，不多久（唔使几耐）虎仔就来岛上的了，让他吃餐海鲜。

海　兰　好。

[二人下。阿螺匆匆复上。

阿　螺　海兰！海兰！……

[海兰急上。

海　兰　阿螺姊！妈，阿螺姊回来了！

[钟阿婆上。

钟阿婆　回来啦？

阿　螺　有几位首长到我们岛上来了！

钟阿婆　首长？是从哪里来的？

阿　螺　他们说是大军演习……

钟阿婆　哦，在哪里？（忙去欢迎）

阿　螺　（指）那儿——

[三人忙去迎接。

[何从和蓝继之上，何从穿了不佩戴任何符号的中山装，蓝继之戴了一顶佩有五星徽的军帽，身穿黑色丝质衬衣，草绿色军裤，肩上吊着一件军装上衣。

钟阿婆　呵，是首长……（兴奋得一时不知该说什么）

何　从　呵，阿婆！

（念“白榄”）

我们昨夜在海面演习，遇到了风浪。

所以——嘻嘻，在你们岛上停一停，

等一会儿（等阵间）就拉队返入海港。

这就是——（指蓝继之手上信）

蓝继之　（立正，双手递给阿婆一封函件，紧接念）证明信！（再指何）这位是我们（地）首长！

钟阿婆　哦，哦……好呀！欢迎呀！阿螺，快去沏（煮）功夫茶！（把信交还）

阿　螺　呃。（下）

[再起“扑灯蛾”。阿婆招呼何从，蓝继之偷偷观察环境。

钟阿婆　（接念）首长来得真合时，

打来的鲳鱼刚拈上岸。

第一鲳，第二魟，第三马鲛郎。

我钟阿婆没有什么好招呼，

但最拿手下厨弄红炆鲳。

不论哪一位首长来到我们金星岛，

都一定要他来尝一尝。

首长，同志！自己到屋里随便休息。（卷袖）

海兰快到厨房帮我忙！（忙着下）

海　兰　呵！（也一边卷袖，随下）

[何从先向四面望望，急把蓝拉到一旁。

蓝继之　何司令，这家人家是怎样的？

何　从　王副司令说，这一家是他的旧部下，不过杨美娣又说只是个穷打鱼的人家。我们得赶快向她们弄到船改装上百花山，不然，我们的计划就被打乱的了。呃，电报发出去没有？

蓝继之　完全按照你的吩咐，拍出去了。

何　从　回电怎么说？

蓝继之　侯代表说，78 号率领的人马，今日黄昏前在三杯酒以南换乘橡皮艇，在海面接应我们。

何　从　唔。（还想说下去）

[阿螺端功夫茶上。

阿　螺　首长，请饮茶呀！

何　从　呵，这位大嫂，太客气了！

（唱“七字清”）

无须为我等太张罗。

大嫂热情真似火，

蒙你刚才协助指点诸多。

（转“滚花”）

为了帮助我们改进工作措施，

还望多多指出政府差错！

阿　螺　意见嘛，没有好多……

何　从　（紧接）有多少就谈多少嘛！

阿　螺　好！

（唱稍快“二黄慢板”）

何以太平盛世，还要出海巡逻？

日日放哨操兵，未免紧张太过！

何　从　对呀！对！

阿　螺　（续唱）　整天讲“备战备战”，

不怕啰唆！

爱兵他爸——

何　从　（截住她的话）呃！他名叫？

阿　螺　区英才！

何　从　哦！你就是金星港民兵连长区英才的夫人——嗯，“爱人”？

阿　螺　哎，什么爱人！他是我老公，我是他老婆！他呀，一开口就讲——

（唱“赛龙夺锦”中段）

要周时练刀枪，

守边防，保家乡。

须知今天，妖魔魍魉，

在大海那面，大肆嚣张。

他死心不息，日思夜想，

把江山重坐，作非为祸，

要警惕提防确保海疆！

何　从　妖魔鬼怪！

阿　螺　（转“快二黄”）

就是躲在台湾，那班反动派。

要抢我们的天下，要杀我等婴孩。

但白日青天，哪有许多妖魔鬼怪！

所以抛家弃务，就太不应该。

（转“滚花”）

首长，到底有无鬼怪妖魔？——（半句）

何　从　（尴尬）呃，有——当然有。但是——

（接唱）　弄到这样草木皆兵，就未免大惊小怪！

阿　螺　唏，首长！

（唱“玉美人”）

你讲得对，用不着这么紧张？

但系他们偏偏话一定要，

还说必须个个扛枪杆，要全民皆兵方是正常，

还要武装思想，要全民皆兵保卫国防。

其实呀，有了你们这么多连美国鬼都怕的大军来保卫我们渔家，那就算有那么几个妖魔鬼怪，他也不敢来呀！哼！他有那样大的胆子？你说对吗，首长？

何　从　对，对对，他们不敢，不敢！（强笑）大嫂，你们家里有船吗？

阿　螺　船，有呀！

何　从　我们想借用一下。

阿　螺　借用，得！

何　从　还想请你把我们渡到大陆。

阿　螺　呵。

何　从　（急出钞票）我们送还船钱。

阿　螺　噎！大军坐船我们不要钱！

何　从　那怎么成？解放军纪律严明嘛！

阿　螺　我也正要回去，顺搭吧了（啫）！要什么钱？呵，首长到了金星港，同我们爱兵的爸上上大课，打通一下他的思想，那就比什么都强了（咁就乜都冇咁好喇）。

[何从支吾以应。钟阿婆端酒、杯、鱼上。

钟阿婆　谈（倾）什么谈得这么高兴呀？

阿　螺　首长要借船，船上有些漏水，我去整一下。（匆匆下）

钟阿婆　借船？（奇怪）首长，你们怎样来的呀？

何　从　我们是坐船来的。

钟阿婆　那——船呢？

何　从　出了点小毛病。

钟阿婆　哦——噎，阿螺那只小船，怎装得下你们这许多人？首长，我过一会儿来替你弄一只大船！

蓝继之　（高兴）呵！

何　从　呵，那太好了！我们一定要重重奖赏——呃，奖励你们！

钟阿婆　噎，帮助大军是我们的本分事嘛！

何　从　那就麻烦你了，阿婆！（蓝向他示意手表，意思是时间无多了）阿婆，嘻嘻，最好请快一点……

钟阿婆　还早哩！来，先吃点烧鱿鱼，喝点五加皮，回头等吃过鲳鱼才准走呀！（取酒）试试我钟阿婆的"手势"，提提意见嘛！哈……

何　从　客气！——呃，阿婆，想请你老人家对我们政府的工作提提意见，倒是真的！

钟阿婆　哈……

（唱"滚花"）

我对政府所做的事情，向无意见！

何　从　那，生活上有什么困难？总有吧？

钟阿婆　困难？呵，哈哈……首长，你看！

（接唱）　我们今天仍住这只岸上渔船。

何　从　（乘机挑拨，伪作同情地摇着头）哎呀！

（唱“减字芙蓉”）

想是打来的贵重鲜鱼，

都被政府低价收估。

钟阿婆　（听了觉得出奇，另场作不解状）

何　从　（续唱）　因此渔家想建新屋，

除了吃饭已无金钱。

钟阿婆　不对呀！我就是有了积蓄，才想建新屋。

（接唱）　想建一座石屎大楼，

要有花栏杆天台在上面。

何　从　（愕然）哦，哦……

钟阿婆　（续唱）　不过材料不够分配，

只好暂把建筑拖延。

先公后私是应该的嘛！哈……

（续唱）　首长你若问困难，

我有困难就是这一点。

何　从　（失望地）呵——你讲的是“这种”困难呀？难道，你就真的一点苦都没有啰？

钟阿婆　（续唱）　若论从前事，苦水就吐不完。

何　从　呵！怎样呢，怎样呢？

钟阿婆　（叹气）从前的事——哎，今天是个好日子，不讲那些吧！（过门续奏衬以下口白）

何　从　（不肯放走这个挑拨的机会）不，不！要讲、要讲！阿婆，我们是特为“访贫问苦”而来的呀！

蓝继之　对呀！讲吧，讲吧！

钟阿婆　就讲讲吧——我钟家六年里头，死了两个人。

蓝继之　（唯恐她不说，竖指头）第一个是——

钟阿婆　我的大儿子！

蓝继之　（抢着引导她说下去）第二个——

钟阿婆　我的男人。

何　从　（急问）都是怎样死的？

钟阿婆　我的大儿子是活活饿死的！

何　从　饿死的？（挑拨地）唉！是不够吃吧？

钟阿婆　（奇怪）不够吃？是没得吃！是吃薯莨头吃死的！

何　从　（装出万分同情地，苦着脸，带着哭声）呵，阿婆！你——受尽了苦啰！

（续唱"减字芙蓉"）

你遭遇确凄凉，

我为你伤心到极点。（急于追问，免序）

你丈夫又因何早死？

定必更凄酸。

钟阿婆　（唱"滚花"）

他被人逼做舵工，

不幸淹死在三杯酒海面！（俯首掩泣）

何　从　（装成愤慨地）这都是——都是"上边"强迫命令害死人呀！

钟阿婆　（一听，惊疑，抬头）首长，你说什么？

何　从　我说，阿婆！我知道你是有苦无处诉呀！

钟阿婆　（不解何意，自语）无处诉？

何　从　阿婆！（装得像正义化身似的）

（念"口鼓"）究竟是谁？谁害得你苦过黄连，不妨大胆讲一句。是谁害得你人亡家散，骨肉生死分离？

蓝继之　讲！究竟是谁？

钟阿婆　还用问，就是那些死到十八层地狱永不得超生的国民党反动派！

何、蓝　（一怔，一头冷汗，尴尬相视）

钟阿婆　（念"口鼓"）若不是他放日本仔入来，癸未年大旱饥荒，我儿子就不会饿死。若不是他们拉夫出海，已丑年我男人何致海底沉尸！

何　从　哦——（刚才伪装的“同情”“义愤”全消失了）

钟阿婆　呃，首长，蒋介石那个老不死，到底有多大年纪？

何　从　嗯——不大清楚，大约，大约嗯——八十差一点。

钟阿婆　哦，这么老了？为什么他还不死？

何　从　（狼狈，应付）嗯嗯，嗯嗯。是该死了。不过，听说，他还想回到大陆来过八十大寿啵！

蓝继之　是呀！八十大寿，也快到期。

钟阿婆　好呀！他若来时，我早准备向他送礼！（埋位取渔叉在手）

何　从　（略惊，退到一角）呃……

阿　婆　欢迎他呀！叉他个老不才，要他死不全尸！

何　从　（狼狈，应付）嗯嗯，是呀，是呀！叉，叉他，叉他——（搭讪着冷冷地走开）

钟阿婆　（发觉二人神情有异，设计要去报告民兵，捉拿二人，镇静地向二人）“首长”，我要进去看看那鲳鱼，请等一等，我就来。（匆匆下）

何　从　（“水波浪”，执蓝继之手走到一角，念“快白榄”）

越留越危险，越想越不妥当！

情况十分不理想，

这里并非我们落脚的地方！

蓝继之　（接念）　我们摸错门，总之三十六着走为上！

何　从　（接念）　但区英才老婆，同其他人不一样，

要赶紧抓住她，一口咬定千万莫放！

［“扑灯蛾”，钟阿婆、海兰上。

钟阿婆　（慢念“白榄”）

今日天气真是热，

我还要替“首长”做碗鲜鱼汤。

还有好一会儿才吃饭，

不如先进去冲个凉。

何　从　（接念）　阿婆，我们任务急，

要马上动身返海港。

请先为我找船只，

万望两位帮忙。

钟阿婆　（迟疑）马上要走了？

何　从　对！（掏出人参）

（唱“五槌滚花”）

恕我无物孝敬，请收下这几支高丽参。

留给你略补精神，未足言赠。（又掏出金钗）

诸多骚扰，多谢大姐事事关心。

送上金钗一枚，算为纪念品。

钟阿婆　（另场唱“滚花”）

解放军首长向女人赠金饰，

我几十岁才看见第一匀（次）。

是鬼是人，已经不用问。（向何从）

多谢“首长”礼物，

难得你这样“好心”。（示意）

海兰，快去替“首长”准备一只大船，将“首长”送到金星港！

（续唱）　趁着风平浪稳。

海　兰　（会意）呵！——（匆匆下）

钟阿婆　“首长”！先饮一杯，来，来！（斟酒送递给二人）

何　从　呵，好，谢谢！

蓝继之　谢谢！（焦急地等着）

钟阿婆　干杯（胜）！呵，“首长”，你们还没见过我们全家人哩！（进屋取出照片，借此缠住二人，拖延时间）“首长”！

（唱“花鼓芙蓉”）

请看一看我们合家欢，好叫人心兴奋。

（念“白榄”）

哪，你看我们全家，一共八口人，

虽然分五姓，但相爱又相亲。

站在我身旁的是我女婿，

名叫英才好人品！（向何从示威性地念）

他打仗出了名，为人最勇敢。

人人说他似猛张飞，我话他胜过生赵云。

如果特务碰到他，哼，劝他要小心！

何　从　（一震，为了掩饰惶恐，搭讪着走开）

钟阿婆　（暗中观察何从的神色，又盼望远处，续念）

我个儿子叫阿好，亦系民兵勇敢得很，

我们的民兵队伍，打起仗来决不会输给敌人！

（续唱“花鼓芙蓉”）

我们一家甜如蜜，大众一条心！

“首长”，我们这一家人，现在的生活真是“一啖荔枝一啖蜜”！

何　从　是，是，蜜，蜜……

钟阿婆　甜上加甜！

何　从　是，是，甜，甜……

钟阿婆　这都是新社会带给我全家的幸福，共产党的恩情！

何　从　是，是，恩情，恩情……

蓝继之　呵，他们来了。

[单眼王带杨美娣、特务甲、乙上。

单眼王　何司令，你看！

[特务丙、丁押海兰上。

海　兰　妈！（扑过去）

钟阿婆　海兰！（抱护住她）

单眼王　她报信通风去找共产党！

钟阿婆　（发现他）吓！（仔细打量）是你！（十三年的仇恨化成咬牙切齿的三个字）单——眼——王！

单眼王　哦！你还认识我？

钟阿婆　（念“口鼓”）哪怕你身化成灰，也认得你这副豺狼相！

单眼王　喂，你丈夫旧时替我驶船，靠我吃饭，讲话客气些好啵？

钟阿婆　我呸！

（续念）他为你流尽了汗，你向他吸尽了血，我正要找你拿命来偿！

单眼王　原来你还未死，嗯！

钟阿婆　（续念）我留命来收你的尸，算你的账！

单眼王　哼，我来收你的尸是真！（突然凶狠狂吼）

（续念）而今金星岛上，又回来了单眼王！（见檐上的国旗）你们这班穷鬼乞儿竟妄想稳坐江山，依靠共产党？

人来！把旗扯下！

[匪兵上前要扯旗，同时，钟阿婆一把抓了渔叉去护住国旗，匪兵吓倒在地。

钟阿婆　这面五星国旗就是我们渔家的旗！

（续念）要拔国旗就先问肯我手上渔叉！哪怕你虎豹豺狼！

单眼王　噎！（向阿婆一刀戳去）

[海兰奋不顾身上前托刀，却被单眼王踢倒。钟阿婆举叉上前，结果二人分别被匪兵捉住，二人要喊，又被塞了嘴。

何　从　王副司令，我们要立刻离开这个海岛！

[特务戊急报上。

特务戊　报告，那女人已把船修好，来了。（下）

何　从　把两人先押下去！（特务甲、乙押婆、兰下。他急把单眼王和蓝继之扯到一边）时间已来不及，9 号又没回来，行动或许已被共产党发觉了。必须马上撤离！

蓝继之　没有船。

何　从　有这女人修好的小船！

单眼王　我们人多，装不下。

何　从　我们三个人先走，撤到——香港！

蓝继之　香港？好！

单眼王　我不同意！大事尚有可为，还是上百花山！

何　从　目前情况不利，应急流勇退，再图……

杨美娣　阿螺来到了！

何　从　先把船弄到手再说！

[三人散开，螺上。

阿　螺　船修好了。(往屋里走)

何　从　大嫂，我们马上要出发！……

阿　螺　我先得背回我的小爱兵哩。(入屋)海兰！

[单眼王和何从、蓝继之还要争论，阿螺抱孩子复上。三人又即散开。

阿　螺　海兰……咦，人呢？海兰……

何　从　大嫂，公事紧急，我们不能再等了。

阿　螺　那——好！(转身走，走了两步，望望不对头)呵——(惊呼)你们不是大军！

蓝继之　(脱伪装的解放军帽一摔)我们是美国总统和蒋总统的大军！

阿　螺　吓！(恍然)原来真来了妖魔鬼怪！呸——(想冲出，被众匪抓住，并抢去爱兵，大呼)把爱兵交还给我！

何　从　大嫂，我们好来好散，只要你把我们送走。

阿　螺　你们这班妖魔鬼怪，快把爱兵还我！

单眼王　(一手抓起小孩)你不答应，我就把她扔到海上！

阿　螺　(狂叫)爱兵！——(挣扎冲前，被抓牢)

单眼王　你答不答应？

阿　螺　(一时呆住，不知如何是好)

何　从　大嫂，只要你把我们送到了地方，一定把你的小千金奉还。

阿　螺　(不语)

单眼王　肯不肯？讲！

阿　螺　(不语)

何　从　(急掏出金条)这是金条，就送给你的爱兵去打个长命锁吧！

单眼王　(扯下孩子身上的小螺壳)看！难道你甘心让你的孩子一辈子戴着这个小螺壳？(把它扔到地上)

阿　螺　(望着小螺壳)吓！爱兵的长命锁！(百感交集)

蓝继之　(出枪指她)讲！去不去？

阿　螺　(强音乐，望着小螺壳，又痛又悔)英——才！我……是我不好！……

蓝继之　快讲，到底去不去？

阿　螺　（音乐突然刹住，坚决）我不去！

单眼王　你真不肯去，你不想你孩子活了？（故意将孩子在她面前举起）

阿　螺　（一下子把头扭开不看，难过极了）

单眼王　好！（蹬脚，举孩子奔向海）

[枪声。单眼王停住，众匪吓住，枪声续响。

阿　螺　（大呼）英才！快来！（被匪塞了嘴）

特务戊　（奔上）报告！敌船两只攻上海滩！

单眼王　死守！（把孩子顺手交身旁特务）

特务戊　是！（奔下）

[枪声继续。杨美娣先躲了。蓝继之去看情况，众匪散开抗捕。

何　从　（拉住单眼王）开船快走！

单眼王　已来不及，这地方我熟，你先跟我上望夫崖！

何　从　好！

单眼王　（指螺）把她们都带走！

[何从随单眼王下，特务们抱爱兵拉阿螺同下。其他匪特乱中从另路下。

[枪声更密，匪徒们败退过场。

[区英才、虎仔、钟好领民兵冲上过场，接着甜女、赤卫伯、林望高追上，甜女向屋奔去。

甜　女　妈！螺姊！二嫂！

[区英才、虎仔、钟好及民兵们复上，也寻呼。

甜　女　（发觉小螺壳）连长，这里有个小螺壳！

区英才　是爱兵的长命锁！（再寻找，发现蓝继之的帽子）

（念“快口鼓”）定是匪军将她们绑去。料逃走不远，要他插翅难飞。钟好！

钟　好　有！

区英才　（续念）带一挺机枪，先占领高地！

钟　好　是！（挥手）走！（带数民兵下）

区英才　一班长！

（续念）左方散开搜索，来个撒网捕鱼！（应下）三班长，去搜索右方，要留神注意！（应下）赤卫伯！单眼王从前到此，惯在何处藏匿？

赤卫伯　（接念）一定在望夫崖上公婆洞里！

区英才　望夫崖！（瞭望）

赤卫伯　（续慢念）望夫崖地势险要，难攻易守，下边就是汪洋大海，深浅都不知。

区英才　噎！

（接快念）从中间直插上崖，人民民兵不识写个“难”字！

虎　仔　（接念）连长，此地是指挥点，你应留下指挥。（自己要走）

区英才　（喝止）虎仔！

甜　女　连长！

（接念）你在这里指挥，望夫崖由我们去！（走）

区英才　（喝）听命令！

（接念）你同靓仔守在此地，莫让敌人逃过，任务重过指挥！

甜　女　是。

区英才　虎仔、赤卫伯，走！（带二人下）

[甜女、林望高留下，巡逻。

甜　女　靓仔，那边有人露头，一定是特务！

林望高　在哪里？对！（要举枪）

甜　女　慢！我来喊话，隐蔽！（二人隐蔽好，想喊）不行，我女仔声音，靓仔，我讲一句，你喊一句——快些投降！投降才有出路！

林望高　（照喊）快些投降！投降才有出路！

甜　女　解放军宽大政策，缴枪不杀！

林望高　（照喊）解放军宽大政策，缴枪不杀！

[敌人打来一排枪，二人忙掩蔽。

甜　女　岂有此理！真不“自觉”，打个渔炮给他们做午饭，靓仔，你继续喊！（燃火）

林望高　（喊）喂，快投降！缴枪不杀！再不投降，我们要开炮哪！

[甜女扔炮，内场喊叫。

林望高　（对甜女）再扔一个。

[甜女再扔，内场：“解放军请不要开炮，我们投降了！”

甜　女　叫他们把枪放下！

林望高　（喊）把枪放下！（内场照复诵）

甜　女　哎呀，他们人多。叫他们一个一个走过来。（林照喊，内照复诵）距离五步！（同前）

[匪特举手逐个上，杨美娣也在其内。

林望高　你！

杨美娣　（高兴，谄媚地）林仔！

林望高　站住！呸，你个大光灯，你个死特务！（举枪欲开）

甜　女　靓仔！（对大光灯）快走！

[蓝继之最后上，手持白手帕，伪装腿伤。

林望高　走！

蓝继之　（一看，愕然）……原来你们不是解放军！哎呀上帝！见鬼了！我们竟然输给一班老百姓！哼，民兵！

林望高　你看不起我们民兵？是不是想试一下我们民兵的厉害！（举枪）

蓝继之　哎唷，哎唷。不是，不是！……

甜　女　快走！

蓝继之　是，是……

[甜女、林望高押众匪下。

[海兰扶阿螺抱孩子上，进屋里去，钟好扶阿婆随上。甜女、林望高复上。

甜　女　妈！你们回来了！

钟阿婆　嗯，好在你英才哥他们追得快，将我们救回来了！

甜　女　英才哥和虎仔呢？

钟阿婆　还在继续追单眼王。

林望高　班长，杨美娣给我们抓住了。

钟　好　靓仔，我的好同志！（握手）

林望高　我的好班长！（拥抱）

钟　好　好同志！

林望高　好班长！

[内场赤卫伯喊声："班长！——"捧区英才的枪向班长。

赤卫伯　班长！

钟　好　出了什么事？

赤卫伯　区连长他……

钟　好　他怎么样？

赤卫伯　区连长把单眼王刚刚追到公婆洞，旁边一个狗特务打来了一枪，区连长他就从望夫崖上——（痛苦得不忍往下说）

钟阿婆　（叫问）怎样？

众　人　怎样？

赤卫伯　（悲痛极，连手和唇也在抖着，一个一个字慢讲）跌——落了——大——海！

[全场的人一下子跌入惊愕与沉痛之中。最后，阿婆跌坐下来。

[风狂云怒，天边处间有雷电。

[阿螺抱着爱兵从屋内出，在门前一站，看见这个场面，怀疑地一步步走至台中，环视各人，逐渐加快，快步走至母亲身边。

阿　螺　妈！出了什么事？

钟阿婆　（呆住不语）

阿　螺　三妹，出了什么事？

甜　女　螺姊！（走开，背身泣去）

阿　螺　（急回母亲面前）妈！阿螺有千不是，万不是，你们对我讲一句说话呀！

钟阿婆　（再忍不住了，一下子哭了出来）阿螺！

赤卫伯　阿螺，这是——连长的枪！

阿　螺　（疑惑地走过去，要接，一看）血！人呢？

赤卫伯　人在——大海里了！

阿　螺　（一怔，一时呆住不动，过了两秒，摇晃一下，突然凄厉地狂叫起来，并奔向海）英——才！（不支倒下）

[甜女急去扶起，海兰代抱过孩子。

钟阿婆　（突然）赤卫伯，单眼王在什么地方？

赤卫伯　单眼王同那个姓何的特务，被虎仔追击跳海逃走了。

甜　女　虎仔呢？

赤卫伯　也跳下海去追了。

阿　螺　妈！（扑到母亲膝前）决不能放走两个妖魔鬼怪！

钟　好　对！妈，派船出海，追！

甜　女　（与钟好同时喊）追！

［一声暴雷，阿婆突然起身，飞步到海边瞭望。

［风狂浪啸，雷敲电闪。

赤卫伯　吹着北风，又是退潮。

钟阿婆　他们从望夫崖跳水逃走，顺住水道，准定是向那个地方流去。

众　人　什么地方？

钟阿婆　三——杯——酒！

赤卫伯　那个鬼地方，风大浪险，眼看天快有大雨，好汉也不容易过得三杯酒呀！

钟阿婆　（英雄气概地）我要过！

（唱“快中板”，唱男腔）

新仇旧恨不能忘！

老娘虽非男儿汉，

挺身我敢斗汪洋！

（转“霸腔滚花”）

过那三杯酒，

我亲掌舵——

（转身脱去外衣，扔掉）

决不把敌人轻放！

钟　好　妈，我去一个！（齐）

钟阿婆　（紧接）来吧！

甜　女　（紧接）我也去！

钟阿婆　（紧接）好！

赤、林　（紧接）大家都去！

海　兰　妈，我也去！

钟阿婆　海兰，你的身体——！

海　兰　妈！如果不把狗特务捉个干净，海兰就算多生一个，又有何用！

钟阿婆　好！

阿　螺　（已背好孩子，卷起了衣袖和裤管，手执渔叉，沉痛地，负疚地，也坚决地）妈！（冲前）我准备好上船了，让我也去吧！

钟阿婆　阿螺！

阿　螺　（唱“长句滚花”）

怪我私心重，眼无光，

致招来魔怪引来狼。

害了英才和虎仔俩，（半句）

妈！（跪下）我求你！我求你！

（续唱）　求你许我跟你出海洋。

我定要觅得亲人回岛上，

誓要生擒那何匪！

亲手杀却那单——眼——王！

收我上船喇，妈！我的好妈妈！（抱住阿婆的腿）

钟阿婆　阿螺！你“是”我钟家人！起来！（一手把女儿拖起，阿婆阔步跳到高处，仰望天象）

[天上风吼，海上波号，电闪得更频，云飞得更速。

阿　螺　（把酒瓶递给阿婆）妈！

钟阿婆　（豪壮激情的音乐突起，她一手接过酒，仰头豪饮，将余酒洒在地上，一挥手）孩子们，上船！

[快熄灯。

第五幕

[上场当天，近黄昏。

[三杯酒的礁石上。

[背景是茫茫大海，这是三块礁石中较大的一块——第一杯酒，屹立高耸，四围乱石崎岖，斜阳正射在礁石上，使它显得更加壮丽。

[幕后合唱：

三杯酒，十人见了十人愁，

风旋浪卷船难去，好汉也难过三杯酒！

三杯酒，三杯酒，千年万年你不朽，

大海朝你撞一撞，你朝大海吼三吼！

[幕启。台上无人，只见礁石，波涛汹涌，白浪滔天。

[大浪声中，单眼王、何从先后扑出。

何　从　（念“白榄”）

此处是什么地方，怎么毫无人影迹？

单眼王　（接念）　这里是三杯酒，地形我都熟悉。

何　从　（接念）　那个共产党，何以会寻到我们踪迹？

还有冇追来？（犹有余悸）

单眼王　（接念）　何用慌瑟瑟！

他已在阎王殿，追着（追紧）小鬼卒。

何　从　（四望，接念）

一望海无涯，不死也无得食，

流落在海中心，想飞又无翼。

有家归不得，唯有垂手待人捉。

单眼王　嘘！何司令，胜败乃兵家常事，何必这样垂头丧气！重整旗鼓再来过，我单眼王决心大，信心强，办法多！

何　从　（反感）算了，你！

单眼王　怎么？（站起）

何　从　你的办法就是“跳海”！

单眼王　怎么怨起我来了？

何　从　（发脾气）你讲这一带都有你的旧部下，现在都在哪里？

单眼王　（反拨）何司令！捞世界成败得失，各安天命！（凶起来）你怎么……

[机舱的马达声。

何　从　船！（急瞭望）

单眼王　船！

何　从　是我们的船!

单眼王　不错!（喜极）我们的!（喊）喂——

何　从　（喊）喂，司令部在这里呀!……

[船声远去了。

何　从　糟糕!他们没有听见!

单眼王　让我到前面第二杯酒的礁石上去招他们来。

何　从　好，快去快来!

单眼王　一招就来，包在我单眼王身上!（下）

何　从　包在你身上，哼!

（念“韵白”）打到剩一条底裤还认第一!我就是靠错了你才有今日，更一时信错了卫太利乱嗡，把敌情估计得太不踏实，结果一败涂地弄到鞋甩袜甩!（掏出那颗“大印”）“反共救国军司令关防”?怕这个宝座都几难坐得!（又掏出塑料管）“氰化钾”?“不成功，便成仁”，生路在何处?恐怕要死实!（一阵寒风吹来，冻得打个冷战。冷瑟瑟地蹲下来，更显出一副可怜相）

[内场单眼王叫:“何司令”，带78号、卫太利、四匪特上。

单眼王　何司令，78号带了人马来接应我们，还带来了侯代表的手令。

78　号　何司令，侯代表的手令。

何　从　（接，读）“你等贻误军机，初战损失惨重。本应军法论罪，姑许戴罪立功。绕道攻百花山，令你立即行动。再战若仍失败，严办决不宽容!”严办决不宽容!（震动，忧虑重重）

单眼王　何司令，我们初战虽然失利，但有了对付共产党的经验。如今又派来了生力军，这回定操胜券，又何须犹豫?

何　从　这个?

卫太利　何司令，海面上有一个人漂流而来!

[众向海面望。

单眼王　啊，好像就是刚才追击我们那个人!

卫太利　民兵连长区英才!

何　从　对!

单眼王　好呀，让我干掉他！（拔枪拟发）

何　从　慢！王副司令，我们让他漂上来。哈哈，这一回，我们真可以稳操胜券了呀。

（唱“滚花”）

我们将他生擒，何须费一枪一弹。

逼他为我们叫关带路，就可以直上百花山。

单眼王　对！

何　从　大家听住，只准生擒，不准开枪，散开隐蔽！

[何从、单眼王各带若干匪特分边退下。

区英才　（唱“霸腔二黄倒板”）

坠海中，漂流不定。

（扑上，醒，环视环境）哦，三杯酒！

（“快撞点”快打慢唱“二流”）

来至三杯酒上，只见浪骇涛惊。

恨我身受枪伤，致坠从绝岭；

未能亲擒特务，报捷向北京。

怎得接应有人，驶来快艇！

让我参加战斗，

（转“滚花”）

飞返金星！

（秃转“霸腔爽七字清”）

怎能受困此间由天命？

怎能忘记我是民兵？

怎能放过敌人潜登国境？

怎能忘却——

（转“滚花”）

党的教导声声？

我定要泅返望夫涯，去把敌人扫靖！（要走）

[同时。何从、单眼王分边率匪徒上，以枪指吓。

何　从　别动！

区英才　（跳上平台）你敢开枪！

单眼王　哼！我为什么不敢开枪？

区英才　（念"锣鼓白"）单眼王！我们人民舰艇，正在周围巡逻。只要你枪声一响，我们军队就会闻声而来！

何　从　区英才，你看看这是什么地方，在这孤礁石之上，你已落在我们掌中了呀！

区英才　（续念）何从！这是我们人民的岛屿，人民的海洋，在你们周围，都是我们的队伍，在这孤礁之上，你们——你们才是真正落在我们的巨掌之中！（众匪震惊）匪徒们，你们听我讲！

（唱"霸腔爽减字芙蓉"）

今日在你们面前，摆着一条光明大道。

乖乖地投降归顺，立刻放下屠刀！

（转"快七字清"）

革面洗心好好改造，立功赎罪自有前途。

（转"滚花"）

只要投顺人民，一定给你们出路。

何　从　在你们共产党面前，我们还有出路？

区英才　我们的领袖讲过："放下武器，停止抵抗，就是你们的唯一生路！"

何　从　是你们哪个领袖讲的？

区英才　我们的毛——主——席！（强音乐）

何　从　吓！（震）

单眼王　何司令！

（唱"快霸腔滚花"）

不要被他迷惑，上百花山才是我们的前途。

区英才　（楔笑）哈哈……

（唱"霸腔滚花"）

到处都是人民武装，你们已走投无路！

何　从　（接唱）　百花山若上不去——（半句）

区英才　你决上不去！

何　从　最多返台湾。

（续唱）　还要把你一齐带去，要你为我们效劳。

你若跟我返台湾，我可以给官你做。

以我少将人格担保，决不含糊。

区英才　台湾，我一定要去的，但不是去当你们的官。

何　从　不去当官，去干什么？

区英才　我去消灭你们！

（唱“霸腔爽快慢板”）

与那八百万台湾同胞，去为你们挖坟墓。

你为美国老板来效命，只属徒劳！

（转“快七字清”）

你还把别人来担保，自己的性命也危危乎！

（转“三字经”）

你返台湾，亦无活路。

断难保住，你的头颅。

（转“滚花”）

“不成功，便成仁”，

难道你忘记你主人的吩咐。

那时成仁毒药，就会为你效劳！

单眼王　呸！

（念“快白榄”）

穷鬼区英才，你还在此乱讲。

后悔我当日，未将你们杀光。

区英才　呸！

（接念）　杀清光我们，以前谁个将你养？

杀清光我们，今日又谁来把你们消灭光！

单眼王　（气得乱跳，要拔枪，何从按住，向匪特大吼）你们先上船准备！卫太利把他带走！

[卫太利、78 号先后上前，被区英才打倒。单眼王上前，区英才也把他制住，扎架。

区英才　（唱“包槌滚花”）

你想带我上船，除非把三杯酒一齐搬去！

（单眼王挣扎，又被制住）

你还想挣扎，知否你已到死期！

何　从　区英才，难道你就不怕死？

区英才　（接唱）　我是人民民兵，不识写那“死”字。

就算为革命而死，也不犹豫！

[78 号上前，区英才把二人打开。

[马达声大作，区英才向远处一望，众特务也警觉地望远方。螺号声也从远处响起。

区英才　哈哈，单眼王！你看，正在开来的是谁人的船？

78　号　（慌）不是我们的船！

何　从　哎呀，是共产党的船！

单眼王　快上船！

[众特务慌作一团。

区英才　（大喝一声）不要乱！

[78 号已先下，卫太利也窜走了。

何　从　（听区英才一喝，慌得一跤摔在地上）

区英才　你们已经逃不了啦！要命的，听我说！

[内场枪声，单眼王利用地形抵抗，何从发抖。

何　从　（慌忙爬近区英才，匆匆地）你再讲讲，你们领袖毛……他怎么说的？……

区英才　“放下武器，停止抵抗，是你们唯一的生路”！

何　从　我……（一边说一边向英才爬去）

单眼王　何司令，你想……

何　从　王副司令，目前情势不利，应该急流勇退……

单眼王　好呀！你想投降？（要举枪打何从，何从手执住单眼王的枪）

区英才　单眼王，还不投降！

单眼王　（急摔开何从，举枪向区英才）先干掉你！（想开枪）

[内场飞来一枪，把单眼王手上的枪击落。单眼王急再用左手拔另一支枪，区英才飞步上前，把他制住。78 号领一匪特上场，正拟向英才开枪，虎仔持枪上，向 78 号发枪，78 号急逃，虎仔见英才已制住单眼王，便去追 78 号下。

[单眼王挣脱，急跳至高处，拟向英才发弹。阿螺背着孩子及时奔上，举叉一刺，单眼王受伤滚在地上，区英才奋跃而前，单眼王想向英才再放枪。

区英才　（一步一步向单眼王逼去）单——眼——王！你……

[阿螺迅速地解着背上的小孩。

[单眼王一时被英才的威猛和勇敢吓住了，退着。当他意识到处境危险时，要再放枪，而枪里子弹已打完了，他连忙从身上摸出子弹，匆匆再装着，但见英才已一步步逼近，来不及抵抗，急逃下。

[区英才快步回头取了阿螺的鱼叉欲追去，被阿螺抓鱼叉。

阿　螺　英才，你身上有伤，让我去追！（把孩子一下子塞在丈夫手上，追下）

区英才　阿螺……（急把孩子背在胸前，拟追下）

[同时，钟好率民兵冲上。

钟　好　连长！

区英才　（指挥）快追！

[钟好率众追下。

[甜女、赤卫伯、林望高随即冲上。

区英才　（指挥）右方包围！（正想同去）

[钟阿婆、海兰持单眼王的手杖刀同上。

钟阿婆　英才！

区英才　呵，妈！快来抱爱兵！

钟阿婆　你伤得怎么样？

区英才　没什么了。

[何从内叫：“报告！”被虎仔押上。

何　从　报告长官，我投降了！

海　兰　吓，是你！（要用手上刀刺他）

[何从急逃到区英才脚下。英才止住海兰。

区英才　只要投降就好，快去喊话，缴械投降！

何　从　是！

[虎仔押何从下。

钟阿婆　阿螺呢？

区英才　追单眼王去了！

海　兰　我也追去！螺姊——（奔下）

[同锣鼓，林望高石后冲上。

林望高　报告连长，我们把卫太利抓住了！

区英才　带上！

[赤卫伯押卫太利上。

林望高　（念“快白榄”）

我当他是小鱼，掀不起大浪；

今天看清楚，他原来已经发了狂！

赤卫伯　（接念）　他要掀起浪，就用这个（拍枪）来把他消灭光！

[内场虎仔：“报告！”上。

虎　仔　报告连长，都捉干净啦！

区英才　带上！

[民兵押何从上。

何　从　（立正）报告长官！少将司令何从率领海鲨小队人员共二十五名全部报到。副司令一名在逃。（双手递印，虎仔接过）

区英才　逃不了！

何　从　是！逃不了。

钟阿婆　你这个家伙，以为我瞎了眼睛，现在还是“首长”不是？

何　从　报告阿婆，不是首长。

钟阿婆　那——是什么哪？

何　从　是——是——是妖魔鬼怪！

区英才　带下去！

[民兵押何从、卫太利下。

[甜女手持渔叉上。

甜　女　连长，在海边捡到一支渔叉！

区英才　（看叉）呀，是阿螺的渔叉！（急问甜女）你大姊和嫂呢？

甜　女　海边上没看见有人！

众　人　吓！

区英才　单眼王全无人性，阿螺和海兰……（迅速从身旁的民兵手上取过一支枪）甜女！跟我来！（要走）

[钟好内场："连长！"奔上。

钟　好　报告连长——江书记带着大军赶来了！还把狗特务的运输船打沉，连蒋介石国防部的什么特派代表也抓住带来了！

区英才　好呵！钟好、靓仔，你们快去寻找阿螺、海兰！

[钟好、林望高应下。

甜　女　（指内场）江书记来了！

区英才　（发口令）立正！

[江书记上场，二海军战士随上。

江书记　（笑容满面）同志们辛苦啦！

区、虎　（照部队的习惯回答）首长辛苦！

江书记　休息休息！区连长——（热烈握手）钟阿婆你也来了！怎么连小爱兵也来了？（去把爱兵抱过来）

钟阿婆　是啊，老江！

江书记　好呀！区连长，你们这一次打得好！真正做到了"召之即来，来之能战"！

众　人　"战之能胜"！

江书记　同志们！

（念"口鼓"）个个擦亮眼睛，不论什么鬼怪妖魔，都逃不出人民巨掌。

毛主席全民皆兵的政策，使得国境线上，处处筑起了铁壁铜墙！

区连长，同志们都平安吧？

钟阿婆　老江，阿螺和海兰两个……

江书记　（十分关心地）她两个？——怎么啦？

区英才　去追击单眼王，还没有回来。

江书记　那快派人去找呀！

区英才　已经派人去了。

甜　女　（向内大呼）螺姊回来了！

[阿螺持着单眼王的枪奔上。

阿　螺　江书记，你们看！

[海兰推单眼王上；钟好、林望高随上。单眼王两手被捆，已入垂死状态，倒在地上。

阿　螺　这个恶魔想跳水走。

海　兰　（第一次在大庭广众中侃侃而谈）我们两个合力按他到水里，先淹他个半死，一个扯头，一个扯脚，终究把他抓回来了！

[众愉快大笑。

江书记　好呀！区连长，集合返航吧！

区英才　是——集合返航！

钟　好　（吹起了螺号）

[在螺号声中，响起了大合唱：

劲吹东风扫海腥，全民奋起尽天兵；

贼鹰野鹫飞难渡，祖国南门铁铸成！（重复一次）

[合唱起后，以侯一光为首的匪特们，被我们的民兵押着过场。

[幕缓闭。

——剧终

本剧选载的是1964年罗品超、郑培英、少昆仑、黄洁屏、王中玉、薛觉明等主演的演出本。

李香君

（根据孔尚任《桃花扇》改编）

改编：莫汝城

人物表

李香君　　秦淮歌妓

李贞丽　　秦淮名妓，香君养母

小　红　　贞丽使女

郑妥娘　　秦淮名妓

卞玉京　　秦淮名妓，后修道

苏昆生　　昆曲名师，香君师傅

侯朝宗　　贵家公子，复社四公子之一

陈定生　　复社四公子之一

吴次尾　　复社五秀才之一

马士英　　凤阳总督，后为南明丞相

杨龙友　　罢职知县，后任主事，马士英妹夫，画家

阮大铖　　魏党余孽，词曲名家

阮　升　　阮大铖家人

众书生

众家丁

众校尉、侍卫

众侍女

第一场　殴阮

[明崇祯末年（1642年）农历三月。

[南京文庙前。

[幕启。庙内丁祭正在进行，庄严肃穆的乐声中，传出赞礼声：

——俯伏！兴！

——俯伏！兴！

——俯伏！兴！

[突然人声嘈杂："打阮胡子"！"打阮贼"！

阮大铖　（内唱"快首板"）

猖獗狂生，疾呼殴老阮！（奔上）

（唱"滚花"）

叹我一朝失势，似虎落平原。

有日牙爪重生，扑灭狂徒消恨怨！

吴次尾　（内喊）阮贼哪里走！（急上截住）阮胡子，老奸贼！

（唱"滚花"）

谁许你进来祭祀，亵渎圣贤。

[侯朝宗、陈定生、众书生上。杨龙友随上。

侯朝宗　（接唱）不许你文庙招摇，玷污盛典。

众书生　魏党余孽，竟来拜祭文庙，呸！

阮大铖　众位众位，我阮大铖堂堂进士，表表名家，也曾读书破万卷。有何罪过，竟不许拜圣贤？

陈定生　住口，你的罪过朝野皆知，蒙面丧心还敢强辩？

众书生　还敢强辩？（重复几遍）

阮大铖　众位众位，请让我表明心迹，免蒙不白之冤。

侯朝宗　阮大铖，你的心迹我们替你说。

众书生　把奸贼的面皮剥下来！

侯朝宗　（唱“滚花”）

你趋炎附势，投靠阉宦魏忠贤。

众书生　（重唱）投靠魏忠贤！

吴次尾　（接唱）狐假虎威，到处害人施暗箭。

众书生　（重唱）害人施暗箭！

陈定生　（接唱）吮痈尝粪，行径无耻无廉。

众书生　（重唱）无耻无廉。

侯朝宗　（唱“快中板”）

当日在朝权飞烈焰，

干儿干父势大欺天。

众书生　（唱“三字经”）

多少忠良，遭你暗算，

大兴冤狱，陷害时贤。

吴次尾　（振臂，唱“滚花”）

要与东林前辈报仇冤——

众书生　（接唱）当日罪行今日算！

打！——

[众人围殴阮大铖。

[杨龙友在人丛中走出来。

杨龙友　慢动手，诸位慢动手。

吴次尾　龙友兄，难道要为阮胡子打抱不平吗？

杨龙友　非也，诸位伸张正气，大快人心，兄弟本不应解劝。只是秀才打架，总觉有失观瞻。

众书生　乱臣贼子，人人得而诛之！

杨龙友　不过在孔夫子庙前打死了人，实在有些不便。有道君子不为已甚，不妨予以自新之路，（对为首三人）三位可以为然？

侯朝宗　好吧！念在龙友兄讲情，让他滚吧！

杨龙友　阮兄上前，重见一礼。

[阮大铖无奈，向三人下礼。

吴次尾
陈定生 （转身不受）滚！

杨龙友 走吧！

众书生 滚！

[阮大铖抱头鼠窜，众书生唾之。

杨龙友 （唱“滚花”）

阮大铖也算当今才子，一时失足亦可怜。

陈定生 有什么可怜？

（接唱） 都为奸贼弄权，国事才弄到如斯混乱。

杨龙友 （有意转移话头）啊，是了。

（唱“三脚凳”）

陈兄提到国事，近日消息流传：

李闯逼近京师，关东将有大变。

清兵屯聚关外，有意再犯中原。

侯朝宗 （接唱） 大局已如斯，教人空愤怨。

吴次尾 （接唱） 恨我手无三尺剑，

（转“滚花”）

但将泪眼望中原！

杨龙友 好了！好了！

（接唱） 如此大好春光，暂释家国之念，

同到秦淮河上，且作半日流连。

闻得侯兄前日访秦淮，可曾得与李香君相见？

侯朝宗 唉！系春心情短柳丝长，隔花阴人远天涯近。

杨龙友 侯兄当世才子，哪能不会会这绝代佳人。兄弟今天为你牵红线。

侯朝宗 （意动）这……

吴次尾 （以目阻之）侯社兄……

杨龙友 （知趣地）啊！想必列位社中有事，兄弟告退。朝宗兄，我们此约改在后天。

[杨龙友下。

吴次尾　侯社兄，落水狗虽已打跑，须防它回头伤人。

众书生　吴社兄，我们宣扬奸贼罪状，决不让他抬头。

吴次尾　好。

（唱“滚花”）

同到明伦堂聚会，声讨阮贼，传檄飞笺。

走！

[幕闭。

第二场　题扇

[次口晚上，二幕前，阮大铖家门外。

[阮大铖亲提灯笼送杨龙友上。

阮大铖　（念）　平生知己唯龙友。

杨龙友　（念）　定为兄台解隐忧。

阮大铖　龙友兄，大铖当日错叩权门，致令终身无由自赎，如今天下能救我者，只你一人，方才所说之事，多多拜托，多多拜托！

杨龙友　阮兄放心，一为你与复社诸生和解，二为玉成侯生好事，小弟哪有不竭力尽心之理？

阮大铖　这里千金，由你安排，我立等佳音。

杨龙友　包在我身上，包在我身上。

[阮大铖三拜送杨龙友下。

阮大铖　侯朝宗啊侯朝宗，只要你用了我阮大铖的钱，我便说你投了我阮大铖的党，让你复社中人自相攻击，我再来收拾你们。正是：

忍抛金弹打黄雀，

准备丝纶钓海鳌。

哼哼！（下）

[开二幕。次日。

[秦淮河李贞丽家。

[厅堂上空无一人。楼上传来李香君唱《牡丹亭》的歌声：

——良辰美景奈何天，

赏心乐事谁家院。

[在歌声中，杨龙友引侯朝宗上静听。

[李香君唱毕，苏昆生声：

——对，就是这样唱。

侯朝宗　唱得好！

（唱“中板”）

凤管鸾笙云里响，

莺声燕语乱肠人，

一曲游园称绝唱。

[苏昆生上。

苏昆生　原来是杨老爷，老汉有礼。

杨龙友　苏师傅，这曲拍得真好，我们欣赏许久了。

苏昆生　献丑，献丑，还请方家指教。

杨龙友　啊啊啊，我先来引荐引荐。这位是河南侯朝宗侯公子。

苏昆生　啊！原来就是侯公子，久仰久仰。

杨龙友　这位是当代昆曲名师苏昆生。

侯朝宗　可是阮大铖家中词曲教习苏昆生老师傅？

杨龙友　苏师傅经已离开阮家，现在专教香君。

苏昆生　老汉当日不知阮贼原是魏党，错在他家中教戏，后来得知阮贼罪状，老汉就不别而行，宁愿饿死在街头，也不吃阮家茶饭。

侯朝宗　可敬，可敬。

（唱“滚花”）

苏师傅好比峥嵘老柏傲雪欺霜。

苏昆生　不敢，不敢。

（接唱）　难得公子今日到秦淮……

杨龙友　（接唱）　公子专诚把香君探访。

苏昆生　好极，好极。（向内叫）贞娘，杨老爷和侯公子来了。

[李贞丽、卞玉京、郑妥娘上。

李贞丽　啊，杨老爷大驾光临，失迎失迎。

杨龙友　常来常往，就如自己人一样，何必客气。

李贞丽　啊，杨老爷，这位儒雅风流的公子是……

杨龙友　来来，这位就是四海闻名的侯朝宗侯公子。这就是香君养娘，秦淮河鼎鼎大名的李贞丽。

侯朝宗　贞娘艳帜高张，芳名久仰。

李贞丽　公子士林雅望，寒舍增光。

杨龙友　这是超尘脱俗的卞玉京。

侯朝宗　不愧玉京仙子。

杨龙友　喏喏喏，还有她，她就是最快活逍遥，十分妥当那个郑妥娘。

郑妥娘　哟，叫我老妥不就行了，还加那么多高帽干什么啰？（大笑）

李贞丽　侯公子、杨老爷请坐。（向内叫）小红，客人来了，快快奉茶。

[杨龙友、侯朝宗坐，小红捧茶上，放桌上。

杨龙友　香君为何不见？

李贞丽　小红，为何你姐姐还不下楼？

小　红　妈妈，姐姐在楼上哭哩。

李贞丽　好端端的为什么哭起来？我去看看。

郑妥娘　贞姐，不用看了，我全都知道。

（唱“三脚凳”）

香君十七岁，已是大姑娘。

春色正撩人，怎不添惆怅？

女大当思嫁，枉你作老娘。

（转“滚花”）

不若找个郎君早日上头，免她胡思乱想。

李贞丽　你这个做阿姨的，总不正经。

郑妥娘　你不信我去看看，小红随我来。

[郑妥娘与小红下。

苏昆生　她就像开笼喜鹊。

侯朝宗　可算得谈笑风生。

杨龙友　风月场中也要有她才热闹。

苏昆生　侯公子，近日中原消息如何呢？闻得百姓顶礼焚香迎李闯。看来……

杨龙友　苏师傅，秦淮只算风月帐，休谈国事惹愁肠。哈哈哈哈。

[郑妥娘内场哈哈大笑，拿一本书上。

郑妥娘　（念“白榄”）

你道香君啼哭因何事？

原来是读《精忠记》。

读到岳老爷归天，

眼泪就流不止。

李贞丽　（接念）　替古人担忧，真是个傻女。

郑妥娘　（接念）　你看书中写到岳飞，

她用红圈来圈住，

书中秦桧臭名，

都用香火烧去。（指给大家看）

杨龙友　（接书看）这个倒霉的秦桧，果然烧得焦头烂额。

（大笑，把书递给苏昆生）

苏昆生　（看书，续念“白榄”）

了不起，了不起！

有心胸，有志气。

秦桧这样的奸贼，

人人得而诛之。

侯朝宗　难得，难得。

（唱“滚花”）

一团烈火烧奸佞，满腔热泪悼忠良。

师傅有此亮节高风，徒弟才有此胸襟志向。

杨龙友　哈哈，朝宗兄还未见香君一面，就已倾慕若此，贞娘还是快请香君下楼吧。

[李贞丽答应着正欲上楼，小红上。

小　红　妈妈，姐姐下楼了，

李贞丽　啊！香君下楼了！

杨龙友　啊！香君下楼了！

[李香君上。

李香君　（念“引白”）

泪痕尚湿春衫袖，

万唤千呼懒下楼。

卞玉京　香君！

李香君　玉姨！

卞玉京　香君不要哭。（抽咽）

郑妥娘　你叫人不要哭，自己先别哭嘛！

苏昆生　香君，你过来。

李香君　师傅。

苏昆生　香君，对书中的好人要学，不要哭。

[把书交给香君，香君接书抽咽。

郑妥娘　（把书抢过来）拿来吧！看你又哭了。

李贞丽　香君，过来见过侯公子。

李香君　（略一敛衽）公子有礼。

杨龙友　香君，你道他是谁人？他就是我常提起的复社公子班头，当代文章魁首，河南商丘侯朝宗侯公子啊！

李香君　（惊讶，偷窥一眼，重行深深施礼）侯公子万福。

侯朝宗　小生有礼了。（二人相视）

[郑妥娘、卞玉京二人过位侧身窥看。

杨龙友　这就对了。香君你看……

[香君含羞低头。

杨龙友　（过位）侯兄你看……

侯朝宗　（唱“二黄”）

果真是风姿绝代，纤小温柔。

枉自负倜傥风流，此际自惭鄙陋。

杨龙友　侯兄何必过谦呢！

（唱“二黄滚花”）

一个文章魁首，一个脂粉班头。

相见岂可无诗——

贞娘你说：

（续唱）　该不该请公子题诗一首？

李贞丽　好啊！

郑妥娘　小红快拿诗笺来。（小红欲下）

[香君含羞，不自觉地开扇掩面。

侯朝宗　且慢！

郑妥娘　啊！慢着！（小红停步）

侯朝宗　香君手上白牙纸扇素朴无华，不嫌唐突，小生就在扇上题诗一首。

杨龙友　扇上题诗，这就更妙。快拿笔砚。

[小红捧笔砚复上。

小　红　笔砚来了。

郑妥娘　好好好，我来捧砚。（过位端砚）

杨龙友　这砚是香君捧的，你老妥啊！这回就不妥了。（在她耳边说了几句）

郑妥娘　哎哟，杨老爷真会做人。（忙把砚交给香君）你捧，你捧。（对香君耳语，又取了香君手中的扇交给侯生）请公子题诗。

侯朝宗　（接扇，拈笔，唱“中板”）

虽则秦淮姐妹尽风流，

哪及香君一枝独秀，

正似春风桃李艳丽无俦。

（转“滚花”）

就以此意为诗——（掭墨，写毕）

一挥而就。

杨龙友　（接扇，念诗）

夹道朱楼一径斜，

王孙初御富平车。

青溪尽是辛夷树，

不及东风桃李花。

好诗，好诗！（欲交扇给香君，一想，先交回侯生，示意交给香君）

侯朝宗　香君，小生献丑了。

[香君下礼，接扇，欣赏，幻想，羞涩。

杨龙友　公子既已题诗，理合香君敬酒。

侯朝宗　不必，不必。

杨龙友　哦，我明白了，侯兄是要一访香君妆楼。不过这就要看香君意思了。香君楼门从未许客人轻叩。（向贞丽示意）

李贞丽　香君，请侯公子上楼待茶好吗？

侯朝宗　小生哪敢冒昧！

李香君　（腼腆地）侯公子请！

郑妥娘　香君，这回不哭了吧？

[香君羞涩与朝宗同下。

[杨龙友与郑妥娘相视大笑。

杨龙友　你这个老妥啊！真是……（笑得说不出话）

郑妥娘　你这个杨老爷啊，我看你今天是来做媒的。

杨龙友　对了，对了，正是，正是。贞娘！

（唱“滚花”）

你看香君公子两人意合情投，

我已准备千金撮合这宗佳偶。

苏昆生　好事，好事。

李贞丽　这件事我们进去细谈吧！

杨龙友　好，好。我先和苏师傅说句话，你们先行一步。

李贞丽　如此失陪了。

[贞丽、妥娘、玉京同下。

苏昆生　杨老爷有什么吩咐？

杨龙友　这里五十两白银，请苏师傅笑纳。

苏昆生　　这是为何?

杨龙友　　你从阮家出来之后，景况艰难，这不过是朋友相助之意。

苏昆生　　如此，未免受之有愧。

杨龙友　　可是却之不恭啊！（笑着让苏昆生收下）

（唱“滚花”）

同去商量喜事，让香君早日上头。

苏昆生　　杨老爷请！（同下）

[幕闭。

第三场　却奁

[次晨，香君妆楼。

[幕启时小红在整理妆台。

小　红　　请姐姐梳妆。

[“梆子慢板”长序，李香君上。

李香君　（唱“梆子慢板”）

洞房昨夜灯如昼，

羡郎文采与风流，

凭借这一刻春宵，

成就了百年佳偶。

[长过门中，侯朝宗悄悄上。

李香君　（续唱）　人前强敛嫣然口，

浓情蜜意隐心头，

眉梢却把春光漏，

教人对镜也含羞。

[在镜中发现侯朝宗。

侯朝宗　（接唱）　晨妆对雾鬓星眸，

夜读有添香红袖，

不羡那万户封侯，

但愿得百年聚首。

李香君　（唱“柳摇金”）

喜得百年聚首。

香君青楼弱女感君不弃订白头。

侯朝宗　（接唱）　我漂泊南来喜得佳偶，

愿此身永伴红颜右。

李香君　（接唱）　君有雄才大志早已名满南州。

当展翅似大鹏冲霄汉，

莫恋柔情作寒鸟恋林丘。

侯朝宗　（接唱）　纵使飞腾亦和你双飞比翼共遨游。

[两人同照镜。

[李贞丽上，见状，咳嗽一声。

李香君　妈妈早晨。

侯朝宗　贞娘早。

李贞丽　祝你们白头偕老。杨老爷一早就来看你们了。

侯朝宗　啊！快请。

李贞丽　杨老爷请上楼吧！

[杨龙友上。

杨龙友　朝宗兄，恭喜，恭喜。

侯朝宗　龙友兄，多谢成全。

杨龙友　香君，我这个媒做得不错吧？

[香君含羞不语。

侯朝宗　龙友兄！

（唱“滚花”）

我与香君山盟海誓一定偕老白头。

多感仁兄助我妆奁玉成佳偶。

李香君　啊！这妆奁衣物全是杨老爷馈赠吗？

李贞丽　是啊！香君，你要重重答谢杨老爷才是。

侯朝宗　真是理该重谢。

杨龙友　侯兄何必如此认真呢？

（唱“滚花”）

看花载酒寻常事，得风流处且风流。

侯朝宗　（接唱）近日才订文字之交，总觉承情太厚。

李香君　杨老爷。

（唱“长句滚花”）

你与侯郎，原非故旧，

不过文字往还相交未久，

你也是江湖落拓宦海沉浮，

作客南京非富有，

何来许多金帛助友备缠头？

杨龙友　这个…嘿嘿……（冷笑）

李贞丽　（悄悄地）香君，这些事你何必问他！

李香君　（唱“滚花”）

理该问明，好图报于日后。

杨龙友　图报嘛，自有侯公子担待。

侯朝宗　如此盛情，小弟如何担待得起？

杨龙友　既蒙问及，小弟只得实告了！

（唱“荡舟”）

我原是，作奔走，

居中牵引为人谋，

此乃尊翁一位朋友，当代名流，

以千金来助你，

好意成全结好逑。

侯朝宗　这到底是谁人？

杨龙友　此人就是……阮大铖。

侯朝宗
李香君　是阮大铖吗？

侯朝宗　杨兄。

（唱“爽中板”）

想那阮大铖，虽是朝宗年伯，

彼此清浊不同流。

家父与朝宗，平日鄙弃其人，

绝之已久。

我是复社中人，他身为魏党，

更已结下冤仇。

（转“滚花”）

此番无故用情，令人解不透。

杨龙友　只因阮大铖他有一番苦衷，

（念“白榄”）

他近日闭门思过，欲求依附清流。

可惜复社诸君，未肯将他恕宥。

那天庙前受辱，对我涕泪交流，

他说向善无门，求你将他挽救。

侯朝宗　原来如此……（沉思良久）阮大铖倘若诚心悔过，我本可以原谅，这些财物，我陆续还他便了。

杨龙友　这也不必归还，阮兄之意，只望你能在朋友面前疏通一二。

侯朝宗　（吞吞吐吐）这疏通一二未尝不可，只是……

李香君　侯郎此言差矣！阮大铖趋附权奸，廉耻丧尽，妇人女子无不唾骂，侯郎倘若为他说项，将自处于何地呢？

侯朝宗　这个……

杨龙友　（正色）香君，这是我们读书人之事，你不要多管！

[苏昆生静上，见状旁听，

李香君　我青楼歌妓，不能管你们读书人的事吗？

（唱“反线中板”）

莫说堕烟花，便是身为下贱，

几许身居廊庙却是软骨头。

我虽未礼拜圣贤，还知爱慕忠良，

痛绝权奸走狗。

身是飞絮落花身，心非落花飞絮，

不肯逐浪沉浮。

今日阮大铖，垂下钓饵鱼钩——

（转“爽七字清”）

欺我侯郎人忠厚，

欺我香君是女流。

竟用千金行利诱，

要把你半生操守付东流。

侯朝宗　杨兄，这些妆奁我实在不该领受。

杨龙友　何必如此认真呢？人家是诚心馈赠，何况又木已成舟。

侯朝宗　木已成舟？……

李香君　侯郎不用为难，这几件钗钏衣裙，原不在我香君眼里。

（唱“快中板”）

裙布钗荆甘索守，

花钱粉钞耻贪求。

体有芳香，何用饰金绣，

鬓无污垢，何用玉搔头，

奸贼妆奁奴不受，

嫌它熏臭我妆楼。

（转“滚花”）

摘珠翠——脱绮罗——

千两白银全部退回阮某。

李贞丽　你疯了，你哪有这许多银子赔还别人？

李香君　（唱“滚花”）

哪怕沿街卖唱，舍我一串歌喉。

杨龙友　这算什么？真岂有此理！朝宗兄，香君也太放肆了。奉劝你为人处世也不可过于偏激。

侯朝宗　（唱“滚花”）

泾清渭浊不同流，决不结交阮某。

苏昆生　香君，你做得好。（拿银两放回杨龙友面前）杨老爷，这是不义之财，老汉饿死也不用这些臭钱。

杨龙友　（回顾）这这这……这是从何说起呢？你们太不近人情，太不近情了！

（唱“快滚花”）

多情却被无情恼，好心一片反蒙羞！

（欲下，复回，拿回苏昆生放下的银子）你们太对不起人了！（下）

李贞丽　（抱歉地）杨老爷，杨老爷！（追下）

苏昆生　香君，你有志气，有见识。

李香君　师傅！（深感师傅对自己的支持，激动地含泪说不出话来）

[李贞丽复上。

李贞丽　香君，你得罪人了！苏师傅，这件事怎样收场呢？

苏昆生　这就是最好的收场。来，我们替香君把这些东西送回去！

[苏昆生把衣物塞在李贞丽手中。

[李贞丽无可奈何，与苏昆生同下。

侯朝宗　（深情地走近李香君，唱“滚花”）

贤哉香君，真是我闺中畏友。

李香君　（接唱）　侯郎你交友不慎，堕此奸谋。

[小红上。

小　红　下面来了陈、吴两位相公。

侯朝宗　定是次尾、定生，快请。

小　红　有请！

[吴次尾、陈定生快步上。

陈定生　啊！原来你果然在此。

吴次尾　（严正地）侯社兄，你到底弄出什么事来？

侯朝宗　我出了事？

吴次尾　（唱“三脚凳”）

有人写白抄，贴满大街小巷，

茶寮和酒肆，到处已传扬。

说你用了阮贼钱，投了阮贼党，

如今社中朋友，会集明伦堂。

（转“滚花”）

要你马上去见众人弄清真相。

侯朝宗　（大惊）啊！……

李香君　你看，怎么办？

陈定生　真有此事？

侯朝宗　（唱“滚花”）

是奸人有意中伤，不过小弟也粗心失当。

陈定生　此话怎讲？

侯朝宗　阮贼托龙友送我妆奁，求我在朋友面前替他说项。

吴次尾　你又如何回答呢？

侯朝宗　此事激起香君义愤，已把妆奁退返，杨龙友落得个尴尬下场。

吴次尾　啊！原来如此！（凝视香君）可敬啊！可敬！

（唱“滚花”）

人情世态多浅薄，怎知凛然大义在平康。

今后该以“社嫂”尊称，以表我们敬仰。

[向李香君深深一揖。

李香君　不敢！（还礼）吴相公！

（唱“滚花”）

世路崎岖多陷阱，尚求看顾我侯郎。

侯朝宗　香君，我去了！

吴次尾　社嫂，我们告辞了！

李香君　请。

[幕闭。

第四场　辞院

[数月后。

[二幕前——南京街头。

[四侍卫拥马士英、阮大铖，杨龙友上。

马士英　（唱“中板”）

中兴天子隆恩降，

封为首相掌朝纲。

半壁河山，太平景象。

杨龙友　（接唱）　弦歌夜夜，

阮大铖　（接唱）　国泰民安。

[内场擂鼓，喧闹声。一校尉上。

校　尉　启禀相爷，复社秀才来势汹汹，说相爷起用魏党，不抗清兵，要与相爷辩理。

马士英　复社狂生竟敢造反，传命锦衣校尉与我打散。

[校尉领命下。

阮大铖　相爷，卑职曾编《蝗蝻录》一本，乱党姓名尽列册中，请相爷按册捉拿。（从袖里取出册子呈上）

马士英　（接看）好极了，老弟功劳不少，就命你先把侯朝宗、吴次尾、陈定生逮捕。

阮大铖　卑职遵命。（下）

马士英　打道回府。（与侍卫下）

杨龙友　（留场）且住，看阮大铖所为，未免太甚。倘日后别人说我是阮某帮凶，我又何以自处呢？（略想）有了，不若派人通知侯生，叫他们迅速逃走，如此两不得罪，岂不是好。正是：

人生处乱世，八面要玲珑。（下）

[开二幕。当夜，李贞丽家。

侯朝宗　（内场唱“快首板”）

眼看金陵王气尽！（急上）

香君，香君！

[李香君上。

李香君　侯郎，为何今夜回来这般气恼？

侯朝宗　（唱“快中板”）

福王登位用奸臣，

复社诸生动公愤，

反遭毒打气难伸。

（转“滚花”）

马阮当权，大局不堪再问。

[李贞丽上。

李贞丽　公子，外面风声不好，南京城到处捉拿复社秀才。

[苏昆生急上。

苏昆生　公子不好，杨龙友对我说，阮大铖派兵来捉你了。

李香君　（怀疑地）杨龙友的话……

苏昆生　此人八面玲珑，为了人情留一线，日后好相见，这一回说的像是真话。

侯朝宗　（手足无措）这……这……

李贞丽　这如何是好？

李香君　师傅，你看怎办好？

苏昆生　公子，只有暂避锋芒，及早高飞远遁。

侯朝宗　烽烟家万里，何处可投奔！

苏昆生　史可法在扬州，督管江北四镇，公子投他帐下，也好效力抗清军。

侯朝宗　投史公帐下？……只是怎带香君？江北狼烟滚滚。

李香君　公子安危要紧，无须牵挂香君，不如连夜渡江，眼看缇骑已近。

李贞丽　我去为公子雇船。

苏昆生　慢！你先找一套商人衣服，让公子打扮乔装；香君替公子把行囊准备；老汉替公子雇船。

[三人即分头下。

[起音乐，侯朝宗徘徊叹息。

侯朝宗　（念诗）　人生聚散事难论，

酒尽歌终被尚温。

春色满楼犹似梦，

秋风一霎暗销魂。

[李香君提包袱上。

李香君　侯郎！

侯朝宗　香君啊！

（唱“叹颜回”）

离合聚散但觉只一瞬，

似悠悠春梦无凭，

教我如何不断魂。

看南京日曛曛，

叹王陵气黯黯，

萧萧北马渡关津，

风飘笳角月色昏。

悲国土沉沦，

恨误国权臣。

更哪堪一阵横来秋风雨，

迫人两处分。

李香君　（唱“二黄”）

今夜秋风秋雨，送别远行人。

别离情，家国感，添我千愁万恨。

（转“教子腔”）

万缕离情别意，

无奈欲诉难尽。

君你肩挑家国任，

须当爱惜有为身。

此后烽烟戎马中，

但望侯郎能自珍。

怀抱丹心，平靖妖氛兴国运。

君有雄才大志，当思振奋。

侯朝宗　（唱“反线中板”）

感谢香君，临别谆谆勉励，

何幸得一知己在风尘。

我出身在名门，平日师友相期，

以天下兴亡为己任。

大丈夫，为救万民延国脉，

更何惜此一身。

（转“反线七字清”）

北望关山金鼓震，

誓随师旅扫胡尘。

（转“恋檀中板”）

望香君，休负朝宗一片心，

大局略能安稳，

定来救你脱风尘。（过序）

[在侯朝宗唱时，李贞丽抱包袱与苏昆生静上。

李贞丽　公子，船已雇好，快些动身也罢。

李香君　（接唱）　从今香君，明月楼边，独守黄昏。

笙箫收起抛绣裙，

朝朝楼上盼夫君。

[内场人声喧闹。

苏昆生　外边喧闹，定是官兵，公子快走吧！

侯朝宗　贞娘、苏师傅，小生告别了，但求多多照顾香君。

李贞丽
苏昆生　公子请放心，快走吧！

[苏昆生拉着侯朝宗欲下。

[内场擂鼓，人声大作。

苏昆生　且慢，官兵已到门前，快从后门而走。贞娘，先替公子换衣服！

[香君替侯脱下衣帽，贞丽手忙脚乱解不开包袱，苏昆生脱下自己的外衣披在朝宗身上，替他戴上草帽。

[内场又一阵喧闹声，苏急拉朝宗下。

侯朝宗　（回头）香君，千万珍重。（下）

李香君　（向内）侯郎，我一定等你回来。

[李香君哭，晕眩。李贞丽急扶住。

[幕闭。

第五场　寄扇

[第二年冬天，在香君妆楼。

[幕启。李贞丽上。

李贞丽　（唱“长句滚花”）

侯生避祸，远走维扬，
杳无音信将有两年长，
香君日夕楼头望，
忧思成病卧兰房，
更是冷落门庭，车马不见常来往。

[小红上。

小　红　妈妈，杨老爷来了。

[杨龙友上。

李贞丽　杨老爷请坐，小红奉茶。何以杨老爷许久都不来看望我们？

杨龙友　（唱“减字芙蓉”）

那次香君发脾气，
我已弄到面目无光。

何颜再到媚香楼……

李贞丽　（接唱）　你是大人自有大量。（不断过序）

侯公子能脱难，多蒙你通消息。

对于这件事，香君非常感激。

本该出来拜谢，可惜病中无力。

杨龙友　啊，香君病了？……贞娘！

（接唱）　又有一件事，要与你商量。（过序）

李贞丽　杨老爷有何贵干呢？

杨龙友　（唱“滚花”）

我亦知道为难，不过奉命到来难推搪。

李贞丽　杨老爷到青楼走动也要奉命吗？

杨龙友　贞娘有所不知，只因马相爷要买香君送与漕抚田仰。命我送三百两银来行聘，即日催妆。

李贞丽　（一惊）吓！要香君嫁田仰？

[小红惊闻此语急入房。

杨龙友　唉！如今马士英、阮大铖得势，侯生不能再返南京，难道要香君等他一世？况且嫁与田仰也不为辱没。

李贞丽　我怕香君不会答允。

杨龙友　你身为养母，也作得主啊！

李贞丽　（唱“滚花”）

她不愿时我难勉强，

杨老爷也知她素性刚强。

杨龙友　你劝劝她嘛！

李贞丽　（续唱）　不若杨老爷去劝劝香君。

杨龙友　这……不必，不必！

（接唱）　你且去问一声，我好回复马丞相。

李贞丽　如果香君不肯，马相爷会放过我们吗？

杨龙友　是呀！难就难在这里。

[小红上。

小　红　妈妈，姐姐说有几句话写在纸上回复杨老爷。

李贞丽　（看过，转交杨龙友）杨老爷你看。

杨龙友　（接过看，念）

蜂媒蝶使闹纷纷，
阑入红窗扰梦魂，
一点芳心采不去，
凌霜傲雪候东君。

如此看来，香君是立志为侯生守节了。却也难得，难得。

李贞丽　望杨老爷在相爷面前多讲几句好话。

杨龙友　看着办吧！（起身要走）

[郑妥娘、卞玉京上。

郑妥娘　哎哟，杨老爷，今天是什么风把你吹来啦！

杨龙友　什么风都没有。（匆匆下。小红随下）

郑妥娘　贞姐，杨龙友满面不高兴，又出什么事？

李贞丽　唉！马相爷要买香君送给田仰。

郑妥娘　来头好大呀。你有没有答应？

李贞丽　（摇头）香君不肯。

郑妥娘　好，果然有志气！

卞玉京　唉！香君真是命苦，只怕……

李贞丽　杨老爷愿去讲情，大概不至于怎样。

郑妥娘　杨龙友人前一套，人后一套，怎猜得透这些老爷们的心肝。

卞玉京　（唱“滚花”）

但得无灾无难，我愿拜佛烧香，
早想削发修行，了却此生孽障。

郑妥娘　看你，做了十年妓女还想做尼姑，哪一碗饭都是不容易吃的！

[楼下喧闹声：“快把李香君叫出来，跟我们走！”

[小红惊惶地奔上。

小　红　妈妈不好，楼下来了一帮人要抢姐姐。

郑妥娘　让我去看看。（欲下楼）

〔家丁甲迎面上，把妥娘推了一把。

家丁甲　你们谁是李香君？

[众惊惶。

李贞丽　（赔笑）大爷，请坐。有话慢慢说。

家丁甲　有什么可说的，相爷派我来接李香君，谁是李香君就跟我走！

郑妥娘　哎哟，你是来接人还是来抢人的？

家丁甲　接也是一样，抢也是一样，反正得走！（一招手，四家丁欲上楼）

郑妥娘　不许动！

家丁甲　不许动？（看妥娘）嘻嘻，我偏……

[家丁甲欲调戏妥娘，被妥娘打了一个耳光。

家丁甲　啊！臭婆娘敢打人？人来，统统绑起来拉走……

[杨龙友急上。

杨龙友　慢着，慢着，你们做什么？

家丁甲　杨老爷，我们是来接李香君的。

杨龙友　这也要客气点嘛，这个地方也能放肆的吗？

家丁甲　相爷等我们回去复命。

杨龙友　好吧！你们下去等一等。

[家丁甲与四家丁下。

李贞丽　杨老爷，你救救我两母女吧！

郑妥娘　杨老爷，你是怎样去讲情的？

杨龙友　只因当日却奁一事，阮大铖记在心，我向相爷求情，他却在旁煽火。惹得相爷大怒，派遣家人，登门强娶。事到如今，只有劝香君从命，做个顺水人情就是了。

郑妥娘　那些老爷们，吃了朝廷俸禄，没事做就找我们来开心。哼！

[楼下喧闹声："快送人，快送人！"

李贞丽　（手足无措在杨面前跪下）杨老爷……

[李香君上。

杨龙友　哎，你求我有什么用呢？（走开）

李香君　妈妈，我们要下跪叩头，犯了什么罪？

李贞丽　　香君，事已至此，你说怎么办呢？

李香君　　女儿死也要等侯公子回来。

杨龙友　　唉！香君，你与侯生又不是结发夫妻。你虽守志不渝，只怕他认作行云流水，岂不负你大好青春。

李香君　　（取出扇子）杨老爷，这是什么？

杨龙友　　哎，过去的事还提它做什么？（一旁坐下）

李香君　　（跟着过去）杨老爷，你大概已经忘记了，我香君却时刻带在身边，记在心头。

（唱“双星恨”第二段）

当初香君配公子哪一个行媒问聘？
多亏你牵赤绳，
使我得与侯郎结双星。

[杨搬凳避开，香君跟过去。

李香君　　（续唱）　这扇上永留着一首诗可以作证。
怎知道你到了今天竟然——
为了讨好与逢迎，
又把香君送人情。
莫说烟花女无志行，
保得我身玉洁冰清，
纵然是死倒觉轻。

杨龙友　　哎！哎！你怨我有什么用？

[楼下家丁捶桌大骂：“再不下楼就把全家带走！”

李贞丽　　香君呀！这怎么办呢？

李香君　　妈妈呀，田仰与阮大铖同是魏党。当日阮贼妆奁我尚不受，难道今天我倒嫁与田贼不成！

李贞丽　　香君，妈妈不是逼你，只是鸡蛋怎碰得过石头呢？

[楼下又大闹：“再不下楼，我们放火了！”

[众人大惊失色。

李贞丽　　怎么办？

杨龙友　你看怎么办？

[楼下连续喧闹，并有摔碎东西的声音。

李香君　罢了！

（唱“乙反快中板”）

恶奴仗势闹门庭，

欺我烟花人薄命，

教人切齿恨难平。

为保无瑕白玉身，

拼舍一缕游丝命！

[李香君向柱子闯过去，众人三拦。李额碰柱上，鲜血飞溅。手中扇掉落在地上，溅上血迹。众急扶香君进房内。

[李贞丽哭着与郑妥娘复上。

郑妥娘　杨老爷，人都已经半死了，还要去吗？

[家丁甲带一件红披，上。

家丁甲　杨老爷，人再不去，我们无法回复相爷了。

杨龙友　你再等候片刻。

[家丁甲摔下红披，下。

李贞丽　杨老爷，马丞相是你大舅爷，你再去讲个情吧！

杨龙友　（惹起牢骚）哎！如果他看重我这个妹夫，我就不会做来做去只是个六品主事啰！（一转念）啊！贞娘你看是不是找一个人冒名顶替呢？

李贞丽　这个时候哪里去找呢？

杨龙友　（思索片刻）有了！你虽然三十出头，看来只有二十多岁……

李贞丽　（大惊）这不是开玩笑吗？

杨龙友　（正色）不是开玩笑，要救目前之急，主意只有打在你身上。

郑妥娘　不害羞！亏你做老爷的想出这个好办法。

杨龙友　除此之外，毫无办法。

郑妥娘　（激愤）好吧！把我们姐妹一齐绑去吧！（冲向杨）

李贞丽　（拦住）我看没有别的路可以走了，要死就我去死吧！杨老爷，我去！

杨龙友　好，你算帮了我的忙，非常感谢，请你马上打扮打扮。

李贞丽　妥娘，为什么我们的命这样苦呢？（哭）

杨龙友　（递过红披）贞娘，真对不起，请梳妆吧！

李贞丽　妥娘，好姐妹，香君拜托你关照了。

[郑妥娘含泪点头扶住，起“乙反恋弹板面”。

[李贞丽移步到梳台，开镜梳头。

李贞丽　（唱“乙反恋檀慢板”）

薄命，苦命，

千般悲痛只能强吞声。

忍泪开妆镜，

腮边只觉泪雨难晴。

（转“乙反减字芙蓉”）

生离如死别，难忘姐妹情。

此去入田家，吉凶难料定。

髻乱如心乱，脂凝是血凝。

（转“乙反滚花”）

千灾百难我代香君，

低声饮泣把容妆整。

[郑妥娘为李贞丽穿衣。

杨龙友　下面听着，香君下楼了，奏乐。

[起八音吹打。

李贞丽　妥娘，我去了。（移近房门）香君，妈妈去了！

[香君从房内跑出，玉京、小红随上。

李香君　妈妈！（冲前。晕眩）

[贞丽示意众人代为照顾，转身下楼，妥娘送下。

李香君　（挣扎着）妈——妈！（晕去）

[玉京、小红扶香君回房。

[吹打声渐去渐远。起音乐。

杨龙友　香君保贞守志，碎首淋漓；贞娘为女舍身，凄然远去。此情此景，令人感慨系之。（发现香君掉在地上的扇子，拾起）这本是侯生与香君定情的

诗扇，如今被血染污了。（忽然有所感触）啊！几点血痕红艳非常，待我添些枝叶，画成一枝桃花，以为薄命佳人写照。（画毕）

（唱“滚花”）

烈女丹霞留素扇，

艺林佳话寄丹青。

（向房门）香君，望你多多珍重。告辞！（下）

[暗转夜景。楼上残灯如豆，窗外冷月如霜。

李香君 （内唱“二黄首板”）

思缥缈，梦迢遥，空楼静悄，风寒料峭。

（上，唱“长句二黄慢板”）

暮暮朝朝，凭栏凝眺，

但见冻云残雪阻长桥，

烽火弥天鸿雁杳，

愁对残山剩水怕听玉笛琼箫。

终岁伴我空楼唯冷月，

夜夜君眠斗帐听寒刁，

凤泊鸾飘，只为奸贼弄权倾社庙。

（转“南音”）

望断盈盈秋水，

瘦损娜娜宫腰，

夜夜枕边红泪泛春潮，

楼门紧闭不许风情扰，

待得侯郎归日再度花朝。

（转“乙反南音”）

怎奈马阮差人似狼嗥虎啸，

欺我烟花弱女薄命飘摇。（拉腔）

（催快） 迫我另抱琵琶弹别调，

倚仗相府威权气势骄，

养母哀怜代替奴上轿，

（吊慢） 又怕奸人晓，

含悲掩面未敢转头瞧。

（转“乙反中板”）

保得白玉身，毁却如花貌，

血痕一缕在眉梢，镜里朱霞残照，

点点绯红留扇上，偏有个闲情写意，

添上枝叶夭夭。

这桃花，似我伤情，朵朵春风懒笑，

这桃花，如人薄命，

（转“二黄”）

片片流水愁漂，

桃花薄命，扇底飘零，恰似为奴写照。

（转“二黄滚花”）

一帧薄命桃花照，

万里江河血泪潮，

[苏昆生上，音乐效果直至幕闭。

苏昆生 香——君！

李香君 师——傅！（扑向师傅痛哭）

苏昆生 香君，你的遭遇我已尽知，苦命的香君，你千万不要糊涂！

李香君 师傅，香君明白。只是公子音讯全无，使我愁怀难解。

苏昆生 香君，不若老汉替你带个信吧！

李香君 师傅带信？

苏昆生 老汉骨头尚硬，还可奔波，久历江湖，决不误事，你就快快修书吧！

李香君 只是千言万语，从何说起呢？……师傅，香君千愁万苦，尽在扇头，就烦师傅带与侯郎吧！（用手帕把扇包好）

苏昆生 （接扇）我一定亲自送到扬州。倘公子不在扬州，就是天涯海角，我也要亲手交到。

李香君 师傅的恩情，我来生再报了！（跪）

[幕闭。

第六场　骂筵

[次年初春。

[南京赏心亭，白雪皑皑，梅花初放。

[幕启时，有卫士两人在亭子左右站立。

[侍卫上。阮大铖引马士英、杨龙友上。

马士英　好雪景啊！

（唱“滚花”）

遍地玉裹银装，寒梅雪拥，

亭上围炉煮酒，其乐融融。

阮大铖　（接唱）　卑职调集秦淮歌妓到筵前，

把酒拂弦来侍奉。

杨龙友　今日阮兄宴请相爷，还有歌女助兴吗？

马士英　大铖会办事，很好，很好！

阮大铖　人来，先把最有名的几个歌女带上。

[阮升带郑妥娘、卞玉京、李香君上。

阮　升　禀相爷，歌女带到。

阮大铖　你们几个，在相爷面前报上名来。

郑妥娘　郑妥娘。

卞玉京　卞玉京。

李香君　（不语）……

马士英　你叫什么名字，为何不讲？

杨龙友　（急应）啊啊，她叫李贞丽。（向香君示意）

马士英　哦，李贞丽，只怕丽而未必贞也。

阮大铖　妙极，妙极，哈哈哈！

杨龙友　（尴尬地赔笑）哈哈哈。

马士英　此女倒生得齐整。

阮大铖　（会意）人来，单留李贞丽一人，其余带下，等候传呼。

[阮升带郑妥娘、卞玉京下。

阮大铖　李贞丽，你唱一支曲来与相爷侑酒。

家　人　（递过一只琵琶）接琵琶。

李香君　（摇头不接）……

阮大铖　为何不接?

李香君　不会唱曲!

马士英　不会唱曲，怎称名妓?

李香君　本来不是名妓。

阮大铖　岂有此理！人人知道秦淮河李贞丽唱曲有名，如今推托不唱，胆敢违抗相爷不成。

杨龙友　贞丽姑娘，相爷有命，你还是唱的好。（频频打眼色示意）

李香君　这个……

（旁唱“滚花”）

仇人就在亭中坐，我咬牙切齿恨重重。

且做个女祢衡，击鼓骂奸，看他懂不懂。

启禀相爷，小女子唱是会唱，只是有满怀心事唱不出来。

马士英　你有什么心事，容你诉来。

李香君　多谢相爷，还请赐座。

马士英　龙友弟，赐她一座。

杨龙友　（四顾无凳，只好把自己的凳子搬下来，走近香君身边，悄悄地）千万莫把真相揭开，你我都有不便。（复回亭上站立）

[李香君接过琵琶，慢慢坐下，拨弄三通，声情激越，裂帛穿云。亭上马、阮相顾失色。

李香君　（唱“诉冤”）

我有恨，恨满胸，

几番要向人前控，

我恨贼，贼逞凶，

夫妻拆散尚留余痛。

又将我向牢笼送，

痛把头颅碰，鲜血涌。

杨龙友　（着急）李贞丽，今日相爷在此饮酒作乐，你就不要诉冤了！

马士英　让她诉，让她诉。听听娼女心事正好下酒。

杨龙友　李贞丽，在相爷面前，你要挑好的唱来。

李香君　我自然是挑最好的才唱。

（唱仿“诉冤新曲”）

南朝半壁守江东，

北复中原盼列公。

居官贪贵宠，歌舞选声容，

三字狱，起多宗，

后庭花，添数种。

江山断送，胡马嘶风，

误国元凶，魏家孽种。

马士英　住口！撤座！

[仆从推开香君，拿走凳子。

马士英　（唱“滚花”）

烟花残妇骂尽衮衮诸公，

本相跟前也敢如斯放纵！

李香君　（唱“快二流”）

苍生黎庶，谁不骂误国元凶，

刀斧加身，也敢把权奸指控。

阮大铖　（冲下亭，把香君踢倒，接唱）

公然造反，罪大难容！

人来，将贱妇丢在雪中冻死！

李香君　（接唱）　冰肌雪肠原自同，

铁心石骨何愁冻。

阮大铖　（咆哮）打！

[众仆从拷打香君。郑妥娘、卞玉京冲上呼救，被恶仆推开，再冲前把香君扶住。

李香君 （唱“二黄滚花”）

飘去了冤魂一缕，

吐不尽鹃血满胸。

侯郎！妈妈！（倒地）

郑妥娘
卞玉京 香……

仆 从 禀老爷，李贞丽晕去！

阮大铖 拖了下去。

[仆从押三人下。

[校尉内喊：“报！”急上。

校 尉 禀相爷，大事不好，扬州城破，清兵逼近南京，请相爷定夺。

马士英 这个吗？……这，这如何是好？

阮大铖 相爷，南京旦夕不保，为今之计，降志辱身也顾不得了。

马士英 投降吗？

阮大铖 要保身家性命，只有献城。

马士英 （点头）嗯！马上回府。

[众急下。

杨龙友 （留场）哎呀不好，相爷与阮兄献城降清，我将如何自处呢？（思索片刻）先逃出城外，再作道理。（急下）

[幕闭。

第七场　掷扇

[一年后的春天。

[二幕前，苏昆生背包袱上。

苏昆生 （念诗）

满面风霜鬓似丝，

江山入眼尽疮痍。

建业城头啼夜鬼，

维扬井底贮秋尸。

老汉替香君寄扇，一载奔波。眼见血染扬州，又报南京弃守，国破家亡，看不尽白骨青灰，洒不尽兴亡之泪！（叹息良久）日前回到南京，香君不明下落，经我多方探听，闻得卞玉京在葆真庵里出家。待我先找玉京，打听香君下落便了。正是：

故旧飘零尽，青山似去年！（下）

[开二幕，南京城外葆真庵。

[卞玉京道装上。

卞玉京　（唱“朦胧”）

红鱼青磬念弥陀，

但只愿修个来世无劫难无折磨，

历尽了风波，

受尽了苦楚，

弃红尘，弃红尘修真正果。

[玉京坐下念经，郑妥娘静上，一手抢去木鱼。

郑妥娘　（仿唱“朦胧”，不用伴奏）

你日又波波波，

夜又么么么，

南无。阿弥陀，阿弥陀，

——佛都发火。

卞玉京　你专门冲乱经文，要打落地狱呀老妥。（又低眉念经）

郑妥娘　还念？还念！连正经事都忘记了，偏记得向泥菩萨南呒。

卞玉京　你有什么正经事呀？

郑妥娘　你忘了！今天是香君生日。

卞玉京　啊！真是！我们进去向她祝贺。

郑妥娘　不如叫她出来散散闷吧。（向内）香君。你出来！

[李香君上。

李香君 （念诗） 心慕秋江风雨燕，

人似春山血泪鹃。

卞玉京
郑妥娘 （扶她坐下）香君，今天是你的好日子，玉姨
妥姨 向你祝贺。

李香君 香君愁病交缠，还有何喜可贺呢！（黯然，咳嗽）

[小红急上。

小　红 姐姐，苏师傅来了。

李香君 苏师傅？（起身欲奔出迎接）

[苏昆生上，与香君拥抱，相看。

苏昆生 香君，我总算把你找到了！

[香君扶苏坐下，自己跪在跟前。

李香君 （唱“滚花”）

师傅你风霜满面，为我受尽颠连。

苏昆生 （接唱） 犹幸得与公子相逢，亲手交上了桃花扇。

李香君 侯郎收到桃花扇了么？

苏昆生 公子见扇涕泪交流，几回肠断。他说时局稍安便来接你……

郑妥娘 我说过，侯公子一定会来接你的。

苏昆生 唉！扬州陷落，史阁部殉难，清兵屠城十日，令人伤心惨目，怒发冲冠！

众　人 （默然）……

郑妥娘 苏师傅，你沿路可有听到我们熟人的消息？

苏昆生 有呀！当年文庙痛打阮大铖，曾经称香君为“社嫂”的吴次尾相公，你们可还记得？

李香君 吴次尾相公，记得。他是侯郎好友，一位嫉恶如仇，非常严正的老先生。

苏昆生 吴次尾相公号召门生故旧，在池州起义抗清，曾经一度收复建德、东流几个县，后来壮烈牺牲了！（略停）现在义军到处风起云涌，与清兵誓死周旋。

李香君 （唱“爽中板”）

可敬吴相公，生死光明磊落，

朗如日月高悬。
他与侯郎，平日道义相交，
以气节情操相劝勉。
更喜今天，到处义旗高举，
足见正气犹存。
（转“滚花”）
想我侯郎决不后人，定有一番筹算。
（眼睛闪耀着希望的光彩）

众　人　侯公子一定会有所作为的。（扶香君坐下）
［侯朝宗披斗篷上。

侯朝宗　香君！

众　人　侯公子！

李香君　侯郎！（惊起）

侯朝宗　香君！（两人凝视，抱头痛哭，衬音乐）

李香君　（唱“二黄滚花”）
仿佛迷离一梦，侯郎在我面前。

侯朝宗　（接唱）不是梦里相逢，你看这桃花扇。

李香君　真是侯郎回来了！（与侯抱头痛哭）
（唱“昭君怨”）
记得月下柳荫午夜送君船，
此后银河渺渺互隔万里天，
烽烟四起与君音讯难传。

侯朝宗　（接唱）我接到香君寄扇，
只见斑斑血染，我似心穿百箭，
刀兵阻隔未得早相见更肠欲断。

李香君　（接唱）今天得再见，经已沧桑惨变，
——遍山啼血鹃。

侯朝宗　（接唱）喜得四境渐安稍见停战乱，
走遍千山万水找到此庵前。

李香君　（接唱）　我是破巢燕，身经大变，

一庵栖寄已足愿。

侯朝宗　（接唱）　知你磨难全历遍，且莫嗟怨，

经已备下香车接你共返家园，

再续秦淮未了缘，

此后长日两依恋。

李香君　（摇头叹息，接唱）

人生何处有桃源？

——四方尽野烟。

郑妥娘　香君不要伤心了，有情有义的侯公子来接你回家，你应该高兴。

侯朝宗　是啊！苏师傅、妥娘、玉京，一别三年，沧桑大变，我们居然还能见面，真是难得呀！

苏昆生　真不容易呀！

侯朝宗　如今大局已定，可以乐业安居。各位若是不嫌，就同到我家中去吧！（见香君咳嗽，脱下斗篷为香君披上）

郑妥娘　（见侯内着清装）侯公子，你做官了？

苏昆生　吓！

[香君发觉，惊、愤、悲，浑身颤抖，掉头不顾。

侯朝宗　我……我不过中了一个小小的副榜，你们……香君……

李香君　你、你……我一切都明白了！（扔开斗篷，全部希望一时幻灭）

侯朝宗　香君，我也是逼于无奈！

（唱“二黄滚花”）

眼看舆图换稿，书生无力回天。

李香君　无力回天就要投降吗？史可法阁部他是怎么样？吴次尾相公他又是怎么样？

侯朝宗　（羞惭地，续唱）

自惭力绌才疏，难率义军奋战。

李香君　（唱“快二流”）

你不能举义旗救民抗暴，

便应该隐名姓终老林泉。

史阁部尸骨尚未寒，

众义军浴血犹苦战。

变节事仇图富贵，

气节原来不值钱！（坠慢）

（转“乙反二流”）

你我从今是路人，

（转“乙反滚花”）

什么旧义前情，从此一刀两断，一刀两断！

[香君愤然把桃花扇掷在地上，晕厥。

众　人　香君，香君！

[侯朝宗欲上前扶，苏昆生把他拦开。

李香君　（悠然复醒）苏师傅、妥姨、玉姨、小红，我对得起你们，我对得起妈妈。

[香君瞑目而逝。

众　人　香君，香君！（哭）

苏昆生　（把侯朝宗推开）侯大人，现在你可以走了，我们高攀不上。（指门口）走！

[幕闭。

——剧终

本剧选载的是 1964 年红线女、罗品超、薛觉明、黎国荣、李燕清等主演的演出本。

山乡风云

编剧：吴有恒　杨子静　莫汝城

人物表

刘　琴　　游击队女连长

何　奉　　老奴隶

春　花　　何奉女儿

黑　牛　　刘立人的护兵

林可倚　　桃园中学校长

刘三保　　贫农

政　委　　游击队政治委员

李班长　　游击队班长

虎　子　　游击队通信员

刘立人　　反共联防主任，桃园堡主，外号“番鬼王”

万选之　　反共联防大队长，外号“斩尾蛇”

关天爵　　乡长，外号“烟屎爵”

四小姐　　刘立人女儿

游击队的卫生员、通信员及战士若干人

桃园堡群众若干人

匪班长、匪兵及乡丁若干人

第一场

[1947年秋。

[华南某山区的一个山头上。

[游击队李班长率战士们上。

李班长　（唱“五更头”牌子）

头上红星手上枪。

战士们　（接唱）　千里山川放眼看。

李班长　（接唱）　远道奔驰跨峻岭。

战士们　（接唱）　反攻杀敌进山乡。

李班长　同志们，解放战争已经打了一年，我中国人民解放军，在粉碎蒋介石的进攻之后，现已大举反攻。我们支队，奉命挺进山区。我连担任先行，连长有命，搜索前进。（领众下）

[刘琴、虎子上。

刘　琴　（唱“快十字清中板”）

望群山，接青天层峰险峻，

群山下，天昏暗烟雾纵横。

群山内，众乡亲重重苦难，

群山外，春雷震战马奔腾。

进山乡，竖红旗把虎狼灭尽。

（唱散）　叫山乡，怒翻起革命风云。

[李班长率战士复上。

李班长　报告连长，发现敌情。

刘　琴　（瞭望一下）似是桃园堡出来的匪军，大概又是那个斩尾蛇。（枪声）同志们，准备战斗。

[支队部通信员上。

通信员　报告连长，政委命令：你连马上赶到六女潭，接受任务。

刘　琴　好。同志们，马上转移。一班掩护，走！

[战士们先撤下，刘琴、虎子下。

[匪班长率匪兵上。

匪班长　（察看一番后，向内场）大队长。

[万选之上。

万选之　（唱“快中板”）

不是毒蛇不过社，
老子有名斩尾蛇，
特工身份谁敢惹，
反共联防靠老爷。

匪班长　报告大队长，共军走了。

万选之　走了？

[突然一声枪响，万的军帽被击落地，众匪急卧倒。

匪班长　（拾起军帽）大队长，军帽打穿了。

万选之　据情报，这股共军有个神枪手女连长，莫非……（强自壮胆，喝众匪）怕什么？饭桶，同我追！（挥手）

[又一声枪响，万选之手被打伤，手枪坠地。

万选之　哎哟！

[众匪上前扶他。

[幕闭。

第二场

[次日。

[六女潭畔。

春　花　（内唱“梆子首板”）

仇上加仇，恨上加恨。

[春花奔上，跌倒，挣扎起。

春　花　（唱“滚花”）

蒙污受辱，我死死死，死不甘心。

今日春花身葬六女潭，谁替我报仇雪恨！

[春花爬上石崖，跪拜。

春　花　爹爹，爹呀！今日女儿含冤而死，不能侍候你老人家了。爹呀！（跳潭）

[刘琴和虎子上，急呼救人，随即跳下潭去。

[卫生员与众战士闻声急上。

[刘琴、虎子抱春花上潭边。卫生员进行急救。

[春花苏醒。见众人，疑是匪兵，惊避，跌倒。

[刘琴要上前把她扶起。

春　花　（害怕）啊……啊……

[刘琴省悟，脱去军帽，露出女相。

刘　琴　不要怕，我们是共产党的军队，是为穷苦人做事的。

春　花　啊？……（惶惑回顾）

刘　琴　（扶起春花）阿妹，你为什么投水呀？

春　花　我？……

刘　琴　阿妹，

（唱“快二流”）

你有苦就诉，有冤就伸！

春　花　（接唱）　叫天不应，叫地不闻，天乌地暗。

刘　琴　阿妹，

（接唱）　今日申冤有路，

春　花　（接唱）　偏我雪恨无门。

刘　琴　（接唱）　共产党，解放军，

能帮你申冤雪恨。

春　花　帮我申冤？……唉，大姐啊，

（唱“二黄滚花”）

多谢你好心一片，

怎奈我……难以做人！（又晕过去）

何　奉　（内场呼唤）春花！春花！

李班长　连长，有人来。

刘　琴　看样子是来找这个阿妹的，带他上来。

[李班长下，引何奉、刘三保上。

何　奉　春花！（趋前一看，哀痛地）春花啊！

刘　琴　大伯，你是……

何　奉　我叫奴才奉。

虎　子　（不解地）奴才？

刘三保　他叫何奉，是春花的爹，我叫刘三保。

刘　琴　哦，大伯，你世代为奴，受苦受难，在我们面前，就不要这样叫自己了。阿妹为什么投水呀？

何　奉　她……（欲言又止）

虎　子　为什么？

何　奉　她……

刘　琴　大伯，你说吧！

刘三保　她被联防大队长……糟蹋了！

刘　琴　（激愤）哼！又是斩尾蛇！

虎　子　连长，我们要为她报仇！

战士们　报仇！

何　奉　（惊疑地）报仇？你们是什么人？

虎　子　我们是共产党的军队。

何　奉　是共产党？……（旁白）主家知道，说我私通共产党，就是天大的罪名啊！（转头）春花，跟阿爹回去吧！（扶春花要走）

刘　琴　大伯，阿妹还会有危险，不如留下来医好之后再送她回家吧！

何　奉　姑娘，你们好心，可是我……（摇头长叹）

刘三保　奉哥，就留下她吧！

何　奉　唉！（扶着春花便走）

刘　琴　（追上前）不要走……（着急）走不得！

[何奉惊愕站住。

[政委和通信员上。

政　委　刘连长。

刘　琴　（敬礼）政委，我们刚才在六女潭救起一个姑娘。

政　委　我知道了，你们做得好。（对何奉）老伯，你不想留下，就先带她回去吧。卫生员好好照顾病人，送他们出山口。

卫生员　是！

[卫生员送何奉、刘三保、春花下。

刘　琴　政委，那姑娘回去，无医无药……

政　委　我们送上门去。你是本地人，当然知道这里山区的反动统治十分残酷，群众苦难深重啊。

刘　琴　是，刚才那大伯父女就是桃园堡地主的奴隶。政委，我们要打开桃园堡。

政　委　对，我们要配合全国大反攻，多打胜仗，歼灭敌人，扩大革命根据地。桃园堡是这山区反动势力的中心，支队党委决定打开桃园堡。

刘　琴　好呀，我请求把主攻任务交给我连。

政　委　好，交给你。

刘　琴　（敬礼）是，坚决执行命令！（欲下）

政　委　慢！

（唱“中板”）

这一回你的任务很繁重，
暂时不用你打冲锋，
先进入堡中发动群众，
到时配合主力进攻。

刘　琴　派我入堡？

政　委　你自小离乡，长大后参加革命，堡内无人知道。如今上级为你想办法，安排你在桃园中学担任教师。这是聘书证件。

刘　琴　这……岂不是要我脱下军装，去当大姑娘？

政　委　你不是大姑娘吗？怎么？有困难吗？

刘　琴　堡内的群众我一个也不认识。

政　委　刚才不是认识了三位了么？

刘　琴　是，我入堡之前先访问他们。

政　委　你进堡后，要多加小心，地方党会有同志来照应你，我等你好消息。

[幕闭。

第三场

[当晚。

[何奉家。

[关天爵带乡丁上。

关天爵　乡长乡长，黄金万两。我们桃园堡住着刘、关、张，刘七爷是族长，张三爷不过是税所所长，我关二爷是一乡之长。嘻嘻，进去！

[乡丁踢门进屋，何奉自房里出来。

关天爵　奴才奉，春花呢？叫她回去服侍七爷。

何　奉　她……

关天爵　她她她什么？她能随便去死的吗？桃园堡有哪条族例准许奴才自己去死的呀？把那贱种拉出来。

[乡丁进房拖春花上。

春　花　（半昏迷中，微弱地反抗）我……不回去！

关天爵　大胆！

春　花　我……死也不回去！

关天爵　奴才犯法，罪加五等，胆敢讲半个“不”字，我杀了你。

春　花　罪加十等也是一死，你杀吧！

关天爵　造反了！（打春花）

何　奉　（哀痛，激愤）你打吧，打死了少个奴才种！

关天爵　老奴才，你也反了！（把何奉、春花打晕）装死呀？走！装死……（与乡丁下）

[何奉爬起来，试试春花鼻息，猛然大惊。

何　奉　女啊……女……

（唱“乙反木鱼”）

你死去真冤枉，生来受灾殃，

可怜你出世便无娘。

阿爹乞奶求浆把你来抚养，

长成个黄花闺女样。

（转“乙反二黄”）

怎知你在虎狼爪下，终被虎狼伤。

家贫还易抵，人贱最难挨，

身是奴才，命同蝼蚁样。

（转“乙反二流”）

说什么苍天有眼，

怎不见我女被害身亡？

主家丧尽天良，

天呀你何以一声不响？ 一声不响？！

一腔怒气，涌上胸膛。

要去巷口街头，拼死呼冤叫枉。

（何奉冲出门口，四顾茫然）

（续唱）　屋前一片，黑夜茫茫。

黑夜茫茫，何处告状！（回家，关门）

（唱“乙反二黄滚花”）

女啊，今日白头老父，送你上坟场。（啜泣）

[刘琴、虎子、卫生员上。刘琴敲门。

何　奉　（惊）又是烟屎爵？（愤怒地拿起小板凳）

刘　琴　大伯，大伯。

何　奉　啊，是他们？（想开门又不敢）

刘　琴　大伯，开门吧，我们给春花送药来了。

何　奉　哎……我开，我开。（开门）

[刘琴、卫生员进屋见状，马上为春花打针抢救。

[春花渐渐苏醒，卫生员出门外警戒。

何　奉　女，你又回来了，谢天谢地！

春　花　爹！

何　奉　女，那位姑娘又来救你了。

春　花　姐姐啊！（伏向刘琴怀中哭，忽又绝望地推开）你为什么要救我啊？

（唱“乙反南音”）

好心莫扶起，我这棵断头秧。

只怕秧苗枯死，枉你热心肠，

我十八年来牛马一样，

何曾一日把人当。

姐你救我两番为哪样？

难道做奴定要做到百年长？

刘　琴　阿妹！

（唱“二黄合字过门”）

你把仇恨记在心点滴莫忘，

定要主家清还这笔账。

不要轻生，挺起胸膛，

去报仇，闹翻身，求解放。

何　奉　（唱“长句二黄”）

世代为奴日子长，

主家怎肯把奴才放？

受气犹如吹箫笛，

横直一样是凄凉。

刘　琴　（接唱）箫笛能翻百样腔，

识者吹来不一样。

做人哪会尽是凄凉，

眼前摆着路三条，

你要分清去向。

何　奉
春　花　三条路？

刘　琴　（唱“二流”）

一条路是挨到底。

春　花　（摇头，接唱）

为奴到底苦难当。

刘　琴　（接唱）　二条路是往别处逃。

何　奉　（接唱）　也逃不出主家手掌。

刘　琴　（接唱）　三条路是造反闹革命！

何　奉　造反？

（接唱）　造反不成更遭殃。

春　花　爹呀！

（唱“二黄滚花”）

横是死来直是死，

等死不如拼一趟。（顺手拿起剪刀）

我要杀那些财主恶霸！（欲奔下）

何　奉　（拦住）春花，你去不得！（夺下剪刀）

春　花　（委屈地扑向何奉）爹，难道条条路都走不得么？

何　奉　（抚春花）女，从来造反，哪有反得成的呢？

（唱“芙蓉中板”）

眼见过改朝换代，都是恶者为王。

桃园堡狗恶墙高，好似皇城一样，

任你英雄好汉，敌不过他刘、关、张。

（转“三字清中板”）

你剪不破天罗，冲不出地网，

人家有联防队，有机关枪，

（转“滚花”）

总之是穷人造反无力量！

刘　琴　大伯，我来问你，世上穷人多还是富人多？好人多还是恶人多呢？

何　奉　（想）恶人财主，百中不到一二。

刘　琴　穷人下户呢？

何　奉　百中倒有八九十。

刘　琴　那便清楚了。

（唱“反线中板”）

穷苦人齐心就有力量，
千溪齐水涨，河水变汪洋。
满腔仇恨抵得万支枪，
桃园堡就算是皇城，也能破关斩将。
天下穷人一家亲，
实意真心为革命，才是真正的铁壁铜墙。

（转“反线七字清中板”）

如今带路人有共产党，
红旗打起廿多年长，
鸡叫三回天要亮，
蒋贼王朝快灭亡，
今日到处欢腾迎解放，
人民军队进山乡。
我一心下山把大伯访，
二次见面诉衷肠，
三条道路分去向，
还请大伯细思量！
要剪破天罗，冲开地网，
翻天覆地斗一场。

春　花　姐姐，我要跟你们去，我投军呀！

刘　琴　大伯，你说呢？

何　奉　看来只有这条路了。女呀，（抚女儿的头）你就跟姑娘去吧！

春　花　（喜悦地扑向父亲）爹！

[虎子急上。

虎　子　（细声地）连长，有人来。

黑　牛　（内场叫）春花。

何　奉　呃，是黑牛。不要紧，他是来看春花的。

刘　琴　让他来。

[卫生员闻声，进屋来与虎子同警戒。

黑　牛　（从后门进来）春花，你为什么投水？（转眼发现生人，习惯地拔枪）

虎　子　别动！（拔枪）

[黑牛想发作，何奉将身拦住。

何　奉　阿牛，你别乱来！

黑　牛　（对刘琴）你是什么人？

何　奉　她是恩人。

黑　牛　恩人？（对刘琴）你来做什么？

刘　琴　我来治病救人。

黑　牛　治病救人？我一眼就看出你是来自山上。

刘　琴　我也看得出你是在番鬼王手下当差吃粮。

黑　牛　你想怎样？

刘　琴　我倒想问你，春花被害投潭，你打算怎样？

黑　牛　大丈夫恩怨分明，我自己有主意。

刘　琴　常言道一个好汉还要三个帮。

黑　牛　你我非故非亲，路有路，桥有桥，搭不上。

刘　琴　山水也有相逢日。

黑　牛　我知你不是猛龙不过江。

何　奉　（责备黑牛）你只会发牛脾气，你知道谁害到春花投潭，谁救春花的命？

春　花　牛哥，这位姐姐救我两次了。

何　奉　快向姑娘认错！

黑　牛　（不服气）奉叔！

何　奉　认错！

黑　牛　（对刘琴）好。你救过春花，日后相逢，我一定把路让。失陪！（转身

要走）

[虎子欲阻拦，刘琴示意让黑牛下。

何　奉　姑娘，你不要怪他，他也是个穷苦人，自小跟我长大，我骂得他，打得他。

刘　琴　那就该教育他。

何　奉　是，是要教他学好。（对春花）女，你收拾包袱跟姑娘走吧！

刘　琴　你就留在这里。

春　花　姐姐，我投军呀。

刘　琴　是，你已经投军了。

[刘琴与何奉、春花坐下细谈。

[幕闭。

第四场

[几天之后。

[桃园堡内刘立人家大厅里。

[两匪兵托轻机枪随万选之上。

万选之　（唱“快中板”）

山口日前打一仗，
手上受伤心里寒。
保住老巢防共党，
加强实力买机枪。

[刘立人、关天爵上。

刘立人　（念）　一族我为长，人称“番鬼王”。

万选之　七爷，添置机枪，已经运到。

刘立人　好啊！

（唱“滚花”）

桃园堡势大财雄，联防队兵强马壮，

如今又加强装备，足可以屏障一方。

关天爵　（接唱）　任你最强梁，敌不过刘、关、张……

刘立人　哈哈哈……

万选之　（接唱）　七爷，我看小心为上。

自从共军强渡黄河，中原我军失利，华南土共四出蠢动。近日山乡也潜入共军一股，煽动刁民抗租抗税，听说四小姐中秋拜月，要大事张扬，我看万万不宜。

四小姐　（内场应声）谁说的？

[四小姐上。

四小姐　爹！

（念“白榄”）

归宁闹拜月，哪个不讲排场？

何况我丈夫，做官做到区长！

不信共产党，混得入拜月场。

关天爵　是啊！

（接念）　弄到草木皆兵，被人当笑话讲。

万选之　七爷！

（唱“滚花”）

拜月若然出事，责任我难以担当。

四小姐　不用你担当。

（接唱）　我爹洪福齐天，

不靠你太平宰相。

万选之　四小姐……

四小姐　我怎样？……（摆开架势，准备大吵一场）

刘立人　女，我还有要紧事，拜月的事等一会儿再讲。

[四小姐噘嘴下。

刘立人　选之，潜入山乡这股共军，还未成气候，不必过分张皇。

万选之　七爷，我是为了大局……

刘立人　我明白。（转对关天爵）天爵，先把那班抗租人发落。

关天爵　（向内叫）把抗租人押过来！

[内场一阵喧闹声。

关天爵　你们听着：七爷吩咐，中秋节近，催收租谷，卖儿卖女，都要交足。

[内场喧闹声、抗议声：

——“吓！要我们卖儿卖女交租？”

——“我们连粥都没得吃了！”

——“我们没租交！”

关天爵　（慌乱地）不准嘈，不准嘈。

刘立人　（注视人群片刻）叫刘三保上来。

关天爵　刘三保上来。

[刘三保上。

刘立人　三保，有人成立“抗租会”，你知道吗？

刘三保　（摇头）我只知桃园堡有“族务会”“字花会”……

刘立人　废话！你为什么和他们闹抗租？

刘三保　族长，你也看见了，刚才大家都说租太重，税太多。

刘立人　胡说，什么叫租太重？不交租就要交命！今天先杀几个抗租的外村人给你们看。选之，把捉来的抗租人杀他两个，试试新枪。带人！

[匪兵押着两外村农民上。

万选之　押到刑场。（与匪兵押两农民下）

刘立人　三保，看到没有？到时莫怪我无情！

刘三保　（强抑着心头的愤恨）我们有拖无欠，这笔账迟早有日要算清的。

关天爵　迟早迟早，迟到什么时候呀？限期中秋。

刘三保　中秋？……好，我们想办法。

刘立人　（起立，对场内）你们听着：本族长念你们是刘、关、张三姓宗亲，先容你们回去。中秋过后还不交租，就同刚才那两人一样，当共产党办！（与关天爵进内室）

[刘三保怒视刘、关二人，正欲下场。

[春花捧着一盘水果上，与刘三保相遇。

[刘三保招手，叫春花过来耳语几句，春花点头。

[刘三保下，春花进内室。

[林可倚带教师装束的刘琴上。

林可倚 （念） 白云无定态。

刘 琴 （念） 秋水有潜龙。

[内场机枪声。

林可倚 刘大乡绅又杀人了。

刘 琴 啊！（强抑内心激愤）

林可倚 刘老师，桃园堡乃是非之场，最近四小姐为中秋拜月，正与万大队长各不相让，你初来作客，要小心应酬才好。

刘 琴 多谢校长关照。

林可倚 请稍候，我进去看看。（入内室）

[匪兵推一农妇从窗外经过。

农 妇 你迫我卖仔，我不卖啊！（被推下）

刘 琴 （唱“霸腔滚花”）

来到虎穴狼窝，眼看吃人景象。

这这这，这边卖儿抵债，那边血溅刑场。

霎时间，激起心头怒火三千丈！

啊，我又忘记了！

（续唱） 遵从政委指示，强忍仇恨一腔。

[万选之上。

万选之 啊，这位是……

刘 琴 新来的教员，林校长带来见七爷的。

万选之 哦，欢迎！（握手，旁白）啊！女教员，何以手心起茧？

刘 琴 （旁白）狗特务，分明肚里藏刀！

万选之 （旁唱“减字芙蓉”）

莫把山鹰错当凤凰，

刘 琴 （旁唱） 披着人皮仍是毒蟒。

万选之　（旁唱）　看她剑眉含野气。

刘　琴　（旁唱）　看他贼眼露凶光。

万选之　（旁唱）　还须暗里察看她行藏。

刘　琴　（旁唱）　我要小心和他较量。

万选之　（旁唱）　谁也难瞒我一双眼。

刘　琴　（旁唱）　他曾挨过我两声枪。

万选之　（旁唱）　要试探这堂上姑娘。

刘　琴　（旁唱）　且对付这手下败将。

万选之　（上前招呼）小姐。

刘　琴　（略一点头）先生。

[万选之正想说下去，林可倚和刘立人、关天爵、四小姐同上。

四小姐　（边走边说）林校长，你说有那么多共产党吗？有人连拜月都不准。（忽见刘琴）啊，新来的女教员，就是她？

林可倚　是，让我来介绍。刘老师，这位就是联防主任刘七爷，这位是关乡长，这位是七爷的四小姐。

[刘琴有礼貌地逐一应酬。

四小姐　坐吧。

林可倚　（对万选之）啊，对不起，还有你，你的官衔是……

四小姐　人家是联防大队长，专防共产党的。

关天爵　万大队长久历戎行，善于应变。

四小姐　他呀，变过几变啰！

（唱“滚花”）

日本人的时候，他搞过维持。

刘　琴　维持什么？

关天爵　就是维持会。

四小姐　就是做汉奸嘛。

关天爵　人家是国军。

四小姐　（续唱）　什么汉奸、国军，都是通同一气。

万选之　（晦气）哎！

四小姐　现在变成蒋总裁部下。（发泄地）哼，威风啰，连拜月都要禁，怕拜月姑娘会变成共产党哩。

刘立人　女，不要说这些。

万选之　七爷。

（唱“滚花”）

新来的老师，要小心“招待”……

刘立人　（会意）嗯？

（接唱）　我会尽“地主之谊”。

（转对刘琴）这次刘老师从省里来本乡执教，本人无任欢迎。

关天爵　欢迎，欢迎。

刘立人　刘老师是哪里人？

林可倚　刘老师是本地人，单名一个“琴”字。

刘立人　（意外地）啊！本地人，是哪条村的？

刘　琴　塘尾村。

刘立人　同五世祖，不算很疏，你父亲是……

刘　琴　家父叫刘昌。

刘立人　（对关天爵）塘尾村有个刘昌吗？

关天爵　哦，就是泥水昌，那年饿死老婆，就过了南洋。

刘立人　唔，泥水昌的女儿也教书了？

林可倚　刘老师是省立女子师范毕业。

关天爵　听说在外边教过书。

刘立人　嗯！

万选之　哼！没想到共产党这么大胆，竟敢滚到这块地方……（略停，察看刘琴神色）连桃园中学的教员也吓跑了几个，刘老师你不怕吗？

刘　琴　那些人也太胆小了，来到七爷的地方，我才不怕。

万选之　难得难得，刘老师这个时候回来，真够关心乡梓了。

刘　琴　不敢当，一来上头派我回来，二来要为乡亲做点事，这是我的本分。今后我还要向七爷和大队长多多请教。

刘立人　奉茶。

[春花奉茶上，见到刘琴又惊又喜。

刘立人　这位老师既是塘尾村人，有个“后生”你应该认识。

刘　琴　不知是哪一个？

刘立人　叫黑牛。

春　花　（急应）黑牛！

[黑牛上。

黑　牛　七爷，什么事？

刘立人　有个人叫刘琴，你认识吗？

黑　牛　不认识。

[众愕然，春花即向黑牛打眼色。

刘　琴　黑牛哥，你不记得我了？

黑　牛　啊，你？

刘　琴　我叫阿琴呀！小时候，还和你到六女潭玩过水。

林可倚　现在上边派她来我学校教书。

黑　牛　果然“山水有相逢”。

刘立人　认得吗？

黑　牛　（看春花一眼）认得了，认得了……（旁白）好大胆啊！

万选之　什么大胆？

黑　牛　她小时候在六女潭玩水，好大胆。

刘立人　认得就行了，下去吧！

[黑牛拭汗下，春花下。

刘立人　说起泥水昌，还是我脚下一辈，算起来，你应该叫我……

关天爵　七叔公。

刘　琴　七叔公。

四小姐　（抢着说）哟，那我是四姑了。

刘　琴　四姑。

四小姐　嗯。

[众笑，万选之苦笑。

关天爵　（迎合地）说起来又是一家亲！（讨好地）四小姐，拜月会你要我找个执事，我还未找到合适的人。

刘　琴　四姑，可惜我没这个本事，要不我就帮帮你。

林可倚　刘老师能歌善舞，图、工、音、体，样样见长。

刘　琴　林校长过奖了。我这个人只会打篮球，练双杠。看，手都起茧了。（故露手，万选之注视）况且学校功课忙，怕没时间替四姑奔走。

四小姐　阿琴，只要你帮我做军师，奔走的事，我家奴婢成群，你要谁我给谁。

刘　琴　就随四姑意思吧，像刚才那个丫头就行了。

四小姐　好，我就派春花给你用。今年拜月，有你就热闹得起来了。

万选之　七爷，还搞拜月？

四小姐　怎么不搞呀！

刘立人　算了，选之，共军不可不防，也不要搞到人心惶惶。关上堡门，谅也出不了什么事。

四小姐　好，大功告成了！

（唱“滚花”）

庆中秋，包你大开眼界。

刘　琴　（接唱）　闹拜月，看我巧妙安排。

[四小姐拉刘琴下。

[关天爵招呼林可倚下。

万选之　七爷，你这位侄孙小姐，我看还要暗查一下。

刘立人　嗯，也好。不过她是上头派来的人，你做得要有分寸。

万选之　七爷高见。

[幕闭。

第五场

[几天后。

[何奉家里。

[何奉和群众数人从房里出来。

农　妇　奉叔，到时我被迫卖去的儿子就能回家了？

何　奉　不止卖去的子女要回家，还有粮食土地也要还家。到时要退租退押，分田分地哩！

群众甲　奉叔，该怎样做，我就听你指点了。

何　奉　要听共产党、毛主席指点。

众　人　对，听共产党、毛主席指点。（下）

何　奉　（开心地笑）呵呵……

（唱“滚花”）

真是箫笛能吹百样腔，指点指点音就转。

从今不奏凄凉调，冲开迷雾见青天。

偏偏还有懵黑牛，吹去吹来还未变。

今日要教他改邪归正，回到穷兄弟一边。

[春花上。

春　花　爹。

何　奉　黑牛呢？

春　花　就来了。

何　奉　好，你先和他谈，我去接接琴老师。（下）

黑　牛　（内场叫）春花，春花。

[黑牛上。

黑　牛　春花，（春花不理）哎，春花。

（唱“爽梆子慢板”）

这几天你为何避开不见？

见面时我问你又不语不言！

春　花　（转“滚花”）

你是主家我是奴……

黑　牛　（接唱）　你我从来没这条界线。

同样是供人使唤……

春　花　（接唱）　今日各走一端。

我被迫做奴才，你甘心当马弁。

黑　牛　哎，

（接唱）　春花，其实我有口难言。

（唱“梆子中板”）

三年前被拉壮丁，身绑麻绳即时要解县。

老奉叔急得呼天抢地，求情不允要赎又无钱。

番鬼王说我力大如牛，拳棍刀枪曾经苦练。

是他去讲情放我，要我留在他身边。

无奈何在他身后身前——

（转“滚花”）

当了马弁。

算了，过去的事不提了！我只问你，

（续唱）　因何投潭自尽，也不肯对我明言。

春　花　（接唱）　你知道又如何？

黑　牛　（接唱）　为你报仇头可断！

春　花　你做不到。

黑　牛　我做得到。

春　花　你做不到。

黑　牛　我做得到！你讲！

春　花　我……

黑　牛　你怎样？

春　花　（接唱）　我被人污辱——

黑　牛　什么？是哪一个？

春　花　是……斩尾蛇。

黑　牛　（接唱）　我要把他劈开边！（欲冲下）

春　花　（拦阻）你不能去！

黑　牛　（唱“快中板”）

你莫阻拦将我劝，

此仇不报枉戴天。

春　花　（接唱）　报仇还要看得远，

不能莽撞只顾眼前。

黑　牛　（接唱）　面对仇人拼了算，

最多由我把命填。

春　花　（接唱）　你一人填命填不了，

爹爹和我受牵连。

黑　牛　（接唱）　有那么远时走那么远，

无须留恋破家园。

春　花　（接唱）　说到逃时计更短，

逃得出去就不等今天。

黑　牛　（唱“滚花”）

仇报不得，走又不能，你叫我怎打算？

春　花　找琴老师。

黑　牛　琴老师？

春　花　是，找琴老师！

黑　牛　（续唱）　她她她，她会把桃园堡闹翻天。

春　花　把桃园堡闹翻天不好吗？

黑　牛　不是说不好。

（念）　桃园堡许多不平我也见，

难怪人家要把它闹翻天。

唯独七爷对我还算有些恩典，

我是落难搭过他这只顺水船。

（唱“滚花”）

仇报仇来恩报恩，

不能“食碗底时反碗面”。

春　花　那你就走！

黑　牛　走就走！

（续唱）　冤家有头债有主，

毒蛇斩了报冤仇！（欲冲下）

[何奉上，喝住。

何　奉　回来！你只知冤家有头债有主，可知苦水有源祸有根？

黑　牛　这……

何　奉　懵人啊！

（唱“恋檀中板”）

桃园堡——

千条罪恶出在刘家大院。

岂独春花冤情一件，

穷人个个苦水泡黄连。

说什么许多不平你都见？

（转“乙反流水南音”）

你不见卖女卖儿肝肠哭断，

你不见霸田夺地无法无天。

你不见穷苦乡亲命如蚁贱，

欠下了阎王租债要命来填。

不推倒食人吸血的阎王殿，（吊慢）

难道要穷人受苦——（“抛舟腔”）

苦到万代千年！（奏长过门，衬口白）

黑　牛　奉叔！（动感情地，坐近何奉身边）

何　奉　黑牛呀，你爹刘方，本与番鬼王同姓一个“刘”字，因何与我这个奴才亲如兄弟，将你交下给我呢？

（唱“快乙反流水南音”）

只为财主穷人分两边，

头顶不同一个天。

你大恨深仇还有一段，

（转“快二黄”）

我多年未敢对你说根源。

番鬼王，害死你爹妈，你还说受他恩典！

黑　牛　（震惊）奉叔，不是说我爹被老虎伤害，我妈悲痛自尽的吗？

何　奉　番鬼王比老虎还凶狠，你看看这个就明白了。懵人！（掏出一个用血巾包着的小包给黑牛）

黑　牛　（抖开血巾，里边是一张字条，读）

族长字示：猎户刘方，
所欠山租，限期清偿。
白银五十，虎皮五张，
中秋不纳，抵押妻房。
中秋不纳，抵押妻房。

何　奉　（念）　为了清还这笔阎王账，
你爹忍饥带病上山岗。
头三天，打死一只斑斓虎，
第四天，身烧无力被虎伤，
番鬼王，要捉你娘来顶账，
她她她，不甘受辱半夜跳塘！

黑　牛　（悲愤，念）

奉叔，这段情由你早该对我讲。

何　奉　（念）　我怕你行为莽撞，反受害于“虎狼”。

春　花　这就是番鬼王对你的恩典了！

何　奉　（唱“快二流”）

你若然有血性，就站回穷人这边。

春　花　（接唱）　我要杀番鬼王，你不反就算！

黑　牛　我反！我反了！

（唱“霸腔滚花”）

气得我心头冒火眼飙烟。

（转“中板”）

我要把番鬼王一脚踏扁，
我要把桃园堡闹个翻天。
把你碎尸千万段，
为我爹娘把命填。

千条罪恶都清算，

替穷苦乡亲报仇冤！（欲冲下）

[刘琴上，拦住。

刘　琴　去哪里？

黑　牛　把番鬼王、斩尾蛇碎尸万段！

刘　琴　回来！

黑　牛　你不让我报仇？

刘　琴　我们要帮大家报仇。

黑　牛　不用，只要我一人……

刘　琴　你单丝不成线。

黑　牛　我一只手……

刘　琴　你只手不敌双拳。

黑　牛　我一脚……

刘　琴　你脚踢桃园堡不转。

黑　牛　我一枪……

刘　琴　你一枪打不崩天！

黑　牛　这又不能，那又不能，难道我就无路可走？

刘　琴　有，只有一条路，就是参加革命，跟共产党走。

（唱“新腔快中板”）

血泪仇，阶级恨，

有仇有恨不只你一人。

要报仇，要雪恨，

穷苦兄弟要心连心。

齐执刀枪同上阵，

打它个落花流水，改天换地，

工农翻身，当家做主人。

共产党在前头将路引，

革命全凭主义真。

做人莫做糊涂汉，

当兵要当解放军。

黑　牛　（接唱）　正路一条得你指引，

我知错不改枉为人，

可恨从前太混沌！

琴老师，我替番鬼王做过事，今日缴枪投降了。（交枪）

刘　琴　你既然弃暗投明，参加革命，这支枪就留下来打反动派吧！

黑　牛　黑牛从今以后，听共产党的话，叫我去东，决不去西。

（唱“滚花”）

上刀山入火海奋不顾身。

何　奉　（欢喜）阿牛！

春　花　牛哥！

[幕闭。

第六场

[数天后的晚上。

[桃园中学刘琴的书房。

[刘琴灯下看书。窗外月色微明，繁星闪烁。

刘　琴　（放下书本，念）

心事浩茫连广宇，

于无声处听惊雷。

[起“梆子慢板”长序。刘琴推窗远望片刻。

刘　琴　（唱“梆子慢板”）

初更夜已定，闪烁满天星，

银河淡淡月微明，飒爽秋风劲。

我本是个女兵，奉命深入敌营，

掩住刀光剑影，装成淡定娉婷。

敢从杀气学刀兵，哪有闲心爱夜静。

连日传来捷报，我野战大军挺进中原，敌人望风披靡。我细心捕捉战机，计划中秋破堡，派三保叔上山请示，为什么还未回来呢？

（续唱） 今夜里，对明灯书案，心怀战斗豪情。

（转“梆子中板”）

中原万里炮轰鸣，遥看万杆红旗，

插遍平原峻岭。

战鼓声声，山回谷应，

桃园堡解放只待月华明。

拜月场，箫鼓声中，来个外攻内应。

那时万户千家，欢声雷动，迎接旭日东升。

此后我刘琴，重着军装，

海北天南又在沙场驰骋。

（转“滚花”）

直到人间春色满，天地尽澄清。

[春花匆匆上。

春　花　琴姐，三保叔还未回来？

刘　琴　已经两天了，还未回来……

春　花　莫非路上出事？

刘　琴　可能情况有变化。

[敲门声。

春　花　咦，三保叔？

[刘琴示意春花开门，原来是化了装的虎子。

虎　子　连长。

[刘琴制止，示意春花出外警戒。春花下。

刘　琴　虎子，你为什么走到这里来？

虎　子　我扮作税丁混进堡中，找三保叔不到，只好来找你。

刘　琴　三保叔上山找你们去了。

虎　子　他一定找不到，部队转移了地点，政委怕你们一时联系不上，才派我来传达紧急指示。

刘　琴　快说。

虎　子　第一，支队党委研究了情况，决定中秋破堡。

刘　琴　（兴奋）好啊！

虎　子　第二，为了工作需要，还有个同志要来和你接头。

刘　琴　还有个同志来接头？接头暗号怎样？

虎　子　他向你借书，说要《石头记》，你说是《红楼梦》，他说要古本，你说只有新版。他说要全套，四本。

刘　琴　啊！《石头记》《红楼梦》，古本、新版……好啊！

[春花急上。

春　花　琴姐，有人来。

刘　琴　是谁？

春　花　斩尾蛇！

刘　琴　（决断地）虎子入房，春花掩护。（与春花耳语）

[春花带虎子入房，刘琴坐下装作看书。

[万选之上。

万选之　（念“白榄”）

发现可疑人，忽然失下落，

哨兵见人影，闪入桃园中学。（思索）

我试探刘琴，几回无所获，

今晚有机会，正好找线索。（入门）

啊！琴老师还未休息呀？

刘　琴　（掩书起立）大队长，有事吗？

万选之　不，不。（说话时一直盯住房门）我，我是找林校长不着，顺脚来坐坐。你这里布置得很雅致呀！（欲进房门）

刘　琴　（有礼貌地一拦）大队长请坐。

万选之　啊，坐坐坐。

刘　琴　大队长找林校长有什么事呢？

万选之　哦！

（唱“滚花”）

我想找林校长借本书……啊，

或者你书架上就有。

我自己找找。（借故走向书架检查书籍）

刘　琴　（旁唱“中板”）

看他鬼头鬼脑弄阴谋，

莫非虎子行藏有疏漏，

才被恶狗跟踪在后头。

（转“滚花”）

今晚狭路相逢，准备一场战斗。

万选之　琴老师，

（唱“跳花鼓”）

我久住山沟，脑筋太残旧，

想找新书看，适应新潮流。

琴老师，你手上这本书，一定很有趣。

刘　琴　大队长，这本书不合你看的。

万选之　不合我看？（夺过书来）《动物学》？

刘　琴　是专门研究那些禽兽的。

万选之　（苦笑）琴老师真爱开玩笑。

刘　琴　不是开玩笑，人不研究禽兽，又怎知畜生的本性呢？

万选之　（尴尬，旁唱快“王祥哭灵”牌子）

这个女人好利口，

句句话里有骨头。

谅你室内藏人难放走，

我旁敲侧击用计谋。

琴老师，你这里太僻静了。

（转“木鱼”）

近来地方不静，好多鼠窃狗偷。

刘　琴　啊！有贼？

万选之　（续唱）　你又单身一个，住在这座黑楼。

怕他黑夜潜来，躲在房前屋后。

刘　琴　走来这里？

万选之　唔。

刘　琴　哈哈哈！

（接唱）　贼仔走来这里，算他倒运到头！

万选之　琴老师这话怎解？

刘　琴　大队长，俗语说："贼仔进学堂，碰到都是书（输）。"

万选之　喔。

（旁念"白榄"）

她着着走暗棋，步步同我斗。

我要开明车，不和她斗口。

琴老师。

（唱"滚花"）

有人入了门，如今失下落，

一定躲在你房里头。（欲入房）

刘　琴　（拦住）啊！原来你是一直跟着她来的。

万选之　什么？在这里？（忙退几步拔枪警戒）

刘　琴　哎呀，大队长，你动刀动枪，怪不得吓到她神色张皇逃来这里了。

万选之　（一直警戒着）琴老师，那就不客气了，人既然在此，就请你交给我。

刘　琴　大队长，算了。

（唱"恋檀二流"）

何必苦苦纠缠不放手，

竟然跟踪追到我楼头，

劝你如今好罢休。

万选之　（神气地，接唱）

不到手时不罢休！

刘　琴　（接唱）　你强求到手反成仇，

她宁死不甘落你手。

万选之　你说什么？

刘　琴　（续唱尾腔）

我是来劝你，莫迫到春花无路走。

万选之　怎么？你说的是春花？

刘　琴　不就是春花吗？

万选之　啊！

（旁唱“滚花”）

哨兵眼前人影，难道是春花这丫头？

（考虑片刻）不行，

（续唱）　还是要借口搜查，不怕把面皮放厚！

琴老师，你说是春花来过？

刘　琴　是春花来了。

万选之　恐怕是个男人吧！

刘　琴　男人？大队长，你这话是什么意思？

万选之　嘻嘻，你一定是把林校长藏在房里和我开玩笑。林校长，林校长！（快步踏到门边）

春　花　（掀开门帘，手持剪刀扑出来）我和你拼命！

[万选之十分狼狈，后退。

刘　琴　春花，不要怕，有我在这里。

万选之　（旁白）糟糕，原来真是春花。（一想）春花为什么要闪闪缩缩呢？

刘　琴　万大队长，你到底想怎样？

万选之　没——没什么，没什么。

刘　琴　没什么？你半夜到来，穿房入屋，行为放肆，满口胡言。还说在我房间藏着校长，到底居心何在？所为何来？若然解释不清，我和你找七叔公论理。

万选之　不，不，我实在是来找林校长。

[林可倚恰于此时上。

林可倚　你找我？

刘　琴　校长来得正好。

（唱“快二黄”）

有人走来学校胡作非为，

我要去找七爷分清道理。（欲下）

万选之　林校长……

林可倚　（劝阻地）刘老师，有事慢慢讲。

刘　琴　（续唱）　大队长胡言乱语诽谤教师。

说我藏你在房间——

（即转“滚花”）

到底是什么意思？（生气地坐下）

林可倚　（埋怨地）大队长，你怎么搞的呀？

万选之　林校长，实在是误会。（拉林到一旁）

（念“白榄”）

你林校长，是个老夫子，

我万选之，哪敢乱怀疑。

其实有件事情……（耳语）

林可倚　（惊异）啊！

（接念）　有这样的事？

大队长，未必吧？

万选之　宁可信其有，不可信其无。

林可倚　那么你想怎样呢？

万选之　搜！

林可倚　搜？恐怕不行吧。她是七爷侄孙女，在省城又有人事，你没有真凭实据，我担心你会惹事。

万选之　（恐吓地）林校长，若然学校藏着个共产党，你也难辞其咎啊！

林可倚　那么你一定要搜？

万选之　要搜！

林可倚　我看这样吧，职责所在，由我去搜。

万选之　你怎样进去？

林可倚　我自有办法。

万选之　那就靠你了。

林可倚　你看我的。（转对刘琴）刘老师，大队长是一时冒昧。

万选之　是，一时误会。

林可倚　他实在是来找我借书。

万选之　是来借书的。

林可倚　不过这套书我也没有，想向刘老师你借。

刘　琴　（戒备地）校长想借什么书？

林可倚　石——头——记。

刘　琴　（意外地，立刻又镇静起来）哦，是红——楼——梦。

林可倚　我要古本的。

刘　琴　我只有新版的。

林可倚　我要全套，四本。

刘　琴　（抑制着心情的激动）好，我拿给你。

林可倚　让我去拿好了，我进去方便吗？

[刘琴会意，点头。

[林可倚回头看万选之一眼，万得意地点头。

[林可倚进房，春花紧张，刘琴向春花示意。

[万选之紧张地在等候。

[林可倚拿三本书出来。

林可倚　刘老师，还差一本找不着。

刘　琴　（会意）我去找一找。（和春花进房里）

万选之　林校长，怎样？

林可倚　嘿，你呀，专干些无聊事。

万选之　没有人？

林可倚　斗室一间，方横几尺，我虽然近视，也一目了然。（生气地）给你搞到满城风雨！

万选之　啊，那么这黑影就真是春花了？

林可倚　大队长。

（唱“三脚凳”）

学校人来人往，何必疑雨疑云。

平日刘老师，专心研究学问。

行为又正直，十足是个好人。

（转“滚花”）

连她也怀疑，实在疑心过甚。

万选之　林校长，你有所不知，共产党就是这样的呀！

林可倚　哦！行为正直的好人就是共产党？

万选之　就是！

林可倚　那么照你说来，居心邪恶的坏人就是国民党了？

万选之　（语塞）这……这……

林可倚　大队长，你大意失荆州了！

万选之　唉！

（旁唱“滚花”）

我满盘落索，处处被将军。

[刘琴拿书上。

刘　琴　林校长，这是第四本。（交给林可倚）

林可倚　（交给万选之）大队长，这回书够了吧？

万选之　够了，书够了。琴老师，打搅打搅。

刘　琴　大队长，有空多来指教。

万选之　不敢，不敢。再见！（一鞠躬）

刘　琴　（送到门边）再见！

万选之　再见！（顿足下）

刘　琴　（关门。激动地）林可倚同志！（热烈握手）

林可倚　我原来的任务是暗中掩护你。现在决定中秋破堡，组织要我和你直接联系，听你指挥。

刘　琴　有你帮助，我就放心了。房里的同志要想办法送出去。

林可倚　这个任务交给我。

刘　琴　虎子。

[虎子、春花上。

虎　子　同志！（与林可倚热烈握手）

春　花　林校长，你也是……

林可倚　春花同志！（伸手）

[春花惊喜地，也伸出手来。

[幕闭。

第七场

[中秋节前一天。

[桃园堡内一个灯棚。

[刘三保在打扫、布置。

刘三保　（唱“板眼”）

刘三保，扫灯棚，

一心等候“八音班”。

但愿入堡之时瞒过贼眼，

明晚中秋拜月热闹非凡。

[群众甲、乙上。

群众甲　三保叔，我们的人进堡了吗？

刘三保　快了，快了。你们都准备好了？

群众乙　都准备好了，到时锄头、柴刀、猎叉、梭镖一齐来！

[群众丙上。

群众丙　三保叔，“八音班”来了！

何　奉　（内场声）这里来，这里来。

[何奉引化装作鼓乐手的李班长、虎子等游击队员，抬锣鼓柜上。

刘三保　虎子，你们来了！（对何奉）进堡门时，有什么动静？

何　奉　没有碰到斩尾蛇，狗班长搜过柜，抄过身，就放进来了。春花呢？

刘三保　琴老师已经吩咐黑牛在堡门接应她，那对是四小姐借来的衣箱，狗兵不敢搜。

虎　子　春花来了。

春　花　三保叔。

（念“白榄”）

刚才进堡门，狗兵不敢搜，

怎知斩尾蛇，他拦住巷口，

黑牛和他顶撞，我挑起担子急急走。

刘三保　（接念）　喔，斩尾蛇，入巷口。

[众紧张。

李班长　镇静。

（接念）　他们搜过锣鼓柜，枪支转放柜里头。

何　奉　三保，你去告诉琴老师。

[刘三保下。众同时把箱子里的武器转移入锣鼓柜。

[万选之、关天爵、匪班长带匪兵上。

万选之　春花刚才挑的两个箱子为什么不让检查？打开！

春　花　（唱“滚花”）

四小姐的衣箱，你问过才好搜。

万选之　（接唱）　何必问来问去，责任我担上肩头。

班长，搜！

黑　牛　（内喊）不准搜！（急上）

（唱“滚花”）

七爷家的东西，谁人敢搜！

万选之　（念“白榄”）

要搜！谁个也无权，干涉我职守。

黑　牛　（接念）　敢搜？谁要动一动，先问我黑牛。

万选之　（接念）　我一定要检查！

黑　牛　（接念）　我一定不让搜！

[二人剑拔弩张，各按枪。

关天爵　啊！大家都是自己人，何必……

何　奉　（故作着急）黑牛！

（唱“减字芙蓉”）

你做人真大火气，两下就动拳头。

大队长有职有权，应当任由他搜。

黑　牛　他欺人太甚！

何　奉　（向黑牛暗示地，续唱）

又没有私藏夹带，无谓吵闹不休。

（转“滚花”）

春花你交出锁匙，请班长细心去搜。

[春花扔下锁匙，匪班长开箱检查。

匪班长　报告，都是些拜月衣物。

关天爵　选之，我早就说你是疑心生暗鬼。算了吧！

万选之　（还不死心，注视“鼓乐手”们）这班是什么人？

何　奉　请回来的，八音锣鼓手。

万选之　（对虎子）站出来！哪条村的？

虎　子　天台村。

万选之　保长是谁？

虎　子　陈才。

关天爵　是，就是雷公才，在里洞圩开米铺的。

万选之　锣鼓柜是哪里来的？

关天爵　（不耐烦地）奴才奉的家生嘛。

万选之　打开！

[何奉示意黑牛阻止。

黑　牛　不准动！

（唱“霸腔芙蓉中板”）

你是毒蛇过社，我是闯阵蛮牛。

方才的衣箱，已容你搜，

你搜完又搜，搜到几时休？

（转“快中板”）

锣鼓柜，不准搜！

黑牛让你就不姓刘！

万选之　（接唱）说要搜时就要搜，

管你姓刘不姓刘。

黑　牛　（接唱）你敢来？

万选之　（接唱）你敢斗？

黑　牛　（接唱）有胆即管动。

万选之　（接唱）谁怕你蠢牛。

刘黑仔。

黑　牛　万选之。

万选之　死黑鬼！

黑　牛　斩尾蛇！

[两人拔枪相向，情势紧张。

关天爵　（向两边摆手）啊啊……啊啊……

[刘琴、刘三保、群众急上。

刘　琴　大队长，你这样做太过分了。

万选之　琴老师，这里不是你闺房，由不得你做主。

刘　琴　也由不得你做主。中秋拜月，我们四姑主持，是刘、关、张三姓的事，应该由乡长做主。

关天爵　（又为难，又得怠）啊……哎……我……

刘　琴　乡长若然要搜就请搜吧。搜得出来犹自可，搜不出来就是无端生事，有意刁难，四姑责怪下来，由你担当。乡长，你搜吧，搜吧！

关天爵　哎，这个我不能做主，不能做主。

刘　琴　大队长。

（唱“快中板”）

一次检查是你职守，

两番来搜太没理由。

（转“滚花”）

锣鼓柜要搜几多回，你才肯罢手？

关天爵　啊，锣鼓柜搜过了？选之，这是怎么搞的呀？

万选之　搜过了？

匪班长　是我搜过的，里面都是些八音锣鼓钹。

关天爵　哎呀！你看，你看。（对刘琴）琴老师，完全是误会，完全是误会。我们走，选之，走吧！

万选之　（没法下台，只好找匪班长气）混账，你不早说！（掴了匪班长一耳光）走！（下）

关天爵　庸人自扰，走！（下）

[匪班长与匪兵狼狈下。

李班长　连长，政委说，明天晚上，四更攻堡，主攻方向，由你决定，他们在堡外看你红灯为号。

刘　琴　好，响锣鼓。

[何奉和众人奏起“得胜令”。

[幕闭。

第八场

[中秋之夜。

[桃园堡内拜月场。

[何奉和“鼓乐手”们在奏乐。

[匪班长带匪兵巡逻过场，留下两人监视何奉等。

[四小姐领拜月姑娘们舞上。

[刘琴捧一红色花灯上。

刘　琴　四姑，大队长紧闭四门，说天光才准送灯。

四小姐　哼！想同我斗气？桃园堡的门，我要开就开。穿完月门，照例四更送灯

出堡。（对众）穿月门，穿月门。（与众姑娘舞下）

刘　琴　何奉，四更从南门送灯出堡，大家多出点气力。

何　奉　（会意）是，落力干，执齐家生。

众　人　执齐家生。

[何奉领“鼓乐手”们吹打下。

刘　琴　（把红灯挂在高杆的绳子上，念）

四更齐破堡，红灯为信号，

挂上高杆头，迎接我军到。

[林可倚急上。

林可倚　刘琴同志，情况有变化，部队路过北山，引起敌人注意，我听到番鬼王正向四乡打电话……

刘　琴　（环视一下）有人来了，我们到那边谈。（二人下）

[四小姐、万选之争吵着上。

万选之　四小姐！

（唱“快二黄”）

我职责攸关，要严防共党。

四小姐　（接唱）　送灯有惯例，不能到天光。

万选之　（接唱）　未到天光，堡门决不开放。

四小姐　（接唱）　桃园堡内，未到你称王。

（转“滚花”）

桃园堡只识刘、关、张，

不识姓万姓千的人是什么模样。

万选之　不管你怎样说，堡门就是不能开。

四小姐　我要开！

万选之　开不得！

四小姐　（发蛮）开！

[刘立人带马弁上。

刘立人　又吵什么呀？

四小姐　万选之不肯开堡门送灯。

刘立人　还送灯，你不知死！

（唱“滚花”）

水西乡来电话，发现一队可疑人。

三更路过北山，向我桃园堡行进。

万选之　七爷，莫非共军来打夜袭？

刘立人　他们未弄清楚，我已用电话命令各乡严加注意，若有情况，马上报来。

四小姐　爹，人家水西乡、同安堡今晚都有拜月会，一定是乡下人联群结队去看热闹。

万选之　七爷，我看不能大意。

刘立人　我已吩咐天爵，加紧巡查，你严守堡门，未到天光决不开堡！

万选之　是！

[关天爵带乡丁上。

关天爵　七爷。

（念）　堡内刁民，聚众鼓噪。

要开南门，送灯出堡。

被我驱散，地上拾获利刀。

刘立人　吓！持刀造反？

万选之　七爷！

（唱“快中板”）

刁民闹事策划有人。

鼓噪送灯身怀利刃，

要赚堡门迎接共军。

（转“滚花”）

堡内有共党潜藏，七爷要一网打尽。

刘立人　唔！（心生毒计）天爵，你通知刘琴，叫鼓乐手齐集送灯。

四小姐
关天爵　送灯？

刘立人　鼓乐手齐集送灯！

关天爵　鼓乐手……啊，我明白了。

刘立人　选之。

（唱“滚花”）

南门加强兵力，堡内准备捉人。

万选之　我马上去布置。（下）

[刘立人、四小姐下。

关天爵　（向内场叫）琴老师，七爷吩咐，鼓乐手齐集送灯，鼓乐手齐集……

[何奉上。

何　奉　乡长，琴老师和鼓乐手都在灯棚那边。

[关天爵匆匆带乡丁下。

[刘琴、刘三保、黑牛、春花、李班长、虎子上。

刘　琴　同志们，林可倚同志得到消息，部队月下行军，已被敌人发觉，刚才有人在南门出事，斩尾蛇正在加紧布防，我们行动要重新布置，主攻方向改在北门。春花你将红灯拿到北门升起，让堡外同志看见。

春　花　知道。（即去解下红灯）

刘　琴　黑牛，你一见红灯升起，马上冲上门楼，夺取机枪，掩护虎子等人夺门。三保叔，你和奉叔带乡亲仍在南门活动，转移敌人注意力。李班长，我要留在这里对付斩尾蛇，北门战斗由你指挥。大家迅速行动。

[众分头下。李班长、虎子回头。

李班长　连长，斩尾蛇手下人多，你一个人恐怕……

虎　子　连长，政委叫我不要离开你。

刘　琴　抢占北门，时机紧迫，我拖住敌人，是为抢占北门争取时间，只等北门打响，我就摆脱敌人，及时赶到。

李班长
虎　子　连长！

刘　琴　执行命令！

李班长
虎　子　是！（下）

[万选之、匪班长带匪兵上。

万选之　琴老师，鼓乐手呢？

刘　琴　在灯棚收拾家生，准备送灯。

万选之　关乡长呢？

刘　琴　都跟去了。

万选之　班长……（暗示去灯棚捉人）

[班长带大部分匪兵下。

万选之　琴老师，今晚拜月会，你布置得都算周到了。

刘　琴　还是多亏大队长处处帮了我的忙。

万选之　说不定你忙中有错，百密一疏。

刘　琴　好在有人及时提醒，疏而不漏。

万选之　疏而不漏？（狂笑）哈哈哈……（正想动手）

[林可倚急上。

林可倚　大队长，七爷叫我通知你——

万选之　（走过去）什么事？

林可倚　（其实是告诉刘琴）北门升起红灯。

[天幕红灯升起。

万选之　（不解地）红灯？

[北门枪响。

万选之　北门出事！（拔枪）

[刘琴拔枪打伤万选之。众匪兵大乱，林可倚招手叫何奉、刘三保上，缴匪兵的械。万选之趁乱拔枪打刘琴，何奉掩护受伤。刘琴再补一枪，把万选之打死。

[枪声密集。两边匪兵冲上，刘琴连发数枪击毙数匪。

[冲锋号响，匪兵惊叫四散。

[政委领游击队冲锋过场。开打。

[关天爵狼狈逃窜，被刘三保和群众包围活捉。

[刘立人带马弁逃跑，刘琴、黑牛两边拦截，把刘立人打死。

[政委上。

刘　琴　报告政委，胜利完成任务。

政　委　同志们，你们打得好。

[刘三保上。

刘三保　政委，我们已经开仓分粮了。

[何奉领群众背着分得的粮食，欢天喜地上。

政　委　乡亲们，桃园堡解放了。

群　众　（欢呼）　中国共产党万岁！

毛主席万岁！

政　委　我们要解放全中国，把革命进行到底！

——剧终

本剧选载的是 1965 年红线女、罗品超、罗家宝、郑培英、文觉非、少昆仑等主演的演出本。

江姐

（根据阎肃同名歌剧改编）

改编：莫汝城　潘邦榛　陈晃宫

人物表

江　姐

双枪老太婆

华　为

蓝洪顺

孙明霞

杨二嫂

老　陈

游击队员们

小　张

小　华

众难友

码头工人们

报　童

江对章

沈养斋

魏吉伯

敌警察局长

唐贵山

甫志高

看守甲

敌警察数人

敌特务

小　贩

乡　丁

伙　夫

敌看守数人

时间：1948 年春至 1949 年冬

地点：四　川

第一场

[重庆，朝阳门码头。

[黎明之前。

[合唱曲中幕启。

[几个码头工人搬运有 U.S.A. 字样的箱子过场。

[幕后合唱：（“新曲”）

乌云滚滚盖长江，

浓雾重重漫四方，

嘿哟嘿……

船夫挥动桡和桨，

拨开云雾见太阳。

嘿哟嘿……

[报童和小贩在码头上叫卖着。

报　童　卖报！卖报！卖《大公报》《时报》《新民报》《中央日报》！……

小　贩　炒米糖开水！……

[一码头工人扛着箱子上，擦肩走过报童时，与他耳语，然后走下。

报　童　看报！看今天重要新闻：“刘戡军长为党国捐躯！”“蒋委员长沉痛吊唁西北阵亡将士！”……

小　贩　炒米糖开水！……

[特务唐贵山走上。

报　童　卖报！卖《中央日报》……（下）

［唐贵山与小贩交换了一下目光，正要走开，魏吉伯上。

［魏吉伯扫视了一下四周，唐贵山凑上前。

魏吉伯　近来共产党活动频繁，据可靠情报。（低语）……严密监视！……今天沈区长可能要来亲自检查，加倍小心！

［远处“砰砰“两枪，并传来喊声：“壮丁逃跑了！”“有人跳水了啦！”

［魏吉伯一愣，急奔下。唐贵山一挥手，小贩下。

［一个中年妇女夹着个包袱匆匆上。

妇　女　（对唐贵山）先生，船还赶得上吗？

唐贵山　（劈手一把夺过包袱，检查了一下，扔还给她，一扬下巴）去去去！

［妇女惶恐地走下，唐贵山巡视了一下四周，走下码头。报童走上。

报　童　卖报——卖《大公报》！

［华为提行李上。报童走上前。

华　为　（买了一份）江姐来了！（在一旁看报）

江　姐　（内唱“散板”）——

看长江……

［报童一旁警戒。

［音乐声中，江姐上。

江　姐　（唱“爽十字中板”）

看长江战歌掀起千层浪，

望山城红灯闪闪雾茫茫。

一颗心似江水奔腾激荡，

乘江风破浓雾飞向远方。

（转“七字清”）

飞向华蓥山，飞向青松岗，

告别雾重庆，奔赴新战场。

带去山城星星火，

让川北遍地腾烈焰，满天闪红光。

［华为提行李走下码头。孙明霞上。

孙明霞　江姐，甫志高把箱子送来了吗？

江　姐　还没来，箱子是按照我说的那样包装的吗？

孙明霞　是，省委的指示和文件都放在……（做一个手势示意，又拿出一串钥匙）这是箱子的钥匙。

江　姐　（接过钥匙）嗯！

[远处传来卖报声、汽笛声。

[二人兴奋地走向江边。

孙明霞　江姐呀！

（唱“二黄”）

祝你似红梅傲雪霜，

祝你似龙舟破风浪。

更盼华蓥山捷报，早日传扬。

江　姐　（接唱）　去年送别老彭，在这码头上。

孙明霞　（接唱）　今日明霞送你，奔赴战场。

你见老彭多致意，

说战友在山城，常将他想望。

江　姐　（接唱）　同志们深情厚谊，更比水远山长。

（转“二黄滚花”）

眼看这蜀水巴山，行将全解放，

战友们会师重庆，再欢聚一堂。

[华为上。

华　为　表姐，行李送上船了，特务检查得很严。

孙明霞　箱子还没有送来，怎么办？

[报童上。

报　童　看报，看《中央日报》！

江　姐　这里不能久留，（对孙明霞）明霞，你回去吧，我们送你。

[三人走下。小贩上。

小　贩　（盯着三人走去的方向，要跟踪而去）炒米糖——开水！

报　童　（上前，叫住小贩）炒米糖开水！来一碗！

[小贩无奈，蹲下，倒水，但仍在盯着那个方向。

报　童　哎，好多钱一碗哟？

小　贩　（气恼地）五十万！

报　童　怎么又涨了？昨天才三十万嘛！算了，吃不起！（径自走去）

小　贩　你！（回头再盯时，“目标”早已消失，气急败坏地泼掉碗里的开水，转身一望，突然发现了什么，又转身蹲下，大叫）开水，炒米糖水！

[唐贵山上，也向那个方向望去——只见甫志高身穿西装，肩扛皮箱匆匆走上。唐贵山冷冷地观察着。

[甫志高放下箱子，四望，似在等人。

[报童急走上前。

报　童　先生，《中央日报》！

[甫志高猛然惊觉，提起箱子，欲下码头，唐贵山早笑嘻嘻地拦住去路。

唐贵山　喂，先生上船？

甫志高　我是送人的。

唐贵山　箱子装的是什么东西？

甫志高　干什么？

唐贵山　检查！

[报童见势不妙，急喊着“《中央日报》！”奔下。

甫志高　检查？有水上稽查处，也轮不到你！

唐贵山　我？嘿……（露出一“派司”）

甫志高　噢，原来是二处的……不是外人，你们刘科长兄弟认识。哈哈……箱子里不过是日用衣物，何必在这儿耽搁时间呢？

唐贵山　是呀！何必在这儿耽搁时间呢？

[江姐走上，华为跟在后面。

甫志高　怎么？不留点面子？

唐贵山　好说！

甫志高　那你的意思是——

唐贵山　打开看看，过过手续！

甫志高　一定要检查？

唐贵山　一定要检查！

[江姐一抬手，将一串钥匙“啪”的一声扔在箱子上。唐贵山一愣。

江　姐　打开吧。

唐贵山　这……

甫志高　快打开嘛！

唐贵山　（眼珠一转）嘿嘿……是得打开！（打开箱子，翻出一封信，忙观看。念信）“西南长官公署副官处张……”哦，你是张处长的……

[汽笛声。

甫志高　快检查嘛，要开船了！

唐贵山　嘿嘿……（盖上箱子，交还钥匙）对不起！小姐，例行公事。

[小贩悄悄溜下。

甫志高　呵！想不到，二处还有像你这样不够朋友的人！

江　姐　好啦好啦！忙你的公事去吧。

唐贵山　对不起！小姐，我给你送上船去？

江　姐　麻烦你了。（向华为）表弟，领他去。

唐贵山　小姐，往后遇事，您多关照。

[唐贵山提箱子下，华为随下。

甫志高　江姐……

江　姐　甫志高，你为什么不找个人帮你拿东西呀？

甫志高　箱子不太重，艰苦点也是应该的，而且，自己搬，不是更安全些……

江　姐　你不想想，在这种地方，哪有穿西装的人自己扛的？

甫志高　呵！对对对……

江　姐　处处都得留心呐！

甫志高　是呵是呵，江姐，这次你带着省委这件重要的任务去川北……（见江姐示意，才意识到此处不便说这些话，忙改口）喔，江姐，你此一去，可真叫我羡慕啊！

（唱“三脚凳”）

老甫恨不能，随你到沙场上，
留在山城里，也要大干一场。

（转“跳花鼓”）

种下牡丹花，满城怒放，

枝枝红艳艳，焕发奇香。

单等大好春光，从天而降，

接你凯旋归重庆，我用牡丹搭牌坊。

江　姐　甫志高呀，牡丹艳丽花不长，经不起酷暑与寒霜啊！……（汽笛响）好，我该上船了……

甫志高　我送你。

[二人走下。

[唐贵山上，望着他们的背影。

[小贩奔上，向唐贵山做一手势，二人惊望，见魏吉伯率领二特务、沈养斋上。

唐贵山　（上前）区座，您……

[魏吉伯一挥手，打断唐贵山的话。

[汽笛又响，轮船驶去。

沈养斋　（盯着船去的方向，良久，叹了口气）唉！……

（唱“散板”）

局势如麻乱纷纷，

长空阵阵起红云，

漫山野草难斩尽，

叫人触目又惊心。

（上板）　我怀疑江上的每一条船，

我怀疑船上的每一个人。

漫江撒下天罗网，

海底要捞绣花针。

魏吉伯　报告吧！

唐贵山　是！都检查过了，刚才还差点儿出了岔子……

沈养斋　唔？

唐贵山　哦，是长官公署副官处的家眷。还有个穿西装的，给她扛皮箱……

沈养斋　穿西装，扛皮箱？是她什么人？

唐贵山　看样子是她……

沈养斋　跟她说了些什么话？

唐贵山　好像说……

沈养斋　看样子？！好像说？！废物！

[沈养斋扬手打了唐贵山一个嘴巴。

[甫志高上。众特务立即各自装出另一副面孔，暗暗避开。

[甫志高和沈养斋二人目光碰在一起，甫志高不觉打了个寒噤，转身忐忑不安地走下。

[沈养斋冷冷地观察着甫志高的背影，掏出打火机点烟。

唐贵山　（忽然想起）是他！就是他！

沈养斋　唔！（“噗”地一口吹灭了打火机）

[众特务齐盯着甫志高去的方向。

[幕闭。

第二场

[川北某县，城门附近。

[细雨蒙蒙的早晨。

[幕启。

华　为　（内唱“首板”）

冲破层层封锁网。

[华为上，查看情况，引上江姐同亮相。

江　姐　（唱“滚花”）

凌空展翅任飞翔。

华　为　（唱“梆子慢板”）

华蓥山上莽苍苍，翠柏青松遍山岗，

山风呼啸卷松涛，好一派雄伟气象。

江　姐　（接唱）当年红军闹革命，青松林内红旗扬，

扎起松枝作火把，熊熊烈焰照四方。

华　为　（唱“中板”）

远看高山隐约红星亮，

仿佛妈妈召唤响耳旁。

江　姐　你妈妈，双枪老太婆……

华　为　是啊！

（接唱）多少年她跟着红军闹革命，

到如今双枪紧握鬓如霜。

江　姐　回到妈妈身边了，看你多高兴！

[二人坐在一棵树下。

华　为　江姐，你不也一样吗？和老彭分别一年了，这回又到一起工作，你不高兴？

江　姐　小声点！

华　为　哎，说真的，江姐，我还没见过我这位——姐夫哟，他是个什么样儿呀？

江　姐　他呀，叫我怎么说呢？……

华　为　（念“韵白”）听说他身材魁梧，浓眉大眼，纵横川北，威震剑南。凭着三支鸟枪、五颗手榴弹，几百人马就拉队上山。

江　姐　咳，他还不是和我们一样，是一个普通的革命者……

[突然传来当当的锣声。

[江姐、华为站起。

[传来乡丁喊声：“鸣锣通知，鸣锣通知：县警察局告示，命令各乡、保、甲，都要挨户来看，不来看者就有通匪嫌疑，一律严惩不贷！鸣锣通知！……”

[华为一怔，欲上前察看，江姐拦住。

华　为　江姐，我去看看！

江　姐　不，你先去一号联络站，把关系接上。

华　为　　好。（将布包交江姐，下）

［江姐正欲上前，乡丁又敲锣奔上。

乡　丁　　（敲锣）鸣锣通知……

［敌警察局长率警察上。

敌警察局长　算了，饭桶！老子不来，你不打锣，老子一到，你就喊丧！滚蛋！

乡　丁　　是，局长！（跑下）

敌警察局长　（对江姐）……嗯？干什么的？

敌警察　　说！我们局长问你话呐！

江　姐　　进城。

敌警察局长　搜！

敌警察　　是！（搜查江姐手中的布包、雨伞）报告局长，净是些书。

敌警察局长　你进城找哪个？

江　姐　　县立女中吴校长。

敌警察局长　吴校长？……噢，你是个教书的，老师，（挥手示意警察将雨伞、布包还给江姐）喂，如今正在闹匪患，你单身出外有危险，眼前就有证据在，你往那边看！

江　姐　　雾茫茫，遮断高山。

敌警察局长　唔，你往那高处看！

江　姐　　雨蒙蒙，不见青天。

敌警察局长　哎，你再到这里来看！城墙上，木笼高悬，那就是有名的共产党、华蓥山纵队政委彭松涛！

江　姐　　彭松涛？！不知道……

敌警察局长　不知道，你自己去看！（率警察下）

［杨二嫂哭泣着上，乡丁返回。

乡　丁　　杨二嫂，看到没有？共产党的人头！

杨二嫂　　（闻声擦去泪）冇阴功哟！你驳长条命等唎。总有一天……小心你们的死人头！

乡　丁　　你！小心戴红帽子！（下）

杨二嫂　　（对乡丁背影）你莫凶！你们凶不到多久了！（欲下，悲愤难止，回身望

着城墙）老彭，我们老百姓忘不了你呀，彭政委！……（哭着跑下）

江　姐　（震惊，定睛望去，大恸）老彭！……

[幕后合唱“乙反散板”：

天昏昏，野茫茫，

高山古城暗悲伤！暗悲伤！

江　姐　（唱“乙反首板”）

寒风卷扑面来冰霜乍降。

（唱“乙反中板”）

我此心如刀绞痛断肝肠。

实只望欣喜满怀，相见在华蓥山上。

谁知你壮烈牺牲，一腔热血洒疆场。

（转“乙反二黄慢板”）

叫一声，亲爱的老彭，

重担千斤，还在你肩膀。

哭一句，亲爱的战友，

你今在何方？你今在何方？

（转“流水南音”）

曾记得长江岸边高山上，

红旗下是你介绍我入党；

曾记得罢工怒潮卷巨浪，

浪涛中你昂首挺立最前方。

你曾说华蓥山下凯歌起，

燃起那燎原烈火迎曙光；（拉腔）

（转“快二黄”）

你曾说，坚持战斗，

直到五洲四海全都解放。

革命者，笑迎风暴，要紧握手中枪。

你的话，依然在我耳边回响！

（转“快二流”）

一字字一句句从未遗忘。

这一回千里迢迢川北来，

带来了多少任务和希望；

只说是并肩战斗迎解放，

谁知你壮志未酬身先亡！

[风声、锣声。江姐镇静下来，警觉到自己的处境。

江　姐　（唱“快中板”）

朔风怒号锣声响，

敌人就在我身旁。

怒火烧干眼中泪，

革命到底志如钢。

血海深仇记心上，

（转“滚花”）

昂起头挺起胸，奔向战场！

[华为上，游击队员老陈随上。

华　为　江姐，山上派人接我们来了！……你怎么啦？

江　姐　没有什么。好，上山！

[老陈下。华为随下。

[江姐回头望了望，转身大步走下。

[幕闭。

第三场

[华蓥山上，东海寺后院。

[上午。

[幕启。女游击队员小华在门口守卫。蓝洪顺内白：“老彭呀！”上。

蓝洪顺　（唱“萧萧班马鸣”头段）

华蓥山上松涛吼，

万重云雾压心头。

敌人未灭失战友，

旧恨未消添新仇！

（转“霸腔中板”）

一腔怒火冲牛斗，

男儿有泪不轻流，

高举钢刀挥铁手。

革命人前仆后继，

拼将热血染神州！

[众游击队员拥上。

游击队员甲　蓝队长，怎么还不去请战呀？

游击队员乙　同志们心都快炸了。

蓝洪顺　好！走！（欲率众前去，突止步）

[双枪老太婆上。

双枪老太婆　（唱“霸腔散板”）

热血染红满天云。

（唱“霸腔散板”）

革命人，永青春，老彭他，英灵在，

好比苍松翠柏，挺立在山林。

（转“古腔中板”）

风卷松涛大地震，

壮怀激烈撼人心。

铁流滚滚流不尽，

革命自有后继人！

蓝洪顺　司令员！

众　人　司令员！

双枪老太婆　老蓝呵！你怎么又来了？

蓝洪顺　　司令员，你就下命令吧！

（唱“快中板”）

报仇杀敌倾肝胆，

蓝洪顺敢闯虎穴龙潭，

岩石可裂不可卷。

游击队员们（接唱）钢刀能断不能弯。

双枪老太婆（接唱）猛虎无谋井中陷。

游击队员们（接唱）拼教血染华蓥山。

双枪老太婆　同志们！面对这豺狼横行、风雪迷漫、枪声阵阵、血迹斑斑，哪一个不想把冤仇报？！哪一个不怒火烧心间？！

蓝洪顺　　好！走！

双枪老太婆　站住！可是，老蓝同志，暴躁莽撞有何用，轻举妄动杀敌难。同志们，我问你们，要是彭政委在，他会同意我们现在去打县城吗？

蓝洪顺　　彭政委他——

双枪老太婆　他会同意我们就这样去硬拼硬闯吗？

蓝洪顺　　他！他……牺牲了呀！

双枪老太婆　不！他永远活在我们心上！同志们，重庆派来的人马上就要到了，他一定会带来上级党的指示。我们不光要看到华蓥山，还要看到全国的形势呀！……

[老陈上。

老　陈　　司令员，重庆来的人到了！

双枪老太婆　是谁？

老　陈　　江姐！

双枪老太婆　哦！江雪琴同志来啦！

游击队员们　江姐到了？！

双枪老太婆　同志们，江姐她十里风尘，一路辛苦，来到这里，我们要很好地体谅她的心情。关于彭政委牺牲的事……你们先回去。

游击队员们　是！（下）

双枪老太婆　老蓝，你留下。

[蓝洪顺止步。

[华为上。

华　为　蓝大叔！妈，江姐来了，你看——

[江姐上。

华　为　妈，这是江姐，江雪琴同志。

江　姐　司令员。

双枪老太婆　雪琴同志，可把你们盼来了！一路上辛苦了吧？

蓝洪顺　快坐下歇一歇！

双枪老太婆　他叫蓝洪顺，是我们纵队二支队支队长。人家都叫他蓝胡子。

江　姐　老蓝同志！

蓝洪顺　江姐，你快请坐嘛！……

华　为　嘿！又到华蓥山了。这空气好新鲜呐！

双枪老太婆　可斗争是很残酷，你要经得住呵！

华　为　妈，您放心吧。这一路上，我想了很多，来的时候，我们经过了县城……

双枪老太婆　怎么？你们进了城？

华　为　没有。

双枪老太婆　哦……

华　为　路上听说有同志牺牲……

双枪老太婆　（忙打断他的话）华为呀，一路你没把江姐照顾好吧？

江　姐　他照顾得很好。

[华为还欲说什么，被双枪老太婆打断。

双枪老太婆　华为呵，快跟你蓝大叔把东西安置一下。

蓝洪顺　走吧。（领华为下）

江　姐　我把情况汇报一下……

双枪老太婆　不忙，不忙嘛，小华，倒茶呀！

小　华　哎。（上前倒茶，与江姐目光一碰，勉强地笑了笑。倒茶后，退到一边，偷偷擦泪）

[双枪老太婆发现小华在擦眼泪，看了她一眼，小华低头走下。

双枪老太婆 （上前）这几天，敌人封锁得紧，路上很不好走哇，我也没下山去接你们，怎么样，一路上你们没碰到什么……意外的事吧？（看到江姐神色有点不对）啊，你身体不舒服？

江　姐　不！我身体很好，我请求马上参加战斗！我不能……

双枪老太婆　是呀，是呀，应该用战斗来……

[二人四目相对，又同时四目闪开。

[静场。

双枪老太婆 （旁唱“滚花”）

她满怀欢欣初到来，
怎把这噩耗来经受！

江　姐　（接唱）　老妈妈待我情谊厚，
伤心事几回咽下喉。

双枪老太婆 （唱“芙蓉中板”）

一定要为江姐分担悲与忧。

江　姐　（接唱）　万不能再给她增添苦和愁。

双枪老太婆 （接唱）一颗心好似箭穿透。

江　姐　（接唱）　千滴泪偷往肚里流。

江　姐
双枪老太婆 （二重唱）

强颜欢笑对战友，
且将悲痛藏心头。

双枪老太婆　江姐……

江　姐　司令员，我把情况汇报一下。

双枪老太婆　不，先喝茶。

江　姐　这次省委在重庆召开了会议，传达了中央的指示。

双枪老太婆　中央的指示！……

江　姐　党中央指出：目前的形势已经到了一个历史的转折点，这是一个伟大的转变，它必然要走向全国的胜利！根据中央的精神，省委对于华蓥山地区的武装斗争也作了决定（低语）……

[华为匆匆奔上，蓝洪顺紧追上。

华 为　妈，怎么？老彭他……

蓝洪顺　华为，唉！

双枪老太婆（欲制止华为说下去）华为，你真不懂事！

江 姐　司令员，不怪他，他不知道哇。

双枪老太婆　你——？

江 姐　我已经看见了！

蓝洪顺　江姐，我……咳！（冲下）

江 姐（对华为）一路上，我没有告诉你，因为我不愿意让你也……

华 为　江姐！妈！（哭着跑下）

江 姐（对双枪老太婆）我知道，同志们怕我难受，我知道你……

双枪老太婆　本来想过几天再告诉你……

江 姐　司令员！

双枪老太婆　雪琴！

江 姐　妈妈！（扑在双枪老太婆怀中）

双枪老太婆　孩子呵！

（唱“霸腔回龙二黄”）

千重恨，万重苦，莫压在心头，

当着亲人面，有泪尽情流。

我和你，献身革命上征途，

死别生离同经受，

应像那，山上青松枝干硬，

风吹雨打不低头。

且把悲痛仇恨，化为满腔烈火，

踏着先烈足迹，阔步朝前走。（拉腔）

[小华拿一面红旗上，交与双枪老太婆。

双枪老太婆　这是彭松涛同志留下的遗物。

江 姐（接过红旗。唱“二流”）

接过红旗捧在手，

妈妈说话记心头。

遥对长空告战友，

青山不改水长流。

记住旗上亲人血，

抖擞精神来战斗，

前赴后继干革命，

赤心耿耿照千秋！

[此时，蓝洪顺、华为、游击队员们走上。

江　姐　司令员，请把我派到战斗的岗位上去吧！

游击队员们　为老彭报仇！为江姐雪恨！

蓝洪顺　司令员！只待一声令，挥刀杀仇人！你就下命令吧！

游击队员们　下命令吧！

江　姐　同志们！

（唱“爽十字中板”）

亲人爱阶级情我长留心坎，

为报仇去硬拼却万万不能，

越是急越是恨越要沉稳，

思良策讨血债杀尽敌人！

双枪老太婆　同志们，江姐给我们带来了省委的重要指示，目前的形势已经到了一个历史的转折点。

江　姐　同志们，我人民解放军粉碎了蒋介石的进攻之后，现已开始了全面反攻，我们的胜利就要到了！同志们，党中央毛主席发出了指示！……

蓝洪顺等　党中央！毛主席！

江　姐　毛主席指示我们，要发动群众，抗丁抗粮，加强人民武装，发展游击战争，配合解放大军，打倒蒋介石！解放全中国！

游击队员们　好哇！打倒蒋介石！解放全中国！

（唱“快中板”）

战鼓轰天惊雷滚，

华蓥山上涌风云！

[众亮相，幕闭。

第四场

[川北某县城郊。大石桥边“小店”边有一棵大黄桷树，树上贴着告示。

[中午。

[音乐声中幕启。

[乡丁在桥头巡哨。蓝洪顺在店里喝酒。乡丁盯着蓝洪顺的酒，口涎直流。

乡　丁　（走下桥头）杨二嫂！杨二嫂……

杨二嫂　（从室内走上）清明已过，还有鬼叫？！

乡　丁　来一壶！

杨二嫂　多少？

乡　丁　二两。

杨二嫂　（伸手）拿来！

乡　丁　钱？（作忘记带来状）赊住。

杨二嫂　新数连旧数，写满了牛皮簿！

乡　丁　嘿！熟客仔，没问题。

杨二嫂　要白食，没交易！

乡　丁　喂！今天欠你“湿柴”，明天还你光洋。再说，你巴结上我，有你的好处。

杨二嫂　谁个稀罕你的好处。

乡　丁　哼，等老子发了财，你想高攀也高攀不上啦！

杨二嫂　咳嗤！

（唱“石榴花”）

茄子开花似灯笼，

你们发财我们穷；
铜盘虽烂斤两重，
我们人穷志不穷！

乡　丁　喂喂！

（念“白榄”）

说话小心点，难道你不怕……

杨二嫂　（接念）　我不怕。

胆大敢骑烈性马，
胆小怕骑“伥鸡乸”。
天下穷人有志气，
手拉紧手打天下。

乡　丁　（接念）　什么话？

居然想造反，老子把你抓！

蓝洪顺　算了，你把她抓走，到哪里去喝酒？

乡　丁　你不知道，她这个人……

蓝洪顺　算了，算了，坐，我请客！（对杨二嫂）加一双筷子。

杨二嫂　哼！又“滚”到一餐！

乡　丁　你！……

蓝洪顺　（拉乡丁坐下）坐嘛！

[杨二嫂添上一副杯筷。

蓝洪顺　（倒酒）来来来！

乡　丁　大曲酒？！……真香。

蓝洪顺　（唱“散板”）

大曲酒开坛喷喷香。

乡　丁　（接唱）　豆腐干夹花生味道悠悠长。

三杯到肚精神爽。

蓝洪顺　（接唱）　且把那闷气愁烦丢一旁。

乡　丁　嘻嘻……真是好酒！

蓝洪顺　来，再干一杯！

乡　丁　不行了，还要站岗！

蓝洪顺　嘿！站岗站岗，路边一躺，有事望两望，无事扯鼻鼾！

乡　丁　哎！今天可不行啊！

蓝洪顺　没事，一不过军车，二不送壮丁，有什么大不了的事？来，饮！

乡　丁　唉！就是要过军车呀！三车军火！

蓝洪顺　三车军火？你别骗我！

乡　丁　真的，围剿华蓥山，今天运军火，下午二时半，准时要经过。

蓝洪顺　喂！莫谈国事免惹祸。

乡　丁　嘿！酒杯兄弟，信得过。

蓝洪顺　华蓥山游击队挺厉害的吗？

乡　丁　嘿嘿，提起双枪老太婆，谁不害怕？前时有个彭松涛，现在又出了个江队长，总之搞到我们吃不好饭，睡不好觉。

蓝洪顺　哦！这么厉害！

乡　丁　不信，你看这告示！

蓝洪顺　（走至树下，念告示）"悬赏捉拿江队长……"

乡　丁　通风报信赏大洋五百；打死就是一千；抓住活的，赏现洋两千块！

蓝洪顺　嗬！那个江队长是什么样儿？

乡　丁　什么样儿？连警察局长也是盲摸摸。其实依我看呀，老太婆就是江队长，江队长就是老太婆，一个人。

蓝洪顺　哦！

［小华、江姐、华为、小张、老陈等游击队员们暗藏武器改装陆续上场。

乡　丁　（忙上前拦住）站住！哪儿来的？

小　华　余家场。

乡　丁　到哪儿去？

小　华　进城。

乡　丁　进城？不行！这条路戒严了！

小　华　连路都不让走了！

乡　丁　不让走就是不让走嘛，你想干什么？！

江　姐　那我们就在这儿歇会儿吧。

[游击队员们停下。杨二嫂上前招呼。

杨二嫂　哎！你这位大姐要吃什么？来碗加蛋糯米酒糟好吗？

[乡丁又上桥头巡哨。

小　华　来碗开水。

杨二嫂　啊！

华　为　怎么老是戒严！什么时候才让走呀？

蓝洪顺　小伙子，歇会儿吧！下午二时半要过军车！

乡　丁　咳！你——

杨二嫂　唉吔，你们怕是没走过这地方了！前两天呀，凡长胡子的，就像他这样的（指蓝洪顺）都不敢出门啊！

蓝洪顺　为什么？

杨二嫂　听说县里要抓个蓝胡子。唉吔！把所有趁圩的胡子老汉都抓完了！白胡子、黑胡子、花白胡子，什么胡子都抓，就是没抓到那个蓝胡子，而是一个姓蓝的胡子共产党。

蓝洪顺　我说嘛，哪有人长蓝胡子的，又不是唱戏。

杨二嫂　你们住在余家场，看见共产党了吗？

小　华　余家场倒闹得厉害！有钱人家吓破胆，县里又不派兵……

杨二嫂　县里？他们泥菩萨过河——自身难保。

（唱“西皮”）

共产党里能人多，
有个双枪老太婆。
双手打枪百发百中，
要打你的下巴，
不会打错你的鼻哥。

蓝洪顺　嗬！那么厉害！

杨二嫂　（续唱）　这一阵又出了一个江队长，
抗丁抗税又抗粮，闹得更红火。
县城的警察局长，胆都吓破。
公堂也不敢坐，要他们夜夜打烂铜锣。

乡　丁　（从桥上走下来）杨二嫂，你在乱讲，游击队那个彭政委还不是给我们杀了吗？！

杨二嫂　哎……人家彭政委是星宿下凡！天上的星宿哪能久住人间。

（唱"四不正"）

三月十五晚天色变，

闪闪电光雨连绵。

城上人头都不见，

都说华蓥山上出了神仙！

乡　丁　别吹牛了！你见过吗？

杨二嫂　见过的人多啦！穷人见了消灾免祸，你这号人见了一世折堕！

乡　丁　哼！就听你一个人吱吱喳喳，我看你简直像个共产党！

杨二嫂　这就奇怪了，未必连话也不许人家讲吧。哼！你有火焰山，我有芭蕉扇，各人头上一方天，你要点就点！

[远处汽车声。

华　为　喂，汽车来了。

乡　丁　糟了，军车来了。（跑下）

小　华　二嫂，今天我们借你这个地方（附耳低语）……

杨二嫂　啊？……噢！

小　华　帮个忙吧！

杨二嫂　做得，做得！

[小华、杨二嫂下。

蓝洪顺　同志们，准备战斗！

[游击队员们拿出武器，埋伏在桥两侧。

[汽车声上。

华　为　车停了！

蓝洪顺　停了！车在哪儿停，就在哪儿打！

江　姐　这里离城很近，我们要争取不放一枪。

华　为　那边来了一个人，是个当官的模样。

江　姐　我来对付，你们隐蔽两旁。

蓝洪顺　同志们，隐蔽！（率众分头下）

[场上只留江姐，像过路人的样子坐下喝茶。

[传来唐贵山的声音："就在那边停住，不准下车……"

唐贵山　（骂着走上）把闲人都给我赶开！混蛋！出了事枪毙了你，（焦急地摘下帽子擦汗）

（唱"恨填胸"）

当差当得我好辛苦！（双句）

（念"白榄"）

押军火，走长途，

太阳晒得我心焦躁，

在重庆没把戏唱好，

罚到川北来跑龙套。

盼只盼早灭游击队，

唐贵山我戴罪立功劳！

（续唱"恨填胸"尾腔）

立功劳。

[小华自室内出，收拾茶具。唐贵山走过来。

唐贵山　来碗糯米甜酒糟。

小　华　好！（下）

唐贵山　（扭头忽然见到江姐）戒严了，你怎么还不走？

江　姐　（未理）……

唐贵山　听见没有？这里不准停留，都得给我走！

江　姐　（放下茶碗）要是不走呢？

唐贵山　不走？哦？我们好像在哪儿见过呀？

江　姐　怎么？不认识了？

唐贵山　啊！西南长官公署副官处的小姐！哈哈，朝天门码头一别，想不到今日在此地相逢啦！哈哈……这一回又是什么联络任务啊？……说吧！说出来我给你立功请赏！

江　姐　你倒挺大方啊！

唐贵山　大方？哼！上回在朝天门码头，就是因为我太大方，棋差一步，弄到丢官卸职，幸亏天无绝人之路，该我唐贵山时来运到……（掏出手枪）说！你们的老太婆、江队长，现在在什么地方？

江　姐　（一笑）就在这里。

唐贵山　（一惊）来干什么？

江　姐　来接收你这批军火！

唐贵山　什么？！好大的口气。

[小华端一碗开水上。

小　华　先生，滚水！

[唐贵山伸手来接碗，小华将碗一拨，烫得唐贵山怪叫了一声。与此同时，旁边闪出警卫员小张，劈手夺过了唐贵山的枪。唐贵山想抵抗，被小张一拳打个滚。

唐贵山　哎哟！……

小张、小华　（用枪逼住唐贵山）不许动！

唐贵山　哈哈……（撕开上衣，虚张声势，拍着胸脯）照这儿打吧！你们也不想一想，四周围都是我的人，一响枪，还跑得了你们！（突然大叫）来人！

[蓝洪顺、华为等人从四面逼上。

[唐贵山大惊，失魂落魄地呆在一旁。

江　姐　说吧，你来干什么？

唐贵山　我……

蓝洪顺　说！

唐贵山　是！押送军火。

江　姐　几车？

唐贵山　三车。

蓝洪顺　嗯？

唐贵山　是三车呀！

[江姐与蓝洪顺交换眼色，彼此会意。

江　姐　多少人押送？

唐贵山　四个人。

江　姐　什么？

蓝洪顺　你不说实话，我就……

唐贵山　报告，没敢说假话呀，是每车四个人，加上两个司机，除我之外，一共三六一十八个人。

江　姐　还有什么？

唐贵山　没有了……

蓝洪顺　胡说！

唐贵山　啊，沿途还有乡丁放哨。

蓝洪顺　押起来！

[华为押唐贵山至一边。

江　姐　老蓝，根据现在的情况，我看还是按照司令员指示的第二个作战方案执行，你带同志们迂回到那边小树林去！记住，最好不要放枪。

蓝洪顺　好。同志们，跟我来！（率众下）

江　姐　叫他喊话！

华　为　（对唐贵山）站住，叫他们下车集合！

江　姐　到小树林集合！

唐贵山　是……

华　为　走。（推唐贵山走上桥头）说！

唐贵山　（对远处喊）李德贵！叫他们下车，到小树林集合！

[幕后有人应声。

[少顷，幕后传来喧哗声："不许动！缴枪不杀！……"

[锣鼓声中蓝洪顺上。

蓝洪顺　江姐，全部缴械！

[唐贵山大惊。

江　姐　好！

（唱"快中板"）

多亏了运输大队长，

送来武器三车厢，

立即押运回山上——

[突然传来一声枪响，一游击队员甲跑上。

江　姐　（接唱）为何打了一声枪？

队员甲　报告，有个家伙想逃跑。

江　姐　同志们，迅速转移！老蓝，你们支队押送，原车开走，我们在后掩护。

蓝洪顺　好。（率游击队由桥头下）

[内场汽车驶去声。

[杨二嫂自室内出。

江　姐　二嫂，今天打搅你了。等会儿我们走后，你也去找个地方避开一下吧。

小　华　二嫂，茶钱。

杨二嫂　不用了，不用了，你们这么快走，不再坐一会儿？你们慢走啊！

[警卫员小张押唐贵山下。江姐、小华同下，华为走在最后，临走把一张字条钉在“悬赏捉拿江队长”的告示上。

杨二嫂　（目送他们远去。唱“中板”）

人话孙悟空有七十二般变化，

我说是他们本领更堪夸！

盼只盼有朝一日翻天下，

那时呀，（腔）

春临大地，日照山里人家。

（收拾碗筷进入室内）

[少顷，乡丁领敌警察和警察局长悄悄摸上。

敌警察局长　（低声催促）快！上！

[敌警察硬着头皮冲进屋去。少顷，押杨二嫂出。

敌警察　报告局长，就她一个。

敌警察局长　啊？（对乡丁）张老么！

乡　丁　有！

敌警察局长　那游击队呢？

乡　丁　这，怎么都跑了呀。

敌警察局长　（对杨二嫂）游击队跑哪里去了？

杨二嫂　我怎么晓得呀！

敌警察局长　（指挥警察）顺这条路，给我追。

[二警察下。

敌警察局长　（回头对幕后）方殿彪，带人顺小路追！

[幕后有人应声："是！"

敌警察局长　（回头望着乡丁）过来，混蛋，人都跑了，你才来报告。（一记耳光，见杨二嫂要走）站住！

杨二嫂　干什么？

敌警察局长　干什么？我问你，来了游击队，怎么不报告？

杨二嫂　我晓得哪个是游击队呀！

敌警察局长　说！都有谁到你这儿来喝茶？

杨二嫂　那就是多得很！

（念"韵白"）有大人、细路、姑娘、媳妇，（念"新抱"）有长胡须，有包头布，哦，还有你们那个唐副官刚才来到。

敌警察局长　哼！我看你就是共产党！

杨二嫂　哟！你不讲理呀！

敌警察局长　哪有那么多理跟你讲！押起来带走。

杨二嫂　你正式是个"猪框木虱唔臭人味"，抓不到游击队拿老百姓出气，你这个斩头鬼，等着有人收拾你……（一路骂着被押下）

[敌警察局长大怒，欲追下，忽见树上字条，忙撕下观看。

敌警察局长　（念字条）"要问军火去何方，上山来找江队长！"……又是江队长！那一回谢家湾聚众闹事，抗丁抗粮，是江队长；上个月劫走壮丁，大闹余家场，也是江队长；现今军火被劫，头头又是江队长！江队长！到处都是江队长……

[敌警察跑上。

敌警察　报告局长，江队长被我们抓到了！

敌警察局长　什么？

敌警察　我们抓到了江队长。

敌警察局长　这么快，我不信！

敌警察　千真万确，连他自己都承认是江队长。

敌警察局长　咦！这才奇怪！

（唱“滚花”）

红光照我天灵盖，

眼看升官又发财，

好比打天九摸到天牌真好彩，

江队长居然被抓来。

哈哈哈……我说嘛，一个小小的江队长，还能跳得出我手掌心？唔！今天我倒要看看他是三头六臂，还是铁打的金刚！给我押上来！

敌警察　是。（下，押江对章上）

敌警察局长　喂！你是谁？

江对章　江、江对章。

敌警察局长　唔！江队长，多大岁数？

江对章　去，去年花甲齐头，六十一了。

敌警察局长　几时入党？

江对章　入党？何时入党？哦！是那个民、民国二十五年。

敌警察局长　介绍人是谁？

江对章　是那个龙、龙头大爷王九龄，他……

敌警察局长　有何活动？

江对章　什么？

敌警察局长　活动。

江对章　没有什么活动呀……

敌警察局长　放屁！今天不老实招供，我就枪毙了你！

江对章　哎呀，当真没什么活动呀，都是王大爷害死人，他、他说参加了好，人多势力大，又说中央军都入川了，还是参加了好，我听王大爷的话，后来我就参，参加了。

敌警察局长　你到底参加的什么党啊？

江对章　我也搞不清楚啊！听王大爷说的，叫什么乌龟“括民党”嘛。

敌警察局长　啊？你原来不是江队长。

江对章　我是江对章呀，江山的江，冤家对头的对，签名盖章的章呀！

敌警察局长　呸！（急得两头跳）

（唱“流水中板”）

错了错了搞错了！

一肚子高兴全报销，

捞到个大草包庸人自扰，

当堂头昏脑涨发高烧！（腔）

[敌警察局长正气急败坏，忽传来汽车声。

敌警察　（对汽车方向）站住！站住！

魏吉伯　（怒冲冲上）混蛋！没长眼睛？！

[沈养斋上。

沈养斋　怎么？谁拦我的车呀？

敌警察局长　（大惊，忙上前）区座！电报上不是说明天才莅临本县吗？

沈养斋　愚蠢！

敌警察局长　是！

沈养斋　你们在这儿干什么？

敌警察局长　报告区座，部下在这里抓游击队的江队长……

沈养斋　唔？

敌警察局长　刚才他们在这里劫走了我们三车军火……

沈养斋　什么？！这里离城多远？

敌警察局长　八里多路……

沈养斋　嘿嘿！

（唱“合调中板”）

离城八里不是百里，

游击队居然剃眼眉，

可见你工作成绩是怎样子！

我这三车军火运来何用你可知？

敌警察局长　是围，围剿华蓥山游击队！

沈养斋　好啊，这不等于送给人家一座军火库啦！

敌警察局长　是，部下一步来迟。

沈养斋　真是呀，不到下面，不知流弊之多；不出华堂，不知形势之危呀！……（忽然发现江对章）唔？你是干什么的？

江对章　回禀官长，我就是他们抓来的江对章呀。

沈养斋　什么？这就是你抓来的江队长？！荒唐！直到如今连江队长是男是女都还搞不清楚，废物！

[魏吉伯扬手打了敌警察局长一耳光。

沈养斋　唉！遗憾呵！我们这里像你这样的人太多了，而共产党里像甫志高那样的人又太少了！

魏吉伯　押下去。（敌警察局长还想说什么）下去！

[敌警察局长和江对章被押下。

江对章　（连呼）冤枉！我是国民党呀，冤枉！……（下）

魏吉伯　区座，这个老头儿……

沈养斋　当共产党抓来的嘛，当共产党处理。

魏吉伯　是。

沈养斋　甫志高呢？

魏吉伯　还在车上。

沈养斋　这里离城很近，甫志高应该和我们单独行动。叫他来。

魏吉伯　是。甫先生！

甫志高　（上）区座，你叫我？

沈养斋　甫先生，你应该开始行动了。

甫志高　是，这一带地形我熟悉，我陪区座进城。

沈养斋　不，你应该单独行动。

甫志高　区座，就我一个人……

沈养斋　魏处长。

（唱“滚花”）

你协助甫先生，行动必须加紧。

魏吉伯　是。

沈养斋　记住。

（续唱）　不计任何代价，

一定要抓到江——雪——琴！

[切光。幕急闭。

第五场

[川北某县城郊，“联络站”——小镇口一农舍，屋外有树，屋后有山坡。窗台上摆着一盆作暗号用的红辣椒。

[下午。蓝洪顺背背篼上。

蓝洪顺　（唱“中板”）

联络站安全暗号依然在，

红辣椒端端正正摆窗台。

我假作穿街过巷卖青菜，

到镇口喜同战友聚会来。

有青菜卖——卖青菜啰！

[蓝洪顺四顾无人，进屋，江姐从室内出。

江　姐　噢，老蓝！（接过背篼放下）你们那里群众骨干分子会开得好吧？

蓝洪顺　好！江姐，上回大石桥行动，三车军火，对群众影响可不少哇！有同志提出来，要求摆开阵势，打个大仗！

江　姐　摆开阵势打大仗！老蓝，你的意见呢？

蓝洪顺　我呀，（憨笑）嘿嘿……三天不打仗，心里就憋得慌！

江　姐　老蓝呀！

（念“韵白”）任务繁多分急缓，要眼观全局作安排。当前应继续分赴农村去，把抗粮运动向四面推开。且看万杆红旗飞抵剑门外，准备迎接大军进川来。

蓝洪顺　对！

江　姐　那你就——

蓝洪顺　那我就再憋会儿呗！嘿嘿……嗯，华为呢？

江　姐　重庆要派人来，华为接人去了。

[小华急上。

小　华　蓝大叔！江姐，我在路口望了很久，还是不见华为回来。

江　姐　按预定计划，该回来了！……不会是出了什么问题吧？……

蓝洪顺　我进城去看看！

江　姐　不！这样吧，（拿出一份文件）为了预防万一，你带着这文件到紫竹林等我，我在这儿再等等华为。

蓝洪顺　（接过文件）好！（欲下）

江　姐　（叫住）要是天黑以前我们还没到，你就直接上山，不要再等。

蓝洪顺　哎。

江　姐　这份文件很重要，它关系到组织和同志们的安全，路上千万要小心！

蓝洪顺　嗯，这一带我常来常往，你放心吧！（出门）紫竹林等你！（下）

江　姐　（拿出字条）小华，把暗号撤掉！

[江姐烧文件，小华走向窗台欲撤暗号，忽看见华为从山坡上下来。

小　华　（高兴地对室内）江姐，华为回来了！

[华为进屋。

江　姐　重庆的同志来了吧？

华　为　来了。

江　姐　孙明霞呢？

华　为　市委派老萧同志来，重庆出了问题，孙明霞被捕了！

江　姐　孙明霞？！被捕了？！

华　为　听老萧同志的口气，好像是党内出了叛徒！

江　姐　出了叛徒？！老萧同志呢？

华　为　在那边小树林里。

江　姐　哦？

华　为　出城的时候，城里正在清查户口，城门口设了好几道关卡，盘查得很严，所以耽搁了时间。

江　姐　这一定和重庆出事有关！

华　为　还有，回来的路上也发现几个形迹可疑的人，所以没让老萧同志来这里。

江　姐　你做得对！这个联络站不能用了，我们马上转移！小华，把暗号撤掉！

小　华　是！（撤去红辣椒）

[江姐、华为、小华收拾东西。

江　姐　华为，你先送老萧同志上山，快走！

[华为下。甫志高奔上。

甫志高　江姐，我找了你好久哇！

江　姐　甫志高？你怎么来了？

甫志高　（望着华为远去的背影）……啊？

[小华在屋外查看四周动静。

甫志高　给你们送电台来了，还有一台发电机！哎呀！这一路哇，情况非常紧张！不提了，我们走吧！……啊，是老许同志亲自派我来的。原计划不是让孙明霞来嘛，她病了。

江　姐　孙明霞病了？！

甫志高　对，她病了！

（唱“减字芙蓉”）

孙明霞病卧在床，

这个任务就交给了我。

江　姐　噢，老许同志有信给我吗？

甫志高　（接唱）　他叫我口头汇报，

怕路上会出风波。

江　姐　重庆最近情况如何？

甫志高　（接唱）　工学商联合斗争，

重庆城遍地烈火！

江　姐　最近有同志被捕吗？

甫志高　没有，没有呀！

（接唱）　同志们隐蔽得好，

反动派枉设网罗！

江　姐　你怎么知道这个地方？

甫志高　（接唱）　这个地方我原本不知，

是老许亲口告诉我。（慢收）

江　姐　噢……

[甫志高低头喝茶。

江　姐　（旁唱“长句滚花”）

细思量：为什么——

他言语差错这样多？

孙明霞不幸遭逮捕，

他却说卧病在床受折磨。

这地点我们还未上报过，

他却说老许知道，

分明是信口开河。（句）

看来他，他他他是毒蛇，

妄想幻化人形迷惑我。

[小华进屋掏枪欲打甫志高，被江姐制止。

江　姐　你还没吃饭吧？小华屋里做饭去！

小　华　哎。（进室内）

甫志高　不不不，工作要紧呐，江姐还是先……

江　姐　先坐一坐，等会儿老太婆要来呢！……

甫志高　啊啊，也好，也好。……

[屋外，特务们鬼鬼祟祟上，江姐打开镜匣假意梳头。

魏吉伯　（低声对一特务）快把我们的人都调来，这儿有大鱼！

[特务应声下，魏吉伯又闪身屋后。

甫志高　（旁唱“梆子流水”）

为什么她梳头窗下坐？

江　姐　（接唱）　镜子里看见屋外有恶魔！

甫志高　（接唱）　谢天谢地，我运气真不错。

江　姐　（接唱）　万丈怒火燃烧在心窝！

甫志高　（接唱）　她神色安稳难捉摸。

江　姐　（接唱）　他狡诈阴险诡计多。

甫志高　（接唱）　且把她当作鱼饵诱擒另一个。

江　姐　（接唱）　可笑他利令智昏暗算老太婆。

甫志高　（接唱）　看住她，静候飞蛾来扑火。

江　姐　（接唱）　拖住他，免得战友遇风波！

[屋外，蓝洪顺上，走至树后。

蓝洪顺　（唱“快中板”）

紫竹林中长等候，

不见战友我转回头。

惊看辣椒已撤掉，

此地危险不可留。

江姐是否已撤走？

不弄个明白不甘休！

有青菜卖！卖青菜啰！

[江姐一惊，甫志高一愣。

江　姐　（旁唱“恋檀中板”）

为什么（工）——

暗号撤除他还不走？（尺）

甫志高　（接唱）　为什么她沉吟这样久？（尺）

蓝洪顺　（接唱）　为什么一点声音也没有？（士）

江　姐　　　　　　他　　　　　他
　　　　（接唱）　　真叫我为　　担忧。（尺）
蓝洪顺　　　　　　她　　　　　她

蓝洪顺　（接唱）　莫非江姐遭毒手？

甫志高　（接唱）　莫非她想逃走？

江　姐　（接唱）　形势急似火上加油。

蓝洪顺　（接唱）　我打开突破口。

甫志高　（接唱）　我撒下钓鱼钩。

江　姐　（接唱）　我要粉碎这阴谋。（士）

江　姐
蓝洪顺　（接唱）　还需要当机立断想计谋！（合）
甫志高

蓝洪顺 （接唱） 我必须闯进去！

江 姐 （接唱） 你应当赶快走！

甫志高 （接唱） 我不能再等候！

江 姐 我要救战友！

蓝洪顺 （接唱） 我要救战友！（上）

甫志高 我要先下手！

江 姐 （长过门，续唱）

老蓝若是落虎口，

文件机密会泄漏。（拉腔至“合”收）

[小华自室内出。

小 华 江姐，我们被包围了！

甫志高 嘿嘿……走吧！

江 姐 甫志高，你这叛徒！

甫志高 （大惊）怎么？！

[屋外，蓝洪顺一惊。

甫志高 你，（逼上前）江雪琴！

[蓝洪顺欲冲入。

江 姐 走开！不许靠近我！我叫你走开！

[江姐抓起那盆红辣椒，借作打甫志高，甫志高弯腰一躲，花盆直扔出窗外。

[蓝洪顺一愣，特务甲上前抓蓝洪顺，蓝洪顺将特务甲打倒，拔刀欲砍——

小 华 （隔窗大喊）大叔！快走！

[蓝洪顺猛地意识到身带文件，顿足急转身奔下。

[特务甲爬起来便追，小华隔窗一枪把特务甲打死。

[特务乙由室内跳出，打了小华一枪。

[江姐逼住甫志高，扬手打了他两耳光。

[甫志高退后，掏枪，小华踉跄上前，护住江姐，尽最后力量，打了甫志高一枪，甫志高被击倒。

众特务　不许动。

小　华　叛徒！……（力不支，欲倒，江姐扶住）……江姐……

江　姐　小华！

[小华倒在椅上死去。

[魏吉伯率众特务一齐涌上，逼住江姐。

[江姐哀悼地望着小华，然后抬头，怒视魏吉伯等。

[甫志高扶着受伤右臂缓缓爬起。

[江姐鄙视地对众特务。

魏吉伯　走！

[灯暗。幕闭。

第六场

[重庆，“中美合作所”渣滓洞集中营审讯室。

[夜，音乐声中幕启。

[敌看守二名当门而立，魏吉伯焦躁异常，坐立不安。

[幕后传来一声口令，“立正”，沈养斋上。

沈养斋　（念）审讯江雪琴，策略靠攻心。（脱下帽子、手套扔在桌上）

敌看守　请甫专员……

沈养斋　吉伯，你们连续审讯，一无所得。相反，人家绝食、抗议、斗争，搞得我们手足无措，堂堂中美合作所成何样子？

魏吉伯　部下办事不力。

沈养斋　很不力，今天晚上再搞不到重庆共产党地下组织名单，对美国顾问，对总裁，确是不好交代！

魏吉伯　是！

[甫志高上。

甫志高　区座，你叫我……

沈养斋　唔？哼！……（走进内室）

［甫志高惶恐地拿起桌上的帽子、手套随入。

［幕后声："江小姐，请！"

［敌看守押江姐上。

江　姐　（唱"中板"）

长夜将明风更紧，

残冬欲尽雪更寒。

风紧雪寒战歌响，

红梅含笑接春光。

魏吉伯　江雪琴，你想得怎样了？（见江姐不理）哼！这是中美合作所，只有进来门，没有出去路，除非交出你们地下组织名单……

江　姐　你们需要的，我全知道。

魏吉伯　噢？

江　姐　上级的姓名我知道。

魏吉伯　嗯！

江　姐　下级的姓名我也知道。

魏吉伯　好！

江　姐　但这是我们共产党的秘密。从我口里，你们半点材料也得不到。

魏吉伯　你！……老实告诉你，你们的组织，全在我们掌握之中！

江　姐　那你又何必来问我呢？

魏吉伯　这……

江　姐　嘿嘿，还是把你的后台老板请出来吧！

魏吉伯　（恼羞成怒）准备老虎凳！

［沈养斋哈哈大笑着从内室走出，甫志高随上。

沈养斋　哈哈，江小姐真是有胆有识，令人钦佩呀！（挥手令看守下）不过，江小姐总应该考虑一下目前的处境啊！

江　姐　（念"口鼓"）目前的处境，就是蒋家王朝将被人民埋葬。辽沈、淮海、平津三大战役，你们老本都已输光！

沈养斋　（接念）不要忘记，还有一条扬子江。

江　姐　（接念）以为长江天险，能挽救你们的覆亡，不过痴心妄想。我们一定要解放全中国，雄师百万马上就要渡长江！

沈养斋　这……哎！我们何必绕那么大的圈子呢？甫先生，可以谈谈你的见解嘛！

甫志高　我？啊……江雪琴呀！

（唱“板眼”）

你似扁舟一叶过大江，
怎奈狂风恶浪夜茫茫。
今日身在监牢披枷锁，
未知何年何月出铁窗。
有道识时务者英雄汉，
何苦轻抛生命逞刚强？

（过序衬念“白榄”）

倒不如——
激流猛转舵，悬崖紧收缰，
干戈化玉帛，委屈求平安。

（续唱）　背后还有一条路宽广，
无边苦海回头是岸。

江　姐　无耻！

（唱“快慢板”）

苟且偷生出卖灵魂叛徒丑相，
在我面前摇头摆脑作势装腔。
你眼前黑夜茫茫狂风卷恶浪，
我看到朝霞喷薄红日出东方。

（唱“快十字清”）

为实现共产主义崇高理想，
抛头颅洒热血视作寻常。
钻狗洞陷泥坑就是你的路途“宽广”。
千万年人痛骂，痛骂你这——

（稍快）　狗洞残渣，奴才模样，

豺狼本性，蛇蝎心肠。

沈养斋　江小姐，未免太过分了吧。今天我你之间是审讯与被审讯的关系。

江　姐　不对，我你之间是革命与反革命的关系，是你死我活的阶级斗争。

沈养斋　开口阶级斗争，闭口武装暴动，你们那一套阶级斗争学说，早已陈腐不堪。马克思死了多少年啦？列宁死了多少年啦？

江　姐　还有斯大林，还有毛泽东，听到他们的名字，你们就浑身发抖，胆战心惊，无产阶级的革命学说，与天地共存，永世长青。用马列主义武装的革命人民，要把你们这些反动派消灭干净！

沈养斋　你说什么？

江　姐　我说，要消灭一切反动派，包括你们这群美帝国主义豢养的走狗！

魏吉伯　江雪琴，你放……

沈养斋　你们都出去！

[魏吉伯、甫志高退下。

沈养斋　江小姐，不要意气用事，事到如今，应该回头为自己想想了。据我所知，你从小失去父母，现在又失去丈夫，剩下一个孩子，是否又会成为孤儿，就在你一转念之间了。唉！四十年来，沈某也是尝尽辛酸，饱经忧患啊！

（唱“梆子流水”）

我也有妻室儿女父母家庭，

我也曾沧桑历尽湖海飘零。

有道是相惜惺惺相怜同病，

对你这凄凉身世极表同情。

（转“古老中板”）

叹人生逝水年华犹如梦境！

有几回清风明月富贵尊荣？

绝不该葬送青春枉丢性命，

珍惜你花红柳绿锦绣前程。（拉腔）

江　姐　（冷笑）……

沈养斋　你笑什么？

江　姐　哈哈，我笑你们这些可怜虫，把荒淫无耻作明月，醉生梦死当清风；我笑你们这些刽子手，无法理解共产党人坚强意志伟大雄心。任凭你花言巧语全无用，好比是撼树蚍蜉白费工！

沈养斋　唉！共产党人啊！是呀，共产党人也是人，我们还是可以找到共同语言的。

江　姐　革命者与反革命没有共同语言！

沈养斋　不，比如说，人情、博爱、幸福、和平，都是人类共同需要的。战争总不是好东西，社会有问题，国家有缺点，尽可以协商改良嘛，何必武装暴动，血影刀光，弄到百姓妻离子散，家破人亡呢？

江　姐　（念“口鼓”）胡说！正是你们害得百姓家破人亡，妻离子散。正是你们投靠美帝，出卖祖国河山。正是你们挑起内战，屠杀人民千千万。你们满口人情、博爱、和平、幸福，两手却是血迹斑斑！

沈养斋　江雪琴，别忘了你是在什么地方。

[沈养斋按电铃，行刑室大门洞开，门内炉火熊熊，刑具高悬，特务狰狞……

沈养斋　你还是再冷静想一想！（走进内室）

[行刑室大门自动关闭。

[音乐起“反线二黄板面”，江姐环视室内，镇静自若。

江　姐　（唱“祭塔腔反线二黄慢板”）

春蚕到死丝不断，
留赠他人得温暖。
采得百花成甘露，蜂儿酿蜜，
但求世上永香甜。
谁不盼：锦绣山河，
浩荡东风频送暖。
怎忍看：难明长夜，
人民日月不团圆。
正为了，大地春回，
万户千家开笑脸。

甘愿把，满腔热血，

洒向青山染杜鹃。（拉腔）

（转“正线快二黄”）

要粉碎旧世界，一切镣铐锁链，

为工农求解放，迎来幸福明天。

（吊慢） 江雪琴，为革命，愿把我青春贡献。

（转“教子腔”）

哪怕野兽嚎叫，

哪怕刑具高悬。

敢上刀山经考验，

敢下火海受熬煎。

革命丹心红似火，

战斗豪情如浪卷。

迎着硝烟冲向前，

监狱刑场是我的火线！

（转“恋檀二流”）

骨可成灰头可断，

头颅掷碎气长存，

心如日月照山川。

待到三山倒地红旗展，（拉高腔）

工农大众掌政权，

千树繁花春吐艳。

（尾腔） 我含笑看，祖国万山红遍。

[沈养斋、魏吉伯上。

沈养斋 江雪琴，不要执迷不悟，生命只有一次。

江　姐 如果有千次万次，我也要毫无保留献给我们的党。

沈养斋 我可以叫你一世坐牢房！

江　姐 为了免除下一代的苦难，我愿把牢底坐穿。

沈养斋 我可以叫你死！（开牢门）

江　姐　　一死有何难，到处是青山，为党能舍己，热血换新天！

沈养斋　　江雪琴！

（念“扑灯蛾”）

难道我一个女人制服不了？

管叫你金刚罗汉魄散魂销！

我有美式刑具四十八套，

要你低头屈膝向我求饶。

江　姐　　（唱“快中板”）

任凭你张牙舞爪嘶声叫，

江雪琴泰山屹立不动摇。

不管你搬来刑具多和少，

革命者，不怕毒刑拷打烈火烧！

沈养斋　　来人！

[敌看守应声上。

沈养斋　　（唱“滚花”）

你可知渣滓洞杀人有多少？

江　姐　　（接唱）　共产党人顶天立地至死不弯腰！

沈养斋　　来！把她十个指头都钉上竹签！

[江姐昂然举步向前，众敌人惊惶后退。

[音乐起。幕闭。

第七场

[重庆歌乐山。中美合作所，渣滓洞集中营，女牢。

[黎明前。

[幕后唱“新曲”：

风萧萧，夜漫漫，

黑牢铁窗起狂澜。

忽闻天外春雷响，

喜迎红日出东山。

[歌声中幕启。孙明霞、杨二嫂、难友甲（女学生）、难友乙（女工）与江姐囚居一室。

[几个看守搬运东西过场。

难友甲　这几天，敌人一直在搬运东西。

孙明霞　看样子，敌人要逃跑了！

难友乙　天，就要亮了！

杨二嫂　国民党垮台了！

[看守们大声吆喝："快走，快走！"押着几个男难友从铁栏外过场。

孙明霞　江姐，敌人要进行屠杀了。

江　姐　（点头，念"韵白"）敌人已到山穷水尽，毒蛇临死还会咬人。越狱斗争，这场考验更严峻。剩下一人，也要冲破囚牢接大军。烈焰腾腾，要烧魔窟成灰烬，我们也在，烈火热血中永生！

众难友　（合念）我们也在，烈火热血中永生！

[梆子声，伙夫提两个桶上，开牢门，提一个桶进牢房，向孙明霞做一个手势。出牢房，提另一个桶下。

孙明霞　（从桶内取出一字条）江姐，信！

江　姐　（接过信，看）同志们，支部已经同狱外党组织取得联系，现在解放军先头部队和华蓥山游击队，正分兵两路，直插歌乐山！支部通知我们，只等解放军一到，各牢房一齐动手，里应外合，砸碎这中美合作所。

孙明霞　解放军、游击队快来了吧？！

[炮声。

难友甲　炮声！

孙明霞　我们的炮声！

江　姐　（翻看字条背面，激动地）同志们，天大的好消息！

众难友　（又围拢来）江姐！

江　姐　（念）十月一日，今年十月一日，毛主席在北京天安门上，向全世界宣布：中华人民共和国成立了！

众难友　中华人民共和国？！……我们自己的国家成立了！……

江　姐　（接念）全世界劳动人民欢欣鼓舞，新中国屹立在世界的东方！中华人民共和国国旗——五星红旗，飘扬在天安门上！

众难友　五星红旗！……

孙明霞　杨二嫂，你听见了吗？中国人民翻身了！当家作主了！

杨二嫂　我心头的话，多得很哪！……说不出来呀！……

江　姐　同志们，战友们！让我们在这黑牢铁窗之下，向新中国致敬！为我们的新中国欢呼！

[《义勇军进行曲》的音乐声中，众一同小声地欢呼："中华人民共和国万岁！""中国共产党万岁！""毛主席万岁！"……

江　姐　同志们，我这里有一面红旗，它是一个烈士的遗物，我们就用它来绣一面五星红旗！

[众撕开被面，拿出红旗，刚要绣——

[梆子声，魏吉伯上。

魏吉伯　江雪琴，准备转移！

众难友　转移？！

[伙夫上。

魏吉伯　干什么？

伙　夫　（指室内桶）唔！

魏吉伯　快！（下）

伙　夫　（进女牢）沈养斋到渣滓洞来了！说立刻就要……

孙明霞　快说嘛，就要怎样？

伙　夫　就要对江姐下毒手！

众难友　什么？！

伙　夫　我建议，提前越狱！

江　姐　不，不能因我一人，打乱整个越狱计划，我个人安危事小，同志们越狱事大！

伙　夫　那你……

江　姐　不要管我，你快去执行你的任务。

伙　夫　是！（提桶下）

孙明霞　江姐，我们不能没有你啊！

众难友　江姐！

江　姐　同志们来！来！绣我们新中国的国旗！

（江姐领众绣旗。江姐领唱，众和唱“梆子慢板”）

线儿长，针儿密，含着热泪绣红旗，

点点泪珠随线走，满怀喜悦引针飞。

一线线，一针针，绣出人民新天地。

千分情，万分爱，绣作金星颗颗，

闪闪放光辉。

面对刀丛色不变，手捧红旗心跳急，

盼了多少春秋，终于盼到你！

[她们沉浸在激情的海洋里。

[沈养斋率看守们上，正欲开牢门，魏吉伯奔上。

魏吉伯　区座，歌乐山附近，发现华蓥山游击队！

沈养斋　镇静！

[炮声。

沈养斋　（惊恐，但又强作镇静）在这种时候，特别需要的是镇静！

魏吉伯　是！局本部来电话说，飞机准备好了，已经派出特遣行动队，护送你到沙坪坝飞机场！

沈养斋　（点头）嗯！

魏吉伯　还有，甫志高追到这里来，一再纠缠，要求我们带他去台湾！

沈养斋　带他去台湾？（摇头）他的作用已经完了！

魏吉伯　那就干脆把他……

沈养斋　用不着嘛，把他留给共产党去杀！

魏吉伯　如果……

沈养斋　如果共产党不杀这个人，那就会在他们内部产生搞不清的矛盾。

魏吉伯　我是说，如果共产党没有发现他这段历史……

沈养斋　那好嘛，将来反攻大陆，他对我们就很有用处。

[甫志高奔上。

甫志高　沈区长，你们不能丢下我不管呐！我为你们奔走，供你们驱使，替你们效力，我为你们付出了我的一切呀！

沈养斋　保全你的性命，你也没有亏本呀！现在，你应该服从决定，云贵川康，任你潜伏。后会有期！

甫志高　沈区长！（跪下）我求求你，带我走吧！沈区长……（抱住沈养斋的腿）

沈养斋　滚！（一脚将甫志高踢开）

甫志高　怎么？你们不能把我一脚踢开呀！……（爬行向前）沈区长！……

[沈养斋向魏吉伯使一眼色，魏吉伯提着甫的领子拉下。

沈养斋　（拍打裤子）这条狗。

[魏吉伯返回。

沈养斋　局本部特遣行动队一到，立即出发！

[沈养斋一摆手，看守开牢门，沈进牢内。

沈养斋　江小姐，又是许久未见了。今天我特地带来一个好消息：时局的发展正如江小姐所预料的那样，大局已定，共军已经入川，重庆危在旦夕！

江　姐　这是历史发展的必然规律！

[炮声巨响，沈养斋惊慌万状。

江　姐　你害怕了？！

沈养斋　这，我不否认面临的现实，不过，我要坦白告诉你，你已经看不到自己的胜利了，遗憾呐！遗憾得很呐！不知此时此地，江小姐是怎样的心情？

江　姐　回忆走过的道路，我感到无比的自豪，看到全国的胜利，我感到无穷的力量，能把生命献给无产阶级的革命事业，我感到无上的光荣！我倒想问问你，此时此地，你的心情又是如何呢？你们已经到了山穷水尽、土崩瓦解的王朝末日！你逃不了历史的惩罚和人民的审判！

沈养斋　……好！那就请吧！（命令魏吉伯）送佛送到西天！（出牢门下）

魏吉伯　（向内场）行刑队准备！（下）

[内场连续传呼："行刑队准备！""行刑队准备！"

[音乐起，众难友悲痛万分。

江　姐　明霞，你看我头上还有乱发吗？

[孙明霞止住悲痛昂起了头。

江　姐　（拿起红旗，交与孙明霞）等重庆解放了，把它交给党。

孙明霞　（接过红旗，眼泪又夺眶而出）……

江　姐　（拿过一个布包）二嫂，这几件衣服，你留着用吧！

杨二嫂　江姐！……

众难友　（哭着跪上前）江姐！

江　姐　同志们啊！

（唱“困谷口第二段”）

不要用哭声道别，

莫让那眼泪轻抛。

黎明前，身死去，

我能为党献身多荣耀。

面对着刑场，脸不变色心不跳。

举头一声长啸，狂飙降九霄，

红霞满天将我照，

胸内有，万杆红旗飘，

万杆红旗飘！

（转“反线梆子慢板”）

到明天山城解放红日高照，

雾重庆阳光灿烂云散烟消。

战友们请代我向党把深情表，

（静唱）　江雪琴永远和党心一条。

（转“流水南音”）

到明天家乡解放红日高照，

巴山蜀水更多娇。

祝愿同志们身体永康健，

为祖国繁荣昌盛早架金桥。

（转“二黄”）

到明天，全国解放红日高照，

请代我，来照料遗下的幼苗。

告诉他，先辈们艰苦的斗争绝不能忘掉！

（转“二黄滚花”）

莫辜负人民哺育，党的心血灌浇。

魏吉伯　（带行刑队上）江雪琴，走！

众难友　（扑向铁栏，悲愤地高喊）不许杀害江姐！抗议法西斯暴行！打倒国民党！

[魏吉伯一摆手，行刑队围住牢房，枪口对着众难友。

[炮响。

江　姐　同志们！

（唱“困谷口尾段”）

耳边风雷震响报春到，

眼前云水激荡卷怒潮。

一人倒下去，

千万人奋起，

燎原烈火照天烧。

[江姐大义凛然地向外走去。

[魏吉伯一摆手，行刑队押江姐下。

[众难友怒不可遏，摇撼铁柱，男牢女牢一片吼声。

[连续不断的炮声。

[魏吉伯胆怯，正欲逃下，忽听汽车急刹车声，急骤的梆子声。

魏吉伯　（向内喝问）什么人？

伙　夫　（跑上）局本部特遣行动队到！

[蓝洪顺、华为等化装国民党官兵上。

魏吉伯　谁派你们来的？

蓝洪顺　废话！早有电话通知你们了！

魏吉伯　手令？

蓝洪顺　（出示公文）……

魏吉伯　你们几点出发？

蓝洪顺　凌晨一点。

魏吉伯　现在什么时候？

蓝洪顺　快天亮了。

魏吉伯　一个小时的路程，为什么现在才到？

蓝洪顺　共军先头部队，已经插入市区，工人学生，纷起响应，一路多障碍，险些赶不来！

魏吉伯　嗯！（掂量着公文，慢慢地）本是派你们，护送沈区长，（突然厉声）是何缘故，跑到牢房？

蓝洪顺　情况变了！整个渣滓洞都交给我们了！（对华为等）接收！

魏吉伯　慢！我先报告沈区长。（匆匆下）

蓝洪顺　（示意）动手！

[华为与一游击队员即向刑场奔下。

[伙夫打开牢房，放出众难友。

杨二嫂　（认出蓝洪顺）蓝队长！

[华为等簇拥着江姐上，蓝洪顺迎上，热烈握手。

江　姐　同志们，天亮了！

[炮弹爆炸声如春雷震响，天幕闪亮，暗转——

[冲锋号声、炮声、枪声大作，硝烟弥漫，火光闪闪。

[伙夫引双枪老太婆、解放军干部、战士、游击队员冲锋过场。

[众难友冲杀过场。孙明霞帮一男难友砸手镣，敌兵上，男难友以手镣作武器与敌搏斗，生擒敌兵。

[魏吉伯与二看守逃跑，遇蓝洪顺，蓝先击毙一看守，再与魏吉伯等拼刺刀，刺死魏，擒看守下。

[解放军战士与敌兵展开激战，双枪老太婆上，双枪并举，弹无虚发，接连击毙数敌。

[甫志高慌忙逃窜，遇双枪老太婆，转身向山边逃跑，老太婆双枪击毙甫志高。

[蓝洪顺、华为、孙明霞、杨二嫂等陪同江姐上，与老太婆相见，热烈握手。

[伙夫领路，解放军干部、战士押着沈养斋过场。

[欢呼声中，灯光大亮，彩霞满天。

[江姐从孙明霞手中捧过红旗，献给老太婆，老太婆转交给解放军干部。一战士即打起这面红旗。

[江姐、老太婆、蓝洪顺、华为等上红岩，部分游击队员与难友们站红岩下。

[解放军干部率战士和游击队员继续进军——造型。

[幕闭。

——剧终

本剧选载的是 1977 年郑培英、关国华、仇小冰、梁晖等主演的演出本。

刘胡兰

（根据战地剧社同名歌剧改编）

改编：陈晃宫　殷满桃　陈酉名　陈自强

整理：潘邦榛　唐　峰

人物表

刘胡兰　　女共产党员，云周西村妇女主任，16 岁

祖　母　　刘胡兰的祖母，60 岁左右

母　亲　　刘胡兰的母亲，35 岁

爱　兰　　刘胡兰的妹妹，13 岁

王本固　　解放军十二团连长，20 多岁

石广元　　云周西村村长兼支部书记，30 多岁

石锦芳　　秘密党员，50 多岁

阎　六　　民兵队长，20 多岁

陈老汉　　贫农，50 多岁

二　青　　青年，20 多岁

二青嫂　　党员，20 岁

解放军战士、群众多人

大胡子　　阎匪军连长

石庭槐　　还乡地主、复仇队长

石五则　　农会文书、叛徒

金　二　　坏女人

阎匪军、团丁、复仇队员若干

第一场

[1946年冬，一天早上。

[山西省文水县云周西村大庙前。

[幕启。远处有阵阵炮声，群众有的扛弹药，有的抬担架，有的送公粮，熙熙攘攘地过场。

阎　六　（扛弹药上，放下。用手巾抹汗，环望四周）

（唱“爽十字清中板”）

战歌壮炮声隆解放军奔赴前线，

后方群众热情高涨踊跃支前，

运粮食做军鞋齐把力献，

扛弹药抬担架奋勇当先。

[爱兰手拿军鞋跑步上。

阎　六　爱兰，这么早来干什么？

爱　兰　交军鞋。

阎　六　啊，完成任务了？

爱　兰　超额两双！

阎　六　超额两双？了不起，来，让我检查！

爱　兰　我姐姐早就检查过了！

阎　六　（故意地）检查过也要检查！

爱　兰　（淘气地）查吧，我家做的鞋哪一回不合格？

阎　六　这回要求高，你知道怎样才算合格？

爱　兰　我姐姐早就说过了，鞋重一斤，底一指厚，一只底上至少要纳五百个针码，对吧？

阎　六　好，算你合格，去吧！

[两人分头下。

刘胡兰　（内唱“二黄首板”）

千里汾河翻腾热浪——

［刘胡兰推收鞋车上，妇女们跟着来交鞋。

刘胡兰　（唱“新腔二黄”）

赶做军鞋两百双，

炕头场院摆战场。

群　众　（合唱）　炕头场院摆战场。

刘胡兰　（接唱）　日夜飞针走线忙，

眼睛熬红坚持干。

群　众　（合唱）　眼睛熬红坚持干。

二青嫂　看这一双！

（接唱）　线步结实文好看。

妇女甲　看这一双！

（接唱）　行军千里当平常。

群　众　（接唱）　按时按质交军鞋，

任务完成心欢畅。

刘胡兰　（接唱）　乡亲人人巧手干，

竞将心意送前方。

金　二　（手拿鞋上，唱“流水中板”）

我随大流，看方向。

支前工作紧过欠账，

足足挨了几个晚上，

总算老娘我有伎俩，

实行珍珠冚禾秆，

草草把鞋底来缝上。

妇女主任你看看，

我有急事回家往。（拉腔）

［金二交鞋给胡兰欲下。

刘胡兰　慢走！你这双鞋算做好了？

金　二　（故作状）唉！我已干了几个通宵，做到了有力量出力量，有信心出信心，有进步出进步。

刘胡兰　（发现鞋底有假）你们看这双鞋能送上前方？

妇女甲　哼！这鞋轻飘飘、软绵绵，不能收。

[众纷纷指责。

金　二　（撒赖）哎吔！你们恃着人多，想吃了我。

[石五则上。

金　二　（撒赖）农会文书你来评评理！

石五则　（唱“滚花”）

什么事情大惊小怪。

遇事要讲道理，不要像泼妇骂街。

刘胡兰　石文书你来得好！

（唱“中板”）

金二为人思想坏，

弄虚作假立心歪，

受了批评还撒赖，

请你检查这双鞋。

石五则　（满不在乎地翻弄一下鞋）这双鞋质量是差了些，金二，以后可得要做好点呀！胡兰，这次就收了吧！

刘胡兰　不能收，这鞋内里肯定有假！

石五则　质量是差，但不会有假。

刘胡兰　石文书，我和姐妹们起早睡晚做军鞋，是好是坏，是真是假，一眼就能看清，不信，就剁开来看看！

石五则　剁开？

刘胡兰　二青嫂，拿斧来。

石五则　胡兰，这样会耽误上交时间！

刘胡兰　石文书，这样的鞋，给我们队伍穿上，能行军打仗吗？

二青嫂　对！剁开看看！

众　人　剁！

石五则　　你……

[刘胡兰举起斧头，手起斧落，剁开鞋底。

[众抢看。

二青嫂　　哼！鞋底都是禾草、纸碎、烂布碎。

众　人　　都是假货！

刘胡兰　　（愤怒地）金二！

（唱“爽十字中板”）

为支前妇女们晚睡早起，

做军鞋飞针线细致入微。

你却交坏鞋充好货花言巧语，

耍花招骗群众真是狡猾狐狸！

（转“七字清”，趋快）

到如今坏鞋剁开全露底，

人人恨透你所为。

你破坏支前心存歹意，

全村妇女决不依！

众　人　　（接唱）　全村妇女决不依！

二青嫂　　罚她做过一双！

众　人　　罚她再做五双！

石五则　　金二，群众意见听到了吧？拿回去重做一双！

[金二拿回鞋，丧气而又含恨地下。众大笑。

刘胡兰　　我们送军鞋去！

[众下。二青嫂接过刘胡兰的车推下。

[刘胡兰正要走，石广元在内场喊：“胡兰！”

[石广元与阎六上。

刘胡兰　　石书记！阎大哥！

石广元　　胡兰，区委对我们村的支前工作很满意，要我们继续抓好。

刘胡兰　　（点头）嗯！

阎　六　　十二团王连长他们已来村口了。

石广元　是呀，我们村内参军的子弟都在十二团，今天出发路过我们村，大家可以和亲人见见面。

刘胡兰　对！我们去热烈欢迎！

阎　六　我去准备茶水！（急下）

[内场军歌声："革命军人个个要牢记……"

[王本固与众战士上，石广元、刘胡兰热情地迎上前去。

刘胡兰　王连长！

[阎六倒一碗茶送到王本固手里。

王本固　石书记、胡兰同志，我们的主力部队开走了，你们今后的任务很艰巨呀！

石广元　是呀，估计敌人很快就会反扑过来，对文水平川解放区实行残酷扫荡！

阎　六　白匪敢来进犯，我们齐心协力把他消灭光！

石广元　我们要做好一切应急准备，坚壁清野，藏好军粮。

众　人　对！保证解放军吃饱饭打胜仗！

陈老汉　王连长，平川是十二团的老家，为什么现在要开到外地去呀？

王本固　大伯，打狗要用枣木棒，擒狼就得上山岗。毛主席命令我们打运动战，集中优势兵力，消灭敌人有生力量呀！

（唱"追信排子"）

解放军，冲锋向远方！
有乡亲支援，更添斗志旺，
可恨敌人进攻解放区逞凶悍，
延河两岸也成了战场。
我主力部队集中西线，
肩负大家的希望。
保卫巍峨宝塔山，
保卫党中央！
尖刀插入敌胸膛，
叫它难逃覆灭可耻下场！

石广元　（唱"二黄"）

你们奔赴前方多打胜仗，

我们坚持敌后斗志坚强。

刘胡兰　（接唱）　不怕蒋阎匪帮嚣张狂妄。

众　人　（合唱）　军民团结筑成铁壁铜墙。

[内场集合号声，战士跑步过场，战士甲上。

战士甲　报告！队伍集合完毕！

[持红旗的战士舞上，众战士列队。

王本固　（唱“快中板”）

战鼓频催军号响，

解放大军上战场。

长缨缚住苍龙日，

万里河山凯歌扬。

出发！

[王本固率战士下。群众依依不舍地招手送别。

刘胡兰　（招手，深情地）

（唱“新曲”）

一道道水一道道山，

涉水翻山行路难。

亲人们出发去打仗，

但愿他们早传捷报早回还。

[幕闭。

第二场

[数天后，夜。

[云周西村村公所内。

[幕启。群众紧张地从仓库扛粮食过场。

群　众　（唱“水仙子”）

心中烧起火千丈，

誓死保我家乡！

誓死保我家乡。

埋藏粮食，

定叫匪寇空扑，一切归绝望。

[刘胡兰扛粮食上，二青迎面上。

二　青　胡兰，还有没有？

刘胡兰　最后一包了！

二　青　给我。（抢过扛了就走）

[陈老汉扶病上，扑倒，刘胡兰急扶住。

刘胡兰　大伯，你有病，还来干什么？

陈老汉　我要和大家一起干，完成藏粮任务，让阎匪军扑个空啊！

[阎六拍打着身上灰尘上。

阎　六　胡兰，粮食全部藏好了！

刘胡兰　好，你扶大伯回去吧。

[阎六扶陈老汉下。

刘胡兰　“让阎匪军扑个空”！这意义多么重大啊！

（唱“十字中板”）

蒋匪帮犯延安调兵遣将，

子弟兵齐踊跃奔赴陕北战场。

我这里平川上烈火烧得更旺，

同样保卫毛主席，保卫党中央！

[石锦芳上。

石锦芳　胡兰，粮食全部藏好了吧？

刘胡兰　全部藏好了，就怕金二这个坏女人知道藏粮地点，那就……

石锦芳　你放心，藏粮时我把她倒锁在屋里了，她什么也看不见。

刘胡兰　锦芳大爷，你想得真周到！

石锦芳　敌人开始扫荡，风声很紧，我到村外看看情况，你们要注意及时隐蔽。（下）

[内场枪声响。阎六、二青、二青嫂急上。

二青嫂　　石庭槐带着阎匪军进村来了！

阎　六　　这个狗地主组织了复仇队，当了复仇队长！

二青嫂　　匪徒一进村就到处抓人！

二　青　　我们和他拼了！

刘胡兰　　二青哥，沉住气，隐蔽！（同下）

[石庭槐率复仇队员上。

石庭槐　（念）　恨在心头上，恶向胆边生，

还乡权在手，倒算杀仇人！

复仇队员甲　报告大爷，粮食全部给他们搬光了。

石庭槐　　吓？搬光了？抓几个人来审问！

复仇队员甲　是！（下）

[复仇队员乙带金二、石锦芳上。

金　二　　哎呀！原来石大爷真的回来了！我早就想出村去迎接，不知哪个该死的把我倒锁着，急得我几乎要跳墙！

石庭槐　　锦芳，听说你替共产党做事，可算够胆量啊！

石锦芳　　我是本村保长，人熟地熟，人家找到头上，不能不假意帮忙。

金　二　　他确实不比石广元，我被关在屋里，多亏他将我放。

石庭槐　　那好，我回来正感人手不够，你要为我搜索公粮，如果办事有功，重重有赏！

金　二　　大爷，你放心吧，一切包在我身上。（招呼石锦芳）走，我们为大爷准备落脚的地方！

[金二、石锦芳正要下，复仇队员甲押陈老汉、二青等上。

复仇队员甲　报告大爷，石广元四查无踪，阎六等人也不知去向！

石庭槐　　哼，走得了尼姑，走不了庵堂！（见陈老汉）老家伙，你讲共军的粮食藏在何方？

陈老汉　　粮食？早就运走了！

石庭槐　　不准乱讲！我不信这么快就运走，一定有人把它埋藏！

陈老汉　　那我可不知道！

石庭槐　　你再不说实话，我就把你们的猪窝狗窦烧清光。

陈老汉　烧也烧不出粮食来呀！

石庭槐　烧不出来？好，放火！

[复仇队放火，二青等拦阻，石庭槐开枪恐吓，复仇队把二青绑起来。

二　青　你们凭什么绑人？快放我！

石庭槐　老子要放火，谁人敢阻挡。鬼枪不客气，十个杀五双，解回大象镇，从严来发放！走！

[复仇队员把二青等抓走，二青嫂大哭。

[石锦芳急上，扶住二青嫂。

石锦芳　二青嫂，不要哭，把仇恨一笔一笔记下来，（招呼乡亲们）快去救火！

[暗转，灯复明，仓库被烧毁大半，一处尚有余烟，墙壁倒塌。

[石五则疲惫地上。

石五则　（唱“海南曲”）

探问消息到东村，
东村早被敌军占，
阎匪抓人似疯犬，
我只有忙忙回转！

[刘胡兰从仓库侧后转出。

刘胡兰　（喝问）谁？

石五则　（一惊，细看）呵！胡兰！

刘胡兰　石文书，东村的情况怎样？

石五则　（垂头丧气地）唉！想不到敌人占了东村，又烧又抢，我怕冒险，联系不上。

刘胡兰　哦？

石五则　（环视四周）哎呀，我们这里，怎么也被烧成这个样子，触目一片苍凉！

刘胡兰　（愤恨地）哼，这还不是石庭槐带着复仇队回来干的！

石五则　（惊惶地）吓？石庭槐已回来？

[石广元上，跨过破墙，插好枪。

石广元　胡兰！石五则！

刘胡兰　（兴奋地）广元叔，你回来了！有没有遇到敌人？

石广元　这两天我与区武工队都在敌人中间穿插活动，听讲石庭槐回来了？

刘胡兰　嗯！又是抓人，又是放火，广元叔，斗争越来越激烈，我多么渴望得到你更多的指导呵！

石广元　纪委刚刚传达了县委紧急会议的精神，敌人趁我军主力调走的时机，对我文水平川实行残酷的扫荡，地主的武装复仇队也活动猖獗，斗争的确越来越残酷。为了保存实力，组织上决定一部分干部暂时转移，留下一部分同志坚持平川工作。

石五则　（焦急地）呵！那我们这里……

石广元　由于工作需要，区妇女干事要调走，决定由胡兰你接替她的工作。

刘胡兰　（坚定地）好，我年纪不大，人地两熟，容易混过敌人耳目，留下来最适合。

石广元　这也是对你一个锻炼，（掏出几份文件）这是区妇女干事留下的有关文件，你一定要好好学习，并把它放在最安全的地方。

刘胡兰　（严肃地点头）嗯！（接过文件）

石五则　石书记，那我呢？

石广元　你的安排正在研究，你自己的意见呢？

石五则　我……我看还是避避风头好！

刘胡兰　避风头？我们都是党员，怎能像墙头小草，见风就倒！

石广元　（察觉两人不同的思想，启发地）对！

（念“诗白”）

小草安能抗疾风，
艰难岁月显英雄，
要学革命前驱者，
坚贞气节比青松！

（唱新曲“青松颂”）

西山层层大青松，
不怕雪来不怕风。
迎风挺立多苍劲，
冰封雪压不改容。

根深常催枝叶茂，
树高早见太阳红。
为人当学青松样，
一年四季绿葱葱！

[刘胡兰听后深受鼓舞，沉思。石广元把石五则拉到一旁，做思想工作。

刘胡兰　（唱“反线中板”）

广元叔赞青松情深语重，
党关怀和鼓励暖我心胸。
教胡兰热泪盈眶心情激动，
耳边厢如听到战鼓隆隆。

（转“反线秋江别”）

斗争中，挺起胸，屹立似青松。
不怕道路多曲折，
敢跨险阻千万重；
为炼真金好钢，
不怕烈火熊熊，
敢跨险阻千万重。
为炼真金好钢，
胡兰我，敢挑担子千斤重。
党指路，豪情如浪涌，青春似火红！

[石锦芳上。

石锦芳　石书记、胡兰，刚才接到通知，有一个伤员分到我们村，我们要研究照顾办法。

刘胡兰　那好办，就安排到我家去。

石五则　（唯恐安排到自己家里）对，对，你家最安全，我去通知你妈妈做好准备。

石广元　好吧，你先走吧。

[石五则下。

石广元　胡兰，看来石五则在险恶环境中，已产生害怕情绪。

刘胡兰　是呵，他与金二的关系也越来越密切。

石锦芳　他的工作一直都不积极。

石广元　唔，根据他的一向表现，组织上准备先把他转移上山加强教育，你们的意见怎样？

刘胡兰
石锦芳　好！

石广元　胡兰，你留下来工作很多，以后有事你可和锦芳大爷多商量，他是未公开的党员同志！

刘胡兰　（崇敬地）锦芳同志。

石锦芳　胡兰！我们准备接伤员吧！

石广元　我去了。（握两人手）为党珍重！

[幕闭。

第三场

[上场之翌日早晨。

[刘胡兰家。

[幕启。场上正面左边是房门口，右边设一土炕。

[内场枪声。祖母焦急上。

祖　母　（唱“长句滚花”）

枪声紧，夜漫漫，
不知谁家骨肉又受摧残。
孙女至今还未返，
好不教人心忧烦，
万一横祸飞来叫我怎么办？

[母亲带着沉重心情卸上，但不能不勉强安慰祖母。

母　亲　你放心吧！

（唱“滚花”）

她可能在姐妹家开会，事务纷繁。

祖　母　一个女孩子通宵达旦在外边危险啊！

（接唱）　还是替她找个婆家，

免得我心像大庙灯笼挂早挂晚。

昨晚对门大婶对我说，白魁的娘，很想和我们对个亲家，我看白魁这个人也不错，胡兰小时候不是和他很要好吗？

母　亲　婚姻大事，还是问问胡兰自己好。

祖　母　问是要问，但还是要老人家抓主意。

（续唱）　我先去大婶家里，

向她讨个年庚。

母　亲　婆婆……

祖　母　别啰唆了。（出门下）

[母亲关门，想起了什么，急忙收拾炕上东西。

[阎六背王本固上，刘胡兰随上。

刘胡兰　（对阎六）你在外边警戒。

阎　六　嗯！（下）

母　亲　原来是王连长，昏过去了，马上拿水来。

[母亲扶着王本固，刘胡兰拿水灌给王喝，王稍微苏醒。

王本固　（唱“倒板”）

猛冲敌阵。

（奋臂高呼）同志们冲啊！

刘胡兰　王连长，这里不是战场啊。

王本固　吓，不是战场？（睁眼，惊诧，不敢相信自己的眼睛，搓眼四望，才知真的在胡兰家中）

（唱“滚花”）

回到云周村里，

这是什么原因？

刘胡兰　王连长，你奋勇杀敌，不幸负伤，团部将你转移后方疗养。

王本固　疗养?

（唱“快慢板”）

蒋匪军犯延安万人愤恨，

保卫党中央、保卫毛主席责重千钧，

指挥员作榜样冲锋陷阵，

负轻伤下火线万万不能。

（转“中板”）

弹雨硝烟情况紧，

重返前方杀敌人。

云周厚意铭心坎，

胡兰为我谢乡亲。（欲行，伤痛）

（转“滚花”）

忍痛欲行，又觉筋疲力尽。

刘胡兰　王连长！你伤势不轻，转来后方疗养，是上级的决定。

王本固　这……我纵然留在后方，也不能藏在你家中。

刘胡兰　为什么?

王本固　（唱“二黄慢板”）

只为阎匪狡诈，搜索频频。

母　亲　（唱序）　随机应变对敌人。

王本固　（续唱）　万一牵累你全家，我于心何忍?

刘胡兰　（唱序）　我们应该同命运!

王本固　（续唱）　我是人民战士，应当保护人民。

母　亲　（唱序）　本是骨肉一家人。（收）

王本固　虽然是这样，还是让我走吧！（欲行）

[爱兰上，敲门，刘胡兰开门。

爱　兰　姐姐，金二来了!

刘胡兰　金二来了?（向爱兰耳语）

[爱兰会意，母亲、刘胡兰扶王本固进房。

[爱兰打开家门，然后坐在纺车前纺纱。

[金二鬼鬼祟祟上，四处张望，爱兰装作不知。

爱　兰　（唱“民歌”）

文水平川少山岗，

两边瘦田一条江。

富人享福穷人苦，

迫着穷人去打狼。

金　二　爱兰，怎么不学你家姐唱革命歌，却唱起民歌来了？

爱　兰　（爱理不理地）喜欢唱什么就唱什么。

（续唱）　狡猾狐狸嘴尖尖，

满身膻气臭熏天。

[金二意识到爱兰讥讽自己，但奈何她不得，故岔开。

金　二　爱兰，你祖母呢？

爱　兰　不在家。

（续唱）　它夹着尾巴周围窜，

登门入屋把人缠。

金　二　（质问地）狐狸会把人缠的么？

爱　兰　它是狐狸精嘛！

金　二　（切齿痛恨，转念，装出笑脸）你这小鬼就是爱指冬瓜话葫芦，你祖母明明在里边，偏要骗我。（边说边向房门走去）

爱　兰　（急极，不知怎么应付，大叫）阿妈！

[母亲从房内出，正与金二撞个满怀。

母　亲　（冷冷地）金二，什么事？

金　二　没什么，找老奶奶聊聊天。

母　亲　奶奶出了外边，你改天再来吧。

金　二　不，不用了，我只想跟你们说几句心里话。

母　亲　那你就说吧。

金　二　（唱“板眼”）

莫说我夸大口，

我是未卜先知，

目前时势阎军一定胜利；

打仗全凭多武器，

石庭槐的部队定会长驻云周西；

若收藏八路伤员就会惹事，

将来受罪悔恨迟。

爱　兰　金二，你说我们收藏八路军？你发疯！走！

金　二　真是好心没得好报，我只是提醒你妈罢了。

母　亲　是呀，金二，多谢你关心，有空请来坐吧。

金　二　还有呀，还有秘密消息，你进来我告诉你吧。（自己先行入房）

［母亲、爱兰猝不及防，急忙站起，金二已掀开门帘，当门立着刘胡兰，金二失惊倒退。

刘胡兰　金二，你来干什么？

金　二　（强装笑脸）没……没什么，闲聊，闲聊。

刘胡兰　你不是说有秘密消息吗？那就对我说吧。

金　二　（强笑）哦……没有！没有！

刘胡兰　这么说，你是有意造谣生事了？

金　二　（边退边说）我不敢，不敢！我回去煮饭了。（退出门外，下）

爱　兰　（向金二身影吐一唾沫）呸！狐狸精！

刘胡兰　爱兰，马上盯着它！

爱　兰　嗯！（急下）

［母亲把门关上，王本固从房内出。

王本固　胡兰，金二是个什么人？

刘胡兰　是村里不三不四的坏女人，同地主石庭槐有勾搭。

王本固　同石庭槐有勾搭？（寻思）她这次来并非偶然呀！

（唱“下西岐”）

看这情形难放心，

她屡闯房间必有因，

正是马迹蛛丝，

可能是匪军，派她暗地来查问。

我若再不转移别处去，

必会累亲人。

应当，快离开此地，

摆脱阎匪军。

感你母女多关心，

阶级感情似海深。

我走了！

[王本固坚决要走，母亲、胡兰“三拦”，王本固痛极昏倒，母亲、胡兰扶王睡炕上。

[祖母敲门，胡兰开门。祖母手拿“年庚”进屋。

祖　母　（见胡兰大喜）啊，胡兰，你可知我整夜惦记着你啊！

刘胡兰　奶奶，不要太操心，看，我长得这么高大了！

祖　母　是长大啦，刚才我跟大婶替你讨来了白魁的年庚……

刘胡兰　年庚？奶奶，谈这些做什么，我还小哩！

祖　母　看你，一会儿说自己大，一会儿又说自己小。这事我跟你妈商量过了！（回头见炕上睡着一人，吃惊）这是谁呀？

母　亲　王连长在前线负伤，转移后方疗养，胡兰接受了任务，带回家里躲藏。

祖　母　（大惊）吓？这，这，这，小小地方，怎么藏得了啊！

（唱“石榴花”）

方才我，听金二讲，

村头尾都有岗哨，

到处是匪军，

家里怎能藏？！

刘胡兰　藏不了也要藏啊！

（唱“恋檀中板”）

共产党，（工）

它为人民谋解放。（尺）

人民有了共产党，（尺）

重出生天见太阳。（士）

前方子弟兵，（尺）

浴血战匪军。（尺）

负伤返后方，（尺）

我们掩护亲人有责任，（士）

赴汤蹈火又何妨！（合）

母　亲　（接唱）山高，（工）水长，（上）

翻身不能忘记党！（拉腔）

祖　母　共产党、解放军的恩情，我不会忘记，不过，我怕……

刘胡兰　怕？

（故意给祖母难题，唱“爽中板”）

既是怕受牵连不答允，

我唯有陪同连长出村行。

（转“三字经”）

管它岗哨多，盘查紧，

刀光闪闪，杀气腾腾。

（转“七字清”）

死死生生全不问，

有什么三长两短——

奶奶呀！

（续唱）　你不用为我伤心。（拉腔）

我走了！

[刘胡兰作要走状，祖母急一手拉着。

祖　母　胡兰……

[爱兰上，敲门，母亲开门。

爱　兰　（喘着气）阎匪军来了，在前面大搜查。

刘胡兰　爱兰，再去监视！

[爱兰急下，胡兰关门。

王本固　（醒）什么事？

刘胡兰　是阎匪军进村搜查。

祖　母　（紧张）怎么办呀？

王本固　（拔枪）我冲出去！

刘胡兰　王连长，不行，冲不出去。

母　亲　王连长，快到里面藏起来！

刘胡兰　现在藏也来不及了，唯有……（对三人耳语）

母　亲　好，就这样。

王本固　（为难地）这……

祖　母　那怎么说得出口呀！

母　亲　婆婆，大家性命在你手上，你听我讲吧。

[母亲把祖母推了入房，刘胡兰安排王本固躺在炕上，然后在床前倒水撒灰。

[匪兵甲、乙上，急促敲门。

[刘胡兰坐床前，母亲开门，匪兵进屋。

匪兵甲　不要动！搜查！

母　亲　你们搜查什么？

匪兵甲　什么都搜！（回头见本固）这是什么人？

母　亲　是病人。

王本固　（故作呻吟）唉！

匪兵甲　他做什么的？

母　亲　做生意的。

匪兵甲　在哪儿做生意？

母　亲　在太原城外新南门，天成香铺。

匪兵甲　新南门？（对乙）新南门有间天成香铺吗？

匪兵乙　鬼知道！

匪兵甲　他叫什么名字，是你什么人？

母　亲　叫白魁，是我女婿，她的男人。

匪兵甲　男人？（看胡兰）说谎！她怎像个做媳妇的！

母　亲　是未过门的。我女婿家在城子村，病了没人照顾，是我把他接来住的。

[刘胡兰拿起扫把，扫地下湿灰。

匪兵乙　哎，讨厌讨厌，走吧！

[匪兵装作走的样子，突然回头，用枪指着王本固。

匪兵甲　起来！

刘胡兰　（拦着匪兵）要杀杀我！

匪兵甲　他是你什么人？（以下越问越快）

刘胡兰　我的男人。

匪兵甲　做什么的？

刘胡兰　香铺打工。

匪兵甲　在什么地方？

刘胡兰　太原新南门。

匪兵甲　叫什么名字？

刘胡兰　白魁。

匪兵甲　婆家在哪里？

刘胡兰　城子村。

匪兵甲　不对，你不老实我打死你！

[祖母大惊，从房内冲上，拦着匪兵。

祖　母　老总，你不要为难我孙女啊！

[石锦芳上，在门外窥探。

匪兵甲　老家伙，你说，他是谁？

祖　母　他，他……

匪兵甲　快说！是你什么人？

祖　母　是我孙女婿。

匪兵甲　唔——

祖　母　他有病，家里没人照料。

匪兵甲　别啰唆，出去找个人来问问。

[石锦芳机智地立即进门。

石锦芳　原来两位弟兄在这里搜查，为什么不找我带路？

匪兵甲　你是——

石锦芳　我是本村保长，石大爷的本家。

匪兵甲　哦，自己人，这就更好了，你认一认这个是老家伙的什么人？

石锦芳　（看了看）哦，是她的女婿。

匪兵甲　好，拉他跟着挑东西。

母　亲　他是有病的啊，大叔。

石锦芳　啊，有病吗？我们另外去找吧。

匪兵甲　哪有这样便宜的。

石锦芳　（拉开母亲，暗中拿出三块大洋，作为刘家给的，转身交给匪兵甲，低声地）你们队伍已离村，赶快归队最要紧，这一带地方很危险，两人行路要小心。

[匪兵甲、乙闻言，仓皇遁走。

祖　母　（大大松了一口气）唉！（坐下）

刘胡兰　（激动地）锦芳大爷！

石锦芳　胡兰，得想办法，马上转移！

[幕闭。

第四场

[1947年1月11日，黄昏。

[山边林间石洞旁。

[幕启。

王本固　（内唱“梆子首板”）

伤势复原心舒展！

（从石洞出，警惕地四下观望，接唱“梆子慢板”）

养创伤藏石洞转眼多天。

全凭着乡亲们勇担风险，

斗虎狼掩护我巧作周旋。

小胡兰为我送饭疗伤情深一片，

二青嫂为我山边警戒久立风前。

喜今天抖擞精神我又快重返前线——

（转“散板”）

耳畔忽听人声至，

待我暂且避一边。（进石洞）

[刘胡兰、二青嫂手挽柴筐拾柴上。

刘胡兰　（唱“二流”）

上山探亲人，假作将柴捡。

二青嫂　（接唱）　不怕寒风猛，阵阵扑人前。

刘胡兰　（向后看，发现有人）二青嫂，你看！

二青嫂　（向后看）哎，金二！

刘胡兰　对！

（接唱）　恶狗一条，跟在后面。

二青嫂　（接唱）　鬼鬼祟祟，要把人缠。

胡兰，那怎么办？

刘胡兰　（一想。接唱）

我们继续捡柴，随机应变，

暂且莫近石洞，故作绕路回村。

[二青嫂点头。两人继续捡柴前行。

[金二鬼鬼祟祟跟上。

[刘胡兰与二青嫂朝回村的路走下。

金　二　（望着两人背影，悻悻地）嘿！跟到脚都跛，原来她俩个真的是捡柴火。

哼！刘胡兰呀你这个死妹仔，我怎么也不会把你放过！（欲下）

[石五则慌张地溜上。

[金二见有人，忙闪过一旁，定定神看出是石五则。

金　二　（走出）石文书！

石五则　（一惊）谁？

金　二　是我呀！

石五则　（松一口气）啊！原来是你！

金　二　哎，这十几天我到处找你，你究竟去了什么地方？

石五则　（叹气，唱“血泪花中段”）

你莫提，那石广元，

迫我山上去。

说我作风不好，再整再批，

我心唔忿，偷偷逃回村里——

金　二　哦？

（接唱）以后你怎样过日子？

石五则　我？我活一日来算一日啦！

金　二　（施展手段）五则，你倒想得轻松！

（唱“减字芙蓉”）

你擅自逃走下山来，

共产党定不放过你。

你当过共产党干部，

石庭槐又不是不知。

石五则　（有点慌张）这……

（接唱）目前是进退两难，

我唯有重门紧闭。

金　二　哼！人家不会来找你？

石五则　（接唱）形势于我不利，

我越想越觉心虚。

金　二　（唱“滚花”）

一脚不能踏两船，

劝你从速定主意。

石五则　那，你的意思……

金　二　（低声地）石大爷让我问候你，叫你尽快给他提供一张共产党的党员名单。

石五则　（紧张地）党员名单？（犹豫）我……我不清楚！

金　二　（威胁地）不清楚？要是石大爷和国军一翻脸，哼，那时……

石五则　（害怕地）我……我……

金　二　（知石五则动摇）不用怕！

（唱“滚花”）

只要你肯出力，

石大爷定会把你提携。

来！到我家去喝杯酒再说吧！

[石五则心神不定地被金二拉着，下。

[刘胡兰、二青嫂见金二不再跟踪，折回，卸上，刚好看到石五则与金二下时的背影。

二青嫂　胡兰，那不是石五则？

刘胡兰　是啊，他怎么会下山来呢？

二青嫂　让我喊住他问问！（欲喊）

刘胡兰　（制止）慢！（指指石洞）让他先走，注意警戒！

二青嫂　（点头）好！（下）

刘胡兰　（四望无人，走到石洞口，轻声地向内喊）老王！

[王本固从石洞出，胡兰急上前扶掖。

王本固　胡兰，不用了！

刘胡兰　王连长，现在伤口怎样？

王本固　已经全好了！你看！（稳健地走几步）

刘胡兰　那太好了！快吃点东西吧！（从筐底里取出干粮给王本固）

王本固　（感激地接过干粮）乡亲们待我真好呵！

（唱“二黄合字过序”）

军与民如血肉般紧相连，

大浪冲不开，钢刀难斩断。

多感好乡亲，关照甚周全，使我早复原。

深厚情谊说不完，

似春风，吹来令我心底暖！

刘胡兰　（唱“二黄”）

军民本是一家，

互相支持同奋战。
照料伤员有责，
你不必记在心田。
只盼你早返前方，
似那雄鹰矫健。
好将敌人灭尽，
让红旗插遍万里山川！

[远方传来两声清脆枪声，两人注视。

王本固　哼！敌人又放冷枪了！

刘胡兰　是啊！阎匪面临失败，百倍疯狂。在平川上建碉堡，设岗哨，到处抓人杀人，威胁我们的党员和干部“自首”投降！

王本固　乡亲又遇害了？

刘胡兰　阎六被抓走，二青、双喜宁死不屈，惨遭枪杀！

王本固　乡亲们真可敬呵！
（唱“回龙腔二黄”）
汾河川，乃是英雄地，
英雄人民住在两岸边。
任那敌人倾尽河中水，
势难泼灭两岸怒火冲天！
不怕刀，不怕枪，
不怕棍棒皮鞭，不怕敌人凶焰。

刘胡兰　（接唱）　众乡亲，一个个，牙关紧咬，志比钢坚！

刘胡兰
王本固　（合唱）　太行山，吕梁山，
象征两岸人民，坚强不变！（拉腔）

王本固　（唱大笛“二流”）
誓与敌人决死战，
满怀仇恨冲向前。
党中央，号令传，
子弟兵，快回转，

解放日子当不远——

（转“滚花”）

胜利战歌响云天！

二青嫂　（上）胡兰、王连长，广元叔又回来了！

[石广元与一武工队员上。

石广元　（对武工队员）加强警戒！

[武工队员下。

刘胡兰　广元叔！

王本固　（惊喜地，上前与石广元握手）广元同志！

石广元　王连长，听说你的伤势快痊愈了？

王本固　得乡亲们精心照料，已全好了！我什么时候可返前方？

石广元　上级决定，马上转移上山，然后掩护你越过敌人封锁线回部队去！

王本固　那太好了！

石广元　你快准备一下吧！

王本固　好！（进山洞）

刘胡兰　广元叔，我们刚才发现石五则跑了回来，和金二暗中勾搭……

石广元　这我们知道了。石五则上山以后，受到组织和同志们的严肃批评，他情绪消沉，暗地逃下山来。从他过去的表现和最近的思想来看，很可能会变节投降，必须高度警惕呵！

刘胡兰　嗯！

石广元　胡兰！区里还作出了决定，你和二青嫂、王连长要一起马上转移上山。

刘胡兰
二青嫂　马上转移？

石广元　对！今夜我们就是专程来接你们的！

（唱“中板”）

蒋阎匪军，狗急跳墙，毒辣疯狂极点。

设阴谋，大屠杀，腥风吹遍平川。

敌情紧，形势急，你们非常危险。

党组织，做决定，不能再作拖延！

刘胡兰　广元叔，党组织的决定我坚决执行，但是村里的工作必须再作安排一下，同时你交给我的那份党内文件，还藏在东村妇联会主任家里，必须跟着转移，以免被敌人搜去，所以我请求再留一会儿。

石广元　（考虑）这……时间紧迫，处境危险，你……

刘胡兰　广元叔，你放心！

（唱“快中板”）

革命何惧多艰险，

生命安危抛一边。

胡兰爱从火中炼——

石广元　（毅然地）好吧，你把工作安排好，就迅速转移。

（接唱）　明天一早，

务必赶到北齐村。

二青嫂　（不舍地）胡兰你……

刘胡兰　二青嫂，你放心，先去吧！广元叔，我先回村去了！

石广元　好，小心点！

二青嫂　胡兰，你快来，我在北齐村等你！

[刘胡兰坚毅地点点头下，石广元、二青嫂与她握手。

[幕闭。

第五场

[紧接上场，晚上。

[金二家院子，正面室外，有门、有窗。

[幕启。窗影现出金二和石五则密谈对饮。

[石庭槐像魔影似的，带着团丁躲躲闪闪上。见窗影，喜形于色。

石庭槐　（唱“催归词”）

五则今番已落圈套，

金二当真有“两度”，

官星照我步步高。

能诱就诱，能吓就吓，

不难，使他情况全吐露。

[石庭槐带团丁避向暗处。

[金二开门送石五则上。

金　二　五则，就这样答应下来算啦。

石五则　我……要考虑清楚。

金　二　嘿！恐怕石大爷没这个耐性呢！

石五则　石大爷，石大爷，这是逼我走绝路……

[石庭槐、团丁暗上，站在五则身后。

石庭槐　（险笑）绝路？大爷给你走的是生路。

[五则转身见庭槐大惊。

石五则　石大爷，我……我……

石庭槐　你做人很圆滑啊。我的好处，你受得舒舒服服，我的事情，你推得干干净净。哼……

石五则　石大爷，我，我不敢有意违逆你的旨意，我是……

石庭槐　（打断）你是有意还是无意，这个暂且不提。你先说说云周西村有多少共产党？

石五则　这——这我不大清楚。

石庭槐　把你知道的先说出来。

石五则　我……我不敢说。

石庭槐　你怕什么？

石五则　这……共产党是不会饶恕的。

石庭槐　呵，你就怕共产党不饶恕，却不怕石大爷发脾气？！好吧，人来，带到外边勒死！

[团丁装腔作势，五则大惊失色。

石五则　石大爷，石大爷，请你高抬贵手，饶我一命！

石庭槐　（狞笑）只要你把党员名单开列出来，高官厚禄，一生受用不尽呀。

石五则　这……（犹豫）

石庭槐　（拔出手枪）到底说不说?

金　二　五则，那就干脆答应吧，看你有福不愿享，偏要惹灾殃。俗话讲有钱便是爹，有奶便是娘!

石庭槐　怎么样?

石五则　我……我说。

石庭槐　对。这就够朋友啦，随我来吧。

团　丁　（斥喝）走!

石庭槐　（骂团丁）混账!请!

团　丁　是。（对五则）请!

[五则先行，团丁随后，紧盯下。

金　二　今次大爷升官发财有得捞。

石庭槐　到时候我不会忘记你功劳。

[两人狞笑。

[幕闭。

第六场

[次日黎明前。

[刘胡兰家。

[幕启。母亲在灶边做饭，站起，拍拍烟尘。

母　亲　[唱“西皮”）

雪花舞，北风紧，

胡兰她，西山去，令人宽心!

已为她，将行装准备，

好叫她振奋精神，赶快起行。

[祖母和爱兰从房里拿着胡兰的行装衣物上。

祖　母　胡兰怎么还不回来？都快天亮了。

母　亲　胡兰要上西山了，工作安排未完，她走也走得不舒服！

爱　兰　是啊！家姐临出门时说，她有重要事情要办，办完事就会马上回来的。

祖　母　马上回来就好！

［刘胡兰抱一包文件，又疲乏又兴奋地上，推门入。

爱　兰　奶奶！你看，家姐！……（扑向胡兰）

祖　母
母　亲　胡兰！

祖　母　（埋怨地）胡兰，如今夜夜恶狗吠，日日野狼嚎，去了那么久，真叫人担心？

刘胡兰　（乐观地）奶奶，现在我不是又回到你的身边了吗？

母　亲　胡兰呀，工作都安排好了？

刘胡兰　（兴奋地）嗯！

（唱“中板”）

踏雪迎风东村往，

取来文件避过虎狼。

村里各项事情，也都安排妥当。

祖　母　那就好了。

（接唱）　我们正为你收拾行装，

雄鸡高唱天将亮，

赶快准备愿你一路平安！

刘胡兰　奶奶，我自己会！（取过行包、衣物，对母亲）妈！我马上就要到西山和广元叔他们一起战斗了，你高兴吧？

母　亲　那还用说？妈盼你快去，西山是革命的根据地啊！

刘胡兰　是啊！

（唱“长句二黄”）

西山遍地好阳光，

红旗漫天歌声壮，

亲爱的党组织，亲爱的同志，

在那里战斗奔忙！

胡兰多年常向往，

喜今日得偿所望，

昂首奔赴新战场！

好教我兴奋难言，

心中翻腾千尺浪。

母　亲　胡兰，来！你的头巾太旧了，把我这块新点的换给你！

（替胡兰包头）

（唱“南音”散起）

眼望胡兰此去，

不禁热泪盈眶，

阿妈心内，同样激动非常。

临行无物可交你，

只有这顶针一个伴行装。

这小小顶针胜过那黄金万两，

我们祖孙三代，

用了它数十年长。

如今你带它到山上，

好缝衣补物绣春光。

盼你好好干革命，永远跟着党。

刘胡兰　（接过顶针，接唱）

妈你深情嘱咐，胡兰永不忘！

爱　兰　家姐，我也有一样东西送给你！

刘胡兰　你也有？

爱　兰　嗯！（从衣物里取出一包东西，解开露出一些大红枣）你来看！

刘胡兰　大红枣？

爱　兰　对，我已经给你包好了！

（唱“跳花鼓”）

大红枣呀真甘香，

姐你带往西山上，
送给叔叔和阿姨，
个个亲口尝一尝！
为我告诉解放军，
早日打回平川上，
多杀狗地主，
灭尽恶豺狼！

刘胡兰　阿妹，你说得真好！
（唱“反线雁落平沙”）
亲人叮嘱记心上，记心上，
总会有日偿所望，
鲜花怒放，云开雾散，喜迎曙光。
胡兰此去，紧握枪杆，
永远紧跟党！
只待来年春到吕梁，
跟部队打回汾水两岸。

四　人　（合接唱）喜看红旗处处飘，
凯歌高奏震天响！

祖　母　胡兰，天快亮了，你赶早登程吧！

刘胡兰　（高兴地）好！（整理包袱）
[石五则上。

石五则　（念）石庭槐的话我照办，奉命盯住刘胡兰。
[刘胡兰拿包袱开门，欲走，石五则迎上。

刘胡兰　石五则？！你……（镇静地放下包袱，用眼色暗示家人返房）

石五则　是我，我从西山回来，跑得浑身大汗，口渴了，想喝杯茶。

刘胡兰　自便。
[石五则慢吞吞走近桌前倒茶。
[刘胡兰注视石五则动作。

石五则　（旁唱“梆子流水”）

刘胡兰整行装，

必是去吕梁山上。

刘胡兰 （接唱） 石五则突然到此，

定有祸心包藏！

石五则 （接唱） 我若迟来片刻，

后果不堪设想。

刘胡兰 （接唱） 我须通知同志，

及早防备豺狼！

（向房内）爱兰！（爱兰应声从房内出）天亮了，还不去帮锦芳大爷扫狗屎！

爱　兰 （会意）是！（急跑下）

刘胡兰 石五则，你是什么时候回来的？

石五则 刚到，刚到。

刘胡兰 刚到？……

石五则 是刚到，石广元书记叫我回来，向你了解一些情况，准备写一份总结。

刘胡兰 总结什么？

石五则 对敌斗争情况。

刘胡兰 敌人的情况，相信你知道得比我更清楚！

石五则 不，是……是发动群众对敌斗争的情况。

刘胡兰 那好吧！等一会儿我叫几个人来一起谈，你先回去休息一下吧。

石五则 啊，不，不，我先听你一个人谈谈。（拿出钢笔坐下，赖着不走）

刘胡兰 （严肃地）请把组织的介绍信拿出来我看过再说。

石五则 介绍信？熟人熟面，还用什么介绍信？

刘胡兰 你的关系已转上西山，回村工作，应当有介绍信，这是原则！

石五则 哎呀，石书记可没有对我说清楚呀！

刘胡兰 （挥手）那就请走！

石五则 不，我……

刘胡兰 （命令）走！

石五则 （一步步后退）你……

[陈老汉急上，祖母、母亲从房内出。

陈老汉　胡兰，不好！大队敌人偷袭进村了！

石五则　（语带双关）唉，可惜想逃也逃不了啦！（下）

刘胡兰　（对石背后）可耻！（对陈老汉）大伯，快叫锦芳大爷组织群众转移！

陈老汉　已经来不及了！

[石锦芳上。

石锦芳　胡兰，你赶快避开！

刘胡兰　不用管我，你快去应付。（拉住石锦芳的手）大爷，千万要提防石五则！

石锦芳　爱兰告诉我了！你……

刘胡兰　不要紧，你去吧。

[石锦芳无奈下。

[内场传来锣声、喊声："全村男女老少都到大庙前集合！"

刘胡兰　（唱"快中板"）

情况突变锣声紧，

突围已是不可能！

母　亲　胡兰，快躲一躲吧！

刘胡兰　（决定地）不！

（接唱）　党的机密最要紧，

决不失陷于敌人！（拉腔）

烧！

[刘胡兰取文件，从容地在灶里烧，母亲见状，上前帮忙。

[匪军上，打门。

[幕后合唱新唱：

胡兰爱党重生命，

从容不屈对匪军！

[大胡子、石庭槐带匪军破门而入。

石庭槐　烧什么？（走近灶前，一无所获）

[刘胡兰冷笑，藐视敌人，用布拍拍衣上的烟尘。

石庭槐　哼！你好大胆！（对大胡子）长官，这个就是刘胡兰！

大胡子　（盯着刘胡兰，恶狠狠地）你就是刘胡兰？哼！绑！

[匪军要绑刘胡兰。祖母、母亲扑前欲拦。

[大胡子凶狠地把祖母踢倒在地上。

[幕闭。

第七场

[当天上午。

[大庙正殿。

[大胡子猛抽纸烟，来回踱步，石庭槐缩在火盆旁边。

大胡子　（凶狠地摔掉纸烟）哼！这个黄毛丫头，竟敢在老子面前逞英雄！好！看看是你的皮肉韧还是我的皮鞭韧！（举鞭欲下）

石庭槐　（叫住）长官，刘胡兰是初生之犊，烈性难驯，严刑敲问，不肯招供，我看还是另想办法。

大胡子　（自负地）哎！

（唱"滚花"）

生杀权操在手中，

何必去搜肠刮肚。

她若再片言不吐，

用铡刀斩掉头颅。

石庭槐　长官！

（念"白榄"）

粮食和伤员，

至今未找到，

杀了刘胡兰，

哪里弄情报？

上头若追究，

岂不更糟糕。

大胡子　这……

石庭槐　（接念）皮球不怕压，

越压越跳高。

改用软索缠，

引她入圈套……

大胡子　她若是不上当呢？

石庭槐　（接念）当堂来对质，

看她怎应付，

若是还口硬，

那时再开刀！

大胡子　（沉思）……好！

石庭槐　（向内）松绑！带刘胡兰！

[内应介，铁索声。

刘胡兰　（内唱“首板”）

满腔愤怒！（被匪兵推上）

（唱“快滚花”）

殿前一见仇人面，

心头怒火比天高！

他打一鞭，更添我，一分愤怒，

他加千杖，我脚步，扎得更牢！

刘胡兰头可断，志难摇！

火海刀山吓不倒！

大胡子　哼！你只是挨了几下皮鞭，还没尝到大刑的味道！乳臭未干敢造反，真不知地厚天高！

石庭槐　（恶意挑拨）刘胡兰，共产党早已跑光，竟然置你这无知青年于不顾。留下你在此受罪，实在无辜！

[刘胡兰不语，大胡子动火，石庭槐递眼色制止。

石庭槐　刘胡兰，把你知道的都讲出来，我包你不会再受苦。

刘胡兰　哼！我什么也不知道！

大胡子　不知道？快叫人对质，不让她诈作糊涂！（向内）带人！

[匪军带石五则上。

大胡子　你看看他是谁？

刘胡兰　（轻蔑地）哼！

石庭槐　石文书，你劝导劝导她吧！

石五则　胡兰，我想来想去，我们只有一条路……

刘胡兰　你走的是自绝于人民的死路！

石庭槐　不，不，他走的是“自白转生”的大路，你……

大胡子　不必多讲，石五则你来对质。她是不是共产党？

石五则　我和她是同一个支部。

大胡子　是不是她带头藏军粮？

石五则　是。

大胡子　王本固是不是藏在她家？

石五则　是。

刘胡兰　（打石五则一耳光）叛徒！

（唱“快慢板”）

你泄机密害同志手段卑污，

说什么你和我同一支部。

共产党岂容你可耻叛徒！

（转“快中板”）

他日东风传捷报，

天罗地网难脱逃，

罪恶桩桩从头数，

（转“滚花”）

千刀万剐，你死有余辜！

石五则　（求救地）长官……

[大胡子一挥手，匪军带石五则下。

大胡子　哈哈！刘胡兰，石五则指证你是共产党，还有何话说？

刘胡兰　说我是共产党，我就是共产党！

大胡子　村里还有谁是共产党？

刘胡兰　不知道！

大胡子　不知道？！

石庭槐　讲出来我替你开脱，讲吧！

刘胡兰　哼……

大胡子　你不讲我也知道。

刘胡兰　知道还来问我？！

大胡子　（狼狈地）你，你，你，小小年纪难道不怕死？

刘胡兰　怕死不当共产党！

大胡子　（拍案）住口！在我的衙门，显你的威风，岂有此理！讲！军粮藏在哪里？

刘胡兰　全部送上前方！

大胡子　王本固呢？

刘胡兰　打仗上了战场！

大胡子　你们村的武工队呢？

刘胡兰　等待时机杀你们这些豺狼！

大胡子　（唱“霸腔快二流”）

臭丫头舌剑唇枪，
逼得我走投无路。
你若再执迷不悟，
打到你体无完肤。

刘胡兰　（接唱）纵然是刀斧加身，
刘胡兰义无反顾！

大胡子　（接唱）我杀人从不眨眼，
今日里拿你开刀！

刘胡兰　你这个刽子手！禽兽！（介）革命人民杀不尽，洪流滚滚浪头高！蒋家王朝末日到，定要算清血债，严惩你这罪恶滔天的匪徒！

大胡子　（疯狂地扑上前鞭打刘胡兰）口硬！口硬！

石庭槐　（别生奸计，拦住）唉，刘胡兰，何必拿皮肉受苦呢？算了，算了！

（唱“长句滚花”）

休动怒，休动怒，

再不问谁人藏病号，

也不管军粮有或无，

这些事你我心中都有数，

都不妨装聋作哑诈糊涂，

只要你当着众人敢自保，

从今后不替共军再效劳，

就立即恢复你人身自由，

回家中见你父母。（句）

这叫作“自白转生”，

担保你不会再坐牢！

刘胡兰　叫我投降？梦想！

石庭槐　不，这是……

大胡子　不必多讲，准备铡刀！

[匪军抬出铡刀，复下。

大胡子　刘胡兰，再不老实招供，定叫你死在这铡刀之下，给你最后五分钟！（与石庭槐同下）

刘胡兰　（唱“仿祭塔腔反线二黄”）

阵阵创伤痛彻心，

面临就义忆生平，

风雨里生来战斗中长，

十六年时光虽短，甘苦尽尝。

日寇铁蹄踏，阎匪烧杀抢，

百里平川，但闻哀声四放。

冰雪压西山，乌云盖吕梁，

汾河两岸天地暗无光。

（转“正线二黄”，稍快）

春雷动，红旗扬，

平川来了共产党。

打日寇，锄汉奸，

手中挥舞红缨枪。

分田地，斗豪绅，

贫农团战歌震天响。

缝寒衣，送军粮，

妇女会日夜支前忙。

（转“流水南音”）

心花怒放我参加了党，

灯塔光芒照四方。

胡兰有党心明亮，

胡兰爱党胜爹娘。

（清唱，唱散）

夜望蓝天盼北斗——

（上板）　朝迎红日想延安。（拉新腔）

胡兰永远跟着党，跟着党——

（转“滚花”）

要学那西山松柏，

铁节繁枝向太阳！

[匪军推母亲上，复退下。

母　亲　胡兰！

刘胡兰　妈！

母　亲　（唱“乌惊喧”）

唉！伤心忍见你受鞭挞，被监禁，

妈妈好似万箭穿心坎，万箭穿心坎！

你身受重创肉破血淋淋。

（转“乙反木鱼”）

手抱着胡兰女，女你紧贴娘身，

恨我无能为力，救女你脱狼群，

你挨尽严刑我心怎忍，

能否将千般苦痛，移在你娘身？

若能代替我儿来受苦，

妈妈我刀山火海愿去行！

刘胡兰　妈，不要难过，同志们会替我报仇的！（摘下顶针）这是你给我的顶针，你把它好好保留起来吧！

母　亲　（惊惧地不接）怎么，难道真的……

刘胡兰　（指铡刀，深沉地）我随时准备牺牲！

母　亲　（强烈音乐，母亲震惊倒退，复扑前）不行，不行！你是妈的骨肉，妈不能没有你呀！

（转“叹板”）

送顶针实指望，

你顺利转移西山上。

又谁知今日里，

你却交还原物赴刑场！

刘胡兰　（唱“新曲”）

好妈妈，且记住敌人血账，

胡兰我死得其所何用悲伤！

这顶针你把它保存手上，

就像儿跟随在妈你身旁，

儿爱它质地好坚如纯钢，

它伴着我家三代人顶过烈日严霜！

但愿它伴随妈妈早日迎解放，

绣成那红旗千面高插在吕梁。

儿见红旗心欢畅，

长眠地下梦也香！

母　亲　（深受鼓舞）胡兰！

刘胡兰　（替母亲戴上顶针）妈！不要在敌人面前流泪，不能向敌人吐露半点机密！

母　亲　谁是仇人我看得清，你放心吧！

刘胡兰　我的好妈妈！（亲切地依偎在母亲怀中）

[大胡子与匪军上。

大胡子　时间到了，你考虑得怎样？

刘胡兰　刘胡兰宁死不投降！

大胡子　（绝望地）啊！

[切光。

[幕闭。

第八场

[紧接前场。大庙前，大雪纷飞，北风呼啸。

[庙墙上涂着“自白转生”四个大字，下面贴着告示。

[急促的锣声：“全村男女老少，都到村南大庙集合。一家只留一个人，否则按私通八路论处”。

[在紧急的锣声中幕启。群众陆续上场，石锦芳从中关照爱兰和群众。

匪兵甲　（手提铜锣，用槌子指着告示念）“自白转生！”不自白者乱棍处死；自白不彻底者，乱棍处死；光自己自白包瞒他人者，乱棍处死！

[匪兵数人荷枪实弹，杀气腾腾，持棍冲上。

[大胡子、石庭槐上。

大胡子　铡刀侍候！

[匪兵抬铡刀从大庙内出。过场。

[阎六被五花大绑，随后推出。

大胡子　最后机会，快讲！

石庭槐　“自白转生”呀！

阎　六　呸！（唾吐石庭槐，石庭槐忙用手帕掩面）

大胡子　立即处死！

[匪兵用木棒打倒阎六，阎六挺身站起。

阎　六　（喊）打倒阎锡山！打倒反动派！（被匪兵拖下）

[群众紧握拳头，咬紧嘴唇，悲愤地低下头。

[匪兵抬铡刀上。

大胡子　提刘胡兰！

匪兵甲　提刘胡兰！

[内场传："提刘胡兰！"

[刘胡兰上。

刘胡兰　（念"英雄白"）

雪花飞舞朔风号，

横眉冷眼对铡刀，

刀下斑斑同志血，

化成百丈黄河涛。

爱　兰　（扑向刘胡兰）姐姐！

刘胡兰　（从口袋中掏出红枣）爱兰，这红枣来不及送出去，姐姐没有做完的事，你要把它完成呀！

爱　兰　（接过红枣，越看越悲伤，扑到胡兰怀里）姐姐！

大胡子　（拉开爱兰）走开！

爱　兰　（挣扎）不准杀害我姐姐！

群　众　（愤怒地齐喊）不准枉杀好人！

大胡子　谁说她是好人？（全场寂静，对陈老汉）你说她是好人还是坏人？

陈老汉　她……

大胡子　讲！

陈老汉　她是好人，是天下最好的好人！

大胡子　再讲，我枪毙你！

陈老汉　枪毙我，也不能把是非颠倒！你们这些强盗，总有一天血债要偿还！

[大胡子举枪打陈老汉，刘胡兰抢前推枪，枪朝空放，群众涌上前去，把

陈老汉拖下来。

大胡子　啊？你们要造反？来人呀！架起机枪把他们统统打死！

刘胡兰　住手！（用身体挡住机枪）要杀就杀我一个，不准伤害众人。

大胡子　好呀，刘胡兰！看你的颈硬还是我的铡刀硬！开刀！

[匪兵欲绑刘胡兰，被刘胡兰推开。

[匪兵把群众推向远处。

刘胡兰　（唱"快二流"）

党人风格万年贞，
入党誓词刻骨铭，
慷慨挺身赴死日，
遥闻万里凯歌声。
乡亲父老莫悲伤，
抬头仰望西山顶，
一抹红云传喜讯，
东方喷薄日将升！

[刘胡兰甩了甩披在脸上的头发，昂首挺胸，慢慢地走到铡刀跟前。

刘胡兰　（振臂高呼）中国共产党万岁！毛主席万岁！

[刘胡兰脚踩铡刀，虎视敌人。造型。

[急切光。

尾　声

[进军号声中灯渐亮。

[王本固、石广元率解放军和民兵冲上。

[开打，擒大胡子、石庭槐，押石五则、金二上。过场。

[灯光大亮。天幕上红光万道。

[毛主席题词"生的伟大，死的光荣"闪闪发光，映照着刘胡兰英雄塑像。

[群众涌上，合唱“新曲”：

刘胡兰舍生忘死为革命，

千秋万代颂英名。

领袖题词传四海：

“生的伟大，死的光荣。”

——剧终

本剧选载的是 1978 年林小群、郎筠玉、白超鸿等主演的演出本。

秦香莲

（根据粤剧传统剧目及同名京剧改编）

改编：杨子静　林仙根　何剑秋

人物表

秦香莲　陈世美之妻
冬　哥　秦香莲之子
春　妹　秦香莲之女
张三阳　客店主人
陈世美　状元、驸马
王延龄　老丞相
赵　炳　大司马
韩　琪　驸马府侍卫
刘　廷　驸马府门官
包　拯　开封府尹
王　朝
马　汉
张　龙
赵　虎
王　忠
赵　义
皇　姑
国　太

太　监

校　尉

四朝臣

第一场 惊变

[客店。

[张三阳持帚上。

张三阳 （念“急口令”）在京城，十五载，开间小客店。和气自生财，连朝风雨多，行人少出外，今日天晴朗，打扫客房待客来。

[秦香莲携冬哥、春妹上。

秦香莲 （唱“滚花”）

水驿山程行旅苦，为寻夫婿到京都。

且住，为寻夫婿，来到京城，人海茫茫，不知如何探问。（介）前有店房一所，何不安歇一宵，再访夫君下落。就是这个主意。（入店）

张三阳 大嫂，可是投店？

秦香莲 正是投店。

张三阳 后院房间，倒也干净。大嫂，听你口音，好像湖广声谈。

秦香莲 正是湖广均州人氏。

张三阳 哦，原来是乡亲，失敬失敬。请问大嫂，贵姓名？

秦香莲 秦香莲。老伯你呢？

张三阳 张三阳。

秦香莲 原来是张伯伯，有礼了。

张三阳 不敢当。请问大嫂，你从湖广到京，有何贵干？

秦香莲 寻访夫君。

张三阳 你丈夫做何生理，姓甚名谁？

秦香莲 我夫攻读诗书，前年进京赴考，名唤陈世美。

张三阳 啊，陈世美？（打量秦香莲）

（另场唱“滚花”）

陈世美前年进京，曾到我店中光顾。

得中状元招驸马，如何说是佢亲夫。

若非假冒官亲，便是同名共号。

好，待我盘问一番。大嫂，你夫陈世美，今年多大岁数？

秦香莲　三十二岁。

张三阳　何故身穿孝服？

秦香莲　因为死去翁姑。

张三阳　两个孩子是何人？

秦香莲　陈世美是他们生身之父。

张三阳　哦，原来陈夫人到此。

秦香莲　莫非张伯伯，认识我丈夫？

张三阳　当然识啦，陈相公前年来京，在我店中居住，他已高中状元啦！

秦香莲　啊，高中状元！——谢天谢地。

张三阳　大嫂，不过……

秦香莲　不过什么？

张三阳　唉，不问就罢。

秦香莲　张伯伯，有话但说不妨。

张三阳　大嫂呀，你丈夫已被国太宣进宫中，招为驸马了。

秦香莲　吓，宣进宫中，招为驸马吗？（难过，背场）

张三阳　（后悔，自语）张三阳，你老糊涂了！这等事情，怎么讲得，人家听到，哪有不伤心的啊！唉！（打头壳）

秦香莲　张伯伯啊！

（唱“滚花”）

我是到得来，回不去，还须一见我夫。

张三阳　夫人，想你们结发夫妻，有儿有女，进宫相见，谅也不妨。

秦香莲　怎奈人地生疏，不知门路。

张三阳　这个……也罢，老汉这里，就当个引路之人。

秦香莲　如此感恩不尽。（施礼）

冬　哥
春　妹　阿妈，好肚饿呀！

张三阳　哦，原来你们还未用膳，待老汉进厨，生火弄饭。

秦香莲　（对儿女）快谢公公！

冬　哥
春　妹　谢公公。

张三阳　随我来。

[张三阳牵冬哥、春妹，引秦香莲同下。

[幕闭。

第二场　闯宫

[沐慈宫。

刘　廷　（念）驸马寿诞日，把守在宫门。（坐下）

秦香莲　（内声）引路呀！

[张三阳引秦香莲、冬哥、春妹上。

秦香莲　（唱“快滚花”）

六街三市无心看，

但愿此行得见郎。

张三阳　夫人，沐慈宫到了。

秦香莲　敢烦通报，说道驸马乡亲来拜访。

张三阳　何不说是夫人到呢？

秦香莲　有些不便，且说是驸马同乡。

张三阳　（点头）夫人心细如尘，待我上前照讲。（揖刘）门官老爷，有礼。

刘　廷　嗯！

张三阳　（赔笑）张三阳有事，烦报驸马知详。

刘　廷　什么事？

张三阳　今有驸马乡亲来拜访。

刘　廷　站过一边！（向内）启禀驸马！（内应：“何事？”）有人求见，说是驸马同乡。

陈世美　（内声）对他传知：本官昔日，未受过乡里杯水之情，念他千里而来，赏饭一餐，不必进见。

刘　廷　遵命。（对秦香莲）呔！驸马言道，从未受过乡里杯水之情，赏饭一餐，不必进见。

秦香莲　吓！不必进见？好一个当今驸马，身进宫廷，世故乡情都不要了？

张三阳　夫人呀！

（唱“滚花”）

看来若要进宫，唯有讲明真相。

秦香莲　这个……（摇手）

（接唱）　你且说是冬哥之母、春妹之娘，

有心者自明，无须直讲。

张三阳　夫人果然体贴，待我再次上前。（上前）门官老爷。

刘　廷　呸！方才回绝于你，还来啰唆，与我爬走！

张三阳　（惊退）夫人，这些门官土地，非你亲自出面不行。（站开）

秦香莲　哎！迫于无奈——

（秃头唱“滚花”）

上前而去，步步凄惶。

门官爷爷，有礼了。

刘　廷　施礼何来？

秦香莲　再烦通报，说求见的并非平常乡党，乃是冬哥之母、春妹之娘。

刘　廷　站过一边。——有请驸马。

陈世美　（打引上，念）文章有价题金榜，天子怜才认舅郎。

——（对刘廷）相请有何事干？

刘　廷　来人一定要见，说是冬哥之母、春妹之娘。

陈世美　吓！是她？

（唱“可怜我”）

猛听得我妻她到京师探望，

顿觉踌躇自思想，（介）

要断恩情赶返乡。

刘廷过来，赶快传言将驾挡。不管什么冬哥之母、春妹之娘。念她远道而来，赐她纹银十两。再赠衣裳三套，叫她马上回乡。（刘廷应命欲行）转来！若再蛮缠，将她驱赶。不许再来通报……

刘　廷　是，遵命出堂。

[陈世美拂袖下。刘廷取银两衣裳出门。

刘　廷　妇人听着：驸马言道，不管什么冬哥之母、春妹之娘，念你远道而来，赏你衣服三套，纹银十两。拿去，拿去！（交银物后迫走）

秦香莲　（“水波浪”——母子关目一回）哎，门官爷爷，想我千里而来，岂为银两衣服？请你收回。（交回）

刘　廷　不要就算。（捧衣银下，复上）

张三阳　（急劝）夫人呀，看来驸马酒多，听不明白，还须讲明，方能相见。

秦香莲　（想想）既如此说，讲明就是。——门官爷爷，你可知我是何人？

刘　廷　我哪里晓得！

秦香莲　我乃是，你家驸马原配夫人。

刘　廷　啊！（转想不信）

（念“白榄”）

猫有形，虎有相，

若是驸马原配，哪会如此贫寒。

不坐轿来便坐车，何至狼狈成这样。

冒认官亲一大罪，劝你快回乡！

（三批）

秦香莲　（“水波浪”，唱“滚花”）

自顾褴褛衣裳，难怪他眼生顶上。

冬　哥
春　妹　阿妈，那门官凶神恶煞，不如走吧。

秦香莲　儿呀！

（续唱）　娘心千回万转，实只为你兄妹一双。

张三阳　怎么好呢？夫人。

秦香莲　（继唱）　低下头来忙思想。（介）

霎时有计，管叫他另眼相看。

门官爷爷，你当真不与我通传？

刘　廷　决不通传！

秦香莲　也罢，我来问你一声，你家驸马爷初一十五，可有上庙进香呀？

刘　廷　当然有啦。

秦香莲　那你就打醒主意！

（念“白榄”）

驸马去烧香，銮舆经路上，

我守候在一旁，拉住他轿扛，

夫妻重相会，道过了家常。

提到你这门官，说话好丑都凭我讲。

你今时不顺我，递日门官也没得当。

——我走！（欲行）

刘　廷　慢走！（另场）讲来在理，若然她真是驸马原配，挡驾之罪，如何担当得起？（想想）唔，有了，今天乃是驸马寿辰，待我试她一试。（上前）你既是驸马原配，可知今天，是驸马的什么日子？

秦香莲　常言道小儿无诈，冬哥、春妹你们代讲。

冬　哥
春　妹　今天乃是我爹生辰。

刘　廷　啊，原来真是夫人，适才不知，死罪死罪。（跪下）

秦香莲　不知者不罪，快快起来。

刘　廷　夫人海量。（起）

秦香莲　快些与我通报。

刘　廷　小人不敢。方才驸马有言，不准再三通报，若放夫人进去，驸马必然降罪。要进宫么，除非是……

秦香莲　除非是什么？

刘　廷　除非是舍下半幅罗裙。

秦香莲　要来何用？

刘　廷　驸马执罪，小人有话好讲。

秦香莲　哦。我又明白了！

（唱“十字清中板”）

他怕驸马爷责罚他不遵上命。

才有借罗裙为物证说我擅闯宫廷。

尊一声张伯伯门前暂听。（拉腔）

张三阳　告退。（下）

秦香莲　（续唱）叫冬哥和春妹跟进内廷。

无奈何撕罗裙良谋来定。（撕裙）

（转“煞板”）

但只愿儿的父不悖亲情。

[秦香莲交过碎裙，刘廷假追，一起圆台进宫。

刘　廷　妇人哪里走，哪里走！

[陈世美同时上，见面，欲走不及。

秦香莲　（上前牵袂）夫呀！

[陈世美猝然踢倒香莲，香莲晕厥在地，儿女急扶。

陈世美　呔，刘廷斗胆，因何放进妇人？

刘　廷　（念“白榄”）

驸马你要听，妇人闯宫廷，

她往里边闯，我向外边迎，

拉又拉不住，扯又扯不赢，

扯破她罗裙，驸马看分明。（示碎裙）

陈世美　（接看）若非扯碎罗裙，难饶你命，与我滚！

刘　廷　（出门，抹汗）好采数！（急下）

陈世美　（“水波浪”看顾秦香莲母子，唱“玉带左滚花”）

此景此情动我心恻隐，

念她出于无奈上京行，

本当上前一叙夫妻情分。（介）

哎呀，却怕天子闻知罪欺君。

贫妇人苏醒。（坐正面）

秦香莲　（“哭尸头”醒来）郎呀，为妻万水千山，来京访你，闻说你科场得意，高中状元，特来与郎你道喜罢郎呀。

陈世美　呸！大胆妇人。谁个是你夫，哪个是你郎，冒认官亲，该当何罪，快快爬走也罢！

秦香莲　吓，叫我爬走么？（“水波浪”）郎呀，我是你妻香莲秦氏，难道你醉眼昏花不成？

陈世美　贫妇人！（低声）本宫哪有不知，惟是你你你，到来则甚？！

秦香莲　郎呀，自你离家三载，音信全无，为妻日夕挂心，儿女时常思念，才有千里迢迢，访寻郎你，你却说我来得不是，此话什么意思呢？

陈世美　想我也曾命人，赠你银两衣服，你就该离京回去，因何偏要闯进宫来。

秦香莲　（“南音板面”衬）郎呀，我母子千里而来，岂为银两衣服，你一不问父母安康，二不问家乡景况，但叫我离京快走，郎你是什么心肠？

（唱“苦喉南音”）

忍泪含悲叫句我的良人。
你不合一旦身荣忘本分，
不念二老劬劳养育恩。
你可知湖广频年遭饥馑，
交煎水旱遍地流民。
公婆饿死无钱殓殡，

（转“流水南音”）

无奈剪断青丝卖与人。
换来一张芦席安灵寝，
挖坟破土十指痛归心。
父母生不养时死不殡，
试问郎你怎为人？怎为人？（拉腔）

陈世美　（有悔意，暗“哭相思”唱“长句苦喉二黄”）

听到饿死双亲，
身后无棺殓殡，

我未封抔土一招魂，

二老黄泉应有恨，

恨生男无用不及媳妇贤能，

好叫我羞愧无言，

（转“正线滚花”）

结发妻深情可感。

（“叫相思”）香莲，罢了我的……（犹豫，看袍带）哎呀，认不得呀！

（“水波浪”，唱“滚花”）

想到御前恩宠，要割眼底情亲。

贫妇人走来，你且抬头一看，这沐慈宫乃国太手书，君王赐第，谁人擅闯，王法无亲！

秦香莲　夫呀，我是你结发之妻，因何论起王法来了。有道是贫贱之交不可忘，糟糠之妻不下堂。劝郎休把王法讲，听我香莲重话旧家常。

（唱“合尺滚花”）

心悲痛泪沾衣，（拉腔）

（转“反线二黄”）

劝夫君你莫要忘了前时。

想当年奴织布陪郎夜攻书史，

望夫你蟾宫折桂金榜名题。

你说过患难夫妻恩情可贵，

你说过功名得遂不弃为妻。

（转“正线二黄”）

谁知你一旦身荣全忘信誓。（拉腔）

（转“滚花”）

施威作福对我把王法来提。

陈世美　（快打慢唱“二流”）

秦香莲，提起那前情旧义，

字字如芒刺背，教我欲辩无辞。

人说骨肉亲情，连枝同气。

怜她离乡别井，失靠无依。

口问心来，认妻为是。（寻思）

认不得，万万认不得呀！

（转“快合尺滚花”）

难舍龙楼凤阙，难舍紫带金鱼。

难舍驸马恩荣，难舍公主娇媚。

妇人走来！

（唱“弹烛花”）

你快些，归乡里，

百两金，多赏赐，

你不要说我绝情谊，

（慢唱） 今生休再望京师。

快去，快去！

秦香莲　吓！当真不认吗？（“水波浪”）夫呀，想我关山跋涉来寻你，你竟无情不认妻。不认妻来应认子，常言虎毒不伤儿。叫句冬哥和春妹，（慢）哀告爹爹认亲儿罢儿呀。（奏音乐）

冬　哥　爹爹呀，人家说“有爷有乸（娘）是珍珠仔”。

春　妹　爹爹呀，我兄妹“无爷靠乸（娘）好悲凄。”

秦香莲　夫呀，有道是“父母爱子之心，无所不至”。

陈世美　（有所触动，扶起儿女，分抱，起“叫相思”）冬哥！

冬　哥　爹爹！

陈世美　春妹！

春　妹　爹爹！

秦香莲　夫呀，但望天伦重叙，甘愿守志乡居。

[陈世美左顾右看着儿女，有顷，景阳钟响。

陈世美　（惊觉）景阳钟响，莫非主上赐宴而来？（推开儿女，厉声）贫妇人，劝你快快离开，如若不然，你来看，（指壁上剑）尚方宝剑，于你不利。

秦香莲　尚方宝剑，于我不利么？（看剑）哼，我想尚方宝剑，不斩无罪之人。

陈世美　你闯进宫门，无理取闹，辱骂朝官，便斩得有余。

秦香莲　陈世美，依我看来，你自享荣华，忘却父母，乖离骨肉，舍割亲儿；别恋金枝，把发妻抛弃。三宗大罪，才是斩得有余。

（唱“快二黄”）

狠心人薄幸无亲摒妻弃子。

说什么高才美德你枉读诗书。

怒气难消将你冠袍扯碎。（拉工腔）

[陈世美被骂得狼狈退避，扯袍之际恼羞成怒，扔香莲转身，踢倒在地，香莲昏厥，儿女哭叫。

陈世美　（踌躇、恼恨，唱“新腔恋檀二流”）

恨只恨香莲秦氏，

闯宫来利口辩词，

迫得本宫转圜无地。

我本待借青锋利，

收拾了这心中刺，

却恐妨儿女悲啼反为不美。

问如今该怎么摆脱祸基？

怎解救这祸在燃眉，

要当机立断来处置。（介）

有了！

（续唱尾腔）

趁时机，赶走她母子，

才可以一生安处凤凰池。

校尉哪里！

[开边，四校尉上。

校　尉　呼唤出堂，有何差遣？

陈世美　把这疯癫妇人，扯出宫去！（拂袖下）

[校尉应命，扯秦香莲母子出宫外。校尉下。

[二幕闭。张三阳二幕外上。

张三阳　夫人醒来。

冬　哥
春　妹　妈呀！

秦香莲　（苏醒）哎呀，张伯伯呀，鄙夫不认我们，求收无地了！

张三阳　两次三番不肯接见，就知他是无义之人！

秦香莲　事到如今，如何是好？

张三阳　他既不仁，我就不义，何不走到长街，求人写下状词，告他一状。

秦香莲　告他一状？——也罢，敢烦张伯伯带路。

张三阳　随我而来。

[扶秦香莲，圆台，冬哥、春妹相随。

张三阳　（向内）先生，烦你替我写张状纸。

内　声　状告谁人？

张三阳　状告当今驸马陈世美。

内　声　这张状纸，我不敢写。

张三阳　给你双倍笔金。

内　声　小民惹他不起。

张三阳　你不写，我另找别人。

内　声　谁都不敢替你写的。

张三阳　夫人，状纸无人敢写。

秦香莲　如之奈何呢？（锣声）

张三阳　啊！夫人啊，那边鸣锣开道，定有大官经过，待我上前问来。（向内）借问一声，哪位大人经过？

内　声　三朝元老王丞相。

张三阳　啊，夫人，好啦，三朝元老王丞相经过，快快拦路呼冤。

秦香莲　怎奈没有状词。

张三阳　这也不妨，就用白纸一张，顶在头上，拦舆告状，王丞相定然动问，你再口诉得来。

秦香莲　多蒙指教，路旁等候。（同下）

[开二幕即接第三场。

第三场　告夫

[路上。

[二幕启。丞相王延龄坐轿，旗牌王忠捧礼物上。

王延龄　（唱“中板”）

一片忠心将国保，

三朝元老位崇高，

驸马寿辰忙过府。

[大司马赵炳坐轿，旗牌赵义同上，相遇。

王延龄
赵　炳　（同唱）　同僚相遇在中途。

旗牌过来，看看是哪位大人。

[两旗牌上前相见，“哦，是你！”回报。

赵　义
王　忠　启禀大人，来的是王丞相。
赵司马。

[王延龄、赵炳忙吩咐下轿，相见。

赵　炳　王老哥，你去拜会谁人？礼物如此丰富。

王延龄　今天是陈驸马生日。

赵　炳　哎！我们是三朝元老，何用对他打招呼。

王延龄　他是国戚王亲，贺他为好。

赵　炳　贺他为好？

王延龄　贺他为好。

赵　炳　如此一同去，只是礼物全无。

王延龄　哎！所谓礼无穷尽，只要人到意到。

赵　炳　好个礼无穷尽，旗牌过来，准备白银五两，手帕一条，冰扇一把。（旗牌领命下，复上）

王延龄
赵　炳　立刻登途。

［“帅牌”圆台。内场叫苦，秦香莲母子上。

王　忠　启禀大人，有妇人挡道。

王延龄
赵　炳　有妇人挡道？列开。（下轿坐下）带上。

［旗牌带秦香莲。

王延龄　妇人姓甚名谁，因何挡道？

秦香莲　秦香莲冤情满腹，不禁哀号。

赵　炳　哎！州有州官，县有县衙，有冤就到衙门去告。

秦香莲　别处衙门告不得，万望昭苏。

王延龄　可有状词？

秦香莲　（迟疑）倒有状纸。

王延龄　呈来一观。（旗牌接呈，看）赵司马，老夫年纪老迈，还是你看好。

赵　炳　（为难）王老哥，小弟倒吊无点墨。

王延龄　别张状词你看不懂，这张状纸并无者也之乎。

赵　炳　（接状左看右看，见是白纸）妇人走来，白纸一张，未有只字，所告何事呀？

秦香莲　启禀大人，“十字街头无代笔，一张白纸告穿天”。

赵　炳　吓！你要告青天，（介）哎，天大地大，告天何来？

秦香莲　大人，我非是告青天，乃是告穿天。

王延龄　告穿天？（写介）“天”字出头，分明是个“夫”字呀！赵司马。

赵　炳　哦！告你丈夫。哎，夫妻床头打，床尾和，何必小题大做。去去去！

王延龄　赵司马，何不让她讲个明白。

赵　炳　好呀！讲个明白，休要含糊。

秦香莲　民妇秦香莲告禀。

（唱“不认妻”）

别乡里，携子女，

来访陈郎他却不认妻，

深居宫院做了皇家贵婿，

我哭诉无门才有惊动两位。

王延龄　吓，妇人言道，驸马爷是你家丈夫?

秦香莲　正是结发夫妻。

赵　炳　却又来，既是结发夫妻，哪有不相认的道理? 驸马说过并无原配妻子，莫非你冒认官亲?

王延龄　赵司马，我看这个妇人，语苦情真，谅非撞骗，何不这样……

赵　炳　怎样?

王延龄　当街理案，时地不宜，何不带到东岳庙中，问个明白。

赵　炳　着呀，问得真情，老夫自有道理！（摩拳擦掌）

王延龄　呃！（笑止赵炳暴躁）有此妇人起来。

秦香莲　谢大人。

王延龄　且到岳庙那边，听候问话。

秦香莲　遵命。（下）

王延龄　打道。（同下）

[幕闭。

第四场　闹筵

[寿堂。

[奏“百花亭闹酒”。四宫女企幕，甲太监、乙太监分上，见面分下。陈世美、二太监同上。

陈世美　华堂开寿筵，宫门车马喧。（入坐）

[头锣五响。内声：“文武百官到。”

陈世美　动乐相迎。

[“小开门”。二太监出迎。四朝臣上，拜完下。

[响头锣。内声：“王丞相、赵司马到！”。

太　监　（跪禀）启禀驸马，王、赵两位大人到。

陈世美　恭迎。

[“大开门”。王忠、赵义捧礼单上。赵炳、王延龄上。陈世美接进分坐。

陈世美　两位大人驾到，本宫失迎，尚祈见谅。

王延龄
赵　炳　岂敢，拜寿来迟，还求莫怪。人来，礼物呈上。

陈世美　慢慢。两位高情，受之有愧。

赵　炳　啊！莫非嫌我礼薄不成？

陈世美　赵司马哪里话来，本宫拜领就是。

[王忠、赵义呈上礼物。太监收下。

王延龄　今天驸马红日当头，受老夫一拜。

陈世美　晚辈担当不起。

王延龄
赵　炳　当得有余。

陈世美　担当不起。

赵　炳　如此说，恕老夫不恭了。（同坐下）

王延龄　陈驸马！老夫善忘，不知贵乡何处？

陈世美　湖广均州。

王延龄　湖广均州。但不知贵乡出些什么人物？

陈世美　读书之人，十有八九。

王延龄　可谓礼义之乡。

陈世美　都算得礼义之乡。

赵　炳　礼义之乡，才出驸马这种礼义之人。

[三人同笑。

陈世美　但不知王丞相贵乡何处？

王延龄　老夫原籍山东。

陈世美　赵司马呢？

赵　炳　我与王老哥相对门。

陈世美　看将起来，是街坊邻里咯。

赵　炳　呃！老夫山西，王老哥山东，东西相对门呀。

陈世美　怪不得话山东宰相山西将。

王延龄
赵　炳　驸马过奖。

陈世美　今天贱降，薄酌候光。内侍，酒筵侍候。

赵　炳　慢慢，老夫不便饮酒。

陈世美　何以呢？

赵　炳　王老哥是文官，饮醉就睡大觉。我是武将，多饮几杯，恐怕出言得罪驸马，老夫告辞。

陈世美　赵司马！你是三朝元老，纵有言语冲撞，本宫嘛……不敢见怪。

王延龄　驸马定然不怪。

赵　炳　驸马不怪，老夫叨扰。

陈世美　人来摆酒。

[“一定金”定席。王延龄、赵炳同就位。

赵　炳　（看座位）驸马！今日三人会宴，因何只得两个座位呀？

陈世美　两位元老当前，晚辈哪有座位呢？

赵　炳　爷！有道是“主不饮客不尝”，人来，多设驸马一个座位。

[太监加椅，再捧酒杯上。三人齐坐，“帅牌”饮酒。

赵　炳　驸马今日寿筵，可惜有酒无歌。

王延龄　驸马爷！寡酒无欢，未为高兴。

陈世美　既是两位大人喜欢，叫出教坊子弟，演唱一番，如何？

赵　炳　演唱戏文，听来吵耳。刚才我在大街经过，有一弹唱妇人，唱的是村歌土调，非常动听，何不这样……

陈世美　怎样？

赵　炳　命人召她到来，筵前歌唱。

陈世美　村歌土调，浊耳难听，不叫就罢。

王延龄　啊！驸马来京三载，便觉得村歌土调，浊耳难听——

赵　炳　难登大雅之堂是吗？

陈世美　好！既然两位大人喜爱，这有何难。人来！前去长街，叫一个弹唱妇人到来。

[太监应命欲行。

赵　炳　慢慢。他们事忙，待我命人前去叫就是。

陈世美　（欲拦）

王延龄　王忠！快去找那个弹唱妇人到来。

[王忠会意下。

[三人同："请酒"。再向内作状："列位大人请酒"。内应"请"。

["帅牌"三人同饮。王忠带秦香莲 上，秦香莲与陈世美关目。

陈世美　人来！赶！

赵　炳　唏！驸马何以将她驱逐？

陈世美　你看她衣衫褴褛，哪里是弹唱之人。因此将她赶。

赵　炳　慢慢。我们叫她弹唱，又不是与你捧酒称觞，管她衣衫褴褛不褴褛。

王延龄　是呀！弹唱妇人，当然不及你宫中的娇娥美女。驸马若然怜悯于她，唱完就多多打赏吧。

陈世美　好，多多打赏。弹唱妇人，你可晓春秋列国？

秦香莲　不晓。

陈世美　可晓唱两汉隋唐？

秦香莲　不懂。

陈世美　呸！一不晓春秋列国，二不懂两汉隋唐，还有什么好唱。人来赶！

王延龄　慢。弹唱妇人，只晓唱悲欢离合，怎比得驸马博古通今呀。

赵　炳　对呀！慢说贫穷村妇，连老夫也不熟那春秋列国、两汉隋唐。驸马赏面，就由她唱一唱吧。

陈世美　既如此说，且问她晓唱什么？

赵　炳　弹唱妇人，你最首本唱什么？

秦香莲　手抱琵琶，只能诉本身之苦。

赵　炳　好呀！老夫逢苦都中意：苦茶中意饮，苦差中意当，苦事中意理，苦情中意听。王老哥你呢？

王延龄　中意中意，驸马你呢？

陈世美　本宫都……都中意。

王延龄
赵　炳　都，都中意。

陈世美　人来，带她廊下去唱。

王延龄　叫她堂上唱好。

陈世美　廊下唱好。

王延龄　堂上唱好。

陈世美　廊下唱好。（不满状）

王延龄　（关目。与赵开位作行状）老夫告辞。

陈世美　王丞相，因何告辞？

王延龄　我几十岁人，眼又蒙，耳又聋，你叫她廊下去唱，我听又听不真，看又看不清，毫无意思。

赵　炳　王老哥，不如带回府上去唱，告辞告辞！

陈世美　这又何必呢，就命她堂上唱。

王延龄　呵！堂上唱。

赵　炳　是呀。叫她堂上唱，琵琶较得高高，村歌唱得好好，我们坐在这里，就听得清楚啦。

陈世美　这个妇人，肮脏臭气，我们坐在席上听好。

赵　炳　这里听好。

陈世美　席上听好。

赵　炳　（与王关目）老夫告辞。

陈世美　（无奈）好，好。就在这里听，人来端椅子。

［太监端三张椅在台中。三人坐下。

赵　炳　妇人，你一五一十，唱上来啦。

秦香莲　大人听呀。

（唱“合尺滚花”）

手抱琵琶悲中起。

陈世美　来！赏她五钱银，打发她回去。

王延龄　陈驸马，她唱得非常动听，曲还未唱完，因何打发她走？

陈世美　王丞相！本宫今日寿诞之期，她不该放声悲哭，故而打发她回去。

赵　炳　慢。你拜寿是喜庆，她唱曲是苦情，当然要哭啰。

陈世美　不哭不行？

王延龄
赵　炳　不哭不行。

陈世美　一定要哭？

王延龄
赵　炳　一定要哭。

陈世美　一定要哭——就由她哭吧。

王延龄　你唱上来。

赵　炳　你唱下去。

秦香莲　再听呀。

（起唱“不认妻”）

别乡里，寻夫婿，
提女携儿上京师，
一心为访夫郎面，
辗转流离——

（转“西皮”）

熬尽寒饥。
奴本是，家乡千里，
湖广均州人氏。

赵　炳　来来来，多摆一个座位。

陈世美　做什么？

赵　炳　驸马你听到吗？这个妇人，是湖广均州人氏，驸马你又是湖广均州人氏，是你乡亲，应该请饮寿酒。来，加个座位。

陈世美　唏！本宫乡亲众多，请不了许多。

王延龄　赵老哥！驸马爷说乡亲众多，请不了几个。

赵　炳　妇人，整定你没采数，唱落去喇！

秦香莲　再听呀！

（唱“乙反西皮”）

又谁知事出人意，空到京师。

夫在筵前妻卖唱，蒙羞忍耻。

赵　炳　王老哥，你听到吗？妇人说夫在筵前妻卖唱，你晓得是什么意思？

王延龄　老夫不晓。看来妇人所唱，大有文章。

赵　炳　文章我就不懂，曲词却解得通，她说夫在筵前妻卖唱，分明指满堂宾客，有一个是她的丈夫，谁个是她的丈夫呢？……既非是王老哥你……

王延龄　又不是赵司马你。（二人暗示）

赵　炳　啊！莫非是（指驸马）……

陈世美　唏！本宫之妻，堂堂公主，在宫闱纳福，哪个不知，赵司马，休开玩笑，庄重些好。

王延龄　赵老哥，谁人不知，驸马之妻，就是公主，你要庄重些好。

赵　炳　（向内）列位大人，你们哪位是妇人的丈夫，出来相认啦。

[内齐笑。

王延龄　满堂宾客，无人肯认。依我看来，没有她丈夫犹自可，若有她丈夫在此，我把他好有一比。

赵　炳　好比什么？

王延龄　好比墨鱼食了墨——黑心肝时黑五脏。

赵　炳　没有她丈夫犹自可，若有她丈夫在此，我把他好有一比。

陈世美　好比何来？

赵　炳　好比乌龟食秤砣——铁心肠的王八。

陈世美　本宫把她也好有一比。

王延龄
赵　炳　好比什么？

陈世美　好比，好比，（望秦香莲一眼）岂有此理！

王延龄　哈哈哈！岂有此理。

赵　炳　你就将那“岂有此理”唱上来吧！

秦香莲　再听呀。

（唱“石榴花”中段）

爹娘死去夫不理，

贪荣贵把妻抛弃，

忍教骨肉流离。

（转“乙反恋檀”）

诉不尽腹中事，忍不住腮边泪呀泪沾衣，

枉费万千口舌反触怒那薄幸男儿，

切齿骂鄙夫，弃妻又弃儿，狠心陈世美！

赵　炳　秃！乱认陈世美是你夫。冒犯驸马尊名，该打八十！

陈世美　来来来！打。

赵　炳　慢。她虽然该打，老夫叫她来唱，本该替她四十。王老哥，你说公道不公道？

王延龄　老夫也有份叫她来，老夫也该替她四十，来！板子拿来。

赵　炳　打老夫，打老夫。

陈世美　慢。普天之下，同名共姓者多，权且饶她一次。

王延龄
赵　炳　饶她一次。

王延龄　果然宽宏大量，该招驸马。

赵　炳　该点状元。妇人，你湖广均州府，有几个陈世美呀？

秦香莲　这个……（陈世美摆手暗示勿说）

赵　炳　呵！你叫她不要说呀？

王延龄　不是，驸马说湖广均州府，有五个陈世美。

赵　炳　妇人，五个也好，十个也好，都唱上来。

秦香莲　听呀。

（唱“苦喉南音”）

郎去后，大旱天，

翁姑饿死，殓殡无钱，

无奈我把我把青丝剪，

换来芦席，执葬在山边。

千里寻夫不避山高水险，

儿啼女唤一路乞食求援，

赶到京城喜与夫郎相见，

谁料郎心变，

他只顾新人欢笑，抛弃这个秦氏香莲。

赵　炳　王老哥！这个妇人，可怜可敬，她卖发葬翁姑，荒年养儿女，长途乞食，千里寻夫。不知她的丈夫听到此情，心中有何感想呢？

王延龄　赵老哥！铁石人闻也断肠啊！今日我听到此情，实为官场中人可叹。

赵　炳　可叹什么？

王延龄　他得中状元，不认妻子，若然做到宰相，连祖宗也不要啰。驸马，这话对不对呀？

陈世美　吓！对对对。

赵　炳　哦！对对对，妇人你唱下去。

秦香莲　心烦意乱，歌不成声。

王延龄　想必她有苦难言。王忠，带她廊下歇息。

王　忠　随我来。

秦香莲　谢相爷。（随王忠下）

王延龄　陈驸马！这妇人十分凄惨，她丈夫听闻，料必回心转意，与她相认。驸马，若然是你，你又认她不认呢？

陈世美　唏！本宫并无此事。

赵　炳　陈驸马！你无此事，难道此事落在我两人头上不成？你快快……

王延龄　（把话岔开）慢！驸马，酒筵冷了，可令人撤席。

陈世美　内侍，撤席。（太监捡拾酒具下）

王延龄　（与赵关目）陈驸马！

（唱“滚花”）

这妇人定是官宦之亲，

你可知是谁家宝眷？

陈世美　本宫一概不知。

赵　炳　你不知我知。

（唱半句“滚花”）

她一定是你……

王延龄　（截住。接唱半句）

你不用躁暴声喧。

陈驸马，她一定是你……

陈世美　（唱“秃头滚花”）

你们酒气熏天，出言失检。

赵　炳　怎么，说我们酒醉糊涂？

（接唱）　你才是寸心凌乱。

王延龄　（接半句）我这里一目了然。

陈世美　王丞相！

（接唱）　你说哪里话来……

王延龄　（接半句）请听良言相劝。

陈驸马，想她母子三人，千里访寻于你，你纵不念结发恩情，也应念儿女孤苦，来来来，快些相认也罢。

陈世美　（怒拂王延龄）王相爷！

（唱“七字清中板”）

你不该借酒出谰言，

教我白圭蒙受青蝇玷，

自问衾影无惭可对天，

当日戴宫花、朝圣殿，

皇恩重，赐良缘，

共那玉叶金枝成美眷，

何来贫妇与我有渊源。

（转“滚花”）

须知王法森严，应顾本宫体面。

赵　炳　驸马，你——（欲发牢骚）

王延龄　（拦住，对美柔声）陈驸马，你不肯认妻，老夫心中明白。一来是怕万岁知闻，就有欺君之罪；二来怕与我门生包拯，前者打赌过来。哎，这又何妨呢，你只管将她母子相认，待等包拯陈州放粮回来，老夫与你两人和解，同到金銮上本万岁，若还降罪，我与赵司马拼着前程，担待担待就是。

陈世美　（思想）哼！如此讲来，本宫这里也明白了。

王延龄　明白什么？

陈世美　分明是你与包拯，定下诡计，加害本宫。

王延龄　（唱“滚花”）

老夫好心好意，成全你夫妻团圆。

赵　炳　（接唱）　你却不纳忠言，一味诸多巧辩。

陈世美　本宫并无此事，不用絮絮叨叨。

王延龄　陈驸马！你要三思才好。

赵　炳　陈世美！到底认也不认？

陈世美　呸！要认就你们去认吧。

王延龄
赵　炳　我们认她何来？

陈世美　你们将她认下，带回府中，烦闷之时，叫她唱一段村歌土调，与你们散闷，何乐不为？人来送客。（先下）

赵　炳　把你个短命种！

王延龄　（唱“快中板”）

你忘恩负义罪弥天，

怒气难消回府转。

秦香莲。

秦香莲　（走上，接唱）

相爷呼唤有何言？

赵　炳　秦香莲，我们劝他不来，现有白银十两，你拿去作为使用，前去告他一状。（赠银）

秦香莲　叫小妇人何处去告呢？

王延龄　秦香莲，我来教你，想我门生包拯，不日回京，如今写状不及，赠你纸扇一把，你顶在头上，挡道鸣冤，包拯见扇，一告就准，快快去吧！

秦香莲　谢过相爷、大司马。（下）

王延龄　正是：口似蜜糖心似刀，犹如狼虎未长毛。

赵　炳　结发妻儿也不认，无义之人切莫交。

王延龄　打轿。

王　忠　知道了。（出门打轿）

[王延龄出门上轿下。

赵　炳　（出门，转头）陈世美，此事断不干休，好好打醒你的主意。（出门上轿下）

甲太监　有请驸马。

陈世美　（上）众位大人，可曾散去？

甲太监　也曾散去。

陈世美　临行之时，王、赵两位大人有何话讲？

甲太监　他叫驸马打醒主意，他叫秦氏投告包公。

陈世美　吓！这么讲？（思考）来，快去店房，将均州母子赶出京城西门之外。

甲太监　知道了。（下）

陈世美　不好，倘若秦香莲告准包拯，于本宫有些不便啊。（想）

甲太监　（急上）启禀驸马！已将她母子三人赶出西门去了。

陈世美　如此传命韩琪出来。

甲太监　（传命）韩琪出来。

韩　琪　（上）闻听驸马唤，举步上堂前。（入见）参见驸马。

陈世美　一旁站立。韩琪，你自入宫以来，本宫待你怎样？

韩　琪　恩重如山。

陈世美　既知恩重，本宫有一为难之事，命你去办，事成之后，重重有赏。

韩　琪　不知驸马有何差委？

陈世美　现有均州母子三人，已出西门而去，赐你钢刀一把追上前途，将她处置。

韩　琪　这个……

陈世美　哦哦哦，莫非抗命不遵？

韩　琪　愿往不辞。

陈世美　这样才是。内侍，取过钢刀侍候。

[太监领命下。

韩　琪　请问驸马，到底与那均州母子，有甚冤仇？

陈世美　这个……韩琪呀！

（唱“朦胧”牌子，对舞）

韩琪休要问缘由。

自古道关羽还有死对头，

不灭这三口，后患堪忧，

你但学那豫让报主仇——

不惜血洒荒丘。（太监上，接刀，授刀）

韩　琪　领命。（欲下）

陈世美　转来！

（低唱“快中板”）

守口如瓶休泄漏，

常言六耳不同谋。

归来呈上这刀一口，

要见刀锋鲜血留。

速去速回——

韩　琪　（接唱）　迈步走！（下）

陈世美　（接唱）　不是冤家不聚头。（背手，身形下）

[幕闭。

第五场　杀庙

[当天晚上。

[二幕前，西门外路上转三官堂。

秦香莲　（内唱“银台上”引子）

路茫茫，哪里可安身？（携子女上）

（续唱）　咬牙恨那负义人太狠心，

将我们逐出了京师，

携女带儿，辛酸历尽。

月沉沉天暗暗，冤向谁伸？

韩　琪　（内喊）哪里走！

秦香莲　（续唱）　竟有人追赶到此。

寒光闪烁似手执利刃。

[急带儿女逃下。

[韩琪急上。

韩　琪　（唱“快中板”）

钢刀手上寒光喷，

追踪来杀驸马仇人，

已见前头人影近。（追下）

[二幕开，三官堂。

[秦香莲携子女奔上。

秦香莲　（唱“快滚花”）

持刀追赶是何因？

母子三人，庙中藏隐。（入庙关门）

[“锣边花”，韩琪追上寻找。

韩　琪　（唱“滚花”）

因何不见母子三人？

路口三岔无人可问。（寻足迹，抬头）

三官堂，三官堂！

（续唱）　定然庙内暗藏身，

这回谅你难逃遁。

[拍门不开，破门入庙，冲杀。

秦香莲　（跪下，唱“沉腔滚花”）

大爷何故，追杀苦难之人？

（念“白榄”）

想我与大爷，无仇又无恨。

大爷要杀我，请说白原因。

韩　琪　（接念）　原因？……

（旁念） 杀她是何因，驸马不许问。

（向秦） 先问你身世，再告你原因。

秦香莲 请听呀！

（唱“快中板”）

秦氏香莲忙告禀，

本是湖广均州人。

配夫世美同州郡，

当朝驸马身姓陈。

韩 琪 住口！若是驸马发妻，因何这般模样？从实讲来。

秦香莲 再听呀！

（唱“快中板”）

他荣华坐享居宫禁，

饿死爹娘作不闻。

我千里寻夫夫不认，

被逐离京难里人！

韩 琪 这个吗？

（旁唱“滚花”）

估道驸马与她有仇恨，

原来杀妻灭子立歪心，

听她身世言来情可悯。

秦香莲 （接唱） 请问大爷名姓，杀我又是何因？

韩 琪 （接唱） 你夫驸马爷，命俺韩琪把你们手刃！

秦香莲 （唱“秋江别中板”）

心悲愤，贼子狠心，

请好汉，放我逃生。

怜我母子难中人，

莫使含恨不伸作异地冤魂。（下跪）

韩 琪 （唱“霸腔芙蓉中板”）

怜她冤苦比海还深，

虽有快刀杀之不忍，

放她远去刀下留人。

（转“滚花”）

你母子三人，快高飞远引。

秦香莲　谢大爷！（急携儿女出门）

韩　琪　转来！

秦香莲　大爷莫非有追悔之心？

韩　琪　我实在有难言之隐！

秦香莲　大爷放我有何难处？

韩　琪　只为你夫驸马，刀锋要验血痕！

秦香莲　验血痕吗？……

（唱“快中板”）

他刀头见血始为凭，

我路到山穷和水尽，

大爷要杀杀我一人。

（转“滚花”）

放我儿女逃生，我死而无憾。

（散发，跪下引颈待杀）

韩　琪　（唱“戏妲己”尾腔）

举钢刀，好叫韩琪心不忍。（做手）

哎，罢了！

（唱“滚花”）

愿抛一命，搭救三人。（对秦）

赠你盘川……（赠银。佯指门外）

有人来！

[秦急出门外观看。

韩　琪　（续唱）　……引刀自刎！（自刎死去）

秦香莲　（回头见状，扑向死者，“哭相思”）

大爷呀！

（转“快中板”）

此生誓死报恩人，

你仗义救人甘自刎，

我到开封府上把冤伸！

[拾起钢刀与儿女下。

[幕闭。

第六场　伸冤

[次日。

[城外官道。

包　拯　（内唱“大首板”）

端坐舆中逍遥就道。

[包拯与王朝、马汉、张龙、赵虎、四军汉上。

包　拯　（唱“中板”）

已完王事返京都。

老夫包拯，奉旨陈州放粮，公务已完，回朝复旨，众左右，与爷打道！

（唱“滚花”）

已近京城快些赶路。

[秦香莲携儿女拦舆跪下。

秦香莲　冤枉啊！

包　拯　（续唱）　为何人马停在中途？

王　朝　启禀相爷，妇人拦舆喊冤。

包　拯　下轿——把妇人带上。

[秦香莲母子上前跪下。

包　拯　下跪妇人，可有状词？

秦香莲　未有状词。现有王丞相冰扇一把，请大人一观。

包　拯　呈上来。

[王朝取扇呈上。

包　拯　（看过）果是恩师冰扇。何故落在妇人手中呢？（思索）其中定有缘故。小妇人，你有什么冤情，快些讲来。

秦香莲　大人容禀呀！

（唱“爽梆子慢板”）

蒙冤妇秦香莲，状告奴夫陈世美。

包　拯　告你夫陈世美？是哪一个陈世美呀？

秦香莲　就是头名状元，当今驸马。

包　拯　你告的是当今驸马？告他何罪？

秦香莲　大人再听呀！

（续唱）　享尊荣忘父母，三载断绝音书。

家贫困遭荒年，可叹翁姑饿死。

到京师寻夫婿，他却不认妻儿。

（转“中板”）

王相爷苦心曾劝谕，

他执迷不悟性难移。

王相爷，持正义，

白纸扇，代状词。

教我包相跟前分道理。

狠心陈世美，杀妻灭子派遣韩琪。

包　拯　你说驸马命韩琪杀你母子，有何证据？

秦香莲　韩琪怜我母子含冤，不忍下手，刀头无血，难于复命，现在三官堂内，自刎身亡，有他钢刀为据。

包　拯　人来，到三官堂内，检看明白。钢刀呈我一观。

[马汉下场。王朝取刀呈上。

包　拯　（接刀细看）沐慈宫制，沐慈宫制！

[马汉持刀鞘复上。

马　汉　启禀相爷，三官堂内，验明韩琪尸首，腰间刀鞘，已经带来。

包　拯　可恨呀！

（唱“包槌滚花”）

当朝驸马，头名状元，竟是不忠不义。

蒙骗君王，杀妻灭子，件件罪不容诛！

秦香莲，你写下状词，本相秉公办理。

秦香莲　禀告相爷，状告当朝驸马，无人敢写。

包　拯　无人敢写吗？赵虎过来。你带妇人，到官代书写状词，谁人不写，带到开封。

赵　虎　从命，妇人随俺来。（带秦香莲母子下）

包　拯　王朝，拿爷名帖，前去沐慈宫，请驸马过衙一叙。

王　朝　从命。（下）

包　拯　马汉，你去晓谕地方官员，先用芦席掩盖韩琪尸首，候命埋葬。

马　汉　从命。（下）

包　拯　人来，打道回衙。（上轿）

（唱“滚花”）

决不趋炎附势，才叫铁面无私。（下）

[幕闭。

第七场　铡美

[紧接上场。

[开封府衙堂。

[“帅牌”，包拯、张龙、赵虎、四军汉上。

包　拯　（念）未去朝天子，先断此官司。

[马汉带秦香莲上。

秦香莲　叩见相爷。

包　拯　状词可曾写好？

秦香莲　也曾写好。

[马汉取状词呈堂。

包　拯　（看状）写得明白，你且下堂候讯。

秦香莲　谢相爷。（出门，喜慰地）相爷准了状词，香莲冤情得白了！（下）

[王朝上。

王　朝　启禀相爷，陈驸马到。

包　拯　嗯！与爷出迎。

[“小开门”太监捧剑随陈世美上。包拯迎接各就位坐下。

包　拯　驸马驾到，有失远迎，还请恕罪。

陈世美　岂敢！明公有名帖相邀，不知有何见教？

包　拯　驸马爷，相邀过衙，非为别事，西门之外，出了一桩人命官司，死者韩琪，可是贵府中人？

陈世美　韩琪死去？死者韩琪，正是本宫侍卫，他被何人所害，明公可曾把凶手擒拿？

包　拯　有关人等，也曾拿获，故而相请驸马过衙，一同审问。

陈世美　本该一同审问。

包　拯　人来，把妇人带上。

马　汉　遵命！

[马汉下，带秦香莲复上。

秦香莲　参见相爷！

陈世美　（见秦香莲，惊诧）贱人！（拔剑欲刺杀秦香莲）

包　拯　（拦住）驸马爷，带上妇人，不曾审问，拔剑杀她，是何缘故？

陈世美　既是凶手，杀了也罢！

包　拯　案情未白，难以定刑，驸马爷大魁天下，难道尚不明国法不成？

陈世美　这个……本宫莽撞了。

包　拯　哈哈，莽撞了！（示意秦香莲暂退）

[秦香莲退下。

包　拯　驸马爷，这个妇人，你可认识？

陈世美　这等贫妇，并不认识。

包　拯　你不认识？驸马爷！

（唱“滚花”）

这妇人，千里迢迢，都为找寻夫婿。

她为你，养亲教子，三载受尽孤凄。

陈世美　（接唱）明公语出无端，我实不明原委。

包　拯　妇人是你发妻，驸马何须隐讳。今日回心转意，须知事尚可为。

陈世美　明公节外生枝，本宫多留无谓。内侍打轿！

包　拯　且慢！驸马意欲何往？

陈世美　回宫而去。

包　拯　陈驸马，只怕你府衙易进，宫院难归。

（唱“滚花”）

俺包拯，与驸马，把旧事重提。

大比年，开科选，你状元及第。

欺君王，蒙国太，说未有娶妻。

今日里，这罪名，你难于推诿。

陈世美　包相出言须仔细，本宫哪里有前妻？休听贫妇谎言，受她蒙蔽。

包　拯　现有状词告你，人证俱齐。（打开状词）

陈世美　拿来我看。（欲夺）

包　拯　且慢！（读）上写着秦香莲年三十二岁，状告当今驸马陈世美。罔上欺君，杀妻灭子，良心丧尽，依法当诛。

陈世美　（震惊，但仍有所恃地）包拯！

（唱“滚花”）

既是有人告到开封，何以你不升堂审理？

包　拯　（接唱）要我升堂审理非难事，

怕你大祸临头悔恨迟。

陈世美　（接唱）人说你铁面无私，只怕难把本宫处置。

包　拯　王朝、马汉，击鼓升堂。

[开堂。包拯坐堂，撤去陈世美座椅。

包　拯　带秦香莲母子。

[秦香莲、冬哥、春妹同上。

秦香莲　参见相爷。

包　拯　秦香莲，那旁站的陈世美，你告他何罪，逐件说来！

陈世美　本官有何罪过？谅你也说不出来！

秦香莲　陈世美，你听着：第一罪，停妻再娶，蒙骗朝廷；第二罪，自享荣华，饿死父母；第三罪，杀妻灭子，逼死韩琪。

（唱“快二黄”）

你你你，不忠不孝，

不仁不义，把诗书读枉。

身犯了，弥天罪，我敢对证公堂。

开封府，包相爷，决不轻于饶放。（拉腔）

陈世美　（震惊，恼怒）好胆！

（唱“快中板”）

何来贱妇太疯狂！

胡言乱语公堂上，

敢将驸马认夫郎，

（转“滚花”）

犯上之人杀之不枉！

[陈世美上前踢倒秦香莲，取剑欲杀。

包　拯　住手！

（唱“滚花”）

开封府开堂审案，岂容你扰乱公堂。

你派遣韩琪行凶，快向我招承罪状。

陈世美　无据无凭，不能定案。

包　拯　有你杀人刀在此！

[王朝取刀示陈世美。

陈世美　有刀无鞘，未算实据真赃。

包　拯　刀鞘呈堂。

[马汉取刀鞘上，把刀套进鞘内。

陈世美　不好了。

（唱“滚花”）

钢刀对鞘，洗脱无方。

及早抽身，免罹法网。（欲走）

包　拯　陈世美哪里去?

陈世美　（续唱）　本宫有本，奏上君王。

包　拯　（接唱）　开封府有人告你一状。

先打官司，后上朝堂。

陈世美　（接唱）　纵使有人告我一状，

你奈何我这当朝驸马，

太后东床?

包　拯　（接唱）　慢说驸马东床，

就算龙子龙孙也难逃饶放，

开封府内清风铡，

奸臣贼子谁不胆裂心寒。

刽子手……

[刽子手上。太监急回宫报讯，下。

包　拯　（续唱）　摘乌纱——（刽子手摘陈纱帽）

脱蟒袍——（刽子手脱陈袍服）

将他捆绑！（刽子手绑陈世美）

包　拯　陈驸马!

陈世美　包明公!

包　拯　陈世美!

陈世美　黑炭头!

包　拯　呸!

（唱“滚花”）

先铡这无情贼子，后奏朝堂。

[四刽子手把陈世美举起，抬下。

[闭二幕。

秦香莲　（接唱）　秦氏香莲家住均州龙门县，

配夫陈世美……

皇　姑　（接唱）　你分明大发疯癫。

冒认驸马前妻居心不善！

秦香莲　（接唱）　我与他生下一男一女，结亲整有十年。

皇　姑　（接唱）　你嘴利如刀，诸多狡辩，

见了哀家不跪，可识卑与尊？

秦香莲　（接唱）　若论国法我本应向你来叩见。

若提家法你向奴参拜理当然。

皇　姑　（一怔）呸！

（唱“爽梆子慢板”）

皇家公主，金枝玉叶，

我岂能被你用家法纠缠。

秦香莲　（接唱）　先娶为正，后娶为偏，

你应下銮舆与大娘相见。

皇　姑　可恼也！

（唱“快中板”）

刁蛮贱妇发狂言，

敢与哀家争长短，

心头难忍气冲天。

（转“滚花”）

叫宫女，痛打贱人手莫软！

[包拯急上拦住。

包　拯　（唱“滚花”）

皇姑何故殴打原告之人？

皇　姑　（接唱）　贱人与我将大小论。

包　拯　（接唱）　尊卑有别大小该分。

皇　姑　呸！

（接唱）　我偏要打这贱人——

包　拯　（接唱）　包拯不能答允。

皇　姑　（接唱）　要打要打定要打——

包　拯　（接唱）　不能不能万不能！

皇　姑　可恨呀！

（唱“快中板”）

包拯藐视哀家甚，

回宫请出老娘亲。

你等着！

（转“滚花”）

国太亲临，看你如何面禀。

[皇姑含愤与宫娥、太监下。

包　拯　（唱“滚花”）

就是宋皇驾到，我也据理力争。

[闭二幕。

[国太、皇姑同坐銮舆与宫娥、太监上。

国　太　（唱“快滚花”）

女儿后宫将事禀，哀家听了暗惊心。

摆驾开封，要向包卿追问。

[开二幕。王朝、马汉暗上。

太　监　国太驾到。

王　朝　启禀相爷，国太驾到。

[“小开门”，包拯上，迎国太、皇姑坐下。

包　拯　臣包拯接驾来迟，望国太恕罪。

国　太　包卿平身。

包　拯　谢国太。请问国太，驾临开府，有何懿旨？

国　太　驸马身犯何罪？罪犯哪条？为何囚禁牢中？

包　拯　他杀妻灭子心肠狠，停妻再娶罪欺君。香莲来把冤情禀。

国　太　大胆！庶民哪得告王亲！

包　拯　国太，王子犯法，与庶民同罪，不得妄图侥幸。

国　太　你先传来原告，哀家要看她是何等样人！

包　拯　传原告上堂。

[秦香莲携子女上。

秦香莲　参见相爷。

包　拯　国太驾临将你盘问，真情实告说话当心。（下）

秦香莲　（唱“快中板”）

国太皇姑含怒愤，

香莲心内自沉吟，

看她如何来发问。（上前跪下）

香莲叩见国太贵人。

国　太　你就是秦香莲？告驸马的就是你？

秦香莲　正是，求国太申冤！

国　太　好胆！

（唱“快中板”）

贱妇刁蛮真可恨，

砌词诬陷告王亲。

（转“滚花”）

内侍们，先抢去她儿女一双再来理论。

[太监抓冬哥、春妹下场。

秦香莲　（唱“滚花”）

幼儿何罪？不应夺我亲生。

国　太　要救儿女一双，先把一件事情答允。

皇　姑　你撤回原告，我还你亲生。

秦香莲　这个吗？……

（念）　夫妻拆散留余恨，

又施辣手夺亲生。

虎狼不及皇家狠，

教我呼天不应地不闻！

[王朝示意击堂鼓。

秦香莲　（唱“滚花”）

击鼓鸣冤，解我心头怨愤。

[秦香莲击堂鼓。

[堂鼓响，包拯、王朝、马汉、张龙、赵虎、四军汉上。

包　拯　（接唱）　香莲击鼓是何因？

秦香莲　相爷请听呀！

（唱“快慢板”）

老国太抢亲儿心肠太狠！（收）

[内场冬哥、春妹叫喊声。

包　拯　果有小儿哭声。王朝，快去查明。

[王朝下，带冬哥、春妹复上。

包　拯　老国太，分骨肉，夺幼儿，论理论情，未昭公允。

皇　姑　母后，他抗皇姑，囚驸马，不恭不顺，哪算忠臣。

国　太　包拯，哀家亲到讲情，你还不答允。你敢抗违懿旨，就是欺君！

包　拯　（旁唱“大滚花”）

国太翻脸，严辞责令放人。

这件官司，教我如何审问？

王朝，将我三百俸银，拿来堂上。

[王朝下，捧银复上。

包　拯　秦香莲！

（唱“滚花”）

你回乡勤耕种，我赠你三百俸银。

教儿女读诗书，莫向官场求封荫。

你丈夫贪荣禄，才令骨肉永相分。

（交银）

秦香莲　（接过银子）相爷……

包　拯　（续唱）　罢罢罢！这件官司，你莫来追问。

秦香莲　人说包相铁面无私，忠心耿耿。原来一样官官相卫，趋奉贵人。香莲今日有恨难伸，苍天不悯。何尝稀罕，三百两纹银！（掷银。携儿女欲出门）

包　拯　香莲转来！

（唱"滚花"）

她说官官相卫，使我有愧于心。

本该铡了陈世美——

皇　姑　（接唱）你敢与皇家来作梗？

包　拯　（续唱）若然不铡陈世美——

秦香莲　（接唱）香莲冤堕海千寻！

包　拯　（唱"快滚花"）

眼见黎庶蒙冤能无义愤？

拚把乌纱抛却依律执行。

刽子手，把陈世美放在铡中，候令执行！

国　太　未奏天子，谁敢行刑？

包　拯　先除贼子，再奏人君！行刑！

[大锣鼓一击，场内行刑。

[国太、皇姑目瞪口呆。

——剧终

本剧选载的是1978年郑培英、关国华、谭朗标、卢海潮、梁国雄、梁晖等主演的演出本。

广东粤剧院优秀剧本选

GUANGDONG YUEJUYUAN YOUXIU JUBEN XUAN

第三卷

广东粤剧院 编

中国戏剧出版社
CHINA THEATRE PRESS

《广东粤剧院优秀剧本选》编委会

主　任：曾小敏

副主任：张晋琼

顾　问：林　榆　白超鸿　黄壮谋　林小群　关国华　刘美卿

　　　　小神鹰　陈　喜　丁　凡

委　员：何笃忠　潘邦榛　潘洁英　梁彦兰　邹映雪

目录

高山红叶

编剧：江萍　潘邦榛　唐峰　莫汝城

人物表

叶　　红　女，21岁，汉族，共产党员，游击队副指导员，后为瑶山抗征自卫队政委

高乃山　男，26岁，汉族，共产党员，游击队武工队队长，后为中国人民解放军某部政委

盘林阿石　男，瑶族，24岁，后为瑶山抗征自卫队队长

盘林阿芹　女，瑶族，16岁，盘林阿石之妹

盘林高真　男，瑶族，50多岁，盘林阿石之父

龙官玉珠　女，瑶族，22岁，盘林阿石之妻

龙官一公　男，瑶族，50多岁，龙官玉珠之父

唐火路二　男，瑶族，20多岁

房　　七　男，瑶族，20多岁

龙　　甲　男，瑶族，20多岁

房　　母　女，瑶族，40多岁，房七之母

头目公　男，瑶族，50多岁，瑶寨长老

房卖尾八　男，瑶族，40多岁，当过瑶练

陈汉利　男，汉族，40多岁，伪瑶区税所所长兼汉商，后为“剿共”联防大队队长

李 初 仁　男，汉族，50 岁，伪县长兼伪保安司令

李 太 太　女，汉族，40 多岁，李初仁老婆

大 碌 木　男，汉族，30 岁，国民党匪军排长

税丁两人

瑶族男女若干人

游击队队员若干人、抗征队队员若干人、解放军若干人

匪军若干人

第一场　雾瘴瑶山

[1946年夏。

[粤北瑶山，红云坳上。

[激烈的枪声中幕启。

[大碌木指挥匪军向山上射击。

一匪军　（惊叫）排长，共军冲下来了！

大碌木　撤！撤！（带头先跑下）

[众匪军狼狈逃窜下。

[叶红率游击队战士们追赶过场。

叶　红　同志们，追！

盘林阿芹　（内场声）叶红姐！

[叶红停步。

[盘林阿石背弓箭、提猎获物，盘林阿芹背柴，从山上跑下来。

盘林阿芹　叶红姐，我们在山顶看见大队匪军，快到山口了。

盘林阿石　正分成两路，抢占山头。

叶　红　看来是李初仁倾巢出动了。好啊！

（唱“快中板”）

蒋匪军连日来疯狂进犯，
国民党真内战假作和谈。
游击队洞察其奸早有防范，
要把他打个丢盔弃甲人仰马翻。

同志们守住山口、迎击敌人！

众战士　是！

通讯员　（内场声）叶副指导员！（跑上）高队长来了！

[高乃山上。

高乃山　同志们，这一仗打得好啊！

叶　红　高乃山同志，阿石兄妹报告，敌人正在……

高乃山　情况我知道了。现在我们的任务是马上转移。

众　人　转移？

高乃山　对！

（唱“十字清中板”）

支队党委紧急通知执行中央指示，

东江纵队北撤山东已经定了日期，

各个连队要在黄昏赶到集中驻地，

计算路程我武工队必须马上转移。

盘林阿石
盘林阿芹　你们要撤走？

高乃山　根据毛主席和周恩来同志到重庆谈判所订的协议，我们决定让出南方八个解放区。

盘林阿石　把解放区让出来？

高乃山　在这一点上，我们采取让步，有利于击破国民党的内战阴谋，表明我们的和平诚意，让全国人民都看清楚，反动派叫嚷什么共产党争地盘、不让步，通通是“谣言制造厂”“谎话大公司”。

盘林阿石　高队长，指望你们长驻瑶山，我们瑶家能过好日子，现在……

高乃山　请转告乡亲们，部队虽然北撤，革命决不离开，军队要留下部分人和枪，地方上还有党组织在坚持。

［一班班长上。

一班班长　报告队长，大队敌人进入山口。

叶　红　高乃山同志，不如我们先把这股敌人消灭，部队再做转移。

众战士　（摩拳擦掌地）高队长，打吧！

高乃山　不，这是敌人有意牵制我们北撤，制造些我们破坏协议的借口，我们决不上当。叶副指导员，你马上布置部队撤走，我带一班在后面掩护。

叶　红　是！（敬礼下）

高乃山　阿石，你们兄妹也回去吧！

盘林阿石
盘林阿芹　不，我们和你们一起打“呵呵鸡”。

[内场枪声骤起。

高乃山　准备战斗！

[高乃山率战士们开枪射击，阿石用弓箭，阿芹扔石头协助战斗，把敌人打退，一战士受伤。

高乃山　一班班长，部队安全转移以后，你班马上撤出阵地，由小路赶上队伍，我随后就来。

[一班班长与众战士下，阿芹扶受伤战士下。

[一股匪军冲上，高乃山与阿石和匪军搏斗，后阿石追匪军下；高乃山与敌再搏斗，把匪军逼退下去，突然一颗流弹打伤高乃山。

盘林阿芹　（急上，扶）高队长！高队长！（转头叫）卫生员，（扶高乃山进内场，复出，喊）卫生员！

[大碌木带匪军悄悄地摸上来，与阿芹相遇，阿芹举枪要打，匪军初见阿芹有枪大惊，后见阿芹不会放，打不响，便步步逼上前去。

大碌木　（大叫）生捉瑶妹！

叶　红　（内喝）住手！（冲上，开枪，护住阿芹，逼退敌人）高队长呢？

盘林阿芹　高队长受伤了，我找不到卫生员，先把他背到山崖后面了。

叶　红　哦。你快去照顾高队长！

[阿芹不舍。

叶　红　快去！（推阿芹下）

[陈汉利上，与叶红打个照面，惊惶后退。

陈汉利　大碌木，捉住共产党，县长有赏！

[匪军包围过来。叶红高举手榴弹，白烟直喷，众匪军吓得“哇”的一声惊惶逃窜，叶红把手榴弹掷向匪军，自己翻下山坡。

[幕后轰然巨响，山鸣谷应。

[静场片刻，大碌木率匪军胡乱打枪壮胆，上场搜索一番。

大碌木　（向内场）县长，共军跑了！

[李初仁、陈汉利带匪军上。

大碌木　报告县长大人，共军不知去向。

李初仁　不知去向？

陈汉利　姐夫，是不是马上开入瑶山清乡扫荡？

李初仁　（摇头）上峰密令要缠住共军，阻滞他们北撤的日子。只要他限期错过，正规军就可当作土匪公开剿灭之。

陈汉利　那我……

李初仁　你照旧回去开铺头，征粮收税，特别注意侦察有无潜藏共军。

陈汉利　是！

李初仁　大碌木，你带一排进入瑶山，强征人头税，听陈所长指挥。

大碌木　是！

[幕闭。

第二场　错结冤仇

[一个月后。

[盘岭寨，盘林高真家。

[幕启。龙官玉珠正在缝衣服。

龙官玉珠（唱“慢滚花”）

受伤孔雀落瑶山，要避毒蛇防恶犬。

藏身岩洞非长策，又防出洞不安全。

且将汉女换瑶装，青山夕雾遮真面。

[玉珠把缝好的衣服抖开在身上比量。盘林阿芹从室内上。

盘林阿芹　哟，阿嫂你做得真好，快让我带给叶红姐吧！

龙官玉珠　你现在就去？

盘林阿芹　我和唐火路二今天再到红云坳去查找高队长的下落。衣服就顺路送到大口岩去。

龙官玉珠　唉！他们这一对未成亲的夫妻，真是千灾百难，现在叶红的伤总算快好了，如果你们找到高队长，你哥去汉区又和地方党联系上，那就更加好啦！

[唐火路二上。

唐火路二　玉珠嫂！

龙官玉珠　唐火路二，听头目公说，今天陈汉利要带兵来收税，你们小心啊！

唐火路二　好！阿芹，去吧！

[阿芹把衣服放进柴筐，背起，随唐火路二下。

[玉珠收拾针线。房卖尾八带陈汉利、大碌木上。

陈汉利　侦查共产党，加收人头税。

大碌木　今年交好运，大碌木发财。

房卖尾八　陈所长，盘林阿石全家通共。

陈汉利　你把暗藏共军查明，自有重赏。

房卖尾八　好，好，我房卖尾八一定照办！（下）

[陈汉利与大碌木入屋。

陈汉利　喂！盘林高真呢？

龙官玉珠　采药羊角尖。

陈汉利　盘林阿石呢？

龙官玉珠　打猎穿云岭。

陈汉利　打猎？为什么几天不回来？

龙官玉珠　穿云岭，山高不见顶，山上猎人行断脚，山下亲人望长颈，你想等他回来，还要驳长条命！

陈汉利　（生气）盘林阿芹呢？

龙官玉珠　你是来收税，还是来查户口？

陈汉利　这……当然是收税了。（掏出单子）盘林高真，一家四口，每个人头，税谷五斗，这是税单。今年四月初九，由你家公经手，赊去两斤生盐、五斤米酒，这是账单。

大碌木　交钱吧！

龙官玉珠　没有钱。

大碌木　你敢抗税？唔！你这对耳环倒也值几个钱啊！（诈看耳环，伸手逗玉珠的脸）

龙官玉珠　狗！（一巴掌把大碌木的手打开）

大碌木　你敢打国军？老实告诉你，我们是来查共产党的。你一家通共，都要杀头！（涎着脸）不过，献出这对耳环……（又伸手）

龙官玉珠　你们这些畜生！红军在这里，你变缩头乌龟；一听枪声响，成只呵呵鸡；对我老百姓，大发虎狼威；总会有一日，要做斩头鬼！

陈汉利　好胆！

（唱“快滚花”）

你瑶民一向贱过地底泥，

胆敢抗交税款违反政府法例。

还辱骂国军、私通共党，三罪俱齐。

捉她回去审问！

[大碌木捉玉珠，玉珠反抗，咬了大碌木一口。

大碌木　你咬人！（双手紧勒玉珠脖子）

陈汉利　（从墙上取下一条麻绳）把她绑起来！

[大碌木放手，玉珠已窒息，晕倒。

大碌木　所长，死了！

陈汉利　死了就算！（丢下麻绳）走！（走到门边一想，转身拾起麻绳，在脖子上比量，向大碌木示意）

大碌木　挂腊鸭？好！（试玉珠鼻息）所长，未断气。

陈汉利　未断气一样挂！

大碌木　这——（不解地）

陈汉利　你真是大碌木，（细声地）先把瑶婆挂腊鸭，再利用房卖尾八，放声气说她自杀，挑动起两寨打斗，那时候，谁家窝藏共党，自有人揭发。

大碌木　好计！

[两人把玉珠抬进室内。片刻，复出。

大碌木　（背着陈汉利抛了抛手上的耳环）哈哈，够我推牌九。

陈汉利　哼哼，好戏在后头。（二人下）

盘林阿石　（上，唱“反线快中板”）

任务完成赶回家里，

替叶红去联系连日奔驰，

找到了地方党带回指示，

已同意叶红她留在瑶区。

红军大队虽北去，

革命坚持不撤离。

一条春笋埋在地，

散开翠竹万千株。

走近家门心暗喜，（掏出一个小包欣赏）

买来礼物，送与玉珠。

盘林高真　（内场叫）阿石！

[阿石听到父亲的声音，急藏礼物，盘林高真背竹篓上。

盘林阿石　阿爸！（替父亲解下竹篓）

盘林高真　你这几天到哪儿去了？

盘林阿石　是……去打猎。

盘林高真　打猎？（双关地）麒麟在山虎豹藏，麒麟离山虎豹狂，打猎人要眼观六路，耳听八方！

[二人进屋。

盘林阿石　大门打开，人却走光？

盘林高真　玉珠不会这么粗心的。

盘林阿石　玉珠！（找进室内，传出一声惊叫）玉珠——

盘林高真　（闻声有异，走向室内一看）吓！（惊跌在地）

[熄灯，暗转，当天晚上。屋里挂着丧事的标志。

[盘林高真呆坐，阿芹在一旁啜泣，室内传出头目公做法事的声音。

[音乐静起“乙反哭相思”。

盘林阿芹　（渐哭出声来，唱“乙反哭相思”尾腔）

嫂嫂啊！

（唱“乙反恋檀慢板”）

当日雾瘴瑶岭，日月暗不亮，

凄风苦雨又雪霜，艰苦岁月长，

你从未有绝望灰心叹彷徨。

今朝眼望快天亮，

东方一片彩霞现曙光，

好岁月，已将到，

怎知嫂你却悬梁。

你夫妻爱正深，

我姑嫂两情长。

（转“乙反滚花”）

何故你轻生撒手归泉壤？

盘林高真 （即接唱“乙反流水南音”）

何故你轻生撒手归泉壤？

教我老人痛哭碎心肝。

你自入我门便把家事掌，

左邻右里赞你贤良。

刀耕火种同把高山上，

糠汤菜水共度苦时光。

估道和睦辛勤捱得家兴旺，

怎料飞来横祸——（腔）

苦我白头人送你黑头亡！

[头目公持“法器”从室内出来。

头目公 （劝慰地）我已念咒驱邪，此后平安大吉无灾瘴，阿芹，你再替嫂嫂装炷清香。

[阿芹擦泪进室内。

头目公 玉珠娘家有派人去送信吗？

盘林高真 阿石已经亲自去龙岗寨向岳父登门告罪了。

[房卖尾八上。

房卖尾八 龙岗先放火，盘岭再挑唆。（入门）盘林高真，你还不准备？龙岗寨人说你逼死玉珠，外家十二代人要来吃人命了。

盘林高真 吓！我逼死玉珠？这从何说起啊！

头目公　房卖尾八，说话要凭良心。

房卖尾八　啊，这件事难道你想管？

头目公　我只管治鬼驱邪，再就是替官家带路跑腿，人命官司我管不起。

房卖尾八　高真，你若肯赔百把石谷，再给我二十石报酬，我替你们和解和解也还可以。

盘林高真　百把石谷？卖掉我这副老骨头也赔不起！

房卖尾八　人命关天，赔不起也要赔啊！

盘林阿石　（内场）不能赔！（气冲冲地上，瞪目对房卖尾八）原来你又跑来这里！（紧逼，房卖尾八畏怯后退）

盘林高真　阿石，玉珠外家那边怎样说呢？

盘林阿石　哎！真气人！我到龙岗寨人家已在地坪聚会，这房卖尾八搞风搞雨，说什么出了一条人命案，冤仇十代解不开！

（唱“霸腔芙蓉中板”）

　　枉我好言好语说了万千回，

　　他咬定我盘家把玉珠虐待，

　　逼她悬梁自尽，要我把谷赔。

（转“七字清”）

　　召集宗亲十二代，

　　猪羊牛肉摆满抬。

　　说酒后兴师来问罪……

房卖尾八　现在就看你怎样答复了。

盘林阿石　（接唱）　盘家无罪，决不认赔！

房卖尾八　好，龙岗寨人也不是好欺负的！（下）

头目公　哎呀，事情越闹越大了！（摇头叹息，下）

[内场角声呜呜，鼓声砰砰，阿芹闻声从室内上。

唐火路二　（内叫）阿石哥！（跑上）阿石哥，龙岗寨人兴师动众要赔人命，已到寨边来了！

盘林阿石　（冲出门外看见满山火把）来吧！（拔出佩刀砍断一株树桠，随即解下牛角，使劲地吹起来）

[盘岭寨众人闻声涌上。

盘林阿石　乡亲们，玉珠惨死我心已碎，不料招来无妄之灾。龙岗寨人说我虐待，兴师问罪，已到寨边来！

众　人　怎么办？

盘林高真　拿酒来！

[唐火路二等捧酒，倒酒。

盘林阿石　（举酒，唱“快中板”）

牛角一声同聚会，

他来寻衅我奉陪，

血染刀锋不后悔，

愿同生死，共饮一杯。

众　人　（接唱）　同属宗亲传三代，

同生共死饮干杯！（同举杯）

饮胜！

[切光，鼓角声更响。

[幕闭。

第三场　落地生根

[两天后，在大口岩的洞口附近。

[幕启。瑶山秋色，枫叶初红。

叶　红　（内场唱“梆子首板”）

战顽敌，坠危崖，养伤岩洞。

[出洞口，揉眼睛，松筋骨，步下平地，做几下猛烈的拼刺动作，觉伤势渐愈，暗喜。

[秋风，雁叫，天空雁阵几行，渐飞渐远。

叶　红　（凝视雁群片刻，唱“梆子慢板”）

目送征鸿，心怀战友，雁行列阵，
似我军远去山东。
红云坳上，掩护转移，烈火硝烟，
军服上犹存弹洞。
乃山同志，伤后失踪，未明下落，
更添我疑虑重重。
（转“雨打芭蕉”）
追想前情心事万重——
我是水乡人，爷娘是雇农。
地主横行逞凶，迫我抵债到他家中。
三载为奴为婢，饱受煎熬苦痛，
深宵逃脱火海刀丛，
却失足跌下冲，身逐寒波涌。（续奏衬白）
红军战士巡逻到，乃山水里救叶红。党啊，你是我的再生亲父母！乃山同志，叶红革命由你启蒙！
（转“反线中板”）
今日远离战友，独留瑶区，更觉肩头责任重。
剩下一人也要坚持战斗，毛主席教导记心中。
党指示，落地生根，要依靠瑶族群众。
却惊闻，一场械斗，龙岗盘岭拼刀锋。
大瑶山，斩棘披荆，面对着困难种种！（拉腔）
（思索，走到枫树下，摘了一片红叶，续唱）
又见秋霜初染几叶丹枫。（催快）
枫林不怕寒霜冻，
越是寒霜叶越红。
叶红愿学丹枫勇，
凌霜傲雪战西风。
一叶初红如火种，
他日层林尽染，万山红遍，烈焰腾空。

[内场角声呜呜。叶红眺望不见，做手势，思索后退入岩洞。

[盘林阿芹背粮袋仓皇奔跑过场。

[房七、龙甲持刀口喊“哪里走！”追过场。

[盘林阿石、唐火路二口喊“阿芹！阿芹！”找寻过场。

[阿芹复上，跳涧过溪，房七、龙甲追杀上，一冲杀。

盘林阿芹 （愤怒地）房七！

（唱“快中板”）

你们龙岗无故来寻衅，

竟在山头追杀我阿芹。

房　七 （接唱） 玉珠被迫寻自尽。

龙　甲 （接唱） 此仇不报不甘心。

[再冲杀，阿芹闪避过。

盘林阿芹 （接唱） 你房七龙甲持兵刃，

欺我空拳赤手有何能？

房　七 （接唱） 昨天一场恶战添仇恨。

龙　甲 （接唱） 杀你盘岭一人算一人。

[三人冲杀，阿芹转身跑向洞口，被石头绊倒。二人举刀要砍。

叶　红 住手！（从洞中冲出，拦住）

房　七 （看叶红装束）你是红军？

叶　红 我是共产党游击队队员。

房　七 瑶家的事，汉人莫管！

叶　红 中国人的事，中国共产党人都要管！

龙　甲 你要帮盘岭寨？

叶　红 我要制止行凶！

[房七、龙甲略一犹豫，阿石、唐火冲上，四人对杀。

叶　红 不准打！

[叶红挡住唐火、龙甲，那边房七的刀已被阿石打下。

[阿石举刀要砍，叶红赶过来拖住阿石的手。

盘林阿石 你……

叶　红　（严肃地）放开他！

［阿石怒气未消，拔掉房七头上羽毛扔在地上。

［龙甲跑过来要把羽毛拾起，房七一脚踏住。

房　七　是他亲手拔，要他亲手戴。（对阿石）限你在今天，送回龙岗寨！

龙　甲　今晚不送到，踏平盘岭寨！

房　七　（拾起刀）今晚你等着！（与龙甲悻悻而去）

盘林阿石　唐火路二，我们回去准备！（欲下）

叶　红　（拦住）准备什么?

盘林阿石　利箭钢刀。

叶　红　要来何用？

盘林阿石　对付龙岗寨。

叶　红　（接过阿石的刀挥劈几下）好刀！

（念）清光一片寒如水，百炼千磨好钢材。若是杀敌除大害，哪怕飞刀入阵万千回。可今日呀——

（唱“七字清中板”）

面对弟兄和姐妹，

刀锋相向实不该。

盘林阿石　（接唱）　他登门寻衅我难忍耐。

唐火路二　（接唱）　械斗本是他们逼出来。

盘林阿芹　（接唱）　他硬说阿嫂悬梁因受虐待。

叶　红　（接唱）　玉珠死因何在应要找出来。

盘林阿石　（顿足）就是死得不明不白嘛！

叶　红　不对，猛虎出林山风响，蟒蛇过涧水花扬。你是猎人眼睛亮，要寻踪辨迹细思量。

众　人　寻踪辨迹?

唐火路二　是，那天玉珠嫂说头目公通知，陈汉利要带兵来收税。

叶　红　怎不查明虎狼入寨干了什么勾当？怎不想想与玉珠惨死有无相干？

唐火路二　那天我们都不在家，听说还有房卖尾八带路。

盘林阿石　房卖尾八？那天我报信未到龙岗，他却先在那边兴风作浪。

叶　红　这就更奇怪了，你还未报信，消息却先传到龙岗？

盘林阿石　要我阿爸赔偿人命，又是他来来往往，房卖尾八这个人当过瑶练，莫非是他……

叶　红　只怕在他背后还大有文章！

盘林阿石　那现在我们应该……

叶　红　停止械斗，调查玉珠死因！

盘林阿石　停止械斗，难啊！

（唱“反线滚花”）

双方已怒气攻心火盖眼，

要找人居中调解难上难，

今夜还要恶斗一场挥刀乱斩……

叶　红　不能打了！

（接唱）　我为你们调解，双方坐下和谈。

唐火路二　你当中间人？

盘林阿芹　叶红姐，不行啊，我们瑶家规矩，械斗双方即使和解了，日后只要有一方不服，中间人也有杀身之祸。

叶　红　（笑笑）难道你们这一方会杀我？

盘林阿石　就怕龙岗寨那边……

叶　红　玉珠阿爸龙官一公，也是贫苦人家，他会相信共产党的。

盘林阿芹　叶红姐，你真要去？

叶　红　事情紧急，不能等待。

盘林阿石　好，我钢刀一把，紧紧相陪。

叶　红　（拾起地上的羽毛）你若陪我去，就送回龙岗寨！

（放到阿石手上）

盘林阿石　（思想未转过弯，为难地）这……

[切光。

[幕闭。

第四场　闯寨言和

[当天下午，在龙岗寨龙官一公家的院子。

[幕启，院内有数人在磨刀和修理弓箭。

[龙官一公心情沉重，房卖尾八眉飞色舞，各扛一埕酒上。

房卖尾八　众乡亲，龙官一公杀了猪，又赊来两埕酒，饮饱食醉去攻盘岭寨，替玉珠报仇，要吃要喝只管到陈汉利铺头赊，多多都有。

龙官一公　（叹了口气）唉！

房卖尾八　一公，打赢了就通通由盘家还债，不用发愁。（向众人）大家多出把力！

众　人　好！

（唱“滚花”）

磨利钢刀，准备动手！（杀气腾腾地下）

[房母带头目公上，见状。

房　母　（对一公）唉！大哥。

（唱“三脚凳”）

天天都打斗，几时到尽头？

已经伤了人，又丢荒田亩。

眼看这一造，样样要失收。

（转“滚花”）

快同头目公商量，早日罢手！

头目公　我也没好主意，但总该是“以和为贵”。

龙官一公　（接唱）　打不赢时和不了，

女儿死了还要赔上我这副老骨头！

头目公　（接唱）　房卖尾八做过中间人，

不如再去盘家讲讲数口。

房卖尾八　这二十石谷我不想赚了，不过想打赢官司，办法倒有。

龙官一公　什么办法啊？

房卖尾八　（唱“跳花鼓”）

共军撤出瑶山，官家正在查究。

有无共军留下，谁家暗里收留？

盘家若果藏共军，知情你就快出首。

官兵去剿盘岭寨，替你女儿报大仇。

龙官一公　（摇头）我一不知情，二不首告。

[房七、龙甲内叫“可恼！”气冲冲地上。数群众随上。

房　母　阿七，你又去打了一场？

房　七　阿妈，舅父！

（唱“恨填胸”）

我今生今世不干休！（重句）

（转“白榄”）

追赶盘家女，追过几座山头，

追到大口岩，眼看她无路走。

龙　甲　（接念）　谁知她有帮手，我们反吃苦头。

房七雉鸡尾，被他们抢走！

房　七　（接念）　我难忍这口气，誓死要报仇！

（唱“尾腔”）

今晚动手！

龙官一公　谁帮她？

房　七　一个女红军。

众　人　（大吃一惊）红军？

房卖尾八　怕什么？他们请救兵，我们也请帮手，他请红军我请国军，一不做二不休！

众　人　请国民党？（议论纷纷，场上一阵混乱）

头目公　哎呀！免得惹事上身，我快快走！（急溜下）

龙官一公　别吵！瑶家的事，不用汉人管。

房卖尾八　那个女红军呢？

龙官一公　马上赶走，不准她在瑶山逗留！

众　人　（乱哄哄地）去赶走她！去赶走她！

龙　甲　慢！看，那个女红军来了！

房卖尾八　送上门来，杀掉算了！

众　人　对，杀掉算了！

房　七　（唱“滚花”）

听我三声鼓响，斩下人头！

先两旁埋伏。

[众人分两边迅速退下。

[叶红、阿石上。

盘林阿石　（唱“滚花”）

一把钢刀，剑阵重围能闯进。

叶　红　（接唱）　满腔热血，犯难冒险为人民。

盘林阿石　（接唱）　察看风云，房七已行兵布阵。

叶　红　（接唱）　解除危困，叶红我奋不顾身。

[欲进院，阿石拦住示意自己先行。叶红昂然直入。

[三声鼓响，房七领众两旁冲出，钢刀高举，团团围住。

众　人　（呐喊）呜——

叶　红　（示意阿石把刀收起，坦然地行前一步）龙家公爹你好啊！（一公不答）乡亲们大家都好啊！（众仍不答）房七龙甲，你们都平安回来了？

房　七　你来干什么？

叶　红　日前游击队曾到龙岗，水酒一杯领受过乡亲情分。只为匆匆北撤，未能一一告别亲人。我今天代表高队长，特来向大家探问。

龙官一公　你也是高队长手下的人？

叶　红　我叫叶红，是高队长领导下的游击队队员。

龙官一公　好！你既是红军，办事要公心。为何不公道，偏帮盘岭人？

叶　红　我今天无倚无偏，处置恰如其分，不许阿石伤害房七，也不许房七伤害阿芹。

龙官一公　是这样？

房　七　（不否认，也不服气）道理在我们这一边，你不该各打五十大棍。

叶　红　正因为要大家坐下来讲道理，我特来做个中间人。

众　人　啊？你是来做中间人的？

房卖尾八　哈哈，你敢来做中间人？怕你还未知我瑶家的规矩吧！

叶　红　（见阿石暗示）看来你就是要赚二十石谷才肯做中间人的房卖尾八了！我做中间人，决不要酬金，办事凭真理，调解秉公心。

房　七　若然不公道？

众　人　怎样？

叶　红　刀锋见血痕！

[众人交头接耳，竖拇指，暗暗钦佩。

龙官一公　讲得好！你若然办事能公允，就先责问这个小畜生！

（指阿石）

（唱"快二流"）

骂一声，小畜生，

无情无义，狗肺狼心！

房　七　（接唱）　我怒火烧心，要为表妹雪恨！

房卖尾八　（挑动）杀他！先杀他！

盘林阿石　（冒火）来吧！

叶　红　（拦住双方）不能动手！（向阿石暗示）以理服人！

盘林阿石　（压住怒气）老丈人！众乡亲！

（唱"恋檀中板"）

望乡亲，静气平心把理分。

说我逼妻悬梁自尽，

哪有据来哪有凭？

我与玉珠成婚，三年至今，相爱相亲，

翁媳姑嫂相爱重，

勤劳和睦一家人。

痛她玉碎珠沉，

我肝肠哭断泪流尽。

众乡亲，却来寻衅，（过门转尾腔）

我一时难忍心中愤，

才弄到弓刀相对阵。

龙官一公　胡说！

（唱“二黄滚花”）

若是无缘无故，我女何以轻生？

叶　红　（接唱）正为死因不明，两寨无端启衅。

应该停止械斗，调查玉珠死因。

龙官一公　停止械斗，调查死因？

房　母　倒也应该。

房　七　我来问你，若查明是盘家迫死玉珠……

众　人　怎样？

盘林阿石　我不只认罪赔偿，还甘受千刀万刃！若查出是别人谋害……

房　七　两寨同心合力对付仇人！

叶　红　好！乡亲们，双方条件可算得公允？

众　人　算得公允！

叶　红　那就请把弓刀放下，一起细查死因。

众　人　好！（纷纷放下武器）

房卖尾八　慢！我们龙岗寨上当了！

众　人　上当？（又纷纷把武器拿起）

房卖尾八　众乡亲！

（念“快白榄”）

盘家本理亏，再打必败阵。

却用缓兵计，涣散我军心。

借口查死因，想把真情隐。

真情若败露，追究中间人。

她逃往汉区，如何去追问？

到头还是打，只苦了瑶家人！（重句）

叶　红　不对！共产党人，言出必行，我在瑶寨，落地生根。

房卖尾八（续念）　汉人说生根，空话谁相信？

盘古开天地，瑶汉不同心。

除非你头梳瑶家髻，身着瑶家裙，

吃我瑶家饭，讲我瑶家音，

认个瑶家父，永做瑶家人。（重句）

嘿嘿，你办得到吗？

房　七　对了，你办得到吗?

房　母　阿七，不要无理取闹！

（唱“滚花”）

各有父母所生祖宗血胤，

好比水各有源树各有根。

她是汉人怎做瑶家女，

我是瑶家也无法做汉人。

大姐你不用为难，办不到的事情，

我们不会强求答允。

叶　红　大娘，我办得到！

众　人　（十分惊异）你办得到？

叶　红　办得到！

（唱“霸腔梆子慢板”）

共产党，为革命，敢抛头颅洒热血，

不怕碎骨粉身。

做瑶家，有何难，只要有利为人民，

我能答允！（奏长过门，衬口白）

乡亲们，当年红军万里长征，路过四川彝族地区，彝家兄弟受国民党反动派长期迫害，对汉人十分疑惧，曾将我军一些部队包围，那时我军司令员刘伯承同志……

众　人　啊，红军司令员，他怎样？

叶　红　（续唱）　刘伯承，司令员，与彝家兄弟，

歃血誓盟。

革命的，老前辈，为各族人民，

都是忠心耿耿。

（转“中板”）

叶红立志学前人，

是瑶是汉何须问，

穷苦兄弟心连心，

若不嫌我人愚笨，

就与一公认作父女亲。

众　人　（轰动起来）啊！认一公做干爹，做我们龙岗寨的人？

龙官一公　（老泪纵横地）红军同志啊！女儿啊！

叶　红　干爹！

龙官一公　大家都把钢刀放下！

[众人一齐把武器放下。

房卖尾八　（见势头不对，想溜走）好了！苦主尸亲愿意讲和，我们外人不必过问了。大家走罢！

叶　红　慢！看我调查是否合理，请大家都留下做个见证人。

房　七　对，一个不能走！

叶　红　有道是，冰封三尺并非一日之寒，人到绝望轻生也不会是一时之愤，玉珠姐被盘家虐待，干爹事前可有所闻？

龙官一公　倒也未有所闻。

房卖尾八　你们汉人有句话“好女两头瞒”，说不定玉珠怕老父伤心，宁愿自己哑忍。

叶　红　有道是，家里有黄金，对门有厘戥，盘家的事总瞒不过上村下寨众乡亲，乡亲们可有所闻？

众　人　确是未有所闻。

叶　红　还有，阿石父子发现玉珠身亡，马上就来报讯。何以阿石未到，龙岗寨却早已消息传遍，众议纷纭呢？

房　七　是房卖尾八说的。

龙　甲　玉珠悬梁自尽，也是他说的。

众　人　是他，是他！

房卖尾八　我……哦，我也是听人讲的。

盘林阿石　你听谁说的？

众　人　讲！

房卖尾八　记不清了，反正是听别人说的。

叶　红　房卖尾八，你与玉珠惨死确有牵连，你不坦白招供，委实难推责任。乡亲们，那天陈汉利带了匪军到盘岭收税，房卖尾八是带路人。

盘林阿石　那天只有玉珠一人在家，定是他们谋害玉珠还故布疑阵。玉珠戴着的金耳环不翼而飞，至今无处找寻。

房　七　可恼！（踢房卖尾八一个筋斗）

（唱“连环西皮”）

好狠心！好狠心！

害命谋财，伪装现场，挑动纠纷！

众　人　（唱“滚花”）

杀杀杀，瑶家不许有这种坏人！

房卖尾八　呀呀，不是我，不是我。那天我只带路到门前，盘家门口我半步没有踏进，入去的是陈汉利和那个国……是匪军。后来，又是陈汉利叫我赶快回龙岗寨报讯。

叶　红　陈汉利意图何在？

房卖尾八　他……这我就不知道了，我是财迷心窍，想做中间人，赚一笔酬金。

叶　红　乡亲们！房卖尾八只招出真情一部分，元凶首犯可能是陈汉利与匪军。

龙官一公　先把这走狗拉到一旁继续查问。

房　七　押他下去！

［龙甲押房卖尾八下。

叶　红　干爹，我们是否马上去找陈汉利究底寻根？

龙官一公　慢！

（唱“快中板”）

两寨暂时息兵刃，

死因还待细寻根。

叶红初依瑶家女，

先叙亲情，再斗敌人，

摆酒！

[起牌子，众忙碌摆酒，房母带叶红下。

盘林阿石　（拿出羽毛）房七。

房　七　（惊疑地）你……

盘林阿石　是我亲手拔，由我亲手戴，就在今天内，送回龙岗寨。

（替房七戴上）

房　七　阿石表妹夫！

盘林阿石　房七，表大舅！

[叶红换瑶装随房母复上，众齐声喝彩。

[叶红与一公、房母、房七、龙甲及众人逐一叙礼。

众　人　（举杯）饮胜！

[幕闭。

第五场　举旗抗征

[当天晚上。

[陈汉利的税所，也是商店。柜台上放置“税收处”的牌子。一角有石门通山洞石室。

[幕启，陈汉利在踱步。

陈汉利　（念“白榄芙蓉”）

税所收入多，铺头赚厚利。

唯独查共军，至今无头绪。

上头日日催，——唉！

（唱） 教我如何应对？

（接念） 妙计设一条，械斗已挑起，

谁家藏共军，定有人检举。

我这档生意，——哈！

（唱） 他越打我越肥！

（转“中板”）

今日我官运亨通发财顺利，

明日我肃清共党独霸瑶区。

[陈汉利坐下移灯算账。头目公持酒瓶上。

头目公 陈所长，连夜算账，真好收入！来，赊四两。

陈汉利 自己去装，来打个指模就是。

[头目公倒酒，陈汉利写账。头目公按指模。

陈汉利 你当头目公倒快活逍遥，人家两寨打成这样，你都不去理一理。

头目公 本来我就管不了，现在有红军插手，我就更不敢惹这个是非。

陈汉利 （暗惊）红军？你看见了？多少人？在何处？

头目公 （一直摇头）我是听龙岗寨人说的，其他一概不知。

陈汉利 哼！上头知道你们这里藏有红军，你当头目公的也不好办啊！

头目公 这……又不是我请来的，我头目公只请三皇五帝，红军白军我都不请——（唠叨着拿酒瓶下）

陈汉利 连发现共军都不知，房卖尾八真该死。偏偏大碌木这排人又奉命撤离，我手下只有两个税丁无济于事，只有向姐夫报告，及时派兵进剿，血洗瑶区！

（坐下写信）

[盘林阿石、房七上，埋伏在店门外。

陈汉利 （套好信）来人！

[税丁甲、乙上。

陈汉利 已经发现共军，（对乙）你值更守夜，要格外留意。

（对甲）你连夜带信下山，交给县长，不得贻误军机。

两税丁　是！

[两税丁刚踏出门口，就被阿石、房七擒获，用手巾塞住嘴巴带下。

[风声起，隐隐有雷鸣。

陈汉利　（唱“滚花”）

一阵阴风吹得我毛管条条竖起，

想起龙官玉珠那件事越觉心虚。

还是早早关门早早收市。（去关后门）

[叶红穿瑶装上。

叶　红　且慢关门！（推着门）

陈汉利　已经收市。（要关门）

叶　红　（挤身进店）你不卖，我要买。

陈汉利　（不耐烦地）你要买，就快点。

叶　红　急什么，买东西总要挑选到满意。（借故东翻翻西看看，观察陈汉利店铺）

陈汉利　挑不挑都一样，货真价实，童叟无欺。

叶　红　（掀开罐盖）这是水酒？

陈汉利　（按下罐盖）米酒，五千元一斤。

叶　红　哦！水酒当米酒，怪不得你一本万利。

陈汉利　独家生意，合意者来！

叶　红　好吧，就买一坛！

陈汉利　（怀疑地）一坛？一坛四十斤，五四中二十万元，光洋照伸，湿柴加二。（伸手要钱）

叶　红　先记账。

陈汉利　不设记账，物价不稳，本少利微。

叶　红　你说过为“吃人命”多多都肯赊，现在又连账都不肯记？

陈汉利　你是谁家闺女？

叶　红　我是龙官玉珠……（一声惊雷）

陈汉利　（震惊）什么？龙官玉珠？（躲到柜台后边审视）不对，她……已经死去。

叶　红　死了仍然跟你有账。

陈汉利　说清楚，你到底是谁家的女儿？

叶　红　我是龙官玉珠——她妹妹！

[雷雨闪电，二人互相审视。

[阿石、房七暗上，在门外监视、静听。

陈汉利　哦！龙官一公家的，你家欠账也太多了……

叶　红　现在还分不清谁欠谁的。

陈汉利　对对。你们龙家一定打赢，到时通通算盘家欠的就是了。

叶　红　你怎知我家一定打赢？

陈汉利　当然啦！你们就放开手打吧！

（唱"减字芙蓉"）

龙家是尸亲苦主，道理在你们这边。

叶　红　那我姐姐究竟怎样死的？

陈汉利　（续唱）　她被迫自缢悬梁。

叶　红　（接唱）　到底谁人亲眼见？

陈汉利　这个……傻女，管他真真假假，有没有人亲眼见啊！

（接唱）　就是要一口咬定，迫他赔钱将命填。

叶　红　（暗示门外两人）现在我清楚了，原来是陈所长的好主意。

[阿石、房七听到这里都咬牙切齿。

陈汉利　是了，还有一件事。

（续唱）　听说有共军帮对方……

叶　红　啊！

（接唱）　连所长都已经听见？

陈汉利　（接唱）　这共军现在何处？（吊弦）

叶　红　（先不答，慢慢走近台前扭亮油灯，取下头巾）

（唱"滚花"）

就在你面前！

陈汉利　（大惊）你……

[陈汉利拔枪，叶红一脚把枪踢落地上。

[房七想进去帮助叶红，阿石示意不必为叶红担心。

[陈汉利一个箭步上前想拾地上手枪，叶红抢先用脚踏住。

叶　红　陈汉利，放老实点！你要讲个明白，究竟龙官玉珠被谁害死？

陈汉利　这个……（突然猛指叶红背后）就是他！

[陈汉利趁叶红一回头，即把叶红踏枪的脚抬起，叶红一个翻身站稳，二人争夺地上手枪。

陈汉利　（夺枪失败，冲出门外）来人呀！快来人呀！

盘林阿石
房　七　我们早来了！（抓住陈汉利，推回屋里）

[叶红拾起手枪交给阿石。

[龙甲、阿芹、唐火路二及群众涌进屋内。

陈汉利　（摆往日的威风）哼！这里是堂堂的政府税所，你们想怎样？

盘林阿石　捉拿害死龙官玉珠的凶手。

陈汉利　你们吃人命，打冤家，和我有什么关系？

房　七　好！马上找房卖尾八来对证。

陈汉利　（惊）房卖尾八？（旁白）糟了！糟了！（急转头，抵赖）房卖尾八此人说话不可信！不可信！

叶　红　那么你自己的话该可信了吧！

陈汉利　我没有说过什么，没有说过什么。

房　七　还抵赖？你刚才说的话，我和阿石都在门外听清楚了！

盘林阿石　陈汉利，你这只恶狗！

（唱“斑竹马中段”）

真狠毒，真可恨，

弄奸计，残害人，

挑起两寨纠纷，

我难压心中愤，

要斩你千刀万刃！

房　七　（唱“快中板”）

你制造谣言手辣心狠，

你煽风点火暗箭伤人，

罪恶累累难容忍！

众　人　（接唱）　快招供讲白是何居心？

陈汉利　（自知情况不妙，避重就轻。念“白榄”）

唉！我该死！我该死！

挑动两寨打起来，

只为赚钱做生意，

你们赊酒又赊肉，

我双方都可占便宜，

至于玉珠身亡……

众　人　怎样？

陈汉利　（续念）　实在不关我事！

盘林阿石　不关你事？你和那匪军在我家干了些什么？

众　人　干了些什么？

陈汉利　（接念）　啊！我见屋里没男人，

实在难收人头税，

只好离开去别处，

谁知国军没跟随，

后来不知为何因，

竟把玉珠来害死。

房　七　（接念）　那个匪军在何处？

陈汉利　（接念）　已经拉队去汉区。

众　人　这……

叶　红　乡亲们！眼前匪军在逃，先把这豺狼处置！

房　七　陈汉利，“吃人命”风波由你而起，我们的欠账要一笔勾销！

陈汉利　勾销，勾销。

盘林阿石　你强迫各家缴纳的人头税，要如数退回！

陈汉利　退回，退回。

房　七　口说无凭，要他把账本拿来当众烧毁！

陈汉利　（指石门）我……我的账本锁在石室里。

盘林阿芹　马上拿出来！（推陈汉利）

陈汉利　我去，我去拿。（退后要开石门）

[龙官一公、房母及群众上，龙官一公见陈汉利要开石门，欲留住，陈汉利一咬牙，转身入内，把门反锁。

龙官一公　（知中计，急上前顶门，顶不开）糟了，石门关闭了！

[众人望着石门，焦急。

叶　红　这石室？

龙官一公　那些奸官奸商，怕我们瑶家造反，所建房店常设石室暗洞，以备万一。

叶　红　唐火路二，你和龙甲带人堵截各处洞口。

[唐火路二与龙甲即下。

龙官一公　唉！入口一岩，出口百洞，怕截不到。

房　母　给这豺狼跑掉，后患无穷啊！

叶　红　乡亲们，不管陈汉利能否捉回来，不日都有大队匪军压境。（拿出信）刚才阿石、房七截获陈汉利给李初仁的信，他们要来“清乡扫荡”，大动刀兵。

众　人　“清乡扫荡”就是杀人放火啊！

叶　红　乡亲们！

（唱“快中板”）

国民党暴敛横征豺狼成性，

蒋匪军凶残镇压满手血腥。

乡亲们只有拿起刀枪革命，

大瑶山才能得见日月光明。

盘林阿石　（接唱）　跟着共产党，齐心闹革命。

房　七　（接唱）　抗交粮和税，团结斗匪兵。

叶　红　（接唱）　一声号角长鸣，千山响应，

实行武装自卫，举旗抗征！

众　人　（接唱）　实行武装自卫，举旗抗征！

[房七砸税所牌。

[盘林阿石吹响号角。

[天幕出现遍山火把。

[幕闭。

第六场　转移脱险

[一个月后，在伪县长李初仁家里。

[二幕前，摆沙发、茶几。幕启，李初仁躺在沙发上看报纸。

李初仁　（丢下报纸，唱“王祥哭灵”）

我们出人卖命，

美国送枪出钱。

总裁要一统江山打内战，

我只望官星高照升专员。

[李太太上。

李太太　哎哟，坐完车又坐轿，累死我了！

李初仁　太太上省一趟，辛苦了。不知省府罗主席夫人……

李太太　这条内线走通了，不过人家要等你清剿瑶山共患有个眉目，才好名正言顺升你当专员。

李初仁　唉！这比要我多送几斤黄金更难了！

李太太　派人带军队去杀几个瑶民回来报功就足了。我看就派汉利去吧。

李初仁　派他？叫他抓共党反而把税所、铺头都丢光，不是靠个山洞，恐怕连人都回不来！

李太太　能跑回来也是靠他人熟地熟嘛，郎舅至亲都信不过，还相信谁啊？

李初仁　好，就看在太太面上。（向外）请陈所长！

[内场应声："请陈所长。"

[陈汉利上，李初仁在茶几上写委任状。

陈汉利　姐夫、姐姐，有何吩咐？

李太太　汉利，你姐夫要派你重返瑶山，这回干出个名堂，你姐夫升专员，你也捞个县长。

陈汉利　当县长谁不想，不过人家已经成立了什么“抗征自卫队”，我……

李太太　那个“抗征队”连枪都没几支，怕什么？只要你捷报早传，我就能早日上省城活动。

陈汉利　（惊）什么？叫我带税丁去对付他们？

李初仁　笨蛋，拿去！（把委任状交给陈汉利）

陈汉利　（接过，念）“委任陈汉利为剿共联防大队队长，着即率领所部进剿瑶山……”（大喜）多谢姐夫、姐姐栽培！

[切光。

[盘岭寨盘林高真家门前。景同第二场。

[龙甲、唐火路二各率一队抗征队队员手执武器匆匆过场。

[枪声渐停。

盘林阿芹　（内唱“首板”）

山鹰冲天多矫勇！

（上，唱“爽中板”）

瑶家初战显威风。

联防队弃械丢枪伤亡惨重，

叶红姐指挥沉着进退从容。

（高声叫）乡亲们！

[群众两边涌上。头目公随上。盘林高真从屋里出来。

众　人　（七嘴八舌地）阿芹，什么事？又打胜仗了？

盘林阿芹　乡亲们，昨天通知大家收拾东西，现在准备得怎么样了？

众　人　都收拾好了。

盘林阿芹　叶政委说，敌人援兵已到，寨中老弱马上要转移到穿云岭后方。

盘林高真　要走？（心情沉重地看着自己的家）

盘林阿芹　叶政委说，这是打游击，不能跟敌人在一个阵地上硬拼，打得赢就打，打不赢就走！

众　人　对，到时再打回来！

盘林阿芹　阿爸，你也和大家一起早点走吧！

[众人纷纷下场，盘林高真叹息着进屋里。

头目公　（边走边嘟哝着）我早就说了，从盘古王开天辟地，瑶汉相争都是瑶人吃亏。

盘林阿芹　（忍不住，大声地）你说的不对，现在不是瑶汉相争，是共产党领导瑶汉两族穷苦人同国民党反动派作斗争！

头目公　你懂什么？你和我好，消灾免祸；你争我斗，吉少凶多。对共产党要和，对国民党也要和。

盘林阿芹　你思想糊涂，不分敌我！

头目公　什么？你这黄毛丫头教训我，我食盐比你食米多！（一顿足下场）

盘林阿芹　你！（想追下）

[突然响了两声枪，群众挑担子的、挽包袱的、抱小孩的、扶老人的，蜂拥过场。一老妇走得太急，跌在地上。

盘林阿芹　（忙过去扶起，回头向屋里）阿爸，你过来啊！

[阿芹扶着老妇下。

[盘林高真挽着包袱从房内出来。

盘林高真　哎！几十年亲手建造的家，这就丢掉了？真是破家难舍啊！（一步三回头地慢慢出门，正要关门出走，突然枪声大作，高真两边一望）不好，匪军进寨了！出不去了！（转身进屋，关门，躲进内室）

[数匪军乱打枪冲过场。

[陈汉利、大碌木上。

陈汉利　（唱“滚花”）

联防大队人马壮，
重返瑶山再称王，
一连三天烧杀抢！

[数匪军持火把过场，幕后枪声乱响，升起火光。

[一匪军带房卖尾八上。

一匪军　大队长，这个人说要见你。

房卖尾八　大队长，祝你高升。

陈汉利　房卖尾八，你还有脸来见我。

房卖尾八　上次迫于无奈，这回将功折罪。我特来向你报告那女共产党和阿石他们的下落。

陈汉利　他们在哪里？有多少人枪？

房卖尾八　人枪都不多，全部上了穿云岭。

陈汉利　好，你带路进剿。

房卖尾八　哎呀，穿云岭，山高不见顶，要上穿云崖，野猪枉送命；要过穿云坳，跌死老黄麖，你的军队上不去！

陈汉利　上不去？我就封锁山路，要他饥无食，寒无衣，活活困死！大碌木，你在这里搜索，我去布置封山！（与房卖尾八等下）

大碌木　（看着盘家门口）哈，真巧！又是这一家，莫非我还会再得一对耳环！（喝匪军甲）搜！（一脚把门踢开，进屋）

匪军甲　（进内室把高真押出来）有个老头子。

大碌木　呵呵，你就是盘林阿石的父亲？（高真不答）你儿子带头造反，躲到哪儿去了？（见高真不答，回头对匪军甲）把值钱的东西通通给我搬走！

[匪军甲抢高真的包袱。

盘林高真　（与匪军纠缠）狗强盗……

[匪军甲推开高真，抢了包袱跑下。高真转头扯住大碌木不放，纠缠中大碌木身上的“猪肠带”被高真扯脱，银元倒了出来，其中有一对耳环。

盘林高真　耳环！（抢前拾起）玉珠的耳环？原来就是你……

大碌木　（有恃无恐地）是我又怎样？不怕告诉你，那个瑶婆就是我给她“挂腊鸭”的！

盘林高真　（气极）你，你，你！（一步一步逼过去）

（唱“滚花”）

眼前凶手露原形，

怒火填胸跟你拼！

[用尽全身气力扑过去，向大碌木鼻梁痛击一拳。

大碌木　（掩着鼻子呼痛，随即一脚把高真踢倒）你这个老鬼嫌命长了！

（接唱）　老子枪弹不留情！

[大碌木举枪推子弹膛对准高真。

[“呯”的一声枪响，大碌木倒地。

[叶红从门边闪出，背起高真冲出屋外。

[内场传来枪声，叶红举驳壳枪向内扫了一排子弹，急背高真下。

[幕闭。

第七场 心明眼亮

[数月后。1946 年秋末。

[穿云岭上。山路、草棚、石洞。

[幕启。流水声，鸟鸣声。

[盘林阿芹挽一篮洗过的衣服上。听到树上喜鹊叫，放下衣服，举枪欲瞄。

[唐火路二挽一捆野菜随上，见状上前，轻轻按住阿芹手上的枪。

盘林阿芹 （埋怨地）哎，你干吗打扰人家？

唐火路二 你忘了？敌人就在山下，不能暴露目标。

盘林阿芹 怕什么！

（唱“春风得意”）

穿云岭，深山战歌伴红旗。

数月来备战，几番出击捷报飞。

他几次狂攻冲不上，

面对重峦叠嶂寸步难移！

唐火路二 （接唱） 豺狼恶，匪军毒，

凯歌声中要警惕。

眼下被困山里，缺食少衣，

我们绝不能麻痹！

盘林阿芹 这也是。可恨敌人屡攻不下，就想将我们困死。光靠这些野菜，有些队员实在难再支持。

唐火路二 只盼叶政委这次到汉区，能及时带回地方党的指示。

抗征队度过艰难岁月，就似雄鹰穿云展翅飞。

[传来乌鸦的"哑——哑——"声。

盘林阿芹　哎，你看，乌鸦！

唐火路二　奇怪！刚才来了喜鹊，又来乌鸦，莫非有什么吉凶？

盘林阿芹　（笑）你还相信头目公的迷信话！

唐火路二　我才不信他那一套。不过，遇吉逢凶的事情，总会有的。

[说着拾起一颗石头，要向树上扔去。

["索"的一声，乌鸦掉了下来，身上带着一支箭。两人上前拾起一看。

唐火路二　哎，谁射的？

盘林阿芹　不用猜，肯定是我阿哥。（向内喊）阿哥！

盘林阿石　（内应）来了！

（唱"首板"）

手中利箭无虚发，

（一手持弓，一手拿着一串猎物上。唱"中板"）

一声命中黑乌鸦。

何日里抗征队冲到山上，

好教敌巢炸开花！

（对阿芹）阿芹，政委还没回来吗？

盘林阿芹　没有，我们正等得心急呢！

唐火路二　队长，眼看山里粮食快要吃完，冬天又将到来，衣服也不够，再这样下去……

盘林阿芹　是啊！有些队员已经饿病了。就是叶政委她，她受过伤，流过血，又总不肯自己吃多点，吃好点，天天跟大家一起熬野菜，头晕都不让人知道。

盘林阿石　唔，是得想想办法。今天我和几个人打了一些野味，你们先拿去，煮好给大家分着吃吧。（交猎物）

[唐火路二接过猎物。

盘林阿芹　（拦着）哎，这乌鸦肉不好吃，别要！

唐火路二　（笑）你这才迷信，乌鸦肉总比野菜顶肚嘛！走吧！

[唐火路二和盘林阿芹下。

[阿石稍思索，正欲朝另一边下。房七和抗征队队员甲迎面上。

房　七　阿石，有个重要情报。

盘林阿石　什么情报？

房　七　敌人要长期围困我们，前天联防队从山下运来了一批粮食，就放在龙岗寨里。

盘林阿石　哦？你的意思是……

房　七　趁着他们不防，下山去抢！

盘林阿石　抢？消息是否可靠？

队员甲　是乡亲们听房卖尾八嘴里漏出来的。

盘林阿石　房卖尾八？

房　七　嗯，他现在是陈汉利心腹，消息一定准确。

盘林阿石　不！正因他是陈汉利心腹，其中可能有诈。

房　七　这不见得！机会难逢，不可错过。

盘林阿石　事关重大，还是等叶政委回来再做决定。

[抗征队队员乙上。

队员乙　队长，又有人饿晕了！

盘林阿石　我去看看！（与队员乙下）

房　七　（焦灼地）有人饿晕了！

（唱“霸腔滚花”）

人困粮尽空嗟叹，

不由烈火烧胸间！

这这这——

（转“霸腔快中板”）

要为战友解危难，

机会一失再找难。

下山抢粮不怠慢——

走！

队员甲　（犹豫地）这……不再等等？

房　七　（决然地）不等了！我们龙岗寨人熟地熟，就带几个人先下山去——

（唱“霸腔滚花”）

天塌下来我一身担！

[房七急下，队员甲随下。

[盘林高真挽一篮野菜从山上下来，龙官一公扛一袋米从山下上来。两人相遇，没有说话，一前一后走到草棚前面，分别把野菜和米袋放在石板上。高真拿出烟斗欲点烟，发现无火，一公见状，递过火去，高真看看一公，接过火点烟，抽了一口，然后叹了一口气。

龙官一公　（先开口）怎么样？身子好些了吧？

盘林高真　（头也不抬，不大想回答地）嗯！

龙官一公　（从口袋里掏出两只鸡蛋）给你！

盘林高真　（抬头看看，推开）我不要！（一想）你这是从哪弄的？

龙官一公　我一早冒险下山，好不容易才弄来点米给大家，还有我那干女儿，她瘦多了，哎！我留下两只给她，这两只就给你。看你自从那次被国民党兵打伤之后，再硬的身子也差起来。

盘林高真　嘿！提起那些番薯兵，真该死！

龙官一公　对！就是那帮豺狼，弄得我们两寨不和，乡亲受苦！要不是阿红她……

盘林高真　（引起感触）是啊！要不是你那干女儿，我……

（唱“长句二黄”）

苍松不老靠扎根深，

岩鹰高飞靠翅膀硬。

全靠那太阳光焰，

才驱散瑶寨乌云。

靠你爱女叶红，我才免遭不幸。

我这条老命，是她再造重生！

龙官一公　是。

（接唱）　悔当初，以为瑶汉不同心，

曾对她猜疑不信任。

（唱“教子腔”）

当日受骗成械斗，

靠她言和细查问。

今朝看得更明白，

她对瑶家确真心。

（转“慢二流”）

虽我玉珠已不在，

她她她，她也就是我的贴心人！

盘林高真 （从怀里掏出耳环，交给一公）你拿着！

（接唱） 这耳环伴玉珠，渡过艰难贫困。

狗杂种强抢去，还害她泉下丧生。

幸得共产党替我瑶家，报仇雪恨。

龙官一公 （接过耳环）

（接唱） 接耳环好教我——

（转“滚花”）

心如潮潮，感慨万分！

（抚摸着耳环，然后留下一只在手，把另一只交给高真）这只就给你留着吧！

[高真接过，两人各拿一只耳环，看了又看，然后拼成一对。

盘林高真
龙官一公 （同声称呼对方）亲家！

[叶红穿汉服上，见状悄悄停住。

盘林高真 现在，我们应该对天发誓，永结同心。

龙官一公 好，我们跪下。

盘林高真
龙官一公 （虔诚地跪下，举手发誓）国民党，追着我们亲家变成冤家；共产党，却使我们冤家重认亲家！我们两人对天发誓，真心实意，一起跟着共产党走，好像这对金耳环一样，永不变色！

叶　红 （高兴地）好呀！（上前扶起两老）

龙官一公 哦！阿红你回来了！你看我两个……

叶　红 我看到了！你两老说得好。一双耳环记恩仇，革命道路刻心头，要跟定共产党走，坚决和反动派斗！

龙官一公　对！阿红，你真是我们瑶家的贴心人！

盘林高真　你是我们的救命人！

叶　红　不！毛主席、共产党才是各族人民的大救星。我是个普通的共产党员，一定永远和瑶胞同甘共苦，战斗到底！

盘林高真　好！亲家，我看这对耳环，该给她戴上。

龙官一公　对！阿红，来！

[音乐声中，高真、一公激动地为叶红戴上耳环。

盘林阿芹　（上，见叶红）叶红姐，你回来啦！（向内）哎，政委回来啦！

[阿石、龙甲、唐火路二及抗征队队员涌上。

盘林阿石　政委，快讲讲，上级有什么指示？

叶　红　同志们，现在国民党反动派已经全面挑起内战，我省各地纷纷举行了反对蒋介石反动政权的武装起义，党组织知道了我们的困难，正设法支援我们一批粮食。

众　人　那就太好了！

叶　红　上级还指示我们：不论怎样困难，都要执行毛主席关于“发展地方武装，坚持游击战争”的指示，配合全国形势，抓紧战机，消灭敌人有生力量，拔除敌人据点，着实地在国民党的后方捅他一刀。

盘林阿石　好！大家都盼快出击，多歼敌！

唐火路二　对！再苦我们也能坚持下去！

[内场起哄，众注视。两队员扶队员甲上。

队员甲　政委、队长，不好了，房副队长和几个兄弟被联防队抓去了。

众　人　（惊愕）哦？

叶　红　怎么？阿石，他们下山去了？

盘林阿石　（埋怨地）嘿！刚才他来找我，说乡亲们从房卖尾八口中知道，敌人前天运来了一批粮食，放在龙岗寨里，他要求下山去抢，我说要等你回来再做决定，想不到他……嘿！

叶　红　分明是敌人设下的圈套！

队员甲　我们中了敌人埋伏，十个龙岗寨的兄弟，只有我单身逃回。

龙　甲　政委，房大哥他们陷入敌手，情况危急，我们应该马上发兵营救。

盘林阿石　不！敌兵设有埋伏，我们不能硬拼！

龙　甲　不！为救龙岗战友，拼教血染山头！

叶　红　龙甲，越急越要冷静，还须仔细研究。

龙　甲　（固执地）嘿，时间不能将人等，战友不回不甘休！龙岗寨的兄弟，跟我走！

[部分队员涌动。

叶　红　（急拦）龙甲同志！

[三拦，龙甲不听，气冲冲地推开叶红，欲冲下。

龙官一公　（大声吆喝）龙甲！你给我回来！

[龙甲被老人家的威严镇住，停步。

龙官一公　（上前，生气地，锣鼓白）群雁成行须有首，队伍冲锋有领头。如今两寨同心，并肩战斗；抗征队归共产党领导，岂能任你乱冲乱闯似蛮牛！

（秃头起唱“古腔中板”）

房七莽撞下山，已陷虎口，

若还再去硬拼，就是罗网自投。

你想一想，思一思，不该乱走！

龙　甲　（无奈而又担忧地）哎！

（唱“沉腔滚花”）

怕又怕，房大哥遇难，我身似鞭抽！

唐火路二　龙甲，政委、队长会想办法的。

[队员乙上。

队员乙　报告政委，头目公上山求见。

盘林阿石　头目公？我们正在商量大事，不见也罢。

叶　红　他既然来了，正好从中探探山下消息。

盘林阿石　也好，带他上来。

[队员乙下。

叶　红　同志们，大家分头先做准备，听使命令。

[众分散下，留下阿石、龙甲。

[队员乙带头目公上。

头目公　哦！政委、队长，你们都好呀！

盘林阿石　头目公，你又到来念什么符咒？

头目公　不，不，眼看几位乡亲有难，我不来心里不安啊！

叶　红　什么事？

头目公　我们的房副队长和龙岗寨八位乡亲因抢粮食被抓去了。

龙　甲　这，我们知道了。

头目公　知道了就好！

（念“白榄”）

就是陈大队长，托我来走一趟。

他说围困穿云岭，已经几个月长，

你们无法下山，他们无法攻上；

他们不服水土，你们山上绝粮。

大家各有困难，最好讲和不打仗。

这样可以放房七，废债免税都有商量。

想请政委快下山，当面来把条件讲。

众　人　去谈判？

头目公　（接念）　陈大队长曾保证，谈判代表来去平安！

盘林阿石　不！这样的谈判，我们不去。

头目公　哎呀，不去陈汉利就要杀掉房七他们了！

龙　甲　政委，我看可以考虑。

叶　红　（稍思索）嗯！头目公，此事我们要仔细研究，请你稍做歇息，我们商量好了再给你回音。

头目公　那好，我找高真、一公几个老伙计聊聊天。

叶　红　（对队员乙）你带他去。

[头目公随队员乙下。

盘林阿石　政委，敌人狡诈非常，贸然下山，我们就会上当。

龙　甲　不过，敌人十分凶暴，不去谈判，战友必定身亡。

盘林阿石　他分明是骗政委下山，暗里设下罗网。

龙 甲　我们可多带人马，步步小心提防。

盘林阿石　不！我弱敌强，不能前往！

龙 甲　不！不救战友，面目无光！

盘林阿石　（激动地）你！……不顾大局！

龙 甲　（激动地）你！……不顾我龙岗！

叶 红　（压住内心的激动）关键时刻不能凭意气，同志的意见要细思量！

盘林阿石
龙 甲　（焦灼地）嘿！

[两人分别闷坐两边，一个磨着刀，一个修着箭。叶红眼望两人神色，思绪纷飞。

叶 红　（唱“反线二黄板面”）

穿云岭，一霎时，
风云翻卷，警报频传。
战友声声强争辩，
教我叶红，难下决断。

（唱“反线二黄”）

抗征队，被困山头，粮尽衣单，
面临艰难考验。
房七他，突然被捕，危在旦夕，
更把压力增添。
恨敌人，假称谈判，暗设奸谋，
手段异常凶险。
看战友，大局当前，各持己见，
两下负气无言。
面对难题——

（转“正线二黄”）

要沉着，要果断，要沉着来要果断。
革命者，临危应不乱，双手可擎天。
猛想起，党指示，胸有明灯光闪闪！（拉二流腔）

（转“二流”）

靠群众，抓战机，夺取斗争主动权。

下山谈判巧周旋，奇兵突袭敌据点；

救出遇难战友，痛把群匪全歼。

笑敌人钓饵空投，机关枉算；

我这里武装斗争，烈火高燃。

行看抗征大旗迎风展，

（转“滚花”）

迎来瑶山百里换新天！

盘林阿石
龙　甲　（同时站起）政委！

盘林阿石　我冷静想过，龙甲主张去谈判也有道理，我提个方案。

龙　甲　我也冷静想过，阿石主张不谈判也有道理，我有个主意。

叶　红　那好，逐个慢慢讲来。

盘林阿石　我们可以先集中兵力，下山埋伏，然后假借谈判，带人直入联防大队队部，来个里应外合，救出战友。

龙　甲　我们人枪不多，这样做有危险。我主张先派出人马，下山抓敌人几个哨兵，最好抓住房卖尾八，陈汉利没有了他，在瑶山寸步难行，一定要用房七来交换！

叶　红　（兴奋地）好呀！你们都想出了好办法了。采用阿石的办法，我们人枪太少，需要马上派人和友邻部队联系。

盘林阿石　马上派唐火路二去。

叶　红　不过，友邻部队路程很远，远水难救近火，不一定能及时赶到。我们要准备第二手，采用龙甲的办法，抓人！

龙　甲　去抓房卖尾八这条恶狗？

叶　红　去抓一只老狐狸。来！

[阿石、龙甲围拢叶红。

叶　红　根据地方党得到的情报，李初仁的老婆上省城替李初仁在官场活动，今天下午就要路经红云坳下，我们……（附耳细说）

盘林阿石
龙　甲　（击掌）好！

[幕闭。

第八场　奇袭敌巢

[当天晚上。

[伪联防大队队部，厅堂。

[幕启，陈汉利正在饮酒，饮后焦急地踱步。

陈汉利　（念）进剿瑶山几个月，手头老本天天蚀。大姐着急去省城，日夜派人催报捷。（又喝一杯）只望今天成大功，姐夫升官我补缺。

匪排长　（上）报告大队长，头目公回来了！

[头目公上。

陈汉利　头目公，事情办得怎样？

头目公　他们答应下山，明天上午叶政委到营房。

陈汉利　（大喜）好！你为国军立了大功，要重重给你打赏。

头目公　哎，但求得双方和好，我多走几回山路也应当。

陈汉利　一排长，到时依计而行，务必一个不漏。

匪排长　是！（下）

头目公　（吃惊地）怎么？一个不漏？这不是抓人？谈判不是真的？

陈汉利　（得意地）哈哈！

（唱“板眼”）

真真假假，假假真真，

我今回巧施妙计，引她下山行。

定要活捉叶红，解我心头大恨。

把抗征队消灭，斩草除根，

那时百里瑶山，才得安稳。

我可以加官晋爵，也任你送鬼请神。

头目公　（发觉受骗）这……这怎么行？大队长，我们瑶民讲话是有下巴的。

陈汉利　（翻脸地）哼！你少啰唆！（向内）来人！

[匪军甲上。

陈汉利　把他看管起来。

头目公　这……（无奈地）唉！（随匪军甲下）

陈汉利　（对着头目公背影）这头蠢猪！

匪排长　（上）报告，门外来人。（小声）说是抗征队的叶政委。

陈汉利　（惊诧地，自语）怎么现在就来？（对匪排长）来了多少人？

匪排长　三男三女一共六个。

陈汉利　（贼眼一转）好！马上布置！

[匪排长向内一招手，一队手执机关枪、手枪、大刀、匕首等武器的匪军迅速过场，陈汉利指手画脚，指定匪军们埋伏的位置。

陈汉利　（对匪排长）请！

匪排长　有请叶政委！

[叶红、阿石昂首阔步走上。

叶　红　（唱“中板”）

成竹在胸闯敌阵。

盘林阿石　（接唱）　出其不意制匪军。

陈汉利　（见叶红、阿石一起前来，一怔）哦？你们，政委、队长都来了？

叶　红　（从容地）人多了，会使大队长你为难吗？

陈汉利　（双关地）多多益善，格外欢迎！请坐，请坐！

（向内）人来斟茶！

[匪军甲捧茶上，复下。

陈汉利　（假作亲热）难得政委、队长大驾光临，真不枉鄙人苦心一片。

叶　红　（双关地）决不负陈大队长一番盛意，我们来了定要成功。

陈汉利　（也双关地）定要成功！

[三人背供戏。

陈汉利　（旁唱“梆子流水”）

今夜一网成擒，已不在话下。

叶 红 （接唱） 看我们攻其不备，胜券要稳拿。

陈汉利 （接唱） 突然提早前来，我须防她奸诈。

盘林阿石 （接唱） 他若敢轻举妄动，叫他脑袋开花。

叶 红 （接唱） “宝贝”在我手中，枉他布置人马。

盘林阿石 （接唱） 他那群虾兵蟹将，阿石看作豆腐渣。

叶 红 陈大队长，我们想先问明白，贵方提出谈判，可有什么条件？

陈汉利 关于这点，我早叫头目公申明，只要一经谈妥，我方马上放出房七，今后废债免税，公平交易。

叶 红 （主动进攻）哦？真的这样，李县长和陈大队长就是自愿放弃在瑶山的地盘，不再盘剥压榨瑶胞，从今以后，放下屠刀，立地成佛了？

陈汉利 这……啊，李县长是信耶稣，李太太倒是信佛的。（见叶红与阿石相视大笑）怎么，你们不相信？

盘林阿石 （笑不可抑）相信，相信，我还听过她念阿弥陀佛哩！

陈汉利 （莫名其妙）怎么你们会听过……

叶 红 这些闲话一会再说。陈大队长，目前蒋介石的国民党政府，公然撕毁停战协定，大举进攻我解放区，难道你我谈判会有效吗？

陈汉利 这……这是上头的事，李县长和鄙人是为了维持地方秩序，来个局部言和。

盘林阿石 那你想要我们怎样？

陈汉利 好说，好说，不过是把你们收编。

盘林阿石 要我们投降？

陈汉利 说不上投降，只是取消抗征队名义，把枪交给政府。

叶 红 哦，抗征队是瑶胞自己的组织，要取消须得全体瑶胞同意。

陈汉利 那么光交枪也可以。

叶 红 我们的枪是听共产党指挥的，蒋介石要共产党交枪，办不到！陈大队长大概也办不到吧。

陈汉利 哈哈，偏偏我陈汉利今晚就办到了！

叶 红 （严正地）陈汉利，你别痴心妄想了！

（唱“快慢板”）

多少年，你们霸占瑶山，欠下笔笔血泪账；

多少次，你们疯狂扫荡，梦想消灭我武装。

这一回，虎戴佛珠，装模作样；

却难装，凶残本相，险毒心肠。

盘林阿石　（唱“七字清中板”）

你是假称谈判施伎俩，

欲将抗征队一口吞光。

（转“三字清催快”）

革命人民，求解放；

斗争到底，紧握枪。

叶　红　（唱“七字清中板”）

任你狡计千条，我们心明眼亮。

（转“滚花”）

笑看你阴谋败露空着忙。

陈汉利　（计穷翻脸）好吧，那就不怕打开天窗说亮话，我就是要你们下山缴械投降。

叶　红　（针锋相对，冷笑一声）我们也不怕老实告诉你，我们今晚确是要来解除你们的武装。

陈汉利　说梦话！须知这里里外外都是我的人，你们几个共军飞不出我的手掌。

叶　红　不！这村村寨寨都是人民的天下，一切反动派都逃不脱可耻下场。

陈汉利　我知你善者不来，可惜已经陷入我重重罗网！（拔枪）来人！

[埋伏着的匪军持刀枪冲出，扑向叶红、阿石。叶红、阿石拔枪、空气紧张。

盘林阿芹　（内场大喊一声）住手！（威武地猛推披上瑶装的李太太上）

李太太　（边上边哭丧着脸呼叫）汉利！慢动手！慢动手……

陈汉利　（愕然）你们把她……

叶　红　可知道来者不善，管叫你赔了夫人又折兵！

[众匪军不知所措，气氛骤变。

[阿芹除下李太太的瑶族头巾，撩开李太太的外衣，露出绑在腰带上的整排手榴弹。

盘林阿芹　（串起拉着各个手榴弹的导火线）你们谁敢先放一枪，我就拉响手榴弹，把你们通通炸死。

李太太　（浑身发抖）阿弥陀佛，千万不要拉呀！

叶　红　陈汉利，这十颗手榴弹，够你联防大队队部四面开花吧？

[众匪军大惊失色，步步后退，陈汉利呆若木鸡。阿石上前缴了陈汉利的枪。

陈汉利　哎！你怎么会给人家抓住的呀！

一匪军　（上）大队长，不好了，两侧山头发现共军，我们被包围了。

叶　红　陈汉利，你已经四面楚歌了！

李太太　都怪你，都怪你，你向你姐夫报告说抗征队已被你困死，不能下山，怎知道……哎呀！阿弥陀佛！

叶　红　（命令地）陈汉利！快传命令，叫全体联防队队员放下枪支，到门外集合。

陈汉利　（犹豫地）这……

盘林阿芹　老狐狸，我拉手榴弹啦！

李太太　别拉！别拉！汉利，十颗手榴弹一炸，不得了啊！

陈汉利　（无奈地，对匪排长）叫弟兄们都放……放下枪支，到门外集合。

[匪排长与众匪军均放下枪支，垂头丧气地下。

[阿石解开牛角吹鸣起来。

[龙甲、唐火路二领抗征队队员冲入，捡起枪支。

[房七戴着砸断了的锁链与几个抗征队队员及头目公从内室上。

房　七　（懊悔地）政委，阿石，我……

头目公　哎，我和和和，就上了他这个“和”字的当。

叶　红　都要记着这次教训。

龙　甲　政委，联防大队队部给我们解决了，不如趁热打铁，马上袭击县城，捣毁伪县府，活捉李初仁！

叶　红　莫心急，先把他们押送回山！

[切光。

[幕闭。

第九场　战地重逢

[三年后，即 1949 年秋。

[瑶山红云坳。景同第一场，但此时已是枫林似火，红叶满山。

[幕启。天刚亮，房卖尾八从树丛中站出，窥看一下四周，然后向内招手，李初仁与数匪军狼狈上。

李初仁　（念）蒋总统，跑台湾；解放军，入岭南。手下人，全打散；本司令，急逃生！（重句）

房卖尾八　别急，前面不远就是那个可通外省的大口岩。

一匪军　（上）报告，侧面发现有人来。

李初仁　最怕避得开解放军，却碰到瑶山独立大队，快走！

[李初仁、房卖尾八与众匪军急下。

[房七、龙甲与数游击队队员上，搜索过场。

[叶红、阿芹上。

叶　红　（唱“滚花”）

迎接南下大军，堵截匪军流窜。

盘林阿芹　叶红姐，来到已是红云坳了！

叶　红　红云坳！

（接唱）　三年风风雨雨，此地景物犹存。（沉思）

盘林阿芹　叶红姐，你想什么啦？

叶　红　阿芹，你忘记三年前的事了？

盘林阿芹　对了，三年前你就在这里坠崖受伤，我那时还参加了战斗呢！

叶　红　那时，你是个普通的瑶族姑娘，你连枪也不会使；现在，你已经成了共产党员，又是特等射手。我们的抗征队也不断壮大，编为瑶山独立大队，就像这片枫林，眼下已是红叶满山了！

盘林阿芹　就是高队长不知后来到底怎样。

叶　红　（引起感触）高队长……

[盘林阿石、唐火路二上。

唐火路二　政委，那边远处来了一些军队。

盘林阿石　可能就是国民党兵。

叶　红　大家迅速散开，严密监视。

[众散开，下。

高乃山　（内唱“梆子首板”）

破晨雾，返瑶山，追歼残匪。

[穿中国人民解放军服装上。

[数名解放军战士搜索过场。

高乃山　（环视四周，唱“爽梆子慢板”）

看眼前，一木一石，景物依稀，

忆当年，身负重伤，在这密林深处。

喜今天，南征歼敌，重临旧地，奋举旌旗。

想瑶胞，念叶红，一别多年，

怎熬过艰难日子？

（转“煞板”）

霎时间，禁不住，心头思绪逐云飞。

[传来一阵枪声，数战士复上。

战士甲　（上）报告政委，对面林间，躲着一些瑶民，似要向部队射击。

高乃山　通知大家加强戒备，宣传政策，不能随便开枪。

[战士乙捆着盘林阿芹上。

战士乙　报告，抓来一个瑶族姑娘。

高乃山　怎么把她捆起来？

战士乙　她偷偷走到我们这边窥测阵地，我们对她解释，她还骂我们。

高乃山　哦？松开！（上前为阿芹松绑，发觉面熟）哎，你不是盘林阿芹？

盘林阿芹　是又怎样？

高乃山　我是高队长啊！你看清楚！

盘林阿芹　（一怔，惊异地对高乃山看了又看）你……

高乃山　那回我负了伤，是你把我背下阵地，后来部队的卫生员就来……

盘林阿芹　（未等高乃山讲完）你等等！（转身飞跑，下）

战士乙　（不解）政委，她是……

高乃山　她就是我对你们说过的那个勇敢的瑶族姑娘。

[阿芹拉着穿瑶装的叶红复上，拉到高乃山的面前。

盘林阿芹　（激动地对高乃山）你看！

[高乃山与叶红两人对视，惊喜万分，一时无语。

[强音乐起。

幕后合唱　（唱“秋水龙吟”）

秋寒春暖又数载，

喜见亲人泪满腮。

叫一声同志，聚百般情爱，

心花两朵向阳开！

高乃山　（紧握叶红的手）叶红同志！

叶　红　（也紧握高乃山的手）高乃山同志！

[盘林阿石、唐火路二与众游击队队员上。

叶　红　同志们，高队长带领中国人民解放军打回来了！

[众欢腾，互相兴奋握手。

[房七、龙甲上。

房　七　（对叶红）政委，发现残匪向大口岩方向逃窜！

叶　红　（向高乃山）高乃山同志，你看……

高乃山　我们一起包抄过去，务必全歼！

叶　红　好！

[高乃山、叶红领众冲下。

[枪声响，李初仁、房卖尾八与众匪军退上。

李初仁　（大喊）给我顶住！顶住！

[解放军、游击队追上，开打。

[开打毕。匪军有的被击毙，有的举手投降，李初仁与房卖尾八被俘。

高乃山　将他们押下去！

[两战士押李初仁、房卖尾八下。

[两战士带盘林高真、龙官一公、头目公、房母及若干瑶族群众上。

[高乃山与盘林高真、龙官一公热烈握手。

高乃山　乡亲们！同志们！蒋介石的国民党反动政权已经土崩瓦解了，我们各族人民团结起来，将革命进行到底！

众　人　（载歌载舞，唱“新曲”）

朝霞万朵景色新，
青山十里笑迎人。
瑶汉军民团结紧，
前程似锦志凌云！

[幕在一片欢腾声中徐闭。

——剧终

本剧选载的是 1978 年郑培英、林锦屏、卢海潮、梁晖、罗赤峰等主演的版本。

风雪访沉冤

（根据王亚平小说《神圣的使命》改编）

编剧：莫汝城　潘邦榛　唐峰　关汉

人物表

王公伯　男，老干警，50 岁

李大姐　女，老干部，王公伯妻，50 余岁

郑局长　男，省公安局局长，50 余岁

裴发年　男，省公安局副局长，近 50 岁

张副科长　男，省公安局副科长，近 40 岁

陈清水　男，某劳改农场队长，30 余岁

吕　萍　女，省公安局干警，陈清水妻，30 岁左右

白　舜　男，三〇五所技术员。序幕 32 岁，后 40 岁

林　芳　女，中学教师，白舜妻。序幕 27 岁，后 35 岁

白　雪　男，小学生，白舜子，9 岁

杨大榕　男，序幕是机关办事员，40 余岁；后当副处长，50 余岁

杨　妻　女，杨大榕妻，与杨大榕年纪相仿

杨　琼　女，杨大榕女。序幕是中学生，16 岁；后改名艾华，小学教师，24 岁

吴正光　男，小学教师，26 岁

劳改农场看守人员一人

劳改农场场医一人

杨大榕的小兄弟四人

群众若干人

序幕　蒙冤

[1967年9月。

[某城市的一个机关宿舍大院里。墙上贴着几张标语：

“热烈欢呼省革委成立！”“油炸、火烧走资派陆青！”

“死保陆青的决没有好下场！”

[舞台左侧是白舜的家，门口摆着一个摇篮。舞台右侧是杨大榕家。

[幕启时从杨大榕家传来猜拳喝酒狂笑之声。街上大喇叭广播着“造反有理”歌。

林　芳　（正在门前晾起几件小孩衣服。听到喧闹声，愤慨地向杨大榕家一望）哼！（念）“武卫”比抄家，“文攻”斗喇叭，夺权最“革命”，猜拳更到家。

[杨琼拿着作业本上。

杨　琼　林芳姨，按照白叔叔给我的物理提纲，我把习题都做了，你们有空给我看看吧！

林　芳　（高兴地接过本子）杨琼，现在大家都停课到街上去闹“革命”，你还这么用功？

杨　琼　闹“革命”也得要有真本领啊！

林　芳　唔！那么，你将来想干什么工作？

杨　琼　我？（羞涩地）我没想过……

林　芳　（笑）你别瞒我，你这丫头话说得少，心里可想得多。唔！你不说呀，（吓唬地）我以后不教你了。

杨　琼　我说了可不许你笑人。

（唱“十月怀胎”）

自问我天分低知识浅，

只想在平凡工作里多锻炼。

想学芳姨做教员，

身教言传意义深远。

想学白舜叔做技术员，

苦钻勤研作出贡献。

[在杨琼唱时白舜背着照相机上。

白　舜　哈哈，杨琼，这个时候你还想学我们当“臭老九”？（走近摇篮）小白雪，爸爸妈妈今天和你照个相，你这个“小老九”喜不喜欢呀？

杨　琼　给小白雪照相？啊！我记起来了，今天是小白雪一周岁生日！（从摇篮抱起小白雪）小白雪，叫声杨琼姐姐，等会我送给你一件玩具。

白　舜　还是你来当摄影师吧！（把照相机调好，递给杨琼）

[林芳抱回白雪，与白舜并肩坐下。

杨　琼　小白雪笑笑，笑笑！（按快门）

[在杨琼替白雪照相时，杨大榕夫妻上，杨大榕向妻示意后即下。

杨　妻　阿琼。（把杨琼叫到门边）快换套衣服去请姨妈来吃饭。

杨　琼　去就去嘛，还用换衣服？

杨　妻　十六七岁女孩子家，这样出街见得人吗？快给我从头到脚换套新的。

[杨琼无奈，随母亲下。林芳把白雪放回摇篮。

[又一阵猜拳的喧闹声。

林　芳　（望望邻家窗户，小声地）那封信，寄出去了？

白　舜　寄出去三天了。（凝视林芳）你怕？

林　芳　我？别的都不怕，就担心小白雪……

白　舜　（指着那张“火烧陆青”的标语）难道我们能让陆书记这样的老干部被人暗害，能让千千万万个小白雪在这些家伙的魔掌下活下去吗？

（激愤，但压低声音，唱减序“恋檀中板”）

“文化革命”——

好比大江奔涌，洪流翻卷，

难免泥沙俱下，沉渣泛现。

对我们是一场考验，

要对得起后代儿孙。（拉上字腔）

[杨妻从家里出来。

杨　妻　老白，你说好笑不好笑，杨琼因一道数学题做不出，现在躲在房里哭哩。还是你去教教她吧！

白　舜　好，我去看看。（随杨妻进杨家）

林　芳　（回味着白舜的话）是啊！

（唱“恋檀中板”尾腔）

要对得起儿女，应该勇敢来作战！

[突然杨家内传来杨妻大吵大闹声：“哎哟，你这个臭流氓，臭流氓！”

[暴风骤雨的音乐，夹着杨琼的哭声。

[杨妻纠缠撕打着白舜从屋里出来。

[杨大榕率臂戴红袖章的甲、乙、丙、丁从屋里涌出来，他们手持木棍铁尺，不由分说地毒打白舜。

杨　琼　（衣服还未换好，肩上披着上衣，从家里哭着跑出来）不是啊！不是啊！白叔叔他不是……

杨　妻　（抢着说）他不是人！不是人！

杨　琼　（边哭边吵）白叔叔……

杨大榕　（急把杨琼推进家里）你害羞，不敢说，让你妈说！

林　芳　（扑上前护住白舜）不能随便打人！

杨　妻　（像母老虎般厮打林芳）兔子还不吃窝边草哩！他光天化日就想糟蹋我女儿，打呀，打死他！

白　舜　（高声怒斥）你们含血喷……

杨大榕　（凶狠地）打！你们给我打！

[杨妻扯开林芳。

[甲、乙、丙、丁抡起棍棒铁尺，拼命向白舜头上狠打。

[杨大榕指挥甲、乙、丙、丁把白舜拖下。

林　芳　（挣脱杨妻追扑上前）白舜！白舜啊！（昏倒）

[小白雪被惊醒，哇哇大哭。

[切光。

[幕闭。

第一场 复 查

[1975年10月下旬的一个上午。

[某省公安局办公室，煦日临窗。

[幕启，王公伯凭窗远眺。片刻，转过身来。

王公伯 （唱“七字清中板”）

干校八年锄作伴，

风华消逝似云烟。

今日归来重开战,（坐回办公的座位上）

迎风再驶万里船！（翻开桌上的案卷细看）

（转“滚花”）

查档案，积疑团，不由我心潮翻卷！

[郑局长上。

郑局长 老王，——老王！

王公伯 （抬头）呵，老郑！

郑局长 你这个心绞痛的老病号，又在埋头苦干了？

王公伯 嗯。周总理现在住进了医院还在处理国家大事，我算得了什么？

郑局长 是啊！周总理确是我们的光辉榜样。不过，你刚从干校回来，太紧张了吧？

王公伯 紧张？（把一份“刑事犯罪登记卡”递给郑局长）老郑，你这个刚官复原职的省公安局局长，就看看有的人是怎样判案的吧！

郑局长 （读“登记卡”）“被告：流氓强奸犯白舜，男，三十二岁，三〇五所技术员，哈尔滨工业大学毕业……原告：杨琼——”哦？是个十六岁的女学生？

王公伯 （唱“追信”）

这一案，里边不少疑点，

时间是八年前秋天九月，

事情发生在白日光天，

因“企图强奸”罪，判处十五年！

郑局长　什么？企图强奸？就判十五年重刑？

王公伯　案卷里还有奇怪的哩！

（续唱）　原告人没有控告发言，

只有旁证材料留存。

犯人没招供，没把名签。

哪个经办，名姓无存。

只有血红一枚印，象征执法大权。

郑局长　哦？原告没控诉，被告没认罪，连经办人也不让自己在卷中留下任何痕迹……（愤然地）有鬼！

（唱“滚花”）

现在毛主席、周总理指示复查案件，

哪能让他无法无天！

用“企图”两字判处十五年，

根据哪种条文、法典？

王公伯　老郑，一句话就打成“反革命”的多啦！连我们身经百战、立下丰功伟绩的贺老总，都被他们迫害致死，子民百姓，就更不在话下了！

郑局长　所以小平同志现在主持中央工作，就抓整顿。老王，我建议你就从这个案开始，认真追查下去。不过（指点案卷）你看，1967 年 9 月案发，10 月判决，办得这么迅速，办得这么奇怪，恐怕还有些来头哩！

王公伯　不管怎么样，我从干校回来的任务就是复审案件。这个案，我一定认真了解一下。

郑局长　吕萍当时在人保组工作，会知道一点情况，你可约她谈谈。

王公伯　约了！（向内喊）吕萍同志！

[吕萍上。

吕　萍　王公伯同志，郑局长。

王公伯　白舜那个案，你回忆得怎样？

吕　萍　我昨夜仔细回忆了一下，当时情况基本记得。

郑局长　那你现在就谈谈吧。

吕　萍　（唱“石榴花”）

那天我在值班室，

忽闻外面叫嚷声喧，

一班大汉涌来，

把白舜拖到门前。

他身上血斑斑，

昏迷过去，气息奄奄。

那女子哭得似泪人，却不肯开言，

是那女子的爹妈，

讲了发生的事件。

王公伯　这个案是怎样审理的呢？

吕　萍　经办这个案的是裴副科长，就是现在的裴副局长。审理过程十分简单，由抓白舜来的几个人写了证明材料就判决了。不过到后来向白舜宣读判决书时——

王公伯　白舜那时怎样呢？

吕　萍　（续唱“石榴花”）

那时白舜大声申辩，

指模不盖——

（转“西皮”）

名字不签。

老裴眼睛喷火焰，

抓起手镣，向他劈头盖脸。

（尾腔）　白舜他血流满面，

额角伤痕今尚存。

郑局长　（愤然）难道当时没人反对这种做法？

吕　萍　我们当时认为证据未足，处理过严。老裴说是徐副主任的新观点。

王公伯　就是当时新上任的省革委副主任徐润成？

吕　萍　他说旧公检法要砸烂，现在新人新法写新篇。

王公伯　（矍然站起）什么？！（又压制住）那，以后又怎样？

吕　萍　以后，白舜就一直在小陈的劳改队里。

王公伯　哪个小陈？

郑局长　就是她的爱人陈清水，劳改农场的队长。

吕　萍　他在省警校学习时，您是学校的特邀法律顾问。他还经常对我讲起王老师呢。

王公伯　噢，警校的小陈？你们结婚好几年了吧？

郑局长　孩子都五岁了。

王公伯　老郑，我想跟劳改农场联系一下，找找白舜，你看怎么样？

郑局长　可以。吕萍，你给小陈去个电话。

吕　萍　好。（走到电话机旁，正想拨号，转身看见裴发年，立刻放下话筒到隔壁办公室，下）

［裴发年夹着大皮包上，张副科长随上。裴发年注意到吕萍的行动。

裴发年　（习惯性地绕过王公伯，先向郑局长打招呼）郑局长。（迅即掉过头来，十分热情地同王公伯握手，拍肩膀）老王。

（唱“三脚凳”）

我盼望到今天，才盼得你回转。

办事人不老练，干校里又拖延。

（转“滚花”）

家安得如何？还有什么不方便？

王公伯　谢谢，一切都好。

裴发年　噢，老张，你过来，这位就是王公伯同志。（对王公伯）这是张副科长，出差刚回来。（对张）你先休息。

［张副科长应声下。

裴发年　老王，刚才徐副主任一见到我，就问你的工作，又问你的身体，很关心。

王公伯　多谢了。他对复审工作有什么意见吗？

裴发年　（唱“减字芙蓉”）

他对你寄予厚望，因为你重责在肩。

（不断过序，楔白）他希望你这次重新工作，一定要尽快地适应当前阶级关系变化的新形势，不要辜负组织上的信托。

王公伯　阶级关系变化的新形势？

裴发年　是啊。

（续唱）　我们是搞阶级斗争，首先分清阶级阵线。

（不断过序，楔白）今天，划阶级不能光看经济地位，要看政治态度，特别是在路线斗争中的态度。

王公伯　那我又怎样“尽快地适应”呢？

裴发年　比如说，（指桌上的案卷）

（续唱）　你选择哪宗案件，作为复审开端？（不断过序）

王公伯　现在还在调查研究，总之有错必纠。

裴发年　有错必纠？那太笼统了。弄不好会是非不分，会翻“文化大革命”的案，否定“文化大革命”的伟大成就啊！

郑局长　老王回来不久，你情况比他熟嘛。

（唱“滚花”）

到底你认为，该抓哪个案件？

裴发年　不，不，我没想过，我只是说——

（唱“七字清中板”）

千头万绪路线为先，

若然照搬黑线经验，

是非曲直便会倒颠。

王公伯　（一笑，接唱）

道理讲来有深有浅，

既能意会亦可言传。

郑局长　（唱“滚花”）

路线不同，是有不同的执法观点。

裴发年　（不软不硬地，接唱）

我们最好是少一点分歧意见，

多一点共同的语言！

王公伯　是要这样？

裴发年　但愿如此。

王公伯　能够这样？

裴发年　事在人为！

郑局长　（意在言外）那就试试看吧。

[王公伯放声大笑，郑局长爽朗地笑，裴发年也挤出一串“哈哈”。

[幕闭。

第二场　一访

[数日后。

[省城几十里外的一个劳改农场。一侧有一棵干直冠大的枫树，另一侧是一块管理得很好的瓜地。

[幕启，白舜戴破笠帽低着头从枫树后脚步迟滞转出。慢慢地脱去笠帽，人们才看到他满面伤疤，头发斑白，神情麻木。

白　舜　（抚摸着枫树干上刻着的八颗星星，念）

八载遭囚禁，一家两地分。

星多岁月老，何日会亲人？

（唱“乙反恋檀”）

欲语无路诉，暗自向天问：

怎不挥剑伏妖魔，却任它去横行？

何日见，万里碧空无尘？

每年到此日，

借丹枫刻上星纹记我冤深，

更想念小白雪他母子两人。

刺骨冷风，压顶愁云，

但觉天昏和地暗。

（转“乙反二黄滚花”）

莫道苦海无涯只有恨，

坚信融融春日会来临！

[张副科长夹着皮包，场医背药箱同上。场医朝白舜的背影一指，点点头，满脸堆笑，欲下。

张副科长　慢点！（小声地）你注意，要是陈清水回来……

场　医　我明白！（下）

张副科长　（旁念）　老裴真妙算，棋争一着先。

纵有王公伯，无力可回天。（咳了一声）

你——是白舜吗？嗯？

白　舜　（猛回头，冷冷地盯着张）……

张副科长　我是省公安局的，今天找你谈话。

白　舜　（点头低低地回答）陈队长已经通知我。

张副科长　我们无产阶级的政策，是给出路的政策。所以，最近又提出要解决你的问题——听到了吗？

白　舜　（似乎在点头）……

张副科长　（环视四周）这种滋味还没尝够吗？才四十岁的人，已经满头白发，老婆孩子成了劳改犯家属。你再要一个痛苦的八年？还是换一个欢乐的八年？一个人能有几个八年？——这问题很现实吧？

白　舜　（隐约在点头）……

张副科长　当时判你十五年，是因为你态度不好，抗拒从严嘛。如果你今天态度有转变，我们就替你办理申请减刑的手续。（拿出“犯人认罪书”一晃）签个名吧！

白　舜　（接过“认罪书”）认罪书？

张副科长　认罪就是悔改的开始！（把钢笔递给白舜）

白　舜　（看毕，气得浑身发抖，把钢笔、“认罪书”一放）我无罪！

张副科长　有罪无罪不过是一句话嘛！人家转弯快、跟得紧的早出了去，还受到重用哩！做人嘛，要聪明点。签吧！

白　舜　（大吼）无耻！（转身走开）

张副科长　（一愣，追上，勃然大怒）你骂什么？

白　舜　卑鄙！

张副科长　混蛋！（一拳猛打过去）

白　舜　（闪开，双眼喷火，逼视张）……

张副科长　（吃了一惊，后退）你！你要干什么？

[场医急上，拉开。

场　医　张科长，您别生气，他身体不好，容易暴躁。（双关地）他昨天患了感冒，现在该我给他打针吃药了。白舜，走吧！

[场医向张打个眼色，领白舜进了茅屋。

张副科长　（阴险地）哼哼！

（唱“快中板”）

居心不狠非君子，

手下留情是白痴。

（转“滚花”）

第一步封口不成，第二步灭口了事。

[场医复上。

张副科长　办妥了？

场　医　顺理成章，绝无痕迹。

张副科长　嘿嘿！

（唱“滚花”）

可笑他死犹不悟，

阎王殿上也受判官欺。

向裴副局长汇报去！

[张副科长与场医同下。

[看守人员在场内惊叫：“陈队长！陈队长！”急上。几与刚上场的陈清水相撞。

陈清水　什么事？

看守人员　陈队长，白舜……他不行了！

陈清水　什么？

看守人员　他患了感冒，刚才场医给他打针吃药，不知为什么，他突然昏迷倒地，气息奄奄。

陈清水　场医呢？

看守人员　刚出去了，我骑车把他追回来！

陈清水　慢！（一想）嗯，他出去就算了。赶快请附近医院的医生来急救！要快！

看守人员　是。（急下）

[陈清水进茅屋。

[静场片刻。灯略暗，复明。

王公伯　（内唱“首板”）

访白舜问案情分清真伪。（上）

（唱“梆子慢板”）

看起来，查明此案，面对不少难题。

真理在手，使命在肩，无私无畏。

（转“滚花”）

人民警察，领佩红旗，头顶国徽。

[陈清水上。

陈清水　（热情招呼）王老师！

王公伯　小陈！（热烈握手）吕萍给你电话了吧？

陈清水　知道了，我已经通知白舜，今天局里有人要和他谈话。刚才险些出大问题。

王公伯　出了什么问题？

陈清水　不过现在不要紧了。他本来有点感冒，场医给他打针吃药不久，便突然人事不省。我看情况不对，就请附近医生来抢救，原来是用错药。

王公伯　治感冒也用错药？场医是哪里来的？

陈清水　是局里不久前才派下来的，裴副局长还说他很不错哩！

王公伯　嗯？

陈清水　其实，他是一个不该提前释放的刑事犯。

王公伯　有意思。白舜现在精神怎样？

陈清水　我看还可以，是不是现在就叫他来谈谈呢？

王公伯　等一等，让他多休息一会，你先把他进场后的情况讲一下。

陈清水　这个白舜性子很硬啊！

（唱“连序西皮”）

当日送到场里，

伤痕处处血淋漓，

分明在发高烧，他拒绝医治。

三天三夜不开声，坚持不喝水，

送饭来，更不理睬。

大家知道这犯人，但求速死。

（浪里白）要不是吕萍转来他爱人林芳的一封信，他就坚持不到今天了。

王公伯　林芳的信？

陈清水　是一封血书！

王公伯　血书？

陈清水　嗯！

（续唱）　是蘸血写的真血书，深情满纸。

我把内容转告他，

他痛哭一场后，愿把伤病来医治。

从此默默无言，埋头管瓜地。

（尾腔）　八年间，每到进场之日，

在树上刻星纹记刑期。（指树干上的星星）

王公伯　嗯！劳改整整八年了。这片瓜地就是他管理的？很不错啊！

陈清水　表现是很好。特别今年春天学习了周总理在四届人大一次会议的报告后，劳动更加出色了。

王公伯　唔！

（唱“滚花”）

既然表现不差，何以不做减刑处理？

陈清水　减刑？（摇头）

（接唱）　只怕他十五年刑满，还要延期。

王公伯　为什么？

陈清水　（气愤地，唱“快十字清中板”）

我曾经写报告送到上边多次，

似石头沉大海他们诈作不知。

好几个真正的刑事犯罪分子，

劳动差表现坏却被减去刑期。

释放到外边，近来很得志，

有的当干部，做了我上司。

（转“滚花”）

偏偏白舜受尽折磨，这是什么道理？

王公伯　这个……

（旁唱“长句滚花”）

听其言，心安慰，

革命有人为后继。

他尽忠职守发现问题，

今日不便打破沙盆说到底，

让他斗争中多观察自能解得此谜。

（对陈清水）党中央指示复查，就是要分清真伪。

陈清水　（点头）王老师，我现在就叫白舜来见你。

王公伯　好，你还要带来林芳那封血书。

陈清水　是。（下）

王公伯　（喜悦地）小陈没有辜负党对他的期望，这个青年成长了。

[陈清水带白舜上。白舜倔强地背向王公伯。

陈清水　白舜，公安局的同志要和你谈话。

白　舜　（瓮声瓮气地）刚才谈过了！

王公伯　啊！谈过了？

[白舜觉得声音不对，转脸看，与王公伯目光相遇。

王公伯　（看到白舜的脸容，一惊，旁唱“可怜我”）

这是他？（略停）颜容似隔世。

案卷中看他相片多英伟，

今日额角眉头尽伤疤，

　　　　　　白发满头青春已消逝。

　　　（走近白舜）白舜，你脸上的伤……

白　舜　（头也不回地）被人打的。

王公伯　谁打的？

白　舜　（面色惨白，愤怒地）你们知道！（愤然向台口走去）

陈清水　（大喊一声）站住！那边是场界！

　　　［白舜猛然一震，停住，转身。

王公伯　（上前）我是来了解情况的。你的情况，我从文字材料上看到一些，但是，我很需要你本人谈一谈……你在报上也看到了，毛主席发出了三项指示以后，全国形势有很大变化。我来这里，就是为了贯彻毛主席、周总理要落实政策的指示的。

白　舜　（沉思，低声深情地，唱“银台上”）

　　　　　　毛主席！周总理！

　　　（转头看王公伯片刻，摇头，旁唱“银台上”）

　　　　　　刚才局里人，迫我认罪，

　　　　　　如今换了他，

　　　　　　横去直来不过这一件事。

　　　我无罪！不用谈！（头也不回地走进茅屋）

陈清水　（着急）白舜！白舜！（要追他回来）

王公伯　（对陈清水）先不要叫他了，血书呢？

陈清水　（掏出血书）带来了。

王公伯　（接过）林芳母子现在哪里？

陈清水　（为难地）不知道。

王公伯　（展示血书）“……作为你的妻子，深信你是清白无辜；作为你的同志，我们有共同的信念。我永远记着你的话：要对得起我们的后代……”（不胜感慨，仰望长空）

　　　（唱“滚花”）

　　　　　　敢将碧血明心意，肺腑之情定可知。

　　　林芳，她在哪里呢？

[晚霞似锦，枫叶嫣红。

[幕闭。

第三场　二访

[1975 年 12 月初，一天黄昏。

[林芳家。这是破旧凌乱的小屋，墙壁上贴有几张儿童画，桌上摆有白雪周岁时和父母合照的大照片。屋外有土堤、河涌。

[幕启。吴正光与化名为艾华的杨琼拖着白雪上。杨琼为白雪挎着书包。白雪额角带伤，满脸泪痕，身上衣服已被扯破。

吴正光　（唱“二流”）

手拖着小白雪，回家路往。

杨　琼　（接唱）　忍看他遭凌辱，遍体创伤！

吴正光　（接唱）　好白雪要坚强——

杨　琼　（把书包套到白雪身上，唱“二黄滚花”）

明日要照样回校将课上。

白　雪　（点点头，珍爱地拍拍书包）艾老师，吴老师，你们真好！我就怕阿妈会伤心！

吴正光　你阿妈……（愤愤不平地）哼！害你一家的坏蛋，是绝没有好下场的！

杨　琼　（难过不安地，打断吴的话）正光，不要讲了，快送他进屋吧！

吴正光　艾华，那你……

杨　琼　我……

（旁唱“二黄滚花”）

我痛在肝肠，愧在肝肠。

心想见林芳，怕见林芳。

白　雪　艾老师，阿妈常说要见见你！

杨　琼　（推托）小白雪，我还有急事要赶回学校呢。

白　雪　不！我要你见见我阿妈！（拉杨琼欲进屋）

杨　琼　好孩子，以后再说吧。（亲切地再为白雪擦擦眼泪）我走了！（含泪下）

[吴正光与白雪推门入屋。

白　雪　（向内喊）妈！阿妈！

[林芳憔悴地从内屋上，她比序幕时苍老多了，而且得了严重的眼疾，视力很差。

吴正光　大嫂！

林　芳　吴老师，又麻烦你送白雪回来。（走近，猛见白雪的伤痕，一惊，抚摸着他，难过地）哎，白雪……

吴正光　大嫂，你不要难过！白雪在全年级成绩最好，我们表扬了他，批评了几个不好好读书的同学，没想到这几个闹将在流氓的挑唆下对他进行报复，说他是“五分加绵羊”的典型，还拿他爸爸的处境侮辱他。

林　芳　（把白雪搂在怀里，低声哭泣）孩子，你……

白　雪　阿妈，多亏了艾老师和吴老师，要不是他们赶到，就会更加……

林　芳　（呜咽着）吴老师，没有你和艾老师，白雪他真不知……（语不成声）

[张副科长穿公安服上，“砰”的一声用脚踢开了门，三人惊愕地看着他。

张副科长　喂！住在这儿的是叫林芳吗？

林　芳　（放开白雪，惊疑地，对来人）我就是林芳，你找我……

张副科长　接上级通知，这间屋子公家收回另有用处，限你三天之内搬走！

林　芳　又搬？

（唱“血泪花”中段）

你们，又来，要我搬到何处?

我这一家，母子相依，

搬来搬去曾四次，

天底下哪里可安居？

吴正光　同志。

（唱“减字芙蓉”）

要他们母子搬家，

实在有为难之处。

张副科长　你是他什么人？

吴正光　我是这孩子的老师。

张副科长　（旁白）又是臭老九！

吴正光　（续唱）　林芳她眼睛有病，

小孩要上学读书。

（转“滚花”）

望你体谅实际困难，

人民警察通情达理。

张副科长　（冷笑）通情达理？“对资产阶级全面专政”，这就是情，这就是理。

林　芳　全面专政?

张副科长　对！（从口袋里取出一张纸来）你看看自己这张申诉书吧！

（在林芳面前晃了一下）

林　芳　（一怔）申诉书？（上前欲取）

张副科长　（把手抽回，凶相毕露）林芳，老实对你讲吧！

（唱“秋江别中板”）

你想要申诉，白费心机！

这是搞翻案，你知不知！

你如再嚣张放厥词，

（恶狠狠地坠慢唱）

无产阶级专政不讲仁慈！

（猛然撕碎申诉书，丢在地上）

[白雪冲前，欲从地上拾起申诉书。

张副科长　（蛮横地把白雪推开）狗崽子，走开！（顺手拿起桌上的书包要向白雪掷去）

白　雪　你抢我书包！

张副科长　劳改犯子女，还读什么书！

白　雪　你给回我！（上前抓住书包带）

[两人争夺书包，张把白雪推倒，冲出门去。

白　雪　（焦急地）书——包——（爬起，追出门）

[林芳和吴正光也追出门。

[张副科长心一横，狠狠地把书包扔到河涌里，扬长而下。

[白雪不顾一切，扑到堤上，欲捞回书包，“咚”的一声跌下涌去。白雪大叫一声：“啊！”

林　芳　（双手抱着头，大喊）白——雪——（要下河）

吴正光　（拖住林芳）大嫂，让我来！（手忙脚乱地要脱衣服，欲救白雪）

[同时，场内有人呼叫：“快救人！”“在这里！”“快快！”“快上来！”

[王公伯抱着白雪上来。

白　雪　（声音嘶哑地）妈！我的书包！（扑到林芳怀里）

林　芳　（抱头痛哭，哭相思）仔呀！

白　雪　妈呀！

[吴正光在一旁比划着对王公伯叙说事情的经过。

王公伯　（关切地）同志，别难过了。天寒地冻，快替孩子换换衣服吧！

吴正光　（崇敬地，把帽子交还王公伯）同志，你也浑身湿透了。来，把我的衣服先换上！

王公伯　不用了，附近派出所我有熟人，你们还是照顾孩子要紧。（轻轻地推着他们进屋）

吴正光　那大嫂，你快替白雪换衣服吧。

王公伯　（听到白雪的名字，旁白）嗯？他就是白雪？（仔细看看林芳家的门牌，点头。对林芳）同志，我先走了。（下）

[吴正光、林芳拖白雪进屋，林芳与白雪入内室。

吴正光　（望着他俩背影，感慨地叹了口气）唉！

（唱“七字清中板”）

看她凄凉遭遇实堪悲，

今日一波未平一波起，

大人孩子都要被人欺。

（转“滚花”）

何以今天还是世道不平，好人受罪？

[林芳与白雪换好衣服，从内室上。

白　雪　妈，我明天没书包上学了。

林　芳　唉，不是那位伯伯，你连命都没了。我刚才心慌意乱，连感谢的话都没说一句。

吴正光　是啊，连他姓名都忘了问哩！他说派出所有熟人，明天我去打听一下。

[王公伯换了衣服，带着一个新书包进来。

吴正光　啊，你看，同志来了。（十分热情地）同志，我是这孩子的老师，今天真太感谢你了！

王公伯　我倒应该感谢有你这样关心白雪成长的好老师。

林　芳　白雪，快谢过这位伯伯。

白　雪　（鞠躬）谢伯伯。

王公伯　（轻轻抚摸他的脸蛋）小白雪，没有着凉吧？你不是丢了书包吗？来，明天拿去上学。

[白雪惊疑地望着老师和母亲，不敢接。

[音乐声起，王公伯在桌上打开书包，拿出笔盒、铅笔、练习本……逐样摆在桌上。吴正光、林芳和白雪都惊诧地注视着他的举动。

林　芳　（激动地）同志，你……

王公伯　（看看桌上的相架，点头）同志，你大概就是林芳吧？

林　芳　（一怔）我……

王公伯　我是省公安局的，叫王公伯。我这次来，是想向你调查一下关于白舜的案子。

林　芳　（更一怔）白舜的案子？（双手颤抖着，一时说不出话来）

[场上的气氛马上沉重起来，连白雪也离开桌上心爱的文具躲到母亲身边。

王公伯　白舜始终不肯在判决书上签字，你不但没和他离婚，而且更爱他。组织上很想了解这个真正的原因。

林　芳　（双手颤抖）真正的原因……

吴正光　王同志，这个案本来就是个冤案，可她还能说什么呢？她每申诉一次就招来一次横祸。她被迫搬了四次家了，折磨到得了这个严重的眼病。

[白雪紧紧抱着母亲。

王公伯　（思索）呵！（旁白）如果是一般的刑事案，那伙人绝不会花这么大的气力！

（旁唱“慢滚花”）

细察蛛丝马迹，案情背后大有牵连。

（对林芳）林芳同志！

（唱“古腔七字清中板”）

你丈夫的案情要复查一遍，

我对当年经过未尽了然。

你要相信党的政策不会变，

好人一个也不许受冤。

（转“滚花”）

希望你能配合我们，彻底查清这个案件。

林　芳　（慢慢抬起头来，接唱）

八年来我始终坚信，白舜有昭雪的一天。

王公伯　我知道。

（唱“滚花”）

白舜能坚持到今天，

离不开你这坚强信念！

（从衣袋里掏出一封血书）林芳同志，这是你写给他的血书吧！

[强音乐起，林芳双手接过血书，浑身颤抖。

王公伯　不要难过，人民的呼声，党是听得见的。

林　芳　（感情抑制不住了，唱“双星恨”头段）

悲愤望血书，血书撼心弦，

书上血迹几行，泪痕万点。

教我痛忆八年前，

今天往事重提泪涓涓！

（音乐续奏衬白）那是 1967 年 9 月间，一天晚上，白舜归家，说原来的省委书记，当时结合到省革委领导班子的陆青同志，被一班人在街上折磨游斗，说他用砒霜毒死自己的秘书。正在这时，住在隔邻的杨大榕带着几个人回来，他原来是机关的办事员，那时当上一个什么组织的小头头，白舜见他们一伙行动诡秘，低声密谈，便悄悄开门，出去探听，怎料到——

（唱“流水南音”）

白舜回房怒容满面，

气得浑身颤抖眼冒烟。

陆青的秘书是他们害死，

为将陆青陷害，

（转“二黄”）

借此换日偷天。

他们还在密谋，

利用这宗事件。

打倒更多好干部，

夺过省革委大权。

好白舜，义愤填膺，

要向上级投书，

揭发这阴谋手段！（拉“二流”“士”字腔）

（唱“快二流”）

他明知妖域横行多风险，

激励我并肩战斗勇向前。

他挥笔疾书夜不眠，

他热血满腔豪情卷。

（坠慢转“乙反”）

有谁知，三天后——

就是白雪周岁那天。（捧起相架）

（唱“昭君怨”中段）

他被打昏拖去，

不许一声申辩，

枉我泪眼望天空呼冤！

相依母子度过痛楚八年。

我欲诉无路诉，

小白雪天天盼见爹面。

白　雪　（接过母亲手上的相架哭）爸爸……

林　芳　（转唱尾句）

唉！困苦与病魔更相迫煎！

王公伯　（激动地，唱“反线中板”）

社会主义好河山，

岂容恶鬼舞翩跹，

触目狼奔蛇窜。

“文化革命”卷狂涛，

岂让好人反遇害，

长堕苦难深渊！

（转“滚花”）

坏事做绝的人，

终要被人民清算！

林　芳　但是那些人却一个个都升了官，连杨大榕也当了省革委一个什么处长。

吴正光　（接唱）　善恶到头终有报。

我不信几双黑手永遮天！

林　芳　（叹气，接唱）

唉！白舜他虽是清白无辜，

又有谁听他呼冤申辩？

那班人一朝显贵权势大，

我纵是多回上诉也徒然！

王公伯　（坚定地）林芳同志，这件事还要由你们来做，我们公安干警还有什么脸戴着这颗国徽呢！你放心吧！

[吴正光、林芳深情地凝望着王公伯头上的国徽。

吴正光　（兴奋地）大嫂，有希望了！

[传来一阵自行车铃声，吕萍推车急上。

吕　萍　（在门外叫）老王同志！（推门而入）老王！

王公伯　啊！吕萍，什么事？

吕　萍　（把王公伯拉过一边，低声地）又要叫你回干校了，复审工作暂时停止！

王公伯　（心里一沉）复审工作暂时停止？

吕　萍　是郑局长下的指示，近来“气候”又有些变了。

王公伯　（点点头）我明白了，不到万不得已，老郑是不会这样做的。

吕　萍　那么这件案……

王公伯　（昂起头）青山不老，绿水长流，只要一息尚存，战斗决不停止！

白　雪　（依偎在王公伯跟前）王伯伯!

王公伯　（深情地爱抚着白雪）……

[幕闭。

第四场　反复

[距上场一个多月后，即 1976 年 2 月上旬。某天上午。

[某医院病房，房外是个小花园，房内墙上挂着周总理遗像。

[幕启，裴发年带公事包上。

裴发年　（唱“快十字清中板”）

王公伯，离干校回城治病。

要防他，明住院暗访案情。

我今朝，奉命来观其动静。

（进病房，喊）老王！老王！

[李大姐从内房上。

李大姐　呵！是裴副局长，你找公伯？

裴发年　是呵！

（唱“滚花”）

听闻老王住院，特来探望病情。

李大姐　（倒一杯开水给裴）好，你坐坐。

[王公伯上，裴发年一见，假作关心地忙上前做扶王公伯状。

裴发年　老王，你的身体……

王公伯　还不是那个老毛病！老裴，你坐。

[李大姐下。

裴发年　你从干校回城治病，怎么不给我们先说一声，好让我们派车去接呀！

王公伯　校部已派了车，那又何必再麻烦你们呢！

裴发年　这也是。老王呵，徐副主任对你十分关心，特要我来看望你。（加重语气）他说你难得肯住医院，这回要你安心躺在医院里养病，别的就不要多想了。

王公伯　（笑）老裴呀，思维是人的大脑才有的功能，如果整天躺着什么都不想，那岂不变回猴子了？

裴发年　（假装亲热）哈哈，你这个老王啊！徐副主任就知道你这个脾气，（从公事包里取出《红旗》杂志）他亲自托我，为你带来了最新这期的《红旗》。你就多读读这些文章，领会领会中央首长精神吧！

王公伯　（把杂志接过，随手翻了几下）又是池恒、梁效的大文章吧！（故意发问）这里边有什么精神呢？

裴发年　（兴奋难抑）你看，批判各种奇谈怪论，反击右倾翻案风，还有评《水浒》、批孔丘，这些都给人很多启示。

王公伯　（针锋相对）那些要人猜谜的文章我看不懂，只想提个实际问题。比如这段时间，举国人民都哀思如潮，深切悼念敬爱的周总理。前些天《人民日报》却头版头条报道，说“近来全国人民都在关心着清华大学的大辩论”，这不是强奸民意，又是什么意思？

裴发年　（凌厉地）我们是共产党员，对党报发议论可不能太放肆！

王公伯　（严肃地）共产党员要光明磊落，难道可以混淆事实、颠倒是非？

裴发年　（一时说不出话来）这个……（转了口气）老王呀！

（唱“海南曲”）

　　你处事认真，精神本可贵，

　　但过分固执己见，却最易吃亏。

（直转“中板”）

　　当干部，路线为先，

需审度当前时势。

回想去年间，七、八、九月，

大搞整顿，实属恣意妄为。

有些人，却以为这一股风，

一定能刮到底。

你当时，也为之疲于奔命，

这就是路线问题。

（威胁地，唱“滚花”）

听说回到干校，你也认识不深，

可知徐副主任对此有些不满意！

王公伯 （从容地，念）

我脑筋笨转弯迟，更不会审度当前形势。

当干部只知为人民服务，不懂什么便宜吃亏。

几十年从未看风使舵，也不管哪股风能刮到底，

只知道维护社会主义法制，

是公安干警义所当为。

裴发年 （悻悻地）好吧！老王，你还是注意休息，再认真考虑徐副主任的话吧！我先回局开会了。

王公伯 那就请吧。

[裴发年一出病房门，向内场挥手，杨大榕闪上。

裴发年 （用手势，低声地）严加监视！

[杨大榕点头闪下。裴发年随下。

王公伯 （从窗口窥见裴、杨的动作神情，气愤地用力按桌）卑鄙！（由于激动，引起一阵剧烈的咳嗽和心绞痛，感到不支）

[李大姐闻声急上，扶王公伯坐下。

李大姐 公伯，何必为裴发年这种人生气呢！（为王抹去额上的汗，给王服药）（唱“手托”头段）

你声声咳嗽，似利箭穿我心肝。

你心绞痛，我也难受到满头汗。

若发展下去，令我更不安！

（转“滚花”）

留得青山在，战斗路方长。

当前要好好治疗，认真将病养。

王公伯　（苦笑着，接唱）

面临的是一场生死战斗，

哪来心绪真的养病在床。

我的心事你全明，

此次回城为的是再查白舜案。

李大姐　虽是这么说，但还是要认真治一治！（见他焦躁不安）你又想什么啦？

王公伯　我想打个电话问问吕萍外调回来了没有。

李大姐　（叹一口气）电话让我来打。唉！对你这个人真是没办法。

（入内房）

[音乐起“寒关月”板面，王公伯坚强地支撑着站起来，思潮澎湃。

王公伯　（唱“反线寒关月”）

强忍这揪心痛，

激情却难自按。

似滚滚巨浪，阵阵豪气涌胸膛。

为查冤案战方酣，

又怎防偏遇层层阻障！

（音乐过门，拿起警帽，深情地抚摸着帽上的国徽）

帽徽呀！

（唱“长句二黄慢板”）

帽上国徽闪金光，

把我心头来照亮。

我是个公安战士，

庄严职责岂能忘！

眼前这白舜案情，

绝非普通刑事案；

一场阶级生死斗，

两条路线摆战场。

正是牵一发，动全身，

初见端倪，已有一番较量。

裴发年，频进迫，

他不退时我不让——

（转“反线二黄慢板”）

竟至剑拔弩张！

（音乐过门，抬头望到周总理的遗像，续唱）

激烈斗争中，我深情凝望，

周总理光辉形象。

要学总理为人民，完成神圣的使命。

甘洒热血一腔。（拉长腔至正线“合”字）

（转“郁金香”）

仇与恨满腔，激愤向豺狼。

迎着风浪平反冤案，

压力重重敢担当，

刀山火海都要闯，

一己安危休念记，

病魔磨折又何妨！

（唱“快打慢二流”）

定叫魔鬼露出原形，难逃人民法网；

真理赢得胜利——

（转“滚花”）

正义早日伸张！

[李大姐复上。

李大姐　吕萍还没有回城。

王公伯　还没有回城？哎呀，那个原告人为什么这么难找？

李大姐　（担心地）看你，又急成这个样子。（替他擦汗）

[郑局长适于此时上。

郑局长　老王，看样子你又不安心养病，累李大姐担心了。

王公伯　老郑，你说我怎能安心躺着呢？自从访问林芳以后，我更清楚弄清白舜案，不仅是白舜个人问题，陆书记和受株连的一批老干部都会得到昭雪，那班坏家伙的真面目，就能彻底暴露，关系重大，不能丧失战机啊！

郑局长　（沉思地）是啊！周总理一逝世，他们就一片“反击”声，毛主席近来身体也不太好。他们也是抓紧时机，加快了……步伐。

王公伯　（急接）所以我们的工作更要抓紧。

郑局长　但是你的病……

李大姐　（有点埋怨地）老郑，他的心绞痛经常发作，咳嗽也很厉害……

王公伯　在我的时间表上，再没有养病的时间了。（紧抓着郑的手）老郑，我的心情，你是了解的。

[郑局长、李大姐深受感动。两人对视片刻，李大姐叹了一口气。

郑局长　是啊，李大姐。

（唱“七字清中板”）

斗争形势迫人紧，
调查白案要加快进行。
老王与我们同肩重任，
要发扬战争年代革命精神！

（转“滚花”）

他的工作你要再大力支持——

（拍拍王公伯的肩头）不过，老王呀——

（续唱“滚花”）

身体是革命本钱，你也应该着紧。

[吕萍背挎包满头大汗地上。

李大姐　啊，吕萍，快坐下歇歇，看样子一定是骑自行车赶了几十公里。（斟过一杯茶）

王公伯　吕萍，那个人有下落了吗？

吕　萍　打听到了，因为她已经改名换姓，调查时就多费周折。

（从挎包里拿出笔记本）详细情况是……

郑局长　（警惕地制止，唱“滚花下句”）

此处说话不方便，

到我家中再接下文。

王公伯　好！走吧！

[李大姐给王公伯围上围巾，王与郑、吕同下。

[杨大榕闪上，从窗外窥看。

[李大姐发觉有人影，故意把一杯水倒出窗外，正泼中杨。

[幕闭。

第五场　三访

[几天后，一个星期天的下午。

[郊区一所小学教师宿舍的客厅，一侧有门通杨琼卧室。

[玻璃窗外雪花飞舞，一枝寒梅挺立。

[幕启，白雪拿着作业本上。

白　雪　（念“白榄”）

星期天，不休息，

好好学习长知识，

不学人家交白卷，

我要争取好成绩。（走近房门）

艾老师，我的作业做好了！（想起）哎！艾老师有客人，我先找吴老师教珠算。（下）

[静场片刻。杨琼开门出来，心情沉重。

[杨大榕、杨妻随着出来。

杨　妻　阿琼！

（唱“板眼”）

　　爹妈说话，紧记在心，

　　切莫行差踏错听信旁人。

　　不管谁人向你来查问，

　　你要桩桩件件咬定是真！（行弦）

杨　琼　（无语）……

杨大榕　革命就要有牺牲，搞垮白舜是革命的需要，懂吗？

（接唱）　若是当时不搞垮白舜，

　　我要判刑劳改做犯人，

　　上面牵连徐副主任，

　　下面成班兄弟无法脱身！（行弦）

杨　妻　你看现在多好，徐润成当了省革委副主任，裴发年是副局长，你爹他，嘻嘻……

（接唱）　革命成功交上好运，

　　论功行赏平步青云。

爹妈就得你一个独女，这都是为了你！

杨　琼　为我……人家白叔叔……

杨大榕　（冒火）白叔叔白叔叔，你要白舜还是要老子？告诉你，老子有个三长两短，你就是劳改犯家属！（略停）其实嘛，报纸已经大张旗鼓反击右倾翻案风，我不过来嘱咐你几句，免得被人找借口，干扰我们的大事！

[内场汽车喇叭声。

杨大榕　（看看手表，拉杨妻到一旁）裴副局长派车来了，他等着我汇报哩！

杨　妻　我再嘱咐她两句。（回头）阿琼，你今年二十四了，该有男朋友了。女孩子家别不知好歹，这种事别人知道了会怎样看你啊！妈走了，你要好好想。（与杨大榕下，汽车声去远）

杨　琼　人家会怎样看我？……（快音乐，一阵晕眩）

[吴正光牵着白雪的手上，见状急扶她坐下。

吴正光　艾华！

白　雪　艾老师！

[杨琼强忍眼泪，紧紧抱着白雪。

白　雪　艾老师，我的作业做好了。（交给杨琼）

吴正光　白雪，艾老师精神不好，英语今天就不补了，你收拾好书包，我送你回家好不好？

[白雪懂事地点点头，下。

（“二黄长板面”衬白）

吴正光　（关切地）艾华，你今天怎么啦？

杨　琼　（感谢地）正光，我没什么。

吴正光　艾华，几年来未见你爹妈来过，今天他们……

杨　琼　正光，你不要……

吴正光　我知道，因为你爸爸是个负责干部，你不喜欢炫耀自己，一向不讲自己的家庭。但是你有什么为难的事，应该对我说啊！

（唱“长句二黄”）

你有隐痛在心，强把泪珠暗忍。

见你面容惨淡，教我五内如焚。

平日相互关怀，心事从不瞒隐。

今天为何烦恼，也该对我直陈。

杨　琼　（旁唱“二黄合字过门”）

如何回答正光，心里费沉吟。

他对我关心，感情诚恳，

出语似春温，心似玉无痕。

唉！我杨琼原是负罪人，

枉负你真心，难答你所问。

吴正光　（续唱“二黄”）

想必是，见白雪，想起他家遭逢不幸。

恨坏人，心狠毒，害得白舜海底冤沉。

杨　琼　（越听越难过，制止地）你别说了！

吴正光　艾华，你的心太好了！

（唱“二黄滚花”）

提起白舜蒙冤，你便心情激愤。

不过你要保重才好！

杨　琼　（痛苦地）正光！

（唱“二黄滚花”）

我……艾华不配，不配受你关心。（转身哭）

吴正光　（惊异）艾华，怎么今天你说这些话呢？你……（想过去劝慰她）

[白雪背书包上，见状也惊住。

白　雪　（懂事地）吴老师，我自己回家就行了，艾老师不舒服，你照顾她吧！

杨　琼　（转过身来）白雪！

[白雪靠近她身边，她替白雪拉直衣服，扣好纽扣，解下围巾给白雪围上。

白　雪　艾老师，你……（要解围巾）

杨　琼　天冷雪滑，还怕路上有人欺负你，让吴老师送你回去。听话！

白　雪　艾老师，我听话！（用手替杨琼抹去眼角的泪水）

杨　琼　（凝视白雪的脸，感情迸发地）白雪，我对不起你！（紧抱着白雪又哭）

吴正光　（惊愕）艾华，你今天怎么老说这些莫名其妙的话呢？

白　雪　艾老师，我妈说，多亏了你和吴老师对我关怀，还有买书包的王伯伯。有一天我爸爸得到昭雪，一定亲自来感谢你们。

吴正光　白雪，不要说了，艾老师听了又难过。艾华，你好好休息吧！（带白雪下）

杨　琼　（凝视白雪背影，痛苦地）白叔叔，林芳姨，你们怎知道，艾华就是害了你一家的杨琼啊！

（唱“汉宫秋月”）

我深重罪过难抵填，

更无法望你能恕原。

想当初我杨琼，曾受你尽心教导多年。

却又谁料到，爹妈心不善，

布下牢笼设毒计冤枉你白舜，又推我跳向深渊。

强迫我上庭诬告，我含怒愤不语也不言，

怎知屈判你十五年！

凄风苦雨夜难眠，又八年，

多少苦痛眼泪，眼泪难洗心中的恶臭腥膻。

只得改换名和姓，远离父母抛弃破家园。

怕将身世吐露人前！

（转“反线中板”）

远郊隐迹断亲朋，好让那流逝时光，

荡涤我心灵污玷。

哪有桃源能避世，当日摇篮小白雪，

上学又到我身边。

白家几次被迫迁，可叹他稚弱无辜，

也受尽欺凌鄙贱。

千般不幸都由我，愿把这幼苗爱育，

尽倾心血赎前愆。

爹妈今日又纠缠，句句似利箭穿心，

八载伤痕重破损！（拉腔）

（转“秋江别”）

阵阵穿心箭，涓涓血如泉。

旧事斩不断，终身噩梦缠。

哪敢人前诉，只有偷嗟怨。

辛酸！耻辱！

杨琼尚要忍它到何年！（痛苦地坐下）

[王公伯上。

王公伯　（念）为查动魄惊心案，须访埋名隐姓人。

[想敲杨琼的房门，发现厅上有人坐着。

王公伯　啊！请问这位……

杨　琼　（抬头）同志，你是……

王公伯　我叫王公伯，是省公安局的。

杨　琼　（热情地站起）啊！我听吴老师说过你，你就是在河里救起白雪的王同志。

王公伯　啊！看来我也听吴老师说过你。

杨　琼　我？

王公伯　如果我没猜错，你就是最关心、最爱护白雪的艾华老师。

（热情地伸出手来）

杨　琼　（握手）我做得很不够。王同志，你是来找吴正光老师的吧？

王公伯　我是来找你的。

杨　琼　（意外地）找我？

王公伯　（坦诚地）你原来是叫杨琼吧！

杨　琼　我？（一惊，后退）

[起音乐。杨琼在王公伯正直、坦诚的目光下，微微点了一下头。

王公伯　八年前白舜的案件你还记得吗？这个案要复审，我想请你谈谈白舜犯罪的经过。

杨　琼　白舜犯罪的经过？……

（唱“西皮武二归家腔”）

狂涛巨浪又在我心中翻卷，

今天好教我口难言心慌乱！（颓然坐下）

王公伯　（“中板”起板，观察，思索，旁唱“中板”）

见杨琼，一霎时面容惨白，低头默默无言。

据调查，她平日爱护学生，性格温和良善。

鄙弃爹妈，尽心关怀白雪，可见正义犹存。

她尚年轻，遇事软弱优柔，都为少经锻炼。

我老年人，还要善于引导，让她跳出深渊。（拉腔）

[“梆子慢板”起板，杨琼在沉思中慢慢站起。

杨　琼　（旁唱“慢板”）

八载已成定谳，今日复查案件，

白舜海底冤沉，莫非有生机一线？

看他慈祥正直，眼光诚恳威严，

杨琼深渊苦陷，莫非他引手救援？

[“梆子慢板”长过门，衬以下口白。

王公伯　（走过去）杨琼同志……

杨　琼　我……（畏怯地，不断四边打量）

王公伯　（会意）哦！艾华同志，毛主席、周总理指示我们复查案件，为的是不让坏人漏网好人受冤。白舜案情数年来尚有疑点，可能真正的罪犯还漏网在外边。

杨　琼　（一惊）真正的罪犯？

王公伯　你应该勇敢坚强，打破精神上的锁链，敢于伸张正义，才是毛泽东思想教育下的青年。

杨　琼　（叹息，旁白）毛泽东思想教育下的青年，唉！我不配啊！

（转向王公伯）王同志，你需要我做些什么呢？

王公伯　我希望你如实反映当时的情况，讲出你真正的意见！

（续唱“慢板”）

我们复审案情，翻阅当年案卷，

白舜罪行，全是旁人作证见。

当日审案开庭，你只泪流满面，

身为原告，何以却未说一言？

（转“七字清”）

是非曲直你能分辨，

白家遭遇你亦了然。

望你帮助弄清，案中疑点。（拉腔）

只有你能证实，白舜是罪是冤。（收腔）

杨　琼　只有我能证实吗？

[杨琼内心斗争激烈，来回走动不停，王公伯细心观察。

杨　琼　（唱“快二流”）

当年软弱痛哭无言，（合）

大错铸成终生抱怨。（上）

今天我要大声申辩，（工）

要为白舜叫屈鸣冤。（尺）

[杨琼下决心走向王公伯，突然耳边响起父母的声音——效果声：

——告诉你，老子有个三长两短，你就是劳改犯家属。

——女孩子家别不知好歹，这种事别人知道了会怎样看你啊！

杨　琼　（浑身战栗，慢慢退后，唱“滚花”）

难难难，左右为难心更乱！（拉“士字腔”，坐下）

王公伯　（旁唱“滚花”）

这姑娘内心深处，笼罩浓雾一团。

须把她瘴雾拨开，点起心灵火焰。

[王公伯站在一旁考虑，吴正光上。

吴正光　（发现王公伯站在一旁，惊喜）啊！老王同志。

王公伯　吴正光同志。（两人紧紧握手）

吴正光　艾华，我介绍你们认识，他就是……

王公伯　（笑）我们刚才认识了。

吴正光　啊啊，（笑）老王同志，这几个月，多想你啊！你怎么会到我们这里来？

王公伯　要弄清白舜的案情，机不可失，时不再来，我是寻找原告杨琼。

吴正光　（急问）找到了吗？

[杨琼浑身一震，惊惶地望着王公伯。

王公伯　（与杨琼目光接触了一下）哦！难啊！以后再谈……

吴正光　（焦急）这个杨琼为什么要躲起来呢？有谁知道她的下落就好了。

杨　琼　（不由自主地）我……

吴正光　啊？你知道？

杨　琼　（不知所措）我……

王公伯　哦，刚才艾华老师提供的线索对我有帮助，也许很快就能找到。

吴正光　（深情地）艾华，你真好。唉！你知道怎么不早说呢？

杨　琼　（更加慌乱）……

王公伯　她是方才想起的。

杨　琼　（又感激，又痛苦，旁唱“滚花”）

正光若骤然知底细，一定当头霹雳震断心弦。

老人家体念我苦衷，感谢他处处善为我遮掩。

（难过地坐下）

吴正光　老王同志，艾华的心太好了，每次提到白雪一家的遭遇，她都是这样难过。

王公伯　我们一起去看看他母子两人好吗？

吴正光　好啊！（见杨琼没有表示，想起她多次不愿到白雪家）不过艾华她身体……

杨　琼　（看到王公伯诚恳地看着自己，不由自主地站起来）我也去！

王公伯　（指窗外梅花）好啊，艾华同志。

（唱“滚花”）

一枝寒梅挺立，不怕雪地冰天。

杨　琼　（会意，点头）……

[吴正光解下自己的围巾给杨琼围上。

[三人同下。

[内场汽车喇叭声，刹车声。

[杨大榕上。

杨大榕　（念）刚才回去汇报，裴副局长大怒，杨琼态度不明，会把真情泄露，要我接她回城，实行秘密“保护”。

（拍门）阿琼！阿琼！

[杨妻上。

杨　妻　学校的人说，她出去家访，同行有个公安干部。

杨大榕　公安干部？如果是王公伯那就糟糕！

杨　妻　怕什么？他凭两脚走路，你有一辆吉普。马上开车，一定追到！

杨大榕　追到又如何？

杨　妻　出你文攻武卫这套！

杨大榕　这一套吓得别人，王公伯不好对付。

杨　妻　那怎么办？

杨大榕　嗯？先跟踪摸清情况，再飞车向老裴报告！走！（二人下）

[幕闭。

第六场　夜诉

[当天晚上。

[林芳家里，景同第三场。

[幕启，北风呼啸，大雪纷飞。屋里那个有线广播喇叭正转播电台播送的一篇文章，已经到了最后几句。

——（男声）……我们彻底批判党内那个不肯改悔的走资派，……把反击右倾翻案风的伟大斗争进行到底。（略停，女声）刚才全文播送的是梁效、任明的重要文章《评“三项指示为纲”》，本台今天晚上九点三十分，十点三十分……

[林芳在广播声中从房里出来，这时把喇叭关掉。

林　芳　（叹了一口气，心情沉重地，唱“中板”）

耳听“梁效”眉头皱，

一声“反击”一声愁。

百难千灾我曾身受，

却为老王同志处境担忧。

（转“滚花”）

数月前心中一线阳光，

今日里眼底云浓雪厚。

[吴正光快步上。

吴正光　大嫂。

林　芳　吴老师，有事吗？白雪做完功课刚睡了。

吴正光　大嫂，我是带客人来看你的。你看，他们来了。

[王公伯上，杨琼畏怯地躲在王的身后。

林　芳　（揉眼睛）是谁啊？

王公伯　（走近，握她的手）林芳同志，我是老王啊！

林　芳　真是你来了！听说你被送回干校……

吴正光　老王同志是借请假看病出来的。

林　芳　（又感动，又沉重）老王同志，教我怎么说好呢？耳边天天吵着“反击”“反击”，我只愿你平安无事就好。白舜的事，（哽咽）你就不要管了！

王公伯　林芳同志，你的眼病更重了。

（内疚地，唱“滚花”）

我未尽本身责任，负疚在心头。

多少人难重灾深，我怎能罢手！

吴正光　老王同志正千方百计要找原告杨琼。

[杨琼在他们对话时悄悄找一个背光的角落坐下，听到这里，心里一阵惊慌。

林　芳　我也想过，能够讲出真情的，只有她一个了。不过难啊！就算找到她，她也难于讲白的。

（唱“长句滚花”）

事到如今，八年时候，

想必她儿女、家庭都已有。

若然翻案揭出阴谋，

父母变做罪人，丈夫又要分手，

岂不是家庭幸福尽付水东流。

何况这件事情，背后牵连千丝万缕。

吴正光　我还是相信新中国的青年一代，她是会觉悟的。

（唱“血泪花”）

纵然事情牵涉千丝万缕，

经过八个春秋，会把道理分剖。

杨琼当日年尚幼，

今天觉悟会出首。

杨　琼　（低声旁唱“北上小楼”）

闻此话，更添羞，

一时似骨鲠在喉。

正光他心地纯厚，

愧我杨琼负你所求。

[杨琼转身看到桌上相架，记起当日照相情景，伸手去捧，双手颤抖，把相架碰翻了。

杨　琼　（不自觉地说出声来）哎呀，相架……

林　芳　（惊异）啊！是谁啊？

吴正光　（自责地）哎！我忘记介绍，是艾华老师来了。

林　芳　是艾华老师？（摸索到杨琼的手紧紧握住）艾老师，你对白雪……（又有点哽咽）我真不知怎样感谢你好。可惜我这个夜盲症，今晚连你的样子都看不清……（摸着她的肩膀、胳膊）

杨　琼　（忍着泪）林……大嫂。

林　芳　艾老师，你不要见怪。刚才听到你的声音，我又想起杨琼了，那姑娘说话也是这样柔声细气的。（对王公伯）唉！是个好姑娘啊！

[杨琼浑身战栗，凝视桌上照片。

林　芳　（唱“叹颜回”）

杨琼自小品学兼优，

工作勤劳肯带头，

性格驯良又温柔。

可叹明珠一颗，丢落泥潭水沟，

她爹妈心肝似疯狗！

吴正光　（唱“快二黄”）

她爹妈行同禽兽，真是无耻之尤。

踩着女儿向上爬，博取官高禄厚。

王公伯　（接唱）　不只为个人欲望，背后还有阴谋。

杨大榕是社会罪人，

（转“二黄滚花”）

野心家尚隐藏在后，（激愤，翻高五度）

隐藏在后！（工）

（转“二黄罗成腔”）

且看那几年间，林贼疯狂施毒手，

乱军篡党，用尽机谋。

虽天马焚身，却有人在其后，

却有人在其后，红旗打起，

登台表演，弄得今日沧海横流。

[长过门。王公伯顺手按开喇叭的开关。

——（广播声……现在全文播送梁效、任明的重要文章《评“三项指示为纲”》……

[王公伯愤然把喇叭关掉。

王公伯　（唱“霸腔慢板”）

它要把我们祖国，推向悬崖断岫。

它要把中华民族，投进苦海深沟。

只有揭露它！（转慢抛高腔）——

无情揭露它！国家命运，民族前途，

蒙冤百姓，受苦人民，才能得解救！（拉腔）

[王公伯心情激愤引起心绞痛复发，连连咳嗽。

[吴正光、杨琼急扶他坐下。

林　芳　老王同志，你怎么了？

吴正光　看样子，是心绞痛。

王公伯　不要紧，老毛病了。（从衣袋里拿出一瓶药片）

[杨琼过去倒开水。

林　芳　（手忙脚乱地）开水够吗？我再拿一壶出来！（进室内）

[吴正光接过杨琼手上的水杯，帮助王公伯服药。

杨　琼　（凝视王公伯，深受感动，旁唱“子规啼”）

自愧此身甚藐小！

傲雪花枝俏，经冬松柏骄，

他久经风霜鬓边白发飘。

身受病魔折磨，耳畔狂犬嘶叫，

这处境他尽已晓，

对惊飙急雨勇把重担挑。

（转“乙反减字芙蓉”）

什么叫平凡伟大，今天心上始明了。

什么叫公而忘私，今日杨琼才知晓。

他是劲健乔松树，我似柔弱柳丝条。

（转“乙反二黄滚花”）

我是两重人格两面人，深愧为人师表。

学他光明磊落心高洁，更该私念全丢！

[杨琼走近王公伯，正好林芳捧一壶开水出来。

林　芳　老王同志，你好点了吗？

王公伯　没关系，我们这些在血和火里滚过来的老家伙，经得起折磨。几十年来，敌人总是盼望我死，我却总是看见敌人被消灭。今天面对凶恶的敌人，我不会就这样倒下去的！

[林芳默默地擦眼泪。

杨　琼　王同志，我……

[王公伯用鼓励的眼光望着杨琼，杨琼正想开口。

[陈清水身穿便服跑步进来。

陈清水　（气喘喘地）王老师！

王公伯　（一怔）小陈！

陈清水　（握住王公伯的手）王老师，吕萍来电话，叫你马上到郑局长那里，越快越好！

王公伯　什么事？（见小陈犹豫）都是好同志，说吧！

陈清水　徐润成说你离开医院是搞非法串连，复审案件是大整领导干部的黑材料，矛头对准新生力量，是我省右倾翻案的典型事件，他要裴发年将你立即逮捕！

众　人　逮捕？！

[起音乐。王公伯拿起帽子，深情地抚摸着国徽。

林　芳　（叫头）天哪……天！

[林芳一下子扑倒在王公伯脚下，抱着他的腿泣不成声。

[与此同时，杨琼伏在桌上痛哭。

王公伯　（扶起林芳，沉静地）我思想早有准备，他们可以罗织罪名，可以暗中将我杀害，但千千万万革命者是杀不光的，真理和正义的声音永远消灭不了！

吴正光　（愤然）真卑鄙！

王公伯　历史将要严厉惩罚这班祸国殃民的害人虫。遗憾的是，我……也许看不到了！

陈清水　（看手表，焦急地）王老师快走吧！再迟就……

王公伯　（毅然）好吧！

（唱“快中板”）

他密布网罗施毒手，

我笑迎风浪纵飞舟。

这是场生死搏斗，

只有人民大众能主沉浮！（戴好帽子）

杨　琼　（猛地站起，扑向王公伯）王同志！王伯伯！……

王公伯　（把温暖的手放在她肩膀上）艾华同志，你心里有话就勇敢地说出来吧！

杨　琼　（转身，压抑了八年的痛苦冲腾而出）我……我就是杨琼！

[除王公伯外，全场都惊得呆住，又一阵静默。

杨　琼　（扑到林芳身上）林芳姨！

（唱“乙反叹板”）

白叔叔惨受冤诬，

你一家八年受苦。

我杨琼罪难饶恕，

我无颜见你，我可耻卑污！（伏案哭）

王公伯　杨琼同志，我感谢你。

林　芳　（抚杨琼头发）杨琼，好孩子。我也明白了，这八年你的苦也受够了！

吴正光　（深情地）艾华，我觉得你，比原来更好！

杨　琼　（慢慢站起来）王伯伯，你带我去吧！（八年的愤怒也冲腾而出）我要揭露他们！无情揭露他们！

王公伯　好啊！

（唱“十字中板”）

这一场激烈斗争风狂雨暴，
关系着国家命运民族前途。
上战场——
上战场挺起胸膛迈开大步。

[王公伯执杨琼、陈清水的手出门。

[林芳、吴正光送出门外。

王公伯　（对杨琼、陈清水，唱“滚花”）

站在斗争前列，应感到幸福自豪！

[杨琼、陈清水点头。

[幕闭。

第七场　殉职

[当天深夜。

[裴发年手拿电话筒，紧张地和对方通话。

[杨大榕站在电话机旁。

裴发年　是……是……坚决照办！（放下话筒）徐副主任指示：摊牌！

杨大榕　（紧张地）摊牌！

裴发年　逮捕王公伯的人已经派出，现在要对杨琼采取断然措施。

杨大榕　（震惊地）这个……

裴发年　（急接）什么这个那个，要革命就要有牺牲，懂吗？

杨大榕　懂，懂，坚决照办！（下）

[内场汽车开动声。

[暗转。

[郑局长在打电话。

郑局长　吕萍吗？你马上带个助手开车到城北十八公里交叉路口，等候王公伯同志，要把他们安全接回来……唔！行动要迅速！

[暗转郊外公路景。黑夜茫茫，大雪纷飞。

[张副科长上，城市民兵打扮的甲、乙、丙、丁随上。

张副科长　（念）　逮捕王公伯，带领四金刚。

守住必经路，埋伏在两旁。

走！（与四人下）

王公伯　（内唱“二黄首板”）

连夜回城，匆匆赶路。

[王公伯手牵陈清水、杨琼同上。

王公伯　（唱“追贤二黄”）

雪似鹅毛，风如利刀，风寒雪冷，

星沉月暗，踏上征途。

[合字过门衬锣鼓圆场。

王公伯　（续唱）　过小沟——（尺字过门，同过小沟）

上公路——（上字过门，同上公路）

陈清水　（接唱）　要防备他们，把网罗密布。

[杨琼心里一惊，滑倒。王、陈把她扶起。

王公伯　不要怕！

（接唱）　为人民，为真理，

纵然献出生命，也值得自豪。

（发现脚印）脚印！

（唱“快二流”）

雪中脚印尚鲜明，定是有人刚过路。

陈清水　（接唱）　莫非他们已追到？

王公伯　（接唱）　斗争复杂又艰苦。

不管情况如何，定要把杨琼送到。

陈清水　坚决完成任务。

王公伯　（续唱）　绕向丛林小路，避开这伙暴徒！

[张副科长与四暴徒上，拦住。

张副科长　站住，王公伯，你被捕了。

王公伯　（挺身上前一步）逮捕证？（随即暗示陈清水把杨琼带走）

张副科长　（急阻拦）通通抓起来。

[王公伯、陈清水保护着杨琼与暴徒搏斗，混乱中，王公伯命令陈清水带走杨琼，陈清水无奈带杨琼走。

[张副科长等欲追，被王公伯挡住。王公伯受伤，暴徒亦被打散。

[疯狂的汽车声由远而近。

王公伯　（向内场大声叫）小陈，带杨琼离开公路！

[惊天动地锣鼓声，灯光全黑。

[音乐声中，灯复明。陈清水跪在地上扶起王公伯，杨琼、吕萍围在旁边。

王公伯　（摸摸手中已被压扁的警帽，声音微弱地）国徽……

杨　琼　（在地上找到，忍住悲痛递给王公伯）王伯伯！

王公伯　（接过紧紧握在胸前）吕萍，马上送杨琼到郑局长处！

助　手　（上）那辆企图杀人灭口的吉普，车牌号已经记下了。

陈清水　（向助手）开车！送公伯同志到医院急救！

[强烈的音乐。切光。

[音乐转“水调歌头”接尾声。

尾声　昭雪

[幕后合唱郭沫若的《水调歌头·粉碎“四人帮”》：

大快人心事，揪出“四人帮”！

政治流氓文痞，狗头军师张，

还有精生白骨，自比则天武后，

铁帚扫而光！

[1976年，金色的秋天。

[某城市人民广场，繁花似锦，红旗如海，彩球腾空。人们身穿漂亮的服装，手拿最鲜艳的花束，脸带最喜悦的笑容从四面八方涌上。

[白舜、林芳容光焕发牵着小白雪的手与杨琼、吴正光同上。

[郑局长、李大姐、陈清水、吕萍从另一边上。

郑局长　（紧握白舜的手）白舜同志，祝贺你得到昭雪，重新走上科研岗位！

白　舜　（激动地）感谢华主席，感谢党中央，也感谢你们落实党的政策。可惜王公伯同志……

[众人低下头来怀念王公伯同志。

[杨琼、林芳偷偷地抹眼泪。

郑局长　哦！你们还不认识吧，这位是王公伯同志的爱人李大姐。

[白舜、吴正光对李大姐深深一鞠躬。

[小白雪、杨琼、林芳涌上前，欢快地围住李大姐。

众　人　（怀着崇敬的心情）李大姐！

李大姐　我都知道了，你是林芳，你是杨琼，还有可爱的小白雪！

（把白雪搂过来）同志们，公伯他虽然看不到今天的大喜日子，但是他（从怀里取出一枚国徽）献出生命，也是为了夺取今天的胜利啊！

郑局长　（接过国徽举起）这是公伯同志帽上的国徽，公伯同志直到生命的最后一刻，也没忘记国家交给我们公安司法人员的神圣使命！我们要以公伯同志为榜样，在党中央领导下，为健全社会主义法制继续战斗！

[音乐声中天幕出现光芒四射的国徽。

[郑局长、陈清水、吕萍行举手礼，小白雪行少先队员礼，其他人高举花束齐对国徽。然后徐徐转向观众。

[幕闭。

——剧终

本剧选载的是1979年白超鸿、林锦屏、黎国荣、陈晓明、梁健冬等主演的版本。

红楼梦

（根据曹雪芹小说原著改编）

编剧：陈冠卿

人物表

贾宝玉

林黛玉

薛宝钗

贾　母

王夫人

王熙凤

紫　鹃

晴　雯

袭　人

薛姨妈

周妈妈

珍　珠

焙　茗

雪　雁

莺　儿

傻大姐

婢仆、丫鬟、众仙女

木居士

灰侍者

第一场　进府

[残冬时节。

[荣国府，贾母正屋内室，正中绣榻。

[起幕奏“四不正”。

[珍珠和众婢仆张罗堂屋执事。

珍　珠　（恭身向内白）有请老太太。

[贾母拄杖，王夫人陪侍，鸳鸯身伴扶持。

贾　母　（唱“中板”）

富贵华堂堆绣锦，

笙歌盈耳乐无垠。

南望姑苏愁满枕，

彩舟何日报佳音。

媳妇，前日着人接你甥女，为何至今未到?

王夫人　老太太放心，听说甥女今日就到。

[紫鹃急上。

紫　鹃　禀老太太，林姑娘到。

贾　母　紫鹃，快快接进内室。

紫　鹃　林姑娘有请!（急下）

[“打引”。紫鹃、林黛玉上，雪雁身后服侍。

林黛玉　（念“引白”）

满袖辞家泪，孤帆逐浪愁!（拉腔，入堂）

外婆，孙女拜见!（跪依贾母膝下）

贾　母　（搂抱黛玉）苦命孙儿!

[“哭相思”介。

贾　母　（唱“士工滚花”）

自从你母亲身故，苦坏了白发老人！

今日孤燕有依，得与外婆亲近。

林黛玉　（悲泣）外婆！

王夫人　甥女平安抵埠，就是喜事，不必伤感了。

贾　母　外孙女，快快拜见你舅母。

林黛玉　舅母在上，受甥女一拜。

王夫人　甥女免礼了。看甥女身体单薄，弱不胜衣。

林黛玉　甥女自小多病，至今还在吃药。

王夫人　不知常服何药？

林黛玉　如今正服人参养荣丸。

贾　母　巧得很，我这里正配丸药，叫他们多配一料就是。怎么，凤丫头还未到来？

[内场一阵笑语，未见其人，先闻其声。

王熙凤　（内白）林姑娘来了！林姑娘果真来了！

（散唱“仙女牧羊”头句）

凤姐失迎贵宾！

[拖长“工”字，王熙凤珠光宝气逼人，火辣辣地上。

[林黛玉远远望见，素闻其人，正欲作礼。

贾　母　（笑语）外孙女，她就是我家的“泼辣货”，你就叫她“凤辣子”好了。

王夫人　（笑语）她就是琏二嫂，学名王熙凤！

林黛玉　拜见二嫂！

王熙凤　（一手伸过来执住黛玉的手，端详黛玉）啊！

（续唱“仙女牧羊”）

九天仙女下凡尘！

比西子，胜三分，

秋波轻送欲笑还颦！

看遍世间少有这美人，

难怪老祖宗日悬盼，夜担心，

（慢唱）　苦你幼便丧亲无倚凭！

贾　母　（骂）凤丫头你赞还赞，不要惹我伤心！

王熙凤　是是是，我该打，该打！（十分体贴地对黛玉）妹妹，这里就是你的家了，以后要吃要用嘴唇动，受委屈告诉我王熙凤！

林黛玉　多谢嫂嫂费心！

贾　母　（看了雪雁一眼）黛玉带来的丫头太稚嫩了，就把我身边那个紫鹃给了黛玉，好使唤！

王夫人　老太太想得周到，紫鹃见过林姑娘。

紫　鹃　林姑娘有礼！

[林黛玉急扶起紫鹃，心里甚喜。

贾　母　就叫黛玉住在这里，明春再作打算。（外望）怎么，宝玉到家庙还愿，还没回来？

王夫人　（紧接）外甥女儿，我有句话要告诉你，我家三个姐妹都很好，以后可一处念书，学做针线，只是我有一件不放心：我有一个孽根祸胎，是家里的混世魔王，你不要睬他。

贾　母　鸳鸯，看宝玉回来没有？

[内白："宝二爷回来了！"

贾宝玉　（内唱"反线回文锦"）

喜鹊叫枝头，人间哪处春？

[贾宝玉戴玉盛装上。

贾宝玉　请老祖宗安，请太太安！

贾　母　（笑语）宝玉，早几日和你说过的姑苏林妹妹到了，快见林妹妹去！

王夫人　快见林妹妹！

贾宝玉　（转身向黛）妹妹拜揖！

林黛玉　（同时作礼）哥哥万福！

[音乐"步步娇"引子长音，"推磨"。

[宝黛相看惊异。

贾宝玉　（唱"天姬送子"之"步步娇"）

吴江——

风送兰舟娇客临，

九天仙女下凡尘。

林黛玉 （接唱） 只道他，满腹草莽是个俗人，

初睹面便觉骨格清新，天生风韵！

贾宝玉 （接唱） 体态轻盈，似娇花照水柳扶风，

两弯新月，似喜含嗔！

林黛玉 （接唱） 眉藏秀气目含情，

声音笑貌露纯真。

贾宝玉
林黛玉 （同唱） 虽则初相见，却如同遇故人！

贾宝玉 （含笑）这个妹妹，我好像曾见过的。

贾　母 （笑）又胡说了，你何曾见过？

贾宝玉 虽未见过，看来面善，似曾相识。

贾　母 好，好。这样以后在一起就更和睦了。

贾宝玉 （走近黛玉）妹妹可曾读书？

林黛玉 读过一年书，认得几个字。

贾宝玉 妹妹尊名？

林黛玉 名唤黛玉。

贾宝玉 表字呢？

林黛玉 无字。

贾宝玉 我送妹妹一字，莫若唤作“颦颦”为妙。

王熙凤 什么“颦颦”呀，何处出典？

贾宝玉 《古今人物通考》上说：“西方有石名黛，可代画眉之墨。”妹妹眉尖若蹙，取这个字，岂不甚美？

王熙凤 （笑）只怕又是杜撰的。

贾宝玉 古今书籍，杜撰的也太多呢。

贾　母 （赞叹）聪明！聪明！

贾宝玉 妹妹，你可有玉没有？

林黛玉 没有。你那玉乃稀罕之物，岂能人人皆有。

贾宝玉 （登时发作起来，摘下身上所戴“宝玉”，狠命地向地下摔去）什么罕物，

我不要！

[吓得众丫鬟一拥上前拾玉，交给熙凤。

王夫人　宝玉你！——

贾　母　（急得护住宝玉）孽障，小祖宗，你生气打人骂人可以，何苦摔去这命根子！

贾宝玉　（顿足、哭苦）没趣！我早说没趣！

（唱“滚花”）

姐姐妹妹都没有，
单我有玉戴在身！
如今这位天仙妹妹也说无，
便知它不是什么好珍品！

贾　母　（哄他）孙儿，你林妹妹本有玉。只因姑母去后，摘以殉葬，因此她说没有，也是不便夸张之意啊。你可好生戴上。

王夫人　当心你爹知道，快戴上！

王熙凤　（温柔地）宝兄弟！

（唱“滚花”）

老太太常说，
这富贵家业，指望着你这个命根！

[熙凤为宝玉戴上“宝玉”。

[幕闭。

第二场　读《西厢》

[二幕前。

[管弦乐，起幕。

[男女仆妇抬着大红礼担，朱红金漆箱杠，一担一担地过场。

[周妈妈捧锦盒从什边急上，莺儿后边跟着。

周妈妈　（爽“白榄”）

天上送来一朵霞，月里送来一枝花。

姑苏来了林家女，金陵来了薛氏娃。

玉为床，金作马；金陵薛，人人夸。

薛姨太太好礼貌，给各家姑娘送来宫纱花！

莺儿，你是宝姑娘的近身妹，要熟悉府里门路跟我来。这里就是林姑娘的住处了。雪雁！

雪　雁　（从衣边上）周妈妈。

周妈妈　雪雁，两朵宫花，是新来的薛姨太太命我带来送给林姑娘戴的，拿去吧。

雪　雁　新来的薛姨太太送的？

周妈妈　每个姑娘有两朵，是宫里造的，薛姨太太十分富豪，有产有业呀。

雪　雁　有产有业！

周妈妈　薛姨太太还带来了一位姑娘，人人叫她做宝姑娘，真好人品！

雪　雁　宝姑娘，比我家林姑娘怎样？

周妈妈　都是天仙美女一样，只是宝姑娘有才又有貌，家里又有钱，舅舅又在京里做大官，真好福分。

雪　雁　好福分！

周妈妈　（神秘地）还有一件稀奇的事……

雪　雁　什么稀奇事？

[紫鹃衣边卸上听介。

周妈妈　我家宝二爷颈上挂着一块宝玉，宝姑娘胸前却悬着一把金锁。一个有宝玉，一个有金锁，上面又都有字，你说奇也不奇……哎呀，说话多了。莺儿，到别家去吧。

[周妈妈引莺儿下介。

雪　雁　（自语）一个有宝玉，一个有金锁……

紫　鹃　（行前）雪雁！

雪　雁　紫鹃姐，告诉你一件奇事。

紫　鹃　（掩雪雁嘴）我知了，雪雁。（语重心长地）我们做下人的绝不可胡说乱道，在宝二爷和林姑娘面前，更不能这样呀，知道吗？

雪　雁　（点头）知道！

紫　鹃　回去吧！

[紫鹃、雪雁下介。

[音乐。展二幕。

[春天。

[大观园内沁芳桥畔，树木葱茏，花香鸟语。远处楼阁峥嵘，大观园全景在望。

贾宝玉　（上，唱“长句二流”）

青溪泻玉，百卉争妍，

山石穿云春水暖。

（爽板）　万绿丛中楼阁现，

风光绮丽大观园！（句）

（原板）　喜乔迁，新庭院，

毋使莺花寂寞虚度芳年。

（唱轻爽“弹词”）

步出怡红芳径转，

绿竹潇湘在眼前，

鹦哥舞人前。（低转腔）

（原腔）　但愿东风给予周郎便！（句）

路过蘅芜，宝姐姐问候亲娘去了；拜访潇湘，林妹妹又不知何去。春色如许，不免到花间走一回！

（转“合尺滚花”）

沁芳桥下春波绿，

得流连处且流连！

[焙茗怀书卷上。

焙　茗　二爷，好东西！

贾宝玉　什么好东西？

焙　茗　书坊找来的，你看！好书！

[贾宝玉伸手要夺，焙茗缩手逗弄宝玉。

贾宝玉　讨打！

[宝玉夺书，焙茗防扯破，松手将书给宝玉。

贾宝玉　（看书目）《西厢记》！（大喜，翻看）

焙　茗　（涎着脸）二爷，你常说“八股文，困死人”，我为使二爷开心，特意到坊间买来的，你就……（伸手讨赏）

贾宝玉　好吧，明天赏你一吊钱。

焙　茗　谁没见过一吊钱，赏这个吧。（扯去宝玉身上所悬香囊，又想再向宝玉怀里摸索）

贾宝玉　（急掩）不行不行，别的还可，这几个香囊是林妹妹做给我的，一个都不能拿去。

焙　茗　哦！（装鬼脸）也罢！下次再领赏吧！（去时又扯去宝玉腰间一个绣荷包）

[焙茗欢喜下介。

贾宝玉　（高兴地）《西厢记》，好曲本呀！

[音乐，急坐下，翻看两页便爱不释手，一页一页阅读下去，津津有味。

[静坐看介。

[黛玉荷锄、拎花囊上。

林黛玉　（俏立宝玉身后）你读什么书？

贾宝玉　（急藏）呵，妹妹，不过是《四书》《五经》。

林黛玉　休在我面前捣鬼，给我看。

[贾宝玉故意逗弄黛玉，不给看。

林黛玉　一本书，藏头露尾，若不拿来，我就恼了。（生气，背身）

贾宝玉　妹妹，给你，给你，除了花鸟之外，无人知道，你看了，不要告诉人。

林黛玉　（接过书）《西厢记》！（便放下花锄、花囊，坐在石凳上，默默地看下去。

[乐奏“银河会”。

[黛玉越看越爱。

[宝玉依在她身边共看，一时又立在她身后低着头看。

[黛玉看得出神。

贾宝玉　妹妹，真是好文章，你说好不好？

[黛玉含笑点头。

贾宝玉　（不自禁地，向黛玉一躬身）我就是个“多愁多病”身，你就是那个“倾国倾城”貌哩！

林黛玉　（面红耳赤，放下书本，带怒含嗔，站起来向着宝玉）

（唱“爽中板”）

说话何其不检点，

弄来艳曲与谣言，

分明将我来作践，

舅舅面前告状，（介）看你尚敢胡言！

[黛玉转身欲走，宝玉急了，忙拦住，连连作揖。

贾宝玉　好妹妹呀！

（唱“中板”）

古才人，孤灯片字敲，才有此名文佳卷。

绝妙好辞，哪有不过目成诵，挂在唇边。

冲口而出，唐突蛾眉，千万恕吾一遍。

（唱“齐口长句中板”）

我若有心欺负你，明天掉在池水里。

叫癞头鼋吃了去，变成一个大王八。

等你将来做了一品夫人病老归西时候，（介）

往你坟上驼碑驼个十万八千年！（旬）

林黛玉　（扑哧一声笑了，唱“中板”）

那张生，一封书，风雷怒卷。

那莺莺，八行字，人约月下花前。

那惠明，棒若游龙，杀得贼兵乱窜。

那红娘，莲花舌灿，夫人哑口无言。

我以为，你胆包天，胸有横磨十万剑。

却原来，也是个“银样镴枪头”，

一吓就降幡高悬！

贾宝玉　（笑）好呀，你也会搬，比我搬得更多，我也告状去。

林黛玉　（笑）你说你会过目成诵，难道我就不能一目十行吗？你去呀，你去呀！

贾宝玉　好了好了，我们不谈这个了，（一面收书）我们坐下谈别的好吗？

[两人同坐一条石凳上。

林黛玉　谈吧。

贾宝玉　妹妹，你针线好，帮我多做个香袋好不好？

林黛玉　那可要看我高兴不高兴。

贾宝玉　你送我香袋，我也送你东西，是北静王送我的，是皇上赐下来的。

林黛玉　哼，谁稀罕，我不要！

贾宝玉　你不要人家东西，我可要你的香袋。

林黛玉　你要个香袋很容易，今后有人替你做了，比我又会念，又会做，又会写，又会说笑。

贾宝玉　（急起来，忙起立）妹妹，你又来了！

（唱“减字芙蓉”）

你是个明白人，书比我会念。

也当知道，“亲不隔疏，后不僭先”。

宝姐姐才来，我岂有为她而把你疏远！

林黛玉　（“啐”了一口，接唱）

谁叫你将她疏远，你又是胡言！

（转“士工滚花”）

你独赏芳园不怕有人挂念？

贾宝玉　除了林妹妹，谁有真心挂念我呢？

[音乐。两人会心地，含情默默相对。

林黛玉　天冷了，看你穿的衣裳不多。

贾宝玉　妹妹你穿得更单薄呀！

[焙茗急步上。

焙　茗　宝二爷，老爷叫你去呢！

贾宝玉　老爷叫我去？做什么？查功课？会客人？

焙　茗　不知道，快！快！

林黛玉　舅舅叫你去就快去呀。

贾宝玉　（无奈对黛玉）妹妹快回去添衣，冷伤风，又咳嗽了！

[焙茗拉宝玉行远了，耳语，宝玉大喜，急与焙茗下。

[黛玉目送宝玉下，默然半晌，拾起花锄、花囊。

林黛玉　（唱“滚花”）

我也当回去，不宜久立花前！

[音乐，低长音。

[幕闭。

第三场　情波

[怡红院，外厢书轩。

[新月初上。

[“武西厢”引子起幕。

袭　人　（掌灯倚门外望，唱“梆子滚花”）

晚烟笼罩荼薇架，

娟娟明月照窗纱。

二爷半日不归令人牵挂！

[晴雯上。

袭　人　晴雯，宝二爷还未回来？

晴　雯　宝二爷可是我管的？

袭　人　二爷久出不归，你我都有干系，你出去看看吧。

晴　雯　是你袭人姐才特别关心，我晴雯就由他飞上天去！

[晴雯实在也关心，边说边出门瞭望。

[“地锦”。焙茗扶着吃过酒的宝玉上。

焙　茗　到家了，晴雯姐，交差！

[焙茗放下宝玉，自下。

晴　雯　啊，二爷吃过酒呢。

[袭人闻声急出。

袭　人　二爷回来了？

晴　雯　回来了，袭人姐，交差！

[扶宝玉入，交给袭人，站在一边不语。

袭　人　啊，二爷，不是老爷叫你去吗，往哪里喝酒去了？

贾宝玉　会友去了。哈哈，文起兄真有办法，假托老爷名义，我才出得门呀。

袭　人　（吃惊）这，这位薛表少爷好胆量！

（唱“三脚凳”）

你出外嬉游有半日，

不怕老爷把功课查？

有道业精于勤荒于嬉，

今晚你要挑灯温习下。

贾宝玉　吓？（一惊）

（接唱）　正襟危坐师贤圣，

教人头痛眼又花。

晴　雯　（笑）嘻嘻！

（唱“滚花”）

“紧箍咒”就是要来收拾孙悟空，

你敢不听“贤人”（暗指袭人）话？

袭　人　（受之无愧地）二爷，换过衣裳洗个脸，做点功课就睡罢。（为宝玉宽衣，发现汗巾）哦，这汗巾，哪里来的？

贾宝玉　这——是个朋友送的。

袭　人　什么朋友，竟送这些东西？

贾宝玉　袭人！你少管，不是更好吗？

袭　人　不知又结上什么三教九流人物了！

晴　雯　是啊，不要出了什么事，又找我们做奴婢的晦气！

贾宝玉　什么三教九流，他是我的朋友，唱戏的戏子，名叫琪官。他赠我汗巾茜香罗，我也还赠扇坠一方！

袭　人　哎吔！二爷呀！

（唱“十月怀胎”）

白玉岂可混泥沙？

你平时与府里奴婢不分上下，

今又近戏子，有损你声名更可怕！

晴　雯　（挺身，接唱）

谁云戏子，就不可以结为朋，

要把他当泥沙？

（转唱“木瓜芙蓉腔”下句）

天子宗亲也有做庄稼，

你勿乱舞九齿钉耙！

贾宝玉　（得意）晴雯姐说得对。好，关门，睡觉去！

[晴雯占了上风，高兴地出外关门。

[薛宝钗上，要入门。

晴　雯　（一站）哦，宝姑娘来了，二爷正想歇息呢。

[薛宝钗一呆。

袭　人　（闻声，急迎）哦，宝姑娘来了！宝姑娘请进呀，请进呀！

[袭人迎宝钗入，顺手关院门。

[晴雯瞧宝钗一眼，不高兴地转入回廊边下介。

袭　人　宝二爷，宝姑娘来了。

贾宝玉　宝姐姐，请坐啊。

袭　人　（奉茶）宝姑娘，你来得正好，我们评评理，你说，和戏子交朋友还得了吗？

薛宝钗　这……（另场起“梆子慢板”，简序）

（唱“慢板”）

蘅芜心事谁知晓，

金锁无言只自怜，

空对年华似锦。

幼读诗书明道理，

正好借机来奉劝，

表我微忱！（转身向宝玉）

贾宝玉　（故意正襟危坐）愿聆雅教。

薛宝钗　（续唱）　素仰宝兄弟，潜心翰墨林，

自当深明圣训。

贾宝玉　愿开茅塞！

薛宝钗　（转“中板”）

听说姨丈，对宝兄弟，期望甚殷。

望你紫绶华簪，克绍箕裘，把祖宗勋业振。

在平时，要你勤攻书史，接客迎宾！

贾宝玉　（开始不耐烦了）唔！

薛宝钗　（转“滚花”）

这都是，望子成龙，先学圣人言行。

贾宝玉　（更不耐烦，皱眉转面）啊？

薛宝钗　（唱“长句滚花”）

求知己，结良朋，

应该广结做官人，

学那济世经纶真学问，

做到文章道德冠同群。

青衫有幸蒙祖荫，

他年鳌头独占步青云！

荒学业，结优伶，大违圣训！

贾宝玉　（大觉逆耳）哈哈！哈哈！

（唱“爽七字清中板”）

宝玉无非是个浊人！

耻和禄蠹相亲近，

致君于尧舜愧无能！

（转“滚花”）

浊玉愚蒙，有违圣训！

袭　人　（恐宝钗难堪）宝姑娘亦望你好，再说，老奶奶，老爷，奶奶到琏二奶

奶，他们哪个不把你当作命根子一样，你要听人规劝。

薛宝钗　（阿谀地）宝兄弟读书明理，纤尘不染，正如胸前宝玉一样，是永久葆其光泽的。

袭　人　（连忙凑趣）是啊，正如宝姑娘胸前金锁一样，永远金色灿然！

贾宝玉　（一闻“金玉”二字，勃然变色）哼！什么宝玉？这块害人的东西，我总有一天摔碎它！

[宝钗闻言失色，掩面不语。

袭　人　（急）二爷千万不可如此，你离开了它又生病。（转寰地）宝二爷，常赞宝姑娘棋艺高超，放着高人在，也不求教呀！

贾宝玉　（也恐宝钗难堪，点头）是啊！宝姐姐棋艺超人，我们下一盘围棋如何？

薛宝钗　妨碍宝兄弟歇息呀！（人已走近桌旁）

贾宝玉　早呢，早呢，不妨不妨，袭人姐摆棋！

[音乐，袭人摆棋，亮灯。

[宝玉、宝钗二人对坐。

贾宝玉　姐姐手下留情。

薛宝钗　（笑）宝兄弟先行吧。

[二人对弈。

贾宝玉　（望棋局）哦，开局就处于下风，我看林妹妹才是你的对手。

薛宝钗　（不客气地）吃……

[静场。宝玉、宝钗继续下棋。

[晴雯披衣出，望里面，微愠。

晴　雯　（自语）不分三更半夜，摸来怡红院，要人服侍等门，放着林姑娘还好，碰着你个……哼！（向内看了一眼，扭身，走到栏杆倚坐，鼓着腮，眯着眼）

[静场，奏小曲“催归词”序。

[林黛玉缓步而上。

林黛玉　（唱“催归词”）

　　分花拂柳赏芳辰，

　　胜独对昏灯。（序）

良宵美景（序）月如银！

闲步来怡红访问！（续低奏序）

（叩门）开门！

晴　雯　（闻叩门，负气地）都睡着了，有事明天来吧。

林黛玉　是我。

晴　雯　不管你是谁，二爷吩咐不开门！（索性负气地走入内，下介）

[紧接屋内笑声。

薛宝钗　宝兄弟，棋艺大进。

贾宝玉　宝姐姐，才艺超群。

[又是一阵笑声。

林黛玉　（闻语，一晕，唱“快滚花”）

隔墙笑语震人魂！

一听便知谁访问。

闭门不纳叩门人！

一颗芳心掀起千重恨！

薛宝钗　宝兄弟，我该走了，明日再来吧。

贾宝玉　送宝姐姐。

[贾宝玉送宝钗出门，袭人掌灯送客。

[林黛玉急靠墙根躲过一边。

[宝钗出门自下入场。

袭　人　宝二爷劳累了，进去歇息吧。

[袭人关门，与宝玉下介。

[音乐。林黛玉“水波浪”。

林黛玉　（一阵头眩，咳嗽，唱“慢滚花”）

赏心乐事谁家院，

可怜户外断肠人！

[音乐气氛。宿鸟惊飞，子规啼泣。

[黛玉倚墙欲坠。

[紫鹃上，见状大惊，忙上前相扶。

紫　鹃　姑娘，怎么啦？回去吧！（扶黛玉介）

[幕落。

第四场　葬花

[暮春三月。

[藕香榭边，不远处一角亭榭伸出池边。

[音乐奏“耍孩儿”起幕。

[凤姐、薛宝钗扶贾母，王夫人、薛姨妈双携手上。鸳鸯、绣鸾、莺儿等丫鬟跟随上。

贾　母　（唱“寻针”）

大观园里，景致清幽。

春将归去也，暮年爱雅游！

薛姨妈　（唱“送情郎”）

兴悠悠，爱花惜柳，

老当益壮尚风流。

王夫人　（接唱）　老太太德高又福厚。

王熙凤　（指薛宝钗，接唱）

有龙女相伴观音司普救！

薛宝钗　（接唱）　愿侍左右，

跟老太太赏玩三春花柳！

贾　母　（欢怀）哈哈！

[珍珠上。

珍　珠　老太太，藕香榭酒果摆开了。

贾　母　且到这边稍坐呀。

（唱小曲“梳妆台”）

老兴未休，喜雅游，

翩翩佳公子亦输一筹。

众　人　（齐唱）　同步芳阶飘翠袖，

观春不解落花愁！

［众边唱边入场。

［内场女声独唱前曲尾两句：

谁个惜花湿翠袖，

斑斑点点泪双流！（拉腔）

［音乐起“子规啼”引子。

［奏慢“乙反中板”板面。

［林黛玉荷花锄、挑花囊上。

林黛玉　（唱“乙反中板”）

闷坐潇湘，愁看落花如雨，

花也如人一样，任那风雨凌夷。

抬眼望千点明霞随波消逝。

便想到我寄人篱下桑梓无依！

心缘在，信誓虚，触景更添愁绪！（拉腔）

（音乐序里白）几日不到园中，便落到这般光景……啊！

（转“正线长句二黄”）

眼见红杏飘零，弱柳含悲，

随风摇曳，片片花飞。

人说大观园，到处含春意，

问有谁人怜惜呀？（拉腔，过序）

玉碎香摧！（句）

惜花人，（序）

对落花天，（腔，序）

心似飞花片片碎！（拉“士”腔）

（音乐过门，续唱“合尺滚花”）

我卷罗袖，紧腰裙，

拾取落花蓄入香囊里。（“士”过序）

挥锄做冢把香埋！（“尺”腔）

[音乐起。

林黛玉　（唱“葬花词”）

花谢花飞飞满天，
红消香断有谁怜，
游丝软系飘春榭，
落絮轻沾扑绣帘。
一年三百六十日，
风刀霜剑严相逼。
明媚鲜妍能几时，
一朝漂泊难寻觅。
花开易见落难寻，
阶前愁煞葬花人。
独把花锄偷洒泪，
洒上空枝见血痕。
花魂鸟魂总难留，
鸟自无言花自羞。
愿侬此日生双翼，
随花飞到天尽头。
天尽头，何处有香丘？
未若锦囊收艳骨，
一抔净土掩风流。
质本洁来还洁去，
不教污淖陷渠沟。

太湖石畔有一抔净土，可葬花啊！

[音乐，葬花介。

[贾宝玉上，走到这里，听到黛玉哭词，站在坡上听呆了。

林黛玉　（续唱）　侬今葬花人笑痴，
他年葬侬知是谁。

一朝春尽红颜老，

花落人亡两不知。（拉腔，泪下）

[音乐。

[贾宝玉不觉恸倒在山坡上，他怀里兜着的花也撒了一地，又哭起来。

林黛玉　（自语）人说我痴，难道还有一个痴的不成？（回头见是宝玉）我打量是谁，原来是这个狠心短命——（掩住口，轻叹一声，躲开去）

贾宝玉　（叫）妹妹慢走！

[林黛玉不理睬，紧走两步。

贾宝玉　妹妹，我知你不理我，能让我说两句话？

林黛玉　说，你、你，你找有金的人说去吧！（声音欲哭）

贾宝玉　唉，妹妹，你不说这话好不好，你这是苦我，咒我！你听我说。

林黛玉　有什么好说的。

贾宝玉　（叹了一口气）唉，既有今日，何必当初！

林黛玉　今日怎样？当初又怎样？

贾宝玉　（唱“长句二黄”）

当年琼阁彩云生，

姑苏船把仙娥引，

你我相逢如重见龙华会上人。

（转“流水南音”）

同食同眠同亲近，

西窗剪烛夜读也不离身。

妹发娇嗔哥赔罪，

无日不关心爱妹笑和颦。

为妹你弱质纤纤常受病魔困，

冷雨敲窗我把被温。

结社吟诗更是心相印。（收掘）

唉，谁料今日妹妹人大了，心也大了，真教人——

（转“小桃红”）

痛心复痛心，

美景不常临。

当年两情好，

不教与时增，

如隔千山万嶂星光暗！

林黛玉　（另场接唱）

难自解，

似春蚕自困！

幽闺女，愁和恨，

未可任意示人，

似园里春色无关禁！

贾宝玉　（接唱）　是妹芳岁增，

多添了，一个心！

妹你太聪敏，（双句）

捕风捉影疑雨疑云。

林黛玉　（接唱）　水有源，树有根。

银流浪涌，一片愁云，

烦言常入耳，怎不令人困！

贾宝玉　（接唱）　我愿意剖腹示心，表赤心！

什么玉玉与金金？——

我不听那些邪论，

妹莫多愁善感！

林黛玉　（接唱）　哥你莫惹人！

贾宝玉　（接唱）　妹你莫愁颦！

地老天荒不毁木石盟！

妹呀你放心！可放心！

[音乐，黛玉感动垂泪，宝玉取帕为黛玉拭泪。

贾宝玉　妹妹，我有错，你打我骂我都可以，千万不可叫我有冤无路诉，做个屈死鬼呀。

林黛玉　你既这么说，为什么那晚我去了，你不叫丫头开门呢？

贾宝玉　（诧异）这话从何说起，我要是这样立刻就死！

林黛玉　（“啐”了一口）有就有，没有就没有，谁叫你发这么大誓！

贾宝玉　实在没有的事，那晚是宝姐姐坐了一阵，就出去了。唔，是了，定是丫头懈怠，不肯开门，也是有的，回去非得教训教训她们不可。

林黛玉　算了吧，今天得罪了我事小，倘或明天什么宝姑娘来，贝姑娘来，也得罪了，事情就大了。（说着抿着嘴笑）

[贾宝玉咬牙，又气恼，又可笑。

[林黛玉回身欲走。

贾宝玉　（拉住她）妹妹，你总为不放心的缘故，才弄得一身病，你若能宽慰宽慰些，病就好了。

[林黛玉站着，只是瞅着宝玉。

[贾宝玉也怔怔地望住黛玉。

[林黛玉回身走去。

贾宝玉　（拉住她）妹妹，我想再说一句话。

林黛玉　有什么好说的．你的话，我都明白了。

[她轻轻地推开宝玉的手，荷锄归去，下。

贾宝玉　你都明白了！（出神地望着黛玉背影）好妹妹，我这个心从来也不敢说，今日大胆说出来，就是死了，也情愿的。我为你弄了一身病，也不敢告人。等你的病好了，我的病才会好呢。

（唱“滚花”下句）

我睡中和梦里，也挂着妹妹鼙鼙！（深深揖介）

[晴雯上，见状笑起来。

贾宝玉　晴雯姐来得正好，给你一个差使。

晴　雯　不知什么差使？

贾宝玉　（掏出手帕）帮我送去给林姑娘。

晴　雯　（急拒）二爷你作死，几多名贵东西你不送，送条旧手帕？你是存心气死林姑娘！

贾宝玉　（深情地）你林姑娘明白的，旧？她会明白的，你送去吧。（递过手帕）

（续唱）　旧物真情见。

晴　雯　（立即明白，欢然接帕，接唱）

晴雯遵命行！（兴冲冲拿帕入场）

[幕闭。

第五场　试 玉

[沁芳亭畔，亭边摆设有西洋船模型。

[起幕。

紫　鹃　（耍罗巾上，唱“滚花”）

香闺有女遭愁困，

急煞身前仗义人。

伺机细把痴郎问。

我家姑娘与宝玉若即若离，半吞半吐，外看脉脉含情，谁晓其中底细，等宝玉来时，我要细细试他呀。哦，他来了！

（续唱）　辨他个是金还是铁，是假还是真！

（急躲进花间）

贾宝玉　（上，唱“滚花”）

诗书满桌心难近，

情系潇湘馆里人。

课罢便当来慰问。

[紫鹃斜里出，近上去。

贾宝玉　紫鹃，姑娘咳嗽好些了？

紫　鹃　好些了。

贾宝玉　昨日从老太太处索来燕窝可曾用完？妹妹若吃上一年半载，病就好了。

紫　鹃　（乘机）只怕未必常有。

贾宝玉　却是为何？

紫　鹃　在这里常用，明年回家去，哪里有呢？

贾宝玉　（一惊）此话从何而起？

紫　鹃　姑娘要回苏州去哩。

贾宝玉　（惊）妹妹回苏州？（一转念，笑起来）

（唱“爽七字清中板”）

妹妹苏州原籍早无亲，

买得归舟何处见？

今生今世贾府中人。

（转“士工滚花”）

你这紫嘴杜鹃乱叫啼，

罚你把这方岩石啄成粉！

紫　鹃　（冷笑一声，唱“小红灯”）

姓贾的（嘅）你毋自恃，

眼下完全没有姓林！

贵府大族人，姓林亦有亲，

长江有船靠海滨！

燕子要归林。

到你妹妹出阁，

风送兰舟喜笛引！

（转“滚花”）

姓林的，不能在你贾府过一生！

听说林家明岁接姑娘，

屈指算来时已近！

[贾宝玉怔住了。

[紫鹃等他回答，见他不作声，细看时见宝玉神色大变，眼也直了，手也冷了，不禁着惊，频叫：“宝二爷，宝二爷！”。

[一个丫头上见状大惊，急回头叫：“袭人姐，快来呀，宝二爷不好了！”

[袭人急忙跑过来：“快告诉老太太去。”

[丫头急下。

袭　人　（惊叫）宝二爷！宝二爷！这是什么回事？（埋怨紫鹃）你闯下什么祸！

紫　鹃　我和他说了几句话，他就变成真。

袭　人　（惊）这怎么好呢？

［要扶贾宝玉，宝玉呆若木鸡，动也不动。

［王夫人、王熙凤扶贾母策杖飞奔上，丫鬟们跟着上。王熙凤边走边叫："宝兄弟！"

贾　母　（厉声）袭人，你是如何服侍二爷的？

袭　人　不知紫鹃说了些什么，他就这样了。

王夫人　（唱"连环西皮"）

火烧心！火烧心！

你这贱人，怎样和他厮混！

紫　鹃　（唱"沉腔滚花"）

哎吔吔，

我伪说姑娘要回苏州去，他竟当以为真！

贾　母　原来这样，你哄他做什么？

紫　鹃　宝二爷，你可不能当真呀！

贾宝玉　（捉住紫鹃）紫鹃！（哭起来）

（唱"滚花"）

要去不能无我份！

带我去，带我去呀！

［内有人叫："林妈妈来向老太太请安。"

贾宝玉　（大惊，叫）林！不好了！姓林的果然来接人了！

贾　母　唉！是来问候的。快打出去！快打出去！

贾宝玉　（续唱）　除了林妹妹，谁也不许姓林！

贾　母　你们听着，以后不准再提林字，不准姓林的进来！

贾宝玉　（忽见西洋船模型）船，你们看！船来接林妹妹了。（指前边）

（续唱）　你看姑苏来船已在这边等！

王熙凤　宝兄弟，这是西洋船模型。

贾宝玉　赶走！赶走！

贾　母　搬开！搬开！

[丫头急把船模型搬开。

贾宝玉　（大慰，抱住紫鹃，满面笑容，续唱）

今日林妹妹，要去也不能！

[音乐。

贾　母　（急）还不扶他回去！

[袭人扶宝玉下介。紫鹃暗喜自下介。

[贾母、王夫人和王熙凤、几个贴身侍婢留场。

贾　母　（拄杖沉思）怎么办呀？

王熙凤　老太太，宝玉也大了，回去商议吧。

贾　母　唔！好！（一拄杖）

[众哑关目。

[幕闭。

第六场　傻露

[沁芳桥畔。

[起幕。

[林黛玉、紫鹃缓步上。

林黛玉　（唱“凤凰台”）

独抱愁怀多怨思，

有谁知？

难自持，

灵心慧婢巧装词，

他呀确是个痴儿，

见真意，见真意。

紫　鹃　（接唱）　我为姑娘喜！

林黛玉　（念“口鼓”）以后不许你疯语疯言，害得人家似痴如醉。

紫　鹃　（接念）我也是真心一片，为姑娘愁了多时。趁太夫人明白之时，姑娘你早定主意。

林黛玉　（娇嗔）你重讲！我回外婆，不敢要你。

紫　鹃　（笑，接念）你叫我吃亏无好处，身边少了一个贴心侍儿！

林黛玉　（推之）去去去！

紫　鹃　叫我去哪里？

林黛玉　唉呀！问候太夫人，忘记带手绢呢，你帮我回去取吧。

紫　鹃　（笑）原来是这样，那你在这边等我，不要远离。（鬼脸下）

林黛玉　（唱“滚花”）

慧婢紫鹃知我意，

只怕情难预料事与愿违！

这两日咳嗽虽轻，却又多添心事。

[内场“哭相思”，傻大姐哭上，抽咽。

林黛玉　（上前问）原来是你，你为何这样伤心？

傻大姐　（拭泪）林姑娘你评评道理，我就说错句话，珍珠姐姐也不该打我呀！

林黛玉　你叫什么名字？

傻大姐　我叫傻大姐。

林黛玉　（笑）你姐姐为何打你？

傻大姐　为什么？就是为宝二爷娶宝姑娘的事情。

林黛玉　（怔住了，颤声问）宝二爷娶宝姑娘？她为什么打你呢？

傻大姐　太夫人、夫人和二奶奶商量，给宝二爷冲喜，我又不知他们不许人乱嚷，我只和袭人姐说了一句：“明日宝姑娘又是宝奶奶，不知怎么叫”，不知犯着珍珠姐什么，她就大力打我一下，还说我不遵上头的话，且说要赶我出去。

林黛玉　（已浑身颤抖）你……你别再混说了，你，去吧！

[傻大姐掩面哭下。

[重音乐。林黛玉已如断线风筝，天旋地转，此时轰雷闪电。

林黛玉　（唱“雾中行”）

一声惊雷！

霎时云日暗，地转天旋，
教人撕心裂肺！
似断线风筝，风筝断线茫无归！
说什么花前也，月下也，深深誓！（长腔）
到头来断肠心酸情枉寄，
红消香断任风欺！

（大吐血！摇摇欲倒）

紫　鹃　（取手绢上，见状大惊，急扶住叫）林姑娘！林姑娘！

林黛玉　我，问宝玉去！（急足飞奔）

[闪电、行雷、狂风、暴雨。

[黛玉倒在紫鹃怀里。

[幕闭。

第七场　焚稿归天

[大观园内潇湘馆。林黛玉卧房。

[“雨霖铃”引子起幕。

紫　鹃　（看炉，叹息，唱“雨霖铃”）

园林悄悄，暮冷风凄，
潇湘情景，天惨云低，
弱女有谁怜？
只有绿竹依依，药灶烟飞！
紫鹃我泪暗挥！

（轻起锣鼓，念“白榄”）

青灯冷，绣帘低，
静寂无声伴素帏。
亲戚早成陌路人，

潇湘久已无客至。

怡红有路音书断，

另迁华屋满堂辉。

宝玉呀你是个花心萝卜坏心人，

什么绿意红情全是伪。

今日你称心如意偕鸳侣，

就不管姑娘病已危！

（暗“哭相思”）

姑娘你命苦！

[雪雁惊惶急上。

雪　雁　（悄声）有人来了。

紫　鹃　谁?

雪　雁　想是上头派人来看姑娘吧。

[周妈妈已蹑手蹑脚上。

周妈妈　（见紫鹃大喜）紫鹃!

紫　鹃　周妈妈，什么风吹你来呀!

周妈妈　紫鹃，刚才琏二奶奶和老太太商量，那边要你过去使唤使唤。

紫　鹃　（气）周妈妈，你请吧，等人死了，我自然会去。只要林姑娘还有一口气，我都不离开这间屋。

周妈妈　紫鹃姑娘，你对我说还可以，只是我怎么回老太太和琏二奶奶呢。

紫　鹃　你们人手多，用我紫鹃过去干什么，请吧。（转身要进屋）

周妈妈　（又怒又急）你敢违抗上命?

紫　鹃　等姑娘死了，剥皮抽筋随你便！雪雁，送客!

雪　雁　周妈妈，请吧!

周妈妈　（一转眼珠）雪雁，你也可以。

雪　雁　我?

周妈妈　去!

雪　雁　我不去！（回身叫）紫鹃姐!

周妈妈　去！（不由分说，力捉雪雁手臂，强拉出门）

雪　雁　（又不敢高声，急得哀哭，回头叫）姑娘！林姑娘！

［雪雁被周妈妈拉拉扯扯，拉下介。

紫　鹃　（气得发抖，唱“沉腔滚花”）

姑娘垂死无人问，

还来拉走贴身侍儿！

林黛玉　（帐中呼叫）紫鹃！

紫　鹃　（趋侍叫）姑娘！

［音乐起“合尺首板”。

林黛玉　（唱“合尺首板”）

愁病相煎，心神交瘁！（“士”腔）

［紫鹃掀帐。

［林黛玉咳喘，欲吐。

紫　鹃　（扶持叫）姑娘保重。

林黛玉　是什么时候了？

紫　鹃　黄昏刚过去，已是上灯时。

林黛玉　扶我起来！

［林黛玉强起，紫鹃搀扶。

林黛玉　（唱“长句二黄”）

愿难酬，盟已碎，

沁芳桥畔响惊雷。

锦绣堂前空痴对，

果是玉钗成配，木石盟虚！

谁怜病榻残躯，将作离魂倩女！

紫　鹃　（唱序）　姑娘休悲虑！

（唱曲）　上有外婆疼爱，下有姐妹提携。

份属至亲——

林黛玉　（摇头苦笑）至亲！

（接上句秃头唱“乙反减字芙蓉”）

紫鹃莫将人强慰！

都望天恩延世泽，

谁怜弱女卧孤帷。

雪中送炭世间稀，

潇湘早把重门闭。

若问眼前真知己，

除了紫鹃还有谁！

紫　鹃　（一阵心酸，秃唱“正线滚花”）

姑娘保重金躯，抛开愁绪！

（哀切）从姑娘病起，哪日有过开眉。几个月来，见你总是茶不思，饭不思，有药也不肯吃，这样下去，是糟蹋身子啊。（悲泣）姑娘，你服药吧！（转身奉药介）

林黛玉　（以手止之）紫鹃啊！

（唱“慢五槌长句滚花”）

愁难去，愁难去，

紫鹃枉有相怜意，

怎奈药石难将我病除，

素怨秋心何处寄，

精卫难填恨海，只余残命一丝！

紫鹃——诗稿。

紫　鹃　姑娘病中还看诗？

林黛玉　取来吧。

[紫鹃“哦！”应一声，音乐，从床边箱子里取出诗稿。

紫　鹃　姑娘，你的诗稿。

林黛玉　（颤手接诗稿，唱“滚花”）

病潇湘，为谁人，呕心铸字。（拉反线腔）

[起“反线二黄板面”。紫鹃在旁扶持。

林黛玉　（唱“反线二黄”）

惊回首，如一梦，不堪重睹旧情词。

这是海棠诗，这是菊花诗，

还有潇湘论旧文，怡红谈禅理。
这是柳絮词，这是悲秋词，
墨迹淋漓处，和着多少泪珠儿！
悲莫悲，葬花词，
“侬今葬花人笑痴，他年葬侬知是谁”，
掘冢埋香深寄意。
诗言志，不望玉堂金马登高第，
只望高山流水识相知。
怎想到，鸳梦成虚，人心变异。
怎禁得，一年三百六十日，风刀雪剑日夕相欺！
真果是，花落人亡两不知，
地老天荒人待死！（拉腔）

紫鹃，火盆！

紫　鹃　火盆？姑娘，炭气你受不了的。

林黛玉　火——盆！

[紫鹃无奈捧火盆至。

[林黛玉要焚稿。

紫　鹃　姑娘，焚之可惜呀。

林黛玉　留之无用！

[音乐，林黛玉将稿最后全部投入火盆。

[慢“的的的……”

林黛玉　锦帕！

紫　鹃　锦帕！

[紫鹃取锦帕至。

林黛玉　（摇头）要有字的。

紫　鹃　有字的！（含悲，音乐。取有字锦帕至）

[林黛玉接帕，不看一眼，欲撕无力。

紫　鹃　姑娘，是宝二爷送的锦帕，姑娘亲笔题的诗词，留下来吧。

林黛玉　（重音乐，对着锦帕无限感慨，唱“阴告”排子）

这锦帕——

本来是他所带，一朝赠送给我，

其用情，其用意，奴岂不知！

也曾题上诗句，剪烛西窗暗洒泪！

（玩帕，念帕上诗）

眼空蓄泪泪空垂，暗洒闲抛却为谁？

尺幅鲛绡劳惠赠，叫人焉得不伤悲。

（续唱） 唉，知心话，听过多少回，

愧为禄蠹，斥钗责史，腑肺之言，我未忘记！

（散唱） 都成虚！——

（上板续唱）

今已背盟违初志，

“金玉良缘”事终成，

比翼双飞，

潇湘遭冷遇！

（唱“散板”）

深悔留存到今时，

全付祝融一炬！

[投锦帕入火盆，音乐。

[紫鹃抢拾，已着火化烟。

林黛玉 （唱“慢梆子滚花”）

锦帕成灰日，颦卿绝命时！

果落得一弯冷月葬诗魂。

人与诗魂同永逝！（“士”腔）

[远处传来乐声，奏“一锭金”。

林黛玉 （闻乐，惊起）这、这、这……

紫 鹃 （欲以身挡窗户）姑娘，风动帘铃，不要听吧。

林黛玉 我明白了！

（唱“士工滚花”）

是那华堂喜乐，吹奏金玉良时。

箫管声声催人去！（吐血介）

紫　鹃　（惨然叫）姑娘呀！

（唱“乙反二黄”）

姑娘解下心头结，

横挥慧剑断情丝！

世间总有良医，

药到回春还健体！

林黛玉　（接唱）我是难延残喘，

行将与世长辞。

（转“乙反南音”）

可叹人情如薄纸，

徒闻凤笛隔帘吹。

潇湘待毙无人至，

只有青灯吊素帏！

紫　鹃　（接唱）含愤带悲挥痛泪，

骂声宝玉太把人欺。

今夜姑娘咽了气，

明日你见了紫鹃作何词？

林黛玉　（接唱）低声叫句紫鹃妹，

事情已到此你莫伤悲。

我身死未忘姑苏故里，

不愿异乡为鬼背人啼！

（转“正线二流”，拉“尺”腔）

求将棺柩送回南，（合）

（转“合尺滚花”）

质本洁来还洁去！（上）

（叫头）爹爹，娘亲，紫鹃好妹妹呀！

[过音乐序，林黛玉吐血。

紫　鹃　（恸叫）姑娘！（扶林黛玉入帐）

林黛玉　（续唱）　绿竹潇湘人去也，

空余冷月照魂归！

（叫）宝玉，你好！宝玉，宝玉，你……（音乐）

[林黛玉死去。

[紫鹃伏尸大恸叫“姑娘”。

[园外隐隐笙歌穿绣户。

[紫鹃悲泣声与帘外喜乐声交织一片。

[幕徐徐闭。

第八场　闹 婚

[喜堂景，凤烛高烧。

[满堂吹奏，起幕。

[贾母、王夫人上座，婢妇环立。

[袭人搀贾宝玉、雪雁搀薛宝钗拜堂。

[王熙凤往来照料，拜堂完毕，薛宝钗垂首坐。

贾宝玉　（向新娘一揖，喜滋滋地，唱“咸水歌”）

多情月老牵红线，

意中人结意中缘。

（欲揭盖头）

[众急介。

王熙凤　（急上前，制止，唱“中板”）

新妇畏羞垂粉脸，

新郎要知礼懂温存。

洞房春暖好相见，

先谢亲慈谛凤鸾。

贾宝玉　（转向各人揖谢，接唱）

深深拜老祖宗知人冷暖，

深深拜好亲母做事周全。

深深拜好冰人撮成美眷，

我再深深拜，列位丫鬟好姐姐，

鸳鸯姐呀，袭人姐呀，紫鹃姐呀！

啊？因何不见慧婢紫鹃！

（转稍快“七字清中板”）

但见雪雁姑娘，无言转面。

想必是行礼照南边。

（转“滚花”）

相见何须待洞房，一切俗例从免！

（猛然揭去新妇盖头，音乐，惊愕）呀！你……

（急持灯照看，发怔）她，她……她不是宝姐姐？……我，我，我是不是在做梦？

[众忙接过灯，薛宝钗低头无语，雪雁走开，王熙凤推莺儿上来。

王熙凤　什么做梦不做梦，老祖宗坐着，太太也坐着，龙凤烛点着。

贾宝玉　袭人姐，她……她是谁？

袭　人　新娶的二奶奶。

贾宝玉　雪雁姐，她是谁？

雪　雁　她是……（不语，垂泪）

[王熙凤一手推开雪雁，让莺儿上去回话。

莺　儿　（难过地）新……新娶的二奶奶！

贾宝玉　莺儿！新娶的二奶奶到底是谁？

莺　儿　是……（难过地）

袭　人　是宝姑娘！

贾宝玉　林姑娘呢？

王熙凤　宝兄弟，莫混说，老爷太太作主娶的是宝姑娘。

王夫人　宝玉，娶的是宝姑娘！

贾宝玉　老祖宗！

（放声大哭，唱“快滚花”）

蜂媒强递春风券，

逼曳刘郎过别船。

什么凤配鸾交，

分明鹊巢鸠占！

老祖宗你乱点“鸳鸯谱”。

宝姐姐你弹错“凤求鸾”！

林妹妹呀无情管乐到潇湘，

你一定病更加深魂欲断！

你们听，隐约听见林妹妹哭声！

贾　母　（手足无措）宝玉，你怎么样？怎么样？

贾宝玉　老祖宗！（突扑向贾母身前跪下）

（唱“快长句滚花”）

望发慈悲念，慈悲念，

休把怨凤痴鸾情斩断，

怜念两个病根一个源。

活着愿能长相见，

死也愿共赴黄泉。

老祖宗呀，天下万物我无所依恋，

但求与林妹妹同生共死永相连。

老祖宗呀大发慈悲，休把怨凤痴鸾情斩断！

贾　母　（抱住宝玉）唉，宝玉你不能这样。你——你使我心痛！

王夫人　宝玉，当心你爹爹，你要听话。

[王熙凤束手无策，薛宝钗心内又痛又乱，喜堂一片沉寂。

贾宝玉　我知道求你们也没用，（立起身，不顾一切地）我找林妹妹去！

王熙凤　（急上前）宝兄弟！

贾宝玉　（推开她）我找林妹妹。

贾　母　（气急败坏，拉住）宝玉！（严厉地一拄杖）

贾宝玉　（推开她）我找林妹妹。

薛宝钗　（起立，无可奈何地）宝玉，林妹妹已经死了！

[音乐。贾宝玉一晕，喜堂秩序大乱。

[贾宝玉要冲出去，众人拉住，叫："宝玉，宝二爷！"

贾宝玉　（回身走近香案前，左右手分擎一对龙凤烛，惨然）

（唱"叹板"）

龙凤烛，照谁人，

照妹你花愁玉惨瑶池去！（"士"腔）

妹不生，哥岂独活，

愿同驾鹤上瑶天！（"上"腔）

（舞烛、灭烛、抛烛排场）

[喜堂灯暗。

[贾宝玉晕倒不起，众大乱，叫："宝玉，宝玉！"

[幕闭。

第九场　哭灵——离恨天

[潇湘馆灵堂，白帏素烛，衣边设林黛玉之灵位。四周素幔低垂，仅露一角纱窗，竹影窥帘。

[小曲序，紫鹃素服灵前奠酒上香。

紫　鹃　（叩泣）姑娘你死得苦呀！

（唱小曲"奈何天"）

挥泪血，悼姑娘。

估道孤萍有寄，

谁晓世态炎凉。

至亲成陌路，

知音人是无情汉。

花落有香囊，人亡谁吊望？

景况凄凉！

只有紫鹃，侍灵堂。

唉，苦命姑娘！

你魂归天国莫念那相思帐！

（散尾） 玉躯珍重啊天风寒！

姑娘！（伏案啜泣）

[快奏“乙反北上小楼”。

贾宝玉 （内唱“快散板”）

带泪含悲，潇湘馆往！

[悲强音乐。宝玉素服，自外掀开素幔，突入灵堂，扑向灵前叫：“林妹妹！”

紫 鹃 （回身，白他一眼）你来做甚？（拂袖而退）

贾宝玉 （抚灵大恸）林妹妹呀！

（唱“北上小楼”）

宝哥哥迟来了，

妹已含愁抱恨亡！

妹妹呀！

（起“乙反西皮”序，唱“乙反西皮”）

祭潇湘，哭潇湘，

对亡灵，稽我颡。

悲难禁，泪两行，

流不干！（小过门）

潇湘妃子，你今何往？

真教怡红人，情惨怆！

有心香一炷来献上，

望鉴衷肠！

（起序小曲“祭潇湘”）

哭一句林妹妹，

叹一句花落人亡。

风雨催何紧，

不容妹生存于世上，

待到哥来日，

琴堂已变灵堂。

唉吔妹妹呀，

你生也凄凉，死也凄凉！

可恨怡红长锁禁，

未能长侍妹身傍，

生不能在妹跟前倾肺腑，

死不能抚棺一恸诉衷肠！

但见香花陈素案，竹叶打秋窗！

（转“南音”）

唉，花烛夜，暗无光，

慈祥祖母成了恶婆娘。

盆上种莲冤屈藕，

桃花命薄压严霜。

（转“乙反南音”）

怜你久闭潇湘无客至，

偏来鸾凤箫声绕画梁。（腔）

（转“木鱼”）

天愁地惨，绿竹潇湘，

谁怜弱女泣空房！

妹你焚诗绝粒僵卧牙床上，

有泪难流泪已干。

就在这气咽一丝魂断夜，魂断夜，

三声宝玉啊！——

三声宝玉命随亡！

（直起转爽“乙反中板”）

千古伤心，临终只有这三声，再无话讲，

一声呼，如万刃，割我肝肠！

宝哥哥，在灵前，泣陈苦况，

郎非薄幸！

都是爹娘作主，凤姐换柱偷梁！

（催快，转“正线二黄”）

金玉姻缘，活生生逼死林妹妹，

宝玉五内俱崩，凄惶万状！（腔）

（转“二流”）

天缺一方能补石，

珠沉赤水恨茫茫！

妹呀你白玉为心不肯陷污渠，

我又岂能清流随俗谄立华堂上。

怜你西风午夜悲泉壤，

哀我噩梦三更恨更长！

伤心屋在主人亡，

琴韵诗声徒缅想！

（转慢） 妹呀，人间难上鸳鸯榜，

（唱“煞板”）

蓬莱有路结成双！

（悲叫）林妹妹呀！（长跪叩头，悲恸欲绝）

[音乐强音。

[变离恨天景——琼宫宝阙，云气茫茫。奇花异草，五彩缤纷。

[乐起“绛珠草”第一章。

[林黛玉（饰绛珠仙）同一班仙女舞上。

林黛玉 （唱新曲“绛珠草”第一章）（众仙女和唱）

离恨天边，云气茫茫，

青埂峰前，环珮叮当。

回首前尘如一梦，

潇湘馆内竹苍苍！竹苍苍！

[贾宝玉十分莽撞地急步闯上。

贾宝玉 （遥见黛玉便呼）原来林妹妹在此！

晴　雯　　此乃仙境，凡夫止步！（拦住）

贾宝玉　（见晴雯大喜）哦！原来是晴雯姐姐！

晴　雯　　秃！谁是你晴雯姐姐呀，俗子行开！

贾宝玉　　你明明是晴雯姐姐呀！是了，做了芙蓉神，就不认得宝二爷了！

晴　雯　　什么宝二爷？你这蠢物，休来缠我！

贾宝玉　　我不缠你，我见过林妹妹再和你说话。（走近黛玉前）林妹妹！比前丰润了，我想得你够苦啊！（便欲拉手）

林黛玉　（以袖拂开，唱“绛珠草”第二章）

任你是美玉无瑕，
奈我是阆苑仙花葩。
纵有奇缘，
都成虚话，
空劳牵挂，
枉自嗟呀！
终究是水中月，镜中花！
想眼中能有多少泪珠儿？
怎禁得秋流到冬，
春流到夏？

贾宝玉　　妹妹呀！

（唱“木石盟”）

都道是金玉姻缘，
俺只念木石前盟。
空对着山中高士晶莹雪，
终不忘世外仙姝寂寞林。
叹人间，美中不足今方信，
纵然有齐眉举案，到底意难平！

林黛玉　　你回去！

（唱“绛珠草”第三章）

回你隆盛荣耀富贵地，
爵禄无间尚贤乡，

诗礼簪缨高门巷，

金灯银灯照华堂。

姐妹们送客出仙乡！

贾宝玉　（赖着不走）我不回去了！

[一仙姝（尤三姐），内场叱喝一声，仗剑奔上。

贾宝玉　（一惊倒地）尤三姐饶命！林妹妹救命！

晴　雯　（拖起宝玉）走吧！（把宝玉一推）

林黛玉　木居士、灰侍者！

木居士　（掌舵）
灰侍者　（撑篙）（应声上）在！

林黛玉　送此蠢物一程！（以手一指）

贾宝玉　（惊叫一声）林妹妹！（身如坠万丈深渊）

[众卸下。

[灯景转回原来潇湘馆灵堂景。

[远处传来寺院钟声。

[宝玉若有所悟。摘下胸前那块“宝玉”痴视。

紫　鹃　（卸上，行前）宝二爷，回去吧！

贾宝玉　是啊！我该回去了！

[寺院钟声继续传来。贾宝玉转身向黛玉之灵痴望，深深下拜。转身拔脚便行。

紫　鹃　（知有异）宝二爷！……

贾宝玉　（不答）我是该回去了……（行）

[钟声悲凉，撼人心肺。光一束照宝玉。

[贾宝玉弃“宝玉”于地，扬长而去。

[内场呼：“宝玉！宝二爷！宝兄弟！”

[寺院钟声大响。

——剧终

本剧选载的是 1979 年林锦屏、陈晓明、冯锦娟、黄婉红、肖宝宝等主演的版本。

百花公主

（根据范舟同名湘剧高腔改编）

改编：刘汉鼐　潘邦榛

人物表

百花公主

阿难答　　封安西王，百花公主的父亲

王　后　　百花公主的后母

巴　拉　　安西王府的总管

陈大道　　大将

江花右　　百花公主的女卫

腊花左　　百花公主的女卫

乌吉利　　副将

何奇能　　副将

王　才　　巴拉的随从

马　义　　巴拉的随从

江六云　　化名海俊，元朝钦命御史，江花右的兄长

江　寿　　江六云的护卫

哈　虎　　元朝右丞相铁木迭儿的心腹家将

也先不花　元朝兵马都督

安西王府的侍卫、内侍、兵将、探马

元将、元兵、探马

第一场　射雁

[元朝。

[长安城郊演兵场、将台。

[幕启。

[四大将、二内侍、众兵丁、总管巴拉引安西王上。

安西王　（念“诗白”）

一扫妖氛挽狂澜，

匡扶幼主保江山。

膝下无儿空嗟叹，

权将爱女当儿男。

本藩，安西王阿难答。先帝临终，托我辅保幼主登基，可恨海山贼子，拥兵入宫，谋朝篡位，本藩被迫，逃到长安，招贤纳士，广集雄兵，誓要剪除国贼，重振朝纲。怎奈年老体衰，力不从心，欲将兵权，交付女儿执掌，因此大会文武，亲下校场，看她有无统帅之才。传公主！

巴　拉　传公主！

侍卫甲　（向内）王爷传公主进见——

公　主　（内唱“武西厢”引子）

红颜挽狂澜！

[女兵、江花右、腊花左簇拥百花公主上。

公　主　（唱“武西厢”）

轻风吹过天际间，

跃马关山，练武几番，

力胜儿男。

一旦，一旦，相抗争，

我父已发斑斑，

重任我肩挑担。

（转“慢板”）

阵前将敌斩。

（转“七字清中板”）

须眉自诩赛木兰，

衣着戎装云鬓挽，

威风八面，拜帅登坛。

（转“滚花”）

那时候，桃花马上射天狼，

根除祸患。

参见父王。

安西王　免礼也罢。儿啊，你今日初登将坛，操兵演阵，自要小心为是。

公　主　女儿自当谨慎。

安西王　传令开操！

公　主　腊花左，传令开操！

腊花左　遵命！

［众列阵操演过场下。

安西王　巴拉总管，你看公主如何？

巴　拉　（笑答）左右回旋，如龙戏水，冲锋陷阵，似虎离山，不愧大将之才，真乃王爷洪福。

安西王　也亏了你多年苦心教导……

［百花公主、腊花左等上。

公　主　启禀父王，操演已完。

安西王　好啊！

［飞雁长鸣。

安西王　什么鸟叫？

众　人　飞雁长鸣。

安西王　（有意再试）王儿何不再显身手？

公　主　女儿遵命。腊花左！

腊花左　在。

公　主　抬弓备箭！（步下将台，整弓理箭）

（唱“戴月披星”）

急匆匆，力开宝雕弓。（跳架）

好威风，

演兵场上逞刚勇。

腊花左
江花右　（接唱）　公主艺出众，尚武功。

公　主　（接唱）　雁飞过天空，

反身一箭射中！（射雁）

腊花左　（喝彩）射中了！

[腊花左下，拾雁复上，呈送公主。

公　主　（看雁上双箭）“海俊”？（走向安西王）启禀父王，有名海俊之人，与儿同时射落飞雁！

安西王　本藩在此，竟敢擅闯校场！巴总管，海俊是谁？

巴　拉　三月前招贤馆新收武士。

安西王　传他进见！

巴　拉　传海俊！

侍　卫　（向内）王爷传海俊进见。

江六云　（“打引”上，念）

江六云更名海俊，

奉密旨长安一行。

巴　拉　海俊！

江六云　在。

巴　拉　这雁可是你射的？

江六云　正是小将射的。

巴　拉　无令放箭，玩忽军法，你要当心脑袋！

江六云　（进见）海俊参见王爷殿下。（跪下）

安西王　秃！大胆海俊，校场放箭，有刺杀本藩之嫌。来人呀，把他拖去砍了！

侍　卫　喳！

[百花公主觉得不应随便杀人，正欲表示异议，忽闻江六云哈哈大笑，一怔。

安西王　海俊，你发笑何来？

江六云　笑俺海俊有眼无珠，不该误听人言。

安西王　这是何意？

江六云　王爷请听！

（唱“梆子中板”）

海俊素仰王爷，器重贤才学士，故不远千里投奔。

谁料到了此间，所看所闻，实乃虚传过甚。

巴　拉　（楔白）海俊，我王爷礼贤下士，天下皆知，焉有虚假？

江六云　这——（看着刑具）这算是礼贤下士么？

巴　拉　海俊，你可知校场射雁，惊动了王驾——

江六云　（续唱）　若不惊王驾，他怎能知道，有海俊此人？

我倘有行刺之心，为何箭射雁群，不射将坛附近？

（转“滚花”腔）

安西王　那，那你究竟想做什么？

江六云　（唱“滚花”）

我怀才不遇，欲想一箭觅知音。

公　主　（另场）好个一箭觅知音！（念“口鼓”）海俊，你箭法虽高明，可懂六略三韬行兵演阵？

江六云　（接念）兵书战策无一不晓，行兵演阵更有奇能。

安西王　（接念）兵书战策不必诵吟，演阵行兵亦无须谈论，有何治国齐家之见，我父女倒愿一闻。

来人，松绑！（侍卫松绑）

江六云　王爷！

（接念）为何你以一隅之地，与朝廷抗衡，篡位贼子却不敢兴兵把罪问？一来因彼羽毛未满，二者南方民变纷纷。依海俊之见，王爷必须乘此良机，屯田练兵，纳士招贤，图强发奋。等待时机，一旦成熟，袭击大都，削除奸佞，扶保嗣君。

安西王　哈哈哈！

（唱“滚花”）

真不愧济世之才，

社稷苍生有幸。

先生若不嫌弃，

在此共挽乾坤。

江六云　（毕恭毕敬）海俊哪有嫌弃之理！

安西王　好啊！本藩欲封海先生为西府参军，不知你等意下如何？

（一瞥众人，众不作声）

巴　拉　且慢，王爷啊！

（唱“滚花”）

海俊纵有才能，

却无折箭之功，

还请三思再封赠。

安西王　这……

巴　拉　王爷三思！

安西王　此事来日再议。海先生！

江六云　在。

安西王　即日迁入参军府，听候旨意。

江六云　谢王爷！

安西王　人来，摆驾！

[江六云向众施礼后随公主、安西王下。

[巴拉正欲尾随下。

[陈大道内喊：“巴总管慢——走！”紧接，陈大道匆匆上。

陈大道　参见总管。

巴　拉　陈将军。

陈大道　末将自京城打听得一桩机密大事！

巴　拉　何事？

陈大道　朝廷派有奸细钦命御史，潜来长安！

巴　拉　啊！

陈大道　（唱“滚花”）

听说此人能言善辩，文武超群。

巴　拉　能言善辩，文武超群？他叫何名字？

陈大道　（续唱）　我已派出侦骑，但却无从查问。

巴　拉　何时派来此地？

陈大道　约有三个月。

巴　拉　又是三个月……（思考、联想，震动）难道是他？

陈大道　谁？

巴　拉　（耳语）……

陈大道　总管，我们打他个措手不及……

巴　拉　不行啊！

（唱“滚花”）

尚无真凭实据，

岂可鲁莽而行！

[幕闭。

第二场　被陷

[二幕外。

[江寿上，请江六云上。

江　寿　禀告老爷，铁木丞相心腹侍卫哈虎叩见。

江六云　可曾被外人瞧见？

江　寿　没有。

江六云　快引他进来。

[江寿向内招手，哈虎上。

哈　虎　参见江御史。

江六云　哈侍卫辛苦了。

哈　虎　（掏信）这是丞相的密信。

江六云　（拆念）“先杀巴拉老头，后把兵权夺到手”，丞相啊丞相！如今不是我杀巴拉，是巴拉要砍学生之首。

哈　虎　大人，此话怎解？

江六云　我窥伺军机房秘密，被巴拉跟踪在后头。

哈　虎　啊？那……你的身份……

江六云　他们已有所怀疑，不过还没说出口。长安已无我立锥地，故不欲在此多留。

哈　虎　你想回转大都？御史大人，只道丞相面前，不好交代吧！

江六云　哈侍卫，你有何妙计？

哈　虎　哎，我忙中无计，难替大人分忧！

江六云　什么？难替我——分忧！（回头打量哈虎，一条毒计想出）哈哈哈，哈侍卫，请进内歇息一会儿吧！

哈　虎　遵命！（江寿把他带下）

江六云　哈哈哈！哈虎一个替字，使我生得一计，丞相呀丞相！

（唱“滚花”）

有道狡兔三窟，困兽犹斗。

为保万岁江山与学生性命，

只得借重哈虎的人头。

江——寿！

[江寿应上。

江　寿　老爷有何吩咐？

江六云　黄昏之后，你送哈虎出城，就在山神庙内，把他……

（示意杀掉）

江　寿　这……

江六云　（掏出印信交给江寿）杀他之后，把我这枚御史印信放在他的怀中，还有一封仿照铁木丞相笔迹的书信，亦放在他身上。

江　寿　书信在哪里？

江六云　随我进房内取去。正是：金蝉脱壳，一箭双雕。

[与江寿同下。

[二幕开。

[银安殿。

[安西王和王后上。

安西王　（对王后）据巴总管所奏，海俊实在可疑。

王　后　（沉吟）王爷，依你之见？

安西王　速动大刑审问，自会水落石出。

王　后　动刑？是巴总管的主意吗？

安西王　喇……

王　后　王爷！

（唱“滚花”）

海俊乃君子正人，不似枭徒奸佞。

若滥施刑罚，怕有损你威名。

不如等公主回来，再分渭泾。

前车之鉴，后事之师，滥动刑罚，不但有损王爷威名，还会冤枉好人。我家兄长国舅爷，不就是死在巴总管大刑之下吗？

安西王　这个……

[一副将内喊：“报 ——”上。

安西王　何事？

乌吉利　禀王爷，东门山神庙内，发现无名男尸一具，并从身上搜出御史印一枚，密书一封，请王爷御览。

安西王　（接印信细看）钦命御史……（顿）人来，将此印验过真假。

[侍卫上，接印信下。

安西王　死者怎样打扮？

乌吉利　书生打扮。

安西王　何人所杀？

乌吉利　凶手不知去向，但见地下留有两行血书。

安西王　写的什么？

乌吉利　“长怀知遇德，无以谢恩光，杀了狗御史，报答安西王。”

[侍卫复上。

侍　卫　（呈印）禀王爷，所验真实无误。

安西王　（看印）真实无误？（对王后）我明白了，定是有志之人，感本藩恩德，将御史除掉！

王　后　是啊，御史已除，真相就该大白……哎，还有那封密书，快看写的什么？

安西王　（看信暗惊）啊？！你等下殿去吧！

[副将、内侍分边下。

安西王　（急看密书）“巴拉总管大人钧启：总管深晓大义，弃暗投明；我主龙心大慰，喜悦莫名，为除安西逆贼，党羽先清，后夺三军权柄，掣肘将兵，望君好自为之，不负朝廷。右丞相铁木迭儿顿首拜。”（重句）

王　后　王爷！莫非巴总管真的变了？

[内喊：“公主到！”

[百花公主上。

公　主　拜见父王、母后。

安西王　（示坐）王儿，此间出了一件奇事，朝廷密派御史被杀！

公　主　此事当真？

安西王　现有御史印信为凭。

公　主　（审看印信，面呈喜色）如此看来，海俊确乃诚实君子，非是奸枭之辈，父王可尽释疑团了！

（唱“三脚凳”）

海俊自校场射雁，

三军里初有威名。

巴总管不该嫉贤才，

妄把人家罪名定。

安西王　（接唱）　恃功嫉才事尚小，

怕他已投靠朝廷。

（转“滚花”）

这封铁木的来书，

便是凭证。

公　主　真的？（接书细看，愕然）父王，这难道真的是铁木奸相的亲笔？

安西王　为父与铁木奸相同殿为臣多年，岂不识他的字迹。

公　主　这……父王呀！

（唱“采花词”）

我决不相信，

他叛民异向倒靠暴君！

数十年来，为你白了双鬓，

他奋勇临阵。（序）

肩挑重任，献尽赤心，

情真意恳，

不愧是一个持重忠梗贤臣。

（转“反线中板”）

再说老巴拉，与我多年相处，

尤胜骨肉之亲。

他教我练跨鞍，习刀枪，

又学兵书与词韵。

我再三思量，股肱长辈，

岂有背叛之心。

王　后　百花儿。

（唱“减字芙蓉”）

满朝文武中，

估道巴拉最直梗。

谁知他与朝廷暗勾结，

有负你父王大恩。

安西王　（唱“七字清中板”）

他昧了良心，好教人恨。

他事无大小，权在一身。

万一变幻风云，

（转“滚花”）

我们难逃劫运。

王　后　王爷说得对呀！

（接唱）　有道是画虎画皮难画骨，

知人知面不知心。

百花儿啊！

（续唱）　为防患于未然，

不能不信！

公　主　（沉思）父王、母后远见，但不知该做何处置？

安西王　为父之见，眼下休去惊动于他，但此后军机大事，不能让巴拉过问。

公　主　女儿知道。

安西王　只是海俊受此委屈，本藩甚觉不安。

公　主　何不授以显职，加以重用，父王！

安西王　好好好！

（唱“快中板”）

谗言误信错怪贤能，

为表本藩敬重海俊，

论才封赐为西府参军。（拉腔收）

[幕闭。

第三场　邀宴

[总管府，伟来一片箫鼓之声。

[陈大道上。

陈大道　有请总管！

[王才上。

王　才　陈将军，巴拉总管去了银安殿，求王爷收回成命。

陈大道　收回什么成命？

王　才　王爷封海俊为西府参军！

陈大道　啊，封海俊为西府参军？为何这般大的事情，不找老臣过问？

［内场喊声：“巴总管回府！”巴拉与马义同上。

陈大道　巴总管，你回来了！

巴　拉　回来了！

陈大道　王爷可曾收回成命？

巴　拉　陈将军啊！

（唱“爽梆子慢板”）

银安殿力争，王爷意孤行，

不纳忠言，还将罪问。

三十载，随左右，

今日落得兔死狗烹。

海俊任参军，把军机来过问，

教我怎能安枕？

（稍）浓墨伺候。

王　才　是。

巴　拉　（修书，毕）速送参军府。

［王才接书下。

陈大道　巴总管，你……这意欲何为？

巴　拉　俗语说“酒后吐真言”，请海俊过府赴宴，就可以……

陈大道　巴总管啊，依末将之见，何不就演出鸿门宴，把他除掉！

巴　拉　哎呀，不能呀，凭据不足，擅杀大臣，反招人忌，误了大事！

陈大道　这……

巴　拉　马义，依计而行，酒宴伺候。

马　义　知道！（下）

［内喊：“海参军到！”

［巴拉示意陈大道告退下。

巴　拉　有请！

[巴拉出迎，王才引江六云上。

巴　拉　海参军。

江六云　巴总管。（同笑入内）

巴　拉　巴拉一介武夫，冒渎参军，今日略备水酒，一来祝贺擢升，二来赔罪。

江六云　哎呀，这就不敢当了。

巴　拉　理当！

江六云　不敢！

巴　拉　理当！哈哈哈，来人摆宴。

[奏乐，二侍女摆宴。

巴　拉　海参军请。

江六云　巴总管请。

巴　拉　海参军，今日你我能结知心，多亏了一个人呀！

江六云　多亏了谁？

巴　拉　多亏了那短命的御史，他若不死，你海参军又怎得明白呀！

江六云　哦，他不死，我，不得明白？

巴　拉　不得明白！

江六云　啊？

巴　拉　啊！

江六云　哈哈！

巴　拉　哈哈！

江六云　巴总管，请。

巴　拉　请。（干杯）海参军，我有一事不明，要向参军领教。

江六云　不敢。

巴　拉　据参军看来，杀御史者是谁？

江六云　这……晚生还未有所闻。（打岔地）总管，知也好，不知也好，大患已除，还管他做甚。还是再饮一杯！

巴　拉　哦，还是再饮一杯。（站起）

江六云　（也站起）再饮一杯。

巴　拉　（正欲饮时，突然地）海参军，可知这御史是假的？

江六云　　假的！（故作惊慌之状）

巴　拉　　（紧接）此乃金蝉脱壳之计。

[江六云故意将酒倾倒。

巴　拉　　参军，你倾了酒。

江六云　　（故作糊涂）哦，总管，请！

巴　拉　　请，哈哈哈！

[巴拉和江六云同时离座。

巴　拉　　（旁唱“恋檀二流”）

我左手射箭右张弓，

看他已黔驴技穷，

就快请君入瓮。

江六云　　（旁接唱）见他步步紧逼不放松，

我暗里却诈痴聋，

看他还把什么计弄。

巴　拉　　（旁接唱）他已掌握我手中。

江六云　　（旁接唱）我怎怕这老狗熊。

巴　拉　　（旁接唱）要他酒后露出真面孔。

江六云　　巴总管，晚生告辞！

巴　拉　　（决意不放他走）酒还没冷，肴还未动，怎能就去？

江六云　　天色不早了！

巴　拉　　哎，谁人饮酒不到二三更，谁家饮酒不点灯。哦，想是参军喝不惯冷酒，来，你我挑灯夜饮，击鼓传花，以增佳趣！

江六云　　看来，今晚是不醉不休的了！

巴　拉　　这才算是知心朋友。人来，摘花！

[二人重新入座，侍女取花。

巴　拉　　击鼓！（击鼓传花）

（唱“弹烛花”）

这鲜花我家中种，

那鼓声，轻声送。

我与君你，
乐也融融，
三杯酒过又再把盏碰！

［江六云接花，鼓声止。

巴　拉　花在你手，酒入你口，斟酒！

［江六云连饮三杯，鼓声又起。

江六云　（唱“琴音”）

休道是我没始终，
酒拿来，壶里空，
今天尽兴尽诉曲衷，
共胜一盅！
又再为我击鼓三通。

［鼓声止。

巴　拉　花儿又落在你手中！

江六云　再饮三大盅！哈哈哈……（将酒倒入袖内，呕吐，醉倒）

巴　拉　海参军要酒不要？（没应）要茶不要？（仍没应）参军果真醉了！（向内招手）人来！

［王才、马义捧官服上。陈大道戴佩刀上。

王　才
马　义　（对江六云）御史大人，御史大人！

江六云　（诈醉）御史大人来了，海俊迎接御史大人！

巴　拉　（上前）你是御史大人！

江六云　你是御史大人！

巴　拉　且住，今番试不了海俊真情，这，这便如何是好？

陈大道　巴总管，良机勿失，趁他酒醉，一刀杀了！

巴　拉　这……不能啊，还是先送回参军府，再派人严密监视。

陈大道　这……

巴　拉　王才、马义，立即把海参军送回府去！（下）

王　才
马　义　是。（刚欲送江六云下）

陈大道　慢着，就这样放他回去，岂不是便宜了他。

王　才　那该怎么办？

陈大道　（沉思）这这，有了！

（唱“滚花”）

百花亭上森严地，

谁人擅闯罪难容。

权将香闺作刑场，

以公主双手把他命送。

（思忖，决定）王才、马义，把海参军背去百花亭内。

王　才
马　义　知道！（背江六云下）

陈大道　海俊呀海俊！

（续唱）　一任你奸枭狡诈，

也难逃脱我这彀中。

[幕闭。

第四场　赠剑

[百花亭，公主卧室。

[江花右挂剑提灯上。

江花右　（唱“七字清中板”）

海俊参军容貌端正，

酷似六云兄长俊俏影形。

乍一相逢难识认，

因何缘故改姓名。

（转“滚花”）

此事一直挂心中，又难于打听。

奴江花右，自校场射雁见那海俊之后，一直无由得见，人好生纳闷，且看天时不早，待我将公主闺房收拾一番。

（入室放灯，前去铺床，掀帐见江大惊）

（续唱） 何人胆大，擅闯百花亭！

（拔剑细看）原来是西府海参军！哦，果是兄长江六云！

哥哥，醒来！

江六云　（唱“可怜我”一句）

一大盅，来来，又再饮胜！

（醒，惊看）啊！（细认）妹妹！

江花右　兄长！

江六云　妹妹，你因何到此？

江花右　兄长，你听呀！

（唱“西皮”）

那日河边走来两兵丁，（序）

铁木儿把凶逞。

他抢我返门庭，把奴做小星。

江六云　（浪里白）这这……铁木丞相之子也太狠心了！妹妹，后来又怎样了？

江花右　你又再听呀！

（续唱下句）

到后来，得公主搭救，免受欺凌，

她还带我返京城。

江六云　哦，原来如此。

江花右　（扶起）兄长，你所因何故，来到此地？

江六云　妹妹呀！

（唱“反线芙蓉中板”）

我赴考往燕京，在科场相争竞。

岂料主考多腐败，卖放徇情。

江花右　那……你名落孙山啦？

江六云　就是没有考上，因此一怒之下，打了主考官一顿！

（续唱）　我怕事发东窗，难逃性命，

只好改名又换姓，投奔到长安城。

（楔白）贤妹，我改名之事，望别在人前泄漏，以免引起是非。

江花右　为妹知道，不过——

（唱“减字芙蓉”）

王爷与朝廷水火不容，

兄长又何必改名换姓？

江六云　这……

（接唱）　若是如今再改换，

又怕落个奸细罪名。

（转“滚花”）

巴拉总管嫉妒贤能，

会趁机置我于死命。

江花右　当真？

江六云　今晚就是巴总管设宴将我灌醉，叫人把我抬到这里来的呀！

江花右　（半自语地）难怪总管府两名侍卫，慌慌张张出宫门而去……兄长，此乃公主闺房，有人擅入，立刻斩首。乘公主尚未回房，为妹带你出去。（提灯）兄长，走呀！

江六云　哦，走……（欲走又回头）妹妹，我托人送来的文章，不知公主可曾看过？

江花右　头也保不住了，还惦念着你的文章，快走！

［江六云犹豫不想走，江花右刚出门，内喊“公主回府！”两人大惊，迅速转身。

江花右　（念“快白榄”）

莲步轻，环佩声，

公主已入百花亭。

绣帏之内快藏身，

再寻机会离此境。

［两人觅地躲藏，最后江六云藏身屏风后面。

江花右　（续念）　待我银灯快准备，

门前好把公主迎。（持灯下）

[女兵上。

公　主　（内唱“醉酒”）

步移穿花径，（江花右持灯引公主上）

（续唱）　听秋声虫鸣，

夜静人静，

寂寂深宫里，飞过流萤，

人瘦花黄，秋风劲。

（转“合调慢板”）

花披露，月有阴，

漫步亭台，增添雅兴。（女兵下）

（宽衣，江花右接）江花右，把海参军的文章取来。

江花右　是。（下。取文章上）

公　主　（接过文章，坐下细看，沉思）

（续唱）　闺房里，青灯下，

且把文章佳作，细细点评。

论仪容仪容英俊，观韬略韬略精通，

才志非凡，令人钦敬。

[酒气袭人，公主生疑，刚巧江花右倒茶过来，公主嗅了嗅，嗅不出酒味。江六云又探头窥视，江花右以手势阻止，公主喝茶后，放茶杯时，发现江花右手捧茶盘倒置，微怒。江花右惶恐地把茶盘放回几上。

江花右　公主，夜静更深，请早安寝吧！

公　主　天时尚早，不想寝睡。江花右，本公主教你的兵法武艺，可曾背熟？

江花右　已经背熟。

公　主　你背给我听听。

江花右　我……天时不早，明日再背也罢！

公　主　我要你现在就背来。

江花右　我……（江六云伸出头来）不，不……

公　主　你这丫头，今日颠三倒四，莫非室内藏了些什么东西？（拍桌）

[江六云误以为发生了什么事情，急忙探身出来，与公主目光相碰，公主勃然大怒，追杀，江花右明追暗护，江六云跪下。

公　主　（唱“连环西皮”）

胆不小，胆不小，

你这强徒暗躲绣帏好奸刁！

江六云　（唱“沉花下句”）

唉呀呀，吓得我魄散魂摇。

请公主贵手高抬，

休误把好人杀了。

江花右　公主，他……他是海参军呀！

公　主　呸！

（唱“快慢板”）

见海俊，不由我，

怒火中烧。

既是好人，哪会夜闯花亭，

快把真情实表。

江花右　（楔白）我家公主，不杀无辜，你且从实招来。

江六云　皆因为巴总管，欲借刀杀人，把我来除掉。

（续唱）　他设酒筵，作赔罪，特把我邀。

哪知他，把我灌醉，

不白不明，就到闺房来了。

公　主　我不信。

江六云　公主不信，现有巴总管书信在此，公主详察。

[江六云取出书信，江花右接过递与公主。

公　主　（接看）“一来祝贺海先生荣任参军，二来赔罪……”，真是巴总管亲笔所书。

江花右　公主，适才我还遇见总管府内两名侍卫，慌慌张张出宫门而去。

公　主　啊，你亲眼见到？

江花右　不敢说谎。

公　主　（沉思）巴总管他……

江花右　（见公主有所回心）公主，参军久跪了。

公　主　（怜惜之情油然而生）那就请起吧！

[江六云站起。

江花右　还不快快谢恩！

江六云　谢公主！

（唱“快中板”）

公主将我一命饶，

此德此恩难忘掉，

愿随骥尾保王朝。

（转“滚花”）

为报公主恩情，

火海刀山也敢跳。

公　主　参军，言重了。（见江花右在）江花右，去看看何处粉墙低矮，好送参军出去。

江花右　遵命！（自语）这百花亭内，粉墙甚高，哪有低矮之处？

（猛醒）看公主之意，分明是要我回避。正是：闭门推出窗前月……

江六云　贤妹，你送我出去！（上前）

江花右　（示意江六云）自有梅花做主张。（下）

公　主　（见江六云还未走，羞涩）海俊，你还不曾出去么？

江六云　花荫深处，曲径难寻，不知往哪里而去。

公　主　江花右呢？

江六云　早已去了。

公　主　江花右，江花右！（高兴地）这丫头当真去了。海俊，深夜无人，待本公主送你回去。

江六云　谢公主！

[公主持灯引江六云出室，两人数次相视后，向梅亭走去。

[二幕换景。

公　主　（唱“平湖秋月”）

浮云吹散，步上花阶看月圆。

今宵我本欲与他多叙言，

奈何禁规已定了先，不许再流连。（对江）

你爬墙过，快回营转，

切莫忘记我苦心一片。

江六云　（接唱）公主俊秀芙蓉面，

天生丽质谁个不见怜！

我实难离梅亭去远，

且到花荫藏躲免她窥见。

[江六云假意攀墙而去，实躲在花丛中。

公　主　（接唱）参军，举止堪赞羡，

若能效那双飞燕，

两家虎帐共把兵书研，

助我勤王挥戈剑，

誓把那朝廷闹个翻天。

江六云　（突然从花丛中钻了出来，接唱）

我难分，难舍，难断，

公主我愿永效那鸳鸯，

相亲相爱结良缘。

公　主　（惊喜）海参军，你……还不曾出去？

江六云　蒙公主怜念，末将终生铭感。

公　主　海参军，请！

江六云　公主请！

[两人同进梅亭。

公　主　（唱“南音”）

梅亭上，碧海青天，

蟾华高照，一对凤鸾。

天上广寒，银光闪，

嫦娥手捧丹桂，站桥边。

君何不直上重霄，敲月殿，

白头相约共百年。

江六云　（接唱）　末将出自寒门，身微贱，

公主金枝玉叶月中仙。

只怕天上桥高多危险，

万一失足跌下，会葬身九泉。

公　主　（唱“二黄合字过序”）

寒门未必永寒门，

出生贵贱是天生无可怨，

古有几多，宰相共帝皇，大圣贤，

原来在市廛担挑肩，

难道应低贬？

（转“长句二黄”）

我不是月中仙，亦非云中燕，

不过是王家亲眷，女钗钿。

我爱你尔雅温文，人俊彦，

更爱你才华锦绣，文武双全。（句）

江六云　（唱序）　我有何值得你爱怜？

（唱曲）　你错爱垂青，我当铭刻方寸。

从此后朝朝暮暮，侍候妆前。

公　主　（唱序）　怕你只是蜜语甜言。

（唱曲）　日后便遗忘，移情别恋。

江六云　（唱序）　海枯石烂心不变！（跪下）

（楔白）皇天在上，在下海俊，若有负公主，天诛地灭！

（拉公主一齐跪下）

[江花右卸上，窥见暗笑，江六云挥手叫她退下。

江六云　（唱“秋江别中板”）

心不变，义可贯天。

双绾结，共把线牵。

[公主把江六云扶起。

江六云
公　主 （唱序）同结一心似并蒂莲，

人月今宵两团圆。（站起）

江六云 （另场长叹一声）

公　主 （诧异）参军，百年之好，为何倒长叹起来？

江六云 是我想起了巴拉！

公　主 怕他陷害你么？

江六云 陷害我倒是小事……（进一步）更使人难解的是，他陷害末将，为何要借公主之手？他嫉妒末将，难道还嫉妒公主不成？真使人百思莫解啊！

公　主 明早我定将此事奏知父王，请他早作处置。

江六云 公主，我怕他不把王爷放在眼内，瞒着王爷，硬要加害末将，那么……

公　主 （想）不用担忧，我这里有青虹剑两股，乃祖传之物，再者也使巴拉不敢相欺。

江六云 （接剑大喜）多谢公主！

公　主 （舞剑，边舞边唱“戏水鸳鸯”）

情不断，长相伴，送君三尺龙泉。

江六云 （接唱） 与卿同订婚眷，

诛奸佞，保社稷，指靠青虹剑。

公　主 （接唱） 共效蝶舞，

江六云 （接唱） 相戏花丛畔。

公　主
江六云 （接唱） 双双对对，恩恩爱爱不离远。

[内场四更鼓响，江花右卸上。

公　主 参军，夜已深了，你先回去。

江六云 （不舍地）公主请！（欲下，停步）

公　主 （痴望江的背影）海俊呀，海俊，我要……

江花右 （近前故意地）公主，你要什么？

公　主　（假作一本正经，变脸）我要夜读兵书，你要小心侍候。

［江六云站在亭畔狞笑。

［幕闭。

第五场　斩 巴

［数天后，深夜。

［王宫内。

［幕启。四侍卫、二内侍、安西王上。

安西王　（念）　三十年来若聋瞽，

今朝才得识佞臣。

传巴拉入宫。（坐下）

内侍甲　巴拉入宫！

巴　拉　（内应）来也。（上）

（唱“七字清中板”）

漏数三更闻召唤，

莫非羽书飞报要把兵搬？

（见安西王）参见王爷。

安西王　免了。

巴　拉　请问王爷，深夜召老臣进见，有何要事商议？

安西王　京都密报到来，朝廷已平定江南之乱，正计划向我长安进攻。本藩意在先发制人，决定即日兴兵，杀上大都，欲命公主挂帅。巴总管，你看公主使得么？

巴　拉　此番兴兵，成败事大，公主年轻，未经征战。依老臣之见，还是王爷亲主兵戎为好。

安西王　本藩年迈，怎能领兵？你看……

巴　拉　这个嘛……王爷，巴拉跟随王爷，南征北战三十年，如今年 纪虽老，雄心犹存，王爷既不能领兵——

安西王　怎么样？

巴　拉　巴拉愿效犬马之劳。

安西王　（旁白）哎呀！他果真想夺兵权！（对巴拉）哦，总管愿为统帅？

巴　拉　愿代王爷之劳。

安西王　看来你早有此忠心。

巴　拉　（未察话意）有此忠心。王爷若命老臣挂帅，还有一事恳求。

安西王　何事？

巴　拉　速将海俊斩首，清除后患。

安西王　（变脸）哼！你的好忠心！

巴　拉　王爷，这……是何意？

安西王　难道你还不明白？侍卫何在？

[四侍卫上，王后随上。

安西王　将巴拉绑了！

侍　卫　是！

[巴拉被绑。

巴　拉　吓！巴拉身犯何罪？

安西王　传海参军！

[江六云上。

安西王　海参军，你且讲来。

江六云　王爷！

（唱“花鼓芙蓉”）

巴总管奸诈居心，
设下了骗人圈套。
假意邀臣赴宴，
却在暗里藏刀。
他一杯又一杯，
将臣灌得熏熏醉倒。
派人拖我入花亭内，

杀人嫁祸遂所图。

（唱“滚花”）

巴拉呀，我本与你无仇，

何苦把我罪名假造？

巴　拉　海俊！说我派人拖你入花亭，岂有此事！

江六云　哼，你要抵赖？可知我并未全醉，你的密令也听得一二。

安西王　巴拉，你为何屡欲加害海参军，快把阴谋从实招来！

巴　拉　老臣并无阴谋，要杀海俊，是为王爷剪除心腹大患，出于一片忠心。

安西王　可怒也！

（唱“爽二黄”）

说什么忠心一片，

分明是另有谋图。

王　后　（接唱）你戕害忠良，把贤才妒嫉。

更把我宫规扰乱，

玷污我公主节操！

花亭设阱害人，

你祸心全披露。

快把奸谋招认——

巴　拉　（唱“沉腔滚花”）

我我我，

无意加害公主分毫！

臣确是一片忠心，对天可表！

安西王　哼哼！谋杀忠良，是一片忠心；玷污公主，也是一片忠心；来日本藩人头落地，也是一片忠心了！

巴　拉　王爷此话，巴拉不解。

安西王　你自去看来，便知明白。（掷出密书）

[巴拉拾信。

巴　拉　（念信）“巴拉总管大人钧启……右丞相铁木迭儿顿首拜。”（大惊）

安西王　你勾结奸相，卖主求荣，凭证在此，还有何话说？

巴　拉　哎呀王爷，断无此事，休中那奸人离间之计！

安西王　哼！单凭这一纸书信，本藩岂肯深信。奸相要你先杀本藩左右心腹，后夺百花兵权，你，你难道不是这么做的么？来人呀！

侍　卫　有！

安西王　将巴拉推出斩了！

陈大道　（内喊）慢动手！（匆匆上）参见王爷、王后！

安西王　陈将军，你有何话讲？

陈大道　王爷呀！

（唱“滚花”）

巴总管出生入死三十年，

耿耿忠心何曾变。

若一时未辨真情将他斩，

岂不教老臣负屈苦含冤！

王　后　哎！陈将军，你年轻识浅，岂知人心叵测。

陈大道　末将虽则年轻，却深信巴总管绝无私通奸相之事。就说将海参军送入花亭，实乃末将所干！

安西王
巴　拉　什么？是你？

江六云　哈哈！陈将军，你休要将罪责揽在自己身上。

陈大道　不！王爷，你可降罪于末将，末将愿以身家性命担保总管。

安西王　哼！日后坏了大事，本藩就是把你杀了，也于事无补！

陈大道　王爷……

安西王　（盛怒）休要饶舌！

巴　拉　（知难挽回）哎呀！

（唱“追信排子头”）

我巴拉，今番竟陷贼手！

（转“古腔十字二黄”）

这一个，情恳切，

拼了身家，欲将我危中拯救；

那一个，雷霆怒，

贤愚错勘，要取我项上之头。

（稍慢） 悔不该，一着棋差，

既欲除掉豺狼，

却未有先行下手！

（见江六云，激愤地，唱“大笛快二流”）

猛抬头，只见海俊狰狞面，

不由裂破我双眸。

怎忍看三代基业付东流，

好教人痛心疾首！

（浪里白）我不能死，不能死呀——

（续唱） 且抑一腔怒火，

苦苦去把情求。

（欲求安西王）

唉！这昏王偏信了谗言，

怎听我忠言再奏。

（转向王后）

王后她私仇未解，

只晓得火上添油。

[内喊：“公主到！”

巴　拉　（续唱） 唯有望公主，念旧情，

把老臣挽救。

[公主上。

公　主　参见父王、母后。

安西王　免了。

巴　拉　公主呀！（跪在公主面前）

（唱“恋檀二流尾腔”）

一时难禁我，

满腔悲痛老泪横流！

公　主　巴总管，你跪在我面前何事？

巴　拉　公主呀！你自小在老臣怀中长大，七岁教骑射，八岁教兵书，二十年来，总还有点微劳，求公主一念旧情，二念巴拉年老，替我在王爷面前讲个人情吧！

公　主　巴总管！

巴　拉　（深沉地）公主！

公　主　（动情）总管……（又犹豫地）唉！你谋害贤良，更私通奸相，叫我怎能为你说情呀！

巴　拉　事到如今，巴拉不求别的，只求将我削职为民，逐出长安，永不复用，求王爷恩准。

安西王　这……

陈大道　王爷开恩。

王　后　王爷旨意已决，岂可更易。

安西王　海参军，你意如何？

江六云　（阴险地）饶他不死，乃王爷、公主仁德。巴拉，你出了长安城，千万不要将王爷的军机大事，密告那铁木奸相，败了王爷大业！

安西王　（经不起煽动，一狠心）斩！

巴　拉　海俊你……你这恶贼！（扑向江六云）

[江六云将巴拉踢倒。

巴　拉　王爷、公主，巴拉临死之前，尚有一事相求。

安西王　讲！

巴　拉　今日王爷、公主杀了我巴拉，只求来日不要念我巴拉，哭我巴拉！

安西王　乱臣贼子，谁再念你哭你！刀斧手，将巴拉斩了报来。

侍　卫　喳！

巴　拉　（去到陈大道面前）陈……陈将军！

（念）　巴拉含恨死，望君担重任。

能除真御史，泉下也心甘！

陈大道　总管……（泣不成声）

安西王　押下去！

[音乐声中，巴拉不动，切光。

[江六云狞笑，公主黯然，陈大道痛哭。

[幕闭。

第六场　复兵

[半月后。

[二幕外，四元兵、四元将引也先不花上。

也先不花　本督，也先不花。安西王斩了巴拉，却命百花公主为帅，直奔洛阳而来。适才接江御史密书，要本督将计就计，在凤凰山谷伏击安西逆贼，众将官速速进兵凤凰山。走！

[众将兵随也先不花下。

[二幕开，山路，绝谷。

[战鼓紧催，安西王率人马上，诈败下。

[也先不花率兵追下。

[安西王随后上。

陈大道　（内白）王爷住马！（飞马上）王爷，照公主原来约定，如今洛阳城内火光已起，但海先锋却不回军掩杀，反将人马引入这绝谷中，看来大事不妙。

安西王　此乃何处所在？

陈大道　凤凰山谷，三面环山，形同布袋，倘敌兵堵住出口，全军休矣！

安西王　啊？（勒马一看）陈将军，速速飞马前去，将海先锋追回。

陈大道　只怕追不回了。

安西王　吓？难道海俊他……快去追吧！

陈大道　王爷……

安西王　听命而行！

陈大道　遵命！王爷珍重！（下）

安西王　众儿郎，就地歇兵，候海先锋回军。（欲下马）

[三声炮响，杀声起，探马上。

探　马　王爷不好，我军被困！

安西王　吓？快快突围！

[也先不花率人马涌上，将安西王包围，追下。

[江六云从另一方向上，陈大道上，跃马过头，拦住。

陈大道　海先锋，洛阳城火光已起，你为何不下令回军掩杀？

江六云　哦！我与公主约定火光三起，方可回军。

陈大道　你回不回军？

江六云　不回军又怎么样？

陈大道　与你同见王爷！

[探马上。

探　马　报，王爷被困！（下）

江六云　哈哈！看枪！（欲刺陈大道）

陈大道　（回枪）你这奸细！

[两人搏斗，江溜下。元将杀上挡住陈，陈不敢恋战，冲下。元将追下。

[安西王逃上，喘气。

江六云　（内喊）王爷，海俊来了！

安西王　本藩有救了！

[江六云上，传来杀声、鼓声。

安西王　海先锋，我军中了敌人埋伏，如何是好？

江六云　王爷，元兵已如潮涌来，逃不了啦！

（唱"水仙子"）

掀天撼地，呐喊声声，

你陷于深阱，

快投诚自缚，莫再逆天意，

方保得性命。

安西王　住口！

（唱“快慢板”）

你不该乱语胡言把军心摇撼，

遇艰危图振作岂可怕死贪生。

估道你是栋梁才忠心耿耿，

今日里竟负了我厚望深恩！

江六云　（唱“滚花”）

阿难答，你可知我是何人？（半句）

安西王　怕死的先锋，不肖的女婿！

江六云　（得意地）哈哈哈！

（接唱）　可笑你这个岳丈太混沌。

如今不怕对你直说，

我就是那密访长安的钦命御史江六云。

安西王　（吃惊，气颤）你……你是御史江六云？

江六云　正是。

安西王　那被杀的御史？

江六云　是我金蝉脱壳，找个替身。

安西王　那密信？

江六云　是我把水搅浑，以假乱真！

安西王　（吼叫）哎呀！你这恶贼！（拔剑猛劈）

江六云　（按住）哈哈！世上哪有岳丈杀女婿的道理？事已至此，劝你速速修书一封，命百花投降，本御史上奏朝廷，保你父女性命无虞。

安西王　哎呀！你害我巴拉，辱我女儿，败我大业，今日不是你死，便是我亡！

[安西王如烈火烧身，猛砍江六云，江避过，一剑把安西王砍伤倒地。江下马，正待举起青虹剑取其首级，陈大道自远处赶到，江仓皇上马，逃下。

陈大道　王爷！

安西王　（猛将陈抓住）你这恶贼！你这恶贼！

陈大道　王爷呀！末将乃是陈大道呀！

安西王　（清醒，悲鸣）陈……陈将军哪……海俊果真是钦命御史江六云，我……

我中了奸计呀！

（唱“二黄滚花”）

叹本藩耳不聪来目不明，

辨不清亲与仇来真和假。

王儿呀！你误了父王大业，

父王也误了你百花！（昏迷，转醒）

这青……虹……剑，原要我儿仗此祖传宝剑，助父除奸削佞，重整朝纲。谁知这剑，未除奸佞，却成了为父的追命符，真真气煞我也！（吐血）

陈大道　王爷，王爷……

安西王　陈将军哪！本藩命在须臾，只求将军，舍死忘生，冲出重围，寻得公主，将这青虹宝剑，交……交与她手……（呕血）

[音乐起，安西王死去。

陈大道　（狂呼）王爷呀……（跪地哭拜）

[幕闭。

第七场　惊变

[紧接前场。

[洛阳城内、外。

[幕启。六女兵、江花右、腊花左、公主上。

公　主　众将官，洛阳已得，速速出城挟击也先不花！

众　人　喳！

[探马甲上。

探马甲　报，王爷被困凤凰山！

公　主　吓？再探！

[探马甲下。

公　主　凤凰山乃是险地，父王诈败怎么到那里去了呢？

[探军乙上。

探马乙　公主，大事不好！

公　主　何事惊慌？

探马乙　凤凰山人马全军覆灭！

[全场震惊。

公　主　王爷呢？

探马乙　不知去向。

公　主　海先锋呢？

探马乙　下落不明。

公　主　再探。

[探军乙下。

公　主　（唱“快中板”）

平地惊闻风波乍起，

为防陷敌，须早撤离！

众　人　喳！

[公主率众出城，正遇也先不花人马蜂拥冲来，两军城外混战，开打。

[公主腹背受敌，惨败下。

[乌吉利、何奇能等与也先不花、元兵奋战。

[数元兵追杀江花右上。正危急时，公主上，力退元兵，救出江花右。

[元兵如潮涌来。公主、江花右、腊花左败下。

[江六云、也先不花率众上。

江六云　逆贼已死，敌军覆灭，只剩百花潜逃。

也先不花　此乃御史之功！

江六云　全仗万岁洪福，都督虎威！

也先不花　御史大人，抓紧战机，紧追百花，休得将她放走！

江六云　得令！

[幕闭。

第八场　刺目

[紧接前场。

[深山，一座破落古庙的大殿，佛座前有一尊金身毁败的韦陀神像。

[幕启，风雨凄厉。

公　主　（内唱“困谷头”）

匆匆！风雨里逃离险阵。

[百花公主与江花右上。

公　主　（唱“困谷”）

浴血战败，几遭劫运，

快步前来，借古刹作栖身。

[两人下马，入庙。

江花右　公主，真想不到会一败至此呀！

公　主　（感叹地）是啊！

（唱“慢滚花”）

提什么志在社稷身系安危，

又岂料兵败将亡旌旗难振。

（扶剑柄，抽出青虹剑，续唱）

睹物思人念海俊——

海俊，我的好夫君呀！

（续唱）　你随父王何处去逃奔？

又怕他们尚困重围，

好教我忧烦伤感！

江花右　（接唱）　有海先锋马后鞍前保王驾，

公主你且放宽心！

公　主　但愿如此吧！

[内传来马蹄声。

公　主　花右，马蹄声急，莫非是海先锋找寻我们来了？

江花右　（远望）呵，公主，是陈将军来了！

[陈大道上，公主迎上。

陈大道　（悲愤地）公主……

公　主　陈将军！

陈大道　王爷他……

公　主　王爷他怎样啊？

陈大道　他……他他他，晏驾了！

公　主　（大惊）吓？那海先锋呢？

陈大道　（咬牙切齿地）你问海俊？

公　主　莫非他……他也尽忠了？

陈大道　（义愤填膺）公主！

（念“杀嫂白榄”）

提起他，我肝胆裂，

把原委直向公主说。

他本朝廷御史江六云，

贼心狠毒如蛇蝎！

公　主　（猛地将陈的手执住）你说什么？

陈大道　（续念）　害总管，杀王爷，

奸谋早暗设，早暗设！

公　主　这是当真？

陈大道　（拔出青虹剑）公主你看！

（续念）　百花亭上定情剑，

而今尽染王爷血！王爷血！

公　主　（痛切地）父王！父王啊！

陈大道　公主！

（唱“爽左撇慢板”）

王爷他，临终前，

令末将冲出重围，将此剑交来你手。

他恨自己，又痛责你，

毕生心血尽付东流。

若非你，赠剑梅亭，

总管岂会含冤，惨遭斩首；

若非你，梅亭赠剑，

怎遭致将亡兵败，王爷血溅山丘。

公　主　（颤抖）这这这……（望剑）剑呀剑，只为我一念之差，铸成大错。今日罪在一身，何颜偷生！（举剑欲自刎）

[陈大道、江花右夺剑护住。

江花右　（痛苦地跪下）公主啊……

陈大道　公主呵！末将痛感王爷惨死，全军倾覆，一时出言鲁莽，求公主宽恕。

公　主　陈将军，莫说责我恨我，就是将我碎尸万段，也是理所应该！

江花右　公主啊！小将也罪大难饶，那江六云他……他是我同胞……

公　主　你说什么?

江花右　他是我同胞兄长！

陈大道　你！……（踢倒江花右，举剑欲砍）

公　主　（阻拦）慢！（对江花右）你讲下去。

江花右　公主呀！

（唱稍快“乙反二黄”）

我望他一片忠心，

随王爷鞍前马后。

岂知他为人狡诈，早伏奸谋。

恨当初受他欺蒙，

未将真情，向公主直剖。

到如今酿成大祸，败局难收。

我纵使跳入黄河——

（转“乙反滚花”）

也难辞罪咎。

公主，保重！（欲自刎）

公　主　（阻止）花右！

（接唱）　你纵死何用，

消不了我恨，解不了我仇！

我……我不杀你，你找你那兄长去吧！

江花右　公主啊！我江花右深知大义，岂肯认那禽兽兄长，玷我清白，求公主不要将我舍弃！

公　主　你还是走吧！

江花右　公主定要花右离去，我唯有死在你膝前。

公　主　也罢！你且起来。

陈大道　公主，事到如今，怎生是好？

公　主　陈将军，你且到附近收拾残兵，再作打算。

陈大道　遵命！（下）

公　主　花右，你也歇息去吧！

江花右　花右在此侍奉公主。

公　主　我要静坐片刻，无须侍奉。

江花右　这……请公主将宝剑摘下，花右与你磨洗一番，以备突围之用。

公　主　（会意，苦笑）好心的江花右，你怕我自尽么？我大仇还未报啊！去吧！

江花右　是！（犹豫地，缓缓退出）

[风雨声更大，音乐声起。

公　主　（唱“二黄倒板”）

雨更狂来风更紧！

[音乐起“寒宵吊影板面”，公主走到佛座前，剔燃神灯，思绪万千。

公　主　（唱“寒宵吊影”）

剔孤灯，暗伤神。

哀哀百花公主，

雄师进发，却逢劫运。

此际内心彷徨，掀起巨浪千层。

深深痛恨呀，

对豺狼江贼竟倾心！（拉“反线二黄腔”）

（转“反线二黄”）

悔当初，梅亭月下亲赠剑，

种下了罪孽之根。

错看他，楚楚衣冠，年少翩翩，

未晓他居心阴狠。

错爱他，锦绣文章，精通韬略，

不察他密访潜身。

（稍快） 到今时，总管被害，

三军阵亡，父王饮恨。

我被摧残，遭污玷——

（坠慢） 抱憾终生！（拉长腔至正线“合”字）

[音乐续奏，公主精神恍惚。天幕出现巴拉幻影。

[巴拉声：“今日王爷、公主杀了我巴拉，只求来日不要念我巴拉，哭我巴拉！”

公　主　巴总管呀！你来了吗？（哭）

（唱“恋檀中板”）

泪纷纷！

念我巴拉好总管，

待我百花情义深，

自小宫中多亲近。

你戎马倥偬，运筹帷幄，

劳碌一身，赤心耿耿膺大任，

献出一片热忱！

哎哎哎，好总管！（序）

（转“乙反”）

恨煞我，冤屈你，

害了栋梁臣！

今朝何处，何处可觅忠魂！（昏倒）

[音乐续奏，天幕又现安西王幻影。

[安西王声："王儿呀！你误了父王大业，父王也误了你百花！"

公　主　那……那不是父王在呼唤我吗？父王呀！（极度悲痛，不由自主地跪步向前）父王，你责备我，痛骂我吧！

（唱"反线叹颜回"）

恍然见得父王面，

你浑身血痕，

一声呵责万般愁，

好教我似乱箭穿心！

你对孩儿疼爱，

毕生心血注我身，

二十年来多费神，

怎想我竟会，将豺狼看作善人！

误许婚，托终身，

听谗言，负圣恩，

忠奸好歹也不分。

一番鏖战被羁困，

尽丧三军，尽丧三军。

这股宝剑害父王，

遭惨变，命归阴！

[雷鸣、电闪。

公　主　（唱"快二黄"）

我有错，我有罪，

天地难饶，我这桩桩罪行。

我有仇，我有恨，

仇压华岳，恨比海深！

看百花，待何时，

雪恨报仇，痛把豺狼手刃！（拉"二流高腔"）

[公主猛然挥剑向神像砍去，公主也震倒在地。

[四元兵引江六云急上。江已是御史装束，示意元兵将大殿包围。

江六云　（进殿）哦！公主，娘子！

公　主　（悲愤交集）是你！

江六云　公主，我是来接你的呀！

公　主　（冷笑）哼哼，御史大人，想是捉拿钦犯回去讨赏的吧！

江六云　哎！公主说哪里话来，下官密访长安，险遭杀害，若非公主多方袒护，又赠剑许婚，斩除奸佞，下官又焉有今日？

公　主　（心如刀扎）你，你说什么！

江六云　（得意地）妻啊！

（唱“寻针”）

下官能完大任，

公主也有功勋。

多感，深恩，

特备香车好接你，

请上京城做夫人！

公　主　（旁唱“血泪花中段”）

听他胡言，胡言，

激起我一腔怒愤。

他太奸刁，确阴狠，

且看他还有何伎俩，

我先强把火气吞！

（对江六云，唱“减字芙蓉”）

我是朝廷钦犯，

爱念已化为尘。

江六云　（接唱）　只要你归顺朝廷，

痛忏前非守本分。

我当求圣主饶你，

不负海誓山盟。

公　主　（唱“滚花”）

要我认罪归降——

江六云　除此别无生路了。

公　主　（续唱）　我决难应允！

江六云　公主呀！

（接唱）　我是顾念前情来相助，

休负我一片好心！

公　主　住口！

江六云　（悻悻地）你！

[江花右进殿。

江六云　呵！妹妹，你也在此！

江花右　（冷冷地）你来干什么？

江六云　我特来接公主上京，无奈公主她……哎，妹妹，你快劝她一劝。

江花右　劝她什么？

江六云　劝她认罪归降，她若应允，就能当一品夫人，你也是千金小姐，享受荣华富贵！

江花右　呸！江花右蒙公主救命之恩，死难图报，岂学你这无义之辈！

江六云　哎呀！我好言相劝，你等都执迷不悟，只恐元兵一到，叫你们玉石俱焚。

公　主　宁为玉碎，不为瓦全！

江花右　（站到公主一边）江花右誓死相从公主，绝无二志。

江六云　（凶相毕露）好呀！那就休怪我无情了！

江花右　（拔剑）哼！我也岂能饶你，看剑！（刺向江六云）

[江六云拔剑对峙、交手，江花右不敌，被江六云猛然一剑刺倒。

公　主　（惊呼）花右！（上前急扶）

江花右　（吃力地）花右有负公主，公主为我……为我报仇。（死去）

[江六云抹去剑上之血。

公　主　（无比激愤，持剑迫近江六云）你！是你改名换姓，潜到长安？

江六云　圣命差遣，我不得不来。

公　主　是你暗设奸谋，要我们杀害巴拉？

江六云　我不杀他，他要杀我。

公　主　是你用计伏击我军？

江六云　兵不厌诈，何足为奇。

公　主　是你亲手刺死我父？

江六云　宝剑出鞘，他怎能不死。

公　主　狗贼子！你做的好事！

（唱“快中板”）

你心怀鬼胎性奸险，

我落了圈套只为情缘。

定要亲手诛奸来雪怨——

[公主挥剑向江六云刺去，开打，江六云不敌欲逃。

[陈大道带腊花左冲上，包围江六云。

江六云　（大惊，跪在公主面前）公主，念在夫妻份上，饶我一次。

公　主　哼！你这欺人贼寇，害人禽兽，杀人凶手！今日要将你处死，大恨方休。

[江六云欲逃，被公主挥剑刺中，一声惨叫倒地。

陈大道　公主啊！不若趁敌兵不知江贼被杀，速速突围出去。

腊花左　陈将军所言极是，我们把残兵收拾，还可重振旗鼓！

公　主　（无限感慨地）唉！两位将军哪！想我百花，幼存大志，方欲挥戈跃马，助父王扭转乾坤，谁知我错认贼子，弄到将亡兵溃，身败名裂，我……我这无珠肉眼，要来何用！

（唱“滚花”）

罢罢罢！

取金钗来刺目，恨海难填！

[强音乐起，公主从头上取下金钗，刺目。

陈大道
腊花左　（哭扑过去）公主啊！

[幕后唱起悲壮的“新曲”：

恨积华岳万仞高，泪添黄河千里涛。

百花刺目含深意，千秋万载永记牢！

[幕闭。

——剧终

本剧选载的是 1979 年曹秀琴、吴国华、郭凤女、方正年、李宗元等主演的版本。

武潘安

（根据民间故事改编）

编剧：陈冠卿

人物表

楚　云	原名云小苹，绰号武潘安
李　广	云小苹童年好友，绰号赛孟尝
玉清王	明太子
云壁人	楚云的胞兄
钱琼珠	李广的义妹
楚伴兰	楚云的丫头
张　谷	李广的好友
云夫人	楚云的母亲
钱　母	钱琼珠的母亲
张太傅	玉清王的老师
郑九洲	李广的朋友
胡　逵	李广的朋友
刘　彪	权阉刘瑾的干儿，花花千岁
番　帅	
众军官	
两侍婢	
两宫监	

探　子

众游人

众打手

四恶将

众明兵

众胡兵

众婢仆

第一场　巧重逢

[明朝某年端阳节中午。

[镇江市江岸。杨柳迎风，酒帘飘扬。江边船只无数，一幅热闹江市景。

[大笛“仙花调”衬江上龙舟竞渡锣鼓声。岸上游人喝彩声，声音由远至近，起序。

[江面几只龙舟旗分五色，竞渡过场。

[岸边红男绿女扶老携幼看龙舟竞赛。

众游人　看龙船呀！看龙船呀！（望江面，挥手喝彩介）

[在游人喝彩声中，扒龙舟者劲喝声中，花花千岁刘彪领四打手上。

刘　彪　（手摇纸扇，摇头晃脑，举动轻浮地唱“仙花调”）

龙船在河里游呀游，
爷爷在岸上游呀游。
眼要够觅我心中佳偶，
观花兼赏柳呀唷！
穿市街，来渡头，
睇真边是个美人，我就抢！
带番去同结凤鸾俦！

[刘彪在人群中乱挤乱碰，寻找妇女。

[游人中识得花花千岁者，相继奔避，刘彪率众打手疯狂地追妇女下介。

楚　云　（内唱“到春来”引子）

海天一飞鸥！

[楚云与伴兰男装上，亮相。

楚　云　（续唱小曲“到春来”）

羞对菱花敛翠袖，
懒拾银针将花绣，

爱弄棒枪慕少年游！

关山千里任我流目盼，

不让江东孙仲谋！

镇江花月稠，

今日喜逢赛龙舟！

叫句书——童，

你带我到江边走！（拉腔）

楚伴兰　公子！

（唱“三脚凳”）

你壮志满胸怀，不愿居人后，

只怕情关子孝道，欲求摆脱叹无谋。

今次出游若得遇亲人，

（转“滚花”）

问你能乔装多久？

楚　云　（接唱）固知乔装难永久，

但英雄抱负岂能休！

（转“七字清中板”）

想我此行到镇江走，

三宗大事挂心头，

一固望能与亲娘重聚首，

二希望访寻豪杰广交游。

三才想到童年个位好书友，

我要看他是真豪杰抑或是庸流？

（转“三字经”）

武潘安，有不凡身手，

江湖上，美名留！

（转“滚花”）

立志效木兰从军，

决不甘为闺秀！

楚伴兰　小姐志不更移？

楚　云　（拍胸）志不更移！

（遥指江面，续唱）

有如龙舟竞渡，我要力争上游！

伴兰！

（续唱）　眼福莫输，到江边看群龙斗！

[内场龙舟竞渡锣鼓声。

[楚云、伴兰寻声下介。

[“排子头”“萧萧斑马鸣”引子。

[李广、胡逵、张谷、郑九洲上，亮相。

李　广　（唱“萧萧斑马鸣”）

一江景色目尽收，

胡　逵　（接唱）　数十龙舟水上游。

张　谷　（接唱）　铁笛惊飞群沙鸥，

郑九洲　（接唱）　雷鸣金鼓震渡头！

李　广　（接唱“爽中板”）

屈大夫英名垂宇宙，

端阳怀古泪盈眸。

今日里外有强胡频入寇，

内有权阉蓄异谋。

似升平，危在后，

何日平边患，解民忧！

（转“滚花”）

追古思今，心中难受！

张　谷　（念“口鼓”）大哥，朝廷已出榜招军，吾人可大显身手。

郑九洲　（接念）今日英雄用武有地，誓要翦除内患外忧。

胡　逵　（接念）我们快去应征，莫居人后。

李　广　（接念）为何不见壁人贤弟，（介）他往何处看龙舟？

[云壁人郁郁不欢上。

胡　逵　　壁人大哥回来了。

李　广　　贤弟何处了?

云壁人　　(叹了口气)都是为着我失踪多年的苹小妹啊!

(念“白榄”)

我娘亲，不时挂在口，

命我细心访寻到处走一走。

我想龙舟赛会游人多，

所以逢人便开口。

谁想无人识得云小苹，

我枉费心机白白走。

李　广　　(难过地)苹——小——妹!

云壁人　　(目李一眼，叹息)李大哥，愚弟有一言奉上呀!

(沉痛地，转慢“白榄”)

我知李大哥，童年与舍妹交厚。

我娘亦有过戏言，你俩将来成凤友。

惜愿与心违，舍妹失踪十年久。

我劝大哥莫念她，另寻好佳偶!

李　广　　这个!

(接念)　我未忘遗，童年友。

青梅竹马两情厚，

愚兄固不敢高攀，但此心却难忘故旧。

何况国家正当多事之秋，我暂时不思求配偶。

众　人　　李兄忠义双全呀!

云壁人　　(悲痛地)贤兄!舍妹失踪之日，有人说她在江边玩耍，怕早已被波臣召去咯!

李　广　　此乃路人揣测吧。

(唱“滚花”)

但愿吉人天相，休教花落水流!

吾当踏遍天涯，访我童年好友!

[内场。钱母、钱琼珠叫："救命！"

李　广　（一望，唱"快滚花"）

狂徒大胆，欺负女流！

弟兄随我上前。

张　谷　（接唱"滚花"）

这边已有人来救。

楚　云　（内喝）狂徒大胆！

[钱母母女两人入场。

[楚云已脱去大海青，伴兰接衣。楚云追打刘彪上。四打手虚张声势欲上前。

刘　彪　（格住，唱"恨填胸"）

花花千岁你敢动（唱"郁"）手？（双）

（念"白榄"）

此地头，归我有，

爱谁个，就抢回千岁楼！

（续唱）　你敢动手？

楚　云　（大怒，唱"霸腔滚花"）

什么花花千岁，不过是猪狗之流！

强抢女儿，罪难原宥！

[楚云打刘彪，众打手上前，俱不敌，刘彪与打手狼狈败下介。

[李广等初欲上前助楚，见楚已能应付，乃作旁观，暗服楚云武艺高强。

["三搭箭"楚云哈哈大笑。

李　广　（上前抱拳作礼，念"口鼓"）这位英雄真好身手。

楚　云　（抱拳还礼，接念）全凭列位在旁壮胆，才得施展拳头！

李　广　（接念）欲请壮士留名，不知能告我否？

楚　云　（接念）小弟姓楚名云，小字苹玉，一个微末之流。

李　广　（惊喜）楚——云！莫非就是江湖上绰号武潘安者不成？

楚　云　此乃江湖谬誉！

云壁人　武潘安！（壁人上前端详楚云，惊异）

[李广以楚是男性，初不以为意，后亦觉有些面善。楚云见壁人暗惊，再看看李广更吃一惊。

楚　云　（转面、抱拳）未请教列位仁兄……

李　广　（介绍）敝友张谷、胡逵、郑九洲，他是同乡世好云壁人。

楚　云　（不禁"啊"一声）大……云大哥！

云壁人　（向李）你就不介绍你自己？（向楚指李）这位就是江湖上有名的英雄赛孟尝李广！

楚　云　（惊异地）啊！原来是李、大哥！

楚伴兰　（暗牵楚云衣角）都见齐了。

楚　云　（急递眼色）都见齐了，幸遇幸遇。

（唱"滚花"）

原来两位仁兄就是——

当世名流！

真是得来全不费工夫，

今日喜与各位英雄聚首！

郑九洲　哈哈！

（唱"滚花"）

今日英雄聚会在江头！

我等何不结为弟兄交个朋友？

楚　云　（爽朗地）小弟求之不得，就此拜见李大哥。（作礼）

李　广　焉敢僭居兄长？

楚　云　江湖上谁不仰慕大哥之名，小弟应居末位，拜见各位哥哥。

（向众作礼）更多多拜上——云大哥！（暗带兄妹久别之情，又含情地向李广望了一眼）

云壁人　（长叹一声）唉！

李　广　今与武潘安结为弟兄，云贤弟何可不欢？

云壁人　（唱"减字芙蓉"）

我一见楚贤弟，触起万般愁！

因他与舍妹小苹，同一面口，

若非身穿男子服，我定当佢是女温柔。

（转“滚花”）

今见楚贤弟，忆及失踪人，不禁泪沾襟袖。

[众向楚云注目。

楚　云　（强笑，唱“滚花”）

各位幸毋取笑，

须知我是堂堂男子汉，

不是闺阁女温柔。

原来云兄有妹失踪，

（不自禁地）

请问伯母在家康健否？

云壁人　（念“口鼓”）苦我娘亲，精神非旧，因思爱女，日愁夜愁。我为访小苹，到处奔走，更累大哥，也为情愁！（又偷望李广一眼）

李　广　（难过地）……

[钱母内叫“恩公！”与琼珠慌张上，跪下。

钱　母　拜谢列位恩公！请恩公作主。

李　广　因何去而复返？

钱　母　恩公听呀！

（念“口鼓”）那刘彪是太监刘瑾干儿，做事狠心辣手。诚恐英雄一去，佢又弄奸谋！

李　广　这个！你俩人家居何处？

钱　母　（接念）家住江头，赖女穿珠糊口。贼来再犯谁救助，前路茫茫实堪忧。

李　广　哎哟！

（快唱“滚花”）

看来你母女，难在镇江居留！

可愿随我返扬州？免落奸人手！

钱　母　怎好叨扰？

郑九洲　（接唱）　李大哥疏财仗义，设有酒店在扬州。

（指琼珠）何不以兄妹相称？

大哥襟怀磊落人忠厚！

钱　母　怎好高攀？

李　广　何说此话，不才李广先尊声伯母，再叫句义妹。

钱　母　公子不嫌，老身有靠了。谢公子！琼珠我女，快上前拜见哥哥！

钱琼珠　遵命！（含羞）哥哥万福！

李　广　（洒脱地）吾妹理先拜谢刚才救你性命的大恩人，武潘安！

钱琼珠　谢恩公！

[琼珠见楚云相貌，暗吃一惊，惊其美艳如女子。

楚　云　（忙以手相扶）妹妹小礼！

[琼珠偷看楚云，含情地作一关目，有点倾倒。再转身一看壁人，又吃一惊，觉他俩人何其相像。

李　广　他也是你的义兄，云大哥。

钱琼珠　（又向壁人作礼，又望向楚云一眼）……

李　广　（敦厚地）好呀！

（唱“滚花”）

当效平原十日饮，

弟兄随我返扬州！

[幕闭。

第二场　情与孝

[数日后的一个清晨。

[扬州，李广开设的招英馆酒家里的一间坐楼，楼中挂有银弓、箭壶、长剑。香案上设有铜镜，楼外有栏杆。栏杆外露出柳树梢。晨光熹微，小鸟枝头。

[谱子“荫华山”起幕。

[楚云男装女发，清晨起床，对镜梳妆，伴兰立身后为她理云鬓。（下用

旦喉）

伴　兰　（念“口鼓”）小姐，我们自到扬州，已过了不少日子。

楚　云　（接念）兄弟们已揭招军榜，现在是等候试期。

伴　兰　（接念）小姐，你就只想着投军，就不想想有多少人怀念着你？

楚　云　（接念）非我不肯将亲认，只为尚非其时！

伴　兰　尚非其时？我的“公子”呀！

（唱“木鱼”）

你有三个屋企，你知唔知？

哪处不愁眉泪眼盼你归期！

一是你久出未归，义母楚夫人处，

二是你离开十载，云府故居。

楚　云　（难过地）唉！……

伴　兰　（续唱）　三就是——（神秘地）

你现时所住的地方，你个位李大哥处。

你有三个屋企！

（转“二黄”）

不信你心如铁石，貌若平时。

反颜不认亲，拒人千里！

楚　云　（唱“沉花下句”）

哎呀呀，动我愁思！

（转“反线中板”）

扑朔迷离，武潘安，人称美男子，

谁识我，庐山真面，身世离奇？

（转爽“反线七字清中板”）

昨在镇江逢旧侣，

今回故里会亲慈。

梦寐多年今日遇，

易钗而弁到何时？

（转正线“士工滚花”）

武潘安，有三个家，今日当归何处？

伴　兰　小姐呀！

（唱“长句滚花”）

男就是男，女就是女，

往日颠倒雌雄是为夫人计，

自从老爷去世保无虞。

你恢复原来娇娇女，

夫人亦不怪你，

因为她再不愁失宠被人欺！

小姐习惯做男儿，

就不念故里亲人如何思爱女？

楚　云　（意动，唱“爽中板”）

十年骨肉痛分离。

今日相逢诚喜事，

视如陌路我罪难辞！

（转“滚花”）

伴兰为我换衣装……（走近妆台）

伴　兰　（雀跃，接唱）

这才是！

小姐穿上罗衫，伴兰我亦可穿上一条绣裙，总胜过男不男，女不女，诸多避忌啊！

楚　云　（坐下，揽镜自照，挽头上青丝，作女儿态）伴兰，你看我……

伴　兰　美呀！恢复女儿身，更美呀！（在栏外摘朵花儿戏插楚云鬓）嘻嘻。

（唱“送情郎”）

花插云鬓更添美，

胜枝出水艳芙渠。

你母亲睇见病魔去，

你广哥喜逢知心侣。

楚　云　（慢转，接唱）

羞对菱花镜，

武潘安恢复娇娇女。

（初对镜浅笑，忽从镜里看到身后的银弓、箭壶、长剑，突然推开伴兰，走近壁前“铮”然一声，拔出长剑）

（下用生喉或霸腔）

（挥剑起舞，起唱小曲“壮士吟”）

我实不甘为女子，

我要做伟男儿，

我要仗剑走遍河山千里!

誓要登长城，奔塞外，阵上驱驰!

不教胡马渡阴山，胸怀壮志，

枕戈而卧，雪充饥！

（转“霸腔二黄”）

还我本来面目，我又得长锁深闺。

再不能，才气纵横，与群英聚义。

再不能，弓开银箭响，轻取小杨枝。

劬劳恩，旧友情，

他日报李投桃，先效木兰花氏!（腔）

伴　兰　（唱“合尺滚花”）（用旦喉）

姑娘壮志，胜鬚眉!

只怕情孝两关，

过得一，难过得二!

楚　云　（念“口鼓”）我非忘孝轻情，只为时机未至。快为我照日常打扮，闲话休提!

伴　兰　小姐不去认亲?

楚　云　暂难认亲。

伴　兰　小姐心肠好狠!

楚　云　伴兰，楚云立志，以身许国，若还我本来，难酬大志!

[伴兰无奈，为楚云理装。

李　广　（嗟叹上，唱“慢滚花”）

一自镇江归故里，

族中叔伯又有闲词。

蝶使蜂媒接踵来，

说我莫念苹儿，另求淑女！

闷极无聊，找楚贤弟一谈肺腑啊！

[李广上楼梯，在楼梯中叫。

李　广　楚贤弟。

楚　云　（一惊）谁？

李　广　（应）我是愚兄！

伴　兰　哦，就讲就到，情孝两关，第一个关！

楚　云　（示意）嘘，快！（示意整装）

李　广　（上楼，拍房门）楚贤弟，还未起床吗？

伴　兰　来了来了，我地小……

李　广　小什么？

伴　兰　小了一把梳！

李　广　哦，下人疏忽，今午送来！兄弟之间，随便得咯。贤弟开门！

伴　兰　来了来了，公……公子着紧衫。

楚　云　（作自内应状）有劳大哥久候！……

[伴兰开门，楚云出迎。

李　广　（致歉）愚兄来得太早，骚扰你了。

楚　云　小弟贪睡，未遑进谒大哥，大哥倒先来了，罪甚罪甚！

李　广　何罪之有。（望楼中，恍然）哦，原来贤弟闻鸡起舞。

楚　云　（放下心来）愧未能祖逖扬鞭！

伴　兰　李公子坐呀，这里是你的家。也是我……公子的家呢。

李　广　贤弟不嫌简慢就好了。

楚　云　（瞪兰一眼，怪她多嘴）还不下去打扫？

李　广　不须劳动贵体，洒扫自有园公。

伴　兰　我是该去的了，去帮园公手，去去去！（临走时暗向楚竖起一根手指）第一……

李　广　第一？

伴　兰　公子教我，黎明即起，打扫园庭，是第一件事呀！（飞步下楼）

[李广、楚云，四目交投。楚急回避，李广叹了一口气。

楚　云　（念“口鼓”）大哥，何故今晨似有无穷心事？

李　广　（接念）愚兄心事，非贤弟所知。

楚　云　（接念）小弟不才，能否略闻一二？

李　广　（接念）何妨相告，贤弟莫笑余痴啊！

（唱“反线中板”）

说去说来，无非为童年旧好，云家小妹苹儿。

可怜她，一去十年，至今仍无觅处。

恼煞宗族尊亲，声声以香灯为重，

踵门皆是蝶游词。

（转“滚花”）

愚兄为此而愁，不怕坦怀相示。

楚　云　（莞尔而笑，唱“长句二黄”）

哥也太情痴，今还思旧侣，

怎奈芳踪无觅处，怅问归期未有期。

至今尊长忧心儿女事，

早望李门堂上，散叶开枝。

此亦人之大伦，大哥有何苦处？

李　广　（唱小曲“小红灯”）

往事难忘记，

我共苹儿有深厚情谊。

两小往来频，

同堂共读书，

携手扑蝶儿，折花枝！

她绣得杏桃儿，

悄悄塞进我书包里，

我每当她写字时，

捧砚至！

（转“恋檀尾腔”）

情投契，昔往事，我至今难忘记！

（转“滚花”）

每逢贤弟我便忆离人，

只为你一笑一颦太近似。

楚　云　（笑）是吗？可惜我是个男的啊！（边听边回忆，乃做试探）

（唱“流水南音”）

童年之事君犹记，

是真情种世间稀。

不过往事已随流水去，

哪晓伊人尚忆旧谊？

李　广　（接唱）　信彼佳人未肯忘旧侣，

只愁花落人亡两不知！

贤弟若换上罗衣梳云髻，

吾当重逢故友小苹儿。

楚　云　（接唱）　贤兄说话无规矩，

颠倒雌雄亦太痴。

李　广　（接唱）　自知唐突求宽恕，

恕我梦寐难忘旧侣，

望有重逢再会时。

楚　云　（接唱）　倘若名花曾有主？

李　广　（接唱）　我反安然无恙斩断情丝。

楚　云　（接唱）　倘作异地幽魂？

李　广　（唱“滚花”）

我有心香一炷！

楚　云　（另场唱“沉腔下句”）（旦喉）

哎吔吔，他心心怀念小苹儿！

难怪兰儿，声声道情孝两关难过去。

李郎用情如许，真教我难再矜持。

此际我是否拨开迷雾现庐山？

我我我，茫无主意！

李　广　楚贤弟！

（唱“滚花”）

愚兄衷情诉罢，你何事默默沉思？

莫非暗笑余痴，觉得言难入耳？

楚　云　（生喉）非也！

（秃头唱“爽七字清中板”）

哥情如许动人思！

莫虑苹儿无觅处，

伊人定必有归期。

（转“霸腔滚花”）

不肖楚云——

李　广　怎样？

楚　云　（续唱）　为大哥天涯海角寻踪去！

李　广　（唱“快中板”）

弟郎助我解愁眉！

有你面庞做样子，

望多留意个位苹儿。

（转“滚花”）

贤弟你足迹遍天涯，

定有佳音送至！

[伴兰匆匆上楼。

楚伴兰　隔壁云夫人到！

楚　云　云夫人到？

楚伴兰　她要见公子，说要望梅止渴！

楚　云　望梅止渴！

云璧人　（内白）亲娘慢走！

[云璧人扶颤巍巍的云夫人上，琼珠一旁搀扶。

伴　兰　（竖两手指）第二度！

李　广　什么第二度？

伴　兰　已过第二度门！

[“禅院钟声”谱子。

[楚云急急上前迎候，扶持。

楚　云　（颤声叫）伯……母！（扶坐介）

云夫人　（倚杖呆望，念“口鼓”）楚公子，你不怪老身又来看你？

楚　云　（含悲点首，接念）伯母不嫌愚陋，何妨多看两眼，愚侄非世俗男儿！

云璧人　（接念）娘亲，楚贤弟待人非常和气没架子。我有时忆起苹儿都会过来望一望，他从来不怪我失仪。妈你望多儿望啦！

[云夫人坐下，慢慢端详楚云面孔，甚至用手摸。伴兰暗与楚云交目，暗示问她如何对付，又竖两手指。

云夫人　（悲叹垂泪，唱“乙反长花”）

我每见楚侄儿，就流老泪，
他貌与苹儿何相似！
不同者是佢身非女子是男儿。
说什么望梅便能将渴止，
我多一回看望，又多一次伤悲！
苹儿呀苹儿，
你，你，失踪十年，到底是生还是死？

女儿！

[音乐起小曲“雨中行”引子。

楚　云　（唱小曲“雨中行”）

老娘亲，挥痛泪！
日夜煎心追思爱女小苹儿，
又谁料到，女已在膝下依依！（序）

当此情景，如何为计？

是否即认慈亲，婉转婉转娘怀里，

忘大志？

苦矣苹儿！

（音乐过序，彷徨，踌躇不定介）

云夫人　（又哀呼）苹儿！……

云壁人　（唱“双星恨”中段）

妈妈玉体违和，为念女儿小苹儿！

不肖子，誓访寻，我妹苹儿慰慈帏！

李　广　（接唱）妈妈抛开愁绪，

小妹想必在世！

一样思亲思亲情切，

只是未曾买舟回里！

钱琼珠　（接唱）她终归里，把亲心慰，一家欢聚。

她一朝不归里，有琼珠我，在你身边服侍，

妈妈欢慰菽水承欢，有钱琼珠你莫伤悲！

楚　云　（念“白榄”）

老人家，莫伤悲，苹儿终有归来时。

愚侄已和李兄约，天涯海角寻踪去。

不久将有佳音至，苹儿归里慰慈帏！

云夫人　（接念）难得各位好侄儿，时常将我来安慰。

怕只怕苹儿有命归寻母，亲娘无命见苹儿！

楚　云　（惊愕，唱“快滚花”）

伤心一席话，无命见苹儿！

我何不先认亲娘再谋从军去！

[张谷匆匆上。

张　谷　大哥！

（念“口鼓”）敌寇犯边，太子玉清王督师失利！被困孤城半月，其势甚危！张老太傅亲自招军选帅，日后校场比武。诸位莫失时机！

李　广　（唱“滚花”）

国家危急，正是男儿立志之时。

即往校场应试去！

楚　云　（接唱）　楚云立志，为国驰驱。

杀敌疆场愿随骥尾！

（念“口鼓”）愁怀骨肉终能团聚，凯旋歌奏日，你定能见到小苹儿！

钱琼珠　（接念）各位大哥放心前去，晨昏定省有我钱琼珠！

楚　云　（不自禁地）多谢了！（一拱手）

钱琼珠　（含情地）公子何须多礼！

楚　云　云大哥之母，即吾母也！

云壁人　好个即吾母也！

云夫人　勿以老身为念！

（唱“滚花”）

祝你们鹏飞万里，

早日奏凯班师！

[幕闭。

第三场　凤求鸾

[约一个月后。月黑风高夜。

[城楼跑道，插大明旗。城楼部分已崩毁。广设擂木炮石。城外天幕幻灯，是敌人营垒，已把危城团团包围住了。

[四明兵在城上，弯弓射箭，掷石滚木，向城下还击，制止敌人攀城。

[胡兵追明兵上，决战，最后打败胡兵。“冲头”，玉清王上。

玉清王　敌情怎样？

明　兵　启禀殿下，刚才胡兵攻上城头，又被我们打退了！

玉清王　好呀！传令众将兵坚守城池。

明　兵　领命！（冲下）

玉清王　（叹息，唱“梆子滚花”）

被困孤城时已久，

解围退敌叹无谋。

何日王师来驰救？

（转“中板”）

唉，玉清王，悔不该亲提师旅把功求。

以为龙旗指处群凶授首，

又谁知屡遭挫败连失十数州！

今日退孤城，作困兽斗，

可虑兵源不继，复有断粮忧！

（转“滚花”）

救兵不来，危城难守！

[内场，战鼓，喊杀声又起。

[城下射来箭书。

明　兵　（拾得）启禀殿下，胡人发来箭书。

玉清王　呈来一看。（展读）“明朝太子，快快称臣，执迷不悟，玉石俱焚！”

（大怒）可怒！

（唱“快中板”）

欺人太甚贼胡酋，

上国储君神明华胄，

岂能低首献城楼！

（转“滚花”）

众三军坚守城池，不能沦于敌手！

[密擂战鼓，炮火轰鸣，一声巨响，城楼火光，崩塌一边，守军负伤。敌军云梯攀城，玉清王与众兵力拒。

[危急之际，突然敌人营垒火光四起，杀声盈野。金鼓震天，攀城之敌，纷纷退下。

明　兵　（遥望）救兵来了！

[张太傅上。

张太傅　老臣救驾来迟，储君恕罪。

玉清王　（大喜）张老卿家来得正好，不知搬得何处救兵？

张太傅　（念“爽白榄”）

闻边报，老臣忧。

立即招军把将求。

英雄辈出奋提戈，

搬得新军分左右。

右军楚云左军李广，

分当元帅有勇有谋。

玉清王　（大喜）呵呀，待小王出城迎接。犒师！

张太傅　（指城外远处）殿下你看。

（唱“滚花”）

敌营火光一片照城楼！

新军既解城围，继续勇歼胡寇！

玉清王　好呀！

（唱“快中板”）

堪称良将世难求。

马不停蹄追贼寇！

（转“滚花”）

太傅留城安百姓，

小王助阵缚胡酋！

[暗灯，众卸下。

[“哭亡魂”排子头——转山林战场景。

番　帅　（内白）杀败了！杀败了！（拖刀败走阵上）

（唱“滚花”）

估道飞越长城，直逼黄河渡口。

眼看明朝太子，做我阶下之囚！

却来新军解围，杀得我弃甲曳兵而走！

我就不好！不好！本帅曾夸下海口，要夺明朝江山，不料几场战役，杀得我片甲不留，教本帅有何颜面，归见狼主呀。

探　子　（执旗，上，跪下）元帅勿忧，救兵来了！

[四恶将持利械上。

四恶将　参见元帅。

番　帅　来得正好，强敌右军元帅，向我穷追，你等可埋伏山林，将他歼灭，断其一臂，本帅可反败为胜。

四恶将　从命！

番　帅　（唱“滚花”）

分头埋伏莫停留！

[番帅挥众两边埋伏下。

楚　云　（内唱“首板”）

长缨在手！

[“锣边花”，提刀，领郑九洲、伴兰、众兵上。

楚　云　（唱“包槌滚花”）

青云有路，壮志能酬！

斩锁夺关，势如摧枯拉朽，

剑戈影里，谁识凤侣班头！

众三军！（介）

奋勇上前，追歼残寇！

番　帅　（上，挥刀搭住）已陷重围，还不投降？

楚　云　败军之将，看刀！（一刀劈去）

番　帅　（震虎口，退下）杀！（挥众上介）

[四恶将上，把楚云与九洲、伴兰等分割开来，诱楚云追下。

[“北上小楼”。金鼓大震。

[李广挥军上。

李　广　（唱“快中板”）

银枪起处顽敌低头！

再鼓余威歼残寇！

（杀声震天，李广惊疑，唱“滚花”）

平林漠漠战云愁！

遥望烟尘迷谷口！

[郑九洲、伴兰上介。

郑九洲　元帅不好，右军元帅，不知何去！

李　广　啊呀！那边烟尘滚滚，杀声盈野，莫非右军元帅中敌埋伏？众三军！（介）随我来！

[番兵与李战，李广与众将杀退番兵，追下介。

[大笛“困谷”引子。

楚　云　（孤身挥刀上，唱“困谷”）

残胡兵，暗伏山口，

这一阵，杀得我征袍湿透！

举金刀，震神威，

歼彼胡酋！

[楚云力敌四将，刀劈番帅，四将惊下。

楚　云　哈哈！

（续唱）　任你是千军暗伏，

怎敌我金刀在手！

（转入尾句）

威风凛凛策骅骝！

[楚云杀三恶将。李广上，杀胡兵及恶将后下。暗转。

楚　云　（提刀、策马，马叫，翻身下马，牵马，马叫不前，续唱）

唉呀，战骑疲乏，我也脚步浮浮！

（一阵头昏，退坐大树下一块方石上，眼睛紧闭。但手上仍挂金刀，不减其威）

[静场。奏“催归词”序。

玉清王　（带两亲军上）

（唱“催归词”）

飞将军，天边降，

一举歼寇雠保我金瓯！（序）

全军报喜，何以未见楚元戎？

时正黄昏后！（过序）

全军大获全胜，因何不见楚元帅呢？（四望发现楚云）原来楚元帅坐在这里。（上前叫声）将军，战疲了！（见无应声，再靠近一看）啊！（喝两亲军）退下！（两亲军退后两步）

（续唱） 且往林边守望！

[两亲军退入场。

玉清王 （细看）他他他……哪里是人中吕布，分明是花氏木兰啊！

（唱“芙蓉中板”）

她英风难掩女儿柔。

粉脸含春眉目秀，

恰似美人春睡百花羞！

（转“滚花”）

世间焉有此美男儿，

分明是女扮男装疆场走！

（再看）妙呀！

（转“快中板”）

有妻如此复何求，

他日登基为我助手，

四海升平乐无忧！

天赐良缘（介）天成佳偶！

（乐滋滋地上前轻叫）贤卿醒来！

楚　云 （惊醒，急曳刀起，因疲劳走一俏步，王欲扶，楚急挺立）参见殿下。

玉清王 （温语）卿家战疲了？

楚　云 末将战疲了。

玉清王 卿家可知昏睡在此？

楚　云 不知储君驾到，罪甚罪甚！

玉清王 卿家无罪，卿家有功。大获全胜而居功不傲，独坐大树之下，可与先朝名将媲美，堪称“大树将军”！

楚　云　臣安敢与先朝名将媲美?

玉清王　比得有余啊！卿家不只有功于国，更有功于小王，国家若无卿卿，国将不保；小王若无卿家，命将不存。安得卿卿，永在小王左右；安得卿卿，与小王形影不离。卿卿，卿卿！……

楚　云　（惊怒）殿下言词庄重，末将告辞！

玉清王　慢！

（唱“滚花”）

小王一腔情意，亦为卿谋！

倘若愿与心违，

楚　云　（怒）殿下，你……

玉清王　（续唱）　恐怕难为卿佑。

（带威胁性地）可知妇女投军，本朝还未定制，乔装欺世，国法更是不容。况复男女同营，朝夕同眠共食，军中诸将……（介）

楚　云　怎么样？

玉清王　哈哈！三江之水也洗不清！

楚　云　（勃然大怒，唱“快中板”）

储君何事态轻浮，

末将沙场苦战斗，

无辜受辱为何由！

（转“滚花”）

末将失陪，要寻战友！

[李广、壁人、伴兰、张谷等上介。

李　广　参见殿下。

（念“口鼓”）大功告成，已歼敌首。

云壁人　（接念）尽收失地，把守各路咽喉。

玉清王　（接念）列位功劳古今少有，小王回朝保奏，你们晋爵封侯。特别是右军元帅楚卿家功劳居首，小王现有一宗心事拜托李元帅，（介）为楚卿家撮合鸾俦！

楚　云　着呀！

（接念）殿下体察臣心，正思求偶，就烦李元帅为媒，殿下爷作主，许我班师回朝日与琼珠义妹（介）同订白头！

众　人　（惊愕）哦？！……

玉清王　楚卿你……

楚　云　男大当婚嘛。

玉清王　好个男大当婚！将军无戏言。

楚　云　无戏言！

玉清王　（知楚有相拒之意，更带威胁性地）

（唱“滚花”）

小王回朝请旨，

为将军谋！

班师回朝！

[音乐起“雁落平沙”。

[众各有不同关目。

[幕闭。

第四场　闹新房

[班师后，楚云新婚之夕。

[楚元帅府新房景，暖堂龙凤烛，内进是新房。

[喜乐。内场闹酒哄笑声，起幕。

[钱琼珠凤冠霞帔坐幕。

[两侍婢侍立。

钱琼珠　（唱小曲“寻针”）

乐声传绣户，

新月照纱窗，

芳心偷自慰，

得配有才郎!

（转“中板”）

钱琼珠，带喜带羞，今夕双星会银河上。

好夫郎，非别个，就是个位俊俏武潘安。

他他他，不只美貌多才，又是当今名将。

难得他，看上了这穿珠女，不嫌我身世微寒。

（转“滚花”）

谢月老，系红线，小姑今夕谐鸾唱。

[三更介。

钱琼珠 （续唱） 谯楼更鼓报兰房。

悄倚妆前，候我个位帅爷驾降。

[静场片刻。内场又传来行酒哄闹声。

钱琼珠 （摇头）帅爷与诸将欢宴堂前，本夫人岂可先行就寝呢？想日前曾动手编织珠冠一顶尚未完成。丫鬟，内房掌灯！

甲 婢 知道!

钱琼珠 （唱“滚花”）

一腔心事谁知晓，

我且编织珠冠候个郎。

[自捧珠冠与甲、乙侍婢下介。

[李广推着迟不举步的楚云上。

[云壁人默然不语随上。

楚 云 （唱“长句二流”）

兴未阑，酒神降，

还可与诸君来较量，

不该强我进新房。（句）

李 广 （接唱） 一刻千金，毋掷枉，

常言有道酒可穿肠，

贤弟若再贪杯，舍妹恐难见谅。（句）

楚 云 （唱“合尺滚花”）

还可浮一大白，

李　广　（接唱）　明日当再举觞。

送君送到新房门，（推楚进门，欲转身行）

楚　云　走不得啊！

（急曳住众人，接唱）

稍坐片时将面赏！

李　广　不必了。（已被楚云推进堂去）

楚　云　奉茶！（欲叫人来）人——

李　广　（急止住）贤弟你看，舍妹琼珠因久坐无聊，还在里边编织珠冠等你呢，你就不应再胡闹了。

楚　云　（望内房）哦！令妹贤淑如斯，定当不怪我们，请她出来奉茶。

云璧人　（急止，唱"木鱼"）

让她编织下去，织到大天光。

因她曾将心事告我娘，

贤弟有言，得到凯旋歌唱，

便还我小苹认母，与李兄共结鸳鸯，

她念念不忘小姑，真是情义广，情义广。

（转"二黄下句"）

但愁不知何日，美愿能偿！

望贤弟早践诺言，解我们渴望！

［李广、楚云均有感于怀。

李　广　（唱"沉花下句"）

哎呀呀，动我愁肠！

（转"七字清中板"）

小妹芳踪何处访？

珠冠一顶为谁忙？

（转"滚花"）

愚兄福薄缘悭，

触景更添惆怅！

［重音乐，楚云十分难过，璧人冷眼旁观。

李　广　（怆然）愚兄告退！

楚　云　（戚然）大哥！……

云壁人　（慨叹）大哥心事我知之，你看凤烛高烧，舍妹归来，岂非更好，她就可以戴上义妹织就的凤冠和李兄拜堂成亲了。（强音乐）

李　广　（叹息）唉……（一举步欲出门）

楚　云　（强忍悲痛）大哥留步，待小弟敬你一杯，以解闷怀啊！

（取酒举杯，唱小曲“春风得意”）

贤兄放下愁肠，

你梦中情侣，信彼也思乡，

或有其他苦况，

所以未得回里会爱郎！

（过序白）大哥，饮此解愁！（奉酒介）

李　广　（接唱）　我自愁独抱，反添君挂虑，

我心实不安！

楚　云　（接唱）　岂独大哥有此忧伤，

小弟心亦难安放。

求体谅，求体谅，

我未能为你将小苹访！

云壁人　（接唱）　望苹儿早回来，

那时两对鸳鸯，

朝相见，晚聚头，

李兄无复素衾寒！

李　广　（烦恼，唱“快中板”）

小妹音容两渺茫，

愁看摇红银烛亮，

酒入愁肠更断肠！

（转“滚花”）

把酒奠苍天，默祝苹儿无恙！（奠酒介）

楚　云　（感动）贤兄……（欲再挽留）

[伴兰匆匆上。

伴　兰　殿下派人来了。

太　监　（捧金牌上）殿下有金牌一面赐楚元帅，元帅笑纳！

楚　云　（接金牌看，念牌上字）大树将军！

众　人　（赞）好雅号！

楚　云　（变色，心里明白）

（唱“快中板”）

储君高义永难忘。

深夜还来颁重赏，

楚云拜领慎收藏。

（转“滚花”）

当永作大树将军，不负储君期望！

太　监　李元帅，殿下今宵难以入寐，请李元帅进宫下棋，列位将军亦应回府，莫误楚元帅花烛良宵！

李　广　贤弟请！

楚　云　（知难再挽留）李兄请！

云壁人　楚元帅！……

楚　云　云将军！……

[伴兰把金牌放置案上，焦急地望着楚云，不愿离开。

[楚云挥手示意叫伴兰下介。

[低奏“帅牌”，李广、云壁人、伴兰与太监下介。

[静场音乐。

[楚云望望内室，又望望金牌，默然半晌。

楚　云　（叹了一声，念白）

百万军前肝胆壮，

摇红烛下意彷徨啊！

（唱“恋檀慢板板面”）

淑女怀大志，

披甲居军帐。

挽弓射胡边月，提利剑，

入塞北驱群狼！

楚将军，

英姿爽飒走边疆，

一战靖狼烟，四海美名扬。

心只想，

凯歌高唱便归乡，

可以认老娘亲慰李郎。

唉，岂料事不由我想，

走出个玉清王，

被他识破——

（转“二黄”）

庐山真相，

（唱序） 赫赫威名武潘安！

（唱曲） 不是男儿汉！

（唱序） 竟尔逼婚阵前把军令降，

否则罪连诸将！

（唱曲） 教我如何对抗？

（转“教子腔”）

哎我若以明来抗，

又怕军前卷恶浪，

储君高势位，

三军受祸殃。

我只好谋暂安，

诈作求鸾想，

焉知晓假反做真，

圣旨为媒，

苦我无谋自脱更不敢抗！

（唱“合字二黄序”）

一见惊心，一见惊心，

“大树将军”！

足见储君心，仍在纠缠我武潘安，

未肯放！

（转“长句二黄”）

他盘马弯弓把矢张，

我步步为营多设障，

决难卸下征人甲，着我旧时裳。

苦煞年迈亲娘，多情李广，

有亲难认，如隔重墙！

（转唱小曲“太平天”）

更苦新娘，空守兰房，

两难偕随唱，

名份虚担呀！

竟与武潘安，缔此假凤凰！

好闺女，今日被我牵累了，

她还为我，编织珠冠。

用心实良苦，义厚又情长。

惜我难戴上，只好偷偷看！

[四更介。

楚　云　（唱“快二黄”）

唉！听谯楼，打三更，我心如鹿撞！（士腔）

（转“合尺滚花”）

龙凤烛红鸳梦冷，

苦矣新郎武潘安！

[钱琼珠捧珠冠上，甲、乙侍婢随上。

甲　婢　帅爷回来了。

钱琼珠　（裣衽）琼珠接驾来迟，帅爷恕罪。

楚　云　何罪之有，劳姑娘久候，我心不安。

钱琼珠　帅爷请坐。

楚　云　姑娘坐。

乙　婢　帅爷，应该叫“夫人”才是啊。

楚　云　是，夫人请坐。

甲　婢　帅爷回来，奴婢告退。

楚　云　不忙不忙，侍奉身旁。

乙　婢　帅爷，已打四更了，夫人编织珠冠候帅爷呢。

甲　婢　望帅爷懂得惜玉怜香呀。

楚　云　是是是，要惜玉怜香。

甲　婢　奴婢告退！帅爷、夫人晚安。

楚　云　哦，明天讨赏！

[甲、乙侍婢关门下介。

[钱琼珠低首弄珠冠。

楚　云　夫人深夜还织珠冠？

钱琼珠　帅爷说过，凯旋之后帮我哥哥寻找苹儿，因此奴奴编定一顶珠冠。

楚　云　不知送给谁人？

钱琼珠　送给我嫂嫂拜堂成亲之用。

楚　云　哦，夫人真好心事。

钱琼珠　这是我做姑仔应该做的事。

楚　云　（不自觉地接过珠冠）啧啧！好手工！好手工呀！

（又不自觉地端起珠冠量量自己的头）

钱琼珠　（不禁暗笑，强忍）这是给我嫂嫂戴的。

楚　云　……是，是，多谢了。

钱琼珠　送给我嫂嫂的珠冠，帅爷怎说多谢？

楚　云　你的嫂嫂，即我……嫂嫂呀，我曾说过一定寻到苹儿，我就代苹儿致谢吧。

钱琼珠　望帅爷早日为我哥哥寻得苹儿我嫂回来，也不枉小姑一片心。

楚　云　是是是。

（把珠冠放置在案上，金牌之后）

钱琼珠　（望见金牌）帅爷，何来金牌？

楚　云　（不安地）哦，是刚才殿下派人送来的。

钱琼珠　奴奴读书不多，请问帅爷何谓“大树将军”？

楚　云　东汉中兴名将冯异，跟随光武多年，立下了不少汗马功劳，却喜孤身一人，坐在大树之下，不去领功。人称他做“大树将军”！

钱琼珠　果然好雅号！将军居功不傲，难怪殿下赏此金牌！

楚　云　（叹息）唉！（低首无言）

钱琼珠　（念“口鼓”）郎呀，因何低首无言，似有不安情状？

楚　云　（接念）本帅并无异状，夫人勿为我不安。

钱琼珠　（接念）看你面色不佳，满头大汗。

楚　云　（接念）哎！不过是应酬忙碌，有点舌燥唇干！

钱琼珠　原来如此，待为妻奉上香茶呀！

（唱“士工慢板”）

今夕何夕，花好月圆，

我郎不免，厅前宴客往来忙。

待为妻，奉香茶，

郎你饮过此杯，神清气爽。

楚　云　（接杯，接唱）

眼望香茶，心自想，将何言语慰解姑娘。

她一分情，我十分忧，百般感想。

钱琼珠　（念“口鼓”）夫呀，因何茶不沾唇，只是对杯凝望？

楚　云　（接念）唉，为夫心中想着，妻你对我真是情长！

钱琼珠　（接念）这是为妻应该做的，一杯唔够，当再斟一杯奉上。

楚　云　（接念）一杯都够我受咯，我要慢慢享受有妻之福，真是茶未沾唇满口香！（饮介，领略茶香）原来老婆系咁好嘅。

钱琼珠　再敬一杯。

楚　云　够咯够咯，再来我受不起！

钱琼珠　（愕然）莫非怪奴服侍不周？

楚　云　非也！你服侍周到，将来有日子，我要向你拜师！

钱琼珠　拜师？

楚　云　是嘛！为丈夫者也可服侍其妻！

钱琼珠　夫郎太客气了。

[四更介。

楚　云　（不安）四更！……

（唱“新曲”）

哎，四更鼓响，月影横窗。

别人春宵苦短啊我恨更长。

哎，如何熬到雄鸡唱？

堪怜冷落啊鸳鸯帐，

桃源有路苦渔郎！

钱琼珠　（接唱）耿耿星河天欲曙，

瑟瑟秋风叩户窗。

斜眼偷偷将郎看，

缘何低首立一旁？

楚　云　（接唱）唉我欲把衷情诉，

怕她顷刻泪满眶。

哪知春梦客，一样春梦难偿。

钱琼珠　（接唱）闻说这俊俏武潘安风流倜傥，

不少花街红粉女，争看俊儿郎。

楚　云　（接唱）眼望珠冠，满胸惆怅！

钱琼珠　（接唱）看他神态，似有怀远想。

君你有何心事，能否对我说其详？

楚　云　这个！

钱琼珠　（唱“快板”）

你你你，今宵情忧，愁闻更鼓，

冷淡妻房。

莫非君呀别有所怀，

当我路边人看？！

楚　云　（唱慢）心诚有愧，教我如何开腔！

（念“口鼓”）你我结成夫妇，怎能当你陌路人看。

钱琼珠　（接念）看郎今夜惴惴不安，心事满怀，似有无穷苦况。须知既成夫妇，便该坦怀相告，有福同享，有祸同当！

楚　云　好个有福同享，有祸同当！我说出来，你不怪我吧？

钱琼珠　我不怪你呢。

楚　云　你真不怪我呀？

钱琼珠　直说无妨。

楚　云　我要说呀。

钱琼珠　说吧。

楚　云　（唱“中板”）

唉，叫句好琼珠！（序）你确非我妻！

钱琼珠　此话怎解？

楚　云　（续唱）　我有苦衷满怀，求你汪涵海量。

钱琼珠　（哭）说下去吧！

楚　云　（续唱）　我武潘安，实非男子汉！

钱琼珠　吓？

楚　云　（续唱）　和你一样，（转旦喉）是个姑娘！

钱琼珠　（吓一跳）啊！

楚　云　（续唱）　我本姓云，名字叫小苹，

云氏壁人，是我兄长！

李广哥，是我童年好友，从小同窗。

（转“滚花”）

我就是失踪十载的云小苹，

多年来，女扮男装充好汉。

钱琼珠　当真？

楚　云　当真！

钱琼珠　果然？

楚　云　果然。

钱琼珠　（顿足，愁苦，“哭相思”介）

你误我终身，行为谬妄！（“三批”介）

楚　云　（念）　哎，鸳衾有梦难成双，

颠倒雌雄背伦常。

内有苦衷求妹谅，

奇人奇事武潘安。

[起“反线寒关月”序。

楚　云　十年前我在江边玩耍，不慎失足蹈江。幸遇一只官船，将我救起，当时官船中住着个御史少夫人姬妾，可怜的楚姬啊！

（唱“反线叹颜回”）

携儿进京会亲去，不幸孩儿病在床，

药石难疗一朝永别娘。

佢为子丧生愁眉泪眼，恐失夫宠爱，

顿足捶胸甚凄怆，拾到苹儿，

酷肖佢儿郎，就把我扮作男，

当亲生骨肉抚养！

（念“养”字直转“反线二黄”）

养娘好，把名师聘，

教我习射舞刀枪。

江湖上，美名传，

人人敬仰。

见慈亲权不认，

意欲效力疆场。

怎知道，建得奇功，

露出庐山真相！

楚云追穷寇，中埋伏，虽然力退恶将，刀劈胡酋。却因筋疲力乏，昏迷树下！那时候——

（念“诗白”）

储君识破武潘安，

苦苦迫婚在战场。

指责军营多秽迹，

罪连诸将祸心藏。

（唱“合尺滚花”）

苹儿不是无情女，

岂能贪做皇娘负李郎！

才有假凤虚凰，

万望夫人见谅！

钱琼珠　谁是你夫人啊！

（唱“快二流”）

用心良苦，结此假鸳鸯！

怜我名分虚担，

空悬锦帐！

更怜她有娘难认，

（转“滚花”）

燕不成双！

（念“口鼓”）姐姐，有此苦衷，妹能见谅。怜我义兄十年厮守，你亲母老泪流干！姐姐何不偷偷认亲？

楚　云　（接念）此事万万不可！太子欲得我至甘心，此事一经泄露，不堪设想。

钱琼珠　这……

楚　云　（接念）为三军计，为弟兄们安危计，你还是助我一臂，见一步，行一步。先行对付玉清王！

钱琼珠　你害得我好苦呀！

楚　云　（向琼珠长揖）妹妹，想我哥哥璧人，才貌双全，颜容和我一样，妹妹不嫌，苹儿愿做冰人。

钱琼珠　（含羞点头）

[五更。

钱琼珠　快天光了，怎么办？

楚　云　（急）怎么办？（警觉）有人来。（想，与琼珠耳语）

[琼珠坐下，楚云取眉笔替其妻画眉。

[云壁人蹑足上，从门缝偷看。

[云壁人感疑惑，再到门缝偷看，伴兰也蹑足上，从门缝偷看，两人头碰头。伴兰拔脚急下，壁人沉思一刻，拔脚追介。

[幕闭。

第五场　探帅府

[数日后。

[二幕外。

[玉清王上，小宫监随行。

玉清王　（唱“快滚花”）

万里长城，一枝红杏。

心中萦念，大树将军。

降贵纡尊，私行访问！

大宫监　（迎面走来）殿下！

玉清王　何如？

大宫监　奉命到楚家，门公回说，楚将军匆匆忙忙往云府问安去了。

玉清王　往云府问安？

大宫监　老门公说，云老夫人病重！

玉清王　云老夫人病重？（想介）呵吓？常闻云将军说有一胞妹，年幼失踪，每见楚卿，便有迷离扑朔之感。今日云老夫人病重，莫非与此事有关？好！小王今日，何不往云府一行。内监过来！（介）此番去到云府，不用通传接驾，入室登堂，一切从便，须要记得！

小宫监　（恭身）知道！

玉清王　（唱“滚花”）

粉黛三千如粪土，

擎天一柱有佳人！

趱路！

[玉清王与两宫监下介。

第六场　喜团圆

[静场音乐，开二幕。

[云府内堂素幔床帐，后变喜堂喜帐景。

[云夫人装病扶杖倚床坐介。

[床两边侍立云壁人、郑九洲、胡逵和几个丫鬟。

云夫人　（外望）来了吗？

云壁人　娘，她快来了！

云夫人　（念"口鼓"）仔呀，你地所设良谋，不知能否遂意？

云壁人　（接念）只要娘亲依计行事，妹妹一定膝下依依。

郑九洲　（接念）人非木石，女将军没有不认亲娘之理。

胡　逵　（接念）她再不将娘认，老胡我摘下她的元帅盔！

郑九洲　好说好说，你够她打么？

[内场喊声："楚将军到！"

云壁人　来了来了！娘你快睡倒！快睡倒呀！

[众人围住云夫人，"哭相思"介。

云壁人　（哭）亲娘呀！

郑、胡　（哭）伯母呀！

[楚云、钱琼珠上。

楚　云　（扑上前）云老夫人！

[琼珠也上前扶侍。

云夫人　（徐徐睁眼）女儿你回来了？

楚　云　（悲）我……侄儿来了！

云夫人　（失望）原来又是楚侄儿，不是我亲女儿！（身倒下）

楚　云　（急扶）伯母！伯母！保重！保重！（强忍）

云夫人　（念“口鼓”）想不到垂死之身，有这么多侄儿在身前服侍。可惜呀，可惜呀，身边少了我的心爱苹儿！

钱琼珠　（不忍，接念）老夫人不要伤心，你的女儿……

楚　云　（急截住，接念）终有一天回来见你。

钱琼珠　（执楚云，另场接念）再不认母待何时？

楚　云　唉！

（爽起唱排子“可怜我”）

痛萱亲，病垂危，为思儿！

（“士”字相思锣鼓，续唱）

又怕罪犯欺君，

怎好认亲慈。

[伴兰女装捧金盘盛珠冠上，跪下。

楚　云　（一惊）你是何人？

楚伴兰　（念“口鼓”）女婢伴兰，服侍我主，珠冠在此，请更衣！

楚　云　好胆！

（唱“霸腔滚花”）

伴兰大胆，不该扮作女儿。

珠冠奉谁人，惑乱人心有罪！（抛珠冠介）

云壁人　（大怒）帅爷！

（接唱）　有何难言之隐，罪及兰儿！

婢已自揭庐山，其主亦应以真容相示！

钱琼珠　（念“口鼓”）一顶珠冠等着你。

楚　云　（接念）房中之话你忘了么？我乃大树将军，平戎大元帅，轰轰烈烈伟男儿！

钱琼珠　（失色）哦？……（掩面无言）

胡　逵　（大怒）原来你只想做官！（挥臂上前）

郑九洲　（急曳住）做官又有何不可？

[胡逵暴跳如雷，九洲强按住他。

云夫人　（气结，有气无力地）璧人我儿，各位侄儿过来呀！

（唱“乙反滚花”）

想不到我有女儿，难相认，就与世长辞！

仔呀，娘有遗言嘱咐你。

（念“口鼓”）为娘之病，实为女儿，为娘之死，亦为女儿，想不到临终尚不能认女。儿呀，你他日见到苹儿她认母犹可，她如不认母亦毋相强，（介）我当生少一个女儿！

[云夫人气倒，众哀呼。

云璧人　（忍不住，上前向楚）楚大将军，你听到吗？他日有见舍妹苹儿，叫她不必回来了，永远永远都不必回来！（“三批”）（转声叫）娘！

[云夫人气往上冲，晕倒，众围呼。

楚　云　（唱“快中板”）

亲娘病重为思儿，

倘若一朝泉下去，

苹儿不孝罪难辞！

（转“滚花”）

先认亲娘，再谋对付太子！

（摘下帅冠，转身跪下叫）亲娘！

云夫人　（一骨碌起床）你是谁？

楚　云　（落泪）女儿在此。

云夫人　你是楚大将军。

楚　云　是苹儿回来了。

云夫人　你怎么今天才认亲？

楚　云　（唱“滚花”）

小苹曾许愿，凯旋歌奏日重依膝下认亲慈。

（转爽“七字清中板”）

谁料疆场逢太子，

被他识破个中谜。

阵上逼婚藏恶意，

诸多寻罪要整军仪。

（转“滚花”）

女儿才做假凤虚凰，

万望亲娘恕罪！

云夫人　你这样做岂不是苦了亲娘，害了琼珠么？

云壁人　（大愤，唱“滚花”）

苹儿莫虑储君欺！

我等立下殊勋，不怕和他讲理！

钱　母　（匆匆上）不好，储君闯进来了！

[两宫监捧彩礼，玉清王上。

玉清王　小王来了！（向楚云一拱袖）大树将军！

[楚云无言拂袖与伴兰、琼珠下介。

玉清王　（念“口鼓”）小王在外听得明明白白了。云老夫人，小王欲纳令千金为储妃，望老夫人勿负小王盛意。

云夫人　（接念）我女自幼已许配李广为妻，乞殿下饶恕我女儿。

玉清王　夫人！

（唱“滚花”）

小王贵为太子，不久继位登基！

女将军位正昭阳，老夫人更加显贵！

内侍臣，放下小王彩礼！

云夫人　（焦急）殿下爷，万万不可！

玉清王　有何不可？如违我意，楚元帅有欺君之罪，列位将军亦多有不便！（胁逼）

云壁人　殿下爷，舍妹易笄而弁，固属欺君，念她沙场百战，安定边疆，亦可将功折罪。

郑九洲　微臣之见，楚元帅有功无过，殿下不容，臣等辞官归里！

胡　逵　上山落草，做个大王！

玉清王　（变色）你们想作反！？

[张谷引李广、张太傅上介。

玉清王　李将军来得正好。

（念“口鼓”）小王欲娶将军楚，大媒得请将军李。

李　广　（接念）微臣难当月下老，不如请张老太傅系红丝。

玉清王　张老卿家最会为小王设想。

张太傅　（接念）老臣愿当大媒，即日便成嘉礼！

玉清王　（大喜）谢大媒！

张太傅　（顾张谷，接念）小将军，新来喜帖一份，快快念给储君知！

张　谷　（高声）喜报！喜报！（念）“北番新任大元帅致书于玉清王麾下，日前庸将失机，致遭败北，今再整雄兵百万，上将千员，与殿下共猎长城，锦绣中原，终归我有也！”

玉清王　（大惊）啊！

张大傅　还有一份，殿下请听！

李　广　（从袖中取出密报）密报权阉刘瑾，勾结北番，里应外合，割地投降，谋朝篡位！

玉清王　（大惊）啊！

（唱“快滚花”）

内忧外患，社稷濒危！

请问卿家，如何为计？

郑九洲　辞官归里！

胡　逵　上山落草！

玉清王　（急向众将摇手，向太傅问）老太傅如何是好？

张太傅　（唱“滚花”）

干城有将，社稷无虞！

殿下成全，夫妻三对！

玉清王　哪三对？

张太傅　第一对，张谷、伴兰；第二对，琼珠、壁人；第三对，（介）李广、楚云！

众　人　太傅高论，殿下做主。

玉清王　（唱“戏妲己”高腔）

唉吔吔！小王美梦成虚！

（转“快滚花”）

江山岂可让胡儿。

小王割爱让贤，听从老卿家意！

众　人　殿下英明！

张太傅　（唱“滚花”）

即日便成嘉礼，

玉清王　（接唱）　小王我，哎！

就将彩礼作贺仪！

云夫人
钱　母　谢殿下！

[李广、璧人、张谷下。

张太傅　张灯结彩，奏动雅乐。

[暗灯。

[喜乐排子。

[堂上的素幔换喜帐。

[众宫监、侍婢捧大双喜牌上。

[云夫人、钱母笑口吟吟伴着玉清王、张太傅居中坐定，郑九洲、胡逵两边观礼。

[李广、云璧人、张谷各挂彩红与楚云、钱琼珠、伴兰分别拜堂成礼。

[诸将、各侍婢纷纷贺喜。

玉清王　（望向楚云）我的大树将军！

张太傅　国家有福，都是大树将军！

[钱琼珠羞望云璧人。

[伴兰与张谷一碰，做比武之势。

[李广与楚云相视一笑。

[喜乐悠扬。

[幕闭。

——剧终

本剧选载的是1980年刘美卿、容剑平、冯乐永、麦维佳、郑文瑛等主演的版本。

洛　神

编剧：陈冠卿

人物表

甄玉蝉	甄后
曹　植	曹操第三子，卞后出
曹　丕	曹操长子，卞后出
曹　彰	曹操次子，卞后出
卞太后	曹操妻
郭　后	曹丕妻
华　歆	大理少卿
贾　逵	谏议大夫
许　褚	虎卫军统领
曹　休	曹操族弟
司马孚	中庶子
陈　矫	兵部尚书
甄　逸	隐士，玉蝉之父
银　箫	玉蝉姐妹，宫娥
青　御	曹植侍者
月　娥	郭后侍儿，宫娥
丁　仪	文士

丁　廙　　　文士

临淄府吏

众浣纱女

众文武官员

黄门官

众甲士

众宫娥

众宫监

洛水诸女仙

第一场　求甄

[汉末，建安十六年（211 年）。

[邺郡，漳河水畔一流溪几树垂杨，溪边竹篱围着几家房舍，远望青山隐隐，白云悠悠，是汉末军阀大混战时代，曹操统一北方后，一个较宁静幽雅之所。甄家父女门前。

[乐前奏，起幕。

[银箫与众村女舞着各色彩纱上，起唱小曲“漳河水”。

银　箫　（唱“漳河水”）（众和唱）

漳河水，水清清，
铜雀春光分外明。
不闻野老江头哭，
但闻流水作琴鸣。
村姑笑语步盈盈，
浣轻罗，舞长缨，
歌六合，庆升平。
颂魏王得政！

[乐声中。

甲村女　姐妹们，浣纱去呀。

银　箫　玉蝉姐还未到呀。

乙村女　想是读了曹三公子的诗，着了迷了！

丙村女　听说还编织什么玉镂金带枕。

丁村女　好名堂！不知送给谁人？

乙村女　还有谁，当然是送给曹三公子啦。

甲村女　可是，听说玉蝉姐也常读曹世子的诗呀。

银　箫　唔，世子也喜吟诗作赋，可是玉蝉姐却喜读三公子的诗赋呀。

乙村女　不只喜欢他的诗赋，还敬慕其人。

众村女　敬慕！嘻嘻，绣定枕头啦。

银　箫　玉蝉姐来了。

[乐起。

甄玉蝉　（内唱小曲“诗风劲”）

诗风劲！

（舞长纱，缓步上，续唱）（众和）

春风降门庭，

琴韵出新声。

如见青骢跨银岭，

如闻大笛响平明。

音激荡，发乎情，

公子壮怀堪敬！

银　箫　玉蝉姐，又念曹三公子的诗啦？

甄玉蝉　是的，三公子有远行之意。

乙村女　远行？何处去？

甄玉蝉　曹三公子将要从军！

甲村女　何以见得？

甄玉蝉　（唱“滚花”）

诗咏言，歌咏志，

真好一曲新声！

词写在，《白马篇》，

势如拔山举鼎！

[马铃声从远而近。

甲村女　（遥指）马铃响村前，三公子来了。

曹　植　（内唱“柳底莺”一句）

剑空鸣，请缨不成！

[曹植带着微醉，面有愠色，扬鞭策马上，侍者青御在旁搀扶，曹植醉骑。

青　御　公子坐稳。

曹　植　下马！

[曹植下马，青御接鞭下介，众村女相率下介。

甄玉蝉　（扶介）公子酒多了！

曹　植　（慨然）玉蝉，去不成啊！

（续唱）　从军不成！

我兄上表奏朝廷。

只许我习文学礼师先圣，

毋问政！

可叹！我又浪迹似浮萍，

日把松风雪浪听！

甄玉蝉　（接唱）　白马新篇，羽书急，催马劲。

公子壮志堪敬！

唯是亲兄既有令，

为弟应听命，

权顺意莫伤手足情。

文也可当甲兵，

辟邪荡奸锋何劲！

才气纵横，有谁似三公子？

多采文风陈弊政，

一样人钦敬！

曹　植　（叹息）玉蝉啊！

（唱“反线中板”）

中野有哀声，千树狐鼠盛，

山河到处是泥泞。

父王《龟虽寿》，情调高昂，

堪为儿，座右铭。

子建年方壮，能无千里志，

甘常抱膝听涛鸣？

（转爽“反线七字清中板”）

莫道漳河流水静，

四方还在动刀兵。

塞北辽东方砥定，

孙吴刘蜀尚分庭。

（转“正线士工滚花”）

子建欲往东川见父王，

军前效命！

甄玉蝉　玉蝉壮君之志！

（唱“长句二黄”）

君志从征，沙场驰骋，

定得魏王爱重展生平。

邺郡臣民同引领，

公子西行伟业成。

曹　植　（接唱）　国人期望方殷，敢不竭忠效命。

将见玉骢垂杨系，村前一片凯歌声！（句）

甄玉蝉　（接唱）　浣纱畔有诗朋，静候金鞭俊影！

银　箫　（上前）是呀！

（起唱小曲“月下飞鸾”）

河影！月影！俏影！

更深夜静立河沿，

吟君作，歌君赋，诗兴盛。

朝思暮想春风降门庭！

曹　植　（接唱）　见丽影，

读书到天明，

谢卿一片情！

（音乐过序）

银　箫　（楔白）公子将何以报？

曹　植　佳人情意，子建岂忘，早在月前……

（续唱）　修书给家君细陈情，
求我甄家女，
永结知音侣，
交柯立中庭！

[银箫卸入。

甄玉蝉　（接唱）　谢我郎不弃此村女，
愿共拜双星。
妾立河畔盼归程，
煮定醇酒向君敬！

曹　植　（接唱）　共赏月华明，
听流水响咚叮！

银　箫　（抱玉镂金带枕上，接唱）
香枕已绣成，
丝丝万缕情。
藏厚意，藏厚意。
何若以此作定情！

[银箫含笑捧玉镂金带枕献上。

[曹植茫然不解，甄玉蝉微羞，暗怪银箫多事。

曹　植　玉镂金带枕？

甄玉蝉　公子！昔年魏王讨伐董卓，家父勦助有功，朝廷赐以美玉黄金，以资养老。如今家父归隐林泉，志不在此，是玉蝉常闻公子飘零湖海，枕石为床，因而以玉镂金带，编织成枕，奉赐公子。公子着枕，如玉蝉长侍身旁。

曹　植　甄小姐，金枕情深，铭存肺腑，可惜戎马倥偬，不便携带。何况嘛——
（念）　子建今回作远征，
何堪独枕望天明，
请卿收回金带枕。

银　箫　公子有相拒之意？

曹　植　非也！

（续念） 愿留他日凤鸾乘！

银　箫　（拍掌）好个“愿留他日凤鸾乘”！

甄玉蝉　（欢然，唱“快中板”）

玉镂金带巧装成，

独枕何如双照影，

新诗同咏倍添情。

（转“滚花”）

当留枕，待君归！

银　箫　（接唱） 关雎同咏！

[甄逸肩杖挂药篮上。

甄　逸　三公子。

曹　植　甄老丈。

甄　逸　老汉山边采药，遥见村前一族人马，缓缓而来。

曹　植　（念“口鼓”）是谁带兵来此境？

甄　逸　（接念）日前曾经到此，为首者乃大理少卿！

曹　植　（不悦）华歆？

（唱“快滚花”）

羞与刁徒为伍，愿效割席管宁！

他日再访尊居，青御速将鞭整！

老丈请！小姐请！

[青御上，递马鞭，曹植接鞭之际，华歆狡笑一声，领众军上，一随从捧金盘彩礼，人马一字排开。

[曹植昂立不睬，华歆盯着玉蝉。玉蝉、银箫下介。

[甄逸上前作礼。

华　歆　（向植拱手）侯爷有礼！

曹　植　（勃然）谁是你侯爷？

华　歆　原来公子还未知道，世子情隆，魏王恩重，天子下诏，三公子已封为临淄侯了。

曹　植　（一惊）临淄侯？

华　歆　不错!

（唱“滚花”）

魏王世子，请侯爷即日登程!

东行看日出，更添诗豪兴!

曹　植　（愤慨，唱“快中板”）

封邑临淄为何情?

我欲西行求兵柄，

却要东奔近海城。

（转“滚花”）

亲见魏王求改令!

[曹植打马下介，青御随下。

华　歆　（冷笑一声）哈哈！你欲济方舟，恐非易事。有世子在，你难展才情，还是效屈大夫泽畔行吟吧！（对甄逸）甄老丈!

甄　逸　华大人!

华　歆　喜事临门呀!

甄　逸　不知有何喜事?

华　歆　令千金丽质天生，世子十分钟意，早已申报魏王，求得你女为妇，即日纳彩成亲!

甄　逸　（大惊）这这这，从何说起？华大人呀!

（唱“滚花”）

我儿意属三公子，

互相酬唱暗通情。

求大理少卿讨个情，

请世子收回成命!

华　歆　（唱“快中板”）

当今世子位尊荣，

他年王嗣安排定，

女为妃后你拜上卿!

甄　逸　（接唱）　我女不贪宫仪盛，

村夫早已弃功名。

终老林泉求安静，

岂敢高攀入内庭。

华　歆　胡说！

（接唱）世子一心将妇聘，

你不应承也应承。

敢藏私意违君命，

是通顽弟逆亲兄！

哼哼！人说三公子纵酒疏狂，目无君父，恃才傲物，有夺位之心，你父女若然抗命，何止有伤世子手足之情，而且有不臣之罪，干系非轻！

甄　逸　（大惊）这……老汉岂敢！

华　歆　谅你不敢！

（唱“滚花”）

即日送女入宫休逆命！

人来！放下花红彩礼，归报世子得知！

[随军放下花红彩礼介。

甄　逸　（惊急，拖住华歆不放）大理少卿！大理少卿！

华　歆　回城！

[马鞭一扬，推倒甄逸，率众打马下介。

甄　逸　（气结，抛须，唱“沉腔滚花”下句）

哎啊，女儿从此困愁城！

[幕闭。

第二场　泪宴

[曹丕纳甄后三天。

[魏王世子宫中。

[内场，宫中奏乐。

[月娥与众宫女上，卷帘、掀幔，现出宫中花园，万紫千红。

月　娥　（念）世子纳来甄家女，娘娘赢得醋酸风。

郭　后　（匆匆上）月娥，近日外边有何消息？

月　娥　闻说三公子西行被阻，含怒回城。

郭　后　是否即往临淄？

月　娥　听说要先见世子。

郭　后　来得正好。

（唱“梆子滚花”）

今日我来铺盛宴，

显我位尊德行贤。

叫他们席上笑捧杯，

腰间偷拔剑！

传命庖人备宴。

月　娥　知道。

[月娥下介。

郭　后　（唱“滚花下句”）

将见琼宫翻恶浪，

玉蝉转眼变哀蝉！

[郭后下介。

[曹丕、甄玉蝉上，银箫、宫娥随侍上。

曹　丕　（唱“士工慢板”）

牵牛织女星，不再遥相望，

底事默默无言，春山愁损？

[过序。玉蝉低头无语，无限哀愁。

曹　丕　贤后因何不语？

甄玉蝉　（接唱）　是民女思魏王，才雄志远。

赎文姬归汉土，举国称贤。

曹　丕　哈哈！

（唱“横流曲”）

父王神武，德高于天，

气吞河岳，谁不称贤。

银　箫　（接唱）　世子英明，当承父志，

休教中野，泪血如泉。

曹　丕　啊！

（暗怪之，接唱）

小小宫娥，嘴利牙尖，

娘娘未语，竟先开言！

甄玉蝉　（接唱）　村姑愚鲁，出言不检，

情同姐妹，望君哀怜！

曹　丕　我不怪她！

（唱“滚花”）

看来日万民同唱舜尧天，

先与娘娘同庆三朝宴！

[郭后领月娥与众宫女、众宫监捧酒桌上。

郭　后　王世子千岁！

[郭后与众女铺陈拜舞。

众　女　（同唱小曲“银宫乐”）

美景艳阳天，宫中陈喜宴！

歌魏王圣德，颂世子英贤。

资兼文武才情展，

潇洒风流结诗缘。

治酒庆新婚，宫中铺盛宴！

曹　丕　贤后礼重了，请卿上坐，共赏华筵！

[曹丕居中，郭、甄左右坐；甄强应酬。

[黄门官上。

黄门官　启奏大王，三侯爷宫门候见！

曹　丕　不往临淄，却来见我？

甄玉蝉　侯爷回来，容妾暂避。（欲退）

郭　后　（急拉）叔叔来得正好，正好行个叔嫂之礼。

曹　丕　是啊，叔嫂之礼不可无，传！

[玉蝉无奈含悲掩面。

黄门官　三侯爷，有请！（下介）

[曹植上介。

曹　植　（唱“滚花”）

我欲西行马不前，

含怒回城闯禁殿！

拜见哥哥！

曹　丕　贤弟不往临淄，滞留邺下？

曹　植　哥哥呀，愚弟以身许国，并无异志，因何未到川边，便被哥哥军马所阻？

曹　丕　贤弟啊，你文章盖世，北国闻名，封邑临淄，乃父王旨意。

曹　植　子建弃身锋刃，视死如归，求兄禀请父王，收回成命。

曹　丕　旨意已下，岂可更移？何况山东近海，政令未新，贤弟此行，不负胸中所学，你就不必推辞了。

郭　后　是呀。叔叔驰驱王事，鞍马辛劳，世子新婚，还未道贺，还不上前见过新嫂嫂？

曹　植　新嫂嫂？

[植、甄相见。

郭　后　还不行个叔嫂之礼！

甄玉蝉　（强忍悲酸）叔侯有礼！

曹　植　嫂嫂有礼！

郭　后　叔嫂相见，应奉一杯，玉蝉贤妹，礼不可少。

曹　丕　是呀，叔叔将有远行，应敬一杯。

甄玉蝉　从命！

[乐起“乙反中板”。

[银箫捧金盘，玉蝉含泪斟酒，捧杯。

甄玉蝉　（唱“乙反中板”）

手捧金杯愁满面，

心有千言口难言。

（拉腔，含泪，奉酒）

曹　植　（冷然望杯，接唱）

真难料到漳河燕，

彩羽翩跹伴驾前！

（拉腔，神情冷漠）

甄玉蝉　（唱小曲“漳水莲”）

漳水有红莲，质颖神清天日见。

岂忘诗中侣，同誓交柯立庭前。

曹　植　（接唱）　漳水有红莲，终出污泥染。

大树交柯成噩梦，文章不值半文钱！

（悲愤，背面介）

[内场女声合唱：

哎呀！相看无语泪涟涟！

郭　后　（上前，唱小曲“戏皇叔”）

何事故，何事故，呆立默无言？

相对貌似不欢！

曹　丕　（接唱）　贤弟你，何事故，神态异从前？

嫂相敬，你避过不把杯拈！

曹　植　哥哥呀！

（唱“七字清中板”）

兄王纳妇铺华宴，

弟郎欠贺罪难原。

未敢接杯将唇沾，

转敬哥哥表诚虔。

（径向金盘取杯转敬介）

郭　后　且慢！

（接唱）　嫂嫂深情将酒献，

岂能出此绝情言。

敢是君侯心有怨?

沧海曾经暗自怜!

曹　丕　这个!

（接唱）多才多艺称子建，

诗酒风流美誉存。

（转“滚花”）

莫非难斩旧情缘?

筵前情景眼中见!（腔收）

甄娘娘,（介）常闻娘娘与舍弟子建，结为诗中知已，不知有此事否?

甄玉蝉　臣妾居家之时，常慕三叔诗才。

曹　丕　当是敬慕其人了?

甄玉蝉　新诗到手，闲常捧诵。

曹　丕　（眼珠一转）着呀!可怪华歆为媒，访闻不实，既断连理之枝，又伤我手足之情，为今之计……

郭　后　不知有何主意?

曹　丕　常闻古人有让妻美德，三弟不嫌，大可载美东归!（暗里抽剑）

郭　后　好主意!

甄玉蝉　且慢!妾已委身事君，此心不二，况有玉镂金带枕，作为陪嫁妆奁。三叔与我何干?世子莫污吾节!

（把牙一咬，脚一顿，声悲泪咽地起唱快板小曲“诗情断”）

诗情已断，妇节长存。

纲常应守，莫念从前。

邺下诗坛夸子建，

乐府新声赞子桓。

“短歌”一曲词婉转，

“观兵江水”志昂然。

曹家父子诗风见，

玉蝉捧诵各称贤。

今日里——（拉腔，向植）

嫂是君来，叔为臣弁。

庄严王殿，不作戏言。

命君速往临淄去，

敛君狂态，此地莫留连！

曹　植　谢嫂嫂！（悲愤，举杯）

（接唱）　叔知嫂意，永记教言，

诗情已断，臣节应存。

毕世难忘此欢宴。（举杯狂饮，一饮而尽）

漳河水浊，难再留连！

辞别哥嫂，臣弟山东去也！（悲愤如狂，转身奔下介）

[甄玉蝉大受刺激，身体摇摇欲倒。

曹　丕　（转向甄）顽弟为人，就是如此，娘娘不要怪他。子桓敬你一杯！

（唱“滚花”下句）

美哉贤妇，恕我席上失言！

[玉蝉取过酒来一饮而尽，掷杯，倒在银箫怀里。

[郭后冷笑一声。

[幕闭。

第三场　嗣王

[魏王大殿。

[许褚、曹休“搜宫”排场上。

曹　休　（唱“滚花”）

一纸哀音邺郡送，

许　褚　（接唱）　魏王病逝洛阳宫。

曹　休　（接唱）　诏命由丕承父统，

许　褚　（接唱）　谁人不服——

曹、许　（齐唱）　试刀锋！

有请大王！

[文武群臣，华歆、贾逵、陈娇、司马孚、曹休、许褚等文武官员，众宫娥、众宫监拥曹丕穿蟒袍、玉带、王冠上。

曹　丕　（升座“念”）

汉家如破庙，疆土属三强。

孙刘咫日下，唯魏独称皇！

众卿家，先王不幸驾崩，诏命由丕嗣位，有赖诸公辅弼，统一锦绣山河！

众文武官　愿为前驱！

[黄门官上。

黄门官　启奏大王，鄢陵侯曹彰带兵闯城。

曹　丕　（一惊）带多少人来？

黄门官　带十万兵来。

曹　丕　（大惊）十万兵？

（唱“滚花”）

黄须小弟，素来勇悍，

领兵来此，莫非与孤争王！

谁可折他，免生风浪？

许　褚　（念“口鼓”）大王勿忧，驾前有许褚大将。

曹　休　（接念）有曹休在，何怕曹彰！

华　歆　（接念）曹彰有勇无谋，此来是自投罗网。

贾　逵　（接念）看臣片言只语，叫他跪拜兄王！

陈　娇　（唱“滚花”）

曹彰勇猛，不可不防！

两廊埋伏甲兵，窥他意向。

曹　丕　言之有理！依卿所奏。

陈　娇　领旨！呔！传令两廊埋伏。

[众甲兵两边过场埋伏介。

[内场曹彰："气煞了！"

[曹彰上介。

曹 彰　（唱"包槌滚花"）

先王膝下，我独称强！

曹丕何德何能，位居吾上！

又见两廊之下埋伏刀枪！

曹彰何惧金阶闯！（车身入介）

[许褚上向曹彰击拳，曹彰以肘一碰，许褚略退介。

[曹休上猛然挥掌，曹彰接住一送，曹休退下。

[众军两边上示威。

曹 彰　（大嚷）大哥不仁，休怪二弟不义！（直逼王座）

曹 丕　（拍案）二弟意欲何为？

曹 彰　先王玺绶何在？

曹 丕　（有恃无恐举玺绶）先王玺绶在此。

曹 彰　拿来！（上前要夺）

[华歆挥众拦介。

贾 逵　诸公请退！

曹 彰　（盛气）你是何人？

贾 逵　谏议大夫贾逵。

曹 彰　有何说话？

贾 逵　敢问侯爷，驾临邺郡，是来奔丧，还是夺位？

曹 彰　这个！

贾 逵　看侯爷远离长安，带十万兵来，不是夺位，又为何来！

曹 彰　不错！想先王在日，生我兄弟四人，世子一位，曾有意立三弟子建，谁知被谗臣所阻，才立大哥，如今魏王驾崩，嗣王一位，便当另议。

贾 逵　侯爷差矣！家有兄长，如国之君，魏王驾崩，长子便应继位，何况世子为王，非出私意。

曹 彰　正是你等谗臣谋求封妻荫子，拥立得来。

贾逵　敢问侯爷，可知有君？

曹彰　当然有君！

贾逵　可知有国？

曹彰　当然有国！

贾逵　（正色）册立嗣王，乃汉家天子诏命。

曹彰　有何为证？

华歆　诏书在此！

贾逵　还不下拜！（一指诏书）

[华歆高举诏书。

曹彰　（唱“戏妲己”高腔）

哎呀呀，错将城闯！

（转“快中板”）

天子诏书拜魏王。

曹彰虽勇难争抗，

子建虽贤退一旁！

罢罢罢，领兵转回长安上！

拜别了！

曹丕　（发作，击案）慢走！二弟此来，可知有罪？

曹彰　何罪之有？

曹丕　父死不挂孝奔丧，其罪一也；远来邺郡，不入后堂见母，其罪二也；身为大将，带兵远离防地，其罪三也；无君无父，有夺位之心，其罪四也！有此，曹休叔父。

曹休　在！

曹丕　持孤将令，夺去曹彰兵权，速去收聚大军，坐镇长安！

曹休　得令！

[曹休接令下介。

曹丕　还不往后堂见母，听候发落！

曹彰　哎，俺来错了！

（曹彰顿足下介）

[黄门官上。

黄门官　萧怀使者来报，萧怀侯曹熊畏罪，自缢身亡！

曹　丕　四弟自缢身亡？传令厚葬，追赠萧怀王！

[黄门官“得令”下介。

曹　丕　二弟已贬，四弟亦亡，三弟做何处置？

华　歆　大王，曹彰此来，重提旧事，足见临淄侯爷，素得人心，何况山东，乃富庶之地，昔年管仲，相齐称霸，不可不防！

曹　丕　（一惊）这个……

[黄门官上。

黄门官　启奏大王，临淄使者来报，侯爷自设灵祭奠，痛哭先王，闲常与丁仪兄弟饮酒吟诗，旁若无人，不肯入都朝王！

曹　丕　可怒！

（唱“霸腔滚花”）

骂声三弟太猖狂！

许将军！

许　褚　在！

曹　丕　（续唱）　带兵前去将他绑！

许　褚　得令！

[郭后内白：“且慢！”上介。

郭　后　（唱“滚花”）

大王行事要参详！

曹　丕　贤后有何话说？

郭　后　大王兴师问罪，恐招不美之名，若然妄动干戈，国中恐生祸乱，不如遣一介之使，命驾临淄，三叔见之，定来朝拜。

曹　丕　不知要遣何人？

郭　后　大王爱宠，三叔诗朋，甄王娘！

曹　丕　甄王娘？

（大笑）哈哈！哈哈！哈哈哈！

（唱“滚花”）

寝息兵戎谋确上，

就令许将军护送甄王娘！

退朝！

[众关目。

[幕闭。

第四场　劝归

[临淄侯府书轩，桌置古琴，壁间挂剑。

[起幕。

曹　植　（内唱“沉腔首板”）

临风雪涕！

（“慢板序”上，唱“慢板”）

叶离离，枝曳曳，

飘零已惯休问转蓬危。

伤情莫过佳人弃我如违！（句）

热泪洒离觞，

满腔愁愤入东齐！

沧海起悲风，

惊闻父王仙逝！（句）

（音乐，叫头）爹爹！父王！你功未成，身先死啊！

（续唱）　拊膺痛！

（秃转“中板”）

骨肉相残如水火，我宝剑难挥！

曹子建，

报国有心，屡遭钳制，

赢得是，虚文一纸权领东齐！

（散唱）　今已矣！（重句）（取剑一弹“铮”然一声）

唯有纵酒狂歌，抒愁怀，悲乱世！

（舞剑介，收剑挂墙，走向琴桌，扫琴发声）

（叹息）从此后——

（唱“滚花”）

诗酒剑琴为我伴，

休再念，镂金枕上别人妻！

[曹植操琴介。

[丁仪、丁廙上介。

丁　仪　（击节赞赏）高雅高雅！

（念“口鼓”）弹剑拂琴，子建兄又抒愁怀、悲末世！

曹　植　（悲愤、叹息，接念）愿为中林草，随火化春泥！

丁　仪　君休矣！

（接念）山东大国，黄鹤冲天百无计！

曹　植　（急止之）此非小可之志。

（接念）历朝之乱于藩属，丁兄此话不应提！

丁　仪　（笑指丁廙，接念）早说你这个顽弟弟就不如我呢个好哥哥，识时又识势！罢罢罢！还是游山玩水去，白酒对黄鸡！

曹　植　好呀！

（唱“滚花”）

众口铄金殊可畏，

“沛公”今日不在齐！

联袂访农夫，问禾又问黍！

[府吏上。

府　吏　侯爷！魏王派使到！

曹　植　派使到？来者何人？

府　吏　来者乃许褚大将军！身后还有许多军马！

曹　植　许褚？

（唱“滚花”）

许褚带兵来此欲何为？

吾不欲会之，送出门去！

丁　仪　不见！

府　吏　（难为情地）这……

丁　廙　不见！

[许褚火辣辣地带两彪形大汉上，两府卒追上拦阻被打下场。

许　褚　（抱拳）侯爷，有礼！

曹　植　来此何为？

许　褚　魏王有谕，请侯爷归去。

曹　植　将在外，君命有所不受。

许　褚　侯爷不归，末将难以复命。

丁　仪　许褚，你本先王爱将，应知臣节，不能强侯爷归去。

丁　廙　想曹三公子原应立嗣，因被谗臣所阻，才被曹丕夺去，你不该见高就攀，仗势欺人，你你你，枉称当世虎将！

许　褚　此乃侯爷家事，末将管不得许多，只知奉命而来，请侯爷归去。

曹　植　不归又如何？

许　褚　魏王旨意，谁敢有违。可知曹彰已贬，曹熊已亡，侯爷如若违令……

曹　植　怎样？

许　褚　不饮喜酒饮罚酒！拿人！

曹　植　（怒）什么当世虎将，分明是条看家之犬！十分可恶，赶！

丁　仪
丁　廙　赶！

许　褚　呸！

（唱“霸腔滚花”），

上将首级，予取予携！

小小侯爷，吾何惧畏！

绑！

[两军绑丁仪、丁廙介。

曹　植　（大怒）你敢！

[甄玉蝉上。

甄玉蝉　住手！松绑！

[两军松丁家兄弟绑介。

甄玉蝉　请许将军门外稍候！

许　褚　末将从命！

[许褚挥两军下介。

[丁仪、丁廙两人打个眼色下介。

[曹植见蝉来，背立不睬。

甄玉蝉　侯爷！

[曹植不应。

甄玉蝉　三叔！

[曹植更怒，举步欲下。

甄玉蝉　公子！

[曹植止步。

甄玉蝉　（凄叫一声）子建！

[曹植回头。

甄玉蝉　子建，你错怪我了！

曹　植　（冷然）何怪之有？王娘驾到，不知有何颁谕？

甄玉蝉　玉蝉请君回去！

曹　植　你请我回去？（冷然白）为成全王娘不世之功，子建愿就缚！（背身反手介）

甄玉蝉　（无限委婉，凄然道）玉蝉岂是贪功而至！

曹　植　不是贪功？

（唱小曲“小桃红”）

美凤望上高枝，

贵女望入帝帏！

骚狂仕子，

几番失意在宦途，

怎及那显赫王爵身骄贵？

甄玉蝉　（接唱）　红杏出墙嫁，

岂贪权势！

正是逼于势，和权位，

致使薄命蝉，

负了君恩过别枝去！

曹　植　（接唱）独枕何如双照影，

当记花间约，人前誓？

甄玉蝉　（接唱）我尚谨记，

梦也想我知心侣，

花骢早日系垂杨。

唉！公子啊，

你未知！

自你挟骑而去，

便灾降门楣！

那个华少卿，搬出红彩礼！

曹　植　又是华歆？

甄玉蝉　（秃起唱“爽中板”）

他说世子钟情甄家女，

已得魏王恩谕把亲提。

语利如锥伤及三公子，

苦哉奴父欲辩无词！

曹　植　那奸贼说些什么？

甄玉蝉　（唱“滚花”）

他说如若不从，

曹　植　怎样？

甄玉蝉　（接唱）就是与公子同谋，争王嗣！

曹　植　吓？！

甄玉蝉　华歆不怀好意，罪连公子，我父逼于权势，才送玉蝉进宫！

曹　植　哼！

（唱“木鱼”）

终属朝秦暮楚，凤恋高枝，

漳河盟誓尽忘遗。

看席上气势汹汹，真是妻凭夫贵。

甄玉蝉　（接唱）　郭后心存恶意，世子面露杀机！

为解君危才出此，才出此，

（转“二黄”）

不见我声悲泪咽，涕泣陈词！

出语伤君，心藏善意！

（音乐衬白）席上捧杯王拔剑，妾非如此祸临身罢君呀！

曹　植　（唱“沉腔滚花”下句）

哎呀呀，

苦哉漳水艳芙蕖！

（转小曲“寒宵吊影”）

惜分飞！

暴雨摧花骤折寒梨！

鸳侣不双栖！

甄玉蝉　（接唱）　寒蝉凄咽，

哀哀垂泪，

人前承欢背人啼！

曹　植　（接唱）　玉镂金枕情，

非我有，

人自欢乐，我心伤悲！

甄玉蝉　（接唱）　身在王宫啊！

未斩君情，

芳魄伴郎归！

曹　植　唉！

（唱“流水南音”）

梦里相逢终是梦，

醒来依旧各东西！
玉骢难向漳河系，
却见香车走鲁齐！

甄玉蝉　（接唱）　相对无言空有泪，
玉蝉已是别人妻。
难践前盟却做了东齐使，
大妇出谋王颁谕，
不发雄兵发女儿！

曹　植　这个吗？
（唱“快二流”）
我不归，我不归，
甘为逆弟！
恶见不仁兄长，
身愿东海长埋！

甄玉蝉　（接唱）　君若不归，
堕其奸计！
将谓君不归谋叛乱，
将谓君不归为夺妻！
君节蒙污，
魏王得势！

曹　植　（接唱）　归也诬吾夺位，
何如抗命不归！
（念“口鼓”）诏书至，我不从；芳卿来，我即言归，正堕其计！我怕御前宝剑向卿挥！

甄玉蝉　不然！
（接念）君如归去，朝野自有公论，正好破其奸计。玉蝉嘛！求免兄弟操戈，能继先王大业，正如君《白马篇》中所说，玉蝉“视死如归”！

曹　植　壮哉玉蝉！
（接念）今番出使，全为先王大业计。我又岂让兄王欺凌弱妇，（介）死生与共，子建愿随卿归！

[一声暴雷，大雨将至，满天昏黑。

许 褚 （匆匆上）王娘，天将降雨，城外三军，是否入城驻扎？

甄玉蝉 就地安营立寨，不许骚扰民居！

许 褚 知道！（下介）

[轰雷响，风雨至。

[起“恋檀中板”音乐。

曹 植 （唱“恋檀中板”）

大雷雨！大雷雨！

三军早安置。觅地栖息为宜！

甄玉蝉 （接唱） 沧海沸，泰山崩，

三军阵脚不能移，

管它倾盆大雨！

[一阵疾风骤雨，玉蝉打个寒噤。

曹 植 （接唱） 看卿卿，

弱质单衣！

怎禁得，

雨打风吹！

倒不如，

府中暂避！

[又一阵特大雷雨，玉蝉不禁扑向植怀，植忙为玉蝉加衣取暖。默然相对。一声霹雷，玉蝉猛然挣开退后。

甄玉蝉 （接唱） 难住君居，

人言可畏！

曹 植 （接唱） 嫂溺叔援何足惧？！

[极大雷雨，天黑如墨。

甄玉蝉 （把牙一咬，续唱尾腔）

我无畏！我无畏！

天崩塌，我亦应回去！

[府吏秉烛，两丫鬟随上，许褚亦踉跄奔上。

许　褚　启禀王娘，雨暴风狂，营房倒塌！

甄玉蝉　传令三军，乘雨西归！

府　吏　（急跪下）王娘还是在府中暂避为佳，金躯抱恙，魏王降罪，小吏担当不起！王娘留步！

众　人　（跪下）王娘留步。

甄玉蝉　速回邺郡，违令者斩！

曹　植　子建随行！

甄玉蝉　不，我先行三日，君随后至！

曹　植　知道！

许　褚　（突然，向曹植一跪）侯爷！许褚愚蒙，多多冒犯，乞求恕罪！

甄玉蝉　立即登程！

[甄玉蝉急步下。

[许褚再向曹植一拱手，护送蝉下。

[雷雨交加，雨势益狂。

[曹植目送玉蝉去，转身向壁间狂扫弦琴。

[幕闭。

第五场　赋诗

[邺郡。魏王宫偏殿，壁画水墨画。内进是妃后寝宫，底景琼楼绣阁。

[静场音乐气氛，数宫娥屏息静气从后宫出入。

[曹丕企幕，沉思。

[银箫捧金盘药盏上，欲入后宫。

曹　丕　银箫。

银　箫　（恭身）在。

曹　丕　甄娘娘病体如何？

银　箫　冒雨归来后，一直卧床不起。

曹　丕　今日能进食吗？

银　箫　水米仍未沾唇。

曹　丕　好生服侍。

银　箫　（泣应）是。

[银箫捧药进内。

曹　丕　（唱“催归词”）

香车宝马出东城，

戴月披星！

乘暴雨，回魏京，

不辱君命！

见坚贞！

（过序，徘徊、思索）

[郭后上，行近曹丕身前。

曹　丕　贤后，这回孤王再无话可说呀。

郭　后　（轻笑一声，唱“减字芙蓉”）

行不辱命告功成，

节操如此堪崇敬。

不须劳师和动众，

美人犹胜十万兵。

曹　丕　（接唱）　叔嫂相逢一片诚，

有虎卫军为证。

郭　后　（接唱）　大王有此贤内助，

天下何愁不太平？

（转“滚花”）

此后诸侯有两意三心，

曹　丕　怎样？

郭　后　（续唱）　佳人一句话，胜大王千道令！

曹　丕　吓！

（唱“快中板”）

孤王威德震朝廷！

子建恃才常逆命，

玉蝉一去拱手投诚！

（转“滚花”）

孤王威何在？德何存？

更添心病！（杀机再起）

郭　后　（望见华歆进来，乘机告退）臣妾话多，有污清听，臣妾告退！

[华歆上介。

华　歆　大王似有隐忧。

曹　丕　少卿有何良策？

华　歆　子建才高，应参政事。

曹　丕　卿有此主张？

华　歆　大王！子建怀才抱负，终非池中物，不重用之，便早除之。

曹　丕　今已应召西归，杀之实难服众。

华　歆　欲加之罪，何患无辞。人皆言子建出口成章，臣未深信，大王何不以才试之？

曹　丕　试才？

华　歆　大会群臣，当面试之，若不能，即杀之；若果能，则贬之，以绝天下文人之口！

曹　丕　唔！（点头）

（唱“滚花”）

孤王今日师出有名，

借他文章，取他性命！

黄门官　（上）启奏大王，三侯爷宫门候见！

曹　丕　来得好！

（续唱）　孤王待之以礼，

一尽手足之情。

传令文德殿上，大会群臣，所有文官，到此会齐。

黄门官　大王有令，文德殿上，大会群臣，所有文官，到此会齐。

[乐奏“到春来”。贾逵、司马孚、贾诩、王朗等一众文官上介。

众文武官　大王圣安！

曹　丕　子建归来，金殿试才，百官伺候。

众文武官　（齐白）恭聆金玉。

曹　丕　传三侯爷进宫！

黄门官　（叫）三侯爷进宫！

[反线“碧天排子头”。

曹　植　（内唱）　胸怀坦荡归听令！

（唱“十字清中板”）

七香车，驾临东海泣陈情。

一寸丹，有口皆碑齐颂敬，

我今回，匹马单骑返邺城。

进王宫，昂然懒把衣冠整；

（见殿上情景）哦！

（续唱）　两廊下，无复剑啸与刀鸣！

金阶上，全是文臣名气盛，

笑吾兄，班门弄斧卖才情！

曹子建，且行臣礼，静观究竟。

（入跪）臣弟子建，叩见兄王！

曹　丕　（念“口鼓”）何前倨而后恭，以君臣之礼相敬？

曹　植　（接念）念到先王大业，臣弟敢不敬王兄！

曹　丕　（接念）因何不来奔丧？

曹　植　（接念）在职不能离境。

曹　丕　（接念）因何私设灵位？

曹　植　（接念）子行孝道当应。

曹　丕　（接念）因何兄令不行嫂令行？

曹　植　（接念）嫂嫂宣扬先父政。

曹　丕　（接念）莫非内里藏私意？

曹　植　（接念）举头三尺有神明！

曹　丕　（唱爽“梆子慢板”）

吾与你，情虽兄弟，

君臣名义已成。

你不该，太不该，

对兄不敬！

吾深疑你，实无才，

（高腔）　用他人代笔……

曹　植　啊？

华　歆　（哗然）代笔！代笔！（挑动群臣）

众文臣　（骚动）哦！代笔！

[贾逵、王朗、司马孚等素知子建的无大反应。

曹　丕　（续唱）　就是用他人代笔，

欺世盗名！

（转“滚花”）

孤如今当面试才，请群臣监听！

曹　植　愿乞题目！

曹　丕　且住！孤限汝七步成诗，若果能，则免一死；若不能，则从重治罪，决不姑恕！

曹　植　即示题来！

[全场静默下来。

[曹丕起望四座，想题目，望见壁上水墨画。

曹　丕　（即指此画）殿上悬一水墨画，画着两只牛，斗于土墙之下，一牛坠井而亡。孤就以此画为题，但诗中不许犯着“二牛斗墙下，一牛坠井死”字样，限汝只行七步，吟出诗来！

曹　植　请听！

[起来。群臣望曹植，华歆暗数脚步介。

曹　植　（吟诗）　两肉齐道行，头上带凹骨。

相遇块山下，欻起相唐突。

二敌不俱刚，一肉卧土窟。

非是力不如，盛气不泄毕。

[曹植行七步，诗已成。

[曹丕与群臣皆惊。

[贾逵、王朗、司马孚等竖拇指称赞介。

[华歆气泄，望曹丕介。

曹　丕　（击桌）且慢得意！七步成诗，孤犹以为迟，汝能否应声而作诗一首？

曹　植　请即命题。

曹　丕　吾与汝，兄弟也，以此为题，亦不许犯着“兄弟”字样。

[急转细乐，“弹拨”，乐转哀。

曹　植　（略一思索，随口吟哦）

煮豆燃豆萁，豆在釜中泣。

本是同根生，相煎何太急！

[曹丕意动，洒出泪来。

[群臣面面相觑，鸦雀无声。

[卞太后内呼：“王儿！”

[卞太后从殿后拄杖颤巍巍急步上，宫女扶行。

曹　植　（悲呼）母后！

[曹丕示意，众人下。

卞太后　（望丕）兄何逼弟之甚！

曹　植　母后！

[曹丕无奈，亦跪在一旁。

[起“叹板序”。

卞太后　（唱“长句叹板”）

自从先君逝，

留下你四个亲兄弟，

只望能将大业继，

得来国治与家齐。

何竟兄弟难和，

彰儿被贬鄢陵，熊儿已自缢！（土腔、序）

到如今，剩下你两个亲兄弟，

也如大敌相持势，

真教为娘热泪挥。

娘老矣！娘老矣！

一旦无常，

死难瞑目，泉下含悲！（上腔、序）

曹　丕　母后！

（念“口鼓”）习武已有二弟曹彰，三弟博学，应参文事，岂敢相残骨肉，负弟郎满腹珠玑！

卞太后　（接念）三弟已归，问你作何安置？

曹　丕　这个！

[一宫娥上介。

宫　娥　启禀太后，甄王娘病势严重！

卞太后　问候家嫂，快请太医！

（卞太后与宫娥下介）

曹　丕　（斜看望植）既然你嫂病重，不妨入宫问安！

[曹植犹豫。

[银箫急步上。

银　箫　启禀侯爷，殿上之事，已传到后宫，娘娘之意，请叔侯快回封邑。

曹　植　此乃甄娘娘意旨？

银　箫　王娘说，不见胜如相见，请三叔珍重前程！（掩面下介）

曹　植　（激动地）谢高情！

[曹植洒泪向宫内跪下。

[幕闭。

第六场　辞枕

[甄后寝宫。玉砌雕栏。下临漳河。宫内床上设有玉镂金带枕。宫灯下玉砚书案，案匣藏有曹子建诗稿。一边是金炉茶铛。漳水滔滔，斜阳一抹。

[乐起“二黄大首板”。

[甄玉蝉卧床不起。

甄玉蝉　（唱“首板”）

愁情一枕！（双句）

[音乐开幕。

[起“尺”字“二黄”过板。

甄玉蝉　（强起，唱“二黄慢板”）

病沉沉，睡昏昏，

人如踏溪行，轻纱舞河滨，

燕语莺歌斜阳里，

迎来了轻裘骏马，多情公子立花荫！

相对话诗情，星月窥人笑，

叹息好梦难圆，转眼星沉月暗！

（转“教子腔”）

唉，万缕愁入鬓，残蝉逢不幸！

似朝露，如秋草，

空惜余春，难延残生！

甄家女，岂贪生，死有恨！

未了情，谁怜悯？似春蚕困！

银　箫　（上）玉蝉姐姐，太医送来汤药煲好了。

甄玉蝉　（摇头）不用！

（唱“乙反减字芙蓉”）

续命汤难疗我疾，

玉蝉早已碎了心!

银　箫　（接唱）　姐已绝粒又拒进羹汤，

玉躯何日能重振?

甄玉蝉　（接唱）　一死倒干净，

犹胜强偷生!

（转“乙反滚花”）

扶我到白玉栏前，

领赏那漳河琴韵!

银　箫　姐姐不宜当露立，

甄玉蝉　胜如倚榻抱愁眠!

银　箫　（含悲）我知姐意。

[起小曲“雨中行”序。箫扶蝉到栏前。

[河水咆哮，悲风阵阵。

甄玉蝉　（下望漳河，百感交侵，唱“乙反西皮”）

雾云生，月星昏，

望漳河，感慨深。

风如箭，水沸腾，

割我芳心!

一样漳河两样情啊!

（续唱）　垂柳依依，诗声朗朗，

春梦难谐，情缘已断，

心上知音，再难相见，

来世续前盟!

愿君安抵埗，莫负好才情!

银　箫　拒之复思之，姐姐心苦矣!

甄玉蝉　唉!

（唱“乙反长句滚花”）

情虽断，未寒盟，

临淄一会见忠忱。

但愿兄弟相和息兵刃，

身愿含悲栖凤阁，

望诗人高歌入彩云！

（叹息，续唱“滚花”上句）

心有恨，恨恨这枕边人，

煮豆燃萁常寻衅！

银　箫　大王至今应有所悔悟吧？

甄玉蝉　谁知道呢？事不谐，死有恨，扶我去见大王！

银　箫　姐有病，怎好去？

甄玉蝉　身残亦当明志！

[玉蝉昏倒在银箫身上，箫惊呼扶坐。

月　娥　（内）大王进宫！

[急擂鼓，曹丕、郭后、月娥、两宫娥一捧龙服，一捧平天冠上。

[银箫一惊欲跪迎，但又要看顾玉蝉，一时忙乱。

[玉蝉张眼，扶病起迎。

曹　丕　（冷然摆手）免礼！

（念“口鼓”）娘娘玉体欠安，孤王特来慰问。

甄玉蝉　（接念）有劳王驾，欣沐隆恩！

曹　丕　应该的嘛！

（唱“木鱼”）

你德高品美，蕙质兰心，

朝廷上下，无不敬你为人。

一车出使，藩臣归受训，

兵不血刃，智胜千军。

难得是洁身千里回宫禁，

（猾笑一声，转“霸腔滚花”）

应该奖誉，你这位绝代佳人！

孤今日一来问安，二来拜贺娘娘——

郭　后　（唱“滚花”）

将执掌昭阳正印！

甄玉蝉　（一惊）此话何来？

曹　丕　（得意地）你来看——（指甲女盘中之袍）

郭　后　新造的龙服！

曹　丕　还有这……（指乙女盘中之冠）

郭　后　皇帝平天冠！

甄玉蝉　大王何得有此？

曹　丕　贤后当为孤贺啊！

（唱“二黄”）

满朝文武，议论纷纷，

郭　后　（接唱）　都说汉祚当终，魏主奉天承运！

曹　丕　（接唱）　不日登坛告天地，禅让效古人！

孤为一国新君，

郭　后　（接唱）　贤妹就是正宫娘娘身份！

甄玉蝉　国中有此大变？

曹　丕　哦？此事多矣，愿师尧舜！

甄玉蝉　先王不为之事，大王为之。

曹　丕　势在必行！

甄玉蝉　（苦笑一声，唱“滚花”）

民女生来福分薄，

难做昭阳掌印人。

愿大王真个师事舜尧，

便是苍生有幸！

曹　丕　这个皇帝我会当，论及贤后——

（唱秃头“滚花”下句）

堪当昭阳掌印人！

（转“反线中板”）

记当日子建拒封齐，赖你筵前将叔训。

后来踞齐不归顺，又赖你驱车向海行！

看来叔嫂两心通，驾驭诸侯你能胜任。

行棋只差一着，未劝叔叔做反臣！

甄玉蝉 （大受刺激）你……

曹 丕 （唱“滚花”）

叔对嫂言听计从，孤愁王朝不稳！

甄玉蝉 （悲且愤）你你你竟出此言！

曹 丕 不错！（步步进逼）人说你临淄之会，有如久旱逢甘，所谓暗室不欺，为防睽睽众目，乘夜西行，不过是收买民心！不知情者，无不称扬你的美德，厉害啊！虎将许褚也被你们收买了！

甄玉蝉 （大吐血，身子倒在银箫身上喘气）

银 箫 （悲愤，激动地）大王你好狠心！

郭 后 （喝）掌嘴！

[月娥举臂欲上介。

甄玉蝉 住手！大王指鹿则鹿，指马则马吧，玉蝉毁誉由人！大王既知漳水诗缘，又何必强妻甄女，妾为先王大业，才有含垢事君！自顾不久于人世，再进一言：

（念“口鼓”）愿大王兄弟相和息兵刃，同匡社稷念先君。（指枕）每见玉镂金带枕，能知感愧察臣心！

曹 丕 （冷笑）谢忠言！

（唱“快中板”）

心如朗月照乾坤，

谁洁谁污能判审，

孤王慧眼辨贞淫。

（转“三字经”）

又何惜，金带枕，

当还赠，旧主人。

（转“滚花”）

恕孤难侍病中人，

禅让当前习礼紧！

[曹丕冷漠地背身反手，起音乐“帅牌”，与郭后、月娥、两宫女下。

甄玉蝉　天呀！

[甄玉蝉病体不支，跌坐椅上，手触诗稿。

甄玉蝉　（续篇展阅，唱“抱诗眠”）

《白马篇》！《怨歌行》！
有志不能伸，见疑枉推心！
红莲悲遭劫，白玉叹蒙尘！
七步成诗句，句句动人心。
相煎何太急，本是同根生。

[幕后和声，重唱尾两句。

银　箫　姐姐！王娘！姐姐！

甄玉蝉　（徐徐睁眼）玉蝉死后，你为我求太后，葬我于江河之畔，愿随流水化鸣琴！

[甄玉蝉抱诗死去。

[音乐奏哀歌中带有江河流水声。

[银箫哀叫“姐姐！”抚尸大哭。

[乐声不断。

[幕闭。

第七场　感甄（会洛）

[黄初三年（222 年）——曹丕称帝后年号。

[洛水之滨。左松坡，右芝岩，金波荡漾，晚霞如锦。

[幕徐徐起。

[四随从手执王侯仪仗，曹植打马缓步上。

[左青御捧诗匣，右银箫抱玉镂金带枕伴上。

曹　植　（唱“长句二流”）

如飘梗，逐浮沉，

三徙三迁云路暗，

又封邑雍丘而去踏征尘！

越阳林，步洛滨，

淙淙流水发琴音，

流目山川，又见晚霞如锦！

青御！

青　御　在！

曹　植　日已西倾，马烦车殆，就令随行人员，今夕在河边安营歇息吧。

青　御　知道！

[青御挥手令四随从下介。

曹　植　与爷下马！

[涓涓流水，作箫琴声。

曹　植　你们听，似有人在河上吟诗。

青　御　王爷，此乃流水之音。

曹　植　再听，似有人舞着轻纱踏水行。

银　箫　王爷，此乃晚霞松影！

曹　植　我此身如在漳河啊！

青　御　但此地明明是洛水。

曹　植　万水同源！万水同源呀！常言道精诚所至，金石为开，说不定千里途中，故友仙魂来就！

银　箫　（不禁望望河水，望望身后，哭叫一声）姐姐！

曹　植　你看金波荡漾，一派仙气，你姐姐踏波而来了。

银　箫　（暗泣）王爷眼花！

曹　植　你姐姐临终说过，"愿随流水化鸣琴"啊！银箫，磐石如床，置枕其上。

银　萧　王爷看枕，回营去吧。

青　御　河边风冷，有损金躯。

曹　植　临河吊枕，更藏深意。

[银箫置枕石上介。

曹　植　你们下去。

青　御　归鸦噪晚，王爷早些回营。

银　箫　王爷保重！

[青御、银箫同下介。

曹　植　（望枕，抱枕，坐石上，抱枕于膝如抚琴）玉镂金带枕！

（起唱“金枕曲”）

（散板）　见金枕，断人魂！（序）

（上板）　红情绿意堆金枕，

凤舞鸾飞绕彩云。

线线针针藏厚意，

谁知道，丝丝缕缕有啼痕！

情河卷风云！

（转“反线中板”）

难忘凤阁华筵，卿你泪咽声悲，

素手奉杯邀我饮！

苦衷满怀，行嫂令，

严词促我入齐行。

多情子建，几回把风雨残蝉，

当作出墙红杏。

未识好诗朋，明大节，

愿弟兄携手，继父业，建殊勋！

（转小曲“香车行”）

香车走鲁齐，

千里见丹心。

国人交口称颂，

君王陷阱空陈。

苦相煎，无善法，

强我七步成诗句，

只可怜，风雨夜归人！

（唱“乙反流水南音”）

嗟红粉，频受雨风侵，

谣诼纷纭苦玉人！

可怜你凤阁香消愁满枕，

漳河呜咽泣黄昏。

可怜我欲进宫门门闭紧，

更怜病中人处处呵护难中人。

临终嘱咐情堪悯，

且留金枕讽明君。

挥毫写不尽卿高行，卿高行！

只怕天命不归曹魏，画葫芦依样，

御前暗伏受禅人！（双句）

（散） 卿卿报国枉推心！

（转“爽二黄”）

抱金枕，忆故人，倩影长留心坎！

（转“二流”）

河川荡荡，潋滟波生！

耳畔如闻，诗声琴韵！

（转“合尺滚花”）

怎得凌波仙子近，

与吾叙旧洛河滨。

[仙乐飘飘。

甄玉蝉 （内场“散板”） 诗风劲。

[洛河上，彩云生。青莲万朵，瑞气千条。

[甄玉蝉与众仙女上。

[舞台上，全变洛水神天幻景。

[玉蝉与子建相对立，群仙女四周飘彩带起舞。

曹 植 （上前捉甄袖）你，是甄女，还是洛神？

甄玉蝉　你呼我为甄女则甄女，唤我洛神则洛神。

曹　植　（审视）翩若惊鸿，婉若游龙。荣曜秋菊，华茂春松。远而望之，皎若太阳放朝霞；近而察之，灼若芙蕖出绿波。你……是甄女玉蝉无疑，果真化而为神，踏波来了。

甄玉蝉　（唱“乙反减字芙蓉”）

郎君一片情，黄泉人铭感。

曹　植　（接唱）　青莲难喻仙娥洁，卿心印我心！

甄玉蝉　（接唱）　今已隔人天，前尘休再问。

曹　植　（接唱）　湖海飘零客，难忘旧日盟。

甄玉蝉　（唱“正线流水南音”）

七步诗成君才敏，

曹　植　（接唱）　可怜凤阁有啼莺。

甄玉蝉　（接唱）　知你凄凄楚楚离宫禁，

曹　植　（接唱）　噩耗传来我暗断魂！

甄玉蝉　（转“反线南音”）

我今逐水来寻君，

曹　植　（接唱）　同上瑶台慰平生。

甄玉蝉　（接唱）　破镜不重圆，只许谈诗韵，

曹　植　（接唱）　正投吾所好，愿与卿携手作傲吟！

甄玉蝉　（接唱）　书生狂态君未改，

曹　植　（接唱）　恕我失仪，亵渎仙身。

甄玉蝉　（接唱）　我出诗题，

曹　植　（接唱）　即酬雅韵。

甄玉蝉　（接唱）　君当忆旧作？

曹　植　（接唱）　篇篇记在心。

甄玉蝉　记得就好。

（唱“反线流水板”）

《名都美女篇》

曹　植　（接唱）　喻人洁身求美行。

甄玉蝉　（接唱）《野田黄雀行》，

曹　植　（接唱）　仗剑济危贫。

甄玉蝉　（接唱）《七哀诗》何怨?

曹　植　（接唱）　何处无哀音。

甄玉蝉　（接唱）《赠白马王彪》词慷慨，

曹　植　（接唱）“丈夫志四海，万里犹比邻”。

甄玉蝉　（接唱）“在贵多忘贱”，

曹　植　（接唱）　以诗来自警。

甄玉蝉　（接唱）“闲居非吾志”，

曹　植　（恼介，接唱）

怎奈三迁三徙志难伸!

（过序下略快）

甄玉蝉　（唱“步步娇”尾段）

子建文章举世钦，

建安风骨载词林。

君莫因情怀拙志，

当作曹公后继人。

子建，我与你初会于漳河，重逢于洛水，信是有缘，才能相见，今解明珠，赠君留念。（赠明珠介）

曹　植　卿赠我明珠，我赠卿玉珮，但愿明珠玉珮，长相结合。（赠玉珮介）

甄玉蝉　得道者昌，失道者亡，君有才华，前途珍重，吾神去矣!

曹　植　玉蝉!

[音乐起，浪滔滔，潋滟霞光，五彩缤纷。

[甄玉蝉与众仙女冉冉上升，踏云彩而去。

[幕内歌声：

明珠与玉珮，相交赠故人。

生死倾肝胆，子建与洛神。

[舞台上风涛滚滚。

[曹植手捧明珠仰望碧空。

[幕徐徐闭。

——剧终

本剧选载的是 1981 关国华、林小群、白超鸿、刘美卿、冯乐永等主演的版本。

巧县官

（根据焦克、孔新垣、刘习中同名京剧改编）

改编：潘邦榛　何笃忠

人物表

县　官

蓝中玉

红素梅

大奶奶

红颜龙

师　爷

春　荣（丫鬟）

红　寿（家院）

蓝玉香（蓝中玉之妹）

蓝　父

赵　一

钱　二

四衙差

孙　三

李　四

四家丁

第一场　庙会

[重阳之晨，千佛山前。

[热闹的鼓乐声中，一阵呐喊："闲人闪开，国舅爷到！"

[幕启。

[配乐"扑灯蛾"。红寿领孙三、李四等四家丁上，四家丁各扛一牌，分别写着："不准骑马""不准坐轿""男人靠左""女子靠右"。穿插舞蹈。

红　寿　（念"配乐白榄"）

重阳节，喜气盈！

男女老幼听分明，听分明——

[配乐"扑灯蛾"，穿插。

红　寿　（接念）　国舅要来趁庙会，

红府传下令一声。

孙　三　（接念）　不准骑骏马！

李　四　（接念）　坐轿也不成！

红　寿　（接念）　男左女右分开走——

众家丁　（接念）　谁敢违犯不留情，不留情！

[鼓乐声止。师爷上，四家丁退下。

师　爷　（念）　投靠皇亲进红府，依仗国戚步高升。

红寿，可知历城县官有无到此境？

红　寿　师爷，县衙离此千佛山足有廿里路，不准骑马坐轿，试问腿软的县官怎么来得成？

师　爷　好，县官来不成就好了。有请国舅爷！

[红颜龙内喊："来也！"提鸟笼率家丁上。

红颜龙　（唱"快中板"）

天不怕来地不怕，

皇帝岳母是我妈！

千佛山前好玩耍——

（转“滚花”）

信女群中寻美色，

谁合我意就带回家！

准备得怎样？

师　爷　国舅爷，一切按您吩咐安排，大可随意游耍。您看——男左女右分开走，不会令您眼花花，只是那新来的历城县官……

红颜龙　芝麻绿豆官，有什么好怕？

师　爷　此人脾气摸不透，今日事还须防着他。

红颜龙　防他？

（唱“霸腔芙蓉”）

重阳庙会访美人，

国舅爷亲自出马。

芝麻官胆敢过问，

不丢脑袋也得丢乌纱！

他当的是皇家官，

就该替皇亲说话。

我红颜龙放个屁，

他也不敢乱衣牙！

红　寿　对，谅他不敢！

众家丁　当然不敢！

红颜龙　（忽有所悟，唱“滚花”）

唯是我太太利害非常，

十足一只老虎乸！

师　爷　是呀。大奶奶何时回府呢？

红　寿　（接唱）　大奶奶，回乡去，

今日之内不会归家。

师　爷　这就放心了！

红颜龙　妙呀！

（接唱）　逛庙会，选美人，

我无牵无挂！（拉腔）

红　寿　国舅爷，您看——美人哪！

红颜龙　（注视）哪里？

[蓝玉香内喊："爹爹快走呀！"与蓝父上。

蓝玉香　（唱"快滚花"）

祷佛进香趁闲暇。

红颜龙　（迎上）美人哪——

蓝玉香　爹——（急避）

红颜龙　哈哈！

（唱"催归"）

何用怕，何用怕？

且陪伴我享荣华。

我喜欢你艳丽似鲜花！

蓝　父　呸！休得放肆！

（对玉香，唱"滚花"）

你快随爹归去，

莫惹这恶乌鸦。

走！（与玉香急下）

红颜龙　追！（率众追下）

[赵一、钱二鸣锣上。

赵　一　（唱"王祥哭灵"）

庙会兴隆将热闹趁。

钱　二　（接唱）　县官有命百姓遵行——

赵　一　（接唱）　买卖公平不得含混！

钱　二　（接唱）　循规守则不准欺人！

赵　一　哎，钱二，你看——

（念"白榄"）

奇得很，怪得很，

百姓趁庙会，

怎么男左女右两边分？

钱　二　（接念）哦，你与老爷刚上任，

红府的规矩未知闻。

国舅选美求方便，

勒令男左女右他易看真！

赵　一　（接念）吓！光天化日胡作非为，

难道总无人敢过问？

钱　二　（接念）有——前任的县太爷，

就是坐轿过问冒犯皇亲，

被革乌纱回乡去，

从此国舅更霸道横行。（双）

赵　一　哦，这么说，今日不准骑马坐轿，也是刁难我家县老爷啰？

钱　二　就是嘛！

赵　一　照看，我们老爷就来不得了？

[衙差甲、乙上。

衙　差　赵一、钱二！

赵、钱　咦，你们怎么来了？

衙差甲　老爷都来了，我们不来？

钱　二　什么？老爷都来了！在哪里？

衙　差　哪里人多，老爷就在哪里。

赵　一　（指观众席）那里人多——

衙　差　不错，老爷就在那里！

[县官在台下高喊："我是在这里！"鼓乐声作。县官骑驴从观众席走上。

钱　二　老爷，您怎么来了？

县　官　这么大的庙会，人多事多麻烦多，我是这里的父母官，怎能够不到呢？

赵　一　那您怎么骑驴呀？

县　官　国舅有令不准骑马坐轿，我又走不得远路，只好——

众　人　骑驴！

钱　二　您骑得惯驴？

县　官　唉，我也是大姑娘上轿——头一次呀！骑驴来到千佛山，总比闲在衙门好！既不犯红府规矩，又能为百姓效劳。

众　人　高——老爷办法高！

赵、钱　我俩替您赶驴。

二衙差　我俩鸣锣开道。

县　官　好拍档，快登途！

[二衙差鸣锣下，“单打”锣鼓，赶驴上路。

县　官　（唱“追信”）

登高——秋色真是好！

[“单打相思”锣鼓配“骑驴舞”。

县　官　（续唱）七品官坐毛驴匆匆上路，

重阳庙会中走一遭。

哪怕红府机关布，

下官有良图。

国舅爷无非恃势豪，

用心真可恶！

不准骑马坐轿，

也吓我不倒。

他若兴风作浪，

我岂甘作糊涂？

特此骑驴赶到——

察事端，不辞劳！（下）

[蓝玉香内呼：“救命呀！”与蓝父仓皇上。红寿等人追上。赵一、钱二阻拦。

红　寿　吠！

（念“口鼓”）莫非寿星吊颈嫌命长？谁敢挡道？

赵　一　嘿！

（接念）真是丈八金刚放臭屁——气焰好高！

钱　二　（接念）你到底是什么人？

红　寿　（接念）爷爷乃红府本家，红寿是我大宝号！

赵　一　（接念）怪不得寿头寿脑，须知抢劫民女法网难逃！

孙　三　（接念）我家国舅是国戚皇亲！

钱　二　（接念）我们老爷是民之父母！

李　四　（接念）我家国舅无人敢惹！

赵　一　（接念）我们老爷专治歹徒！

红　寿　好呀！先要你尝尝红府的利害。打！

[双方打斗，蓝家父女躲下。红府一伙打败逃下，父女复上。

蓝　父　多谢二位搭救，还望与民做主！

赵　一　唉吔，我们“红头黑脚”怎做得主？等等吧——有请老爷！

[县官骑驴冲上，二衙差随上。

县　官　什么事？

父、女　县太爷，冤枉！（跪）

县　官　起来，起来！有何冤枉，直讲无妨。

蓝　父　老爷呀，方才有伙强人，要抢我这小女！

县　官　什么！

（唱“滚花”）

化日光天，谁敢将民女抢？

钱　二　就是红府国舅！

县　官　（续唱）　不出所料，国舅果真猖狂！

身为县官，岂能一声不响？

老人家——

（续唱）　秉公执法，本县自有主张。

父、女　谢老爷！

县　官　人来！

（续唱）　先将他父女二人，送回家往。

[二衙差护送父女下。红颜龙内喊：“可恼！”率众汹汹上。

红颜龙　好哇，历城县官！

（唱“戏妲己”）

官小胆大，公差凶狼——

竟殴打我家丁，休赖账！

县　官　（接唱尾腔）

唉吔吔，是贵府家丁抢姑娘，

还恶人先告状！

师　爷　哎！

（唱“减字芙蓉”）

是我府丫鬟逃跑，

家丁追赶好平常。

红颜龙　对呀！

（接唱）　追赶丫鬟理应当，

你狗捉老鼠多事干！

县　官　追赶丫鬟？哈！

（接唱）　割鸡怎把牛刀用？

小事何须国舅亲自忙！

师　爷　（接唱）　劝你少管闲事免忧烦。

县　官　（接唱）　我当和尚怎不把钟撞？

红颜龙　（接唱）　皇帝舅仔看谁敢冲撞！

县　官　（接唱）　国法为凭我理得心安！

师　爷　哼！

（唱“滚花”）

说什么理得心安，

可知你早有罪状？

县　官　好笑了——

（念“口鼓”）我清白为官，有何罪状？

师　爷　（接念）红府有令不准骑马，你明知故犯罪大非常！

县　官　明知故犯？

（接念）我一无坐轿，二非骑马，你等睁大眼睛看一看——

师　爷　驴？

县　官　是驴！

（接念）如果是马，双耳怎会这般长？

红颜龙　驴也不准骑！

县　官　（接念）不准骑驴？国舅爷，怎么不早讲呀？

红颜龙　这……就算我现在讲也不迟！

县　官　（接念）怎能随心所欲，信口雌黄呢？

赵　一　老爷。

（接念）他分明恃势欺人！

红　寿　（接念）是欺你，敢怎样？

县　官　别吵！

（接念）我们不要跟这头驴“斗气”。

师　爷　（接念）什么？你污辱国舅太嚣张！

红颜龙　将这狗官扯下来！

[家丁冲上前扯驴，红颜龙被碰倒。县官等人急下。

红颜龙　唉哟！

师　爷　（急扶）国舅爷！

红颜龙　县官呢？

师　爷　跑了。

红颜龙　美人呢？

红　寿　不见了！

红颜龙　混蛋！找不回来我饶不了你！

师　爷　国舅爷！

（唱“木鱼”）

无须动气，不必紧张。

那女子的下落，

我已打听周详。

红颜龙　什么？快讲！

师　爷　（续唱）　她姓蓝名玉香，

蓝中玉就是她兄长。

红颜龙　蓝中玉？

师　爷　对！

（续唱）　此人多才多艺，

早已名播四方。

今日事若被他知闻，

国舅爷实难如所望。

还得抢先一步，

将他诱进府堂。

红颜龙　他来有什么用？我是要他的妹妹！

师　爷　（念“快韵白”）

别急！只要我小计略施，管叫他鱼儿入网。

那时姻缘巧订，就等着拜花堂！

红颜龙　真拍档！

（唱“快中板”）

但求娶得蓝玉香。

（转“滚花”）

你劳苦功高应重赏！

师　爷　小人谢赏！

红颜龙　给你——（递驴屁股）

师　爷　驴屁股？

红　寿　这回够你拍了！哈……（众笑）

红颜龙　笑什么！

师　爷　多谢国舅！

红颜龙　哈……

（续唱）　与爷速邀蓝中玉，

面提亲事抢时光！

师　爷　遵命！

[红颜龙招家丁下，师爷拍驴屁股，红寿一旁大笑。

[二幕闭。

第二场　骗婚

[当天下午；红府。

[二幕前，众家丁捧酒菜过场；红寿搬红、蓝二菊上。

红　寿　（唱“四不正”）

师爷肚中真多诡计，

机关弄好酒菜备齐。

我乘虚溜进花园去——

（加序插白）搬来了红、蓝二菊，那蓝秀才到来嘛……

（续唱）　国舅的用心他实难猜！

[春荣上。

春　荣　红寿！

红　寿　哦——春荣。死丫头，吓我一跳！

春　荣　你干的好事呀，私进皇姨花园，偷盗菊花，该当何罪？

红　寿　罪？

春　荣　你知嘛，这红、蓝二菊乃是皇姨心爱之物，视作闺中良友哩！

红　寿　算了吧，两盆菊花，皇姨会视为闺中良友？

春　荣　当然啦，皇姨还亲自替这两盆菊花起了名呢！那红菊叫“红绣球”。

红　寿　“红绣球”？那蓝菊——

春　荣　蓝菊叫“蓝中玉”（感到失言，急止）

红　寿　“蓝中玉”？巧了——今天国舅爷请客赏菊，客人也叫蓝中玉呀！

春　荣　什么？客人就是——

红　寿　蓝中玉！

春　荣　蓝秀才？

红　寿　对呀，你认识他？

春　荣　是我家邻居，怎会不认识呢？

红　寿　那他的妹妹你也认识？

春　荣　蓝玉香，姐妹一样哩！

红　寿　哦！国舅爷看中她了，今天请她哥哥来，就是……

春　荣　怎么啦？

红　寿　没、没什么，请客吃饭。

春　荣　又打坏主意了？这两盆菊花不准搬！

[师爷上。

师　爷　春荣，你且转告皇姨：国舅爷要在书房会客，饮酒赏菊，特借红、蓝二菊一用，宴罢奉还就是。红寿，还不搬走！

红　寿　是！（搬菊下）

春　荣　师爷，万一皇姨怪罪下来——

师　爷　自有国舅担待！哈……（下）

春　荣　哼！

（唱"滚花"）

国舅宴请蓝秀才，

其中定然有古怪。

得向皇姨禀告，

好为秀才解围。（下）

[二幕启，书房，设酒席、摆二菊。红颜龙正翘首望外。

红颜龙　（唱"荡舟"）

在房内，等嘉宾，

等得心里急如焚。

只盼今番走好运，

喜事来临！

与娇娃，长共寝，

她姿态迷人实销魂！

[师爷上，被神魂颠倒的红颜龙抱住。

师　爷　国舅爷，您无须急！少时蓝秀才到来，先得做好三件事。

红颜龙　第一？

师　爷　饮酒作乐。

红颜龙　吃喝玩乐我生而知之。行！第二？

师　爷　赏菊观花。

红颜龙　寻花问柳我一向拿手。行！第三？

师　爷　请他作画，您来题诗。

红颜龙　题诗？哎，你分明想“寻我开心”。我斗大的字识不到半箩，不行，不行！

师　爷　此诗非题不可！

红颜龙　为什么？

师　爷　它就是你与美人订婚的合同！

红颜龙　怎么，订婚合同？那你快教我！

师　爷　听着——

（念）　蓝菊红菊巧成对，

红府美酒满银杯。

相见恨晚诗文作，

亲如一家画为媒。

红颜龙　没啦？这怎叫订婚合同呀？

师　爷　这是一首藏头隐尾诗。喏——四句的头一字连成“蓝红相亲”，四句的尾一字连成“对杯作媒”。

红颜龙　“蓝红相亲，对杯作媒”，妙极，妙极！

师　爷　蓝秀才到来作画之后，您叫他将这首诗抄在画卷上，这张订婚合同不就落在您手中了？

红颜龙　好……好是好，可惜我背不出来呢！

师　爷　一共才四句，到时我提您。

红颜龙　咳，这回我临上花轿才戳耳窿了！

[内报：“蓝秀才到！”

红颜龙　说到就到，我一句还不会呢！

师　爷　放心，有我。（高声）有请蓝秀才！

（与红退下）

[蓝中玉上。

蓝中玉　（唱“长句二流”）

在书馆，教读忙。

忽接红帖一张，

邀我红府走一趟，

所因何事，费煞思量。（句）

红蓝两家，素无交往，

他是国戚皇亲，

我乃陋室穷汉，

岂有情谊可叙，

自古世态炎凉，

何为瓜葛之缠？

又何使如斯礼让？（句）

（转“二流”）

此去祸福难猜想，

满腹疑虑暗彷徨。

也罢！

（续唱）　我蓝中玉，并无亏心——

（转“二黄滚花”）

莫做忧天杞人，

坦然应邀而往。（进）

[师爷、红颜龙上。红寿随上。

师　爷　哦，蓝秀才！来来来，快见过国舅爷。

蓝中玉　拜见国舅大人！

红颜龙　蓝年兄不必多礼，坐坐坐！

蓝中玉　大人！

（续唱）　大人唤我何贵干？

红颜龙　哦——

（接唱）　观花饮酒度重阳。

人来摆宴！

蓝中玉　嗳，小生一介寒儒，岂敢如此打搅？

红颜龙　交个朋友，不必客气！

师　爷　对对对，我家国舅久闻蓝秀才经纶满腹，特意相邀对饮，聊表寸心呀！

蓝中玉　不敢，多谢国舅盛情！（随红入座）

红颜龙　来，饮——（二人对饮）蓝年兄呀！

（唱“花鼓芙蓉”）

年兄名气响当当，

书画诗文人赞赏。

学生同好画，

也爱写文章。

你我心相通，

如同一母养。

不若将令妹——（被师爷急止）

蓝中玉　什么？

师　爷　哦——

（接唱）　不若叫令妹，

与皇姨结拜成双！

红颜龙　对对对！

（唱“滚花”）

正为着两家结成双，

邀你前来将心事讲。

师　爷　（接唱）　且看红蓝名菊贵，

何不赏菊叙情长？

红颜龙　对呀！

（接唱）　你来、来、来，

且把名菊细看——（“士”字拖腔）

蓝中玉　（看菊）唉吔，真果是奇花呀！

（唱“双飞蝴蝶”）

素慕红府后花园，

菊花珍贵世间稀。

今日蒙邀赏花姿，

小生不禁喜心扉。

这菊花艳，这菊花美，

似仙花般绚丽降于世！

师　爷　（唱“二黄”）

久闻你擅长彩墨，

何不以名菊为题，

趁酒兴作画一幅，

更添闲情逸致。

蓝中玉　（接唱）　岂敢“班门弄斧”？

师　爷　（接唱）　纸笔彩墨，早为你备齐。

红颜龙　小子们，将纸笔彩墨摆上来！

[“合尺相思”，家丁送笔墨、画架上。

蓝中玉　如此，小生献丑了！

（提笔，边画边唱“扬州腔二流”）

彩笔挥，思画题，

神怡心旷绘花姿。

傲骨劲枝，玉立婷婷，

霜寒露冷，竞吐新蕊。

多少古人，乐颂菊花，

此物拟人最相宜！

（转“河调慢板”）

蓝艳艳，几点银星平添娇媚。

红闪闪，朱丝漫卷更显丰姿。

（转“七字清中板”）

今日喜值重阳画兴至，

一卷彩墨写东篱。

走笔如飞，出新意，（介）

奇菊绘就，乐怀抒！（搁笔）

红颜龙　好极，好极！有红有蓝，有细有大，有花有叶，有姻有缘……

师　爷　哎吔吔，蓝秀才真是笔精墨妙，与花传神哪！国舅爷何不配诗一首，请秀才抄于画上以做纪念？

红颜龙　对，轮到我作诗了！

红　寿　什么？您会作诗？

师　爷　少废话。

红颜龙　大爷肚里大把诗！（说成“屎”音）

师　爷　就请秀才挥毫。

蓝中玉　（提笔）国舅大人赐教！

红颜龙　好，端椅向前！（坐前）你就写——

（唱“芙蓉中板”）

蓝菊红菊搞成对——

[师爷边逐句提醒红颜龙，边向蓝中玉纠正诗句，录于画上。

红颜龙　（续唱）　红府美女满堂飞。

想见佳人把斯文作，

跟住娇娃我笑微微。（腔）

蓝中玉　（抄毕）国舅大人过目。

红颜龙　不用看了，送我就是！哈……

师　爷　恭喜秀才，贺喜秀才！

蓝中玉　啊？我喜从何来呢？

师　爷　蓝秀才！

（韵白）你已答允，红蓝定亲。秀才得福，国舅开心！

蓝中玉　此话怎讲？

师　爷　秀才呀！

（唱“板眼”）

你真好运，攀上皇亲——

贺喜令妹许配国舅大人！

蓝中玉　岂有此事？

红颜龙　（接唱）　这张婚书合同，证明定份。

是你亲笔写下，休想变更！（腔）

蓝中玉　此乃国舅的诗句，怎说是婚书呢？

师　爷　秀才！

（续唱）　你达理识文，岂会含混？

这白纸黑字，有据有凭。

听住！

（念）　蓝菊红菊巧成对，

红府美酒满银杯。

相见恨晚诗文作，

亲如一家画为媒。

你姓蓝，国舅姓红，四句的字头横念是“蓝红相亲”，四句的字尾横念是“对杯作媒”。字画是你亲笔所写——

红颜龙　还敢抵赖不成？

蓝中玉　这个嘛……

（旁唱“银台上”）

恨恶贼，施计骗婚姻，

竟然设陷阱害良民，好狠心！

酒宴上，自悔只管赏花，

忘却提防真不慎！

红颜龙　（接唱）　认了吧，将令妹嫁我，

你会一生一世受厚恩。

当官有路，

不必教书养家，

同享荣华，应该庆幸！

蓝中玉　呸！

（唱“快滚花”）

任你欺蒙利诱，

也难动我毫分。

有道是，

大丈夫贫贱不移，

这婚事断然不允！

我要上县衙告你！

红颜龙　哈……

（接唱）就算是州府，

也要让我几分！

蓝中玉　哼！

（接唱）我蓝中玉蔑视强权，

屈膝卑躬吾不肯！

告辞！（欲下）

红颜龙　回来！

（接唱）不允婚事，休想脱身！

师　爷　别不识抬举了！

蓝中玉　哼，狗仗人势！

师　爷　对，狗仗人势，人仗权势。怎样？

红颜龙　就是嘛！

（接唱）看你颈硬到何时？

人来——先将他捆！

[家丁捆蓝，孙三急上。

孙　三　国舅爷，大奶奶回府了。

红颜龙　什么？她不是回娘家了吗？这么快回来？

师　爷　是不是大奶奶对您不放心，来个“兜督将军”？

红颜龙　老虎乸真厉害！红寿，立即锁住他。我应付完大奶奶马上就回来。

红　寿　是！（押蓝）你别动呀！

[红颜龙等下。红寿掩门。

红　寿　找把大锁来。(下)

蓝中玉　(唱“沉腔滚花”)

唉吔吔——

无辜被困，心似火焚!

(转“二黄慢板”)

横祸飞来，(合)

唏嘘难禁！（上）

此际脱身无由，

恐遭劫运。

那国舅摧花手辣，

我更是忧虑于心。

恨无双翅蓦地腾，

只觉天昏日暗！（拉腔坠慢收）

[春荣暗上，开门救蓝。

春　荣　蓝秀才!

蓝中玉　你是谁人?

春　荣　街坊都不认得了?

蓝中玉　哦，原来是春荣姐。到此何事呀?

春　荣　蓝秀才!

(唱“三脚凳”)

我奉皇姨命，来救难中人。

蓝中玉　(接唱)　皇姨何以会救小生?

春　荣　(唱“滚花”)

事急燃眉无须问。

随我来!

蓝中玉　有人来!(随春荣急下)

[红寿持锁上，发现房门大开。

红　寿　咦，门怎么开了?蓝秀才呢?糟了！师爷，师爷——

[师爷急上。

师　爷　何事惊呼?

红　寿　蓝中玉跑了!

师　爷　吓?饭桶!(一巴掌打去)还不快追——

[切光。

[二幕闭。

第三场　奇遇

[紧接前场,二幕前。大奶奶摇扇在红颜龙、家丁的陪同下大步而上。

大奶奶　(唱“十字快中板”)

黄昏过老娘我回转家堂,

却为何鸡犬不宁有异样?

前门锁后门闭处处布防——

(转“三字清”)

问句红颜龙,有何鬼勾当?(腔)

红颜龙　没,没,没!

大奶奶　没?

(唱“七字清”)

你敢将老娘欺骗——(取出金锤)

此物要你尝尝!

看见没有?

红颜龙　哎——看、看见了。

大奶奶　我问你,这个金锤是谁给我的?

红颜龙　是我家姐——哦,是正宫娘娘。

大奶奶　娘娘赐我金锤为哪样呢?

红颜龙　为了管紧我——一不准拈花惹草,二不准爪舞牙张。

大奶奶　　哼！

　　　　　（唱“仙花调”）

　　　　　　　　既是娘娘谕旨你未忘，

　　　　　　　　就得虔诚莫欺老娘！

红颜龙　　（接唱）你、你、你，

　　　　　　　　大可将心放——

　　　　　　　　今日我并无掀风浪！

　　　　　　　　喏，乖乖在府中，独坐闲堂，

　　　　　　　　一心等你回来，闷到慌。

　　　　　　　　女人经过，我合埋眼，

　　　　　　　　不敢谬妄！

大奶奶　　哼，谅你不敢乱来！

　　　　　[红寿急上。

红　寿　　国舅爷，蓝秀才逃了出府！

红颜龙　　什么？

大奶奶　　什么事？

红颜龙　　哦——他说个烂布袋拿了出去补。

大奶奶　　唏！烂布袋丢了就算，还补什么？

红颜龙　　是“补鬼补马”，追他回来——（招众家丁急下）

大奶奶　　他吃错药了！

　　　　　（唱“滚花”）

　　　　　　　　老娘离开一天，家中竟搞成这样！

　　　　　　　　红府没我三日，定必会倒海翻江。

　　　　　待我里里外外看过才是！（下）

　　　　　[二幕启，红府花园。

蓝中玉　　（内唱“首板”）

　　　　　　　　绝处喜逢救星降——

　　　　　[春荣引蓝中玉上。

蓝中玉　　（唱“滚花”）

奈何四处是高墙。

[内家丁追喊声喧。二人焦急四顾。

蓝中玉　（唱“快中板”）

耳畔又闻人喧嚷。

春　荣　（接唱）家奴追捕似虎狼。

蓝中玉　（接唱）眼下鱼儿难破网。

春　荣　（接唱）花园之内暂躲藏。

蓝中玉　花园？

春　荣　（唱“滚花”）

皇姨花园是禁区，

家丁不能擅查看。（领蓝中玉到石山前）

你快躲进去！

蓝中玉　春荣姐——

春　荣　放心，待我报知皇姨，再行设法救你。

[人声渐近，蓝急隐下。红寿率家丁追上。春荣佯摘花应对。

春　荣　红寿，出什么事了？

红　寿　蓝中玉呢？

春　荣　在花园。

[红寿等人欲进。

春　荣　慢！“蓝中玉”“红绣球”都被你搬去请客，刚刚搬回来，现在还要取？

红　寿　什么？你是说菊花“蓝中玉”？我是问秀才蓝中玉呀！

春　荣　嗤！秀才不是在书房跟国舅饮酒吗？怎会在花园呢！走走走——

红　寿　不行，我们要进去搜查！

春　荣　搜查？红寿，你今日吃了豹子胆不成？

（唱“新对花”）

你偷偷溜进花园里，

盗去菊花。

至今竟还说，要入去搜查！

花园是禁区，怎容你乱查？

知机快滚开，勿在此磨牙！

[春荣将红寿等人赶下，随下。

[蓝中玉从石山后退上，四顾不安。

蓝中玉　（唱“红绣鞋”）

暂在花园里避恶鸦。

只忧怕，

冒犯官亲受盘查。

心里乱如麻！

（转“二黄合字序”）

今晚如何脱身免受追查？

我战战兢兢躲在岩石罅。

再仔细一思，

皇姨救我为何缘？

定有根芽！

素闻她为人性善良，

心地像鲜花，

看来莫须怕……

[大奶奶内喝：“谁？”蓝急躲石山后，大奶奶上。

大奶奶　奇怪了！

（唱“恋檀中板序”）

是谁个，在园里？

一转眼间竟溜去。

我定要紧跟随！（发现蓝中玉）

谁？给我出来——（揪出蓝）好呀，原来是个贼！

蓝中玉　我不是贼，是秀才呀！

大奶奶　秀才？哼！

（唱“快慢板”）

坏秀才，真胆大。

闯进皇姨花园，

该当何罪？

东藏藏，西躲躲，

定有不轨之事，

偷入禁区！

自称做，读书人，

枉你仪表堂堂，

却是斯文败类！（拉腔）

蓝中玉　……

大奶奶　我问你——

（念“口鼓”）怎样混进红府来？

蓝中玉　（接念）国舅邀我来相叙。

大奶奶　哦，是他请你来的？哼！

（接念）蛇找蛇，鼠找鼠，蛤蟆找蟾蝶。既然你们臭味相投，何以不去饮酒寻欢，偏要钻到花园里？

蓝中玉　（接念）是春荣姐领我到此地。

大奶奶　（接念）胡说！小小丫鬟怎敢带你入禁区？

蓝中玉　（接念）是皇姨命她救小生。

大奶奶　哈……

（接念）你越讲越不对！玉叶金枝怎会做出不轨坏事？你休要作假弄虚！

蓝中玉　这……

大奶奶　我找他们来对质。

蓝中玉　（急起来）夫人！

大奶奶　哦，心虚了吧？

蓝中玉　夫人哪！

（跪，唱“柳底莺”）

禀夫人，

容学生仔细言陈！

我本应邀府上行，

怎知道竟有灾祸临。

只因国舅爷，

为人实在太不安分。

他说道，我弱妹貌超群，

便存心夺艳韵。

今日约小生，

赏菊骗婚姻，卑劣甚！

施威迫，以利诱，

强订婚盟。

唯是我，不听任。

被囚禁，遭厄运。

犹幸皇姨她知闻，

派春荣姐相救小生，

躲进园中偷偷匿身。

小生实话无瞒隐，

请你谅鉴肯开恩！

大奶奶　好哇！原来是那花花国舅，趁老娘不在又想玩女人！哼，今日不给他点利害看，我就不算是红府的老虎乸！公子，你不用担惊，老娘放你出去就是。

蓝中玉　多谢夫人搭救。小生告辞了！（欲下）

大奶奶　等等，你叫什么名字？

蓝中玉　小生蓝中玉。

大奶奶　什么？

蓝中玉　蓝中玉。

大奶奶　哦，你就是蓝秀才呀！

（唱“长句滚花”）

他果然，好人品，

堂堂仪表，尔雅温文。

学广才高，闻名远近，

难怪皇姨早有爱慕心。

今晚花园奇逢，

莫非天公指引？

蓝秀才——

（续唱） 既是皇姨救你，

何不去谢恩人？

蓝中玉 这个……

大奶奶 何必这个那个呢！

（续唱） 快随我上绣楼，

你遇难呈祥多幸运。（欲下）

[红素梅与春荣上，与大奶奶碰面。

红素梅 啊……嫂嫂，有礼了！

大奶奶 唉吔，乌灯黑火，我家玉叶金枝怎么下楼来了？

红素梅 我……我是来迎接嫂嫂回府呀！

大奶奶 迎接我？哈……是来找他才真！

（续唱） 何必装模作样，

其实我已知闻。

蓝秀才，皇姨在此，快来见过！

蓝秀才 多谢皇姨救命之恩！

红素梅 公子免礼！

[红、蓝相视，继而腼腆。

红素梅 （旁唱“十月怀胎”）

公子是个好书生，我喜于心。

蓝中玉 （旁接唱）皇姨为人真可敬，我感激甚。

大奶奶 （旁接唱）他俩意相牵，恰似迷了魂，

一会面已爱三分！

妹妹……皇姨呀！

红素梅 哦，嫂嫂，什么事呀？

大奶奶 什么事你不知道吗？我问你，蓝秀才人品如何呀？

红素梅 他人品如何，与我何干呢？

大奶奶　唉吔——（旁白）还“守口如瓶”哩！我来“单刀直入”——妹妹呀，秀才名唤蓝中玉，何以你那盆宝贝菊花也取名“蓝中玉”呢？

红素梅　（一怔）啊……这是巧合。

春　荣　也是有缘。

大奶奶　对！

（念“白榄”）

有缘分，有缘分，

今晚天公巧合意中人！

红素梅　（撒娇）唉吔，嫂嫂！

蓝中玉　（旁白）这……这却如何是好哇？

大奶奶　（续念）　你爱他才貌双全，

他谢你救命之恩。

有情终须成眷属，

不若为嫂亲自做媒人。（双）

春　荣　（旁白）求之不得呀！

大奶奶　妹妹，怎么不作声了？

红素梅　叫我怎讲好呢？

春　荣　皇姨，怎想就怎讲嘛！人都救了，还用害羞？

大奶奶　是嘛，害羞就别下楼。

红素梅　嫂嫂……

大奶奶　怎么啦？你到底肯还是不肯？

红素梅　咳，您都知道了，还问什么呢。好嫂嫂！（一点头急下）

春　荣　她点头了！

大奶奶　早知她不会摇头的！春荣，你先到前面看看国舅有什么动静。

春　荣　奴婢遵命！（下）

蓝中玉　春荣姐——（欲随下）

大奶奶　秀才回来！

蓝中玉　夫人有何吩咐？

大奶奶　你也看到啦——

（唱“爽二黄”）

你看皇姨人品如何？

蓝中玉　（接唱）　贤惠聪明心地良善。

感她救人仗义——

大奶奶　（续唱）　更兼貌似天仙！

（唱序）　你该怎样报答婵娟？

蓝中玉　（接唱）　自当报以涌泉，

死而无怨！（欲跪天盟誓）

大奶奶　嗳——（急扶）

（唱“爽教子腔”）

休要在此来盟誓！

只要你甘心情愿，

早与她把终身订，

我且撮合好情鸳。

蓝中玉　（接唱）　此事难、难、难强牵，

中玉门低命太蹇。

大奶奶　（接唱）　你不必谦——

多亏今天天作合，

红蓝共结白头缘！

蓝中玉　使不得，使不得呀！

大奶奶　嗤！刚才你还说涌泉相报，死而无怨，如今是要你应承婚事，离死还远哩！你大难不死还配得了皇姨，天底下哪里有这么美的事呀？告诉你，今日有我为媒，你是肯也得答应，不肯也得答应的了！

蓝中玉　啊……

[春荣急上。

春　荣　大奶奶，国舅爷他们来了！

大奶奶　好，你先将公子带上皇姨绣楼。

蓝中玉　吓！上绣楼？

大奶奶　不用怕，待老娘“对付”完他们再说。

春　荣　蓝秀才，走吧。（硬拉蓝下）

[大奶奶隐于石山后，红颜龙率师爷、家丁上。

红颜龙　与爷搜园！

师　爷　慢！国舅爷，从花园到绣楼是红府的禁区，没大奶奶允许，谁也不能进去呀！

红颜龙　混蛋！大奶奶算老几？就算老祖宗我也不怕！

[大奶奶溜至红颜龙身边。

红颜龙　（毫无觉察）告诉你们，大奶奶见了我呀，就好似见了老虎……

大奶奶　（一把扭红耳朵）你说什么？

红颜龙　哎哟！

大奶奶　你是老虎？

红颜龙　唔……

大奶奶　那我是什么？

红颜龙　您……您当然是武松啰！（众窃笑）

大奶奶　知道就好！你们来做什么？

红颜龙　这……

（唱“滚花”）

时已黄昏，

我是来接你回房转。

大奶奶　不用了，我还要回娘家哩！

红颜龙　（接唱）　刚回来又要走？

大奶奶　（接唱）　看见你就眼冤！

红颜龙　那好，我派人送您去。

大奶奶　不用送了，我都安排好了。

红颜龙　那么您好生行呀！（作揖送行）

众　人　大奶奶好生行！（作揖）

大奶奶　哼！（扬长而下）

红颜龙　“好行兼唔送”了！师爷，你看怎么办？

师　爷　国舅爷——

（念“快韵白”）蓝中玉，飞唔甩！先莫理，这一笔。趁着大奶奶不在，抬轿抢亲机勿失！

红颜龙　抢亲？

师　爷　对！

（接念）我们绕道土地庙，那里坟多人少够密实。连夜将美人抬回来，神不知来鬼莫测！

红颜龙　得！

（接念）国舅娶二奶，不会犯皇法，生米一成饭，大奶恶不得！人来，抬花轿，别点灯，静静去，趁夜黑！

众　人　遵命！

[大奶奶暗上，怒指红颜龙，直奔绣楼下。切光。

[二幕闭。

第四场　夜巡

[当晚；县衙至土地庙。

[二幕前，赵一、钱二上。

赵　一　（念）今夜巡察事。

钱　二　（念）报与老爷知。

二　人　有请老爷！

[县官穿内衣、捧药煲上。

县　官　（唱“梳妆台”）

我太太，不慎着了凉。

煲药汤，扇风炉，

我手乱又脚忙！

望菩萨开恩，保她快无恙。

否则我更辛苦，

家务比公事忙。

什么事？

赵　一　老爷！

（念“口鼓”）看来今晚国舅爷，又要兴风浪。

钱　二　（接念）抬了花轿蓝家去，想是连夜抢姑娘。

县　官　什么？

（接念）花轿抢亲？越搞越多花样！

二　人　（接念）老爷到底管不管？

县　官　（接念）管，如果不管事，何必把官当？

二　人　好，我们去抓人！

县　官　慢——

（接念）国舅嚣张，不能蛮干。朝廷皇法他不怕，得用妙计治虎狼！他们走哪条路？

钱　二　土地庙。

县　官　土地庙？

（唱“长句滚花”）

眉头一皱，计上心房。

今晚月黑秋风爽，

土地庙侧多坟场。

何不如此这般……（与二衙差耳语）

二　人　老爷高见！

赵　一　（接唱）　我们快快起程，

钱　二　（接唱）　土地庙往。（句）

县　官　好，备马！

赵　一　老爷，马病了。

县　官　那就打轿！

钱　二　老爷，轿穿底了。

县　官　要不就骑驴吧！

二　人　老爷忘记啦——驴早就被国舅拖死了！

县　官　好哇!

（唱“滚花”）

马病，轿穿，驴也死，

幸得我还有脚一双。

叫公差——（二衙差应上）

与爷整装，打道前往!

[“单打”，戴帽穿袍。

县　官　快快快，带齐绳索、棍棒、枷锁、手镣!

众衙差　遵命!

[二幕启，郊外景。“单打”锣鼓配唱、做，众“行路舞”。

县　官　（唱“娱乐升平”）

忽听得差役来报，

本官怒火冲天上!

怎可袖手只观看?

百姓遇危难，国舅似狼样，

难安!为官者坐立也不安。

连夜，巡视，凭着有双脚，

摸黑赶上前去管一趟，

屈于红府实不当!

莫取笑，县官我，

自找苦来尝。

论职卑微岂相干?

论理定要挺腰杆，

论法治恶好应当。

豪门仗势，作恶难谅，

要敢碰撞!

怕招祸，把他让，

则有愧食俸粮。

叫公差，且相帮，

巧将计施，先把网张——

（转“梆子慢板”）

定有好戏一场！

众　人　（接唱）　我们匆匆前头走。

县　官　（接唱）　本官步步紧跟上。

众　人　（接唱）　心急脚不停。

县　官　（接唱）　崎岖何所挡？（腔）

赵　一　老爷，前边有险溪！（水声）

众　人　怎办？

县　官　（迟疑一下，把心一横）不怕！

（唱“滚花”）

就算是刀山火海，

拦不住我县正堂！

你们先过，我跟着来。（退下）

[众衙差先后越过险溪。

众　人　老爷！

县　官　（内应）来也！（翻上）

[县官安然翻过险溪，被众衙差抬起，“造型”，切光。

[暗转：土地庙前。师爷、红寿与抬轿家丁上，“抬轿舞”。

师　爷　抬稳轿，看好路呀！

（唱“卖杂货”）

鬼不测，神莫知，

抢得美人儿。

国舅今番添妾侍，

欢天喜地。

师爷我，

有得赏赐乐怡怡！

哦，不觉来到土地庙——

红　寿　不如停轿歇歇气。

[停轿。一大头、一高人突然在土地庙出现，红府人等被吓跑。赵一、钱二摘面具，打开轿帘领玉香下。县官上，进轿。

[红府人等摸上。

红　寿　谁？

师　爷　是我呀，混蛋！

红　寿　师爷，我们碰上鬼了！

师　爷　花轿呢？

红　寿　在这里。

师　爷　美人呢？

红　寿　（伸手入轿）在里边。

师　爷　快抬回去！

[乐起，抬轿圆场。

师　爷　（唱爽“卖杂货”）

土地庙边活见鬼，

好彩没被迷。

红　寿　（接唱）　快接花轿急返归，

免得出事。

众　人　（接唱）　咳吔哟——

心惊胆跳大步迈！（同下）

[幕闭。

第五场　闹府

[紧接前场。

[红府。

[幕启，红颜龙正焦急地等待消息。

红颜龙　（唱“催归词”）

花轿一去，心中牵念，

真个望眼欲穿！

蓝家有女，红府去抢，

因何，今时，

还未见人面！

[红寿上。

红　寿　国舅爷，花轿进府了！

红颜龙　妙呀，快抬进来。

红　寿　是！

[红寿下，引师爷、家丁抬轿上。

师　爷　国舅爷，已经得手，这回包你高兴死了！

红颜龙　你们有功该奖！快！打开轿帘，让我看看美人儿！

师　爷　哎，何必心急，进了洞房你爱怎么看就怎么看。

红颜龙　不行，我是非看不可——

[红颜龙掀开轿帘，县官出现，众惊诧。

红颜龙　吓？！（气倒）

红　寿
师　爷　国舅爷！（急扶红颜龙坐椅上）

红颜龙　（定了定神）你们做得好呀！

（唱“恨填胸”）

真真胆包天！

（念“白榄”）

竟敢来，将我骗，

好教我，怒火燃！

（续唱）　应受棍鞭！

师　爷　唉，国舅爷呀！

（唱“滚花”）

轿内明明装进了美婵娟，

谁料回来却变了丑知县。

我们也不明所以——

红　寿　（接唱）　实在是情有可原。

红颜龙　哼！（对县官）县太爷，你来我这里要干什么？

县　官　你还问我？

（慢条斯理地，唱“中板”）

并非我要来，是贵府师爷，

用轿抬起本官，

到此高楼深院！

师爷，你说对吗？

师　爷　呵……（支吾）对，对。

县　官　（续唱）　尊声国舅爷，你隆情盛意，

抬我进府，到底为甚事端？

红颜龙　嗤，我没抬你！

县　官　呵！

（接唱）　照此说来，是师爷太过糊涂，

本官空跑一场，

即时告辞回转。（拉腔）

师　爷　（急拦）慢！国舅爷呀！

（唱“滚花”）

是我将他请来府上——

红颜龙　你请他的？

师　爷　是呀！

（续唱）　县太爷你幸勿见嫌，

皆因那蓝中玉允婚赖婚，

更兼盗财逃窜。

特请你来审明此案，

好为国舅依法执言。

（递眼色给红颜龙）

红颜龙　唔……对，对！我请你进府是为了告状。

县　官　你要告？

红颜龙　就告蓝中玉允婚赖婚，盗财逃窜。

县　官　你告他允婚赖婚，有何为证？

红颜龙　婚书合同为证。

县　官　拿来我看。

红颜龙　（叫师爷）快呈上来。

［师爷将婚书递给县官。

县　官　（看）嘿！好一张婚书合同！

红颜龙　你也说好？

县　官　画好，字好，诗更好。

师　爷　何以见得？

县　官　这是一首藏头隐尾诗。

红颜龙　哈！还算你有点学问，这就是我娶亲的凭证。

县　官　我看未必吧。请问哪家提亲？

红颜龙　红府。

县　官　哪家允婚？

师　爷　蓝家。

县　官　提亲人？

红颜龙　红颜龙。

县　官　允婚人？

师　爷　蓝玉香。

县　官　既然如此，这婚书之上红颜龙的名字写在何处？蓝玉香的名字又写在哪里呢？

红颜龙
师　爷　（语塞）……

［赵一、钱二上。

赵　一　老爷，秀才蓝中玉之父夜来告状。

县　官　让他进来。

[蓝父上。

蓝　父　参见老爷！

红颜龙　哼！是你！（欲打蓝父，两人相峙）

县　官　（拦）哎，国舅爷，一句话还没说，你就打人，这不太好吧！（对蓝父）老人家！

（唱"三脚凳"）

你要告谁人？

不妨讲一遍。

蓝　父　（接唱）国舅做事犯王法，

深夜抢亲到我家园。

我儿被骗进红府中，

至今仍未见归转。

想是他骗亲将人害，

求大人你执法从严。

红颜龙　（唱"滚花"）

是你儿允婚赖婚！

蓝　父　（接唱）是国舅骗亲害人！

县　官　你们莫争！

（接唱）此案除非秀才做证人，

本官才好处断。

红颜龙　要找蓝秀才，先到他家搜。

蓝　父　我儿已被骗进来，请老爷先搜红府。

红颜龙　先搜蓝家！

蓝　父　先搜红府！

县　官　国舅爷，想蓝家只有一子，绝不能藏在两家，依本官之见嘛——

（接唱）不如就先搜红府。

红颜龙　吓？

师　爷　也好，国舅爷，红府没有就必在蓝家。

（接唱）那时就官司赢定。

红颜龙　　好吧！

　　　　　（接唱）　就请快来搜过莫迟延！

县　官　　如此说，人来搜！

　　　　　[赵一、钱二下，复上。

赵　一　　禀老爷，搜查已毕，不见蓝秀才。

县　官　　不见？

红颜龙　　哈哈！怎么样？

县　官　　别着急。你们里里外外都已搜过？

钱　二　　只有一处未搜。

县　官　　什么地方？

赵　一　　皇姨绣楼。

红颜龙　　嘿！

　　　　　（唱“爽二黄”）

　　　　　　　　　皇姨就在绣楼，

　　　　　　　　　试问有谁人敢搜？

县　官　　（唱序）　不准搜时就眉头皱！

蓝　父　　（唱曲）　剩下绣楼不搜，

　　　　　　　　　要想断案费筹谋。

县　官　　（唱序）　他的说话又有理由！

师　爷　　（唱曲）　国舅呀，事到如今，

　　　　　　　　　不若叫他们一搜。

　　　　　（唱序）　还请县太爷亲自动手！

县　官　　我去？

红颜龙　　（不解）师爷……

师　爷　　（拉红颜龙至一旁）你听我讲！

　　　　　（唱“和尚思妻”）

　　　　　　　　　师爷我有良谋，

　　　　　　　　　要搜就由他搜。

　　　　　　　　　想秀才绝不会，

大胆躲进绣楼。

他搜不出，定要出丑，

难再把计“扭”。

就要乖乖将你所爱，

断给你手！

你与娇娃结了亲，

可再向皇上奏，

说他夜闯绣楼，辱蔑皇家，

必将他罪咎！

红颜龙　（点头，接唱）

他这一次，将罗网投，

实难原宥。

（对县官）喂！就让你搜一搜！

师　爷　（接唱）　任你搜多搜，莫拖时候。

蓝　父　（接唱）　为了明善恶，为了能断案，

请你立即登楼。

县　官　真要我去？

师　爷　非你不可。

蓝　父　理应上去。

赵　一　事到如今，老爷只得去了。

县　官　这……承蒙列位这么看得起我，不过……

红颜龙　哎！

（唱“快中板”）

断案已到紧要关头，

不愿搜时你也得搜，

何必还在喋喋不休。

红寿！

红　寿　在！

红颜龙　（唱“滚花”）

快叫春荣堂前走。

红 寿 （向内）春荣快来！

[春荣上。

春 荣 参见国舅爷！

红颜龙 （接唱） 你马上向皇姨禀告，

县太爷要夜搜绣楼。

县太爷，我这次是看你的了！

[红颜龙、师爷、红寿下。

[二幕闭。

县 官 丫鬟姐，本县为寻秀才要上绣楼，烦劳通禀。

春 荣 哼！

（念“白榄”）

你不知天高，不知地厚！

看看如今是什么时候，

深更半夜竟去搜绣楼？

你只是个七品县官，

小小一粒芝麻绿豆，

皇亲面前还敢放肆，

到底你有几个人头！

县 官 我……我不能不如此呀！

春 荣 好，我就与你通报。你呀，真是胆、大、包、天！（下）

赵 一 （念“韵白”）老爷，风险大得这么“交关”，怕会得不偿失。

钱 二 （接念）是呀，不如莫去搜查，免得再起冲突。

县 官 （接念）我既然已经捅了马蜂窝，就只好硬着头皮让它“吉”（刺）。

赵 一 （接念）那你见了皇姨要小心，

县 官 （接念）当然观色察颜不疏忽。

钱 二 （接念）秀才要是在绣楼，

县 官 （接念）老爷心中就踏实。

赵 一 （接念）如果秀才真不在，

县　官　（接念）想皇姨能体察下情，不会将我多责罚。

蓝　父　（接念）要是皇姨太蛮横，

钱　二　（接念）你岂不是上得落不得！

县　官　（接念）那你们就好好照顾这位老大爷，先莫太着急。然后回衙告诉我太太——

赵　一
钱　二　（接念）告诉什么？

县　官　（接念）就叫她守寡受点委屈！

赵　一
钱　二　这……

县　官　我去了！

[县官与赵一、钱二、蓝父分头下。

第六场　搜楼

[紧接前场。

[二幕启，绣楼上下。

[音乐声中，蓝中玉在灯下夜读，后又烦闷地放下书卷。

蓝中玉　（唱“泣残红”）

夜来闷对书卷叹彷徨，
心中自暗想，
挂怀玉香与慈父，
可有避豺狼？
恨那国舅太不当，
要夺我妹堂前施伎俩。
机关算尽，邀我入府，
假赏菊，实骗婚，露凶相！

（转“长句二黄慢板”）

我贫贱不移志坚刚，

他理屈词穷失所望，

竟然困我在书房。

犹幸春荣将我放，

说是皇姨指令，暗里相帮。

后那国舅夫人，

与我在后园，巧遇上。

喜她与皇姨竟一样——

（转“反线二黄”）

也有一副热心肠。

怎料得，波未平，

为避国舅再追查，

我才到这绣楼之上。（拉长腔）

（转“流水南音”）

虽是皇姨深情对我心相向，

夫人成全美事撮合好鸳鸯。

奈何中玉难将心事讲，

此时此地怎可解愁肠！

（转“收腔”）

只觉夜偏长！

（复坐回椅上，取书解闷）

［红素梅拿披风上。

红素梅　（给中玉披上披风）秀才！

蓝中玉　呵！皇姨，这……

红素梅　披上吧！

（唱“减字芙蓉”）

你夜深还将书读，

须要小心避风寒。

蓝中玉　（接唱）　深感皇姨你关怀，

罗衣暖人心坎上。

只怕风寒能遮挡，

却避不过祸一场。

红素梅　（唱“滚花”）

你还为今日之事担忧？

蓝中玉　（接唱）　国舅无理纠缠会再兴风浪。

红素梅　（接唱）　哼！有大奶奶和我皇姨在，

谅他对你不敢太嚣张！

秀才，你可放宽心，须知我阿哥是像怕老虎一样怕大奶奶。

蓝中玉　果真如此？

红素梅　岂会骗你。秀才呀，你怕不怕大奶奶？

蓝中玉　你问我？

红素梅　（有点羞涩地）嗯！她适才在后园对你提及之事……

蓝中玉　（会意）这……我区区一个秀才，就怕……

红素梅　（紧接）就怕大奶奶会怪你言而无信呢！

蓝中玉　这……皇姨呀！

（唱“春风得意”）

谢皇姨你一片情长，

热心来助我，免遭劫殃。

却自愧才情浅拙，家道贫寒，

怎配与你结鸾凰。

红素梅　秀才不必过谦了！

（接唱）　休论贫和富，你诗书饱读，

早赋出美妙篇章。

相貌俊俏，风度翩翩，

已在我心留印象。

愿成眷属，同作伴，

楼头共对相和唱。

蓝中玉　（接唱）　你为人聪慧善良，

中玉有缘结识，一家也沾光。

你既不对我见嫌，

我愿长伴你身旁。

红素梅　（接唱）　好鸳鸯，

蓝中玉　（接唱）　情意长！

二　人　（合唱）　今宵天赐良缘，

绣楼上诉衷肠！

[大奶奶急上。

大奶奶　哈！你两个细语融融，谈得火热，可知红府楼下不安宁，要闹到楼上来了！

红素梅　呵，出了什么事？

大奶奶　春荣禀报，县太爷奉国舅之命，前来搜楼。

红素梅　吓？好胆！

（唱“滚花”）

定是兄长将县官买通，

主意打到了秀才身上。

蓝中玉　（接唱）　待我一死相拼——

大奶奶　你真傻！

（接唱）　你如死去，皇姨岂不叹孤寒。

红素梅　（接唱）　绣楼禁地住皇亲，

我且到楼梯将他挡！（欲走）

大奶奶　（拦）慢！依我看，县官是为搜秀才而来，不妨让他上得楼来，你将他试探一番。要是个赃官就给他点颜色看看，若是个清官我们再见机行事，岂不是好？

红素梅　嘿！还是你的主意多！

蓝中玉　夫人确实高见。

大奶奶　好，春荣！

[春荣上。

红素梅　春荣，你附耳上来——（耳语）

春　荣　知道了！

[红素梅、蓝中玉、大奶奶下。

春　荣　哎，下面听着——

[县官急上，倾听。

春　荣　皇姨有令：县官到此，命他前厅门施礼，中厅门鞠躬，绣楼前下拜，台阶上叩头，一拜一叩，一叩一拜，拜拜叩叩，走上楼来，若不从命，小心脑袋！（下）

[音乐起。

县　官　哎呀，我的妈呀！

（唱“武二归家腔”）

听闻这话，好教本官暗思忖！

（音乐衬白）这好在还是皇姨的绣楼，倘若是皇奶奶的卧室，我纵有几个脑袋，还不都叩崩了！唉！

（唱“老鼠尾”）

今晚夜，心里乱，

遇着这大案难明断。

秀才老父求我来喊冤，

国舅爷也将我拼命来缠。

只为觅秀才——

（转“锦城春”）

迫我夜查绣楼，

全仗那显赫威权。

你且看这七品县官，

有百般难处谁怜念？

怎打算？怎决断？（重句）

不觉快到绣楼前！

（转“十字二黄”）

不搜绣楼，（合字腔）

秀才受着屈来含着冤。（上字腔）

若搜绣楼，

我却顶着风来冒着险。

莫看它，一座绣楼高三丈，

只怕我上去容易下来难，

国舅爷居心险诈，

要将我推入深渊！（拉腔）

（转“下西岐”）

嘿！岂惧豪门和贵显，

定为民间多雪冤，

要做个好官，不忘责在肩！

（转“二流尺字拉腔”）

快步，向前，

不怕丢官丢脑袋，

应要挺身担风险！

（转“快打慢二流”）

只当是大年初一去拜年，

硬着头皮将皇姨见。

前厅施礼我多庄重，

中厅鞠躬我够自然。

绣楼前下拜又何妨，

台阶上叩头好随便。

我这里一拜一叩，一叩一拜，

拜拜叩叩登楼上——

（转“滚花”）

休道官卑职小，

我却胆大包天！

[春荣、红素梅上。

春　荣　县官，皇姨命你报门而进！

县　官　是。报——历城县知县告进，历城县知县与皇姨叩头。

红素梅　罢了。来呀，赐知县一小座。

县　官　皇姨在上，下官怎敢安坐?

红素梅　赐座便坐，何必啰唆!

[春荣放一小矮凳。

县　官　谢皇姨!

红素梅　贵县到此何事？

县　官　这……拜见皇姨而来。

红素梅　哼!

（唱“快慢板”）

岂会有半夜深更前来拜见，

分明是另有所图信口胡言!

县　官　（坠慢接唱）

尊声皇姨，下情听禀，

只因有一案情，下官难于决断。（腔）

（念“快白榄”）

国舅状告蓝秀才，

点知秀才阿爹又喊冤。

我为找蓝秀才，

红府上上下下，里里外外，

前前后后，左左右右，

窿窿罅罅都搜遍，

就是找不到，

只好到绣楼前。

明知道，夜闯绣楼担风险，

为的是，弄清真相解疑团。

此案不断明，死也不甘愿。

我不怕一叩一拜，一拜一叩，

叩叩拜拜，拜拜叩叩，

三拜九叩——

（秃头转回“慢板”）

累得我腰疼腿又酸。

（转“快七字中板”）

明知闯楼罪非浅，

会罢职丢官丧黄泉。

就算子散妻离无所怨，

一心只为，百姓申冤！（拉腔）

红素梅　听你之言，上楼是为搜秀才。不知秀才身犯何罪？

县　官　允婚赖婚，盗财逃窜。

红素梅　哦？他平日为人如何？

县　官　为人忠厚，通晓礼义。

红素梅　那怎会做出这不轨之事？

县　官　这个……

红素梅　告他允婚赖婚，盗财逃窜又有何为证？

县　官　这个……

红素梅　来！撤座！

[春荣撤去县官座位。

县　官　哎呀！皇姨不必动怒，对你实说，此乃是国舅大人所告。

红素梅　怎么，是国舅大人所告吗？

县　官　正是。

红素梅　我来问你，你做的是哪家的官？

县　官　自然是皇家命官。

红素梅　这王法？

县　官　无私。

红素梅　理正？

县　官　服人。

红素梅　皇亲犯法？

县　官　按律而断。

红素梅　王子犯法？

县　官　罪同庶民。

红素梅　你若依附权贵?

县　官　我就愧对良心。

红素梅　你若贪赃枉法?

县　官　我就断子绝孙!

红素梅　好呀！

（旁唱“梆子流水”）

果是清官大老爷。

县　官　妙呀!

（旁接唱）皇姨当真性良善。

红素梅　（旁接唱）看来可以对他讲实话。

县　官　（旁接唱）看来她与秀才有关联。

红素梅　来呀，给知县看座。

春　荣　是!

县　官　谢皇姨!（入座）

红素梅　贵县呀!

（接唱）　倘若秀才在绣楼，

你将如何把案断?

县　官　哦！只要皇姨你做主，下官自然秉公而断。

红素梅　好呀！有请蓝秀才!

[蓝中玉出现。

县　官　（惊坐于地）吓!

（唱“沉腔滚花”）

你你你，

你当真在楼上!

蓝中玉　（接唱）　还望贵县恕原!

参见父母官!

[县官欲扶，红素梅制止，扶中玉入座。

蓝中玉　县太爷呀！

（唱“反线中板”）

只怪国舅爷，要夺我妹为妻，

邀我到府中将婚骗。

学生不依从，

他就将我来困锁，妄动威权。

此刻躲上绣楼，

主意出自皇姨，我实感她恩典！（拉腔）

县　官　（唱“滚花”）

果然他是府中被困，

难怪其父喊苦呼冤。

红素梅　（接唱）　贵县你方才说要执法秉公——

蓝中玉　（接唱）　就请按律而断。

县　官　（念“白榄”）

按律断，本该按律断，

怎奈国舅势大要遮天。

红素梅　（接念）　你既身为父母官，

要学海瑞为民敢争辩。

蓝中玉　（接念）　包公能将驸马斩。

春　荣　（接念）　铁面无私万古传。

县　官　（接念）　他们位显又官高，

我却是七品小知县。

红素梅　（接念）　你当知理正能推泰山倒。

蓝中玉　（接念）　更有皇姨做主你可勇气添！

春　荣　是呀！你可知皇姨与秀才他……

县　官　响鼓不用重槌，下官方才已看出来，本县应该贺喜——

[大奶奶突然出现。

大奶奶　大家同喜！大家同喜！

县　官　这位是?

春　荣　这是国舅夫人，红府的大奶奶。

县　官　哎呀！下官不知隔墙有耳，适才言语之中冒犯国舅，望夫人恕罪！

大奶奶　算了吧！

（唱“送情郎”）

你何来，这一套，

是我叫他躲上绣楼来。

凭着我跟他拉线做大媒，

还要准备饮多杯！

县　官　（放心地）原来如此！

红素梅　那到底此案你如何发落？

县　官　这个嘛……好！

（唱“弹烛花”）

我此刻，心欢快，

看下官，施巧计。

秀才你快附耳过来，

包你官司打胜尽喝彩！

[音乐复奏谱子，耳语互传，蓝中玉传红素梅，红素梅传大奶奶。

大奶奶　（点头微笑，唱“滚花”）

小县官出得个好主意，

就等你巧妙安排！

县　官　夫人夸奖，下官告辞了！

大奶奶　好！（与红素梅、蓝中玉、春荣下）

[二幕闭。

[县官下楼。红颜龙、师爷、蓝父、赵一、钱二迎上。

红颜龙　县太爷，事情如何，秀才可在楼内？

县　官　就在楼内。

师　爷　（愕然）吓？真是怪也奇哉！

蓝　父　我儿既在红府中，此事应由国舅担待。

师　爷　住口！蓝中玉夜闯绣楼之上，罪大应送断头台。

红颜龙　对，把他抓来砍了！

县　官　　慢！国舅爷，秀才可是你亲戚，你要杀他，他妹妹还能答应婚姻将你睬？

红颜龙　　对呀！哪有妹夫杀大舅的！

县　官　　再说，秀才是从皇姨绣楼上搜出来的，要是张扬出去，万岁一时怪罪，你怎么担待得来？

红颜龙　　这也是。师爷，你有什么主意？

师　爷　　一时想不出。

红颜龙　　哎呀，就请县太爷出个主意吧。

县　官　　你叫他答应这门亲事，不就什么事也没有了吗?

红颜龙　　咳！他是“死牛一边颈”，就是不答应。

县　官　　那不要紧，我能叫他答应。

蓝　父　　老爷你……

县　官　　你不要插嘴。国舅爷，你要记住，公堂审问你可得听我的。

红颜龙　　行!

县　官　　好。明天公堂审案，管教红、蓝两家拜堂成亲。

红颜龙　　还等明天?今晚办了，不就更舒服?

县　官　　哎!

（唱“滚花”）

我办案还得返衙门——

红颜龙　　（接唱）　红府要比你衙门多气派。

县　官　　（接唱）　须知心急难食热汤圆（仄声）——

红颜龙　　（接唱）　汤圆再热，我也要一口“吞埋”！

县　官　　也罢，你派人布置前厅，好待老爷夜审。赵一、钱二，打扫前厅！

[众人分下。

第七场　巧断

[当天深夜。

[二幕启，红府前厅，已布置成公堂。

[赵一、钱二与两衙差上，县官随上。

县　官　（念）　做官不分大和小，

难得清白乐逍遥!

[蓝中玉、蓝父、师爷、红寿上。

县　官　你们站好了。哎，国舅爷呢？

红　寿　还在后头戴花哩！

县　官　快请出来！

红　寿　请国舅爷。

[红颜龙披红挂花上。

红颜龙　（唱“了缘曲”）

今夜里，太太呀，未归家。

有县官作主，我立即再娶，

定有揸拿!

县　官　给国舅爷看座。

[红颜龙入座。

县　官　蓝中玉，国舅爷告你盗财逃窜，夜闯绣楼，你可知罪？

蓝中玉　学生乃书香门第，焉能盗财逃窜。夜上绣楼，也是国舅所迫，我何罪之有?

红颜龙　哎，他怎么都不认账了？

县　官　你别急，听我问。蓝秀才，盗财逃窜，夜闯绣楼暂且不提。我只问你，你是否答应红、蓝两家的亲事?

蓝中玉　这红、蓝两家的亲事么？

县　官　对！这蓝、红两家的亲事。

蓝　父　儿呀！你万万不能答应。

蓝中玉　爹呀！我已将婚事从依。

蓝　父　奴才呀!

（唱“快滚花”）

此事不能当儿戏，

两家匹配我不依!

县　官　老人家!

（接唱）　依我看蓝红结亲，全是正理。

蓝　父　呸!

（接唱）　想是你贪赃受贿，就把人欺。

红颜龙　哎，老岳父何必如此！（对县官）县太爷呀!

（接唱）　你与海瑞为官差无几。

师　爷　（见势不对）国舅爷，你还赞他？来——（拉红颜龙至一旁）

（接唱）　我看今晚此事有蹊跷!

红颜龙　怎么？

师　爷　你想想，我们白天骗婚，蓝秀才至死不从，怎么现在却答应得这般容易？他将绣楼夜闯，为何皇姨竟不怪罪，知县也闪烁其词？看将起来，里边一定有鬼!

县　官　哎，那边何人说话?

红颜龙　呵，是师爷对我把话提。

县　官　师爷，请问你姓红？

师　爷　不姓红。

县　官　你姓蓝？

师　爷　不姓蓝。

县　官　你一不姓红，二不姓蓝，今夜审的是红、蓝两家的官司，你不红不蓝休要多嘴!

师　爷　哼！我吃的是红府的饭，办的是红府的事，你将国舅爷蒙混，不才可不能等闲视之。

县　官　好胆!

（唱“七字清中板”）

为了红蓝两家成亲事，
我是从早到晚没闲时。
好容易如今有些头绪，
你却又在此大放厥词。

（转“三字经”）

反诬本官，好大口气，

公堂搅闹，无事生非！

（转“滚花”）

国舅呀，若不是他在胡缠，

你早就拜了天地！

红颜龙　对！他出的总没有好主意。

县　官　唔！那藏头隐尾的歪诗，可是他作？

红颜龙　不错。

县　官　蓝家抢亲的主意，又可是他出？

红颜龙　正是。

县　官　好呀！

（唱“滚花”）

要说谁将国舅爷蒙混，

原来正是你这能干军师。

红颜龙　县太爷！

（接唱）　只要你能将我美事成全，

罚他，打他，杀他——

都一概任由你！

师　爷　国舅爷，你……

红颜龙　给我滚！

师　爷　（转向县官）县太爷，这……

县　官　哼！你这号人就只会拍马屁。来呀，今晚暂且看押，明天回衙再办，带下去！

[衙差甲带师爷下，复上。

衙差甲　禀老爷，皇姨到！

县　官　有请。

[春荣、红素梅带花上。

红颜龙　哎，妹妹，你怎么来了？

红素梅　我不来不行呵！

红颜龙　怎么还带着两盆花？

春　荣　皇姨自有用处。

红素梅　参见父母官。

县　官　皇姨少礼，请坐。

红素梅　父母官，今夜案情，审明没有？

县　官　已经明白，不用担忧。秀才已答应成亲……

红颜龙　哎！是我要成亲，你快改口！

县　官　我没讲错，就请皇姨当堂作证，细说从头。

红素梅　是！

（唱“银河会”）

兄长枉称国舅，

倚官恃势凌人遂所求。

想将婚姻骗落手，

先来利诱，再迫相公上绣楼。

蓝中玉　（接唱）幸遇她，将吾救，

天赐良缘，我两人心相扣。

同尽诉，倾心语，

成就了，好佳偶，得结鸾俦！

红颜龙　（唱“血泪花中段”）

你与平民，结鸾俦，

将家风败透。

竟破家规，太不知羞。

红素梅　（接唱）县令作证，何罪有？

是你做错，快收口！

县　官　对呀！

（唱“爽二黄”）

皇姨说话，句句都有理由。

绣楼结亲，正是天成佳偶。

红菊蓝菊巧成对，（示红、蓝二菊）

蓝中玉就配这红绣球。（拉腔）

红颜龙　嘿！什么乱七八糟的！县官，你这案子是怎么审的？

县　官　怎么了？

红颜龙　你不是说，红、蓝两家结亲，由你做主吗？.

县　官　没错呀。红府的皇姨配蓝家的秀才，这不就是红、蓝两家结亲吗？这正是：红蓝婚约定，绣楼把亲成，皇姨配秀才，合法又合情。

红颜龙　皇姨配秀才？有何为证？

县　官　婚书合同，你听着：（拿婚书念）

蓝菊红菊巧成对，

红府美酒满银杯。

相见恨晚诗文作，

亲如一家画为媒。

这字头是“蓝红相亲”，字尾是“对杯作媒”。立婚约人蓝中玉，红素梅。

红颜龙　那么我呢？

县　官　按辈分，你是大舅！

红颜龙　可恼！

（唱“快中板”）

新郎霎时变大舅，

你将我蒙混太荒唐。

狗官这般乱判案，

不由怒火满胸膛！

（转“滚花”）

我要打下你威风，

以惩谬妄！

[红颜龙上前欲打县官，赵一、钱二挡住。

蓝中玉　（接唱）　这是你自作自受！

赵　一
钱　二　（接唱）　岂容你咆哮公堂！

红颜龙　（接唱）　哼！你们敢把我怎么样？

（搬椅台中，傲然坐下）

县　官　国舅爷，你呀……

（唱“大笛二流”）

你真是蛮不讲理，气焰猖狂！

果然官高势大任施为，

地位低微话不响。

人人都说清官好，

清官受压实难当。

我不怕压，不畏难，

偏与你来对抗！

[二人椅上对峙。

红颜龙　你这小小县官，有什么能耐？

县　官　（念“口鼓”）我就告到知府衙门。

红颜龙　（接念）好呀！知府大人是我的把兄弟，不怕和你走一趟。

县　官　（接念）那我到按院府里击堂鼓。

红颜龙　（接念）哼！按院姑妈的姐姐，是我表嫂的叔伯姨，必然将我帮！

县　官　（接念）我就不信斗你不赢，走！随我进京见皇上。

红颜龙　（接念）哈哈！当今万岁是我的亲姐夫，任你乱告也无妨。

县　官　（接念）难道有王法条条，竟容你无法无天不将罪降。

红颜龙　（接念）王法是我姐夫定的，是给你们用的，跟我绝不相干。

县　官　你……

红颜龙　（洋洋得意地）怎么样？狗官，跟我去找我姐夫去！

红素梅　慢！你确实欺人太甚了！要去一起去！

（唱“秋江别中板”）

一起去，共将理讲，

休得意，莫嚣张。

娘娘是我亲家姐，上殿中也无妨。

万岁爷也会依她，

看你定必空着忙！

县　官　是呀！万岁他还不一样怕老婆！

红颜龙　（恼羞成怒）嘿！你们反了！来人哪！

[众家丁涌上。

县　官　你要干什么？

红颜龙　狗官！

（念“锣鼓白”）要你公堂审案，你却耍尽花招，胡说八道。欺骗皇亲，包庇平民，弄得我一阵明白，一阵糊涂，糊里糊涂，当上大舅。事到如今，你若不将蓝家小姐断与给我，我就要狗急跳墙，在这公堂之上，与你拼个死活！

县　官　哎呀！命仔可不是好玩的！

（念“口鼓”）国舅呀，你非要和蓝家小姐结亲？

红颜龙　（接念）我是吃了秤砣铁了心，决不退让！

县　官　（接念）也罢！春荣，你速到蓝家将蓝玉香接来府上，好与国舅拜堂。

春　荣　知道。（下）

蓝　父　这万万使不得！

红颜龙　（得意地）最后还是他要让我！

（对县官，念“口鼓”）县太爷，多谢你为我成全，方才有冒犯之词，就请原谅。

县　官　（接念）国舅爷，从今后你应改邪归正，不要恃势逞强。

红颜龙　这……就这一回了。

[春荣上。

春　荣　新人来了！新人来了！

县　官　马上奏乐，扶进新人。

[大奶奶盖头红作“新人”上，蓝玉香陪轿同上。

红颜龙　（盯着“新人”，迫不及待）我的美人儿……

[大奶奶揭开头红，亮相举锤。

大奶奶　红颜龙，你看看我是谁！

[红颜龙一惊，发现蓝玉香，欲追，被大奶奶抓回。

大奶奶　你真好胆呀！

（唱“快中板”）

为非作歹太披猖，

搅闹公堂兴风浪，

全凭县官巧断好主张！

（转“滚花”）

县太爷呀！

我以后一定管教从严，

请你将心放。

县　官　（接唱）　皇姨你说该如何发落？

红素梅　（接唱）　暂且饶过他这一场。

县　官　国舅爷，你说呢？

红颜龙　我听她的。（指大奶奶）

县　官　蓝秀才，你说呢？

蓝中玉　我听她的。（指红素梅）

县　官　哦！你听她的，你听她的……

赵　一
钱　二　那老爷，你听谁的？

县　官　（唱“滚花”）

我听大家的主张，（指观众）

同他们不一样。

众　人　（接唱）　那今晚这一出戏？

县　官　（接唱）　就到此高兴收场！（拉鬼马腔收）

[幕闭。

——剧终

本剧选载的是1982年叶兆柏、刘锦荣、冯锦娟、潘桂琳、谭朗标等主演的版本。

袁崇焕

（根据吴有恒小说《罗浮山外史》改编）

编剧：秦中英　李而已　唐峰

人物表

袁崇焕

袁夫人

崇祯帝

罗苏女

钱龙锡

祖大寿

何可纲

袁崇煜

清虚道

温体仁

杨　炫

毛文龙

毕自肃

毛　熊

皇太极

军　师

知　客

典狱官
朝　臣
亲　随
亲　兵
锦衣卫
小道士
宫　女
太　监
明　兵
武　士
值殿官
众乡绅
民　众

第一场　罗浮奉召

[明，崇祯元年（1628年）。

[粤东罗浮山。

[巍峨高峰，迷茫云海。

[清虚观正门一角，门前古木参天，野花遍地，曦微晨光，吱喳鸟鸣。

[音乐声中幕徐徐启。

[两小道在观前打扫。

道士甲　（念）老子骑牛出函关，

道士乙　（念）天师驾鹤下尘凡。

道士甲　（念）敲经夜坐非求道，

道士乙　（念）惜花晨起只因闲。

道士甲　（取笑）惜花晨起，你是凡心动了！

道士乙　（反讥）敲经不求道，你是有背清规！

道士甲　你是凡心动。

道士乙　你有背清规。

[知客在观门前出现。

知　客　不许吵闹——道长就要陪贵客来观赏日出，快清扫观前落叶！

[两小道打扫，下。

[“梆子慢板板面”，清虚道引袁崇焕、袁夫人上，知客一旁恭候，致礼，卸下。

袁崇焕　（唱“慢板”）

难酬报国一腔志，

且遣浮生半日闲。

信步圣迹罗浮，

不禁思潮千万。

袁夫人　（接唱）　从来造物多遗憾，
　　　　　　　　　总是英雄出处难。
　　　　　　　　　你就家园息影，
　　　　　　　　　勿记宦海波澜。

清虚道　（呵笑）夫人悟道了！
　　　　（念）　　啸傲苍烟落照间，
　　　　　　　　　丝毫尘事不相关。
　　　　　　　　　斟残白酒行赏菊，
　　　　　　　　　卷罢《黄庭》卧看山。

袁崇焕　为的什么？

清虚道　修道成仙，长生不老。

袁崇焕　（爽笑）道长，你见过长生不老的神仙么？

袁夫人　管他成仙不成仙，就看这罗浮山上的“云海浴日”，已够人出尘脱俗，心旷神怡了！

袁崇焕　（有所感）辽东医巫闾山上的“明月照积雪”，更令人襟怀敞亮，激越昂扬。

袁夫人　罗浮山有三十六洞天福地！

袁崇焕　医巫闾山有七百二奇石高峰！

袁夫人　罗浮山有百岁灵芝，可以长生却病。

袁崇焕　医巫闾山有千年人参，真正益寿强身！

袁夫人　（带悲带急）你——就是忘不了辽东，忘不了医巫闾山！

清虚道　看来袁大人与道无缘了，还是应君王宣召，回辽东守边杀敌吧！

袁夫人　相公在辽东八年，身挡强敌，舍命战斗，宁远城炮轰努尔哈赤，使他伤重身亡；保卫锦宁，打败不可一世的皇太极，为国家收回二百里失地。到头来奸臣忌功，主上信谗，落得个削职还乡，还说什么回辽东守边杀敌！

清虚道　是了！还是顺夫人之意，在罗浮山筑室修真，安居乐道！

袁崇焕　（深叹）事到如今，也只好如此了！

　　　　［罗苏女戴孝急上。

罗苏女　袁大人，袁夫人。（跪前悲叫）督师大人要替我爹爹报仇啊！

袁崇焕　（凝视）你——你是罗大灼参将的女儿？

罗苏女　正是罗苏女！

袁崇焕　看你身披重孝，莫非罗参将他——

罗苏女　（唱“叹颜回”）

可怜我爹爹，殁身小雪山，
死得真惨，
三千兵马，无一生还，
丢失了二百里江山。

袁崇焕　（吃惊，楔白）罗参将多谋善战，怎会如此失机？

罗苏女　（续唱）　毛文龙为邀功，
拒绝我爹爹苦谏，
也未先遣刺探，
长途轻进，没提防——
敌人先设坚兵，
毛文龙吓破胆，
仓促挥军夺路飞跑，
爹爹孤军被困孤山，
敌兵冲击，倒海排山，
我饥兵苦战，力尽绝援，
三千英勇，壮烈牺牲。

袁崇焕　（气怒愤激，带点哀伤，唱“滚花”）

主上误宠毛文龙，
今日果然为国患。

罗苏女　望袁大人督师杀敌，收复国土，为我爹爹报仇！

袁夫人　（接唱）　苏女你志可嘉，情可悯，
却未知官途险恶，世道艰难。

相公已被削职，告病还乡了。可怜苏女也是孤苦伶仃！相公呀！

（续唱）　留她膝下相依，

共度清茶淡饭。

袁崇焕　夫人好主意。苏女，我夫妻膝下犹虚，你就认作我干女儿吧！

罗苏女　大人若是守土杀敌，苏女愿作个马前步卒，赴火蹈汤。大人若是纳福在堂，苏女不愿做小姐千金，游山玩水！

清虚道　（其实是称许）真系“道不可道”，“玄之又玄”了！

袁崇焕　（感动，抚慰）苏女呀！

（唱“反线中板”）

可敬你话率真，人忠烈，
不由我心痛切，脸羞惭。
我是有心抗敌，
却恨无计排愁，
岂愿玩水游山，甘居闲散。
几回梦到辽东，
每日魂牵塞外。
率同胞，仗铁剑，
立马医巫闾山。
可奈何，
君门万里，主威千钧，
策献平戎，身招忌惮。
你父恨锁辽东，
我被窜身南粤，
空有一腔悲愤，两泪斑斓。

罗苏女　袁大人，要为三军作主呀！

（唱“滚花”）

辽东将士，
割血成书，
拜奉大人亲览。（递血书）

袁崇焕　（读血书）广宁失陷，
辽东危急。

帅臣皆贪暴，

将士唯饮泣。

袁大人快来，

危局同收拾。（悲愤难言）

[袁崇煜急上。

袁崇煜　哥哥，嫂嫂！圣旨临门，命哥哥督师辽东，即日进京面圣！

罗苏女　（喜）辽东有救了！

袁夫人　相公，圣旨接不得！

袁崇焕　夫人，崇焕不敢负家国深恩，不能负同胞手足！

袁夫人　伴君如伴虎。

袁崇焕　为臣要尽忠！

清虚道　“国家昏乱有忠臣”，忠臣难做啊！

袁崇焕　（唱“滚花”）

既然以身许国，

莫论前路艰难。

袁夫人　相公真要接旨？

袁崇焕　请夫人原谅！

袁夫人　相公意决，妻尚何言！

（唱“滚花”）

愿你一路平安，

早除边患。

罗苏女　（喜跃）真是我的好干爹，好干娘。（前跪）苏女愿作马前，不辞万死！

袁崇焕
袁夫人　（同喜慰）好干女，快起来！

清虚道　恭喜督师、夫人，得个好干女！

[四丁壮急上。

丁　壮　（齐呼）听说督师出关杀敌，我们乡里愿效前驱！

[两小道急上。

小道士　（齐呼）请师傅准我们从军，随督师杀敌立功！

清虚道　强行有志，是亦为道，去吧，去吧！

袁崇焕　好呀！贤契苏女，领众乡亲丁壮，先赴辽东，请祖、何二将，稳定军心，待我进京面圣，即赴军前。

[众人应命。

袁崇焕　（唱“滚花”）

但有同仇敌忾，

不让胡马纵横。

（作礼）道长请了！

清虚道　愿督师成功之后，再到罗浮！

[幕闭。

第二场　平台受剑

[北京紫禁城。

[金銮大殿前的平台上。

[急促音乐声中启幕。

[中幕外。

[太监杨炫张皇急上。

杨　炫　（仿“王祥哭灵”调，自由板）

俗语话——

穷京官，富外任。

亏我费尽营谋，

得作辽东监军。

幸喜都督毛文龙，

与我心思相近。

估道荷囊装不尽，

滚滚雪花银。

谁料新主登基，

要袁崇焕再掌督师大印。

这一回，我们财源挖断，

还怕挖出祸根。

赶返京城，

来他个先发制人。

[温体仁上。

杨　炫　温尚书！

温体仁　呵！原来是杨公公，匆促归来，莫非辽东——

杨　炫　辽东有惊无恐！

温体仁　谢天谢地！

杨　炫　不用谢了。这里明珠十颗，金钗两副，是毛都督送与尊夫人添妆。一袭貂裘，是小弟送与老兄纳福！

温体仁　常蒙厚赐，愧不敢当。

杨　炫　彼此知交，不妨直说，闻报袁崇焕东山复出，望能得尊兄巨手回天！

温体仁　这——诏书已下，只怕天意难回了！

杨　炫　王、梁两位尚书，小弟已有打点，毛都督亦献送主上两支千年野参，诸位务必合计，不使袁崇焕到得辽东！

温体仁　今上不比先帝，外秉威严，内怀疑忌，此时说话，有祸无功。

杨　炫　这——如何是好！

温体仁　公公先返任上，预做安排，有弟等在朝，袁崇焕终难得志！

杨　炫　拜托，拜托！

温体仁　放心，放心。

[分边同下。

[低沉细乐，有节奏的钟鼓声，中幕徐启。

[四武士持金瓜大斧背场肃立，四太监分持御剑提炉在龙 座后站列。

[崇祯帝在平台上徘徊踱步，焦躁不安。

崇　祯　（唱“中板”）

闻报广宁失守，

孤王夜夜守更筹。

几度诏书南粤走，

督师何日觐龙楼。

厌听凤苑钟鸣，鸾池乐奏，

望断南疆第几州。

[钱龙锡、温体仁上。

钱龙锡　（念）烽火三边急，

温体仁　（念）关山万里愁。

钱、温　（同跪）臣！内阁大学士钱龙锡，礼部尚书温体仁见驾，万岁！万万岁！

崇　祯　两卿平身，匆忙何事？

钱龙锡　臣奏主上，辽东巡抚毕自肃兵败逃归。

温体仁　宁远守军十三营哗变！

崇　祯　（惊，恼）这——庸臣叛卒，深负国恩！

钱龙锡　主上！

（唱“十字中板”）

在辽东，

有人结党营私把饷银克扣。

军无粮，成哗变，

大局堪忧。

毕自肃，

畏敌失机，要严惩罪咎。

温体仁　（接唱）　常言道，

三军易得一将难求。

崇　祯　这——

（唱“滚花”）

朕自有主张，

只盼崇焕早来，

边患自能解救。

温体仁　袁崇焕心怀怨怼，只怕不肯奉诏。

钱龙锡　袁崇焕知辽东势急，定能为国驰驱！

温体仁　袁崇焕纵肯率兵，也不一定是朝廷之福！

崇　祯　此话怎讲？

温体仁　（念“白榄”）

功高胁主，才高傲物。

众誉所归，其祸尤急。

用之解困在目前，

宠之遗患于他日。

钱龙锡　（接念）如此妒才忌功，

边患如何收拾。

崇　祯　（自负地）朕虽年少，岂是无知！魏忠贤势倾天下，如今又怎样！

温体仁
钱龙锡　（同拜伏）主上圣明！

[值殿官急上。

值殿官　启奏万岁，袁崇焕候旨。

崇　祯　快宣上来！

值殿官　主上有旨，袁崇焕进见！（下）

[袁崇焕内场叫白：“来了！”

[袁崇焕上。

袁崇焕　（唱“中板”）

飞渡韶州到幽州。

征袍未洗风尘垢，

赶见君王分国忧。

新主英年不守旧，

愿能俯纳小臣谋。

遥望天颜，山呼拜叩。

（叩拜）臣袁崇焕见驾，万岁！万万岁！

崇　祯　（作威严地，唱“滚花”）

卿进京何晚？

袁崇焕　（接唱）　臣养病罗浮。

崇　祯　（接唱）　辽东危在燃眉，

待卿经纶妙手。

袁崇焕　臣当效犬马之劳！

崇　祯　爱卿平身！

袁崇焕　谢万岁！

崇　祯　（念“齐口板”）

先帝受蒙蔽，

卿大志难酬。

朕为你平冤，

册封还在后。

卿当体朕意，

边尘早日收。

（唱“滚花”）

授卿兵部尚书，督师蓟辽——

袁崇焕　（接唱）　感谢主恩深厚。

钱龙锡　恭喜袁督师！

温体仁　贺喜袁督师！

袁崇焕　两位大人礼重了！

温体仁　（不怀好意）袁督师，自从广宁失陷，皇太极大兵压向宁远孤城，城不坚，粮不继，士无斗志，民有叛心，还是小心才好！

钱龙锡　（呵笑）袁督师当年未主兵事，先已身出辽东，探察山川地理，兵势民情，后来掌兵八年，立功数十，今日临危受命，又岂惧险当头！

袁崇焕　阁老大人过奖了！

（唱“水仙子”）

边兵破败后，

自必满隐忧。

袁崇焕承命之际，

早已将计策拟就。

崇　祯　（欣喜）啊！

（唱“滚花”）

卿有安邦策，

孤再不担愁。

未知此去辽东，

拟定如何战守？

袁崇焕　主上请听！

（唱“长句二黄”）

胡兵杀夺不休，

边民灾殃饱受。

只要激扬忠烈，

定可敌忾同仇。

以辽之兵，守辽之土，以辽之土，养辽之民，以辽之民，助辽之兵——

（续唱）此去抚兵集民，筑城固守，

胡兵野无所掠，难以久留。

待他疲惫急逃归，

我以精兵袭穷寇。

不出五年时间，

可把失地全收。（句）

崇　祯　五年！（喜）五年？（疑）

（唱“十字清中板”）

莫非他，

欺孤少年妄夸海口。

莫非他，

真具雄才确有良谋。

念辽东，

欲挽危澜须凭巨手。

孤何妨，

因势利导兼济刚柔。

袁卿家，你道五年之内，可把失地全收，真有这么容易么？

袁崇焕　（唱“滚花”）

臣说了容易在前，
还未说困难在后。

崇　祯　卿有困难，监军杨太监，都督毛文龙，是孤心腹股肱，可以为卿羽翼！

袁崇焕　臣之困难，非谓此也！以臣之力，制全辽有余，调众口不足。况且一出国门，便成万里，事任既重，为怨定多，妒能忌功，谗臣岂少；又况临军制敌，事每变起非常，圣主天聪，未必秋毫俱察，外敌反间，内奸谣言，皆足以制臣死命。是以为边臣甚难也！

崇　祯　这——

（唱“滚花”）

他视孤昏庸帝主，
才有此无据之忧。
看来要服此枭材，
还得用恩威两手。

（威严地）袁卿家，你看朕是如何帝主？

袁崇焕　天纵圣明！

崇　祯　那又岂会忠奸不辨，妄起疑心？

袁崇焕　主上信而不疑，臣之幸也！

崇　祯　好呀！

（唱“七字清中板”）

君臣肝胆两相投。
榆关里外交卿手。
全功早建取封侯。
尚方宝剑赐卿家，
违令者先斩后奏。

袁崇焕　谢主隆恩！

[赐剑，拜剑，受剑。

温体仁　（讽刺地）袁督师勿忘，五年之内尽收失地啊……啊！

钱龙锡　（恳切地）国家危难之秋，正是忠臣献身之日，督师好自为之！

袁崇焕　（捧剑凝视，念）

君威三尺剑，

微臣一寸心。

尽忠酬圣主，

洒血靖胡尘。

[值殿官急上。

值殿官　启奏万岁，毕自肃午门待罪！

崇　祯　押上来！

[值殿官领两武士下。

[两武士押毕自肃上。

毕自肃　罪臣毕自肃见驾，万岁！万万岁！

崇　祯　毕自肃兵败逃归，负恩辱国，死有余辜，午门斩首！

[毕自肃哀叫："主上开恩！"两武士强拉下。

温体仁　主上英明，破敌者封侯，兵败者斩首。（目视袁崇焕）

袁崇焕　（报以冷笑，慷慨抒怀，唱"滚花"）

报国决心捐性命，

横戈原不为封侯。

崇　祯　（惊疑不悦）这——

[全场灯暗，一支追光照着傲然兀立、捧剑造型的袁崇焕。一束灰光射向跌坐龙座上的崇祯帝。

[幕闭。

第三场　屠龙绥边

[宁远城内帅堂。

["牌子头"，马嘶人叫声中启幕。

[“大滚花”，两亲兵、祖大寿上。

祖大寿 （唱“包槌滚花”）

皇太极，虎狼兵，

如潮杀近。

宁远城，无粮饷，

士卒离心。

俺祖大寿，赤手难为，

如何对阵？

[何可纲急上。

祖大寿 （急前）何将军，饷银领到了么？

何可纲 （唱“滚花”）

枉我千求万恳，

监军置若罔闻。

祖大寿 你可说过，欠饷数月，士卒饥寒，再难用命？

何可纲 说过了！

祖大寿 你可说过，皇太极几万人马，杀近孤城？

何可纲 说过了！

祖大寿 那——杨监军怎样说话？

何可纲 （唱“滚花”）

他说御敌守城，

应是将兵责任。

祖大寿 可恼呀！

（唱“快五槌滚花”）

他们扣饷贩私谋大利，

迫我饥兵疲马战强邻。

我去找他——

何可纲 （急阻）将军不可鲁莽，他是主上宠臣！

祖大寿 宁远有失，山海关外，再非国家所有了！（急下）

[何可纲追下。

[开中幕。

[祖大寿、何可纲、杨炫分边上。

杨　炫　两位将军，匆忙何事?

祖大寿　请饷杀敌。

杨　炫　祖将军呀祖将军，你守得住宁远城，不让敌人杀我，咱家就谢天谢地了，还敢说杀敌么?

祖大寿　监军大人!

（唱“催归”）

强寇摇撼我宁远危城，

士卒饥困，又怎肯拼身!

杨　炫　（唱“手托”）

枉你是个将军，

身领皇上重任。

士卒不战，就把军法伸。

祖大寿　（唱“滚花”）

军法不斩无辜，

饥兵难驱上阵。

何可纲　求监军恩典，发些饷银!

杨　炫　咱家是金山?银山?无饷银!

[罗苏女、袁崇煜内场高叫：“有饷银啦！”

[袁崇煜、罗苏女上。

袁崇煜　参见列位大人!

罗苏女　拜见祖叔叔、何叔叔!

袁崇煜　家兄奉诏，督师辽东，已进京面圣，先命我们率两广子弟兵军前效命!

祖、何　（同声）督师再起，宁远有靠，辽东有救了！

何可纲　苏女，拜过杨公公!

罗苏女　拜见杨公公!

杨　炫　唔!你是罗大灼的女儿吧?

袁崇煜　又是家兄新收干女!

杨　炫　怪不得如此盛气，你带来饷银了？

罗苏女　不是苏女带来，是有人送来！

杨　炫　（喜）呵！谁个送来？

罗苏女　走私犯。

杨　炫　（吃惊）走私犯？

袁崇煜　我们路过北山坳口，截获一队走私犯！

祖大寿　带进来！

罗苏女　带走私犯！

[两亲兵押毛熊上，两女兵随上。

毛　熊　（望见杨炫，大喜高叫）杨——（欲趋前）

[士兵呼喝，杨炫急向毛熊示意噤声。

祖大寿　杨什么？

毛　熊　（赔笑）杨——阳差阴错，误会一场，自己人——

祖大寿　谁是你自己人，快把贼名报上。

毛　熊　我叫——袁熊！

杨　炫　（先诧后喜）啊！是督师本家，快放——

罗苏女　慢着！

（唱"滚花"）

就算督师戚属，

也该王法无亲。

杨　炫　（接唱）　我向督师先做个见面情，

祖大寿　（接唱）　一定要将犯人严加审问。

杨　炫　放开算了！

大寿等　定要审问！

[内场高叫："毛都督到！"

[毛文龙、两亲兵上。

毛文龙　（念）　万里江山万里尘，

一朝天子一朝臣。

防胡领下金银饷，

又向胡人赚金银。

众　人　参见毛都督！

毛文龙　呵！兵将齐集，杨公公摆宴劳军么！

毛　熊　都督，冤枉呀！

毛文龙　（吃惊）毛熊，本都督命你备办军需，何以弄成这样？

祖大寿　都督认错人了，他是走私要犯，自称袁熊。

毛　熊　将军听错了，我是毛熊，奉都督将令，买办军需，路上被他们截抢！

毛文龙　（大怒，唱“滚花”）

谁敢抢我军需品？

罗苏女　（接唱）　是我拿获走私犯人。

毛文龙　（凝视）你是罗大灼女儿？

杨　炫　如今是袁督师干女了，好威风！

毛文龙　可怒呀！

（唱“快中板”）

目无王法恃势横行，

坏我名声误我战阵。

绑出营前正法。

袁崇煜　慢着！

（唱“滚花”）

是非尚未查真。

毛文龙　（接唱）　本督生杀权操，

祖大寿　（接唱）　真假岂能不问？

毛文龙　（接唱）　要斩要斩定要斩。（拔剑）

祖大寿　（接唱）　不能不能万不能！（拔剑）

[内场高呼：“袁督师到！”

[四亲兵捧剑印、挂腰刀先上，袁崇焕上。

众　人　参见督师大人！

袁崇焕　免礼！（环视，众人肃立，静场片刻）强敌压境，诸君共陈方略么？

祖大寿　督师太人！

（念“白榄”）

苏女崇煜在途中，

截获一批军用品。

袁崇煜 （接念） 伪装商货，

罗苏女 （接念） 偷向北行。

毛文龙 （高声）非也！袁督师！

（接念） 令弟令千金，

横蛮无理甚。

劫我军需物，

捉我帐下人。

杨 炫 误会，一场误会！

（接念） 水浸龙王庙，

错伤自己人。

强敌危城，战守要紧。

大事化小，小事化尘。

后堂摆酒宴督师，

摸着酒杯谈战阵。

毛文龙 好，你们散去！

袁崇焕 慢！

（唱“催归词”）

军需果真遭抢劫，

督师岂敢不过问。

况且案件涉及我家至亲。

如果里边，

情虚事假，

更不能，让奸人，

含混脱身。

杨 炫 （唱“滚花”）

莫因小事误戎机。

袁崇焕　（接唱）　此事不难将真相审。

（对毛熊）你是何人？

毛　熊　小人毛熊。

袁崇焕　什么身份？

毛　熊　毛都督帐下亲随。

袁崇焕　所运何物？

毛　熊　米粮万石，锦绢千匹，白银百箱，铁炮十门。

袁崇焕　运往哪里？

毛　熊　这——

毛文龙　皮岛老营。

袁崇焕　本督师是问他！

毛　熊　是，皮岛老营。

袁崇焕　何处被劫？

毛　熊　这——

袁崇焕　讲！（众同喝威）

毛　熊　北山坳口。

袁崇焕　可有虚言？

毛　熊　句句是实。

袁崇焕　好！本督师问你，既是营中军需，何用假装商货？

毛　熊　这——

毛文龙　为保途中安全。

毛　熊　（急接）是为保途中安全。

袁崇焕　你说，此乃明军防地，军需反愁意外，商货就保安全？

毛　熊　这——

袁崇焕　本督师问你，皮岛在东向水路，为何反走北山坳口？

毛　熊　这——（战栗难言）

袁崇焕　好个毛熊，快快从实招供，尚可免你一死，否则本督师刀斧无情！

［众喝堂威，毛熊战栗叩头。

毛　熊　督师饶命，小人愿招，实系运往口外，与胡人交易。

袁崇焕　果然斗胆，贩私资敌！

毛　熊　上命所差，身不由已，都系杨公公与毛都督——

毛文龙　该死奴才，胡言陷主。（突然拔剑，刺死毛熊）

袁崇焕　（唱“滚花”）

毛都督，何用意？

毛文龙　（接唱）我把军法执行。

袁崇焕　（接唱）你道灭了生供，

我便无从查问。

何将军，尸身拖下，在毛熊身上，货物里面，小心搜索！

[何可纲领命，带亲兵把毛熊尸身拖下。

[毛文龙欲发恶制止，为袁崇焕威风所慑，与杨太监关目焦急。

[何可纲持令牌腊书上，亲兵随上。

何可纲　禀告督师，毛熊身上，搜得腊书及敌国通告令牌。

袁崇焕　（验看令牌，开读腊书，念）书付叶赫贝勒：崇焕重来属实，回货请即付清，以后再难出入。毛文龙！

（唱“滚花”）

毛都督，尚有何话说？

毛文龙　（把心一横，枭恶地，接唱）

做官发财，（一顿）

将本求利，（一顿）

算什么奇闻。

袁崇焕　（严肃沉重地）敌兵连年侵犯，陷我边关，杀我军民，你竟将军机秘密，米粮铁炮，输送敌人。你做哪国之官？求谁家之利？三军无衣无食，带饿守城，你将雪花饷银，作卖国之本，你胸中还有良心？目中还有国法么？

毛文龙　（狂妄地）哈哈！竟对我打起官腔来了，请问当今文官武将，能守法者有几个？不爱钱者有几人？任你小题大做，谅制不倒我毛文龙！

袁崇焕　小题大做？你在辽东十数年，祸国殃民，无恶不作！

（唱“滚花”）

只数你七大罪名，

就百死难平众愤。

毛文龙　我有七大罪名？倒也不妨听听！

袁崇焕　（唱“霸腔芙蓉中板”）

你一当斩，军机秘密偷送敌人。

二当斩，扣饷走私，士兵饥馑。

毛文龙　这有什么了不起！

袁崇焕　（续唱）你三当斩，输金送宝贿赂朝臣。

四当斩，以败报功，骗皇封荫。

（转“中板”）

五当斩，抢劫海船杀戮商民。

六当斩，附魏称儿无耻实甚。

七当斩，纵兵淫掠为祸苍生。

（转“滚花”）

宗宗件件铁证如山！

毛文龙　（接唱）小小七条，有什么要紧。

袁崇焕　（接唱）贼臣不可恕，

国法必须伸。

尚方宝剑匣中鸣，

要你匹夫偿血刃。（“三批”）

毛文龙　（接唱）你的尚方宝剑能杀我，

我的尚方宝剑岂能饶人。

你有皇封，

我有御荫。（“三批”）

袁崇焕　（接唱）先斩后奏，

受命明君。

御剑缴回，

法绳绑捆。

[毛文龙欲抗拒，祖大寿等制住，摘剑去冠上绑。毛的亲兵欲动，被制住，缴刀，赶下。

袁崇焕　押下去！

[亲兵押毛文龙下。

杨　炫　袁督师，毛都督乃皇上爱将，相好满朝，念在大敌当前，用人之际，还望从轻发落！

袁崇焕　杨监军还记得大敌当前么？将士饥寒，三军哗变，你为什么不念大敌当前？姑念你是御前之人，押解回京，请君王发落。

[亲兵押杨太监下，杨的亲兵亦被缴刀赶下。

何可纲　袁督师，有此佞臣，乃国家不幸。委以重任，为祸边关，乃朝廷不幸。将他正法，虽快人心，恐是明公之不幸呀！

袁崇焕　这——（徘徊沉思）

[画外音："监军杨太监，都督毛文龙，是孤心腹股肱，可以为卿羽翼——"

袁崇焕　（毅然决心）不可，不可！

（唱"滚花"）

欲知肺腑同生死，

何用安危问此身。

祖将军，请尚方宝剑，将毛文龙营前正法！

[祖大寿领命，奉剑，下。

[内场大鼓一响，祖大寿捧剑上，亲兵随上。

祖大寿　启禀督师，毛文龙正法伏刑。

[内场呐喊，火光。

[亲兵急上。

亲　兵　启禀督师，皇太极兵马，杀近城前。

袁崇焕　传令下去，将所获银米，连同查抄毛、杨两犯赃银，发放各营，充作军饷，誓师迎敌。

[内外场欢呼声，擂鼓造型。

[暗灯。

[幕闭。

第四场　后金设间

[后金皇太极帅营，中间一幅巨大的长城内外地图。

[牌子头，开边启幕。中幕外。

[皇太极内场叫头："可恼，可恼呀！"

["大滚花"，皇太极上。

皇太极　（唱"滚花"）

一取广宁，

旗开得胜。

再攻宁远，

遇着个对头星。

袁崇焕不除，

难把中原占领。

[军师上。

军　师　禀报大汗，袁崇焕将监军杨太监押解进京，途中被我轻骑捉到。

皇太极　当真?

军　师　果然。

皇太极　哈哈！哈哈！

（唱"滚花"）

袁崇焕，今番要你活不成。

军师过来，你说道杨太监带来见我，叫他站在帅营外边，你自己进来，看我眼色行事！

军　师　知道。

[分边同下。

[开中幕，皇太极企幕。

[军师急上，正欲开口，皇太极示意噤声。

皇太极　（抢先说话）军师来得正好，袁崇焕有密书来了！

［军师摸不着头脑，忙做手示意；杨太监在营外。

皇太极　（不由分说，念“白榄”）

袁崇焕约我，

火速发奇兵。

（指地图）取道喜峰口，

偷偷过长城。

避开崇焕防区，

这一条是捷径。

（趋快）　施突袭，困北京。

大明江山，

一战可定。

与崇焕分天下，

这买卖算公平。

［军师惊惶，不知应对，皇太极急拉他另场做手示意：“快高声说公平啦！”

军　师　（高声）公平，公平。

皇太极　（高声）好呀！别的事情，不要再办，即复崇焕，依约出兵！（急拉军师另场）将杨太监囚禁起来，暗令守军纵他逃走。（关目示意）

军　师　（恍然大悟，高声）遵命！（急下）

皇太极　（唱“滚花”）

杨太监必然入我陷阱，

且让崇祯皇帝，

送你个督师入枉死城。

［“三搭箭”大笑。

［幕闭。

第五场　入卫北京

[明首都北京广渠门外。

[启幕。中幕外。

[杨炫急上。

杨　炫　（张望呼叫）城上哪位在？咱家杨炫在此，快些开城！

[温体仁急上。

温体仁　杨公公，何故弄成这样？

杨　炫　可恨呀！

（念“白榄”）

袁崇焕，

太跋扈。

乱加我罪过，

扣我进京都。

温体仁　袁崇焕不除，我辈难活命了！

杨　炫　今次是他难活命了！

（接念）　我在半路中，

被胡兵俘虏。

皇太极营外，

听得诡谋图。

袁崇焕约胡兵，

越长城取近道。

偷过喜峰口，

直取我皇都。

一战定中原，

两家分国土。

温体仁　（大惊）此话当真？

杨　炫　我亲耳听见！

温体仁　快禀主上，速除内奸！

[同下。

[暗灯，开中幕。

皇太极　（内唱“大首板”）

越长城，迫燕京，

杨某才归孤就到。

[亮灯，“大滚花”，四胡兵、两胡将、皇太极上。

皇太极　（唱“滚花”）

明取北京地，

暗借杀人刀。

孩儿们，

驾云梯，擂战鼓。

[战鼓密打，祖大寿、罗苏女、四明兵、四女兵同上。

祖大寿　（念“口鼓”）皇太极，我袁督师亲领轻骑，比你先来一步。

皇太极　（冷笑，接念）你告诉袁崇焕，这一番，只怕他保得大明天子，保不住自己头颅。

[开打，同下。

[内场火光喊杀声，惨烈战斗效果。

[袁崇焕水发战衣，与皇太极战斗上，开打，皇太极败下。

[祖大寿、罗苏女、袁崇焕、四明兵上。

祖大寿　启禀督师，皇太极败退了。

袁崇焕　皇太极暂时败退，大军尚在百里扎营，你们严加戒备，待我叫城！（张望高叫）城上哪位在？

[两武士持枪，温体仁同上城楼。

温体仁　老夫在此！

袁崇焕　温尚书呀！崇焕惊闻胡兵偷袭皇城，领祖大寿等先率轻骑五千，星夜赶来解救；何可纲带着十万精兵，随后就到，待等大军齐集，然后全歼敌人。现在一天苦战，稍退敌兵，已是人困马疲，无粮缺草，请温大人放我军入城歇马！

温体仁　袁督师呀！不是下官寡情，只因圣上严旨，不得擅开城门。也罢，待下官上朝请旨，督师请候片时！（下）

[钦差捧圣旨上城楼。

钦　差　袁崇焕马上接旨。

袁崇焕　万万岁！

钦　差　（读旨）皇帝诏曰：袁崇焕勤王破敌，忠勇堪嘉，着即乘胜追杀，务克全功！毋负朕意，钦此谢恩！（下）

袁崇焕　不好了！（“水波浪”）

（唱“朦胧”）

粮完草缺，
残创陷泥途。
连日来急进，
人马尽疲劳。
三五千惫马饥兵——
若再操刀，当拒敌，战强胡，
后果不堪睹！

[温体仁上城楼高叫：“袁崇焕接旨！”

温体仁　圣上口谕，着袁崇焕一人缒城见驾！（下）

[坠下一条巨索，众人同关目惊愕，静场。

袁崇焕　（“水波浪”，唱“滚花”）

天意高难测，
心苦向谁呼。
竟要我孤身进城，
置将士们于不顾。

祖大寿　督师大人呀！强敌在旁虎视，我军主力未来，主帅离开，全军危矣！

袁崇煜　哥哥呀！我军勤王破敌，主上闭城相拒，定有非常之变，哥哥万不可进城。

众　人　督师大人不能进城呀！

袁崇焕　这——崇焕若不进城，便是违旨。

罗苏女　干爹若进城去，只怕身危。

袁崇焕　身危何足虑，臣道不能亏。

祖大寿　（唱“恋檀二流”）

袁督师——

空有丹心将国报。

君王不念汗马劳，

将士纵然不惜命，

失了擎天手，国运仗谁扶。

罗苏女　（接唱）刻薄寡恩，是非颠倒，

火口难居，粪土难扶。

返辽东，保边城，亦无亏臣道，

不要身投旋涡去，受辱窃小群狐。

众　人　（齐声）督师大人，返辽东去吧！

袁崇焕　这——不能呀！强敌虎视在旁，我军若返辽东，皇城难保！

袁崇煜　那就暂且驻兵城边，等何将军全师来到，破敌之后，再返辽东。哥哥决不可孤身进城！

袁崇焕　我若兵驻城外，身不奉诏，主上更起猜疑，一旦臣主相疑于内，强敌进攻于外，社稷江山休矣！

祖大寿　那——督师定要孤身进城了？

袁崇焕　诸君谅我苦衷。

罗苏女　奸臣当道，皇帝信谗，干爹若去，只怕自投罗网！

众　人　（齐跪下，同声）大人三思，万勿孤身进城！

袁崇焕　（“水波浪”）崇焕问心无愧，主上未必昏庸，当日束发受书，曾决心以身许国，罗浮奉召，再不问自己安危，诸君厚意深情，崇焕铭感就是！

（唱“滚花”）

且在城外扎营，

等候可纲兵到。

我当在君前明志，

绝不敢有负同袍。

[一步步走向坠绳。

[众人哀叫："督师保重！"

[袁崇焕两手扳绳做型。

[暗灯。

[幕闭。

第六场　危城冤案

[皇宫偏殿。

[急促音乐声中、钟鼓声中启幕。

[企幕：四宫女、四太监、四朝臣、温体仁，各带惶恐肃立。崇祯帝在沉思，踌躇，懊恼，气愤。

崇　祯　温尚书，袁崇焕果真抗旨，不肯追杀敌兵？

温体仁　臣岂敢妄言，袁崇焕全军还驻在广渠门外。

崇　祯　专横极矣！

（唱"孔雀开屏中段"）

可恼可惊可怖，

枭帅骄悍跋扈。

历朝乱臣是武夫，

祖宗基业，岂能不顾？

枉负皇恩天地厚，

枉说衔恩舍命报。

伪言（双），欺孤（双），

孤王难道可以任摆布？

温体仁　袁崇焕不奉皇命，岂在今天；当日辽东大捷，主上命他乘胜追击，他就按兵不动。

臣 甲 这叫养寇自重。

臣 乙 才有遗患今天。

崇 祯 这——

温体仁 当日平台受剑，主上也曾面谕，毛文龙是主上心腹，袁崇焕才到辽东，便将他杀了！

臣 丙 这叫除君羽翼。

臣 丁 显有不臣之心。

崇 祯 这——（自语）怪不得今番以小战强，能轻易取胜——他为什么抗旨按兵——为什么急于全军进城——看来杨太监所言，并非虚语！（突然转身，狂暴地）野心狼子，可恨匹夫，传锦衣卫！

[内场："主上有旨，传锦衣卫！"

[四锦衣卫带刀上。

崇 祯 袁崇焕一进午门，就将他拿捕！

[内场钱龙锡叫头："且慢，且慢！"

["锣边大滚花"，钱龙锡震头抛须上。

钱龙锡 （唱"滚花"）

惊听得崇焕蒙冤，

急坏俺白头阁老。

何堪山河色变，

忠烈蒙污。

拼之血溅君前，

也要身持公道。

臣钱龙锡冒犯天威，罪该万死！

崇 祯 你——（稍宽颜色）不在府中纳福，匆忙何事？

钱龙锡 主上呀！

（唱"叹颜回第二段"）

袁崇焕督师，

义胆忠肝照千古。

奋战于边塞，

连胜强胡。

辽东似金汤，

辽民共安居。

亲率精兵救京都，

舍身苦战保京都。

为国功高，

为主功高。

一朝不察受冤诬，

军心解散，

国将不保。

崇　祯　（唱“滚花”）

叛臣通敌有据，

朕岂枉屈无辜。

钱龙锡　（接唱）　偏听不明，

忠臣难做。

崇　祯　朕岂偏听，他非忠臣，你站在一旁，看过明白！

[内场高叫：“袁崇焕候旨。”

崇　祯　宣上来。

[内场高叫：“主上有旨，袁崇焕上殿！”

[袁崇焕上。

袁崇焕　（念）　但将清白酬家国，

岂敢安危问去留。

臣袁崇焕见驾，万岁！万万岁！

崇　祯　袁崇焕，广渠门战胜之后，因何抗旨，不追杀敌兵？

袁崇焕　非是微臣苟安贪生，不愿士卒轻招败死。

崇　祯　看来当时破敌，不过假胜欺人！

袁崇焕　非也，皇太极攻城之兵，未及所部一半，尚有骁骑数万，于百里外扎下坚营。臣怎肯驱数千饥渴惫疲之兵，长攻百里外数万养精蓄锐之敌！

崇　祯　难道屯兵城外，是待敌人自毙不成？

袁崇焕　亦非也，臣待何可纲全军俱到，将敌人围攻而歼之。

崇　祯　只怕何可纲全军俱到，围而歼者，不是敌人。

袁崇焕　（大惊，急俯伏）恕臣愚昧，圣意未明。

崇　祯　你且起来，朕教你看过明白。（示意）

[杨炫从龙屏后上。

杨　炫　（得意扬扬）袁崇焕呀袁崇焕！

（唱“流水中板”）

你真可恶，（双句）

勾结敌人分国土，

会师皇城先约好，

假胜骗开城门户，

里外夹攻藏圈套，

真命天子神庇护，

我陷敌营偷听到，

你们阴谋今败露，

快伸颈来受刀斧 .

啦加又啦架——

袁崇焕　原来是你个贼臣，谗言惑主。主上呀！

（唱“二黄慢板追贤腔”）

当初杨监军，

勾结毛文龙，

扣押饷银，走私通敌，

弄得民离兵变，

断送国家版图。

朝送金，暮送银，

送金送银，送银送金，

贿赂朝中贵臣，

将他包容保护。

袁崇焕，为国恩，
不避权贵，不怕谗言，
不辞生死，不计安危，
把毛文龙正法，
将监军解返皇都。
主上勿听谗言，
他是私仇公报。

崇　祯　（唱“梆子慢板骂曹腔”）
捉杨监军，
杀毛文龙，
一不念孤王倚重，
二不念守边辛劳。
当初辽东破敌，
你曾逆旨按兵，
不追敌人，筑城自固。
今日广渠门，
再称破强敌，
又来按兵逆旨，
还要入城歇马，
分明另有谋图。
（转“中板”）
手绾重兵行跋扈。
已负皇恩天地高。
勾结敌人谋大宝，
纵然百死有余辜。
（转“滚花”）
问你这贼臣，
还有何言可诉？

袁崇焕　（徐徐下跪，唱“沉腔滚花”）

这——
英明圣主，
臣岂敢说冤诬。
（转“追信”）
想当初在平台，
披肝胆奏圣上，
微臣制东兵，胜券可操，
怕难调众口，喋喋嗷嗷。
有的是——
为私愤积怨，忌功生妒。
胡酋反间，计多卑污。
当日话，皆应在目前，
唯求圣主，辨察秋毫。

崇　祯　（冷笑）如此说来，到底是寡人冤枉你啦！

袁崇焕　（俯伏）臣——不敢！

钱龙锡　主上，请念大敌当前，国家为重。臣以全家良残，保袁崇焕提师破敌，是非功过，终有水落石出之时！

崇　祯　以通敌之臣破敌，朕岂这样昏庸。

钱龙锡　崇焕决非通敌，主上勿信谗言。

崇　祯　杨太监若是虚言，怎会知皇太极绕道喜峰口，偷袭我京师；袁崇焕若非通敌人，怎能与皇太极兵马，同时赶到北京。袁崇焕能破敌于盛气攻城之际，怎不敢追敌兵于破败逃走之时！宗宗件件，铁证如山，朕可有将他冤枉！

温体仁
杨　炫　（齐声）圣主天聪，旷今绝古。

四朝臣　（齐声）请主上立威伸法！

崇　祯　（唱“滚花”）
荡寇除奸，
君行天讨。

将袁崇焕摘冠去剑，

着锦衣卫打入监牢。

[锦衣卫执袁崇焕，摘冠夺剑。

钱龙锡　（高叫）主上，袁崇焕有功无罪。

崇　祯　不许多说，退朝！（开位）

钱龙锡　（悲叫）主上——（摘冠跪前，牵龙衣叩首）毁折栋梁，国家危矣，愿挖臣双目，贴在城楼，他年好见胡兵，破门灭国！

崇　祯　（大怒，踢倒钱龙锡）老贼口出恶言，毁君辱国，打入天牢，另行议罪。

[两锦衣卫押起钱龙锡。

袁崇焕　（悲叫）老相国——

钱龙锡　（回头高叫）崇东莞（双句），老朽无能，你以国家为重呀！

[幕闭。

第七场　黑狱英风

[明，北京城里，东厂狱中。

[“牌子头”。启幕，中幕外。

[祖大寿、罗苏女、袁崇煜、四明兵分边仓皇急上。

[三人齐声相告问：“督师含冤下狱，你知道么？”

袁崇煜　事情不会有假了，大理寺还张贴告文，诬说督师通敌叛国，钱阁老为救我哥哥，已被打入天牢。

[紧促悲凉音乐声，众人同跪悲叫：“钱阁老！”同时起立悲叫：“袁督师——”

祖大寿　（无限悲愤，唱“滚花”）

我们洒血拼身，

把他皇城解救。

昏君将功作罪，

督师竟被禁囚。

剩下这无主孤军，（静场）

罗苏女
袁崇煜　（同问）事到如今，如何是好？

祖大寿　（续唱）　立即向辽东撤走。

袁崇煜　我兵若撤，只怕昏君加害督师！

祖大寿　非也，我们掌着辽东二十万兵，昏君不能无所顾忌，若敢把督师加害，就闹他个地覆天翻！

罗苏女　好呀！两位领兵先走，苏女赶去岭南，报与干娘知道！

合　唱　（唱"滚花"）

来时一腔热血，

去时两泪难收。

[分边同下。

[四胡兵、两胡将、皇太极上。

皇太极　（唱"中板"）

借刀杀人计得手，

去了袁家死对头，

眼看北京为我有。

袁崇焕呀！

枉说你文韬武略，

不及孤足智多谋。

（呼叫）儿郎们，杀向北京！

[同下。

[暗灯。开中幕。战鼓声、喊杀声不断。

[灯渐亮。袁崇焕企幕，凝望铁窗外火光冲天，悲伤激愤。

袁崇焕　（唱"京倒板"）

烽火漫天愁如海。

（转"双星恨"）

鼓角动天寇重来，

偏我被禁监牢，
未能为国家献微才。
眼看国脉垂危，
皇城有没顶之灾。
遥望铁窗外，
火光阵阵，
刀声阵阵，
断续悲呼哀鸣，
若见咆哮虎狼群，
噬我束手老弱民，
令我一腔火焚五内。
怎得毁枷破锁，狱门绽开，
与同袍仗剑翻血海。

（愤激，焦急）我那无主孤军，不知是何样子了！祖大寿，罗苏女，崇煜弟，你们勿以崇焕为念，要拼身战斗呵！

（打三更，唱“二黄滚花”）

夜三更，肠千转，
心焦急，步难抬。
想到黑狱沉冤，
不由一腔愤慨。
更令淑妇北楼望，
望得锦衣人到，却是罪书来。

（低声呼叫）夫人！

[典狱官带袁夫人、罗苏女携食篮上。

典狱官　袁督师，夫人、小姐来了！

袁崇焕　夫人。

袁夫人　夫君。

罗苏女　干爹。

袁崇焕　女儿！你们怎生到此？

袁夫人　（唱“爽二黄”）

苏女归报你蒙冤，

我便魂飞天外。

何故主威未把胡尘靖，

狱门先向帅臣开。

袁崇焕　这些话不必提了。苏女，鼓角连天，想必胡兵攻城，祖大寿他们，如今怎样?

罗苏女　（接唱）　祖将军他们呼救无门，

已率全师回关外。

袁崇焕　（大惊）辽东兵撤走，皇城危矣！

罗苏女　干爹自身难保，还管他什么皇城!

袁夫人　相公受苦了，这是相公喜爱的家乡食品，为妻特意带来，相公请用，为妻还有话说!

袁崇焕　为夫日子不长了，夫人有话请说吧!

袁夫人　（悲不自胜）相公呀!

（唱“三叠愁”）

当初言犹在，

末世难展雄才，

幸能归隐罗浮，世事永抛开。

无奈你身闲志未灰，

终于重罹祸害，

到今时，

妻痛悔，望郎痛悔，

倘得脱身便离宦海。

袁崇焕　夫人呀!

（唱“乙反中板”）

受国恩，

纾国难，

为臣份所本该。

从古到今，

志士忠臣，

都是身可捐，志难改。

独惜残贼未除，

寇氛正炽，

不能挥戈杀敌，

负了师友栽培。

更负好夫人，

对我江海情深，

不得齐眉百载。

妻呀！此后岁月凄凉，

家庭贫困，

望你起居珍重，

切勿日夕悲哀。

（转“滚花”）

为夫就泉下安心——

袁夫人　（接唱）　夫你一线生机尚在。

袁崇焕　此话怎讲?

袁夫人　为妻是奉旨来的!

袁崇焕　（大感意外）你是奉旨而来?

袁夫人　若非奉旨，怎能进得天牢?

袁崇焕　那——你奉的什么旨意?

袁夫人　相公呀!

（念“齐口板”）

辽东兵撤走，

胡兵又杀来。

京城浪里舟，

君王针刺背。

呼叫无援救，

又忆栋梁材。

（唱“滚花”）

有旨——令你书调东兵，

破敌功成，复你职宰。

袁崇焕　这，又怎会要夫人传旨？

袁夫人　为妻到京之日，便伏阙呼冤，主上要我传旨，着相公修书辽东，调祖大寿全军入援，破敌之后，将相公复职加封！

罗苏女　我看皇帝今日事急相求，定下不了那个面子，又怕干爹未消气恼，不肯修书，才叫干娘传旨！

袁崇焕　（深叹）主上太不解臣心了。

袁夫人　这也难怪圣上，方才为妻也虑你心中怨愤，几度未敢开言。

袁崇焕　崇焕为了国家，万死不辞，又何惜一封书信！

袁夫人　（有喜悦意）那就快写吧！

罗苏女　（急从篮内取出笔墨纸砚）文房四宝都带来了。

袁崇焕　（提笔，严肃凝思）祖将军呀！

（念）　休将得失记心怀，

请念山河百事歪。

京华父老翘首望，

勤王兵马速安排。

（挥笔疾书，掷笔，强压心头痛楚）

典狱官　恭喜督师，恭喜夫人、小姐！此书一去，辽东兵来，破敌之后，阖家再沐皇恩，督抚加官晋爵！

罗苏女　（带点兴奋）我知道干爹一定会写这封信的！

袁崇焕　女儿何所见而云？

罗苏女　干爹就是要重返辽东，抚兵辑民，杀敌安邦。

袁崇焕　（感动，感慨，有悲凉意）女儿深得为父之心，可惜未解君王之意。

罗苏女　难道皇帝就不想国泰民安？

袁崇焕　非也！

（压抑着沉痛，念“口鼓”）女儿一片赤子心，还未晓做人三昧。当你们渐消痛楚，本不应复惹悲哀。无奈今天不言，以后再难有机会，书去兵来破敌后，（一顿）我身便要上断头台。

[众人大惊，齐问："此话怎讲？"

袁崇焕　（反觉安详）主上本来忌我拥重兵，得人望，敌人才能施反间，奸臣才能进谗言。今日我一纸手书，便招来十万兵马，试问破敌身安之后，主上还能容我活命么？

罗苏女　（细想，唱"滚花"）

岂任昏君安帝位，

帅父下泉台。（抢去书信）

袁崇焕　女儿做什么？

罗苏女　（接唱）　拚之共覆危舟，

俱沉大海。

（要扯毁书函）

袁崇焕　（三拦）这封信，毁不得！

袁夫人　相公，这样的书，能送去么？

袁崇焕　一定要送去，还要苏女亲自送去！

罗苏女　要女儿亲自送去？！

袁崇焕　强敌困城，除了女儿，谁能送去？到了辽东，也只有女儿，才能取得祖将军信任。望女儿以国家为重，早日搬来救兵！

罗苏女　帅父，干爹呀！

（唱"乙反二黄慢板合字过序"）

扶危城，退敌兵，

保国卫民，

苏女赴难舍身无后悔。

却奈这封书，

是爹的夺命符，

还要女儿做罪人，

害阿爹，遗恨一辈。

（哭叫）娘——

袁夫人　（唱“乙反二黄慢板”连序唱）

真教我有口难开。

顺夫君不可，

顺女儿不该。

一边是家国情，

一边是夫妇爱。

况是生死关头，

一着行差，恨遗千载。

罗苏女　（接唱）要女儿送父命，

这一双手，绝做不来。

袁崇焕　你真的不去？

罗苏女　（唱“滚花”）

要皇帝先放干爹，

我才肯传书关外。

袁夫人　求主上先放夫君，倒是个好主意呀！

典狱官　皇帝救命要紧，一定肯先放督师！

袁崇焕　（沉思，毅然决断）不可！不能！

（唱“风萧萧”）

主上已疑忌我，

欲免害反促害。

紧急军机，不可稍待。

胁主求生身受玷，

失了皇都国受灾，

忠臣虽死心难改。

女呀！

你就听我此一回。

罗苏女　不好了！（“水波浪”）

（唱“快二流”）

不传书，国受害。

传书去，父受灾。

左不孝，右不忠，

愿死在亲前，

把罪名担待。（跪前）

袁崇焕　我把你个蠢材，你个蠢女，什么叫忠？什么叫孝？ 当日你去罗浮山，又说过什么话？杀敌保国，报父仇，安百姓，才是大忠大孝。若以为父一人生死，任敌兵攻破皇城，你——你置国家于何地？

罗苏女　这——（无限委屈跪前，哭叫）娘，你叫女儿如何是好？

袁夫人　这——

（直起唱“禅院钟声中段”，头两句用摇板唱，配强烈音乐声）

儿哭声悲哀，

娘火煎五内。

女儿呀！（音乐声，扶起苏女，续唱，入板）

苍天眼不开，

圣君意难回，

如天倾，比地坍，

离魂夺魄，

寸心没了主宰。

夫君精忠既不改，

妾以生死永奉陪。

女儿休伤心，

双亲体谅你。

（吊慢唱，泣不成声）

快去辽东搬兵来！

罗苏女　这——娘也要我去么？

袁夫人　（唱“乙反芙蓉”）

岂不念白首齐眉约，

岂不惜家国栋梁材。

知君日月为心，

可痛山河危殆。

夫呀！恕我起居难侍奉，

请领带泪酒一杯。

罗苏女　（唱“乙反滚花”）

恨儿无以慰亲心，

请尝我母女亲调家乡菜。

袁崇焕　夫人！

（唱“滚花”）

酒肴我领下，

君命你早回。

苏女！

（续唱）　休言无以慰亲心，

搬救兵，解危城，

做忠良，好后代。

[钦差急上，两锦衣卫随上。

钦　差　主上有旨，袁崇焕写罢书函，速着其妻缴旨！

袁崇焕　夫人，你就向主上拜陈我意，着苏女突围搬兵。

罗苏女　（唱“滚花”）

无可奈，无可奈，

忍悲痛，走一回。

袁夫人　相公保重！

罗苏女　干爹保重！

袁崇焕　夫人、女儿保重！

[幕闭。

第八场　燕市豪情

[北京，广渠门城楼，远景可见煤山。

[阴沉大鼓逐下打，内场合唱曲：

一纸书，十万兵，

破强敌，保帝京。

奸官功上凌烟阁，

忠臣冤入枉死城。

[从合唱开始，幕徐徐开。中幕外。

[清虚道一路呼叫上，声音充满哀情，但不要太激动，亦不要太快。众绅民分边同时上。

清虚道　袁崇焕冤枉呵！袁督师冤枉呵！

乡绅甲　大理寺满城张贴，说道袁崇焕叛国通敌，竟有人呼冤叫枉？

民众甲　官府说话，没有一厘真的！

清虚道　袁崇焕冤枉呀！

乡绅乙　事不关己，少说为是！

民众乙　公道在人心，定要寻个真假。

清虚道　袁崇焕冤枉呵！

[两锦衣卫同时上。

卫　甲　胆敢为叛臣呼冤，你想死！

卫　乙　皇上今天在广渠门亲审袁崇焕，正要听取民意，拉他去见皇上！

清虚道　不用拉，我自己去——

[清虚道一路呼叫下，两锦衣卫追下。

民众乙　皇上在广渠门亲审袁崇焕，去睇吓。

[众人：“去啰。”众绅民同下。

[鼓乐声中，开中幕。

[四武士持金瓜大斧企幕。

[“小开门”，四太监、崇祯帝上，埋位；温体仁、杨炫拜上。

崇　祯　带袁崇焕！

[内场高叫：“主上有旨，带袁崇焕！”

[清虚道内场高叫：“袁崇焕冤枉呀！”

[同时：两锦衣卫押清虚道，两锦衣卫押袁崇焕分边上。

袁崇焕　君王万岁！（跪）

崇　祯　你且起来！

卫　乙　启禀主上，这个道士，大街之上，为袁崇焕呼冤叫枉！

清虚道　方外人不奉王礼，皇帝勿怪！

崇　祯　你不怕死？

清虚道　贫道此来，是想得道！

袁崇焕　（略趋前）道长，何必自蹈死地！

清虚道　（呵笑）督师不也是自寻死路么？

崇　祯　你是说袁崇焕该死了？

清虚道　皇帝圣明！

崇　祯　你且说来！

清虚道　督师当日，以五千轻骑，破数万胡兵，就是在这广渠门外么？

袁崇焕　（张望，感慨）正是在这广渠门外。

清虚道　当时你从辽东千里，入卫北京，可有奉过君王旨意？

袁崇焕　兵如火急，未有请旨而行。

清虚道　那就是了。从古到今，为帝者最怕臣下不恭顺，恭顺者纵是贪赃枉法，祸国殃民，都会受奖。不恭顺者任你竭力尽心，安邦破敌，都要杀头。你入卫皇都之时，可曾想到自己要死？

袁崇焕　当时一心解救皇都，未想到自己要死！

清虚道　（呵笑）真是痴人，该死了！

崇　祯　胡说，袁崇焕罪该万死，是通敌叛国。袁崇焕！

袁崇焕　臣！（下跪）

崇　祯　你知罪么？

袁崇焕　主上圣明，臣罪当诛。

崇　祯　你自己说，所犯何罪？

袁崇焕　（唱爽“二黄”）

不会逢迎圣主，

不肯交结朝臣，

不识通时达变。

一纸书，招来兵十万，

损害了圣主威严。

清虚道　那又是了。从古到今，做皇帝者都自认神圣英明，天下事无所不知，无所不能，皇帝做不到，你能做到，岂有不杀？当时你修书调兵，可曾想到自己要死？

袁崇焕　当时也想到自己要死，只为解救皇都——

清虚道　（呵笑）更是痴人，该死了！

崇　祯　胡说，朕岂昏庸之主。袁卿家起来！

袁崇焕　谢主上！（起）

崇　祯　内侍臣赐酒！

杨　炫　（未明崇祯之意，急不可待）万岁爷呀！对叛臣赏赐，便是颠倒功罪，何以肃整朝纲？

崇　祯　袁卿家破辽东之敌，解京城之危，难道不该受赏？你敢说朕颠倒功罪！锦衣卫，将这目无君上之臣推出斩首。

杨　炫　（哀叫）万岁开恩！

[两锦衣卫强推杨炫下，大鼓响。

[内场高呼："杨炫遵旨伏法！"

崇　祯　袁崇焕，朕功过分明，你该认罪了……你若认罪，朕念前功，当可从轻发落——蝼蚁尚且贪生，为人何不惜死？

袁崇焕　（安详地）悖理偷生，虽生犹死！

崇　祯　逆君之意，是乃不忠。

袁崇焕　逢君之恶，是为奸佞。

崇　祯　这——此人刑赏不动其心，决不可留了！袁崇焕！

（唱"滚花"）

你刚愎孤行，

是死而无怨？

袁崇焕　（接唱）臣为犬马，

君是至尊。

生死总皇恩，

臣岂敢有怨。

崇　祯　（接唱）朕恩原深厚，

你不肯求全。

岂容你钓取嘉名，

扬朕之短。

推下——开刀！

[袁夫人急上，两锦衣卫随上。

袁夫人　（急趋前）相公！

袁崇焕　夫人！

崇　祯　大胆妇人！怎会让她闯上来？

卫　丙　（惊震）主上，她——她说是奉旨上来！

袁夫人　臣妇奉旨，来救夫君之罪。

崇　祯　疯妇人，你奉的什么旨？

袁夫人　当日主上要臣妇命夫君修书辽东，说道兵来敌破，便将他赦罪封官。

崇　祯　这——也罢，你劝丈夫认了个通敌叛国，孤就从轻发落。

袁夫人　万岁爷，夫君是不会听臣妇说话的！

崇　祯　怎么不听？

袁夫人　（唱“梆子中板”）

当日在罗浮山，

我曾说伴君如伴虎，

他还挺身奉诏，

不听妻言。

前日在狱中，

我劝他先求释放再修书，

他又话胁主求生，

不是忠臣所愿。

到如今，

再多说话，

都是枉然。

（转“滚花”）

　　赦之是主恩，

　　杀之凭圣断。

崇　祯　（大怒，接唱）

　　枭横放肆，

　　无法无天。

　　灭族凌迟，

　　立正刑典。

[罗苏女捧本章急上，冲开武士，高叫：“辽东将士联名为袁督师呼冤！”

[太监取本章给崇祯。

崇　祯　（怒掷本章）联名呼冤，你作反！

罗苏女　我作反？若非我苏女持帅父手书，冒死突围，辽东搬兵，你个皇帝，还能高坐杀人么？

崇　祯　（吼叫）乱刀砍死！

袁崇焕　（急前）主上，不能杀呀！辽东将士，派她上本，一旦被杀，激反了二十万兵将，胡人乘机杀来，江山休矣！

崇　祯　（吃惊猛醒）这——押她出城，赶返辽东！

罗苏女　慢着！若不恩赦督师，苏女死不离去！

清虚道　（呵笑）又是一个想得道的——

袁夫人　苏女，俱死无益！

袁崇焕　赶快离开！（威严凌厉）

罗苏女　这——也罢，皇帝若然冤杀督师，辽东二十万兵将，要你坐不稳江山。苏女去了！

袁崇焕　（厉声）慢着！

（快打慢唱“二流”）

　　你忘了爹娘教训？

　　不记外敌当前。

　　朝廷养士蓄兵，

只能为守国卫民作战。

袁夫人　（接唱）　儿要把亲心体谅，

谨遵帅父之言。

罗苏女　（接唱）　苏女纵肯依从，

将士却难罢算。

袁崇焕　（接唱）　你为我——

传语同袍诸君子，

待我跃马辽东共守边。

罗苏女　（意外）帅父还能跃马辽东共守边？

清虚道　能，一定能，大道齐生死，贫道也要与督师大人一齐去——

四　人　（同接唱）跃马辽东共守边。

崇　祯　（为四人豪情所慑，又不甘心失败，带点解窘的冷笑）袁崇焕，你以为如此，孤王就会赦你不死么?

袁崇焕　（真诚，慨叹）主上永不会知臣用心，也决不会容臣活命。

崇　祯　朕亦非寡恩，现在就将你凌迟之罪，减为斩决，赦你妻不死，流放三千里，这个妖道，一同处斩。温尚书监刑。（授剑）

温体仁　臣遵旨！（接剑）

清虚道　贫道与督师一齐得道了！

袁崇焕　谢皇恩！

袁夫人　（哀叫）相公，道长！

罗苏女　（哀叫）干爹，道长！

袁崇焕　夫人、女儿，保重！

[清虚道呵笑。

[锦衣卫押袁崇焕、清虚道行，夫人、苏女紧伴，温体仁捧御剑随行。

袁崇焕　（唱新曲“燕歌行”，内场重唱）

不将生死萦怀抱。

罗苏女　（接唱）　应同日月永长悬。

袁夫人　（接唱）　悲莫悲，生死别。

清虚道　（接唱）　道可道，天地存。

袁夫人　（接唱）　敬夫愧无水酒。

袁崇焕　（接唱）　慰妻尚有遗言。

心术须无惭于天地，

言行留好样与儿孙。

[幕徐徐闭。

——剧终

本剧选载的是 1982 年罗家宝、郑培英、罗君超、白雪红、谭朗标、叶兆柏等主演的版本。

施琅将军

（根据颜廷瑞同名歌剧改编）

改编：刘汉鼐　潘邦榛　何锡洪

人物表

（年龄以第一次出场计）

爱新觉罗·玄烨　清圣祖康熙皇帝，27岁

爱新觉罗·杰书　宗室亲王，奉命大将军，加号康亲王，60多岁

赖　塔　　贝子，平南将军，50多岁

万正色　　福建水师提督，后为福建陆路提督，40多岁

施　琅　　内大臣，后为福建水师提督，59岁

施世骠　　施琅之子，水师守备，18岁

董　后　　郑成功之妻，郑经的生母，人称国太，50多岁

郑克臧　　郑经长子，明妃所生，台湾监国，18岁

郑克塽　　郑经次子，后袭延平王之位，12岁

和　妃　　郑经的妃子，郑克塽的生母，30多岁

刘国轩　　台湾总兵，50多岁

冯锡范　　台湾侍卫，总管，60岁左右

陈公飞　　台湾参将，40多岁

朱　霖　　陈公飞的侍卫，30多岁

鲛　娘　　陈公飞之妻，40多岁

阿　鳗　　陈公飞之女，17岁

群众、官员、侍卫、太监、士卒、和尚、尼姑等若干人

第一场　刑场泣血

[1680年，即清康熙十九年，九月。

[北京午门外。深秋，古槐老柳，叶片飘落。

[幕启。断头台上枷锁着衣带血痕的朱霖。刑部官立于台前。刀斧手执刀待命。

[赖塔和万正色临场监斩。

刑部官　（展读判词）台湾奸细朱霖，潜入福建，窃取军情，结交故旧，被我福建水师捕获，解来北京，经圣上御批，处以极刑！

赖　塔　朱霖！你招出同党，交出密信，我赖塔可以贝子身份，赦你死罪！

朱　霖　（不语）

万正色　（展现手中绣像）讲！这是什么？

朱　霖　万正色将军，你身为福建水师提督，难道没去过天妃庙么？

赖　塔　讲！（指绣像）她是谁人？

朱　霖　她就是几百年来人们传颂的天妃神！

（诗白）　亲人出海久不还，

心随波涌逐浪翻。

秋水望穿泪流尽，

幻化为神护归帆。

万正色　（“三搭箭”）哈哈……她不是天妃，她是台湾参将陈公飞留在福建的女儿——阿鳗！

朱　霖　（震惊）她……

赖　塔　带阿鳗！

[内场呼唤声：“带——阿——鳗！”

[两名刀斧手押着渔女装束的阿鳗上。

刀斧手　走！

阿　鳗　（唱“乙反快二流”）

年年盼望游子还，

盼到来鸿又遭劫难。

今日云间彩虹断，

天涯何处见归帆？

为求两岸架长虹，

哪怕斧钺临身招屈斩！（步入刑场）

朱　霖　阿鳗——

阿　鳗　朱叔父——

万正色　（阻拦，拿出绣像）讲！这可是你？

阿　鳗　是我。

万正色　何以藏他身上？

阿　鳗　请他带给身在台湾的父亲——陈公飞。

赖　塔　是何居心？

阿　鳗　不能骨肉团叙，但愿音容相通。

万正色　什么音容相通，分明是暗通关节！

赖　塔　你潜入北京，为台湾奸细传送书信，罪当斩首，现在是送你上西天的时候啦！

[钟声响起。

[刀斧手将酒送至朱霖、阿鳗面前。

朱　霖　阿鳗！

阿　鳗　朱叔父！

（唱“阴告”）

那日相逢在海滩，

喜得音讯诉于一旦。

今日临刑，来敬亲人一杯酒，

且当乡亲，哀哀生祭悼沉帆！

朱　霖　（接酒，续唱第二段）

喜我远游思归今日还，

重睹河山甘闭眼。

水暖，酒暖，

此去瑶台魂不冷。（饮）

阿　鳗　（举杯，接唱第三段）

罢了苍天啊！

今天奠醇醪，洒热血，

愿他朝锦帆还，

水笑山欢，歌声彻人寰。（奠酒）

[钟声。

刑部官　时辰到，开斩！

[刀斧手挥刀欲斩。

施　琅　（内白）刀下留人！

士卒甲　（奔上）禀报大人，内大臣施琅闯入刑场！

刑部官　施琅？

万正色
赖　塔　（同时）施琅？火速禀报康亲王！

[士卒甲下。施琅绑子——施世骠上。

施　琅　（唱“滚花”）

耿耿丹心昭日月，

巍巍忠烈壮河山。

绑子为质闯刑场，

沥血剖心来直谏。

赖　塔　斩！

施世骠　慢！（飞身跃上断头台，以身护卫阿鳗、朱霖）

施　琅　贝子大人，臣施琅愿以犬子施世骠一命作质，为朱霖、阿鳗求情。

阿　鳗　施公子……

施世骠　（欲慰无词）……

赖　塔　呵呵呵，看来此事与你父子有关了？

施　琅　赖塔大人，圣上八次遣使与台湾商谈，以图国家一统。如今郑成功病逝，台湾人心思归。朱霖从台湾而来，目睹大陆国泰民安，朝廷诚意和谈。若把他放回台湾，以耳闻目睹之实，示知台湾朝野，则文事胜于武功，比大人这一刀好得多啊！

万正色　呸！

（唱“戏妲己”）

你私闯法场，阻斩要犯，

只怕说你这将军充内奸！

施　琅　（唱“尾腔”）

施琅一心为公，

何惧火坑身陷！

[内场喝道：“康亲王到！”

赖　塔　恭迎！

[爱新觉罗·杰书带侍卫上。

赖、万、施　（跪迎）康亲王——

杰　书　（权威迫人地）罪犯朱霖、阿鳗暂且收监！将施琅父子押进宫内候审！

[幕闭。

第二场　金殿剖心

[前场第二天上午。

[北京皇宫懋勤殿内。

[幕启。值殿将军、执戟侍卫、太监、宫女肃立殿上。

[爱新觉罗·杰书坐在一旁，赖塔、万正色伏地窥视。

[爱新觉罗·玄烨离座伫立沉思。

玄　烨　（唱“七字清”）

收抚澎台求和议，

兵戎未息费神思。

　　　　　　可叹长虹未架起，

　　　　　　只缘朕意无人知。

赖　塔　（念“口鼓”）主上，施琅归顺我朝以来，因无实权，早怀二志。

万正色　（接念）昨日又公然助敌，反叛之心人尽知。

杰　书　（接念）主上，为了肃清内奸，臣等要求严加查处！

玄　烨　施琅心怀二志？康亲王！

杰　书　臣在。

玄　烨　（念“口鼓”）由你代朕审理！（取剑）暗通台湾者，一律诛除！（授剑）

杰　书　臣领旨。

　　　　[玄烨由屏风后下。

杰　书　传施琅听审！

侍　卫　传施琅听审！

　　　　[施琅与施世骠上。

施　琅　（唱“快中板”）

　　　　　　为表和谈意诚恳，

　　　　　　金殿面圣保故人。

施世骠　（唱“滚花”）

　　　　　　父子同心扶国运！

施　琅　走！（偕子入跪）臣施琅戴罪绑子叩圣……

杰　书　（打断）施琅！

施　琅　（抬头）康亲王？

杰　书　（唱“滚花”）

　　　　　　本亲王奉了皇命，

　　　　　　审你这反叛罪臣。

　　　　　　你要从实招来，

　　　　　　休得含混！

施　琅　啊！（一呼）臣乞求面奏主上！

杰　书　（拍案）好胆！

施世骠　（二呼）臣乞求面奏主上！

杰　书　可恼！

施世骠
　　　　（同三呼）臣乞求面奏主上！
施　琅

杰　书　呸！（举剑）

（唱“滚花”）

御剑在此，

谁敢藐视皇亲。

人来，除去顶戴花翎，

解吾之恨。

[侍卫除去施琅的顶戴花翎。

施　琅　哎呀，不好了！

（接唱）　煌煌御剑，

压得我有理难伸！

施世骠　（接唱）　你们屈审忠良，

只怕民心怨忿。

万正色　什么屈审忠良！我来问你，阿鳗潜入北京，两次进入施府，可有此事？

施世骠　这个……

施　琅　确有此事。

赖　塔　阿鳗送给施琅一封书信，此事当真？

施世骠　这个……

施　琅　此事当真。

杰　书　既有此事，画供上来！

[侍卫捧书案至施琅面前。

施　琅　臣问心无愧，无供可画！

杰　书　好胆！

（唱“恨填胸”）

私通奸细见反心。（重句）

（念“白榄”）

不招供，罪一等。

午门外，斩叛臣。

（续唱） 不用再审！（举剑）

[侍卫架紧施琅。

施世骠 且慢！

（唱“滚花”）

让我招供画押，

向主上面陈。

施 琅 世骠，你……

杰 书 （对施琅）住口！让他画供！（转对施世骠）快招！

施世骠 （踢掉侍卫捧来的书案，唱“首板”）

撕白袍，

咬指头，

血书遗恨！

（挥指疾书，递上）

杰 书 （接念血书）

“谣诼纷纭乱假真，

风波亭里埋丹心。

一纸血书明素志，

父子同作血泪吟。”

玄 烨 好胆！（突然由屏风后走出，众惊呆伏地）

（唱爽“慢板”）

小叛逆，题反诗，以古讽今！

竟把懋勤殿，诬为风波亭，公然骂朕！

难道朕，是一个，无道昏君？

（挥剑砍掉御案一角，转“滚花”）

把他押下龙廷，候斩午门，

以儆出言不逊。

[侍卫架起施世骠。

施世骠 （呼号）爹爹！

施　琅　世骠！

施世骠　孩儿先行了！（被押下）

万正色　主上！

（唱“滚花”）

施琅纵子犯上也应斩——

玄　烨　慢！

（接唱）　朕还要一听他的“血泪吟”。

施　琅　（倔强地，接唱）

无罪受诛，

难免臣子悲愤。（拉腔）

杰　书　什么无罪受诛！你在郑成功手下任总兵之时，刘国轩和陈公飞是你手下的部将、亲兵。今天，陈公飞的侍卫朱霖带书潜入，陈公飞之女阿鳗送书府邸，你身为内大臣，不报、不抓、不杀，这不是暗通关节、图谋不轨吗？

众　臣　讲！

施　琅　（慷慨陈述）施琅原是郑成功的部下不假，但臣的父、弟、子、侄一家四口，均死于郑成功和刘国轩手下。陈公飞原是臣的部下不假，但臣当年逃归朝廷，陈公飞率兵追赶，几乎断臣性命。若论私仇，臣与台湾郑家不共戴天！臣接见阿鳗，求救朱霖，意在收抚台湾，绝非暗通关节啊！主上！

玄　烨　绝非通敌？（拿出绣像）这是什么？

施　琅　一幅绣像。

玄　烨　何以解释？

施　琅　这……臣浑然不知。

玄　烨　好个浑然不知！康亲王代朕审理，你咆哮殿堂，纵子骂朕，是无罪吗？朕批斩朱霖，你私闯刑场，是无罪吗？你不知绣像之谜，竟以子作质，具保朱霖、阿鳗，也是无罪吗？

施　琅　这个……

杰　书　主上，台湾海贼与闽、粤奸人相通，常用药水、白矾书写密信，这绣像之上……

玄　烨　人来，交刑部立即检验！

[太监接绣像下。

施　琅　主上——

玄　烨　你还有何话说？

施　琅　（忠耿不阿地）臣私闯刑场，教子不严，有不赦之罪。但臣仍然以为，诛杀一个朱霖，会造成台湾官员的恐惧，诛杀一个阿鳗，会失去黎民百姓之心啊。主上！

（唱“水仙子”）

方兴祚运，

百业俱已欣欣，

万众归心。

黎民期望，

化旧恨释怨，

永不会再挑战衅。

杰　书　主上，八次议和不成，还说怀柔释怨，分明是误国之谈！

施　琅　主上！只要坚持七分文事三分武，即使被迫动武，定教征帆渡海破雄关。

杰　书　主上！海上飓风之威，非人力可制。施琅轻举妄动，会毁我水师根本。

施　琅　和不成，战不得，难道要让红毛荷兰重踞台湾吗？主上！

（唱“霸腔芙蓉中板”）

请切记荷兰帝国，仍未死心。

一旦有可乘之机，便侵台掠闽。

那时重蹈覆辙，置我百姓于火热水深。

（转“三字经”）

遭鲸吞，元气尽，

任宰割，蹄下呻吟。

（转“滚花”）

请主上三思而后行，国家万幸。

万正色　主上，施琅危言耸听，未可置信呀！

施　琅　主上，收抚台湾，臣有八分把握。

玄　烨　八分把握？讲！

施　琅　圣上英明，郑经昏庸；台湾士卒，日夜思归；还有我主财力、兵力，胜于台湾十倍，不过……

玄　烨　不过什么？

施　琅　谋事在人，成事在天。

玄　烨　成事在天？

施　琅　愿圣上消除疑虑，及早决断！

玄　烨　啊！

（旁唱“追贤二黄”）

玉殿中，观群臣，

只有施琅知朕心。

他与郑家有仇恨，

公而忘怨，壮志凌云，

只知治国齐民。

（转“流水南音”）

冒死陈词见忠耿，

破敌之策语重千钧。

海上风云尤熟稔，

知天知水知敌人。

收抚澎台持高论，

好一个七分文事武三分！

赤胆忠肝——

（转“快二黄”）

可堪为训。

这真是，奉天承运，

天将澎台还于我，

遣来施琅助寡人。

人来！

（续唱）　快传阿鳗、朱霖，进宫见朕！（拉腔）

太监乙　领旨。呔！传阿鳗、朱霖进见！

[侍卫押阿鳗、朱霖上。

玄　烨　阿鳗！你托朱霖传递绣像，所为何来？

阿　鳗　主上，海峡相隔，骨肉不能团叙，家母为我绣像，只想音容相通。

玄　烨　只想音容相通？

[太监拿绣像急上。

太监甲　禀奏主上，经刑部验证，这绣像背后密写有字。

杰　书　什么字？

太监甲　是用白矾写的一首《天妃词》。

玄　烨　什么《天妃词》？

阿　鳗　主上，《天妃词》是家母与阿鳗常在海边唱的一首思亲歌。

玄　烨　思亲歌……（音乐起，接过绣像，倚案观看歌词）

阿　鳗　（唱新曲“天妃词”）

年复年，春复春，
流光难断相思心。
烟波叠叠遮归路，
望月盼讯音。
云隔音，雾隔音，
思绪邈邈情更深。
悲欢明月圆又缺，
浪花是泪痕。

玄　烨　（浪里白）浪花是泪痕，浪花是泪痕！

（激动地上前替阿鳗、朱霖松绑）阿鳗，朕看到了你们母女的泪痕，朕看见了天下离散男女之心，朕的心与你们的心是相通的啊！（提笔题词于绣像之上）

（续唱“新曲”）

潮有讯，花有讯，
天回地转日月新。
何时锦帆破浪归，

欢歌慰天伦。

人来，瀛台摆宴！

[太监下。

玄　烨　朱霖，请你把这绣像带给陈公飞，今天的音容相通，就是明天骨肉团叙的开端，朕为他祝愿！

朱　霖　（接像）小人遵旨。

玄　烨　请你转告郑经：郑成功将红毛荷兰成功赶出台湾，他的功绩永远不能埋没，但如今荷兰无时不想卷土重来，他不放心，朕也不放心！我们应当团结御外，他提出的三个条件，朕答应两条："不削发，不易服"，可以；"不登岸"，也可以。但若提出台湾"自立为国"，朕决不允许！国家必须统一！

朱　霖　小人遵旨。

玄　烨　请你代朕问候董国太，朕愿她长寿，祝她千秋！

朱　霖　小人遵旨。圣上啊！

（唱"三脚凳"）

陛下不愧是英明帝主，德政远布边陲。

我明日返回台湾，即向朝野转达圣意。

不过还有一件事，该不该说尚犹豫。

玄　烨　有什么话尽管讲。

[朱霖示意阿鳗。

阿　鳗　主上！

（唱"滚花"）

我虽赦免也难放心，还有将军与施公子。

玄　烨　好呀——施琅上前听旨。

施　琅　臣在。

玄　烨　（唱"十字清中板"）

"血泪吟"是一首爱国诗词。

朕随后放你儿另行封赐！

朕命你为福建水师提督，全权处理台湾事宜。

施　琅　臣谢旨。

玄　烨　（续唱）　万正色上前来听朕颁旨！

万正色　臣在。

玄　烨　（续唱）　朕命你为福建陆路提督协助水师。

万正色　臣谢旨。

玄　烨　（续唱）　康亲王，命你为闽粤御使。（拉腔收）

杰　书　臣谢旨。

太　监　（上）禀奏圣上，瀛台酒宴齐备。

[歌伎欢舞出现于纱窗外。

玄　烨　众卿家！

（唱“滚花”）

为朱霖举杯饯别，

愿台澎大陆再不分离。

众　人　谢主上。

[幕闭。

第三场　风雨飘摇

[1681 年，即清康熙二十年。台湾北园别馆。溪水绕着回廊，竹林掩着朱楼。

[幕启。农历正月的一个晚上，冷月悬空。大厅内挂着一幅郑成功的遗像。像前点燃着几支蜡烛。梵音凄凉，气氛惨然。

[一个侍女陪着十二岁的着王子服的郑克塽焚香顶礼，为郑经的病情祈祷。

郑克塽　（叹息，诗白）

烛光淡淡照紫烟，

默默心音升九天。

但得父王沉疴愈，

孩儿愿受病熬煎。（频频叩拜）

[监国郑克臧上。

郑克臧　弟弟，母亲叫你进去侍候父王吃药。

郑克塽　是，兄长。（与侍女同下）

[一阵急促的马蹄声停落在门外。

[陈公飞急步闯入。

陈公飞　（施礼）臣参将陈公飞奉总兵刘国轩之命，有紧急军情禀报监国。

郑克臧　何事？

陈公飞　监国呀！

（唱爽“霸腔慢板”）

康熙帝，与施琅将军，

已亲临福建。

郑克臧　（大惊失色）康熙帝御驾亲临福建？这……是真的？

陈公飞　是真的！

（续唱）　他还任命，施琅为水师提督，

并授以生杀之权。

郑克臧　消息可靠吗？

陈公飞　朱霖刚从大陆回来，他还说康熙对他可真好呢！

（续唱）　在懋勤殿，接见他，

临别又饯行设宴。

郑克臧　（接唱）　这着棋，何用意，

一目了然。

陈公飞　监国！（取出绣像）

（唱“滚花”）

他说道愿炎黄子孙，

坦诚相见。

两地分离骨肉，

早日团圆。

还在绣像上题词，

以明心愿。

请监国过目！

郑克臧　（接过绣像细看）

（内场伴唱“新曲”）

潮有讯，花有讯，

天回地转日月新。

何时锦帆破浪归，

欢歌慰天伦。

（欣喜）好，写得好……来人！

[一侍卫上。

郑克臧　立即派出快马飞船，接刘国轩将军与朱霖到此议事。

侍　卫　遵命。（下）

郑克臧　陈将军，随我一起禀奏延平王。

陈公飞　是！

[郑克臧与陈公飞同下。

[和妃急上，冯锡范佩剑跟上。

和　妃　（念“扑灯蛾白榄”）

善者不来，来者不善。

是议和？或开战？

你说怎么办？你说怎打算？

冯锡范　（思索）这……

和　妃　（续念）　先除掉朱霖，

再杀刘国轩！

冯锡范　（思索）这……

和　妃　（续念）　最好废却郑克臧，

拥竦儿嗣位坐金殿。（重句）

冯锡范　不行呀！

（唱“快十字清中板”）

杀朱霖怕引起监国疑团，

除国轩会招来士兵哗变，

废却郑克臧延平王必定见嫌。

和　妃　延平王？他，他不久于人世了！

（唱“慢琴音”）

风烛残年，就快升仙。

夫妻情，似梦似烟。

几日后，不再受制牵。

把郑姓山川，闹到地覆翻天！

冯锡范　好！

（唱“减字芙蓉”）

今夜机会难逢，

逼得把兵戎相见。

哀乐当作渔阳弄，

发难起事端。

不过，又怕董国太她……

和　妃　她怎么样？

冯锡范　（唱“滚花”）

她随先王创业数十年，

收复台湾把殊功建。

德高望重人敬仰，

朝廷上下得听她言。

和　妃　对付一个老太婆，我自有办法……

[后堂突然传来惨叫声、哭声，郑经死了。

和　妃　（神经质似的）延平王死啦……（刚欲扑向后堂）

[和尚敲打钹鼓过场。随后，郑克臧、郑克塽、陈公飞等含泪上。

众　人　（向内）有请国太！

董　后　（内唱“斑竹马牌子头”）

孤岛一梦空，

纸灰化飞烟。

[两侍女搀扶董后上。

众　人　（跪下）国太！

董　后　唉！

（唱“斑竹马中段”）

多少事，纷纷乱，

没了方寸。

漫漫长夜未尽，

皇儿病薨怎得再见面？

情断，肠断，

遭惨变，江山血泪染，

灾祸难免。

不知谁加冕，

忍悲痛，以家国系念！

（一挥手，众人站起）众卿家，何事启奏？

陈公飞　臣陈公飞启奏国太！

（念“口鼓”）延平王仙逝，举国哀伤，山河色变。国太须早定嗣位，免得民心浮动，见异思迁。依臣之见，监国郑克臧赤胆忠心，精明干练，他实乃中兴之主，堪称国之英贤。

董　后　（点头）好！

[冯锡范示意和妃，和妃突然放声大哭，跪拜于董后面前。

和　妃　国太啊！

（唱“朦胧”）

盈盈泪洒透灵前，

孩儿心里无限痛，难对你明言，

北园内有鹰犬，

与大陆暗私通欲叛乱，

我大业眼看断送在今天。

董　后　可怒呀！

（唱“快中板”）

祖业不能任人污玷！

是谁甘做鹰犬与敌勾连？

和　妃　（接唱）　克臧为人性奸险，

暗中通敌，出卖郑氏山川。

郑克臧　（大惊）啊！母亲你……

和　妃　你与陈公飞勾结，派侍卫朱霖到大陆谈判——

（唱“滚花”）

现我家三代仇人，

已伴随康熙来福建。

董　后　克臧，此事当真？

郑克臧　祖母，是……是奉延平王之命……

和　妃　国太，切莫相信他的鬼话，延平王驾崩，无从对证，请看康熙亲笔文书便一清二楚。

董　后　文书何在？

郑克臧　祖母……

董　后　（厉声）文书何在？

郑克臧　（取出绣像）祖母，请看！

董　后　（接过细看）这……

陈公飞　国太，这不是通敌文书，是一幅音容相通的绣像。

董　后　这绣像是什么人？

陈公飞　是天妃神。

董　后　天妃神？

冯锡范　启奏国太，据臣所知，她不是几百年前的天妃神，而是陈公飞的女儿——阿鳗。

董　后　啊？！

冯锡范　阿鳗同朱霖一起投降了清朝，是个认贼作父的叛逆！

董　后　陈公飞，你……来人，绑！

[侍卫拥上，绑陈公飞。

郑克臧　祖母，孙儿有话要说！

董　后　讲！

郑克臧　祖母呀！

（唱“反线中板”）

人心难胜天意，君心难违民意，

怎得其美两全。

骨肉分离，人心思归，

两地不能再隔断。

大好河山，终归一统，

免得魂梦相牵。

再者，我以一隅台澎，难抗大陆之威，红毛番鬼，又屯兵于巴达维亚，若不团结御外，何以对待列祖列宗——

（转“滚花”）

议和并非投降，

请祖母听孙儿相劝。

[董后有所动。

冯锡范　（剑刺郑克臧）叛国贼子，人人得而诛之！

（唱“快滚花”）

他胆敢为康熙张目，

怎配做个郑氏子孙。

夸啦啦，不杀不足以谢国人，

要他灵前血溅。

[全场震惊，郑克臧忍痛拔剑与冯锡范格斗，冯锡范直刺郑，董后欲阻拦，被和妃拖住，郑克臧终被刺倒地上。

董　后　（怒指冯锡范）你，你……（气极说不出话，转身把郑克臧扶着）克臧……

郑克臧　祖母，我恨……

（唱“沉花下句”）

我恨恨恨，恨难见骨肉团聚，

人月重圆。（死去）

董　后　克臧，克臧……

郑克塽　（同时地）兄长，兄长……

冯锡范　（按剑而立，势欲震主）众家听着，郑克臧暗中通敌，我为国太执法，此后有敢言和者，以此为例！台湾自今日起，自立为国！

董　后　（勃然站起）冯锡范，你，你，你……（晕介）

［内场人声，刘国轩总兵到。

［全场肃立，刘国轩急步闯入，朱霖、侍卫随上。

刘国轩　臣刘国轩觐见国太。

郑克塽　（痛哭失声）刘总兵......

刘国轩　（感到气氛不对，忽然发现郑克臧被杀，惊）国太！

（唱“滚花”）

廷平王不幸归天，

监国又被砍一剑。

是谁把他杀害，

请国太对我明言。

董　后　是……冯锡范将他杀死……

刘国轩　冯锡范，你，你，你，你这狗贼子！（拔剑）

［冯锡范亦拔剑以持，相持不下。

和　妃　（急拦阻）刘总兵，监国他私通大陆，妄想出卖郑氏江山，冯总管他不过是为国除了一大害……

刘国轩　哼！

董　后　刘总兵，监国既死，再争无用，今后……台澎兵权归你总管，竭尽全力，对付施琅，克塽年幼，尚不懂事，郑家的江山，就靠你支撑了！

刘国轩　（俯身）谢国太！

郑克塽　（痛哭失声）刘总兵……

刘国轩　（抚着郑克塽，抽剑立誓）刘国轩誓保台澎、幼主，有敢窃取郑家江山者，斩！有敢乘隙作乱者，斩！有敢违背国太旨意者，斩！斩！斩！

[幕闭。

第四场　民心难违

[1683 年，即清康熙二十二年，农历三月十五。

[福建海边天妃庙前。门端“天妃庙”三字隐约可见。墙垣倒塌。庙前有一棵高大的凤凰树，红花绽开。

[大海波涛汹涌。海面上是施琅的水师战船，樯帆相连。

[幕启。一个尼姑立于庙前，执拂迎客。几个水师士卒在庙前来往警戒。三两渔女、村姑、老人，或捧香、或斋表，虔诚地走进庙门。

[鲛娘手捧一束相思红慢步走上，遥望彼岸。

鲛　娘　（唱“倒板”）

心似波涛大海。

（转“思亲曲”）

桃花春天开，

远山缀翠黛。

知心话怎讲，

梦中两约会。

大海虽隔绝，

爱心永远在。

历劫过去后，

相见在澎台。

（转“红绣鞋”）

相分相隔十数载，记忆还在。

几番风雨，不改夫妻爱，

望君快回来。

（转“滚花”）

他只留下海图一张，

给我这女流辈。

天妃庙前但愿能见将军面，

我把海图献上，

迎来锦帆破浪开。

[施琅从庙内走出。

施　琅　（细看偈语，吟沉自言）“志在四方，也在一人，庚小千里，太平天伦”……这偈语何解？

鲛　娘　（上前）“志在四方，也在一人”，两句合一，不就是将军阁下的姓氏吗？

施　琅　对对，那第三、四句又是什么意思？

鲛　娘　“庚小千里，太平天伦”，庚字下面加个“小”字，不就是康熙皇帝的“康”字吗？千里者，即重也！按卦直说：施琅将军在皇上的重用下，一定会给天下带来太平盛世！

施　琅　你，你是什么人？

鲛　娘　村姑渔妇。不过……这个吉言，并不是将军卜卦的本意。

施　琅　这个……我与她素不相识，为何心事竟猜出来呢？

鲛　娘　将军呀！

（唱爽“梆子中板”）

你自北京来，奉旨收澎台，

督造战船出大海。

宾馆新修盖，筵开已两载，

千金不惜招英才。

冬去又春来，水师练千回，

人消瘦容颜改。

弓张而不发，不欲大厮杀，

（转“二黄”）

因为胸中块垒未解开。

施　琅　（唱“下西岐”）

听罢言词觉奇哉，

有若雷声惊四海。

偈语她解开，真情尽揭开，

洞悉某五内。

拜谢再三，上前未敢稍怠，

尊声女奇才。

鲛　娘　（接唱）毋庸如此礼相待，

得见故人泪满腮。

为报将军，

献上海图墨彩。

（从相思红中取出一轴锦绣）将军呀！

（转“快二黄”）

二十年前，郑成功，

扬威海外。

也因为，得此图指引，

才收复了澎台。

（转“滚花”）

小小一张海图，

已收藏了十多载。

请将军收下。（交图）

施　琅　（接图）施琅拜谢！（看图，惊讶）这是当年郑成功的那张海图啊！

鲛　娘　正是。要取澎湖岛，先占八罩湾。北风不可动，南风早扬帆。

施　琅　六月是北风季节，南风不起。

鲛　娘　可“天有不测风云”……（欲下）

[突然炮声轰鸣，施世骠从庙内出。

[几个水师士卒急上。

施世骠　发生了什么事？

士卒甲　禀报将军，有人违禁出海，陆营奉万将军之令，用火炮轰击！

[鲛娘惊恐不安，登高观望。

施　琅　草菅人命，可恶！可恶！

士卒甲　船中弹了。

士卒乙　是个姑娘，落水啦！

鲛　娘　（惨叫出声）阿鳗！（奔下）

施　琅　她……

施世骠　她是阿鳗的母亲？

施　琅　陈公飞的妻子——鲛娘！这海图是陈公飞留下的呀！世骠，立即派快船救人！

施世骠　是！（奔下）

[施琅愤怒之极，来回踱步。

[施世骠、鲛娘、扶阿鳗上，众士卒跟上。

施　琅　阿鳗！

鲛　娘　阿鳗！

阿　鳗　妈妈！（扑向鲛娘，后又走向施琅）将军，我要当水师，我要为收抚台湾出力，你收我上船吧！

施　琅　（开玩笑地）阿鳗，朝廷的法令是不许女子当兵的，若果你是天妃就可破例！

阿　鳗　若果我是天妃就可破例……

施　琅　世骠！

施世骠　父帅！

施　琅　传我命令，福建海岸，放宽海禁！

施世骠　（向内传令）福建海岸，放宽海禁！

[大海回荡着“福建海岸，放宽海禁”的声音。

施　琅　鲛娘，今天我有一事相求，不知你能否答应？

鲛　娘　将军！只要鲛娘我能做到，万死不辞。

施　琅　宋朝以来，天妃显圣，离人团聚，万民敬仰，可是今天……

（唱“滚花”）

神不安位，民不安心。

我要向圣上禀明，

把庙宇重修，造福台澎粤闽。

听说你长于刺绣描画，

请你绘制一幅天妃女神。

鲛　娘　这……将军，如今神像无存，绘画无以为本。

施　琅　无以为本……有啦！

（续唱）阿鳗长得酷似天妃，

另有一番风姿神韵。

可以她为模样，

绘制画里真真。

鲛　娘　天妃……阿鳗……对，就依将军之意，借助天妃神力，务使朝野上下，万众一心。

[螺号传来，欢声四起。

[内场人声："施琅将军，海禁放宽，渔船出海啦！"

施　琅　鲛娘，请你引路，看看渔船出海。

[士卒随施琅、鲛娘下。

施世骠　阿鳗，放宽海禁，你可以驾船出海，再也不会被炮火打伤啦！

阿　鳗　（心情激动）是啊，施公子，你看……

（唱"春风得意"）

海鸥扑飞逐浪沉，

大海涛里百舸似进军。

云烟不可隔，

等到来年便可会亲人。

愿将思亲情，

遥托锦帆寄给我父亲。

施世骠　（接唱）终有日雾散天开，

尽解民困。

你一家团聚，

朝夕常亲近，

共把邦家振。

阿　鳗　（接唱）　多少年来，衷心以求国家一统，

今天夙愿能偿，

全赖那天妃神。

（转“二黄合字过序”）

她站立悬崖上端望海云，

一腔热泪滚滚情难禁。

不见乡亲，失却故人，心内如焚，

千百年来后世人塑金身，

长奉表心悃。

施世骠　（唱“长句二黄”）

我说阿鳗情更真，

家国忧怀心伤感，

像那天妃一样为万民。

阿　鳗　（接唱）　矢志能酬，死而无憾。（句）

天若有情天亦老，

渔歌着意助我行。

[锣声、吆喝声传来，万正色带陆路小校、士卒冲上。杰书带侍卫上。

[施琅、鲛娘从另一方向迎上。

小　校　禀告康亲王，带头违犯海禁者，（指阿鳗）就是她！

杰　书　又是你？（下令）人来，斩首示众！

[庙内钟声鼓响，众人肃穆静听，捆绑阿鳗的侍卫迟疑住手。

阿　鳗　康亲王！你听！

（唱“七字清中板”）

耳畔传来钟声阵阵，

谁非谁是自会分。

请顺天意民情放宽海禁，

救我中华海外，万千亲人。

杰　书　住口！海禁万万不能放宽！

施　琅　禀告康亲王，刚才臣已下令放宽了海禁，所以阿鳗她……

杰　书　你好大的胆啊！施琅将军，你可知台澎海贼，冥顽不化，八次议和，已归失败，难保海贼不伺机侵扰……再说，鲁、苏、浙、闽、粤五省海禁，乃圣上亲自制定，形如铁链，屏障东南。今断其一环，误国之罪，你可担当得起？

施　琅　臣愿担罪。

[庙内钟声又起，三个尼姑执拂帚由庙内走出。

甲尼姑　（合十）阿弥陀佛！

[众人一齐跪倒。

甲尼姑　天妃显圣！民心难违！

阿　鳗　天妃显圣？

鲛　娘　对！天妃显圣！

[阿鳗、鲛娘相视不语。

[幕闭。

第五场　天妃显圣

[同年六月初，天妃庙内。

[天妃庙修饰一新，神台上置有香炉烛座，神台下铺有蒲团、锦垫。神龛两柱康熙手草书有一副对联："保寥廓疆土""佑亿兆黎民"横额是"神灵若在"。神龛内是鲛娘新绘的天妃玉容。

["清江引"乐声中幕启。红烛高照，烟雾缭绕。施琅、杰书、万正色、施世骠等水陆将校，俯首恭立。鲛娘等几个百姓站立一旁。一个礼部官员立于神龛一侧，充当祭祀仪典的司仪。

礼部官　（高声宣读）"奉天承运，皇帝圣谕：重修天妃庙堂，祭祀天妃神灵，加封天妃称号，隆重祭典礼启！"

[钟声、磬声、鼓乐声齐响，人们向天妃像跪倒。

礼部官　上香叩首！

[杰书站起，焚香揖拜。

[轻纱慢慢拉开，天妃露出容颜，宛如天仙下凡，众惊异呆然。

礼部官　再叩首！

[众叩首。

礼部官　三叩首！

[众叩首。

[杰书取出御批祭文，庄穆持重，琅琅宣读。

杰　书　“奉天承运，皇帝圣谕：敕封天妃神明。宋代雍熙年间，福建莆田林愿之女，承九天之甘露，含闽水之精英，海边节守，逾夏越冬，盼归帆而心碎，望天涯而目穷，诚满玉宇，终成神明。今王师入海，收抚澎台，天妃保佑，胜利归来，香火终年不断，祭祀万代不衰……”

[神龛里的“天妃”——阿鳗显圣了，说话了。

阿　鳗　天妃谨遵圣旨！

[人们被这意外的回答惊呆，俯首于地，不敢仰视。

[“天妃”舒展长袖，轻举舞步，慢慢向神台下走来。

阿　鳗　（唱“醉酒”）

频频钟鼓声送，
我掀开轻纱帘栊。
慢步移动，
若雾香烟缥缈，
烛影摇红。
人神隔，心相通，
何用香烛供奉。

众　人　天妃神明，应该供奉！

阿　鳗　（走向施琅）施琅将军，台湾刘国轩战船相逼，大清皇朝乃不得已而发兵，企求以战逼和……今我天妃显圣显灵，定必保佑水师旗开得胜，收抚台澎。

施　琅　（频频叩首）天妃神明，天妃神明！

阿　鳗　收抚台澎，乃顺天意民心。将军呀，现谨赠海歌一首：

（唱“陈世美”）

雾愈浓，云渐红，

船到大洋刮起风，

一声巨响天地摇动，

千艘艨艟葬江中。

“六月一雷，八罩湾上，助君成功”！

施　琅　什么“六月一雷，八罩湾上，助君成功”？神意真谛，不甚了了，愿天妃明示！

阿　鳗　天机不可泄露……啊！康亲王，你也来天妃庙祈祷？

杰　书　（叩头不止）天妃神明，天妃神明！多多保佑！

阿　鳗　康亲王……

[内场伴唱《天妃词》：

年复年，春复春，

流光难断相思心。

烟波叠叠遮归路，

望月盼讯音。

[万正色霍然站起。

万正色　（嚎叫）她不是天妃！她是违犯海禁，台湾陈公飞的女儿阿鳗！

杰　书　啊！她是阿鳗？

施　琅　康亲王，自古祭神，心诚则灵，你今天亲自焚香顶礼——

（唱“七字清中板”）

一片虔诚天妃感动，

下凡魂附阿鳗身中。

显影显形如真似梦，

吉祥如意国家兴隆。

（转“滚花”）

若亵渎了天妃，会降罪于皇朝，

莫怪微臣言之过重。

杰　书　是，是！（转对阿鳗）天妃神明，请多多恕罪！（烧香）

鲛　娘　天妃呀！

（唱“郁金香”）

彩笔似生花去画圣妃，康熙加封。

不知是女你玉容，

神似貌似足，

风韵也尽同。

娘我付出心血去描容庙里送，

但愿儿你贯始终，

与天妃心相通，

解千百黎民苦痛，

纵死也得完大志高架彩虹。

阿　鳗　女儿不忘你的教诲，好妈妈！

万正色　康亲王！分明是阿鳗假扮天妃，亵渎神灵……

施　琅　（打岔地）康亲王，圣谕加封，天下所闻，亲王祭祀，远近皆知，事关圣上恩德，涉及我等名誉，更何况天意难违，民心不可失，请亲王三思！

杰　书　这个……好好好！

（唱“快中板”）

修庙原是颂帝功，

封号天妃本励水勇，

何必捅破，漏了风！

万正色　康亲王……

杰　书　（训斥）多嘴！施琅将军，天妃显灵显圣，水师应当立即出征！

施　琅　遵命！

礼部官　（高声宣读）祭祀天妃神灵，加封天妃称号，隆重祭典礼成！

［鼓乐声中，杰书、万正色等下。

［场上只有施琅、施世骠、鲛娘、阿鳗等。

阿　鳗　（跪下）将军，阿鳗告罪！

施　琅　阿鳗，你假扮天妃，为的是激励朝廷，团结民众，又何罪之有。我已决定成立天妃战船，就派你担任天妃战船的船长。

阿　鳗　（唱“滚花”）

将军信赖人民，

交下担子千斤重。

阿鳗出生入死，

誓报恩深情隆。

谢将军！

施　琅　世骠！

施世骠　在！

施　琅　（命令）天妃显圣，水师出征！

施世骠　（向内传令）天妃显圣，水师出征！

[幕闭。

第六场　海峡惊雷

[前场半个月后。六月中旬。

[澎湖海城八罩岛海面。舞台是施琅的主舰。船头高悬镶黄旗，旗上绣着一个“施”字。天幕为宽阔的海面，可见无数战船。靠近主舰的一艘是天妃战船，黄绫上写有“天妃”两个大字。

[激烈的音乐声中幕启。北风极大，海涛汹涌，双方激战的鼓声、炮声、喊声四起。施世骠站在船头，凝目远望，身旁站着小校甲，举着望远镜注视着远处的激战。

[喧闹声渐弱。施世骠回过头来，叹了一口气。

施世骠　（唱“寒关月”）

澎湖激战风云涌，

滔滔海面，

急浪狂波炮声隆。

恨敌船借风势正称雄，

待何时，

转风破敌逞威勇！

[鼓声、炮声复起，施琅与小校乙急上。

小校甲　禀报将军，敌船十艘，又冲击八罩湾！

施　琅　知道了！

施世骠　父帅！阿鳗方才说过，今天这大风叫观音飓，那雷公飓接着就到，“六月一雷”若不来，我们就按计划用后援舰船迂回截击！

[杰书急上。

杰　书　将军，北风一直不停，我军处境危险，怎么办？

（唱“滚花”）

如今敌势甚嚣张，

不若撤回休硬碰。

施　琅　（坚定地）康亲王！

（接唱）　以战迫和成大势，

身临逆境要从容。

我败，仅伤国家一肢，

敌败，就整个台湾也震动。

宁葬鱼腹，绝不后撤，

休惧敌舰势汹汹。

小校甲　将军，刘国轩率战船五艘冲进八罩湾，我军战船被围。

杰　书
施　琅　啊？！

[施琅举望远镜观察。

杰　书　将军……

施　琅　传阿鳗立即上船！

施世骠　（对小校甲）速传阿鳗上船！

小校甲　是！（打旗语）

[又传来一阵鼓声、炮声。

小校甲　禀报将军，刘国轩率舰队直向我们扑来！

施 琅　命令蓝理将军迎击刘国轩！

小校甲　是！（打旗语）

施世骠　敌舰迎面扑来！

施 琅　做好战斗准备。

[突然一支利箭飞来，射中施琅的右眼。施琅惨叫一声，倒伏在船台上。

[众惊慌，阿鳗急上，奔向施琅。

众 人　将军！

施世骠　父帅！

阿 鳗　将军你……

施 琅　阿鳗，你来了，那“六月一雷”……

阿 鳗　将军，如今北风已停，天边现出红云，“六月一雷”快到了。

杰 书　还说什么“六月一雷”？主帅负伤，全军撤退！

施 琅　撤退？有敢下令撤退者——（怒极，忍痛拔出利箭，鲜血涌出）斩！（举箭）

杰 书　将军……

施 琅　（掷箭于地）连你也斩！

[杰书惊呆。

施世骠　（拾起利箭，发现箭上名字）哎，陈公飞！

阿 鳗　（夺过利箭）怎么？陈公飞！

施 琅　（取过箭）是他的箭！

阿 鳗　（扑向施琅，痛哭）将军……阿鳗要求出战，定把他抓过来！

施世骠　我与阿鳗同去！

施 琅　慢！阿鳗，你不是说“六月一雷”快来了吗，快回天妃船做好主攻准备！

阿 鳗　知道！不过，你的眼……

施 琅　不要紧，你们快去！

阿 鳗
施世骠　是！（下）

杰 书　（无奈地）唉！（下）

[音乐起。小校乙要为施琅抹血疗伤，施琅挥手要他到船头守望。

施　琅　（唱“散板”）

这利器呀！（拉“士”字腔）

（转“反线祭塔腔”）

刺得头眩目痛，

不由我施琅，此刻间，心沉重。

恍惚那怒涛和巨浪，阵阵涌入我胸中，

激起了思绪翻腾，肩头像压千斤重！

（转“反线二黄”）

我与陈公飞、郑家人，

旧恨新仇天不共。

但为台湾事，求一统，

应除私念且宽容。

今日战澎湖，促议和，

望造福神州万众。

谁知主帅负伤，

损兵折将，

未得一战成功！（拉“尺”字腔）

（转“赛龙夺锦”中段）

只盼轰隆炸一声，

惊雷震海空——

（直转“叹颜回”）

成败看此六月中，

有南来风吹送，

刘国轩必计穷。

我用火猛攻，全船猛冲，

天妃兵将尽逞勇，

专与敌相碰，

烧得大海红。

吹折敌将旗，

听急浪惊涛，

伴我高歌唱大风！

[猛然天际爆炸一声雷响。

施 琅　（惊喜）啊！“六月一雷”，你真的听我们调遣了！好呀！

（唱“快打慢二流”）

喜听惊雷，全忘伤痛，

船头挺立，眺望海中。

恍见猎猎旌旗，迎风飘动。

待得片片锦帆归来日——

（转“高腔滚花”）

笑迎千红万紫九州同！

[灯暗。紧急的音乐，天幕一角现出刘国轩、陈公飞惊恐状。

[刘国轩、陈公飞隐去。天幕整幅现出电影式海战镜头。

[炮声、鼓声、风声、喊声，响成一片。天妃船等带着火焰烧向台湾船队，风浪叠起，烟雾腾空，火光映红大海。

[切光，战斗结束。重现舞台上施琅的主舰。

[施琅戴着眼罩站在船台上，侍卫分列两边，气氛庄严。

[施世骠与阿鳗急上。

施世骠　禀报父帅，台湾舰船全部烧毁，水军全部覆灭。俘虏士卒三千多人，将校二十六名，其中有敌人主舰上的主帅。

施 琅　噢！请！

[两小校押陈公飞上。

施 琅　你是……

陈公飞　（挺立不屈）陈公飞！

阿 鳗　（意外地）呵！

施世骠　（拔剑）陈公飞！

施 琅　（制止施世骠，上前为陈公飞松绑）陈公飞呀陈公飞，一别三十年，你还是如此年轻啊！

[众不解，陈公飞茫然。

施世骠　父帅……

施　琅　后船摆酒，为陈公飞将军洗尘。

陈公飞　施琅将军……

施　琅　陈将军！

（念“口鼓”）施琅敬重你力主与大陆议和，顺乎潮流，随机应变。况且几十年来伤施琅者唯将军一个，箭法高超，妙不可言。再者，你有一个英勇聪慧的女儿，预知“六月一雷”，助我操得胜券。正是她点起熊熊烈焰，冲垮了你的舰船！

陈公飞　（惊望阿鳗）你！你是阿鳗！你母亲可好？

阿　鳗　（瞪了他一眼，不答，取出陈公飞射伤施琅的那支箭）这，是你射的？

陈公飞　（内疚不语）

阿　鳗　（深沉地）你这一箭真狠呵！

（唱“泣残红”）

春来又冬去年复年，
嗟海阔路险，
我和母亲每含泪，
思亲眷，倩谁怜！
盼了几多天，
讯息茫然空自怨，
怎知今日，盼望到的，
竟是这支利箭！

施世骠　（唱稍快“反线七字清”）

往昔冤仇还未算，
今天又把大恨添。
冤家路窄见船头——
且试这青锋宝剑！（拉腔）

[施世骠拔剑，欲刺陈公飞。

施　琅　（一脚将施世骠踢倒）畜生！

（唱“快慢板”）

说什么，冤家路窄，

真是一派胡言！

澎台事，千秋业，

因私废公罪不浅。

此刻战火中，与将军幸会，

正好共谱新篇！

施世骠　（唱“霸腔滚花”）

父帅，旧恨新仇，

难道就从今割断？

施　琅　若再啰唆，定斩不饶！

[施世骠站过一旁，噤若寒蝉。

施　琅　陈将军！

（唱“滚花”）

刚才犬子多冒犯，

将军莫怪礼不端。

陈公飞　岂敢，岂敢！（深受感动，悔恨交加）施琅将军！

（接唱）　唉！公飞愧对妻女与将军，

自知争斗多年罪难免。

今日束手被擒无话说，

只有以死相报于九泉。

[陈公飞转身欲投海自尽，被施琅拉住。

施　琅　陈将军！今日兵戎相见，绝非施琅初衷。为念当年故旧，出于国家统一，施琅愿与将军结为忘年兄弟。

陈公飞　这……

[施琅举箭跪倒，陈公飞亦跪倒。

施　琅　苍天在上，施琅愿与陈公飞将军结为兄弟，若有一己之私，人神共诛！天地共鉴，折箭为誓！（折箭）

陈公飞　苍天在上，陈公飞今与施琅将军结为兄弟，愿为国家统一竭尽绵力，以

赎前愆，天地共鉴，折箭为誓！（折箭）

阿　鳗　（高兴地）爸爸！

施世骠　陈将军！

施　琅　好呀！传令：打捞落水的台湾士兵，连同所有被俘人员，发给钱粮船只，一律放回台湾！

施世骠　遵命！

施　琅　公飞老弟！（取出康熙谕旨）愚兄要亲赴台湾，将皇上关于和平处置台湾事宜的圣谕，面呈董国太，请你为我引导。

陈公飞　你要亲赴台湾？

施世骠　父帅，你去万万不可！

施　琅　要去！

（唱“手托”头段）

此去料会有凶险，

只要和议能实现，

我一生功过，

让后世去批点！

陈公飞　（接唱第二段）

兄长你，既能立志遂愿，

此一行，我力保你安全。

阿　鳗　（接唱）阿鳗我，愿共把责担肩。

施　琅　好，好，好！

（唱“滚花”）

待等酒筵过后，

一同出发登船！

[幕闭。

第七场　和议风云

[前场若干天之后，农历七月。

[台湾北园别馆，景同第三场。

[阴沉的音乐声中幕启。雨中，董后、郑克塽、和妃、冯锡范及众将官正在议事。

郑克塽　众将官，澎湖失守，事已至此，你们有何良策？

冯锡范　依臣之见嘛！

（念“白榄”）

台湾今已陷危机，

快将各式船只操在掌，

夺取吕宋国，

南下把帆扬。

董　后　哎！

（接念）　当日先王立誓言，

别人土地不掠抢。

南下吕宋违训示，

徒令更多百姓会遭殃！

冯锡范　（恐吓地，接念）

可知施琅马上就攻来，

国太纵死也无地葬！

董　后　（断然地，接念）

宁做思乡一苦鬼，

不做游魂到他邦！

冯锡范　这……（要挟地）不怕实说，大小船只，我已下令集中待命，请国太与延平王立即上船！

董　后　（笑）哼！冯总管，你休要妄为，你集中的船只，我已下令刘国轩总兵接管啦！

[冯锡范呆然，众震惊。

[内场喊："刘总兵到！"刘国轩急上。

刘国轩　（念）一心挽危局，四下去奔忙！

（进内）复禀国太，大小船只全部接管，等候国太谕示。

董　后　各位将官，台湾势危，有忠心义胆的，随我上船，与施琅决一死战！

刘国轩　慢！臣尚有急事禀奏！

董　后　何事？

刘国轩　国太！

（唱"滚花"）

陈公飞将军已回来——

[众惊异。

董　后　他……

和　妃　他不是为国尽忠了吗？

刘国轩　（接唱）　施琅与他结为弟兄，

将他释放。

董　后　噢？

刘国轩　（接唱）　他还带来了康熙使者，

要与国太把和议磋商。

董　后　议和？

冯锡范　国太，议和断然不可！

刘国轩　国太呀！

（唱"反线芙蓉中板"）

澎湖失守我无能，

内疚焚心多悲怆。

再向未来展望，

深感五更之寒。

（转"滚花"）

此刻置腹剖心，

容臣直讲，

议和则保全，

交战必覆灭——（一顿）

董 后 “议和则保全，交战必覆灭”？

刘国轩 （接唱） 既有来使，议议何妨！

（直转“七字清中板”）

若是议和成功乾坤朗，

国太功德无量写华章。

若是议和不成再打仗，

我誓与施琅重战，

与台湾共存亡！（拉腔）

[朱霖上。

朱 霖 禀奏国太，北京议和副使前来拜见。

董 后 真来了？

和 妃 国太！

郑克塽 祖母！

董 后 既已来使，谈谈也好。刘总兵，传令军民人等，严加戒备，以防偷袭。

刘国轩 遵命！

[刘国轩下，朱霖随下。

董 后 （对众将官）你等大厅候令！

众将官 遵命！（下）

和 妃 （示意）冯总管，侍卫列队，刀枪侍候！

冯锡范 是！

董 后 请北京议和副使！

[“请北京议和副使”的吆喝声传出。

[侍卫们执刀持枪站出。

[音乐起。雾雨停，曙光现。阿鳗在刘国轩陪同下走上。

阿 鳗 （边上边唱“新腔梆子流水”）

昂首进华堂，

从容四下看。

好一个北园别馆，

处处是剑影刀光！

刘国轩　（旁接唱）她目光炯炯，英姿飒爽。

董　后　（旁接唱）她落落大方，渔女梳妆。

和　妃　（旁接唱）可惜是个渔家姑娘，

枉生得一副俏模样。

郑克塽　（旁接唱）莫非是巫山神女从天降！

冯锡范　（旁接唱）她定施迷人伎俩要提防！

阿　鳗　（旁接唱）议和是十五的大潮怎能阻挡，

国太你须明智，和妃你莫嚣张！

和　妃　（明知故问）哎，这边站着的是谁呀？

阿　鳗　北京议和副使！

和　妃　参见国太和延平王，为何不跪？

阿　鳗　奉旨议和，延平王应起座相迎。

冯锡范　要知道，这是台湾！

阿　鳗　莫忘记，台湾是中国的一个岛屿！

和　妃　放肆，来人！

[侍卫应诺拥上。

阿　鳗　哎，这些士卒不都是澎湖海战中放回来的？

郑克塽　你怎么知道？

阿　鳗　延平王！

（念“口鼓”）向你禀知，我是施琅将军麾下天妃船的主将！

众　人　（惊）呵！

董　后　你是天妃?

阿　鳗　（接念）启禀国太，康熙皇帝托我向你致意，施琅将军也向你请安。

董　后　这……（对众）退下，你们都退下！

[除董后、阿鳗外，众人全部退下。

董　后　（亲热地）天妃姑娘，请坐呀！

阿　鳗　　谢坐！

董　后　　姑娘呀！

（唱“追信”第二句起）

你一腔豪情，到海湾彼岸，

不怕长途艰辛，志堪赞赏。

我在台南北园里，

未把故地忘。

望姑娘，尽讲乡中况，

我恨不能归家看！

阿　鳗　（接唱）本是炎黄子孙，不该寄他乡。

苦思念，想断肠。

待我从头禀告尽诉其详。

董　后　（唱“流水南音”）

请问闽江流水是否碧波荡漾？

渔家水上怎度飞逝时光？

阿　鳗　（接唱）晚唱渔歌勤织网，

朝披霞彩捕鱼忙。

共庆乐业安居江河美，

渔女深情临水细梳妆。

董　后　（接唱）桃花山下是否花盛放？

茶亭可依旧立溪旁？

阿　鳗　（接唱）一样水绕茶亭风送爽，

茶香伴着野花香。

当日郑成功驻马花溪上，

那英雄业绩远近也传扬！（拉腔）

董　后　（唱“十字二黄慢板”）

鼓浪屿上阅兵台，（“合”字腔）

今日可有游客访？（“上”字腔）

阿　鳗　（接唱）游人常念郑成功，

台上射鹏豪气壮。

只惜他，虽勇将澎台收复，

却一去未返家乡。

他去世后到今时，仍是两地纷争，

徒令亲人空怀想！(拉“士”字腔)

董　后　(悲痛、动情)姑娘，你不要再讲了！

(唱“快叹板”)

姑娘答话含深意，

家乡音讯断人肠！

和　妃　(见状不妙，急插入)哼！大胆渔女，竟在此诽谤先王，是何居心？

冯锡范　对！妖言惑众，该当何罪？还不快将她绑！

[侍卫再次拥上，欲绑阿鳗。

[陈公飞内喊：“慢动手！”急上。

陈公飞　禀国太，北京议和正使，施琅将军到！

董　后　哦！休得对副使无礼，先请施琅进见！

陈公飞　是！(向内)有请议和正使！

施　琅　(内唱“梆子首板”)

奉旨议和别馆往。

(上。进内，见国太，拱手)国太呀！

(唱“滚花”)

先王麾下原左先锋施琅，来向国太请安！

董　后　施琅，你今天还愿回来见我？

施　琅　国太！

(念“口鼓”)当年先王郑成功收抚台湾，曾将伟业开创。可谓功昭日月，后人永志不忘。今日为国家统一，造福两岸臣民，施琅此来特将议和事讲。带来了康熙皇帝的亲笔谕旨，面呈国太，请看其详。

董　后　拿来一观。

[施琅呈谕旨，董后接看。

郑克塽　施琅将军，康熙与你等真有诚意？

施　琅　正是，若肯议和，我们愿先约法三章呀！

（唱“爽减序二黄”）

对台湾黎民，待之以父兄一样；

对官员将领，旧仇不究莫惊惶；

对郑氏子孙，定保其安全无恙，

并按功封爵，同度那一统时光。

请诸位同返故乡——

阿　鳗　（唱“二黄滚花”）

盼顺应万民所望！

董　后　这个……

（旁接唱）谕旨煌煌情切切，

来使语语不平常。

归去吧，九泉谁去伴先王。

若不归，天意民心难原谅。

去留两字怎定夺，

北园别馆梦一场。

施　琅　国太，事关重大，请早定夺。

董　后　（点头，决然地）好！各位将官，我追随先王郑成功创业至今，弄得祚运衰微，愧对先王于泉下。今天我要破格下道谕示。这里，就请施琅将军宣示康熙皇帝的谕旨吧！（将谕旨交回施琅）

施　琅　遵国太旨意！

[董后转入后堂。

施　琅　（宣示谕旨）“奉天承运，皇帝敕谕台湾延平王：朕治理天下，以仁爱为本，今澎湖回归，台湾孤悬，朕特派使者议和，愿与你等同登衽席，加恩安抚，共享太平，煌煌谕旨，炳如日月，决不食言。康熙二十二年七月。”

[一侍女从后堂慌忙奔出。

侍　女　国太，国太她……

刘国轩　国太她怎么啦？

侍　女　她在书房悬梁自尽啦！

[音乐起。

郑克塽　祖母！（奔向后堂）

[刘国轩亦向后堂奔去。施琅、阿鳗及众将官向后堂跪倒。

[和妃示意，冯锡范潜入一侧。

[郑克塽与刘国轩复走出。

郑克塽　（拿起董后用血写在白绫上的遗训）祖母遗训："天意难违！民心难违！局势难违！愿随先王遗体同归故土……"

施　琅　施琅定迎国太魂返故乡！

和　妃　（夺过遗训）哼，这遗训是假的。

[众惊。

郑克塽　母亲，你……

和　妃　（打郑克塽一个耳光）哼……

[冯锡范带侍卫执刀枪出。

冯锡范　国太既已去世，诸事要听我总管！

刘国轩　（抽剑）冯锡范，你不要忘了，国太早将兵权交与我。谁敢违抗国太遗训，立斩不赦！

[冯锡范、和妃震慑失措。

施　琅　冯总管。

冯锡范　哼，你是叛将罪臣，还有什么可以谈！（跺脚下）

施　琅　和妃。

（唱"滚花"）

一统天下乃万民所望，
应以真诚来谈判，
且用酒杯代刀枪！

郑克塽　不要管她，先行设宴接待施琅将军！

[音乐起。

[幕闭。

第八场　人月重圆

[前场半个月后。中秋之夜。

[北京皇宫懋勤殿外的庭院里。宫灯高悬，桂花开放，月明如镜。

[欢快的音乐声中幕启。施琅、施世骠、阿鳗、鲛娘、朱霖、陈公飞、郑克塽、刘国轩、冯锡范、和妃等恭立等候。

[内声：“圣上到！”牌子。侍卫拥玄烨、杰书上。

众　人　圣上万岁！万万岁！

玄　烨　众位爱卿！朕今年只有三十岁，不敢妄想万年之秋呵！

（唱“七字清中板”）

朕只想大好神州春风频送，

愿效那唐宗汉武多立奇功。

喜今日台湾回归成一统，

庆中秋朕对列位要加封！

康亲王，你代朕敕封吧！

杰　书　奉天承运，皇帝敕令：施琅将军！

施　琅　在！

杰　书　（念“口鼓”）敕封你为靖海侯，经管台湾，再展你的智谋威勇。

施　琅　臣遵旨。

杰　书　（接念）延平王郑克塽年轻得力，敕封为正黄旗海澄公。

郑克塽　臣谢旨。

杰　书　（接念）敕封刘国轩将军为天津总兵、陈公飞将军为舟山水师提督。冯锡范虽曾反对和议，但终能把大局认清，封为爵伯，望多自重。

刘国轩
陈公飞　罪臣谢旨。
冯锡范

杰　书　（接念）敕封施世骠、阿鳗为左、右都督——

阿　鳗
施世骠　（接念）多谢圣上恩隆。

玄　烨　好呀！庆功赏月之宴开始！

[欢快音乐响起，众欢腾。歌伎们涌出，边唱边舞。

众　人　（合唱节奏爽快的新曲“奏捷月明中”）

羽林奏捷月明中，
深情洒酒庆大功。
锦帆破浪归来日，
耕凿从今九壤同。

[歌舞中，众向玄烨举杯祝酒，玄烨接过阿鳗的酒杯，把酒洒向天空。

[幕闭。

——剧终

本剧选载的是 1982 年卢海潮、关青、梁晖等主演的版本。

血溅乌纱

（根据宋崇舜、满自强同名豫剧改编）

改编：陈晃宫　杨子静

人物表

严天民	河阳知府
程　氏	严天民妻
贾水镜	河阳知县
赖　仁	河阳县都头
刘少英	刘松女
苏兰君	苏玉失散的女儿
刘　松	客店主人
苏　玉	珠宝商
程尚书	刑部尚书
家　僮	
衙　皂	
狱　卒	
刽子手	
众衙役	
四校尉	

第一场　行凶

[河阳县，悦来客店。

[严冬，傍晚。

[幕启。狂风飞雪，天地迷蒙。

[刘少英手擎灯台上。一阵寒风将门吹开，刘少英探身门外张望，焦灼不安。

刘少英　哎！

（唱“走马”头段）

朔风吹雪又黄昏，

客官仍未见回门，

他遍访女儿没信音，

走街串巷费苦心，

怎不教我同情这老人。

[刘松持斧抱柴上。

刘　松　少英，苏大叔回来了没有？

刘少英　（摇头）唉！狂风大雪，路断人稀，真担心他老人家。

刘　松　我看就要回来的，快替苏大叔热饭去。

刘少英　呃！

[刘少英下。刘松持斧。

[苏玉身背行囊，惊惶地上，赖仁紧紧跟上，苏玉急推门而进。

赖　仁　（见是刘松店房）嗯！……（鬼祟下）

刘　松　苏客官，你，为何这等慌张？

苏　玉　刘大哥！今天我……

（唱“十字中板”）

访女儿走遍那长街短巷，

忽来了脸肉横生一个强梁。

眼金金把我的玉镯窥看，（示臂上镯，行弦）

刘 松 啊，龙凤玉镯……？

苏 玉 龙凤镯是我的传家之宝。

（续唱） 三两银他强买霸道猖狂。

我说传家宝，万金不出让。

他诬我是贼，要扭送公堂。

唯有趁势离开似鱼脱网，鱼脱网。

刘 松 （接唱） 此人怎生模样？

苏 玉 （接唱） 公差打扮一粒黑痣在面庞。

刘 松 嘘！（制止勿再说）

[刘松探首门外，张望，掩门。

刘 松 唉！苏老弟，这回闯下大祸了！

苏 玉 吓！这话怎么讲？

刘 松 （念“白榄”）

此公叫赖仁，就住这条巷。

县官贾水镜，是他的姐丈。

他在县衙做都头，婪劣兼凶悍。

欺你外来个客商，只怕咬住不肯放。

苏 玉 哎呀！这怎么好？

刘 松 （续念） 要提防，走为上。

明早快离开，别处将女访。

苏 玉 （失神地）是，是。（自叹）唉，兰君女，爹爹为找你，找得好苦啊！

刘 松 （向内喊）少英，快端饭来。

苏 玉 我，已用过了。

刘 松 那就赶快生火加炭，让苏大叔取暖。

[刘少英内应，上，点炉火，刘松劈柴。

苏 玉 刘大哥。（拱手为礼）得你一家关怀，无以为报，但愿菩萨保佑你，福寿满门。

刘　松　唉！（指内）老伴双目失明，半身不遂，父女相依为命，说什么福寿满门呀。这世道真不是人过的！

[刘松感情激动，用力过猛，一斧砍断拇指。

刘　松　（呼痛）啊唷……

刘少英　（惊呼）哎呀！拇指砍断了！

苏　玉　啊！快些包扎。

[刘少英、苏玉扶刘松下，苏玉复上。

苏　玉　唉，真是人有飞来之祸！

[苏掩门睡觉。暗光，三更。赖仁黑纱蒙面，持刀上，撬门。进屋，轻取苏玉的行囊，将珠玉塞入怀中，不见玉镯，复去脱苏玉的玉镯。苏玉惊醒。

苏　玉　（惊呼）哎呀，有贼！

[苏玉、赖仁争夺玉镯。赖仁踢苏于地，乘机欲逃，苏玉顺手摸到刘松劈柴之斧，向赖仁砍去，赖仁以刀相格，刀斧俱落，赖仁欲逃。苏扯其衣襟不放，并呼"有贼"，赖仁扼其咽喉，被苏咬断拇指。

赖　仁　（呼痛）噢！

[赖仁一怒间，摸起斧头，断苏咽喉致死。

赖　仁　待我拔出指头，以防后患。

[欲拔，刘少英提灯上，赖仁一脚将灯踢灭。

刘少英　（大惊）啊！有贼！爹……（急下）

[赖仁急将苏玉之行囊、斧头埋于柴堆之下，出门撕下黑纱，惊慌欲逃。

[刘松、刘少英持菜刀上。

刘　松　强盗，哪里走！

赖　仁　（欲逃不得，急转身）贼在哪里？

刘　松
刘少英　啊？是你！

赖　仁　贼在哪里？

[三人进门，见苏玉之尸体，闭二幕。

刘　松　　　　　　　客官

　　　　　哎呀！苏　　　　呀！

刘少英　　　　　　　大叔

赖　仁　哼！你开的原来是间黑店，还敢贼喊捉贼。

刘　松　（气愤地）你！

刘少英　（怒不可遏）你！

赖　仁　（对刘松）嘿嘿！尸在店中，人是你杀，乃我亲眼所见。走！公堂听审！

　　　　[赖仁强拉刘松出门。

刘　松　少英，女儿！

刘少英　爹！

　　　　[刘少英扑向刘松，赖仁将少英踢倒，拉刘松下。

刘　松　（挣扎，呼叫）冤枉！（下）

刘少英　爹……爹！

　　　　[灯暗。

第二场　诬陷

　　　　[“牌子头”，幕启。贾水镜坐堂，衙皂分列两厢。“牌子”续奏，内场动刑声与刘松惨叫声。

贾水镜　（念）为官之道妙难言，买得乌纱赚大钱。

　　　　（喝打后）押上来！

　　　　[二衙皂拖刘松上，掷伏于地。

贾水镜　从头供认！

刘　松　冤枉难招。

贾水镜　哼！在你店房柴堆之下，搜出这血斧一张，行囊一个，内有零星珠宝，你抵赖不来。

刘　松　分明有人栽赃陷害！

贾水镜　（高举起半截断指）你看，这是何物？

赖　仁　（一惊，脱口而出）啊？断指！

贾水镜　你伸出手来。

[刘松伸手，露出包扎的残指。

赖　仁　你还有何话讲？

贾水镜　这就真相大明了。

刘　松　哎呀，老爷呀！

（唱“斑竹马”）

这指头，有缘由，

昨天我劈柴一时不慎伤了手。

老爷善推究，

免俺枉把罪受。

贾水镜　你胡说！

（唱“点翰中板”）

明系昨晚谋财施毒手，

双方格斗你被斩指头。

还敢在本县面前逞利口，

人来！（众衙皂应）

（续唱）　大刑侍候——打他个屁滚尿流。

[衙皂架起刘松，欲再动刑，刘松昏厥。

刘少英　（内叫）冤枉！

[刘少英冲上公堂，见父惨状，扑前。

刘少英　爹——

（唱“快叹板”）

见爹爹受严刑痛如身受。

刘　松　（唱“数鬼芙蓉”）

怨怨怨怨苍天胡不佑！

刘少英　（唱“叹板”）

叹人间何处辨善恶薰莸。

刘　松　（唱“数鬼芙蓉”）

恨恨恨恨贼子布毒谋！

刘少英　老爷呀！

（唱“滚花”）

刘少英供出那杀人凶手，

刘　松　（猛醒）少英，你……

刘少英　（续唱）　望老爷息刑杖我说从头。

贾水镜　你供得清？

刘少英　供得清。

贾水镜　你说得明？

刘少英　说得明。

刘　松　儿呀。

贾水镜　来，将刘松暂押监牢。

[二衙皂将刘松拖下。

贾水镜　如实供来！

刘少英　大人容禀！

（唱“七字清中板”）

昨夜三更人定后，

忽闻店内杀声稠。

忙着挑灯去查究，

果然祸事已临头。

贾水镜　你看见什么？

刘少英　（续唱）　见一人，蒙着首，

手持一把利斧头。

他踢熄了油灯我难看透，

依稀影像尚在脑中留。

贾水镜　那人身穿？

刘少英　黑衣。

贾水镜　手持？

刘少英　利斧。

贾水镜　身高？

刘少英　五尺。

贾水镜　他？

刘少英　他——（望赖仁一眼）

赖　仁　你不要胡言乱讲，须知诬告者反坐？

刘少英　这——

赖　仁　哼！

贾水镜　他究竟是何人？

刘少英　他，他，他面戴黑纱，我认不清楚。

赖　仁　秃！你父谋财害命，是我亲眼所见，亲手擒拿，你还敢狡赖？

[赖仁一怒间，用手一指，露出断指，急藏。

贾水镜　（一震）啊？！人来，将刘少英赶下公堂！

[众衙皂棍棒交加。

刘少英　（高呼）冤枉！（被赶下）

贾水镜　退堂！

[众衙皂退下，赖仁欲下。

贾水镜　赖都头！

赖　仁　（一惊）姐丈何事？

贾水镜　你看这杀人凶手，究竟是哪个？

赖　仁　定是刘松无疑。

贾水镜　我却不信。

赖　仁　（震惊）啊？！

贾水镜　你为何神色张皇，惊魂不定？

赖　仁　这……

贾水镜　刘少英所见之杀人凶犯，为何与你一般模样？

赖　仁　这……

贾水镜　你的手指？

赖　仁　这——（急忙跪倒）姐丈饶命！

贾水镜　起来，你这也不是头一回啦。拿来！

赖　仁　什么?

贾水镜　你的人头!

赖　仁　啊? !

贾水镜　这可是人命关天哪。

赖　仁　我们可以嫁祸刘松。

贾水镜　我怕担风险。

赖　仁　（拿出一玉珠）有这避风珠，献与姐丈，自然风平浪静。

[贾水镜轻瞟一眼，不加理睬。

[赖仁不得已脱下玉镯，献与贾水镜。

赖　仁　我有玉镯一只，原是良朋相赠，玲珑剔透，世上奇珍，割爱献与姐丈清玩。

[贾水镜接镯，喜出望外，玩赏，转念。

贾水镜　只怕刘松宁死不供。

赖　仁　像这样的事，你也不是头一回啦！只要姐丈略施小计，骗得刘松画供，就可定案。何况，旁证有我赖仁。

贾水镜　对，你是公差，他是百姓。

赖　仁　将案卷报到知府衙门，定然问斩。

贾水镜　行得通!

[二人放声大笑。

贾水镜
赖　仁　哈哈哈。带刘松!

[一衙皂急上。

衙　皂　启禀老爷，新任河阳知府，严天民大人已到河阳县境。

赖　仁
贾水镜　（一惊）啊！严——天——民!

[灯暗。

第三场　巡按

[幕启。现李离庙，雪压苍松，庙貌残破，北风呼呼，飞雪纷纷。

[家僮肩背行囊，程氏乘车，苏兰君扶持车侧，严天民骑马，迎风雪上。

严天民　（唱“二流”）

风萧萧马嘶鸣河阳道上，

雪连天天连雪万里冰霜。

程　氏　（接唱）鸟飞绝人迹稀萧条景象，

田野荒炊烟断大地苍茫。

严天民　夫人，你看！

（唱“雨打芭蕉”）

枯草残坟落日寒，

痛白骨埋葬无人弃道旁。

程　氏　（接唱）百姓流离惨怆，

可叹那执政官长，

身为民父母。

严天民　（接唱）袖手高堂不一看，

枉食朝廷百姓粮。

哎，邦畿千里尘昏雾障。

家　僮　启禀老爷，前面有座庙宇。

严天民　待我看来——哦，是李离庙！

（唱“减字芙蓉”）

好个春秋的忠义臣，

烈胆刚肠堪敬仰。

[音乐行弦。

严天民　夫人，我们合当瞻仰。

程　氏　一同参拜。

[下马下车，同入参拜、环顾。

程　氏　（感慨地）啊！

（唱“减字芙蓉”）

却为何残垣断壁，

香烟断绝景凄凉。（行弦）

家　僮　老爷，

苏兰君　夫人，

这李离他是何人？

严天民　僮儿

程　氏　兰君

呀！

（同唱）　他是春秋晋国臣，

在朝把刑狱执掌。

程　氏　（接唱）　他执法严明律己正，

临民治狱两有方。

严天民　（唱“七字清”）

却有一回他判案，

错斩无辜枉屈善良。

僮、兰　（同吃惊）啊！这怎么好？

程　氏　（接唱）　他便自请处分登殿上，

他说错斩无辜愿把命偿。

严天民　（接唱）　君王念伊公心从轻发放，

李离坚持不受慷慨激昂。

他说道——

（唱“孔雀开屏”尾段）

执法须公当，

守法总一样，

我李离把法掌，

枉诛百姓就该一死以正纪纲。

程　氏　（接唱）　他把佩剑忙拔出气昂昂，

剑放豪光闪耀朝堂。

僮、兰　啊！

（同接唱）李离后来生死怎样？

严、程　（同接唱）金銮殿上他以颈血洗冤案！

[奏激昂音乐，众皆感动下泪，一同回身，凝望着神帐现出挺立的李离伏剑形象（人扮），同时合唱声起。

合　唱　（新曲）　正纪纲千秋共仰，

殉国法万世流芳。

[神帐缓缓复合。

[内场声："河阳知县贾水镜迎接严大人！"

严天民　有请。

[贾水镜、赖仁匆匆上。同时家僮、兰君端椅出。

贾水镜　河阳县知县贾水镜前来迎接严大人。

程　氏　表弟，快快请坐。

严天民　请坐。

贾水镜　谢坐。严大人升迁河阳知府，万民有幸。

严天民　天民才疏，有负众望。贾同僚治理河阳县，农事民风可好？

贾水镜　大人，这，怎么说好呢？反正百姓们都叫我做"贾青天"。

刘少英　（内喊）冤枉！

贾水镜　（一惊）啊！

刘少英　冤——枉！（上）

贾水镜　大人，这是个疯癫女子。（示意赖仁）赶她下去！

赖　仁　（驱赶少英）走！

严天民　慢！民女进见。

家　僮　民女进见。

[苏兰君扶程氏暗下。

[刘少英进庙，下跪。

刘少英　民女刘少英叩见青天严大老爷。

贾水镜　你这民女，有甚冤情，明日到我县衙去告。这里荒郊破庙……

严天民　呃，荒郊破庙，你我听听口诉，这又何妨？

贾水镜　大人舟车劳顿，请到后殿休息，就由下官审问。

严天民　一同审问。（对少英）快诉上来。

刘少英　大人听道呀！

（唱“快首板”一句）

刘少英跪阶前哀哀上禀。

（转“饿马摇铃”）

唉！我爹一向好品行，

枉遭构陷说他半夜杀人，

县里糊涂错判——

致有狱内羁身，祸不单行。

唉！妈妈听到愤且恨，

呼天不应病倒尚昏昏，

一家大祸临。

两老性命垂危我痛揪心！

（转“乙反七字清”）

眼看生离死别在明晨，

才有露面抛头来伸恨，

哪管顶风冒雪路难行。

（转“三字”）

不怕犯官威，将头砍，

呈状纸，救亲人，（呈状纸）

（转“七字”）

冤情字字分明甚。

（转“卖仔腔”尾段）

我的大人呀，

你怜弱女情悲苦呀泪纷纭。（过门）

盼望青天昭雪万代沾恩。

严天民　这个——（接看状纸）

（唱“反线滚花”）

听罢诉词心恻隐。

她面含冤气语酸辛。

刘松一案……（音乐行弦）

贾水镜　大人！此案乃下官亲审。自供旁证，铁案如山！

严天民　（秃头续唱）

刘松一案须重审！

赖　仁　刘松杀人是小人当场拿获，这明明是个疯癫女子。

严天民　是疯？

刘少英　是冤！

严天民　是冤？

赖　仁　是疯！

刘少英　是冤！

严天民　（续唱）　是疯是冤口说无凭。

刘少英　大人！若是案情不问，我一家三口，纵死九泉，也要鸣冤叫屈呀！

严天民　嗯！人来！

家　僮　有！

严天民　（续唱）　把刘松案卷提来，本府要开堂夜审。

[家僮应，欲下，贾水镜急忙拦阻。

贾水镜　大人一路风霜，望以贵体为重，至于刘松案卷，下官明日送呈。

严天民　（命僮）速去！

家　僮　是！

严天民　民女走来！

（唱“滚花”）

你要随传随到，且返家行。

[贾水镜、赖仁惊惶失措，面面相觑。

刘少英　（一跪）谢过青天大人！

严天民　起程！

[幕闭。

第四场　骗供

[二幕前，贾水镜、赖仁上。

贾水镜　提走了案卷。

赖　仁　担心会漏风。

贾水镜　去到监房内。

赖　仁　巧审那刘松。

贾水镜　叫他钻圈套。

赖　仁　骗他画口供。

贾水镜　走！（介）

赖　仁　狱卒哪里？

狱　卒　（内应）来了！

[狱卒开牢门，贾水镜、赖仁进内。

狱　卒　老爷、都头在上，小人叩见。

赖　仁　免了，老爷要提审刘松。

狱　卒　是。（对内）刘松走来！

刘　松　（内唱“倒板”）

遍体鳞伤惊魂不定。

（转“二黄慢板”）

受大刑，难招认，

我未杀人越货，此心可对神灵。

老妻残病，弱女孤零。

眼看家破人亡死难目瞑。（拉腔）

（上前，跪唱“滚花”）

望老爷高抬贵手昭雪冤情。

贾水镜　刘松！

（唱“快板眼”）

老爷最公正，

审案够严明。

那杀人凶手现已查清，

与你无关——

刘　松　啊？

贾水镜　（续唱）　不须你填命。

刘　松　真的？

贾水镜　（续唱）　人来开枷锁——放你返家庭。

刘　松　（惊喜交加）此话当真？

贾水镜　老爷怎会讲假。

[刘松悲喜交集，以首击地。

刘　松　谢青天大老爷！

[刘松去而复返。

刘　松　老爷！小人遭此不白之冤，但不知凶手他是哪个？

贾水镜　你不要问了。

刘　松　我恨不得剥贼之皮，食贼之肉，方解我心头之恨。

赖　仁　怎么，你一定要问？

刘　松　一定要问。

赖　仁　她，就是你女儿刘少英。

刘　松　（震惊）啊！

赖　仁　她已画了供状，押在死囚牢内了！

刘　松　你待怎讲？

赖　仁　押在死囚牢内了！

刘　松　哎呀！

（唱“恋檀二流”）

一声霹雳雷轰顶，

分明是女儿要替我受死刑。

怎忍心让她法场丧命。

（高呼）冤枉！

贾水镜　秃！说是你杀，你又喊冤，说是你女所杀，你又叫枉，反正不是你，就是你女，再不然嘛，就是你父女同谋！

刘　松　这……

赖　仁　一定是你父女同谋！

刘　松　哎，也罢！

（续唱尾腔）

为救女，人命案我独担承。

老爷，苏玉原是我亲手所杀，与我女无关。

贾水镜　怎么，是你所杀？

刘　松　是我所杀。

贾水镜　老爷我可是一未动刑，二未逼供啊！

刘　松　是我自己招认。

贾水镜　须知人命关天啊！

刘　松　只要放出我女少英，让我父女话别几句。纵然碎尸万段，决不反悔！

贾水镜　当然容你话别，画供得来！

赖　仁　画供！

[刘松浑身颤抖，含冤画供。

[灯暗。

第五场　错判

[河阳府内衙。

[苏兰君忧心悄悄上，忽听长空雁叫，临窗眺望，悲从中来。

苏兰君　（唱“四季歌”）

忽听孤飞雁声悲，

似我唤我爹泪淋漓。

自那年大水冲毁了田地，

落得家散人亡会无期。

程 氏 （暗上，尾腔楔白）可怜的兰君，又在思念她失散的爹爹了！

苏兰君 （叹气，唱“南音”）

十年父女不得重相聚，

程 氏 （旁唱） 海角天涯她没处寄家书。

苏兰君 （旁唱） 自小流落在严家为婢女，

程 氏 （旁唱） 不管花开花落佢总低徊。

苏兰君 （旁唱） 漫漫日月不尽思亲泪，

程 氏 （旁唱） 苦苦心情解慰越唏嘘！

苏兰君 （旁唱） 怕听午夜悲声啼杜宇，

程 氏 （接唱） 谁解失巢雏燕痛流离。

苏兰君 （旁唱爽“寡妇诉冤”中段）

问老天何日父女得相会？

盼冬尽有春回。

[音乐接奏“诉冤”二句。楔白。

程 氏 兰君！

苏兰君 （惊觉）啊！夫人。

程 氏 你果然是个孝心之女。

（接唱） 且暂展愁眉候那佳音至，

父女会面总有时——我佛仁慈！

苏兰君 但得重逢有日，我愿减寿十年。

程 氏 难怪老爷赞你“孝思不匮”。啊，天色已晚，去到前衙，请老爷歇息也罢。

苏兰君 是！（下）

程 氏 （唱“滚花”）

夫君竭力勤王事，

十年一日无怨词，

要做好官原不易。

[苏兰君上。

苏兰君　禀夫人，贾大人到。

程　氏　表弟来了，快快有请。

苏兰君　有请。（下）

贾水镜　（上）表姐！

程　氏　表弟请坐。

贾水镜　谢坐。

程　氏　表弟此时前来，有何公务？

贾水镜　想当年寄居表姐家中，多蒙教诲，才有今天富贵，思念表姐恩情，令人感激泪下。

程　氏　区区小事，何足挂怀。

贾水镜　表姐生平有爱玉之癖，我曾许下诺言，衣锦还乡，定以玉镯相报。数年前友人赠我凤镯一只，珍藏至今，特来献与表姐清玩。（献镯）

程　氏　多谢表弟盛情，只是你姐丈做官，最忌受人之物，我怎敢……

贾水镜　姐弟情深，怎与外人相比，况且迟日便是表姐寿辰，份属至亲，理当献贺，区区贺礼，收下不妨。（拭镯炫示）

程　氏　（见镯动心）只是你姐丈为人……

贾水镜　表姐，常言“王道不外乎人情”，表姐如不肯收，岂不置我于忘恩负义之地吗？自己人嘛，放你处，放我处，都是一样，收下算了。

[程氏收下玉镯，玩赏不已。

贾水镜　呃，我姐丈哪里去了？

程　氏　正在前衙理事。

贾水镜　莫非审阅刘松案卷？

程　氏　刘松案卷现放桌上，等你姐丈夜来审阅。

贾水镜　姐丈旅途劳顿，明日再审不迟，夜深理案，精神恍惚，多有误事。小弟昨晚查阅案卷，就因困倦，瞌睡一时，将刘松供状及都头证词失落在地，今天发觉……

程　氏　（一惊）怎么？现今案卷之中，没有供状和证词么？

贾水镜　铁证如山，那又何妨？

程　氏　你姐丈理案严明，若无自供旁证，岂能定人死罪……

贾水镜　　那我马上补呈就是。

程　氏　　纵是补呈，亦属渎职！

贾水镜　　好在上官，是我姐丈……

程　氏　　他嘛——铁面无私！

贾水镜　　他会把我怎样？

程　氏　　轻则革职。

贾水镜　　重呢？

程　氏　　还要治罪！

贾水镜　　啊！唉！

（唱“连环西皮”）

今番休矣，

轻率出岔子，

有负表姐栽培，

命该如此！

我走了。（欲下）

程　氏　　哪里去？

贾水镜　　（唱尾腔）坐监难免，回去告别妻儿。（又欲下）

程　氏　　慢着！我来问你，刘松一案，你审清了？

贾水镜　　审清了！

程　氏　　问明了？

贾水镜　　问明了！

程　氏　　也罢！

（唱“三脚凳”）

供状共证词，

为你放入卷宗去。

今后小心理事，

莫再出差池！

贾水镜　　是！

（急将“供状”递上，接唱）

供状共证词，

弥缝全靠你！

[程氏往桌上取刘松的案卷，欲塞入。

严天民　（内声）童儿！

[程氏一惊，急将“供状”藏于袖内。

家　僮　有！（内应）

严天民　掌灯带路！

家　僮　是！

贾水镜　（续唱）表姐你快、快、快！

[程氏急将“供状”塞入案卷，放回原处。

程　氏　（接唱）快去莫延迟！

[贾水镜惊慌急下，家僮挑灯引严天民上。

程　氏　老爷回来了！

严天民　回来了，那刘松的案卷……

程　氏　现放桌上，你好好歇息一宵，明日再看不迟。

严天民　夜来人静，正好潜心理案。

程　氏　如此，待我叫兰君煮点夜宵送来。

严天民　有劳夫人了。

[程氏下。严天民弹去烛花。

严天民　（念引）雪夜灯前来理案，

临民不敢稍偷安。

（唱“撇喉古老爽慢板”）

李离庙接下了冤情重案，

民命关天案情重大——

我要小心从事反复查证考虑周详。

一张张一行行仔细看。（锣鼓音乐介）

（转“古老十字中板”）

这一张刘松招认杀苏商，

为谋财盗珠宝酿成命案。（介）

那一张赖都头见证在旁，

现场上捕刘松收监不放。（介）

还有那——

（转“凤阳花鼓”）

店内柴堆上，血斧一张，

格斗的断手指曾验对在公堂，

劫后的珠宝还遗留地上，

证据真确原判本公当，

斗胆刘少英敢替父翻案！（勃然大怒）

敢替父翻案？！（此句翻高四度唱）

（左思右想，渐渐冷静）哎，也未必！

（慢唱“弹烛花”）

刘少英，一派冤苦相，

冒雪霜，把禀上。

说翻案我考虑欠周详。

应多斟酌慎思量。（紧张筹思介）

不，罪证确凿，铁案如山！

（重唱尾句）

判他死罪实在公当！

（严天民提起朱笔，欲点，沉思，又慢放下）慢！

（转“恋檀二流”）

莫不是苦打成招他含冤枉，

莫不是河阳县作假乱官常，

莫不是另有别情隐埋真相。

僮儿走来！

[家僮上。

严天民　速请贾知县来衙议事。

家　僮　是！（下）

严天民　（续唱尾句）

刑错判就会遗恨百年长。

家　僮　（上）贾知县到！

严天民　请！

家　僮　是。（欲下）

严天民　回来，去到南牢，提刘松夜审！

家　僮　是！有请贾知县。（下）

［贾水镜、赖仁捧“赃物”上。

贾水镜　大人深夜叫。

赖　仁　心肝卜卜跳。

贾水镜　刘松若翻供。

赖　仁　两家活不了！

贾、赖　叩见大人。

严天民　免礼请坐。

贾水镜　谢坐。

严天民　刘松杀人一案，是冤？是实？还求赐教。

贾水镜　证据确凿，铁案如山，审问刘松，直供不讳。

严天民　可曾用刑？

贾水镜　三言两语，他就招供，赃物、斧头，罪证齐备。

赖　仁　（将木盆上“罪证”高举）物证在此，请大人过目。

家　僮　（上）禀大人，刘松提到。

严天民　带上来！

家　僮　带刘松！

［二衙皂带刘松上。

刘　松　犯民刘松与老爷叩头。

严天民　去刑！

家　僮　是。

严天民　苏玉在你店中，是何人所杀？

刘　松　这……

贾水镜　嗯！

刘　松　是，是小人所杀。

严天民　将他杀死，所为何来？

刘　松　我、我……

贾水镜　讲！

刘　松　我、我见财起心。

严天民　可有同谋罪犯？

刘　松　是我一人之罪。

严天民　何时作案？

刘　松　三更时分。

严天民　持何凶器？

刘　松　斧头一把。

严天民　这断指？

刘　松　这……

贾水镜　讲！

赖　仁　讲！

刘　松　是我二人格斗时所伤。

严天民　验证得来！

家　僮　（吻合断指）确是刘松断指。

严天民　刘松，你还有何话讲？

刘　松　愿替苏玉偿命。

严天民　嗯，带下去！

[严天民又拿起状纸、证词欲再看。

贾水镜　（捧盘）物证在此！

赖　仁　（下跪）人证在此！

严天民　真是罪无可逭！

（唱“包槌滚花”）

刘松杀人曾招认。

物赃人证两分明。

举朱笔，判斩刘松主意定。

平民愤，惩凶犯，国有常刑。

详禀上台，回文立斩！

[把朱笔一勾，掷笔。

[贾水镜、赖仁相视，狰狞一笑。

[幕急闭。

第六场　冤斩

[荒郊法场。

[幕启。二幕外，天昏地暗。

[在惊心的破锣声中，三刽子手押刘松上。

刘　松　（凄厉地）天——哪！

[刽子手押刘松下。

刘少英　（凄惨地内喊）爹——爹！

[刘少英披头散发，孝衣素裙，急步奔波随上，赖仁将刘少英一脚踢倒。

[贾水镜骑马奔上。

贾水镜　开刀！（下）

[四声鼓响，刘少英痛绝晕倒，狂风飞雪。

[幕内合唱："啊……"

[灯渐暗。

第七场　求实

[数日后。

[府衙后厅。

[画廊外翠竹摇曳。阶前白梅点点，雪菊芬芳。

[在“慢板”锣鼓声中，幕徐启。

[“梆子慢板板面”，严天民、程氏携手上。

严天民 （唱“梆子慢板”）

连日来案牍劳形，

程　氏 （接唱） 辜负了月满花芳，

严天民 （接唱） 今日忙里偷闲，同到庭园观赏。

程　氏 （接唱） 傲雪迎风争吐艳，

严天民 （接唱） 寒梅映日出东墙，

程　氏 （接唱） 说不尽夫妻恩爱，览不尽冬日风光。

严天民 （唱“中板”）

亭外翠竹琅玕清可赏，

劲节高风共赞扬。

襟袂俗尘都涤荡，

可爱梅花疏影暗飘香。

待下官折赠一枝，为夫人斜簪鬓上。

[严天民折梅，为程氏戴上。

[程氏走向流泉照影，不胜喜慰。

程　氏 （唱“双飞蝴蝶”）

临水似当年，初笄之女对镜看。

梅花傍髻旁，一生偏爱淡淡装。

严天民 （接唱） 好比丹青写就宓妃相，

怎得新诗高咏你如花样？

程　氏 （接唱） 与夫君，照影双双。

似寄身仙界蓬莱上。

严天民 （接唱） 与卿偕老，不须钦羡醉琼浆。

程　氏 （接唱） 愿得终老水云乡。

严天民
程　氏 （合唱） 携手花间再玩赏。

[严天民、程氏进亭。

严天民　（四面浏览，有所感触地，念）天地多生意。

程　氏　（接念）万物有其方。

严天民　（接念）直道不容枉。

程　氏　（深情地接念）凭君振纪纲。

严天民　谢夫人勉励！（一拜）

[一阵风声，程氏打了个寒噤。

严天民　（连忙搀扶）夫人着凉了！

程　氏　谢官人关注！

[严天民发现程氏手上玉镯。

严天民　夫人，这是什么？

程　氏　啊，珍贵玉镯，官人鉴赏。（递镯）

严天民　（端详，唱“减字芙蓉”）

只见玉镯晶晶亮，雕琢不寻常。

[严天民反复思考。

[苏兰君送斗篷上，见玉镯，一震。

苏兰君　（旁白）啊？五彩龙凤白玉镯！

严天民　（续唱）　夫人此物自何来？

程　氏　（接唱）　是表弟赠我玩赏。

苏兰君　（上前辨认，接唱）

似我家传无价宝，因何流落在河阳？

严天民　啊？是你传家之宝？

苏兰君　正是！

程　氏　兰君！

（不悦地，唱“滚花”）

物有相同你休乱讲！

严天民　（接唱）　既是你家宝物，且说名堂。

苏兰君　此镯名唤五彩龙凤白玉镯，原是龙凤成双，此凤镯放在水中，可见五彩缤纷，云飞凤舞。

严天民　当面试来！

苏兰君　从命！

[苏兰君取水一盆，严天民将凤镯放入水中，三人围观。

严天民　（唱“中板”）

见凤镯，不由我心头一震。（拉腔）

程　氏　（接唱）　见凤镯，思来处顿起疑心。（拉腔）

苏兰君　（接唱）　见凤镯，如见爹心酸难禁。（拉腔）

严天民　（背躬，接唱）

见凤镯，多疑问暗自沉吟。

苏家宝，因何故辗转作为礼品？

莫非是，贾水镜他把赃物侵吞。

莫非是，凶杀案尚有奇情内蕴？

还须要，查真相问底寻根。（拉腔收，回身）

兰君，你父多大年纪？

苏兰君　五十有余。

严天民　做何生计？

苏兰君　一向贩卖珠宝。

严天民　叫何名字？

苏兰君　父名苏玉。

严天民　啊！（一惊非小，离座自语）这就奇了！

苏兰君　老爷，此话怎解？

严天民　此地发生一宗人命案，被害者五十多岁，是个珠宝商人——

苏兰君　（一震）啊！（急问）姓名籍贯？

严天民　籍贯凤翔，正是姓苏名玉！

[苏兰君一听，有如五雷轰顶，险些晕倒，程氏急忙扶住，兰君定了定神，颤呼“爹爹”，跪下“哭相思”。

程　氏　兰君收泪。

（唱“滚花”）

我看同名共姓，死者未必是你父亲。

严天民　（接唱）　兰君暂压悲怀，起来答问。

（转“木鱼”）

这凤镯，你父随身，

山穷水尽就会卖与他人。

苏兰君　（接唱）“人宝共存”是我祖宗遗训。

程　氏　（接唱）哪有千年基业，何况一件家珍？

严天民　（接唱）是呀，你父仗义、报恩，就会向他人馈赠。

莫怪我多疑问——

苏兰君　（唱“二黄慢板”）

我父恪遵祖训，誓保奇珍。

断无轻送他人——

（转“滚花”）

望老爷为我申冤雪恨。

严天民　事有跷蹊呀！

（唱“合尺滚花”）

难道是刘松赃物，

贾水镜暗里侵吞？

程　氏　（接唱）表弟说藏之多年，

原是他良朋所赠。

[家僮上。

家　僮　启禀大人，贾知县求见。

严天民　来得正好。兰君，你尽管放心，我当为你申冤雪恨，且陪夫人下去休息。

[程氏、兰君下。

严天民　（对家僮）有请！

家　僮　有请贾大人！

[贾水镜上。

贾水镜　（念）杀了刘松，一身轻松。为掩姐夫，摆宴接风！（进门）

拜见姐夫！

严天民　请坐！

贾水镜　姐丈上任以来，为刘松一案，昼夜辛劳，今日才得余暇，小弟特设便宴，一来为姐夫洗尘接风；二来吗，姐夫杀刘松，平民愤，万民称颂，也应为姐夫庆贺。

严天民　多感盛情！只是我一生为官，最忌赴人酒宴。

贾水镜　此是家宴。

严天民　官宴也罢，家宴也罢，今日无暇抽身。

贾水镜　莫非有什么要紧公事？

严天民　（拿出玉镯）就为此镯！

贾水镜　（一惊，强作镇静）哦，这原是我赠与表姐赏玩的。

严天民　你从何得来？

贾水镜　哦，哦……

严天民　（厉声地）讲！

贾水镜　是，是内弟赖都头所赠。

严天民　（一惊）赖都头？传！

家　僮　是！赖都头进见！（下）

［赖仁上，跪下。

赖　仁　大人呼唤，有何吩咐？

严天民　（高举玉镯）你抬头一看！

赖　仁　（震惊）啊！（随又镇静下来）大人！一只玉镯啊！

严天民　你何来此物？

赖　仁　朋友所赠。

严天民　姓甚名谁？

赖　仁　这——

严天民　传来见我！

赖　仁　这——是我买来的。

严天民　买自何处？

赖　仁　珠宝商店。

严天民　买了几只？

赖　仁　只此一只。

严天民　多少银两？

赖　仁　（惊慌中伸出左手的断指）八十两！

严天民　（见断指，大骇）啊？

赖　仁　（自知露出破绽，急换右手）八十两。

严天民　（冷笑）嘿，嘿，嘿……

[赖仁以为严天民笑他买得便宜，因而也嘻嘻地陪着笑脸。

[严天民大怒，将案一拍，贾、赖扑地跪倒。

严天民　人来！

衙　役　（应声上）有！

严天民　（思考，冷静下来）请贾大人、赖都头西厅歇息。

[严天民示意衙役看守。贾、赖战战兢兢下。衙役随下。

严天民　兰君、家僮哪里？

[兰君、家僮上。

严天民　兰君，你二人同到你父坟场，开棺检验，寻找龙镯下落。

[二人应声欲下。

严天民　转来！细心查验，不可声张，速去速回！

[二人领命下，程氏上。

程　氏　老爷呀！适才查问多时，事情怎样？

严天民　夫人呀！那凤镯追来追去，追到赖都头身上，我想这玉镯如果确是苏家之宝，轻则赖都头他侵吞赃物——

程　氏　重呢？

严天民　重则严天民我错杀刘松！

程　氏　（一惊）啊？（转）哎，刘松一案证据确凿，绝非错杀。

严天民　如果检出龙镯下落，与凤镯配对成双，那就与凶杀案大有干连了！

程　氏　龙镯现在何处？

严天民　我已命兰君、家僮，开棺寻找。

程　氏　老爷呀！

（唱“滚花”）

命案既然了结，

得安闲处且安闲。

严天民　夫人呀！
（接唱）　知过改过效圣贤，
亡羊补牢犹未晚。

程　氏　老爷呀！
（唱“寄生草”）
你判冤案明心和慧眼，
千家万口播美谈。
今者何以重把案来翻，
莫非担心有失惹人弹？
你过去为官清正，朝野无人不赞，
这一案已惩凶和斩犯，
上司不来察卷怎么自惹麻烦？

严天民　（唱“三宝佛”）
烦固是麻烦，
案却不容错办。
草菅百姓罪责非等闲，
岂可错判，错决，错把刘松问斩！

程　氏　（接唱）　纵使翻案，死者如何得复生？
冤斩无辜者，按律要惩办，
半世清官将毁于一旦。
听我规劝，莫再深究，
且把你青天名誉挽。

严天民　（接唱）　任令错案不推翻，
任令死者哭阴间，
保我乌纱头上灿，
誓难办，誓难办。
（转“二黄慢板”）
誓不能下将民压，上把天瞒。
我想美誉青天，不能用人头来换！

程　氏　我只怕老爷你……

[兰君匆匆上。

苏兰君　启禀老爷，方才开棺，在父尸右臂之上，果有龙镯一只。

（呈镯）

程　氏　啊？！……

严天民　（大惊，与凤镯相比）果然是龙凤一对，看来赖都头……他！

[家僮用木盆盛半截拇指上。

家　僮　启禀老爷，方才在苏玉口中，发现半截断指。

严天民
程　氏　（震惊）什么？

家　僮　从苏玉口中，发现半截断指。

严天民　啊？！快、快、快呈上来！（查看断指，惊呆）你们退下！

[程氏、兰君、家僮下。

严天民　（自语）刘松断指，已收存在案，何以又有一截断指？这就更加奇怪了！

（唱“小红灯”）

看起来，人命案，

埋藏着别情。

凤镯欠解铃，

赖仁说不清，

他言语支吾假惺惺。

蛛丝马迹待查明，

错案须改正，

决不放纵元凶冤杀百姓。（思考）

（转“滚花”）

莫非赖仁他、他、他——

他嫁祸刘松，谋财害命！

（抬头见堂上“求实求严”匾额，念）求实求严！——也罢！

（续唱）　求严求实，决将命案再查清。

家僮哪里？

家　僮　（上）老爷有何吩咐？

严天民　你速到西厅，告知贾知县、赖都头，说我明日午时，要开棺验尸，不用多言。

家　僮　是。（欲下）

严天民　转来！（与家僮耳语）依计而行。

[二幕前。当日深夜，郊外。

[赖仁改装持锄头上，望远处坟堆，惧怯犹豫，欲退走。

[贾水镜急上截住，迫促赖仁前去，赖仁怯退。

贾水镜　（念“白榄”）

事情由你起，
唔到你犹豫。
赶快去开棺，
拈出死者口中你的断指！

赖　仁　（接念）破土又开棺，
反为露底子。
隔墙防有耳，
秘密会被人知。

贾水镜　（接念）危急在燃眉，
徘徊嫌误事。
人家先一步，
你我就实死无疑！

去！快去！（迫赖同下）

[严府家僮上，做手表示：贾、赖二人果然乘夜前往掘墓开棺，要追踪拿捕。拍掌为号，众衙役上，家僮分派任务。同下。

[内场声：“哪里走！”

[切光。

第八场　夜审

[紧接前场。

[知府公堂。

[三通鼓响。

[幕启。大堂肃穆庄严，灯火辉煌，耀如白昼。

[牌子，众衙役急上，严天民上。

严天民　（念）　堂鼓三通动地天，

极刑枉判恨难填！

心头唯有千秋鉴，

清奸——

[续起牌子，埋位坐定。

严天民　（续念）平愤雪民冤！

把犯官带上！

[衙役押贾水镜、赖仁上。

贾水镜
赖　仁　（跪下）叩见大人。

严天民　贾水镜！

贾水镜　下官在。

严天民　我来问你，深更半夜，两人乔装打扮，潜到苏玉坟前，所因何事？

贾水镜　听说大人要开棺验尸，下官怕走漏风声，凶犯毁灭罪证，故前往守护。

严天民　因何不带公差？

赖　仁　为了严守机密。

严天民　为何击掌为号？

贾水镜
赖　仁　这……

严天民　为何掘墓扒尸？

贾水镜
赖　仁　这……

严天民　（拍惊堂木）秃！大胆赖仁，你谋财害命，杀死苏玉，嫁祸刘松。听说开棺验尸，你等提前行事，意图毁灭罪证，还敢抵赖！

赖　仁　（冷笑）有何为证？

严天民　刘女状纸。

赖　仁　何足为凭！

严天民　赃物凤镯。

赖　仁　难以作证！

严天民　（取出断指，高高举起）你抬头一看！

[贾水镜、赖仁大惊。

赖　仁　（浑身颤抖）大人，模模糊糊那是何物？小人分辨不清。

严天民　你伸出左手。

赖　仁　嗯！

[赖仁战战兢兢，伸出左手，露出断指。

严天民　（对家僮）验证得来！

[家僮验证断指。

家　僮　确是赖仁断指！

严天民　哼哼！赖仁狗贼！

（唱“滚花”）

难道你身上肌肤，自己不能分辨？

罪证确凿，尚有何言？

再不从实供来，大刑难免！

赖　仁　我，我愿招供，求大人饶命。

严天民　讲！

贾水镜　慢！大人，请屏退左右，下官有密言奉告。

严天民　哦，你有密言？

贾水镜　重要密言！

严天民　（冷笑）人来，退堂！

[家僮、众衙役押赖仁下。

严天民　（开位坐定）有话讲来！

贾水镜　（四顾无人，唱“板眼”）

我贾水镜，把真情揭穿，

刘松的确被陷害牵连。

事因赖仁萌贪念，

谋财害命送苏玉归天！（拉腔）

严天民　有道杀人偿命，理当把赖仁治罪！

贾水镜　只怕你治他不得呀！

严天民　这是何解？

贾水镜　（续唱）我与赖仁交情匪浅，

何况姻亲郎舅利害相连。

怎能袖手旁观亲情不念，

千方百计也要救他出生天。（拉腔）

严天民　哦，有这个道理？你身为县令，徇私纵犯，诬害善良，依法也当问斩！

贾水镜　只怕你也斩我不得！

严天民　怎讲？

贾水镜　你想，我不过七品县官，正是树小叶不多，怎能做凶犯的护荫？庙细神不大，安有斩刘松的大权？

严天民　莫非你身后有人？

贾水镜　正是。

严天民　讲。

贾水镜　此人乃是一位赫赫有名的清官！

严天民　哦，还是清官？

贾水镜　也是个四品黄堂！

严天民　啊？！

贾水镜　是我的表姐夫！

严天民　他？他是谁？

贾水镜　还有谁呀？

（唱“板眼”）

我亲戚不多，人皆知见。

表姐夫就是你老严！（拉腔）

严天民　我？

贾水镜　是你，严——天——民！

严天民　（怒斥）呸！

（唱“快中板”）

颠三倒四乱语胡言！

血口喷人心毒险，

岂容狂犬吠尧天！

（转“滚花”）

烈焰高烧，把你绳诸法典。

贾水镜　慢！

（唱“木鱼”）

姐夫息怒，莫火气冲天，

其中关键待我明言。

我表姐程氏夫人，你的家眷，

是她贪图凤镯，换日偷天。

将假证假供，塞入卷宗里面。

（转“二黄”）

致有铸成大错，刘松冤死九泉。

（念“白榄”）

你要勒马悬崖听我劝，

休来追本再寻源，

小小一个刘松，

（续唱）命如蚁贱。

就算一时错杀，何必要几命来填。

严天民　你胡说！……

贾水镜　并非胡说，句句实情。还有，你严知府接过刘女状纸，查不清，问不明，不验苏玉之尸，草菅人命，你这才庇护了凶犯，冤斩了刘松！（进逼）难道你结发夫人，就没有贪赃枉法？诬害善良之罪？难道你严大人，就没有渎职、枉杀无辜之责？这人命案，追来追去，追到你自己头上来了！

严天民　这……

贾水镜　（再逼）我与赖仁，死不足惜，可惜姐夫你半世清名，一朝丧尽！须知你下有幼子弱女，上有年迈高堂，若是家破人亡，妻离子散，岂不是不情不义，不慈不孝，百世千秋，受人唾骂吗？

严天民　这……

贾水镜　（紧逼）你若将我治罪，我就一口咬定，你与那程氏夫人，串通一气。你想，你岳丈大人，官拜刑部尚书，你若将他女儿依法惩办，他岂能与你甘休？

严天民　这个吗？

（“水波浪”，唱“包槌大滚花”）

听他言，不由我，方寸已乱。

翻命案，又恐妨，遗臭万年。

让刘松，永沉冤，良心自谴。

徇私情，抛法纪，枉号青天。

左难，右难，如何打算？（沉思）

[贾水镜乘势进逼。

贾水镜　你想，错杀一个刘松，保住大家性命，你还是你的四品严青天；我，依然是我的七品贾知县，说不定日后还能晋级升官，又何乐而不为呢？你想清楚吧。

[严天民听了这卑鄙之言，更触发了正义感。

严天民　（唱“滚花”）

罢、罢、罢！我要分清皂白，为民申雪沉冤。

我要求实求严，莫使官声有玷。

[严天民正要埋公案，贾水镜急拦。

贾水镜　且慢！

（唱“新曲”）

姐夫呀，要想透！

谁不顾父母妻儿和亲友？

谁不盼夫妻恩爱偕白首？

谁不愿富贵荣华长享受？

君不见清官受害蒙污垢，

贪官封侯穿锦绣。

书生之气不可有，

得罢手时须罢手！

[严天民怒火高烧，一把抓住贾水镜仰天大笑。

严天民　哈，哈，哈！无耻禽兽！

（唱“快中板”）

你这衣冠禽兽不成人！

但图富贵荣华享不尽，

不管刑场牢狱满冤魂。

（转“滚花”）

宁可做官刀下死——

不因枉法上青云——

我要执法秉公重审问。

人来！

[二衙役上。

严天民　把贾水镜押下去。

[衙役押贾水镜下。

[程氏匆匆上。

程　氏　（唱“滚花”）

老爷盛怒为何因？

严天民　夫人来得正好，我且问你，贾水镜赠你凤镯之后，可曾有事相求？

程　氏　这……

严天民　　夫人讲吧！

程　氏　　是他要我将刘松的供状、赖仁的证词，装入案卷之内。

严天民　　啊！你……

程　氏　　怎么?

严天民　　那是诬陷刘松的假供啊！

程　氏　　啊！（大惊昏厥）

[严天民忙扶着。

严天民　　夫人！夫人苏醒！

程　氏　（醒来）天呀！

（唱“二黄滚花”）

听一言，魄散魂飞九天外。

风波起，闭门家里惹祸灾。

贾水镜，狠心辣手丧天良，

酿奇冤，痛彻五中如刀宰！

严天民　（沉痛地，接唱）

已是噬脐莫及，

追悔不来。

你本出自宦门，

何竟不明利害。

程　氏　　都怪为妻有爱镯之癖……

严天民　　他才投你所好！

程　氏　　更因我重亲戚私情……

严天民　　他才动你之心！

程　氏　　为妻罪该万死！

严天民　　我也难辞其咎！

（唱“下西岐”）

案牍劳形时廿载，每自寻思摆脱开。

怎奈未许抽身，长为他人作宰，

放松家教成祸害。

更恨贾、赖二人弄计施圈套，我竟察觉不来。

（转“二黄慢板”）

哎呀呀，我自愧无才。（下句）

悔不该，一不细把刘松问，二不微服访邻人，

三不开棺把尸骸勘，

以致酿就奇冤，难填恨海。

（唱序） 二十载恩情今宵断爱。

程　氏　（万分悲痛）老爷！

（唱“乙反中板”）

听你伤心痛语，使我肠断声哀。

眼见凤拆鸾分，事无可奈。

只有丝丝红泪，丝丝红泪挂双腮。

勾起二十载同心，恩恩爱爱，

谁料到惨遭横祸，自天来。

（转“子规啼”）

自悔一朝错，暗把罪证栽。

累你出冤判，朱笔难更改。

哎，纵思补过已悔不可追！

想到稚子未成材，

亲老已暮年，都需护爱，

仔肩谁能代？

哀哉！一家毁碎我悔种祸胎。

（转“滚花”）

这都是为妻之过，死也应该。

老爷呀！累了我的老爷呀！老爷！

（念“口鼓”）痛心把你清名玷，愿抛一命息烦言，望君高举清风剑，死在君前赎罪愆。

老爷！你杀了我吧！（跪下）

[严天民扶起程氏。

严天民　（唱“反线中板”）

见夫人，悲切切，泪如珠串，

我心中，难忍痛，似万箭齐穿。

叹只叹，伉俪情，千刀难断，

何况是，她失足，事属偶然。

（转“滚花”）

罢，罢，罢！

发落从轻，申报将她赦免。（反复思量）

不能！不能呀！

（续唱）官家犯法，判罪更要从严。

人命关天，岂能随便。

升堂！

[严天民端坐公堂，三声鼓响。

严天民　（唱“滚花”）

谁人深夜击鼓鸣冤？

人来！将程氏带下，听候发落。

衙　役　（迟疑）老爷……

严天民　（痛心而坚决地）带、带、带下！

[二衙役押程氏下。

严天民　把击鼓人带上！

家　僮　击鼓人上堂！

刘少英　（内唱“快首板”一句）

满腹冤情一腔怨！

[刘少英披头散发，白衣素服，闯进公堂。

刘少英　严大人呀，严青天！

（念“口鼓”）我家受害难清算，父遭枉杀永含冤。病中老母肝肠断，可怜饮恨丧黄泉。少英举目无亲何所恋，唯有公堂夜闯死在你跟前吧，严大人！

（唱“新曲”）

我冤深似海恨难填！

枉你梁间挂着金牌匾，

什么“光明正大”“明镜高悬”。

邪恶善良全不辨，

害得我，（一顿）

伶仃孤苦，无依无靠，何以生存？！

（转“滚花”）

走，走，走！

我与你分过是非，告上阎罗殿！（欲上前）

衙　役　（喊堂威）嗬——嗬——

严天民　众左右，你们不要惊吓于她。姑娘，你来得正好，我正要找你。

刘少英　找我？我还怕什么，你就杀了我吧。爹爹！娘——啊！

（唱“滚花”）

人间何处寻公理——

女儿要到九泉之下去鸣冤！

[刘少英猛然以头触公案，昏倒在地。

[严天民大惊失色，开位，单膝跪步向前，扶起刘少英。

严天民　少英，姑娘！（见呼不应）速速抬下，延医调治！

[衙役扶刘少英下。

严天民　（悲痛欲绝，念“诗白”）

惨见姑娘鲜血淌，

天民寸寸断肝肠！

（唱“长句二黄慢板”）

也曾悬梁刺股读篇章，

也曾济世为民坚志向，

一官出守不惮水远山长。

常恨力不从心难孚众望，

唯有鞠躬尽瘁寝食不遑，

一片忠贞为百姓甘流血汗。

（转“郁金香”）

心中空有倚天仗剑想，
要尽斩世间虎与狼。
除恶善始彰，师训我未忘，
宁有料到好愿未能偿，
因错判致令刘松受冤枉。
忍看孤女鲜血溅公案，
我辜负万民多倚望。
抚心暗自惭愧怎报朝堂。

（转“快二黄”）

谁料贾、赖为奸，贼子隐藏真相，
致令我草菅人命，错杀善良。
滔天罪，我承当，誓要执法惩凶——
少英啊，你好将心放。（拉腔）

［众衙役暗上，家僮上。

家　僮　启禀老爷，刑部尚书程大人出京巡视，来到河阳。

严天民　啊，程尚书到！（介）罪犯收监，更衣迎接！（下）

［“大开门”，衙役打开中门，四校尉逐个上。

［严天民素衣罪带，手捧官袍乌纱上。程尚书上，严天民跪迎。同进门。

严天民　岳丈大人驾到，小婿有失远迎，望祈见恕！

程尚书　吓！贤婿因何这般模样？

严天民　大人容禀！

［“牌子”一段，用动作说明情况。

程尚书　贤婿啊！

（慢唱“水仙子”）

这一宗案件，
实纠葛多端。
纵是处理失偏，
朝廷定怜念，

念在你一向执法秉忠妥善。

人来，快快去刑！

严天民　岳丈大人！小婿错杀刘松，民抱覆盆之冤，罪在不赦。倘若徇情专擅？何以正国法而服人心？

程尚书　吓？老夫徇情专擅？（介）呃，须知罪有攸归。

（续唱）　追根究底，

这冤判之端，

都罪在贾、赖坏心把法乱！

严天民　这个……

程尚书　何须这个那个，老夫代天巡狩，奉有尚方宝剑，命你官复原职，当堂理案，谁人抗命，王法无亲！（交剑）

严天民　（初犹豫，继而决定）如此说，谢过岳丈大人！人来，与爷更衣升堂。（持剑下）

[幕后衙役低沉、庄严地喊："升堂！"家僮、衙役等上。

[严天民"快小开门"上，端坐正中，程尚书坐在一旁。

严天民　（念）　宝剑高擎将案断，

一团烈火胸中燃。

将贾、赖杀人犯带上。

[刽子手押贾水镜、赖仁上，跪下。

严天民　赖仁！

（念"口鼓"）你杀人嫁祸罪不浅，立即斩首在苏玉坟前。贾水镜你！徇私枉法，诬陷逼供，天怒人怨，处死在刘松墓地，以慰冤者于九泉！

带下去！

[刽子手押贾水镜、赖仁下。

严天民　将犯妇程氏带上！

[衙役面面相觑。

严天民　带上，带上，带上！

[衙役带程氏上，一见面，悲唤"爹爹"，扑向程尚书。

程尚书　这是怎么一回事呀？

严天民　大人有所不知，冤斩刘松一案，与程氏有关，理应论处。

程尚书　啊？案与程氏有关，理应论处？

（唱爽“慢板”）

好教我，难忍耐，分明有损尊严。

诰命夫人，尚书爱女，竟与阶囚同贱。

纵有关，人命案，无非受累牵连。

（转“滚花”）

从来“刑不上大夫”——

对簿公庭，有失官家体面。

人来！打开枷锁！

严天民　且慢！岳丈大人。

（念“口鼓”）程氏受贿徇私，依法怎能赦免？

程尚书　（接念）如非十恶不赦，于情便有可原。

严天民　（接念）执法不能徇情，徇情定教法乱。

程尚书　（接念）老夫代天巡狩，自有赦免之权。

人来开枷！

严天民　且慢！大人，你授我尚方宝剑审理此案，是何用意？

程尚书　尚方宝剑乃朝廷钦命，便宜行事，掌握生杀之权！

严天民　如此说来，请大人收回。（呈剑）

程尚书　这是何意？

严天民　小婿未曾审判，大人便加阻拦，既是钦命难行，此剑要来何用？

程尚书　这……（无言可答，背身双关地）好，你就“便宜行事”吧！

严天民　我审？

程尚书　你审。

严天民　我判？

程尚书　你判。

严天民　哎哟好，程氏走来！

[程氏跪于案前。

严天民　（念“口鼓”）你受贿徇私，把假证假供放入刘松案卷，造成冤案，应判监禁十年。

程尚书　慢！

（接念）你量刑过重有违法典！

严天民　（接念）只怕是父女情重主见有偏。

程尚书　（接念）此案，待我禀报朝廷——

严天民　（接念）此案，可以当堂决断！

程尚书　（接念）你……一意孤行将后悔——

严天民　（接念）我……心如日月永经天！

程尚书　（长叹）哎！（颓然坐下）

[程氏冲向程尚书跪下，悲唤“爹爹”。

[同时苏兰君、刘少英冲上，跪倒案前。

苏兰君　望老爷开恩，把夫人从轻发落！

[严天民开位，扶起兰君、少英。

严天民　（唱“朦胧”牌子）

但见茕茕两孤女可人怜，

任你是铁铸铜浇也难禁泪涟涟，

俺也知二十载夫妻，

厚义深恩情难断，

一念到遵国法，强忍苦痛交煎，

哎呀心暗酸。

（转“滚花”）

今日方知执法难——

唯望吾妻无所怨。

程　氏　（唱“木瓜腔中板”）

犯刑章，为妻哪敢有怨言。

望从今，早晚饥寒亲检点，

我不能，殷勤侍奉在跟前。

更何堪，稚子高堂难见面。

心自疚，不慈不孝又不贤。（从鬓上取下梅花）

这梅花，还赠献，

花皎洁，尚鲜妍。

愿你洁白居官尘不染，

万民爱戴，永远颂青天！

[行弦，程氏交花，严天民接过。

严天民　下官记下了。

[兰君、少英哭叫“夫人”，跪抱膝下。

程　氏　（唱“追信”中段）

只见兰君、少英更感凄酸！

孤单荏弱，依靠谁怜？

还望收为干女侍奉你跟前。

[程氏命兰君、少英跪向天民。

[兰君、少英口称“爹爹”。

严天民　这个吗？（“水波浪”介）

（唱“二黄滚花”）

含泪搀扶，义女起来相见。（介）

此后度时光还艰苦，我仅有几亩薄田。

龙凤镯还与兰君收藏，好把亡亲纪念。

苏兰君　女儿知道。

程　氏　（对程尚书，接唱）

犯刑章身囚禁，难以奉养天年。

舍不得至亲情，哀啼宛转！

[程父女抱头“哭相思”；兰君、少英跪下哭泣，众皆感动流泪。

[兰君、少英跪求天民。

苏兰君
刘少英　爹爹开恩！

程尚书　天民，贤婿呀！

（接唱）　看老夫单生一女，

将何以度此余年？！

严天民　岳丈大人，你有父女之情，我有夫妻之爱，难道错杀的刘松，屈死的刘妻，含冤的刘女，就无父女之情、夫妻之爱嘛？！

程尚书　这……

严天民　小婿错杀刘松，可以免罪，若是刘松错杀小婿，又将如何？天下之为官者，如不律己以严，则世间冤案，何止千件万件，似刘松夫妻父女者，又何止千人万人？

程尚书　岂不闻"罪虽按律以施刑，法亦原情而议减"么！

严天民　岳丈大人！我的老恩师啊！

（念"诗白"）

当年束发学修身，

立雪程门拜赐深。

谆谆诲我怀先哲，

仗剑平冤策后人。

程尚书　当时我说的是李离！

严天民　对！就是这个——

（唱"锦城春"）

李离名字光辉永无尽。一个堂堂正直臣，

典范长存励后人，曾伏剑舍身殉法死可为神。

记当初恩师你启蒙授书，

教我首先注重言和行。

我心谨记、身砥砺、官居位、坚信誓，

秉肃慎正法安民。

今日红笔一挥，刑刀一启，错杀良民黄泉含恨。

眼见两孤女丧双亲，

我有何颜面再临政亲民！

（转"快打慢二流"）

李离亮节高风，

千秋不泯。

好比惊涛激浪，

冲刷我负疚之心。

若念翁婿亲情，

（转“滚花”）

望周恤老母孤儿，殁存均感。（一拜）

程尚书　贤婿，何出此言……？

程　氏　夫君保重！

苏兰君
刘少英　老爷保重！

众　人　保重！

严天民　（唱“滚花”）

乌纱一顶（介）手中擎。

践誓言，明心悃。

愿千秋人海，永无恨海冤沉！

[严天民拔剑自刎，挺立不倒。

[顿时狂风大作，白雪纷飞。

[程氏猛扑过去，悲痛欲绝。

[兰君、少英膝行而前，哭唤“爹爹！”

[众人下跪哭泣。

[程尚书掩面流泪。

[幕后合唱“新曲”：

光辉一剑，

震古烁今。

身轻法重，

励我后人！

[幕徐徐闭。

——剧终

本剧选载的是1982年罗家宝、郑培英、王中玉、叶兆柏、白雪红等主演的版本。

广东粤剧院优秀剧本选

GUANGDONG YUEJUYUAN YOUXIU JUBEN XUAN

第四卷

广东粤剧院 编

中国戏剧出版社
CHINA THEATRE PRESS

《广东粤剧院优秀剧本选》编委会

目录

吕四娘三探圆明园

（取材于《聊斋·侠女》《雍正剑侠图》）

编剧：林涵表　刘汉鼐　马铁汉

人物表

胤　祯	四皇子雍正
隆科多	吏部尚书
云中燕	宫中侍卫官
虞　娘	十七宫主
玄　烨	康熙老佛爷
允　禵	十四皇子
允　禟	九皇子
萨天都	侍卫
萨天刺	侍卫
吕景祺	十四皇子太傅
李　卫	兵部侍郎
吕四娘	吕景祺之女，侠女
秋　菱	吕四娘侍女
鄂至宽	私塾老师，后任浙江布政司
白泰官	常州义士，李卫部下
广慈老尼	栖霞庵主持，吕四娘师傅
允　祥	十一皇子
允　禧	十二皇子

曹　頫　　康熙老臣，曹雪芹之父

曹雪芹　　幼年

　　　　　青年，落魄文人

允　祀　　八皇子

甘凤池　　金陵义士，李卫部下

曹仁虎　　蜀山义士，李卫部下

熊　奴　　驯养人熊奴隶

人　熊　　黑猩猩

敦　诚　　文人，八旗子弟

敦　敏　　文人，八旗子弟

杨　彪　　伤残清兵，曹雪芹好友

李生才　　泰和茶楼伙计

瓦特洛夫　罗刹国特使

路民瞻、太医、太监、大臣、宫女、艺妓、清兵、侍卫、侠女、小尼、吕家男女

第一场 篡皇位

[清康熙六十一年（1722年）冬，紫禁城内畅春园。

[康熙寝宫外殿。

[幕启。二太监分别站立。胤祯殿中来回踱步，苦思冥想。

胤 祯 （唱“七字清中板”）

父王病卧宫中昏迷不醒，

犹念十四御弟呓语连声。

不知他垂危向谁授命？

心难放下使我坐卧不宁。（介）

只怕美梦难求成泡影，

到头来落得个事倍功不成。

（转“滚花”）

遗诏不到我手中，

胤祯我死也难目瞑。

[太医随隆科多上。

胤 祯 太医，皇上龙体如何？你必须如实对小王直说。

太 医 禀上四皇子，老佛爷已病入膏肓，恐难度过今晚……

胤 祯 太医乃是医国圣手，难道保不住父皇一命？（假意哭泣）

隆科多 四皇子不必过度悲伤，务请节哀顺变！

胤 祯 太医，真的回天乏术了吗？

太 医 老佛爷子孙多多祈福！（下）

胤 祯 隆国舅，父皇快将要晏驾，犹叨念十四御弟，这分明是想传位于他，那遗诏……

隆科多 贤甥放心，这遗诏是太傅吕景祺代为执笔起草的，除了老佛爷外，只有我和他二人才知道放在什么地方。不过……

胤　祯　知恩当报，日后我定然与国舅共享荣华富贵。

隆科多　（四顾无人）遗诏放在养心殿内“正大光明”横匾后的锦盒之中。

胤　祯　（大喜）谢国舅！（急不及待）云中燕哪里？

云中燕　（内场）来了！（上）参见四皇子！

胤　祯　免了。云中燕，养心殿内正梁匾后有锦盒一只，你去取来给我。

云中燕　喳！（一个鹞子翻身，飞入场内）

[一太监上。

太　监　禀上四皇子，十四皇子与兵部侍郎李卫老将军，自青海回宫，面叩老佛爷金安。

胤　祯　传谕宫外，老佛爷正在歇息，任何人等不得入宫扰驾。

太　监　喳！（下）

[云中燕捧锦盒上。

云中燕　禀上四皇子，锦盒已取来（呈上）

胤　祯　好。（接过，打开封条，取出遗诏）

（念诏书）孤王立遗诏，晓谕众公卿，

传位十四子，继朕掌朝廷。

胤祯忤逆子，发配伊犁城，

众卿遵遗诏，匡扶我大清。

（唱“高腔沉花下句”）

唉吔吔，见此遗诏，

火起无名。

（转“快中板”）

父皇一纸诏书已钦定，

十四弟将王位来继承。

事态危急把命拼，

管他什么手足情。

（看遗诏）传位十四子……传位十四子。传位于……四子！

（大喜）好！人来，笔墨侍候。

（唱“滚花”）

笔重千斤，

把遗诏改涂，

何惧皇皇律令。

[一太监端笔砚上，复下。

[胤祯提笔改诏。

隆科多　改得好，改得好！

[虞娘暗上，发现，大惊，急下。

隆科多　（发现）有人！

胤　祯　（惊）谁？

隆科多　十、七、宫、主！

胤　祯　是她？！（改好遗诏书，放回盒内。交还云中燕）放还原处。

云中燕　喳！（捧盒下）

[虞娘急上。

虞　娘　四皇兄，父皇已醒，声声说道要见十四皇兄，不知十四皇兄可曾回宫？

胤　祯　连下谕旨，仍不见他回来……

[内场人声：“老佛爷驾到！”

[两太监搀扶颤颤巍巍的康熙上。

康　熙　（边上边叫）允禵，允禵……

虞　娘　启奏父王，十四皇兄还未回宫……

康　熙　（对胤祯）不是说他已在宫外候见吗？

胤　祯　没……没有！

康　熙　那允祀呢？

胤　祯　八御弟？！我已代父王传谕，派他去江宁织造催讨欠饷。

康　熙　（怒不可遏）你，你是皇上吗？我……还没死呢！

胤　祯　父王息怒！

（唱“快二黄”）

见你龙床卧病，

阎罗老鬼早晚相迎。

故此效法先人，

代行皇令。

把八皇御弟，

派往南京。

康　熙　好胆！

（唱“手托”）

真可恶，把律法倒倾，

怎可以，伪托皇命。

孽畜你，罪过不轻。

（气愤）你……你给我滚！（以坐垫掷之）

[胤祯接过。丢掉一旁。

隆科多　（阻拦）皇上息怒，请多保重！

[康熙推开隆科多，又扯下项上念珠掷去。

胤　祯　（接珠大喜，跪下叩头谢恩）谢父皇，赐我念珠一串。

康　熙　你……必除四子！（昏厥，虞娘和太监把他扶下）

胤　祯　（狂笑）哈哈哈！父王临终。赐我念珠，高呼必除十四子！人来！

太　监　喳！

胤　祯　传十四皇子进宫，李卫老将军在殿外待召。

太　监　（向内）传十四皇子进宫，李卫将军在殿外待召！

[允禵急上。

允　禵　（唱“快中板”）

千里奔驰把亲省，

不知父皇病况重或轻？

先找四皇兄来打听。（入宫）

四皇兄，别来无恙……（叩见）

胤　祯　十四御弟！（为允禵拂尘，扶起）

允　禵　不知父皇龙体如何？待我前去问安。

胤　祯　且慢！父皇已经熟睡，御弟且不要惊驾为好。

允　禵　啊！

胤　祯　　御弟为何迟来？

允　禵　　四皇兄呀！

（唱“霸腔芙蓉中板”）

接到宫中谕旨我便快马兼程。

涉水登山穿曲径。

今朝刚刚天亮已返到京城。

（转“滚花”）

可却受阻于午门，

不知是何究竟。

胤　祯　　岂有此理，竟有这样的事？！……十四御弟，请放心。

（接唱）　为兄把此事查清后，

一定加以严惩。

[内场虞娘哭声：“父皇！父——皇！”

[一太监急报上。

太　监　　禀上四皇子！康熙老佛爷晏驾啦！

胤　祯
允　禵　　（惊）啊？！（同时急下）

[哀乐声起。胤祯、允禵、允禟、虞娘上。隆科多随后与太监同上。一群大臣另上，向室内叩拜。俱在台侧靠里伏地哭泣。

允　禵　　（悲痛欲绝地）父皇啊！

（唱“阴告”）

内殿，忽闻父崩驾。

不禁肠断，悲怆难言。

儿误了时辰整归鞭，

转眼间父子不得见面。

父皇啊，你恨我罢！你骂我罢！只怨孩儿迟来一步，见不到父皇最后一面……

虞　娘　　十四皇兄！

（接唱）　只怕从此宫中更乱，起祸端，转瞬生变，小心提防利刀和毒箭！

允　禟　十七妹，你何所指？

胤　祯　（打岔地）十四御弟！

（唱“十字清中板”）

十四弟文武双全战功屡建。

先皇他指望你一柱擎天。

顷刻间开遗诏你定登基中选，

若不嫌我当扶掖在你身边。

隆科多　开诏时辰到！

[萨天都、萨天刺引吕景祺取锦盒上。

吕景祺　（启封。取出遗诏）康熙老佛爷遗诏，众卿跪听宣读。(众跪)“孤王立遗诏，晓谕众公卿，传位于……传位于四子，继朕掌朝廷……”(众惊异)

胤　祯　往下念！

吕景祺　“允禵忤逆子，发配伊犁城。众卿遵遗诏，匡扶我大清。”

胤　祯　（接诏）谢父皇！（与众起立）

吕景祺　这遗诏是假的！（震怒指胤祯）你……你擅自改遗诏！

胤　祯　胡说，这遗诏是你自己代笔的。怎会有假？！再说有父皇赐我念珠为证！（出示念珠，众更惊）十四御弟，为兄今日接诏——

（唱“滚花”）

也是天意难抗，父命难违，

绝非愚兄素愿。

纵然登基之后，

亦不会煮豆相煎。

何况弟与十七妹都是我一母同胞，

日后若有机缘，定当把你罪情减免。

允　禵　多谢四皇兄……

胤　祯　吏部尚书隆科多！

隆科多　奴才在！

胤　祯　还不伺候十四殿下上路！

隆科多　喳！

吕景祺　且慢！这遗诏本是先皇口谕，老臣代笔，上面明明写的是传位十四子，怎么开诏之后竟变成传位于四子呢？这分明是有人暗中篡改，谋夺江山？

胤　禛　（冷笑）呵呵……我明白了，想你吕景祺乃是十四御弟太傅，自然希望他继承皇位，你也好加官晋爵，人前显贵。

吕景祺　老臣为主江山，一片丹心，苍天可鉴！

胤　禛　住口！父皇尸骨未寒，你就抗旨不遵，离间我们兄弟手足之情，真是罪该万死！

吕景祺　老臣死不足惜，只是先皇在世之托，未能尽忠，深以为憾。似你这样上欺先皇，下压群臣，瞒骗天下，只能得逞于一时，终被世人千年唾骂！

胤　禛　胆大吕景祺，倚老卖老，心怀恶意，扰乱朝纲，哪里容得！来人，把这逆臣立刻枭首示众！

四侍卫　喳！（欲抓。被吕景祺推开）

吕景祺　我呸！

（唱“大笛二流”）

骂一声，你这昏皇。

谋朝篡位，胆大包天。

公道在人心，后世当评点。

你多行不义必自毙，

看你活得几多年。

十四殿下，望你善自珍重！老皇，先帝，老臣追随你来了！

（撞向胤祯）

[萨天都挥剑直刺，吕景祺倒毙。

胤　禛　吕景祺满门抄斩，死去的挖墓鞭尸！

四侍卫　喳！（抬吕景祺尸下，后复上）

允　禵　（哭）太傅啊！

胤　禛　十四御弟，别哭，别哭，说到底我们都是手足兄弟，你先去伊犁，待为兄登基之后，自然会开脱于你。

允　禵　全仗四皇兄。小弟此去别无所求，只愿李卫老将军随同前往。

胤　祯　老将军年迈，怎能跋涉长途随你前去。萨天都！

萨天都　喳。

胤　祯　命你护送十四殿下出京，一路之上要小心——侍候。

萨天都　遵旨。

李　卫　（内场）可恕，可恕！（上）

（唱“大滚花”）

先王驾崩，

风云色变。

萧墙祸起，

手足株连。

拼着老命一条，

直闯深宫内殿。（入宫）

胤　祯　何人阻旨？

李　卫　兵部侍郎李卫。

允　禵　老将军救我！

胤　祯　走！大胆李卫，未经宣召，擅自闯宫，人来拿下了！

[众卫士捆绑李卫。

李　卫　胤祯，你这昏王，谋朝篡位，擅杀忠良，加害十四殿下，为了使天下黎民明白今日宫中真相，老臣情愿血溅金銮！

胤　祯　你这老贼，念你历建战功，饶你不死，与我扯下去重责四十杖，逐出宫门。

[众侍卫押李卫下。

萨天都　十四殿下，请！

允　禟　十四御弟，多多保重！

允　禵　多谢九皇兄！

虞　娘　十四皇兄，多多保重！（哭不成声）

允　禵　十七御妹，后会有期。（与众兄妹跪别，晕倒）

[萨天都押允禵下。

[允禟和虞娘随下。胤祯示意萨天都尾随追杀之。

胤　祯　众位爱卿，各安职守，切莫自取其乱，待朕登基，必然论功行赏。隆国舅！！

隆科多　奴才在。

胤　祯　（唱“滚花”）

择吉日登基继皇位，

速速传旨修建圆明园。（哈哈大笑）

隆科多　喳!

[全场震慑，哀乐大震。

[幕闭。

第二场　灭吕门

[数日后。京郊，西山，怪石嶙峋，一片荒芜。树干上挂悬赏吕四娘图像。

[幕启。一队清兵押吕家男女老少多人，过场，处斩。哭声震天。

[虞娘与允禟上。

虞　娘　（唱“归时”）

西山，路近，

深宫走脱举头没故亲。

看天昏暗地暗山色暗，

西山阵阵，

旷野沉沉，

愁肠百结心中悲愤。

允　禟　十七御妹!

(唱“滚花”)

为夺王位弑父杀兄，

历代皇朝数之不尽。
四皇兄他承此恶习，
更是凶残暴戾狼子野心。
我兄妹保得性命一条，
逃出宫闱将到何方避隐。

虞　娘　九皇兄！
（接唱）举目无亲无故，
不知何处投奔？

允　禟　十七御妹，我想起了，可到江宁织造曹頫家，找到八皇兄，与八皇兄结党共谋对策，伺机报仇！

虞　娘　九皇兄说得有道理……

[内场人声："喝呵！"接着一队清兵冲上，过场将他们二人冲散，下。

吕四娘　（内唱"二黄首板"）
吕四娘，与贼胤祯，
不共戴天仇恨。（重句）

[吕四娘上。

吕四娘　（唱"快中板"）
出外归家噩耗惊闻，
吕家一门惨遭不幸，
只剩得四娘脱险侥幸逃生。
（转"滚花"）
定要报此深仇，
誓把昏王手刃。

[秋菱急上。

秋　菱　姑娘，我正想找你，老爷，夫人他们……（哭）

吕四娘　我已知道了……

[内场："喝呵！"声近。

秋　菱　（张望）姑娘，大事不好，官兵截杀来了！

吕四娘　（拔刀）来得正好！

（唱“快中板”）

四娘示弱枉为人，

何惧官兵重重围困，

冲开血路杀个地暗天昏。

秋菱　（接唱）　敌势汹汹似浪潮滚滚，

怕你寡难敌众快避祸藏身。

姑娘！

（唱“滚花”）

莫忘你已身负伤，

若有两长三短，谁来报仇雪恨。

快快逃避，

由我秋菱对付官军。

[内场又喊叫：“㖞呵！”

秋　菱　姑娘，再不走就来不及了！（推吕四娘下）

[萨天都、萨天刺率四清兵追上。

[秋菱举刀便劈。

萨天都　（以刀架着）你是何人？

秋　菱　行不改名，坐不改姓，吕四娘！

萨天都　你就是吕四娘？给我杀！

[众清兵乱刀砍死秋菱。

萨天都　哈哈哈！吕四娘已除，回去向四皇子领赏。（率众清兵下）

[虞娘与允禟冲散后复上。

虞　娘　（彷徨四顾，边上边哭）九皇兄，九皇兄……

（“哭相思”）

哪呀呀，罢了九皇兄呀！

[吕四娘上，虞娘发现有人。欲避，已被吕四娘看见。

吕四娘　（上前）参见十七公主！

虞　娘　你是……

吕四娘　我是吕景祺的女儿吕四娘。

虞　娘　啊！原来你是吕家姐姐！姐姐，你家不是被满门抄斩了吗？

吕四娘　一家八十多口，全死于非命。只剩我逃了出来……十七公主，你怎么也在这里……

虞　娘　姐姐呀！

（唱“爽反线中板”）

四皇兄篡位谋朝，

人天共愤。

我与九皇兄不为所囿，

一起逃奔。

可是兄长失散在途中，

只剩我单身无依凭。

久住深宫弱女，

如今寸步难行。

吕四娘　（唱“滚花”）

公主不若与我结伴同行，

在山村暂时栖隐。

虞　娘　如此说，有烦姐姐了。

（接唱）　权且觅得安身处，

他朝再把九兄寻。（为四娘扎伤臂介）

鄂至宽　（内场）走呀！（上）

（唱“快二流”）

幻变风云（合），人皆惊震（上）。

朝中倾轧（士），殃及群臣（尺）。

我这一介寒儒（合），快离城禁（上）。

阵阵悲声摇山岳（士），

真是撼肺揪心（尺）。

（见吕、虞二人）请问两位姑娘。所因何事，在此彷徨？

吕四娘　既蒙垂问，相公请听呀！

（唱“陈世美不认妻”）

乱兵到，受苦困，

离了皇城找故亲。

乳母几番受折摧遭不幸，

我姐妹二人痛不欲生。

（转“滚花”）

天地虽大苦我无处栖身，

马乱兵荒有谁怜悯。

鄂至宽　“同是天涯沦落人，相逢何必曾相识”。姑娘若不嫌弃，可愿先到平峪谷飞霞洞寒舍，暂且安身？将来再作打算。

吕四娘　（稍思）如此说有劳相公了！

鄂至宽　啊！还没有请问姑娘尊姓大名？

吕四娘　（与虞娘交换眼色）呃……我叫梁侠女，我妹妹叫梁二妹！

鄂至宽　（作揖）梁姑娘有礼！

吕四娘　相公贵姓？

鄂至宽　小生鄂至宽，在平峪谷飞霞洞山村私塾任教，父母双亡尚未娶妻……（自言失言）呀！天时不早了，走吧！

（唱“滚花”）

患难相扶同命苦，

先返舍下暂安身。

吕四娘　多谢相公！

[幕闭。

第三场　飞霞洞

[距上场数月后，即雍正元年（1723 年）。

[北京与山西交界处，深山。远处可见瀑布，下为拒马河。

[幕启。虞娘在练剑。鄂至宽挑柴上，放下柴担，一旁站立观看。谱子“连环扣”伴剑舞。

鄂至宽　（拍手）好剑法，好剑法！短短三个月，学有所成，真不容易呀……二妹，你姐姐还没回来吗？

虞　娘　还没呢……（收剑）

鄂至宽　唉！她的心真难捉摸。

虞　娘　姐夫呀……

（唱“寻针”）

你既定亲成伴侣，

我应告姐夫知。（序）

姐姐心急报仇去，

到皇城把贼除。

鄂至宽　那.....她的仇人又是谁？

虞　娘　（唱“长句二黄”）

满门老少皆被诛，

只剩她一人逃出去，

幸得恩公相救，化险为夷。

隐姓埋名，住在飞霞洞里。（句）

鄂至宽　她是谁？

虞　娘　她是吕四娘！（一顿）你又猜一猜我是谁家女子？

鄂至宽　（失措）我心麻麻乱，还猜什么呀？！

虞　娘　一定要猜！

鄂至宽　你……是她家丫鬟？

虞　娘　（续唱）　只为宫闱生变，

才有帝苑远离。

我是虞娘十七公主！

鄂至宽　（大惊）哎呀，拜见十七公主！（跪下）

（唱“催归词”）

听她惊心一语，

我有欺君罪，

不知公主已到此！(序)

误作民间女子，

乞求，乞求，恕奴才不是。

虞　娘　（唱“红绣鞋”）

不知不怪快站起恕无罪，

在你家里，多得体贴料理，

难中扶携。

鄂至宽　（站起）谢公主！（另场）这回大镬了！

（唱“减字芙蓉”）

敢问公主意下如何？

在这荒村暂留或长住。

寒舍秽俗，奴才不胜惶恐呀！

虞　娘　（接唱）　欲到江宁把八皇兄访，

只等风色稍静再定行期。

鄂至宽　（另场）啊！她原来是八皇子一党……一个吕四娘我已招惹不起，再多一个十七公主，叫我更难应付。如今她愿离开就好了……

（接唱）　公主择日下江宁，

路上要小心为是。

须防途中布满荆棘，

更怕异乡有恶狗欺。

虞　娘　姐夫放心！

（唱“滚花”）

虞娘宝剑挂腰间，

小丑跳梁又何足惧。

鄂至宽　公主还是不要大意为好。

吕四娘　（内唱大笛“困谷口”）

今朝，得遂素志，

哪管朝廷再缉捕。

[吕四娘背插腰刀，手挽黄布包裹，威武上。

吕四娘　（续唱）　日日探视扮作村姑，

为报仇雠拼掷头颅。

不枉数月跋涉苦，

诛却猛虎，

雍正一命已呜呼。

设灵牌奠祭吕家宗祖！

俺，回来了！

鄂至宽　呃……四娘你……你回来了？

吕四娘　回来了！鄂相公，吕四娘大仇已报，不用再埋名隐姓了！（把黄布包裹抛下）十七公主，你来看，今晨在圆明园路上，我已取下了雍正的狗头！

虞　娘　（辨认）啊！姐姐，错了，他不是雍正……

吕四娘　啊！（接过细看）哎！（把它抛掉）

（唱“反线回龙腔二黄”）

完全怪我脾性急躁，

没看分明他假冒，

副车误中，用枉这一刀。

贼胤祯，狡猾诸多，

一时难于对付。

仔细思量，从长计议，

再作谋图。

终有一天，二进圆明园。

血债血还，定将仇报。

鄂至宽　四娘，雍正刺杀不成，你已是抛头露面了，我怕你今后会担惊受险……

吕四娘　鄂相公，请放心，四娘自当谨慎。

[内场人声：“吕四娘！”

鄂至宽　有人来了！（张望，十分害怕）哎，好像是官兵……快走！

[四娘把鄂至宽与虞娘推下，拔刀防御。

[白泰官浑身素白，背插腰刀，引李卫将军上。

吕四娘　（见是李卫，大喜趋前）啊！李伯父！

李　卫　（老泪纵横）四娘……你？！……

吕四娘　李伯父！

（唱“风萧萧”）

泪已流尽了，

惨事哪堪问，

吕氏一家遭劫运。

剩我逃生避过刀刃，

山村人家暂寄身。

他年当雪戴天仇与恨，

誓杀那仇人。

李　卫　总算苍天有眼，走脱你一人……今日跟踪，果然是你！四娘，你就一个人在这里吗？

吕四娘　还有十七公主在这里……

李　卫　十七公主？！

吕四娘　是。（向内）有请十七公主。

[虞娘与鄂至宽上。

李　卫　（趋前半跪）老臣戴罪，叩见十七公主！

虞　娘　老将军免礼！（扶起）

吕四娘　鄂相公，快来拜见李卫老将军和白义士。

鄂至宽　拜见李老将军，白义士。

李　卫
白泰官　免礼，免礼。

李　卫　四娘！

（唱“三脚凳”）

你因何与公主，

结伴一起同行？

吕四娘　（接唱）　与她巧遇在西山，

假扮姐妹到此藏隐。

幸得鄂相公扶助，

摆脱了官兵搜寻。

李　卫　敢问公主——

（唱“滚花”）

你为何不在宫中，

却愿在外挨饥受困。

虞　娘　老将军，四皇兄不仁不义，虞娘不愿共分羹。

李　卫　好啊！今日飞霞聚会，诚一幸事，但昏王已视我们为乱臣贼子，此地终非久留之所。老夫有一好友，乃是武林高手，一代宗师，现隐居嵩山栖霞庵内，结聚英雄。你姐妹二人，何不随我前去投奔于她，拜师习武。只要功成艺熟，他日定取那昏王颈上人头！

吕四娘　谨遵伯父主意。

虞　娘　姐姐，我们前去嵩山，岂不是见不到八皇兄了么？

白泰官　禀上十七公主，雍正早欲派人到江宁查抄曹頫之家，若公主投奔前去，无异于送羊入虎口。

虞　娘　（焦急地）那八皇兄处。谁代我去报讯？

鄂至宽　公主呀！

（唱“快十字清中板”）

若不嫌奴才愚钝，愿效犬马之劳。

冒艰危下江宁找着曹頫，

向八皇子达你意除掉独夫。

吕四娘　鄂相公！

（接唱）　如此说吕四娘放心上路，

功成后回来日再煮酒围炉。

鄂至宽　四娘……多多珍重！

吕四娘　鄂相公……后会有期！

［吕四娘、虞娘、李卫、白泰官同下。

［鄂至宽送走他们，先是暗“相思”半句，犹疑顿足。

鄂至宽　不能去呀！

（唱“十月怀胎”）

为着公主走一遭，

似置身悬崖险路。

恐怕自吃苦，

雍正知道，

性命难逃被送阴府。

若告密进宫中，

我高官加爵变作豪门巨富。

（念“扑灯蛾白榄”）

两面难讨好，

两面难讨好。

顺得哥情又怕得罪嫂嫂。

左右做人难，

不知如何应付。（重句）

[内场人声“嗬呵”！萨天都、萨天刺带领清兵上。

萨天都　你是谁？吕四娘在哪儿？

鄂至宽　小民是本山村的私塾老师鄂至宽，你找吕四娘何事？

萨天都　你别管，三个月前老子给她骗了，这回我要亲手把她捉拿回宫！吕四娘究竟上哪儿去了？说！

鄂至宽　呃……不知道。

萨天都　走！大胆鄂至宽，难道你不知道吕四娘是朝廷钦犯，竟把她窝藏……人来，把他杀了去喂狗！

[众清兵蜂拥上。

鄂至宽　（求饶）哎，别杀，别杀，我说，我说！吕四娘随李卫去了……还有十七公主也一同前去，她叫我到江宁织造找八皇子……呃，图谋反对皇上……我正要告发！

萨天都　鄂至宽，你还算识时务！你为圣上立了一功。本官带你回朝复命，必有封赏。

鄂至宽　（俯身）谢大人提携！

[幕闭。

第四场　血滴子

[距第一场一年后的一个晚上，嵩山栖霞庵内。

[幕启：残月如钩，大厅正面高挂观音像。台围正中间安着一个灵位，上书“显考吕公之灵位”，香案插着香烛，桌上供着酒水，袅袅香烟，烛映青灯，另有一番凄凉景象。

[钟磬声声。

[吕景祺亡故一年，吕四娘正为其做忌辰。

吕四娘　（抚灵哭泣）爹爹呀！

（唱“诉冤头”）

夜静月似钩，
我在爹你灵前跪叩。
唉我恨恨恨未休，
未报仇雠与龙蛇斗，
叹惜弱女年尚幼，
谁为我分忧？！

（转“乙反南音”）

爹爹亡故后，又一秋，
我栖霞庵内，把身投。
不孝女儿无所有，
灵前奉献只有薄酒一瓯。
只望爹你魂兮来领受。
父女梦中共叙诉情由。
估不到世族簪缨豪门贵胄，

难免刀下一死葬荒丘。

雍正暴君，

（转“乙反二黄”）

凶残如桀纣。

伴君竟如伴虎，

日夕忧愁。

（转“乙反二黄合字过序”）

无情祸起暴君要弄权谋。

祖父尝鞭尸被锄墓柩，

吕氏一家满门被杀头，

留下女儿逐流坐破舟，

蒙伯父所救。

爹爹呀！

（转“正线二黄”）

祭罢先父亡灵，

衣襟已被涕泪残痕尽湿透。（拉腔）

[广慈老尼与小尼上。

吕四娘　师父有礼！

广慈老尼　阿弥陀佛，为师也向吕太傅亡灵祝祷，为你分忧！

（接唱）　四娘你要节哀为重，

就靠你报此国难家仇。

吕四娘　（抹干眼泪）师父，就让我再探圆明园，把昏王刺杀！

广慈老尼　现下尚未到时机！

（续唱）　雍正防范森严，

本身又是武林高手。

近日他又纠集一群血滴子，

只怕小不忍则乱大谋。

你的三师兄，也曾前去把他刺杀，结果被雍正昏君血滴子击中，身首分离，惨不可言。还是练好武艺再说吧……

吕四娘　师父，四娘来到栖霞，半载有余。师父的武艺，徒儿已学得八八九九了，何惧那雍正的什么新招血滴子！

广慈老尼　哈哈哈，你报仇心切，却有所不知。雍正那群血滴子。用皮囊套对手头颅，十步之内，百发百中，皮囊内藏刀刃百把，可把对手头颅绞碎，变成血水。这是武林败类的一种毒招，为师尚未有对策！

吕四娘　师父，徒儿可用硬功把血滴子劈碎！（运气。举起右掌，用力一劈，数块摆在一旁之青砖，断裂两截）

广慈老尼　不错，少有长进！（上前捡起一块砖碌，用手轻轻一捏，粉末纷纷扬扬）可是你用硬功劈去，血滴子如转动流星软袋，一劈即飞，无法制服！老身教你的梅花剑，你学得怎样？先验此功吧！

吕四娘　徒儿朝夕不离手。

广慈老尼　好，那就与老身较量较量如何！

吕四娘　徒儿不敢。

广慈老尼　为什么不敢？

吕四娘　师父年老体弱，刀剑无情，万一失手……

广慈老尼　哈哈哈，说得好，老身确已年迈了，那……（对小尼）有请白师兄！

小　尼　（向内）师父有请白师兄！（没有应声）师父有请白师兄！（仍没应声）

[正在这时，内场人声："圣上驾到！"

[一太监持灯笼引"胤祯"上。

[吕四娘心里一怔，还没弄清是怎么回事，拔剑刺去。"胤祯"躲闪，对打，刀光剑影，龙腾虎跃。

假胤祯　（高声大喝）血滴子侍候！

[四名血滴子，挥舞血滴子上，如流星软锤，眼花缭乱，吕娘手足无措。

[广慈老尼仍然不动，眼看"胤祯"已把吕四娘擒住了。

广慈老尼　哈哈哈，把她放开。

["胤祯"乖乖把四娘放下。

吕四娘　（莫名其妙地指着"胤祯"）你……（血滴子退下）

白泰官　我是你大师兄白泰官。（脱下龙袍，还原来面目）我不假扮雍正，你就使不出真的功夫，也不知血滴子的厉害。

吕四娘　大师兄！我……

白泰官　你的剑法亦有长进，不过还差……(以手比划）还差一大截。

广慈老尼　四娘，假雍正你尚打不过，要是碰上了真的雍正，可要你的命，还是再苦练吧！血滴子毒招，为师来日可破。

吕四娘　（羞惭，俯身）多谢师父教导！

[小尼早下，抬“胤祯”及两侍卫假人上。

广慈老尼　四娘，你再来一个百步穿杨的黑夜飞刀。假若血滴子出现，他未出手，你已取胜！

吕四娘　是！

[灯暗。

[吕四娘飞刀，三刀均正中假人的心窝，假人砰然倒地，灯 暗复明。

广慈老尼　哈哈哈！大有长进，明日丑时，为师授你和虞娘二指禅功！

吕四娘　谢师父！

[幕闭。

第五场　兴冤狱

[距上场两年后，圆明园勤政殿，正中悬挂雍正亲笔题横匾“为君难”。

[幕启：皇子允祥、允禧与众大臣一同排班站列。

甲太监　（唱喏）皇上驾到！

[胤祯上。两太监随后。

胤　祯　（唱“醉酒”）

圆明园鼓钟声敲遍，
继位掌江山三年。
事事不如人愿，
恼恨八弟他反心昭见，
怕党祸会蔓延。

岂能够与虎豹同眠。

不容他作乱。（上殿）

允　祥　十一弟允祥
允　禧　十二弟允禧　愿圣上万岁，万万岁！

众大臣　万万岁！

胤　祯　平身！

（唱“滚花”）

八皇子党隐患据江宁，

背逆先皇，反孤策乱。

早已派人查处曹頫，

为何久不结案，竟拖了三年。

允　祥　启奏圣上！

（接唱）　专使昨日已返京城。

今早已到西洋楼前候见。

胤　祯　在勤政殿召见专使！

内侍臣　喳！（向内）传专使在勤政殿叩见！

[鄂至宽穿戴四品服饰，得意扬扬，满脸傲色，上。

鄂至宽　（唱“快中板”）

官居四品掌重权，

顶戴花翎名赫显。

查抄曹府把旨传，

复命回朝，步入勤政殿。

浙江布政司、御赐雍和宫行走鄂至宽，回朝复命，恭候圣上万岁，万万岁！

胤　祯　平身。爱卿为何一去拖三年？那江宁织造曹頫可曾查处？八皇子党，又可曾逐一清查归案呢？

鄂至宽　启奏圣上，臣与吏部尚书隆科多，奉旨三下江宁织造，催缴曹頫欠饷。谁料曹家竟挑唆刁民，骚扰驿站，臣奉命查抄曹府，拘捕要犯多人，并在他府中拿获八、九皇子，现一并押返京城，请圣上定夺！

胤　祯　先把曹頫带上。

鄂至宽　（向内传）带曹頫！

［二侍卫押曹頫上。

鄂至宽　启奏圣上，钦犯已押到。

胤　祯　曹頫，你可知罪？

曹　頫　（冷笑）江宁织造世代沐受先皇隆恩，对朝廷一向披肝沥胆，维护我天朝各皇子之和睦，问心无愧！不知罪从何来？这鄂大人三下江宁，贪赃枉法，构冤案，他才有罪！

胤　祯　胡说！曹頫有负朕恩，独霸江宁，抗旨抗税，窝藏八皇子党羽，存心谋反！你还狡辩么！

曹　頫　圣上兄弟之间纷争，与臣无关，定要降罪，徒受世人讥笑！哈哈哈哈！

胤　祯　曹頫押解天牢，秋后处决。十四岁以下家人，发配安定门外民营服苦役。

鄂至宽　喳！

［二侍卫押曹頫下。

胤　祯　传隆科多！

［隆科多带允祀、允禟上。

隆科多　（念白）　南下江宁近三载，

回朝觐见九五尊。

老臣吏部尚书隆科多叩见圣上万岁，万万岁！

胤　祯　国舅平身！

祀、禟　圣上万岁，万万岁！

胤　祯　八御弟，你回来了？！

允　祀　回来了！

胤　祯　你……你还有脸来见朕？！

允　祀　不孝允祀，特回宫泣叩先皇，并向四皇兄请安！

胤　祯　你……请什么安，你应服罪哪！

（唱“催归”）

难瞒骗，难瞒骗，

你还有何言？

可知道，你结党陷入深渊。（重复过门）

你逃到江宁干什么勾当去了？说！

允　祀　皇兄呀！

（接唱）难道忘了，你竟忘了。

何用再严盘，

是你指派，我去催欠饷捐。

胤　祯　胡说！你……（离位，一巴掌打去）

[被打踉跟退后。

胤　祯　九御弟，你，你也回来了！

允　禟　允禟回宫，可叹朝纲易变！

胤　祯　哈哈哈！

（唱“戏妲己”）

你地一起作乱，

一起作乱，

辜负朝廷对你苦心一片。

允　禟　（唱“尾腔”）

你立心不端，

手足之情早送断。

胤　祯　混账！你擅离宫禁。并拐失了我的十七御妹，你怎样对得起先皇？！你……（又一巴掌打去）

[允祀、允禟欲反抗，被侍卫架着，动弹不得。

胤　祯　大胆允祀、允禟，托词南下江宁，与原江宁织造曹頫串通一气，结成八皇子异党，骚扰驿站，欺君罔上，置皇法不顾。人来推出圆明园外，斩了！

二侍卫　喳！（欲把他二人推下）

允　祀　四皇兄呀！

（唱“滚花”）

先皇教我们光明磊落，

宽宏大量君子谦谦。

得饶人处且饶人，
你杀了我御弟两人，
知否会民心激变。

鄂至宽　大胆！

隆科多　圣上，就饶他们一次吧！

胤　祯　也罢，朕念在手足之情，格外开恩，免你们一死，将你二人削职为民。允祀赐名“阿其那”，允禟改名“塞司黑”，交由宗人府发落，静思其过！

二侍卫　（用绳系两人颈项）走！

祀、禟　哪里去？

甲侍卫　去狗窝！

乙侍卫　去猪圈！

祀、禟　为何去那非人之处？

隆科多　你二人早已忘宗背祖了……难道连满语“阿其那”和“塞司黑”也忘了？！（指允祀）把你改名“阿其那”即是要你做狗！（指允禟）把你改名“塞司黑”，即是要你做猪……猪狗不住狗窝猪圈，难道还想住皇宫享福吗？

祀、禟　（怒指胤祯）你……你伤天害理呀！

胤　祯　（狂笑）哈哈哈！此乃结党谋反的下场！

隆科多　带走！

[侍卫带允祀、允禟下，隆科多也随下。

胤　祯　鄂卿家，废十四皇子在押三年，不知应该如何处置？……我想把他……（以手比喻杀掉）

鄂至宽　（沉思）他是万岁同母所生手足，把他杀掉恐招人非议。不如……召他进宫，每晚夜读，让他悔改……

胤　祯　召他进宫夜读，让他悔改，这岂不是便宜了他……

鄂至宽　启奏圣上……（附耳）

胤　祯　（大喜）好计好计！！鄂卿家，你真乃朕之股肱重臣，他日再加封赐爵。

鄂至宽　（下跪）谢圣上。

[风声骤起。

胤　祯　（自语）云中燕回来了！你等且先退下！

[众下。场上只剩胤祯一人。

胤　祯　云中燕进见！

云中燕　（内场）臣遵旨！

[云中燕自空中翻下。

云中燕　（下跪）臣云中燕愿圣上万岁，万万岁！

胤　祯　卿家平身，朕命你暗中察访国事民情，不知有何消息？

云中燕　启奏圣上。现有隆科多门生，江西主考查嗣庭，借题影射圣上。（献密扎）

胤　祯　真的？！（一惊，又装作无事）

（唱"花鼓芙蓉"）

不用小怪大惊，

可知文人多语病。

试题曰"维民所止"，

本来出自《诗经》。

云中燕　圣上！

（接唱）　用"维""止"两字有歪心，

分明是含沙射影。

白纸黑字，

请细看便知情。

胤　祯　"维止"二字，影射何来？

云中燕　为臣不敢讲。

胤　祯　恕你无罪，只管讲来。

云中燕　雍字无头便是维，正字无头乃是止，这两字实指"雍正无头"呀！

胤　祯　你说什么？

云中燕　他影射"雍正无头"，罪该万死！

胤　祯　可怒也！

（唱“快中板”）

一言使朕梦惊醒，

文入首恶乃查嗣庭。

舞墨弄文心不正，

“维民所止”是反清。

人来！

[萨天都应声上。

胤　祯　（唱“滚花”）

速到江西缉捕查嗣庭，

就地凌迟示儆。

科场考生统统属逆党，

一律拿问除名。

萨天都　喳！（下）

云中燕　圣上，臣还有一事启奏！

胤　祯　何事？

云中燕　圣上可曾记得吕四娘？

胤　祯　记得，她还没有死，是吗？鄂至宽早已向朕奏知了！

云中燕　不错！臣打探得吕四娘仍未死，她与李卫老贼，十七公主结成异党，谋反大清！可隆科多却知情不报，有意包庇。

胤　祯　（惊）隆科多有意包庇？（怒）传隆科多！

云中燕　（向内）传隆科多！

[隆科多上。

隆科多　圣上召见老臣，不知还有何事！

胤　祯　（拍案）隆科多，你可知罪？

隆科多　臣不知罪犯哪条？

胤　祯　哼！

（唱“快慢板”）

你门生，查嗣庭。

假借试题，辱我雍正。

心叵测，谋不轨。

诽谤朝廷。

隆科多 （接唱） 查嗣庭，虽是我门生，

素没往来，更不知其行径。

胤 祯 我再来问你，吕四娘现在何处去了？

隆科多 这……老臣有难言之忍，此事鄂大人最知情。

胤 祯 呸！还想嫁祸于人。

（唱“恨填胸”）

你将孤王诽谤真不应。

你将钦犯包庇真不应。

（念“白榄”）

你门生，查嗣庭，

借试题，骂雍正。

你又徇私，卖人情，

纵容异党叛朝廷，叛朝廷。

（续唱尾腔）

毒似鹗鹰。

隆科多 （唱“沉花下句”）

唉吔吔，我隆科多心昭日月，

一百个忠心，无限虔诚。

（转“滚花”）

望主上明察秋毫，

莫把谗言误听。

胤 祯 还想狡辩！

（接唱） 念你有功于社稷，

赐你全尸一个，不过怜你是高龄。

这里有金戒子一枚，赏你吞下！你死之后，朕自会赐你厚葬！

[把金戒子抛给云中燕。

隆科多 圣上，圣上！（抱胤祯的脚）我是你的舅父啊！

胤　祯　哈哈！正因为你是朕舅父大人，你这个蠢材，知道得太多了！不死何用呢？（踢倒隆科多）吞！

云中燕　喳！（卡住隆科多颈项把金戒指强行塞进其口中）鬼叫你咁多事咩！

隆科多　啊，啊！……（挣扎）

[幕闭。

第六场　圆明园

[十年后，京郊路上。

[二幕外：四侠女背短刀披斗篷急上。

吕四娘　（内唱“大首板”）

辞雁门下太行，

声威浩荡。

[吕四娘、虞娘两人飞马上。

吕四娘　（唱“快中板”）

挥鞭催马马蹄忙，

拜别师尊京畿往。

十年习武为杀豺狼，

古道黄沙（介），又见皇城在望（腔）。

虞　娘　（接唱）十年隔别似噩梦一场，

思念父皇心悲怆。

（转“暗相思”）

罢了先皇！（圆场，大关目介）

吕四娘　（急阻，唱“爽二黄”）

妹妹还要强抑悲愤，

切切不可轻露行藏。

我们先上西山，

入黑再进园中，探看。

虞 娘 谨遵姐姐嘱咐，

（唱新曲“探园”）

十年苦练寒来暑往，

多感恩师传艺有方。

轻功技击八卦神掌，

长槌短棒剑戟刀枪。

今夜探园心潮激荡，

愿成大事除暴安良。

愿成大事除暴安良。

[吕四娘、虞娘及四侠女翻跌跃腾，圆场急下。

[李卫率甘凤池、白泰官、曹仁虎、路民瞻上接应，过场急下。

[转暗。二幕启。

[打二更，老太监报更鼓声由近而远。

[灯亮。养心殿寝宫庭院。台左有寝宫一角，台后有假石山，夜景阴森迷糊，黑影时而越过，似真似幻。

[一声呼啸，追光，两飞人影子掠殿而过。

[四侍卫、两太监持宫灯，二艺妓扶微醉雍正上。鄂至宽与云中燕随上。

胤 祯 （唱“七字清中板”）

不法刁民近日屡谋反，

频传密报可叹政事难。

四娘尚未缉拿留祸患，

虞娘失落不知何日把家还。

夜宴消愁反觉愁未减，

听歌赏舞却倍添烦。（拉腔）

（转“寄生草”）

晚晚宴罢愁云未散，

方知宫廷做帝主实在难。

今日有谁个能为我尽锄奸，

每至深宵梦醒叹夜漫漫。

怕只怕皇天不开眼，

刺客前来时就晚，

洒碧血空哀叹。

鄂至宽　（接唱）叹只叹，狂澜未挽。

儿番思量未报恩觉汗颜。

臣等惶恐实甚！

胤　祯　鄂至宽。不知缉拿你那位未婚妻吕四娘，现可有眉目？

鄂至宽　臣启奏圣上。

（唱“爽梆子慢板”）

逆贼吕四娘，与臣已反目成仇。

事隔十年，不知流落何州何省？

小小一女流，跳梁小丑，

何必挂系，在心间。

不过在各宫中，要增设暗岗，

以加强防范。

（转“滚花”）

还有允禵把圣上假扮，

纵来刺客，也会误中机关。

胤　祯　爱卿，言之有理，……不过还要多派一些雍和宫侍卫，扮作顽童、浪人及小商贩，以钳制民间！

鄂至宽　喳！

胤　祯　云中燕。

（念“口鼓”）宫内妙舞弦歌，日日如常，朕已看惯。还有什么新鲜的玩耍，可解我心烦？

云中燕　（接念）启奏万岁！前者西洋进贡的那只人熊，经过驯养已通人性，十分好玩。它除了胸前一撮白毛外，全身上下刀枪不入，力大无比，既能供玩耍，也可以充当一名护卫先行。

胤　祯　（接念）哦！有这种好玩的畜牲？最怕无意间被它咬一啖。

云中燕　（接念）有熊奴驯养，十分可靠，绝不敢把圣上伤残。

胤　禛　倒是新鲜！好！待朕一看！

云中燕　领旨！呔！圣上有旨，熊奴牵紧人熊，上殿参叩！

熊　奴　领旨哪！

[熊奴赤膊，身带响铃，翻上。

熊　奴　熊奴叩见万岁！

胤　禛　带人熊，朕要看看！

熊　奴　领旨！

[熊奴翻下，复率人熊即黑猩猩上，舞蹈，亮相。

[人熊做各种杂技式表演，毕。

胤　禛　这畜牲蠢而不笨，凶而不恶，十分有趣！（掷果子）赏你！丑怪的人熊，你能护卫孤王吗？

[熊奴强按熊叩头，人熊呼啸，声甚可怖。

熊　奴　人熊三呼万岁！

胤　禛　（高兴）哈哈！孤封它为护殿大将军，带下去好生驯养。赏熊奴白银一锭！

熊　奴　谢主隆恩！（接银）

[赐人熊官帽，人熊左戴右戴，卒戴于头上。学人样，大摇大摆下。

[熊奴跟下。

胤　禛　（打呵欠）你等退下，孤要夜阅奏折。

[胤禛欲入台左，众全下。

[鄂至宽拦住。云中燕站另一侧。

鄂至宽　启奏圣上，令夜可否还是由十四皇子允禵，代圣上夜读呢？

胤　禛　（点头）照旧行事！（台右下）

[云中燕随胤禛下。

[鄂至宽略等片刻，站至台口。

鄂至宽　（高声）皇上夜读，好生侍候！

[两侍卫佩刀，引化装成雍正模样的十四皇子允禵上。允禵心情抑郁。

允　禵　（唱“长句滚花”）

束装夜读，已十年长，

每夜依时把殿上，

权充替代假扮昏皇，

我非木偶只为替人把灾挡。

今日始明其故，已不用再彷徨。（句）

但恐怕吉少凶多，死得冤枉。

[鄂至宽用手示意，允禵以袖拂之，鄂奸笑下。

允　禵　（念“诗白”）

十年夜夜数更长，

夜静更阑读华章。

读到书残难改悔，

依然故我石心肠。

[侍卫促其即下，摇首无奈进殿内。侍卫随下。

[殿内亮灯，可见允禵半身影子。有的侍卫偷闲去玩牌介。

[起四更。虞娘从假山后摸上。刀光闪闪，行动矫捷，探路。

[虞娘击掌，殿顶上吕四娘以金鸡独立之势出现，两人一先一后配合摸索，踮脚行走。

[吕四娘翻身下屋，先制服了现场侍卫。

[虞娘在吕四娘掩护下，进殿。寝宫一片红光，一声惨叫，灯灭。

[允禵呼叫救命，抚左臂伤上，半圆场，虞娘追上。

允　禵　（叫头）我非昏君，勇士饶命！（半跪格斗）

虞　娘　昏皇看刀！

[虞娘一脚倒允禵，摔出老远，小开打，允禵亦有武艺，架住来剑。

允　禵　（高呼）我是允禵，并非胤祯哪，勇士速离此地！我不杀你！

虞　娘　（惊）哎唷！你是十四皇兄？

允　禵　（亦大惊）你，是何人？

虞　娘　我是十七妹虞娘啊！

允　禵　（大恸）十七御妹！天哪！

虞　娘　十四皇兄！小妹该死啊！

[两人跪步，靠近，相抱大哭。

虞　娘　（“哭相思”）

罢了十四皇兄。

[二侍卫摸上。吕四娘从台左殿内急上，杀之。扶起二人。

吕四娘　他是何人？

虞　娘　十四皇兄！

吕四娘　哎吔！中计了！撤！（洒火彩介）

[放火。后景撤，吕、虞二人保护允禵至暗处。

允　禵　你们不要管我，速速离开。十七御妹，记住必须为兄复仇！

虞　娘　定要把皇兄救走！这是姐姐吕四娘！

吕四娘　拜见十四殿下！

（唱“滚花”）

殿下因何在此，

假扮昏皇。

允　禵　（唱“快慢板”）

我骂一声，雍正昏皇，

良心丧尽。

防刺客，下毒手，

要我李代桃僵。

这都是，鄂至宽，

为了邀功讨赏。

吕四娘　（大惊）什么？鄂至宽也在这里？！人有同姓同名，他可是……

允　禵　他是山西平峪飞霞洞私塾老师，后来告密有功，被昏皇委以重任……

吕四娘　（大惊）啊！天啊！

虞　娘　（唱“滚花”）

真是冤家路窄，

他原是姐姐未婚夫郎。

吕四娘　（咬牙切齿）我把你这个鄂至宽，叛贼！

（唱“快中板”）

为虎作伥良心丧，

杆我相思十载想断肠。

（转“滚花”）

妹妹快护送殿下脱险出园，

我先找那叛逆之人算账。

[虞娘及允禵拦不住，吕四娘盛怒之下又杀退二侍卫，台右冲下。

虞　娘　十四皇兄快走！

允　禵　我已伤残，走不动了！

虞　娘　（叫头）十四皇兄！

允　禵　（哭泣）十七御妹！

虞　娘　（唱略爽“雪中燕”，大笛伴奏）

休凄伤——

切勿绝望——

今宵偶遇我兄长，

怎能让他遭拘禁，

悲哉亲骨血相拼杀他幸未丧泉壤。

我不顾死生护兄越过魔障，

苍天当佑我无恙。

允　禵　（接唱）　一死化厉鬼，魂魄悠悠荡，

雪恨索命！

直取昏皇头项。

[又杀退两个偷偷摸上的侍卫，走圆场，扎架。喊杀声。

虞　娘　（恨填胸）小妹我好恨呀！（拖允禵东冲西撞，大笛排子“雁儿落”）

（念“杀嫂白榄”）

中机关，路茫茫，

久别重逢却怕相看，怕相看（介）。

估不到，一别十载长，

兄妹历尽了沧桑，

今晚相逢却将兄误伤（介）。

允　禵　十七妹，这十年来，你流落何方，又以什么为生？

虞　娘　（续念）　为报仇，我把嵩山上，把嵩山上（介），

拜广慈为师，结伴有姐姐吕四娘。

今夜再探圆明园，

本已潜入了东厢，

只恨小妹未曾刺死那昏皇，

未能刺死那昏皇（介）。

允　禵　难呀！

（唱“快中板”）

胤禛手下人剽悍。

你等难以敌强梁。

（转“滚花”）

妹妹呀！

来日方长，你勿把兄记心上

虞　娘　（接唱）　飞越宫墙可见天日，

外面自有义士相帮。

[两人正相持，侍卫已冲上，允禵夺刀苦战，推虞娘下。

[吕四娘被众侍卫追上，也被允禵推下。

[胤禛由云中燕、鄂至宽护上，拿下允禵。

胤　禛　可恶十四子允禵，你勾结何人，入园行刺？

允　禵　（冷笑）义士万千，何须小皇勾结，想不到一母同胞，反目成仇，你利令智昏，禽兽不如啊！

胤　禛　（狂怒，一剑把弟弟刺倒）点亮火把灯烛，封闭圆明园，全力搜捕刺客。（神志昏然）杀，杀，杀！

众　人　喳！

[怪声旋回：“雍正无头！”不断重复。吕四娘、虞娘两飞人在黑夜天幕上飞过，哈哈大笑之声不绝。

胤　禛　（惊倒）啊！救命！（众急扶，胤禛吓至半死）

[园中大乱。

[幕闭。

第七场　闹茶馆

[距上场数天后。

[幕启：前门外泰和楼茶馆。

[敦诚、敦敏正在下棋。

[茶房伙计李生才忙于招呼冲水。

曹雪芹　（内唱“二黄倒板”）

人生如梦。

[杨彪跛足，拿两只略大美丽的风筝引曹雪芹从茶馆正面门上。曹雪芹神态飘逸，落魄而有傲气，摇扇。

曹雪芹　（念“诗白”）

兴亡衰盛国运穷，

潜心修史在山中。

靠卖风筝可糊口，

时来运转燕腾空。（以风筝双关喻）

李生才　曹雪芹公子，今日来得早呀！请坐！

曹雪芹　华灯将上，不早了！

杨　彪　先生，这边坐。伙计，来一壶毛尖。

李生才　（吆喝）一壶毛尖。（下）

敦　诚　哦！原来是曹兄！失礼！

敦　敏　曹兄今日又有新作（指风筝）？

曹雪芹　敦诚、敦敏两位兄台有礼！这两只风筝，乃今年在宣武门内几处皇府宅第挑拣剩下来的！日间卖文写画，又略得一些银两，小弟请客，如何？杨彪老弟有劳打酒！

[杨彪下。

敦　诚　多谢多谢！

敦　敏　茶楼乃是非之地，在此饮酒，酒兴一来，难免言多必失，甚为不便。今日文字狱大兴，舞文弄墨，闲谈叙会，偶一不慎，即可招祸。公子何不到舍下饮酒谈诗，无谓再招摇于闹市。

曹雪芹　一介寒儒，胸无点墨，西山隐居，已不闻国事，只会作《石头记》之类的文字游戏，不登大雅之堂，又怕什么文字狱呢？先饮数壶，再到府上谈诗，如何？来来来，请先看这风筝上所抄苍雪的诗句！

（唱“新曲”）

石头城下水淙淙，
水绕江关合抱龙。
六代萧条黄叶寺，
五更风雨白门钟。
凤凰已去台边树，
燕子仍飞矶上峰。
抔土当年谁敢盗，
一朝伐尽孝陵松。（重句）

敦　诚
敦　敏　好诗，好诗！

曹雪芹　好一句“抔土当年谁敢盗，一朝伐尽孝陵松！”哈哈！

鄂至宽　（内场叫头）好诗，好诗啊！

[鄂至宽暗访，便服闲游上。

鄂至宽　（唱“滚花”）

泰和楼上诗声琅琅，
借古喻今责骂清室伐尽孝陵松。
相会念诗之人，
我且权装懵懂。

[甘风池化装卸上跟踪，杨彪亦打酒上。

鄂至宽　先生题得好诗，特来请教！（欲取风筝）

曹雪芹　（打量）多多指教！这只风筝售价二两。文章价贱，工艺却是价高！先生雅兴所至，交银取货便了。

杨　彪　　酒来了，欲买先生风筝，先来共饮，再成交不迟。

鄂至宽　　可先买风筝，再饮美酒！但烦先生先来解说解说这风筝上之题诗，以开茅塞！

曹雪芹　　（暗惊）这个……

甘凤池　　（交银）这只风筝我先买下了！小弟只买风筝，对题诗不求甚解！看来兄台，有穿凿附会之癖，鼻子过敏，又是专门钻研解诗的学问，并非喜爱风筝！对吗！

[一手取过风筝，一旁另坐。

鄂至宽　　（发火不得）哦，我迟来了一步，只好割爱啰！

甘凤池　　（另场）这个家伙，是雍和宫探子啊！（对鄂）抱歉抱歉！恕罪，恕罪！先生，我们到那边僻静一角，杀一盘棋，见个高下，如何？

鄂至宽　　（凝视之）好！小弟奉陪。（随下）

[曹雪芹与敦诚等回不过味，佯装大笑。

[李生才点灯上。吕四娘、虞娘女扮男装，扮相高贵、脱俗，上。

吕四娘　　（唱“长句二流”）

今天我，与往日不同，

谁识四娘真面孔，

风流儒雅态度从容。

来到前门，只见人多众，

不觉已万家灯火，点点红（合）。

虞　娘　　（接唱）　莫小看昏皇，尚武勇，

十四皇兄被杀血流红，

我险些失手被擒把祸种。

幸得四娘相救，杀出围困重重。

今日要步步为营，切莫有恃无恐（上）。

吕四娘　　（转“滚花”）

泰和楼几明座雅，

何不在此稍歇饮一盅。

[吕四娘、虞娘与曹等拱手为礼。

[茶房李生才招呼开茶。

[曹雪芹饮酒题风筝。

曹雪芹　（唱“雪拥蓝桥”）。

两翅人遥控，

翩跹舞春风。

蓦地把丝挣脱，

如鹏鸟直上半霄，傲太空。

敦　诚　好，好，公子请题款！

曹雪芹　江南曹雪芹溪题。这只风筝，也要卖二两的！

吕四娘　（暗示）贤弟，你看这只风筝原要出售！

虞　娘　（会意）江南曹公子原来在此！他家可是被雍正查抄的江宁织造呀！

吕四娘　（上前）敢问是曹雪芹公子么？久仰久仰！

曹雪芹　公子贵姓？不曾请教！。

吕四娘　小弟姓付，名四郎，他是舍弟七郎，我们弟兄与府上份属世交。

曹雪芹　付公子，失礼了！可惜少年时家中事多已忘怀，对兄台不曾认得！

吕四娘　曹公子才华横溢，久闻大名。可是，请恕冒昧，今因何落泊如此呢？

曹雪芹　（略带酒兴）兄台啊！

（唱“反线中板”）

昔日曹頫，在金陵，

过着繁华美梦。

京华十载，可叹沧桑变易，

落得两袖清风。

靠卖风筝，聊以为生，

闲来又舞文把墨弄。

犹幸得，这八旗兄弟，

常伴我这山野半醉翁。

（转“滚花”）

还有一失明老妇同住西山，

我当作亲娘把她供奉。

吕四娘　（接唱）　天下文章贱如粪土，

阿谀之辈却登九重。

公子可知舞墨弄文，

切记只有谈风弄月，白天也应多说梦。

[胤祯改装暗上，听见。两艺妓随上。

胤　祯　这位公子……

（唱“下西歧”）

公子言词如剑锋，

莫道儒生听不懂。

语多轻浮似骂圣躬，

没把帝王尊重，

说什么逢迎之辈却可乘龙，

说文人贱如粪土恰像毛虫。

[虞娘欲上前，吕四娘示意她暗下，把门。

吕四娘　（接唱）　你非驽骀，想必明君早重用。

青梅酒一盅，

论英雄在酒中。

胤　祯　好呀！只怕不是青梅煮酒论英雄，却是鸿门宴啫！

（扮江湖样子，唱“滚花”）

今日狭路相逢，逼住我出“至尊”，

老大呀，你可知在下不胜惶恐。

[彼此关目。

[胤祯拿过风筝细看，念诗。

胤　祯　哈哈！这“傲太空”三字，敢问是何意思呢？

曹雪芹　（摇头摆脑，故作酒态，念词）

小弟自幼学诗，不求甚解。

若要解诗破题，八股之道也！

八股与诗无缘，穿凿附会。

若问拙诗之意，先饮三盅！

醉而后知诗魂，今夜酒醒当哭呀！

请饮此杯，饮！哈哈哈！

胤　祯　（把酒杯拨落地上，念“口鼓”）佯作名士轻狂，掩盖不了这反诗之意，勿欺他人是大懵。你名曹……(思索）你父辈是谁人？姓名字号，快些说出，不要扮哑装聋。

杨　彪　（接念）我呸！查三代咩！要查就查，我乃八旗子弟兵杨彪，为大清丢了一只脚，与他份属弟兄。贵人高姓大名，问这些又有何作用？

胤　祯　（接念）龙生龙，凤生凤，老鼠生儿打地洞，你问我？我……姓龙！（冷笑，并挥手叫艺妓下）

吕四娘　（排开众人）慢，龙兄有礼！

（接念）贵人何必与他们口角相争！这首诗乃小弟所作。要查就查我，是何意思自能弄懂。(对曹雪芹等）你们快些走吧，何必吵吵闹闹，搞得大家脸绿脸红。

[曹雪芹等人感激后下。

[胤祯与吕四娘相互窥测“推磨”。

胤　祯　（另场唱“减字芙蓉”）

这位公子人出众，

行藏掩饰不露真容。

他究竟是何人，

竟将朕愚弄。

分明有意挑衅，

左槌右棒言不由衷。

吕四娘　（接唱）　看他虽是一貌堂堂，

但是目中无人欠稳重。

语中轻佻傲岸，

目光凌厉恶夹凶。

胤　祯　（接唱）　若果他是异党对头人，

万万不能就此放纵。

吕四娘　（接唱）　是否踏破铁鞋无觅处，

好！枉他是铁也要将他熔。

敢问贵人，你——

（转“三宝佛”）

是龙还是虫，

切莫爬入瓮。

我早知你身世，

不是官更非农。

胤　祯　（接唱）你发嗡风，乱说一通，还对我装疯。

吕四娘　（接唱）你在宫中，应该好得意，

个个跪拜身躬。

可今天，在茶肆，

与贱民辩驳，被酒客乱起哄。

有损你仪容，

失礼大众。

胤　祯　（接唱）我不是帝家种，

未受恩宠，亦非梁栋。

我是谁个，你猜未中，

我并不真姓龙。

呃……敢问兄台高姓大名？显山露水，交个朋友吧！

吕四娘　小姓付，名四郎。

胤　祯　原来是付公子，失敬，失敬！（胤祯细辨）付公子，好面熟呀！

（唱“无锡景”）

有个女人十足你容颜，

尚武恃强勇。

那晚于园中，两相奇逢，

被她走掉，我去再找无从。

吕四娘　（接唱）人有相像脸孔，物有相同，

你莫再吓人话出千斤重。

（转“二黄”）

兄台何故无礼于斯，

听你话儿，毛发悚。

我从未与兄台会面，既然你不姓龙，你姓——

胤　祯　你再猜猜看！

吕四娘　好！我会睇相㗎！

（接唱）　兄台本是赵姓，

与宋太祖乃是同宗。

兄台姓赵，赵匡胤的赵，对吗？

胤　祯　对对对，我姓赵，（阴险地）那么我的名号呢？

吕四娘　兄台排行第四，我只好称为四郎了！

胤　祯　（一惊站起）啊……好，就算我姓赵名四郎，兄台能否对我的姓名拆解？

吕四娘　小弟不敢冒犯，告辞了！

胤　祯　但讲无妨！（奸笑）

吕四娘　恕我直言，这赵四郎，犯了当今圣上的名讳了！当今圣上，姓爱新觉罗，汉姓为赵。兄台，与圣上同姓，又与圣上同一排行，四郎四皇，哎吔吔，兄台的胆子可不小呀！赵属金，四属火，金火相尅，看来兄台境逆多变，凶多吉少呀！

胤　祯　哈哈哈，（奸狡）公子原来真是一位卜者？

吕四娘　非也！非也！家传相法，不过信口言之，信不信由你！但我信你确是赵某人！

胤　祯　公子，你再猜，我家中兄弟几人？

吕四娘　兄台六亲断绝，乃属三煞之命，你尅父尅兄尅弟尅妹，也尅自身。唉！小弟不敢再讲了……

胤　祯　直讲出来，决不责怪！（发抖）

吕四娘　请伸出掌来，（执其手）兄台天庭深陷，眉心狭窄，眼露凶光，鼻梁发青。掌纹紊乱。你的兄弟手足，皆死于非命！不过……尚有两人已变作一猪一狗！

胤　祯　（大惊）你你你，你是什么人？（挣开吕手，急退到桌后墙角）

吕四娘　付四郎，祖传相法，非一般江湖术士可比，不要惊怕嘛。（对峙）

[鄂至宽与甘凤池纠缠上。

鄂至宽　（发火）我这马什么时候叫你给吃了，这棋没法下啦！（拔刀砍桌角）

甘凤池　客官，干什么生那么大的气，我还你一只马不就摆平了么！（从口袋拿出一只“马”，用手指捏碎棋子，扔向胤祯）

鄂至宽　（惊呆）好，好功夫！

胤　祯　（对吕四娘）哼！公子，你相得不对！赵四郎就此告辞啦！（向鄂暗示）

吕四娘　（笑）我相得十拿九稳。原来你我一百年前，前世有单欠债未了呀！有人可为我作证！

胤　祯　谁？（越发慌）

吕四娘　你的十七御妹——虞娘！（拍掌三下）

虞　娘　（上，堵住门口，怒视胤祯）四皇兄，今回你死定了！

胤　祯　（大惊）啊！十七妹！（对吕）你是谁？

吕四娘　我吗？（脱去外衣）我就是你昏君灭门，杀不死的吕四娘！

胤　祯　人来，护驾！

[虞娘挥刀扑向胤祯，胤祯赤手空拳，难以抵御，躲闪避开。鄂至宽冲前护驾。

[同时地，云中燕与四侍卫上，力战吕四娘及甘凤池。

[茶楼秩序大乱，桌椅横飞，开打。

[吕四娘、虞娘、甘凤池不敢恋战，越窗飞去。

胤　祯　（大怒，掴鄂至宽嘴巴，并一脚将其踢倒）鄂至宽，你缉捕吕四娘不力，使朕多次遭她暗算，罪该万死！三天之内，如拿不住吕四娘及十七妹这群逆党，不要再来见我，回宫！

鄂至宽　奴才罪该万死！保证三天之内，将吕四娘等逆党头颅献上。

[胤祯率云中燕、众侍卫如临大敌下。

[鄂至宽爬起。欲下。但四顾环境，阴险地发泄一肚子的晦气，踢翻椅子，摔东西，拾起吕四娘遗下的外衣，又坐下发闷气。

[茶房李生才上，大呼倒霉，收拾被毁家什，突发觉有人，惊呼，复又战

战兢兢地向鄂至宽请安，劝他速走。

[鄂至宽斥李生才“勾结逆党”，怒打李生才，并拾剑欲杀之。

[虞娘突然在鄂至宽身后出现，拍其肩。鄂至宽大惧，转身剑刺虞娘。虞娘就势夺下其剑，笑嘻嘻地按着他坐下。李生才逃避下。

虞　娘　（笑）姐夫！别来无恙吖嘛？

鄂至宽　（大骇）你们还未走！来人哪！救命呀！你，你你你你不要过来，来人，抓逆党！……（语无伦次）

虞　娘　（如猫逗鼠，又擒又纵）此处仍然是我的人。姐姐把昏皇引走了，小妹特意去而复返，冒险屈钉尾，只不过为了同姐夫你重叙飞霞昔日旧情，还想密斟一笔生意呀！来来来！做什么吓成这样子呢？小妹再练一路剑你看看，（出剑指其喉）好吧？！

[鄂至宽被指，转了一圈，全身发抖，跪下求饶。被扶起，又欲遁。

[虞娘执之，一巴掌打得鄂号啕大叫。

虞　娘　（怒骂）给你面不要面！站好！私塾先生你好嘢！

（唱“小红灯”）

昔日错种了情和怨，

点估到仇人狭路相逢。

太不公，你负情又买功，

投奔那个奸皇，背叛邀宠。

你害得阿猪阿狗尽入牢笼。

更使我有错杀亲兄之痛，

要将你这人面兽心一命送。

[杀介，鄂狼狈不堪。

鄂至宽　（求情，唱“芙蓉中板”）

公主大人有大量，

都怪我错陷宫内是非丛。

其实公主兄妹手足之间，生死都系一家亲嘛！

（续唱）　对你姐姐我实未忘情，

重拾旧欢我愿圆旧梦。

我鄂某人乞求向四娘姐姐负荆请罪！

（续唱） 请相信我会洗心和革面，

再随你俩隐迹入山中。

虞　娘　你这个变色龙，想求生，就要听从摆弄。

鄂至宽　（叩头乞求）除左要我死，做乜都得！

[李卫及白泰官暗上，均侍卫装扮。

李　卫　好！死靓仔，绑住她啦！（指虞娘）

鄂至宽　（听不懂。装糊涂，打量，伸出双手）请绑，请绑！

李　卫　（大笑）叫你绑住十七公主啊！

鄂至宽　（骇）不敢，不敢，饶命，饶命！

虞　娘　（唱“滚花”）

你绑起四娘姐姐与共我，

去见昏皇领赏，带大家入宫。

白泰官　（喝）行啦！我们想入宫玩一下啊！

[鄂至宽恍然，失色，假绑虞娘。

鄂至宽　哗！呢次重惨过摎我命咯！（被推下）

[幕闭。

第八场　大复仇

[次日清早。圆明园西洋楼前，湖光山色，壮丽异常。

[胤祯上，徘徊踱步。太监、宫女手持黄罗伞站列一旁。

胤　祯　（满怀心事）唉！好烦恼呀！

（唱“梆子中板”）

昨夜茶馆中，私访民情，

窥看人心，实情所向。

谁料到，相逢狭路，

遇着贼党，吕四娘。
她巧扮乔装，术士走江湖，
满嘴危言，为朕来看相。
机关识破，行藏露出了，
双方剑侠，恶斗一场。

（转“七字清中板”）

她武艺超群胜过几多好汉。
可恨终于逃脱远走他方。
朕已命人把她缉拿归案，
斩草除根，始心安。

[甲大臣上。

甲大臣　启奏圣上：罗刹国女皇全权特使瓦特洛夫先生恭请圣命！

胤　祯　传!

乙大臣　（向内）传罗刹国女皇全权特使瓦特洛夫进见!

[瓦特洛夫捧界约上。

瓦特洛夫　罗刹国女皇殿下，全权委托鄙人，谨向大清帝国皇帝陛下，致以最高的敬意。（鞠躬）

胤　祯　免。

瓦特洛夫　鄙人带来界约一纸，呈请皇帝陛下御览。

胤　祯　呈上。

瓦特洛夫　遵命。（呈界约，甲大臣接过，呈胤祯）

胤　祯　（略看一遍）瓦特洛夫特使先生，两国在恰克图通商互市，乃是天朝圣恩。望罗刹女皇阁下，莫负朕之厚意，恪守诺言为是。

瓦特洛夫　是。皇帝陛下。按照界约规定，罗刹国已将四名留学生、六名留学僧，送到贵国学习文字语言及喇嘛经，为时五年，学成回国。

胤　祯　此事朕知道了，已交理藩院办理，四名留学生送国子监先习满汉语文，另派满汉助教各一人充任教习，并在雍和宫修建密宗殿，专供留学僧习经。请特使回禀贵国女皇阁下。

瓦特洛夫　多谢陛下!

甲大臣　特使阁下，奉旨在西洋楼设御宴，宴请阁下，请！

瓦特洛夫　请！（同下）

[一太监上。

太　监　启奏圣上，浙江布政司鄂至宽已拿获吕四娘及十七公主，回朝复命！

胤　祯　（大喜）传传传！（又疑）怎么这一次如此顺手？！

[吕四娘、虞娘被假绑着，上。

[鄂至宽左手负伤，被白泰官假扮的清侍卫挟持着上。

[四侍卫均为李卫将军部将所扮，随上。

吕四娘　（唱“新腔梆子流水”）

昂首踏入圆明园，

看湖光山色多娇艳。

处处红墙绿瓦，

一泓碧水映蓝天。

虞　娘　（接唱）耗巨资何止千千万，

造就天下无比“园中之园”。

吕四娘　（接唱）姐妹们几次刺杀昏君，

不能如所愿。

今日里混入龙潭虎穴，

杀他个地覆天翻。

虞　娘　（接唱）我且强按胸中火焰，

为死去的皇兄报仇冤。

[众人匍匐阶前。鄂至宽欲反抗，被白泰官驾驭制服。

鄂至宽　（震惧）臣浙江布政司鄂至宽叩见圣上，吕四娘已拿获归案，请看清楚了，速速定夺！

胤　祯　吕四娘已拿获归案？！（看）前面下跪者可是吕四娘？

吕四娘　正是。

胤　祯　为何见朕不敢抬头？

吕四娘　民女乃皇上钦犯，哪敢抬头！

胤　祯　抬头一看！

[吕四娘抬头。

胤 祯 （见吕貌美，又惊叹，又惋惜）可惜，可惜……可惜了一个美貌如花的吕四娘！

（唱“滚花”）

不到一刻你便刀下亡，

死后莫将朕来怨。

十七御妹，你也在这里吗？

（续唱） 若肯幡然痛改悔，

皇兄不会计前嫌。（离座催前）

虞 娘 住口！你这昏君……可知末日将到！

胤 祯 （狂笑）哈哈哈！无须再审，人来，开刀处斩！

[吕四娘蓦地解脱绳索，冲向胤祯。

吕四娘 昏君，看刀！（举刀力劈，胤祯震惊，匆匆躲闪）

[云中燕，萨天都与众侍卫冲上护驾，开打。

[吕四娘、虞娘持刀力战胤祯追下。

[白泰官持九节鞭战鄂至宽追下。

[甘凤池持三节棍力战云中燕追下。

[路民瞻持流星锤力战萨天都追下。

[曹仁虎持峨眉剑力战萨天刺追下。

[李卫率部将上，追杀清兵下。

[胤祯过场上。

胤 祯 （呼喊）护殿将军人熊哪里？（下）

[猩猩内场大吼一声扑上。

[甘凤池、曹仁虎追上。力战猩猩。

[猩猩刀枪不入，甘凤池、曹仁虎被扑倒地翻滚。

[吕四娘上，力战猩猩，用长软黑鞭把猩猩抽倒地下。

[众将追杀胤祯。鄂至宽上，开打。

[在混战中，鄂至宽被虞娘剑刺重伤，下。

[吕四娘刀劈胤祯，胤祯倒进内场。吕四娘取其头颅上。

吕四娘（拱手向天祷告）爹爹、娘亲，四娘今日为你报仇了！
虞　娘（拱手向天祷告）父皇、皇兄，虞娘今日为你报仇了！

[幕闭。

——剧终

本剧选载的是 1983 年郭凤女、丁凡、赵德广、陈玉梅、张智强等主演的演出本。

柳毅传书

（根据［唐］李朝威小说《柳毅传》改编）

编剧：谭青霜

改编：陈冠卿

人物表

柳　毅
龙　女
钱塘君
洞庭君
柳　母
福　叔
锦　鳞
龙　母
媒　婆
羽　士
金甲神
众宫女
水　魔
火　神
众武将

序　幕

（序幕曲）

昊天苍苍兮大地茫茫，

泾水呜咽兮似诉凄凉。

牧羊龙女兮满鬓风霜。

湘江千里兮思之断肠。

徒怅望，

哀讯凭谁寄爹娘！

第一场　牧羊哀话

[冰天雪地，泾川河畔。

[序幕曲。余音袅袅声中起幕。

[音乐。龙女放牧群羊上。

龙　女　（唱“清歌”）

休再望明铛翠袖临江渚，

空余那弱息残躯待北邙！

（转小曲“水之湄”）

水之湄，谁哀伤！

是龙女，小三娘。

何不在水晶帘下绣鸳鸯？

却来到冰川河畔牧群羊。

憔悴到，这般模样？

孤清清，雪地凄惶，

都只为翁姑不把贤愚辨，

夫郎暴戾对妻房！

（拉腔，乐序，上小山，遥望，叹白）洞庭湖，是故乡，有父母，在其间。爹娘啊，你俩可知女儿——

（续唱小曲“水之湄”二段）

自饮秦关水，愁如秦水长，

龙宫非我住，雪地作囚房。

朝与羊为伍，入暮宿寒江，

有家归不得，热泪永难干。

爹娘啊，你是雄压湘江洞庭长，

知否有女凄凉在远方？！

[音乐雁叫介。

[龙女仰首望着空中雁群。

龙　女　（唱“二流”）

秦川雁，向南飞，翩跹银汉，

羡归鸿，无拘无禁，

嗟龙女，深锁寒江！

飞飞飞！我也要飞返洞庭……

（音乐“合”字过门，反复奏，圆台作欲飞腾状，最后觉难起步，坐地唱“合尺滚花”）

忘却了身已无能冲霄汉。

（雁叫介）雁儿呀，三娘不幸，嫁夫不良，惨遭凌辱，将成白骨，你能否为我带封书信到洞庭湖呢？（雁叫远去）啊！雁呀你凄叫一声摇头而去！

[音乐效果。冰河中鱼跃状。

龙　女　鱼儿啊，三娘身世，水族皆知，你能否为我带封信到湘江呢？

[音乐效果。游鱼摇尾而去。

龙　女　（唱“合尺滚花”）

尺素难传徒怅望，鱼鸿未敢下湘江。

丹田气，渐消磨，钗钿委地谁收葬？！（晕介）

嘘寒问暖赖群羊！

[龙女摇摇欲倒与群羊下衣边。

[内唱，合唱序幕曲：

牧羊龙女兮满鬓风霜，

湘江千里兮思之断肠。

徒怅望，

哀讯凭谁寄爹娘！（暗灯）

[灯光渐亮。

[音乐。福叔担巾箱引柳毅上。

柳　毅　（唱“长句二流”）

离乡井，别高堂，

琴剑一肩皇都往，

只为春闱试近将要逐鹿名场。

入潼关，临泾岸，

八百里秦川难尽看，

呜呜泾水断人肠，

似诉凄凉。（双）

恨难饱览风光，却争要名题金榜！

福　叔　（唱“士工滚花”）

夫人殷殷期望，望你早日得意科场。

少恋路上风光，早入长安为上。

[音乐。柳毅、福叔圆台介。

[龙女内叫：“苦啊！”

柳　毅　福叔，冰天雪地，何来妇女哭声？

福　叔　似此寒川，有何人至，公子听错了！

柳　毅　你听！

福　叔　那是泾河水响！

柳　毅　非也！

福　叔　风动林音？

柳　毅　亦非也，其声凄而厉！

福　叔　莫非孤坟鬼哭，山妖哀鸣！

柳　毅　这又未必。民间多疾苦，四野有悲声，若逢惨怛事，愿作不平鸣！

福　叔　沓叮沓沓叮，有斧才有声，手中尚无斧，少作不平鸣！走吧！

柳　毅　闻哀音而掩耳，见弱危而不救，非大丈夫之所为也，吾急欲观之！

[慢“哭相思”音乐，龙女与羊群从衣边上，边行边掩泣。

柳　毅　（唱“哭相思”尾腔）

小娘子有何苦况？

[龙女一见柳毅急欲走避介。

柳　毅　（长揖，念“口鼓”）小娘子何自辱之如斯也，何事孤身一人在雪中悲怆？

龙　女　（接念）妾之所苦一语难道其详。

柳　毅　（接念）过路人闻哀音而鼻酸，渴欲知小娘子有何苦况。

龙　女　（接念）又怕告诉相公无济事，知我者唯有上苍！

柳　毅　娘子莫轻天下士呀！

（唱“中板”）

读书人，所学何事，岂独临笺字千行！

齐有孟尝，赵有平原，侠义高风为世尚。

难中人，倘有用某之处，何惜蹈火赴汤！

（转“滚花”）

娘子甘埋幽恨在心头，我欲相援亦无计想。

福　叔　（唱“滚花”）

我家公子生就柔肠侠骨而且慷慨非常，

倘若力所能胜自当仁不让。

龙　女　（唱“乙反木鱼”）

言未启，泪盈眶，

纵有三江之水难涤我愁肠。

我本生长在洞庭——（半句）

柳　毅　（接唱）　原来你我同乡党。

龙　女　原来相公也是洞庭人氏么?

柳　毅　小生姓柳名毅，世居洞庭。

龙　女　（接唱）　只为遵从父命嫁到此方。

岂料夫婿不良翁姑凶悍，

将我诸多磨折要我在雪地看羊!

福　叔　(唱“减字芙蓉”)

为妇辛劳持家计，放牧亦平常。

何事暗哀号，把翁姑怨谤?

龙　女　（接唱）　你未明奴苦处，更未晓我忧伤!

（转“滚花”）

此乃施雨之工，把它变作绵羊一样!

柳　毅　此非绵羊而是施雨之工，何谓施雨之工呢?

龙　女　施雨之工乃是职司兴云布雨之水族兵将。

柳　毅　然则小娘子你……

龙　女　奴奴亦非人类……（半句）

柳　毅　你既非人类，又是什么所变？

龙　女　（念“口鼓”）奴乃洞庭龙君之女，人称我是龙女三娘!

福　叔　（急牵毅）哎呀，公子她是龙呀，龙呀。

柳　毅　观其举止，与人无异，又何必惧畏。（上前）

（接念）小娘子既是海国龙神，然则相与通婚又是谁家汉?

龙　女　（接念）泾河王子是我夫郎!

柳　毅　泾河王子如何对你?

龙　女　相公听呀!

（唱“乙反西皮”连序）

恨煞无义汉，恶毒似豺狼。

惯凌弱女水云乡情别向!

他恋新欢，弃糟糠，

欺我是孤零嫁远方。

对待奴奴，白眼相看，

将贤妇，作仇人，言之心伤！

柳　毅　（浪里白）原来夫性凶残，横行海国，弃旧好而恋新欢，将贤妇而作仇人，似此鄙夫，如何相对，三娘可有善言相劝，望他转意回心呢？

龙　女　（续唱）　我也曾相劝他，不料反遭梃杖。

翁姑更无良，偏袒无义汉，

蛮没理讲，更贬我来此地，

受冷冰河放牧羊！

柳　毅　（唱“沉花”）

哎呀呀，铁石人闻也断肠！

（转“反线中板”）

泾水之滨，有妇人兮，涕泣于冰川雪岸，

是洞庭湖，龙三公主，痛其夫婿无良。

听得俺，热血奋张，义似行歌于易水上，

恨无鳞，潜泾水，严词痛斥小龙主！

（转“士工滚花”）

公主你何不归家告父王？

你父亦是称雄海国洞庭长！

福　叔　（念“口鼓”）被夫婿欺凌第一法宝就系回外家告状，你系龙就会飞，你因何不飞返洞庭去，宁愿在此受孤寒？

龙　女　（唱小曲“縻芜歌”）

归家去，乃空想。

天风冰冷入骨寒。

内丹已遭夫劫抢，

空余骸骨且偷安。

想写书信，告我父王，

鱼愁拘禁，雁怕湘江水渺茫！

柳　毅　（愤极）哎呀！

（唱“王姑娘算命”）

难返家园徒怅望，

公主遭际真可伤！

难任娇花丧魔掌，雪地凄惶。

公主若有书信，

我肯下洞庭见龙王！

龙　女　（喜）相公愿为我代传书？

柳　毅　正是！

福　叔　公子！（牵毅台口）

（唱“滚花”）

你才别湘江来赴试，

又岂可未曾应试便返湘江。

倘若误了科期，有负夫人厚望！

柳　毅　这个……

龙　女　（失望，接唱）

估不到一线生机成绝望。（半句）

（背面掩泣介）

柳　毅　也罢！（毅然地）

（接唱）　柳生决意不赴科场，

愿舍那蜗角浮名，先救三娘离魔掌！

龙　女　（喜极趋前长拜）相公愿弃功名而救我？

柳　毅　正是。

福　叔　公子！

（急，接唱）

她父深居水晶宫内，你又焉能下水见龙王？

愿与心违，负人恳望！

柳　毅　公主，想洞庭深水，我行尘间，又怕仗义有心，飞潜无术，我死不足惜，诚恐有乖重托，公主有何善法，使我能进龙宫呢！

龙　女　（念“口鼓”）洞庭之阴，有一橘树，乡人谓之社橘，原是仙胎，根连水底。我今有玉钗一枝交与相公手上。你将此钗击橘树三下，自然有人接你见我父王。（交钗介）

柳　毅　（接钗）好！

（唱“快中板”）

愿为青鸟下湘江！

音信快交吾手上。

龙　女　（接唱）　恩公高义永难忘！

我裂罗裙、咬指尖，

写就血书来奉上！

（“手托”写书介）相公，我见你年少老成。言谈敦厚，才敢以心腹相托，弱妇得庆生还，全托在恩公你身上。

柳　毅　公主放心，吾当昼夜兼程，赶往洞庭。

龙　女　多谢恩公！

（唱“滚花”）

冰山恭候援兵至。

柳　毅　（接唱）　三娘珍重莫悲伤！

[柳毅、福叔行。

龙　女　恩公!(企望、痴送，音乐）

[暗灯。

[幕闭。

第二场　洞庭叩橘

[洞庭湖金波荡漾，湖畔有大橘树一棵，树刻“社橘”二字。

[起“快首板”。

柳　毅　（内唱“首板”）

快如奔马！

[柳毅急上。福叔挑担紧紧跟上。

柳　毅　（唱“快滚花”）

泾河有妇泪如麻，

赶往洞庭将书下！

（园台，望见橘树）社橘！社橘！

（续唱）　果有金黄橘树临水吐红霞！

忙取玉钗将它击三下。（取钗欲击）

福　叔　公子！（急拦）

（接唱）　此去家门不远，何不先转回家。

禀告夫人，免她牵挂。

柳　毅　（快“白榄词”）

泾水滨，有妇临风将泪洒，

盼鱼鸿，快将书信达娘家。

早传书，三娘少受风霜打，

迟难达，冰山银冢葬娇花！

福　叔　（接念）　转过村，便见家乡荼薇架，

片时辰，公子也不愿白花？

叩金橘，不知洞庭何变化，

带你去，便该带你转回家。

柳　毅　（急摇头　唱“滚花”）

归乡一见亲娘面，

容儿深进洞庭家？

公主安危系我身，

福叔少谈无志话！

[柳毅转身，便以钗击树三下。

[音乐。金钟三响。

[湖水震荡。金甲神手持金瓜大锤出现水涯。

金甲神　（念“口鼓”）何处凡夫，敢闯仙宫？讨打！

[金甲神举锤，福叔一惊倒地。

羽　士　（应声，踏波而上，摇尘尾）住手！

（接念）凡夫那晓橘中秘，来者是那洞仙家！贫道稽首了！

柳　毅　（接念）柳毅凡夫，有事走谒大王，为龙三公主将书下。

金甲神　（接念）有何为证？（半句）

柳　毅　（接念）书信一封，玉钗一枚手上拿。

羽　士　（接念）哦！原来是龙三公主使者光临，待贫道立即通传恭迎大驾。

福　叔　（急牵柳袖）好了好了，就将书信奉神爷，公子也可回家去……

柳　毅　（接念）余非面见龙君不可，公主命薄如纱！

敢烦引路！

羽　士　贵人请！（指湖面）宫中执事哪里！

[音乐。众仙女上，湖水分路，众仙女引柳毅下。

福　叔　（瞠目结舌，惊异，唱“滚花”）

我唯有安心守候，

等公子上岸回家！

[幕闭。

第三场　仗义传书

[洞庭湖底龙宫，灵虚殿景。珠楼玉户，奇秀深杳。波光滟滟，气象万千。

[击鼓敲钟三次。

[“点绛唇”。

[龙君、众文武、宫女上。

洞庭君　（升坐，念）

无忧无咎洞庭君，

闲诵黄庭养本真。

何路仙神敲社橘，

灵虚殿上候回音。

[羽士上。

羽　士　启禀大王！

（念“口鼓”）世有柳毅凡夫，欲向我王朝觐。

洞庭君　（接念）何术通玄洞隐，何事要见寡人？

羽　士　（接念）持有公主玉钗，说道代传音问。

洞庭君　（接念）寡人正思爱女，传令接见嘉宾。

羽　士　领命！（向杂边）有请贵人！（下）

[“小开门”。柳毅昂然而上。龙君率众迎入，让坐介。

洞庭君　水府幽深，寡人暗昧，先生不辞千里而为小女传书，幸甚幸甚！

柳　毅　大王也知有女？

洞庭君　远嫁泾河，闲常思之！

柳　毅　想必常通庆吊？

洞庭君　年来爱诵黄庭，久疏通候。

柳　毅　（慨然）乐哉大王！闲湖深居，不闻世事，无怪三公主东望啼红，将成白骨矣！

洞庭君　（一惊）此话何来？

柳　毅　请读来书！（奉血书介）

洞庭君　（接书）呈寡人一看！（展开一惊）血！……

（搓眼，读书，念）

指头渗出思亲血，未诉衷肠悲欲绝。

原因夫婿性如狼，翁姑悍毒如蛇蝎。

忍将贤妇作囚人，驱往冰山餐酷雪，

日与羊群哭江边，凄风过处肤为裂。

云气茫茫不得归，只为金丹遭劫夺。

不入秦关救女儿，魂兮归来朝金阙！（双句）

[书读至此，群臣骚动，面面相觑。

[锦鳞从衣边游上，驻足而听。

洞庭君　（惊呆了，急起问）先生何来得此血书？

柳　毅　毅，大王之乡人也。赴试入秦，行经泾水，见大王爱女牧羊于野，风鬟雨鬓，悲泗淋漓，陌路之间，互诉衷曲，毅义愤填膺，舍弃功名，代传书而谒大王。

[锦鳞听到此，急退，打一漩涡衣边下。

洞庭君　当真！（介）果然！（唏嘘，顿足）

（唱“爽中板”）

当年择婿何不慎，

误和泾水两通亲。

深深谢陌上行人怀义愤，

舍功名而来为我致哀音。

西望秦关（介）无穷悔恨！（腔）

柳　毅　（接唱）大王已误妇终身！

此际徒生怀远感，

极宜速救难中人，

埋骨冰河千古恨！

洞庭君　这个……（犹豫）

龙　母　（自内哀呼）女儿！

[锦鳞扶龙母从衣边上介。

龙　母　（念“口鼓”）女有书来不该将我瞒隐。

洞庭君　（接念）平常家信，不必惊动夫人。

龙　母　（接念）不看来书我难安寝。（索书介）

洞庭君　（无奈，接念）书可以看，但不要号哭伤心！

龙　母　（接书，看毕，高声大哭，“哭相思”）

女儿呀！

[龙君连连摇手示意。

龙　母　（唱“滚花”）

女嫁泾河非我愿，你硬说泾何乃是好姻亲。

今日女儿受苦在冰川，为母心如穿万刃。

洞庭君　（大急，接唱）

幸勿悲声哀叫，提防我弟知闻。

待寡人修书责问老亲翁，令女婿善视贤妻休薄幸！

柳　毅　（不平介）大王！

（诗白）　丝丝血字创人心，

惨似文姬塞外吟。

又怕泾河难理喻，

空修书札入秦行！

龙　母　对呀！

（接念）　言词句句创娘心，

如见娇儿泪满襟。

孤魂一旦埋荒冢。

为母凄凉不欲生！

洞庭君　（叹息，接念）

朕岂忘怀骨肉亲。

为愁得罪泾河神。

先生当有万全策？

柳　毅　（愤然，接念）

兴师问罪救佳人！

洞庭君　（关目，唱“滚花”）

朕也知不兴兵旅，难救泾水囚人！

但又想息事宁人。

龙　母　（苦愁，哀叫，接唱）

我女已魂归离恨！（槌心大哭）

女儿！女儿呀！

洞庭君　（连连摇手）

钱塘君　（内场怪叫）可怒！可怒！

[内场柱崩殿塌之声，烟火纷飞，江涛大震。一条火龙从远处飞入灵虚殿，绕殿而飞，风雷轰闪，声势惊人，柳毅惊呆，烈火烟消。旋即幻化人身。

钱塘君　（双目如电，怒眼圆睁，暴跳如雷，唱“霸腔滚花”）

灵虚殿上，死了何人！

野书生，自何来？弄得家嘈屋震！

（欲执柳毅而噬）

柳　毅　（大怒，挺身戟指，唱“滚花”）

何来水怪，如此粗鲁不文！

柳毅为公主送书来，不谢高情反责问！

（指戟火龙）

钱塘君　（接唱）　书函何在？

柳　毅　（接唱）　请问龙君！

钱塘君　（接唱）　侄女说什么言词？

洞庭君　（接唱）　平常音问！

钱塘君　待臣弟一看。

洞庭君　不必看了。

钱塘君　我定要看！（一手夺书，急展看。大怒）可怒也！

（唱“快中板”）

不仁不义泾河神！

如此狠心和薄幸，

老龙助虐更不仁！

（转“高腔滚花”）

叫水魔！

[水魔级翻上介。

钱塘君　（接唱）　唤火神！

[火神级翻上介。

钱塘君　（接唱）　众儿郎！

[左右武将车身而上。

钱塘君　（接唱）　随我往泾河将罪问！

[殿上火焰纷飞。众将轰应一声。持刀、弄剑、舞戟、扬叉、扎架。

[“雁儿落”钱塘君率众下。

[此时，一条火龙远处腾空，与众水怪飞入场，一时金鼓大震。江涛滚滚。

洞庭君　（叹息顿足，唱“滚花”）

钱塘一去，灾祸来临。

水国从今大开兵衅！

柳　毅　（接唱）柳毅传书到此，亦望正义能伸！

何以你拦阻兴师？

洞庭君　（满怀委屈地，接唱）

唉，朕有难言之隐！

（念“口鼓”）只为弟郎一怒，可使天崩地震。当年与天将不睦，险些祸及寡人。犹幸天帝见怜，只命我严加教训。他今往泾河问罪，朕恐他枉杀众生！

柳　毅　（接念）钱塘君鲁妄如斯，大王更应上阵。一来声威更壮，二来制止他枉杀众生。

龙　母　着呀！

（接念）叔王虽是英雄，但泾水小龙亦十分凶狠。防他挟持我女，叔王进既不得，退又不能！

洞庭君　（惊心）唉呀！

（唱“快中板”）

迫于无奈再逐征尘！

（转“滚花”）

传令水国三军，随孤上阵！

羽　士　（上介）启禀大王，钱塘君奏凯班师！

龙　母　公主何在？

羽　士　已护送归来！

洞庭君　快些相迎！

[大笛奏“雁落平沙”。

[众武将、水魔、火神、钱塘君鱼贯而上。

[龙女淡扫蛾眉，弱不禁风，驾水云车上，后有仙娥护从。

锦鳞即上前搀扶龙女下车。

龙　女　（趋前）父王！母后！

（“哭相思”）

父王！母后呀！

洞庭君　（唱“滚花”）

父王昏愦，令你饱受霜侵！

龙　母　（接唱）　怜女所托非人，受尽颠连苦困！

钱塘君　（念“口鼓”）啊啊啊，今日骨肉团圆，何事又生伤感？

洞庭君　对呀！（接念）传书人在此，女儿快上前谢过恩人！

龙　女　恩公！（起立含羞，盈盈上前拜揖）

（接念）弱妇生还，全赖恩公庇荫。

柳　毅　（接念）略为跋涉，不敢视作殊恩！

洞庭君　（目钱塘介，接念）贤弟，你可有残害生灵？（半句）

钱塘君　（接念）不敢，紧记兄王教训。

洞庭君　（接念）泾水小龙何在？（半句）

钱塘君　这个！（接念）他毫无悔改之意，臣弟一怒，以三昧真火焚其身！

洞庭君　（惊且怒）啊？

（唱“滚花”）

应将小龙捆绑见寡人！

我女何堪孤帏抱恨！

[音乐，钱塘君“哦”一声，龙母怆然，群臣无语。龙女抹泪，柳毅不安。

龙　母　（接唱）　贼婿天良尽丧该死万分！

女儿莫叹孤零，此后有娘亲近！

龙　女　（悲泣，倚母怀）娘亲！

龙　母　（抚之）女儿！

柳　毅　（不知所措，念“口鼓”）令公主凄唱孤鸾，寒生罪甚！

洞庭君　（接念）事与先生无涉，怪我弟辣手忍心！

钱塘君　（暴跳，接念）我没有杀错好人，侄女也不会将叔叔怨恨。

龙　女　（接念）鄙夫该死，（介）惟怨侄女儿……（斜目一望柳毅，有所感）惟怨侄女儿命生不辰。（依恋母怀悲泣）

[洞庭君摇头叹息，众宫女掩面，举座不欢。柳毅坐立不安。欲告辞，又不知如何启齿。龙女回望，与毅目光一触，垂泪向母叫声："娘亲！"

钱塘君　（一望毅，复一望女，突然纵声大笑）啊啊啊！

（唱"滚花"）

春风吹到洞庭底，不该怨气腾腾！

令先生呆坐太不该，还不设筵宴饮！

洞庭君　老夫耄矣。慢待嘉宾。人来摆宴！

[设宴。

柳　毅　多谢！

洞庭君　先生上坐！

[携手让座。

龙　女　父王宴客，臣女告辞！

钱塘君　（早执壶注酒于杯，拦住）且慢！侄女你走不得！

（念"白榄"）

送书恩！送书恩！

恩比洞庭湖水深。

快敬柳先生，一杯美酒饮，

酒在金杯里，情在侄儿心！

[关目，龙女羞赧。

龙　母　是呀！

（接念）女儿莫害羞，当谢柳恩公义行！

洞庭君　对！

（接念）此礼不可少，恩公快要上岸行！

龙　女　（一惊）快要上岸行么？（介）女儿遵命。

钱塘君　（一笑，掉头他顾）……

龙　女　（捧杯向柳毅起唱"追信头"）

酒一杯，捧献君！（举杯作礼）

柳　毅　（急离座，长揖）

龙　女　（起唱"柳摇金"）

高风有谁及柳君，

柳　毅　（接唱）　传书小事逊古人！

龙　女　（接唱）　舍弃浮名真可贵。

柳　毅　（接唱）　公主过奖，柳生惭愧甚！

龙　女　（接唱）　愁妇无计谢隆恩，

（唱序）　谦将寸心借酒献赠。

柳　毅　（接唱）　心领洞庭公主意，

恕我量微难以受殊恩。

龙　女　（接唱）　不信难沾一滴，

君毋复拒呢个饱餐风雪牧羊人！

柳　毅　（曲序，感慨）多谢呀！

（唱“二黄思贤序”）

柳毅难忘泾水牧羊人！

憔悴不堪飘零身受困，

红泪沾衣，仿如商妇夜里悲吟，

怅念亲人，又乏寄书人，

此情景。实可悯！

（转“二黄”）

才有不平代抱，效那青鸟传音！

（唱序）　走谒洞庭君！

（唱曲）　难却贤主高情，唯有开怀畅饮！

钱塘君　（同赞）柳先生果然好酒量！侄女再敬一杯！

[龙女欲再敬酒，柳毅推辞，相对无言。

钱塘君　（爽朗地一笑）侄女儿！侄女儿！哈哈！

[龙女知钱塘君意，大羞。急牵母袖入场。锦鳞知意，望毅一笑随下。

洞庭君　（茫然，迂腐地，唱“滚花”）

什么葫芦入什么药？（半句）

钱塘君　（低向龙君，接唱）

侄女欲效文君！

洞庭君　（接唱）　恐事难行。（半句）

钱塘君　（接唱）　我来牵引。

[柳毅茫然。

洞庭君　切不可鲁莽呀。

钱塘君　请退后宫，臣弟自有主意。

洞庭君　（有些尴尬地）柳先生，寡人后宫更衣，一去便来。

柳　毅　大王自便。

洞庭君　贤弟陪客！（与众内侍下介）

[钱塘君向众文武挥手示意。众文武哑关目，两边下介。

柳　毅　主人去矣，客不敢留，就此告辞！

钱塘君　哪哪哪，先生太小看人了！龙君虽去，难道我火龙就不是主人吗？

柳　毅　（急谢罪）大王恕罪！

钱塘君　先生请坐。

柳　毅　大王有何见教？

钱塘君　先生，你看这水府风光……

柳　毅　真乃神仙境界！

钱塘君　如此何不留在宫中，朝夕相见？

柳　毅　有母在堂，无人侍奉，不敢久留！

钱塘君　然则先生还未娶妻？

柳　毅　琴剑飘零，安敢望此！

钱塘君　（大笑）呵呵呵！妙呀！待俺敬你一杯！（起立）

柳　毅　敬我何来？（亦起立）

钱塘君　自有下情奉告！（酒斟大杯）

（唱“霸腔滚花”）

有美人兮囚泾水，

传书获救赖先生。

剧怜此后作孤鸾，

水殿风凉悲独枕。

知君做事存终始，

不容孀妇独悲吟！
请即饮胜此杯，
以示把婚姻答允！

柳　毅　（唱“滚花”）
仗义传书深入海。
为怜公主怨难伸！
岂图私欲作东床，
王叔错将红丝引。
就令恩情深似水，
如虹正气压千浔！（接酒）
杯中酒，不敢尝。
奠向苍天明心悃！（奠酒介）

钱塘君　（震怒）柳先生，我侄女虽曾配给泾水小龙，但已绝了亲情，如今将她许配先生，也无不当之处，你今断然拒绝，莫非有轻视之心？

柳　毅　看大王气势汹汹，似有相强之意？

钱塘君　不错，你若然答允，便可永受神仙之乐……

柳　毅　我若不答应呢？

钱塘君　哼！你可知我一怒之下，可以翻江倒海，毁山崩陵。当年天将与我失和，我火龙一怒，崩了九座大山。（介）你难道不知我的利害？

柳　毅　（纵声大笑）哈哈哈！

钱塘君　笑的何来？

柳　毅　我以为刚强正直，无过大王。谁想你竟会说出这种话来！柳毅若与大王相逢在于大海之中，山林之下，那时你见示龙身，现以本相，柳毅虽死，只不过当你是一个禽兽而已！

钱塘君　唔！

柳　毅　喜见大王身披衣冠，坐谈礼义，纵有人间豪杰，亦难与大王相比？谁想宾主正欢，你竟然不顾其道，以威加人，柳毅若依了大王，娶了公主，便是无私有弊，他人议论，说我非君子而实乃小人。石可裂而不可卷，士可杀而不可辱。婚事断难从命，大王你若然要杀，任从尊便！

钱塘君　（唱高腔“戏妲己滚花”下句）

唉吔吔，言词凛冽动吾心！（改容谢罪）

（转“滚花”）

恕我酒后荒唐，出言不慎！

柳　毅　（接唱）　我亦难胜酒力，才有开罪龙神！

在此骚扰多时，望许我告辞为幸！（欲下）

钱塘君　且慢！柳先生你当真要回去？

柳　毅　回家见母！

钱塘君　好呀！

（接唱）　侄女受恩无以报，命她亲送柳君行！

柳先生请！

[幕闭。

第四场　洞庭送别

[紧接上场。

[洞庭湖底转湖岸边。——岸边不远处有金黄橘树。

[内场歌声：

昊天苍苍兮大地茫茫。

人各有志兮何可思量。

昨晨泾水泣残芳！

今日湘江痛离肠！痛离肠！

[歌声中音乐起幕。

[洞庭湖底，鳞光闪闪，金波荡漾。

[锦鳞领四宫女舞绿带分波逐浪而上。

锦　鳞　（唱小曲“分绿波”）

分绿波，扫流红，

众宫女　（和唱）　划开湖水万千重。

锦　鳞　（接唱）　悲弱水，可藏龙，

众宫女　（和唱）　难压湘江归去鸿。

锦　鳞　（接唱）　洞庭水淙淙，公主泪蒙蒙，

众宫女　（和唱）　人天苦乐两相同！

锦　鳞　有请公主！

[“反线二黄板面”。龙女依依惜别同柳毅缓步上介。

龙　女　（唱“梵天曲”）

带怨将君送，

此去不知哪日逢。

柳　毅　（接唱）　合和离，总如梦，

有合亦有离开之日，

公主休悲痛！

龙　女　（接唱）　君恩隆！君恩隆！

恩公去后，

水殿何时降春风？

柳　毅　（接唱）　萍踪！蝶踪！

不敢轻议行踪！

龙　女　（接唱）　水底宫花寂寞红，

愁妇长夜卷帘栊。

柳　毅　（接唱）　别矣！别矣！

且把那离愁一扫空！

[过序。转“西皮”。

龙　女　（唱“西皮”）

不信洞庭无一可恋，

君也凡心重！

柳　毅　（接唱）　有母亲倚闾，思秦陇，

再未见归，定为儿悲恸，

不孝之名世难容！

龙　女　（叹息）有母倚闾，难怪去也匆匆！

柳　毅　　老人思儿心切啊！

龙　女　（唱“长句二黄”）

昔日送客泾水隅，今日送客洞庭中，

一样水淙淙，人也去匆匆，

所遇却不同，心情亦两种。

柳　毅　（接唱）　昔日思亲泾水隅，今朝重倚母怀中，

不复泪飘飘，毋再怨东风。

心情当有别，境况自不同。

锦　鳞　（接唱）　一家团聚乐融融。

公主感德怀恩，聊效长亭十送！

龙　女　　云沉楚泽压眉峰，

柳　毅　　人去湘天梦亦空。

龙　女　　满湖都是辛酸泪。

柳　毅　　三娘回罢（半句）——

龙　女　（唱“柳底莺”领句）

送归鸿！

锦鳞引路！恩公请！

柳　毅　　公主请！

[起“南音板面”。锦鳞引路。

龙　女　（唱“南音”）

湖荡荡，水淙淙，

凌波代棹送归鸿。

柳　毅　（接唱）　即是仙家多妙用，

踏虚而过若乘风。

龙　女　（接唱）　世人争羡游仙梦，

底事入到仙乡兴不浓？

柳　毅　（接唱）　仙乡处处堪称颂。

正叹玄穷造化工。

阵阵幽香何处送？

龙　女　（接唱）　来自珊瑚岛下玉芙蓉。（收）

柳　毅　玉芙蓉？

锦　鳞　（念“口鼓”）看此并蒂芙蓉，俪影临流，似有柔情万种，唯有那石上孤松，自甘寂寞，在此独立迎风！

柳　毅　（接念）我爱此石上孤松，面对寒流，屹然不动，非比芙蓉徒供玩赏，松，有劲节高风！

龙　女　是啊！

（接念）我与恩公一样爱此松，岁寒三友中，最得人称颂。

柳　毅　原来公主也爱此松，看将起来，真可谓知己同心啊！

龙　女　恩公！

（接念）我不仅爱他，我更愿化作丝箩千尺，长绕青松。

锦　鳞　恩公呀！你爱青松，我地公主亦爱青松，真是身无彩凤双飞翼，心有灵犀一点通！

柳　毅　公主请！

龙　女　恩公请！锦鳞引路！

[慢长槌锣鼓。

锦　鳞　鸳鸯游来了。（有意挑之）

柳　毅　哦，好水鸟！

锦　鳞　恩公你可知鸳鸯并非寻常水鸟？

柳　毅　鸳鸯号文禽。

锦　鳞　又名同命鸟呀！

（唱“咸水歌”）

它日间比翼而飞，晚来交颈同入梦哩兄哥；

几许世间儿女，不及它意蜜情浓呀哩！

柳　毅　人是人，鸳鸯是鸳鸯，又怎能相比呢？

龙　女　恩公呀！比得呀！

（唱“士工慢板”）

一湖春水，暖融融，洞庭惊破鸳鸯梦。

一旦分飞，情惨痛，何堪照影寒流中！

柳　毅　（秃接唱“滚花”）

　　　　　　鸳鸯毕竟是飞禽，又怎晓得生离惨痛！

锦　鳞　（暗恼）木头人！

柳　毅　公主请！

龙　女　锦鳞引路！（叹息而行）

　　　　[音乐：霞光闪闪。换景。

锦　鳞　公主，来此已是斑竹崖了。

龙　女　斑竹崖么！（触动）恩公可知斑竹崖故事呢？

柳　毅　略知一二。

龙　女　（唱“昭君怨中段”）

　　　　　　湘妃怨，湘妃梦，

　　　　　　恨事载史书中。

　　　　　　湘妃哀思舜君泪飘红！

　　　　　　绿竹为泪染，斑斑泪染，

　　　　　　多惨痛！

锦　鳞　（接唱）　湖下龙公主，

　　　　　　今日亦像湘妃泪飘飘绿竹丛！

柳　毅　（接唱）　谢贵主情隆，贵主情隆！

　　　　　　不过龙公主，纳福在仙宫，

　　　　　　难与娥皇女其事等同！

　　　　公主请！

锦　鳞　（暗恼）抱住块石头游水！

　　　　[音乐，锦鳞挥手逐湖水，令湖波推送柳、女二人亲近，柳急避开，锦鳞暗笑，龙女暗责锦鳞介。

锦　鳞　公主，来此已是题红岛了。

龙　女　题红岛？（有感于中，大悲戚，摇摇欲坠）

柳　毅　请问公主，何谓题红岛？

龙　女　恩公听呀！

（唱“中板”）

水国仙乡，也如人间一样，恨事重重。

昔日有鱼仙，对某凡夫，非常情重。

在岛中，题诗于红叶，送往流中。

（转“滚花”）

此岛因此得名。（收）

柳　毅　未晓鱼仙姻缘遂意否？

龙　女　（摇头）凡夫另娶妇，鱼仙抱恨终。

柳　毅　有此伤心事？

龙　女　请问恩公，家乡门前可有河？

柳　毅　这……

龙　女　（唱“滚花”）

恩公有暇立河边，

候我借流将叶送。（凄然欲泣）

柳　毅　（另场唱“沉腔滚花”）

哎吔吔，既哀且切，尤甚杜宇啼红！

（转“七字清中板”）

借喻多番情意重，

伤心留待送题红。

柳毅此心宁不动，

独惜难寻一语慰愁衷。

（转“滚花”）

休教花落水流红。

（转身欲有所慰）

[龙女暗喜。

柳　毅　（接唱）　我既拒婚于筵前，

唯有辜负佳人情重。

[湖面黑影、掠波而过。

锦　鳞　（仰望）哦，船来了！

柳　毅　船？不见啊！

锦　鳞　水中黑影，正是湖面归帆。

柳　毅　（有感地）归帆？

[锦鳞暗自打嘴巴。

柳　毅　（秃头唱“夺锦”中段）

归帆匆匆！（双句）

影波中！（双句）

（转“反线叹颜回”）

遥望故乡又心痛，

慈帏定忆子露愁容，

望垂怜促子母重逢！

龙　女　（一转念，毅然地，接唱）

遂君孝衷，毋违孝衷，

不敢缓送！（双句）

唤锦鳞！

逐波兴澜送恩公！

[乐奏反线“相思”锣鼓。

[江流湍急，众舞蹈转快。

[景——由湖底转湖岸边。

锦　鳞　（呼）公主登岸了！

柳　毅
龙　女　（感慨地）登岸了！

柳　毅　不知是何处岸？

龙　女　岸名“相思岸”！

柳　毅　相思岸！不知因何得名？

龙　女　每送行人，必在此处分手，惹起别后相思，故名相思岸！

柳　毅　（有感）相思岸！

锦　鳞　步上相思岸，便要分离了！

柳　毅　分离？仿如隔世啊！

龙　女　隔世！

（唱“乙反中板”）

转眼洞庭飞彩凤，

愧无红线系游踪。

相思岸上相思梦，

只怕相思有梦梦难逢。

柳　毅　（接唱）非我薄情甘却宠，

酬恩有愿愿难从！

感谢公主多情。（介）

未晓余怀创痛！（行腔）

（转唱“正线爽二黄”）

泾水之滨，代将书送，

原是激于义愤，毋教怨妇受灾凶。

彼火龙，勇惩凶！

一面大快人心，一悲三娘成孤凤。

我是带书人，置身于事内，

纵有怜香之意，又怎能入赘龙宫？

强成全，无私反有私，

定受世人讥讽！（士腔）

龙　女　（唱“合尺滚花”）

恩公义行，世所推崇。

唯是以此绝情，未免过于持重！

柳　毅　（接唱）非贪虚誉，俗世难容。

身是一介凡夫，难受仙姬之宠！

锦　鳞　（插嘴）恩公呀！求海龙王度你升仙，岂不是海仙配海仙？

柳　毅　不敢贪图仙位。

锦　鳞　恩公不愿做海仙，公主可以做地仙！

[一语击中龙女心事。

柳　毅　到底是仙凡有别，人言可畏呀！公主，玉钗之责已完成，还回公主吧！

（取钗出，还介）

龙　女　情难结合，亦可为朋，恩公认我为朋，亦当留钗为念。

柳　毅　公主说得对，如此多谢！（对钗珍之爱之，藏于怀内）

锦　鳞　来而不往非礼也！

龙　女　请恩公还赠一物，留为永佩，以志不忘。

柳　毅　身有玉环，是家传物，送与公主，以为纪念。

龙　女　多谢恩公！（接玉环喜慰）

[一阵归鸦掠空而过。

柳　毅　（唱“爽七字清中板”）

归鸦噪晚夕阳红，

公主请回毋远送。

龙　女　（接唱）　未知何日再重逢？

（转“滚花”）

痴候玉钗将橘动。

柳　毅　（接唱）　未敢轻将金橘动。

龙　女　（接唱）　相逢为待梦魂中。

柳　毅　公主保重！

龙　女　恩公！

柳　毅　三娘保重！

[强烈、悲怨音乐，延长音。

[柳毅、龙女二人缓缓离开。锦鳞揖送介。

[幕闭。

第五场　柳母议婚

[数月后。

[柳家厅堂，疏屏风，外望河流，遥远处橘树朦胧。厅堂花几。

[“打引”。

柳　母　（上）蟾宫折桂儿无志，西出秦关复转回。

（唱“滚花”）

孩儿淡泊功名，娘亦难移其志。

但愿身前有妇，更望早抱孙儿。

为何数次提亲，儿总无一当意！

（沉思，念“白榄”）

必有事，必有事。

看他归来之后寡言语。

或立小河边，低头吟诗句。

或独上书楼，推窗望远处。

爽然复惘然，似痴又如醉。

出外几何时，人与从前异？

是必有隐情，亚福或许知其秘。

[福叔捧茶上。放下。欲行。

柳　母　（唤）福叔！

福　叔　夫人sss！

柳　母　（念“口鼓”）公子可在书楼？

福　叔　（接念）正在书楼写字。

柳　母　（接念）是否推窗呆望？

福　叔　这个……

（接念）不错，临窗索句，对景吟诗。

柳　母　（不悦，唱“滚花”）

公子爱吟诗句，我信此话无欺。

只怕吟诗别有心，临窗眺望亦怀深意！

福　叔　（哑然）……

柳　母　（进一步追问，唱“三脚凳”）

公子往长安应试，是由你作跟随。

因何未试便言归，归来又神色异？

我老来思娶妇，他偏借故推辞。

（唱“滚花”）

事情与你有干连，到底公子西行何所遇？

你说，你说！

福　叔　（叹息，唱“木鱼”）

非我故意欺主母，是公子不愿人知。

柳　母　你就不该瞒我！

福　叔　老奴直说便是。

（续唱）　此去长安应试，路过泾水隅，

雪地相逢龙公主。

柳　母　龙公主？

福　叔　龙公主乃是洞庭龙君之女，远嫁泾水龙神为妇。

（续唱）　她泣诉姻缘错配，饱受丈夫欺。

苦乏鱼鸿将书寄，公子满怀义愤任驱驰。

仗义传书深入洞庭底。

柳　母　（吃惊）如何进去？

福　叔　龙公主赠以玉钗一枚，叩湖边橘树三声，便有河神出而引路，公子安然无恙啊！

柳　母　有此奇事？

福　叔　（续唱）　龙王接信怒兴师。

杀了泾水小龙，救回龙公主。

柳　毅　以后怎样？

福　叔　入水后事，是公子略为告诉我的。他说洞庭王叔欲以侄女相许，龙公主亦有委身而事之意。我家公子诚恐杀其夫而夺其妇，蒙上不义之名，因而就把姻缘推却了。

柳　母　既已推却，归来又想什么？

福　叔　（叹息，秃头唱“二黄”）

想必是伊人情重，身世堪悲！

（唱序） 洞庭送别话依依！

（唱曲） 公子两次三番，想去再敲橘树！

（唱序） 又怕人非议！

柳　母　（唱“沉腔滚花”）

哎吔吔，苦矣，痴儿！

（秃头唱“爽七字清中板”）

湖底既将婚事拒，

归来何事痛分离？

天台果有神仙女，

再去云封古洞迷！

（转“滚花”）

家有慈亲念什么水中人？

还是快些将妇娶！

福　叔　（念“口鼓”）夫人，公子别有所怀，恐怕说去说来难合意。

柳　母　（接念）柳家只余一点脉，香烟续后赖痴儿。我已托媒婆，为他寻求佳侣。相得好女，我便先下聘，（介）他难再推辞！

[媒婆匆匆上。

媒　婆　拜见夫人！

（念“白榄”）

有好女，有好女！

定合夫人公子意。

柳　母　（接念） 问媒婆，

你今天又介绍谁家女？

媒　婆　（竖起拇指）保证你满意！

（念“口鼓”）洞庭湖边最近撑来一只小艇仔。船里住着个红面大汉，带着个娇娇滴滴侄女儿。先讲这个红面大汉真会替人办好事。谁家田地患涝他有办法替人排涝，谁家田地闹旱，他有办法一阵间就淙淙流水，田野润滋滋。

福　叔　（接念）喂喂喂，我家夫人是要娶媳妇，不是要请人家整治田地。

媒　婆　（接念）做媒婆总系先讲人家的家世，再讲落去至轮到他的侄女儿。提起这个渔家女真系既勤劳，又美丽，她织得一手好渔网，一网就一万几千条鱼！

福　叔　喂喂喂，我家公子又不是开鱼栏的，要食也食不得许多啊！

媒　婆　你想食一条都没有，她网来玩，全部又放生！

福　叔　啊……

媒　婆　（接念）她绝好才情，既会吟诗，又会作对。跑遍湘江也无此美人儿！

柳　母　真的？

（接念）我正要一个有才学，又勤劳的媳妇助我持家，照你说来正合我意，不过媒人多大话，又怕你会把人欺！

媒　婆　没有介绍错呀！

（唱“滚花”）

她的老叔台，到处放声气，

我才敢登门告知你，

我七手八脚，还弄来了她的亲笔诗词。

我唔识字都话佢写得一手好字。（递笺纸）

柳　母　拿来一看！（惊喜介）好呀！

（唱“快中板”）

生花妙笔绝妙好辞！

渔家有此多才女！

福　叔　（看笺也啧啧称善）好字好字，这回公子都怕合意啰啩。

柳　母　（唱“滚花”）

福叔拿此诗笺给公子看，

媒婆你带我去看看那位渔家女儿！

[媒婆领柳母出。福叔入书楼。下介。

[幕闭。

第六场　花好月圆

[数日后。

[柳毅楼房，新房景。窗外碧天朗月。远望波光滟滟，渔火二三。房内衣边床帐、妆台、凤烛高烧。

[小曲“柳青娘”起幕。

龙　女　（企幕，倚窗外望，转身理云鬓，着凤烛，心情愉快地）

（唱“长句滚花”）

打鱼船，打鱼船，

不网鱼儿把柳缠。

情天为我行方便，

巧结人间并蒂莲。

此夜摇红烛照新人面，

柳郎一望——

（秃头转小曲“红绣鞋”）

一定睁开双眼睛不稍转，

这新妇，

怎么这样像龙女？

心里顿起那疑团。

高一看，低一看，

欲语又无言。

（秃头转“滚花”下句）

我暂不道破哑谜，且让他胡猜一遍。

[内场“帅牌”送客介。

龙　女　（望门外，唱“滚花”）

酒阑客散郎将至，

我且低眉垂目倚妆前。（坐介）

[音乐奏“河调慢板板面”。福叔提灯笼引柳毅上介。

福　叔　公子呀！今天是你大喜日子呀，怎能走起路来总是低头低脑的呢？应挺起胸膛走大步些，爽一些才是。

[柳挺起走几步。

福　叔　这样才是。

柳　毅　（唱“慢板”）

不做龙宫婿，转配渔家女，

湖下有知，宁不肝肠寸断。

心上永难忘，三娘情义重，

纵是横挥慧剑，仍感藕断丝连。

自解实无谋，唯有强从慈母命，

非我负情别恋！

福　叔　公子，事已至此，你就不该胡思乱想咯，何况新妇才德俱优，所结姻缘，堪称佳偶呢！如今房中坐的就是你妻，你就不能令她有丝毫怨意啊！使君有妇，琴瑟和谐，湖下有知，亦不怪你啊！

柳　毅　（点头，叹息，唱“滚花”）

水乡深处已有一个愁思妇，

就难再令岸边渔女抱愁眠。

何堪再摘黄台瓜，一再误人罪非浅！

[“南华山”谱子。

福　叔　三娘固情重，慈母亦恩隆，公子既以孝义名闻，但望莫拂亲心。

柳　毅　福叔之言有理，下去吧。

福　叔　公子呀！莫误良宵，老奴告退。

[福叔携灯笼下。

[柳毅举步入房。龙女低头斜目视毅。

柳　毅　（遥遥作礼）娘子有礼！

龙　女　（掩面欠身，低声还礼）柳郎有礼！

[二人坐下无言。静场。

[柳毅对龙女还未有所觉，一望摇红烛，有感于怀，竟起立走向窗前，眺望洞庭。

[龙女知其意，故意剪烛，使灯花明亮，婷婷起立，借着烛光，柔叫一声。

龙　女　柳郎请！

柳　毅　娘子请！

[柳毅惊异，急转身，注目龙女。龙女复急转面低头，以扇掩面。

柳　毅　（闻声，望形，旁念“白榄”）

她虽低头，垂粉面，

但声音形态不难辨。

何以眼前人，若三娘活现！

（欲上前看，恐泄轻狂）

龙　女　（旁暗笑，接念）

看他意痴痴，呆态现，

欲揭我庐山又不便。

好！我且吓你一惊，同你打个照面！

柳郎请坐！

柳　毅　坐！（不自禁地）三……

龙　女　柳郎，三什么呀？

柳　毅　三鼓已敲人寂静，劳妻久候意难安！

龙　女　柳郎多饮三杯酒，二更未打说三更！

柳　毅　哦，原来未打二更呀，是酒多了。（团团转，呆望龙女）

龙　女　（念“口鼓”）柳郎，何以你似痴如醉，密视奴奴之面。

柳　毅　这个！

（接念）因为妻你花容月貌，十足似……

龙　女　我似什么呢？

柳　毅　（接念）似世外神仙！

龙　女　神仙？

（接念）蒲柳之姿，何敢与仙姬争艳。

柳　毅　（接念）你当之无愧，因你（欲言）唉，仙即是仙！

龙　女　仙！

（唱“下西歧”）

茫茫玄天，其中多仙，
有地仙与天仙，
江河亦有仙，
四海遨游人称羡，
我属哪一类门仙眷，
请你明言？

柳　毅　（接唱）我甚难为你即解说，
只觉玄之又玄！
你是龙……

龙　女　（接唱）我未聋，我的耳尚健！
耳能辨八音。

柳　毅　（接唱）唉呀，秘不可宣，
一揭当堂便见酸！

[过“西皮”短序。

龙　女　我正欲请教柳郎，我是似哪类神仙，你忽然又指住我，说我是“聋”，我的耳不是聋的。

柳　毅　（叹）我不是说你耳聋，我是说你姓龙的龙。

龙　女　我是姓卢呀。年庚八字，写得清清楚楚，才入你门。

柳　毅　我是知你姓卢。

龙　女　因何又说我是龙？

柳　毅　（窘）唉，赞美一个人，往往是以龙比喻的。

龙　女　怎见得呀？

柳　毅　多呢，多呢。哪，龙行虎步呀，矫若游龙呀，龙头凤尾呀，龙眉凤目呀，龙精虎猛呀，还有……龙马精神呀。

龙　女　你会说呀。

（起“西皮”“尺”字序，唱“西皮”下句）

奴虽姿色有几分，

未敢与仙娥斗艳。

你不该说奴，是天仙幻变。

莫非君曾为刘阮？

入天台，遇天仙？

解不了仙缘，

所以出言便说仙！

柳　毅　非也！非也！

（唱“减字芙蓉”）

柳生福分薄，难望结仙缘。

说你是神仙，因为你似仙容貌艳。

更因我曾见过，见过市上画肆的画中仙！

（转“滚花”）

讲到我舌燥唇焦，你无谓问长问短。

龙　女　（接唱）柳毅未识我庐山面，

诸多规避不敢言。

聊效当日献酒在龙宫，

把那隐情若现。

柳郎，你今宵款客，一定多饮几杯，待奴奉上清茶，为郎解渴啊！

（唱“柳摇金”）

感君赞奴貌似仙。

柳　毅　（接唱）情天方便结姻缘。

龙　女　（接唱）不弃寒微高风见。

柳　毅　（接唱）心爱妻有德有才勤又俭。

龙　女　（接唱）我忙献浓茗谢情专，

君休笑我手粗贱。（音乐过门）

柳　毅　（接唱）巧手啊，懂结网儿识诗赋，

低嫁寒儒我惭愧莫能宣。

龙　女　（接唱）　君正是我贤师，好良伴，

请勤护爱呢只餐风宿雪没舵船！

柳　毅　（接杯，唱“长句滚花”）

生疑念，生疑念，

此身如在龙宫殿，

与龙君欢宴饮琼筵，

公主深情将酒献，

点解此情此景，

今夜重现目前。

莫非你就是龙女三娘，与我谐美眷。

龙　女　龙女三娘？

柳　毅　……三娘，三娘……

龙　女　哪一个龙女三娘？

柳　毅　（语塞）……

龙　女　哦，你不说我也知呀。

（唱“平湖秋月”）

我未遗忘市上村姑竟传言，

争相说你入过京都去求名，

不料未进场试便折转，

转返故园。

终日情怀落索，

愁城闷困，

对窗凝看天边远。

京都应试曾何遇，

夫君呀，是否有一段未了缘？

柳　毅　（接唱）　谁曾见！毋妄断。

我爱湖山云深水远！

推窗作赋平常事，

观星望月至得好句妙联。

龙　女　（接唱）　此事有邻人看见，私语君你情性俱改变，

夫妻，相栖相守更应相助，

有事郎君休将妻欺骗。

柳　毅　（接唱）　我心中羞愧未敢多言，

谅我胡言一片。

更谅我一生正直行为并无不检。

龙　女　（接唱）　龙家、龙女、龙姓！

出自你口中说明了夫君西去有一段情缘。

柳　毅　什么情缘呀，泛泛之交而已！

龙　女　泛泛之交？柳郎说完三更说神仙，说完神仙又说龙，忽又说出个龙女三娘，现又不言不语，啊啊啊！人说柳毅磊落光明，原来是道听途说啊！

柳　毅　说之容易，但不许你有丝毫妒意啊！

龙　女　直说无妨。

柳　毅　娘子请听！

（唱“长句二黄”）

今春赴试入秦川，

有女牧羊啼满面，

餐风宿雪景况堪怜。

（转反线小曲“牧羊哀”）

原来她，是水中仙，

是洞庭龙三公主，

痛当年错配姻缘。

遇人不淑身被贬，

有家难返泪如泉。

将成白骨葬冰河，

真是闻之落泪见者心酸。

我柳毅伸张正义，

愿为青鸟代把书传。

敲社橘，临深渊，

令到龙女三娘骨肉团圆。

（续唱“长句二黄”）

当日贤主高情张盛宴，

水晶宫内，鼓乐喧天。

那个龙女三娘，

还重向我含情将酒献。

龙　女　那个龙女三娘献完杯酒，后来又怎样呢？

柳　毅　（唱“红豆子”）

她王叔将赤绳牵，

借酒为媒逼婚眷。

唯独我有苦衷，

推却良缘！

龙　女　柳郎有何苦衷呢？

柳　毅　（唱“减字芙蓉”）

我怜她遭凌辱，才有仗义把书传，

若与她结婚盟，对我义行多亏损，

龙　女　（接唱）　君心何太忍，知否苦煞了婵娟。

柳　毅　（唱“滚花”）

她有义，我又岂无情，

实在我暮想朝思都是把伊人悬念。

龙　女　（转身，假哭，以泪点面）

（半句“沉花”转唱“戏皇叔”）

卢氏女，卢氏女，

长夜抱愁眠！

夫对我情爱不专！

（转“哭相思”）

奴命苦！

柳　毅　（唱“沉腔滚花”）

哎吔吔，

柳毅深悔失言！

（向龙女频频作揖）娘子！娘子！幸勿见怪！

龙　女　（暗窥，窃笑，意有不忍，上前）柳郎，我是与你开玩笑呀！

（唱“反线中板”）

柳垂丝，无错系小船，把一水春光独占。

碧波深处，愁思妇，不再泪向水晶帘。

早划破洞庭天，踏红尘，与你同谐美眷。

摇红烛下，这个渔家女，正是你心底情鸳！

（转“滚花”）

君呀你细看此玉环，便知我庐山真面。

（出玉环示柳毅）

柳　毅　（大喜）啊！三娘，原来真是你！

（唱“快滚花”）

妻呀你果真是洞庭龙女，

爱我都可谓情比金坚！

今日玉钗正好配玉环，

不负当年爱念。

（取玉钗相示，钗环合）

龙　女　（唱“汉宫秋月”）

朝盼暮盼效那双飞燕，

乃湾小舟一只为我牵丝线。

欣庆不负所求，

船共柳牵缠。

望君你休嫌，

我是龙类变。

柳　毅　（接唱）岂有此念，

只知有妇真心相爱貌美又贤良胜过天仙。

两家爱重情专情爱不变，

柳、龙　（合唱）两夫妻相亲相爱到百年。

福　叔　（内场叫出）嗨！嗨！嗨！这是什么规矩？三更半夜，女家派这么多人来闹洞房！

柳　毅　（已出房外）福叔，大喜事！

（唱“快滚花”）

渔家女，就是龙公主，

快迎贵客莫迟延！

锦　鳞　（内叫）公主！姑爷！

[大笛“送子”。

[锦鳞领众仙女入，天幕幻灯，五彩缤纷，显得楼上新房更加绚丽。

[钱塘君彬彬有礼地从房外陪着笑口吟吟的柳母上。

龙　女　（作礼）婆婆！

柳　母　（还礼）好媳妇！

柳　毅　（作礼）王叔！

钱塘君　（大笑，执手）好侄婿！不骂火龙了？

柳　毅　（长揖）谢大媒！

钱塘君　（向柳母）老亲家！不怪我等弄玄虚吧！

柳　母　（连声）巧姻缘！美姻缘！……

钱塘君　哈哈！宫女们，献奇珍，闹洞房！

众宫女　拜见姑爷！

（舞蹈，齐唱“到春来”）

湖光美滟，江柳情系小渔船；

有情人，偿素愿！

金歌满洞庭，

良辰美景，花好月圆！

海龙王，有奇珍，

彩绢碧玉，夜光杯。

明珠千串，来赠献，

还有鸳鸯一对赠给有情鸾！

福寿连绵乐无边！

[众宫女纷献宝物。

[柳母、福叔应接不暇。

[众欢笑，亮相。

[房内、房外湖光山色，五彩缤纷。

[幕闭。

——剧终

本剧选载的是 1983 年罗家宝、林小群、少昆仑、黄超全、张玉珍、麦维佳等主演的演出本。

海角情天

编剧：王刚　关汉　潘邦榛　何锡洪

人物表

徐国光　　60开外，加拿大光华有限公司董事长

徐怀乡　　24岁，徐国光之女

宋书影　　28岁，徐国光秘书

苏海仇　　30岁，医学院毕业生

吕炳松　　44岁，苏海仇叔父，县侨务办公室主任

苏力生　　53岁，苏海仇继父，渔民

罗草莲　　48岁，苏海仇母亲

刘书记　　25岁，海角渔港党委书记

吕海根　　苏海仇生父，序幕中已死去

连　长　　国民党某连连长

群众、国民党兵、招待所服务员各若干人

序幕　恶浪狂涛

[1950年春。

[海南岛，临海渔村。

[乌云滚滚，涛声阵阵，炮声隐隐。

[纱幕内。几个国民党兵押着吕海根等一群精壮渔民上。有的扛弹药过场。

[内喊“立正！”徐国光率卫兵上，留步依恋乡土。连长急上。

连　长　报告——司令部有命，速撤台湾！

徐国光　驾船登舰！

[内场渔民呐喊：“我们不去台湾！”

[渔民们挣扎逃走，国民党兵阻拦。

[徐国光鸣枪示警。

[一渔民夺徐国光的枪。徐枪弹误中吕海根。

吕海根　（按伤口怒视徐）徐、国、光？！（倒下）

徐国光　（负疚地）海根兄弟，我……（扶住海根）

[场内集合号响。

徐国光　（命令士兵）快上军舰！（与士兵押着渔民，匆匆下）

[罗草莲怀抱婴儿呼喊着上。吕炳松、苏力生随上。

罗草莲　海根！海根！

吕炳松　大哥！大哥！

苏力生　海根！（扶起吕海根）

[吕海根吃力地抚摸着罗草莲怀里的婴儿。

吕海根　（对苏力生）力生，二弟年纪小，以后要多靠你照顾她们母子了！

苏力生　海根，你放心！

吕炳松　大哥！

罗草莲　（抚海根伤口）是谁开的枪?

吕海根　（用尽力气）徐——国——光!（猛然从身上撕下一块白布，用手指醮着鲜血写下两个字，交给罗草莲后，死去）

罗草莲
苏力生　海根！海根！

吕炳松　（哭）大哥!

[苏力生把吕海根放下。婴儿啼哭。

苏力生　（悲愤地）大哥，可怜你这孩子刚出世，你来不及给他起个名字，就——

吕炳松　是呀！就替这苦大仇深的孩子起个名字吧!

罗草莲　他就叫——海、仇!

[纱幕上。海涛撞击岩石。发出巨响。

[灯渐暗。

[幕后合唱：

仇似海，
海无垠，
藏惊涛骇浪，
看变幻风云!

第一场　重归故土

[30年后。1980年夏。

[海角渔港一所新建的招待所院子里。

[幕启。几位服务员在张罗接待工作。

服务员　（唱“新曲”）

五指山，沐朝阳。
万泉河，闪波光。
春鸟依林暖，

彩蝶恋花香。

[刘书记拿着椰子上。

刘书记 （接唱） 今日归侨回乡梓，

乡亲同献热心肠。

服务员甲 刘书记，接待工作已准备妥当。

刘书记 好。将这些椰子开好，我去看看车来了没有？（下）

[苏海仇肩揹旅行挂包上。

苏海仇 （唱“长句二流”）

心潮阵阵，步履忙忙，

赴试归来精神爽，

海仇深造可望如愿以偿。

和风轻吹，海涛欢唱，

椰林招手在路旁，

接我回家免至爹娘盼望。

[苏力生与罗草莲同上。

苏力生
罗草莲 海仇！

苏海仇 （迎上去）爹！妈！

罗草莲 原来你回来了，怎么还不快回家？

苏海仇 我还有点事，来找刘书记呀！

苏力生 你去考医学院研究生成绩怎样啦？

苏海仇 要等放榜才知道。看——阿爹比我还紧张！

罗草莲 他是望子成龙嘛！（同笑）来来来，放下行李歇歇气！（替儿子卸行李）

苏力生 海仇，在县城见到你炳松二叔吗？

苏海仇 见到了！他这个县侨务办主任呀，真是个大忙人哪！今日他还要接待一位老华侨回乡来呢！

罗草莲 哦！是不是那位年年寄助学金回乡的老华侨？

苏海仇 我看不是，那个不愿披露姓名的华侨，是在马来西亚寄钱回乡的。今日二叔接待的，却是加拿大光华公司的董事长呀！

罗草莲　如果有朝一日那位寄助学金的华侨回乡来，我一定献上槟榔椰子，好好款待他。

苏海仇　对呀，我们是要热情接待归侨。二叔还叫我跟你们说，希望爹妈认真注意政策，凡事都不能……

苏力生　哎，海仇。你是靠华侨支持才读到大学的，你妈又怎会不顾华侨政策呢？是了，今日回乡那位老华侨叫什么名字？

苏海仇　他叫徐国光。

苏力生
罗草莲　（一怔）徐国光？！

苏海仇　你们也认识？

苏力生　（支吾地）这……

苏海仇　哦，时间不早了，我还要去找刘书记汇报，爹妈先回去吧！

苏力生　好，这些行李我们给你带回去。

[海仇进招待所。

罗草莲　（起疑）徐国光……力生，不成这徐国光就是当年那国民党团长？

苏力生　哎，天下同名同姓者多，草莲，你怎么想到那里去了？

罗草莲　三十年了，我忘不了哇！

（唱“追信”）

挑起心中隐痛恨满腔，
哀伤三十年辛酸往事，
难忘那海根死得冤枉，
难忘血债还未偿。
倘若是仇家归乡里，
定必要清账，
你我同到县委告他一状！

苏力生　不行！

（唱“滚花”）

炳松嘱咐岂可忘？

如今尚未知真情，

踩着芋荚当蛇，未免太莽撞！

罗草莲　这……

苏力生　（接唱）　再说海仇若知生父不是我，

父子感情难免受挫伤！

[内场小轿车喇叭声响。

苏力生　咦，他们来了！

罗草莲　让我去认一认那徐国光——（欲下）

苏力生　你急什么？回去！（拉草莲另一边下）

徐国光　（内唱“首板”）

重返海南心激荡——

[刘书记先上。

刘书记　徐先生请！

[徐国光、徐怀乡、宋书影分别提小件行李，在吕炳松陪同下上。

徐国光　（唱“滚花”）

家乡泥土分外香！

吕主任，你忙中亲自陪我回乡，真令人过意不去呀！

吕炳松　徐先生何必容气呢？

（唱“梆子慢板”）

你年过花甲，不辞劳顿。

回乡而来，可谓情深无量。

徐国光　（接唱）　海外游子，谁不思乡？

重回故土，愿能慰解我心肠。

宋书影　董事长！

（低声拉开，接唱）

大陆风云莫测，

历来变幻无常，

你还得小心为上。

徐怀乡　爹地，我上次先回来看过，不是都跟你说了吗——

（接唱） 云已尽开雾已散，

莫再多心存顾虑，

大可分享灿烂阳光！（拉腔收）

[刘书记率服务员捧椰子水上。

刘书记 来来来——

（捧椰子水，念）

故园草木念亲人，

炎黄后裔本同根。

徐先生，请饮——

徐国光 椰子水——

（接过，续念）

今日重返相思地，

家乡椰水润侨心！

来——（与众同饮）

刘书记 徐先生，你们舟车劳顿，请进招待所休息一下吧！

徐国光 好，请——

[众走进招待所。徐怀乡驻足远望。宋书影故意留步。

宋书影 徐小姐，你的故乡真好，我喜欢它就像我对你的感情一样。

徐怀乡 （不屑地）哎，我问你，你这次回来的目的是——

宋书影 陪客、应酬、游览、观光。

徐怀乡 那么，除了这些事，别的话最好不讲！

宋书影 徐小姐，我对你已是第二十一次表白了，难道你一点也不理解？

徐怀乡 理解？好吧。（指着石凳上的椰子）你先把这个椰子开了吧——

宋书影 这这这。这不是要我出洋相吗？

徐怀乡 你说对了，办不到的事情不要勉强，这个道理很平常。

宋书影 （硬着头皮）办得到！只要是你叫做的事，我一定办得到！（拈起一个椰子）你看！（一不小心，椰子脱了手，砸在脚上）哎哟！（咬紧牙关，装作若无其事）

徐怀乡 哈……

宋书影　　哼！（拈起另一个椰子，拿刀砍下，岂料椰子一滑，飞向徐怀乡）哟！

[徐怀乡急忙躲开，闪了一跤。苏海仇上，恰好扶住。徐倒在苏怀中。

徐怀乡　　（心还在跳）谢谢！

苏海仇　　（很不自在）对不起，对不起！

宋书影　　（大为不满）What a peasant！

徐怀乡　　哎，你怎么能这样骂人？

苏海仇　　（打量宋书影）Please show respect to the peasant!

徐怀乡　　呵，你……

苏海仇　　我不能不提醒他要尊重乡下人！

徐怀乡　　（很感兴趣）你的英语说得很好呀！先生贵姓?

苏海仇　　我姓苏。

徐怀乡　　你不是本地人吧？

苏海仇　　不！我就是这条村子的乡下人。

徐怀乡　　呃。我知道了，你叫苏海仇。

苏海仇　　（诧异）你怎么知道？

徐怀乡　　我前次到广州。就听到医学界前辈的介绍，说我们家乡有个很会治病，很有理论，准备考医学研究生的能人。

苏海仇　　你听我说英语，就断定这个人就是我?

徐怀乡　　唔。

苏海仇　　那么，你再来看——(从地上拈起一石片，往梢上一扔)落!

[一个椰子应声掉下，苏海仇一手接住，用砍刀几下子就把椰衣剥开。

徐怀乡　　（跳了起来）好，好，你真厉害!

苏海仇　　现在你看我像个粗野的乡下佬，还是像那个报考研究生的苏海仇?

宋书影　　（见怀乡端详苏）还用看吗？分明是个乡下佬!

徐怀乡　　（不理宋）我看你是一个很有意思、很不寻常的苏海仇。

苏海仇　　为什么？

徐怀乡　　（背诵）“那长长的睫毛，敏感的嘴角……要是静静地坐在那里，人家准会当他是一个女扮男装的很美的姑娘；可是一行动起来，他那柔软的敏捷的姿态，就使人联想到一只驯服了的没有利爪的豹子了。”

苏海仇　　哈哈哈。我倒成了牛虻啦？

徐怀乡　　（更有好感）你也熟读《牛虻》这部世界名著？那你说我方才引用书里的一段话，像不像你？

苏海仇　　不像啊。

（唱“下西歧”）

我是庸才无甚理想，

比作牛虻不敢当。

徐怀乡　　（接唱）　你活像那书中英雄的牛虻，

举止风度与骑士一样。

苏海仇　　（接唱）　自小在渔船学撒网，

却未做过骑马儿郎。

徐怀乡　　（接唱）　既是文雅人，

又曾经风浪，

才会温文又豪爽！

苏海仇　　（接唱）　受你夸奖。

海仇更不安。

徐怀乡　　哟！你是本村人，就领我走一走，让我看看我的家乡。

苏海仇　　好吧！

宋书影　　徐小姐，我陪你去吧。

徐怀乡　　不。你更适宜去陪伴我的爹地。（指招待所内。转对海仇）你知道吗？父亲担心我忘了唐山祖宗，一有空就跟我讲家乡话，谈家乡事呢！

（同下）

宋书影　　（悻悻地）哼，跟乡下佬看风景！（顿足入屋）

[暗转。

[次日清晨。徐国光在眺望。

徐国光　　（唱“古腔中板”）

今日返故园，水色山光，

确比从前大变样。

女儿她，劝我休存顾虑，

我还要细察其详。

我此身，是戴罪之人，

怕难得乡亲恕谅——

（转“滚花”）

每念至此，不由忐忑不安！

（环视四周）

[罗草莲上。

罗草莲　（唱“快滚花”）

心绪不宁，一石激起千层浪。

特来一看，是否那个徐国光。

[见到徐国光，不由自主地迎上去。

罗草莲　先生你……

徐国光　我姓徐。

罗草莲　呵？！

徐国光　大嫂，你好！

罗草莲　好。遭了国民党的殃，可托了共产党的福。

徐国光　对。

罗草莲　我没有跟国民党干过坏事，没有同乡亲结仇，当然好！

徐国光　（一怔）大嫂你……

（旁唱“新曲”）

这位大嫂话语蹊跷，

神态分明有异样。

罗草莲　（旁接唱）果然是仇人眼前站，

不由怒火烧胸膛！

徐国光　（上前，接唱）

请问大嫂何事光临？

罗草莲　（接唱）　鸡啄放光虫你心里亮，

何须装腔作势——

徐国光　（旁接唱）更教我好似丈八金刚！（对草莲）

我刚从海外回来，

与大嫂从无交往。

罗草莲　（接唱）　怎说从无交往，

谁人不认识你徐国光！

徐国光　啊！大嫂你认识我？

罗草莲　何止认识呀！

（接唱）　常言山水有相逢，天网恢恢，

欠债总得还账！（悻悻下）

徐国光　（一震）欠债还账？……这位大嫂好像话里有话，莫非……（发现有人在墙外，警惕地）谁？

[突然，一块石头飞过来。

徐国光　（一惊，急上前拾起石头上的纸条）"须防旧账纠缠，奉劝先生快走！"

（唱"可怜我"）

一阵罡风，

伴着沉雷自天降！

猛想起，

撤走那天海根枪下亡！

旧怨旧仇酿灾殃，

尚有谁人讨还是非账？

（音乐续奏。四顾无人，把纸条放入口袋，续唱）

看此柬，

我暗思暗想，

心中不胜彷徨！

还是离开此地为好！（急回身进招待所，一个趔趄）哎呀！（晕倒）

[刘书记上，见状急扶。

刘书记　徐先生，徐先生！你怎么啦！

[吕炳松、宋书影闻声上。

吕炳松　徐先生！

[徐怀乡内喊“爹地——”，冲到徐国光身边。

宋书影　吕主任，快些派车送徐先生到县城。

刘书记　不行，县城太远了。

徐怀乡　爹地是心脏病人，不能长途摇晃！

吕炳松　待我马上找海仇来救急——（急下）

刘书记　徐先生，你怎啦？

徐国光　没，没什么，老毛病了！怀乡，扶我进去躺一会……

徐怀乡　爹地……（与众扶徐国光下）

宋书影　（自语）唉，几十岁人，不听我劝，偏要返乡，返乡，你看——唉！（下）

[海仇提药箱急上，草莲追上。

罗草莲　海仇，你不能给徐国光治病！

苏海仇　妈，医生有责任救死扶伤呀！

罗草莲　你若是替乡亲治病，妈怎会将你阻挡？如今你若替国民党团长治病，我就要砸烂你的药箱！（抓住药箱）

[炳松急上。

吕炳松　阿嫂——（夺过药箱）救人要紧，海仇，快去！

[海仇接药箱急进内，草莲欲追。

罗草莲　海仇——

吕炳松　（拦住）阿嫂。有话就跟我说吧！

罗草莲　你——难道你忘记血海深仇啦？！（气呼呼地坐到一旁）

吕炳松　阿嫂，你要冷静呀！

（唱“爽二黄”）

海根是我同胞兄弟，

若说仇恨我岂能忘？！

罗草莲　（接唱序）我看你早已遗忘！

吕炳松　（接唱曲）须知大局要衡量，

对待华侨莫鲁莽！

罗草莲　（接唱序）我难压心头火千丈！

吕炳松　（接唱曲）还须防海仇察觉，
后果要仔细思量！

罗草莲　后果要思量？

吕炳松　阿嫂，海仇一直不知生父情况，你如果说了出来，叫力生他怎办？你这个家庭又怎办呢？

罗草莲　这个嘛——
（唱“快二流”）
顾大局，保家庭，我又岂能莽撞？
息冤仇，瞒往事，我却没了心肝！
爱子救仇人，
海根难恕谅！
愧对泉下鬼，
泣血叩上苍！
海根呀！
[幕急闭。

第二场　喜会椰林

[三天后的清早。

[海湾椰林中。

[幕启。苏海仇与炳松扛桨提箩上。

苏海仇　二叔，这两天我有件事想不通……

吕炳松　什么事？

苏海仇　二叔。
（唱“三脚凳”）
徐先生是爱国华侨，
我应保他身壮力健。

为何妈妈却阻我看病，

今天又想扣住这条船？

吕炳松　（避而不答，接唱）

她对你说些什么——

苏海仇　（接唱）　她要我划清界线。

吕炳松　（接唱）　你对这问题怎样想——

苏海仇　（接唱）　我说阿妈看法偏！

（转“滚花”）

虽是蒋军军官，

立场亦能改变。

只要他热爱祖国，

我们可尽弃前嫌！

吕炳松　对呀！

（接唱）　做好侨务工作是党的要求，

任何情况下都不能忘记这点。

你妈身受国民党军队之苦，感情上一下不易扭转。过去的事要是非清楚。但千万不要感情用事，要将全局放在心田。

苏海仇　（点头）我明白。

吕炳松　那就好。徐先生约我与老刘今早有事商谈，我去安排一下。（下）

[苏海仇收拾草药。徐国光上。徐怀乡手持鲜花随上。

徐怀乡　爹地，这两天你好似闷闷不乐，是不是有什么心事……

徐国光　没什么！

徐怀乡　那，苏医生医术好，态度好，你为什么一定要去县城留医？

徐国光　他是好。不过，唉……我想换个环境，多看看。哎，你说苏医生会来了这里，他呢——

[苏海仇欲下，与徐国光父女相遇。

徐怀乡　苏医生！

徐国光　苏医生，听说你为我渡海采药配方，真使我感激不浅。

苏海仇　不必客气，医生采药，理所当然。

徐国光　我父女今天，专诚来见你呀！

徐怀乡　这束鲜花请收下。（送花）

苏海仇　（接过）谢谢！

徐国光　（从怀里掏出一个小包）这一千块钱，也请收下。

苏海仇　这个我不能收。

徐国光　苏医生！

（唱“红烛泪”）

我真诚一片来到海边，

奉上鲜花还心愿。

只表示，

谢先生高义敬先生厚道良善。

那一天，

你竭心尽力，

我庆幸免遭凶险。

徐怀乡　（接唱）你一直到三更也在床前，

竟忘记疲倦；

精心诊断，

便逐渐回春药效灵验。

徐国光　（接唱）一命之恩，

价值哪止一千？

只代表老人诚心，

奉送先生作留念！

[徐国光趋前与苏海仇互相推让。

徐怀乡　（旁唱“减字芙蓉”）

看他为人情高洁，

不由心似波浪掀。

爹地，

（续唱）苏医生诚意拒赠金，

你可考虑那桩心愿。

徐国光　心愿？（不禁认真注意起海仇来）

徐怀乡　（接唱）　如今正逢好机会，

大好人选在眼前。

徐国光　（接唱）　海仇是个好青年，

但不知他可情愿？

徐怀乡　（对徐国光，一旁接唱）

难得他医学精通人诚实，

堪为助手你快求贤！

徐国光　对呀，

（对苏海仇，唱“滚花”）

恕我唐突直言——

苏海仇　（接唱）　请问有何指点？

徐国光　最近我又在海外投放一笔资金。一个综合医疗企业正在筹建。今后管理重责，准备放在她双肩。想物色老实能干的人选协助经营——

徐怀乡　若是屈驾苏医生，不知是否甘愿？

苏海仇　这个——（婉言谢绝）感谢两位关怀信任，不过出国的事怕难了！若是徐先生在国内建医院。我或可为此加瓦添砖。

徐国光　在国内建医院嘛——这个，让我们双方都再考虑一下吧！

[服务员甲上。

服务员甲　徐先生，吕主任在等您呀！

徐国光　呵！我约好吕主任返县城，我们先走了。

徐怀乡　爹地，我想再留一会。

徐国光　好吧！（下）

徐怀乡　苏医生，我有些心里话想同你谈，你看方便吗？

苏海仇　徐小姐如不见外，尽可把话说完。

徐怀乡　我心里想什么就说什么，不喜欢说一半留一半。

苏海仇　坦率是美德，有话请直言。

徐怀乡　人是有缘分的。你说是吗？

苏海仇　那倒是。

徐怀乡　比如我与你……

苏海仇　我与你?

徐怀乡　是呀！你学医，我又刚好是研究药物学的，上次回来未见面就已经闻说你的大名；那天我差点跌倒，扶起我的，又偏偏是你，那不是一种缘分吗?你看!

（唱“平湖秋月”）

椰林春色染，
比翼鸟双飞意缠绵。
声声唱，
似问句“哥哥与妹是否有缘?
也不要媒人把两心牵?
自己中意是否可成全?”
若是有人来问你，
向你传情意，
你怎回答怎打算?

苏海仇　（接唱）　小姐诉说儿女事，
我岂敢冒失随意开言?
又怕言词没了分寸，
我不识怎样回答怎打算。

徐怀乡　（接唱）　这几天，
不知不觉心绪乱。
自从第一天与他相见，
他已经闯入我心田。
见他有才华又忠厚，
所以十分爱慕、情怀眷恋，
难分、难舍、难断。
他不是远在天边，
而是——整天相见，
近在眼前!

苏海仇　啊，徐小姐！

徐怀乡　不要叫小姐，叫怀乡，好吗？

苏海仇　（一想）好。

徐怀乡　我也不叫你苏医生，叫海仇，好吗？

苏海仇　当然好。

徐怀乡　海仇！

苏海仇　怀——怀乡！

[二人靠近。

[宋书影上。

宋书影　（唱“沉腔滚花”）

哎呀——

春色纵然无限好，

海南了哥竟然让他占了先！

[幕闭。

第三场　蓦地惊雷

[半月后。黄昏。

[罗草莲家内。陈设着若干家具和渔具。

[幕启。罗草莲正在摆弄着渔网。

罗草莲　（放下渔网，叹了一声）唉！半个月了，他还不走！

（唱“爽十字清中板”）

见仇人勾起了凄酸往事，

我心内似塞满一团乱丝。

本应当对海仇尽诉恨史，

却又怕力生动怒添是非。

炳松他说道政策要注意，

无奈何将闷气强忍一时。

（转“七字清”）

岂料风语风言传入耳，

说是海仇爱上他女儿。

不知此事当真，

教人震惊不已！（拉腔）

[苏海仇上。

罗草莲　（直瞪着海仇）海仇，你过来。

苏海仇　（疑惑地坐下）妈，什么事？

罗草莲　海仇，你听阿妈的话吗？

苏海仇　我怎么会不听你的话呢？

罗草莲　听？你两次巴结那个董事长，为他检查身体，细心治疗，妈的话就是不理。

苏海仇　妈，当医生岂能见危不救？妈你……真有点出奇。

罗草莲　（被问住，又不敢明讲）你呀。你年纪还轻。未真正懂事！好吧，不提这事了。你现在回答我，你是不是爱上他的女儿？

苏海仇　这……这些日子，怀乡喜欢找我谈心，又常常跟我去看病人，谈医学，她还说……还说愿和我过一辈子。

罗草莲　（气）你……（忍着）海仇呀！你浑身鱼腥，她细皮嫩肉。怎会真心爱你！

苏海仇　妈！

（唱“春风得意”）

请妈细听我言词。

你未与她来共处，

她的品性你怎知！

她心地纯良多真挚，

自己完全不当作是富家女儿！（序）

她和我，

背药箱走远路不怕崎岖，

解病痛探乡亲热心无比。

她还好学，学捕鱼学种树，

学摇船硬要出海去。

她爱椰林爱渔民，

与她爹有意出钱捐资，

为建家乡满腔热情，

其志不移！

罗草莲　（有点打动，旁唱“长句滚花”）

他话儿，入情入理，

不该看低这女子，

难得她热爱乡土，

对海仇一片情痴，

但说到底她总是仇人之女，

冰是冰炭是炭难在一堆！（句）

苏海仇　妈……

罗草莲　哼！

（接唱）　纵说得大海鱼儿向天飞，

满天星星会坠地。

妈也要你一刀两断——

莫再把她迷！

苏海仇　为什么？

罗草还　因为她……她就是不能和你相好！

苏海仇　为什么不能？

罗草莲　你……你不要问了！听我话就是！（下）

苏海仇　（音乐声中喃喃自语）到底为什么？难道怀乡爱我会是假的？我和她真不该在一起？（抱头，坐下）

[徐怀乡背手袋上。蹑手蹑脚走到海仇背后，用手捂住他的眼睛。

苏海仇　（拉开手，站起）你……你怎么来了？

徐怀乡　（笑）你早该请我来了。我还是第一次到你家哩，不欢迎吗？

苏海仇　这……请坐吧!

[怀乡爽爽快快地坐下。

徐怀乡　(兴奋地)海仇，告诉你，我与爹地刚从县里回来，他说想在家乡捐资建一间医院。我与你的事他已同意了。

苏海仇　怀乡。我也告诉了我妈。但她……她不同意!

徐怀乡　(没料到)不同意?她不了解我，我今次正想向她表白我的心!

苏海仇　不用找了，她出去了!怀乡，我很感激你，但我……

徐怀乡　你。你应该了解我……

[宋书影已闪上。此时咳嗽一声。

苏海仇　哦，宋先生!

徐怀乡　(意外地)你来做什么?

宋书影　这……董事长叫我向苏医生取点药，顺便想单独与苏医生谈谈心!

苏海仇　哦，既是宋先生找我有事，(对怀乡)你先回去，好吗?

[怀乡看了看海仇，没奈何，对宋书影瞪了一眼，下。稍后又复上，在一旁谛听。

苏海仇　宋秘书，这是徐先生的药——

宋书影　好，苏医生，恕我唐突问问你:你真的与徐小姐谈起恋爱来了?

苏海仇　你问这个，是什么意思?

宋书影　我是要提醒你——

(唱“了缘曲”)

你救她父亲，脱厄运，

她定必感恩。

(过序，念“白榄”)

但感恩不是爱，

她幼稚易倾心。

(续唱)　青铜虽闪光，

未可当它是金银!

苏海仇　(唱“雨打芭蕉”)

医生从来为救人，

责任应担承，

志为华侨献热忱！

岂为图报恩？

她亦非出于感恩，

更非幼稚本纯真，

深情一片，

只为寻求贴心人，

你莫玷污她那洁白心！

宋书影　（威胁地）苏医生，实话对你说，徐小姐原来跟我是很有感情的，最近却疏远了我，看来……

苏海仇　（泰然地）你误会了，她确实对我提起过你，但她说对你并无意思！

宋书影　（怒）你！……（又变得像泄气的皮球）苏大哥呀！

（唱“新曲”）

我爱得她深，追得她紧，

她是我的生命，我的灵魂。

请你鼎力帮忙成全我，

将她让给我这痴心人！

苏海仇　（厌恶地）你！……

宋书影　如果你能应承我，我将会给你一笔钱作为酬谢！

苏海仇　宋秘书，你要知道，爱情用钱是买不到的！

宋书影　（还想纠缠）苏医生……

[怀乡进门。

徐怀乡　宋秘书，够了！

（唱“滚花”）

你不觉得自己的行为，

可笑得很！

宋书影　徐小姐，你……

徐怀乡　你会跟踪我，我也会偷听你的说话。宋秘书——

（接唱）　你有体面来有身份，

何必作茧自困把烦恼自寻！

宋秘书　（咬咬牙）哼！（悻悻下）

徐怀乡　海仇，你真好，你真了解我！现在，你就当着我的面说一声爱我。

苏海仇　怀乡呀！

（唱“流水南音”）

对我俩的事情，

我曾萌生疑问。

他来谈过之后，

反使我铁了心。

多感你待海仇情真意恳，

我又何尝不晓你的为人！

（唱“二黄”）

不过要我离开故乡，

我实难答允。

徐怀乡　这个……

（接唱）　你不愿离开故土，

我可以随你过一生！

苏海仇　真的？

徐怀乡　真的！（从颈项上解下项链式心形金表）海仇，这个心形金表——

苏海仇　这……

徐怀乡　（唱“采花词”）

小金表，形似心，

含深意，向你赠，

表我情笃爱真！（双）

请收下，定记紧：

怀乡没异心！

苏海仇　（接唱）　海仇尽晓你情义

此生不再爱别人！

（深情地接过金表）

徐怀乡　海仇！（双手搂住海仇的脖子，闭上眼）……

[罗草莲上。

罗草莲　（见状，一惊）吓？（厉声地）海仇！

[海仇、怀乡迅速地分开。

苏海仇　（吃惊地）阿妈！

徐怀乡　（尴尬地）大妈！

罗草莲　（气愤地打量着怀乡）你！你……

（唱“快滚花”）

你这富家女儿，

竟然不知丑！

苏海仇　（急得不知如何是好）阿妈！

罗草莲　哼！

（接唱）　你快离开此地。

否则莫怪我不把情留！

[罗草莲挥手赶怀乡，海仇急拦，草莲推开海仇，怀乡浑身发抖，一跺脚，捂脸跑下。

苏海仇　（喊）怀乡……

罗草莲　（喝）海仇！

苏海仇　（对草莲）妈，你……（一拳槌在桌子上）嘿！

罗草莲　海仇，刚才的话你当作耳边风，背着阿妈竟与她亲亲热热手拉手。

苏海仇　妈，你怎能不问青红皂白就把人赶！

罗草莲　我就是不准你和她好！你要妈，还是要她？要妈，就离开她，要她，妈就走！

苏海仇　妈，你为什么要这样呢？

罗草莲　为什么？（转而长叹一声，落泪）唉，海仇呀！

（唱“浣纱溪”）

你总不能体谅，妈独含愁！

你未晓妈有恨和仇。

多少岁月强忍受！（一顿。音乐复奏过序）

苏海仇　（心灵一颤，浪里白）恨和仇？妈，到底有什么恨？什么仇？

罗草莲　（自知失言）不！不！没有什么……

（接唱）　我只望你，能听妈说话，

与她快分手！

苏海仇　你不讲明白，我怎可以答允你呢？

罗草莲　你……

苏海仇　（急于知道）妈，我已不是孩子了，你快讲吧！

罗草莲　讲？……爱好，海仇，你过来——（深沉的音乐声中）海仇，你说，妈是不是爱你？

苏海仇　妈最爱我。

罗草莲　你阿爸是不是疼你？

苏海仇　自小都疼我。

罗草莲　可你不知道，他不是你亲生阿爸！

苏海仇　（一震）什么？

罗草莲　你的亲生阿爸，他……

苏海仇　他怎么啦？

罗草莲　他……

（唱“反线回龙腔二黄慢板”）

难忘记，三十年前呀——

海天暗，风涛吼！

国民党官兵欲逃窜，

拉你爸浪里驾飞舟。

你爸不依从，

领乡亲，挥拳争斗。

一声枪响，惊涛裂岸——

（散唱）　他他他——

（转“乙反”）

他就血染滩头，

那时你刚出生，

在我怀中，

声声啼哭阵阵发抖！（拉腔）

苏海仇　（唱“正线二黄”）

亲爹死得太惨，

被谁杀害，快说根由！

罗草莲　（接唱）那董事长，姑娘阿爸，

徐国光他，就是那杀人凶手！（拉高腔）

苏海仇　（强音乐，如雷轰顶）什么？他？

罗草莲　就是他！

苏海仇　（嘶声地）真的？不！不可能！我不相信！

罗草莲　你不相信？好！你来看！（颤抖地递过血书）

苏海仇　（接过，念）“报仇”！

罗草莲　（唱“快打慢二流”）

这血书，你爸临死来写就。

这血书，阿妈郑重至今留。

这仇似海深，须铭记长久。

才给你起个名字——

（散唱）叫海仇。

[海仇霍地站起，紧握拳头，咬着牙。

[苏力生已上，急进门。

苏力生　草莲，你太糊涂了！我早已提醒你多番，决不能把往事说出口。谁知你竟将真情尽讲。还将血书拿给海仇！

罗草莲　我……实在被迫得意乱心烦，再难忍受。只怪海仇不仅为仇人看病，还与他女儿谈情说爱意相投。

苏力生　虽然这样。你也……嘿！

（唱“快中板”）

须忍受时你不忍受，

如今泼出的水怎能收。

（转“滚花”）

大好家庭，

会一旦毁于你手！

我管不了啦！（一跺脚，欲下））

苏海仇　（喊）爹……

[力生推开海仇下。罗草莲茫然。

[天空猛然乍响一阵雷声。

[暗转。当晚。

[雷声隐隐。徐怀乡心神不安地上。

徐怀乡　（唱“雪中燕”）

天昏昏，夜茫茫。

思绪乱，意难安，

我怀乡心悲怆，

低声嗟怨独个徘徊望！

我本带着喜气一腔，

步到苏家往，

又谁料，愿难偿，

被辱受屈，竟遭逐赶！

[海仇心情沉重地上。

苏海仇　（旁唱“新曲”）

蓦地霹雳降，

意乱又神伤！

徐怀乡　（旁接唱）为解心中结，

还须问端详！

苏海仇
徐怀乡　（二重唱）我与她——他——

意合情投同志向，

断情丝，

黄连苦味怎好尝！

苏海仇　（旁接唱）爱与恨。

好似结成一张网。

徐怀乡　（旁接唱）进和退。

一时无计费思量！

[一阵雷声。

徐怀乡　（闻雷声，回头，见海仇）海仇，你……

苏海仇　你……你还未走？

徐怀乡　你妈她……

苏海仇　她出去了，你……

徐怀乡　我……（上前欲接近海仇）海仇呀！……

苏海仇　（避开）别说了！

徐怀乡　你怕你妈？哎，我真不明白，她为什么会……

苏海仇　（冷冷地）为什么？（一字一顿地）你是不是徐国光的女儿？

徐怀乡　（不解地）是呀！

苏海仇　（烦躁地）是？！你为什么偏偏是他的女儿？不！你不是！你不应该是他的女儿！

徐怀乡　（吃惊地）海仇！

（唱“反线七字清中板”）

我是他女儿又怎样？

我与他对你同是情满腔。

他赞你好学纯良兼直爽。

我与你相互了解意难忘。

想不到，

你妈无故骂人还将我赶——

你也一反常态冷若冰霜！

苏海仇　（唱“苏武牧羊”）

休来话短长，

我两人，再莫作奢想。

这段情且抛开，

只当梦境一场。

徐怀乡　（接唱）　到底为什么，真令我迷惘。

苏海仇　（接唱）　唉！只因我有千般恨——（一顿）

徐怀乡　恨？

苏海仇　（接唱）　此恨在我心底藏。

徐怀乡　（接唱）　恨谁个恨什么，

请你直讲无妨。

苏海仇　这……（激动地）你要问，就回家问你那好心的父亲徐国光他吧！

徐怀乡　问我父亲？

苏海仇　是的，你回家去吧！

徐怀乡　我……我还是要你讲明白！

苏海仇　（摇头）不！你走吧！以后就把我忘了吧！

徐怀乡　你……（叹一口气）唉，当初说你像牛虻，想不到现在你对我的态度也像他对琼玛一样……

苏海仇　甚至会比他更无情、更冷酷！

徐怀乡　你……（百感交集，下）

苏海仇　（望着怀乡的背影，掏出金表，矛盾地）我……

[雷声阵阵。

[幕闭。

第四场　情隔鸿沟

[紧接前场。

[招待所的套间客厅。

[幕启。徐国光自室内上。

徐国光　（唱“七字清中板”）

一去县城多天心稍慰，

怀乡又对我表心思。

今夜欲往苏家谈亲事，

只望海仇答允不推辞。

（收拾礼品，准备出门）

罗草莲　（匆匆上，入）徐国光——

徐国光　（意外地）啊……大嫂，请坐。

罗草莲　坐？

徐国光　坐！

罗草莲　好吧，坐就坐！（昂然入座）

徐国光　（倒茶）大嫂何事到来——

罗草莲　当然是有要事。

徐国光　那你不妨直说，

罗草莲　只怕话不投机。

徐国光　……不至于吧？

罗草莲　那你可知你女儿跟我海仇的事？

徐国光　哦，原来你是海仇妈？儿女的事我当然知道。

罗草莲　既然知道，怎不阻止你女儿？

徐国光　阻止？我也喜欢你海仇。正想登门找你谈亲事。

罗草莲　富户寒门难共处，渔家无意攀高枝。

徐国光　哦，海仇他是大有作为的，只要跟我出国去。

罗草莲　什么？你害得我还算不够，还想抢走我亲生儿？

徐国光　（一怔）我害你？（强音乐起）

罗草莲　你还记得三十年前的一笔血债吗？

徐国光　你，你是指……

罗草莲　海南解放前夜，有个渔民在国民党团长的枪下身亡！

徐国光　（厉声地）你是什么人？谁人叫你来？

罗草莲　吕——海——根！

徐国光　吕海根？

罗草莲　难道你忘记犯过杀人罪？

徐国光　是。是我无意开的枪——

罗草莲　他指明仇人就是你，还遗下血书交妻儿！

徐国光　（一惊）啊，那他母子在何处?

罗草莲　海仇就是他的儿子！

徐国光　（冷汗涔涔）哦……

（旁唱“滚花”）

心头好比敲重槌，

面对遗孀怎应对?

（唱“长句二黄”）

尚未开言老泪挥，

往事萦怀心有愧，

大嫂请先坐下，

听我旧话重提。

当年我撤退海南，

误杀了海根兄弟……

罗草莲　什么，误杀？！

徐国光　（续唱）　本欲鸣枪示警，

不料他中弹恨长埋！（句）

罗草莲　（接唱）　分明你开枪杀了人。

还巧语花言图卸罪！

徐国光　（接唱）　你丈夫无辜遭枪杀，

我实在罪咎难辞。

多少年来，

我念念不忘，欲图赎罪。

大嫂，常言道人死不能复生。为表我的诚心，我愿养你母子过世，这里有张支票，你就……

罗草莲　支票？（音乐衬白）难道一张支票，就买去我海根一条命？难道你养我母子过世，海根就能瞑目黄泉么？

（唱“乙反南音”）

一张支票，想起血书，

这深仇大恨怎可忘怀？

无奈炳松万嘱千叮，

唯有咬牙忍住气。

徐国光　（过序中，受感动，接唱）

看她声声带泪动我心扉，

大嫂呀，

你叫我如何方能赎罪？

怎使你消仇解恨？我愧无词！

罗草莲　（唱“双星恨”）

我找你并非为复仇，

也非为索金钱，求你发慈悲，

只为我家庭，为我海仇儿，

才到此地。

往日为爱子孝顺他养父，

将苏家深恩铭记。

这一笔血账，总不敢提。

怎料到他跟你女儿，

两下里倾心结情谊，

本是冤家怎可成亲事？

心中既忧又带惊，

迫着向儿尽诉家史！

徐国光　大嫂……你……

罗草莲　（唱“梆子滚花”）

我今夜只有一事相求——

徐国光　什么事？

罗草莲　（续唱）　叫你女儿断情丝。

徐国光　（思索）好吧！

（接唱）　我父女明天便离开此地。

罗草莲　好！就算我求你！（下）

徐国光　（唱“沉腔滚花”）

霎时只觉，

力竭心衰！（晕）

[苏海仇上。

苏海仇　咦，他晕倒了？！（这突然的情况，使他急扶起诊断）病情严重，急需抢救！

[徐怀乡上。

徐怀乡　（想不到海仇来）你……

苏海仇　你爹晕倒了！

徐怀乡　那怎办？

苏海仇　先用穴位急救！（同扶徐国光下）

[窗户上出现海仇为徐国光针灸的剪影。

[幕后合唱“新曲”：

宿怨抛开救人命，

崇高职责勇肩承！

徐怀乡　（复上，接唱）

海仇他凝神救爹离险境，

一支银针见真情！

他对我父女恩不浅，

适才又何故冷冰冰？

苏海仇　（复上）徐小姐，你放心，你爹很快会醒来的！

徐怀乡　谢谢你！

苏海仇　不用了！

（接唱）　请原谅我刚才一时气盛，

未能够将原委对你讲清。

我愿与你成为好朋友，

却难相爱续前情！

（拿出金表要还）

徐怀乡　这又是为什么呢？

苏海仇　因为——

[徐国光苏醒，复上。

徐国光　（呼唤着）怀乡！怀乡！

徐怀乡　呵！爹地，你好点了吗？

徐国光　我——？

徐怀乡　你刚才病又突发，昏倒在地，若不是海仇及时抢救，恐怕……

徐国光　呵？海仇将我抢救？！我应该怎样感谢你呵！……

苏海仇　（不答徐国光）怀乡，你来，我再说一遍，我愿与你做个好朋友，但这个金表，你还是收回去吧！（还表）

徐怀乡　（推）不！你不讲明为什么，我不能收！

苏海仇　我不是讲过了吗？要问，就问你父亲吧！（掷还金表，匆匆下）

徐怀乡　（拾起金表，呆然若失，有顷）爹地！

（唱“连环扣”）

骤降暴雨喜生悲！

为什么海仇一腔怒气？

他逼我怀乡盘根查问你，

莫非你暗中砍断了情谊？

徐国光　唉！

（接唱）　你莫再问我追根底，

你俩就是不可能结成一对。

徐怀乡　（接唱）　你教我严选人品来择婿，

叫我物色好男儿。

唉！如今回乡难得巧遇海仇，

正合女儿意，

你也誉他有作为。

我俩誓盟共作蝶双飞，

为何事竟然风波乍起？

徐国光　唉！

（唱“乙反减字芙蓉”）

因我过去在蒋军……

徐怀乡　（接唱）　如今祖国欢迎你。

徐国光　（接唱）　你未尽知家中事，

徐怀乡　（接唱）　难道有事瞒女儿？

徐国光　（唱“乙反滚花”）

正是船到急水滩头靠岸难，

为父不想再瞒你。

（推开窗门，遥望故乡明月，沉痛地）那是过去的事情，三十年了，恍如做梦一样，（回过身）怀乡，我告诉你知，你能原谅爸爸吗？

徐怀乡　（疑惑地）爹地，你说什么？

徐国光　怀乡，我说你们不可能结合，那是因为三十年前，我从家乡逃去台湾的时候，海仇的亲生父亲——他他他，就在我枪下身亡！

徐怀乡　（震惊）啊！（不禁倒退）你……杀过人，而且是杀海仇的父亲！（直瞪瞪地望着父亲，好像眼前是个陌生人）

徐国光　（连忙）我不是有意开枪！原谅我吧，怀乡！

徐怀乡　（惊恐地退后）不，你……别碰我！

徐国光　（痛苦地）怀乡！

（唱“反线叹颜回”）

惊回首，后悔迟，

负荆愧无词，

对不起啊海仇两母子！

[“相思锣鼓”，怀乡掩面痛哭。

徐国光　唉！

（续唱）　人在异邦念乡梓，

回头思过时，

如闻鬼夜啼。
良心受责谴，
如同被刀刺！
抚今惊觉昨天非，
心中苦痛自家知，
日中挂愁眉。
未敢对人提，
阿爸只有赖女儿解脱，
借以慰伤悲！

徐怀乡　啊，天呀！

徐国光　（唱“乙反清歌”）

我在台湾思故里，
竟遭迫害受排挤。
愤离孤岛奔异地，
未忘海峡两岸尚隔离。
我寄款还乡为赎罪，
为慰思乡之念——
才会冒险回归。
祖国欢迎我这迷途之子，

（转“乙反滴珠二黄”）

海仇抛开宿怨，
为我送药行医。
你是我亲生女儿，
更应将父亲宽恕。
今日痛陈往事，
望你鉴我良知！

（转“昭君怨”中段）

你看爹爹满脸纵横老泪，
只为你父亲知有罪。

你看爹爹已经鬓白时。

我知错认错——

难道你不谅我当初做错事？

难道、难道你要抛弃，

我这认罪悔过的父亲在此时?

徐怀乡　（序里白）爹地！（扑过去，失声痛哭）

（续唱）　我原谅你，原谅你，

我永远是慈父身边的好女儿！

徐国光　（爱抚地）怀乡，你原谅爸爸，爸爸感到高兴，只是海仇……

徐怀乡　爹地，不要再提海仇了！

徐国光　要提。海仇是个好青年。不仅没有寻仇报复，还热心将我抢救。但他和你的关系，毕竟难于处理……（一阵咳嗽）

[宋书影刚从外边回来。见状上前。

徐怀乡　（替徐捶背）爹地，你别说了。

宋书影　是呀，早点休息吧董事长！

徐国光　怀乡，俗语有话：一床难睡两仇人，你就死了这条心吧！（与宋书影下）

徐怀乡　死了这条心？天呵！

（唱“禅院钟声”）

为何我要在徐家出生，

冤家结恨，又偏偏为海仇他父亲，

好教我泪涔涔。

为何后辈要偿还这冤孽债?

为何同根相煎永记恨?

本该要，齐心兴国运，

后一辈，

怎不可以断却仇根，结良朋?

（转“新腔乙反恋檀中板”）

哎哟！真恨冤家，

回头将心来比心。

杀父之仇谁不恨？
两家怎能相亲近？
岂可怪他心肠硬？
只怨无计补裂痕！
唉唉唉，
这难补的裂痕呵！

（过门转“正线”）

一念到这样难解的冤家呵，
只好强忍痛，怀怨愤，
从此死了这颗心！

宋书影　（潜上）徐小姐，你要注意身体，不要为失去一个苏海仇而苦闷。这种人还想他干什么？

徐怀乡　那你可以毫无障碍地继续追求我啦？

宋书影　如果小姐允许……

徐怀乡　那我和我父亲的产业就都属于你的了，是吗？

宋书影　属于我……啊，属于我！

（唱“新曲”）

啊，爱神，财神！
你蓦地降临，
教我浑身血沸腾！
啊！幸运，幸运！
请容我紧贴你的心，
赐我难忘的初吻——

Oh my darling！（忘形地欲拥抱）

徐怀乡　（猛地打宋一耳光）卑鄙！

[幕急闭。

第五场　天高海阔

[次日的早晨，景同第一场。

[音乐声中幕启。徐怀乡在院里徘徊。

徐怀乡　（唱“慢滚花”）

一夜雷雨声，心中难平静。

父亲神恍惚，急欲转归程。

无奈藕断丝还连，

我脑海尚留海仇的身影……

[徐国光拉行李上。

徐国光　怀乡，书影去张罗回加拿大的事，怎么还未回来呢？

徐怀乡　（摇头）爹地，我们多住几天再走也不行吗？

徐国光　不行。爹地已经答应人家，今天不能不走了！

徐怀乡　你答应谁要今天走的？

徐国光　不必多问。快收拾行李吧！（与怀乡收拾行李）

[吕炳松上。

吕炳松　徐先生，听说你们马上要走？

徐国光　（托词）啊，吕主任！

（唱“滚花”）

只因敝公司有要事，

我必须即启回程！

吕炳松　唉呀，你近日身体仍未复原，还是等病情稳定下来再走吧！再说行政区侨办正准备组织一次侨胞环游宝岛的活动，你与徐小姐好不容易回乡一次，不参加太可惜了吧？

徐国光　我又何尝不想参加环游宝岛呢？但……

吕炳松　但什么呢？

徐国光　没，没什么……

徐怀乡　爹地，就算你等不到参加环游宝岛，也得精神好些再走哇！

吕炳松　对了，我已叫海仇再来替你检查一下身体，你就……

徐国光　（自语）海仇再来……

（旁唱“减字芙蓉”）

海仇他若再来，反添我心头之病！

徐怀乡　（旁接唱）想见面时又怕见面，

教我怎倾吐这未了情？

吕炳松　（旁接唱）他父女低首沉吟，心神不定。

得要设法挽留住——

（转“滚花”）

好把乱麻细理清！

徐先生，方才宋秘书找我张罗机票，但这两天的天气不好，飞机也停航，我看你们就安心在这里住多些日子吧！

徐国光　这……

吕炳松　来来来，快将行李搬回房里！（热情地代提行李）

徐怀乡　爹地……（扶之，三人同下）

[海仇悄悄地背着药箱上，在门前稍加犹豫。

吕炳松　（复上）海仇！

苏海仇　二叔。

吕炳松　你来得正好！你知吗——徐先生突然急着要回加拿大呀。

苏海仇　啊？！

吕炳松　他父女似乎有什么难言之隐。对了，我来问你，这两天你妈……

苏海仇　我妈对我接近徐先生和徐小姐，十分反感，昨晚还跑来找过徐先生……

吕炳松　哦，原来这样……海仇，看来一定要挽留他们，让他们感到祖国的温暖哪！

苏海仇　二叔，我知道应该怎样做的。（进屋去）

吕炳松　（对海仇背影点头）唔！

（唱“红豆子”）

海仇他心里尚清醒！

但草莲她却仍然心火盛，

我还要再找她，

劝她早释前嫌把风浪平！（出门下）

[苏海仇背药箱复上。徐怀乡跟上。

徐怀乡　海仇，你……就这样匆匆走啦？

苏海仇　唔，你父亲的病情已无大碍，就让他休息一吧！（欲走）

徐怀乡　等等，爹地已将过去的事情告诉我了，痛苦折磨得我彻夜难眠难道你就不能体谅我吗？！

苏海仇　这……

徐怀乡　唉！

（唱“春江花月夜”）

昨夜雨不停，

心怅惘总不定。

父辈遗留罪过竟教爱女去受惩，

叫我怎安静？

我未可抛却热情，

你可知怀乡，

此刻痛苦心境？！

苏海仇　我……唉！

（接唱）　我也有苦处说给谁听！

仇共爱未许心相应，

一朝隔开，两家怎可再续情！

徐怀乡　（楔白）为什么不可以呢？我们的爱并没有半点虚假，昨晚你抛开宿怨救我爹，更使我了解你，断不了这份情，难道你真的不珍惜我们之间纯真的感情？

苏海仇　（接唱）　若说情谊，仍令我心感铭，

但难以共你一起唱咏。

事已摆分明，

一道鸿沟怎跨过，

你应该要知晓我俩再难互诉心声！

徐怀乡　（楔白）难道这是一道永远跨不过去的鸿沟吗？

（续唱）　为创建新业，

应并肩效命。

纵有那前仇旧怨，

犹如那万壑千沟也可再填平。

苏海仇　（接唱）　虽则有志与你创新业，

但想你父亲过去的事情，

想修永好心又惊！

[吕炳松与罗草莲、苏力生卸上，见状，静听。

徐怀乡　（接唱）　我父能弃暗投明，

未忘记热爱家乡故国，

迢迢万里回程——

（楔白）赤子之心明如镜，难道你能不承认？

苏海仇　（接唱）　他万里而回，

尚算得有一腔爱国情，

他自知有错敢于认，

值得欢迎，

不因旧恶相轻！

我理解赤子之心游子泪，我无权剥夺你父女一片爱国赤诚！

徐怀乡　（激动地）海仇，你真能理解我们海外赤子的心情！

苏海仇　但我阿妈的情绪时起时伏，还没能冷静。

徐怀乡　那就让我们一起努力，解开你妈心头结吧！

吕炳松　（上前）不用去了，我们都一齐来解心头结！

苏海仇　二叔！爹！妈——

苏力生　海仇，刚才你二叔再跟我们谈过了，你妈她——

苏海仇　妈你……

罗草莲　海仇，你二叔和你刚才讲的话是有道理，但徐国光他……

吕炳松　大嫂！事情已经过去三十年，仇恨终究是历史造成的，我们过去的苦难主要应该归罪于反动统治者！

徐怀乡　（感动地）吕主任……

吕炳松　（示意不必多说。仍对草莲）大嫂，爱国不分先后，你可知道，徐先生在台湾受排挤才至流落异境，我们不能将他推回顽固派的阵营呵！

罗草莲　二叔，我明白，但……我还是难吞下这口气！

[徐国光已出现在门口。

徐国光　海仇妈。

（唱“古腔七字清”）

大嫂不必多气恼，
愧我无颜对你夫。
我愿听从你忠告，
父女决意，转归途！（收）

苏海仇　徐先生，你尚未复原。还是在这里安心养病吧！

吕炳松　是呀，徐先生。你不要走了！

徐国光　不走？其实，我一进村，就有人飞石留柬，劝我快快离开，那人实在是出于一片好心的……

苏力生　徐先生，飞石留柬的就是我！我是好心做错事呀！

徐国光　不！是我辜负了你的好意！

吕炳松　大嫂，你看——徐先生一腔热情回来，你却几乎把人家赶走，这会造成怎么样的后果啊！

罗草莲　这……

徐国光　吕主任，千万不要怪海仇妈，她的心情是可以理解的！

徐怀乡　是呀，千万不要怪海仇妈！

苏力生　草莲，徐先生与徐小姐都这样体谅你的心情，我们就不要老是纠缠旧账了！

罗草莲　不要纠缠旧账？

徐怀乡　大妈！

（唱“新曲”）

我父亲确欠下祖国人民一笔账，

多年来他都在尽力清偿。

这一回准备投资建设家乡，

也可以说诚心赎罪清还欠账。

（楔白）还有，记得一九六一年的时候，父亲闻得家乡有困难，又诚恐拒绝他还账，因此他——

（续唱） 他就隐姓埋名瞒真相。

一笔笔助学金，

连年不断寄家乡！

[众人骚动，刘书记已卸上。

刘书记 （闻罢感动地）徐先生，原来寄助学金，帮助家乡青少年上学的就是你呀！（紧握徐的手）草莲，告诉你一个好消息，海仇已正式被取录为研究生了！

众　人 真的？

刘书记 （取出通知书）你们看，这就是刚收到的录取通知书！

苏力生 草莲，海仇有今天，亦有徐先生的一份功劳呀！

罗草莲 （惊愕地）呵！

（旁唱“新曲”）

估道是仇人难改凶狠相，

怎料他居然有此善心肠。

霎时间耳热面红无话讲……

苏海仇 妈！

罗草莲 （接唱） 你二叔的衷心话，

擦亮了我目光！

苏海仇 是呀！如果说旧时仇恨，二叔也一样深。但是，二叔他是怎样对待徐先生的？

徐国光 什么？二叔？（急拉开刘书记问）刘书记，海根就是吕主任的——

刘书记 亲哥哥！

徐国光　（一怔）哦——吕主任你！你叫我说什么好呢？共产党人的胸怀真是跟天一样宽阔，海一样博大呀！刘书记，请让我在家乡捐资建一间大医院，将怀乡留下来，为祖国建设尽一臂之力吧！

刘书记　好，徐先生，感谢你呀！

徐怀乡　（高兴地）爹地——

苏海仇　妈，你看，徐先生如此热心为四化建设出力，我们为什么不可以以国家和民族利益为重，捐弃前仇呢？

罗草莲　（感到内疚）这……徐先生！

徐国光　（意外地兴奋）海仇妈！

徐怀乡　大妈！

罗草莲　怀乡！（拥抱）

[幕后合唱：

情似海，海无垠，
踏惊涛骇浪，
看万里风云！

[幕闭。

——剧终

本剧选载的是 1984 年关国华、郑培英、麦维佳、黄超全、梁晖等主演的演出本。

美人鱼

（根据王建华、赵根楼同名木偶剧改编）

改编：潘邦榛　何笃忠

人物表

金　海

蚌　嫂

龙　王

人　鱼

珍　珠

龙太子

红须大仙

山大王

龟丞相

灵芝仙姑

乌　贼

四花仙

二山怪

虾兵蟹将

四蛇女

第一场　奇遇

[很久很久以前。

[浩渺南海。

[急速的音乐锣鼓声中幕启。黑夜，电光闪闪，风急浪大。

[地脚纱幕内出现金海驾着一叶渔舟，与风浪搏斗。

[幕后合唱“新曲”：

夜苍苍，海茫茫，

电光闪，浊浪狂。

一叶孤舟逢魔障，

渔家不幸落汪洋！

[歌声末，急浪复舟，金海沉没。

[微弱灯光照射下，金海纱幕前奋力游上，栽倒在台中的礁石上。

[少顷。音乐声转为舒缓轻柔，风静，云散，月明。纱幕内人鱼脱水而起，缓缓地从纱幕内绕出台中，环顾四周。

人　鱼　（唱“寒宵吊影”）

风声凄，月迷茫。

苦海深深，

谁怜孤身弱女，

悄悄回望。

岁月悠悠，有泪千行。

怎得有日呀——

迎旭日，归家乡！

[金海渐醒，支撑不起，又昏倒。

人　鱼　（听到响声，一惊）谁？

[人鱼巡视，发现金海，迟疑地朝他走去，金海呻吟。

人　鱼　（扶起金海）大哥醒醒，大哥醒醒！

金　海　（昏迷之中）水……水……

人　鱼　这无边无际的海水可一滴也喝不得呀！

金　海　水……

人　鱼　这……怎么办呢？（突然发现）哎，这石头缝里有刚才落下的雨水。

[人鱼捧起雨水，慢慢地喂进金海的嘴里，金海渐渐苏醒过来。

人　鱼　（喜悦地）好了，他醒来了！

[金海发现自己靠在一位陌生姑娘身边，马上挣扎着站起来。

金　海　姑娘，你？

人　鱼　（羞涩地）我……

金　海　（念）滴滴甘露贵如金，伴随恩情沁入心！

人　鱼　（接念）患难相扶本应份，同是天涯沦落人！

金　海　哦？这么说，你也是个多灾多难的苦命人？！

人　鱼　唉，一言难尽！

金　海　姑娘，你如果信得过我，就对我金海说吧！

人　鱼　金海？金海大哥，你当我是谁？

金　海　看来像是我们的渔家姑娘。

人　鱼　是呵！可现在……

金　海　现在怎么啦？

人　鱼　你来看！（撩起衣裙，亮出一条鱼尾巴）

金　海　呵？鱼尾巴！（音乐起）这……这到底是怎么回事呵？

人　鱼　大哥呀——

（唱“昭君怨”头段）

未启唇，
情怀痛切泪满襟，
悲歌唱起倍伤神！（序）
我有辛酸要吐，
我有苦衷要诉，
我有一腔怒愤！

我胸中积满了千般恨，

比这海还深！

金　海　（浪里白）姑娘，你坐下慢慢说。

人　鱼　（浪里白）我原是南海边一个采萍姑娘，与爹妈相依度日，与渔家同爱故土。不料在一个中秋节的傍晚，我到海边盼望爹爹打鱼归来的时候，突然一阵狂风，天昏地暗，滔天的海浪一下子把我卷到了一个陌生的地方……

金　海　（浪里白）那是什么所在？

[此时纱幕内出现：海底一角，有一炼丹炉，龙太子与一虾兵一蟹将挥打采萍姑娘（演员用替身）并做下面唱词中的动作。

人　鱼　（唱"昭君怨"中段）

那是深幽海国，水晶宫内，

我自此不得脱身！

那宫中太子霸道横行，

迫我下嫁为妾，

速与他订婚嫔。

谁料我铁石心，

全没答允，

他未遂恶意，气得浑身震，

竟将我牢里囚禁。

残暴成性太毒狠，

炼丹炉里舀出那——

舀出那酷热的脂膏，

猛浇我双脚上，

顷刻痛楚万分！（哭）

[纱幕内出现的人、景渐渐隐去。

[强音乐声中，人鱼痛苦地抚摸着鱼尾巴。

金　海　（惊愕又同情地）姑娘你……

人　鱼　（唱"乙反二黄合字过门"）

变了鱼尾巴，欲站也无能。

眼泪汪汪愁难禁。

远望我家乡，

思念我亲人，断人魂！

重重折磨苦不堪，

凭谁为我解忧困！

金　海　（唱“乙反中板”）

听得她，细诉海底奇冤，

教我也同仇共愤。

语语凄凉，声声泣血，

真个是动魄揪心！

恨龙宫，恶者毒手横施，

偏令好人长含恨。

叫姑娘，不若跟随金海——

（转“乙反二黄”）

逃出这苦海千寻。

人　鱼　唉！

（接唱）　最可哀，我已变人鱼，

离开海水怎生存，

唯有将深仇强忍。

金　海　（唱“正线二黄”）

难道你今生今世，

愿永在海底沦沉？

人　鱼　（接唱）你若真有救我心——

（转“滚花”）

只有找一位仙家，

可助我脱离厄运。

金　海　哪位仙家？

人　鱼　红须大仙。

金　海　仙居何处？

人　鱼　红云山上。

金　海　好呀！

（唱“高腔滚花”）

我立即登程将他找——

人　鱼　慢！

（唱“滚花”）

茫茫大海你怎抽身？

金　海　呵呀！这……

人　鱼　不用急，我有办法！

[人鱼将一颗珍珠抛向台侧。珍珠姑娘浮上。

珍　珠　人鱼姐姐，你找我？

人　鱼　是呀！这位大哥愿为我去找红须大仙，借来珍宝……

珍　珠　那太好了！

（唱“滚花”）

能将法宝取回来，

你重返人间多庆幸。

待我请妈妈到此——

（向内喊）妈妈，你快来呀！

[海蚌内声：“来了！”游上。

海　蚌　（接唱）　女儿高声唤，未晓是何因？

珍　珠　妈妈，人鱼姐姐有救了。

海　蚌　真的？

人　鱼　是这么回事……（与海蚌耳语）

海　蚌　真好！

人　鱼　蚌嫂呀！

（唱“恋檀二流”）

难得这位大哥赤热心，

烦你送他上岸行。

海　蚌　可以！可以！

（接唱）　我当专诚将路引。

人　鱼　金海哥！

（接唱）　一路风霜须自珍，

千重险阻望留神！

金　海　知道了！

（接唱）　取宝除恶——

（转“收腔”）

你且海里候佳音！

保重！

[海蚌张开蚌壳，金海躲入。海蚌随波逐浪下。

[人鱼深情目送。

[幕闭。

第二场　借宝

[红云山上，浮云缭绕，悬崖险峻，怪石嶙峋。一葫芦形巨石堵住去路。

[幕启。

金　海　（内唱“首板”）

拨雾穿云，群山踏遍——（拄枝为杖，披荆斩棘而上）

（唱“滚花”）

誓将人鱼，

救出生天！

（登高攀藤，越过险涧，自悬崖跃下，转“霸腔慢板”）

飞越险涧，披荆斩棘，

但闻虎啸狼嚎，

远近人烟不见。

瘴气迷漫，怪石嶙峋，

来此荒山野岭，

何处寻觅大仙？（拉腔，四顾）

（“戏水鸳鸯”）

层峰险峻，寒风扑面，

挺身走上前！

骤见——

云里隐约金光闪，

信必仙家可寻见。

怎奈巨石块挡去路，

急得我心似滚油煎！

[金海绕路欲行，怪石移动拦阻，反复数次……

金　海　奇了！

（唱“快十字中板”）

石葫芦莫非有神差鬼遣，

何缘故偏要将金海纠缠？

我此来寻大仙历尽艰险，

救人鱼借宝珠岂可拖延？！

（转“滚花”）

事急燃眉，如何打算？

（“哑关目”求怪石让路，怪石故作刁难）

可怒！

（转“快中板”）

不由金海怒火冲天！

顽石分明恃硬欺软，

渔人本当一往无前。

（转“滚花”）

石葫芦，快滚开——（举杖劈去）

[一声巨响，怪石裂开，烟雾中跃出一庞然大物——山大王。金海为之

一怔。

山大王　（张牙舞斧）哈……

（接唱）　小子休来腾气焰！

金　海　你——

山大王　（念）云山我为尊，坐镇九千年，若想过山岭，先留买路钱！

金　海　大王！

（接念）小人经贵境，欲寻红须仙，大王行方便，芳名万代传！

山大王　少啰唆，拿钱来！

金　海　大王呀！

（唱“朦胧”）

穷渔人身缺文钱，

求大王，开恩典，

莫拦我，仗成全。

都只为人鱼遭灾陷深渊，

有谁怜念？

我仗义替她觅大仙，

始到山巅。

山大王　哦——你想救人鱼？可谓心肠善！

金　海　姑娘逢厄运，铁石人闻也心酸。

山大王　你找红须大仙何所求？

金　海　求借定海宝珠与孽龙一战。

山大王　什么？你这渔家小子竟敢斗龙王——口气是否大了点？

金　海　有道邪不胜正，岂容魔怪舞翩跹！

山大王　好胆！先看看你这小子有何本事了——（挥斧劈去）

[金海奋勇招架，小开打。

山大王　（一声喝）小的们！

[石林中烟雾腾腾。又涌上二山怪……金海以寡敌众，毅力感人。正当危急之际，山大王闪入石缝，金海紧追，忽然一阵烟雾，复出一位慈祥的红须老人，手中还持着刚才那“山大王”使用的大斧……

红须大仙　哈……

金　海　（愕然）你？！

红须大仙　（仿“山大王”动作，念）云山我为尊，坐镇九千年……眼前“山大王”——

二山怪　原是红须仙！

红须大仙　变——（斧变云帚）

金　海　（惊呆复欣喜）啊——大仙！（恭敬地跪拜）

（唱“秃头追贤二黄”）

适才间，冒犯了红须大仙，

只为救人心切，

还请仙翁多恕原！

望大仙施恩扶危，

借宝珠解救婵娟。（句，序）

红须大仙　哈……起来，起来！（浪里白）小金海仗义救人，刚毅果敢。好，好呀！

（接唱）　老夫我，慈悲为怀，

自当成全你这美愿。

我方才，略施法术，

从中试你是否心坚？

（转“木兰从军”）

你心比金坚，

不愧好少年！

赤胆救婵娟，

履险入山前。

愿世人效你心，

抑恶扬善！

紫气绕山峰，金光闪，

快随我到巨石边，

且抬头看——

［音乐奏无限句，红须仙云帚一指，一石露出石洞，飞出宝珠落红须仙

手上。

红须大仙 （续唱） 这宝珠飞下，

交给金海好少年。

金　海 （喜出望外，急伸手）谢仙翁！

红须大仙 且慢——

（念）这定海神珠非寻常见，红云山上炼千年。凭它降龙神通显，惟是只许借三天！

金　海 只许借三天？

红须大仙 唔……

（念）信用二字值千金，切记不能拖欠。否则神珠失效，人鱼永世无望跳出苦海深渊！（交珠）

金　海 这……

（唱“滚花”）

大仙嘱咐记心间，

斗妖龙拼将血溅！

三日后宝珠还你，

请仙翁不必挂牵。

刻不容缓救人鱼，

谢过仙翁南海转。

大仙，就此告辞！（下）

红须大仙 后会有期。哈……

（唱“煞板”）

俺这里，神拂弄，

好助他飞到海边！

金海，快去——(云帚一甩)

[只见金海腾云，飞驰而去。

[幕闭。

第三场　中计

[紧接前场。

[水晶宫殿，金碧辉煌，奇珍异宝，闪闪发光。

[幕启。笙鼓齐鸣。虾兵蟹将引道，四蛇女伴龙王上，龙太子与龟丞相随上。

龙　王　（傲踞龙椅，念）

龙王千年寿，海国万世昌。

龙太子　父王在上，请受孩儿一拜！（拜）

龟丞相　恭祝龙王爷万寿无疆！

众　万寿无疆！（拜）

龙　王　哈……平身！拿酒来——（乌贼奉酒上）

龙太子　父王呀！

（唱“了缘曲”）

今朝且一醉，

祝您万寿无疆！（敬酒）

龟丞相　（接唱）　吾主寿诞，无边乐畅。

海国共庆吉祥！

龙　王　哈……饮！

龙太子　蛇女，快为父王献舞！

龟丞相　动乐——

[乐奏“天上人间”，四蛇女扭动腰肢，狂舞献媚，龙太子在她们中间穿来穿去，乘机调戏……龙王高兴得前仰后合，连饮数盅；龟丞相等看得入迷……

[忽然一声巨响，一道刺目的白光射进宫内，宫殿剧烈摇晃。水族乱作一团。

龙　王　不好！

（唱“快滚花”）

海国霎时掀恶浪。

龟丞相　（接唱）　何方神圣欺吾王？

龙太子　（接唱）　且待孩儿查明真相！（拔剑欲下）

[乌贼高呼：“不好了！”连滚带爬上。

乌　贼　启、启禀龙王——

（念“快白榄”）

龙宫庆寿辰，忽然灾祸降，

来了一汉子，似是打鱼郎。

手托定海珠，要将龙宫闯。

我拦也拦不住，

我挡也无法挡。

定海神珠光刺目，

宫摇殿晃恶浪狂（双）！

龙　王　啊？！这、这便如何是好哇？

龙太子　父王！

（唱“恨填胸”）

你休要惊慌，

不必太紧张！

（念“数板”）

那来人，既是打鱼汉，

何本事，竟敢犯龙王？（双）

（续唱）　先杀掉他再讲！（挥剑欲下）

龟丞相　太子慢动手！龙王爷，容奏呀——

（唱“寻针”）

遇事不宜鲁莽，

轻举反会遭殃。

磋商、磋商——

那宝珠休小看，

得要步步关防！

龙　王　龙儿，龟丞相说来有理，先不要妄动，一起想个对策！

龟丞相　龙王爷！

（唱“快长句滚花”）

想此人，虽是打鱼汉，

却有定海神珠擎手上，

来者不善，必有名堂！

惟是昔日无冤，今日无仇，

他何故贸然往龙宫闯？

说不定受人差遣，

有事要面见龙王。（句）

何不先将他来历摸清，

见机而行求稳当。（耳语）

龙　王　好，就照龟相的办。来，有请贵客！

乌　贼　是——有请贵客！（退下）

[金海“快撞点”上。

金　海　（唱“新腔快中板”）

刻不容缓救姑娘，

定海神珠擎手上。

凛然正气责龙王，

虎穴龙潭只身闯——

龙　王　啊——

（念“口鼓”）不知来了贵客，有失远迎，还请多多原谅！

金　海　（接念）龙王爷何必客气？凡夫不过区区一个打鱼郎。

龙　王　（接念）请问尊姓大名？到此有何贵干？

金　海　（接念）无事不登三宝殿，金海到此打搅龙王！

龙　王　哪里、哪里！

（接念）你叫金海，我是龙王。龙海本属一家，还有什么客气可讲？来来来，相请不如偶遇——薄酒一杯先请尝！

（递酒）

龟丞相　啊呀——今乃龙王爷寿诞之期，赐酒于你，机会难得，不可不饮呀！

金　海　酒是要饮的，但得等事成之后……

龙太子　“事成之后”？什么事？

金　海　龙太子心知肚明。

龙太子　好胆——

龟丞相　（急按）太子！

龙　王　金海兄弟，有事你不妨直讲吧！

金　海　龙王爷！

（唱“反线芙蓉中板”）

金海见不平之事，

激起了义愤一腔！

龙太子胡作非为，

采萍女陷于魔掌……

龙太子　胡说！

（接唱）　你分明无中生有，

信口雌黄！

金　海　（唱“反线中板”）

那中秋，姑娘伫立海边，

盼爹归帆同将月赏。

忽然间，一阵狂风恶浪，

无辜卷走那姑娘。

（转“反线七字清”）

却原是太子从中施伎俩，

胁迫姑娘为妾心不良！

采萍女誓死不从遭祸降，

太子横施辣手害姑娘。

（转“反线三字清”）

炼丹炉，鱼脂烫，

姑娘她，苦难尝——

（转“反线七字清”）

失双脚，变人鱼，

冤深万丈！（腔）

龙　王　人鱼？

龟丞相　龙宫里虾姑娘、蚌大嫂倒有，何曾见过有人鱼姑娘呢？兄弟，你道听途说，以讹传讹了吧？

金　海　人鱼是我亲眼所见！还请龙王爷积德行善，让姑娘恢复人身，回家与亲人团聚。

龙　王　这……

龙太子　妄想！

（唱“霸腔滚花”）

本太子不放人鱼又怎样？

金　海　（接唱）　神珠一举，顷刻要你命亡！（举珠）

[龙宫顿时摇晃，水族惊惶失措。

龟丞相　金海兄弟，有话慢讲——

（念“白榄”）

纵有事，可商量，

龙宫是有个人鱼姑娘。

就是太子的心爱人，

正等她转意回心做新娘（仄）。

你与她非亲非故，

受不受苦与你何相干？

不如……（对龙王耳语）

龙　王　是呀！

（接念）　念在你如此好心肠，

为王也不至于令你白跑一趟。

这龙宫奇珍异宝数不尽，

可任由你挑选作报偿。

保你从此不再守清贫，

卖掉渔船一世有福享！（双）

金　海　想收买我？呸！

（唱“走马”）

纵使是一个穷渔汉，

常在海中经风浪。

清福我不稀罕，

再苦也觉心安，

岂贪珠宝钱财把道义忘？！

且快将人鱼放，否则定没情讲——

当心倒海又翻江！（欲举珠）

龟丞相　慢——

（续唱）既然你未肯相让，

待我请求太子放姑娘——

龙太子，本大量，

何妨作退让？（音乐续奏）

龙太子　什么，退让？

龟丞相　是呀，为保龙宫无恙，我看你就忍痛割爱了吧！（暗示假放）

龙　王　是呀，王儿就割爱吧！（暗示）

龙太子　（会意）好吧！

（续唱尾句）

叫出人鱼，

让她跟你回乡见爹娘！

龟丞相　传人鱼！

[人鱼飘然而上。收光聚于金海、人鱼二人身上。

人　鱼　金海！恩人哪——

（唱“龙飞凤舞”）

闻得释放回乡，

奴家欢笑若狂！

赖恩公脱灾免难，

谢哥哥恩深义广！

金海哥，我、我真不知道该怎样报答你才是！

金　海　姑娘，说什么报答呢？快快回家见爹娘吧！

人　鱼　哎呀——我双脚变成鱼尾巴，又怎能上岸呢？

金　海　这……快向恶龙讨还双脚！

人　鱼　恶龙惨无人道，恐怕难商量呀！

金　海　不怕！

（唱“恋檀中板序”）

莫惆怅，莫惆怅，

宝珠神威不可挡，

可为你帮忙！（示珠。音乐）

人　鱼　定海神珠？

金　海　专打水中之物！

人　鱼　（一怔）那我……我有鱼尾巴，会不会……

金　海　放心吧，谁拿都可以，宝珠打出去才有威力！

人　鱼　那我就——

金　海　你就拿去斗龙王吧！

人　鱼　好呀！（一把接过宝珠）

（唱“梳妆台”）

接过这神珠，

心里乐洋洋！

金海此刻莫逞强——

金　海　（发觉有异）啊？！

（接唱）　听她言语跷蹊有异样……

人　鱼　（接唱）　今番将小子戏弄一场！（狂笑隐去）

[灯光复全亮，龙王、太子与龟丞相都在狞笑，只见乌贼手举神珠站在金海面前……

金　海　你——

乌　贼　（清唱前曲尾句）

今番将小子戏弄一场！

金　海　啊？！中计！

龙太子　哈……与我拿下

[虾兵蟹将上前绑住金海。

[幕闭。

第四场　罹难

[当晚。

[海底石牢内。

[悲切的音乐声中幕启，人鱼姑娘斜倚一边，愁绪满怀。

人　鱼　（唱“二黄倒板”）

黑室沉沉，孤灯闪闪。

[音乐起“江河水”引子，人鱼挣扎站起。

人　鱼　（唱“江河水”）

我闷困此间，
痛彻心，意烦乱！
苦海，实难望到边，
此身似被关进阎罗殿。
未得见天！
咬牙恨太子——
恶毒凶狠，镇日纠缠，
迫我跟他相亲近，
逞淫威，挥鞭笞，
我玉洁冰清，
铁骨铮铮不怕磨炼，

定使他永不能如愿！

（转“反线二黄”）

惦挂着，金海哥，

未知一路可安然？

却为何，望眼将穿，

仍未见恩人回转。

在梦中相逢千百遍，

猛醒来珠泪印腮边！（拉腔）

（转“反线秋江别”）

但愿他此去，取宝早归旋，

荡尽那妖魔鬼怪，

解得我双脚复原。

跳出这鬼门关返家园，

与爹妈喜见面，

听十里欢歌笑语传！

[珍珠急匆匆上。

珍　珠　人鱼姐姐！人鱼姐姐！

人　鱼　珍珠妹妹，什么事？

珍　珠　告诉你一个好消息，金海哥哥来了！

人　鱼　真的？

珍　珠　（念“白榄”）

我亲眼见（双）！

他手托定海珠，神态好威严。

龙宫被闹得地覆天翻，

龙王也吓得浑身打战，

答应交出人鱼姐——

人　鱼　（惊喜，接念）

我终于盼到了这一天！（双）

[内场喊：“太子到！”

珍　珠　哎，一定是太子带金海哥来接你出去。

[太子，龟丞相上。

太　子　珍珠，你在这里干什么？快走！

珍　珠　（一怔，无奈）是！（下）

龟丞相　姑娘呀！

（唱“点秋香”）

恭喜你，恭喜你，

为你佳音快步传，

你故乡的小哥到跟前，

太　子　（接唱）　算是我施恩典，

有心将你成全！

人　鱼　（半信半疑地）真的？

龟丞相　姑娘，你回头看！

[一虾兵、一蟹将押着被绑着的金海上。

人　鱼　呵？！（惊得连退几步）金海！

太　子　哈哈！你们好好谈谈吧！（阴狠地）看这一回究竟靠谁去救谁？（一挥手，与龟丞相同下）

[虾兵、蟹将推金海于地上、随下。

人　鱼　金海哥！（扑向金海，失声痛哭）

（唱“扑仙令”）

我失声哭，问句天，

天作弄，再倩谁怜！

徒望盼，美梦化烟，

顷刻间，缺月难圆！

金　海　（挣扎起来）姑娘，我对不起你呀！

（唱“郁金香”）

云山获宝，我高兴回旋，

寻入海里斗龙王，速救你，

冲破牢笼出生天。

唉！怎知他诡计多端，

乌贼鱼假扮你，

骗走宝珠，

我被囚禁复何言！

（转“乙反流水南音”）

悔我耳目不明真假不辨——

人　鱼　（接唱）　恨那恶龙奸诈罪大弥天，

金　海　（接唱）　惜我有志难酬未尝所愿，

苦你难逃厄运——

（转“正线二黄”）

依旧恨海难填！

怎可再访仙踪，

重觅生机一线！（拉腔至“士”音）

人　鱼　唉！

（唱“千般恨”）

未有生机再重现，

莫将弱女长系念。

为了我，你艰辛饱受，

更累你顷刻困身阎罗殿！

金　海　（接唱）　莫唱悲凉调，

我自小受惯磨炼。

只要你，可脱身返家园，

就算一死也情愿！

人　鱼　（接唱）　你真情一片，

你挚诚相待，

千般恩德高于天！

金　海　（接唱）　那妖龙险恶，

会再腾气焰，

你要多加小心志更坚！

[龙太子，龟丞相复上。

龙太子　怎么样？你们谈过了，这回该死心了吧？

人　鱼
金　海　（怒目而视）你……

龟丞相　不要再逞强了。定海珠已到了龙王爷的手里，你们有天大本事也休想逃出太子的手掌心！

金　海　呸！

（唱“快慢板”）

你休来洋洋得意，
滥用威权。
倘若是有一朝，
我能脱险。
定将你们，剥皮抽筋，
叫你命难存！（拉腔）

龙太子　可怒也！

（唱“霸腔快中板”）

小子分明不知深浅，
还来口硬出狂言
蟹将虾兵——

（转“霸腔滚花”）

快抬上炼丹炉！

[虾兵、蟹将抬炼丹炉上。

龙太子　（接唱）　且看炉中熊熊烈焰！

龟丞相　告诉你，这炉中是烧了千年的鱼脂膏，只要把它往你身上一浇，哈哈……

（唱“赛龙夺锦”）

话变，就变，
让你双脚将尾巴变。
那阵无可怨！

人　鱼　　慢！

（唱“滚花”）

你们不能将他来伤害——

龙太子　　可以！

（接唱）　只要你愿与我结凤鸾！

人　鱼　　这……

金　海　　（接唱）　姑娘千万莫应承——

龟丞相　　住嘴！

（接唱）　人家救你有心，

还不随机应变！

姑娘，现在就看你的了！

人　鱼　　我……

龙太子　　怎么样？（狠狠地）来呀，把他推倒在地，给我把鱼脂膏舀出来！

[虾兵、蟹将把金海推倒在地，欲舀。

人　鱼　　住手！

龙太子　　你答应了？

人　鱼　　好吧！

（念“口鼓”）与你成亲，要先依我两个条件。

龙太子　　这第一……

人　鱼　　（接念）第一放走金海——

龙太子　　可以，松绑！

[虾乒为金海松绑。

人　鱼　　（接念）第二要将我双脚还原。

龙太子　　这……

龟丞相　　没问题！

龙太子　　对，一定想办法！

金　海　　（接念）姑娘，有道宁为玉碎，不作瓦全，你应该坚强一点。不要为我玷污了一身清白，忘却了大恨奇冤！

人　鱼　　金海哥，事到如今，你要明白我的心啊！

金　海　我明白你的心，可你，也要明白我的心啊！

龟丞相　休要啰唆，最紧要还是要明白太子的心呢！

龙太子　对呀！哈哈！

（唱“滚花”）

明日龙宫奏喜乐，

什么冤冤恨恨都化云烟！

姑娘你来来来，

快随我回宫转。

人　鱼　（依依不舍地）金海哥，你多多保重！

龟丞相　姑娘，快走吧！（推人鱼）

[太子强拉人鱼下。

金　海　（唱“沉腔滚花”）

唉呀呀，

不禁心似油煎！

（一时无计，欲走）

龟丞相　（挡住）哪里去？

金　海　你不是答应放我走的？

龟丞相　你想得太天真了，哈哈！（叫虾兵）绑！

[虾兵、蟹将拥上绑金海。

[切光。

[幕闭。

第五场　盗珠

[次日。

[珍珠宫内，奇光异彩。正中珊瑚架上托有五彩斑斓的玲珑彩贝。

[幕启。龟丞相、乌贼伴龙王上。

龙　王　（唱“滚花”）

为着龙儿婚姻，

几乎招来大祸。

太子急于成事，

姑娘偏把时间拖。

珍珠宫内走一遭——

速叫人鱼来见我！

乌　贼　呔——人鱼前来见龙君！

［人鱼上。

人　鱼　（唱“葬花词”）

哀哉我，坎坷多，

当初不幸遇恶魔……

金海如今竟陷罗网，

宝珠失却奈谁何？

恩人被困锁，

怎得枷锁破？

彷徨无计急坏我！

此去见龙王，

要救下牢内金海哥。（上前）

龙　王　哦——人鱼媳妇！

（念“口鼓”）明日你就与龙儿拜堂成亲，不愁没好日子过。你看——这珍珠宫专门为你夫妇而造，珍珠整整用了十万多。

人　鱼　（接念）十万珍珠又如何？抵不上定海神珠一颗。

龙　王　哦——

（接念）定海神珠也珍藏在此宫内，只望你与太子百年好合共唱和。

人　鱼　什么？神珠也在此？

龟丞相　不错！

（接念）龙王爷将神珠赐与你作妆奁——（眼色）

龙　王　哎……

（接念）是呀。就在这玲珑彩贝中安放妥。

人　鱼　哎呀！

（接念）神珠乃无价之宝，偏放在烂贝壳里却为何呢？

龙　王　媳妇！

（接念）这彩贝固若金汤，万钧雷霆也轰不破。

人　鱼　（接念）如此怎能打开一看——

龙　王　（失口接念）自有咒语……媳妇何必问这么多？

龟丞相　是呀，等你做了新娘，还愁见不到神珠？

人　鱼　哎呀！你们左一声媳妇，右一句“新娘”，至今尚未还我双脚呢？

龙　王　哦，你肯应承婚事，我一定还你双脚！

人　鱼　既如此，得先还我双脚后成亲哪！

龙　王　可以！龟丞相——命你立即往蓬莱仙境取灵芝花露。

龟丞相　灵芝花露？

龙　王　对！

（唱“减字芙蓉”）

取来灵芝花露，

妙用自有许多！

此乃龙家祖传秘方，

祛病除灾消痛楚。

若再掺一滴热泪，

返老还童乐呵呵！

人　鱼　啊，灵芝花露能有如此法力？

龙　王　哪还有假？

（续唱）　灵芝五百年才开一朵花——

我已卜卦，明天正是花开之日。

（对龟，转“滚花”）

你速去速回，莫将时机错过！

龟丞相　遵旨——妙呀！

（旁接唱）正好趁机先尝灵芝露，

待我成仙得道便念弥陀！（下）

龙　王　人鱼媳妇，只等龟丞相取回花露，洒在你鱼尾之上，便还你双脚，明日好成亲了，你放心吧！哈…… 摆驾！

[乌贼伴龙王下。

人　鱼　明日……（焦虑万分，注视彩贝）

（唱“寄生草”）

暗喜宝珠现在藏贝里，

得找机缘把妙计施，快些夺过来！

惟是贝壳要神咒才能开，

宝珠若不赶快夺回，

怕的是难救好金海。

明日里，更迫婚配，

我纵有双脚也无能耐，

终身羁囚受痛苦，故乡永难回！

[珠珍姑娘上。

珍　珠　人鱼姐！

人　鱼　珍珠妹！

珍　珠　（唱“快滚花”）

看你急得转团团，

想必惦念牢中金海。

人　鱼　（接唱）　如今金海情形怎样？

珍　珠　（接唱）　已被我母亲救出来！

人　鱼　啊——金海哥救出来了！

珍　珠　嘘——

（接唱）　可惜他失却神珠，

欲斗龙王无可奈！

人　鱼　刚才龙王言道，神珠就藏彩贝之内，我们若能骗得神珠咒，便可取到神珠！

珍　珠　怎么骗呢？

人　鱼　这……（心生一计）你能否给我一颗跟定海珠一模一样的珍珠呢？

珍　珠　行！你来看——（变珠）

人　鱼　啊！

[音乐，二人举珠起舞……

珍　珠　咦——龙太子来了！

人　鱼　他来得正好，附耳过来——（耳语）快，快叫救命！

珍　珠　（会意，大喊）救命呀，救命呀！

[龙大子急上，

龙太子　何事大声疾呼？

珍　珠　太子呀！

（唱“水仙子”）

我遵旨，到殿内，

料不到，竟遭灾。

人鱼太不该，

她横行无忌，

用手上宝贝打我，

要将我害！

龙太子　用宝贝打你？

珍　珠　是呀！定海珠被她拿去，用来打我。

龙太子　什么？（见人鱼手持“宝珠”）你怎么取得这定海珠？！

人　鱼　你能用神咒放它进去，我就不能用神咒取它出来吗？

龙太子　不对！你是不知道咒语的。

人　鱼　这么说我手上这颗定海珠——

龙太子　定是假的无疑！

人　鱼　假的？哈……

（唱“陈世美不认妻”）

你又怎会知道，

老龙曾到此来，

将神咒告人鱼，

我便把彩贝开。

龙太子 （接唱） 爹爹亦知利和害，

怎会轻率让你来将彩贝开？

我不信！

珍　珠 你不信？彩贝里头的神珠早就没有了，不信便打开看看吧！

龙太子 好，待我看过——(念咒)“彩贝彩贝，人见人爱，奇光一道，逐层张开！”

[彩贝立即闪光，层层张开，现出光彩夺目的定海神珠，人鱼、珍珠见状暗喜。

龙太子 宝珠！宝珠还在呀！哈……关！

[彩贝旋即关起，珍珠暗下。

龙太子 好呀娘子，原来你用假珠戏弄我！该当何罪？

人　鱼 （故意）哎呀太子。人鱼我闲来无事，跟你开个玩笑，又何必如此认真呢？（佯怒，撒娇）

龙太子 开玩笑？哦——对，对，对！夫妇间开开玩笑别有一番情趣呀！咦——娘子！

（唱“荡舟”）

为何事，鼓香腮？

此番夫婿前来，

应要欢心相亲爱。

且把头抬——

娇妻容貌美，

姿态迷人令我呆！

[“合尺相思”，太子趁机想拥抱人鱼，人鱼闪开……

人　鱼 太子，请放尊重点！

龙太子 哎呀美人！明早拜了堂就是两夫妇了，你又何须怕羞呢？

来来来，陪为夫饮一杯——（斟酒）妻呀！

(唱“手托”)

你真可爱，

艳丽胜似鲜花开！

我喜不禁，

难再将明日等待。

立即要，

与娇合卺交杯！

来啦！来啦——（扑向人鱼）美人哪！

[人鱼一闪，虾兵刚上。太子将虾兵抱住。

虾　兵　太子，是我呀！

龙太子　（恍悟，恼羞成怒）混蛋！你走来干什么？

虾　兵　启禀太子，牢中关押的金海小子不见了！

龙太子　啊？！饭桶——（一巴掌掴去）还不快搜？

（唱“霸腔滚花”）

就算他上天入地，

也得设法抓回来！

走！——（率虾兵下）

人　鱼　不好！金海哥万一重陷罗网，怎生是好呢？

（心似火燎，急得团团转，唱“快二流”）

人鱼我，

犹似烈火燃心内！

孽龙他心狠手辣，

只怕金海再遭灾。

不若先盗出神珠，

错过时机不可再！

（音乐“弹竹花”，上前念咒）彩贝彩贝，人见人爱……（未念完）

[蚌嫂上。

蚌　嫂　姑娘，你看——（张壳，金海从中出来）

人　鱼　金海哥！

金　海　姑娘！

人　鱼　（唱“二黄滚花”）

幸得你平安无恙——

金　海　（接唱）　凭蚌嫂救我出来！

蚌　嫂　金海兄弟，我早说了，你应该谢她！

金　海　姑娘，我……(内疚)

人　鱼　别说了，我明白你的心！

金　海　姑娘，神珠失去，恐怕难于救你了！

人　鱼　金海哥，神珠就在这里——

[珍珠姑娘急上。

珍　珠　妈，人鱼姐，不好了！

（念“快白榄”）

老龟往蓬莱，要将灵芝采，

我听他自言又自语，

说道机会趁这回。

要将花露来独吞，

得道成仙寿千载。

他还说“管你鱼尾还是双脚，

人鱼休得异想天开！”

金　海　什么？！

人　鱼　只有蓬莱仙境的灵芝花露才能还我双脚，但灵芝花五百年才开一朵……

蚌　嫂　不好！若被老乌龟抢先独占，姑娘岂不……

金　海　灵芝何时开花？

人　鱼　听老龙说，明早便是开花之期。

金　海　明早嘛……好！

（唱“快中板”）

定要抢先将花采，

管叫老龟空手回。

为救姑娘不容稍待——(欲下)

人　鱼　等等！

（接唱）　让神珠伴你到蓬莱！

（念咒）“彩贝彩贝，人见人爱，奇光一道，逐层张开！”

[彩贝张开，珠光夺目。

[幕闭。

第六场　求仙

[翌晨。

[蓬莱仙境。仙雾缭绕，楼阁翼然，奇花、异草、老树、怪石。台中有一枯树老根，上置一只古瓷花盆。

[幕启。龟丞相兴冲冲地上。

龟丞相　走呀！

（唱“卖杂货”）

走匆匆，步步喜，

我笑开眉，

蓬莱仙境找灵芝。

吃得花露，能成神仙，

我老龟欢快赴瑶池！

（转“板眼”）

可笑太子，

一日都“心思思”，

为早成美事，

条件答应了人鱼。

龙王就命小臣，

专程远走一次。

要取灵芝花露，

秘方也话我知——

哈哈！龙王爷呀龙王爷！

（续唱） 这回莫怪小臣，
不再效忠于你，
一旦成仙得道。
我就乐也怡怡！
（探头探脑地到处找灵芝，不见影踪）哎，到哪里才能找到呢？（走近老树）
（念“韵白”）
老树老树，今日巧遇，
灵芝何处，你话我知！
（无反应，转对一块嶙峋怪石，再念）
石头石头，我将你求，
灵芝何处有，请你快开口！
[忽然，怪石真的裂开，出现一朵鲜花。
龟丞相 （惊喜）哎呀！灵芝花，妙呀！
（接念） 石头够朋友，助我遂所求。
成仙是时候，待我快伸手！
[龟丞相正欲走近伸手采花，金海急步赶上。
金　海 （大喝一声）老乌龟！
龟丞相 （惊得连退几步）呵？你，你来干什么？
金　海 跟你一样，来取灵芝花露！
龟丞相 你也想成仙？哼哼，恐怕你还没有这个福气！
[龟丞相急欲取灵芝花，金海一个箭步上去把他推开。龟丞相急忙抓住金海往后拽，金海把他摔倒在地，夺过他的剑，几次刺龟丞相，均未刺入。
龟丞相 哼，看你有什么办法！
金　海 休要得意！（取出定海珠托起）看珠！
龟丞相 呵！（被珠射得头昏）
[金海乘势挥剑猛劈龟脚。
龟丞相 哎呀！（滚下）
金　海 好呀！

（唱“滚花”）

幸好来得及时，

否则灵芝被他抢去。

（对着石头中的花）灵芝花呀灵芝花——

（接唱）　我欲取花露将人救，

请你鼎力扶持。

[金海小心地走过去，正欲采摘，突然传来一阵笑声，灵芝仙姑从一阵仙雾中走出。

灵芝仙姑　那是假的！

金　海　啊？

灵芝仙姑　这位小哥，你要来取灵芝花露？

金　海　正是，请问仙姑大号？

灵芝仙姑　我乃灵芝仙姑是也。

金　海　啊！

（续唱）　请恕金海失礼一时，

还望仙姑恩赐！

灵芝仙姑　赐予你？（打量金海，点头）你随我来！

[音乐起。灵芝仙姑引金海绕场。又一阵仙雾喷出，灵芝仙姑闪隐下。

[金海正惊奇间，桃花仙子、荷花仙子、菊花仙子及蜡梅仙子从花丛中走出，围着金海翩翩起舞。

四花仙　（边舞边唱四三拍“仙女牧羊”）

万紫千红美景中，

仙乡缥缈云雾浓。

喜百花，逍遥乐，

翩跹起舞同含着笑容。

贵客一心远道来，

仙家欢乐，迎送！

金　海　请问众位仙家大号？

桃　花　（唱四三拍“新曲”）

脉脉含情笑春风。

荷　花　（接唱）　亭亭玉立碧波中。

菊　花　（接唱）　一夜秋风金遍地。

腊　梅　（接唱）　千重雪压独我红。

金　海　哦！原来是春天的桃花，夏天的荷花，秋天的菊花，冬天的梅花，四位花仙有礼了！

四花仙　不必客气，我们在此恭候贵客。

金　海　（念“口鼓”）请问花仙，方才灵芝仙姑引我来，如今不知她何方走动？

桃　花　（接念）仙姑在琼阁承受九天甘露，沐浴八面来风。

荷　花　（接念）是呵，灵芝花就要盛开，那时阵阵奇香四方飘送。

金　海　（接念）好呀！只盼赐来花露让我马上带走，定永记仙姑情隆！

菊　花　什么？你马上要走？难道你还不知道我们这里的规矩？

金　海　啊？有甚规矩，还望多多指教。

腊　梅　今天是五百年间才逢上一次的仙花节，哪位小哥有缘最先碰上我们灵芝仙姑，就……（笑）

金　海　怎么样？

四花仙　（一字一顿地）就要与她成亲！

金　海　什么？与她成亲？

桃　花　（向内一看）哎，你看，她来了！

[灵芝仙姑飘然上。

腊　梅　（走近灵芝）灵芝仙姑，你自己与那位小哥谈谈吧，我们姐妹不打扰你了！

[四花仙带笑隐下。

灵芝仙姑　小哥，她们方才所说，你可明白？

金　海　我……

灵芝仙姑　小哥呀！

（唱“反线锦城春”）

天成，佳期！

明媚春光吐艳，你逢奇遇。

仙花节迷人，花放在今时，

我一片热诚，只望共你谐连理。

好夫妻，乐唱随。

你可知此刻月老他，

正把红绳系。

金　海　　这……

（旁接唱）仙乡里，竟有此事，

好教我，心中诧异，

不禁暗暗踌躇。

灵芝仙姑　（接唱）　你可遨游仙乡，

迁入蓬莱仙居，

乐永享，人常醉。

美仙景，世间稀，

难道你，竟推辞？！

金　海　（音乐奏“二黄合字序”首句）仙姑呀！

（唱“长句二黄”）

请恕我不懂仙规，

请容我深施一礼，

真诚恳切细陈词。

金海并非无情义，

惜你一番美意，

我实难以从依。（句）

此刻访觅灵芝，

实有燃眉急事。

灵芝仙姑　（唱序）　你急取花露何用意？

金　海　（唱曲）　为将人鱼解救，

片刻不可拖迟。

灵芝仙姑　（唱序）　何故要救人鱼？

金　海　　唉！

（唱“下西歧”）

只为人鱼情惨凄，

被囚于海底，

惊变了双足，伤残了玉体，

她受苦受难流尽眼泪，

更恨那孽龙定要迫嫁，

今天本到限期。

我若然未有赶返去，

怎解困扶危！

求谅情，烦相助，

我确难与你共结夫妻。

你的恩德，

此生不忘，定记心底！

灵芝仙姑　（感动）这个……

金　海　仙姑呀，就请你快快开恩吧！

灵芝仙姑　（唱“血泪花”中段）

你对人鱼，这般虔诚，

真有情义。

我今天，可开恩！

三条路，随你意，

你自己，要三思！

金　海　请讲。

（唱“减字芙蓉”）

第一是救得了人鱼，

你便长在仙乡过日子。

金　海　（浪里白）我是凡夫，离不开家乡父母，实难从命。

灵芝仙姑　（接唱）　第二是取了花露，

却要换你的定海珠。

金　海　（浪里白）定海珠是降龙之宝，仙翁只借三日，岂可给你。

（接唱）　还请再讲三条——

灵芝仙姑　（接唱）　做到这条更不易。

花露一到你手上，

你就顷刻变作老头儿！

[强音乐骤起。

金　海　你说什么？

灵芝仙姑　我说给你灵芝花露，你就立刻变成一个白发苍苍，老态龙钟的年迈人！

金　海　这个……

（旁唱“雨打芭蕉”中段）

仙姑言词更令我奇，

得变白发人，才能救人鱼。

我是堂堂铁汉子，

早已不管生与死，

劫难重重无惧畏，

舍己救人方可贵，

定叫人鱼将苦海离，

我一刻不可再犹疑！

（对灵芝，转“爽七字清中板”）

我谢仙姑一番心意，

青春尽献我也能依。

就请及时，将花露赐！（拉腔）

灵芝仙姑　当真？

金　海　当真！

灵芝仙姑　好呀！

（唱“煞板”）

看云帚，挥指处，

喜见灵芝！

[灵芝仙姑将云帚向古瓷花盆一指，随着音乐声，一棵盛开的灵芝花从盆中升起，花瓣上的露珠晶莹透亮。金海取出水晶瓶，走前将花露滴入瓶中。

[四花仙拥上，围着金海。金海一转身，已变成一个白发苍苍的老头。

金　海　（举瓶）人鱼姑娘，你有救了！

[切光。

[幕闭。

第七场　结缘

[紧接前场。

[海国庭园，奇花异草闪闪发光，鱼虾游来游去，远处可见水晶宫阙。宝石龙门，剔透晶莹……

[二蛇女监护着人鱼上。

人　鱼　（唱“燕子楼慢板”）

恩人采花到蓬莱，
至今未回急煞人。
不知是吉还是凶，
莫教人鱼再空等。
恶龙施威迫成亲，
动乐拜堂时已近，
金海若途中遭不幸，
人鱼便苦海永沦沉！（长腔）
恨恶龙无道恃凶蛮，
叹弱女无能脱厄运。

（转“孔雀开屏”尾段）

虽有一腔愤，
怎雪千般恨。
估道遇恩人，
便能觅再生。

岂知偏有万劫千灾——
总将弱女困！
此生怕是无望再见爷娘，
只望金海无恙得返家行。
骤然，又闻，
笙鼓，声震，
那恶龙定缠住我迫婚嫔！

[龙太子捧凤冠上。

龙太子　娘子，娘子——快要动乐拜堂了，你何以连凤冠也不肯戴呀？来来来，戴上！

人　鱼　我不是早说过：不把我的鱼尾变回双脚，就休想与我成亲！

龙太子　放心吧！父王不是命龟丞相前往蓬莱取灵芝吗？等他取得花露回来，还怕你的鱼尾巴变不了脚？

人　鱼　那，那就等他回来再算吧！

龙太子　等？唉——

（唱“尺字二黄序”）

等等等，这一回岂能再等？
宫中乐声喧，正好谐妙韵。
都怪老乌龟，走路慢腾腾，
我却急如焚！
他迟回误佳期，
要他碎骨粉身！
那时莫怪我心狠。

人　鱼　（旁唱“十字二黄”）

笙鼓催，一听一惊心，
恶龙咄咄逼人。
教我如何计运？

龙太子　娘子！

（接唱）　笙鼓催，你不能再等，

快将这凤冠戴上，

良宵一刻值千金！

人　鱼　（唱“流水南音”）

龙王曾经亲口答允——

不还我双脚不成亲！

儿女终身攸关要紧，

不愿拖条尾巴作新人！

龙太子　这……唉，真拿你没办法！（急得来回踱步）

人　鱼　（旁白）金海哥哥呀——

（旁爽唱“泣残红”）

人鱼望你归，

恰似盼甘霖，

应知弱女心。

恶龙在紧逼，

你再迟半步，

我苦挣扎亦无能。

怕误了终身，

只待哥回来为我解困。

倘若竟生意外，

恩公你没回音，

我拼将热血洒，

尽泄一腔愤！

[乌贼急上。

乌　贼　太子，来了，来了！

龙太子　你看，说来就来，快快有请龟丞相！

乌　贼　不是龟丞相，是一个老头儿。

龙太子　什么？老头儿？把他抓起来！

[金海上，虾兵蟹将紧随而至。

金　海　太子，这样太不客气了吧？我是来给你送礼的。

龙太子　送礼？哼！看你一副寒酸相，能送得什么礼？

金　海　我讲出来，恐怕你还受不起呢！

龙太子　笑话！什么礼物？

金　海　定海神珠！

龙太子　哈……你这疯老头，量你连神珠是个什么样也没有见过呢！

金　海　那么，你看看这是什么——（亮珠）

龙太子　（不以为然）哈哈哈！

（唱“快中板”）

鱼目岂能将珠混？

老头居然也想骗人！

金　海　哈……

（唱“霸腔滚花”）

举神珠，镇妖龙——

（举珠，一道奇光射向龙太子）

龙太子　（大惊）啊？！你是仙翁！

金　海　（续唱）　替人鱼报仇雪恨！（飞出神珠）

龙太子　顶住，顶住——（逃下）

[蛇女将人鱼掳下；乌贼、虾兵蟹将扑向金海，小开打……虾、蟹被击毙，乌贼逃下，金海追下。

[龙太子、二蛇女掳人鱼上。

龙太子　贱妇！

（唱“霸腔滚花”）

纵有仙翁救你，

也休想死里逃生！（拔剑欲刺）

[一道奇光射来，将妖龙镇住，金海及时赶上，对峙……

[乌贼伴龙王急上。

[金海挥舞神珠，顿时殿摇宫倾，一片大乱……太子中珠命毙，龙王立即气绝，水族惊呼逃下。

人　鱼　多谢老仙翁救命之恩！（跪）

金　海　　姑娘，我并非仙翁，快些起来!

人　鱼　　（起）啊？老伯若非仙翁，宝珠从何而来呢？

金　海　　姑娘，你忘记了？这宝珠是你从彩贝中盗出来，亲手交与我的呀！

人　鱼　　什么？你是——

金　海　　我是金海呀!

人　鱼　　金海？（强音乐起，凝视金海，似曾相识，却不敢相信）

[幕后女声合唱“秋水龙吟”：

惊闻此话心沉痛，

将信将疑是真还是梦!

人　鱼　　（接唱）　盼恩人至，

却因何故——

金海瞬间变白头翁？

金　海　　（接唱）　只因有波折在其中，

今早正喜觅到仙踪。

急待仙姑帮我斗孽龙。

（转“乙反南音短序”）

怎知一时又遇上灾难重重。

人　鱼　　啊？！

金　海　　姑娘——

（唱“连序乙反恋檀”）

今日我，蓬莱去，

深知举足轻重，

抢先赶到，逐退乌龟。

喜有奇逢——

云雾里骤降仙姑笑融融。

我急欲取花露，

仙姑偏要我应承变老翁!

让你尽快得救，

金海甘弃少年容。

人　鱼　（接唱）　怎不叫我感动，

一腔英气贯长空。

舍己相救甚可贵，

却不忍你落难重重。

金　海　（接唱尾腔）

你喜获再生，

我心乐融融，

不必为我悲痛！

[“昭君怨”尾段音乐，金海将花露洒在鱼尾上，顿时仙雾缭绕，鱼尾化成双脚。人鱼惊喜地狂舞…… 突然收住舞步，难过地凝视金海。

金　海　姑娘，你跳吧，尽情地跳吧！

人　鱼　（悲恸地扑去）恩公！

（唱“双星恨”）

谢恩人——

挺身灭妖龙闹龙宫，

终救出人鱼，

恩厚又情隆，

为扶危，显高风！（序）

我心内——

早生敬慕，愿报恩重。

将终身许与你，

千般爱意献与闹海英雄！

怎料到恩公变颜容，

昨日里英姿再难逢，

究是真呀还是梦？

金海哥——纵使成老翁，

我也愿陪伴你返家中！

金　海　姑娘！

（接唱）　芳心一颗铭我心胸！

你是妙龄女子，
我是白头老翁，
怎可跟我返家中？

人　鱼　（接唱）　此刻教我热泪如潮涌……

[音乐续奏前曲。

金　海　姑娘，仇也报了，双脚也还原了，还哭什么呢？应该高兴才是！

人　鱼　金海哥，我虽然报了仇，还原了双脚。但却令你失去了青春，我、我怎能不心痛呢？恩公，此后你孤单一人，老来无靠，日子怎过啊？你，你就让我长做伴，同甘共苦度光阴吧！

金　海　别说傻话了！快快回家见爹妈，寻找自己的幸福吧！

人　鱼　不行，我永生永世也不离开你！（抱着金海不放）

金　海　姑娘，这、这怎行呢？你正含苞待放，前程似锦，我怎忍心拖累于你？！劝你还是离开我吧！（推开人鱼，激动得气喘猛咳）

人　鱼　恩公你？

金　海　我觉得气促心跳、头昏眼花，恐怕不中用了！（跌坐）

人　鱼　（一怔）啊？！（悲恸地扑去）金海哥——

[碰倒花露瓶，溅湿金海身。

金　海　看你——将花露瓶也碰倒了！

人　鱼　恩人哪！（抱着金海痛哭）

金　海　姑娘，莫哭、莫哭……（自觉身上有异感）咦，姑娘，怎么你的眼泪一滴在我身上，我就不再气促心跳呢？头也不昏，眼也不花了！

人　鱼　哦？！（寻思）花露溅湿了你，再掺上我的眼泪……（恍悟惊喜）我想起了——是灵芝仙露施法力。你也得救了！

金　海　啊？！

[刚好奏至“双星恨”尾段音乐，忽然仙雾弥漫，将金海笼罩住……霞光万道，迷雾中重现英俊年少的金海。

人　鱼　金海哥——（狂喜奔过去）

金　海　姑娘——（迎上去，拥抱）

[红须大仙与灵芝仙姑出现在烟波之上，欢心地点头而笑，笑声响彻南海。

金　海　（闻声望去）仙姑！大仙！宝珠如期奉还，多谢大仙相助！

（取出宝珠，与人鱼携手迎上去，还珠，拜谢）

［幕后合唱“新曲”：

定海珠，除恶首，

灵芝露，洗冤仇。

舍己救人感天地，

劫难情侣夙愿酬。

佳话传千秋！

［合唱声中，众花仙一拥而上，挥动彩带，翩翩起舞，庆贺患难情侣结奇缘。

［幕闭。

——剧终

本剧选载的是1985年丁凡、陈韵红、吕荣忠、张松坚等主演的演出本。

梦断香销四十年

编剧：陈冠卿

人物表

陆　游	字务观，号放翁，南宋爱国诗人
唐　琬	陆游前妻
王春娥	陆游后妻
赵士程	山阴望族，唐琬后夫
唐夫人	陆游之母，唐琬的姑母
邓　哥	沈园花匠
邓　嫂	邓哥的妻
邓翠花	邓哥的孙女
秋　兰	唐琬的女侍
夏　荷	女侍
家　院	陆府的家院
王　炎	四川宣抚使
虞允文	前后四川宣抚使
吴　珙	南郑前线将领
吕　伟	南郑前线将领
王承祖	南郑前线将领
黄　强	南郑前线将领

汤子臣	虞允文的幕僚
赵　仁	赵府的西宾
妙　修	妙善庵老尼
妙　善	庵尼
宋　将	
军　士	
众家丁	

序 幕

[乐起。序幕曲。

[内场男女和声，唱《钗头凤·红酥手》词曰：

红酥手，黄縢酒，满城春色宫墙柳。

东风恶，欢情薄。一怀愁绪，几年离索。

错、错、错！

春如旧，人空瘦，泪痕红浥鲛绡透。

桃花落，闲池阁。山盟虽在，锦书难托。

莫、莫、莫！

[歌声渐隐。

[转入第一场戏，乐声不断。

第一场 鸾凤分飞

[宋绍兴年间（1131—1162）。

[浙江绍兴府。陆游家。南堂书轩，内寝室、外花园，时值暮春。

女 声 （内场独唱“清歌”）

似这般咽泪装欢何日了？

可怜岁月可怜人！

[唐琬抱花一束抑郁地倚栏片晌，把花插向花瓶。

[秋兰惊急上。

秋 兰 姑娘！

唐 琬 秋兰，

（念“口鼓”）何事惊慌欲语还休蚕眉皱紧？

秋兰　姑娘，

（接念）后堂之上，又来了妙善庵中鼓舌人！

唐　琬　（哑然，接念）妙师又来谈经吧，婆婆拜佛心诚恳！

秋　兰　（难过地）恐非如此！

（接念）夫人如何待你，姑娘早有所闻！

唐　琬　（悲从中来）我已知之！

（唱“乙反减字芙蓉”）

桃花命薄逐水流，生带愁来悲不幸。

空有护花铃庇佑，奈何风雨不饶人！

分鸳之志恐难移。

秋　兰　姑娘！

（接唱“正线滚花”）

堂上老人纵寡恩，

公子多情非薄幸！

唐　琬　（唱“七字清中板”）

我郎平日孝名闻。

徒系丝绳深井引，

银瓶终向井中沉。

（转“滚花”）

忍见他为国苦劳心，

复遭情网困。

秋　兰　姑娘还得求善法，休教劳燕各西东！

[唐夫人捻念珠上。一婢随。

唐夫人　琬儿！

唐　琬　婆婆！

唐夫人　侄女啊！

（唱“三脚凳”）

休怪姑妈将你弃，

当怪苍天捉弄人！

你命中注定一身孤，

相夫生子无缘分。

还是顺从姑妈意，

托足空门学修行！

唐　琬　婆婆！

唐夫人　（冰霜冷面地）琬儿，从今日起——

（转“滚花”）

你莫叫婆婆仍叫我做姑妈，

彼此相安无恼恨！

秋　兰　（强忍不住）姑娘并无失德，夫人竟将妇弃？！

唐夫人　多嘴！

（念“白榄”）

身为一下奴，敢把主人家事问？

舍不得姑娘去，是否也想学修行？

琬儿呀琬儿，非是姑妈心肠狠，

叫你出家亦为你好，师尊不久来接人！

唐　琬　（唱“沉腔滚花”）

敢怪姑妈不容人！

（转“反线中板”）

唐琬幼失椿萱无倚凭，

欣蒙收养见殊恩。

既是带结鸳鸯命里无缘分，

琬儿又怎敢逆慈心？

（转“三字经”）

惟是燕同巢，转眼三年近，

忍心无一语，离别枕边人！

（转“正线滚花”）

闻说我夫——

唐夫人　你表哥！

唐　琬　（含泪）是表哥！

（续唱）　闻说表哥今日归来，

求容一面表表亲情份。

唐夫人　哦，想见面呀？可以的！

（接唱）　莫说曾有三年夫妇义，

中表之亲亦当许辞行。

我知琬儿善体老人心，

你你你，见了表哥言谨慎！

[家院上。

家　院　公子自镇江回来。

唐夫人　晓得。

[家院下介。

唐夫人　（目琬）琬儿，姑妈之心已决，妙师亦快来接人。一为陆门香烟，二为你表哥前途，今日你和表哥见面，要好好讲话呀！（目众婢）下去！

[唐夫人与众婢下介，秋兰含悲望琬迟迟下介。

唐　琬　天啊！

（起唱反线小曲“绛珠泪”）

并蒂花开寒露浸，簪折瓶沉。

双栖燕，悲不幸，转眼长分衾！

教我怎向夫倾吐，五中愁共愤？

只好强从姑意，诈作无情心狠。

一腔怨，一汪泪，离夫婿，向比丘，

青磬声声送我行！

幽斋雅洁诗情壮，月缺难圆强尽情啊！

[唐琬叹息入场，起“士工慢板序”。

陆　游　（上，唱“士工慢板”）

士气正高昂，缅怀岳家军，

争欲挥戈平鞑虏，

奈何操柄属权臣！

报国叹无门，思家情更甚，

一颗心儿两地牵，情系凄凉红粉！

[陆游入室，唐琬捧花上介。

唐　琬　陆郎！

陆　游　琬儿！（凝望）

（念“口鼓”）一别几时何，春山埋隐恨？

唐　琬　（摇头，接念）为君多憔悴，难免损三分。

陆　游　（接念）看妻面目含悲，莫非我娘对你又不怀好感？

唐　琬　非也！

（接念）姑妈待我非常好，嘱我烹茶侍奉君！

陆　游　那就好啦！

（唱“长句二黄”）

但愿老人心，长把孤儿悯，

莫令我忧怀国运，复为儿女事伤神。

唐　琬　（接唱）　君你壮志凌云，岂受情丝困？

有道国破家何在？树倒燕离群！

陆　游　（接唱）　岂可同日而言，明是姑顽观听暗。

无故竟将贤妇弃，虚言礼佛拜如真。

唐　琬　（唱序）　愿体老人心。

有香茶，奉向君。

远道归来君当饮！

陆　游　多谢了！

（接过茶盏，流目四周，喝了一口，无限感慨地，唱“木鱼”）

茶可口，味芳甘，

贤妻待我确殷勤。

今日窗明几更净，

添吾豪兴动诗心。

唐　琬　（接唱）　桌上纸笺文翰备，

鲜花犹可养君神！

（着意地抚弄瓶上的红花）

陆　游　（目花）啊，好红的花，少见呀！

唐　琬　是少见！

（唱“蘼芜歌”）

君喜爱，借物展胸襟，

香花供上助君吟。

陆　游　（接唱）　借物可抒素悃，卿知我心 1

唐　琬　（接唱）　鲜红欲滴意境新。

陆　游　（接唱）　此花虽美，带血挂泪痕。

如闻鹃泣怨，我未赋新诗先断魂！

不知此花叫何名字？

唐　琬　若问此花，叫断肠红！

陆　游　（惨然）断肠红？！名太凄凉了，为它改个名字吧。

唐　琬　不知改何名字？

陆　游　我俩时刻相思，就叫相思红吧。

唐　琬　相思红！唉，

（唱“乙反滚花”）

相思断肠都一样，

既同花叶又同根。

相思来自断肠人，

断肠烙下相思印！（含泪凄然）

陆　游　贤妻今日神色大异从前，（追问）玉体欠安？（唐摇头）怨夫命滞？（唐摇头）婆婆不谅？

唐　琬　（泣然）表哥听呀！

（唱“乙反中板”）

老姑妈，再申前议，

说我俩错缔婚盟。

说奴命里克夫，结缡三载尚无儿，

夫也宦途交恶运。

只合入空门，长断鸳鸯梦，

梵经一卷度余生！

（转“乙反滚花”）

妙善庵中拜佛尼，

不久诵经来接引！

陆　游　（震骇）啊！

（唱“乙反水仙子”）

鸳鸯痛离群，娘亲太狠心！

求娘怜悯，莫厌贱好媳妇，

休毁弃凤钗盟！

唐　琬　（接唱）　早失姑母心，

夫婿枉操心。

陆游　（接唱）　忍看枕畔人，敲红鱼，终此身，

素襟挂泪痕！

求娘亲去！（携唐琬便行）

[钟声响。内宣佛号“南无阿弥陀……”

[四小尼，一敲钟、一击磬、一撞鼓、一摇铃列队鱼贯而上。音乐悲凉，妙修老尼披法衣合十念佛号上，唐夫人捻珠、左秋兰、右夏荷上。

[陆游骇然，唐琬已泣不可抑。

唐夫人　琬儿乖侄，说好了吧，妙修师傅接你来了！

[唐琬哀号一声，挣开陆游跪下。

陆　游　（惨然，跪叫）亲娘呀！

（唱“乙反减字芙蓉”）

慈航不渡俗尘人，

强令斩情情更甚；

苦叩禅关非妹志，

求娘毋绝凤钗盟！

唐夫人　（接唱）　苦命蛾眉难相夫，

生儿育女无缘分。

儿也宦途多风浪，

空谈治国靖胡尘。

陆　游　（接唱正线“七字清中板”）

结缡不过三年近，

怎能就说无儿生？

秦桧当权君主暗，

贤臣得势振乾坤！

（转“滚花”）

与妹无干强离鸾，

敢问亲心何太狠？

唐夫人　儿呀！

（接唱）　当初我就不中意，

是你苦苦痴缠要把婚礼行！

你你你素以孝义名闻，

今再敢违娘训？

岳王精忠报国不离孝，荆轲入关刺秦亦讲孝，你曾以北收河洛，饮马长城为志，今日不听母命，何以治军？何以治国？你甘为不孝儿？！

陆　游　（恳切地）我妻无犯七出条！

唐夫人　你娘是叫她出家！（目琬）琬儿，想你头上凤钗，乃陆府家传之物，祖宗规定，该传长媳，今日你既出家，便非我媳，既非我媳，凤钗便该纳还！

唐　琬　（悲摸髻上钗）啊……

陆　游　（急护钗）且慢！凤钗既属表妹，便应归表妹所有，何况表妹原是你媳，订婚之物，决不收回！

唐夫人　好呀！你敢背宗叛祖，凤钗让给优尼，师傅今日收徒，当能为我收回！

妙　修　（念佛）阿弥陀佛！徒儿摩顶受戒！

陆　游　（抗声）慢着！

（唱“高腔滚花”）

是真灵菩萨，不散凤鸾群！

我妻头上青丝，少了一根唯你问！（护琬）

妙　修　（合十）善哉！

（唱“滚花”）

是夫人虔心信佛，

刻意令侄女修行。

公子强要继前欢，

家宅有凶，我佛难护荫！

陆　游　妖言惑众！

唐夫人　孩儿，你想气死母亲？！

唐　琬　表哥呀！

（十分痛苦地，唱“禅院钟声”）

不相分也得相分，

劝君孝顺年迈人。

毋痴恋此苦命女，

好相夫为国展胸襟。

驱走金寇救苍生。

过往恩爱若浮云，

此后梵经一卷，青灯伴我，

长作佛门人！

陆　游　（急阻，快唱“痛分飞”）

鸾凤分飞，痛断人魂！

妹真离去，哥伴妹行！

（腔转“叹板”）

禅房挂上鸳鸯帐，

佛前灯下两同衾！

妙　修　阿弥陀佛！

[陆游缠住唐琬不放。

唐夫人　（气得发抖，愠怒）儿呀！为娘实对你说，日前早已托媒，为你另寻佳丽，乃名门闺秀王春娥，此女幽娴贤淑，堪为你妇，不日就要纳采行聘，择吉成亲！

陆　游　（惊急）万万不可！

唐夫人　娘意已决！

唐　琬　表哥保重！（拔脚飞奔下）

[妙修扬手，四尼敲钟磬，随下。

唐夫人　（猛醒）讨回凤钗！讨回凤钗！（喝秋兰追讨）

秋　兰　我就不讨，宁侍姑娘！（哀叫）姑娘——（拔足追下）

陆　游　（狂叫）表妹！我妻！（欲追下）

唐夫人　你，唉！（昏倒）

陆　游　（急扶母）亲娘……

[鼓乐声远。二幕闭。

[二幕外：赵士程、赵仁、家丁伴上。

赵士程　（唱“中板”）

报国有心请缨无路，

排愁遣兴步月提壶。

笑我中年还未逢佳妇！

赵　仁　（含笑，接唱）

当为世兄物色佳丽，

知你秉性清高！

秋　兰　（内场叫）救命呀！

赵士程　救人！

[赵仁、家丁急下。

赵士程　（叹息）山河处处有悲声呀！

[赵仁带秋兰上，兰跪下。

赵　仁　河中救起一个带发修行之少妇，已扶入就近农家将息，现带来她的女侍秋兰问话。

赵士程　你家女主，因何投水？

秋　兰　禀告相公，我家小姐，原有丈夫，因遭姑弃，被逼出家，举目凄然，才萌短见。

赵士程　你家小姐，叫何名字！

秋　兰　我家小姐，姓唐名琬。

赵士程　唐琬？可是陆游之妻？

秋　兰　正是陆游之妻。

赵　仁　（目赵）相识的？

赵士程　山阴道，亦闻陆游夫妇，恩爱情长，只为难中姑意，暗伏离群之忧，今日竟然落到此地步！

秋　兰　（泣）小姐进既不得，退又不能，相公救得今番，只怕难救下回！

赵士程　救人救到底，我为你送回小姐，再与夫人理论。

秋　兰　（摇头）夫人弃媳之心已决，小姐归去，镜亦难圆。公子已另聘贤妻，快成嘉礼！

赵士程　啊呀！好个陆游，自命不凡，却这般无义！

秋　兰　相公莫冤枉他，公子不求新宠，苦觅旧欢，几回撞破庵门，庵尼亦不胜其扰。

赵　仁　这也难得！

秋　兰　小姐悲怀身世，才去投河！

赵士程　苦哉唐琬！

赵　仁　（低语）唐琬，才女也！闻相公昔年曾有求凰意，奈唐琬情向陆游早倾心，今日适逢其会，何不两全其美！

赵士程　（急摇头）怎可以！怎可以！曾经沧海难为水，除却巫山不是云！

赵　仁　此亦成全女志，既顺姑意，亦绝前情，既免清修苦！复酬救命恩啊！

赵士程　诚恐小姐不允，庵尼亦不放人，于我嘛？名亦有损！

赵　仁　此庵尼者易与耳，给以少利，自当放人；小姐方面，以利害说之，必谐好事。相公平日自负清高，难道这就不算清高吗？清高，清高呀！

秋　兰　相公救救我姑娘呀！

赵士程　救回家中再说，以礼待之！！

[幕闭。

第二场　怨笛双吹

[若干日后。

[双喜堂景，一边是陆府；一边是赵家。

[乙反“到春来”幕启。

[陆府一方：夏荷伴王春娥坐幕。

[赵家一方：秋兰伴唐琬坐幕。

[一方陆游对窗呆立默然，春娥意感不安。

[一方唐琬凄然不语，士程亦感局促。

[两婢分边告退下介。

王春娥　（唱“双星恨”）

乍穿嫁罗裳，

烛影下，看新郎，意难安。

见他默无言，对月含愁，

人朝远方作痴望！

唐　琬　（接唱）唉！嫁服两度着身上，

芳心暗悲怆！

偷偷看，看我新的夫郎，

确是个谦谦有才郎。

论品德也善良，

以大礼娶此再醮娘。

堪仰！惜花已枯未见香，

尚留凤钗鬓边晌！

陆　游　（接唱）唉！表妹知我另结鸳鸯，

定然恨满腔！定然泪满眶！

弯弯月虽也向他方，

应该指责薄幸，负义在我方！
灯花报喜，鹊架金桥，
织女配牛郎，
恼恨银河船错摆，翻恶浪！

赵士程　（接唱）　君子以义以礼重，
我当尊此怨妇。
当此际，她正默默哀思凄凉，
我未可强求共举杯庆洞房。
令佢伤心怪赵郎，忍让！
今宵正好月光，
且凭栏将美景赏！

[春娥偷望陆游；唐琬偷望士程。陆游叹息；士程默然。

[三更鼓响。

王春娥　（接唱）　三鼓已敲素月凉，
烛尚摇红夜正长，有微寒！

陆　游　（接唱）　她孤清清，我意茫茫，
凤烛照牙床添我彷徨！

<table>
<tr><td>赵士程
王春娥</td><td>（各自唱）不敢把</td><td>娇妻
夫君</td><td>多看！</td></tr>
</table>

<table>
<tr><td>陆　游
唐　琬</td><td>（接唱）</td><td>忍心冰霜面向。</td></tr>
</table>

本该关雎共唱，（移步分别眼望王，赵）

王春娥　（接唱）　他若似来近我……

赵士程　（接唱）　她似改颜向！

<table>
<tr><td>陆　游
唐　琬</td><td>（同时分别走向赵士程、王春娥身前作礼）</td><td>娘子有礼！
赵郎有礼！</td></tr>
</table>

[陆游、唐琬同时取酒注杯介。

陆　游　（接唱）　秋窗冷。

唐　琬　（接唱）　村酒暖。

陆　游
唐　琬　（同时唱）饮过可驱寒！（奉向王赵）

王春娥　（接唱）　感君恩眷。

赵士程　（接唱）　感卿恩眷。

[王、赵同时各斟酒一杯奉对方。

王春娥
赵士程　（齐唱）　请进佳酿。

陆　游
唐　琬　（齐唱）　卿温婉美好，
知君高雅有德，郡人共赞赏。

陆、王
赵、唐　（四人共唱）

有幸共称觞！

[两对儿方欲对饮，唐琬头上，凤钗摇影，不禁抚钗，凄叫一声："表哥！……"悲痛停杯转身。

[陆游同时见春娥头上无凤钗，也不禁悲叫一声："表妹！……"悲痛停杯转身。

[王春娥悲痛地走近窗前垂泪。

[赵士程痛苦地望着风烛发呆。

[内女唱"山歌"（男和）：

啊！……
是谁乱贴鸳鸯榜？
不是鸳鸯结鸳鸯！

[一声霹雷，月暗云遮，冷风吹帐，残烛摇摇，天有下雨之势。

[王春娥悲泣，赵士程叹气。

[乐声续奏。

陆　游　（唱"双星恨"尾段）

忍见她，泪满眶，

唐　琬　（接唱）　忍见他，愁满腔，

陆　游
唐　琬　（接唱）　不该敲碎伭心肝，

况且已经拜了堂，

烛影摇红照锦帐！

赵士程　（接唱）　非所偶，难随唱，

王春娥　（接唱）　非所偶，难随唱，

赵士程　（接唱）　何似何似认作认作义妹更情长！

王春娥　（接唱）　该我出家拜慈航！

[王春娥泣不可支，激情音乐。

[一声霹雷，倾盆大雨。

[春娥昏冷欲晕倒；士程借酒驱寒。

[陆游、唐琬同感寒意，复感愧疚地各取寒衣走向春娥、士程身前。

陆　游
唐　琬　（同唱）　冷风透户窗 娇妻/夫君 快披上！

[陆游为春娥披衣。

[唐琬为士程披衣。

[两对夫妻默然相对。

[雷鸣、烛灭，窗外风雨大作。

[幕徐徐闭。

第三场　沈园题壁

[三年后的春天。

[幕启。

[沈园。花影池塘，鸟鸣春树，亭台古雅，杨柳迎风。

邓　哥　（“扑灯蛾”上，念“白榄”）

垂柳绿，碧桃鲜，

风和日丽艳阳天，

好一座沈园，

处处春情展。

邓哥我方便游园客，

弄完花草弄炊烟。

[向内叫：“浑家！”

邓　嫂　（内应）来啦！邓哥，又忙什么？

邓　哥　浑家呀！我正忙不过来，你快回屋洗菜、切肉、劈柴、生火，把人家放下的鲜肉、鲜鱼，巧制佳肴数款。

邓　嫂　啊？我的邓哥花佬呀！人家是请你来管园的，日日栽花、种树、运水、挑泥，还嫌做得不够苦，你连菜馆工夫也要兼。

邓　哥　来料加工罢，还不是为你？

邓　嫂　为我什么？

邓　哥　浑家听呀！

（唱“长句滚花”）

城南赵老爷，游园携宝眷，

送来鳜鱼肥美黄鸡嫩，

香笋冬菇五味全。

要在园中设小宴，

赏我白银二两作工钱，

叫我弄熟就搬进小亭间。

邓　嫂　帮人煮菜，还说为我？

邓　哥　一者知你烹调巧手，二来嘛……

（低声，续唱“滚花”）

你近来爱吃酸，

积多几个钱，

日后可打算。（抱仔）

邓　嫂　（目邓一眼）你会讲？

（唱“滚花”）

看人家游春携眷不惜腰头缠。

就不见你怜爱老婆，只顾与人方便！

邓　哥　偶一为之，亦非常有呀！

（念“口鼓”）提起这位赵老爷，他对携来宝眷的确照顾殷勤，不只走路步步扶持，讲句话都声低语软，我学给你看：“娘子慢走”“娘子小心”“苍苔路滑呀”“过桥啦”！真是寸步不离，一直搀扶过那边。

（扶着邓嫂，忽然失惊放手）有人来！

邓　嫂　（急离开）死花佬！（急入场）

邓　哥　（招呼）好浑家，我快回来帮手的。

（唱“滚花”）

小片红花修剪后，

夫妻携手制盘飧！（念“酸”）

[邓哥下。

陆　游　（上，唱“二流”）

才难展，马难前，

献策平戎官数贬。

请缨无路又三年！

庆当今、龙意转，

尝胆枕戈知务俭，

整军经武复中原。

北征喜讯传，

愿早日大漠飞骑、高城舞剑！

（唱“合尺滚花”）

昨曾上书虞丞相，

求临战地勇扬鞭。

久盼军书尚不来，

城南漫步将愁遣。

好座沈园，燕舞垂杨，花迷曲径，别有一番天地！（游览）亭榭清幽，湖山叠翠，倒也赏心悦目。桥下泛清波，春莺舞绿荷，堪题咏啊！（摇头）古来国事多时墨客多，宝剑未磨志已磨。可叹可叹！（有所发现地）一片红花，似曾相识！（不禁驻足而观）

[邓哥携剪上。

陆　游　（方欲问话）……

邓　哥　（作礼）相公游园？

陆　游　请问老哥，此花……

邓　哥　啊！相公不识花草，最好问我，我是园丁叫邓哥。

陆　游　啊，邓哥，正欲问花名字。

邓　哥　若问此花，其形好看，名不好听，叫“断肠红”！

陆　游　（感触地）断——肠——红！（呆望着）

邓　哥　早说好看不好听，相公听了心难过了？（稍顿）相公，你怎么呆在一边？（自语）奇了，刚才赵家宝眷见了此花也是呆在一边，大概骚人墨客，不管才女才男，大都如是吧！管他呢，快帮老婆捻菜，他们快进亭来了。

[邓哥急步下。

陆　游　（徐徐拈起一株花）断肠红！唉！

（唱“反线中板”）

不断肠也断肠，见断肠肠更断，
陆游心中恨，园丁未说完！
香鬓纵留钗，破镜永难圆，
罗敷另嫁夫，使君情别眷！
三年同鸳帐，一朝分两地，
相思徒有梦，人隔万重天！
今朝再见断肠红，
令我肝肠寸寸断！（拉腔过门）

不看也罢，看之肠断，另寻佳趣，解我愁烦啊！

[“双竹”齐鸣，起“反线中板”过板。陆游叹息下。

[赵士程携唐琬上。

赵士程　（唱“反线芙蓉中板”）

花枝摇曳把裙牵。

石上有流泉，妻你防水溅。

唐　琬　（接唱）　谢君勤护呢朵雨中莲。

赵士程　（接唱）　愿卿玉体安康人长健。

唐　琬　（接唱）　只怕病躯难愈君你枉垂怜！

赵士程　（唱“凤阳歌”）

柳绿荷池暖，上有双双燕，

到处莺花舞，同把春光占。

唐　琬　（接唱）　盼到好春光，转眼离人远。

赵士程　（接唱）　四季皆春意，人可胜自然，

娇妻休怨嗟，春光可长占。

（唱“正线滚花”）

同进小芳亭，夫妇同欢宴！

（向内叫）邓哥！

[邓哥、邓嫂内应：“来了”，捧菜盘上。

邓　哥　（唱“反线风入松”）

清蒸肥鸡，红炆猪脚炖黄鳝。

邓　嫂　（接唱）　肉腌酸，姜蒜焗海鲜，

加上虾米冬菇。

邓　哥　（接唱）　京城酒楼都少见。

邓　嫂　（接唱）　包佢话好，猛食唔厌，

邓　哥　（接唱）　佢地唔吃，归我用，食饱拥被眠！

[搬菜入亭。

邓　哥　赵老爷，菜来了！

赵士程　有劳邓哥夫妇。

[邓夫妇摆菜、斟酒。

赵士程　娘子请！

唐　琬　老爷请！

[赵、唐对饮，陆游上。

陆　游　原来亭间有人。

[唐琬回首与陆游打个照面。

[陆游急欲转身，唐琬欲呼又止，士程已有感觉。急呼："仁兄留步"，陆游无奈止步。

赵士程　（下亭长揖）幸会，幸会！请进亭间，邓哥添筷！（便牵陆游）

陆　游　岂可叨扰。

赵士程　哪里话来，请！（便牵陆行）

邓　哥　原来识嘅，常备杯筷，浑家加位。

[邓嫂便欲为陆游斟酒。

赵士程　（忙止之）无须伺候，哥嫂请便。

邓　哥　贵人慢饮。（离亭复转）老爷吟诗，盘中有砚，不过千祈勿将墨汁当豉油！

邓　嫂　真多事，一阵回来执拾吧！

[邓哥，邓嫂下。

[陆游、唐琬相对无言。

赵士程　真是有缘呀！

（唱"木鱼"）

重逢故剑，春意更添。

沈园今日降高贤。

本该索句酬宏愿，

何如中表两情牵。

适逢小设园中宴，

当与观春同对酌，

幸毋错过此奇缘！

家乡酒，味香醇，敬你表哥一杯啦！

[赵提壶注酒于杯中示意唐。

唐　琬　（泣然，悲声）知道！

[唐琬捧杯开位。

唐　琬　（唱"乙反西皮"）

寸心煎，热泪酸，

两重逢，于今天，

凄凉我，有何言？

把酒问苍天！

（行前凄然叫）表哥！

陆　游　（难过地叫）表妹！

唐　琬　表哥可好？

陆　游　好！表妹都好？

唐　琬　（背身泣应）好。（复转身）表哥……（哽咽奉杯）

陆　游　（默然一阵，接杯另场）

（接唱）　唉！相逢咫尺间，心有无穷怨。

我默默无言，她飘飘泪溅。

情何以堪，此时此际，

可叹可怜！（对杯呆望）

唐　琬　表哥，饮吧！

陆　游　表妹，我，饮不下肚。

唐　琬　我知，此非甜酒是苦酒。

陆　游　是。确非甜酒是苦酒。不过，饮已多年了，何争此一杯，表妹手奉，还是饮好！（举杯，一饮而尽）表妹，表哥酒量如何？（激动站不稳）

唐　琬　（颤叫一声）表哥！（欲上扶，又急退）

陆　游　（急自敛退）表妹，我酒量还好，没醉呀！

赵士程　（唱“落叶摇情弄”）

我——应该，暂时回避。

让他俩，畅所欲言……

（离亭出背身）

唐　琬　（接唱）　他——将身背转。

陆　游　（接唱）　我——律已从严！

赵士程　（接唱）　转过花阡人不见！（缓步入场）

唐　琬　（接唱）　他——明教苦凤会愁鸾！

陆　游　（接唱）　赵君行渐远，陆游应更远！（转身欲远避）

唐　琬　（急悲叫）表哥！

（接唱）　固知难镜合，愿惜片时缘！

（乐转，续唱）

三年来，一日思君百遍，

常做梦，香茶侍候君前。

喜闻君，赋得良缘美眷，

常砺志，扬鞭策马中原。

命苦人，未敢轻将姑怨，

怨苍天，生分并蒂红莲！

陆　游　（接唱）　三年来，日夜为卿肠断，

姑何恶，信谗迫妇参禅。

欣闻妹，深得妹夫宠眷，

胜从前，南堂日夜忧煎。

你表兄，北伐中原有愿，

皇诏到，当即效命军前。

愿表妹，勿以愚兄为念，

旧巢破，新巢更好栖鸾！

唐　琬　（悲极，乐转，接唱）

偷生岂慕新巢暖，

长怀故垒抱诗眠。

常云藕断丝难断，

妹将含恨入黄泉！

陆　游　（惊极，不安，接唱）

珍重玉躯防瘦损，

春光易老惜华年。

驱愁解恨勤开卷，

妹妹词章锦绣篇。

赵氏多情妹休存别念！

唐　琬　（乐转，接唱）

惊雷乍响震心弦！

我死何惜君誉损。

有鸟窥人树上喧！

忍痛离开哥再见！（急离开）

陆　游　（急呼）表妹！我陪你去！（欲上扶）

唐　琬　不！

（接唱）梦魂相会蝶翩跹！（急行）

[陆游欲扶。唐琬翩然下，陆游唯有目送。

陆　游　（凄叫一声）表妹……（目送唐琬去远）

（卓竹音乐，快打慢唱“流水摇板”）

强压悲酸，题词留念！

[音乐，入亭。捧砚提笔，向亭边壁上题词。

词曰：　红酥手，黄縢酒。满城春色宫墙柳。

东风恶，欢情薄。一怀愁绪，几年离索。

错、错、错！

春如旧，人空瘦，泪痕红浥鲛绡透。

桃花落，闲池阁。山盟虽在，锦书难托。

莫、莫、莫！

[陆游题词时，灯光在壁上逐一现字。

[“钗头凤曲”烘托。

[家院急步上。

家　院　相公，夫人命我到处寻你呀，原来你在此间，可知丞相有书送来？

陆　游　书函何在？

家　院　已带来了。

陆　游　待吾一看。（看书，欢喜，鼓舞）

（唱“快滚花”）

原来虞丞相，荐我入西川。

西川王炎统帅才，

收复长安期不远。

家 院　（指壁）相公，墨尚淋漓，原来你在此题词。夫人已为你整备行装啦！

陆 游　好！

（续唱）　请缨有路，即往西川！（行）

[邓哥迎面上。

邓 哥　相公走啦！

陆 游　有劳邓哥转告赵老爷一声，说陆某奉召入川。将临战地，未及辞行啊……

[陆游、家院急下。

邓 哥　一个去了，还有两个呢？（拾起墨砚，见壁上词）啊！壁上有词，谁题的？

[赵士程扶唐琬摸头上凤钗上。

赵士程　贤妻何必急于寻我，你俩有话应该多谈呀！

唐 琬　我是欲再寻他说话，璧还凤钗。

赵士程　既是留念之物，又何必送还！　　，

邓 哥　禀老爷，姓陆的自称奉召入川，未及辞行，人已走了。壁上却留下题词。

赵士程　壁上题词？

[赵扶唐看。

唐 琬　（隔远已认得陆游的字，身躯一震，颤着声读壁上的词，才读一半便泪如雨下，读完晕倒）

赵士程　（忙搀扶叫）娘子！

邓 哥　（高声叫）救人！！

[幕闭。

第四场　剑阁悲歌

[若干年后。剑岭危崖，深秋飞雪，川北宋营，旌旗闪耀。

[号角吹，战鼓擂。

[幕启。吴珙、王承祖、吕伟、黄强四将打马上。

吴 珙　（念白）金鼓震雄关，

王承祖　（念白）奇兵出剑南，

吕　伟　（念白）直捣黄龙府，

黄　强　（念白）踏破贺兰山！

吴　珙　众同袍！圣上决策北征，王帅督军川陕，我等加强操练，准备出兵！

王承祖　雪压寒山，防敌尖兵混进，陆干办巡视各隘口去了，我等亦加紧巡逻！

众　人　森严堡垒，巡逻去也！

[众将打马下。

陆　游　（内唱“北上小楼”）

平逆胡，还我汉江山，

英雄马革裹尸还！

[起小曲“剑南月”，陆游佩剑，两小军随上。

陆　游　（续唱）一箭定天山，大军进贺兰，

长白山头月可攀！

枕戈常做梦，捷报频传诗作简。

愁的是，羽箭不射胡骑，

归射山阴雁。

此日心感奋，圣上北征诏已颁。

更喜的是，王帅治军严，

三军用命誓死逐胡蛮，逐胡蛮！

（转“士工慢板”）

勒马剑门关，

刀鸣戈耀眼。

愿早日奇兵出云栈。

饮马黄河，醉舞燕山，

战地纵横。

马踩黄沙，兵临黑水，

扫除边患！

（转略快“慢板”）

举目关河，泪洒征衫。

哀我宋朝，积弱多年，

锦绣中原，早非我有，

偏安半壁河山。

（转“十字中板”）

岳武穆，风波亭，令人悲叹！

有义师，到头来，刀枪入库，马放南山。

我陆游，为宋朝，披肝沥胆。

望能酬大志，偿妹愿，立朝荡寇除奸！

（催快） 剑阁峥嵘兵将猛，战旗飘舞彩云间。

（转“滚花”）

北首褒斜备远征，加紧巡逻毋怠慢！

[内场虎啸。

军士甲 （惊叫）虎啸！（亮刀）

军士乙 在那边！（取出弓箭，虎啸声近）

陆　游 （转“快滚花”）

遥闻虎啸在林间。

未射胡骑，先除虎患！

[接过小军弓箭，一箭射出，内场虎中箭咆哮，厉叫一声，静默。

军　士 （欢呼）射中了！

王　炎 （内叫）好箭法！

[王炎捧大令上。吴珙、王承祖、吕伟、黄强，四军士上。

王　炎 （唱“恨填胸”）

雕弓响处虎威灭，

军中今晚可加餐。

（念“白榄”）

铁弓开，除虎患，允文允武，才气纵横！

众　将 （齐声赞，续唱）

诗豪爽，英雄胆！

王　炎 （念“口鼓”）人皆道陆游诗缠绵处催人泪下，豪放处令人感奋，今日截虎平川，更见英雄肝胆！明日三军齐奋进。

（唱“滚花下句”）

策马长城指顷间！

众将兵，半壁偏安，国之耻也！圣上决策，张浚督军江淮，王炎治军川陕，东西两路，钳形北进，收复中原，期不远矣！

众　将　愿效前驱！

王　炎　陆干办，雪地好行军，继续练兵！

陆　游　得令！

（念白）关中只合为根本，

壮志应吞万里城。

有泪不向巴陵洒，

留将热血荡胡营！

练兵！

众将兵　（轰应一声）

[紧奏音乐，高速练兵。

众将兵　（齐唱“秋江别”中段）

思家国，怒愤填膺，

跨征马，饿嚼寒冰！

谁愿偏安石头城，

还我江山恨始平！

[众威武，扎架。

[内呼：“虞丞相到！”

王　炎　出迎！（率众迎）

[虞允文捧圣旨上，幕僚汤子臣随上。

王　炎　（高兴拱手）丞相奉旨入川，北征之事谐矣！

虞允文　昔年允文力荐王兄守川，想不到圣上又令允文治川呀。

王　炎　愿随骐尾，北进秦川！

虞允文　为时尚早，圣旨下！

[阵上气氛突变。

[王炎急率身边亲将下跪。

虞允文　奉天承运，皇帝诏曰：金国平治，无衅可乘，天厌南北之兵，政重民生休养，已成和议，当罢北征。王炎改迁学士，允文复镇西川，南郑诸将，撤返成都，钦哉谢恩。

[全场将士失望。“啊”一声，天际乌云翻滚，山外胡马嘶鸣。

王　炎　（无奈）卑职领旨！（把大令交与虞允文）

[幕僚汤子臣一声“拿来”，夺过陆游手上军令箭，诸将悲愤，顿足。

王　炎　（慨叹）因何又倡和议，其苍生何？

虞允文　张浚督军江淮，大违圣意，经已贬官！主上另有主张，王兄空抛心力啊！

陆　游　分明畏战主降，令人愤慨！

虞允文　住口！小小军中干办，敢议朝廷之非？圣意已决，违令者斩！

[鼓角悲鸣。

虞允文　人来备马，送王大人回京！

王　炎　诸君再见！

众　将　大人保重！

虞允文　撤！

[暗灯，王炎别下。允文、子臣与众亲军分别隐去。

[灯光特写：陆游、吴珙、王承祖、吕伟、黄强等将士与众军列队撤退，悲歌行军。

（唱“鼓角哀”，内唱和声）

啊！……

中原驰骋成泡影，

不向燕山向锦城。

巴山有泪临风洒，

战士南归战鼓停！

[众军影远，乐悠悠而逝。

[幕闭。

第五场　残夜泣笺

[二幕外。

[王春娥上，夏荷伴上。

王春娥　（唱“中板”）

夫婿多情怀旧燕，

春娥知义不敢说闲言。

沈园壁上词，字字皆凄婉，

到处相传诵，读之泪涟涟！

（转“滚花”）

闻说姑娘病在床，

情更可哀引我同情念！

家　院　（愁急上）少夫人！

王春娥　有话快说。

家　院　（念“口鼓”）市上遇秋兰，见她泪流满面，诉说姑娘病趋沉重，榻上缠绵！（叹息）

王春娥　（唱“沉腔滚花”）

表姑身世确可怜！

（转“滚花”）

补得情天无石炼，

代劳何计力如绵。

叫夏荷，随我到赵家问候表姑娘……

夏　荷　少夫人，老夫人闻知，岂容你去？

家　院　她一定重提旧事，要你索回凤钗！

王春娥　凤钗？我自有主意，家院，你见了老夫人，

（续唱）　就说我明日凌晨到山寺烧香还愿！

家　院　知道！

王春娥　（续唱）　征人不在闺人在，

春娥问病到床前！

[众下，暗灯。

[二幕徐徐展。

[赵府，唐琬妆楼。病榻昏灯，晓风残月。

[唐琬榻上斜睡。秋兰榻畔含愁。

[唐琬徐徐张眼。

唐　琬　秋兰几更天了？

秋　兰　时将五鼓。

唐　琬　老爷回来了吗？

秋　兰　老爷入山采药，尚未回家。

唐　琬　唉，这几年难为他了，惜我病恐难治愈，唐琬愧对老爷！（咳了几声）

秋　兰　（为唐抚背）姑娘病快好的，往事莫重提了！

唐　琬　难忘呀，秋兰，唐琬早亡父母，远道投靠姑妈，赖你日夕相依，与我情同姐妹，教我如何报答呀！

秋　兰　姑娘休说此话，秋兰总望姑娘好！

唐　琬　秋兰，宵来你没睡好，快去休息一会。

秋　兰　我刚睡过，不想贪眠。

唐　琬　去吧，看瓶上红花将萎，明早换一束来。

秋　兰　姑娘，断肠花草，不插为好。

唐　琬　你去！

秋　兰　我先为姑娘煲药去！（下）

[鼓打五更，晨风拂柳，残月朦胧。

[唐琬强起，病步扶栏，无限感慨。

唐　琬　（唱“凤钗怨”前引）

斜栏瘦影泪向晓风送！

（起序唱“凤钗怨”）

钗头凤，凤何从？

凤只鸾孤各西东。

东园桃李西园种！

相思红、断肠红，

花名虽异本相同。

一样相思肠断泪飘红！

（转“反线中板”）

底事夜夜凭栏岂贪残月冻？

谁知我有怀难寐愁听五更钟！

春自怡人我自情惨痛，

凄酸无过那日步芳丛。

（乐转“幽梦曲”）

有词留壁中，

读之撕心裂肺，表哥呀！

我知你有泪满腔，有恨满怀。

诗肠痛！（往桌上取词笺看）

（唱“沈园哀”）

悲难成诵，鸳鸯梦已空！

锦书难托，沈园枉重逢！

剩有泪痕红浥鲛绡透，

凤钗无语紧贴胸！

难忘重逢那日把黄縢酒捧，

便想起书房伴读香茶献诗翁！

唉，当年情切切，笑融融，

今日悲切切，泪蒙蒙！

（念“诗白”）

陆郎有词留壁上，

唐琬有词落笺中！（呀）

（提笔对笺挥泪）

（唱“乙反南音”）

啼满袖，怨东风，

忍教花落水流红！

今日我病骨支离将入冢，

欲笺心事信难通！

只有强起挥毫酬和那“钗头凤”！

泪纵流干墨尚浓！

（转“乙反中板”）

先谢赵郎情义重，胸怀豁达可怜侬。

恕我冰心常却宠，君知唐琬有哀衷！

怀念诗人心悲恸，伤情伤国恨重重。

千里江山非大宋，知音长逝再难逢！

（叫头）陆游！表哥！梦中逢呀！

（续唱）　梦中逢呀！

[唐琬掷笔，晕倒于桌。

[秋兰引春娥、夏荷上。

秋　兰　（惊呼）姑娘！姑娘！

王春娥　（急上扶唐琬近床，叫）姑娘，苏醒！

唐　琬　（张眼见王）你……是……

夏　荷　（口快）她非别人，是公子的……

[秋兰急以目止之。

王春娥　姑娘，你就叫我做妹妹吧！

唐　琬　（警觉）表嫂！（强起作礼）

王春娥　（急扶住）姑娘不必如此！

唐　琬　（含泪）表嫂！

（唱“乙反减字芙蓉”）

病妇得垂怜，

表嫂恩深重！

王春娥　（接唱）　你我遭逢虽有别，

苦乐两相同。

唐　琬　（接唱）　当年弃妇罪非轻，

常扰新人鹣鲽梦。

王春娥　（接唱）　凤鸾巢错换，天道太不公！

（转“乙反滚花”）

不许梅花自主张，

愧难疗治你心头痛。

唐　琬　唐琬自知难起，深幸表嫂垂怜，未完心事，求嫂成全呀！

（取凤钗出，唱“凤栖桐”）

飘零凤，要栖桐，

不能带到九泉中。

头上凤钗应还送！

王春娥　（急拒，接唱）

多情凤，要栖桐，

梧桐就在你心中。

情根深种休移种！

唐　琬　（接唱）　水有源流，物有本宗，

钗传子妇，代代遵从！

王春娥　（含笑，接唱）

春娥偏不计此，

只为凤有所从。

姑娘久不梳洗，云鬓蓬松，春娥为你梳拢梳拢呀！

[夏荷抱妆盒，秋兰扶唐坐，春娥取钗拈梳为唐理发鬓，唐琬欲拒无力，唯有苦笑任之。

王春娥　（唱“反线二黄回龙调”）

情已深种，凤有所从！

管它雨雨风风；

管它雾重云浓。

红莲难并蒂，

魂梦也相从！

唐　琬　（接唱）　哀唐琬，人成了天涯一转蓬，

明日妆台谁倚凭？

将见镜冷尘封！

王春娥　（接唱）　钗头凤，响叮咚，迎风摆弄！

[春娥为唐琬在鬓上插上凤钗。

[唐琬病已不支，溘然长逝。

秋　兰　（惊觉）姑娘！……

王春娥　姑娘！……姑娘！……

[赵士程背药囊上，见状急前悲叫“娘子！”

赵士程　士程迟归了！

（唱“乙反滚花”下句）

愧难全义，此恨无穷！

（问兰）姑娘临终有何说话？

秋　兰　（挥泪）桌上留有新词一首。

[赵士程急从桌上取词笺看读。

[内场乐起，男女歌声，唱“唐琬词”：

世情薄，人情恶，

雨送黄昏花易落。

晓风干，泪痕残，

欲笺心事，独语斜阑。

难，难，难！……

[歌声中，灯渐暗，带入第六场。

[乐转景换。

[幕闭。

第六场　再进沈园

[沈园题壁后四十年。

[春日沈园。

[幕启。

邓　哥　（企幕，唱“追信”）

发须改，爱花之性未改！

黑的变成苍的髯，

转眼如银飘拂挂双腮。

年华似水去，难倒转回来。

幸老人，尚壮健，敢与廉颇将力赛。

饭也健，添之者再。

脾气不改，爱把花栽。

春永在，花满楼台。

继后人，有孙女，喜佢愿跟祖父来！

孙女！

[邓翠花上叫：“阿爷！”

邓　哥　乖孙淋过花未？

邓翠花　淋通淋透！

邓　哥　除过草未？

邓翠花　除干除净！

邓　哥　树叶扫了？

邓翠花　一片不留！

邓　哥　好！

（唱“中板”）

种树栽花无懈怠，辛勤才得满园开！

时令逼人不我待，游春客子赏春来！

（转“滚花”）

要叫春花处处开，过往游人喜又爱！

邓翠花　我要把阿爷种花的本事学到手。

邓　哥　好好好！你阿嫲（祖母）就喜欢跟仔，孙女你就喜欢跟阿爷。难得！难得！（流目四周，慨叹）身在小园中，能知天下事啊。每当我朝皇帝决策北征之时，游客就会少些，一到安于现状，畏敌求和之时，游客又多起来了。你看到处有题词，都是一肚子牢骚！

邓翠花　阿爷，我都抄记下来，还背得烂熟。

邓　哥　孙女识多个字也好。不过，歪诗你莫抄，佳作才好记啊！

邓翠花　阿爷放心，孙女都懂。好似这一首词（指壁上的词）我不只背得烂熟。而且每读一次，就哭一回！

邓　哥　年纪轻轻哭什么？

邓翠花　听过阿爷讲解，我怎会不哭呢？阿爷呀，到底词中人还在世吗？

邓　哥　你阿爷早说过啦，女的早就死去。说到男的，不死也有你阿爷一样老咯！

[邓翠花又哭。

邓　哥　又哭什么？天晚了，快入去煮饭！去！

[邓翠花含泪下。

邓　哥　（感叹）壁上词留人不在，心头怎不涌愁哀呀！

[邓哥叹息下。

陆　游　（内唱“清歌”，音乐托）

铁马冰河空入梦，

布衣麻履转归来！

（上，念“诗白”）

枫叶初丹槲叶黄，

河阳愁鬓怯新霜。

林亭感旧空回首……

邓　哥　（上）先生游园？

陆　游　欲赏园中晚景！

邓　哥　啊？

[陆、邓相望。

邓　哥　此人好生面善。

陆　游　此人似曾相识。

邓　哥　游客千千万，记不得许多了！先生游园请便。（步下频回首）

陆　游　（流目四周）

[远处画角声悲，残阳如血，杨柳悲风，花飞片片。

陆　游　（唱“引子”）

雾障楼台！

沈园！池台！唐琬表妹啊！

（唱“长句二黄”）

斜阳画角哀，诗肠愁满载，

沈园非复旧池台。

红酥手，黄縢酒，泪湿鲛绡人何在？

桃花落，闲池阁，依然春去又春来。

梦断香销屈指算来四十载！

青青杨柳半新栽，我也两鬓星星如雪盖。

凭吊遗踪无觅处，徒闻杜宇叫声哀！

燕侣重逢，时乎不再，

一个潦倒乡关，

（转“反线二黄”）

一个早被铜棺掩盖！

真是世情薄，人情恶，

怨句母兮不谅，不许并蒂莲开！

旧地重游，触目凄酸，壁上题词还在！

（转唱“骂玉郎”）

墨虽干，

满壁辛酸字字哀！

似见我旧爱，珠泪满腮。

捧酒来，

切切悲悲多少凄凉语，

肠断玉楼台！

（起乐，进亭间，走近当年饮酒处，依恋，叹息）山盟虽在，锦书难托呀！……怜妹你病魂长似秋千索，怕人寻问，咽泪装欢。瞒，瞒，瞒！……

（望空叹息）春去秋来四十年啊！

（唱“南音”）

花树暗，燕莺哀，烟笼雾锁旧池台！

（转“乙反南音”）

罡风吹折宫墙柳，

再进沈园泪满腮！

伤心桥下春波绿，

曾是惊鸿照影来！

妹你魂绕泉台数十载咯，

定怨鬼不成双夜夜哀！

谅我北定中原心未死，

未能化蝶伴妹泉台！

（转“散板”）

此身行作稽山土，

壮心仍在北地楼台！

（转“二流”）

酬妹义，待来生，

为有封侯事在！

有诗情，和将略，

未许轻付尘埃！

凭高酹酒，此兴悠哉！

两鬓虽秋，豪情未改！

愿明朝，收复中原平四海，

（转“煞板”）

当向泉台告捷慰妹哀！

[陆游望词默哀。

[邓哥携翠花潜步上，走近陆游身后。

邓　哥　（叫）老先生……（再叫）老先生……

[陆游惊顾，作礼。

邓　哥　老先生可是当年和赵老爷在亭中饮过酒，后来有事先行个位陆相公？

陆　游　老兄可是邓哥？

邓　哥　在下正是园丁邓哥！

陆　游　面善面善呀！

邓　哥　面善呀！

陆　游　邓哥清健呀！

邓　哥　相公亦清健呀！唉，沈园两易主，我亦三代人了！（指乖孙女）乖孙，叫声老爷爷！

邓翠花　老爷爷！

陆　游　三代人了！（望壁上词叹息）此词也历三代啊！真想不到，此词还在！（哀叹）

邓　哥　有老汉在，岂容风雨侵蚀！好让后人凭吊！

陆　游　邓哥有心，受吾一礼！

邓　哥　老先生望墙哀叹，莫非此词就是……

邓翠花　（奉上笔砚）阿爷热心人，藏匣到如今，当年笔与砚……

邓　哥　留奉老先生！

陆　游　（激动接笔砚）啊……（泪涔涔下）

邓　哥　还有这——（指红花）

陆　游　断——肠——红！泉路凭谁说断肠！（默哀）

邓　哥　久仰大名，不期今日幸会。

陆　游　幸会！幸会！

邓　哥　老先生，近年宦游何处？

陆　游　报国无门返故乡，北定中原志未忘！

邓　哥　大情大义呀！既伤国，复伤情，今又重游旧地！

陆　游　重游旧地！（无限惆怅）

邓　哥　（知意地）相公请便！

[躬身携孙女下。

陆　游　（吟诗）　怀壁醉题尘漠漠，

断云幽梦事茫茫！

[切光，乐起，唐琬幻影上。

[唐琬奉酒，陆游接杯，内场唱“钗头凤”。

[陆、唐塑像造型。

[唐琬飘然下。

[陆游临风洒泪，呼：“唐琬表妹！”

[乐声中，徐徐幕闭。

——剧终

本剧选载的是 1985 年罗家宝、白雪红、白超鸿、岑海雁、王中玉等主演的演出本。

猴王借扇

（取材自《西游记》有关章节）

编剧：何笃忠

人物表

孙悟空

唐　僧

猪八戒

沙　僧

铁扇公主

牛魔王

土　地

灵吉仙

龟丞相

紫　薇

金睛兽

大野牛

小猴若干

侍女若干

水族若干

山怪若干

鱼将若干

虾兵各若干

序幕　路阻

[西天路上，火焰山下。

[乐声中幕启：奇峰险峻云缭绕，曲道迂回雾苍茫。

孙悟空　（内唱“困谷头”）

西天——

取佛经真个山危水险！（高处上，翻身跃下）

[唐僧策马、八戒扛耙、沙僧挑担上，师徒攀山涉水，艰难行进。

唐　僧　（续唱）　云崖千丈鸟惊喧。

猪八戒　（汗流气喘，接唱）

毒日炎炎似火煎！

沙　僧　（接唱）　秋风落叶天——（马嘶）

孙悟空　（接唱）　只见得，霜林红艳艳。

唐　僧　（接唱）　为何秋行夏令，人疲马困步难前？

孙悟空　（登高遥望）且住！前山火焰熊熊，所因何故呢？

[蓦地一阵浓烟，坡上冒出土地。

土　地　大圣何生纳闷？

孙悟空　长老是……

土　地　吾乃本山土地！

唐　僧　原来土地爷爷，贫僧这厢有礼！

土　地　圣僧无须多礼！

唐　僧　敢问爷爷：贵处入秋，何返炎热呢？

土　地　圣僧有所不知了——

（念“京扑灯蛾”）

敝地名唤火焰山，八百里熊熊烈焰。

寸草不生四季热，岭下村民受熬煎！

唐　僧　哦……

（接念）　俺师徒西行取经，绕道何方求指点。

土　地　（接念）　西行唯一经此路，无奈铜人铁马也难过山峦。

孙悟空　呸！

（接念）　炼丹炉烧不死老孙，俺还怕这区区妖焰？（欲行）

猪八戒　哥哥呀——

（接念）　你不怕时老猪怕……

沙　僧　是呀！

（接念）　火山绵延八百里，怎保得师傅安然？

孙悟空　这……

唐　僧　（愁虑）阿弥陀佛！

土　地　圣僧不必犯愁！翠云山铁扇公主有一把芭蕉宝扇。一扇熄火、二扇生风、三扇下雨，若能借得宝扇一用，你师徒何患过不了山峦？

孙悟空　土地爷，那铁扇公主可就是混世牛魔的妻眷？

土　地　正是，她名唤罗刹女，人称铁扇仙。

孙悟空　哦，原来就是我家兰嫂！这有何难？师傅请在此稍候，俺老孙借扇去了！（跃上高处，然后凌空而去）

[暗转。

第一场　求助

[翠云山上，芭蕉洞前。

[内报："公主回府！"洞门自开，二侍女出迎。雾气腾腾，铁扇公主在紫薇等侍女簇拥下，傲然而上。

铁扇公主　（唱"新腔梆子慢板"）

碧梧栖彩凤，活水隐苍龙，

蓬岛不及翠云山，瀛洲怎如芭蕉洞？

唤雨又呼风，仙凡皆敬重，

本公主千年修行，芭蕉扇法力无穷！（过门）

侍女甲　（奉果）公主请尝珍果——

铁扇公主　（不屑一顾）哼！

侍女乙　（奉酒）公主请用琼浆——

铁扇公主　（拨开）退下，退下！（独坐幽思）

侍女甲　（不知所措）咦，今日公主出外游览仙踪，回来何以闷闷不乐？

紫　薇　你等有所不知，公主满腹心事，方才又触景伤情了。你等快快退下，莫惹公主生气！（众侍女悄悄退下）公主你太累了，不如稍事歇息，我去请大王回来，好与你一同进餐！

铁扇公主　快去快回！

紫　薇　知道。（下）

铁扇公主　唉！

（续唱）　人道仙家无忧虑，谁晓罗刹有哀衷？

眷念爱子红孩儿，共叙天伦惟托梦……

（转“乙反中板”）

忆当初，母子俩相偎日夕，

花间逗趣，乐也融融。

喜我儿独具天聪，修炼于火焰山前，

号称圣婴多骁勇。

凭着他真火三昧，枯松涧里显神通！

（转“昭君怨”中段）

怎想到，天捉弄，竟遇上祸星孙悟空。

观音轻信孽妖，施法宝缚孺童。

我儿未察莲台计，偏硬碰，

惨遭劫，再难返蕉洞中。

（转“泣残红”）

暮暮朝朝盼骨肉重逢，伤心泪暗涌。

泼猴拨是非将我儿害，真个罪难容！

怨恨记心中，没齿难忘切肤痛！

倘有日，遇悟空，

挥芭蕉，卷飓风，

将孽妖往阴司送！

[紫薇急上。

紫　薇　启禀公主：山前来了个毛脸和尚，说道前来拜访兄嫂，要见大王与公主呀！

铁扇公主　毛脸和尚？

紫　薇　他自称是东土来的，叫作孙悟空。

铁扇公主　是他？！

（唱“快中板”）

仇人见面分外眼红，

俺与猴头冤仇深重。

人来！（四侍女应上）

（转“煞板”）

操兵器，忙披挂，

洞前找妖猴索命——

且试我三尺青锋！

众侍女　领命！（侍候进洞披挂，门闭）

[孙悟空上。

[洞门大开，雾气腾腾，铁扇公主率众侍女威风杀气地冲出门，与孙悟空碰面，相互打量……

孙悟空　（恭敬上前）嫂嫂，你家小叔孙悟空这厢有礼！（揖）

铁扇公主　呸！谁个是你嫂嫂？那个要你奉揖？

孙悟空　嫂嫂呀——

（念“口鼓”）俺与牛大哥有八拜之交，阔别多年常怀念。只因身负重托迟来询侯，还请嫂嫂莫见嫌！

铁扇公主　（挖苦地，接念）如此说来，尚算有心……

孙悟空　哪里话来？

（接念）今日得仰尊容，敬祈多加指点。

铁扇公主 （脸色一变，接念）且慢来甜言蜜语，究因何事到山前?

孙悟空 这……嫂嫂呀!

（唱“水仙子”）

保师尊去拜佛，踏遍山川，

却遇上火冲天。

正愁前行无路，

又听道嫂嫂有宝扇，

可扑息那烈焰。（“暗相思锣鼓”）

铁扇公主 （浪里白）哦，原来你是无事不登三宝殿。否则，又怎会专程来拜候我这铁扇仙?

（接唱） 想当初，孙大圣本领惊天。

这区区烈焰也无能灭，太丢脸!

孙悟空 嫂嫂呀!

（念“口鼓”）自信悟空蹈火赴汤色不变，惟是师父凡夫肉体怕火燃。素闻嫂嫂乐善好施人赞羡，念在叔嫂情分，借宝扇、灭火焰，请将老孙成全!

铁扇公主 哦哦哦，你如今倒记得叔嫂之情，难道忘却当年叔侄之怨?

孙悟空 叔侄之怨……

铁扇公主 不要诈作糊涂了!

（唱“快慢板”）

骂一声小妖猴，口似蜜糖腹如剑。

来借扇是送死，说什么将你成全?

孙悟空 （旁接唱）好端端来拜访，何故她忽然翻脸?（上前施礼）

尊一声贤嫂嫂，如此动怒为哪端?

铁扇公主 哼!

（唱“银河会”）

怎消我一腔愤怨？

知否孽债未有消算?

你既称亲又道眷，

因何故，偏将你家侄儿拑？

那日里，你施毒计，

莲台下，我娇儿惨遭暗算。

这仇定要报，休想借扇。

猴头你跑不了，得死在目前！

孙悟空　这个……哎呀嫂嫂呀！

（念“快口鼓”）原来因此缘故恨老孙，且容小叔将情由辩。当初令郎劫走我师父，扬言要油炸火煎。无奈何请来观音，劝红孩儿改恶从善。喜侄儿修成正果，与天同寿乐绵绵！

铁扇公主　照你说来，我还得谢你不成？！

孙悟空　嘻嘻，自家人，谢什么……

铁扇公主　我呸！

（念“快口鼓”）什么“正果修成”，分明措辞诡辩。害我骨肉离散，试问良心何存？！

孙悟空　哦——

（接念）欲想母子相聚也不难，素知南海观音心肠善。只要嫂嫂借出芭蕉扇，求观音释放小侄，俺老孙一力承肩！

铁扇公主　住口！

（唱“快滚花”）

莫当我三岁孩童，妖猴看剑！（拔剑刺去）

孙悟空　（闪过）老孙人头斩不断——

铁扇公主　三剑送你上西天！（欲想再刺）

孙悟空　等等，若然老孙受你三剑也死不去呢？

铁扇公主　倘若受得三剑……宝扇拿去就是！

孙悟空　此话当真？

铁扇公主　绝无戏言！

孙悟空　好好好——

（唱“快中板”）

快来动手莫迟延，

老孙何妨受三剑！（伸头）

铁扇公主　看剑！

[铁扇公主剑砍，孙悟空头落，随即又生一头。铁扇公主再砍，依然如此。铁扇公主换剑复砍，剑断而猴头不断，悟空大笑。铁扇公主茫然……

孙悟空　嫂嫂，三剑砍罢，宝扇拿来——

铁扇公主　哼……

（唱“滚花”）

欲想借得宝扇，除非日出西边！

看剑——（施法，断剑还原）

孙悟空　哎呀，你来看！（从耳中取出小棒，一声喝令）变！（小棒应声变大，随即挥起金箍，劈头劈脑地打过去）

[小开打。铁扇公主及众侍女围攻孙悟空，却无法力敌，只得悄悄取出宝扇……

铁扇公主　猴头看扇——（挥扇）

[一阵狂风，将孙悟空吹走——只见他在云中翻卷而去。

众侍女　哈……小妖猴被扇得无踪无影了！

铁扇公主（得意地，唱“新牌子头”）

任教他……（与众侍女雀跃起舞）

众侍女　（合唱“新牌子”）

任教他千锤百炼，说什么本领通天？

就算是受得三剑，也难敌芭蕉宝扇。

这一阵，这一阵，

他恰似风卷败叶落前川！

[幕闭。

第二场　遇仙

[小须弥山。

灵吉仙　（内唱“新水令”）

彩云飞，闲游四下风光无限！

（腾云而上，接唱）

鹤噪鸦鸣，催俺回还。

一瞬间，返至小须弥山，

降下云头，信步幽涧。

本仙，灵吉菩萨是也！今日天气晴和，不免出来游逛，饱览仙踪胜迹，好不自在悠闲哪！（风声）哦！

（唱“七字清”）

呼啸声声旋风猛，

何方孽妖又逞蛮？

只见一朵乌云，飘落悬崖险涧。

[风声不止，孙悟空（木偶）吹落在小山后，继而（真人）翻下。

孙悟空　这一扇，好厉害呀！

灵吉仙　哦！

（续唱）　原来是齐天大圣到此间。

孙悟空　啊，是灵吉菩萨。原来俺被那泼妇扇到小须弥山了！

灵吉仙　大圣，不成你又遇孽妖？

孙悟空　大仙听了——

（唱“俺六国”）

俺老孙，多灾难！

阻路于八百里火焰山，

唯有芭蕉扇，方得息火患。

蕉洞中借扇，公主将脸翻，

寻仇一挥扇，我好似罡风吹落雁！

灵吉仙　原来如此，哈……那芭蕉扇乃昆仑灵宝、太阴精叶，若将人一扇，要飘八万四千里呀！

孙悟空　啊，利害！从芭蕉洞到此有多远呢？

灵吉仙　不到五万里，你能停留，还算大圣本事哩！

孙悟空　如此说来，俺岂非斗不过罗刹、借不来宝扇、过不了火山、到不了西天？

灵吉仙　大圣莫焦急！灵吉有法助你成功。

孙悟空　大仙还有何妙法？

灵吉仙　大圣听了——

（唱“七字清”）

灵吉也曾受如来指点，

两件法宝在身边。

曾记否黄风岭前，你师徒遇险——

孙悟空　（接唱）　全凭你“飞龙宝杖”，与风魔周旋。

俺至今未忘大仙恩典，

不知还有何宝物可相传？（收掘）

灵吉仙　你来看——

（出示神珠，念“诗白”）

佛祖神珠光闪闪，定风有术妙难言。

大圣含珠求借扇，罗刹扇风也徒然！

孙悟空　（大喜）宝贝，好宝贝呀！

[悟空急欲接珠，宝珠却在灵言手上不翼而飞。

灵吉仙　大圣莫急，这宝珠切勿有借无还哪！

孙悟空　大仙放心，俺有借有还，有借有还！

灵吉仙　好，如此拿去便是。（凌空一抓，将宝珠放在悟空掌上）

孙悟空　(唱“清江引”头句）

谢仙家，施方便！（音乐续奏，恭身拜谢下）

[灵吉仙望其背影微笑点头，幕闭。

第三场　斗法

[芭蕉洞前，龟丞相奉帖步上。

龟丞相　（唱“四不正”）

　　龟丞如今芭蕉洞往，

　　请帖奉给那大力王。

　　碧波潭中摆开喜宴，

　　邀客共饮玉液琼浆。

[二侍女上。

龟丞相　两位大姐有礼！

侍女甲　龟相光临，有何贵干？

龟丞相　龙君宴客，恭请大王。

侍女甲　待奴禀报大王——（下）

龟丞相　劳烦大姐一趟！啊，芭蕉伴松竹，仙洞好风凉呀！

[内呼“夫人免送”！牛魔王与铁扇公主上，紫薇领众侍女随上。

龟丞相　（迎上）牛大王有礼！

牛魔王　有礼！

龟丞相　碧波潭宴客，请大王光临——（递柬）

牛魔王　老龙他客气了！哈……龟相请先回，老牛随后到。

龟丞相　如此告辞！（下）

牛魔王　夫人，你既将悟空扇走，也算出了口气，为夫可安心赴宴了。

铁扇公主　哎呀大王！

（唱“梆子中板”）

　　虽说是小妖猴，被我扇得无影无踪，

　　也难泄我心头之恨。

　　当日他恃观音，以莲台施法术，

害我儿苦海沦沉。

如今他路阻火山前，竟还存妄想痴心，

借宝扇排灾解困。

他若再来撒赖，那时大王仍未返——

（转“二黄”）

岂不累我费事伤神？

牛魔王　夫人不必多虑！

（唱“霸腔滚花”）

悟空若再将你缠，

为夫定拿猴头是问。

铁扇公主　如此，大王不要贪杯误事！

牛魔王　放心吧！有此避水金睛兽——

（兽上，续唱）

夫人安心回洞府，

金睛引路碧波行。

（接侍女奉上的斗篷，牵兽下）

铁扇公主　紫薇，本公主趁闲暇练练双剑，你且煎好参汤，稍时待我饮用。

紫　薇　遵命！（下）

铁扇公主　（拔剑，念“诗白”）

霜刃寒光闪，谁能敌衩裙！（舞剑）

孙悟空　（持棍突上，以棍压剑）嫂嫂！

（接念）　老孙死不去，借扇望开恩。（挑剑，伸手）

铁扇公主　难道你还未尝够宝扇的滋味？

孙悟空　正因尝到滋味，更想借来一用。

铁扇公主　看来……你还得再飘八万四千里。

孙悟空　不要再啰唆！三剑不死，宝扇拿来！

铁扇公主　（一想）好，待我取出宝扇……

孙悟空　（旁白）哼，看她有何能耐！（吞珠）

铁扇公主　且来看——（取出宝扇，轻念咒语，扇即变大）

孙悟空　（站在高处）哎呀，好家伙呀！

[铁扇公主挥扇，狂风大作，悟空岿然不动，铁扇公主再扇，悟空躲起来。铁扇公主以为又得逞，手舞足蹈。

[幕后合唱“新牌子”：

任教他——
任教他千锤百炼，
说什么本领通天？
就算是七十二变，
也难敌芭蕉宝扇，
这一阵、这一阵，
他恰似，风卷败叶落前川！

孙悟空　（又出现在铁扇公主面前）嫂嫂，快将宝扇拿来！

铁扇公主　（一怔）叔叔何须动怒，宝扇拿去就是——(将扇一虚晃，抽身逃入洞里，门即紧闭）

孙悟空　唉吔！（举棒撞门，门冒火花）且住，罗刹言而无信，老孙岂可罢休……（施法隐去）

[花丛中出现一只小虫，飞向洞门，幕闭。

第四场　闹洞

[芭蕉洞内，铁扇公主呆坐发愁，众侍女一旁侍候。

铁扇公主　（忽然惊呼）妖猴又来了，与我扇走他！

紫　薇　（搀扶）公主，妖猴早就拒于门外，您安心歇息也罢！

铁扇公主　哦……

（神志稍醒，唱“老鼠尾”）

不知为甚，不知为甚，
宝扇效力往何去？我难心忿！
刀砍剑刺又无法动猴妖半毫分。

适值大王碧波赴宴行，

没奈何——

（转“锦城春”）

逃回洞里惟自窘，

气得我腮边泛红云！

紫　薇　（接唱）　尊声公主，你毋庸着紧，

洞府戒备，猴妖难寻衅。

铁扇公主　（接唱）　怎得雪心底恨？

怎生计将他治？

不消这怨气枉为人！

紫　薇　（接唱）　何须焦急，权且安心，

定有朝将猴头教训。

待我取参汤，好为你清心，

滋补元气又提神。（下）

［小虫飞入……紫薇捧参汤上，小虫趁势飞入碗中。

紫　薇　（毫不觉察）公主请饮——

铁扇公主　（囫囵喝下）这参汤好甘香呀！

［孙悟空之声：“香呀、香呀！我也尝到了！”

铁扇公主　（一怔）咦？何来妖猴的声音？

紫　薇　不会吧，洞门关得紧紧，猴头怎进得来？

［孙悟空之声：“进得、进得，俺老孙早就进来了”！

众侍女　（闻声大惊）啊？！（四周寻觅）

紫　薇　公主，只闻其声——

众侍女　不见其人！

铁扇公主　（惊奇）闻声不见其人？！（大喝）小妖猴，你究竟躲在哪里？

［孙悟空的声音：“老孙就在嫂嫂肚里头！”

铁扇公主　（大惊失色）啊？！（感到肚痛）

［气氛音乐大作。

众侍女　公主，您怎啦？

[孙悟空的声音："嫂嫂不用惊慌，待老孙翻几个跟斗给你看看……"

铁扇公主　（肚痛）哎哟！哎哟——

（跌扑打滚，不时听到孙悟空的笑声，唱"快二流"）

霎时间，酸一阵来痛一阵。

他那里挥拳舞棍，

我这里刺腹揪心！

叔叔饶命，饶命呀！

[孙悟空之声："这有何难？宝扇借来便是！"

铁扇公主　这个……

（续唱）　不交宝扇命难存，

输给妖猴又难心忿！

[孙悟空之声："借与不借？借与不借！"

铁扇公主　哎哟！哎哟！

（续唱）　但求留得青山在，

唯有低声忍气让三分！

紫薇，到我房中，将扇子取来。（紫薇会意地应下）叔叔，你出来吧，宝扇借给你就是。

[孙悟空之声："可还有反悔？"

铁扇公主　不敢再有反悔！

紫　薇　（捧扇复上）宝扇在此，大圣看过——

[孙悟空之声："走，嫂嫂张口！"铁扇公主张口吐出小虫，孙悟空忽然出现在石桌，一把夺过扇子。

孙悟空　谢嫂嫂！

（唱"秋江别"中板）

捧宝扇，谢嫂恩！

老孙开玩笑，你勿记于心，

前往火山灭灾痕，

回头拜别兄嫂再西行。（下）

铁扇公主　（得意地三笑）哈哈，哈哈，哈……

[幕闭。

第五场　受挫

[火焰山下，远处烟火弥漫。唐僧在焦虑地关注前方。

唐　僧　（唱“倒板”）

骇见山前通天火！

（叹息，接唱“长句二黄”）

西经路上灾劫多，

幸赖众仙常援助，

师徒们同心戮力，

任教百折与千磨。（句）

（转“十字二黄”）

喜悟空，披肝胆，

屡将那魔关踏破！

遇火山，八百里，

几经周折，借扇灭火费蹉跎！

（接“朦胧”）

悟能随师兄去扑烈火，

未知那山里情势如何？

天庇佑灭尽山火，

越过山坡，我念弥陀！（沙僧捧水上）

叫悟净，上前山，

代为师，看清楚。

沙　僧　（登高一望）哎呀不好！火势越来越猛，两位师兄人影不见。

唐　僧　（一怔）啊？！（趋前再看）

[猪八戒喊“师父”跌撞而上，孙悟空持烧毁的芭蕉扇随至。

唐　僧　悟空，何故落到这般田地？

孙悟空　（举起扇子）师父，这芭蕉扇不顶用了！

（念“快白榄”）

兄弟同上山，挥扇驱烟火，

谁料越扇火越猛，越扑烟越多。

宝扇几乎烧成炭，

火海茫茫无处躲、无处躲！

猪八戒　（口鼻冒烟）哎哟——

（稍慢接念）

烧死我，烧死我！

以为哥哥神通广，

借来宝扇能灭火。

老猪想去立一功，

免得人家小看我。

但偷鸡不成蚀把米，

差点烧熟这大肚窝、大肚窝！

再迟走一步，我就成了烧猪了……

唐　僧　山火难灭路难通，怎生是好？

猪八戒　师父呀师父，不如找条无火的路走吧！

唐　僧　如此，悟能可知何方无火？

猪八戒　知！东、南、北三方无火。

沙　僧　八戒，你说何处才有真经呢？

猪八戒　当然西方才有真经喽！

唐　僧　为师一心只往有经处。

猪八戒　（喃喃自语）有经处有火，无火处无经，反正西天去不成，早知留在高老庄做女婿好了！

孙悟空　（不满）八戒，你想溜之大吉？（扭其耳朵）

猪八戒　（叫嚷）唉哟，师父救命呀！

沙　僧　（劝止悟空）如今争吵何用？

唐　僧　悟空，火焰山下进退两难，不成你无计可施了么？

孙悟空　这个……

（无言以对，旁唱“新腔包槌滚花”）

今日进退两难无计运。

求嫂借扇，枉费精神。

莫非土地撒谎？唤他前来一问。

（顿足）土地出来、土地出来！

[土地受惊，随烟冒上。

土　地　大圣——

（接唱）　如此烦躁，所为何因？

孙悟空　土地老头你做的好事！

（唱“十字清”）

听你言宝扇能排灾解困，

俺为它求嫂嫂历尽艰辛。

扇烧焦火更熊教人着紧，

分明你胡说八道捉弄于人！

招打——

土　地　大圣息怒！（惊逃，跌倒）圣僧救命呀！

唐　僧　悟空休得无礼！（与沙僧一起相拦）土地爷，猴头粗野，令你受惊了！

土　地　（惊魂未定，爬起，唱“王祥哭灵”）

他那里不问情由动起愤，

不由老汉丧三魂……（看扇）

唉吔，鱼目竟然将珠混，

猴王上当，还错怪小神！

大圣，这把扇是假的，又怎灭得山火呢？

四师徒　什么，是假的？！

猪八戒　哈哈！（摸着痛耳，乘机“报复”）我以为老猪才没用呢，原来你这个齐天大圣，也没本事斗过这小妇人哪？

（唱“戏妲己”）

哥哥太笨，哥哥太笨，

金睛火眼也分不清假和真！（双）

孙悟空　（接唱尾腔）

唉吔吔，

老猪乐祸幸灾，欺人太甚！（追打）

猪八戒　（撒赖）你打我？你打我？师父，这口气我吞不下，老猪回高老庄去了！（下）

沙　僧　八戒！（追下）

唐　僧　悟空，罗刹捉弄于你，又何苦拿八戒出气呢？（与土地同下）

孙悟空　（自语）是罗刹捉弄于俺，是罗刹捉弄于俺！

（唱“二黄首板”）

怒火难禁，怒火难禁——

（唱“爽回龙”）

恨罗刹屡施奸计，

竟然将俺来蒙混！

我本以诚相待，她却以假乱真。

（稍慢唱）八戒险些火海葬身！

（唱“二黄慢板”）

想俺老孙，闹过地府天宫……

[暗转：“齐天大圣”旗下，众小猴跃上，簇拥着孙悟空。

孙悟空　（续唱）鬼神闻之惊震。

西天路上，降尽魔精妖怪，

怎惧小小妇人？

（转“快十字二黄”）

火山下，寸步难，

是她从中作梗，是她从中作梗！

忒骄横，触怒我，

叫她洞裂山崩！（鼓乐中，舞蹈）

[少顷，大旗、小猴隐去，还原场上各人。

孙悟空　师父呀！

（唱“二流”）

罗刹蓄意阻西行，

奋起金箍将她训！（欲下）

唐　僧　悟空！

（接唱）　妇人量浅何相强？

佛门不许动杀心！

孙悟空　（接唱）　如此说罢手不成？（散）

土　地　大圣不能罢手呀！

（唱“二黄滚花”）

任火山涂炭生灵，

大圣你于心何忍？

讲将来，这火山之祸皆由你起哩！

孙悟空　祸由我起？此话怎讲？

土　地　大圣呀，当年你大闹天宫，踢倒了太上老君的炼丹炉，那炉火泻下凡间，便成了八百里火焰！

孙悟空　（一怔）什么，原来是俺老孙作的孽？哎呀！

（唱“快中板”）

油添火上更灼人！

（转“滚花”）

怎得宝扇灭火山？

土　地　（接唱）　求那牛魔，念念弟兄情分。

孙悟空　好呀，土地爷——

（续唱）　请问牛魔今何在？

土　地　（接唱）　碧波潭内可找寻。

四师徒　碧、波、潭……

［土地悄悄遁地而去，收光。

第六场　盗兽

[乱石山下，碧波潭中。白玉宫门、珊瑚石柱，水族游来游去，鱼将虾兵扛酒坛过场。

[宫内笙歌隐隐，合唱“新曲”：

朱宫贝阙白玉枢，珊瑚玳瑁世间殊。

各路仙家喜相聚，龙庭歌舞宴琼脂。

龟丞相　（上，念）筵前众仙满座，何故独少牛魔？有此鱼将虾兵——今日龙王宴客，你等守紧宫门，所有鱼虾蟹兵、不得窜进宫中！还有，牛魔王到来，速速通报。

鱼、虾　遵命！

[龟丞相下，鱼、虾持械驱散水族。

鱼、虾　龙王宴客，肃静回避！（下）

牛魔王　（内叫）趱路——

（披斗篷牵兽上，唱“快中板”）

踏浪穿波四下看，

玲珑剔透好不辉煌！

避水金睛，与爷赴宴往！

[孙悟空内呼“牛大哥慢走！”追上。

孙悟空　大哥，小弟找得你好苦呀！

牛魔王　你是谁人？

孙悟空　大哥，认不得小弟啦？俺就是五百年前大闹天宫的——

牛魔王　孙悟空？（打量）

孙悟空　是呀大哥！

（唱“滚花”）

别来无恙，祝兄嫂福寿绵长！（起“慢板”序）

牛魔王　说得好听，你还有颜面来见我？！（拴兽于柱）

孙悟空　大哥，久别重逢，何生怒气呢？

牛魔王　哼！

（唱“霸腔慢板”）

记否当初，俺七兄弟——

孙悟空　（接唱）　亲如手足一样。

牛魔王　（接唱）　因你闹了天宫，被压五行山下——

孙悟空　（接唱）　多蒙观音解救，随师拜佛赴西方。

牛魔王　（接唱）　出家人慈悲为怀，你不该害我娇儿！

孙悟空　大哥，你冤枉老孙了！

（接唱）　知否令郎红孩儿，如今尚安然无恙。

（转“步步娇”）

请牛哥哥相信弟郎，多亏观音圣，

拯救我侄儿在于莲台上。

喜圣婴得称“善财”，

终生享极乐，我理得心安，

哥哥休再恨弟郎！

牛魔王　当真如此么？

孙悟空　半句谎言，天诛地灭！

牛魔王　如此说，你好自为之。失陪！

孙悟空　等等！

（念“口鼓”）小弟路阻火焰山，特来求助好兄长。

牛魔王　（接念）想必为借芭蕉扇？

孙悟空　不错！

（接念）嫂嫂不肯下气，急煞猴王！

牛魔王　哦！

（接念）罗刹素来脾性刚，当然不会相让。

孙悟空　（接念）哥哥大人有大量，想必可以帮我忙。

牛魔王　这个……

（接念）姑念往日手足情，借扇之事明天再讲！（欲走）

孙悟空　大哥，扑灭火山，刻不容缓哪！

牛魔王　呸！

（接念）为兄急欲前往赴宴，你休得在此阻我时光！（欲下）

[悟空扯住牛魔王，扯下斗篷，牛魔径自而下。悟空欲追，众水族过场，悟空隐下。

[紫薇急上。

紫　薇　（唱"玉美人"）

我紫薇，走匆忙，

进了碧波不辨向。

水国深宫在哪一方？

犹闻里边笙乐悠扬。

走匆忙，前往报忧找大王！（下）

孙悟空　（复上）且住——龙王好客，大哥贪杯，这酒宴何时得散呢？

（念）　宫里头，笙歌响，

猜拳行令，热闹非常！

老牛只顾倾海量，竟将老孙抛一旁。

稍时定必醉酩酊，求他帮忙成空想。（兽铃响，灵机一动）避水金睛兽、黑斗篷……有了！

（唱"滚花"）

不忍吾师空等候，冒险化作大力王。

（转"三字清"）

待我跨金睛，芭蕉洞往，

教那罗刹女，冷不及防。

（转"七字清"）

那时宝扇夺来易如反掌！

就这个主意。（盗兽）

[宝兽认主，不听使唤，悟空诱兽，手乱脚忙，紫薇复上。

紫　薇　小妖猴好胆！

孙悟空　（用手一指）定住！（紫薇应声呆住）哈……

（唱“滚花”）

待我摇身一变——（披斗篷，施法）

[悟空隐去，现出假牛魔主。

假牛魔王　（续唱）　神气活现牛魔王！（驯服金睛兽，亮相）

[幕闭。

第七场　夺扇

[芭蕉洞内，铁扇公主徘徊洞中，心神不定。

铁扇公主　（唱“贵妃醉酒”）

那妖头存心真可恶，

竟两次三番欺奴奴。

恹恹闷闷气难下，

新怨旧恨终须报！

绞心沥血觅良图。

奈何无法儆猴头，

见一步来走一步。

（接唱“燕子楼中板”）

适才间大意一时，让妖猴钻入肚。

本公主威风扫地，几乎命丧阴曹。

幸得我应变灵机，将险关渡。

他那里自鸣得意，亦枉徒劳！

（一想，接唱“陈世美不认妻”）

我交的是假扇，他知道定火恼，

难免回来举金箍。

小妖猴伎俩高、性情暴，

偏偏大王又不在洞府，我怎应付？

[内传来兽铃声响，二侍女上。

铁扇公主　（转忧为喜，唱“滚花”）

喜闻响亮铃声，

大王催动金睛回洞府。（欲迎上）

侍女甲　公主——

（接唱）　何不更衣整云鬓？

侍女乙　（续唱）　我等为你备醇醪。（同下）

[假牛魔王披斗篷牵兽上。

假牛魔王　（唱“长句二流”）

牵宝兽，气势豪，

老孙扮作牛魔来至芭蕉洞府。

犹恐婆娘识破，还得作样装模。

虽说悟空法术高，并无存心欺嫂嫂。

我本专诚借扇，她却善意全无——

几次捉弄于人，未免恩将仇报！

唯有略施小计，看我一着棋高。（拴兽）

[铁扇公主妩媚地上，二侍女奉酒相随。

铁扇公主　啊——大王回来了！

假牛魔王　回来了。

铁扇公主　可是紫薇报信，你便立即回来呢？

假牛魔王　嗳……紫薇尚未见到，为夫宴罢即骑兽归来。

铁扇公主　哦，你看妾身备好酒菜，为大王洗尘接风呢！

假牛魔王　刚好赴宴归来，还饮？

铁扇公主　大王海量，再饮何妨？

假牛魔王　如此拿酒来——（旁白）其实我正求之不得哩！（就座）

铁扇公主　（斟酒，唱“连序西皮”）

忙把盏，心焦急盼夫郎尽快返。

得见大王喜心间！

将酒献，愿大王寿比南山！（敬酒，无限序）

假牛魔王　好意头，饮！（饮尽）待为夫也敬你一杯，愿你福如东海！

铁扇公主　谢大王！（饮尽，此时侍女悄悄退下）

假牛魔王　还有——愿你我白头偕老，恩恩爱爱！

铁扇公主　恩恩爱爱……为妻想不饮也不行了！（再饮）

假牛魔王　一不离二,二不离三，这第三杯——

铁扇公主　为妻不能再饮了！

假牛魔王　哎，一定要饮，这杯是祝愿你母子早日团圆哪！

铁扇公主　（言中伤心处）母子团圆……唉！（扫兴走开）

假牛魔王　（暗笑）夫人，听说今日悟空前来借扇，被你扇走，后来他可有再来呢？

铁扇公主　唉，别提了——

（续唱）　那悟空，两次三番来发难，

我不甘就范。

他变作小虫图作反，

妾身无能动弹，只得交扇望生还。

假牛魔王　（不时暗笑，续而佯怒）什么，你将宝扇交给他了？

铁扇公主　大王何须动怒？为妻还有下文哩——

(唱“平湖秋月”)

猴头多诡计，我亦有花招奉还

以假乱真，得脱危难，

假扇又岂能扑灭火山？

管教他会惹麻烦！

假牛魔王　（旁接唱）果然我被她蒙住眼，

老猪险些成了火中炭！（转对）

妻呀你要严防范，

只因他不怕烈火烧，

随后会转回还。

铁扇公主　（微醉，接唱）

正为此情由，令我焦急，

急盼夫返，恐防他逞凶蛮！（音乐续奏）

[铁扇公主亲昵地靠过去，假牛魔王尴尬回避，不时露出猴形。

假牛魔王　不用怕，不用怕，为夫在此，他还敢再来？！

铁扇公主　斩草未除根，迟早有后患哪！

假牛魔王　既是如此，何不将宝扇借给我——（不慎露了破绽）

铁扇公主　什么，借给你？

假牛魔王　（改口）哦，谁个不知芭蕉宝扇乃夫人手中之法宝？就是为夫要用，也得向你言借呀！

铁扇公主　份属夫妻，何必言借？不过大王要扇何用呢？

假牛魔王　嗳……替你斩草除根嘛！

（续唱尾句）

将那妖猴扇回花果山，

芭蕉洞中不再有麻烦！

宝扇拿来吧夫人！

铁扇公主　不行！

假牛魔王　（一怔）啊？！

铁扇公主　猴头已有定风术，扇也不动呀！

假牛魔王　哦……（松一口气）那么为夫就去扇走唐三藏！树倒猢狲散，他们不再往西天取经，还借宝扇何用呢？

铁扇公主　大王言之有理！（顺手从口中放出小扇）

假牛魔王　如此请夫人将宝扇取来！

铁扇公主　怎么？宝扇就在此处，大王竟然视而不见？！

假牛魔王　哦，只因、只因为夫多饮几杯花了眼。（伸手欲取扇）

铁扇公主　且慢！你眼花脑乱，恐怕宝扇神诀也忘了！

假牛魔王　神诀？

铁扇公主　（附耳告知）……

假牛魔王　（尚未听完，急不及待）哦，我记得！吸嘻吹呼，大！

[铁扇公主手中扇应声变大，假牛魔王复现悟空真身，一把夺去宝扇，连忙跃上石桌。

孙悟空　　吸嘻吹呼，大！（扇再增大）多谢嫂嫂！　（下）

[铁扇公主惊呆；牛魔王率紫薇急上。

牛魔王　　夫人！

铁扇公主　（误会，发狂地）妖猴还来骗我？！（取械杀去）

牛魔王　　（架住）夫人你疯了不成？！

紫　薇　　公主呀！（拦开）这是大王呀！

铁扇公主　什么，他真是大王？

牛魔王　　为夫还会假？夫人！

（念“快口鼓”）那悟空盗了金睛，我立即追踪而返。

紫　薇　　（接念）奴婢被妖猴定住，大王唤醒便同行。

铁扇公主　（接念）宝扇夺去多时，大王归来已晚！

牛魔王　　啊？

（接念）小子瞒兄骗嫂，定叫他身葬火焰山。与我追！（下）

[铁扇公主一招手，众侍女持械过场，幕闭。

第八场　伏牛

[火焰山下。

孙悟空　　（内唱“披星”引子）

芭蕉，如今到手喜心间！（扛大扇上）

（续唱）　几经波折，才能将它赚。

师父一见，愁容换笑颜！

扛起芭蕉，时间莫再耽。

扑灭火山，取经西去，

成败在此一旦！（放扇喘气）

唉，只识变大，不识变小，一变变得这么大，还累得我肩痛腰酸哩！

[猪八戒上。

猪八戒　哥哥呀！

孙悟空　咦，老猪！

猪八戒　嘻嘻，哥哥将芭蕉扇骗到手了吧？

孙悟空　咦，老猪为何一猜就中？

猪八戒　我当然猜得中喽！

（唱“板眼”）

哥哥你多计又好胆，

定夺得宝扇灭火山。

刚才师父命我，赶来接你回还……

孙悟空　什么？师父叫你接我？他怎知我回来？

猪八戒　哎，我是说——（改口）刚才师父命我，前去化斋讨饭。

（续唱）　远见你扛着芭蕉，翻山又越涧。

立即跑来相助，一起去扑灭火山。（无限序）

哎呀，原来这么大把的！哥哥，会不会又是假的呀？

孙悟空　你假它也不假呢！

猪八戒　（一怔）那……那让老猪试试看！（使劲举扇扇之）

孙悟空　嗳——（立即夺回扇子）老猪呵，这是真宝扇，怎能乱扇一通呢？如果不是我有定风珠在身，早就被你扇到九霄云外了！

猪八戒　（又一怔）啊？！我、我不知它这么利害呢！这宝贝好就好，可惜大了点，不好使！

孙悟空　就是嘛！

（续唱）　老孙方才把牛魔扮，

夺得宝扇急于回还。

神诀尚未弄明，如今空瞪眼。

只识变大不识变细，

累得我汗湿衣衫！

猪八戒　（接唱）　且待老猪，随口乱呼喊。

说不定碰巧能变细，

省得哥哥麻烦！（接过宝扇）

孙悟空　哈，你变不了！

猪八戒　我变得了！不信？你看——(站至高坡，哈哈大笑)

[一阵浓烟，复现牛魔王。

牛魔王　我当然会变！回嘘啊呼，小！（扇子应声变小）

孙悟空　（搓眼一看，愕然）什么，是你？（变出金箍棒）看棒！（劈头打去）

（唱“萧萧班马鸣”引子）

教你尝尝金箍棒。

牛魔王　（挥叉招架，接唱）

牛叉招架锷未残！

孙悟空　（接唱）　终年打雁，却被雁伤眼。

牛魔王　（接唱）　手足兄弟，今日要反颜！（开打）

[铁扇公主率女兵上，阻击孙悟空……被逐退。

[众山怪拥上，围攻孙悟空……又被逐退。

[猪八戒、沙僧上，被众女兵缠住，打斗而下。

[孙悟空变出四小猴，围攻节节败退的牛魔王、铁扇公主。

[牛魔王变成大野牛，扑向孙悟空……孙率众小猴伏牛。

铁扇公主　（急上求饶）叔叔，请饶牛命！

孙悟空　哼！（举棒欲打）

唐　僧　（内呼）且慢——（与沙僧、猪八戒急上）她若肯借扇灭火，无须置于死地！

铁扇公主　谢圣僧慈悲大发！（对牛）大王，你就将宝扇交与叔叔吧！（野牛张嘴吐出小扇，悟空伸手取扇）

孙悟空　师父，悟空灭火去了！吸嘻吹呼，大！

[一道闪光，孙悟已扛着大扇，站在彼山腰。众隐去……

[音乐大作，合唱声起：

火焰山，八百程，

漫天大火几时平？

芭蕉扇，施雨露，

猴王借扇留美名！

[合唱声中：纱幕内外烈焰冲天，孙悟空在高处，三挥巨扇。一扇烟消火灭、二扇凉风习习、三扇细雨霏霏。暗转。

尾声　上路

[火焰山上——雨后青山秀丽，彩虹半空高悬，祥云缭绕峰顶，山路直通西天。
[孙悟空还扇并向兄嫂言谢，牛魔王夫妇偕众侍女送四师徒上路。
[幕徐闭。

——剧终

本剧选载的是 1985 年吴国华、曹秀琴、张智强、祝荣发、李宗元等的演出本。

白蛇传

（根据田汉同名京剧和粤剧传统剧目等多个本子改编）

改编：刘汉鼐

人物表

白素贞　　白蛇
小　青　　青蛇
许　仙
桂　枝
艄　翁
如来佛
法　海
护法神
白鹤童子
白鹿童子
天兵天将
虾兵蟹将
众沙弥
许仕林　　许仙子

序 幕

[钟声响若沉雷。

[幕启。

[苍茫寰宇，层云密布。云海怒卷，狂风呼啸。法海手捧佛旨，立于云端……切光。

法　海　启禀佛祖，蛇妖断锁私下凡尘去了，还纠合青蛇一起，作孽人间，何不立遣五雷轰毙其命！

如来佛　不可，不可！“一死如长眠，活罪难熬受”，法海弟子，汝立即跟随前去，伺机叫她显露原形，饱受心灵折磨之苦，不得有误。

法　海　弟子遵命。（欲行）

如来佛　且慢，白蛇非轻易可敌，今赐汝九龙神杖一枝，大红袈裟一领，再赐汝敕牒一道，诸佛神将任从调遣，倘若孽妖难伏，自有吾师掌中紫金神钵。

法　海　领旨！

如来佛　善哉，善哉！

[熄灯。

[切光，纱幕上显出“白蛇传”三个大字。

第一场　游湖

[音乐声中，幕启。

[杭州，西子湖畔，春光潋滟，百鸟和鸣。

许　仙　（内唱“倒板”）

平湖如镜。（上）

（唱“凤凰台”）

日暖融融去采青，

春风扑面阵阵轻，

抬头见堤边绿柳亭亭。

花争放，鸟争鸣，

细看，细听，

湖山览胜。

看来了一小艇，

艄公在吟咏，

载着无限情意，满船歌声。

（转“滚花”）

眼前一片芳菲景，

心中万缕惜春情。

日挂高空近午时，

不若回家，高声叫艇。

船家，船家！

艄　翁　（内应）来啰！

[艄翁撑船上。

艄　翁　这位相公，要上哪儿去？

许　仙　返草桥门。

艄　翁　路程远得很。

许　仙　给你三钱银。（给钱，上船）

艄　翁　开船啰！

[艄翁撑船，与许仙过场下。

白素贞　（内唱“追信头”）

喜今朝，冲出黑狱境。

[白素贞、小青腾云驾雾凌空而过，随着一缕浓烟上。

白素贞　（续唱）　塞北冰雪踏平把桂枝认，

二十年来相思苦不胜，

今日巍峨山阻隔难打听。

莫非是，佢凡间早婚聘，

难再相亲语温馨。

不见他一面，死不忘情，

若能找到恨方平。

小　青　（唱“二黄合字过序”）

山下鹅黄魏紫像画屏，

一阵阵歌声撩人情性。

俪影双双，低诉情，在长亭。

白素贞　（接唱）回头看佛门恨不胜，

谁愿再敲青磬。

小　青　姐姐，这里是何所在？

白素贞　这里嘛——“上有天堂，下有苏杭”，这就是杭州西湖啦！

小　青　姐姐，西湖春色无边，果真不枉此行。

白素贞　是呀，这一花一草，一树一木都脉脉含情，要是找到桂枝罗汉，我……我宁作桑田女，长伴杼声。

小　青　人间万般好，如果我找到心上人，也学姐姐一样。咦，姐姐，你看见船上的人吗？像不像桂枝罗汉？！

白素贞　……哎呀，很似，很似……果然是他，果然是他！

小　青　（雀跃，高声大叫）桂枝罗汉！你等一等！

白素贞　小青，你叫什么？如今他不像从前了，已经迷了本性，怎会记得过去的事情。

小　青　那该怎么办？

白素贞　（沉思片刻）何不化雨，假借机缘？！

小　青　好呀好呀！1

［白素贞念念有词，把手一撒大雨骤至。

小　青　（向内呼喊）船——家，请你将船撑过来。

艄　翁　（内唱“清歌”）

桨儿划破平湖水，

冒风顶雨转回程。喂！

[艄翁撑船与许仙上。

艄　翁　（眯眼细望，以手作喇叭）喂！谁个叫，有什么事？

小　青　船家，请你把船弯过来，我们想搭你的船，到清波门去。

艄　翁　（把船弯过来对小青）啊，姑娘，老汉这是包船，不搭客的。

[小青正欲发作，白素贞忙把她拉开。

白素贞　船家，你做下好心啦！你看风大雨大，我们又没带雨伞……

艄　翁　这……

许　仙　“恻隐之心，人皆有之”，他们是女儿家，怎禁得风吹雨打。船家，就让她们上船吧，

艄　翁　好，好。（抛缆）

小　青　（着急地）船家，你快点嘛！

艄　翁　快啦，快啦！（靠船）你们快上来。

小　青　多谢了。

[小青扶白素贞上船。上船后小青在船舷擦着鞋上的泥，船身颠簸。

艄　翁　别动，别动！小心把船翻了。

小　青　（仍站立船头）我们就站这儿吗？这儿是要淋雨的。

艄　翁　是是，都进舱里去，免得阻我做工夫。

[小青推白素贞入舱，许仙尴尬。

白素贞　避雨过舟，把相公惊扰了。

许　仙　（窘）姑娘，何必客气！（欲走）

小　青　呃……走不得。（拉许仙）

艄　翁　别动，别动，站稳，开船啰！

[艄翁驾舟过场。

小　青　船家……

艄　翁　嗯，什么事？

小　青　呃……

（唱“减字芙蓉”）

请问船家你高姓？

艄　翁　（接唱）　老汉小姓关。

小　青　啊，关伯伯……

（接唱）　这位小姐叫白素贞，

家门非官非宦。

小青是奴名字，

在小姐家中做丫鬟。（转对许仙）

这位相公尊姓大名？

许　仙　鄙人名许仙——

小　青　哦，原来许相公，有礼，不知许相公家住何处？

许　仙　（接唱）家住草桥门石涧。

小　青　府上还有何人？

许　仙　（续唱）　上无父母兄弟，

保和堂药店谋生。

白素贞　呃……（拉小青另场）

（唱“滚花”）

见他髫龄弱冠正芳年，

未知已结鸳鸯还是一孤雁。

小青上前再打探——

小　青　姐姐，你还问什么？

白素贞　问他定了亲没有？

小　青　这……直通通，怎好意思？

白素贞　（续唱）　你可抹角转弯。

小　青　啊！……关伯伯，你家中那个呢？

艄　翁　我个伯爷婆呀，早就合埋双眼啦！

小　青　睡着了。

艄　翁　睡了好久啦！

小　青　常言道：“男子无妻屋无主”，你为什么不再娶个伯爷婆呀？

艄　翁　我须都白了，好似许相公咁后生吗？

小　青　是啊，许相公，那你家娘子好吗？

许　仙　　呃……我……

小　青　　什么你你我我的，有话就说嘛。

许　仙　　小青姐呀！

（唱“柳底莺”）

暗羞惭。

只为严亲早丧人寰，

为谋生他乡远行，

药店中寄身度日难，

孤单个人独对衾枕冷，成习惯。

却没去想结识女红颜，

命舛时乖暗自叹。

白素贞　（接唱）辛酸语语刺心间，

他好一似失所孤雁，

怎得度过夜漫漫。

银汉多劫难，

尘世一样难，

泪珠向谁弹？！

小　青　　姐姐，怎么哭起来了？

白素贞　　我……

小　青　　你还是……（把白素贞推向许仙）

白素贞　（唱“一支梅”中段）

我偷偷细看这个儿男，

风姿俊秀眉宇雅淡。

手牵赤丝度情关。

此去共把良缘订，

不枉到此间，愁容顿减。

小青，你叫船家摇慢点。

小　青　　船家，请你把船摇慢一点，我家小姐她……（顿觉失口）

白素贞　（忙接）我想观赏西湖景色。

艄 翁　好好，十世修来同船渡，百世修来共枕眠。

[艄翁把船放慢，众观赏西湖景色。

小 青　姐姐你看，断桥未断兴未阑，鸟语花香水一环。

艄 翁　只道天堂无限好，神仙今日也思凡。许相公，你说是不是？

许 仙　是，是！

小 青　是呀，是呀！

许 仙　（唱“南音”）

春来冬去红满山，
一潭死水泛微澜。
杜宇孤飞枉有心香一瓣，
啼鹃难觅又怎赋关关。
有道天上风云常聚散，
何年何月与佢再往还。

白素贞　（唱“寄生草”）

与君再度重逢犹未晚，
喜得春来两相渡归帆。
我魂梦里常念到夜阑珊，
相思泪洒印月潭。

许 仙　（接唱）瞬息诀别离去东西散，
何日见，于一旦。

白素贞　（接唱）怕只怕，月圆又缺，
一朝分离欲见君再会难。

相公，我怕流水不解花情意，别时容易见时难。

许 仙　小姐，卑贱之身如尘垢，寒鸦岂敢把树高攀……我……

艄 翁　各位，清波门已到，请上船吧！

白素贞　小青呀！我，我们这就上岸呀！

[白素贞暗示小青，把手一挥，雨又下大了。

小 青　姐姐，雨下得这么大，怎么走？

许 仙　小青姐，我有雨伞在此，（给伞）就给你们遮雨挡风吧！

白素贞　小青……（耳语）

小　青　许相公，这伞怎么还你啊？

许　仙　这……如小姐不嫌弃，就留着用吧！

白素贞　多谢相公！

小　青　相公，我们家住清波门滕王府，请改日前来一坐，我家小姐定盛情接待。

许　仙　多谢小姐！泥湿路滑，小姐要小心行走。

白素贞　相公请。

许　仙　小姐请。

[小青搀扶白素贞下船。

[白素贞走了几步又回头与许仙呆望。

女　声　（内唱“新曲”）

心弦拨乱，
依依惜别难。
骈红拥翠情无限，
雨声心声千万……

[小青走了几步，回头一看。

[艄翁摇船，与许仙急下。

[幕闭。

第二场　惊变

[幕启。

[内厅，窗几明净，内通卧室。

[许仙企幕。

许　仙　（唱“梆子慢板”）

邂逅西子湖，雨伞赠裙钗，
共订白头，全赖祖宗福荫。

娘子贤淑，温良恭俭，
胜似仙女下凡尘。
[白素贞捧羹汤上。
白素贞　官人，为妻为你熬了一碗参汤，快趁热用吧。
许　仙　（接过，续唱）
一碗参汤，表妻一片心，
盛情可感。
娘子，娘子，你可曾用过？
白素贞　近日来，瘟疫流行，你早出晚归，采办药材，真是把你辛苦了。待官人用了，为妻再用。
许　仙　多谢娘子！（饮毕）娘子呀！
（唱“杨翠喜”）
感你义厚情挚对我真心，
昔日湖上泛舟幸得怜悯。
似鸳鸯共相亲，
生死莫再相分。
为了持家生计不畏苦辛，
喜相对，从未怨恨。
朝夕为病人上门就诊，
走遍，大街小镇。
白素贞　（接唱）檀郎就医累得人疲困，
妻今窥见亦痛心坎。
许　仙　（接唱）得你朝晚嘘寒来细问，
想我一介寒门何有幸。
天赐良缘月老丝牵引，
两相共唱吟。
白素贞　（接唱）好婚姻，难得与君相爱敬重与日深，
一心意，没遗憾。
不爱豪门独爱你，

我的好夫君。

许　仙　娘子!

（唱“滚花”）

昨晚你炼丹炙药，

一直到夜静更深。

今早又为我熬制羹汤，

如此深情终生铭感。

白素贞　官人，你我夫妻不必拘礼。

许　仙　娘子，你忙了个通宵，也该歇息歇息，店中之事自有为夫照料。

白素贞　为妻在这里歇息便是。

[许仙下。

[白素贞拿出新衣缝制。

[许仙复上。

许　仙　娘子，为何还不进去歇息，在这里缝些什么?

白素贞　缝新衣。

许　仙　啊!是我的吗?

白素贞　你……真傻呀!（附身低语，将衣服交给他看，羞掩面）

许　仙　（看衣醒悟）娘子，原来你……

[白素贞含羞入内。

许　仙　许仙呀许仙，你快为人父了……哈哈。

[法海上，许仙惊顾。

法　海　阿弥陀佛!

许　仙　你是何人?

法　海　贫道乃法海禅师是也!

许　仙　穿堂入室，所为何事?

法　海　特来为你治病。

许　仙　我无病，就算有病也有贤妻为我医治，又何劳法师你呢?!

法　海　施主呀!看你这印堂……

（唱“催归词”）

中间一青印，两眼昏花混沌。

好似毒气侵。（序）

何方怪妖，何方怪妖，

勾魂、勾魂，近来行滞运。

妖怪就在你家中！

许　仙　（接唱）你声声说妖怪，在我家中厮混，

师尊说话无句真。（序）

法　海　（接唱）你娘子恶狠，是蛇妖化身。

许　仙　（接唱）惊闻，惊闻，我与蛇儿亲近。

（沉思）我不信，我妻温柔贤淑，心地善良，杭州父老无不尊敬，你竟敢诬她是蛇妖，岂有此理！

法　海　施主息怒，贫道一心搭救于你，若还执迷不悟，定必身罹大难。今日乃端阳佳节，贫僧把雄黄酒送给你，你妻饮后便当显现原形。

[小青刚上，发现，门外偷听，急避。

许　仙　你休想加害我妻！

法　海　你若然不信，悔之晚矣！

许　仙　这……真的？

法　海　机不可失，时不再来。（下）

许　仙　（似有所悟）师尊！师尊！（急追下）

[小青急上。

小　青　（向内）姐姐！

[白素贞上。

小　青　（唱“快滚花”）

端阳佳节，

蓦地一声惊雷。

法海挑唆姑爷，

用雄黄酒害你。

白素贞　官人怎会加害于我。

小　青　是真的，刚才我在门外听到法海对姑爷说，用雄黄酒害你，使你显现原形！事不宜迟，姐姐快走！

白素贞　小青，我若一旦离去，引起官人猜疑。你不要担心为姐，速速躲避。

小　青　姐姐你。

白素贞　我有千年功行，相信尚能应付，你快走吧！（强拖小青下）

[电闪、雷鸣、灯暗。许仙拿雄黄酒迟疑上，心有不忍，思想矛盾，刚欲扔掉，窗外突然出现法海。

法　海　许施主，快把雄黄酒给你妻饮服。

许　仙　法海禅师，我，我不能加害我妻。

法　海　许施主，你若不听为师劝导，怕你自身难保啊！

许　仙　这……？

[又一声惊雷，灯光复明，法海已不见。许仙惊慌、不安。

[白素贞上。

白素贞　官人，今日乃端阳佳节，本该高高兴兴，为何却愁眉不展似有满怀心事？！

许　仙　没，没有。

[白素贞发现桌上一壶酒，拿起嗅了嗅。

白素贞　雄黄酒哪里来的？

许　仙　这，这是乡亲父老送来的。能祛邪解毒。

白素贞　能祛邪解毒？

许　仙　是呀！（将酒递给素贞）娘子，今日端午佳节，为夫敬你一杯。

白素贞　（强接酒杯）官人，为妻身体不适，不饮也罢！

许　仙　（惊疑）你……

（唱“泣残红”）

若明若暗心中扑朔迷离，
不知是与非，
有谁为我解却疑虑，
她真是个蛇儿？

白素贞　（接唱）见他暗自思，锁双眉，
似是满腹疑团思绪乱，
端午来临把命催，

怎得妙计施暂脱身去。

（转“滚花”）

我有千年功行，

此杯饮了可释君疑。

官人，酒既是祛邪解毒，为妻便领情了。

（接酒饮下，顷刻，略觉不适）

许　仙　（见状高兴，另场）我妻不是蛇妖，我妻不是蛇妖。法海呀法海，你真个狠毒，你想拆散我夫妻，我岂能信你，娘子，为夫再敬你一杯愿我们夫妻恩爱，永不分离。

[素贞觉许仙释疑高兴。

白素贞　夫妻恩爱永不分离。（高兴强饮下，顿觉不适）

许　仙　娘子你真好酒量，为夫再敬你一杯。

白素贞　慢，为妻身怀有孕，不能再饮了。

许　仙　娘子，此杯乃为腹中娇儿祝愿，愿他无灾无痛。

白素贞　（出现醉意）为我地娇儿祝愿，好！

许　仙　（递酒与素贞）娘子，你……

白素贞　（接酒，颤抖）我……（强饮第三杯酒）

（唱“送君”）

一杯雄黄五内似针刺，

肠断似火炙肺腑摧。

怎得借词支他出去，

犹怕君望见吓到心胆碎！

[白素贞身子难支，倒椅上。

许　仙　娘子，娘子！你……

白素贞　（强撑起）官人，你妻心似火烧火炙……我想吃酸梅……

许　仙　店中有的是，我去取来。（欲下）

白素贞　官人，我要刚上市的鲜梅。你去街市买来，快去，快去！

许　仙　我去，我去，

[许仙下。

[白素贞挣扎，呻吟、呼叫。

白素贞　（内唱“可怜我”牌子头）

酒一杯，雄黄令我心绞碎。

（拨帐呼叫）小青，官人，夫呀！

[白素贞腹痛，倒地翻滚。

白素贞　小青，小青……

[白素贞挣扎入帐。

[许仙捧鲜梅上。

许　仙　娘子，鲜梅买回来了。

[许仙掀帐，突见鳞光斑斓的白蛇，惊骇倒退，跌扑，身死。

[小青上，见许仙已死，大惊。

小　青　姐姐，姐姐，姑爷死了！

白素贞　（从内冲出）小青，你，你说什么？

小　青　姑爷死了！

白素贞　哎呀！（抚尸，痛哭）官人……夫呀……

（唱“风萧萧”）

恨怨长抱，痛未把夫护，

今日西天归附，

谁将你害苦？！

为妻血泪已枯，

端阳佳节把官人哭悼，

恨那运劫难逃。

（转“乙反二流”）

切齿咬牙，

定将仇报。

敢向如来法海，

（转“滚花”）

索回我丈夫。

小　青　姐姐呀，待我前去把法海碎尸万段。

白素贞　且慢！小青，许郎身死不久，尚有一线生机，待我速去三仙岛，盗取灵芝，救你家姑爷性命！

小　青　仙岛险阻重重，只身盗草，谈何容易。

白素贞　哎呀，小青，我与官人生死相共。烦你照看遗体，三日之后，我若归来，性命有救；三日之后，我若未归……劳你将他厚葬于西子湖畔，我纵死九泉，也感恩不尽……请受为姐一拜。（跪下）

小　青　姐姐！（急扶白素贞）

[幕闭。

第三场　盗草

[幕启。

[三仙岛上，悬崖怪石，峭壁奇峰，云海翻涌。

鹤　童
鹿　童　（内唱"困谷口"牌子头）

碧空，烟雾渺渺，苍茫云滚动。

[鹤童、鹿童上。

鹤　童　（接唱）　极目远望一孤峰，

鹿　童　（接唱）　素练长虹绕古松。

鹤　童　（接唱）　仙家之地清泉涌，

鹿　童　（接唱）　恰似铁马响叮咚。

鹤　童　（念）　白衣瑞雪顶上红，

展翅冲霄上九重。

鹿　童　（念）　头角峥嵘谁能比，

梅花点点众不同。

鹤　童　师弟，师尊吩咐，看守灵芝，不得大意。

鹿　童　知道。

[鹤童、鹿童分边下。

白素贞 （内唱“二黄首板”）

驭太空，驾清风，

飞临仙洞。（重句）

[白素贞短装佩剑上。

白素贞 （快打慢唱“二流”）

为救许郎不畏险，

冲破障碍重重。

只见处处峭壁悬崖，

未知灵芝何处种。

（巡视过场，忽见高崖灵光闪烁）

一道奇光异彩映眼内，

却原是仙草兀高峰。

[白素贞急行过场，忽止，退避。

[鹤、鹿童上，搜寻，白素贞绕岩迂回而行。

[鹤、鹿童巡视严密，白素贞几番采草未遂，焦灼万分，灵机一动，隐去。

[鹤、鹿童忽见另一崖石上白素贞背影，急追下。

[白素贞急从石后复出，采草。

[白素贞急行，鹤、鹿童奔上挡住去路。

鹤 童 呔！大胆妖孽，竟敢盗我灵芝！

白素贞 仙官呀，只因我夫身染重病，危在旦夕，因此千山万水前来求取灵芝一叶，还望仙官赏赐。

鹤 童 住口，灵芝乃昆仑镇山之宝，岂能轻易赐予人间。

白素贞 仙官呀！仙家素以慈悲为本，你何故坐视不救？

鹤 童 呸！若再纠缠，要你命丧昆仑。

白素贞 仙官，你若将我杀死，我那官人也即刻丧命，还有腹中胎儿，未出娘胎，也一命夭亡。望求二位仙官念在我一家三口性命，就将仙草赐予我吧！

鹿 童 休得多言。快走，走！

[鹤、鹿童夹击白素贞，白与之开打，鹤、鹿童不敌败下。白素贞跃上岩顶采摘灵芝，口咬着亮相。下。

[幕闭。

第四场　水斗

[二幕外。

[法海背向观众站着。

[许仙手持雨伞匆匆上。

许　仙　（唱“快滚花”）

劫后余生思悔改，

金山独上拜佛如来。

不再信邪魔将妻害，

朝朝暮暮伴妆台。

（发现前面有人正欲问路）

法　海　（转身）许施主，你还认得我吗？……

许　仙　（甚觉面善，辨认，一惊）啊，你是……

法　海　阿弥陀佛，老僧法海，乃金山寺住持，想去金山寺么，你我正好一路同行。（以手牵许）

许　仙　我……我不去了，我不去了……

法　海　许施主，你不上金山，托庇我佛，怎能消难解灾。

[法海硬把许仙拖下。

[二幕启。

[金山寺下，波翻浪涌。

白素贞　（内唱“萧萧班马鸣”）

拯救夫君愿洒鲜血！

[小青、白素贞驾舟上。

白素贞　（续唱）　心上人儿怎忍别。

小　青　（接唱）　愤怒满腔把恨雪，

惩凶僧，心坚如铁。

白素贞　（接唱）　绕狂涛，绕狂涛，

乘舟一叶。

战浊浪，战浊浪，

救夫心切。

姐妹俩，姐妹俩，

勇闯虎穴。

小　青　（接唱）　到金山，到金山。

拼个断刀剑缺。

仇人相见面，不用多说，

定打到他腰断骨折。（拉腔）

[舟至金山寺下，小青、白素贞下舟。

白素贞　（眺望）金山寺，小青，快扶我上去。

[小青扶白素贞拾级上山。

小　青　（怒喝）呔，法海何在？

[寺门大开，法海上，后跟众沙弥。

法　海　（合十）阿弥陀佛！（步下石级）

（念“口鼓”）白素贞，你亲上金山不知找贫僧何事？

白素贞　（接念）无事不登三宝殿，到来找我许郎回归。

法　海　这……他已看破红尘，削发为僧了。

白素贞　削发为僧么？禅师呀！

（接念）他与我经已海誓山盟，相爱相亲和睦共处。岂会把红尘看破，夜对青灯念经书。请老禅师放我许郎回去也吧！

[法海闭目不答，小青正欲发作，白索贞阻止。

白素贞　（忍气吞声）法海禅师呀！

（唱“快二黄”）

你性本慈悲，好施仁义。

又何忍把鸳鸯拆散，逼人两地分飞。

法　海　（唱“手托”）

想相见，白费心机，

你夫妻俩难望再团聚，

把孽根断，免后世不齿。

小　青　我呸！

（唱“快七字清中板”）

你这狠毒妖僧伤天害理，

恨难食你之肉，寝你之皮。

法　海　（唱“三字经”）

禅杖一根，在我手里，

有本事，比个高低。

白素贞　（唱“快中板”）

禅师纵然将我打死，

须知天心民意不可欺。（拉腔）

法　海　孽畜休得无礼，看我九龙禅杖！

[法海抛出禅杖，白素贞掩护小青。把小青推下。

[法海挥动禅杖，白素贞挣扎滚杖。禅杖如千钧压顶地压在白素贞的头上，白素贞腹痛难支。

法　海　（狞笑）哼哼哼……众神将哪里！为我降妖。

[天兵天将上场。

白素贞　水漫金山。

[众水族掀波鼓浪，水漫金山。

[法海与众沙弥下，闭门。

[众水族奋力涌水，佛殿摇晃。

[法海站在高台，张起大红袈裟，海水渐退。

法　海　众神将，杀！

[众神将上，分斗水族，小青见白素贞已下，不敢恋战，率众水族退下。

法　海　阿弥陀佛。

[幕闭。

第五场　断桥

[幕启。

[西子湖边，断桥。

白素贞　（内唱“二黄首板”）

被困金山，杀出重围，

已身疲力倦。（重句）

[白素贞上，腹内微痛，颤步，终于体力不支，坐下。

白素贞　（呻吟）小青，小青，小——青!

小　青　（内场）姐姐，姐——姐！

[小青上，找见白素贞，急步行前，把她扶起。

白素贞　小青。

小　青　姐姐!

白素贞　（腹痛难支）我……

小　青　姐姐，这里离断桥不远，不如暂且歇息，再作计较。

白素贞　小青，已到断桥么?

[小青扶白素贞前行，眺望。

小　青　正是断桥。

白素贞　断桥呀!

白素贞　想当日我与许郎雨中相遇，也曾路过此桥。以伞为聘，到如今嘛……桥未断时，素贞我却已柔肠寸断了呀!

（唱“反线中板”）

看断桥，桥未断，

却先断情缘。

当日西子湖，一叶扁舟，

载着两情眷恋。

烟雨迷蒙，波光潋滟，

无情浪逐有情船。

可是到今天，什么海誓山盟，

许郎他却不思念。

小　青　（唱“凤阳花鼓”）

有日重见，把旧爱斩断，

佢句句谎语，说矢心不变。

可却在金山跟秃驴转，

把我姐姐引到寺前，

险些丧生鲜血溅。

白素贞　小青，此事乃法海之过，你……你休要错怪许郎呀！

小　青　姐姐，你……你还袒护他。

白素贞　（唱“滚花”）

我与他曾对双星盟誓约，

夫妻互相信赖，永不猜嫌。

小　青　姐姐。

（接唱）你素性纯良，

可知他早将你骗。

有日相逢狭路，我青锋三尺，

定要他命丧黄泉！

[白素贞腹痛欲坠。

小　青　姐姐，姐姐。（把她扶过一边坐下）

许　仙　（内场）赶路呀！

[许仙匆匆上。

许　仙　（快打慢唱“二流”）

步匆匆，返家园，

一路上只把贤妻想念。

只见她花憔柳悴，

坐在断桥边。

又见青姐伴一旁，

不顾死生把贞娘见。

娘子！

白素贞　（惊喜）许郎……

小　青　许仙，你，你来得正好。

[小青掌击许仙，拔剑就刺。

许　仙　（唱“沉腔滚花”）

哎吔吔，青姐息怒，

听我一言。

小　青　呸！

（唱“快慢板”）

你忍心，弃贞娘，

高飞走远。

刚盟誓，又悔约，

跟法海去参禅。

白素贞　（唱“快中板”）

可知贞娘为你肠想断，

拼之一死索夫到寺前。

棒对枪，刀对剑，

杀得筋疲力尽，险些丧黄泉。

小　青　（接唱）你手扪胸膛心自忖，心自忖，

尚有何面目见婵娟。

看剑！

许　仙　娘子救命！

[小青刺杀，许仙逃走。小青追赶。

白素贞　小青，小青……

[小青冲杀，白素贞拦阻。

小　青　（念“口鼓”）许仙，姐姐夜上金山，你为何不出来相见？

许　仙　（接念）我被锁禁文殊院内，有翼也难以飞天。

小　青　（接念）住口，既是法海不准你出来。你今追到桥边又作何打算？

许　仙　只因……

小　青　只因什么？

白素贞　（接念）小青，你暂且息怒，让他把话讲完。

小　青　你，你讲！

许　仙　娘子……

白素贞　你……你就讲吧！

许　仙　娘子，请听呀！

（唱“陈世美不认妻”）

那日我归家转，欲与妻相见，

行过桥头到江边。

刚刚遇法海在前面，

想走已无从，他把我牵。

白素贞　你，你便忍心舍我而去？

许　仙　我……唉！

（唱“西皮”）

离开家园上金山，（序）

困禅堂，不见天，

心想我贞娘，秋水望穿。

小　青　许仙，你别再巧语花言，我小青是不会再轻信你的。

白素贞　小青，你，你就让他再说下去吧！

许　仙　娘子你又再听呀！

（续唱）　到后来，得沙弥行方便，

放我返家园，

今日重会面，纵死也心甜。

小　青　哼！

（唱“催归”）

我难再受蒙骗，

无义汉食前言，

一挥剑要你命归天。

[小青举剑再刺许仙，白素贞阻拦。

白素贞　小青。

（接唱）　他情未断，情未断，

权暂放下龙泉，

姐姐我怒责许仙。

许　仙　娘子……

白素贞　冤家呀！

（唱“反线二黄板面”）

欲语还未说心里暗凄然。

你一去多天，

我苦难言，恨难言。

今天终于再续素愿，话千篇——

还望君听劝。

（唱“反线二黄”）

可知你的妻，本是峨眉山上，

千年修炼一蛇仙。

五月端阳，误饮雄黄，

露了原形，把你吓得身亡气断。

我为你上仙山，盗取灵芝草，

受尽颠连。

谁知你病愈变了心，不辞而别去，

日盼夜盼眼望穿，

鸳鸯梦醒添愁怨。

原来你偷上金山，投奔法海，

披剃参禅。

（转“反线秋江别”中段）

我气冲天，上山巅，

为着索夫回旋。

与神兵一死战，

水淹寺门。

怎奈我腹绞痛，浑身软绵绵，

险些我被神将砍几剑。

幸得小青救护，

才能幸免把命保存。

许郎，小青为找你出生入死，也难怪她恨你。

小　青　姐姐，你已将真情实话对他讲明，他亦无可再怨，我们走吧！

[小青扶白素贞走，许仙追赶。

许　仙　娘子！（跪下）

（唱“流水行云”）

你情一片，

冰雪蕙质素性良善。

今日复相见，

难得你谅解释前嫌。（序）

你受累颠簸为我许仙，

暗自羞愧百感交煎。

恨我轻信，那贼僧进谗言，

纵是蛇儿蜕变，我心不再变，

愿与一世，作难中并头莲。

白素贞　（接唱）纷飞孤雁两地挂牵，

几番相思理不断。

情重爱专，我未忍断琴弦，

永不分离，誓盟共对天。

小　青　（接唱）见佢情与义似金似石铁坚。

深恩未断，

我若迫她翻了脸，

反落得心太偏，

会恨我千百年。

不若远去天边，远去天边，

告别姐姐，独走远，

今后一生，不复见。

白素贞　（接唱）　我难离你去远，（重句）

念在我腹中孕，

莫再出此言。

许　仙　（接唱）　望小青姐你回心转念。

小　青　姐姐，请多珍重，小青告辞了。

白素贞　小青呀！你何忍舍我远离，留下这离巢孤燕。可记得姐妹当初曾许愿，同生共死两不相捐。

小　青　姐姐。

白素贞　小青。

许　仙　青姐，你真的不走？

[许仙慌忙跪下。

小　青　许仙你再将姐欺骗，三尺青锋决不饶你。

许　仙　小青姐，我再不敢了。

（念）　檐前滴水石可穿，

娘子深情动地天。

若是许仙心肠变，

青锋之下尸不全。

白素贞　小青……（示意他已久跪）

小　青　起来！

许　仙　呃……

小　青　你与我起来！

许　仙　谢过小青姐。

白素贞　好呀！

[内场合唱“新曲”：

患难中重相见，

衔泥燕子重返家园。

白素贞 （接唱） 小青来来快扶为姐清波门转。（去而复返）

白素贞
小 青 （合唱） 猛回头，避雨处，风景依然。
许 仙

[小青、许仙扶白素贞，三人回头眺望远处。

[幕闭。

第六场 合钵、毁塔

[幕启。

[室内，堂皇华丽。

[许仙高兴地上。

许 仙 娘子，娘子！（踮脚走近房门）

白素贞 （内应）为妻来了。

许 仙 娘子，娘子，来来来……

[白素贞淡妆手扶许仙上。

白素贞 （唱“醉酒”第二句起）

有赖夫君相陪，

盼夜尽日长在。

未了相思爱，

剪不断还复来。

情如玉洁，心比寒梅，

隆冬可耐。

许郎，仕林儿呢？

许 仙 小青抱他出去了。

[许仙摆妆，搀扶白素贞坐下，替她梳妆画眉，又从案上拿起一朵月季花。

许　仙　娘子，你看！

（唱“汉宫秋月”）

一朵月季无瑕实可爱，

插在云鬓似仙姬下凡来。

见你风姿倩丽，

不由我惊呆。

白素贞　（接唱）誓约不忘记万载，

纵是百劫千灾，

钢刀利剑相阻隔，

再也不分开。

许　仙　（接唱）死生同命鸟，

任磨折颠扑再几回，

白素贞
许　仙　（齐唱）怎得天青否极泰来。

[白素贞对镜中发现法海站立云端，大惊，站起。

许　仙　娘子，你……

白素贞　法，法海他……来了！

[小青抱着仕林儿匆匆上。

小　青　姐姐，大事不好，黑风骤起，怕是那法海秃驴又来加害于你……

白素贞　许郎，你与仕林儿快快离开此地吧！

许　仙　娘子你……（连忙接过仕林儿，但已来不及了）

[法海上。

法　海　（狂笑）哈哈哈，白蛇孽畜，你孽缘已满，今奉如来之命，把你捉拿！

许　仙　法海，你，你也太狠心了……

[法海一掌把他推倒，吓得仕林儿哇哇大哭。

白素贞　（忍无可忍）看剑！

[白素贞举剑直刺法海，法海以禅杖还击，小青从旁夹击，法海渐觉不支。

法　海　（驾住双剑）护法神哪里？

护法神　（内场）来也！

[护法神从窗外跳入。

法　海　护法神。

护法神　在。

法　海　举起金钵，降伏蛇妖。

护法神　领法旨！

[护法神举起金钵，白素贞翻滚，挣扎。

许　仙　娘子，（冲前，被一束蓝光隔开）娘子……娘子……

小　青　姐姐……

白素贞　小青，（呼痛）哎哟……

法　海　看法宝！

[法海甩出一条法珠，欲套小青，小青甩掉。

白素贞　小青，快回峨眉山，日后为我报仇！

小　青　姐姐！

白素贞　走——吧

小　青　姐——姐。

[小青急下。

许　仙　（上前阻拦）娘子……娘子……（被蓝光隔开）

白素贞　许郎……（冲前，又被蓝光隔开）

许　仙　娘——子！

白素贞　许——郎！

许　仙　（怀内的仕林儿哇哇大哭）儿……

白素贞　儿啊……（挣扎抱起仕林儿）许郎呀！

（唱"恋檀中板"）

恨不休，

天上人间两分手，

恩爱夫妻难长久，

最是凄凉离别后。

为妻被金钵收，

衷情再剖，

望郎君分忧，

把抚养娇儿责担受，

九泉含笑也闭双眸。

许 仙 （接唱） 哎呀呀，好娘子。（序）

儿尚幼，不畏艰辛作马牛。

白素贞
许 仙 （合唱） 今朝别去，

怕难再聚头。

法 海 孽畜快走！

许 仙 法海禅师，我妻自到江南行医，从无过犯，你何故两次三番下此毒手？还望禅师开恩，把她饶恕。

法 海 （大笑）哈哈哈！人妖岂能成婚，天规佛法无情！

白素贞 法海！

（唱“快二流”）

我骂一声，（六）

法海秃驴，（工）

可知人心不可欺，（工）

苦海也有尽头。（尺）

金钵法力纵高强，（合）

也难使我屈膝低首。（上）

多行不义必自毙，（工）

（转“滚花”）

看你能活几个春秋。

法 海 护法神，把蛇妖压在雷峰塔下，若要超生，除非雷峰塔倒，西湖水干！

（押下白素贞）

白素贞 官——人……

许 仙 娘子，娘子……娘子……

[雷鸣电闪，护法神又举起金钵。

白素贞　　许——郎。

[切光。

[暗转，十年之后。

[雷峰塔下，清冷，阴森。

[天空乌云翻滚。

小　青　　（内唱“披星头”）

匆匆，飞越金瓯。

[小青手拿神火器急上。

小　青　　（续唱）　深山修行为把姐救，报却十年恨与仇。

把塔烧毁，恨始休，

管它西湖水干透。

呔，法海何在？！

[法海上。

法　海　　（见是小青，不禁哈哈大笑）是你啊？！孽畜又来送死吗？

小　青　　看火！

[小青举起神火器，对准法海，火焰连续喷射，法海倒地翻滚，被烧得焦头烂额死去。

小　青　　（狂笑）哈哈哈！

[小青举神火器，对准雷峰塔，一条条火龙窜塔身，顷刻轰隆巨响，塔身倒下，塔倒现白素贞。

小　青　　（上前）姐姐，姐姐……

[小青扶白素贞出，两人抱头痛哭。

[乌云散去，东方日出，光芒万丈。

[许仙带着十岁的许仕林上。

小　青　　姐姐，你看，谁来了？

许　仙　　（上前）娘子！

白素贞　　官人……

许仕林　　（扑向白素贞怀中）娘亲……

白素贞　　娇儿……（哭）

[众随下拜小青，小青连忙把白素贞等扶起。

[幕闭。

——剧终

本剧选载的是 1985 年丁凡、陈韵红、吴文燕、张智强等主演的演出本。

一把存忠剑

（参考传统剧《斩经堂》重新编写）

编剧：陈自强　黎普泽

人物表

吴　汉

王兰英

刘　秀

马家凤

马　成

吴　母

王　莽

马家驹

吴国柱

汉平帝

陈　忠

胡佼佼

张　彪

王　炳

雪　梅

校　尉

汉刘秀的兵将、新王莽的兵将

第一场　莽篡汉

[西汉元始五年（公元 5 年）冬。

[长安，未央宫。

[龙屏御座与一龙柱中间可望天幕。

[开幕。少年汉平帝背场站幕，仰望乌云翻滚，俯视草木凋零。陈忠侍立御座旁。

[内场合唱“风凄凄”：

云卷压天低，江山夕阳暗，

大风化鹃声，哀哀汉帝魂！

[平帝在歌声中缓缓转过身来，只见他手捧传国玺，泪流满面，无限哀伤。

陈　忠　主上，要保重龙躯啊！

汉平帝　唉！

（唱“滚花”）

山雨欲来风满楼，

社鼠城狐猖獗甚。

汉家二百年基业，

忍见鼎移祸变生！

陈　忠　主上……

[宫门外哗噪声。平帝一怔，警惕地将传国玉玺藏好。望一眼天上变幻的风云。

汉平帝　陈忠，你去……（示意弹压，自己卸下）

陈　忠　呔，谁人斗胆，惊动圣驾？

[王莽部将王炳仗剑追杀张彪上。陈忠暗护御林军都尉张彪，穿三角一拦再拦。

王　炳　你敢不交兵权?

张　彪　你敢闯宫造反?

[王、张继续厮杀。吴国柱边喝“好胆!”边威严地上。

吴国柱　住手!你们反了?

王　炳
张　彪　(剑入鞘,拱手为礼)参见大司马!

吴国柱　哼,居然杀进未央宫,可知死罪?

张　彪　末将御林军都尉,护驾守宫禁。

王　炳　末将奉了丞相命,接管御林军!

吴国柱　什么?接管御林军?事关重大,须由丞相面奏圣上,方可施行。下去!(王炳欲辩)下去!

王　炳
张　彪　遵命!(二人敌视咒骂,悻悻然同下)

[同时,汉平帝与马成分边急上。

马　成　主上不好!

汉平帝　何事慌张?

马　成　主上!

(唱“四不正”)

豕突狼奔侵宫禁,我整怪弄鬼过贼林,

王莽之心识者皆见,迫宫夺取御林军。

汉平帝　啊,反了,果然反了!

吴国柱　主上呀!

(唱“俺六国”)

新莽他急思篡位。

诸大夫恋富贵屈节卖身,

良臣已失势不堪匡国运。

主上须决断速立储君,

保汉家血胤,赖祖宗福荫。

汉平帝　这个……

马　成　大司马言之有理，望主上当机立断！

汉平帝　两位卿家呀！

（唱“跳花鼓”）

汉室大厦将倾，家国难逃劫运。

（念“白榄”）

朕年少无子嗣，只有小王侄，

他名刘秀年五岁，勇敢聪明堪继立。

谁能救他出生天，为我宗枝延一脉？

马　成　（接念）莽贼困皇城，君臣已作瓮中蛤，瓮中蛤。

（唱“跳花鼓尾腔”）

乌蝇都难飞出去，小殿下怎逃生！

［音乐。三人苦无计。

汉平帝　啊，有了！

（唱“跳花鼓”）

东宫床下那机关，有暗道潜离宫禁。

（念“白榄”）

先王年少爱冶游，暗道至今仍秘密。

但谁人可托孤，要智勇双全又忠实。

吴国柱　（接念）都尉张彪人可靠，托他不会有错失。

马　成　（接念）风雨路茫茫，难道去首阳山食野果汁？

吴国柱　（接念）不去首阳走南阳，有王叔刘良装隐逸，

托孤藏龙卧虎山，伏骥暂居狡兔窟，狡兔窟。

汉平帝　（唱“跳花鼓”尾腔）

唯有各安天命，朕亦难保自身！

［隐隐轻雷，风来雨至。汉平帝悲愤跪下，众陪跪。

汉平帝　（叫头）高祖，先王，苍天啊！

［陈忠忽扶起汉平帝。吴国柱、马成急起启奏。

吴国柱
马　成　主上，兵临城下，刻不容缓啊！

汉平帝　（定一下神）传张彪!

陈　忠　呔，张彪晋见!

张　彪　（上，唱“快滚花”）

困守宫门风声紧，

拼死护驾表丹心。

主上有何圣谕？

汉平帝　张彪过来！（耳语）此事你可敢担当？

张　彪　末将赴汤蹈火，万死不辞！

汉平帝　好呀！

（唱“快中板”）

归海长鲸须振奋，

国仇不报枉为人！

（转“滚花”）

兴亡重责托孤臣，

此去南阳须谨慎。

张　彪　末将遵旨！

汉平帝　（唱“煞板”）

写血诏——

[汉平帝撕下龙袍一角，牌子，咬指写血书。张彪跪接。

汉平帝　（续唱）　明储位，转交王侄为凭。

陈忠，将小殿下付托张彪，你掩护他们逃走！

陈　忠
张　彪　领旨。（亮相）

[内场报：“丞相驾到！”霹雳一声，君臣惊震，仰望天上雷电风雨。陈忠拖张彪急下。

王　莽　（内唱“首板”）

覆雨翻云天下震！（上）

（唱“大滚花”）

承天命当朝居摄，俺独揽乾坤。

臣民顺我者昌，逆我者该倒运。

百官献策书金匮，劝老夫践祚为君。

迫孺子禅位让贤，交出汉宫玺印。

参见主上。

汉平帝　丞相请坐！

王　莽　坐定了！

吴国柱
马　成　丞相你好！

王　莽　你知机就好！(向内场)来人，把逆贼张彪绑上！

[平帝等惊愕。内场空谷回声："绑张彪，绑张彪……"。

王　炳　(上)启奏丞相九千岁……

王　莽　可曾把张彪拿下？

王　炳　张彪他，他……已畏罪潜逃了！

王　莽　饭桶……(一想，泰然处之)哈哈，那就由他去吧！不过，这都尉一职？(问平帝)

汉平帝　凭丞相决断就是。

王　莽　王炳听封，主上口谕，封你为御林军都尉。

王　炳　谢主隆恩！

王　莽　王将军，须紧守皇城，若有闯宫谋反者，格杀勿论！

王　炳　末将领旨。(下)

王　莽　主上！

(唱"霸腔包槌滚花")

今日满朝文武，颂功德巍巍。

劝我另立新朝，并献策书金匮。

书言王莽为天子，乃天命攸归。

还说赤帝行玺，该传给黄帝。

(念"口鼓")要效尧禅舜让，劝我勿推辞。文武百官，齐集午门候旨。何从何去，主上好自为之！(过门楔白)

汉平帝　既然是百官劝进……

吴国柱　慢，老臣等并不知情，劝进者是哪班混账东西。

王　莽　哎，少你一个也是百官呀！

汉平帝　既然丞相一意孤行，又何必来问我？

王　莽　好，那就将传国玉玺交出来！

马　成　丞相啊！

（唱“快滚花”）

既要另立新朝，应当自刻玉玺，

亡国不祥之物，你要它何为？

王　莽　马大夫有所不知了！

（唱“血泪花”中段）

此乃秦朝，那卞和，

那一块连城璧，

是李斯所刻，后归汉高祖，

新朝建立该承继，

宝物无价世间稀。

[一声巨雷，将殿檐劈去一角，飞沙走石，火花四射。王莽背过身去，抱头发抖。这时汉平帝在台口，一惊坠地，吴国柱上前搀扶。平帝乘机将玉玺递交给吴国柱，动作不必太快，让观众看清楚。

王　莽　（惊魂甫定）马大夫，雷殛未央宫，主何吉凶之兆？

马　成　这……（假装捏算）雷殛阴妖，庇护王气，得民心者，天命攸归。

王　莽　（拂袖不悦）休得胡说，再解清楚！

[吴国柱背向马成，反剪双手亮出玉玺。

吴国柱　（提示）金匮策书……

马　成　（领悟）就是金匮策书所说：赤帝行玺该传给黄帝！

吴国柱　对，该传给真天子！（将玉玺塞给马成）

马　成　（藏玺，战栗）传……传……

王　莽　（“三搭箭”）解得好，解得妙！（一看马成）马大夫，你发冷么？

马　成　这一声霹雳，厉害，厉害呀！

王　莽　这就是天意难违。主上，该交了吧！

汉平帝　我呸！

（唱“快中板”）

野心狼子五雷诛，

欲夺玺符自去取，

长乐宫王太后（介）藏在她宫闱。

王　莽　传国玺在王太后处？我不信！

汉平帝　不信？王太后是你嫡亲姑母，难道她还看不清你的心肺吗？来，我带你到长乐宫去取！

[汉平帝发了狠，“三搭箭”与王莽拉扯。

王　莽　（挣脱）好了，好了，既然玉玺在我姑母王太后处，我自会随时去取，不必劳烦陛下了。刚才陛下受惊了，王将军，献上酒来，与万岁压惊！

[王炳捧一壶毒酒上，置案上。王莽斟酒。

王　莽　敬祝陛下万寿无疆！

汉平帝　丞相功高理应先饮！（二人再三推让）

王　莽　你饮不饮？（举杯欲灌入平帝口中）

[吴国柱见事急，忙拔剑护驾。王炳拉住吴国柱手。

王　莽　（夺去其剑）闯官谋反。格杀勿论！

[王莽一剑杀死吴国柱。

[“频闪灯”光影透见。（滴滴金）王莽捧起毒酒壶猛追汉平帝，平帝终被抓获，被强灌毒酒。平帝毒发倒毙。

王　莽　（如释重负）马大夫你看如何收拾？

马　成　（强装镇静）恭贺九千岁再加一千岁！

王　莽　你也劝进？

马　成　天下乃万民之天下，唯有德者居之。

王　莽　天下尚未归心，不若先当摄政皇帝。

马　成　天予其国而不取则皇天不佑。事不宜迟！

王　莽　（“三搭箭”）好个事不宜迟，我授你宝剑，你先为我斩草除根。（取剑授马成）

马　成　（接剑）陛下，昔者冯谖烧债券为孟尝君市义。今日微臣亦有此意。

王　莽　你的意思是?

马　成　大司马常患中风，报说他是暴病身亡，依礼厚葬就是。新朝初建，宜广施仁政，少加杀戮，则天下归心。

王　莽　(思考)唔!有道理。依计行事!传旨下去，为大行皇帝隆重发丧。

马　成　陛下圣明。(将剑入鞘佩在身上)

王　莽　好好好!

(唱“大滚花”)

识时务者为俊杰，

封你新朝作太师。

马　成　(行礼)谢万岁!

王　莽　哈，哈，哈!

[切光。

[幕闭。

第二场　碰冤家

[十八年后(公元23年)。

[长安城郊，秦岭山麓。

[开幕。春光明媚，草木青葱。

[刘秀上。他怀着复杂的心情观看沿途景象。

刘　秀　(唱“长句二流”)

跋崎岖路，涉湍流，

只见八百里秦川山明水秀，

潼关向我招手渭水向我点头，

昔别长安花如绣，

梦里云横秦岭倍添愁，

堪叹剩水残山依稀如旧，

犹恨凤巢栖枭鸟，狼虎踞龙楼！(合)

不幸年少飘零，向南阳远走，

赖王叔刘良抚育十八春秋，

教我练武习文为中兴奋斗，

率众揭竿起义誓报国恨家仇，

冒险重访京华，谁识这王孙贵胄?!(上)

如今大地非无主，(士)

(转“滚花”)

不信权奸尚有头！(尺)

[风响处，鸢飞鹊噪，狐突兔奔。一支箭飞坠眼前，刘秀接住一看，提高警惕。

刘　秀　(箭上名字)王兰英？何方女子，箭法咁差竟学人射猎！(介)遇事免出头(抛回地上)还是避之则吉。(闪入树丛)

王兰英　(内唱“首板”)

蹑迹寻踪马儿慢走！

[雪梅引王兰英打马慢行上，搜寻猎物踪迹。

王兰英　(唱“萧萧班马鸣”)

宴龙庭，我无心享受，

去射猎，得展开身手，

讲箭法，尚远居人后，

看经书，赛大家闺秀。

父王心事，已讲出口，

想招驸马，使我忧愁。

[雪梅扶兰英下马后去系马。兰英拭汗。

雪　梅　主上急于招驸马，公主呀……

王兰英　嘘！(四望无人)我们微服出游称呼就要改口。

雪　梅　小姐呀，不如自己找个合心水的姑爷喇！

王兰英　雪梅，女仔之家唔怕丑！

雪　梅　怕什么！

（唱“滚花”）

你夫妇相敬如宾，丫鬟也少些气受。

姑爷若腌臜古板，管住你不得自由。

王兰英　（接唱）　有道是出嫁从夫，妇道家规应恪守。

但得佐夫成大器，其他事我不苛求。

唉，不要讲了！你刚才看见那只野兔跑过这边，看它躲在哪里？

[雪梅沿着地面的痕迹追寻到小树丛。

雪　梅　啊，定是躲在这里。你看，小草被它践踏过，还碰落一些树叶枝丫。

王兰英　（窃喜）那就设法吓它、赶它出来啦！

[雪梅拾小石块投掷进去，忽闻虎啸声，马儿惊恐嘶鸣，一虎跳出。雪梅惊得跌落手上东西，护着兰英发抖。但虎并不扑过去，只作势吓人，她们狼狈后退。

雪　梅　（定一个神）救命呀，有老虎呀！

[一支箭向老虎迎向射来，老虎就地一滚竟一爪把箭击落，迅速跑下。王兰英目瞪口呆。

雪　梅　（拾起箭看）吴汉？（闻人声，急插入兰英箭袋）

吴　汉　（内喝）畜牲哪里走？哪里！（上）

（唱“快中板”）

何物大虫自取其咎，

向人肆虐死到临头！

（转“滚花”）

夸喇喇！

枉我百步穿杨，竟让畜牲逃走！

（气馁地误拾兰英的箭，看也不看便插入自己箭袋）

王兰英　公子，有道是：“强弩之末，势不能穿鲁缟”，何必介意呢！多谢公子挺身搭救。

吴　汉　（旁）原来是个文绉绉的女秀才！（目不斜视）姑娘不用客气。未知那畜牲逃向何方？（雪梅支吾乱指）誓除此害！追！

[吴汉欲追。张彪猎户打扮上，拦住去路。

张　彪　慢，此乃北山神虎，不要伤它！

王兰英　奇怪，只闻兔死狐悲，哪有猎户为虎求情之理？

张　彪　姑娘有所不知。

（唱“水仙子”）

此虎把山中猛兽捕，狼獾豹皆呜呼，

人畜却免扰骚，猎户与樵夫，

从未受侵侮，便相约将它保护。

吴　汉　原来如此，不去伤它就是！

张　彪　请了！（下）

吴　汉　两位姑娘保重，小生告辞！（欲行）

雪　梅　慢，弱女两人，山中迷路，敢烦指引！

吴　汉　这个……（觉得有些不便）

雪　梅　啊，莫非赶往回家，怕尊夫人挂念么？

吴　汉　非也，小生尚未有妻室。

雪　梅　唉，求人难啊！

吴　汉　（唱“滚花”）

本该为人为到底，护送两位下山丘。

但怕男女同行惹官非，（半句）

雪　梅　（接唱）　都唔怕笑大人个口。

我以为你读坏书讲男女授受不亲啫，原来怕惹官非！哼！哪个昏官够胆碰我地公……

王兰英　雪梅，恩公面前，要谦虚谨慎！

雪　梅　知道。公子光明磊落，何须怕惹官非？

吴　汉　既然如此，小生护送两位到通衢大道就是。但未请教尊姓，不知如何称呼？

雪　梅　叫我雪梅姐就得嘞。

吴　汉　雪梅姐！

雪　梅　好话嘞。我家小姐小姓王。

吴　汉　王小姐有礼！（王兰英还礼。四目交投如触电）

雪　梅　吴公子你贵姓呀？

吴　汉　什么？你知我姓吴?（一想，笑）明知故问，蒸生瓜!

雪　梅　（旁）我话你正傻瓜就真。嘻嘻！

王兰英　吴公子啊!

（唱“汉宫秋月”）

感你助救，请把大名留，

吴　汉　（楔白）唔使啩？

王兰英　（续唱）　容我归家向父母禀奏。

吴　汉　（楔白）唔好奏嘞！

王兰英　（续唱）　漂母一饭千金，淮阴报恩厚。

吴　汉　（楔白）引经据典添!

王兰英　（续唱）　我虽是一女流，

若没法图报，毕生难(恶)受!

吴　汉　（接唱）　毋庸言报，路过拔刀相助，

不必絮絮说个不休!

王兰英　（接唱）　相公指日鹏程万里，

定能遂志飞上枝头，

雪　梅　（接唱）　有知音可结凤鸾俦。

吴　汉　哎，小生门衰祚薄，家道贫寒，哪敢心存奢望?！

雪　梅　哗，穷得你咁光鲜，我睇长安都少有。

王兰英　公子裘马翩翩，雍容华贵，不像五陵年少卖弄风流。

吴　汉　这……小姐容诉呀！

（唱“小桃红”）

只因少小父丧母寡，

得舅父仗义收留，

寄人篱下读书，郁郁十余秋，

裘马翩翩非我所有！

王兰英　（接唱）　有缘会见，愿结知心朋友。

吴　汉　小姐啊!

（唱“反线中板”）

风雨一孤雏，羡闲云野鹤，

未立鸿鹄志，不想觅封侯。

慈母家教严，约束在芸窗，

无伴论兴亡，不遑交朋友。

小姐凭多情，如春风送暖，

愿化庄周蝶，魂梦绕妆楼。

（转“滚花”）

小姐，若然狩猎兴未阑，

愿逐兔鞍前射雕随马后。

雪　梅　啱晒，小姐正想拜师傅呢！

吴　汉　禁苑那边，养有专供射猎的飞禽走兽。

王兰英　好呀，雪梅先带马。我与公子作竞日春游。

雪　梅　（带马）系啰，慢慢斟酌下喇！（做个怪脸，先下）

吴　汉　王小姐请！

王兰英　吴公子请！（二人同下）

张　彪　（上。向树丛）喂，那位仁兄出来喇！你看人家鬼咁好艳福，你都算倒霉透！

[刘秀上。拂去衣上沾的草屑灰尘。张彪靠近欲细看刘秀，却被灰尘扑面迷眼。

张　彪　有什么不妥。搞到要露尾藏头？

刘　秀　不妥？（敏感地）没什么。（敛容施礼）这位大哥有礼！小弟闯荡江湖，正要去长安访友。

张　彪　就那么简单？你怎瞒得过猎人双眼？

刘　秀　（紧张）不要草木皆兵。你当我是什么人？

张　彪　（念“白榄”）

你是什么人，自己心中明白，

千里风尘仆仆，由朝走到黑。

有大路不愿行，偏爱山路窄，

一闻人马声，似兔仔受惊吓。

立即揾窿钻（捐），不怕污糟辣挞。

一听你口音，便知南阳来客。

南阳的绿林军，啸聚为反贼，

派奸细入长安，把军情来探察，来探察！

[刘秀听得一身冷汗，抽出匕首，执住张彪。

刘　秀　要灭你这把乌鸦口，明年今日是你的忌辰！

[刘秀刺杀张彪。张彪闪避，卖个破绽，突然抛出套兽用的圈索，迎头套住刘秀，并夺去其匕首，紧牵索头，冷笑。

刘　秀　果然有两度散手。好嘢！

张　彪　无两度学人闯什么江湖，我已靠它捕尽多少野兽。

刘　秀　这……（感到受辱。瞪一眼却认出）咦，你不是彪叔？

张　彪　表叔？我一眼就看出你不是好人，唔使咁好口。

刘　秀　张彪，化作灰都认得你，十万禁军教头。

张　彪　你这奸细揭我老底，先灭你这把乌鸦口！

刘　秀　我是阿秀呀！

张　彪　咁肥仲话瘦？明年今日就是你的忌辰。（欲刺）

刘　秀　是你背（孭）着我走南阳的那个……

张　彪　（急掩其口）不准出声！不管是真是假，带返去审问过先。反正你条命仔是我扮老虎救回的，几乎落在你仇人之手。

刘　秀　嗯……（莫名其妙地望着兰英的去处）

张　彪　那个公主是王莽的亲生女呀殿下千岁！（见他目瞪口呆，忽闻鸣锣道声）快走！若是真货再向你叩头。

[刘秀又惊又喜，被张彪押着急下。

[同时，四校尉从另一边上。放锦垫于石上。

[“六波令”，王莽帝冠龙袍上。马成哈腰随上。

王　莽　（念）射虎屠龙吞宇宙，

马　成　（念）汉家王气黯然收。

王　莽　（念）赤眉（上声）绿林敢作乱，

马　成　（念）教他片甲也不留！

王　莽　（坐下）马卿家，今天狩猎练兵，战果如何？

马　成　启奏主上：

（唱“滚花”）

今日战果辉煌，走兽飞禽样样有。

已在明堂摆宴，请品尝野味珍馐。

王　莽　（接唱）　好，不日饮马南阳，

活捉那贼魁刘秀。

[天上掉下一只刚被射中的麻鹰，马成去拾。

王　莽　哈哈，又有进贡，看看是谁人所射？

马　成　恭喜主上，公主红鸾高照，定得佳婿。

王　莽　什么，是王儿所射，还有吉兆么？

马　成　箭杆刻有公主嘉名，矢贯双睛。此乃比目之光，预卜姻缘成就。

王　莽　哈哈，马卿家去城隍庙解签，那些占卦佬通通要收档啰！

[吴汉匆匆上，一见马成捧着鹰，喜极忘形。

吴　汉　舅父，你喜欢吗？是我射下来的呀！

马　成　（心里明白，却瞪着眼珠）胡说，不准冒认，不是你射的，永远不要认。（把鹰交给校尉）圣驾在此，还不参见！

吴　汉　草民吴汉，叩见吾王万岁，万万岁！

王　莽　平身。小卿家年少英俊，雏凤清于老凤声。孤王赏赐双鱼玉佩聊作见面礼！（校尉代赏）

吴　汉　（接玉佩，系在身上）谢主隆恩。

马　成　立即回家读书，不准招摇惹事！

王　莽　慢，小卿家，不要学那些腐儒，要多读兵书。有吗？

吴　汉　有，《六韬》《三略》《孙子兵法》。

王　莽　孤来问你，何为“三略”？

吴　汉　战、守、和。

王　莽　何为“六韬”？

吴　汉　一文韬、二武韬、三龙、四凤、五虎、六豹，是为六韬。

王　莽　好呀，果是一员将才，好。是谁射鹰，孤已明白，但你怎么认识她的？

吴　汉　她？哦，那位王小姐。（不顾马成眨眼耍手）万岁请听：

（唱“霸腔芙蓉中板”）

小民射猎过山丘，

忽听娇声狂呼救，

有虎张牙舞爪威胁女流，

我舍命上前将佳人勇救，

及知是神虎，才手下把情留。

王　莽　（楔白）什么神虎？

吴　汉　猎户说此虎只捕恶兽，不害人畜。

王　莽　唔，后来又怎样？

吴　汉　（唱“滚花”）

王小姐邀我同游，

只好在鞍前侍候。

马　成　（执吴汉）小畜牲！

（唱“连环西皮”）

真不知羞，真不知羞，

撞骗招摇，冒犯贵人，难恕宥！

（“三批”）你走，你走，快躝走！

[王兰英上。欲解围又忍着，拉两校尉合拢，背靠背躲在他们后面。

王　莽　（唱“沉腔滚花”）

喂喂喂！

是你解签灵验，有缘巧结凤凰！

马　成　主上，唔得呀，赚累死公主㗎咋！

王　莽　点解呀！

马　成　总之……朽木之材不可雕也。

王　莽　啤，大吉利是！你朽佢都未朽呀。

（唱“了缘曲”）

我晒心机，捱眼瞓，

为女暗忧，谁知谁知，

她自己会拣，认真对板，

这驸马一流，一流！

马　成　主上！

（唱“减字芙蓉”）

舍甥蠢钝冥顽，

王　莽　（接唱）　莫非外甥多似舅？

马　成　（楔白）仲弊过我，上不得台面架！

王　莽　（续唱）　看他轩昂气宇，

马　成　（接唱）　成个绣花枕头。

王　莽　（楔白）一肚草？满腹珠玑就真。

（续唱）　定能治国齐家，

马　成　（接唱）　我怕公主难抵受。

（楔白）阿汉硬颈兼粗鲁架！

王　莽　（续唱）　爱他一身好武艺，

马　成　（接唱）　花拳绣腿一只蛮牛！

王　莽　喂，我赏个歌姬给你做继室就好地地，你卑个外甥做我女婿就咁大难！

（唱“滚花”）

系你话事抑或我操权？(半句)

[马成已远离王莽，一惊，跌坐在石块上。

马　成　（旁唱）　唉，我对不起他死鬼老窦！

[雪梅上。先拜王莽，见吴汉呆若木鸡。

雪　梅　吴公子，吴公子，小姐周围去揾你呀！

王　莽　什么吴公子，叫驸马爷。嗯，还是先问过王儿是否合意？

王兰英　（仍躲着）但凭父王作主。

王　莽　王儿，你躲在哪里？那只老虎有无吓亲你？

王兰英　多谢驸马爷救命之恩。

王　莽　（抚慰吴汉）舅父骂两句就算喇，用不着成个呆晒。公主都叫你驸马爷咯，应承喇。

吴　汉　草民叩谢大王！

王兰英　叫岳王呀。父王，封个大官卑佢喇。嫁个草民，人家笑我架！

王　莽　对对对，封个什么官好呢？

王兰英　大司马。

王　莽　对，让他掌握全国兵权，定能为孤效忠。（介）吴汉听封，封你为大司马兼长安都尉。

[王兰英跃出，一同行礼。

吴　汉
王兰英　多谢岳王/父王！

王　莽　好呀！

（唱“快中板”）

须防奸细混进城楼，

逐户挨家严查搜，

扫平反贼再封侯。

（唱“滚花”）

明堂野宴好风光，就是你们花烛酒。

摆驾！（一手携兰英，一手携吴汉同行。略回顾）马爱卿，亲家，快来同饮喜酒！（同下）

马　成　（唱“滚花”下句）

势成骑虎难交代，

不是冤家不聚头！

[幕闭。

第三场　捉放刘

[二幕前，距上场数日。

[马成旧第。

[开幕，二幕前。

吴　母　（内唱“倒板”）

经堂愧对存忠剑！

[吴母上。她带发修行，手持念珠。面有愠色。

吴　母　（唱“浣溪沙”）

将孤儿抚育十八年，

望佢生性报国仇雪父之冤，

一对冤家巧遇，他被招驸马，

仇家做了亲眷，有口难言！

（“哭相思”）

[马成上。他劝吴母迁居驸马府，却遭拒绝。

马　成　（唱“哭相思”尾腔）

害得我这个磨心团团转！

吴　母　阿成，你哭什么？

马　成　（伤心地）做人难啊！我的姐姐呀！

（唱“催归词”）

怎可将你乖仔怨？

有道不知者不罪，

终须将往事揭穿，

但时机未到，暂且强忍，

当前，你毋谓回避见面！

吴　母　（唱“滚花”）

一见仇人之女，我便七窍生烟。

既是水火不相容，应该分居析怨。

马　成　（接唱）　生米已煮成熟饭，何必招惹闲言。

小不忍则乱大谋，搬进驸马府再算。

吴　母　驸马府好架势么？我没福气去住！你自己搬去喇！

马　成　（念“白榄”）

公主与你儿，住堂皇银安殿，

逍遥台是尾座，中间隔个大花园。

三间两进小平房，我一家就住前面，

姐姐经堂在后面，互相照应紧相连。

花园有后门，出入很方便。

有人找我倾密偈，做些暗事也安全，也安全。

吴　母　这个……

马　成　（唱“滚花”）

还望你深明大义，

吴　母　（接唱）唉，唯有委曲求全。

既然你倾偈做事方便，只好一齐搬去。

[马家驹欢蹦乱跳上，闻言大喜。

马家驹　姑妈、阿爹，几时搬去新屋呀？

马　成　家驹，你年纪不少小了，就快要成家立室，就留在这间大夫第吧！

马家驹　那么，细姐呢？

马　成　你后母当然跟阿爹喇，难道要跟仔住么？

马家驹　留下我一个人，阿爹你放心吗？

马　成　放心。

马家驹　表哥就不放心，他说驸马府花园旮旯（角落），有一间小书房，要我在那里读书练剑。

马　成　如果你发奋读书就好，只怕你不安分，那时就……

吴　母　二弟，我母子在府上寄住十多年，亲如一家。阿汉如今有了新居，要你全家搬去同住，也是一点心意，就让家驹也去吧！

马　成　哼，如果劣性不改，胡作作为，你小心我打……

马家驹　孩儿不敢。

吴　母　不要劳气了。家驹，去准备搬家吧！

马家驹　多谢姑妈！（三人分边下）

[距上场半月。

[开二幕。驸马府后座，马成的厅堂。

[喜乐声中，吴汉、王兰英盛装上。

吴　汉　（唱“柳摇金”）

氤氲兽炉香，

公主生辰，瑞气绕华堂。

王兰英　（接唱）　嘉宾降，开筵笙歌舞，

惜未得婆婆谅！

吴　汉　（接唱）　唯有赔礼同献琼浆，

夫妻参拜，望娘顺气心舒畅。

有请娘亲！

[“打引”。吴母上，脸色冷若冰霜。

吴　母　（念“引白”）泾渭分清浊，冰炭怎同床？！

王兰英　请婆婆上座，受媳妇叩拜！

吴　母　免了。今日良辰乃金枝喜降。本该行君臣之礼，为公主祝寿称觞。但我已避世清修，毋须与凡人一样。至于斟茶行家礼，绝不敢当。

王兰英　媳妇　　婆婆
　　　　　　恭请　　金安！（强行叩拜）
吴　汉　孩儿　　娘亲

吴　母　（闪避）免了，我受不起！

[雪梅捧上参汤交兰英敬献。

王兰英　请婆婆饮参汤！

吴　母　（不接）放低啦！不用咁好礼了。

雪　梅　启禀驸马爷，各王公大臣、王妃命妇陆续驾到，舅老爷请你与公主速回银安殿接待嘉宾。

吴　母　返去啦！一见面大家都烦，以后不必过来请安了！

王兰英　媳妇侍候不周，还请婆婆教导！

吴　母　但求你发善心，让我安静就好。

王兰英　媳妇告退！（三人向吴母行礼，退下）

吴　母　嘿！睇见就眼冤了！（下）

[胡佼佼上。闻远处鼓乐声，情不自禁，扇舞。

胡佼佼　（唱“打扫街”）

脱籍卸官装，嫁作归家娘，

闻笙歌又技痒，舞扇轻摇意若狂。

出墙红杏，寂寞渴望，有伴放荡，

惜玉怜香，风姿倜傥，我暗恋少年郎！

[马家驹已上。蹑足随舞步，兜住佼佼拗腰。几乎亲嘴，佼佼推他翻了个筋斗，四望无人。

胡佼佼　鬼鬼祟祟，被人睇见有乜好呢！

马家驹　（嬉皮笑脸）怕乜野，细姐！

胡佼佼　细什么？我不是偏房。打过你这畜牲！（举掌）细吖拿！

马家驹　娘亲，孩儿知错了，你打我喇！（仰脸讨打）

胡佼佼　（轻抚其颊）唉，你这冤家，要奋发出头，为娘今生才有望。

马家驹　你叫孩儿点搏唧？书斋又少个人斟茶磨墨，红袖添香。你派个丫鬟服侍我啦！

胡佼佼　哎呀，你就想？！

马家驹　那么，请娘亲去教我读书写字，问暖嘘寒！

胡佼佼　哼，鬼鬼马马。我去睇下你的功课做成怎样？

[胡佼佼风骚地行，家驹凑过脸去搀扶同下，

[马家凤上，见状掩眼。然后望其背影叹气。

马家凤　（唱“滚花”）

狐狸入屋拉鸡仔，家门不幸祸隐藏，

但这等丑事奸情，叫我如何对阿爹讲？！

（低头踱步，拾图吃惊）“缉拿逆犯刘秀”？定是表哥遗下这幅图形，表哥为虎作伥，将人血染红他的乌纱顶。阿爹奴颜婢膝，却掩饰不住赤胆忠肝！唉！

[刘秀上。他猎人装扮，背筐载有黄猄、梅花鹿……

马家凤　（照面见是青年）咦，你是……

刘　秀　我是张弓之子，名叫张秀。家父身体欠安，命我将新鲜野味送来府上。你是马小姐？

马家凤　不敢当。我叫家凤。张大哥，请坐！……（旁白）这么面熟，（取图暗看）难道人有相似？

刘　秀　　马小姐，令尊呢？

马家凤　　只因公主寿诞，家父去银安殿帮忙。张大哥请茶！

（将那盅参汤递过去）

刘　秀　　（猛呷一口）参汤？真是牛嚼牡丹。多谢！

马家凤　　张大哥，往日啊——

（唱“泣残红”）

为何尚要尊翁太着忙？背筐，

翻山越岭扛，看来你做仔太唔似样！

刘　秀　　（楔白）什么？我唔似样？

马家凤　　（楔白）我话，从未见你送货来过。

刘　秀　　嗯……是这样的，

（接唱）　我将山货运南阳。

马家凤　　（楔白）哦，走南阳，一去就十几年是吗？

刘　秀　　（暗惊且恨）胡说！我讲……

（重复一句，续唱）

我将山货运洛阳，再运到他乡。

马家凤　　（接唱）　路上晒得红皮赤壮，

到北山，换猎人装。

刘　秀　　（接唱）　今天父欠安，我代佢走一趟！（警惕着）

马家凤　　（冷笑）要我画公仔画出肠么？你听着：

（唱“长句二黄慢板”）

岂用舌剑唇枪，我会察言看相，

何物北山猎户，怎瞒过本姑娘。

已绘制你图形，布下天罗地网，

还充独行侠客，恰是虎落平阳。

难道十万貔貅，敌不过龙城一飞将？

劝你见风使艃，暂且收敛锋芒。（句，拖腔）

（短过门）

刘　秀　　（接唱）　小姐慧眼目光，洞悉猎人假象。

不管圣愚贵贱，总是热血儿郎。

莽贼祸国殃民，人心思刘归汉。

为了中兴大业，才有冒险入长安。

未知鹿死谁手中，虎穴龙潭也要闯。（句）

望你迷津指引，免使歧路亡羊。（音乐，介）

马家凤　（抖出图形指给刘秀看，唱“雨打芭蕉”）

你果真是图形那大汉王，我愿窝藏，

今日前楼盛宴华堂，尽是王侯公卿，

有官兵在街市守岗，四面罗网，

纵然冲出去，你亦无地把身藏！

刘　秀　（接唱）　我心急想见马大夫，

误履险将虎穴闯。

马家凤　（唱“大滚花”，做关目介）

既来之则安之，待家父归来将计想。

为了掩人耳目，请先躲入我闺房。

刘　秀　小姐的香闺？唔得，唔得！

马家凤　点解唔得呀？无人敢入我间房架！

（续唱）　唯有此地最安全，毋须避嫌谦让。

刘　秀　如此说，有劳小姐了！

马家凤　还有，我床后有暗门，以备紧急情况。（交钗）用它开旋钮，便可进入经堂。可有信物为凭？

刘　秀　有。

马家凤　向老夫人讲明真相。我姑妈仁慈仗义，定可保你平安。

刘　秀　姑娘在上，请受小王一礼！

（唱“快中板”）

姑娘恩义永难忘，玉佩一方呈献上。

他年有幸结鸾凰。

（唱“滚花”）

人生难得一知音，

刘秀此行真不枉！

马家凤　（接玉佩）多谢殿下！咦，有人。快走！（同下）

[马成上。醉态可掬。

马　成　（唱“二流板面”）

公卿公卿，公卿公卿，沉迷梦境，

欢场酩酊，兴汉之兵，大事可成。（合）

明投奸党，暗效忠诚，正邪辨明，

到时现形，兵起南阳，我为内应。（上）

今朝战斗，明朝全国胜，饮胜饮胜，饮胜饮胜，

朱门酒肉臭，（士）四野有悲声！（尺）

张弓还未送货来，（合）

（唱“滚花”）

有些事情须打听。

马　成　（踢着背筐）哦，他来了，阿凤！（家凤上）张弓呢？

马家凤　张弓没来，是他的仔送货上门。

马　成　仔？哈哈！张弓为国忘家，不娶老婆哪有仔？！

马家凤　你无姐妹又有外甥……

马　成　（触着要害）衰女！

马家凤　学你样认返个唔得么？你看！（抖图形）就是他！

马　成　（突地酒醒）胡闹！

马家凤　千真万确，他等着同你会面！

马　成　无凭无据，万一是冒牌货就不堪设想了！

马家凤　有呀！（下意识地掏出九龙玉佩，一想不妥，捏住绳端抖动转圈圈。马成矮步追看。家凤入场取出血诏交给马成看）

马　成　（“哭相思”）

罢了先王！

（交还家凤）殿下他太冒险了！但是我却求之不得呀。（家凤诧异）那玉玺完璧归赵，有利刘秀号令四方。

马家凤　啊，就是那传国玉玺？

马　成　对，王莽明查暗访无下落。我在书斋枯井内把它藏。

[佼佼上，窃听了最后两句，急退下。

马　成　带我去见千岁爷吧！（家凤先下，马成举步）

[王炳率四校尉上。

王　炳　马大人，有个可疑人，潜入你府上。末将奉命查搜，以保平安。

马　成　什么？查搜大臣之家，先要奏明主上。

王　炳　戒严紧急，捉拿奸细，亦有诏令皇皇。

马　成　我不过寄人篱下，要搜问过主人吴汉。

[吴汉、吴母已卸上，各躲在一旁。至此一齐闪出。

吴　汉　舅父大人，他也是奉命行事，让他一看又何妨。

吴　母　二弟，你自己攞来衰的呀！

（唱“滚花”）

悔不该搬来同住，须知小人得志便猖狂。

要搜就先搜我经堂，（半句）

吴　汉　（楔白）娘亲，你自己查看就是。

吴　母　（楔白）我恐怕百官不服呀！

（续唱）　会讲你徇私卖放。

王将军随我来！（下）

[王炳见吴汉默许，率二校尉随下，旋即复上。

王　炳　禀驸马，经堂各处，已陪老夫人查看清楚。

吴　汉　到其余房同去搜查！

[“雁儿落”，四校尉分头去搜。雪梅、兰英上。

王　炳　参见公主！

王兰英　免。这样做过分些吧！

吴　汉　搜查奸细，乃主上旨意。

甲校尉　（上）报，马公子书斋已查过。

乙校尉　（上）报，马小姐闺房已查过。

丙校尉　（上）报，马大人卧室已查过。

丁校尉　（上）报，厨房、杂物室都已查过。

[各人面面相觑。

王兰英　哼，捕风捉影！

吴　汉　王将军，你亲自绕宅巡视一周便是。

[王炳下。同时，张彪穿着与刘秀相同的服装，提一架载鹦鹉上。

张　彪　草民张弓叩见公主、驸马爷，祝寿来迟，还请恕谅。敬献熊掌一双，能言鹦鹉一只，祝公主、驸马白发齐眉！

鹦　鹉　（学舌）祝公主、驸马白发齐眉。

张　彪　（指背筐）这些新鲜野味是进贡给王上的。

王兰英　（大喜）雪梅，带张弓出前厅，赐御酒一杯，白银一百两，送他由前门出去，免使杯弓蛇影，再虚惊一场！

四校尉　禀公主，刚方遇见的正是此人。（指张彪）

[雪梅拎鹦鹉，引张彪杂边下。王炳衣边上。见张彪背影，正欲追上去搜查。

王兰英　此人乃北山老猎户，是陪哀家狩猎的老相识。王炳，快将这筐新野味，亲送御厨。从后门回去近得多！

吴　汉　大家都走吧！

[吴汉、兰英杂边下，王炳率校尉拎背筐衣边下。只剩马成台口恭送公主。

[马成回头见家凤招手，箭一样窜进房，下。

[胡佼佼一手捧玺，一手拖家驹衣边上。

胡佼佼　（唱“四季歌”）

乖仔执福满天光，

搏做贵官金玉满堂，

进内将玉玺亲献王上。

马家驹　（接唱）　定与娇妻恩爱万年长！

胡佼佼　（正要将玉玺放在家驹手上）哪个娇妻呀？

马家驹　（委屈地）敢唔系娘亲啰！哪有别个？

胡佼佼　啐，又叫娇妻，又叫娘亲，五伦颠倒！啊，由后门去王宫近得多，要亲自呈交主上。我陪你出门口。快，快！

[二人从衣边下。

[马家凤在暗处窥见听清。“大水波浪”。

马家凤　（唱“滚花”）

只道奸夫淫妇污家宅，

谁料野心狼子祸国邦！

[马家凤唰一声拔出宝剑，英姿飒爽地亮相。

[幕闭。

第四场　追、杀、放

[接上场，黄昏，一弯新月。

[墙内荒野。

[“牌子”头开幕。四校尉引王炳上。

王　炳　（英雄白）逆贼刘秀混进京，图谋叛逆篡龙庭。布下窝弓擒猛虎，誓将余孽一扫平！众将士，贼首刘秀，混进京都。驸马爷有命：擒获贼首，重赏千金。窝藏逆贼，九族株连。你等沿街搜索，户户盘查！

众校尉　领命！（引王炳下介）

马家凤　（内唱“散板”）

急似流星、急似流星！

（打马“走边”上，载舞载歌仿牌子）

化日光天，似见幢幢鬼影；

炎炎酷暑，家凤心冷如冰。

利欲熏心毁人性，

后娘兄长兽心人形！

汉玉玺，牵连着一家性命；

汉玉玺，干系着汉室中兴。

（转“流水”）

眼看帝裔陷险境，

马家驹献出玉玺，

刘秀定赴枉死城。

要劝哥哥回头猛醒，

忠奸邪正两分明！

走走走！（匆匆下介）

马家驹　（内唱“快首板”）

玉带紫袍某着定！

（一手托印，一手摇扇，趾高气扬上，唱“快中板”）

一路风光映眼鲜明。

平步青云处处佳境，

一山一水笑对我奉迎。

（转“滚花”）

汉玉玺，换功名，

本少爷一步登天，条命生得正！

（念“诗白”）

正是：

父母生吾五尺矮。

一朝得志顶天高！

——走！

马家凤　（内叫）哥哥慢走！慢行！

[马家凤急上，家驹见家凤生疑，推磨介。

马家驹　家凤，不在闺房描花绣草，出门到此作甚？

马家凤　这个？……哥哥不在家中习文练武，也出门则甚？

马家驹　你家哥哥出门，游山玩水，饮酒作乐！

马家凤　（质疑）哥哥出门饮酒作乐，游山玩水，因何却背插钢刀，手托人头！

马家驹　（困惑地）我手托人头？……（朗笑）哈哈哈哈！丫头莫非成老妇，老眼看物蒙查查！

马家凤　哎，你妹妹眼明心亮，我看见哥哥手上人头，还有滴滴殷红鲜血！

马家驹　呸呸呸！什么人头鲜血，这是无价之宝汉玉玺！（自知失言，忙掩口）

马家凤　你将玉玺拿往何处？

马家驹　你——你管不着！

马家凤　马家驹！

（唱“追夫”牌子）

你偷玉玺，

心肝黑似墨，无人性，

竟偷将此宝去博取利和名。

人无天良不辨邪，

唯求几寸臭铜钱与虚荣。

怕看你两手血凝凝！

（浪里白）马家驹，你说是手捧玉玺。我看到的，却是爹爹的人头！

马家驹　爹爹人头？！

马家凤　汉玉玺来自马家，一旦交与王莽，爹爹就要人头落地！

你——

（续唱第二段）

还劝你，应念骨肉情，

听从我劝，改邪归正。

马家驹　邪、正？什么是邪？什么是正？你看是邪，我看是正。啰，就好比，我托着的是玉玺，你看到的是人头。哈哈哈！……

马家凤　我呸！

（续唱第三段）

你唔念兄妹与父子情。

我腰间宝剑也无情。

家凤的拳头，会分辨邪正，（散）

你要玉玺还是要命？！

[马家凤拔剑欲抢夺玉玺，马家驹躲闪。舞蹈介。

马家驹　住手！

（唱“反线长句芙蓉中板”）

丫头你太天真，乳臭未干，

慷慨激昂，骂声比歌声还动听。

有句良言胜金石：

人不为己，天诛地灭。

字字掷地有声！

（转“七字清”）

运到时来生死一拼，

人间似赌场一个不输就是赢。

你睇吴汉表兄，昨天小百姓，

一朝攀月桂，享尽尊荣。

（转“滚花”）

莫阻我锦绣前程，

更莫再啰唆任性。

[马家驹打马走介，马家凤追赶，拦马介。“救弟”牌子。二人下马介。

马家凤　罢了哥哥，我的好哥哥！

（念“诗白”）

一念之差悔难翻，

二字忠奸莫等闲。

三岁孩童知好丑，

四民思汉莽为仇。

五常孝义人应守，

六亲不认世人羞。

七尺男儿应立志，

八方扶汉举义旗。

九鼎一言兄猛醒，

十分情重泣血声！

马家驹　（“三搭箭”，不屑地大笑）哈哈哈哈！

马家凤　你因何发笑？

马家驹　笑你聪明自作，实在无知！听着！

（续念）　十足糊涂笑煞人，

九分天真傻一分。

八面玲珑求贵显，

七情六欲利为先。

六亲最亲唯自己，

五脏六腑谁无私？

四面奉迎机一旦，

三公阁位随手攀。

两字机缘千载梦，

一朝错过恨无穷！

马家凤　（上前，执家驹）你你你当真要向昏君交出玉玺？！

马家驹　当然要献出玉玺！

马家凤　真的不念父子兄妹之情！？

马家驹　为了前程，难顾亲情！

马家凤　呸！（介）好个为了前程，难顾亲情，夺回玉玺，剑底无情！

[家驹、家凤开打，家凤刺伤家驹，家驹倒地，家凤掷剑，趋前跪扶家驹。

马家凤　家驹！哥哥！

马家驹　（呻吟地）败在你手下，夫复何言，玉玺拿去也罢。

[家驹乘家凤接过玉玺之际，暗暗拾刀劈向家凤，家凤闻声急闪，拾剑刺向家驹，家驹死介。

[王炳引众校尉持灯笼上，吴汉上。推磨介。

吴　汉　（趋前看死者）家驹表弟？！人来，把死者抬下！

[王炳引校尉抬家驹下介。

[互相忖测，吴汉、家凤背场做手介。

吴　汉　（唱“包槌大滚花”）

看她手中剑，杀气腾腾，

鲜血斑斑掩剑影；

莫非是，一场争斗，

刀凶剑恶妹杀兄！？

马家凤 （唱“摇板”新腔）

暗担惊，旱天骤响霹雳声，

见表兄，家凤怕似见尅星！

吴 汉 （接唱） 凤丫头，形迹可疑，

因甚闹出人命？

马家凤 （接唱） 今日里，人在玺在，

拼之血溅皇城！

吴 汉 家凤，你家哥哥，究竟遭谁杀害？

马家凤 听着（介）：明人不做暗事，马家驹是我亲手所杀！

吴 汉 哦？！——你你你因甚杀他？

马家凤 他大逆不道，不忠不孝，死有余辜！

吴 汉 （仔细打量之）你手上所拿何物？

马家凤 我拿的是汉！——

吴 汉 汉什么？

马家凤 汉朝之宝！

吴 汉 汉朝之宝！？（细想）拿来一看？

马家凤 （按剑自卫）——驸马爷！

（唱“斑竹马”）

休得妄动，家凤火气盛，

铁石般本性。

宝剑无情，休怪我唐突表兄，

任谁要夺我手中宝贝，

马家凤与他拼死命！（对峙）

吴 汉 （背接唱）俺甚少见，

她雌威大发，好一似乱了人性。

休草莽，暂压火性，

放她归去，再细心观察动静！

[家凤扭头便走。王炳引众校尉上，拔剑拦阻介。

吴　汉　（止之）慢！她乃本司马表妹，你等让开一路。

[王炳等人散开介。家凤匆匆走下。

王　炳　司马大人，这女子行藏诡秘，形迹可疑，理应盘查，请莫轻轻放过。

吴　汉　王将军，你带人跟踪在后，若见她转回驸马府第，烦你朗声通传，本司马军务在身，今夜不回府第！

王　炳　得令！

[众校尉引吴汉、王炳下介。

[幕闭。

第五场　存忠剑

[紧接上场。夜。

[景同第三场。堂上宫灯亮了。

马　成　（内唱“散板”）

揾揾揾揾，翻转块地也得揾！

[马成手拿灯烛上，心慌神乱，四处寻找介。

马　成　（边寻边语）

玉玺呀玉玺，你匿埋边处呀！

唉我腾来腾去通屋都找匀，

灶前屋后也点亮了灯。

汉玉玺，无处寻，

我收得好稳阵。

唯叹句老猫也烧须，心心不忿！

最怕落在昏君王莽掌心。

那时我马成，死都唔得了，

恐怕全家都遭不幸。

唉我求求你，印印印，

快些露个面，

我求求你，印印印，快见见卑人！

马家凤　（仓皇逃上）爹爹，你你快传令门官，把驸马府大门严严关死！

马　成　（仍在寻找，没好气地）死死死，你老豆呢次唔慌唔死咯！

马家凤　（急，顿脚，一口气地）我叫你快快传令门官把驸马府门严严关死！

马　成　（感到严重）你——何事慌张？

马家凤　关了门再说！

马　成　（欲向门官传呼）……

[一校尉内白："呔！总管听着：驸马爷有军务在身，今夜不回府，烦请通告内堂！"

[另一人内白："内厢听着，驸马爷有军务在身，今夜不回府邸！"

马　成　人来，关上府门！

马家凤　（惊魂甫定）表哥不回府，爹爹不用关门。

马　成　啤，又关又唔关，搞乜鬼呀！？

马家凤　爹爹大事不好！

马　成　（一惊）吓？！

马家凤　爹爹听呀！

（稍慢唱"可怜我"）

马家驹，恨他恨他

不忠不孝恶先行，

为了辅刘护爹爹，

家凤一剑——（抽剑亮相）

马　成　（一惊）一剑怎样？

马家凤　（续唱）　要他命归阴！

马　成　（一手夺过剑，惊叫）血！……唉吔！

（快"哭相思"，唱尾腔）

你你你杀咗老豆个香炉趸！

马家凤　爹爹再听呀！

（唱“水仙子”）

爹爹休把我怨恨，

也莫大伤心；

恨哥利欲熏心，

夜盗汉玉玺，被家凤追索。

追杀，两兄妹对阵！

马　成　（一手夺过玉玺，悲喜交集）原来畜牲盗玺，乖女追杀，杀了畜牲，夺回玉玺？！

马家凤　迫于无奈，杀了哥哥！

马　成　那只跛脚香炉冚杀得好，汉玉玺乖女夺得好！

（唱“流水中板”）

叫句汉玉玺呀我为你呀，

哪架架……(腔)

见番你一天都光心开花！（序）

国玺真无价，乖女忠勇也；

汉玉玺失而复得，

真系豆豉都爆芽！（腔）

（对家凤说）官凭印信，帝凭玉玺，这方宝贝，今夜就交回储君刘秀，让他带出关外。

马家凤　爹爹喜欢过早，再听呀！

（唱“快慢板”）

在途中，兄妹斗，酿成血刃。

遇表兄，兵马至，家凤失了神。

恨煞他，挡去路，多方盘问。

马　成　（不以为然地）啊，碰着表哥啫，自己人！（忽转念大惊）——弊！（执家凤手）吴汉他亲眼见你刺死哥哥？

马家凤　家凤当堂认了！

马　成　（紧接）吴汉他可见你手拿玉玺？

马家凤　他穷追死问，我拔剑护玺！

马　成　后来如何？

马家凤　他惧我强硬，才放我回来！

马　成　唉吔中计啦！

（唱“戏妲己”尾腔）

你我弃家携玺快逃生！

吴　汉　（早已卸上一旁谛听，此时站出，“三搭箭”，纵声大笑介）哈哈哈哈！舅父现在才走，迟了！——呔！（介）外边听着：驸马府第，重门上锁，加派护兵，无本官命令，任何人不得出门。谁违令者，斩杀不饶！

[内应介：“遵命！”

[家凤拔剑刺吴汉，二人对打，吴汉夺玉玺，家凤被打翻在地，两校尉冲上介。

吴　汉　押下去！

[二校尉押家凤下介。

马　成　（赔笑脸地上前）嘻嘻，乖外甥，外甥乖，你表妹大唔透，确唔大，她口快手快，你有怪莫怪。

吴　汉　哼！不怪马家凤，却恨眼前人！

（唱缩腔叠句“芙蓉中板”）

应恨我有眼无珠，

错认你忠厚长者，

原来俺与虎同群！

你也知汉玉玺，

献者官封万户侯，

藏者全家斩杀尽。

刘秀小逆贼，朝廷钦犯，

捉拿的皇榜遍张登！

（转“三字”）

枉你作重臣，偏犯禁，

藏玉玺，当乱臣。

（转“七字”）

罪恶贯盈更有甚，

暗通逆贼藏祸心！

（转“滚花”）

复辟扶汉乱新朝，

今天贼辈难逃劫运！

马　成　（恍然）刚才下人通传你不回府邸，原来——？！

吴　汉　哈哈哈哈！

（唱“秃头包槌滚花”）

此之谓兵不厌诈，

尔曹奸计尽听闻。

马　成　（冷冷地）你——驸马爷想怎么样？

吴　汉　（续唱）　快将刘秀交出来——！

马　成　不交又如何？

吴　汉　（续唱）　大义灭亲万古训！（按剑亮相）

吴　母　（早已卸上，手捧剑，“三搭箭”，朗笑介）哈哈哈哈！

吴　汉　孩儿参见娘亲！

吴　母　好个大义灭亲，忠奸分明！把剑呈来！

［“水波浪”，吴汉迷惘地呈剑介，吴母接剑，随手扔掉介。

吴　母　儿呀！大义灭亲真忠勇，为娘含苦茹辛盼今朝。来来来，娘亲交你此剑，就让你大义灭亲！

马　成　大姐你——？

吴　母　贤弟请坐。——（对吴）拿去！

吴　汉　（“水波浪”，接剑，旁白）且住！此剑乃先父遗物，小时听舅父言道，我父被奸人所害，死在剑底，教我他朝长大，就拿此剑替父报仇。娘亲今日，因甚拿出宝剑，要吾大义灭亲？（介）也罢，先拿了马成，向岳王呈献玉玺，再作别论！（趋前执起马成欲走介）

吴　母　住手！为娘要你大义灭亲，可知灭的是谁？

吴　汉　马成私藏玉玺，暗通乱臣，灭的当然是他！

吴　母　畜牲！我要你杀的不是舅父，要杀的是你家岳父！

吴　汉　（一惊）娘亲怎么讲？

吴　母　杀的不是马成，要杀的是王莽昏君！

吴　汉　（愠怒）娘亲你——！？

吴　母　（以手止之，唱“散板”）

恨恨恨，

恨煞昏君王莽，你的杀父——仇人！

（唱“回龙二黄”）

十八年前王贼莽篡汉，

狠迫先帝饮鸩驾崩永遗恨！（序）

贼子弑君篡位，神州地暗天昏。

你爹爹，怒斥权奸，

被莽贼夺剑刺伤，

血溅金阶一命殒！（腔）

[吴汉、马成分边哭跪介。

吴　汉　（同“哭相思”）老爹爹！

马　成　（同“哭相思”）吴大哥！

吴　母　起来再听！

（续唱“二黄”）

多感好马成，一腔忠义，

十数载玉玺一方舍命藏，

明投莽贼暗扶汉；

与娘兄妹相认，胜比骨肉亲！

为保吴家血脉根，马成与你认舅甥，

对儿教养提携，如宝如珍，

我母子二人，才得免遭厄运。

（转“快打慢二流”）

十八春秋守儿大，（士）

尖尖竹笋盼成林。（尺）

只望血还血，慰亡魂，

国恨家仇一朝清算平积愤！

不肖儿，宝剑横在手，

且看今朝，大义灭亲，

义在哪里，灭的什么亲！？

［悲壮音乐趁击乐，吴汉捧剑向天三叩首，之后霍地站起。

［马成卸下介。

吴　汉　（唱“新腔快中板”）

泣叩先严悲且恨，

恨俺仇人作亲人。

贼王莽篡位弑君人天愤，

也恨我辅掖昏君作乱臣！

杀父之仇刻骨记紧，

更谢舅父培育恩。（散）

弃官尽孝更尽忠，

孩儿唯听慈母训！（呈剑）

吴　母　（一手接过）好个尽孝更尽忠，唯听慈母训。我儿听着：（介）男儿报国，忠孝尽忠，娘令你速到经堂，先除却贼女王兰英！（抛剑）

吴　汉　（接剑震惊）怎么讲？！娘命孩儿杀掉吴家媳妇么？

吴　母　住口！昏君之女，仇人之后，怎配作吴家媳妇？！

吴　汉　（近乎哀求）娘亲！——

吴　母　（冷峻地）儿呀！

（念“口鼓”）忠奸不两全，还讲什么夫妻名分？要报父仇，匡扶汉室，枕边容不了对头人！逆贼的驸马爷，汉室对你焉能信任？譬若：你左边保住贼女，右边护住刘秀，如此怎样杀出关行？（稍催快）刘秀今夜就藏在驸马府中，你要保他出关，投身汉阵。存忠义，听母训，除却小贱人，火焚驸马府，（介）报仇雪恨待五更！

［吴汉惊呆，宝剑从吴汉手中脱落地上。与此同时，吴母拂袖下介。

吴　汉　（定神，拾剑，唱仿“京调滚花”）

从天降下无情剑，

劈头斩断好情鸳。

含悲忍泪经堂转，——

（二更鼓响。叫头）天呀，苍天！

（续唱） 今晚能不为我，多添几个五更天！(下介)

[胡佼佼上，“水波浪”，拿起桌上玉玺。

胡佼佼 （凶狠地）死了马家驹，还有胡饺饺！（奔下）

[幕闭。

第六场 斩经堂

[紧接上场。夜。

[驸马府经堂。

[三更鼓响。“扑灯蛾”雪梅在摆设香案。

雪　梅 （念“白榄”）

朝焚香，晚焚香，

公主虔诚敬上苍。

上炉香，归家娘，

虽是玉叶金枝女，

成个好媳妇模样。

婆婆朝晚爱念经，

媳妇乖乖学足样。

只可惜婆婆脾气怪，

对待公主一味冷若冰霜。

香案备齐，有请公主。

王兰英 （内唱“散板”）

王兰英经堂往敬奉心香。

[“梆子慢板”序，甲、乙侍女引王兰英上。

王兰英　（唱“梆子慢板”）

初更鼓响排香案，先奉婆婆礼佛堂；

三更轮到王兰英，礼拜经堂求福降。

一颗虔心一炉香，朝朝暮暮拜慈航。

婆婆念的经文和佛语，

我在旁偷学得耳熟能详。

先为婆婆祷福寿：福如东海寿南山；

更愿恩爱夫妻，到老白头欢随唱。

（转“滚花”）

且喜清风明月，送我到经堂。

吴　汉　（内唱快“首板”）

步步为艰经堂往！

（“锣边花”上，唱“包槌滚花”）

经堂咫尺，遥远似登天堂！

存忠剑，爱难存——

身似孤舟逢骇浪。（士字腔）

王兰英　（跪唱“戒定真香”）

深深虔拜跪佛堂，

神灵在天鉴衷肠；

（清唱）　保佑婆婆寿而康，

祝愿夫君如意吉祥。

（原曲）　信女兰英诚恐诚惶……

吴　汉　（痛苦地，唱新曲“斩经堂”）

娇妻几句祝福词，

宛若燕语莺歌唱，

红鱼青磬响，声声断人肠。

催人血泪点点心上，

恨天生我耳一双！

王兰英　（接唱）　静静经堂月朗朗，

淡淡轻烟桂花香，

一片神心无他想，

只求合家欢聚老少平安。

吴　汉　（接唱）　是欢聚平安？！是家散人亡？！

声声青磬红鱼响，

真能动菩萨心肠？

今夜信女王兰英，

可否逢凶化吉祥？

泪眼看，轻烟撩人乱，月色也悲凉！

——唉！

王兰英　啊，驸马爷回来，请坐！

吴　汉　公主，坐。

王兰英　驸马爷军务操劳，你辛苦了！

吴　汉　（迷惘地答非所问）辛苦、辛苦，身不苦，心最苦！

王兰英　驸马爷你讲什么？

吴　汉　（惊觉失言）啊！我——我讲，公主朝晚念的什么经，禀的什么神？

王兰英　哦，提起拜佛求神，讲将出来，驸马爷休要见笑。

吴　汉　此话怎讲？

王兰英　（纯真地，唱“合字板面”）

王兰英朝晚静静躲在佛堂，

偷听念佛敲经学我婆婆样。

我在宫帷御花苑内，

不惯参叩神灵拜禅房。

今始学婆婆敬神，

朝晚上一炷心香，

求上苍福泽降。

（转“流水”）

婆婆求愿我细心效仿，

她朝祷平安我晚祷吉祥。

她频频重敲青磬红鱼咒骂奸党，——

吴　汉　（暗惊）此话怎讲？

王兰英　（转“二黄”）

她咒骂吴家的仇敌，

为祖先把血债讨偿。

（唱序）　铁石人闻也断肠。

（唱曲）　我也咒吴家的仇人，

也求愿皇天惩奸党！

吴　汉　惩奸党？！

（唱“沉腔滚花”）

唉吔吔，纵有千军万马，

挡不住一语柔肠！

（转“反线中板”）

可哀眼前人，语语率真，

情比泰山重，心如秋月朗。

千般爱万般恩，一片孝心感天地，

千恩万爱，却织出恨网一张！

爱河本无波，鸳鸯柳底双栖宿，

骤翻起前仇恶风浪，

亲家原来是仇家，求什么神明降罪，

一把无情剑，千斤坠腰旁。

唉吔吔天罢天，天呀你若有情——

（转“滚花”）

何堪误点冤家错上鸳鸯榜！

王兰英　驸马爷。

（念“扑灯蛾”）

朝经堂，暮经堂，

朝晚听婆婆祷上苍。

一宗心事闷恹恹，

几番欲问不敢讲。

吴　汉　（接念）公主何所问，请直说无妨。

王兰英　（接念）吴家有世仇，婆婆祈愿讨血账。

敢问仇家何名姓，

贼子居住在何方？

吴　汉　这个么？！公主！

（稍快接念）

吴汉杀父仇，一言难尽讲。

吴家仇恨吴家事，

无须公主问端详。

王兰英　驸马言差矣！

（压慢接念）

妾是吴家人，当为吴家想。

纵是仇家势位比山高，

我家父皇位极云霄上。

仇家纵在天脚底，

一张皇榜要他无处藏！

吴　汉　公主！

（稍快接念）

仇人势位比山高，确在云霄上。

仇家名和姓，天下早传扬。

要拿此奸雄，不须贴皇榜。

远在天脚底，近在我身旁！

王兰英　（震惊，猛一定神，绝不相信，镇静地）驸马此话怎讲？

吴　汉　（有些乱了性，呵斥地）听着！

（更快地续念）

为父报深仇，今宵讨血账，

先杀王家女，后诛你父皇！

[吴汉追杀兰英，兰英躲闪介。

王兰英　（念“口鼓”）驸马爷！平白无端，斩斩杀杀。不讲明白，死也不甘！

吴　汉　你来看！（示剑，介）

（接念）十八年前，你家爹爹谋朝篡汉。我爹痛斥奸贼，舍身拔剑护汉皇。恨奸贼夺剑行凶，爹爹死在金阶，血流剑上！娘亲为报国仇家恨，深藏此剑十八年长，公主要追问吴家仇人，他他他——他就是你家爹爹姓王名莽。为国为家也当以血还血，（介）誓教国贼剑下亡！

王兰英　（一手取过宝剑，看剑）天呀！（昏厥）

吴　汉　公主！公主！（急扶兰英坐下）

[音乐，兰英醒介。幕后女声合唱。

女　声　（唱“秋水龙吟”）

惊雷崩炸魂欲丧，

忍看冤仇剑底镶！

王兰英　（接唱）　剑罢剑，你已暗损寒光，

似只有斑斑血渍恨未央。

吴　汉　（接唱）　心怆伤，苦我哑口无言来慰安。

只有搔首怨上苍！

王兰英　（接唱）　天也太狠，你将仇家串作凤凰，

一剑冤仇恨如大江。

吴　汉　（接唱）　天罢天，请与我换一副心肠。

不要一点情，只要冷如霜，

爱念断，恩情抛脑后，

好替父雪恨舍命辅汉邦。

王兰英　（接唱）　寸心碎，意彷徨，

哀我经堂烧错断头香！

似身处深渊神魂迷惘。

二　人　（同唱）　恩爱夫妻默然泪眼看，

希冀今宵是噩梦一场！

女　声　（幕后合唱）

低头惊看，仇恨剑闪怒光！

王兰英　驸马爷！

（唱“反线中板”）

兰英已知驸马因甚到经堂。

十八载血债自当一朝还血账；

休再念夫妻情分，

只恨月老错点鸳鸯！

（转“三字”）

篡位弑君，天人不谅；

哀宝剑，杀忠良。

（催快转“七字”）

除奸报仇扶大汉，

未闯龙楼先斩经堂！

（转“乙反滚花”）

存忠剑，奉还君，（交剑）

舍命成全忠义汉！

［兰英跪求，甩水发介。音乐，吴汉不忍，身段介。吴汉抛剑，同跪抱哭。

吴　汉　（叫头）公主呀！

（唱“回龙腔”）

哭一句王兰英，贤淑妇，

俺怎忍抛割夫妻恩情似海样？

（转“二黄”）

一招风雷平地起，

惊听慈母诉凄凉。

痛父惨亡生，持剑闯经堂，

从母命尽孝存忠，

忠心匡扶大汉！（腔）

[鼓打四更。

吴　汉　（唱“合尺滚花”）

今宵五更鼓响，

挥戈浴血反长安！

王兰英　（接唱）　苦海茫茫终有岸，

二　人　（同唱）　今宵难待五更寒……

[二人相偎相依，鼓敲五更。

[雪梅内场惊呼：“驸马爷！”

雪　梅　（急上，跌地）驸马爷不好，太夫人她——她她她悬梁自尽！

吴　汉　（狂呼）娘亲！（奔下）

[雪梅仓皇跟下介。

王兰英　（唱“快打慢二流”）

闻噩耗，

婆婆节烈，成全儿忠孝，

吴门老少皆忠良！

五更鼓荡魄回肠，

似声声催命钟响！

（音乐，兰英拾剑介，续唱）

天大愁，一死了，闭眼安详！

[“雁儿落”，王兰英身段介。

王兰英　（跪地）爹爹！驸马爷！（站起自刎，倒在椅上）

吴　汉　（内呼）公主！

（音乐，跪行上场，“哭相思”）

罢了贤妻！

马　成　（急上，拉起吴汉）大事不好！

（念“扑灯蛾”）

胡佼佼，臭婆娘，

偷了汉玉玺，连夜暗逃亡，暗逃亡！

吴　汉　这个吗？

吴家凤　（一手执剑，一手捧玉玺，急上）爹爹！

（接念）　胡佼佼，真猖狂，

偷了汉玉玺，邀功出府往。

家凤追踪夺了玺，

一剑结果臭婆娘！

吴　汉　好呀！

（接念）　逆新朝，扶大汉，

一把火焚驸马府，

杀开血路反长安！

[幕闭。

尾声　反皇城

[第二天。

[城郊。

[“牌子头”，众将兵引王炳上。

王　炳　（念）　吴汉当逆贼，剿叛建立功。

众将官，吴汉保着刘秀，图谋反出皇城，你等随着爷爷，剿捕逆贼！（下介）

[牌子，马成、马家凤、吴汉护着刘秀上介。

[王炳引众将官上，开打介。

[马家凤、吴汉杀了王炳，众将慌忙逃下介。

吴　汉　反出皇城去，同举大汉旗！

众　人　（同唱“朱奴儿”）

碧血漫染江山壮，

还我大汉江山壮！

忠勇浩气妖氛扫，

重见大汉九天朗——
挥戈闯过皇城敌胆寒!

——剧终

本剧选载的是1987年丁凡、陈韵红、小神鹰、李池湘、仇小冰等主演的演出本。

魂牵珠玑巷

编剧：陈中秋　潘邦榛

人物表

胡菊珍　　20多岁，宋度宗之妃，化名苏桂枝
黄贮万　　男，30岁，珠玑巷商人
罗贵祖　　男，50岁，珠玑巷贡生
刘　壮　　男，40多岁，珠玑巷人
刘　嫂　　30多岁，刘壮之妻
黄　母　　60岁，黄贮万之母
陈　三　　男，40岁，珠玑巷人
麦　四　　男，30岁，珠玑巷人
水　妹　　16岁，刘壮之女
福　仔　　14岁，陈三之子
张　钦　　男，50岁，兵部尚书
梁桥辉　　男，40多岁，兵部书吏
宋度宗　　男，30多岁，皇帝
贾似道　　男，50多岁，丞相
崔校尉　　男，贾府校尉
中军、兵丁、太监、宫女
村民、民女、老翁、老妇
家人、众花仙

第一场　离宫

[强烈而深沉的幕前音乐，起序曲合唱。

[幕后合唱（仿“旧苑望帝魂”）：

元兵侵宋势汹汹，

权奸误国祸重重，

皇妃逃难风云涌，

百姓悲歌动南雄——

魂梦永绕珠玑巷中！

[音乐转弱，幕启。

[南宋咸淳七年（1271 年），夏。

[临安。深宫。偏殿。

[宋度宗心烦意乱地徘徊、思索。太监侍立一旁。

太　监　时候不早，圣上早些歇息吧！

宋度宗　唉！

（唱“七字清中板”）

意乱心烦愁百种，

奈何师相未进宫。

他累日不朝，

教朕常惊梦——（拉腔）

（对太监）贾师相怎么还未进宫来?

太　监　已着人再三去请。主上切勿为此过度伤神呀！

宋度宗　唉！怎不伤神呢！贾师相怒气横生，迫朕贬黜胡妃，送入庵堂，而爱妃她，她只是向朕传报元兵围困襄阳的真相——

（续唱）　怎忍她离宫远去，

无复见月貌花容！

太　监　虽是如此，但贾师相权倾朝野……

[内场声："丞相到！"

太　监　哎，师相来了！

[贾似道手捧蟋蟀盒趾高气扬地上。

贾似道　（唱"大滚花"）

斗罢蟋蟀，朝中走动。

恨小小胡妃不识趣，

将军情擅报灭我威风。

迫陛下逐她为尼——

哼哼！

看谁再敢将老夫来碰！

参见陛下。

宋度宗　（急忙起身避座）师相请坐！

贾似道　唔！（大模大样地坐下）陛下，未知胡妃之事……

宋度宗　她……

贾似道　陛下，其实元兵已退出襄阳，岂可听一妇人之传言？难道举朝文武，统无耳目，反不如妃嫔知晓得多？（胁迫地）看将起来，老臣确留此无用了！（说罢起身要走）

宋度宗　（惊惶，无奈地）师相慢走！慢走！唉！

（接唱）　朕就依从师相决断，

即日将胡妃送出西宫。

人来，传朕口谕，即送胡贵妃至慈云庵为尼。宣她上来，由朕送她走出宫门就是。

太　监　遵旨！（下）

贾似道　陛下还要送她？

宋度宗　念她乃朕爱妃，师相就容朕送她几步吧！

贾似道　也罢！

[内场声："胡贵妃到！"

胡菊珍　（内唱"乙反追信头"）

苦菊花——

今番偏再遇恶风！

[两宫女引胡菊珍上。太监随上。

胡菊珍　（唱“乙反西皮”）

忠言反遭灾，恨奸相权重，

帝主昏庸！

（唱“收腔”）

竟于我不容！

宋度宗　（凄然地）胡贵妃！

胡菊珍　（又悲愤又无奈地）万岁！你……你逐我事小，可忧的是大宋江山呀！

宋度宗　这……

贾似道　（在旁厉声地）唔……

宋度宗　（无奈，涕泣，对胡）不要多说了，朕亲自送你出宫门就是！

胡菊珍　万岁！这就不用劳烦你了！（拂袖，欲离去）

宋度宗　（叫住）爱妃！

胡菊珍　（悲愤地）爱妃？！爱妃？！

[音乐声中，胡菊珍冷冷地看了贾似道一眼，后解下披着的皇妃衣服，扔到宋度宗的跟前，一人走下。度宗拾起衣服，有点茫然地跟下。

贾似道　（悻悻地）哼哼！这个无用之辈！

（唱“爽十字清中板”）

细看他难舍依依涕泣相送，

待来日定将胡妃重召入宫。

贾平章独揽乾坤，不能留此祸种——

对。无毒不丈夫！来人！

[四兵丁上。

贾似道　听着——

（唱“滚花”）

今夜慈云庵内放把火．

定叫胡妃从此没影踪！

四兵丁　知道！（欲下）

贾拟道　转回！

[兵丁转回。

贾拟道　此事非同小可，不得走漏风声 I

四兵丁　决不走漏风声！（架剑造型）

贾似道　（狞笑）哈哈！哈哈！……

[幕闭。

第二场　遇救

[数天后，凌晨。

[临安之南关口市外，江边。

[悲凉的音乐声中启幕，天色阴沉。

[黄贮万与刘壮划船上。

黄贮万　（唱“长句二流”）

风荡荡，水茫茫，

昨夜货船经江岸，

行商载物进退彷徨！（句）

叹官兵，无力抗，

竟让敌寇南侵横冲直撞。

干戈缭乱，百姓流亡，

真教人忧愤交煎，心怀怅惘。

[音乐声中，两人停船靠岸。

黄贮万　（转唱“滚花”）

摆下香烛来礼拜，

祈求天地，保我人货平安！

[两人摆下香烛供品。

刘　壮　（边念边拜）天灵灵，地灵灵，又来请到！东海龙王——西天佛祖——南海观音——北极冥王，保佑我们顺风顺水。

[两人顶礼膜拜。

[四兵丁匆匆上。

兵丁甲　嗯！你这两个汉子，在此作甚？

刘　壮　求天地，保平安！没犯皇法吧？

兵丁甲　有没有见到一个孤身女子，经过此处？

黄贮万　女子？并无见过，

兵丁乙　休要说谎！

刘　壮　兵大哥，我们岂敢骗你！我们也是路过此地，确未见其他人影。

兵丁甲　（狠狠地）哼，如有欺瞒，当心脑袋！（对兵丁）走！

[四兵丁踢翻香烛，抢走供品下。

刘　壮　（叹气）唉！一早就碰着这群恶人，真不吉利！（收拾供品）

黄贮万　是呀！官兵似虎如狼，不去杀敌救国，偏要追什么孤身女子，朝廷也太腐败了。

刘　壮　哎，朝廷的好坏我们说不得。贮万，我已算过，丑时开船，可以趋吉避凶，还是赶快开船，离开关口吧！

黄贮万　嗯，我们收拾收拾便走。

[两人划船下。

胡菊珍　（内声）苦呀！……（背着小包袱，茫然地上）

（唱“新腔乙反七字清中板”）

匆匆走呀频频望，

天已亮呀何处藏？

惊弓之鸟难振翼，

身后追兵似虎狼。

（转“乙反三字清”）

无地可容身，

无人能倚傍。

此际将何往——

眼前锁大江！

[音乐过序。胡菊珍圆台，徘徊、决断。

胡菊珍　（续唱“正线七字清中板”）

宁死不落奸相手，

唯有纵身赴汪洋！（纵身投入江中）

[黄贮万内叫：“有人投江！”与刘壮急上．

[两人冲下。复扶胡菊珍上，坐下。

黄贮万　姑娘，你醒醒！醒醒！

胡菊珍　（唱“银台上”）

似魂游，水底乡！

（醒来，揉眼）你们……（急避）你们是什么人？

黄贮万　姑娘呀——

（接唱）　你醒来莫惊惶，

且细望——

是我等将你救起，

你何故贸然将身葬恶浪！

胡菊珍　这个……

刘　壮　哎，何必这个那个。嗯，告诉你，我叫刘壮，他叫黄贮万，广东南雄珠玑巷人氏，经商行船至此，都是好人。

胡菊珍　唉，你们好心，但不该救我呀！（哽咽）

黄贮万　哎，谁个没有三长两短呢，你有苦处，尽管讲来。

胡菊珍　我……

刘　壮　（拉开贮万）哎，贮万，她会不会就是那官兵寻追的孤身女子！

黄贮万　嗯，不妨问个明白！（对胡）姑娘，请问你叫何名字？

胡菊珍　这，小女子胡……（急止）

黄贮万　呵！姑娘姓胡？

胡菊珍　（转口）不，我是说，方才小女子胡言乱语，请两位切勿见怪！

刘　壮　哎，你这个人倒真怪，我们怪你何来？

黄贮万　是呀！姑娘到底姓甚名谁，因何到此，有甚苦情，我们尽力帮你就是。

胡菊珍　我……（一想）小女子名唤苏……苏桂枝，本是中原一富家之女，跟随双亲逃难，不料双亲被元军冲散，我又四处寻亲不遇，茫然无计，只有投江自尽！

刘　壮　嘿！寻亲不遇就自尽？如果这样，我们好多珠玑巷人过去比你更苦，都不知要死几多次了！

（唱“减字芙蓉”）

有道蝼蚁尚且贪生，

年少青春你休绝望。

黄贮万　（接唱）　只叹战乱成祸害，

多少家散又人亡！

刘壮哥呀——

（接唱）　她既孤身苦无依，

不若带回珠玑巷。

刘　壮　带她同回？

黄贮万　反正我们珠玑巷三十三姓多来自天南地北，九十七户也多是苦难中人——

（接唱）　同度艰难苦岁月，

多她一个也无妨。

刘　壮　这也是，多她一个多双筷子罢了！不过，她是个女子——

（唱“滚花”）

须防官兵沿路会追查，

与她同行，要将办法想。

黄贮万　是呀！（一想）哎，有了！

（接唱）　就认作是同村伙计，

为她改个男装。

刘　壮　使得！

黄贮万　（对胡，接唱）

姑娘意下如何，不妨直讲。

胡菊珍　这……

（旁接唱）他两人真诚相待，

眼下又前路茫茫。
我不若暂听其言——（一想，又犹豫）
又怕累及人家心难放！

刘　壮　怎么样？还信我们不过？

胡菊珍　怎会呢！

（接唱）　难得恩人怜弱女，
情同小草向春阳！

[内场传来人声。

刘　壮　不好。贮万，你听人声，莫不是官兵又追来了？

黄贮万　这……（急对胡）姑娘休再犹豫，还是先跟我们上船，离开此地，再作打算。

胡菊珍　（点头）也好。

刘　壮　慢！（对黄）我们把船上的绸缎拿出两匹来！

黄贮万　（不解）你这是……

[刘对黄耳语。

黄贮万　（点头）好办法！

[黄、刘速下，从船上取出两匹绸缎，留在岸边显眼处。

黄贮万　快走！

[三人急下。

[两兵丁上。

兵丁甲　（指江上）哎，那边有大船！

兵丁乙　（指地上）喂，这边有绸缎！

兵丁甲　哎，这绸缎是上等货，我要！

兵丁乙　明明是我先看见，归我！

[两兵丁在争持。

[张钦率中军及两兵丁上。

张　钦　叫你们抓人，你们却在抢绸缎？！听着——

（唱“快中板”）

火烧庵堂计用枉，

胡妃漏网竟逃亡。

丞相严令谁敢抗，

加紧缉捕再巡江。

网得鱼儿都——有——奖！

人来，再与我江边搜过。

四兵丁　是！（四周查搜）

兵丁甲　禀大人，四周搜过，不见踪影！

张　钦　不见踪影嘛！

兵丁乙　尚书大人，区区一个妃子，我们追查多日，踪影全无，不追也罢！

张　钦　你懂什么！

（唱“滚花”）

丞相威权倾朝野，

顺者昌来逆者亡！

听着！追到天涯海角也要把她抓回来，若抓不到，就拿你们开刀！

四兵丁　是！

[切光。

[幕闭。

第三场　惊变

[数月后，已入秋。

[南雄珠玑巷黄贮万家。

[幕启。黄家庭院内外。门外占舞台的三分之一，可见街道，院内有几排鲜艳的菊花，一朵奇异的五彩菊花分外夺目。

[水妹与福仔跳蹦着上。

水　妹　（唱“玉美人”）

心欢喜！

福　仔　（接唱）　笑开眉！

水　妹　（接唱）　有了桂枝姐，村中添热气，

笑语欢声满珠玑，

人人赞她，似仙女下瑶池。

两　人　（接唱）　找桂枝姐姐去，

齐来学种五彩菊手艺奇。

[两人进门。

水　妹　（向内唤）桂枝姐！桂枝姐！

[黄母自内室上。

黄　母　哎，是水妹和福仔，你们找桂枝姐？

水　妹　是呀！前天我又发热，又喉咙痛，全靠桂枝姐用带来的菊花煎成汤药，把我治好，我特来感谢她。

福　仔　她还说要教我们种这种奇异的五彩菊（指菊），今天我们就想来拜师。

黄　母　拜师种菊？她正在给贮万哥哥缝制新衣哩！

水　妹　好呀，她为贮万哥缝衣！（笑着对福仔）那我们先不打扰她。（欲走）

黄　母　哎，水妹，你爹在家吗？

水　妹　在，你找他？

黄　母　我有事要跟他商量，你回去告诉他，我就来。

水　妹　那好，福仔，过一会再来找桂枝姐姐玩吧！

[两人下。

黄　母　（笑）呵，连这些小孩也喜欢上桂枝了！

（唱“滚花”）

真是有缘千里喜相逢，

贮万归家带回了桂枝女。

一个是美丽聪明人贤惠，

一个是忠厚老实好男儿。

老身真想他俩结成双，

去找刘壮商量，

好了却我一桩心事！

（向内咕）贮万！贮万

黄贮万　（喜滋滋地穿新衣上）娘亲，你看，桂枝为我做的新衣，合不合身？

黄　母　（打量）合身！合身！

（念“口鼓”）她心灵手巧对你关怀，算你今生有好福气！

黄贮万　（憨笑）嘻嘻！

黄　母　就会笑！

（接念）娘亲对你几次提起与她的事，你到底要拖到何时？

黄贮万　（为难地）我，我怕她……

黄　母　（接念）怕她不应承，可以先试她一试。

黄贮万　这……

黄　母　（接念）娘要出门找刘壮，你自己的事要着紧“的”！（下）

黄贮万　（唱“孟姜女”）

我爱桂枝她，却怕攀不起，

更恐她不喜欢会难为，

娘纵焦急婚姻事，

但我有话难说总迟疑。

（欲进内室找桂枝，又停步）

胡菊珍　（从内室上）贮万哥，怎么样？娘亲说衣服合身吗？

黄贮万　哦！合身！合身！

（念“口鼓”）她还说你手巧心灵，算我今生有好福气。我真不知怎生道谢，你对我体贴入微。

胡菊珍　看你说哪里去了！

（接念）你救我性命，带我归家，我又该怎样谢你呢？

黄贮万　（急忙分辩，接念）我……我此举非为图报——

胡菊珍　（也急忙解释，接念）我也不是这个意思！

［音乐起，两人一时无语。菊珍走到五彩菊花面前信手摆弄着菊花，掩饰内心的激动，一旁的贮万也欲言又止，菊珍拿起水桶要浇花，贮万也跟着拿起水桶。

黄贮万　让我和你一起浇水吧！

胡菊珍　（点头微笑）嗯……

［两人一边浇水栽菊，一边起唱。

黄贮万　（旁唱“梆子慢板”）

浇花栽菊水直流，

心事难抑言直启。

贮万且来相试，

壮胆一问桂枝。

桂枝呀——

你到珠玑已数月，

异乡生活可曾惯？

胡菊珍　（接唱）山明水秀邻里亲，

桂枝恍如归故里。

黄贮万　（接唱）贮万一家非富裕，

粗茶淡饭可相宜？

胡菊珍　（接唱）人间难得真情在，

琼浆玉液也不如！

黄贮万　（转唱“爽十字清中板”）

老娘亲说话啰唆你不嫌弃？

胡菊珍　（接唱）问寒暖春雨点点润心扉！

黄贮万　（接唱）我是粗人，待你不周你不生气？

胡菊珍　（接唱）蒙体贴，如今事事觉欢愉！（拉腔）

黄贮万　（唱“雨打芭蕉中段”）

你似仙女落凡尘下瑶池，

你欢愉，我也含情乐怡怡。

不若就长留珠玑！

胡菊珍　（接唱）菊珍早应有所依！

这里人情美，真诚相待。

黄贮万　（接唱）你愿与谁人永相随？

胡菊珍　（冲口而出，接唱）

我心中早有——

（拖长几拍，最后才迸出一个字）

早有你！（唱至此，羞赧）

黄贮万　（兴奋地）桂枝——（上前亲热地拉住菊珍，两人依偎）

胡菊珍　（突一转念，避开）不！

（旁唱“快滚花”）

我怎可冲口而出，

竟向他表明爱意。

我自有难言之隐，

又岂可想入非非。

黄贮万　（接唱）　桂枝呀，方才说得好端端，

何故突然将我避？

胡菊珍　贮万——（百感交集）

［一片欢乐声中，刘壮、刘嫂、黄母、水妹、福仔、陈麦等出。众人拉贮万、桂枝做拜堂动作。

刘　壮　（大声地）来来来……

众　人　一拜天地！二拜高堂！夫妻对拜！

黄贮万　刘壮哥，你这是做什么？

刘　壮　我是要为你和桂枝“泼行把大葵扇”，要知道，你娘她已经急到……

黄　母　贮万你就听为娘的。

刘　嫂　贮万、桂枝你们两个真是天生一对！黄妈呀，咁大的喜事，为何不告诉我们知呀？

陈　三　大娘，还不快请我们喝喜酒。

麦　四　贮万配桂枝，我们大家早就想到了！

刘　嫂　是呀，黄妈、贮万！

（念“韵白”）有什么要刘壮和我帮忙，你只管吩咐就得。

刘　壮　（接念）对！你刘壮哥我“话乜就乜”。为你当个红娘“包无甩质”。我明天就入城问卜，为你们选个黄道吉日！

［众人笑。

麦　四　我们就等着好日子了。

刘　嫂　是呀，那我们先走了！（对水妹）水妹，走啦。

众　人　我们也回家去了。（分别下场）

黄　母　桂枝呀，你看——

（唱“滚花”）

珠玑巷内多喜气，

左三右二好邻居。

黄贮万　（接唱）　大家朝夕相处已多时，

胡菊珍　（接唱）　此日桂枝更觉人间美。

（转唱“木瓜腔中板”尾句）

人间美，人间美，

但愿这快乐日子永相随！

黄贮万　娘亲、桂枝，我出外多买点肉回来，今晚大家高兴 高兴！（出门，下）

胡菊珍　时候不早了，待桂枝挑点水做饭去。

黄　母　我们一起去！

[内场传来吆喝声：“哪里走！哪里走”！

[音乐突然紧张、急促，黄母将菊珍拉入屋，关上门。

[民女急上，两兵丁追上，拦住。

兵丁甲　你逃不了！

民　女　你们为什么追我？

兵丁乙　因为，因为你就是朝廷下令缉拿的潜逃皇妃！

[听到这话，菊珍一惊，水桶落地。

[黄母不让菊珍再听，硬拉她入内室，下。

[罗贵祖自外边上。

民　女　我是过路的民女，不是皇妃！

兵丁甲　不是皇妃？（打量）嘿嘿！不是皇妃长得这么漂亮？（上前调戏）

兵丁乙　是呀！不用怕嘛！（也上前调戏）

罗贵祖　兵大哥，你们辛苦了！

[兵丁停住手。

兵丁甲　哼，你是什么人？

罗贵祖　（念“口鼓”）鄙人姓罗，是这里的贡生，知道兵大哥奉命捉人，别无他意，不过你们弄错了，她是鄙人的侄女儿。

兵丁乙　（接念）她不是我们要捉的人，放走了事。

罗贵祖　多谢兵大哥！

（对女子，接念）还不回家等几时！

[民女急下。

兵丁甲　（接念）哼，你既是这里的贡生，应该明白，朝廷下令，要缉捕潜逃的妃子，你要告知每家每户，匿藏者碎剐凌迟！

罗贵祖　（接念）岂敢岂敢！不过既是皇妃，怎会躲入我们穷乡僻地。对了！（从衣里取出银两）兵大哥一路辛苦，且拿去打酒，小小意思。

兵丁甲　（接过银两转笑脸，接念）其实嘛，我们也是上命所差，概不由己。（率兵丁乙下）

罗贵祖　（叹气，接念）唉！官兵横行无忌，堪叹世道如斯！（摇头，下）

[音乐起，胡菊珍从内室上。

胡菊珍　（忐忑不安地，唱“新腔快叹板”）

猛听得，缉拿潜逃的妃子，

想不到，恶贼穷追到珠玑！

暗惊惶，倍忧虑，

怎处置？急燃眉！

最怕泄漏隐情大祸起，

乡亲受累怎撑持！

不若走开图暂避——

却是难舍复难离！

（内心彷徨，徘徊入内，取包袱复出）

[贮万提肉上，敲门。

胡菊珍　（紧张地）谁？（收起包袱）

黄贮万　桂枝，我回来了。

胡菊珍　（开门）贮万，你……

黄贮万　（觉胡神色，念“口鼓”）咦？看你似神色不安，究竟是什么回事？

胡菊珍　没，没什么！

黄贮万　（接念）桂枝呀，有话还须直说，须知你我就快结夫妻！

胡菊珍　（摇头，接念）不！贮万，我们还是不可成亲——

黄贮万　（一怔）怎么？

胡菊珍　（接念）我……我实在配不起你！

黄贮万　（接念）哎，方才还说得欢欢喜喜，为何竟出此言词？！

胡菊珍　（接念）贮万，你与娘亲保重金躯，我还是回到中原找我双亲去！（欲走）

黄贮万　（拦住，接念）不！你怎么会突生此念？若不说个明白，我死也不让你把半步移！（夺过包袱）

胡菊珍　我……

黄贮万　（动情地）桂枝呀——

（唱“武二归家腔”）

你定然有心事，

莫将我瞒住——

（转“西皮”）

好桂枝，我总不信，

你愿骤然离我远去！

胡菊珍　我……贮万，你可知官兵正在缉拿一个潜逃的皇妃？

黄贮万　我方才在巷口也曾听说。怎么？此事与你……

胡菊珍　我……（把心一横）贮万呀！（陡然跪下痛哭）

黄贮万　（莫名其妙）哎，你这是何意？

[这时，黄母正从内室上，听到哭声，停住倾听。

胡菊珍　（声泪俱下，唱“流水行云”）

求宽恕——

黄贮万　（扶起）你有话起来慢讲吧！

胡菊珍　（接唱）　知你待桂枝，有情更有义。

望君你，怜惜弱女听陈词——

我就是胡妃！

黄贮万　（愕然）什么？你——

胡菊珍　我就是被缉拿的胡妃！

[贮万、黄母大惊。

黄贮万　东西可以乱食，话不可乱讲！

胡菊珍　桂枝并无虚言！（音乐声中）我本也生自民间，爹爹原是临安城外一位花匠，擅种名菊，所以给我取名胡菊珍。一年前，皇上赏菊，偶尔见我貌美，即强拉我入宫为妃。数月前，我闻知襄阳已被元兵围困数月，军情紧急，而奸相贾似道却谎报元兵已退，让皇上只顾寻欢作乐。事关大宋安危，我便将真情禀报。唉——

（唱“浣纱溪”）

不妨一句话，竟祸至燃眉，

主上贬我为尼永庵居。

那贾似道歹毒险恶，

竟派人庵中黑夜放火去，

要逼弱女死！

（转“乙反二黄”）

幸我闻讯早离庵，

一似漏网之鱼，东躲西避。

为免重沦于魔掌，

才有投水自尽，欲与世长辞！（拉腔）

（掩面痛哭）

黄贮万
黄　母　（震惊，同时旁唱“乙反梆子流水”）

听罢真情，震惊不已。

眼前的她、她、她——

果真就是胡妃！

黄贮万　（接唱）　堪赞她，为江山敢把权奸来得罪。

黄　母　（接唱）　应怜她，霎时间惨遭迫害苦流离！

黄贮万
黄　母　（接唱）　却担忧官兵追查风云起，

一场大难降珠玑！

胡菊珍　（委婉地）贮万呀，我隐瞒了真情，你狠狠地责骂我吧！

（唱“反线中板”）

感你救我于江中，

也谢珠玑众乡邻，

对我深情厚意。

昔恨深宫似囚笼，

今喜异乡谐美梦，

菊珍冷暖心知。

本以为，从此笑逐颜开，

长处自由天地。

又谁知，奸相狰狞残暴，

四处罗网频施。

（转“反线七字清”）

我不忍黄家遭负累，

我不愿乡亲无故受残摧！

拼之被缉拿，

洒血他方去！（拉腔）

（再欲走）

黄贮万　你不能走！（又急拉菊珍）

胡菊珍　不要阻我！（要走）

黄　母　（走前拦菊珍）桂枝，你不要走！

黄贮万　桂枝呀！

（深情地，唱“反线叹颜回”）

你岂能只身赴灾危，

我愿生死永相依。

一家相处共多时，

恩恩爱爱尽记心底。

为能明我此心，

与你今宵即可结夫妻！

胡菊珍　（想不到）真结夫妻？

黄贮万　绝无虚语！

胡菊珍　你不反悔？

黄贮万　至死不渝！

胡菊珍　（深深感动）贮万……（看到黄母，一想）娘亲……

黄　母　（上前）儿呀！

（唱“反线回龙腔二黄”）

听为娘亦说几句，

只恨奸臣多暴戾！

理应伸张正义，

当把弱者扶持！

我们珠玑巷人，

共苦同甘，历多少疾风骤雨。

个个有情有义，

户户患难相依！（拉腔转正线）

（转“正线爽二黄”）

好桂枝，你就当我儿媳，

留在珠玑长住。

莫再彷徨忧虑，

休再紧锁双眉。

老身不惧恶魔——

（转“滚花”）

风险万千同担起！

黄贮万　多谢娘亲！桂枝，乡亲们都以为你是失散双亲的中原女子，只要我们守口如瓶，便无人得知真相。你当了黄家媳妇，就更名正言顺，官兵也不易查找。

黄　母　对呀！

（接唱）　有黄家就有你桂枝女——

胡菊珍　娘亲——（跪）

（接唱）　桂枝毕生铭记，

黄家深厚情谊！

黄　母　（扶起菊珍，庄重地）苍天在上，五彩菊花为证，你俩就成亲吧！

[强烈而庄重的音乐声起，贮万、菊珍十分兴奋，贮万摘下一朵五彩菊花，深情地插在菊珍头上，然后两人激动地走向黄母跟前。

黄贮万
胡菊珍　（跪下）娘亲！

[切光。

[幕闭。

第四场　请罪

[多天后。

[临安城外张钦府附近，后景暗。

[幕启。刘壮上。

刘　壮　（唱“寻针”）

世事真难料定。

生变怎不心惊！

心焦，担惊！

愿乞天恩消祸劫，

跋涉长途报内情。

（圆台，拿出“寻妃赏格”，念“白榄”）

“寻妃赏格”手中拿，

刘壮多天神不定，

"交妃有赏，藏匿要杀"

上面一一二二写分明！

细看图形甚似桂枝，

我暗向黄母来打听，

果然桂枝就是潜逃的妃子，

教我当堂大吃一惊！

（念"韵白"）

嗯，我刘壮一世温良，

唔到我唔认命；

偏偏是我同贮万江边将她救，

还带她返珠玑共登程，

偏偏又是我错当红媒，

竟叫堂堂贵妃转嫁平民百姓！

（续念"白榄"）

我触犯了天条必遭祸，

若知情不报罪更不轻。

我也曾占卜问神灵，

也指引我来将罪请。

所以我走到临安从天命，

但求乡亲脱难珠玑安宁！

（移步，又停）慢！

（唱"跳花鼓"）

虽是我一片好心，

意欲出头将罪认。

府官若知胡妃事，

桂枝她会否受极刑？

（思索）对呀，刘壮呀刘壮，要是因此害苦了胡妃，岂不是好心变黑心？不过，如果不报……哎，还是找个地方将这"赏格"贴回去，想想再作主意。（欲找地方贴回"赏格"）

[兵丁甲、乙上，见状。

兵丁甲　（上前）喂，你这汉子，在尚书府附近鬼鬼祟祟，要干什么？

刘　壮　没，没什么！（下意识地欲藏起“赏格”）

兵丁乙　没什么？（上前从刘手中夺过“赏格”）这是什么？（打开）

兵丁甲　呵！怎么撕下这赏格？莫不是你…….

刘　壮　我……

兵丁乙　走！走！见了大人再把话说！

[两兵丁硬拉刘壮下。

[后景亮。张钦府内。

[张钦正在踱步徘徊。

张　钦　唉！

（唱“七字清中板”）

丞相官高似泰山在压顶，

为擒胡妃要我亲自率兵。

惟是数月之间未见她踪影，

教我心中惊跳一刻未能平！

（转“滚花”）

特意将“寻妃赏格”贴多时，

软硬兼施无响应。

疲惫不堪只好回朝复命，

谎报胡妃江口投水已丧幽冥。

总算是准我交差，

却又防揭穿究竟！

[中军上。

中　军　大人，兵丁在门外抓到一个撕下赏格的人。

张　钦　呵！人自哪里而来？

中　军　据称来自南雄珠玑巷。

张　钦　这个……带他进来。

[中军下，复带刘壮上。

刘　壮　小民叩见大人！

张　钦　你唤何名？

刘　壮　姓刘名壮。

张　钦　刘壮你好胆，为何撕下赏格？

刘　壮　这……（向两边望望）

张　钦　（对中军）你且退下。

中　军　是！（下）

张　钦　快说！

刘　壮　大人，赏格上的胡妃……

张　钦　（一怔）怎么？你知她下落？

刘　壮　大人，我想先问个明白，如果有人知她下落，你会怎样对待此人？

张　钦　（旁白）哦？这样问法，倒是少见。（对刘）哎，如有人知她下落，报上实情，便可领功。

刘　壮　曾经收留过胡妃的人，能否免罪？

张　钦　免罪？好！我是朝廷命官，可下令统统赦免！

刘　壮　那胡妃被拿到以后……

张　钦　这……（一想）哎，刘壮呀刘仕，这还不简单，胡妃是皇上心爱的妃子，送她回宫使皇上放心就是。

刘　壮　大人此话当真？

张　钦　当真！

刘　壮　果然？

张　钦　果然！

刘　壮　如此说，小民愿讲！（欲讲，转念）哎呀不可！他是大官，我是小民，他要是反悔，岂不易如反掌？！（对张钦）大人，要我实讲，还有一个条件。

张　钦　这么啰唆！什么条件，快快讲来！

刘　壮　你要先对天发誓！

张　钦　什么！对天发誓？（不悦，转一想）抓胡妃事关重大，不妨暂且依从于他！（对刘壮）也罢，我就对天发誓！（装模作样地发誓）皇天在上，我张钦方才所言，若有反悔，天地不容！

刘　壮　（天真地相信）好！（上前与张钦击掌三下）大人呀！

（念“口鼓”）数月前载货归家，关口将船来泊定。猛见一孤身女子，投身恶浪泪飘零。我动了恻隐之心，水中救起她一命。她被带回珠玑巷后，就与黄家把亲成。

张　钦　你怎知这女子便是胡妃？

刘　壮　是多天前她闻听官兵缉捕日紧，亲口对黄家讲出。

张　钦　如此说，她如今仍在珠玑巷？

刘　壮　不错，

张　钦　（大喜）好呀！

（唱“快中板”）

胡妃下落已分明，

算你知机可将功领，

赏你银两，保你前程！

刘　壮　领功、赏钱？

（唱“滚花”）

你勿当我是小人——

张　钦　此话怎讲？

刘　壮　（接唱）　恳请大人细听！

（转“板眼”）

刘壮我，心似玉壶冰，

非图邀功请赏，

不想卖友求荣。

只怪我做错媒人，

叫贵妃嫁了百姓；

竟将皇家亵渎，

实在大大不应。

我触犯天条，甘将罪认；

我大逆不道——

（转“二黄”）

特来请罪求情！

大人呀，黄家娶去胡妃，

实也不知其中究竟。

求你将他宽恕，

万勿加上罪名！（拉“尺”字腔）

（转“手托”）

更请你格外开恩，

莫伤乡里人性命，

任你关我打我，

我也愿吞声！

张　钦　（意想不到）呵？！

（旁唱“大滚花”）

真是世事如棋局局新，

少见有这般情景。

他竟然有赏不领，

反争着把罪担承。

笑他枉献忠诚，

却是糊涂绝顶！

[中军上。

中　军　禀大人，贾丞相派崔校尉到府。

张　钦　呵？你暂且将他（指刘壮）带下，快请崔校尉！

中　军　是！（对刘壮）你随我来！

[刘壮点头，随中军下。

[校尉捧盒上。

崔校尉　张大人！

张　钦　崔校尉，未知贾丞相有何吩咐？

崔校尉　丞相知你查明胡妃已死，喜悦万分，特送来他最心爱的一对金头蟋蟀，以赏大人。

张　钦　多谢丞相恩典！（接盒）

崔校尉　如此，告辞！

张　钦　有劳校尉，请！

[校尉下。

张　钦　哎哟！

（唱“反线芙蓉中板”）

贾似道越是重赏我，
越教我坐立不宁。
好斗蟋蟀也送过府来，
更迫我为他忠心效命。
我谎报胡妃已死，
决不可泄露风声。

（转“反线七字清”）

看来定要先取胡妃命，
方才那刘壮，也不可留情。
否则祸根不除，
老夫永难安静！（拉腔）
刘壮上来！

[刘壮复上。

张　钦　刘壮，我再来问你，你方才所报，可有半点虚假？

刘　壮　绝无虚话。大人，我只求保得珠玑巷乡邻，请你不必犹豫，就给我定一个罪吧！

张　钦　好，你既如此忠心，老夫就成全于你，给你定个——（故意停一停）死罪！

刘　壮　（意想不到）什么？死罪？

张　钦　来人！

[两兵丁上。

张　钦　将他推下去斩了！

刘　壮　慢！方才说要赏我，如今说要斩我，变得这样突然，总得讲个道理。

张　钦　道理？（阴冷地）哼哼，大胆刁民，分明胡妃已投水死去，你却制造谎言，存心捉弄官府，骗取赏银，蓄意欺君罔上，故而罪该问斩！

刘　壮　（愕然）大人冤枉！胡妃明明仍在珠玑巷中，怎说已死？

张　钦　休得狡辩，拉下！

[兵丁拉刘壮，刘壮猛然看见府内有鼓，冲上鼓边。

刘　壮　（擂鼓）冤枉！冤枉！

张　钦　快拉他下来，斩！斩！斩！

[兵丁上前拉刘壮，刘壮奋力推开。

刘　壮　天呵！我怎么这样糊涂？！桂枝，贮万，我对不起你们呀！

[张钦与兵丁再冲前架住刘壮。

刘　壮　（怒斥）你斩吧！你斩得了我刘壮，斩不尽珠玑巷人！你发过誓，击过掌，天地也难容你！

张　钦　（震怒）放肆！（拔出剑来，刺向刘壮）

刘　壮　（用最后的力再冲向鼓边）冤……枉……（倒下死去）

张　钦　（有点惊惶，发抖，看手）我这发过誓的手！击过掌的手！如今又杀了人的手呵……（猛捂头）

[响起一阵鼓声，画外音："你发过誓，击过掌，天地也难容你！你斩得了我刘壮，斩不尽珠玑巷人！"

张　钦　（在惊悸中定下来，一想）哎，这贼民说得也对！

（念"口鼓"）杀了他一人，尚有珠玑巷众多百姓，留得后患，他日难免泄露真情，只好一不做二不休，方可保老夫性命，速速派兵进剿，定将全巷铲平。不过……不过要出师有名，才可发令，（思索）有了，就说珠玑巷人大逆不道，聚众谋反，奏折一道，呈上朝廷。（向内）书吏上来！

[梁桥辉上。

梁桥辉　桥辉参见大人！不知有何吩咐？

张　钦　来！（与梁耳语）

梁桥辉　（一怔）这……

张　钦　哼哼！

（唱“滚花”）

血洗珠玑心要狠，

奏章批下早挥兵！

哈哈！

[张钦得意扬扬，梁桥辉沉思。

[切光。

[幕闭。

第五场　密议

[数天后

[珠玑巷罗贵祖家内。

[幕启。罗家的陈设稍为讲究。音乐声中，罗贵祖正在写对联，家人旁立。

老　翁　（上，念）新居落成心欢喜，来找贵祖把对联取。（进屋）贵祖，我的新居落成了！

罗贵祖
家　人　邝伯恭喜！恭喜！

老　翁　哈哈，我请你写的对联写好了吗？

家　人　你来看——

老　翁　（念对联）“新居延福寿，故土旺丁财”。

罗贵祖　（念横批）“紫气东来”。

老　翁　好、好，贵祖兄不愧是大手笔，明天的入伙酒，你一定要来。

罗贵祖　邝伯乔迁之喜，我怎会不来呀！

老　翁　那好，我先回去张罗张罗，告辞！

罗贵祖　慢走！（示意家人送出）

[家人与老翁下。

罗贵祖　（唱“古老十字中板”）

珠玑巷，水秀山明，

乐在此开田辟土。

九十七户，异姓一家同甘苦，

情同手足共相扶。

乡亲们，每遇难题，

常会登门找我贵祖。

蒙信赖，孚众望，

自应鼎力把心操！（拉腔）

[刘嫂匆匆上。

刘　嫂　（唱“卜算子”）

刘壮一去竟不归，

吉凶不知道，心里真焦躁，

怪他不找贵祖叔，

便独自登途，

不听劝，实糊涂！

贵祖叔，不好了！

罗贵祖　刘嫂，出了什么事？

刘　嫂　刘壮他……

罗贵祖　我正想问你，这些天为何不见刘壮的面？

刘　嫂　他，上临安去了。

罗贵祖　所因何事？

刘　嫂　贵祖叔呀——

（唱“木鱼”）

你可知道，桂枝她不姓苏，

她就是朝廷缉拿的妃子！

名唤菊珍本姓胡。

罗贵祖　（一惊）呵？！（急示意刘嫂轻声，四顾无人，连忙将门关上，把刘嫂拉入厅中央）你们怎么晓得？

刘　嫂　（接唱）　是我夫听得黄母把真情吐，

他又惊又悔心里乱糟糟。

他更怕祸降乡亲，

走去问卜求生路，

立心向官府请罪——

（直起转“十月怀胎”）

竟要独自走一遭，

不听我良言相告。

数日未见他，返门庐，

教我日夜把心操！

罗贵祖　哎哟！当真不好了！

（唱“催归”）

刘壮呀刘壮，

你何以这样糊涂，

怎可以冒昧去见官府！

（对刘嫂，转“二黄”）

此事非比寻常，

本该先来商讨。

怕会好心招祸，

翻成莫大波涛。

快把贮万找来——

（唱散）　切莫惊惶失措——

刘　嫂　知道了。（欲下）

罗贵祖　慢！此事切不可传扬出去，只叫贮万、陈三、麦四前来即可。

刘　嫂　是，你定要为我做主呀！

罗贵祖　这个当然，快去！

［刘嫂下，家人上。

家　人　老爷，有人自临安带来一封密信。（递上）

罗贵祖　呵？（接过）

[家人下。

罗贵祖　（拆信，念）“胡妃事发，刘壮命毙。张钦弄计，戡乱施威。兵发珠玑，居心血洗。走为上计，早避灾危。梁桥辉。”哎哟！果然祸降珠玑，这便如何是好？（焦急）

[黄贮万、陈三、麦四上。

黄贮万　贵祖叔！（跪下）请恕贮万之罪！

罗贵祖　（有点生气）贮万，你为何不早将真情告我？

黄贮万　我……贵祖叔呀！

（唱“三脚凳”）

我与娘亲曾商定，

真相绝不露分分毫。

以为珠玑可平安，

故未将实情相告。

谁知刘壮竟报讯，

蓦地风涌卷狂涛！

陈　三　（唱“滚花”）

贮万本出自好心——

麦　四　（接唱）　贵祖叔还请息怒。

罗贵祖　（扶起贮万）你们可知，如今不仅刘壮出了事，而且大祸快要降临珠玑巷了。你们看看吧！（递过密信）

黄贮万　（接过，快念）“胡妃事发，刘壮命毙。张钦弄计，戡乱施威。兵发珠玑，居心血洗。走为上计，早避灾危。梁桥辉。”

罗贵祖　幸好桥辉在兵部当书吏，他是我的亲戚，才可偷偷报讯。

黄贮万　（激怒地）哎呀，张钦真狠毒呀！

（念“口鼓”）事由我起自担承，宁可我与桂枝一同遭劫数。连累乡亲心不忍，贵祖叔呀你就快快逃！

罗贵祖　贮万你说到哪里去了！如今张钦不仅要追杀桂枝，还存心血洗全村。我身为贡生，倘若想独自逃生，就不会将密信交给你们看了。你们听住——（拍案而起，正气凛然地）

（唱“大笛二流”）

难料到，

张钦恶贼，心狠手辣，

肆意惨杀无辜！

我不仅要保桂枝，保黄家，

更要将全巷乡亲齐保护。

敢抗强权伸正义，

方算堂堂大丈夫！

陈　三　说得好！

（接唱）陈三当年也是为抗官绅，

才有异乡逃来求得生路。

理该同心抗暴，患难相扶。

麦　四　（接唱）唯是事急燃眉，

想个办法才好。

罗贵祖　（接唱）到如今，无他法——

（唱散）只能全村一起远奔逃！

众　人　一起逃？

麦　四　（念“口鼓”）全村人多，一起离开行动艰难，不如各自转移为好。

罗贵祖　（接念）不！一起离开才好互相照顾，只要安排周密，就不致乱糟糟！

黄贮万　对！

（接念）可向南迁到珠江出海一带地方，我跟刘壮哥曾经到当地经商，那里地广人稀，到处是沃土。

陈　三　（接念）对呀！朝廷势力尚未管到当地，正好重创家业建新图。

罗贵祖　（接念）好！还有重要一条，是要不使桂枝难受担惊，又叫奸贼日后再难将她找到，对其他乡邻不能说南迁是因她而起，定要切切记牢。

麦　四　是不是就讲朝廷诬我们聚众作乱，要来血洗珠玑？

罗贵祖　好，就这样定！

（唱“快中板”）

说官兵已近梅关道，

要来征讨举起屠刀！

全村逃离才有生路，

早备行装，快登途！（拉腔）

[贮万、陈三、麦四点头。

罗贵祖　还有，我们议定一下南迁的路线，来……

[贮万、陈三、麦四围拢到桌前。

[切光。

[幕闭。

第六场　诀别

[紧接上场。

[离村口不远的路上。

[幕间深沉的音乐。

幕　后　（合唱“丹凤眼”引子）

骤然遇惊变，

举村向南迁！

[音乐声中幕启。天色阴晦，气氛压抑、沉闷，路旁有一古庙。

幕　后　（合唱声续起，唱“新曲”）

向南迁呀向南迁，

心绪乱呀步难前。

谁想离乡土，岂愿别故园。

梅山低首送，浈水泪涟涟！

[合唱声中，罗贵祖指挥着珠玑巷村民互相携扶，推车挑担过场。

[黄贮万、胡菊珍带着行装，扶黄母上。

黄　母　唉！珠玑巷的乡亲们，一路上经历多少苦难呵！

[三人歇息。

[老翁内叫：“我不走！”被福仔拉着上，陈三与几个村民跟上。

老　翁　（回望村中，叹气）唉！珠玑巷越来越远罗！……你们看，那是我亲手盖的新屋呵！（拿出对联）“新居延福寿，故土旺丁财”，我不走！我死也要死在珠玑巷！（欲奔回）

福　仔　（跪拦）邝伯，我们不能扔下你呀！

陈　三　邝伯，我们又何尝舍得离开珠玑巷呢？都怪朝廷无道，为了逃大难，避官兵，我们只好当机立断！

黄贮万　一起向南迁徙，才能保住全村！

胡菊珍　到了新地方，有贵祖叔他们带头，我们是可以重建家园的。

众　人　（对老翁）是呀，走吧！

黄　母　贮万，我有点累，你们先行一步吧！

黄贮万　那好，桂枝就陪娘亲再歇一会。

[菊珍点头，黄贮万、陈三等扶老翁下。

[水妹挑东西上。

水　妹　（向内喊）妈，快点走呀！

[刘嫂挑担跟上。

[菊珍见状，趋前帮水妹接过担子。

胡菊珍　刘嫂，水妹，走急了，歇歇吧！

刘　嫂　（放下担子、抹汗）你们也在这里？贮万呢？

胡菊珍　先行了，哎，刘嫂，怎么不见刘壮哥？

刘　嫂　（不防此问）他……（哽咽不语）

胡菊珍　（转向水妹）水妹，你爹呢？

水　妹　我爹他、他……

胡菊珍　（察觉异常，追问）他怎么啦？

水　妹　（忍不住，哭）他……他已不在人世！（悲切地扑到黄母怀里）

[音乐起。

胡菊珍　（一惊）呵？！

（唱“郁金香”）

刘壮哥，顷刻怎丧黄泉？

闻听得噩耗传，

心痛切，难禁悲酸！

（浪里白）他到底是怎样去世的？

刘　嫂　（旁接唱）她一语问来，我心穿万箭，

刹那间只觉得眼前呀——

天旋地转！（有点昏眩）

水　妹　妈！（过去扶住刘嫂）

胡菊珍　刘嫂、水妹……

刘　嫂　（唱“散板”）

刘壮他、他、他……

黄　母　（站起，怕刘嫂直言，故意打断）刘嫂，你……

刘　嫂　（会意，接唱）

刘壮他出外经商将急病染！

胡菊珍　呵？染病身亡？

刘　嫂　（旁接唱）我怎能将真相对她明言！

胡菊珍　（信以为真，深情地，唱“乙反中板”）

刘壮哥，热心肠，

我难忘他恩典。

刘壮哥，待人好，

总是盛意拳拳。

（转“乙反七字清”）

何故病魔腾气焰，

好人偏早丧黄泉。

（转“乙反三字清”）

叫刘嫂，听我劝，

休垂泪，莫凄酸！

（上前爱抚着水妹的头，再转唱“乙反七字清”）

水妹呀！你就如同我亲妹同冷暖，

我定然对你关照周全。（拉腔）

水　妹　（动情地）桂枝姐！

（唱“乙反滚花”）

其实我爹爹——（半句）

刘　嫂　（觉水妹露了口风，厉声地）水妹！（上前打水妹一巴掌）你……

[水妹放声大哭。

胡菊珍　（急搂住水妹）你打她，不心痛吗？

刘　嫂　唉！她是个不懂事的妹子！（把水妹拉过身边，痛惜地）

（接唱）　女呀！你莫教阿妈心更乱！

黄　母　（怕越问越出事，岔开）桂枝呀！她母女心情不好，就不要再说了！（对刘嫂）

（接唱）　刘嫂呀，你且放开怀抱，勿再把愁添！

[刘嫂凄然地勉强点头。

黄　母　（故意支开菊珍）哎，对了，桂枝呀，你且到后边看看，还有哪家人走得慢，好去帮个忙呀！

胡菊珍　这……桂枝就去。刘嫂，水妹，你们再歇歇吧！（下）

黄　母　刘嫂，你要哭就对我放声哭吧！

刘　嫂　我……（掩面哭泣）

[罗贵祖上。

罗贵祖　贮万娘，可有见乡亲未赶上来的？

黄　母　我已经叫桂枝到后面查看去了。

罗贵祖　那就好。

[麦四内喊：“贵祖叔——”急上。

麦　四　贵祖叔，大事不好！

罗贵祖　何事惊慌？

麦　四　我探得张钦领官兵已上梅关，快到珠玑，而往南的陆路，又发现有朝廷的兵丁把守。

罗贵祖　（一惊）如此说，前无去路，后有追兵？

麦　四　正是。我们人多步慢，恐怕难以逃脱！

[众吃惊，胡菊珍刚好此时复上，停听。

罗贵祖　难以逃脱？

麦　四　快做决断！

刘　嫂　（禁不住失声大哭）天呀！这可怎么办？

（唱“乙反爽十字清中板”）

到如今不由人再将夫怨，

胡妃事去报讯实太倒颠。

到头来被杀身尸骸不见，

全巷人被追杀危在目前。

叫苍天——

叫苍天请庇佑乡亲脱险！（拉腔，跪地）

[胡菊珍听到，一时大惊失色，呆若木鸡。

罗贵祖　（扶起刘嫂，镇定地）刘嫂呀！

（唱“正线滚花”）

天无绝人之路，

你不必抢地呼天！

阿四，可否走水路——

麦　四　水路？

罗贵祖　（接唱）　顺浈江——

麦　四　好主意！

（接唱）　照样南迁逃兵燹！

罗贵祖　阿四，事不宜迟，马上找陈三一起组织男村民上山砍竹，扎排结筏！

麦　四　好。

罗贵祖　水妹，你照顾你妈与贮万娘，先入庙里坐坐，等待启程。

水　妹　（点头）嗯！

罗贵祖　（对麦四）去！（与麦急下）

[水妹扶刘嫂，黄母入庙，下。

[强音乐起，胡菊珍走出。

胡菊珍　不好了！

幕后女声（唱“秋水龙吟”）

似霹雷响，似怒涛掀，

真相惊闻，面色全变！

胡菊珍　（接唱）　事起由我，祸已难免，

苦珠玑众乡亲正受熬煎！

幕后女声（接唱）　心里急呀，菊珍忙思忖；

此刻怎生应变？

呵……呵……

［合唱声中，胡菊珍思索，徘徊。

胡菊珍　（唱“新腔爽二黄”）

我不若重返珠玑——

幕后女声（接唱）　重返珠玑，

你不怕虎口送羊多凶险？

胡菊珍　（接唱）　既是官兵追杀，

都为将我纠缠。

我唯有挺身相迎，

好让乡亲能走远！

幕后女声（唱序）　你难道不把亲人惦念？！

［音乐声中，胡菊珍稍一息索，欲走，碰巧黄贮万持砍刀上，两人对视。

［女声合唱再起。

幕后女声（唱“散板”）

遇夫郎，难举步。

菊珍呀——衷情难直说，看你怎开言？！

黄贮万　哎，桂枝，你要到哪里？

胡菊珍　我……我想去取点水，你不是要和大家上山砍竹吗？

黄贮万　我见风雨将至，上山之前来关照一下你与娘亲。

胡菊珍　我安然无恙，婆婆在庙里歇息，也不必挂怀。

黄贮万　那就好了，我该去了。（移步）

胡菊珍　（不舍，叫住）你等等！

黄贮万　（回头）什么事？！

胡菊珍　你，你到山上，风雨一来，可要小心呀！

黄贮万　这我晓得！（欲走）

胡菊珍　（又叫住）贮万！

黄贮万　（停住）还有什么？

胡菊珍　我……（不敢直言，又依依不舍，深情地）夫呀——（取出绣袋装着的五彩菊种）你看这个！

黄贮万　呵！是五彩菊种！

胡菊珍　（点头，唱“沉醉东风”）

五彩菊花夺目美，

多璀璨，倍娇妍。

黄贮万　（接唱）此花珍奇，

实属世间罕见美难言。

胡菊珍　（接唱）我父勤劳，育种此菊，

方得世代传，

我亦盼——

万朵奇花人共见，

万朵奇花人共见。

争开百千年，

望你珍惜带身边，

花种长留在世间，

桂枝心里甜！

黄贮万　妻呀！

（唱“长句二黄”）

花种珍重带身边，

定叫名菊能开遍。

惟是你如今交我，

个中底蕴未明言。

胡菊珍　这个……

（接唱）只因马乱兵荒，离乡去远，

妇道人家胆小，
不便将宝物收存。
况且你我一旦会离开，
见它就犹如将妻见！（拉腔至“工”）
（唱到此处，禁不住哭泣起来）

黄贮万　（奇怪地，唱“古谱秋江哭别”）
听妻你语中带辛酸，
更为何缘故，竟添泪涟涟。
我砍竹返山上，
又非是，你我死别生离在这天！

胡菊珍　（暗暗心碎，旁接唱，散句）
他怎知此刻我方寸早乱！
（上板续唱）
苦矣患难中，
夫妻分手正在这山边，
只怕相会再无缘！

黄贮万　（音乐继奏，浪里白）妻呀！你在沉吟什么？

胡菊珍　（浪里白）呵，没什么！没什么！
（接唱）是为妻，独在这南迁古道上，
触景伤心惹悲酸！
那堪看，众乡亲忍痛别故居，
涕泣哽咽之声听不断，
亦怕难免，
几多夫妻间苦作别鹊离鸾！

黄贮万　（一时察觉不出菊珍在掩饰，深情地）呵！妻你过虑了！
（唱“新腔流水南音”）
说什么别鹊离鸾无可免，
又何必触景伤情惹悲酸，
纵是贼兵四面来追杀，

夫妻情丝万缕斩不完。

乡亲南迁虽受苦，

同舟共济众心坚，

浈水有情开生路——

（转“二黄”）

定可逃离灾难，

再建锦绣家园。

妻呀，你定要保重金躯——

（转“滚花”）

莫再生不祥之念。

胡菊珍　为妻自当珍重！

（接唱）　还望你顺妻之意，

先将这花种收存。

黄贮万　（尚犹豫）这……

[内场声：“贮万，快来呀！”

胡菊珍　（硬将花种塞给贮万）大家都等着你出发砍竹，不要多说了。

黄贮万　也罢！（收起花种）那我先行上山，等会再来陪你。（下）

胡菊珍　（自语）再来陪我？（凄然地摇摇头，一跺脚，欲下）

[在菊珍交花种时水妹已从庙里走上，见状。

水　妹　（叫住）桂枝姐，你要走？

胡菊珍　（一怔）我……我要离开这里一会。

水　妹　离开？好姐姐，那我陪你去！

胡菊珍　不！你还要照顾妈妈呢！（深情地）好妹妹，我说过要照顾你，姐姐一时做不到，你不会怪我吧？

水　妹　姐姐……

胡菊珍　不过，我很快就会来找你们的。你别作声，我走了！（急下）

水　妹　要我别作声？她……(感到奇怪）

[音乐起。灯光聚于水妹疑惑、迷惘的脸上。

[切光。

[幕闭。

第七场　投井

[紧接上场。

[珠玑巷内。

[在凄厉的音乐声伴着渐紧的风雨声中幕启。巷内长街，风雨萧条，一排店铺也显得冷落，可见古榕、深井。

胡菊珍　（内唱“二黄首板”）

身似游魂，珠玑巷近——

（步履踉跄地上，唱“孤雁哀鸣”）

地昏昏，地昏昏！

天沉沉，天沉沉！

风来雨至竞相侵，

小路崎岖我独行！

（音乐过序，圆台，续唱）

重到街心，人去巷空，

破败萧条，冷落阴森，

满街店铺也似添泪痕！

（音乐过“二黄”序，凄然四顾）

（转“乙反长句二黄慢板”）

触目倍伤心，凄然生百感，

再不听欢声笑语，

无复见父老亲人。（句）

想当日来到珠玑——

（转“反线二黄”）

卸下宫衫多庆幸。

乐在民间日子美，

喜得还我自由身！

（稍快） 又谁知，

奸相弄权，

不放过无辜一红粉；

风刀雨箭，

竟刺向忠厚众乡亲！（坠慢，拉长腔至正线“合”字）

（转“流水南音”）

犹记乡邻待我情浓意恳，

夫郎厚义与我绾结同心。

患难之中齐保我，

同舟共济自家人。

（转“快打慢二流”）

这大恩，这真情，

永留菊珍心坎！

（音乐过序，圆台，续唱）

街中深井，

请记下乡亲苦难有多深！

村边古榕，

请刻上百姓千仇和万恨！

风雨飘摇珠玑巷，

我愿在你怀抱化鬼魂！

（转“打扫街中段”）

愿天公，鉴衷忱，

不管官兵骤至，

一时杀气腾腾！

求庇护——

贮万爱夫，免受劫运！

更愿南迁众乡亲，早得脱身！

（直转“反线雁落平沙”末句）

菊珍一己拚牺牲！（下）

[黄贮万、刘嫂内喊：“桂枝！”水妹内喊：“姐姐！”各持雨伞急上，边上边唱。

黄贮万　（唱“扑仙令”）

珠玑近，大步奔！

刘　嫂　（接唱）心挂虑，不顾路难行！

黄贮万　好娇妻——

刘　嫂　（接唱）寻觅我，好桂枝——

水　妹　好姐姐——

三　人　（合接唱）呼天抢地泪滂滂！

[音乐声中，三人四处寻觅。

刘　嫂　贮万呀，已到巷中，还找不见，怎么办？

黄贮万　不如分头再找，你们到那边去，我在这附近再找找。

刘　嫂
水　妹　好！（下）

[黄贮万再四下寻找。雨渐停。

[胡菊珍复上，恰与贮万相遇。

黄贮万　（惊喜地）是你！

胡菊珍　（愕然地）是你！

黄贮万　哎呀，我找得你好辛苦呀！快随我赶回江边去！（拉菊珍）

胡菊珍　不！我不能回去，贮万呀，你追来作甚呢？

黄贮万　妻呀！

（唱“禅院钟声”）

适才逃难去，

你说离鸾别鹄好伤心！

我本心中纳闷，

虽有话儿万千，

但匆匆出发，尽诉又无能！

谁料到分手后呀，

你便忙忙返珠玑，

你可知官兵凶暴，忒毒狠，

只身重返村内，

更易会被追杀，

我怎不为你痛断魂！

胡菊珍　（音乐续奏，浪里白）夫呀！我已知此次乡亲受难，举村南迁，全都由我而起，那万恶官兵，苦苦追来，都为的是将我缉捕，我又何忍累及大家呢！

（接唱）　常记着你与乡亲，

为我喜，为我忧，

我心中庆幸！

今日危急至此，

我愿昂首挺身，

与官兵再抗衡！

黄贮万　（接唱）　难舍好菊珍，逃不出厄运！

胡菊珍　（接唱）　我也怎舍得，好夫君，

惜美好岁月，再难寻。

宁一死，好相报，

你情隆义厚，

更免拖累了好乡亲！（序）

黄贮万　（接唱）　唉！夫妻相依共患难，

全村，乡亲，

都不忍，你命殒，

望你快随我返回行！

胡菊珍　不能呀！

（唱“乙反中板”）

我深知，你与好乡邻，

何堪菊珍命殒。
也当知，江边迎急浪，
或可一起逃生。
但那贼官兵，岂肯善罢甘休，
决不会心存恻隐。
只要我留于世上，
必会将他人牵累——
（转“乙反二黄”）
长种下起祸之根！
（转“连环扣”）
若我若我甘牺牲，
官兵没法多纠缠。
乡亲共你，
亦已南迁赢得时间，
以后他乡可免祸再临！

黄贮万　（接唱）　唉！若你若你竟牺牲，
惨矣剩下我一人，
于他乡自悲愤，
镇日里愁侵和病困，
怎度这苦日辰！
天！何解！何解！
世间好人偏难护荫，
我欲解脱无能。
你若然未肯返江边，
我定会紧跟随，永不相分！

[内场传来人声：“快走！”给我烧！天幕见村中火起。

胡菊珍　你听——
（唱“快中板”）
官兵果然已迫近，

夫君速去另逃生！

黄贮万　（接唱）　我愿夫妻同命运！

胡菊珍　（接唱）　何必要作无谓牺牲！

[内场又传来人声。

黄贮万　快！（指一空屋）这里有一间空屋，可以暂避一时。

胡菊珍　（急中生计）也好！

[胡菊珍故意让贮万先跨入，然后猛然用锁将店门锁上。

[强烈急速的音乐骤起。

黄贮万　（发觉，惊叫）菊珍，你要做什么？

胡菊珍　你躲起来，我来应付！

黄贮万　（声泪俱下地，拍门）你，你不能如此！

胡菊珍　他们来了！我是皇妃，他们不敢对我怎样，你若爱我，就千万不可出来！

黄贮万　你……（一时无奈，只好倚在门边听着动静）

[张钦带四兵丁匆匆上，边上边烧房毁村，火更大。

张　钦　（吆喝兵丁）快搜！快搜！

胡菊珍　（有意迎了上去）不要搜了！

张　钦　（一怔）你是何人？

胡菊珍　就是你日夜追捕的胡菊珍！

张　钦
众兵丁　呵？胡妃？

张　钦　（打量）哈哈！

（念“口鼓”）不枉老夫四下奔波，果然你就在珠玑巷中，始终难逃劫运！

[黄贮万闻声，忍不住拍门。

张　钦　（惊觉）有人？

胡菊珍　（急忙应付）人在这里！

（接念）如今珠玑巷，只有我菊珍！

张　钦　（走近空屋，张望一下，未发现什么，对菊珍）

（接念）　为何巷中不见了所有村民？

胡菊珍　（接念）　要缉捕的是我一人，乡亲行踪不必多问。

张　钦　（接念）　哼！珠玑巷人大逆不道，我定要斩草除根！

胡菊珍　（激愤地）呸！你想错了！

张　钦　胡妃，不必口硬，你若能带路，可免一死！

胡菊珍　（泰然地）死？

[音乐再起，灯先聚于胡、黄两人身上，两人边唱“新曲”，边作门内外互相呼应的表演。

胡菊珍　（唱“新曲”）

我菊珍，盼朗朗青天——

黄贮万　（接唱）　青天有眼荡尽妖氛。

胡菊珍　（接唱）　我菊珍，爱叠叠彩云——

黄贮万　（接唱）　彩云铺路救我亲人。

胡菊珍　（接唱）　纵使身陷魔掌里，

黄贮万　（接唱）　一刻不肯作悲吟。

胡、黄　（合接唱）正气长存终不泯。

胡菊珍　（接唱）　只愿身死珠玑内，

魂灵常伴众亲人！

[音乐转强，菊珍走近井边，猛然纵身跳下。

张　钦　（冲向井边，惊叫）哎哟，她投井了！

黄贮万　（闻声，惊呼）菊珍！（发了狂似的，用力冲破屋门，走出）

[张钦等一怔。

张　钦　你是什么人？

黄贮万　（不理官兵，扑向井边，唱节奏急促的“散板”）

井呀！我要问——

幕后男声（接唱）　我要问！

黄贮万　（接唱）　为何眼睁睁，眼睁睁，

叫爱妻做了井中魂？！

（转“新腔快二流”）

哀我欲救无能，欲叫不敢！

有门难破，有手难伸！

[音乐不停，官兵围上，黄贮万愤怒地推挡，边唱边做。

黄贮万 （接唱） 恨透饿虎馋狼，如此凶残毒狠！

你们还我爱妻，还我亲人！

纵是地灭天诛，难解万般痛恨！

幕后男声 （接唱） 要问天下谁最苦——

黄贮万 （接唱） 我黄贮万，是第一人！（拉高腔）

（拿出五彩菊种，对井）妻呀，这是你交给我的五彩菊种！愿洒热血来灌溉，定叫奇花朵朵开！（将花种撒在井旁，猛然以头碰井而亡）

[张钦与众兵丁惊呆。

[突然一声炸雷，骤然大雨，将巷中烈火浇灭。

众兵丁 （惊叫）好大雨呀！

张　钦 （仰天长叹）血洗珠玑，果真天地不容？！

众兵丁 （齐叫）天地不容呀！

[音乐声中，井上突然冉冉升起一朵五彩菊。

张　钦
众兵丁 （更惊异，后退）菊花！菊花！

[切光。暗转。

尾声　化塔

[紧接上场。

[音乐由悲切转为舒展，天幕也突变，风停雨止，霞光璀璨，满台各色菊花盛开，美丽异常。烟雾中，胡菊珍在井冉冉升起，黄贮万左右相随，即起尾声曲。

幕后合唱 （尾声曲，仿“旧苑望帝魂”）

呵……

霞光灿烂照山乡，
无边金菊正怒放
菊珍伫立井中央。
祝愿乡亲倍情长——
魂梦永绕珠玑巷！

[合唱声中，胡菊珍与黄贮万及身穿菊花式样衣服的众花仙翩翩起舞，再向围拢上来的众乡亲及观众招手祝福，然后渐渐隐去，化为珠玑巷里现存尚好的贵妃塔。

[大幕徐徐闭上。

——剧终

本剧选载的是 1990 年丁凡、陈韵红、麦维佳、陆秀霞、张智强等主演的演出本。

花蕊夫人

编剧：林榆

人物表

花蕊夫人	后蜀妃子
孟　昶	后蜀帝主
李　氏	孟昶母
赵匡胤	宋　帝
赵　普	宋丞相
王全斌	都部署
曹　彬	都　监
李　昊	后蜀丞相
王昭远	后蜀主帅
赵彦韬	密　使
小　玉	太　医
后蜀副将	
后蜀太监	
太　医	
大臣多人	
宫女多人	
太　监	

宋副将

宋兵多人

宫嫔多人

传　令

第一幕

[北宋乾德三年（965 年）某夜。

[宋宫大明殿，殿外大雪纷飞。

[钟鼓声中大幕启。

[太监、宫女两旁侍立。赵匡胤上。

赵匡胤　（唱“中板”）

残唐藩镇争权柄，

五代干戈未厌兵。

六军拥我承天命，

孤——定要一统江山致太平。

[赵普、王全斌，曹彬一身风雪同上。

赵　普　臣赵普

王全斌　（三人同参拜）臣王全斌见驾！

曹　彬　臣曹彬

赵匡胤　平身！雪夜宣召众卿，入宫同商大政，略备羊羔美酒，为众卿消寒解乏……

赵　普

王全斌　（同白）愧沾陛下隆情。（各就座）

曹　彬

[太监炽炭，并司酒炙。

[君臣对酌 一杯。

赵匡胤　众卿家。

（唱“滚花”）

大宋开国七年，一统之功未竟，

西蜀南唐北汉，依然割据拥兵。

孤欲伐汉北征……（半句）

曹　彬　先打北汉，臣以为不妥。

（接唱）　收复北汉并州，便与契丹接境。

那时西南未定，北方边患频仍。

赵　普　曹将军之言有理。

（接唱）　定西南，固根基，北伐方能致胜。

王全斌　好，上策！

赵匡胤　依丞相之见，应先削平哪国呢？

赵　普　陛下。

（唱“三脚凳”）

蜀主骄奢失政，群臣狗苟蝇营。

文官个个贪财，武将人人惜命。

此际欲攻西蜀，正好有机可乘。

赵匡胤　攻打西蜀有机可乘？

赵　普　（唱“滚花”）

兵发西川，可借此蜡书为把柄。

赵匡胤　此蜡书何来？

赵　普　西蜀派一密使，联络北汉，密使向我投诚，交出此藏在蜡丸之内的密信。

（呈蜡书）

赵匡胤　（看罢，微笑）原来蜀、汉密谋合兵，侵我宋境，朕若出兵攻蜀，便是师出有名，传密使到来，问清究竟。

太　监　（朝外）传蜀国密使。

赵彦韬　（上，下跪）臣西蜀赵彦韬，叩见宋皇陛下，万岁，万万岁。

赵　普　你如实上奏，西蜀内情。

赵彦韬　西蜀内情吗？

（唱“快中板”）

偏安腐败小朝廷，

外凭天险夸雄胜，

内无良将与精兵。

（唱“滚花”）

国君迷恋花蕊夫人，久荒朝政。

她还惑主，力主蜀汉合兵。

赵匡胤　（接唱）蜀汉合兵，竟是妇人之命？

这花蕊夫人孤也略有所闻，她到底是何等样人啊？

赵彦韬　（从怀中取出真像递上）这是花蕊夫人真像，敬呈御览。

[太监接过展开画像。

[众看。

赵匡胤　（观赏有顷）倒有点灵秀之气。

赵　普　不同凡俗。

王全斌　比天仙还美。

曹　彬　此乃祸水，定必误国。

赵彦韬　主上……

赵匡胤　下去也吧！

赵彦韬　遵旨。（下）

赵匡胤　众卿家！

（唱“快中板”）

迷蒙风雪尽澄清，

此际孤家谋已定。

王全斌、曹彬听旨。

王全斌
曹　彬　臣在。

赵匡胤　（唱“滚花”）

命你两人为将，伐蜀西征。

王全斌
曹　彬　臣领旨。

[切光。

第二幕

[西蜀孟昶宫中，傍晚后至次晨。

[内报“圣驾到”。幕启。

[奏“小桃红”，一群宫女急上列队迎候。

[孟昶在太监、宫嫔的簇拥下，上。

众宫女　（下跪）恭迎圣驾。

孟　昶　花蕊夫人可曾回宫？

小　玉　尚未回宫。

孟　昶　可有派人催促？

小　玉　派人去了。

孟　昶　唉！

（念）　夫人归里情难耐，

一日三秋望转来。

（唱“秋水龙吟”）

张红灯兮（读“啊”）挂绿彩，

室有芝兰为卿栽，

我心无别栽，爱卿情似海，

夫人，你归宁半月——

（续唱）　知否锦宫芙蓉（谐“夫容”）总未开？

[徙倚，难耐，闷坐一旁。

小　玉　主上，要茶么？（孟摇头）要酒么？（孟又摇头）我来唱个歌儿，主上想听吗？

孟　昶　（正侧耳凝神）听！

小　玉　（喜）主上想听，奴婢就唱了！

孟　昶　（指外）我是叫你听！

[一阵銮铃声响。

小　玉　啊！銮铃声响，想必是夫人回来了。

孟　昶　快，快去迎接。

[众宫女下，音乐，同拥花蕊夫人上。

孟　昶　（迎上去）夫人，总算把你盼回来了！

花　蕊　臣妾归迟，君王恕罪！

（唱“贵妃醉酒”）

老病爷娘，不知此生得否再相见。

妾在家中，怎不稍作流连。

孟　昶　（楔白）这就把孤害苦了！

（接唱）　苦我日夕悬念，对玉液珍馐只生厌，终宵辗转难眠。

花　蕊　（楔白）臣妾知道君王思念，今天就百里兼程，赶回宫内。

（接唱）　难禁烈日炎炎，汗透罗裳多件。

孟　昶　（代拭汗）哎呀果然香汗津津。（转对宫女）

（唱“滚花”）

快收灯火端上夜明珠，去暑招凉齐打扇。

[众宫女忙熄灭灯烛，端上斗大的夜明珠，满室生辉，两宫女为花蕊打扇。

孟　昶　（接唱）　你等调冰雪藕，摩诃池上摆琼筵。

[两宫女应命下。

花　蕊　（接唱）主上莫作张罗，臣妾食难下咽。

孟　昶　啊！夫人玉体欠安？

花　蕊　不是。臣妾此次归宁，听乡亲们说……

孟　昶　说什么？

花　蕊　说：“宫廷一席宴，农户十年粮”。

孟　昶　十年粮算得了什么？朕是一国之君，比百姓们多些享受，本属应该。

花　蕊　只是我们享受越多，百姓们就越苦了。

孟　昶　此何所见而云焉？

花　蕊　妾一路的归来悲所见——主上！

（唱“可怜我”牌子）

过乡村，断炊烟，但见枯井破垣，

十里未闻吠鸡犬，

荒郊多有尸骸未收殓。

孟　昶　（不以为意）哦，夫人所经之处，可能是受了天灾吧！

花　蕊　（续唱）　美西川，锦西川，最得天眷念。

地富物饶号“天府”，

不必稍有灾情便罢酒宴。

唉！不受灾的地方，百姓也一样苦哩！

（唱自由板“流水南音”）

妾身家近都江堰，（上板）

故里今多破落村。

民不聊生衣食欠，

繁苛租税苦相缠。

父老口颂皇恩心内怨，

臣妾空言难为解忧煎。

临别乡亲齐祖饯，

虔诚备礼托我献尊前。（拉腔）（向里招手）

[宫娥送上托盘，内放禾穗一束。

孟　昶　这是什么？

花　蕊　这正是臣妾家乡的禾穗。（递上）

孟　昶　啊，丞相日前禀奏，西川出现嘉禾，预兆岁稔年丰，民安国泰。此宗祥瑞，莫非就出自夫人家乡？

花　蕊　你看，全俱空壳。

孟　昶　空壳？（接过试捏谷粒）

花　蕊　这就是乡下的收成，正好比如今的西蜀！

孟　昶　（把禾穗递回宫娥）你是说，蜀国外称天府，内实空虚？（摇头）近年宫内，虽然糜费多些，但也决不至此。（一想）哦哦，我明白了，夫人是为家乡父老，恳求减免钱粮，孤王恩准就是。你就放心与孤饮宴去吧！（拥

花蕊欲下）

花　蕊　（叹息）唉！……

[太监急上。

太　监　启禀主上，都统王昭远求见。

孟　昶　真烦，叫他明天来吧。

太　监　王都统说是十万火急。

孟　昶　急！急！急！叫他去找丞相商量办理！

太　监　遵旨。（下）

花　蕊　（欲阻不及）王都统夤夜求见，说不定是边关大事。主上还是……

孟　昶　（打断）何必庸人自扰呢！

（唱“爽梆子慢板”）

东有三峡之雄，北有剑门之险，

更与北汉联盟，外敌无缝可钻。

花　蕊　（接唱）　外力不足凭；山河非天堑，

主上励精图治，方能确保万全。

孟　昶　（接唱）　世事不胜烦，欢娱何太短。

夫人说话偏多，误我荷池夜宴。

（转“滚花”）

定要严加处罚……

花　蕊　处罚？

孟　昶　（续唱）　罚卿歌舞筵前。（再拥花蕊欲下）

[宫女扶李氏急上，李昊、王昭远随上。

李　氏　（气冲冲地）好啊！壮士军前半死生，美人帐下犹歌舞。哼！

孟　昶　母后何出此言？……

李　氏　你问问王昭远。

王昭远　主上，宋军侵蜀，两路入川！

孟　昶　（惊）如此重大军情，为何不早报？

王昭远　臣入宫求见受阻，只好与丞相同禀太后。

孟　昶　（理亏）这……这，现在宋军已到何处？

王昭远　北路王全斌破剑门南侵，东路曹彬夺夔门西犯。

李　昊　主上，两路夹攻，成都危险！

孟　昶　北汉救兵何时可到？

李　昊　唉！密使降宋，联盟解体，难望北汉救援！

孟　昶　这个吗！（晕眩，勉强支持）

（唱“武二归家腔”）

弄成这局面，孤寸心大乱。

众卿家，怎挽狂澜，望把良谋奉献。

李　昊　（对王昭远）是啊，都统有什么良谋？

王昭远　（对李昊）是啊，丞相又有何妙算？

李　氏　（见君臣庸懦，激愤。唱“快二流”）

保卫西川（六），兵来将挡（工），

水来土掩（工），以战图存（尺），

西川有四十万甲兵（合），

王昭远　（接唱）　老弱病残不堪一战（上）。

李　氏　（接唱）　招募新军十万（工）。

李　昊　（接唱）　难筹军饷国库无钱（尺）。

孟　昶　（接唱）　原来国库全空……

这……这如何是好？

花　蕊　主上！

（唱“二黄滚花”）

劝谕朝野富豪捐输助战。（径指王昭远等）

王昭远　什么？要我们捐输助战？

李　昊　应该，应该！只是谁个有钱呢？

花　蕊　闻说丞相、都统都是巴蜀富豪，数十年聚金银无算。

王昭远　这……这绝无此事！

李　昊　纯属谣传！主上历年赐予夫人不少金珠，不知可能捐献？

孟　昶　夫人首饰不捐也罢！

花　蕊　主上，臣妾愿捐！

（唱“秋江别”中段）

扫烽烟，妾心坚，愿效力支前，

尽把金珠献，赏赐虎将能员。

陛下亲督战，鼓舞士气昂然。

齐奋勉，保河山色不变，

苍天鉴谅，定然佑我哀兵奏凯旋。

李　昊　（冷笑旁白）真是闺阁谈兵。

王昭远　（旁白）妇人之见！

孟　昶　两位卿家！夫人所议是否可行？

二　人　（同时）请主上乾纲独断。

孟　昶　孤正是没有主意，你们一将一相何以都缄口不言？

[早朝的景阳钟急速敲响。

花　蕊　主上，上朝的钟声响！

（唱“滚花”）

何不朝堂聚议，决策金銮。

孟　昶　好吧！

（唱“快中板”）

救亡朕欲师勾践，

报国谁扬祖逖鞭。

求贤问计金銮殿。

摆——驾！

[奏牌子，君臣齐下，婆媳目送。

李　氏　（回头瞪花蕊一眼）累皇儿骄奢失政，都是你！（顿足下，两宫女随下）

花　蕊　（唱“滚花”）

太后严词切责，教人有口难言！

[暗灯。

[幕闭。

第三幕

[中幕前。成都城外，王全斌军营。

王全斌　（内唱“首板”）

横扫西川挥戈陷阵。（率兵将上）

（唱“滚花”）

已把成都围困，孟昶遣使称臣。

把求和使者带上。

[李昊被副将带上。

李　昊　拜……拜见都统大人。

王全斌　免礼。

李　昊　禀都统，我主伏请受降，呈上降表一道，礼单一份。（恭呈）

王全斌　（略看一眼）哼，礼单中少了一件珍宝，本帅决不开恩。

李　昊　什么珍宝，都统明言，敬呈不吝。

王全斌　谅你们不敢不送，我要的是花蕊夫人。

李　昊　什么？那……花蕊夫人……她……

王全斌　（拍案而起）回去告诉那些败兵之将，亡国之君，花蕊夫人我要定了。限明天一早送来，过时不送，我便杀入成都，屠城三日。（掷下降表）送走！

[李昊拾回降表，被副将带走。

传　令　（上）报——东路我军明天可到，曹都监说，千万不可屠城，已把文案退回。

王全斌　（接过文案）不好，明日曹彬一到，定然坏我好事。传令，快把求和使者追回。

传　令　是！（下）

[副将重将李昊推上。

王全斌　你听着，提前在今夜子时，把花蕊夫人送到，子时不送，我便下令屠城。

李　昊　这……（惊惶跌坐地上）

[切光。

[中幕开，蜀宫中偏殿。

[孟昶跌跌撞撞地上，李昊惶恐地随上。

孟　昶　（唱“叨叨令”牌子）

恨只恨，那宋家军，

议和逼我献夫人，屈辱甚！

李　昊　（接唱）　若不献出，他连夜屠城鸡犬杀尽。

孟　昶　（愤怒）杀就让他来杀吧！

（唱“快滚花”）

与其亡国辱身，不若孤先自尽。

李　昊　万万不可，万万不可！

（接唱）　主上纵然殉社稷，难救全城百姓臣民。

孟　昶　（接唱）　唉！生亦难时死亦难……

李　昊　（接唱）　唯有献出夫人暂求安稳。

孟　昶　卿且暂退，容孤三思。（挥手令下）

李　昊　（着急）主上，到了子时……

孟　昶　（烦躁）到子时叫王昭远先竖降旗就是！

李　昊　（无奈）臣遵旨！（下）

孟　昶　（仰天长叹，唱“秋江别中板”）

苍天呀那宋军太狠！

祖宗呀我孟昶太昏！

今日赔了江山又送夫人，

可叹亡国之君宰割由人。

花　蕊　（内唱“昭君怨”引子）

传来噩耗我如丧三魂。（急上）

主上！主上！（扑向孟昶）

孟　昶　夫人何事惊慌？

花　蕊　主上要送妾求和，可有此事？

孟　昶　这……夫人从何处听来？

花　蕊　宋军用箭书射入城中逼降，宫内人人传说，难道竟是真的么？

孟　昶　唉！……事到如今，叫孤有何办法呢？

花　蕊　（惨厉地）苍天——天哪！（晕过去）

孟　昶　（抱住）夫人苏醒！夫人苏醒！

花　蕊　（慢慢醒过来，续唱“昭君怨”）

今日城危国破，

岂是我祸国误了苍生？

竟将妾身作礼品恭送与敌人！

孟　昶　（接唱）　我对你羞愧难禁，

往日多番劝谏，是我不肯听信，

骄奢失政弄到国土沦亡城被困。

花　蕊　（接唱）　你今番得教训，

已铸下千秋家国恨，

教我怨君复痛君！

（唱“乙反长句二黄”）

君王本是有为君，

继位英年曾振奋，

孜孜求治效唐主李世民。

日久承平便把初衷泯，

征歌逐舞意气日消沉。

赋税繁苛不念黎民苦困，

穷奢极侈种下亡国祸根。

孟　昶　（唱“乙反南音”）

大错铸成空抱恨，

巴山蜀水痛沉沦。

被困危城谋力尽，

磨刀霍霍宋家军。

无辜百姓罹锋刃，

消弭浩劫我愁无能。（腔）

谁个挺身肩重任？

（唱“乙反二黄”）

枉有满朝文武，却只仰赖一昭君！

（唱“昭君怨”）

此身似肉在砧，国土蒙受蹂躏，

只得含羞忍耻送表称臣。

花　蕊　（接唱）不幸作臣虏，

在屈辱里偷生更可悯。

唯愿皇上赐我自刎，

到泉台化作西山杜宇魂。

夜夜啼红唤国人，

牢记此日悲愤，

牢记沉痛的城下盟。（尾句散板）

我决不入宋军忍耻偷生！

[花蕊拔孟昶佩剑自刎，孟昶夺剑。

[李昊领四朝臣急上，跪下。

众　臣　夫人不能死，夫人死不得啊！

臣　甲　夫人一死，宋军屠城，鸡犬杀尽！

臣　乙　夫人一死，成都一郡，玉石俱焚！

[两宫女拥李氏上。

花　蕊　（扑向李氏）太后，为孩儿作主！

李　氏　李丞相，你有何应付之方呢？

李　昊　只有劝夫人舍身，才能挽救屠城劫运。

众　臣　是啊，只有劝夫人舍身了！

李　氏　对了，只有劝夫人舍身，才能保住你们的娇妻美妾，珠宝金银！

[众臣尴尬，面面相觑。

李　氏　（对君臣摇头叹息，唱“长句滚花”）

祖宗基业，尽化灰尘，

君臣上下腐败无能，

百官敛财个个家肥屋润，

君王失政日日醇酒美人，

国难临头，只靠一妇人来解窘！

孟　昶　母后，儿知错了！现在只求一解救之方！

李　氏　儿呀！知错迟了！

（唱“滚花”）

国中可有勤王师旅……（半句）

孟　昶　（摇头）……

李　氏　（续唱）　朝中可有卫国之臣？

孟　昶　（摇头，唱“滚花”）

真是水尽山穷，眼看子时已近。

[王昭远急上。

王昭远　主上，宋军催献夫人！

孟　昶　唉，容孤再作商议。

王昭远　还要商议？子时已到，臣在城上已竖降旗。

孟　昶　（愤怒起座）该死！谁叫你竖降旗？

王昭远　是丞相。

李　昊　是主上方才命臣传旨。

孟　昶　吓！（重跌回座上）唉！是我！都是我！

花　蕊　（唱“北上小楼”牌子）

闻此事，更可悲！

君王下旨竖降旗。

痛三军俱解甲，

更无一个是男儿！（到案题诗）

此身不作臣虏，

同仇敌忾难移！（扔笔，拂袖急下）

孟　昶　（拿起诗稿念）

君王城上竖降旗，

妾在深宫哪得知。

四十万人齐解甲，

更无一个是男儿。

李　氏　对，骂得好，骂得好！

[突起号炮声，战鼓声。

[太监急上。

太　监　主上不好，宋军攻城！

[场上君臣大惊。

孟　昶　（急呼）夫人……（下）

[切光。

[号炮声、战鼓声。起奏“烟腾腾”牌子。

[灯复明。偏殿经过抢劫，陈设东歪西倒。

[宋兵追逐众宫女过场。

[王全斌与副将甲乙上。

王全斌　孟昶全家，一人不漏；蜀宫珍宝，一件不留。与我搜！

两副将　遵命！（分下）

王全斌　（唱“滚花”）

趁曹彬未到，我先夺花蕊夫人。

且喜我晚年，交上个桃花大运。

[副将甲带七宝溺器上。

副将甲　都统，搜到了，搜到了。

王全斌　啊！在哪里搜到?

副将甲　在孟昶寝宫。

王全斌　是花蕊夫人?

副将甲　是一件奇珍。（示溺器）

王全斌　（失望）呸！

副将甲　都统不要看它不起。

（念）　此物分明好值钱，

大腹便便口向天。

浑身珠宝金光闪。（递到王面前）

王全斌　（推开）　微闻臊臭带腥膻。

[副将乙上。

副将乙　都统，搜到了，搜到了。

王全斌　你又搜到了什么珍宝？

副将乙　搜到了孟昶全家。

王全斌　可有花蕊夫人？

副将乙　如今也在其中。

王全斌　（对甲）搜来珍宝，全部集中。（对乙）先把花蕊夫人带上。

两副将　遵命。（同下）

[王全斌整理衣冠，得意扬扬。

[花蕊夫人尽去头饰，素服，被副将乙押上。花蕊背向王不跪不拜。

副将乙　禀都统，花蕊夫人带到。（见王示意，即下）

王全斌　（绕花蕊一周，细看）哈哈哈！

（唱“反线芙蓉中板”）

不愧是天生尤物，天下名闻！（过序楔白）

知道我是谁吗！（见花蕊不理）

（续唱）　得我垂青，是你弥天福分。

我是宋皇驾下大将军。

（转“反线七字清”）

讨伐西川掌帅印，

三军都统王——全——斌。

（唱“滚花”）

莫负良宵，你来来来！

就在此宫中侍寝。（牵花蕊衣，拉“士”字腔）

花　蕊　（猛掴王一巴掌，唱“快慢板”）

在成都，烧杀抢，刀下多少冤魂，

灭吾国，辱我君，还要淫污妃嫔，

虎狼心，禽兽行，正是你王全斌。

王全斌　你胆敢不从？

（唱“快中板”）

你是笼中之鸟难飞遁，

逆我者亡顺者生。

花　蕊　（接唱）　留得清白无遗憾，

宁可断头不辱身。

王全斌　（接唱）　合该美人名将同衾枕，

何必守身如玉为昏君？

花　蕊　（接唱）　昏君误国堪哀悯，

你是衣冠禽兽不齿于人！

王全斌　可怒也！

（唱“滚花”）

不信你骨头硬得过我手中兵刃！（拔剑）

你从也不从？（执花蕊）

花　蕊　誓死不从！（挣扎，被王推跌在地，跪地甩发绞纱）

[“雁儿落”牌子，王举剑欲杀，花蕊昂然不惧，引颈受戮。

曹　彬　（内场）慢动手！

[曹彬与两随从急上。曹把王拦住，两随从即把花蕊扶下。

王全斌　曹都监，你敢坏我好事？

曹　彬　王都统，曹彬虽然来迟一步，但你在成都的事，都已查明。

王全斌　查明又怎样？

（唱“恨填胸”）

我身居主帅统三军，

西川一战有功勋。

（念“白榄”）

玩女人，不过分，

官场事，莫认真。

（尾腔）　你休来作梗！作梗！

曹　彬　（接唱）　天子委我总监军，

　　　　　　　　　职司执法秉公心。

　　　　（念“白榄”）

　　　　　　　　　杀良民，抢妃嫔，

　　　　　　　　　既逆旨，又欺君。

　　　　（尾腔）　你深负国恩，国恩。

王全斌　什么？我逆旨欺君？

曹　彬　出师之日，圣上面谕两条，你可记得？

王全斌　这……

曹　彬　第一，大宋只要西川土地，不得滥杀良民；第二，孟昶全家，不论男妇，不得侵犯，派人妥送回京。（催快）如今你下令屠城，血洗成都，容纵兵丁，奸淫掳掠。你身为主帅，竟要淫污妃嫔，强夺花蕊夫人。

　　　　这是不是逆旨？（介）是不是欺——君？！

王全斌　这个吗？

　　　　（唱“滚花”）

　　　　　　　　　估道桃花照命。谁知祸水浇身！

　　　　[幕急闭。

第四幕

　　　　[幕启。汴京，宋宫。

太监甲　（上）万岁登殿，排班侍候！

　　　　[奏牌子。宫女、太监、侍卫上，全副仪仗依次站好。

　　　　[赵匡胤上。

赵匡胤　（唱“中板”）

　　　　　　　　　风云叱咤乾坤转，

　　　　　　　　　大宋西征奏凯旋。

可恼王全斌，居功生妄念，

屠城夺妃嫔，罪过大如天。

今日孟昶夫妻来觐见。（登座）

朕要恩威并用，显我天子尊严。

[赵普、曹彬上。

赵　普
曹　彬　启禀陛下，孟昶夫妻宫门候旨。

赵匡胤　花蕊夫人也来了？

赵　普
曹　彬　也来了。

赵匡胤　快传。

太监甲　万岁有旨，孟昶夫妻进见。

[孟昶、花蕊夫人上。

[两人屈身同跪。

孟　昶　降臣孟昶率内妾叩皇帝陛下，万岁，万万岁！

赵匡胤　平身。

孟　昶　降臣待罪阙下，不敢起来。

赵匡胤　卿家既已归宋，就是朕股肱之臣，快快起来，锦墩赐座。

孟　昶　谢主上。

[内侍搬来锦墩。孟昶夫妻就座。

[赵匡胤的目光一直凝视花蕊夫人。

赵　普　（发觉赵匡胤失态）主上！

赵匡胤　（惊觉）啊啊，孟卿，夫人。

（唱“滚花”）

王全斌冒犯夫人，朕已将他罢免。

还该如何惩治，不妨对朕直言。

[赵直视花蕊，想她回答。花蕊一直低头不语，暗推孟昶。

孟　昶　（接唱）　降臣无德无才，一切皆由圣断。

赵匡胤　非也。孟卿高才，朕有一事，还望解答。

孟　昶　（惶恐）不知主上有何教谕？

赵匡胤　（向内场）呈上来。

[太监乙用盘捧七宝溺器上。

赵匡胤　此乃孟卿宫中之物，不知此物何名，要来何用？

孟　昶　（尴尬）这……这……

赵匡胤　（严肃地）卿家明白奏来！

孟　昶　此物名……七宝溺器，乃是臣……臣……

赵匡胤　哦！溺器就是尿壶了，尿壶也镶珠宝，卿家如此所为，蜀国哪有不亡之理！

孟　昶　（离座俯伏）臣罪该万死！罪该万死！（以为赵借此杀他，惊悸，离座俯伏）

赵匡胤　朕还要问一事。当日西川要联北汉抗宋，是何人主张？

孟　昶　（发抖）这……这是……

花　蕊　（直认不讳）这是臣妾主张。

[四座皆惊。

赵匡胤　难道你不知是罪？

花　蕊　（不亢不卑）闻说陛下兵雄势众，早有兼并诸国，统一江山之意。我西川地处边陲，偏安积弱，联兵北汉只为自卫图存，此乃人之常情。想圣明陛下，换了臣妾处境，也会这样做的。耿耿忠心，各为其主，何罪之有。

赵匡胤　（惊喜）啊，夫人果然有胆有识，才智过人，令孤敬佩，敬佩！内侍宣旨。

太监甲　（打开圣旨）圣谕：授孟昶为检校太师兼中书令，封号秦国公。钦此。

孟　昶　（惊魂未定）谢……谢主隆恩！

赵匡胤　朕为卿新建国公府第，内臣与孤送秦国公回府。

孟　昶　主上大恩大德，臣下没齿不忘。

[孟昶被夫人扶起，拭汗，随太监甲下。

[赵匡胤目送花蕊，挥手令宫女、太监、侍卫退下。

赵匡胤　（离座）两卿家，王全斌可否赦免呢？

曹　彬　臣日前也曾禀奏，王全斌立有战功，虽有过错，亦听从制止，请陛下容他改过自新。

赵匡胤　朕要赦他，并非为此。

赵　普　那是为何呢？

赵匡胤　那花蕊夫人是颗夺目明珠，凝聚蜀水巴山的钟灵秀气，朕见犹怜，何况全斌？有道王法本乎人情！

（唱“滚花”）

不是人情练达，怎为九五之尊。

赵　普
曹　彬　陛下圣明。

[切光。移去宝座，换上书案。

[灯复明赵匡胤在看奏本，精神恍惚。

赵匡胤　（放下奏本，离座徘徊，唱“梆子慢板”）

厌倦看表章，无心批奏本，

坐卧不宁，只觉心如絮乱。

心底总萦回，眼前时隐现，

金銮殿上，那位阆苑天仙。

似白璧无瑕，似寒梅素艳，

更似出水芙蓉，纤尘不染。

呖呖吐莺声，轻盈移玉步，

飘飘裙带，牵动我意马心猿。

（转“中板”）

唉！我今天，何以如此荒唐，竟妄生绮念？

她虽是，身为臣虏，难抗我天子威权。

我若然，君夺臣妻，清议难防，

半世英名蒙污玷。

更恐怕，董狐史笔，直书不隐，

使我遗臭万年。

（转“滚花”）

罢，罢，罢！想做有道明君，

先要摒除杂念。（音乐，踌躇）

（转“寻针”）

想自御妻辞世，

昭阳成了空院。

多方，挑选。

粉黛三千皆俗艳，

那及伊人绝世娇妍！

（转“滚花”）

枉我君临天下，

不如孟昶艳福齐天！（颓然跌坐，抱头冥想）

[灯光变暗，胧朦中，幻现花蕊夫人翩然而至，背身赏花观景。

[聚光，赵匡胤轻步走到夫人背后。

赵匡胤　（惊喜）夫人，（花蕊一惊欲跌，赵趁势扶住）夫人受惊了！

花　蕊　（轻轻摆脱）谢主上！

赵匡胤　（唱“小桃红”）

估道碧波现洛妃，

竟是云天有凤来仪。

花　蕊　（接唱）　贪恋千红万紫，

喜爱牡丹荼薇，

误进宫苑望宽恕。

赵匡胤　（接唱）　何用求恕，只盼天天莲步至。

喜对花香人艳，令孤俗念除，

愿向卿卿求佳句。

花　蕊　臣妾哪会写诗，主上取笑了。

赵匡胤　“君王城上竖降旗，妾在深宫哪得知，四十万人齐解甲，更无一个是男儿。”这不就是爱卿万人传诵的佳作吗？

花　蕊　（续唱）　妾身哪懂诗，

偶有感触与忧思，

写几句俚语抒我心志。

赵匡胤　（接唱）　卿乃名满西川一才女，

精通诗画琴棋，

孤更深知——

卿卿最美妙迷人是舞姿。

如果爱卿能在牡丹花前一显舞姿。那时孤就是唐明皇，卿就是杨贵妃，真是“名花倾国两相欢，长得君王带笑看”呀！

花　蕊　君王莫出此戏言！

（唱“红豆曲”）

臣妾心常记，君臣有尊卑。

愿君遵礼义，出言莫相戏。（走开）

[赵追上花蕊，二人在一趋一避，半推半就。

[一群宫嫔上，冲散二人，赵拨开宫嫔找寻花蕊，形成大调度的群舞。

[赵挥退宫嫔，执花蕊拥入怀中。

[孟昶上，赵忙松手。花蕊奔向孟昶，孟为她拭汗、整衣，相偎而下。

[收聚光，场上灯渐亮。

[赵匡胤在朦胧中醒来睁眼四望。

赵匡胤　（还沉浸在梦境中）真耶？幻耶？芳踪杳矣！

太　监　（上）陛下，宴请秦国公时辰已到，请陛下起驾。

赵匡胤　朕躬不适，由丞相作陪就是。

太　监　遵旨。

[暗灯。

[幕闭。

第五幕

[孟昶新居秦国公府。

[幕启。小玉上。

小　玉　（向内）有请秦国公!

[孟昶上。

孟　昶　何事?

小　玉　都统王全斌来访。

孟　昶　王全斌?（欲不见要下）

小　玉　（忙劝）国公——

孟　昶　唉!在人檐下过，哪得不低头。

[王全斌已闯了进来。

王全斌　（打着哈哈）秦国公，恭喜，恭喜。

孟　昶　失迎，失迎。不知喜从何来?

王全斌　你捞了秦国公，不是一喜么?

孟　昶　哪是皇上恩典……

王全斌　因此特来道贺。

孟　昶　不敢，不敢。请坐。

王全斌　坐。

孟　昶　奉茶。

[宾主就座，小玉奉茶后自下。

王全斌　（眼盯小玉）好漂亮的姑娘呀!

（唱“板眼”）

老兄艳福不浅，堪称陆地神仙，

环肥燕瘦绕跟前。

唯是受用过多必招寿损，

不如开笼放雀让我雨露均沾。

孟　昶　王将军不要讲笑。

王全斌　（续唱）　今日到来有个心愿，

一桩好事望你成全。

孟　昶　什么心愿?

王全斌　（细声）请你把花蕊夫人让给我。

孟　昶　（愕然）你说什么?

王全斌　（大声）把花蕊夫人让给我。

孟　昶　哼！

（唱“反线课子”）

好个大宋将军不要脸，

谋夺人妻强纠缠。

若然上告金銮殿，

你定丧声名获罪愆。

王全斌　（唱“慢十字清”）

让美妾，赠妖姬，古来惯见。

重交情，识进退，割爱为然。

孟　昶　（唱“快三字经”）

我夫妻，曾誓愿，

生同室，死并肩。

花蕊重情情不变，

劝你另寻佳丽觅天仙。

王全斌　哼哼！

（唱跌字“滚花”，步步迫前）

你不依从失打算，

到头苦果吃不完。

孟　昶　（唱“滚花”）

我虽为臣虏，今是国公——（半句）

王全斌　哈哈，你这秦国公——

（秃头接唱）

狗咁贱！

也罢，为你这个国公顾全体面，何不这样……

孟　昶　怎样？

王全斌　花蕊夫人，你我一人一半——

（续唱）　这叫风月同天。

孟　昶　（气极）你，你，你给我滚！

王全斌　滚吗？可以。还请你再三考虑，好自为之。（施施然下）

[孟昶拿起茶杯真想向王全斌掷去。无奈，却向桌上猛然拍下。

花　蕊　（卸上，贴近孟昶）孟郎！

孟　昶　（吓了一跳，转身）啊，原来是夫人。

花　蕊　方才那姓王的话，我都听到了。

孟　昶　提起这人面兽，教我好羞好恨啊！（顿足）

花　蕊　孟郎不必如此。

（唱“红烛泪”）

夫郎且听劝，莫如釜自煎。

但当耳边风，何须怯雷电。

夫妻应是同巢鸟，大难临头爱越坚。

万劫也情难断。（略慢）

劝君宽怀自解，我心匪石永不转。

孟　昶　好夫人！

（唱“新曲”）

难越深，情越显，

堪敬你往日尊荣不复念，

此际你身居屈辱却悠然。

唉！悔我半世长将诗酒恋，

山河断送，宗庙难存，

离蜀道，别川江，

一双风雨离巢燕。（与花蕊相互依偎）

花　蕊　妾在梦中还常见西川父老，巴蜀江山。

孟　昶　（续唱）　我已不堪回首，故国山川。

[小玉上。

小　玉　启禀国公，皇上差人请国公赴宴，派来车马，已在门前。

孟　昶　我此刻心情，如何赴宴？我，我就托病推辞算了。

花　蕊　皇上御宴，只怕推辞不得哩！

孟　昶　我这个战败之君，面对一班凯旋将帅，岂非要我当场受辱么？

花　蕊　孟郎小心应对就是。

内　声　请秦国公登车！

孟　昶　（无奈）来了！

[孟昶急下，小玉随下。

[花蕊倚窗目送孟昶。

[静场片刻，只闻蹄声渐远。

[花蕊坐下静候丈夫赴宴归来。

花　蕊　夫君他入宫赴宴，我暗自担愁，一瓣心香，默祷苍天多庇佑。

[落更，灯略暗。

[小玉捧烛随李氏上。

花　蕊　（施礼）婆婆。

李　氏　初更已过，昶儿赴宴还没回来么？

花　蕊　没有。婆婆请回房中歇息，媳妇等他就是。

李　氏　（深情地望着花蕊）媳妇啊，自从国遭大变，你九死一生，与我儿患难相扶，忍辱负重，方知你淑德贤良。往日错怪你了！

花　蕊　婆婆何出此言呢？婆婆教训媳妇，都是为媳妇好。

李　氏　唉！可叹蜀宫如梦，去日难留。此后但愿合家安宁，无灾无咎。

[打二更。

小　玉　啊！二更了！

内　声　秦国公回府。

[太监扶着烂醉如泥的孟昶上。

[花蕊、小玉忙扶孟昶到床上躺下。

太　监　太夫人，秦国公狂饮大醉，神志不清，我去请太医来。

李　氏　有劳公公。

[太监下。

花　蕊　夫君醒醒！

李　氏　孩儿醒醒！

孟　昶　（睁眼）我没有醉！（狂笑）

（唱“戏妲己尾腔”）

饮饮饮，不醉不休！

[孟昶爬起，跌跌撞撞地到桌上拿起茶杯递到小玉唇边。

孟　昶　（唱“金钱吊芙蓉”）

饮饮饮，饮干这杯酒，

你是刘备之子叫阿斗。（又递给花蕊）

胜胜胜，胜左我重有，

要你乐不思蜀死在中州。

花　蕊　夫君，你不要这样！

孟　昶　（狂笑，唱“下西歧”）

快快拿拿拿大斗，

一醉才得万事休。

想我在巴州，风流号泰斗，

哪桩哪样任由我享受。

却又有谁识得天机透，

一朝变作笼里囚。

小　玉　国公，你要保重啊！

孟　昶　国公？哈哈，我被封为秦国公，当年阿斗被封为安乐公。国公国公，我同阿斗都是失国的衰公！

（续唱）　今日在筵前，曾将气饱受。

一肚气时没地透。

失国的衰公，分明贱过狗。

李　氏　我儿受了谁人之气，受了谁人之辱？

孟　昶　（摇头顿足似哭似嚎地）我对不起巴蜀江山，对不起西川父老，对不起父皇母后，对不起我的好夫人……

[孟昶力竭，众人忙扶他到床上躺下。

[太监带太医上，众欲与为礼。

太　监　大家先不必多礼，为国公诊脉要紧。

[太医为孟昶诊脉后与众离开床边。

太　医　秦国公盛怒伤肝；烈酒伤脾。气郁结于中；血逆行于上。随时会有危险，要小心照顾。我马上回太医院配药送来！

李　氏
花　蕊　有劳太医！

小　玉　（惊叫）夫人，快来看看国公！

[众急回床边。

太　医　（再摸脉息后沉痛地）秦国公辞世了！

[花蕊、小玉分别痛呼“夫君！”“国公！”，李氏咬牙忍泪不哭。

[太监与太医互相示意，沉痛地卸下。

李　氏　（唱“叹板”）

儿你含恨身亡，谁下毒手！

有谁为你，申冤报仇！

儿——呀！（晕眩）

[小玉忙把李氏扶入内室。

花　蕊　（极度悲伤中，斟满一杯酒，酹在地上，默默对着孟昶）我与你，曾誓愿，生同室，死并肩。而今你已殡天，花蕊决意一死，与你同赴黄泉。（欲自尽）

[王全斌上，把花蕊拦住。

花　蕊　是你！你来做什么?

王全斌　我来为秦国公吊唁。

花　蕊　吊唁？我夫刚死……

王全斌　这就更好，夫死夫还在，你嫁我就更风流。

花　蕊　我夫刚死，你从何得知，定是你……你下的毒手。

王全斌　你不要冤枉好人。

内　声　圣旨下。

王全斌　圣旨？还是避之则吉。（急下）

太　监　（上）秦国公夫人接旨。

[花蕊下跪。

太　监　（读圣旨）惊闻秦国公仙游，不胜哀悼，今厚加赙赠，并派人踵府治丧。

钦此。

花　蕊　谢主隆恩。（起）公公，秦国公死得可疑，妾要向皇上禀奏。

太　监　夫人修好奏本，咱家自当代为呈送。

花　蕊　谢公公。

[太监下。

[小玉哭着奔上。

小　玉　夫人不好，太夫人自缢身亡！

[花蕊夫人呆住。

[切光。

[幕闭。

第六幕

[宋宫。

[赵匡胤拿着奏本，带两侍卫上。

赵匡胤　可恼！可恼！

（念）　初犯曾赦免，

再犯律从严！

传王全斌！

侍　卫　传王全斌！

王全斌　（上）臣王全斌见驾。

赵匡胤　王全斌，秦国公因何暴死，快从实招来！

王全斌　陛下，臣只会陷阵冲锋，怎会对死亡原因作诊断？况且秦国公遗体，亦已安葬多天。

赵匡胤　（拍案）大胆！

[王全斌吓得跪下。

赵匡胤　（唱“快慢板”）

骂一声，王全斌，还来狡辩，

你为人，你品行，孤心内了然。

对花蕊，你素来，心存邪念，

害其夫，夺其妇，有下毒之嫌。

（转“滚花”）

且看夫人奏章，开列你罪名桩桩件件。（掷奏本）

王全斌　（拾奏本看）臣冤枉！

赵匡胤　你有何冤枉？

王全斌　侮辱国公，冒犯夫人，臣无言可辩。若说是臣下毒，此乃千古奇冤。

赵匡胤　不是你下毒，何以国公刚死你便得知，还去抢占人家女眷？

王全斌　臣路遇太医，听说国公亡故，觉得机不可失，就……

赵匡胤　就怎样？

王全斌　就像冲锋那样，一马当先。

赵匡胤　王全斌啊王全斌！

（唱“滚花”）

你虽是孤王爱将，也不能容你无法无天。

孤曾宽恕你一回，为何还不改恶从善？

王全斌　臣很想改，只是花蕊夫人使我无法改。

赵匡胤　为什么？

王全斌　（狡黠地）陛下也说过：那花蕊夫人朕见犹怜，何况全斌。

赵匡胤　（噎住）呃……胡说，朕是怜她，你是抢她。

王全斌　（旁白）我正是想怜她才去抢她，抢回家后再怜她几怜还不是一样？

赵匡胤　（拍案）王全斌，你自言自语说些什么？

王全斌　呃……臣……臣是说，当日丞相与曹彬也一同饮宴，臣是否下毒，找他们一问便了然。

赵匡胤　孤自然要问他们。

王全斌　望主上明断。

赵匡胤　若查明是你下毒……

王全斌　杀人填命，理所当然。

赵匡胤　好！把王全斌先押下天牢。

[两侍卫押王全斌欲下，与刚上来的赵普、曹彬相遇。

王全斌　哎，两位老弟，快救老哥一命。

赵　普　又是为“花”死，为“花”亡了？

[两侍卫押王下。赵、曹入内。

赵　普
曹　彬　臣赵普、曹彬见驾。闻得王全斌被打入天牢，不知身犯哪条律典？

赵匡胤　孤正要宣两卿来查问，秦国公夫人告他有下毒之嫌。（把奏本交二人同看）

赵　普　（唱“滚花”）

那日筵前席上，王全斌确有许多无礼之言。

还辱及花蕊夫人，又不听我们规劝。

至于下毒吗？（摇头）不像！

曹　彬　（唱“三脚凳”）

那日我们同一席，行令又猜拳。

御酒甫开埕，佳肴刚烹煎。

觥筹时交错，尊罍迭相传。

若是毒在酒肴中，

（唱“滚花”）

席上无人能幸免。

赵匡胤　是啊，怎会只一人中毒呢？

太　监　（上）陛下，卢太医呈来脉案，秦国公并无中毒征象。（呈脉案）

赵匡胤　（接看）嗯，看来是王全斌把人气死，不是毒死。

赵　普　啊！这就难倒我这个丞相了！

（唱“滚花”）

气死人如何定罪，历朝律典都无法可援！

赵匡胤　王全斌死罪可免，活罪难饶，两卿把他送交刑部，按侮辱国公，冒犯夫人议罪就是。

赵　普
曹　彬　遵旨。

赵匡胤　秦国公已死，花蕊夫人德容兼备，朕拟纳宫中，封为皇后。

赵　普　（大感意外）花蕊夫人乃亡国之妃，怎能统率六宫，母仪天下。

赵匡胤　什么亡国之妃？朕立了她就是大宋兴国之后了，不要学迂夫子之见。

曹　彬　陛下，臣有话启奏。

赵匡胤　是否立后之事？

曹　彬　正是。

赵匡胤　朕意已决，不必多言。内侍，你到秦国公府，告知夫人，国公死因，经已查明，朕宣她入宫，把详情面谕。（拂袖而下）

曹　彬　（痛心疾首地）若让花蕊入宫，从此祸根深种。

赵　普　为今之计只有……（向两边张望后，与曹彬耳语）否则后患无穷。

曹　彬　好，这事由我来办。

（唱“滚花”）

纵使人头落地，也是为国尽忠。（与赵普同下）

[太监引身穿孝服的花蕊夫人上。

太　监　（向内）启禀主上，秦国公夫人遵旨入宫。

[赵匡胤上。

花　蕊　臣妾叩见主上。

赵匡胤　快快起来，快快起来。赐座！

花　蕊　谢座。

[太监搬椅让花蕊坐下后，退下。

赵匡胤　夫人，你禀请查究之事，孤已查得明明白白了。

花　蕊　有劳主上费心了。传旨公公，也曾告知臣妾，丞相与曹将军，都是公忠为国之臣，既有他们作证，又有太医脉案为凭，臣妾再无疑议。

赵匡胤　夫人如此通情达理，孤心甚安。

花　蕊　臣妾奏本中还有请求护送秦国公与太夫人灵柩返回西川一事，也求陛下恩准。

赵匡胤　夫人护送灵柩返回西川之事吗？容孤再作考虑。

花　蕊　（见赵目光灼灼，有所警觉）臣妾重孝在身，不合多留，谢过圣恩，便当告退了。（离座）

赵匡胤　（急起身制止）夫人慢走，孤还有话说。

花　蕊　（无奈）请主上教谕。

赵匡胤　夫人啊！

（唱“中板”）

秦国公，与太夫人，

今已入土为安，还望节哀顺变。

花　蕊　（接唱）　感君王，多眷念，

派人治丧吊唁，惠及黄泉。

赵匡胤　（接唱）　怜爱卿，年正青春，

独守空帏，难免春愁秋怨。

花　蕊　（接唱）　未亡人，心若死灰，

形同槁木，但求终老西川。

赵匡胤　（接唱）　望夫人，能在朕身边，

大展才华，多作词章留翰苑。

花　蕊　（接唱）　哭亡夫，悲故国，

眼枯泪尽，早抛却断简残篇。（拉腔收）

赵匡胤　夫人前途似锦，不该万念俱灰。

（唱“滚花”）

孤王深爱夫人——

爱夫人——清丽词章，读之不厌。

夫人离蜀来京，途中题壁有“采桑子”新词——

（念词）　初离蜀道心将碎，离恨绵绵。

春日如年，马上时时闻杜鹃。

不知何故只得半阕呢？

花　蕊　军士催行，不容再写。

赵匡胤　（双关地）丽如美玉明珠，不续完（诸缘）就太可惜了！

花　蕊　（知意，楔白）妾无意再续了。

赵匡胤　待孤续完。

（念词）　三千宫女如花貌，卿最婵娟。

此际朝天，赢得君王宠爱专。

如此续完，卿可满意？

花　蕊　臣妾有话要问陛下。

赵匡胤　请讲。

花　蕊　陛下发迹之前，曾在盗窟之中救出一个孤身女子，不辞跋涉，护送回家，故有千里送京娘的传说，此事当真？

赵匡胤　真有此事。

花　蕊　那女子对陛下也是情有所钟，陛下却不为所动，又是何故呢？

赵匡胤　当日正闯荡江湖，志在四方。故此，她虽有意，朕却无心。

花　蕊　这不正是人各有志了吗？

赵匡胤　这个……（有点愠怒）

（唱“滚花”）

什么人各有志，孤家乃是九五之尊。

天下臣民，谁敢不顺从孤意愿！

花　蕊　陛下是以天子之威，对妾这般相迫么？

赵匡胤　是卿太不体念孤的苦心了！

花　蕊　（含泪）臣妾国破家亡，屡经惨变，陛下何曾体谅过妾的苦衷呢？

（唱“双星恨”）

家国恨深已难填，

一家被押送中原迢迢路八千，

夫妻对泣泪如泉，

几番勒马回头，回头看我锦西川。

哀失国之人——

天天以眼泪去洗面，苦水强吞咽。

夫君受尽了讥嘲纠缠，

日里深宫赐御筵，

夜里归家丧黄泉，

幸有君主作出明断。

今天我谢圣恩虔诚入禁院，

却横来受此迫煎。

罢了！

（转“乙反长句滚花”）

亡国妇，贱鸡豚，

一任烹炮（读庖）宰割有谁怜，

亡夫尸骨未寒，我余哀未断，

望主上恩准，臣妾回川，

定省晨昏，把爹娘养赡，

抛开世事，隐退林泉，

花蕊此生，永感我皇恩典。（忍泪）

陛下是仁义之君，请饶我这苦命之人吧！

赵匡胤　你可知，这是却了朕的情！

花　蕊　（含泪不语）……

赵匡胤　这是伤了朕的心！

花　蕊　（不语）……

赵匡胤　这是违背了朕的谕旨！

花　蕊　“我心匪石，不可转也；我心匪席，不可卷也”。

赵匡胤　你心既不可转，又不可卷，那就莫怪孤王要这样做了！（向内）拿上来。

[宫女捧酒壶、酒杯上。

赵匡胤　（拿起酒壶斟满一杯，唱“滚花”）

此酒有剧毒，名叫鹤顶红，

饮毒酒，还是入皇宫？

两者任凭挑一种！（坐下静观其变）

花　蕊　这个吗？

（唱“反线中板”）

好帝主，顿变作杀手元凶，

说什么，仁义不忘毫无信用，

什么万民表率，今已暴露真容。

半生哀乐浑如梦，

千古兴亡恨满胸。

一朝洁骨埋荒冢，

年年化作杜鹃红。

手捧鹤顶红，举杯自奉。（拉腔）

[赵匡胤稳坐不动，宫女惊骇地看花蕊把酒一口饮尽。花蕊掷杯，昂然挺立，含笑待死。

赵匡胤　（赞叹，续唱）

视死如归气如虹。（拉腔收）

[赵匡胤举酒壶自己一口一口饮下。

宫　女　（大惊）万岁爷——

赵匡胤　这不是鹤顶红毒酒，是珍珠红——饯行酒。

花　蕊　这不是毒酒，是饯行酒？！

赵匡胤　夫人果真是富贵不能淫，贫贱不能移，威武不能屈啊！

（唱“滚花”）

你千秋义烈可风，令孤深为敬重。

只怨孤王福薄，姻缘难令强依从。

夫人可以返西川……

花　蕊　此话当真？

赵匡胤　君无戏言！

花　蕊　（接唱）　多感君王恩义重！（下拜）

臣妾叩谢君王万岁，万岁，万万岁！

赵匡胤　（对宫女）送夫人出宫。

宫　女　遵旨。

花　蕊　（再深深一礼）臣妾就此告辞了。

[花蕊、宫女下。

赵匡胤　（惆怅地）唉！死至无情，不能强缘之断，好比夫人与孟昶；生至多情，不能强缘之合，正是孤家与夫人。

[宫女神色惊惶奔上。

宫　女　万岁爷，夫人被曹将军射伤了！

赵匡胤　你说什么？

宫　女　夫人刚出宫门，曹彬将军一箭射破香车，夫人身受重伤。

[太监与宫女们把花蕊扶上抢救。

[曹彬与赵普同上。

曹　彬　（跪）臣曹彬向主上投案自首。

赵匡胤　曹彬大胆！

曹　彬　臣为宫廷除去祸根，虽死无怨。

赵匡胤　什么除去祸根？夫人宁死不愿入宫，孤已准她返回西川。

曹　彬　这个……（与赵普面面相觑）

赵　普　（跪）臣与曹彬合谋，臣有罪！

赵匡胤　你们一将一相，嘿！（顿足）

（唱“滚花”）

可知杀人填命，国法难容！

花　蕊　（唱“乙反川拨棹”引子）

箭穿胸，胸中只觉热血涌。

宫　女　啊！夫人醒过来了！

赵匡胤　夫人，孤定要严惩凶手，为你申冤。人来，把赵普送交刑部议罪。凶手曹彬，推出斩了！

花　蕊　主上，不可！

赵匡胤　夫人，你为他们求情？

花　蕊　曹将军当日救我，今天杀我，都非为一己之私，乃是耿耿忠心为其主，错就错在囿于成见，怕我骄奢惑主为祸宋宫。

赵　普
曹　彬　夫人，我错了！

花　蕊　今天虽有错——

（唱“散板”）

我贱命残躯，犹存敬重。

赵　普
曹　彬　（眼泪夺眶而出。接唱）

　　　　夫人宽怀大量，使我等无地自容！

花　蕊　（接唱）　庸臣害政残民，我有切肤之痛。

　　　　忠良之士，应得天地宽——容！（死去）

赵　普
曹　彬　（惊号）夫——人——！！！

赵匡胤　（大恸）夫人——！！！

[全场痛切，下跪致哀，切光。

——剧终

本剧选载的是1990年关国华、关青、小神鹰等主演的演出本。

广东粤剧院优秀剧本选

第五卷

GUANGDONG YUEJUYUAN YOUXIU JUBEN XUAN

广东粤剧院 编

中国戏剧出版社
CHINA THEATRE PRESS

目录

自梳女

（根据杜埃同名小说改编）

编剧：秦中英　秦志力

人物表

（表中所注年龄，系角色首次上场时年龄）

阿　欢	16岁，自梳女，外冷内热
霍志华	22岁，半工半读大学生，天真热情
宋维杰	34岁，地下党小组负责人，教师，持重正直
李　静	30岁，宋维杰妻，教工，慈爱温柔
湘　莲	54岁，自梳女，孤僻，好心肠
肖　群	18岁，自梳女，厚道随和
重　好	19岁，自梳女，麻利爽朗
陈京华	50岁，广东警务处处长
王耀明	40岁，书报摊主，叛徒
骆成勋	40岁，警备队侦缉队长
少　妇	30岁，城市过路人
丈　夫	32岁，城市过路人
老　者	60岁，城市过路人
壮　者	30岁，城市过路人
警　察	

侦缉队员

背孩子的中年农妇、自梳女、城市过路男女、保长、乡勇

序幕　苍凉岁月

[南胡、洞箫、琵琶的苍凉乐声中启幕。

[全场灯暗，内场女声独唱：

鸡公仔，尾弯弯，
做人媳妇甚艰难。
早早起身都话晏，
眼泪未干去洗衫，
老爷朝食嫌菜淡。
婆婆晚食又嫌咸，
三朝打烂三条棒……

[随着歌声起，大妗搀扶着凤冠大红嫁衣的新娘子，不断向四方参拜，新娘子啼啼哭哭，过场下。一个小媳妇，捧茶杯跪在丈夫面前，恶家姑指骂，举起荆条便打，过场下。一个背着孩子的农妇，被凶狠的丈夫拳打脚踢，过场下。

[暗灯，换景。

[音乐声以笛仔为主，声带苍凉。

[灯渐亮。

[湘莲所居姑婆屋内，当中案上有观音瓷像，炉上插高脚香，两边白蜡烛，陈设供品。

[湘莲、众自梳女企幕。

[肖群、重好扶阿欢上，跪在湘莲身前。

[湘莲先拜神，后拿木梳替阿欢梳头。

湘　莲　（或内场女声，唱“民歌”）

一梳云髻插银簪，
把你情丝插断永不弹，

你要立实心肝如铁硬，

两手勤劳，自有两餐。

二梳云髻扎丝绳，

扎实你心肠冷似冰，

儿女一生冤孽债，

夫妻两字泪写成。

三梳云髻戴枝花，

花花世界，过眼烟霞，

今生不把男人嫁，

少个家庭少个枷。

[肖群、重好扶阿欢拜神，向湘莲跪叩。

四自梳女 （齐唱） 少个家庭少个枷，

日理缫丝夜绩麻，

自梳人女无牵挂，

逍遥快活，淡饭清茶。

[阿欢如悲似喜。

[幕徐徐闭。

第一场 葵屋春秋

[广州市大东门外，当时还较僻静。

[衣边占舞台大部分是葵屋内景，正面房门口有布帘，是宋维杰夫妇卧室，侧面通道，是往霍志华卧室及饭厅厨房等处。屋外葵树婆娑。

[紧促音乐声中幕启。

[霍志华上，进屋，又习惯地复向门外张望。回身，兴奋，欢愉状。

霍志华 深重内忧加外患，救亡歌声，响彻地北天南。

（唱“花间蝶”中段）

自从敌人，

侵占东三省，

激起巨浪如排山，

打日本，杀汉奸，

好趁抗日声威猛，

唤起全民对外，

投降派，一天天度日难。

印好了传单，明天再去散发！（下）

[阿欢挑水桶上。

阿　欢　（唱“西皮板面”）

不望受人赞，

只求做快的，免人弹，

买完菜，洗完衫，

又煮好晏。

难得稍闲，把水担，

主人将返，

天气炎炎，

洗过面来好食午餐。

[霍志华上。

霍志华　（望见，急趋前）阿欢，我帮你——（便要取过担挑）

[阿欢出于自梳女的习惯，吃惊，急闪避，桶水溅到两人身上，同感狼狈。

阿　欢　（着急，又带点羞怯）霍先生，对唔住！

霍志华　（笑态）我唔好意思就真。

（唱“减字芙蓉”）

见你连日手不停，

从朝做到晚。

（楔白）我想帮下手啫！

阿　欢　（接唱）　工夫阿欢应份做，

不敢劳驾霍先生。

（楔白）快换过鞋袜，准备食饭了！

霍志华　（接唱）　莫看我是学生哥，

呢的工夫曾做惯。

（楔白）睇你，担到满头大汗，我帮你手啦。

阿　欢　（急忙避开，接唱）

我地自梳女，

严分女和男。

（楔白）都话唔使你帮手咯！

（转“滚花”）

最怕有的事情，

禾秆穿针难过眼。（挑水桶急下）

霍志华　（沉吟自语）自梳女，我在乡下都听过人讲……梳起唔嫁人，好端端一个女仔，点解咁做——

[宋维杰扶着手臂受伤的李静同时上。

霍志华　（吃惊，急趋前）宋先生——李大姐——（指手伤）

李　静　（关目示意噤声，念“口鼓”）小事情，给狼狗轻轻咬了一啖。

霍志华　（接念）宋先生扶李大姐入房；我去请医生。

宋维杰　（接念）不必张扬，大家照常开饭，（对李静）我先替你抹净伤口，敷上刀伤药，换过件衫，（扶李静进房间）

霍志华　（向内高声）阿欢开饭！（下）

[音乐声。片刻，阿欢揽木柴一捆，携柴刀上，放下木柴。

[宋维杰从房内上。

宋维杰　阿欢，摆开饭了么？

阿　欢　摆开咯！

宋维杰　（笑态，念“口鼓”）摆开饭，你又出去！上工三天，你还不肯一齐吃饭。

阿　欢　我——破埋的柴……

宋维杰　（续念）傻女，食饭要紧。破柴，好闲啫！

阿　欢　（怯怯地）阿欢系下人！

宋维杰　（续念）大家都系人，何必要上下高低分界限。我地一样凭双手，求生活，你系打工妹，我夫妻是穷教员，志华是半工半读嘅穷学生。

阿　欢　这——

（半自语状，唱“滚花”）

主人仆人同一样，

听来有点似奇谈。

总算阿欢有福缘，

踏得一家好门槛。

宋维杰　大家兄弟姊妹一般，日子甚好过嘿，一齐去食饭啦！宋师奶等住你嘿！

阿　欢　（怯怯地）哦——（下）

宋维杰　（沉吟思索，念“白榄”）

自从市工委，

当年被打散，

艰苦暗撑持，

未曾露过眼。

何以突然今天，

追踪会有警探……

最怕屋门前，

血迹留后患。

（维杰向门里外察看过，无异样）

阿欢乡下人，

年轻定胆小，

只怕她惊恐，

做事出麻烦。

都系小心的好。（下）

[霍志华上，望见木柴，蹲下破柴，伤手。

[阿欢同时从房间上。

阿　欢　（吃惊，急趋前）霍先生，你——

霍志华　（忙掩饰）冇事——

阿　欢　咁多血，重话冇事！（忘形地便要拉志华的手）

霍志华　（急闪避）你又话自梳女，要……

阿　欢　伤口要紧。（不由分说，拉着志华手，扯下自己腰间手帕包扎）

霍志华　（深为感动）阿欢！

（唱“爽二黄”）

你真系好心肠，

阿　欢　（接唱）　可惜生得条命烂。

霍志华　（楔白）咪咁傻啦！做人不可信命。我地都应该相信自己——

阿　欢　（续唱）　你系主人，我为婢仆，岂可相并而谈。

霍志华　（楔白）你咪成日好似自己低人一等至得㗎。

（接唱）　只要无愧于心，

就可腰杆挺硬。

他人有爹生娘养，

我地也有阿妈生。

阿　欢　（楔白）爹生娘养！（悲从中来，哭）

霍志华　（吃惊，失措）你——做什么？

[李静先卸上。

李　静　（误会，趋前抚慰）阿欢，志华系个学生哥，一片热心肠，不知道你们自梳女……不要怪他！

阿　欢　（吃惊）宋师奶，你都误会咯！唔关霍先生事㗎。

李　静　咁你又哭乜嘢呀？

阿　欢　（唱“滚花”）

我为自己凄凉，才忍不住喊。

李　静　（感叹）穷苦人家，谁无凄凉经历！（笑态）男女婚姻，乃天生地设，你为何梳起唔嫁呢？

阿　欢　（不胜伤感）丈夫，太可怕了！

李　静　（逗笑）傻女，人人都话丈夫可爱啫。哪有讲丈夫可怕！

阿　欢　你地城市人讲文明……（羞羞地）宋先生对你就好啦！

（唱“滚花”）

我地乡下穷人——

霍志华　我都是从乡下出来嘅，我知，穷苦农民，受财主剥削，受土豪压迫——

阿　欢　女人还要受丈夫作贱，我就是想起妈妈——

李　静　（关切地）你妈妈怎样?

阿　欢　我妈妈——（欲言又止）

李　静　（亲切地）阿欢，你若当我地系姊妹兄弟一样，就不妨直讲。一个人痛苦在心，讲出来会好过的嘅。

阿　欢　难得大家对我咁好，讲就讲啦。

（唱“乙反中板”）

顺德是我祖居，

家本贫穷农户，

父母勤耕种，

勉强饱两餐。

可痛我爹爹，

沉溺烟馆赌场，

变成一身大食懒。

可怜我妈妈，

终日辛劳难养命。

丈夫常殴打，

索钱把债还。

记得我六岁个年，

冷夜霜天，

正系年三十晚。

寒灶无烟，遮身无被，

母女忍饥同睡，

苦度黑夜漫漫。

（沉浸在当时情境）阿爹叫门叻，我地会有嘢食啦，妈妈开了门，进来的竟是本村恶财主。（无限悲痛，慢说）原来我爹欠他烟钱赌债，二十个双毫，就迫我爹，要妈妈以身抵债，每晚扣两个双毫——

（转“叹颜回”）

可怜我妈妈，

处境真正惨。

受污遭玷忍心间，

不敢对近居远邻将苦喊，

偷自泪染破衣衫。

（转“爽乙反二黄”）

想到来日还多，

怎受无穷灾难。

暗取麻绳半截，

吊死在背底山。（泣不成声）

霍志华　你阿爹后来又怎样。

阿　欢　（唱“滚花”）

无良父，债难偿，

惨死在豪门乱棒。（哭）

李　静　（关切地）那时你小小年纪，又如何生活过来？

阿　欢　全赖一个老自梳女，好心收养，我十四岁就到丝偈做工，十五岁养母过身，十六岁由契姨替我梳起，后来工头不怀好意，我就走出省城打工！

李　静　（抚慰）不要伤心难过了！

霍志华　（唱“滚花”）

黑暗日子不会太长久，

穷人谁甘永远受摧残。

阿　欢　（楔白）话系咁讲啫！

（接唱）　恶人有兵有警又有枪，

穷人要出头，都怕几难办。

李　静　你唔使怕嘅！哼！我地系街上见到只恶狗，如果你退缩、逃跑，恶狗一定追你来咬！如果你挺身睁眼执起石头，只恶狗就惊慌逃跑叻！

[宋维杰上。

宋维杰　（呵笑）对，大家都执起石头，对住的恶狗。我地下午还要上课，先去休息，阿欢执埋的柴，也休息一下啦！

[宋维杰、李静、霍志华，分边同下。

阿　欢　（徘徊沉思，唱“二黄快板士字过板”）

一顿话，一顿话，
触动旧恨旧痛，
情思如潮泛滥。
风风雨雨，
我行过人世路途多少险滩，
冰冷脸惯尝，
刻薄话当闲，
只有泪儿偷向静处弹，
今天亲切耳闻，
挚诚话似倾肝胆，
愁雾解消散。

（转“长句二黄”）

都是穷教员，苦学生，
刻苦埋头，不分早晚。
做的什么事情，
我不敢多查探。
只看那言谈举动，
便知所做不平凡。（句）

（唱“解心腔”）

莫非真个为穷苦人不再受摧残。
竟向枪口刀锋挺身冒犯。

（越想越紧张，惊震，楔白）一定系，宋师奶嘅手不是受了伤么——

（着急，自惴无可奈何，深叹，转“二流”）

阿欢原是自梳女，
立实心肠，世事无关。

（心情矛盾，吊慢续唱）

这这这，这几位都是忠厚正直人，

（转“合尺滚花”）

望菩萨，发慈悲。

保佑你们无灾无难。

[音乐声，捧针线篮，门外坐。

[甲、乙警察上。

警察甲　（望葵屋）入去！

阿　欢　（关目暗惊，急趋前，故意大声）两位巡警大叔，有乜贵干呀！

警察乙　查户口！

阿　欢　（作嗔恼状）好查唔查，人家睡晏觉就来查户口，有话问我啦！

警察甲　（关目猜疑）问你！

警察乙　大姐，听你的口音，好似系顺德人嚱！

阿　欢　我系龙江嘅！

警察乙　我系大良嘅！

阿　欢　（乘机作喜）乡里大叔，坐啦！

警察乙　乡里大姐，你唔使客气。

警察甲　（不耐烦，念“口鼓”）喂！而家系公务执行，唔系来将乡里探。

警　乙　（接念）乡里见面，倾两句偈，事亦好闲啫！

警察甲　好啦，大家乡里，要讲实话，你系呢间屋乜嘢人？

阿　欢　我系打工嘅。

警察乙　你主人家做乜嘢嘅？

阿　欢　（接念）两夫妻是教学嘅，一个是亲戚系读书嘅，都是勤勤力力，斯斯文文，出门上学堂，回家就食饭。

警察乙　（接念）原来是有家眷嘅，请得起工人，身家都怕唔简单。走啦。

警察甲　问清楚的。

（对阿欢，接念）你屋企平时有乜嘢人往来，你主人行动有冇鬼鬼鼠鼠，有冇聚埋的人上街，大叫大喊。

阿　欢　（接念）边处有咁嘅事吖！人家好老实个，就系喜欢呢处清静，想热闹唔会住西关咩。

警察甲　（突然，厉声）今朝有冇见过一个手臂受伤嘅女人。

阿　欢　（暗吃惊）手臂受伤嘅女人？

警察甲　（厉声追问，接念）有冇见过？包庇坏人连你都要法办。

阿　欢　（镇静下来，坚决地）冇见过。

（立即关目作笑，接念）手臂受伤，点会走来呢处呀，梗系去医院找医生啦。

警察甲　净说废话。

警察乙　算咯，重有好多地方要查。走啦。（拉警察甲下）

[阿欢惊魂才定，抖个大气，进屋。

[宋维杰、李静、霍志华，各从门口现身。表示他们一直在暗中关注门前的事，此时同欣喜趋前。

李　静　（念“口鼓”）阿欢真够机灵。

霍志华　（接念）阿欢真够大胆。

阿　欢　（笑态）我而家个心重卜卜跳呀！

宋维杰　（接念）多谢你担惊受怕，帮我们渡过难关。

（另场沉吟）呢一带已经受敌人注意，（回身）看来又要搬家了！

（逗笑意，唱“滚花”）

今回正合阿欢说话，

图个热闹，搬去西关。

[暗灯。

[幕闭。

第二场　血爪重张

[广东警务处处长办公室。

[内场合唱“抗日救亡歌曲”：

工农兵学商，

一齐来救亡，

拿起我们的武器刀枪，

走出工厂田庄课堂，

到前线去吧！

走上民族解放的战场。

脚步踏着脚步，

臂膀扣着臂膀，

我们的队伍是广大强壮——

[合唱曲声中，幕徐徐启。

[陈京华企幕，正拿着一份文件在看，被歌声扰得心烦气恼，愤然丢下文件，关窗，拉合黑绒窗帘，歌声转弱。

陈京华　（唱“滚花”）

几年来猛剿穷追，

共党暗巢皆已破。

谁知抗日风云动，

一潭死水又扬波。

（拿起文件，关目，楔白）工头讲得对！

（续唱）　只怕萤烛之光。

烧起燎原大火。（略踌躇，决心）

（快唱）　斩草根须尽，

百密防一疏。

（向内呼叫）骆队长！

骆成勋　（急上，立正，致礼）处座！

陈京华　（唱“十八么”）

听下，听下。

外边呼叫什么？

骆成勋　（接唱）　一班班，学生哥！

陈京华　（接唱）　里边暗藏大祸。

骆成勋　（念“口鼓”）侦缉队已经日夜全勤，每天都拘拿十几个。

陈京华　（接念）捉埋的鱼仔虾毛有鬼用？最紧要将共党嘅根，深挖！尽锄。（给文件）你睇吓！

骆成勋　（略看文件，带点气，接念）上头不知底下难——

陈京华　（接念）无论怎样难，一个共党也不能放过。（略思索关目）听说你新收了一个反水嘅共党。

骆成勋　（接念）叫王耀明，只系个交通站的小喽啰。

陈京华　（接念）交通站关系深广，大有用途，快带他来见我。

骆成勋　是！（致礼，急下）

陈京华　（关目得意，续念）虽然是把小匕首，也好插进共党心窝窝。（埋位）

[骆成勋引戴着大黑眼镜，半边脸贴上大胶布或经过其他掩饰装扮的王耀明上。

骆成勋　（对耀明）呢位警务处陈处长——

王耀明　（忙摘下伪装，趋前鞠躬）鄙人王耀明——

陈京华　（急开位）阁下深晓大义，弃暗投明，效忠党国，欢迎！欢迎——

王耀明　惭愧！惭愧！

陈京华　（唱“滚花”）

讲下目前共党内情，

王耀明　（接唱）　实不敢欺骗处座，

鄙人只系外围联络，

内情实在知晓不多。

陈京华　（接唱）　一鳞半爪也无妨，

总对我们有帮助。

王耀明　（唱“板眼”）

听说道，今年六月初，

北方局派干部，

到香港暗张罗。

与当地潜伏党员，

串埋一小伙，

成立南方工委会——

骆成勋　（气恼，楔白）如此大事，为何不早讲！

王耀明　（唱"爽二黄"）

我只系风闻传说，

还未知真假如何。

陈京华　（接唱）　怪不得广州近月来，

各种运动搞得风风火火。

（唱序）　所闻决不会错。（断收）

（对耀明）你平常系怎样与他们联系？

王耀明　只凭暗号接头，不知来踪去迹。

陈京华　（沉吟关目）香港成立领导机关，内地必要与他联络！今次——有办法：

（念"白榄"）

只要执住一端，

就可以顺藤摸。

暗堡刚露头，

容易先击破。

若待养成势力，

麻烦就会更多。

（唱"滚花"）

大家一齐计议，

布下地网天罗。

[同埋位，聚头。

[暗灯。

[幕闭。

第三场　涧幽激流

[宋维杰等新迁居所，看样子是三楼。

[音乐声中启幕。

[李静企幕，焦急盼望。

李　静　（唱“泣残红”）

望来望去，

几番伫立阳台。

天色暗又灰，

数闻步履声响楼外，

总不见人回，

阿霍！宋先生！

你是惯于提防那鼠辈，

想不会失误。

怎么尚未归，令我似针刺背。

[阿欢持药上。

李　静　（闻声，急回身）阿——

阿　欢　宋师奶，药买齐叻！

李　静　我重以为系佢地归来！（接药）

阿　欢　（忧心地）宋先生、霍先生都未返么，外边好乱呀！

（唱“石榴花”中段）

街头街尾好多警察，

穿来走去高声呼吓，

又要睇证件，

又要搜衫袋。

李　静　（吃惊，强作镇定）放心啦，佢地有事嘅！

阿　欢　宋师奶，我同你换药！

李　静　我自己得啦！你睇住门口！（持药下）

阿　欢　（不胜焦虑）有事就好，菩萨保佑。（合十呢喃，又到阳台张望）

[重好引肖群上。

重　好　系呢间叻！

肖　群　睇真的至好！

重　好　今朝在市场碰到阿欢，佢亲口讲嘅，唔会错。（高叫）阿欢——

阿　欢　（急上前）重好姐，肖群姐都来啦！

重　好　今朝碰到你以后，又遇到肖群，带佢一齐来睇吓啰！

阿　欢　肖群姐，你几时来省城㗎？

肖　群　（忧郁地）同重好姐一齐来嘅，好几个月咯！

（唱“三脚凳”）

近年乡下糟糟乱，

都话日本要打来。

兵匪两难分，

捐税加成倍，

丝偈纷纷倒闭，

工人大量被裁。

（转“滚花”）

缫丝妹为谋生，

结伴成群走出外。

阿　欢　自梳女，靠双手搵食，缫丝打工，都是一样啫！

重　好　一样衰就真，你问下肖群几惨。

阿　欢　（吃惊）肖群姐，你——

肖　群　我——（低头饮泣）

阿　欢　（着急）重好姐，到底乜嘢事吖？

重　好　（唱“减字芙蓉”免序）

佢个主家系侦缉队长，

对肖群一向心怀鬼胎，

个晚风雨正交加，

佢摸入肖群房内，

用枪来指吓，

肖群惊到呆，

（转“滚花”）

淫威下，

痛失身，

可怜叫地不闻，呼天不睬。

阿　欢　（唱“沉腔滚花”）

唉！吔！吔！吔！

真系恶人不杀尽绝，

好人永远当灾。

肖　群　（唱“滚花”）

我真系冇面做人。

几次想投身大海。

阿　欢　千祈唔好死咁笨呀！放长双眼，睇住的恶鬼衰啦！

重　好　（赞赏地）阿欢出咗省城几年，成个唔同嚁，好嘢！

阿　欢　（带点羞怯）我都是最近至听人讲嘅咋。

肖　群　我就冇指望咯，阿欢。第日你返乡下，替我向你契姨问好！

阿　欢　我地约个日子，一齐返去！

肖　群　我重敢返乡下咩，自梳女最紧要系一点清白，一点声誉，我——（哭）

阿　欢　（趋前悲声）肖群姐——

重　好　睇开点啦，又唔系你愿意嘅！

［场内李静叫：阿欢——

重　好　（对阿欢）你主人叫你咯，

肖　群　我地都要返去做嘢，我已经找过份工！

阿　欢　我唔得闲送两位，肖群姐保重！

肖　群
重　好　（齐声）大家保重！

［肖群、重好同下。李静上。

李　静　我以为系佢地归来。

阿　欢　（有些歉意）系我两个姊妹！

李　静　姊妹来探，就留人家食餐饭啦。

阿　欢　都是出来打工嘅，要赶住去做嘢。

李　静　（带点焦急的担忧，半自语）计时间，应该返啦——

［阿欢欲言又止，走到阳台张望。

[霍志华急上。

霍志华　（进门便叫）宋先生归来了么？

李　静　未呀！

阿　欢　（喜不自禁）霍先生，点解我唔见你上楼嘅！

霍志华　这几座楼房天台相通，我从街尾上楼，由我们楼梯下来！

阿　欢　（关目作态）我去——补衣服。（捧针线篮下）

李　静　志华，你好像出了麻烦！

霍志华　（唱“滚花”）

才入小胡家，便衣跟着到，

我几乎摆脱不开。

好在后门可走，

任务总算完成。

李　静　（接唱）　这定有跷蹊在内。

（转“梆子快板”）

前日我夫妻受追击，

已经是过于突然。

小胡家从来隐蔽，

为甚么他们人刚到，

鹰爪就跟着来。

霍志华　（楔白）可能是巧合，警察便衣，正在到处搜捕我们。

（接唱）　抗日浪潮澎湃，

人民斗志高昂。

军阀总归一个心，

都说攘外必先安内。

李　静　（沉吟）自全省机关尽被破坏，我们一直未找到上级党组织，肩上的担子，越来越沉重了，希望阿宋今次出去有消息——（痛楚，仍撑持）

霍志华　你的伤口真系发炎。

李　静　（宽慰）唔紧要，这个时候，我地更要沉着。

霍志华　李大姐先休息下，我等候宋先生！

[李静下。

霍志华　（徘徊思索，焦急难安，唱“杨翠喜”）

烟封雾障，屡闯不开，

本来为抗击入侵敌人，

同仇敌忾，

跻身伟大时代，

竟多番蒙残害。

李大姐出街便受枪伤，

警察侦探，似布下罗网口袋，

本是为救亡运动献身，

虽死不悔，

谁愿国家正在存亡之际，

身屈伏，头难抬。

千里征途航向安在，

怎个将虎狼来对待，

风雨如磐，地暗天晦，

宋先生今尚未回，

好应该，前去找他——（音乐声，欲行又止）

只怕鹰爪已潜伺于外，

倘若敌人被引来，

合家难免杀身灾。

形势大好，处境困难，能早些找到上级党就好了！

[阿欢持补好的衣服上。

阿　欢　（习惯地仍保持一定距离）霍先生，你嘅衫——

霍志华　（接衬衣，喜）补得真好，难为你，本来扯下一大块的。

阿　欢　（关切地）你同人打架？

霍志华　被侦缉扯下的。

阿　欢　（惊，恼恨）侦缉，个班禽兽！

霍志华　（笑意）扯烂件衫，总比捉去个人好！

阿　欢　（怯怯地）霍先生！

（唱“雨打芭蕉”中段）

我有一腔疑团想问了几回。

霍志华　（接唱）　那就说出来，

阿　欢　（接唱）　你地正成年，又有文才。

论前途，多光彩。

怎么想不开，

甘冒重重危险。

碰那凶蛮之辈，

几乎性命相赔。

霍志华　（恳切认真地）阿欢，你可知日本帝国主义，侵占了我们东三省。

阿　欢　通街都系咁讲啦。

霍志华　日本野心，要灭亡中国，各地军阀为争夺地盘，宁愿卖国！

（接唱）　你就明了，我该不该，

拼掷头颅，心不悔。

阿　欢　（似有所悟）冇错，对住恶狗，系要挺身睁眼，执起石头——

霍志华　（欣喜）阿欢，你都晓得……

阿　欢　系宋师奶教我，系肖群姐——惊醒我嘅。

（接唱）　疑窦开，云雾开，

你系为百姓冲脱苦海，

真堪钦佩。

[宋维杰急上。

霍志华　（喜）宋先生返来叻！

阿　欢　我到门口。（急下）

[李静闻声急上。

李　静　有消息么！

宋维杰　好消息，南方工委确实在香港建立了！

霍志华　（兴奋、忘形地）终于望到啦！

宋维杰　今朝几间学校的小组长负责人碰过头，决定由我立即去香港，将我们的有关情况向工委汇报，请求领导，请求指示，以便开展工作。

霍志华　好极了！

李　静　什么时候动身？

宋维杰　现在就走！（警惕地）家里的传单，立即送出散发，注意加强隐蔽，等我归来！

李　静　我会的，你——路上小心……

宋维杰　我担心你嘅伤口——

霍志华　我会照顾李大姐，你放心！

宋维杰　好！我要走了。

李　静
霍志华　一路平安。

宋维杰　大家小心。

[宋维杰下。

霍志华　李大姐，我把传单马上送出去！

李　静　小胡家，怕不能再用了！

霍志华　我改用双门底的交通站送出。

李　静　你方才已引起敌人的注意，不能去！

霍志华　宋先生考虑得周到，传单留在家中会很危险！

李　静　我去！

霍志华　你前日刚出了事，如今警探还在注意手臂受伤的人！

李　静　我不能让你冒险！

霍志华　我更不能让你冒险。

李　静　我去！

霍志华　我去！

[两人争持。

[阿欢突然冲上，当中拦住。

阿　欢　（坚决地）我去！

[强音乐声，两人被这个意外的举动惊呆了。

李　静　阿欢，你知道送的是什么？

阿　欢　（念“口鼓”）我不知道是什么，但我知各位是好人，做的是好事，如今你地不能抽身，阿欢愿意替代。

霍志华　我地知你系好意，不过——

阿　欢　（续念）唔使讲叻，若说危险，阿欢远比你地少，请放心让我走一回。

（唱“跳花鼓”）

我惯走巷穿街，
天天市场买菜。
警察便衣决不注意，
我呢个普通乡下妹。

俾我去啦！

李　静　等我们再考虑下！

阿　欢　（着急）请两位相信我啦！

（续唱）　我虽然少见识，
决不是无主宰，
纵然有一些风浪，
我可以应付得来。

霍志华　李大姐！

（唱“爽中板”）

阿欢有胆有识有急才，
襟怀不让男儿辈，
不妨让她走一回。

李　静　这——（趋前，恳诚地）阿欢，呢件事很重要，也有危险——

阿　欢　（截住）我都知道，李大姐，你都话过啦，对住的恶狗就系要执起石头，我再唔会学阿妈、肖群姐——（眼泪夺眶而出，忙即振作，坚决地）李大姐，俾我去啦！

李　静　（亲切抚慰）好吧，劳烦你了。

（对志华，唱“滚花”）

你就把地点接头，
向她清楚交代。（下）

霍志华　我带你上天台，由天台走到街尾落楼，一路对你讲清楚！

[李静拿布包上，将布包交阿欢，小心叮咛。直送至门外。

阿　欢　我记住，李大姐放心。

[志华、阿欢同下。

[李静在徘徊思索。

[志华踌躇思索状上。

霍志华　李大姐——

李　静　我在担心阿欢！

霍志华　我也有点后悔，不该让阿欢去——（醒起）李大姐我从后跟着，暗中关照。

李　静　这——也好。记住，无论如何，不能令阿欢出事。

霍志华　我会的。

（唱"滚花"）

势头不对，

就把冤鬼引开。

李　静　好！

[志华急下。

[暗灯。

[幕闭。

第四场　人急计生

[这场戏要更换多次景，舞台设计要尽量简单，主要用幻灯变换场地。

[全场不设唱段，只有简单对白，主要用表演，请导演、演员、音乐设计度好，配合。

[音乐声中，启幕。

[底景是双门底马路，当时叫汉民路，现在是北京路。

[舞台一角摆个小书报摊。

[王耀明坐幕，书报摊旁，低眉垂目。

[阿欢上，携小布包，两望无特殊情况。趋前，与王耀明低声对语几句，放下布包，下。

[一个便衣侦缉从书报摊不远处现身，关目，追下。

[暗灯，撤去书报摊，人卸下。

[紧促音乐声中，灯亮。

[阿欢上，便衣暗跟上，同圆台。

[阿欢察觉有人跟踪，着急、快行，便衣亦快；慢行，便衣也慢；站着，便衣亦站。阿欢暗焦急，思索：如何摆脱他——此时过路男女分边过场，阿欢关目有计，突然急走下。

[便衣着急，追赶，碰跌过路人，狼狈追下。

[暗灯，换底景，台上设置一条大砖柱，就是广州老市常见的骑楼砖柱。

[紧促的音乐声中，灯亮。

[阿欢急走上，两望，掩身柱后。

[便衣急上，到柱边。

阿　欢　（突然冲到便衣身上，大叫）非礼呀！

[过路男女同涌前，其中有壮者、老者，一同围住便衣，阿欢在纷乱中暗走下。

壮　者　（执住便衣胸口，厉声）你，当街非礼女人？

便　衣　（从失措中清醒过来）我——我系警备队侦缉。

壮　者　侦缉就可以当街非礼女人么？

便　衣　我系追共产党。（亮出号带、手枪）

壮　者　神经过敏，乡下妹会系共产党？

便　衣　共产党鬼马多端，（吼叫）阻我公务，打死你……

壮　者　咁好打又唔去打日本鬼！

路　人　（同哈笑，多人齐声）大只累累，连个乡下妹都吓唔倒！

[众嘻笑，分边同下。

便　衣　（大急，拉住老者，凶恶地）老（窒口，改笑容）老伯，你见个共产党向边处走?

老　者　（装作糊涂）共产党？！

便　衣　就系叫非礼个乡下妹!

老　者　呵，乡下妹,（故意指相反方向）由个边走!

便　衣　追——（按老者所指方向急下）

老　者　（冷笑）追啦！呸！（下）

[暗灯，换底景，撤去砖柱。

[枪声，急促音乐声中灯亮。

[阿欢、霍志华分边同急上。

[同关目，齐惊喜。

[志华示意噤声，拉阿欢急行。

[宋维杰带伤，扑出。

霍志华　（急扶住）宋先生!

宋维杰　（急示意噤声）见到你，我放心了，你替我到香港……

霍志华　我背你走。

宋维杰　我受伤，走不脱了，你记着,（对志华耳语，同时交一封信）

霍志华　（着急）我……我不能丢下宋先生。

宋维杰　（严肃地）不要婆婆妈妈，党内出了叛徒，你再不能逗留广州，先到乡下找个地方隐蔽。

霍志华　（更急）党内出了叛徒，李大姐他们……

宋维杰　阿静新搬住址，暂时无妨，记住你身上千斤重担。一定要注意安全，在乡下探清情况，就要动身!

[内场呼喝声。

宋维杰　快走！（厉声）听我话，快走!

[志华、阿欢急下。

[两警察追索上。

[维杰扑前开打，维杰倒地，

警察乙　死了!

警察甲　是个重要人物，死咗，也有功劳。

[同拖维杰下。

[同时暗灯。

[幕闭。

第五场 田野风情

[衣边占舞台大部分是破旧砖屋内景，神案上有观音像，简单桌椅，异常洁净。

[望不尽田畴平野，桑基鱼塘，蕉树成林，水流潋滟，明月当空。

[广州市太平路。

[落更。幕启。

[湘莲持灯上。

湘 莲 （唱“十月怀胎”）

又听更鼓叮咚响。

沉沉孤影里，灯半亮。

望昼短，愁夜长，

相伴佛阁一炷香。

[向观音上香致礼，坐桌边呢喃念经。

[霍志华、阿欢上，各携包盒。

阿 欢 呢！塘边个间屋就系叻。

霍志华 （关目踌躇）阿欢，我再三考虑！你契姨系自梳女，听说姑婆屋最忌男人出入嘅，况且天时已晚，只怕……

阿 欢 重有乜办法吖，广州你已经不能容身，乡下你又冇亲戚！

霍志华 你家乡再冇其他亲人了么？

阿 欢 几个姊妹都系年轻自梳女，更加棹忌男人出入啦。想去想来，只有契姨年老，或可容身。（趋前叫门）契姨！

湘 莲 （自语）边个咁夜来呢？（开门）

阿　欢　契姨！

湘　莲　（喜）阿欢！入来啦！（让进）

[阿欢示意志华同进。

湘　莲　（喜）阿欢，好多年冇见咯，（趋前，再睇真些，发现志华惊恼）你带个男人返来……

阿　欢　（忙向志华示意）快叫契姨啦！

霍志华　（趋前）契姨！

湘　莲　咪叫住。

（对阿欢，严厉地，念“口鼓”）阿欢，你知道呢间系姑婆屋，从来不许男人来往。

阿　欢　契姨，佢系——

湘　莲　（截住）系乜都唔得。

（续念）我生平最憎的不三不四嘅男人，玷污糟我的地方。出去——（不由分说，赶志华、阿欢出门）

阿　欢　（怀惭负疚）霍先生，真系唔好意思咯！

霍志华　我唔好意思就真，今晚你就系契姨家里住啦！我走咯！

阿　欢　慢着，三更半夜，冇车冇船，你走去边处呀！

（唱“减字芙蓉”）

你是异乡男子汉。

呢处近来好紧张。

（楔白）肖群姐话——兵匪不分，人心垃乱——

霍志华　（楔白）你放心啦！

（接唱）　我自小便出门，

历惯许多风浪。

阿　欢　（楔白）今次点同呢？宋先生吩咐重托于你，阿欢亦听到！

（接唱）　来到阿欢乡下，

定要保你平安。

（横下决心，转“滚花”）

一齐见契姨，

我自有话讲。（不由分说，拉志华进）

湘　莲　（恼对志华）你重唔走！

阿　欢　（趋前，悲声）契姨！

（徐徐下跪，唱“乙反二黄合字过板”）

求求你念阿欢身世凄凉，

自小丧了爹妈，无人扶养，

托赖契姨与干娘，好心肠，

携带十年，苦困共尝。

望契姨，原谅我一趟。

湘　莲　（深叹，扶起阿欢，楔白）并非契姨不念情，都系你太唔生性，带个男人返来，连契姨声名都败坏啦！

阿　欢　（唱“乙反滴珠二黄”）

我地光明正大，

并冇歪丑行藏。

湘　莲　（楔白）三更半夜，同个男人一齐，重话光明正大！

阿　欢　（续唱）　他并非别人，（一顿）

湘　莲　（楔白）系乜嘢人？（一顿）

（唱“滚花”）

你老实讲。

阿　欢　（楔白）佢系我——

湘　莲　（楔白）系你乜嘢？（追问）

阿　欢　（鼓勇横心）系我——丈夫。

[强烈音乐声，阿欢故然羞不可抑，霍志华也同时失措。

湘　莲　（大惊、气极）你……系自梳女，有个丈夫？！

（唱“连环西皮”）

真不识想，（双句）

自毁清名，玷辱家乡。

阿　欢　（唱“沉腔滚花”）

唉吔吔！

契姨容我，说白衷肠。

湘　莲　我唔听！（一顿）我问你，当日契姨替你梳起，对住观音菩萨讲过乜嘢话，记唔记得，你阿妈系点样死嘅？

阿　欢　记得，我还记得肖群姐系怎样受摧残嘅！（悲声）

湘　莲　男人咁衰，你重去嫁！

霍志华　契姨，男人未必个个都系咁坏嘅！

湘　莲　你梗系咁话啦。

阿　欢　人地讲你又唔听，你真系要迫死阿欢咩！（哭）

霍志华　契姨，阿欢自小系你带大嘅，当知她不是个唔知自爱嘅女仔，我知你从来都系爱惜阿欢嘅，你忍心见佢咁凄凉么？

湘　莲　这——（有点心软，委屈深叹）佢系自梳女呀！你知唔知自梳女——

霍志华　我知——

（唱“梆子中板”）

自梳女，都系迫于险恶世情，

谁人甘愿一生，

忍受孤怜苦况。

阿欢正年青，

应有个称心良配，

只怕契姨责骂，

本来不敢回乡。

（转“教子腔”）

我话契姨讲道理，

定能够原谅，

你亦系契姨抚养大，

恩高义更广，

契姨年已高，

孤零零愁处故乡，

好应当，返乡问候，

尽情、尽孝、尽心奉养。

湘　莲　（为志华真情略有所动。仍带气恼，又不好翻脸，彷徨自语状）唉！

你叫我点做？（双句）

[保长提小灯笼上。乡勇背步枪上。

保　长　（门外高叫）湘莲！

[保长入门，乡勇背枪站门外。

保　长　（见阿欢、志华）果然系喱处！

湘　莲　保长，有乜贵干呀！（见保长凝望阿欢，带点气）阿欢，你唔认得咩！

保　长　阿欢，我认得，喱个男人呢！

阿　欢　（抢先）佢系——

保　长　（截住）唔使你讲，我问湘莲！

湘　莲　佢系——阿欢嘅丈夫！

保　长　（大感意外）自梳女，会有丈夫？

湘　莲　（顶硬上，气恼）自梳女唔准有丈夫嘅咩？

（唱“爽梆子慢板”）

自梳女不犯乡规，

嫁人不犯王法。

自梳抑或嫁人，

系阿欢自己嘅事干。

保　长　（楔白）父母之命为嫁，自己揾男人叫勾，嫁人不犯王法，勾佬就犯乡规。要用猪笼浸死！

湘　莲　（楔白）保长！

（续唱）　阿欢自小无父母，

早年失养娘，

是我提携长大，

又有谁作主张，

保　长　（楔白）系你提携长大，就系你做主！

湘　莲　（横下心来，转“滚花”）

呢头婚事，我作主张，

请问保长，正唔正当。

保　长　（气恼地冷笑）正当，正当！自梳女有丈夫，姑婆屋收留个男人，我睇你第日揾乜嘢脸去见人！（出门下，乡勇随下）

[强音乐声，阿欢、志华无限感动，齐趋前扶住湘莲。

齐　声　契姨，真系难为你咯！

湘　莲　（深叹）我都系迫住嘅啫！唔通睇住你两公婆去死咩。

霍志华　（几乎是热泪盈眶）契姨，我今生今世都唔会忘记你嘅大恩大德！

阿　欢　（意在言外）契姨，相信我啦，呢件事——阿欢冇做错到……

[阿欢、志华同谢同扶湘莲坐下。

湘　莲　（带点爱惜）错唔错都好啦，总之你两夫妻以后要和和气气，契姨就——安乐咯！（几十年的苦难涌上心头，抹泪）

阿　欢　我斟杯茶，契姨抖过啖气——（倒茶奉送）

霍志华　（解开包盒）我地买到的大良崩砂，凤城小点，还有你老人家最喜欢食嘅石歧鲜虾酱！（逐样拈出）

湘　莲　（恼中带笑）你又点知我喜欢食鲜虾酱呢！

霍志华　阿欢中意食，佢话自小同契姨食惯嘅！

湘　莲　看来你两夫妻，平日都系有讲有话！

霍志华　（难为应对）这——

阿　欢　（忙接上）系呀！我地大小事情，都系有商量㗎！

湘　莲　（慈爱地）有商有量就好，日子就好过。（有所感触，悲从中来）阿欢细时，家庭好惨㗎！

霍志华　阿欢讲过咯！

湘　莲　你以后要好好地对阿欢。

霍志华　阿欢样子好，心地好，做工勤快，人又机灵，我地成屋人对佢都好好㗎！

湘　莲　系咁，契姨就放心咯！契姨外甥婿叫乜名呀？

霍志华　（尴尬状）我——

阿　欢　佢叫霍志华！

湘　莲　志华，你地食咗饭未呀？

霍志华　食咗咯，系大良食嘅！

湘　莲　唔——

（略作思索，唱“滚花”）

天时不早，

又走过路远途长。

（楔白）洗过面，早的休息啦，兰姐原来所住房间，已经破烂拆除咯！

（续唱）　你两夫妻，

就睡我房间。

[强音乐声、两人大感失措。

阿　欢　（急白）契姨，我同你系房……

霍志华　我睡厅就得啦！

湘　莲　我几十年都未试过与人同床，你两个系房！

阿　欢　我地两个系厅啦。

湘　莲　少年夫妻。系厅睡唔方便嘅。

霍志华　唔怕。

湘　莲　（嗔恼）你唔怕我怕，厅上有观音菩萨喋！（取灯塞与阿欢，催促）入去睡啦！（突然又止步）唔得，唔得，我房间从未有男人入过嘅，都系你两个睡厅啦（匆忙抱起观音像下，随即拿草席上）早点睡啦。（不由分说，取过阿欢手中的灯，急下）

[暗灯，撤去房屋景及陈设，人卸下。

霍志华
阿　欢　（同内唱“别鹤怨引子”）

站身针刺上，

进退尽彷徨！

[一支追光灯照住志华。

霍志华　（续唱）　借星光，隐约望，

七尺地，略见方，

[一支追光灯照住阿欢。

阿　欢　（接唱）　借星光，隐约望，

一破席，独成床。

霍志华　（接唱）　羞颜难仰，

阿　欢　（接唱）　羞颜难仰，

霍志华
阿　欢　（合唱）　急煞一双假凤凰。

霍志华　（接唱）　暗自思量，

阿　欢　（接唱）　暗自思量。

霍志华
阿　欢　（接唱）　今宵怎样到天光。

霍志华　（接唱）　她是身心皎洁，

阿　欢　（接唱）　他是磊落昂藏。

霍志华　（接唱）　这岂不害了她。

阿　欢　（接唱）　这岂不害了他。

霍志华
阿　欢　（接唱）　一瞬间，百转回肠。

[追光灯暗，人卸下。

[音乐声，场灯渐亮，田园夜景。

[“南音板面”，霍志华上，低徊张望，百感交织。

霍志华　（唱“南音”）

心如明月朗，

人似水流香，

阿欢无愧一位卓荦姑娘，

自梳女清名，原比身命重。

为将我来掩护，甘愿自损芬芳。

信是巾帼丈夫，堪托生和死。

可惜微躯七尺，

早付与民族兴亡。

（深叹）阿欢，叫我怎生报答你呀！

（转“爽二黄慢板”）

更难得，个位老人家，

看来冰霜面孔，

原来火热心肠。

（不胜感叹，沉吟）中国被压迫在底层嘅妇女，多么可悲，又多么可爱呀！（信步下）

[阿欢带点焦急，跟寻状上。

阿　欢　（唱“二黄慢板板面”）

为何没有声响，独自到河旁。

堤上唏嘘低徊、嗟叹、惆怅。

难道心中憎嫌，我乱认夫郎。

又恐防，

思疑阿欢是个轻佻相。

（唱“二黄慢板”）

真系盘上种莲冤屈藕，

胆汁调蜜酸苦糖。

可怜我乡亲难谅，姐妹难容。

连自梳之门，

也从此关上。

难道阿欢这一回，真是做错了么——

（转“汉宫秋月”）

心似乱絮，人更彷徨，

前路看，苍苍茫茫。

寄身在何方，

回头路已失丧，

像孤舟劫海航，

又逢暴雨，遭恶浪，

倘真霍先生，一朝误解，

生鄙弃，不再信阿欢，

又怕乡中恶绅恶吏怀疑他，

不肯轻放。

细思想，心中不禁阵阵寒。

（转“爽二黄慢板”）

真个是僵蚕丝尽吐，（断收、略停片刻）

（转“反线二黄”）

织成苦茧自埋藏。

暗地我想想人——

先生多善良，

行为全正当。

对阿欢体贴关怀，

向虎狼挺身反抗。

阿欢早倾心，早敬仰，

今日他临头灾难，

应为他担风险，

又何必再思量。

错也好，不错也好，我是问心无愧！

（趋快唱）天不谅又何妨，

地不谅又何妨，

安危得失更何妨，

（吊慢） 只要他能保平安，

只要他能将我苦衷体谅。

[霍志华徐步上，同关目。

霍志华 （急趋前）阿欢！

阿　欢 （怯怯地）霍先生——（欲言又止）

霍志华 （认真地）我知你想说什么，不必开口了！

阿　欢 （吃惊）你……不容我解释？！

霍志华 （恳切，带点敬意）还用解释么！

（唱“古调秋江哭别”）

自梳女名誉从来是至上！

你为庇穷途危难汉，

甘担蜚短流长，

心比冰雪亮，

心比江海量，

似碧空千里万里高悬月魄光。

阿　欢　（无限感动，欣喜，接唱）

听君说话惭愧难名状，

扫尽云迷和雾障，

好比春光拂照绿杨。

心扉敞亮，

心波激荡，

似清风千缕万缕吹来带温香。

霍志华　（楔白）阿欢不愧天空明月。

阿　欢　（楔白）先生真正江上春风。

霍志华　（楔白）明月照肝胆，

阿　欢　（楔白）春风暖人心。

霍志华　（接唱）　月朗风清，放眼望，

绿绣红染，

多么美丽好家乡。

阿　欢　（感情深受渲染，忘形地随着志华所展示，挨近他身边，突然惊觉，退身，无限羞赧，懊悔自语）我今晚……唉！点能咁样……

霍志华　（并未觉察阿欢情绪变化，真挚地趋前，楔白）你说这风景好么？

阿　欢　（楔白）我在村边长大，十几年来，今晚系头一次感到家乡田园咁美丽可爱！

（接唱）　一方方鱼塘互结成网，

围绕珠江两岸，

芭蕉青青，夹岸相映。

不忧旱，不忧灾，

小艇穿梭，载归鱼满筐。

四边高基栽满桑，

土沃桑叶旺，蚕又壮，

金风吹过，

稻结珍珠遍地黄。

霍志华　（欢欣赞赏，楔白）好一曲田园乐，阿欢真聪明！

阿　欢　（深有感触，不禁自伤，楔白）只可惜——

霍志华　可惜——？

阿　欢　（掩饰）可惜耕田人命苦！

霍志华　（楔白）那不是种田人生来命苦！

（接唱）　望不尽的鱼塘，谷与桑，

都在财主豪富手掌，

佢地坐拥鱼满塘，谷满仓。

穷人受制，

交租迫债，做牛马，长流汗！

终日受苦，无粮自养。

阿　欢　（深叹，楔白）苦难日子，不知何时才了！

霍志华　（续唱）　黑暗世界不会长，

全国人民都团结，

像洪水掀起滔天浪，

将妖魔恶鬼尽扫精光。

阿　欢　真有呢个日子么？

霍志华　一定有——

阿　欢　（喜不自禁）个阵时——（忘形地趋前，突然止步回身，着急地）我今晚点解……我系自梳女呀……（沉吟自语）我重系自梳女咩！契姨还认为我系自梳女咩，众姐妹还认为我系自梳女咩……唉！（惶惑）

霍志华　（趋前，楔白）阿欢，你——

阿　欢　（急掩饰）我想——到个阵时，家乡田园，一定更美丽了！

霍志华　一定更美丽。

（念）　千顷鱼塘百里桑，

农家笑对丰收粮。

清风明月芭蕉岸，

欢歌情话满珠江。

阿　欢　（自伤自怯，半自语）我——系自梳女呀！

霍志华　傻嘅，契姨都讲过啦，做唔做自梳女，系你自己的事，以后穷人命运，再不任人摆布，到个阵时，我相信唔只你阿欢，任谁人都不肯做自梳女！

阿　欢　（无限神往）霍先生你——

霍志华　（风趣地）我有冇讲错呀？

阿　欢　（深情地）我相信你——（轻叹）未知到了那时候，我们还能像今晚——

霍志华　一定会！

（唱“恋檀”）

好风光，一定再来欣赏。

阿　欢　（喜不自禁，趋前，楔白）霍先生你真系——

霍志华　（楔白）患难之交，终身不忘。

阿　欢　（接唱）　阿欢一样未会忘。

霍志华　（接唱）　听潮声，

阿　欢　（接唱）　踏月行，

霍志华
阿　欢　（齐唱）　欢歌低唱。

[两人不觉并肩相倚，同沉浸在幸福的憧憬中、静场片刻。

阿　欢　（思想回到现实、踌躇）霍先生——

霍志华　（发觉自己有点忘形，掩饰地）你今天受了惊恐，又长途奔波，水边风凉，你——回去睡吧！

阿　欢　你呢？

霍志华　有许多事情还未想清楚！

阿　欢　你还想乜嘢呢？

霍志华　宋先生未知能否脱身，既然出了叛徒。李大姐终归危险，我想明日暗回广州……

阿　欢　（吃惊）你返广州，宋先生重托在身，你决不能再冒危险。

霍志华　我系呢处，点住得安心。

阿　欢　（略踌躇，坚决地）我替你去！

霍志华　你去——

阿　欢　（唱“滚花”）

敌人不会注意，

我呢个乡下姑娘。

霍志华　不能！

（接唱）　你在今天，

也被便衣盯上。

阿　欢　这——明天再讲啦，一齐返去！

霍志华　（踌躇）一齐返去！

阿　欢　（接唱）　你睡椅，我睡地，总不能企到天光。

霍志华　阿欢，真难为你。

阿　欢　走啦！（同下）

[暗灯，一支追光灯照住阿欢、志华蹑足上，关目做手，表示已到家门，不要惊动契姨。

[内场保长厉声：湘莲！叫阿欢那个老公去大队部！

[阿欢大惊，拉志华急下。

[追光灯同时暗。

[紧促音乐声中，灯渐亮。

[广州太平路——现在的人民路。

[由于本剧场景变换较多，因此建议尽量简单，有时只用一个有特点的装置，使人能理解到是那个特定环境便可。

[两便衣侦缉，四警察匆匆上，圆台、造型、过场同下，他们不是正进行追捕，而是去执行任务——捉人。

[阿欢匆匆上，警惕地暗张望，焦虑，尽力掩饰惊恐。

阿　欢　（唱“爽中板”）

城与乡，一样张罗网。

姑婆屋，难再把身藏。

连夜回城天大亮。

霍先生躲在他世伯一间破空房，

未知宋师奶如今是何境况。

未知宋先生能否避过豺狼。

我自先回家一看。

（音乐声，圆台、身过，关目，楔白）太平路！

（续唱） 哪里有太平气象，

应要小心行走，步步提防。

[内场人声：走开！走开！

[众过路男女分边上，阿欢闪过一边。

[两便衣侦缉押着李静枷锁上，四警察随上。

阿　欢　（大惊，忘形呼叫）宋……（急住口）

[过路人引起关注，其中少妇和她挽着臂行的丈夫尤为关切。

[两侦缉、两警察只顾押着李静前行，李静已发现阿欢，但完全没做表示，随后的两警察已注意阿欢，两侦缉、两警察押李静急下。

[阿欢在宋字呼出口，已觉不妥，忙蹲下身子，以上的戏是同时做的。

少　妇　（关切地）姑娘你——

阿　欢　我——肚痛！

少　妇　肚痛？

阿　欢　（带羞意）我每次来——都系肚痛嘅。

丈　夫　早就该找医生啦！

少　妇　（瞪了她丈夫一眼）女人的事，不用你男人多嘴！

[众过路人大都会意，多笑意散去，两警察亦散，其中一警察临走，吐口水，随声："大吉利是！"

少　妇　要不要送你回家！

阿　欢　多谢师奶，我自己到前面叫车子。（作忍痛急下）

[暗灯。

[幕闭。

第六场　危楼英烈

[久无人居的破危楼上。

霍志华　（内唱“二黄慢板”）

遭风暴，困危楼，
思潮历乱。（双句）

[启幕。焦急盼望。

霍志华　（唱“一斛珠”）

已经大半天，
阿欢信息，至今尚渺然，
两地途程，来回非远，
即使远路，也应该归转。
想来今番我错筹算，
一时疏忽事会常变，
竟许她去冒险，
眺望长堤途人擦肩。
两岸船舟往返江边，
阿欢呀，怎未见？
可能他们经搬去，
可能鹰犬在纠缠，
云悬望断，夕阳在天，
踯躅楼中，心急似煎。

[内场拍门声，阿欢急叫：霍先生——

[志华急开门，阿欢踉跄扑上。

霍志华　（急扶住，吃惊，关切）阿欢，出事啦？

阿　欢　（惊魂喘息稍定）宋先生没有消息，我在太平路，见到宋师奶被侦缉捉走，我一时忍不住呼叫……（惊惶犹在）警察注意起来……

霍志华　（着急关切）你——怎样脱身?

阿　欢　（带羞意）这——不必问了。

霍志华　（悲叫）李大姐——

阿　欢　（是为眼前的处境迷茫，是为志华的安危，关切悲叫，趋前）霍先生如今点算好?

霍志华　（扶阿欢坐椅上，恳切关怀）阿欢——

（唱“风萧萧”）

你本是厚道纯朴，

不关世上纷乱，

好比一汪清水在深渊。

今日环境骤变，

转入漩涡里边，

竟然身斗虎狼犬，

都系受我牵连。

阿　欢　霍先生，点解你咁讲啫。（深叹）冇错。

（直起唱“梆子中板”）

我系个乡下姑娘，自梳女，

凭一身勤苦力，

赚几个养命钱。

自从遇到各位先生，

正直和气又善良，

为救穷人家，

甘冒杀身险。

我为各位担心，

更对你们敬佩，

以为尽些微力，

帮助各位安全。

（感慨地，楔白）如今想来，阿欢错了!

霍志华　（和气地）既然你认为错了，以后就不要插手就系啦！

阿　欢　我唔系话做错，系话自己想错，我唔应该话帮你地做，我系为自己做！

（趋快续唱）

地主无良，我妈妈惨遭作践。

官差横暴，肖群姐清白难全。

阿欢若不抗争，终难幸免，

恶狗当道，就要把石头执起，

睁眼向前。（短腔收掘）

（转"滚花"）

阿欢要跟住先生，

为杀鬼屠狼把力量献。

霍志华　（大喜趋前）阿欢，你明白咗好多道理了。

阿　欢　你喜欢么？

霍志华　大多数受苦受难嘅中国人民觉醒之日，就系帝国主义及其走狗覆灭之时，我当然喜欢！

阿　欢　你真系——欢喜——（明显暗示，即现羞态）

霍志华　（深为感动，情不自禁）你襟怀高洁，品性善良，胆识卓越，我——早就欢喜了。

阿　欢　（无限柔情，带点天真，唱"红豆子"）

从今不管塌地崩天，

冒绝险，越危途，跨深堑，

毋离毋弃，相依相亲，

顶风顶雨，生同鼓浪向前。

霍志华　（情绪激越，紧执阿欢双手，凝视，渐渐悲凉）阿欢！

（唱"反线中板"）

感谢你意殷殷，情切切，

出此肺腑之言。

我呢个穷学生，

饱受人世颠连，

今日初沾，爱情温暖。
既同心，亦同志，
同途同命，
正好同结百年。
无奈我今天，
重任压肩头，
不能再在广州留恋。
找寻上级，请求领导，
营救同志，
多大的事，迫在眉尖。

（转“滚花”）

说甚安危两相依，
眼前便要分离远。

阿　欢　（带点悲伤）我知道你要去……（转得真切地）我同你一齐去！

霍志华　一齐去！不能呀，如今水陆码头，一定严密查检，我只能远路私行，到了香港，也只有些疏远亲友，就我一个，人家容易招呼，即使睡骑楼底将就，你又如何方便呢，何况按照守则，决不能带你同行！

阿　欢　不能带我同行？！

霍志华　你原谅我啦！

阿　欢　这——

（唱“沉腔滚花”）

唉吔吔！
星沉梦破，无术回旋！

霍志华　（沉痛难过，趋前）我都系舍不得离开你——

阿　欢　舍不得也要舍啦，我明白你在做什么，连命都可以舍，重有乜嘢唔舍得呢？

（悲叹，唱“乙反长句滚花”）

才说结相知，
便作分飞燕，

想到血雨腥风，敌人凶险，

难挽征人鞍马，再事留连。

虽是离与合，尽前缘，

只痛相聚时光何太短。（旬）

（张望寻觅，捧碗水上，续唱）

危楼无法调酒食，

奉君唯有破碗清泉。

望先生珍重前途，

莫以阿欢为念。（悲泣）

霍志华　（接碗，凝视，悲难自禁，唱“仿粤讴调”）

眼泪带心香，

依稀半浮现，

水光淡荡，芬芳清澈，

飘飘眼底，倩影娟娟。

似甜又是酸，（一饮而尽，放下碗）

敬谢你高风厚义，

水冷却是情温暖。

阿　欢　（接唱）　忍悲忍泪，

带惭带羞，执手相牵。

霍志华　（接唱）　半梦半醒，执手相牵。

阿　欢　（接唱）　有多少心里话未讲，

已是柔肠断。

霍志华　（楔白）阿欢，坚强的！

阿　欢　（续唱）　远望那天边，

弯弯缺月会重圆，

今宵远别何日会团圆？

霍志华　这——

阿　欢　（沉浸在遐想中，半自语，楔白）鱼塘夜月，桑陌风光，未知能否再与先生共赏！

霍志华　（楔白）他日黑云散尽，天地重光，桑基鱼塘，更加美丽，我一定与你挽手同游！

阿　欢　（楔白）阿欢就再无奢望了！先生呀！

（续唱）　山长水远，露冷风寒，

起居须细打点，

关卡警探，毒网凶刀，

应善策万全。

霍志华　（接唱）　请不必担心，

更不必牵挂，

我是惯常历险。

唯愁是你，漂泊只身，

省城又没有亲眷。

像那寒鸦雏燕，落絮飞花，

急风满天卷，

浮沉乱世，昏黑社会。

又如何自存？

阿　欢　（楔白）我有双手，有气力，你愁会饿死咩！你放心去啦，我一定学你地咁样做，做得几多就做几多，心肠立实，等你归来！

霍志华　（深叹，楔白）分离在即，本不该更添你悲伤，无奈有些话不能不讲！志华此身，早付与抗日救亡和革命，此后安危难料，你——切不可自误终身！

阿　欢　（楔白）阿欢本来是个自梳女，除非系先生归来——（羞不可抑）

霍志华　（深情地趋前，楔白）志华心中，一样永远只有你——（两人甜蜜的依恋）

[内场大钟楼钟声九响。

霍志华　（吃惊）九点钟了！

（趋快续唱）

无情钟声，催迫遍遍，

宵深更阑，

满城宪警共鹰犬，

再不起行，事更险。

（楔白）我要走了！

阿　欢　（接唱）　听道一声告别，

身震动，如触电。

顷刻分离，

痛苦钢刀把心穿。

霍志华　（接唱）　痛苦钢刀把心穿，

阿　欢　（接唱）　怕今生今世共君再难逢面。

霍志华
阿　欢　（吊慢齐唱“头一句摇板”）

霎时间——

有如地暗天昏，魂散魄断。

阿　欢　（叫相思）先生——

霍志华　（叫相思）阿欢——

[强音乐声，两人同扑前拥抱。

[强烈撞门声，呼喝声。

[两人大惊。

[志华急拉阿欢向窗口，指示她跳窗。

[阿欢不由分说，推助志华由窗口跳下。

[阿欢随即欲扳上窗口。

[王耀明、骆成勋、四便衣同作破门冲上。

[骆成勋、四便衣搜屋内不见人。

[王耀明走向窗口外望，急向骆成勋指示：霍志华在逃。

[骆成勋正要向窗口街外开枪。

[阿欢拼命冲前，拉住骆成勋手，争持。

[王耀明冲向窗口，欲向街外开枪。

[阿欢扑前，枪打在阿欢胸膛。

阿　欢　（坐倒窗下，倚在墙上，还像甜蜜的憧憬，低声呼叫）霍先生，我等着你——

[急暗灯。

[阿欢“我等着你”的呼声，不断用强音响播出。

[幕徐徐闭。

——剧终

本剧选载的是 1991 年陈韵红、丁凡、梁晖、胡涓涓等主演的演出本。

伦文叙传奇

编剧：林　榆

人物表

伦文叙

阿　琇

胡　蓉

伦　母

胡员外

胡夫人

梁二官

柳先开

梁　储

赵士德

弘治皇帝

法　师

和　尚

书　僮

试　子

中　军

太　监

旗　牌

婢　仆

差官、宫女若干、护卫若干

第一场

[明朝成化辛丑年间（1481 年）。

[广东南海西禅寺大雄宝殿内、外。

[阿琇手挽拜神全盒领胡蓉小姐上。

胡　蓉　（唱“中板”）

古寺西禅香火盛，

烧香许愿祷神明。

阿　琇　（接唱）　他日如意郎君来下聘，

小姐终身富贵享尊荣。

胡　蓉　（唱“滚花”）

富贵贫穷天注定！

阿　琇　小姐，香已烧完，我们回家去吧！（二人下）

胡　蓉　走吧。

伦文叙　（内场唤）卖菜咧！有大白菜卖呀！（挑担上叫卖介）

（唱“旱天雷”）

瓜菜认真平，斤两又足秤，

街坊熟客童叟无欺，

卖菜仔远近传名。

阿婆爱食菜蔬所以长命，

大婶同阿姆，有乜帮衬就开声。

（叫卖）有大白菜卖……

[不停叫卖，狗吠声……

[阿琇急上，一见伦文叙不由分说，拉着就走。

阿　琇　相公！

伦文叙　你干什么？干什么？（被迫放下菜担）

阿　琇　　小姐她……她被狗咬……快去救人！（拉伦文叙）

［伦文叙放下菜担，拿起担杆，跟阿琇急下。

［稍停。伦文叙和阿琇扶小姐上。

胡　蓉　　（挣扎伦文叙的手，不满地）阿琇，他是什么人？

伦文叙　　读书人。

胡　蓉　　读书人？（瞅着菜担）那你担菜做什么？

伦文叙　　卖菜呀！

胡　蓉　　那你说你是读书人？

伦文叙　　唉！我朝卖菜，晚读书。

胡　蓉　　读书人为什么要卖菜？

伦文叙　　因为家穷。

胡　蓉　　家穷就要卖菜吗？

（唱“送情郎”）

既是文人，要讲庄敬。

你却上街挑担为何情？

芫荽葱蒜唤卖不停，

难免被人暗睇轻。

伦文叙　　做小贩就丢面吗？（不悦地释然一笑）我看未必，就讲圣人孔夫子……

（接唱）　世人们都对他尊敬，

论他家世却寂寂无名。

年少家穷卖烧饼，

孔子当年也出身轻。

阿　琇　　（觉得有趣）孔夫子卖烧饼？有无搞错啊！

伦文叙　　有书为证。子曰：“吾少也贱，故能作鄙事也。”

胡　蓉　　你敢与孔夫子比？哼！

（唱“减字芙蓉”）

何不将尊容，照下菱花镜，

周身无贵气，成只马骝精。

伦文叙　　（唱“滚花”）

若是猴王孙大圣，

便可一翻筋斗上天庭。

胡　蓉　贫贱之人也想上天？

（接唱）　真是鲶鱼上竹竿，

上极都唔到顶。

阿　琇　……小姐，我们曾求助于他。

胡　蓉　那好，打赏他几个钱吧！

阿　琇　恩公，这银两是我家小姐打赏你的。

伦文叙　不用了，“君子不食嗟来之食”。

阿　琇　小姐，他不要。

胡　蓉　又穷又酸，不要就算。

阿　琇　我们打搅他卖菜……

胡　蓉　把菜全买下来，问他要多少钱？

阿　琇　（对伦文叙）恩公，我们小姐说，把菜全买下来，要多少钱？

伦文叙　我的菜是供人食用的，不是供人施舍的，不卖。

阿　琇　小姐，他不卖。

胡　蓉　哼！分明是斗气，阿琇，把菜挑过来。

阿　琇　恩公，卖了这担菜给我吧！

[阿琇无奈去搬菜，伦文叙拦阻，又不便拉拉扯扯。

伦文叙　（突然高声佯叫）不好，狗来了！

胡　蓉　（一惊）狗！？……

[胡蓉慌乱逃下，将伦文叙菜担碰翻，踏烂白菜。

[阿琇回头一望，不见有狗，见小姐慌乱逃下，阿琇忙帮伦文叙收拾菜担。

伦文叙　（手拿白菜，自嘲自谑地）我的菜呀！菜呀菜……

（唱“快二黄”）

我为救人受辱，累你也被欺凌。

好个红粉娇娥，可惜刁蛮任性。

唯有从头收拾，惨淡经营。（拉腔）

（叫白）卖白菜，有大白菜卖……

[圆场，到寺前。

[一小和尚走了出来。

小和尚　伦文叙。

伦文叙　小师父，买菜吗？

小和尚　买呀，不过未买菜，先买才。

伦文叙　买才？

小和尚　对！

（念“白榄”）

我们寺里百贤殿，

欲求才子作门联。

联中要合一百之数，

若然题得好，打赏钱三千。

伦文叙　（接念）　分明是“大话三千”，

存心将人骗。（掉头想走）

小和尚　（接念）　这都是法师之命，

我不过把话传。

伦文叙　啊！是法师之命？好！

（接念）　即席写门联，拿来纸笔砚。

[小和尚向内示意三个和尚拿纸笔墨砚。

[伦文叙接过笔，分别在两个和尚手拿纸卷上挥毫。

小和尚　（念对联）杏坛七十二贤贤贤希圣，云台二十八将将将封侯。七十二贤加二十八将，正好切合一百之数。（赞赏）好对，好对呀，好对！

（唱“滚花”）

快挑菜入伙房，见法师领赏钱。（仄声）

[小和尚带着伦文叙从大雄宝殿后面下。

[一阵锣鼓齐鸣，热闹异常。小和尚上前打探。

[伦文叙挑空担与小和尚撞面。

小和尚　伦文叙，你还不走啊！

伦文叙　因何外面鼓乐喧天？

小和尚　（念“口鼓”）乡贤梁储大人来此烧香了愿。

伦文叙　（接念）闻说此人是位苦学成才的大员，我早仰慕此公，能否容我拜见？

小和尚　不能，不能。

（接念）我是出家人，你是卖菜仔，他是一品大员。

伦文叙　（接念）我可躲在一旁偷窥大官威严？

小和尚　不可！

（接念）给大人发现，你我罪大弥天，快些走吧！

[伦文叙一个急转身欲挣脱小和尚，被小和尚拉住。

小和尚　伦文叙，走吧……

[小和尚拉住文叙的担挑不放，伦文叙急中生智，双手一松，小和尚用力过猛，一个“铲趴虎”。伦文叙乘机躲在神台底。

[梁储与护卫一干人等在法师陪同下上。

梁　储　（念“诗白”）

古寺西禅，佛地庄严。

祥光普照，亿万斯年。

法　师　大人请上香！

[梁储向三宝佛参拜，上香，口中念念有词，护卫兵丁两边肃立。

[伦文叙偷看梁储被小和尚看见，把伦文叙推进台下，伦无意把菜箩推了出去。

梁　储　（忽见神台下有黑影飞出）……有刺客！

[护卫蜂拥而上，从神台下拖出伦文叙。

梁　储　（念“口鼓”）大胆狂徒，何以藏在神台下面？

伦文叙　（气慑答不上话）……

[小和尚与法师耳语。

法　师　（忙向梁储施礼，接念）此乃本地神童伦文叙，贫僧托他写对联。他才思敏捷，向学心坚，家贫仍勤攻书卷。今日无知冒犯，并非品行不端。

梁　储　有这等事？（端详一下伦文叙）起来！

伦文叙　谢大人！

梁　储　你既是读书人，本官要试你一试，出上一联，对得通恕你无罪，若对不通处罚从严。

伦文叙　好，大人请出联。

梁　储　（抬头望了一下殿上神像，念）三尊宝佛，坐鳌、坐象、坐莲花。

伦文叙　（抓了一下头，脱口而出）大人你……

梁　储　我怎样？

伦文叙　（念）一介寒儒，攀龙、攀凤、攀丹桂。

[伦文叙对语一出，满堂皆惊，暗赞不已。

梁　储　（高兴地）好呀！果然对得工整！

（念“口鼓”）你天赋甚高，学识不浅。一介寒儒对三尊宝佛，贴切自然，攀龙攀凤攀丹桂，心高志远。将来一定名播南天。（对伦）好吧！赠你五十两银，助你勤修不倦。

（唱“滚花”）

他日科场角逐，定卜一马当先。

伦文叙　（接过白银，不知所措，法师示意，才知下跪）谢大人！

[切光。

[幕闭。

第二场

[胡家花园。

[胡蓉独坐绣阁，徘徊等待。

胡　蓉　（唱“七字清中板”）

美景良辰难永在，

好花开要趁春来。

今早三声喜鹊得人爱，

爹爹开筵招婿选英才。

寸心儿飞向华堂外，

偷打听阿琇未回来。

未知选中谁人，好教我心难忍耐。

[阿琇兴高采烈地上。

阿　琇　（唱“秋水伊人”）

华堂选婿，许多学子上门来，

儒儒雅雅，赋诗作对考文才。

老爷亲审做总裁，

我在后堂偷偷看比赛，

选中伦氏相公果真一位好人才！

这伦文叙原来就是那个卖菜仔，一年前遇到的卖菜仔就是伦文叙。

真是有眼不识泰山，小姐而今还未知道。

（续唱）　这消息我慢揭开，

未知小姐她爱不爱，

错过良机就实在呆！（上楼）

恭喜小姐，贺喜小姐，佳婿选到了！

（唱“滚花”）

老爷慧眼识英才，出土明珠生异彩。

胡　蓉　选到了，他是谁？

阿　琇　他就是大名鼎鼎的伦文叙。

胡　蓉　伦文叙，的确很有才名，怎么选到的？快讲！

阿　琇　看小姐急成这样，让我先透顺了气好吗？（介）

（念“白榄”）

筵席堂前摆，

书生列两排；

吟诗兼作对，

老爷乐开怀。

（唱“荡舟”）

那伦文叙，最吃得开，

各家公子尽庸才，

只有梁二官偏逞能耐。

自认奇才，挥笔忙写下，半副楹联摆在台。

胡　蓉　那梁二官的对联怎样写呢？

阿　琇　他写了上联：“小犬无知嫌路窄”要伦文叙对下联！

胡　蓉　那伦文叙怎样对呢？

阿　琇　伦文叙顺口吟来：“大鹏展翅恨天低”！当场有人赞好，梁二官不服，又出一上联，想难倒对方。

胡　蓉　他出什么对联？

阿　琇　小姐你看——（身段展示）

胡　蓉　你这个衰鬼丫头！

阿　琇　他说：“天作棋盘星作子，谁人敢下”？

胡　蓉　那伦文叙又如何呢？

阿　琇　那伦文叙嘛！“地当琵琶路当弦，哪个能弹”，搞得梁二官满面羞惭。

胡　蓉　后来呢？

阿　琇　他又出一联想讥笑伦文叙。

胡　蓉　他又出什么联啊？

阿　琇　他说：“鹦鹉能言难似凤”，他把自己比作凤呢？

胡　蓉　伦文叙怎样对下联？

阿　琇　伦文叙从容答对：“蜘蛛虽巧不如蚕”。

胡　蓉　哈，把梁二官比作蜘蛛，对得好！

（唱“流水清歌”）

阿琇精灵能说会道，

才郎文叙学比人高。

天赐良缘传喜报，

我面红心跳意陶陶。

（转“滚花”）

我要面会伦郎，

阿琇快些引路。

阿　琇　怎么办呢？小姐还不知道伦文叙就是那个卖菜仔。

胡　蓉　阿琇，你还不快些去。

阿　琇　知道！

[胡员外带着伦文叙上，正与胡蓉、阿琇相遇。

胡员外　女儿，快来与这位才高八斗、远近闻名的伦公子见面！

胡　蓉　女儿遵命！（赶上前施礼）伦公子有礼！

伦文叙　小姐有礼！

[胡蓉迫不及待抬头望伦文叙，骤然面色大变。

胡　蓉　你、你、你……就是伦文叙？！

伦文叙　小生正是伦文叙。

胡　蓉　爹爹，你要将女儿嫁给这个人？

胡员外　为父正想问你呢？

胡　蓉　我堂堂富家千金，嫁与一个贩夫走卒卖菜仔，你不觉玷辱了家门么？

胡员外　什么卖菜仔？

伦文叙　小生一年前曾挑担上街卖菜。

胡员外　啊！那不要紧。（对胡蓉）女儿，伦公子满腹经纶，一时穷窘，并不妨碍他金榜题名，状元及第。

胡　蓉　卖菜仔能金榜题名，状元及第？除非鸡毛飞上天，日出西边。

胡员外　放肆。

胡　蓉　不是女儿放肆，我看这种人绝不会发迹，所谓龙生龙凤生凤，老鼠生儿会打洞。

胡员外　你……

胡　蓉　要我嫁给个卖菜仔，他高攀得起吗？（傲慢地拂袖走开）

伦文叙　（自语地）哈哈……可惜呀，可惜！

胡　蓉　（回身）可惜什么？

伦文叙　可惜小姐的朱楼绣阁，缺少了一条梁。

胡　蓉　（举头上望）缺少一条梁，你乱讲！

伦文叙　所谓“一叶障目，不见泰山”。当然不知道缺少了“放眼量”（梁）。

胡　蓉　啊……你是说我“量”不到你的远大前程么？卖菜仔！（耍脾气走了）

胡员外　女儿，女儿……

[伦文叙气愤极拂袖而行。

胡员外　伦公子……

（唱“二黄”）

公子大仁又大量，恕小女礼教全无。

自古相女配夫，做主都由父母。

伦文叙　（接唱）　员外虽然下顾，小生不敢攀高。

今者有负隆情，日后定当图报。

告辞！（欲下）

胡员外　且慢！（取出十两纹银）这里有纹银十两，请公子笑纳。

伦文叙　心领了，告辞！（急下）

胡员外　（欲追）公子……

[胡员外持钱，无奈地叹息。

[夫人上见介，一手抢过银两。

胡夫人　如今叫你开善堂呀？喂，我问你……二官件事怎办？

（唱“卜灯花”）

女儿婚事你点（怎）匹配？

又何需多考虑，

配二官就最登对，

让老身来做主……

胡员外　（接唱）　婚事慢谈我正踌躇。

胡夫人　（不悦）哼！（向内呼）二官……

梁二官　（内应）来了！（上）姨妈、姨丈！

胡夫人　二官你来同姨丈讲。

梁二官　姨妈、姨丈呀！

（唱“上天梯”）

那伦文叙，枉吹嘘，

家贫卖菜，似腐乳咁霉。

焉能配得上我表妹，

牡丹岂会插在牛粪堆。

我梁家世代簪缨，表妹是名媛淑女，

正好亲上加亲光耀门间。

舅父，如何呀？

胡员外　如何？

胡夫人　我问你呀！

胡员外　你问我呀……我还是那一句……

（重唱“卜灯花”尾句）

婚事慢谈我正踌躇。

胡夫人　（怒斥）哼！我看透你了。

（念“白榄”）

你将我外家人，不放在眼里。

可知他梁家，用钱如用水。

二官饱读书，何愁不中举。

什么叙伦文，伦文叙，

莫想入我门，莫想娶我女，

我女眼角高，嫁猪嫁狗都唔嫁佢！

胡员外　（怕妻免吵）好、好！

（接念）　一切由你“揸庄”，我封埋把嘴。

横掂都是泼出的水！

[胡员外愤然摇头下。

胡夫人　（得意地，慢念“白榄”）

呢回跟我去，礼厚你表妹。

话要软绵绵，笑要咪咪嘴。

行莫两边摇，顾住个条腿。

梁二官　（接念）　对、对、对。（指跛足）

我保证合规矩。

[“帅牌”，得意地一踮一踮地随胡夫人下。

胡员外　（内唱“引子”）

骄纵女儿真激气！

（上，续唱）

她吓跑凤凰远处飞。

（念“口鼓”）闺中女儿哪晓父亲心意，我有财无势每受人欺。见到州府官员要下跪，叫我怎服气。决心招个有功名的女婿，一朝光大门楣。伦文叙才高，他日定出人头地。我决不能白白坐失良机。

（唱“滚花”）

有何良策挽回这一桩婚事？（想计）

阿琇，有了……阿琇出来！

阿　琇　（内应）来了！老爷叫我？

胡员外　正是，老爷对你一向可好？

阿　琇　收养之恩不敢忘。

胡员外　老爷有一事，想叫你去做。

阿　琇　老爷只管吩咐。

胡员外　要你到伦文叙那里为小姐说亲。

阿　琇　小姐不是已经回绝了？

胡员外　小姐回绝，老爷我要。

阿　琇　老爷你要，伦相公就肯吗？

胡员外　肯的，我教你讲！

（唱“秋江别”）

你话小姐佢，已尽悔前非，

敬公子你，愿效于飞。

命奴婢把金钗暗送来，

情似金坚，望早赋佳期。

阿　琇　老爷，送去金钗，伦相公就相信了吗？

（唱“戏皇叔”）

小姐曾两次，将人讽刺，

谁也会怀疑……

（转慢） 小姐怎么会一旦变宗旨。

胡员外 （自语）是，不大相信！（对琇）那你说，该如何是好？

阿 琇 我也不知道，让我想想……

（旁念）我想伦家相公，他日必成大器。可惜小姐势利，看人只看一时。老爷倒有眼光，叫我助成好事。何妨从中奔走，且做一缕红丝。伦相公家穷，读书难以专心致志。认了这头亲事，倒可得点支持。（想计）老爷，我倒有个办法。

胡员外 有什么办法？

阿 琇 不知可行不可行。

胡员外 讲来听听先！

阿 琇 老爷呀！（念）除了送去金钗，还要有小姐题诗寄意，向伦相公表明爱慕，胜过我万语千词。

胡员外 好，你就写吧！

阿 琇 我写啊……我不会写。

胡员外 你跟了教馆先生读书写字多年，怎么不会写？

阿 琇 老爷呀，这种情诗……（羞涩）我不会写的……

胡员外 傻女，人说："熟读唐诗三百首，唔会吟诗也会偷"，你就偷一首去吧！

阿 琇 偷一首？……对对对，偷一首！

胡员外 对啦！

（唱"滚花"）

有情诗与金钗为赠，

伦公子定深信不疑。

快去！

[二人下。

[幕闭。

第三场

[伦文叙的茅屋。

[音乐，伦文叙在窗下攻读，两眼凝望窗外，思潮起伏。

伦文叙　卖菜仔始终是卖菜仔！贩夫走卒辱没了胡小姐的家门！哎！（愤激）

（唱民歌“牧马”自由板）

熠熠珠玑爱惜者稀，

时人眼浅只慕势利；

天地虽宽不容奋飞，

心头涌起多少恨事！

（唱“新腔中板”）

蒙正时穷遭笑耻，

文章烂熟不疗饥。

谁使黄钟偏废置？

不教骐骥任奔驰！

慨白眼如刀，

叹红颜俗气。

问世无人事，

到处不投机。

神诞看猪头，

鬼惯欺寒士。

（转慢）　扬子云逐贫无计。

（唱“反线二黄”）

伦文叙仰屋空悲。

（转“梆子流水”）

与其默默而终埋义地，

何如孜孜为利养亲慈。

投笔经商欺行霸市，

搏个腰缠万贯，家润屋肥，

谁敢嗤之以鼻，尽都俯首低眉。

（捧起若干书本，愤然地）这些误人的东西！

扫净牢骚将你弃！（丢书，痛心、枯坐）

[伦母有气无力地背柴回到家中。见状。

伦　母　文叙。

伦文叙　妈，你回来啦！

伦　母　为何一地的书？（拾起书）

伦文叙　妈，没事。

伦　母　睇吓你呀！

伦文叙　（拿起水瓢盛水）妈，饮水啦！妈，我以后不读书了，我要出城打工学生意。

伦　母　什么？不读书啦？

伦文叙　我读书娘受苦，不如赚钱养母，尽点孝心。

伦　母　胡说！

（唱“四时果”）

弃儒学经商，实属不明智。

（念“白榄”）

只要你学业有成，为娘辛苦也乐意。

近日你心烦恼，受不了眼前欺。

且放宽胸怀，更加坚志气。

（续唱）　莫贪一时之利，

伦文叙　（接唱）　遵从娘亲训示。

伦　母　知错就好，读书也罢！（挑起水桶欲下）

伦文叙　（抢过水桶）妈，让我去挑水吧！（下）

伦　母　真难为他了。（望着儿子背影）

阿　琇　（左顾右盼地上）

（唱“滚花”）

阿琇遵嘱行事，甘当月下老人，

为找伦家，四邻探问。（走圆场）

[伦文叙挑水上。

阿　琇　（惊喜）伦相公，我正要找你呢。

伦文叙　（一见意外一愣）你……（随即掉头快步走避）

阿　琇　相公……

[阿琇拉着伦文叙的担杆不放，再三拦阻。

[伦文叙索性撂下水担，空身入屋，把门关上。

[阿琇呆在门外。

伦　母　（从屋内上）文叙，什么事呀？

伦文叙　闭门推出窗前月。

伦　母　什么？“闭门推出窗前月”？

伦文叙　（在母亲耳边叽咕了几句）我憎胡家的人。（下）

伦　母　那担水呢？

伦文叙　（内声）放在门口呀！

[伦母开门找水桶。见阿琇已挑起水担。

伦　母　姑娘，把水给我吧！

阿　琇　（礼貌地）大婶，你是伦相公的娘亲吧？

伦　母　是的。（想动手接过挑担）

阿　琇　大婶，你这么大年纪了还挑水，让我来吧！（帮伦母把水挑进屋内，倒进水缸）

伦　母　不用了不用了，姑娘小心啊……

阿　琇　我是胡家的下人，我叫阿琇，昨天员外招婿，小姐一时任性，得罪了伦相公。大婶呀！

（唱“木鱼”）

如今命我登门道歉，小姐出自真心。

伦　母　不用道歉了。

（接唱）　穷人该受贱，古语都有云。

弄到婶姆不和，舅甥不近。

世人多近视，谁不见钱亲。

阿　琇　大婶明理。（放眼四处寻找伦文叙时，发现桌子上、书架上都是书，惊呼）书，这么多的书，《春秋》《史记》（拿起桌上的书）。

伦　母　姑娘，你不要动文叙的书呀！文叙最不喜欢别人动他的书。

阿　琇　大婶，真想不到你们有这么多书。

伦　母　我儿从小就爱读书。

阿　琇　怪不得有这样大的才学。

伦　母　（听着人赞自己儿子，高兴地）他那点文才实在得来不易啊！

（唱“减字芙蓉”）

他四岁能背诗词，心思灵敏。

可惜无钱上学，自少家贫。

忍痛卖了祖田，供他读书求学问。

夜夜挑灯攻古籍，日日餐头咬菜根。

现时卖菜为生，仍是不忘发奋。

昨日给小姐一激，激得他读书都无精神。

伦文叙　（上）妈，你讲多了！

（唱“秃头滚花”）

我们义不受哀怜，人穷心振奋。

阿　琇　伦相公有礼！（施礼）

伦文叙　（瞪眼）不必客气！

阿　琇　（接唱）　小姐过后自知唐突，

命奴赔罪礼重斯文。

伦文叙　姑娘如此大礼，替你家小姐赔罪，岂不令小生折福！

[伦文叙走开。

伦　母　姑娘，你一番好意，我们心领了。

阿　琇　大婶，不是我一番好意，是小姐一番好意呀！相公请听！

（唱“红豆子”）

小姐暗卜时运，三次求签去问神。

都说公子必大贵，合有姻缘之分。

伦　母　姑娘，我家配不上。

伦文叙　（接唱）　无谓开玩笑，分明戏小生，

自顾家空物净，攀唔上贵府千金。（摆手）

姑娘还是走吧！

阿　琇　（接唱）　公子请释前恨，还请大量容人，

小姐题了首诗，向郎君表心悃。

伦文叙　题诗？什么诗？

阿　琇　公子请看。（递诗）

伦文叙　（接念）　多情却似总无情，

唯觉樽前笑不成。

蜡烛有心还惜别，

替人垂泪到天明。

伦公子文叙赐教。

伦　母　姑娘，你家小姐真是这么多情？

阿　琇　是啊，我家小姐知错了，她很内疚，一晚都睡不着！所以“垂泪到天明”。

伦文叙　是真的？

阿　琇　是真的。

伦文叙　不骗人？

阿　琇　不骗人。

伦文叙　（不禁发笑）哈哈……

（唱“木兰从军”）

诗确写得好，千载生余恨。

可惜非小姐作品，作诗的是个男人。

望送回令主人，堪笑蚕丝自困。

阿　琇　相公，你怎么说不是小姐写的呢？

伦　母　姑娘，刚才文叙对我说，这是一首唐诗，是唐朝才子杜牧的诗。

阿　琇　啊！（随机应变）是啊！

（念“口鼓”）借唐诗表情意，小姐正聪明得很。一来怕羞，免直抒情感；二来藏拙，免见笑才人。

伦文叙　这样说来，小姐传诗许嫁是真的了？

阿　琇　是真的。

伦文叙　小姐不是说过，贫贱之人永远贫贱，会出自真心嫁我这卖菜仔？

阿　琇　这……（语塞）

伦文叙　小姐说过，嫁个贩夫走卒是玷辱家门，何以急不及待上门求亲？

阿　琇　这……

伦文叙　你讲。

阿　琇　这……这是小姐改变了主意。

伦文叙　变了主意？你那小姐，富贵娇人，会变初衷，实难相信！我倒怀疑你……

阿　琇　怀疑什么？

伦文叙　我来问你，今日上门求亲，究竟受何人差遣？得到了什么好处？从实招来！

[伦文叙口气一硬，阿琇乱了方寸。

阿　琇　我虽是受人差遣，并无得人好处，相公不要冤枉好人。（委屈拭泪）

伦　母　（喝止儿子）文叙，不要大声大气，姑娘不要难过，你说是受人差遣，那人是谁呢？

阿　琇　实不相瞒，是我家胡老爷，还命我送上金钗，作为订亲信物。（出示金钗）相公，你睇！

伦文叙　什么订亲信物？小姐不肯，我也不允，胡老爷一厢情愿，你就替佢说亲？

阿　琇　我来说亲，虽是奉主人之命，也是为相公着想。

伦文叙　你为我儿着想？

阿　琇　是呀，大婶啊！

（唱“慢板”）

相公上街卖菜，无奈家境清贫；

胡家富有钱财，大可周急解困。

平时赠你膏火，免为生计分心，

他日上京文战，定必资助成行。

许亲既得佳丽，又可快步青云。

一举两得其宜，还请参详是幸。

伦　母　（旁唱“减字芙蓉”）

姑娘一席话，打动老年人。

她为恤苦怜才，愿把红丝引。

伦文叙　（接唱）自古媒人多大话，哪有几句真。

唯是这姑娘，态度还诚恳。

阿　琇　（接唱）看他母子都感动，定亲似有可能。

伦　母　（唱“滚花”）

不应错怪姑娘……

伦文叙　（接唱）还要弄清底蕴。

请问抄这首唐诗，究竟谁人主意？

阿　琇　明人不做暗事，相公请谅，实是我的主意。

伦文叙　那你也知书识字了？

阿　琇　（羞怯）懂一点啦，怎比得相公你博学多才。

伦文叙　有才终何用，还不是两袖清风。

阿　琇　我识字又何用呢，还不是终日为婢为奴。

伦文叙　如此说来，我俩亦同病相怜。

阿　琇　我……

伦　母　姑娘你有何苦衷，不怕直说。

伦文叙　因何沦作女奴，莫非遭逢不幸？

阿　琇　既蒙相公垂问，且把身世直陈。

（唱“南音”）

说身世，泪暗吞，

我原是西江肇庆人，

家住农村一小镇，

无田无地卖豆腐为生。

生下我来连名字都不会谂。

伦文叙　（接唱）　取名琇字见丰神！

阿　琇　这个琇字是人家起的！

（唱"秋江别"）

村中教馆先生，

说我秀丽天真，

取个琇字最肖合其人。

及后又得他教训，

所以我断字识文。

伦文叙　（接唱）　这落泊的村夫子，称得上是你恩人。

阿　琇　后来还认我做义女。

（接唱）　怎奈人间偏多不幸，

灾荒岁月……

（转慢）　一场大水吞没了整村人。（泣）

伦　母　姑娘，过去的苦难就不要想它了，坐下慢慢说吧！

伦文叙　姑娘，有道是："大难不死必有后福"。

阿　琇　话虽如此，可是我……

（爽唱"诉冤"中段）

历尽苦辛，

饱遭厄困。

天高杳杳诉无闻，

落得流离剩此身，

大户为奴至于今。

为报主人与小姐恩义，

愿撮合婚姻作媒人，

（慢唱）　请谅茕茕弱女一点心。

伦　母　可怜的姑娘，你真苦啊！（拉过阿琇，阿琇伏在伦母膝下抽泣）

伦文叙　（激动，唱"梆子流水"）

此女身世凄凉无倚凭，

饱经祸劫剩孤身。

冰雪聪明伶俐甚，

却屈居奴仆痛沦沉。

如此好人天不悯，

穷字摧残世上几多人！

（转“滚花”）

穷人不会永远穷，否极泰来能转运。

阿　琇　（接唱）　感谢相公激励，阿琇立志为人。

虽则处境坎坷，不忘先师教训。

（念“口鼓”）他说尧舜之舜是个百姓平民，殷朝宰相傅说是泥水佬掌印，大臣胶鬲也是鱼贩出身，所以要紧者不在出身，而在勤修学行，我用此律己，也用此看人！

伦文叙　（唱“滚花”）

姑娘不同流俗，慧眼识人。

小生他日有成，一定不忘援引。

阿　琇　（感激地，接唱）

但得相公垂爱，阿琇铭感殊恩。（行大礼下跪）

多谢相公！

伦文叙　（一下扶起阿琇，端详其脸，不觉脱口赞叹）姑娘起来！阿琇果是秀气非凡。

[阿琇才感到伦文叙仍扶着不放，羞怯地脱身避开。

伦　母　（看在眼里，唱“滚花”）

见她心地善良情深恳，姑娘原是热肠人。

他日快婿乘龙，不知谁家福分？

阿　琇　大婶不要笑我。

（唱“快二黄”）

何来福分，不敢与闻。

为小姐求福而来，若蒙允肯，

就是相公大婶成全我这媒人。

伦文叙　（唱“滚花”）

　　　　　　你休再提亲，我攀不上高门贵品。

阿　琇　（失望地，唱“沉腔滚花”）

　　　　　　我怎向老爷复命，急煞我这媒人。

伦　母　讲实在吧姑娘，我们家穷，怎配得上你家小姐呢？能娶个像阿琇姑娘你这样的人，就心满意足了。

阿　琇　大婶又笑我了。

伦　母　大婶讲真的，（双关地）文叙你说呢？

伦文叙　阿妈满意，我都满意。

伦　母　好了，这回捉媒人上轿啦！

伦文叙　对呀！

阿　琇　捉媒人上轿？上轿做什么？

伦文叙　（摇头晃脑地）上轿者，嫁人之谓也。

阿　琇　嫁人？嫁谁人？

伦　母　就是他……（指文叙）

阿　琇　啊！（醒悟）我不配，我不配。

伦　母　什么不配，穷配穷，正合配。

　　　　（念“白榄”）

　　　　　　千两金，万两银，

　　　　　　唔似找个贴心人。

　　　　　　担挑得你来接转，

　　　　　　我就大光元宝谢天神！（介）

伦文叙　阿妈你高兴得太早啦，都不知人家怎么想的……

伦　母　是是是，你快问一下！

伦文叙　（望阿琇）媒人，你的主意如何？

阿　琇　我……我不知道，我不知道。

　　　　（另场唱“引子”）

　　　　　　是梦、是幻、是真？！

（唱“红云曲”）

心潮滚滚，面泛红云！

苦难之身，骤感千福万幸。

眼前一片五彩缤纷的云，

突然降临，又使人不敢相信。

使人不敢相信，我不敢相信……

唯是大婶言来句句真，

亲切慈祥态度诚恳。

相公在旁，更是妙语撩人，

唯是唯是提到婚姻，

我又羞于答问。（久不出声）

伦　母　姑娘，喝水吧！

伦文叙　媒人，为何总不出声？（见阿琇羞避，有点急）

[阿琇仍没出声。

伦文叙　（激将法）我知道，因为我家穷。

[阿琇摇头。

伦文叙　因为我是卖菜仔，怕人说你是卖菜婆。

[阿琇猛摇头。

伦文叙　啊，我知道了，你要等我中了状元……做个状元夫人。

阿　琇　（续唱）　就算失意归来，

我为你操持家务，同咬菜根。

伦文叙　（狂喜）媒人上轿了！

（接唱）　姑娘一句话，胜似韶乐仙韵。

何须山盟海誓，一语便订终身。

[阿琇掩面羞下。

伦　母　你高兴得太早了，她走啦！

伦文叙　走啦？

伦　母　还不追送一程？

伦文叙　追！（想下）

伦　母　回来，你要教她怎样回复老爷。

伦文叙　容易啦！就说："菩萨话今年订婚不吉利"，待到"金榜题名时，再谈花烛事"。

伦　母　答得妙，快去！

伦文叙　追！（情急之中，一头撞埋竹门处）

［伦母笑声中，幕闭。

第四场

［村外榕树下的码头。

［书僮挑着书箱上，后跟着梁二官。

［胡夫人内叫："二官等一等！"

梁二官　（吆喝书僮）等一等，姨妈表妹送行来了！

［胡夫人、胡蓉、阿琇上。

［二官忙趋前笑面相迎。

梁二官　（唱"春江花月夜"）

为猎取功名，应试赴京城，

谢姨母共表妹，送客舟，别长亭。

胡夫人　（接唱）　你要心高气盛，力争金榜题名，

那时共表妹亲上加亲倍高兴。

梁二官　（谄笑）嘻嘻！那时嘛……

（接重唱尾句）

折得宫花送与卿卿，

胡　蓉　（怫然）且住！

（唱"花好月圆"）

我的心意已说分明，

婚约须要我承认，

妈妈乱做主，也强不得女儿顺情。

阿　琇　（悄告梁二官，接唱）

二官人，你赴京城，

有靠山易成名，

但令小姐得尊荣，

好事成双敢保证。

梁二官　（得意地）对！

（接重唱尾句）

衣锦荣归显本领！

胡　蓉　娘亲，我站到脚酸啦！

胡夫人　快开船的了。

梁二官　表妹，你有什么离情别话，多嘱咐几句吧！

胡　蓉　灵神唔在多致嘱，你听住……

（唱“流水南音”）

一方梦想乃单思症，

两相情愿至事得成。

三元不中是你无福命，

枉读四书共五经。

六礼送来我都唔受聘，

七成八败莫怪无情。

九族皆知奴品性，

十分如意方肯系赤绳。

妈，走啦！

胡夫人　二官，你坐稳船啦！

阿　琇　为何相公还未来呢？

[胡蓉手扯胡夫人急下。二官与书僮另一方向下。阿琇殿后，故意把手巾丢在地上。

[胡夫人内呼：“阿琇！”

阿　琇　（急应）来了！（下）

伦文叙　（内唱“武西厢”引子）

万里驰骋！

[伦文叙背行李上。

（唱“长句二流”）

一肩行李，赴试京城，

做伴无人唯只影。

抛家别母，书生无奈逐功名。

此去战春闱，多少人争竞。

未必风骚能独领，

苏秦落魄岂是欠才情？

几许玉折兰摧，嗟叹有文无命。

（转“合尺滚花”）

白屋埋名姓，邦国失精英；

听瓦釜雷鸣，怎不教人气盛！

（转“孔雀开屏”尾段）

倘我他朝得志，

不弃一介之士，

使各尽其才共请缨，

支撑大厦永不倾，

书生徒自意难宁，

世道崎岖铲不平。

奈何、奈何，可笑、可笑，

若教阿琇知情，定笑我口轻轻。

[阿琇早已复上，见状在后匿笑。

阿　琇　（应声）阿琇不敢！

伦文叙　（发现，惊喜）阿琇，你来了？

[二人较相亲地走在一起。

伦文叙　“跂予望之，何姗姗其来迟”呀！

阿　琇　来迟的是你，我早就跟夫人小姐来过啦！

伦文叙　怎么，你早来了？

阿　琇　我早就来了。不信，你看……（指地上纱巾）

[文叙拾起巾，看看，恍然。

伦文叙　啊！聪明的阿琇，多情的阿琇。

（唱“纱巾曲”）

借找纱巾，借此机会话离情。

阿　琇　（接唱）　拿此纱巾，好送君北上夺头名。

二　人　（齐唱）　纱巾呀共你三生订，

纱巾呀共你三生证。

阿　琇　（唱“依依别”）

此去迢迢千里路，须防体力不胜，

寒加衣，倦将息，免招疾病；

饥则餐，渴则饮，好自调停；

水驿山程还须醒定。

伦文叙　（接唱）　临别依依，频嘱咐，饱含寸寸柔情。

姑娘勉励多端，此行定不辱命。

望你多加珍重，候我高中回程。

那时捷报飞来，合家欢庆。

阿　琇　（接唱）　相公你荣归之日，我当叩谢神灵。

纵然落第莫灰心，十年磨剑英雄性。

伦文叙　（接唱）　听此贴心一语，使我更感高情。

阿　琇　相公，行装收拾齐了？

伦文叙　收拾齐了。你看！

阿　琇　盘缠路费可够？

伦文叙　得到亲友帮忙，员外资助，撙节一些勉强够了。

阿　琇　相公呀！我此处有银环一双是义父遗物，交你带去，以作不时之需。

伦文叙　亲人遗物，你留在身边纪念吧。

阿　琇　相公，常言道“在家穷不算穷，出外穷才是真穷”。还是带去，使我心安。（给环）

伦文叙　阿琇盛情，可惜我身无长物，只有门匙一串，（摸出一串锁匙）回赠姑娘，留作纪念。

阿　琇　（接过锁匙）锁匙我定好好珍藏，一来留作定情信物，二来，多上你家门，探望老娘亲。

伦文叙　知我者，唯阿琇也。

[内场呼叫：“开船啦！”

[幕后合唱：

珍重一声，默祝风平浪静，

信鸳鸯同命，向锦绣前程。

[文叙急别下，阿琇目送。

[幕闭。

第五场

[京城繁华大街。广东会馆，湖广会馆门前。

[梁二官带着书僮逛街。

梁二官　（唱“荡舟”）

日长无事，饱览京师。

六街三市似过年时，

初上京师参会试，

乐怡怡，

一朝鸿运到，

高中头名未算奇。

[鸟鸣声，书僮指着灯笼。

书　僮　相公，你看。

梁二官　（念灯笼上的字）鳌头独占“柳”，（怒介）呸！

（唱“滚花”）

谁个狂妄匹夫，炫才露己。

居然目无余子，把我相欺。

什么鳌头独占，不知羞耻。

拆他的灯笼。（跳起拆，竟将帽甩在地上）

书　僮　公子，你的帽子落地啦！

梁二官　什么落地？落地与落第谐音，大吉利是，还未考试就讲落第。

书　僮　不讲落地讲什么？

梁二官　以后什么东西落地，都要改口叫“及第”。

书　僮　知道，要讲及第。公子，我帮你戴紧顶帽，就不会及第了。

梁二官　什么不会及第？

书　僮　及第及第，公子“三及第”……个碗粥呀！

梁二官　竹！快入去会馆担把竹梯出来。

书　僮　干什么？（二官向他耳语）哦，知道！（下端梯）

梁二官　（唱“滚花”）

顿时灵机一动，教训你个乳臭小儿。

[广东试子与书僮上，念：鳌头独占“柳”。

梁二官　来来来，帮忙拆左个灯笼下来。

[二书生帮忙扶梯，书僮正想登梯。

[两湖广试子上，见介。

湖生甲　住手！

（念“口鼓”）大胆狂徒休得无礼，多管闲事，胡作非为。

梁二官　（接念）还未应试春闱，何来鳌头独占，真是人不笑狗也吠。

广生甲　（接念）还在门前张灯炫耀，真是荒诞无稽。

湖生乙　（接念）听住，柳先开是我们湖广才子，家运兴隆文章盖世。他舅父身为主考，今科定必金榜名题。

梁二官　（接念）胡说，他当状元，我当什么？

湖生乙　（接念）你当“撞鬼”！

梁二官　（接念）呸！你只歪咀野鸭，焉能斗雄鸡。

（唱“快中板”）

谬认状元真可恨，

目中无复有能人。

（唱“滚花”）

我怒冲冲，拆下灯笼将他教训。

[与湖广试子冲突，二官被湖试子推开。二官示意书僮上。

梁二官　与我上。

[书僮把湖试子撞倒。广试子嘘声中，湖试子逃下。

梁二官　拆它下来。

[伦文叙从广东会馆上。

伦文叙　且慢！

梁二官　什么？你还护着他，你看这是什么？

伦文叙　（看牌，念）鳌头独占“柳”。

（唱“滚花”）

说什么鳌头独占真可笑，又何必动手失斯文。

梁二官　（唱“七字清中板”）

是可忍时孰不可忍，

不加教训气难吞。

伦文叙　（接唱）　听说此人有些学问，

心高气傲浪称能。

若要将他来教训……

梁二官　有何妙计？（伦文叙在二官耳边说了几句）好好，快拿笔墨出来！

[书僮应声进广东会馆拿笔墨。

伦文叙　（续唱）　他用文来我用文。

[二广试子拿竹梯，伦文叙接过笔爬梯，在灯笼上的“柳”字下面加上“未必”两字。改毕。

[众试子、二官齐看。

梁二官　（念）鳌头独占……

众试子　（齐念）柳未必！哈哈哈……

[柳先开内喝一声：“好胆！”率湖广试子上。

柳先开　谁敢拆我个灯笼？（重句）

梁二官　你瞎了么，大个灯笼高高挂起。

柳先开　（一看念）鳌头独占柳未必。（重句）好胆！

（唱“滚花”）

你们可知罪过，竟敢冒犯本人！

伦文叙　看来你就是柳先开公子了？

（唱“可怜我”）

恕小生，向公子一声借问，

部试未行待开科，

你却独占鳌头实新闻。

柳先开　你们听着！

（唱前腔）我柳先开掇高科，京师有定论，

日后定然宦官身，

你休多言令我激愤！

你是何人？

伦文叙　广东伦文叙。

柳先开　伦文叙，我也略有所闻。

（秃头唱“滚花”）

可惜你世代贫穷，状元及第无你份。

我早已拟好上联：“粤东花未放”。（对湖广试子）你们对下联吧！听着。

湖试子　（齐白）“湖广柳先开”。

[广试子等起哄。

伦文叙　别嘈，我也有上联。

广试子　（齐白）听住！

伦文叙　“湖广柳开人未中”，下联你们来！

[众广试子一致推荐梁二官对下联。

广试子　（齐白）你来！（指着二官）

梁二官　我？我就我，（上前念）“广东花发状元来”！

[众起哄。呼："好"！

梁二官　状元是我们的！（众人跟着叫喊）

湖试子　状元是我们的！（众人跟着叫喊）

梁二官　（命书僮）把灯笼拆下来！给我上。

[双方争持不下，大打出手，秩序大乱 。

["嘭嘭"大官开道的头锣声传来。

[甲官差内喊："太师梁储大人到！"

[乙官差内喊："主考赵士德大人到！"

[众试子闻声停止，立候。

[众侍卫引梁储、赵士德分边上。

梁　储　（唱"滚花"）

试子京畿闹事为何因？

赵士德　（接唱）　偶遇途中同过问。

柳先开　（向赵士德）外甥拜见舅父。

赵士德　免礼。

伦文叙　（向梁储）伦文叙拜见梁太师。

众试子　（齐拜）学生参见大人！

梁　储　你是伦文叙，西禅一见，不觉好多年了！起来，起来！

众　人　（齐白）谢大人！

赵士德　你们何事争执？

柳先开　他涂改我们的灯笼。

伦文叙　两位大人请看上面写些什么？

[梁、赵看牌。

梁　储　区区小事，何必大动干戈。

（唱"滚花"）

都是圣门弟子，国士之身。

只宜逐鹿科场，不宜街头挑衅。

赵士德　（接唱）　一旦龙廷降罪，岂不有辱斯文。

众试子　（齐白）学生知错。

梁　储　　知错就好。

赵士德　　你们准备应试。

（唱“滚花”）

部试入围，定向我皇荐引。

梁　储　（接唱）　好生自重，多学先哲圣人。

众　人　（齐白）谢大人！

[切光。

[幕闭。

第六场

[皇宫御花园。

[梁储、赵士德同上。

梁　储　（唱“七字清中板”）

选士开科今古重，

赵士德　（接唱）　天下英才入彀中，

梁　储　（接唱）　你我当日也曾拼命拱，

赵士德　（接唱）　拱来拱去拱到如今，总算拱出窿……

梁　储　（接唱）　就快拱入窿。（指黄泉）

[二人同笑，内场声：“摆驾！”

梁、赵　（同唱）　主上驾临忙趋奉。

[快奏“小桃红”前小段，宫娥、太监簇拥弘治皇帝上。梁、赵恭迎。

皇　帝　（唱“七字清中板”）

文运兴昌国运隆，

今年养士他年用。

不爱瓦釜爱黄钟，

歌赋诗词孤皇懂。（埋位）

御前亲点状元红。

梁　储　启奏陛下，新科魁首伦文叙、柳先开朝房候觐。

皇　帝　宣！

太　监　（向外）万岁有旨：伦文叙、柳先开进见！

[内呼应一句：万岁有旨“伦文叙、柳先开进见”！

[伦、柳齐应声：“来也”！上，俯伏叩拜。

伦、柳　（齐白）臣！伦文叙（柳先开）见驾！万岁万万岁！

皇　帝　平身！

伦、柳　谢万岁！

皇　帝　（唱“滚花”）

两卿文章各有千秋，不相伯仲。

今召你们面试，分甲乙，决雌雄。

梁太师，你先出一联，让两人作对吧！

梁　储　遵旨，我先出上联，你们各对下联，上联是：“雏凤学飞万里风云从此始”。

柳先开　（略一思索）下联有了：“鳌头独占，九霄日月为君驰”。

皇　帝　雏凤学飞对鳌头独占，从此始对为君驰，倒也工整。

赵士德　堪称绝唱，柳先开该点状元。

梁　储　呃！须等两下对完，方可定夺。

皇　帝　如此，伦文叙对来。

伦文叙　遵旨，臣对的下联是：“潜龙奋起，九天雷雨及时来”。

皇　帝　好！词句铿锵，胸怀广大，两卿以为哪一联较好？

梁　储　臣以为伦文叙较胜一筹。

赵士德　柳先开的好。

梁　储　伦文叙的好。

梁、赵　（争白）柳先开的好，伦文叙的好。

皇　帝　两卿家，仅此一联是难定高下的。朕再以明月为题，命你两人各赋诗一首。

伦、柳　（同应）遵旨！

[伦、柳两人思索。

柳先开　我的诗成了。

（念）　读尽九州十国赋，吟成四海五湖诗。

月中丹桂连根拔，不许旁人折半枝。

[在场的同声赞好，皇帝也不断点头。

赵士德　柳先开此诗真乃天下奇才，伦文叙，有道献丑不如藏拙。

梁　储　你又来了，不经比较，怎别高低？伦文叙你吟吧！

伦文叙　遵命！

（念）　潜心奋志上天台，瞥见嫦娥把桂栽。

偶遇广寒宫未闭，故将……

故将明月抱归来。

皇　帝　好啊！

（唱“古腔十字清”）

他二人，口吐珠玑，才华出众。

一时间，教寡人，难决雌雄。

状元郎，点去点来难点中。

两卿家，有何高见，他俩谁占上风？

赵士德　伦文叙稍逊于柳先开，

梁　储　柳先开稍逊于伦文叙。

赵士德　柳先开的好。

梁　储　伦文叙的好。

梁、赵　（争）柳先开好，伦文叙好……

皇　帝　这……

太　监　（报上）万岁！启禀万岁，太后懿旨，谁中状元便招为驸马，即报内宫。

皇　帝　回宫候报。

[太监下。

皇　帝　母后有言，谁中状元就招为驸马。这两人之中，究竟谁人适合？（望梁、赵）

梁　储　论才应是伦文叙。

[柳先开骤然跪下。

皇　帝　（诧异）柳先开为何下跪？

柳先开　万岁，梁大人说，论才应是伦文叙，臣心不服。

皇　帝　啊！起来起来，论才你不服伦文叙？方才明月一诗，你只折得一枝丹桂，他却抱满月而归，气魄比你大啊！看来……以诗文分高下，难以服你，不如两人再比一下智慧。（望梁、赵）

梁、赵　好，好，再比智慧高低，请颁题目。

皇　帝　每当早朝，文武百官，手持牙简，三呼万岁。朕要你们在牙简之上，写上一万个数目。

柳先开　区区牙简，怎能写上一万个数目？

皇　帝　这叫“难者不会，会者不难”。两卿家，快各给牙简，看谁写得好，写得快。

梁、赵　（分别从袖中取出牙简，低声叮嘱）中了状元，便招为驸马，好生应考得来。

伦、柳　知道。

[柳先开用心在牙简上细写。

伦文叙　（心绪不定）唉，难呀！

柳先开　（得色地）你也知道难咧！

伦文叙　（旁唱“长句二黄”）

国太一言动五中，
驸马恩荣诚贵重，
世人谁不羡，尚主又从龙，
唯是乡土一枝梅，
情胜宫闱七彩凤，
又岂可二三其德，
做一个有始无终，
我不贪驸马尊衔，
却难舍状元美梦。

梁　储　为何还不快写？

伦、柳　快了，快了。

伦文叙　（唱“手托”）

身显贵怎可便背初衷，

三生证，临别两情重，

逆君意，表我亮节高风。

（提笔速写，趋帝前）臣已写完，恭呈御览。

梁　储　你草草交卷，太不争气了。

皇　帝　（一看牙简，龙颜大展）好！好！一万数目，十二个字就包括齐全。“穷则变，变则通”，此之谓智也。来来来……（把牙简交梁储）你们奇文共赏。

梁、赵　（齐念牙简）一而十，十而百，百而千，千而万。

皇　帝　缩龙成寸，真乃天纵聪明！

梁　储　伦文叙，陛下说你天纵聪明，还不赶快谢恩。

伦文叙　（没想到草草了之的答案，竟受皇帝赞许，一下惊呆了，经梁储提醒即慌忙下跪）臣……臣实不敢当。陛下！

（唱“滚花”）

臣向家穷，惯于悭俭，

故能将一万紧缩在十二字之中。

皇　帝　（接唱）　智慧都从历练来，（望着柳先开）官宦中人未必懂。

柳先开　臣佩服，佩服！（不悦）

皇　帝　你答得如何？

柳先开　答了，万民山呼万岁，万岁，万万岁，万岁江山万万年，主上，按照他的算法，我比他还多了好多万。

皇　帝　起来，起来，你讲得也有道理，不过……

（念“口鼓”）你虽有文才，对世道人情尚多不懂。你出身富豪，易生骄纵，今后要学谦恭。柳先开上前听封。

柳先开　万万岁！

皇　帝　赐你榜眼一名！好生自重。

柳先开　谨遵训示，谢主恩隆！（叩拜，退下）

皇　帝　伦卿家。

伦文叙　　臣在！

皇　帝　（唱“滚花”）

卿家穷不夺志，积健为雄。

不但激励人心，孤亦为之感动。

赐你鳌头独占，人来速报后宫。

伦文叙　　且慢……

梁　储　　伦驸马，快快谢恩！

伦文叙　（无奈，跪地）谢……谢天谢地。

梁　储　　什么“谢天谢地”，快谢岳皇！（指皇帝）

伦文叙　　哎，谢不得，谢不得。

皇　帝　　伦状元，你说什么谢不得？

伦文叙　　臣实不配做状元，请陛下收回圣谕。

皇　帝　　啊，为什么？

伦文叙　　陛下啊！

（唱“快慢板”）

恕不堪，当驸马，攀龙附凤。

臣有妻，虽未娶，难变初衷。

皇　帝　　秃，为何不及早声明？

伦文叙　（续唱）　臣决心，弃状元，岂料状元偏得中。

（转“滚花”）

纵是状元该点，委实驸马难当。

皇　帝　　可恼！

（唱“快中板”）

皇帝女儿谁不重，

何难另找状元公。

是你自甘把荣名断送！

叉了下去……

[两名侍卫闻声疾上，把伦文叙押起。

伦文叙　　且慢！

（秃头唱“滚花”）

臣有一言，请示圣躬。

皇　帝　讲！

伦文叙　臣今科放弃，下届春闱，准否再来应试？

皇　帝　准又怎样？

伦文叙　若蒙恩准，回去勤修苦读，下届春闱，再博金榜名题。

皇　帝　不准呢？

伦文叙　不准么，臣就断了这条仕路，死了这颗雄心，老死乡间，与草木同枯。

皇　帝　这……（惋惜）朕真不解，你苦读诗书，无非为一朝得志，而今功名到手，却又轻轻放弃。这是为何？这是为何？啊……朕明白了，那女子定是千金小姐，艳绝人寰，使你甘愿放弃这大好前程？

伦文叙　非也，此女子并非千金小姐，却是个孤苦女儿，人家侍婢。

[皇帝十分意外，群臣也大为震动。

皇　帝　既是孤苦女儿人家侍婢，怎比公主金枝玉叶，怎比状元高官厚禄，怎比驸马富贵尊荣？何况你与那女子，只是口头承诺，并未过门。也罢！你若怕人非议。朕即下旨，为你将婚约解除。

伦文叙　（叫头）陛下……陛下呀！朝廷恩典，感恩不忘，唯是信义两字，其重千钧，臣与李女阿琇，誓相终始。

[伦文叙跪求皇上。

皇　帝　（唱“滚花”）

伦文叙他，他他他，真是个多情种。

他不慕虚荣，不图富贵，

应明嘉奖励，使天下相习成风。

他坦率陈情，令孤皇心中感动。

向母后陈明真相，改初衷。

伦文叙，朕许你祭祖还乡，与淑女谐鸾凤，

祝你夫妻白头偕老，爱无穷。

伦文叙　谢主恩隆！

[落幕。

第七场

[胡家华丽厅堂。

[婢仆们忙于摆设、布置，来回穿梭。

[阿琇喜气盈盈地上。

阿　琇　（念）捷报从天降，佳音向华堂。

（唱“雪中燕”）

信当真，非幻象，

听笙箫鼓乐正飘荡四方，

伦相公名登金榜，

绿衣人共仰，夸街金镫响。

心花放我如醉醇醪样。

（转“二黄板面”）

他说道，准备着，

香车宝马和仪仗，

娶阿琇回去鱼水成双。

苦女儿得配状元郎，

怎不教侬喜欲狂，

到时凤冠珠帔共拜堂，

四邻尽羡花烛光，

来贺我夫妻俩。

（唱“二黄”）

千秋百世，会当佳话传扬，

夫妻相敬如宾，效那齐眉举案。

胡　蓉　阿琇！

（念“口鼓”）今日我喜事临门，你不陪我到花厅何干？

阿　琇　我帮老爷打点，好迎接状元郎。

胡　蓉　想不到伦相公，赴试居然名登金榜。

阿　琇　街上的人猛讲，这叫“腊肠煲汤”。

胡　蓉　“腊肠煲汤”是什么意思？

阿　琇　俾你估唔到咯！

[小姐愧怍。

[夫人内喊“女儿”，与员外上。

胡夫人　女儿！

（唱“滚花”）

状元荣归来拜望，

吉星高照我家堂。

胡员外　（接唱）　未曾确定婚姻，何以首先过访？

胡夫人　他不是说过，待到金榜题名时，再谈花烛事吗？

（接唱）　家有梧桐树，何愁没凤凰。（望着胡蓉）

他既金榜题名，当然要把花烛点亮。

胡员外　但愿如此，却又怕……

胡夫人　怕什么？

胡员外　（接唱）　当日论文选婿，女儿辱他一场。

今番得志归来，诚恐跟寻旧账。

胡　蓉　寻旧账？

（唱“沉腔滚花”）

哎呀呀！一桩好事却怕付汪洋。

（转“三脚凳”）

自恨我当时，有眼无珠睇错相。

他若来算账，难免受辱一场。

不如避往斋堂，落得把清福享。

胡夫人　（接唱）　女儿休错见，吓坏了为娘。

阿　琇　（唱“滚花”）

本来喜事一桩，何以越讲越走样。

人家状元大量，岂有狭隘心肠。

胡员外　阿琇，你有什么消息？

阿　琇　伦相公不是来算账，是来……提亲。

胡员外　提亲？唔，婚事定过抬油，状元大人大量！

胡夫人　这就好了，阿琇，到底是你精乖伶俐，将来定配檀郎。

阿　琇　撞口挂让她撞中了。

[内场侍从高声喧叫：“伦状元过府提亲！”

众　人　（欣喜若狂，齐呼）果然求亲来了！

胡员外　不要吵，听他讲来。

[内场侍从继续喊道：“状元过府求亲，送上凤冠霞帔，阿琇即来受领。”

胡夫人　（齐白）阿琇，快去领凤冠霞帔！

阿　琇　知道！（下）

胡　蓉　呃！凤冠霞帔为什么叫阿琇去领？

胡夫人　阿琇是下人嘛。

胡员外　况且，她还是个媒人！

胡夫人　你是个千金小姐，状元夫人当然是你。

胡　蓉　是我？女儿是状元夫人，哈哈……

（唱“四季歌”）

一片春光满院花芳，

庆贺我得个状元郎。

妙龄靓女该有贵人傍，

上戴珠冠身披锦帔人人看凤凰。（慢重唱）

说爹妈生我犹如掘到宝藏！

胡夫人　你睇，吉服领来了！

[阿琇捧凤冠霞帔上。

[胡蓉、胡夫人、胡员外一拥而上，围着阿琇转了个圈狂喜地欣赏阿琇手中的凤冠霞帔，羞得阿琇垂首举衣，让他们看个够。

胡夫人　状元来提亲了？

阿　琇　来提亲了。

胡　蓉　凤冠霞帔送来了？

阿　琇　送来了。

胡　蓉　状元马上来拜堂了？

阿　琇　这……

[胡蓉不待阿琇回答，一声“给我”，便一把抢过衣冠下。

阿　琇　（愣着，不知所措）小姐……

胡夫人　小姐要出嫁了，还不去替她梳妆打扮？（强推阿琇下，望着胡员外，松了一口气）一天都光晒。

胡员外　你不是将女儿嫁给梁二官吗？

胡夫人　今时怎同往日，自古有话，价高者得。

胡员外　你呀，就是“眼光短浅，也欠缺一条放眼梁（量）”。

胡夫人　量什么量，我就是状元的丈母娘！

[内传：“新科状元到！”

胡员外　新科状元到，人来，出迎！

[乐声中，胡员外、胡夫人以及男女婢仆列队迎候。

[旗牌引路，中军相随。

[伦文叙官袍华服上。

伦文叙　（唱“中板”）

跃过龙门三级浪，

一朝钦点状元郎。

十载寒窗功不枉，

剑匣帷灯总放光。

奉旨迎亲将妻访！

[胡员外等迎伦入华堂。

[宾主坐下，婢仆奉茶。

胡员外　伦状元新科高中，有失远迎望求恕罪。

伦文叙　岂敢，文叙得员外鼓励，至有今日，特来道谢。

胡员外　愧不敢当。请，请。

伦文叙　（举头四望）为何不见我妻？

胡员外　正在房中打扮。

伦文叙　快请!

中　军　（向内）有请状元夫人!

胡　蓉　（内应）来了!（穿一身凤冠霞帔上）

伦文叙　（起身迎上，愕然）不对呀，不对!

胡夫人　对呀，她正是我家女儿。

胡员外　你不是上门求亲?

伦文叙　我上门求亲，求的是府上阿琇。

胡夫人　（不相信自己的耳朵）什么?阿琇……

胡员外　我家侍婢阿琇?

伦文叙　对，正是阿琇。

（唱“快二黄”）

我与阿琇情投意合，早已约定成双。

曾有信物为凭，缘证三生石上。

奉旨完婚此日，来遵俗例拜堂。

我此番来意嘛!

（唱“滚花”）

中得状元归，即时花烛亮。

[胡蓉羞愧交加，扑在胡夫人肩上号哭。

胡员外　（大失所望，暗唱“沉腔滚花”）

鲤鱼不受金钩钓，

摆尾摇头出大江。

胡夫人　（接唱）　岂能乱点鸳鸯，要的什么花样?

胡　蓉　（抬头怒视伦文叙）伦文叙!

（唱“血泪花”中段）

什么状元郎，状元郎，

你得志便狂妄。

休要滥逞风光，作势装腔。

此来有意寻旧账，

羞辱我当小事一桩？！

伦文叙　我并没有羞辱你！

胡　蓉　你上府求亲，送来吉服，弄的什么玄虚？

伦文叙　哦，那衣冠声明是送与阿琇的，你却拿来穿戴，这与我何干，我把你好有一比。

胡　蓉　比什么？

伦文叙　木匠担枷——自作自受，（另场）这种人靓是靓，却坏了一双白鸽眼！

胡　蓉　伦文叙！

（唱“怀旧”）

休当你好馨香，

什么的状元郎。

小小街边个卖菜仔，

未堪匹配本姑娘。

（取下凤冠，狠狠地抛在地上）

状元夫人，我不稀罕，我不要，还给你！

伦文叙　何必与这吉服为难呢？快把它拾起来！

胡　蓉　我不拾！（走开不理）

伦文叙　（威严地）快些拾！

胡员外　拾拾拾……让阿爹来拾吧！

伦文叙　不准代劳，让她自己拾。

胡员外　定要她拾？

伦文叙　定要她拾，否则一误再误！

胡员外　一误再误？此话怎解？

伦文叙　员外呀！

（唱“仙女牧羊”）

你家姑娘爱风光，

我有心牵线做红娘。

福禄鸳鸯，天设一双，

保她中意如愿以偿。

胡夫人　（同唱）　谁人能配，请道其详。

伦文叙　（接唱）　且听喜乐齐奏鼓声响，

贵人到府上。

有请新任知府梁大人。

[梁二官在内高喊："来了！"在侍从的簇拥下，官袍玉带，洋洋得意地上。

梁二官　（唱"七字清中板"）

爹爹在朝将印掌，

我差些得中状元郎。

多得伦兄加个鞋掌，（指一足）

两脚唔跛胜往常，

看我气度轩昂！（昂然而进）

[与伦会面，伦文叙拉他一旁。

伦文叙　二官，看你的啦！

梁二官　新科进士，现任知府梁二官拜见姨妈姨丈。

[胡夫人、胡员外出乎意料，睁眼上上下下打量二官。

胡夫人　你是二官外甥？

梁二官　正是。

胡员外　中进士了？

梁二官　中进士了。

胡夫人　做高官了？

梁二官　现任知府。

胡夫人　你的脚？

梁二官　伦状元妙手回春，在我鞋底里加多个鞋掌，我的脚好了。

伦文叙　有道是"士别三日，刮目相看"，还不向表妹求亲？更待何时？

梁二官　（向胡蓉深深一揖）新科进士，现任知府梁二官向表妹求亲来了。表妹呀表妹，你讲得十分如意，如今恐怕也有九分了吧！（显官派）

[胡蓉打量二官介。

梁二官　表妹，关于我俩的婚事。点呀？

[胡蓉矜持有顷，再后在员外、夫人的相劝下，点头答应，引起哄堂喜笑。

众　人　好呀！

伦文叙　好，既然答应婚事，还不将吉服拾番起来。

胡　蓉　（难为情地）这……

梁二官　表妹，你就拾番它啦！

胡　蓉　……我要你拾！

梁二官　（示意官服）我不能拾呀……

胡　蓉　我都话要你拾呀！

梁二官　（拾起，向胡蓉）这是伦状元送你的吉服，还邀请我俩与状元夫妇共拜花堂。

胡　蓉　那，阿琇的吉服呢？

伦文叙　早已准备，人来，快把夫人的凤冠霞帔送去。

[中军应声将锦绣衣冠交与丫鬟送入房去。

[夫人、员外帮胡蓉穿吉服。

伦文叙　（向内）有请阿琇贤妻！

众随从　（齐声）有请状元夫人！

[阿琇锦衣绣裙，头戴凤冠上，艳丽夺目，光彩照人。

[在场人无不为之惊叹，欢呼。

[伦文叙上前迎迓，一对新人，双双起舞。

众　人　（齐唱，共舞）

愿有情人终成眷属，

皆大欢喜拜花堂。

[鼓乐声中幕闭。

——剧终

该剧 1993 年丁凡、陈韵红、陆秀霞、麦维佳、区翠儿等首演。现选载的是 2005 年丁凡、蒋文端、曾小敏、翁汉阳、麦维佳、张俊英等主演的演出本。

唐太宗与小魏征

编剧：卢凌日　梁建忠

人物表

魏叔玉	魏征之子
唐太宗	唐皇李世民
衡山公主	唐太宗之女
魏　征	官谏议大夫、封郑国公
尉迟恭	官都督、东征元帅
长孙无忌	太宗长孙皇后之兄、封赵国公
裴夫人	魏征之妻
香　环	衡山公主贴身宫女
蒋　甲	朝官
李　越	朝官
延寿惠真	高丽国元帅
张　涛	唐兵
陈　明	唐兵
赵　海	唐兵
梁元盛	唐兵

御医、门官、车夫、太监、宫娥、武士、高丽国兵士等若干人

第一场

[时间：贞观十七年（643年）元月。

[魏征书斋。

[幕后一个粗重的男声："以铜为镜，可正衣冠；以史为镜，可知兴替；以人为镜，可明得失。"

[幕启。魏征带病伏案疾书"治国十要"。一阵咳嗽、气促。

裴夫人　老爷保重！

魏叔玉　爹呀！

（唱"滚花"）

爹恶疾缠身，还竭精强振。

你宵衣旰食，为国为民。

爹应养病息笔，朝政不宜多诊。

魏　征　唉！只为贞观大业，怎惜衰朽残年。叔玉，这《治国十要》，爹看来……

（唱"七字清"）

难消心结苦沉吟，

《治国十要》未成，我难安枕。

为的是防微杜渐，警君心。

魏叔玉　（唱"滚花"）

孩儿可代父秉笔续书，

爹爹应养病安枕。

[内叫："皇上驾到。"

魏　征　（紧张地）皇上果然驾到，快与我更衣。

魏叔玉　爹呀！御医叮嘱，不宜走动，让孩儿代为接驾也罢。

魏　征　不可！为臣不可失礼。

魏叔玉　礼贵从宜，万岁谅不怪罪。

[唐太宗内白："朕不会怪罪呀！"

[宫娥、太监引唐太宗上。

唐太宗　哈哈，可谓父贤子孝呀！

魏　征　陛下！

唐太宗　老卿家！

（唱"滚花"）

寡人悄然起驾，

特来探望贤臣。

爱卿病厄缠身，

礼仪毋须拘谨。

魏叔玉　万岁，父亲病重，体力不支臣礼有亏，叔玉代为告罪。

唐太宗　何罪之有呢！朕此来还将喜事商定。

魏叔玉　喜从何来？

魏　征　陛下请问有何喜事？

唐太宗　哈哈……

（唱"采花词"）

元夜观灯开紫禁，

叔玉射谜夺冠得知音。

公主投情示爱，

以佩为赠。

良宵美景情真意恳，

她将心事向朕告禀。

愿系红丝托付终身，

特来道喜证名分，

与卿家商议定良辰。

魏叔玉　（大喜）谢万岁！（跪下）

魏　征　谢主隆恩！（魏征欲跪，体力不支气喘）

唐太宗　（上前扶魏征）爱卿怎样？

魏　征　万岁！不必为老臣操心呀。

唐太宗　御医前来诊治，不知所服何药？

裴夫人　药方不奇，只是药引难找。

魏　征　妇人之言，陛下不必多问。

唐太宗　药引究是何物？

裴夫人　药引是天上龙须。

唐太宗　天上龙须？这就难办了。

魏叔玉　万岁唾手可得，何难之有！

魏　征　（喝止）叔玉！

唐太宗　小卿家！

（唱“滚花”）

叔玉无须隐讳，

有话对朕直陈。

魏叔玉　陛下！

（唱“七字清”）

陛下手握乾坤金斗印，

四夷宾服世同钦，

何用云中取药引 。（拉腔）

唐太宗　（领悟）啊……有了！

（接唱）　真龙就是九五之身。（拉腔）

拿剑来！

魏叔玉　谢万岁！（献剑）

魏　征　万岁不可……万岁，臣大限已满，非药石可救，千万不可有毁龙颜。

唐太宗　只要能为卿家治病，就是剜肉割肌，朕也在所不惜。

[唐太宗欲取剑割须介。

魏　征　陛下……陛下对老臣恩泽重加，老臣铭感五内。老臣不求别样，只望陛下虚怀纳谏，则平生之愿足矣！陛下，（取过《十要》）这《治国十要》可供陛下参详，永昌贞观盛世。只是老臣病危，只成其半，臣之忠心，尽在于此！

（呈献）

唐太宗　（未接）爱卿你病……

魏　征　（恍悟）哎呀呀……微臣病昏了，这半成之稿，意旨未尽，怎好呈献！

唐太宗　老卿家年老体弱，你安心养病就是了，这《治国十要》就……

魏叔玉　可否由叔玉代父秉笔。

魏　征　叔玉！（投以责备眼光，气促晕眩）

魏叔玉　爹爹！（扶魏征坐下）

唐太宗　朕所赐紫宸丹，乃救急之用，赶快取来。

裴夫人　紫宸丹已经用完了。

唐太宗　既已用完，待朕回宫，让衡山公主送来，摆驾！

[唐太宗下介。太监随下。

魏叔玉　爹爹！

魏　征　叔玉你呀！

（唱“滚花”）

你好胜逞强难安本分，

不量情不度己，

试问如何事君。

魏叔玉　爹爹呀！

（唱“七字清”）

竹节松筠心耿耿，

孩儿耻俗共浮沉。

（转“三字清”）

报国心，常自振，

修大业，建奇勋。

（转“滚花”）

秉承父志报朝廷，

万里鹏程今发轫。

魏　征　你……（气喘，咳嗽）

裴夫人　叔玉你呀！（扶魏征）

魏叔玉　　爹爹！（忙扶魏征归病榻）

[内场叫："衡山公主驾到。"

[香环捧紫宸丹，引衡山公主上。

公　主　　国公，国公！紫宸丹啊……

[香环送上紫宸丹，公主亲自侍候魏征吞服。

[稍时魏征气喘暂缓。

裴夫人　　（感动地）公主！

（唱"二黄"）

今夜纡尊降贵，

亲临府上问寒温。

如此淑德贤良，

懿范长留闺阃。

一家同声报谢，

公主厚泽深仁。

公　主　　（唱"秋水伊人"）

何言施恩，

遵嘱贵府送药行。

情切切，意殷殷，

尊敬开国重臣。

我衡山应本分，

侍候贤臣尽孝心，

不应相看当外人。

魏　征　　公主！

（唱"滚花"）

劳公主亲送灵丹，

真乃如天之幸。

蒙赐殷殷垂问，

岂不折煞老臣。

公　主　　国公何出此言呢！只因身在深宫难得过府。今日值此之机，应尽一点孝心。

魏　征　公主一片心意，老臣心领。这《治国十要》，只成其半，望公主转呈皇上，臣之忠心尽在于此……（倒下）

公　主　国公！国公！

裴夫人　老爷……

魏叔玉　爹爹……

公　主　国公……

[音乐起介。幕后合唱："啊……啊……"

[合唱声中，衡山公主去素带挂孝，行媳妇之礼。

[一幅巨大的奠字徐徐降下。

[二幕闭。

第二场

[二幕前。

[一束光打着宣旨的太监。

太　监　大唐贞观皇帝诏曰："哀哉天殄，痛折股肱，勋重功臣，礼葬宜隆。郑国公魏征出殡之日，御赐羽葆鼓吹，班剑仪仗，并晓谕满朝文武，俱出朝门，裹白挂素。护送灵车，不得有误。钦此！"

[切光。太监下。哀声中二幕升起。

[盛大仪仗队和送殡官员缓缓过场。

蒋　甲　不死老子，

李　越　要当孝子。

蒋　甲　气得肚子，

李　越　长了包子。

蒋　甲　魏征去见阎老子，

李　越　再不怕他抓辫子。

蒋　甲　呵呵……

李　越　嘘嘘……

蒋　甲　前面来了个炮筒子，

李　越　找个机会开口子。

尉迟恭　（内叫）魏征兄弟，俺尉迟恭来迟了。（上介）两位大人。

蒋　甲　老国公！我们都当了魏征的大孝子。

尉迟恭　这是皇上意旨，当孝子又怎样！

李　越　哼！这葬礼也隆重得太过分了。

尉迟恭　勋重功臣，理当如此。

蒋　甲　魏征算什么功臣，还不是摇唇鼓舌，蒙蔽皇上。

尉迟恭　胡说！

蒋　甲　并非胡说！魏征僭越犯上，事君不忠。

尉迟恭　事君不忠，何以见得？

李　越　“司马昭之心，路人皆见。”

蒋　甲　我们早已抓到魏征的把柄。

李　越　抓到把柄又怎样？难道你敢上奏君王。

蒋　甲　奏不得，奏不得啊！

尉迟恭　为何奏不得？

蒋　甲　魏征已死，何苦翻他老账。况且皇上要为他，撰写碑文，流芳百世，为臣者岂敢逆君王旨意。

尉迟恭　若魏征事君不忠，俺老黑岂能容他。

蒋　甲　当真？

尉迟恭　当真！

李　越　果然？

尉迟恭　果然！

蒋　甲　好！这就是魏征的罪证。（向尉迟恭呈上“十思疏”）

尉迟恭　（接过看）这是魏征生前奏章，何罪之有？

李　越　老国公你有所不知，魏征奏章已存归御史房了，你且看下去。

尉迟恭　（念“十思疏”）陛下近来风尚，已渐渐消失，忘却节俭，奢侈纵欲，疏君子而近小人，好大喜功，积而不已，将亏圣德。

蒋　甲　老国公！这就是魏叔玉私自整理父亲奏章，横加批语。

李　越　一旦流传世上，众人皆知君王过。魏征父子分明有意贬损一代明君。

尉迟恭　可恼！

（唱“快中板”）

魏征父子真狂妄，

私整史册贬君王。

怒闯金銮——（半句）

（转“滚花”）

告御状！（扯下白纱入场）

[蒋甲、李越看状狡黠地笑：“哈哈哈哈……”

蒋　甲　（接唱）　不必裹白挂素，（半句）

李　越　（接唱）　无须祭奠灵堂。

[二人扯下白纱相视而笑。

[切光。

[二幕启。偏殿，太监环立，捧着文房四宝。

[唐太宗剪手凝思。

[长孙无忌手拿卷轴。

唐太宗　（唱“首板”）

痛折栋梁愁难遣。

（唱“慢板”）

六朝踪迹，已过眼云烟。

历数史官褒贬处，

几人治国有真言。

八百死囚，宫女三千。

朕布德施仁，

巧把山河装点。

天拂朕意丧魏征，

忠言谠论耳难闻。

为表君臣义，

碑文一纸悼忠贤。

（转“滚花”）

丰碑高树照千秋，

以表圣朝恩典。

长孙无忌　（展绫轴）请皇上命笔。

唐太宗　待朕写来！

[内场奏出“秦王破阵乐。”

唐太宗　（怒）谁人动乐？

长孙无忌　御乐师赶排“秦王破阵乐”。

唐太宗　好胆！魏丞相身故，满朝举哀。他竟然动乐鼓噪，人来！将御乐师推出斩首。

太　监　遵旨！

长孙无忌　慢！万岁！御乐师是遵旨赶排御制“秦王破阵乐”，为东征高丽出师之用，皇上怎么忘记了？

唐太宗　胡说！朕已下旨息乐罢宴，谁敢逆旨。

[尉迟恭内喝白：“我敢逆旨”。急上介。

尉迟恭　万岁，俺老黑来了。

唐太宗　王兄怎么管起闲事来了？

尉迟恭　难道万岁斩了乐师，就能慰藉魏征的亡魂么？

唐太宗　这可表寡人对魏征的……

尉迟恭　一片敬心吗？

长孙无忌　老大人你……

尉迟恭　万岁！今日万岁可以为魏征而杀乐师，明日也可以为魏征而杀大臣。魏征啊魏征，你真是阴魂不散啊。

唐太宗　胡说！

（唱“滚花”）

一派齐东野语，

鼓舌讥刺忠贤，

快快退下殿前。（半句）

尉迟恭　哼！

（接唱）老夫无事不登三宝殿。

[尉迟恭挂上免死金牌坐下。

唐太宗　（唱“十字清”）

他他他，他存心逆旨闯金銮。

长孙无忌（接唱）他他他，他语带锋芒执己见。

唐太宗　（接唱）他他他，他以免死金牌抗至尊。

长孙无忌（唱“三字清”）

架子不寻常，来意难测揣。

唐太宗　（接唱）朕且平心静气，细探根源。

长孙无忌（接唱）我且借故离开。

皇上！臣找石匠刻碑去也。

[取碑文欲下。尉迟恭抢过碑文，一把拉住长孙无忌。

尉迟恭　长孙大人！

（唱“滚花”）

帮我做个证人，好把是非明辨。

长孙无忌　哎呀！老黑兄弟！你有免死金牌保平安，老夫脖子不硬话难讲，告辞！

（甩开尉迟恭，溜下介）

尉迟恭　看来俺老黑今日就凭这个了。

唐太宗　老王兄何须如此呢！有话直说无妨。

尉迟恭　老夫拙口钝辞，皇上能屈尊听讲么？

唐太宗　朕常说兼听则明，偏信则暗，哪有不听之理。

尉迟恭　好！若听老黑说话，先撤掉碑文。

[尉迟恭把碑文塞回唐太宗手上。

[唐太宗接过碑文不解地。

唐太宗　王兄何出此言？

[太监上前接过唐太宗手上碑文。

尉迟恭　魏征生前居心不正，事君不忠，僭越犯上，欺世盗名。

唐太宗　何以见得？

尉迟恭　万岁请看。（取出“十思疏”交与唐太宗）

唐太宗　（接过细看）“十思疏，十渐不克终疏”！ 这都是魏征生前奏章，已录为国史，王兄何处取得？

尉迟恭　既已录为国史，岂容魏叔玉横加批语，可见魏征父子居心叵测。

唐太宗　这……（思索介）

尉迟恭　万岁！魏征父子他……

（唱“七字清”）

私整史册罪滔天，

竟将明君来贬损。

他千秋万世美名传。

（转“滚花”）

司马昭之心路人皆见。

唐太宗　（续念“十渐不克终疏”）“顷年来，微有矜放，恃功业之大，意蔑前王，负圣智之明，心轻当代，此傲之长也。”

尉迟恭　万岁！

（念“口鼓”）万岁英明把帝业开创，四夷宾服归大唐。魏征贪天之功不自量，萤火争辉抑君王。后人但见君王过，魏征掠美却流芳。后人评说贞观事，怕只有魏征，而没有君王。（尉迟恭一手取过碑文）万岁！这碑文怕用不着了吧！

[唐太宗夺回碑文。

唐太宗　用不用得着朕自有主张，你给朕退下！

尉迟恭　万岁！

唐太宗　（怒）退下！

[尉迟恭悻悻地退下。

[唐太宗震动。

[此时尉迟恭画外音：“后人评说贞观事，怕只有魏征，而没有君王。”

唐太宗　（唱“追贤二黄”）

霎时间云飞风卷，

阵阵惊雷霹雳声震阶前。

顿醒痴迷悟其妙语真言，

莫非是，魏征他，

巧布玄机，暗施手段。

（转“打扫街”尾段）

私存史册，妄犯至尊。

僭越不露，咋舌巧弄。

道朕长短，他居心恶险，

当初失察伪忠与假善。（看碑文）

魏征呀魏征！难道朕对你评价错了。

[怒撕碑文。

[此时魏征画外音：“臣只望陛下虚怀纳谏，这治国十要只成其半，臣之忠心尽在于此。”

唐太宗　忠心在此？哼！朕怕这五要里面有文章呀！人来！传魏叔玉。

太　监　传魏叔玉。

[内叫：“传魏叔玉。”

[魏叔玉带着重孝上。

魏叔玉　（念“诗白”）

守孝不知红日落，思亲唯望白云飞。

臣魏叔玉叩见我皇，万岁万万岁！（跪下）

唐太宗　魏叔玉，汝父生前爱吃醋芹，灵堂之上可有供奉。

魏叔玉　遵慈母之命，早晚供奉。

唐太宗　可见你深知汝父，但汝父所教，如何事君？

魏叔玉　事君唯忠，忠始于爱民，忠始于克己，不爱民，不克己，忠而无度，能悦君心，却不能成勋业，是忠而不良也。

唐太宗　汝父所写五要，可曾一读？

魏叔玉　臣可倒背如流，还秉笔续成十要，请万岁一览。（献呈“十要”）

唐太宗　（不屑一顾）那你所续第“六要”之中，施何政教？

魏叔玉　“非知之难，行之惟难，行之非难，终之斯难。”

唐太宗　言则要筑成九仞之山，还缺一篑土石之功？

魏叔玉　此乃微臣浅薄之见。

唐太宗　那第“十要”所道什么？

魏叔玉　（正气凛然地）“傲不可长，欲不可纵，乐不可极，志不可满。”

唐太宗　志不可满？果然不出所料，汝父留下的“五要”是给你，准备了攀登的云梯呀。

魏叔玉　（还不省悟）臣不敢夜郎自大，所续“十要”，乃集古今得失之教典，考历代兴亡之实证，以供万岁参详。

唐太宗　魏叔玉，你父写的“五要”，朕尚且未看，你还滥竽充数，续什么“十要”，都拿回去吧！（将“十要”丢落地上）

魏叔玉　万岁！先父忠心耿耿，为写“十要”焚膏继晷，病危不辍，即使是满纸荒唐，万岁也不应如此对待。

唐太宗　好胆！

（唱“快中板”）

不由五内怒火燃，

欺世盗名施巧骗，

忠心何在肝胆何存。

（转“滚花”）

今日方晓伪忠良，

诡说虚词两副嘴脸。

人来！

[御林军上介。

唐太宗　把书缴下，烧毁。

[御林军将魏叔玉手中的书缴下。

[幕后男女声合唱：

顷刻风云变，心似万箭穿。

魏叔玉　（唱“爽二黄”）

手中卷被火焚，

化作寒灰片片。

动我心摇我志，

痛欲呼天，痛欲呼天。

（转“二流”）

万岁疾然厉色，

横加责谴。

难道我鸿篇错续，

妄犯九五之尊。

他是一代明君，

不该如此妄断。

他因何混浊不辨。

（转“滚花”）

叔玉胸怀坦荡，

据理直言。

（冒死直谏地）万岁！忠臣而有假，是臣听所未听，闻所未闻。我父子一片忠心，假在那里，伏求明示。

唐太宗　小魏征，你比老魏征，有过之而无不及，试问你有何德何能。

魏叔玉　臣虽微不足道，但亦知，“理出于易，道不在远”。我愿为人镜，以史为鉴昭示后人。

唐太宗　好个以史为鉴，昭示后人。分明是你父借忠言欺世，以直谏盗名。好吧！

（唱“滚花”）

为表朕大量宽宏，

姑且网开一面。

念在魏征身故，

不再追究前愆。

魏叔玉，你母子不能再住京都，快回相州安生去吧。

[唐太宗拂袖怒气下。

魏叔玉　万岁！

[幕后内场男女声合唱：“啊……啊……”

[魏叔玉解下玉佩作交还。定格；切光。

[二幕闭。

第三场

[二幕前。

[一声狂雷，一束冷光投向手悬玉佩的衡山公主。

公　主　（唱“新腔二流”）

乍响惊雷神魂不定，

心头热血顿化寒冰。

为何信物璧还辞婚聘，

为何父王毁约负公卿。

（转“滚花”）

一诺已是魏家人，

休戚相关甘同命。

愿随夫君归故里，

父王休责我痴情。

[衡山公主下。二幕启。

[长安郊外，夕阳残照。

魏叔玉　（内唱“二黄首板”）

出京畿，策马行，

心潮翻滚。

[魏叔玉打马上介。车夫推着裴夫人上。

魏叔玉　（唱“十字清中板”）

马蹄疾，

踏黄土一路扬尘。

看眼前，

红叶夕阳相映衬。

望长空，

雁横相送我这失意之人。

遭君责贬作庶民，

懊恼难消心悲愤。

娘亲！只怪孩儿不孝，累娘亲受这风霜之苦。

裴夫人　孩儿何苦自责呢！有道“世路山河险，君门烟雾深”。

魏叔玉　（感慨地）想不到满腹文章，竟是祸根源，今日难酬壮志，唯有身归故里学耕田。

裴夫人　儿啊！

（唱“滚花”）

仁者不以盛衰改节，

义者不以存亡易心。

要养晦韬光，

更应潜心学问。

魏叔玉　孩儿谨遵训示，眼下红日西沉，还是快些登程吧！

[香环与公主骑马追上。拦住魏叔玉去路。

香　环　衡山公主驾到！

[魏叔玉下马介。扶裴夫人下车。

裴夫人　老身叩见公主。

公　主　（急上前扶）夫人只把哀家当公主，不把哀家当媳妇么。

裴夫人　不敢不敢！还望公主体谅老身。

魏叔玉　公主呀！叔玉戴罪之身，失意之人，公主又何必耽阻行程呢！

香　环　公子何出此言，你可知公主惊闻，皇上将你母子贬返相州，便追赶而来与公子相见！

公　主　公子此去相州，一别天涯，也不容哀家道别一声么！

魏叔玉　唉！心冷如灰，不达之情，还望公主多多恕谅，娘亲，我们起行吧！

裴夫人　儿啊！公主深情，理当一会。

魏叔玉　贵贱有别，又何必赚人一掬眼泪呢！

香　环　公子你太不近人情了。

公　主　多嘴！公子呀！

（唱“滚花”）

非是红颜轻落泪，

忍看斜阳默默送离人。

天涯一别两渺茫，

也不容哀家一倾心悃。

裴夫人　公主！

（接唱）　叔玉出言冲撞，

且恕鲁莽之人。

有道无情面对邈若河山，

两下交心，魂梦也能亲近。

公　主　（接唱）　谢婆婆一番好意，

哀家铭感于心。

裴夫人　儿啊！千祈不可怠慢公主。

公　主　谢婆婆。

[公主扶着裴夫人，香环上前接扶下。

公　主　公子！可知哀家心事？

魏叔玉　叔玉不存非分之想。

公　主　公子不存非分之想。哀家却固不二之心。可知元宵观灯，哀家就把你这个射谜魁首，种在心坎之上。

魏叔玉　种在心坎又如何？若执意相从，岂不是违抗你父王么！

公　主　父王是肉做的心，哀家是铁打的情，凭我精诚可开金石。公子呀！

（唱“饿马摇铃”）

不须愤恨，

不应气馁志消沉。

莫凭意气莫怨声阵阵，

时运终须向君行。

魏叔玉　（接唱）　哀哉痛先父，

为“贞观政要”竭力费心。

是开国重臣，

竟遭圣驾视作馋臣逆圣君。

（转“乙反南音”）

万岁轻信谗言，偏听则暗，

专横妄断，说什么治国明君。

毁我文章，殿前遭责训。

一声敕令贬作庶民。

公　主　（续唱“饿马摇铃”）

心中怨声专制父王，心太狠。

不许琴瑟共奏佳韵。

伤心添泪痕，

惜君爱君，却慰安无计苦难陈。

魏叔玉　（唱“乙反流水南音”）

公主深情殊铭感，

奈何叔玉戴罪身。

公　主　（接唱）　我可面向父王来奏禀，

保你仕途得志步青云。

魏叔玉　（续唱“饿马摇铃”）

宦海浮沉前路暗，

展翅难飞入层云。

痛鸳鸯棒底两下分，

叹惜我今是平民，

云泥有别怎可作皇亲。

公　主　（唱“正线流水南音”）

倩女离魂能通感，

情如金石永同心。

纵是落拓天涯无怨恨，

甘将凤冠抛下伴良人。

魏叔玉　（续唱“饿马摇铃”）

公主弃冠出阁，

忤逆于严亲。

君王必怒震，

降罪门庭把连理砍。

公　主　（接唱）任刀斧猛砍，

也劈不断爱根。

情未央，

魏叔玉　（接唱）难合璧，忍心负情。

你无须怨愤。

公　主　公子果真如此狠心么？

魏叔玉　公主金枝玉叶，要风得风，要雨得雨，何愁天下没有如意郎君。

公　主　可知女儿心如瓮，装下去就倒不出了。

魏叔玉　情可移志可改，公主就权当叔玉死了吧！

公　主　你……

魏叔玉　你就死了这条心吧！

公　主　（唱“新腔流水”）

他他他，何以拒绝痴情心闭紧。

他他他，岂是泥砖土块木头人。

情是命，命是情。

（上板）情痛、情伤、情不尽，

情痛、情伤、情不尽。

心随情逝，化作杜鹃魂。

[衡山公主毅然拔去魏叔玉身上佩剑自刎。

[魏叔玉见状，急夺回。

魏叔玉　（感慨地）公主！你这是以死要挟了！

公　主　哀家以一死酬知己，你就成全我吧！

[衡山公主再夺剑欲自刎。

[魏叔玉急夺回。

魏叔玉　（深情地）公主……

公　主　夫啊……

[扑向魏叔玉怀中。

[魏叔玉忙推开。

魏叔玉　公主何苦轻生呢！

（唱“反线中板”）

公主一片情真，义薄秋云，

脱俗超凡莲香可品。

似冰雪丛中寒梅挺秀，

不同桃李，只春日缤纷。

（转“三字”）

难得相知心，

有情千里近。

安危不二其志，

险易不革其心。

（转“十字句头顿”）

怎能慧剑断情根。

公　主　（直唱“妆台秋思”）

恨君太心忍，

痛君断爱绝情分。

青春托付君，

玉佩晶莹未染纤尘。

[衡山公主向魏叔玉递上玉佩。

魏叔玉　（接唱）　看锦佩扪心自问，

何颜面对有心人。

（转“反线中板”）

且恕一时负气斗狠。

公　主　（接唱）　夕阳红叶证真心，（摘下红叶寄意）

人世真情山可撼。

一诺已是魏家人。

魏叔玉　（唱“秋江别”中段）

誓与公主，相爱相亲。

共结朱陈。

公　主　（接唱）　冠冕玉帛皆抛弃，

与夫君相爱结伴行。

魏叔玉　（接唱）　愿效鸳鸯鸟，

双双高唱入云。

公　主　（接唱）　结伴同心心相印，

向苍天发誓。

公　主
魏叔玉　（合唱）　共偕白发永不负誓盟。

[内场远声：“皇上有旨，召魏叔玉回京。”

[幕后传来急促马蹄声。

[由远至近的画外音：“万岁有旨，召魏叔玉回京”。

[公主和魏叔玉闻声，喜不自禁迎上前。

[长孙无忌在众宫娥的簇拥下捧圣旨上。

[香环和裴夫人闻声赶至。

[公主、魏叔玉、裴夫人、香环跪听接旨。

[造型。

[幕闭。

第四场

[唐宫后殿。

[唐太宗与群臣观看演排“秦王破阵乐”舞蹈。

众武士　（唱“破阵乐曲”）

受律辞元首，将相讨叛臣。

啊……

咸歌破阵乐，共享太平春。

受圣开昌历，臣忠献大猷。

啊……

君看偃革后，便是太平秋。

四海皇风被，千年德水清，

戎衣更不着，今日功告成。（舞毕）

众大臣　好啊。

唐太宗　众卿家，此舞如何?

李　越　发扬蹈厉，石破天惊。

蒋　甲　征伐明道，七德之舞。

唐太宗　哈哈哈，看来朕引商刻羽，不亚师旷。

众大臣　万岁文韬武略，天纵奇才。

[尉迟恭内叫：“万岁。”急上。

尉迟恭　启禀万岁，东征粮草已备，何日御驾亲征，请旨定夺。

唐太宗　剑南艨艟战船，可曾完工?

尉迟恭　业已完工。

唐太宗　即命袁天师占课吉日，拔队出征。

尉迟恭　遵旨。

[魏叔玉内叫：“且慢……”

魏叔玉　（内唱“首板”）

疾步庭前，直言阻谏。（急上）

（唱“十字清”）

心焦虑，陈情伏阙靖波澜，

为黎民，面奏君王言千万。

秉忠心，叔玉何惧犯龙颜。

（唱“滚花”）

面折廷争息战患。

参见我皇万岁，万万岁！（下跪）

唐太宗　平身，魏叔玉，朕已顺公主之意召你回京，你不在宫中思过，到来作甚？

魏叔玉　事关社稷安危。

唐太宗　社稷大事何需你辈操心。

魏叔玉　十万火急，容臣奏禀。

唐太宗　你……

魏叔玉　臣近闻皇上囤积粮草，意欲东征。

唐太宗　你为东征……

魏叔玉　东征之举，万万不可呀。

唐太宗　你父生前力主东征，你因何背道而驰？

魏叔玉　万岁，此一时彼一时。

唐太宗　朕要宾服四夷，扬威域外，有何不可？

魏叔玉　万岁，战有义与不义之评鉴，兵有胜与不胜之权衡。东征之举不义不胜，万岁怎可作不智之人。

长孙无忌　叔玉，你怎么不知进退！

魏叔玉　大人，叔玉是以国事为重呀，望万岁鉴我忠诚。

长孙无忌　你……

唐太宗　老国舅，你且让他奏来，朕不信服不了你这个小魏征。

魏叔玉　万岁容禀。

（唱“反线芙蓉中板”）

贞观之治功盖人寰，
偃武修文河清海晏，
四夷宾服春满人间。

（转“七字清”）

若动干戈烽烟弥漫，
东征高丽于义不谙，
水远山长强进犯，
民生国力两摧残。

（转“滚花”）

何忍白骨无人收，

城下招魂悲声惨。

唐太宗　胡说。

（唱“霸腔滚花”）

朕称天可汗，

仗剑开疆锷未残。

宣威方见帝皇才，

且看我扫穴犁庭，班师返。

魏叔玉，朕以百万雄师，征这弹丸之国，克日可奏奇功。金殿之上，不要信口雌黄。

魏叔玉　万岁！

（念“口鼓”）臣非信口雌黄，故使人心涣散。为国曾寻隐士，把天下大势论谈。郑元寿曾征高丽，已将地形查探。现将此图献上，请万岁详参。（示图）

唐太宗　（唱“血泪花”中段）

山径盘桓百丈崖，

一览在眼。

隘口封关峭壁怎攀，

势难越过悬崖险涧。

堪称铁桶江山。

魏叔玉　万岁！可派使臣息战患，圣上德威服夷蛮，望万岁不恶直言，纳臣忠谏，若兴师东进，定必铩羽而还。

唐太宗　胡说！高丽不守承诺，虽有天险可恃，难敌我神勇之师。朕亲统三军，何难克敌。

尉迟恭　万岁！皇上圣明东征必胜！

众大臣　皇上圣明东征必胜！

唐太宗　魏叔玉你少不更事，金殿之上不要妄加奏议。你且看朕穿一袭战袍，征服高丽，回朝再换。

魏叔玉　臣不忍穷庶民之力，动取败之师。

唐太宗　可恼啊！

（唱“快中板”）

强词夺理太冥顽，

四次三番来阻谏，

孤王成命不能翻。

（转“滚花”）

朕要你知错服输，

命你做随军参赞。

把朕的赫赫战功记下，

且看我雄师东进奏凯还。

[众武士持盾提刀上。

[造型。

[切光。

[关二幕。

第五场

[二幕前，一束冷光打着叔玉。

[男声合唱“锦城春”：

心潮翻腾。

魏叔玉　（唱“反线二黄板面”）

是退还是进真个费思寻，

想古来贤哲士，

多少斥逐作流人志难行，

贾生遭毁永不用，

屈子忧国痛沦沉，

能不教人扼腕恨。

（转“反线二黄”）

我本待退隐归耕，

我本待乐道安贫。

遁迹山间，

国事不闻不问。

却何以对严亲，

何以酬烈士，

有道是神龟虽寿，

空度那岁月光阴。

我虽非系出天潢，

一任泰山崩颓，

试问于心何忍。

（转“乙反弹词”）

何忍边庭战火纷纷，

何忍荒芜大地废耕耘，

何忍无衣无食供输尽，

（转“乙反二黄”）

几家涕泪共沾巾。（女声和唱）

[起二幕，御园内公主焚香祷告。

魏叔玉　（唱“昭君怨”中段）

公主呀！休抱憾，

莫怨夫君。

此番远征未许共良辰，

望鉴我苦况须听委任。

我怀内常系这玉佩，

激励着志向尽扫乌云。

明日要扬尘万里，

（转“正线爽二黄”）

行军离宫禁。（拉腔）

（转“二流”）

我这行军主簿，

重责在于身。

将战史入册成文，

誓效史鱼秉直存忠耿。

千秋功罪由人说，

以史为鉴证言行。

[公主焚香毕与叔玉碰个正着。

公　主　公子你要随军出征了

魏叔玉　（无语低头）嗯！

公　主　我不让你去。

魏叔玉　这是君王意旨。

公　主　我立即上殿奏明父王，让父王收回成命。（欲走）

魏叔玉　公主……公主有所不知，万岁此番东征，意在扬威域外，怕是凶多吉少，我阻谏不来，唯有随军出征。

公　主　我明白了。分明是你好胜逞强，父王才命你随军出征。

魏叔玉　随军东征，正好以史实鉴证，警醒君王。

公　主　你……你怎不为哀家着想！

魏叔玉　请公主鉴我忠诚。生为热血男儿，以国为重，怎可儿女情长，我……

公　主　（截）你难道不顾生死么？

魏叔玉　我早将生死置之度外。

公　主　（暴发地）我恨你，我恨你呀！（咬叔玉一口）

魏叔玉　（推开公主）公主你疯了不成么？

公　主　（唱“新腔流水”）

不是疯而是恨，

恨你恨你太逞能。

咬个伤疤留个印，

叫你长怀抱恨人。

魏叔玉　（唱“新曲”）

唯忠君唯爱民，

安危得失若烟云。

男儿报国，一死何足憾。

公主呀！

何苦记印责难伤我心。

公　主　（接唱）我的情我的心，

几回泪湿鸳鸯枕。

且喜得时又失去，

为君愁落泪，

恨别痛揪心。

你要谏，你要奏，到头来不是，毁了我的终身么。

魏叔玉　（欲辩）公主……

公　主　（截白）你刚愎自用，你不识时务，难道你不知道天子的意志是谁也阻拦不了么？

魏叔玉　皇上是明君，是从谏如流的明君，是开贞观盛世的明君呀！

公　主　此一时彼一时，朝中大臣都懂得，看风转舵，你为何食古不化。

魏叔玉　人各有志，所取不同，随波逐流，吾耻其向。

公　主　你只懂事君、谏君，完全不懂一个女人的心。

魏叔玉　叔玉随军东征，不日自可回还，与公主同温衾枕。

公　主　（狂笑）哈哈……

（唱“爽十字清”）

说什么东征归来同衾枕，

君一去此心谁慰恨征人。

（转“三字清”）

笑书生愚鲁甚，

不知身上祸降临。

魏叔玉
公　主　（合唱）　别鹄离鸾同厄运。

公　主　（接唱）　我要打醒你，

这个愚昧之人。

魏叔玉　公主……

公　主　叔玉……

[拳如雨点，打在叔玉身上。

[切光，急转景。

[幕闭。

第六场

[高丽景，山峦起伏。

[延寿惠真率兵上。

延寿惠真　（念“口鼓”）可恨大唐犯境，连破两城，今退守北山，凭这雄关天险，抵御强敌，众将官！

众将官　有。

延寿惠真　准备强弓硬弩，四面埋伏。（率兵下）

[唐太宗内唱“首板”。

唐太宗　（唱“首板”）

御驾亲征兵马壮。

[唐太宗亲领雄师上。

唐太宗　（唱“快中板”）

战旗猎猎阵堂堂，

拔寨搴旗破关斩将，

长驱直进越战越强。

（转“滚花”）

行军主簿小卿家，

战功曾否详记上。

魏叔玉　记上大唐雄师，兵渡辽海，连破两城。

唐太宗　好呀！

（唱“滚花”）

一鼓作气追穷寇，

谁敢冒犯天威，叛大唐。

[突然一声鼓响，喊杀连天。

魏叔玉
尉迟恭　（齐白）启禀万岁，敌兵四面埋伏。

唐太宗　杀。

[双方展开一场激战，造型。

[切光，暗转——

[转唐军营地。夜晚。冬初。

[一群唐兵边包扎伤口，边议论交谈。

张　涛　哼！打仗打仗，这仗该打到什么时候？

陈　明　怎么！你想家了？

张　涛　谁不想家，我父母年老体弱，无人照料，你说能不挂心吗？

赵　海　挂心又有什么用，倒不如挂心自己吧！

梁元盛　（对赵海）哼！怕死鬼。

赵　海　（不忿地）我怕死，那你是大英雄。

梁元盛　你……（欲挥拳打赵海）

张　涛　（喝止）你想干什么？

[魏叔玉上，驻足旁听。

陈　明　（指着梁箭伤）这回算你大命，下次你还有这样好运么！

梁元盛　出师之日，死而无憾。

张　涛　为保国土而死，虽死犹荣，但现在……

梁元盛　现在怎么样？

张　涛　现在是我们去打别人，这样死，值得么？

梁元盛　什么值不值得，谁叫我们是当兵的。

赵　海　当兵是要打仗，不过这场仗真难打。

[唐太宗从另一方上，驻足旁听。

张　涛　不是难打而是不该打！

众　人　怎么，不该打？

张　涛　当然不该打，你们想想，为了征服小小高丽，万里东征，劳师动众，纵然打胜，大唐国力一空。

众　人　（齐声）看来此场仗真是不该打。

陈　明　（发现叔玉，忙向众示意）嘘……

[顿时一片肃静。

魏叔玉　（打量众兵）此仗该打不该打，万岁自有决策，你们聚众议论，抱怨东征，此风一旦蔓延，定必军心浮动，后果不堪设想。

众　人　我等知罪。（下跪）

魏叔玉　你们起来，回营歇息去吧。

众　人　遵命。

[众兵下场介。

[叔玉望着众兵背影慨叹，坐石沉思，一阵寒风吹来，叔玉有寒栗之感。唐太宗见状忙解下斗篷为叔玉披上。

魏叔玉　（感动地）万岁！（欲还与斗篷）

唐太宗　（按住叔玉肩膀）叔玉，你披上它，可抵御风寒。

魏叔玉　（坚决地）万岁，你保重金躯要紧。

[叔玉与唐太宗披上斗篷。

唐太宗　（坐下）叔玉，粮草何时运到？

魏叔玉　天降寒霜，风雪阻路，粮草接济不来。

唐太宗　这……

魏叔玉　万岁！臣有一言奏禀。

唐太宗　你且道来。

魏叔玉　兵书有云，“粟不如者，勿与持久”。

唐太宗　你可知取粮于敌，军食可足。

魏叔玉　高丽有险可守，无法破关，难以夺取军粮。万岁，微臣所虑非军饷。

所忧者是军心呀！

唐太宗　（倒抽一口凉气）军心？

魏叔玉　万岁！

（唱“长句二黄”）

营前将士念家乡，

战志消沉轻奖赏。

东征未捷，大营军校怨声长。

秋尽寒来，万里冰封怎打仗。

唐太宗　（接唱）　东征如何取胜，

雄风受挫愧称强。

（转“郁金香”）

无法破关不禁彷徨，

如有魏相规谏在朝堂。

今天哪会，让朕作出此狂妄主张。

（浪里白）东征之举难道……一片雾迷烟障，至今进退无计苦思量。

魏叔玉　（唱“七字清”）

万岁低首沉思心怅惘，

值此良机再开腔。

何忍泰山崩颓灾祸降，

痛陈利弊劝君王。

万岁！

（转“滚花”）

叔玉愧无才智胜班超，

休笑书生难仰仗。

唐太宗　好！朕倒想听听你有何良策！

魏叔玉　万岁！

（念“口鼓”）宁国安民唯息养，穷兵黩武国不详。易乱之源君当察，岂凭意气争豪强。

唐太宗　朕称天可汗，开疆凭武功，可恨高丽不臣服，又怎说争豪强。

魏叔玉　四夷尊万岁为天可汗，是服圣上之德呢，还是服圣上的武功?

唐太宗　这……

魏叔玉　当年文成公主，下嫁松赞干布，松赞可汗当天发誓，吐蕃世代臣服大唐，这是刀兵之力，还是德化之功?

唐太宗　（无言可辩）这……

魏叔玉　万岁此番跨海东征，大造艨艟，广召兵丁，可知民服徭役，耕地丢荒，君不闻怨声沸起么?民为邦本，本固邦宁，望万岁居安思危，切戒骄奢，永昌贞观大业。

唐太宗　（感动地）往下说。

魏叔玉　盖世功劳当不得一个“矜”字，几时拓土成王道，自古穷兵是祸胎，君不闻“载舟之水可覆舟么”？

［唐太宗听完，为之震动。

唐太宗　（唱“新腔流水”）

他他他，直言不讳器宇轩昂。

他他他，一片忠忱肝胆壮。

他他他，醍醐灌顶语重心长。

（上板）小魏征，猛向孤王击一掌。

小魏征，以史为镜照孤王。

小魏征，秉承父志千古卓识。

大江后浪推前浪，

此贤才，社稷之基，

辅王施政保大唐。

（转“滚花”）

悔不该拒纳忠言，措置失当。

（负疚。坦诚地向叔玉）小魏征，疾风知劲草，板荡识诚臣，魏征身故，朕痛失明镜一面。丹墀之下，无人敢道朕过失，幸得小魏征敢冒犯争谏，朕如明镜复得，东征之举，乃朕之过错!

魏叔玉　万岁能归咎于身，克己自责，真乃社稷之幸，万民之幸！

唐太宗　小魏征！

魏叔玉　万岁！

唐太宗　朕的好驸马！

魏叔玉　万岁！（跪下）

唐太宗　叔玉！（唐太宗扶起魏叔玉造型）

[一声炮响，火光冲天。

[尉迟恭内叫“万岁”，急上。

尉迟恭　启禀万岁，敌军劫营来了。

唐太宗　各营守备如何？

尉迟恭　前营已乱。

唐太宗　皇兄速去前营督战。

尉迟恭　万岁安危，谁人保驾？

唐太宗　有魏叔玉。

尉迟恭　随军主簿，保主不来！

唐太宗　朕有知人之明，快到前营督战去吧。

尉迟恭　遵旨。（下）

唐太宗　魏叔玉，你能保驾么？

魏叔玉　万岁！

（唱“快中板”）

何惧嚣张恶虎狼，

保驾御前心犹壮，

甘洒热血保君王。（跪下）

[杀声四起。短兵相接。一高丽将领弯弓搭箭射向唐太宗，魏叔玉发现，猛推唐太宗，自己却中了一箭。

[尉迟恭赶到，杀退敌兵。

[魏叔玉拔出箭，剧痛昏迷，尉迟恭上前抱住。

唐太宗　叔玉……（扑向叔玉）

[众人扶魏叔玉坐石上，不停呼唤：“叔玉……”

魏叔玉　（渐醒）万岁无恙?

唐太宗　朕无恙，叔玉救驾有功。

魏叔玉　臣能保护万岁，也算克尽微诚（痛昏）

[众人不停地呼唤：“叔玉……”

唐太宗　叔玉……叔玉！朕的好驸马，你要强忍支撑住啊。你可知衡山公主盼你回朝举行婚礼。

魏叔玉　（醒来）万岁！叔玉不求别样，但愿为臣了结一桩心事。

唐太宗　你说吧。

魏叔玉　（从怀中取出）这治国十要，望万岁体念忠忱，虚怀一读。（呈上）

[魏叔玉死去。

唐太宗　（抱住魏叔玉悲痛欲绝地喊）叔玉……朕的好驸马!

尉迟恭　叔玉……俺老黑对不起你父子呀!

唐太宗　驸马，悔朕当初不曾一读。朕需要老魏征，也需要小魏征。大唐世世代代的君主，都需要魏征；大唐世世代代的君主，都需要魏征。

[幕后起悲壮的无词歌合唱：“啊……啊……”

[唐太宗挥笔疾书。内场合唱：

以铜为镜，可正衣冠，

以史为镜，可知兴替，

以人为镜，可明得失。

[唐太宗搁笔。

[众将士沉重地，跪下祭奠。

[唐太宗祭酒。

[大幕徐徐关闭。

——剧终

本剧选载的是 1995 年丁凡、关国华、麦玉清、杨黎浩等主演的演出本。

燕分飞

（部分情节参考自赵和松短篇小说《情海浊流》）

编剧：何笃忠　潘邦榛　梅　晓

人物表

黄玉燕　　女，25岁，时装个体户

赵燕明　　男，28岁，玉燕的恋人

玉燕妈　　50余岁，玉燕的母亲

爷　爷　　近80岁，燕明的爷爷

谢善夫　　男，60岁，香港巨富

谢海萍　　女，23岁，谢善夫之女

谢海文　　男，30岁，谢善夫之子

谢太太　　50余岁，谢善夫之妻

阿　丽　　女，20岁，玉燕的伙伴

林　仔　　男，25，玉燕的伙伴

烂仔甲、乙、丙，宾馆女侍应一人

街坊、游客、时装表演队女演员各若干

序幕　开张大吉

[20 世纪 90 年代初，南国大都市——广州，西关闹市一角。

[欢快的鼓乐声中幕启。新开张的“燕燕时装屋”门前摆满花篮，一头醒狮在狂舞，爷爷与两个街坊青年在打鼓敲锣，燕妈与阿丽在忙于布置，一群男女老少街坊在观看热闹……

阿　丽　（吆喝）各位各位，开始剪彩了！咦，两位“老细”（老板）呢？

玉燕妈　（朝内）玉燕！

黄玉燕　（应上）妈！

玉燕妈　（捧起摆有红绸、剪刀的托盘）马上要剪彩了，燕明在哪里呀？

赵燕明　（揭开顶在头上的狮头应道）在这里！

阿　丽　OK!“燕燕时装”开张大吉。两位“老细”负责剪彩！（递剪、牵绸）

赵燕明　等等！应该由我爷爷与玉燕妈来剪。

爷　爷　（风趣地）哦，将阿爷“摆上抬”啦？哈……好，玉燕妈，我们来剪！

[爷爷与玉燕妈在众人簇拥下剪彩，众擂鼓、拍掌助兴。

阿　丽　林仔哥，来吧——

林　仔　好！

（以鼓槌击拍念“白榄”）

玉燕、燕明好拍档，

合伙经营搞时装。

阿　丽　（接念）　生意一定越做越旺，

比翼齐飞——（与林仔打眼色）

林、丽　（合念）　燕、一、双！（乘机将玉燕、燕明推到一起，几乎拥抱着）

[众哄笑，玉燕、燕明有些尴尬。

阿　丽　接下来请两位“老细”为大家唱支——

林　仔　他们最拿手的小曲《分飞万里》！

赵燕明　林仔，不是这么“整蛊”吧——开张大吉唱《分飞燕》？不行！

爷　爷　燕明，要想好意头，你们就来首《燕双飞》嘛！

赵燕明　“燕双飞”？

黄玉燕　爷爷的主意好，我们临时改曲，就唱首《燕双飞》！

爷　爷　我来拉二胡——（取二胡坐下调弦）

[玉燕与燕明稍加斟酌；众兴致勃勃地等候听赏。

阿　丽　大家给点掌声他们！（带头鼓掌）

[玉燕与燕明站了出来。爷爷拉起前奏。

黄、赵　（合唱“杨翠喜”）

碧空万里燕双飞！

黄玉燕　（接唱）　齐进取，共开业，同怀大志——

赵燕明　（接唱）　滔滔生意，年年盈利，

街坊亲友，为我欢喜！

[众鼓掌叫好；渐聚光于男女主角。

黄、赵　（合唱）　啦啦啦，啦啦啦……

[暗转，乐声继续。

第一场　小店风波

[两年后，盛夏早晨；地点同序幕，“燕燕时装屋”已非开张时的气派，除了墙边刷了个大“拆”字外，门前还挂满“地铁拆迁大清货”“三至八折大减价”“质量高的货平卖，勿失良机”之类的标语牌。

[玉燕拿着几件新设计的时装上，熟练地穿到立体“模特”身上。

黄玉燕　（唱“慢板”）

西关旺地百业兴，改革之年千家富，

开业转眼已两年，“燕燕”时装名声好！

南国花城人爱美，设计时装需动脑，

追赶潮流不停步，正有待再展宏图。

（接“中板”）

适遇广州城，雷厉风行，

处处动工建地下铁道。

小店在红线内，拆迁期限快到。

何处觅新铺？日夕把心操。

（转“滚花”）

燕明为此四下奔波，

我得多费精神看好铺。

[玉燕妈捧饭盒上。

玉燕妈　玉燕，吃点东西再开工吧！（递）

黄玉燕　嗳！（停下手，接饭盒）

玉燕妈　（发现新装）玉燕，你昨晚做到三更半夜，就是赶做这套背心裙？

黄玉燕　（点头）妈，好看吗？

玉燕妈　好！真是靓到“氹”一声，包保人人爱……咦，怎么才标一百八呢？我看标二百五也一样抢手！

黄玉燕　妈，只不过是“自摸”货，成本不高，怎能要人家二百五呢？

玉燕妈　你呀！

（唱“滚花”）

不会开天杀价，燕明知道又要跟你“唠嘈”！

[摩托车声由远而近。

赵燕明　（内唱“首板”）

芳村一行，为找新铺——

（戴着头盔，扛着纸箱上，放箱，唱“滚花”）

顺手进批仓底货，经营得法获利高！

玉燕妈　来啦？瞧你——累到身水身汗，快进去吹吹风扇！

赵燕明　（擦汗）不用了！

黄玉燕　燕明，芳村的铺位看过啦？

赵燕明　看了，还可以。但要押金五万，月租八千。

玉燕妈　这么贵呀！

赵燕明　不算贵了，芳村虽然远点，但也很旺。再说那新铺比这旧铺大三倍，物有所值呢。我们再花点钱装修一番，可以改名为“燕燕时装商场”！

黄玉燕　燕明，这一来就一阔三大了，有这么多资金吗？

赵燕明　这……钱可以东借借、西凑凑嘛。别忘记：“人生难得几回搏”呀！

（唱“蕉石鸣琴”）

当初我俩齐齐合计将小店办，
艰苦创业靠白手兴家风险见惯。
必须有胆闯商海，
双燕展翅，岂怕困难？
总算获得成功人共赞。
今番拆迁，趁机扩充，
亦要有包天胆！
资金纵使一下间未能足够，
又有何难？
亲友定会助你我排难。

黄玉燕　（接唱）　就算朋友支持，也不宜学奢华，
迁新铺，无谓将阔扮！

[爷爷喊着“燕明”上，众相互招呼。

玉燕妈　爷爷，您七老八十了，一早从东山跑到西关做什么呢？

爷　爷　还不是为了他们！燕明说迁铺等钱用，我连定期储蓄也提前取出来了。总共才六千，燕明拿着。（递）

黄玉燕　燕明，我们怎能动用爷爷的退休积蓄呢？

爷　爷　傻女，钱是要来用的，跟爷爷还用客气吗？

赵燕明　就是嘛！只要这箱货一出手，说不定三日之内就可以还给爷爷六千元！

黄玉燕　什么，眼看要迁铺，你还进货……

赵燕明　这就是经营之道！喏——“地铁拆迁大清货”！只要客仔见到“三至八折、坚嘢平卖”，保证营业额直线上升，怕什么继续进货呢？

黄玉燕　（看箱内的货后）咦，这批分明是水货！

赵燕明　没错呀！

（唱“七字清”）

只要加上标签耀人眼，

顾客听闻“七折”便开颜。

转手之间，包有钱赚，

筹款迁铺，并不艰难！

黄玉燕　燕明！

（接唱）岂能鱼目混珠将客“斩”，

再急等钱用，也不可贪婪。

当心“燕燕”名声毁于一旦！

玉燕妈　唉吔玉燕！

（唱“滚花”）

不想赚钱又何必做生意？

只不过燕明讲话不会“兜弯”。

先将货搬进里头吧！

赵燕明　（对玉燕）来呀——

黄玉燕　（倔强地）哼！

[玉燕嘟嘟嘴巴，负气地与燕明搬箱下。

爷　爷　玉燕妈，他俩年纪不小了，合得来的话，催他们早早“拉埋天窗”罢！

玉燕妈　嗳……现在的年轻人都有自己的打算，做妈的也管不了多少。你不知道如今时兴什么“不在乎天长地久，只在乎曾经拥有”吗？

爷　爷　咳，什么“曾经拥有”？简直“乱噏廿四”（乱说）！玉燕妈呀——

（唱“寻针”）

燕明自小无父母，一直跟我过光阴。

今天怎不操心？

乖孙婚事未办妥，急煞这白发人！

玉燕妈　爷爷，你那么担心做什么！

爷　爷　不如我们到“陶陶居”坐坐，好好谈谈。

玉燕妈　好呀，很久没跟你上“陶陶居”饮茶了，等阵顺便入清平市场买点餸，

煲啖汤。（对内）玉燕我跟爷爷去街，你们出来看铺呀！（玉燕内应）爷爷，我们走。（与爷爷同下）

[玉燕出来看铺，烂仔甲、乙、丙上，百无聊赖地东张西。

烂仔乙　（发现玉燕面善）大哥，你看——

烂仔甲　咦，这条女生得好“正”呢！

烂仔乙　好像哪里见……

烂仔丙　（醒起，急取出一个盒子）大哥，你看她像不像这个——（指盒）

烂仔甲　就是她！估不到这条女还是广告新星哩？试试“沟”（挑逗）她！（嬉皮笑脸地一同走向玉燕）

黄玉燕　（热情招呼）三位，看中什么随便“帮衬”！

烂仔甲　就是想“帮衬”，可我们看中的不是时装。

黄玉燕　那你们看 ......

烂仔甲　（唱“旧欢如梦”）

今回睇中意中人，我与大姐确有缘分！

黄玉燕　你……

烂仔乙　（接唱）　真有幸见到广告新星，大哥好想跟你共亲近。

黄玉燕　（闪避，接唱）

奉劝知机赶快滚，莫在此再胡混！

烂仔甲　（接唱）　生气赚得自伤身，吹须碌眼未免太笨！

开讲和气生财，学似这个美容霜盒的美人像，眯眯笑才吸引人！（趁机想调戏）

[赵燕明闻声上。

赵燕明　住手！（推开烂仔）

（念“口鼓”）不买时装就快走开，别在此欺人太甚！

烂仔甲　唉吔——

（接念）居然想学英雄救美呀？分明招打周身“痕”（发痒）！

烂仔乙　（接念）靓仔，须知我们大哥就是三元里小金刚，名扬远近。

烂仔丙　就是嘛！

（接念）精点就别在此阻头阻势，顾住大哥发火要你断脚筋哪！

赵燕明　“晒气”，我用怕他？

（唱“快中板”）

无赖竟然来寻衅。

燕明不禁怒火焚！

（转“三字”）

当街扰乱治安，实难容忍。

跟我派出所去，把道理分！（拉烂仔甲欲行）

[烂仔甲挣开赵燕明，乙、丙动手欲打。燕明招架，将乙、丙打开。甲拔弹弓刀示威，双方对峙。此时，玉燕已呼喊路人，众街坊与阿丽、林仔陆续上。

众　人　（喝止烂仔）不准打人！

烂仔甲　（心怯，把刀收起来）好，给你一次面子，后会有期！走——（悻悻下）

烂仔丙　（嬉皮笑脸地向玉燕一个飞吻）拜拜！（搂头抱腰笑着下）

[众街坊摇头叹息，陆续下。

林　仔　燕明，你怎么惹上这群烂仔呢？

赵燕明　谁惹他们？是他们想调戏玉燕。

阿　丽　那还得了？玉燕姐，没事吧？

黄玉燕　没事。不知道为什么，他们一看见我就说我是广告新星，还说我像什么美容霜盒的美人像呢！

林　仔　对了，我们正想来问你——可知道你的照片被人家用来做广告呀？

黄玉燕　做广告？

阿　丽　（亮出美容霜盒）你看，上面这个不是你黄玉燕的尊容？

黄玉燕　（愕然）啊?!

赵燕明　玉燕，这到底是怎么回事呢？

黄玉燕　这……

（唱“雨打芭蕉”中段）

我张口难言乱如麻！

一见盒上装潢，

心里砰然，面泛红霞。

肖像被谁人偷拍？

真教我一下间气炸！

赵燕明　（接唱）　阿丽何来这美容霜？

阿　丽　（接唱）　摆满商场化妆品货架，

特意买回，好让你追查。

黄玉燕　啊！

（接唱）　我得认真想一下……（乐声不断）

赵燕明　玉燕，你冷静地想想，到底什么时候被人拍过照片呢？

黄玉燕　莫非就是那一次……

赵燕明　哪一次？

黄玉燕　阿丽，春节前我不是跟你一起到北京路香港人开的“海萍美容院”做过“飞苏”（美容）？

阿　丽　对，这张照片就是那个美容师拍的！

赵燕明　美容师？

黄玉燕　记得那日，我们刚刚做过“飞苏”……

阿　丽　美容师就问我们，能否让她拍张照片摆橱窗？玉燕姐并不介意……

赵燕明　就让她拍啦？

黄玉燕　唔，我见她当时的态度那么诚恳，拍也无碍的。又怎想到——

（唱“雨打芭蕉”头段）

她竟有此一招，口舌如簧相欺骗。

为商品装潢，竟蒙住我黄玉燕。

偷偷将照片擅印包装盒里……

赵燕明　（接唱）　岂可侵人权？

既然已经有了证人和物证，

据理找她交涉把账算！

黄玉燕　找她算账？

林　仔　对呀！听说香港有个影星，告上海的化妆品公司侵犯肖像权，还提出索赔三百万呢！

赵燕明　三百万？

（唱“十字清”）

听此言赵燕明心头一闪——

肖像事打官司正可筹钱。

（转“三字”）

天赐良机，峰回路转，

官司打胜——

（转“七字”）

资金到手，小店好搬迁！

黄玉燕　为一张照片闹得这么大，好不好？

赵燕明　玉燕，别犹豫了，听我的包没错！林仔，阿丽帮手看档。玉燕，我跟你马上赶到北京路——（递摩托盔头）找她们去！（拉玉燕同下）

[林仔、阿丽望着二人背影，摩托车声由近而远。暗转。

第二场　鹅潭会面

[聚光灯下：谢海萍正与香港通话。

谢海萍　喂，香港荣华化妆品系列公司吗？请谢善夫董事长听电话。

[另一聚光灯下，谢善夫拿起电话。

谢善夫　喂，我是谢善夫。

谢海萍　爹哋！

谢善夫　海萍，什么事？

谢海萍　我们要找的那位姑娘找上美容院来了。

谢善夫　（十分高兴）那太好了！

谢海萍　原来她还是个时装设计师。

谢善夫　时装设计师？

谢海萍　不过，看样子她很生气。

谢善夫　那你道歉了没有？

谢海萍　道歉了。只是陪同那位姑娘来的有位先生，好像是她男朋友……

谢善夫　哦，有男朋友？

谢海萍　他火气很大，说要打官司。

谢善夫　哦？那就事不宜迟了！海萍，约他们明日“白天鹅”见面。

[暗转：翌日，白天鹅宾馆里，临江花园一角。

谢善夫　（正在踱步，唱“古老中板”）

白鹅潭，风景迷人，
我却全无兴致。
数月间，为了一张照片，
真是费煞心思。
我只求，寻得那位姑娘，
了却一桩为难事。
但得天从人愿在今时！

[谢海萍领玉燕、燕明及玉燕妈上。

谢海萍　（走到谢善夫跟前）“爹哋”，他们来了。

谢善夫　来了？（马上上前与玉燕等热情招呼，打量玉燕）我要是没认错的话，这位就是……

谢海萍　（抢着说）这位就是黄玉燕小姐。

谢善夫　玉燕，多好的名字呵！

谢海萍　（向玉燕介绍）他就是我们荣华公司的董事长，也是我爸爸。

谢善夫　（自我介绍）谢善夫。

黄玉燕　（礼貌地）谢先生。（指着妈妈介绍）这是我妈。

谢善夫　哦，黄太！（指燕明）这位该怎样称呼？

黄玉燕　我的男朋友。

赵燕明　（忙接话）也可以说是黄小姐的代理人——赵燕明。

谢善夫　赵先生，幸会、幸会！请坐、请坐！

[谢善夫与玉燕等三人坐下，海萍已招呼女侍应捧饮料上。

谢海萍　三位要饮点什么，请便。

谢善夫　对对对，无须客气，我谢善夫好交朋友，能结识广州时装界的人士，也算有幸了。

赵燕明　（打断寒暄）谢先生，时间宝贵，我看还是言归正传吧。

谢善夫　好，黄小姐，尽管你的照片是海萍在美容院征得你同意后拍下的，但本公司擅自使用于包装盒上，实属侵权行为，我们十分抱歉。今天专程回来，就是想听听你们的处理意见，不知黄小姐有什么要求呢？

黄玉燕　（不知如何开口）要求……

（旁唱“梆子流水”）

虽说受侵权索赔偿天经地义，

唯是乍见面难启齿，怎好就把要求提！

谢善夫　（旁接唱）她为何不作答，看来似有犹豫。

赵燕明　（上前拉开玉燕）玉燕呀！

（接唱）　要索赔须大胆，莫失天赐良机。

玉燕妈　对呀！

（接唱）　有理不争愚蠢事，玉燕不应再迟疑。

黄玉燕　（仍犹豫）我……（对燕明）还是由你说吧！

赵燕明　嗯！（转对谢善夫）谢先生！

（念“口鼓”）此次荣华公司的所为，不仅极大伤害黄小姐的身心，而且影响了她的生意，带来多少经济损失，可想而知。考虑到谢先生亲自来商谈道歉，足见确有诚意。所以要求只提小小两点……

谢善夫　（接念）哦！不论多少，请直言之。请坐——

赵燕明　那好。第一，立即停止使用印有黄小姐肖像的美容霜包装盒。第二，赔偿经济损失十万元。

谢善夫　（露出惊讶的神色）就这些？黄小姐，黄太，你们看还有什么其他要求？

玉燕妈　（试探地）我想……

黄玉燕　（忙阻止）阿妈。（转对谢善夫）谢先生，没有、没有啦！

谢善夫　那好，本公司可以明确答复你们的要求，一定将印有黄小姐肖像的包装盒全部封存，没有黄小姐同意，决不使用，甚至全部销毁。至于赔偿方面……

黄玉燕　谢先生，若是数额不合适，那就……

赵燕明　谢先生，依你们公司给黄小姐造成的损失，我看赔偿十万元并不过分。

谢善夫　一点不过分！

（唱“血泪花中段”）

按情由，作赔偿，本适当。

不过数额少，我心里不安。

只怕新闻界会传出去，

我谢家面子也会丢清光！

[燕明、玉燕、玉燕妈闻言一愣。

赵燕明　（试探地）那谢先生的意思是……

谢善夫　（稍顿）这样吧，除了赔偿黄小姐经济损失十万元外，再加十万就算是黄小姐广告所得，一共二十万，你们看……

玉燕妈　（不敢相信）什么？二十万？

谢善夫　没错，你认为怎样？

玉燕妈　（毫不掩饰地）多给十万，当然好啦！

谢善夫　那么赵先生有无异议呢？

赵燕明　（强抑内心惊喜）这……

（旁唱“流水南音”）

以为索赔十万，未必能如所望，

岂料数额加倍，谢家如此大方。

正愁店铺拆迁，未能筹足款项，

这回难题解决，还可大干一场！

黄玉燕　（拉开燕明）燕明呀！

（接唱）　尽管谢生热情和大量，

要人赔偿太大总觉不应当。

玉燕妈　傻女！

（接唱）　我们既非偷来又非抢，

有钱不要实在太荒唐！

谢善夫　（一直在观察，旁唱“苏武牧羊”）

他三人似在商量，

看起来，各有所想，

我不必再等，须及早兑现在场。（低头签支票）

谢海萍　黄小姐！

（接唱）　望谅解，“我哋”真心实意，

你既损失大，理应要赔偿。

谢善夫　（拿起支票，接唱）

还请亲收支票，莫推搪！（递支票给玉燕）

黄玉燕　（仍犹豫，未接）这……

赵燕明　玉燕，恭敬不如从命嘛！

玉燕妈　（代玉燕接过支票，对玉燕）还不快多谢谢先生！

谢善夫　多谢什么！你们不收下，我反而过意不去呢！（感慨地）黄小姐心地善良，为人老实，令人敬佩！有道一回生，两回熟，今日有幸认识黄小姐，如不嫌弃，还想与黄小姐交个朋友。

谢海萍　是呀！其实那次你来美容，已给我留下很好的印象，只不过顾着拍照，没有问到你的姓名地址，所以联系不上，这一回呀——

（唱“爽二黄”）

正是千里有缘，总算天如人望。

倘若两家有意，就认作姐妹一双！

黄玉燕　这……

（唱“孟姜女”）

说要打官司，我心多紧张，

怎知你家这般情长。

凭着照片一张巧相遇……

谢善夫　（接唱）　认作姐妹常来往，更显亲切异常！

谢海萍　（高兴地牵着玉燕的手）黄小姐，不，我就叫你玉燕姐！

黄玉燕　谢小姐……（被热情打动）海萍妹！

[海萍与玉燕亲切地搂抱在一起。

玉燕妈　（喜形于色）好哇，玉燕有这样的香港妹妹，真是我家的福气了。

赵燕明　今回真是不打不相识！

谢善夫　对了，黄小姐，你到过香港吗？

玉燕妈　我家在港无亲无戚，哪有人请去?

谢海萍　（爽快地）我请！爹哋，我们就替玉燕姐买张旅游票，过几天一同到香港聚一聚。

谢善夫　好，就看你玉燕姐的意见哪？

谢海萍　玉燕姐，答应吧，到香港我陪你到海洋公园玩玩，逛逛大公司！

玉燕妈　玉燕呀!

（唱“滚花”）

这种机会不多，难得一游香港。

黄玉燕　燕明哥，你看……

赵燕明　去吧！

（接唱）　正好搜集更多时装资料……

谢善夫　哈，赵先生真懂得利用机会呀!

（接唱）　今日鹅潭幸会，不枉我走一场！

[众人同笑，暗转。

第三场　港岛提亲

[十天后的傍晚，香港谢善夫的别墅里，幽雅别致，一长排落地窗可见外面花园，墙上挂着玉燕放大了的照片。

[谢海文正对着墙上玉燕的照片发痴。

谢海文　（唱“二黄慢板尺字序”）

一刻不忘这大照片，就是这位黄玉燕，

使我暮想朝思，教我彻夜难眠。

愿你毋负谢海文一片痴心，无限爱念！

（转“十字二黄”）

香江靓女多，与我却无缘，

唯独在广州，一幅玉照竟牵情，
自此我醉心痴恋。
今日家中，亲见面，
更觉她仪态万千！
（唱序） 多得指点姻缘有“黄大仙”！
[谢太太上，见状。
谢太太 海文！
[海文凝神，未应。
谢太太 （走前）海文呀，你天天对着这照片，要看多少回才算看够呀？
谢海文 妈，你是知道我的心的！
谢太太 正是知道你的心，你爹哋才千方百计找到这位照片上的姑娘，还把她请到了我们家。
谢海文 （埋怨地）她来是来了，可总未见你们开口，爹哋与海萍又整天跟她跑公司、看时装，跟她谈合作做生意的事，把我的事忘掉了！
谢太太 （安慰地）莫心急，要水到渠成嘛！你爹哋前两天到广州，就不光为找铺位做生意，更主要是为你的事找这姑娘的母亲再详谈，你放心吧！
谢海文 放心、放心……
谢太太 （拉着海文）来，快入去饮参汤吧！（与海文同下）
[玉燕与海萍说说笑笑上。
谢海萍 （唱“梳妆台”）
到外边，又转了几圈。
黄玉燕 （接唱） 这东方之珠，实非虚传。
谢海萍 （接唱） 你来到香江，不贪游玩。
黄玉燕 （接唱） 跑公司，看新装，整日都看未完。
谢海萍 你呀！（取饮料给玉燕饮）带你到海洋公园、上太平山顶玩玩，你都说没多大意思，对什么时装新款，什么设计潮流，你却最有兴趣！
黄玉燕 香港游时间有限，我就想多学点新东西嘛！
谢海萍 （唱“滚花”）
难怪爹哋说你事业心强，

对你非常赞羡！

还决定在广州买间旺铺，

和你拍档广开财源。

很快办起那时装美容中心，

你就可以才华尽显。

黄玉燕　（接唱）　难得和你们合作，

只怕未能把重担承肩。

谢海萍　我爹哋看中你，就是相信你有本事！

[电话铃响，海萍接电话。

谢海萍　（对话筒）呵，是爹哋。好，我马上到！（对玉燕）正讲爹哋，爹哋就从广州回来了，我到机场接他，你先休息一下，等候听好消息！

黄玉燕　好。

[海萍跳蹦蹦下。

黄玉燕　（看着海萍背影，感触地）他一家呀——

（唱“凤凰台”）

对玉燕情浓兼意恳，温馨阵阵渗入心。

记得临行，燕明哥嘱咐我语频频，

到这里事事要小心行。

此刻我，已不再，惶恐与拘谨。

谢先生夫妇，多番盛意常接近。

海萍活泼又天真。

谢海文，也一片热心。

更难得他家相邀开新店，

对我关照又信任。

我自应理解，为了生意，

他费尽苦心！

[谢海文上。

谢海文　玉燕，回来了？

黄玉燕　是呀！

谢海文　海萍呢？

黄玉燕　她一回家就接到谢先生的电话，现在去接机了。

谢海文　呵，爹哋回来就好了！（对玉燕）对了，你昨天与海萍拍的时装模特照片，我已冲晒出来了。（拿照片给玉燕看）你看怎么样？

黄玉燕　（高兴地）照得好，这是今年最流行的新款呢！

谢海文　听海萍说，你只念过初中，搞时装设计全靠自学，是吗？

黄玉燕　是的，时装设计是一门学问，我也是边做边学，希望能不断充实自己。

谢海文　真不简单呀！

（唱“爽慢板”）

你漂亮大方，待人诚挚，而且聪明得很。

经营时装，钻研设计，沥血呕心。

自学成才，充实自己，掌握高深学问。

好一个，当代女性，真羡煞我海文！（情不自禁靠近玉燕）

[玉燕一时感到尴尬，轻轻避开。此时恰好谢海萍上。

谢海萍　（见状，怕海文冲动，故意叫住）哥哥，爹哋回来了！

[谢善夫、谢太太同上。

谢太太　善夫，你一去又是几天，海文整天都盼你早日回来呀！

谢海文　是呀，爹哋你跟我说过的事……

谢善夫　（会意）我记得，你放心！（转对玉燕）黄小姐，这几天我回广州，已办妥了购买新铺的事。

黄玉燕　真的！

谢善夫　嗯！

（念“口鼓”）新铺就在天河的中心，将来地铁的出口附近。你阿妈也曾一起看过，她眉开眼笑好开心！待等新铺装修完成，我们的“时装美容中心”就名声大振！

黄玉燕　谢先生你真有魄力，这事让你老人家破费又劳神！

谢太太　善夫对公益事业一向热心，还经常发起搞捐赠。何况现在是开拓自己的新业务，理当要投放一定资金。

谢善夫　是呀！（从包里取出一份文件，故意支开海文兄妹）海文，这是我草拟的业务计划，你和海萍先为我打印出来，我和黄小姐还有话说。

谢海文　（会意）好，妹，我们走！（与海萍下）

谢太太　（递上水果）玉燕，吃水果！

黄玉燕　多谢太太，你们太热情了！

谢善夫　黄小姐，何必客气呢？

（唱“减字芙蓉”）

你也知香港人，向来最讲实际。

我有一桩心事，早想对你直提。

谢太太　（浪里白）黄小姐是个明白人，你就快讲吧！

谢善夫　（续唱）　若然我提个要求，不知你能否同意？

黄玉燕　（接唱）　只要能办得到，玉燕一定尽力而为！

（浪里白）是不是有关合办时装美容中心的事呢？

谢善夫　不，黄小姐你猜错了！

（唱“滚花”）

这事情可能令你感到突然，

说出来请勿介意！

黄玉燕　这……不要紧，请讲吧！

谢善夫　（唱“木鱼”）

话要从海文说起，

待我从头告你知——

他是我谢家单传独生子，

公司多项业务由他操持。

虽则他事业有成，

却多次情场失意。

眼看光阴如水逝，

凭谁传宗接代惹愁思。

谢太太　（接唱）　我带他到“黄大仙”，求问姻缘事——

（转“二黄”）

神签提示，到内地求偶最适宜。

海文他两月之前，到广州访寻爱侣。

谢善夫　（接唱）　想不到，美容院里，

一见你玉照，竟爱得发痴！

黄玉燕　（一怔）呵?!

谢善夫　（音乐衬韵白）只可惜海萍当时无留下你的地址、姓名，偌大广州何处能寻到你？于是我将你的肖像印上美容霜的包装盒，倾销到内地……

（唱“十月怀胎”）

终庆幸可亲睹你好风姿，

更喜你为人聪敏又诚挚。

我谢善夫，有你做媳妇，

心里无比欣慰！

谢太太　（接唱）　我家事业更生色，

你也会春风得意，

正是良缘喜天赐！

[强音乐骤起，玉燕无比震惊。

黄玉燕　（唱“北上小楼”）

如雷轰顶，猛然受惊复踌躇!

想不到今日里，面临这难题……

（转“新腔快打慢二流”）

一连串安排，原来藏奥秘。

为觅儿媳妇，他费尽心机。

尽管他出自真诚无恶意，

尽管是谢家豪富世间稀。

玉燕却自有主张，不慕这荣华富贵。

幸福靠勤劳双手来换取，

爱情靠悉心培育绽花蕾！

（转“反线叹颜回”）

想燕明此际，正奔波汗淋漓，

盼候我归期，好开新铺共经营，

一双彩燕比翼再高飞！

我俩同怀壮志，两颗心早结一起，

多年来相亲相爱，这份情永不移！

但谢家确有心，言词也恳切。

此刻他家正焦急，有多少苦盼与希冀，

玉燕心中亦当知。

倘若遭拒绝时，只怕节外会生枝！

[聚光：玉燕抱头，《分飞燕》乐曲徐起……暗转。

第四场　赠玉盟心

[音乐转轻快旋律：前场的两天后，广州火车站附近的草暖公园。

[若干男女游客游园过场；燕明与玉燕推着行李车，提着有“香港游”字样的旅行袋上，燕明显得有点神态不安。

黄玉燕　（旁唱“西皮慢板”）

广州城，百花鲜，小燕回家转。

但香江事，太突然，费人思忖。

赵燕明　（旁接唱）接亲人，谁不笑容满面？

独我燕明，愁眉不展。

黄玉燕　（唱“收腔”）

他莫非听闻谢家事，心里黯然！

燕明呀！

（唱“滚花”）

妈妈急盼燕归来，不如赶快回家转？

赵燕明　哦，时间还早呢！

（接唱）　半月不曾倾心事，衷情待诉在公园。

黄玉燕　好，玉燕听你的！（同进园）

赵燕明　（指着树下的长凳）就在这里坐坐吧！

黄玉燕　嗯！（两人坐下）

赵燕明　玉燕，这草暖公园我们好久没到了。过去曾经到这里不知有多少次？拔过多少条草？数过多少颗星？你，你不会忘记吧？

黄玉燕　当然记得。燕明，你怎么啦？你为什么会扯起这个话题？莫非……

赵燕明　没有什么，我是触景生情罢了。

黄玉燕　情？难道你觉得我俩的情还不够深吗？

赵燕明　不！我只是想到，你刚才说在香港谢家突然提出亲事时，你并没有马上回绝他，难道你想……

黄玉燕　（笑）哎，我是不想令人感到难堪，才没有当场拒绝，你别神经过敏！

（唱“反线七字清”）

小别重逢本该更加高兴，

我亦已和盘托出开心见诚。

何以你怀疑我爱情不坚定，

难道玉燕的心事你尚未明！

赵燕明　这……

黄玉燕　燕明哥！

（唱“恋檀二流”）

其实我决心早下定，

纵有荣华富贵也未移情。

命运相连同照应！

赵燕明　（接唱）　我俩曾在这公园吐心声，

携手开拓，生意共经营。

为创美好将来，同献真本领。

黄玉燕　（唱“收腔”）

我俩情切切，

谁想分开也绝不成！（动情地拥抱着燕明）

赵燕明　哎哟！（用手按胃部）

黄玉燕　怎么，又胃疼了？你呀，就是不懂得爱惜自己！（从旅行袋取出胃药）

我在香港买回这种胃药，听说效果很好，你试试看！

赵燕明　（接药）玉燕，你对我真好呀！

（唱“古谱秋江哭别”）

小小药丸浓情现，谢你常来抚慰，

我心中似蜜甜。

黄玉燕　（接唱）　你尽力拼搏创新业，

休将客气话，滔滔不绝挂唇边！（坠慢）

赵燕明　（摸到胸前玉佛，心情矛盾，旁接唱）

她岂知此刻我心暗乱！

看月圆月缺，世事总多变迁，

波涌爱海会翻船！（若有所思）

黄玉燕　（浪里白）燕明，你好像在想什么？

赵燕明　没、没什么，我只是感到你对我实在太好了！

（续唱）　谢你情未变，

今日里特意来赠上礼物一件，

好表我心坚。

黄玉燕　（浪里白）礼物？

赵燕明　（解开衣扣，露出胸前挂着的一个玉佛，浪里白）你来看——

黄玉燕　（定睛一看，浪里白）玉佛，哪里来的？

赵燕明　（续唱）　你早知——

我自幼与生母分开暗心酸。

记得她只留下，这一个玉佛，

便离去，匆匆间伤心恸哭泪涟涟！

黄玉燕　（浪里白）哦，这玉佛是你生母留给你的纪念！

赵燕明　（浪里白）是呵！

（续唱）　这玉佛虽不值几多钱，

却常珍藏多挂牵！

感你待我义厚情专，

燕明我且将它认作定情物，

公园里赠给纯情玉燕！（轻轻地把玉佛套在玉燕脖子上）

[聚光于两人，玉燕感到无比幸福和欢慰，依偎在燕明怀抱里。

黄玉燕　（唱“新曲”）

他蜜语甜言诉痴念，

我手捧玉佛意缠绵。

幸福的暖流涌心底，

晶莹的泪花溅腮边……

[暗转。

第五场　晴天霹雳

[接前场，玉燕家。玉燕妈正在乐滋滋地张罗晚饭，等候女归。

玉燕妈　（唱“滚花”）

有道水向低流人往高走。

平日见人家发财致富，

只能够羡慕在心头。

（转“螺黛”）

一朝行运遇财神，

谢先生如此大方真少有！

新铺已得手，

无须燕明为了资金终日筹谋。

只担心，玉燕将计扭，

偏与娘亲背道走。

我喜忧都兼有！

[阿丽持图纸一卷上。

阿　丽　玉燕妈，你看——我替你们请专家设计的“时装美容中心”新铺装修图画好了！（打开图纸）

玉燕妈　唉吔，我怎会看这种东西呢？等玉燕回来再算吧，今晚就带她到天河看看新铺，给她一个惊喜！

阿　丽　玉燕妈，那位谢先生怎么这样大方呢？一出手就几十万哪！

玉燕妈　世界这么大，什么人没有呢？谢先生可是香港有名的大富商，投资一间“时装美容中心”简直是“湿湿碎”呢！再说我们也不是白占他的，玉燕是付出了代价的啊！

阿　丽　代价？不就是一张“大头相”？唉，我阿丽就没这种福气。我俩都算靓女呀，两家一起在美容院照了相，怎知人家偏偏选玉燕不选我。真是同人不同命！

玉燕妈　别唉声叹气！说不定运气一来，你也会被哪位香港大亨看中……哟，净顾说，薏米冬瓜洋鸭汤煲干水了！（急下）

阿　丽　哈……

（唱“滚花”）

难怪玉燕妈高兴忘形，

就凭照片一张，胜过中六合彩！

[玉燕、燕明推着行李车上。

黄玉燕　阿丽！

阿　丽　玉燕姐回来啦！（打量）咦，没见半个月，你简直变成香港小姐了！燕明哥，你当时为什么放心让玉燕姐一个人去香港呢？不怕她飞走吗？

黄玉燕　死妹丁，我现在不是又飞回来吗？

阿　丽　那……就算大家估错了你吧！说实话，我真为燕明哥担心！

赵燕明　多余，我们这双燕子是久经考验的！

[玉燕妈复上，燕明悄悄地在收拾行李。

玉燕妈　玉燕！

黄玉燕　妈——（扑去）

玉燕妈　怎啦，在香港玩得开心吧？

黄玉燕　开心！

（唱“春风得意”）

半月游览，观感太多说不来。

"港九"繁华闹市，缤纷五彩。

海洋公园里，海豚真可爱。

地铁如龙尤令我惊呆！（序）

阿　丽　那你玩遍香港了？

黄玉燕　（续唱）　东方明珠享美誉，此番我眼界打开。

玉燕妈　（接唱）　你对谢家一切，印象可佳？

谢家大小可和蔼？

黄玉燕　（接唱）　非常亲善，热情相待，

谢先生为人真慷慨！

玉燕妈　（浪里白）那就好了！前几日谢先生上来，还约我一起到天河——

黄玉燕　（浪里白）买了一间新铺！

玉燕妈　（续唱）　知否新铺，大得够摆八围台，

高兴到燕明，整个人跳起来！

看——这就是阿丽托专家为我们设计的新铺装修图！（打开）

黄玉燕　燕明，你来看看怎样？

赵燕明　（凑近同看图纸）不错呀！

阿　丽　当然不错啦！是我舅父请装修专家精心设计的。不过，造价很高呀！

玉燕妈　有谢先生，还用怕没钱？

黄玉燕　妈，我看……

玉燕妈　时间不早，我们边吃边谈吧！

（唱"滚花"）

妈已准备靓汤好餸，

迎接你这燕子归来。

阿丽，相请不如偶遇，吃完饭再走吧！

阿　丽　不好意思，今晚我们乐社开局，不陪得你们了！（欲下）

赵燕明　这么快走了？

阿　丽　你爷爷要我今晚唱熟那首《昭君出塞》，他等着我呢。拜拜！（下）

赵燕明　燕妈，今晚玉燕回来，应该开心一下。不如我去买支酒！

黄玉燕　我们都不是酒客，买什么？（执行李）

玉燕妈　助助兴也好。（眼色）燕明，就买支桂花陈吧！

赵燕明　好！（下）

玉燕妈　玉燕，带了这么多东西回来？

黄玉燕　是呀，谢先生一家太客气了，弄得我真不好意思！

玉燕妈　玉燕哪，你知不知道谢家为什么对我们这么好呢？

黄玉燕　怎会不知道呢？谢先生夫妇对我提及他儿子的事了。

玉燕妈　哦？（急问）那你应承啦？

黄玉燕　妈，你女儿会是那种“只讲金，不讲心”的人吗？我会这样抛开燕明吗？

玉燕妈　那……谢家付出这么大，我们怎么好意思令人家失望呢？

黄玉燕　妈，看来谢先生也是通情达理，不会强人所难的。

玉燕妈　可我们就欠下人家一笔人情债了！

黄玉燕　妈！

（唱“反线中板”）

好妈妈，你不用为难，

说什么欠了谢家人情债？

我黄玉燕，有自己的想法，

早已不是三岁小孩。

这年头，金钱似是万能，

但爱情却不能买和卖。

我与燕明，多年相好，

怎可一旦分开？

（转“七字”）

相信谢家也能谅解，

妈妈何必为此挂怀？

（转“三字”）

待等新铺开张，生意越做越大，

再将谢家报答——

（转“七字”）

岂用妈你难为？

玉燕妈　唉！

（旁唱“反线二黄尺字序”）

妈妈的心情，女儿未理解，

唯是我此刻间难于照直提。

素知她性刚耿，不会随风摆。

要使她能听妈妈细安排，

只有慢慢来，循循善诱不可贪快！

玉燕，你是否真的死心塌地跟燕明了？

黄玉燕　（轻轻点头）唔！（甜蜜地地摸摸胸前玉佛）

玉燕妈　（发现）咦，这是——

黄玉燕　玉佛。

玉燕妈　也是谢家送的？

黄玉燕　（摇头）是燕明刚才送给我的。

玉燕妈　让妈看看——（端详玉佛，若有所思）咦，这玉佛真是燕明给你的？

黄玉燕　是呀！

玉燕妈　他可有对你说过这玉佛的来历呢？

黄玉燕　说了，是他母亲留给他的。

玉燕妈　（一怔）是他母亲留给他的？

黄玉燕　是呀，你也知道——他从小就离开了母亲的？

玉燕妈　（突然）啊？天哪——

黄玉燕　（莫名其妙）妈，你怎么啦？

玉燕妈　这、这叫妈怎么说呢？

黄玉燕　妈，我是您唯一的亲骨肉，还有什么不能告诉女儿呢？

玉燕妈　没错。可有一件事，妈一直没告诉你，想不到今天会遭到这样报应呀！

黄玉燕　（惊奇）报应？妈，到底什么回事呢？

玉燕妈　嗳……看来不能再瞒你了！

（唱“祭塔腔反线二黄”）

廿八年前那一桩……（难于启齿状）

辛酸事，怕提起。

隐瞒至今，竟将玉燕来连累，

妈妈愧难言，实对儿不住！

黄玉燕　妈你……

玉燕妈　（续唱）　当初为接受磨炼，

妈妈我做“知青”下乡去。

黄玉燕　（接唱）　妈妈做过“知青”我亦听闻——

你也曾历尽人间凄风雨。

玉燕妈　（浪里白）玉燕，其实你只知其一，不知其二呀！

黄玉燕　还有什么呢妈？

玉燕妈　嗳……（迟疑片刻，把心一横）唉！

（续唱“反线二黄”）

那时候，困境迫人，

幸遇一位农村小伙子。

黄玉燕　啊？

玉燕妈　（续唱）　甘苦与共两相依，

患难之交难忘记。

他与我，暗倾情——

（转正线）年长月久，产下男儿！（背脸藏羞）

黄玉燕　（一怔）不是我？

（旁接唱“正线爽二黄”）

谁想到，妈妈她，

还有这桩隐秘。

（加序浪里白）妈，你还没说完!

玉燕妈　（神情恍忽地）噢，我说到哪里了？

黄玉燕　你不是说你做“知青”时，曾经有过孩子的？

玉燕妈　是，是呀！可怜孩子还没出世，他爸爸就……

黄玉燕　怎么呀？

玉燕妈　（吞吞吐吐）因为开山造田，被石炮炸死了！唉！

（接唱）　苦命孩儿，未见爹面，

我咬紧牙关将孤儿育，

风言蜚语刺心扉！

黄玉燕　（加序浪里白）那后来呢？

玉燕妈　后来“知青”陆续回城，我也被招工迁回广州市。当我抱着他乘船返到大沙头——

（唱“流水南音”）

归家的脚步似千斤重，

未婚女子怎抱儿归？

害怕人前遭歧视，

唯有忍痛弃掉亲生儿！

黄玉燕　你遗弃他啦？

玉燕妈　（点点头，接唱“二黄散板”）

临别时，我将祖传玉佛给他戴起。

黄玉燕　（大吃一惊地）什么?!

玉燕妈　（续唱）　从此母子，再未有见面时！

[一阵惊雷。

黄玉燕　（震惊，唱“新腔乙反滚板”）

惊闻妈妈，痛说从前事——

恍若晴天霹雳把心撕！

正喜玉佛盟情千般意，

怎料阴差阳错惹伤悲？

（忽然，浪里白）不是！燕明不是我哥哥，妈你骗我，骗我！

玉燕妈　（一怔）妈无骗你……

黄玉燕　为什么从来没听你提起这件事呢？

玉燕妈　这……唉，有道家丑不可外传，何况事情已经过去这么多年，妈怎会无端端提起伤心事呢？如果不是你与燕明相爱，就算母子重逢于今日，我也不敢道出他的身世。但你现在跟他……妈迫不得已要揭穿这个底，免得你兄妹……咳，报应！真是报应呀！（擂胸顿脚）

[又一阵雷响，幕后合唱：“啊……”

黄玉燕　（续唱“乙反滚板”）

心上人竟是我亲兄长——

（上板，仿越调）

只怪妈妈说得太迟!

珠江水呀,洗不净我的羞和耻,

千错万错该怨谁?（哭腔）

（撕心裂肺地）妈——（扑去，抱头痛哭）

玉燕妈　（不知所措地）玉燕……

[“分飞燕”乐声徐起，暗转。

第六场　情海浊波

[若干日后，燕明家院子，爷爷拉二胡，伴阿丽唱《分飞燕》。

阿　丽　（唱“分飞燕”原曲）

……只怨欢情何太暂,

转眼分离缘有限,

我不会负情害你心灰冷。

知你送君忍泪难,

唉吔难、难、难……

[燕明心烦意乱持酒瓶从屋里出来。

赵燕明　别唱啦！“难难难”，听见就烦！

爷　爷　燕明，为什么这几天这么燥火呀？哦，还喝起酒来了！

（唱“三脚凳”）

你与玉燕一向来,

最喜欢这首《分飞燕》。

参加业余曲艺大赛,

还夺得“亚军”美名传。

为何今日听见就烦？

莫非你两人情有变？（过门）

赵燕明　（一怔）哎……

阿　丽　（拉爷爷，悄悄接唱）

他跟玉燕姐有“拗撬”（矛盾），

“没倾没讲”已三四天！（腔收）

爷　爷　哦？简直细路仔玩泥沙！

（唱“滚花”）

“一时糖黏豆，一阵又水沟油”，

还说什么合作经营，将生意扩展？

赵燕明　爷爷，说到时装生意这层，你放心好了！

（唱“追信”）

早几天，喜得运气转——

港商够热诚，到我家中会面，

张罗了新铺位，只待搬迁。

他日天河旺区里，又多间“新燕燕”。

装修堂皇华贵，品种样样全，

那时名声更响远近传。

爷　爷　发梦！

（接唱）　你何来这一笔铺头装修钱？

赵燕明　（接唱）　不必你顾虑，资金有来源。

唯独担心阿燕她另有打算！

阿　丽　怎会呢？玉燕姐只是跟你斗斗气啫，其实呀，她全听你的！

爷　爷　就是嘛。

（唱“长句二黄”）

你俩相好多年肩并肩，

白手兴家同开店，

曾说过甘苦与共互不见嫌。

碗碟都有碰撞时，

拍档难免有不同意见。

赵燕明　（接唱）　怕她背道而驰不配合，

我纵有机遇也枉然！(句)

爷　爷　（唱序）　你可以耐心找她直言。

阿　丽　（调皮地哼唱）

唉吔难、难、难……

（接唱“二黄”）

难在玉燕姐心事满怀，

对燕明哥避而不见！

爷　爷　哦?

（唱“二黄滚花”）

怪不得你心烦意乱，

借酒消愁解闷，原来有苦难言。

今晚，等爷爷到西关找她谈谈！

赵燕明　不要多事了，我们后生的事你知什么？

爷　爷　哦，嫌“老坑”阻头阻势啦？好，爷爷就当“没眼看”！阿丽，在这里练唱他说“听见就烦”，我们去东湖公园唱！

阿　丽　好，我来拿二胡——（提琴盒，对燕明）燕明哥，等你清清静静地想呀想，千万别想坏你个心呀！

赵燕明　你……

[阿丽嘻嘻哈哈出门下。

爷　爷　燕明，你嫌爷爷多事我都要点醒你两句了——后生有想头是对的，但做人可不能搏得太尽哪！(下)

赵燕明　（喝酒，自语）搏得太尽？我就是想趁后生，搏到尽！

（唱“散板”）

爷爷他——

（秃转“饿马摇铃”）

怎晓得孙子我心事？

我心中苦处，怎告老人家知？

他知道又何如？
当初两只燕，决意为前程，并翅飞！
到西关开间店，“燕燕”生意旺起来，
双燕乐怡怡！
会把握时机便可得志。
怎奈要搬迁，焦急复踌躇，
却喜靠一张肖像赢得一笔巨资！
偶遇奇逢提示我——
何妨再搏？不怕下盘险棋！
最苦这几天——
本当再与她把话提，
她却常躲避。
她心中怎想，我至今未有底！
过去与她朝晚见面，不离形影，
讲笑谈心共商议。
近日哑口无言两唏嘘……（序）
唉，焦虑、烦闷、担忧，
心乱如麻难梳理！

（转唱“二黄滚花”）

此刻间，赵燕明，
才知道孤独原来是这般滋味。

（再喝酒，欲行又止，续唱）

欲见她时又怕见，
心想举步脚难移！（音乐，坐下喝酒）

[黄玉燕持信心情沉重地上。

黄玉燕　（唱“归时”）

这几天，暗落泪，
寝不安哪食也无味。
他至今不知底细，尚蒙在鼓里。

本当对他道白，却又犹豫——

往日情人原是亲兄妹，

实觉羞耻，又怎相对？

（转“爽二黄”）

怕的是，见面时，

伤心话难于启齿。

母亲她，又总是闪缩躲避，

一直不肯相认亲生儿。

再拖下去，累了哥哥，

也折磨了自己！

（接“教子腔”）

莫再隐瞒下去，现实难以回避。

我得忍住泪，与哥说根底。

要和盘托出，强抑心里悲，

想必哥哥他，打击经得起——

兄妹得相认，一家同办店，

好做生意。（入门）

[二人碰面，耳热脸红，沉默片时。

赵燕明　你……

黄玉燕　你喝酒？

赵燕明　（下意识地藏瓶）哎……

黄玉燕　燕明哥，这几天没理睬你，生我气吧？

赵燕明　怎会呢？可是、可是我不明白，为什么好端端你会不理睬我，到底发生了什么事呢？

黄玉燕　这……妈一直没跟你说吗？

赵燕明　（有点语无伦次）没，我没跟你妈说过什么呀！

黄玉燕　那……那没什么……（仍未有勇气表白，默默地欲下）

赵燕明　（不自禁地）玉燕！

黄玉燕　（止步，醒起）哦，谢先生又来信，希望我尽快明确表态……

赵燕明　那你……那你就表嘛！

黄玉燕　叫我怎说呢？

赵燕明　心里怎想就怎说。

黄玉燕　可是我的心……

赵燕明　（急问）你的心怎想呢？

黄玉燕　唉！

（唱“芙蓉中板”）

我的心如麻乱，正想揭开一个谜。

赵燕明　哦？

（接唱）　何必吐吐吞吞，不妨讲明一切。

黄玉燕　燕明哥！

（接唱）　照直讲来只怕你——

赵燕明　怕我什么？

黄玉燕　（续唱）　怕你感到伤悲。

赵燕明　怎会呢？我赵燕明烂命一条，天大事情也经受得起！（喝酒）

黄玉燕　（急阻止）燕明哥，不要再喝了！我来问你——这个玉佛是哪里来的？

赵燕明　（一怔）我不是告诉过你——是我妈留给我做纪念的吗？

[爷爷刚转回，驻足门前，发觉有异。

黄玉燕　你……你再说具体一点！

赵燕明　这个玉佛，是我妈遗弃我的时候悄悄地留在我身上的。

黄玉燕　那你还记得你妈的样子吗？

赵燕明　咳，爷爷在码头捡我回来的时候我才几个月大，怎记得父母的样子呢？

黄玉燕　啊?! 那……你真是我亲阿哥！（双脚一软，几乎晕倒）

爷　爷　（急扶）玉燕！

赵燕明　（一怔）爷爷……你都在这里？

爷　爷　想不到哩？

黄玉燕　爷爷？

爷　爷　玉燕，他是喝醉酒乱说话，你千万别相信哪！

赵燕明　爷爷——（欲阻止）

爷　爷　燕明，刚才你对玉燕说些什么？有本事在我面前再说一次！

赵燕明　爷爷....

爷　爷　哼，还好意思叫我做爷爷？反骨仔！

黄玉燕　爷爷你——

爷　爷　（指着燕明，唱“快慢板”）

骂一声，反骨仔，

莫怪爷爷发火！

问句燕明，无中生有，

到底为了什么？

说什么，你只是弃婴一个。

竟忘记“文革”中，

父母惨受折磨！

（转“七字清”）

你是谁家的根苗自己清楚，

为何偏说被我拾养在当初？

（转“三字”）

一派胡言，骗不了我！（行弦）

玉燕，你知道吗——这个玉佛，是我去年在南华寺买的！

黄玉燕　（惊愕）啊?!

爷　爷　（续唱“七字清”）

赵燕明决不是你哥哥！

[强烈音乐起，幕后合唱：“啊……”

黄玉燕　（双眼直追燕明）燕明，到底你说的是真话，还是爷爷说的是真话？

赵燕明　玉燕，我……我也是迫于无奈才对你说假话的。

黄玉燕　（震惊，唱“秋水龙吟”）

竟然间，蒙骗我，

似刀刺肝肠痛心窝！

究竟何用意？你快说清楚——

编造身世到底为什么？

赵燕明　为什么？哈……（狂饮）

（唱“阴告”）

机关既然全被识破，真相难瞒过。

将盖揭，又如何？

我何妨对你们说当初——

狠心骗玉燕不顾恶果，

皆因钱使鬼推磨！（音乐）

黄玉燕　（与爷爷同时一怔）啊?!

赵燕明　那一日，谢善夫上门找我……

[暗转：谢善夫正在与赵燕明谈判。

谢善夫　赵先生，我知道你深深爱着玉燕小姐，要你为我谢家作出牺牲，让出爱情是十分难的事，也是十分委屈你的。

赵燕明　你既然知道又何必到此啰唆呢？请！

谢善夫　好！有性格，赵先生，何必冲动呢？其实我也是尊重你的意愿的，你完全有选择的自由。但是，万事也好商量嘛。难道我们不可以像谈判美容霜包装盒的肖像那样，坐下来谈条件吗？

赵燕明　谈条件？

谢善夫　对！只要你肯跟玉燕小姐断绝恋爱关系，我谢善夫理所当然会给你一笔感情损失补偿费的。需要多少？不妨开个价吧！

赵燕明　这……

谢善夫　五十万，怎样？八十万，怎样？

赵燕明　（一怔）八十万?!

谢善夫　只要你肯离开玉燕小姐，我谢善夫就补偿你八十万！

[暗转：还原。

黄玉燕　那你就答应他了？

赵燕明　玉燕……

（唱“乙反中板”）

我何尝甘愿痛分飞？

我何尝不恋双燕情？

却舍不得发财良机白白错过。

若不忍痛燕分飞，

哪日才能成“大款”？

时装屋再搏，也是“小儿科”！

黄玉燕　（接唱）　你不该为了臭钱，下狠心，

出卖真情欺骗我！（痛泣）

赵燕明　（接唱）　狠心者何止燕明一个？

你母亲也替谢家助澜推波……

[暗转：玉燕妈的“特写”。

玉燕妈　燕明，你如果真的对玉燕好，就应该为她的幸福、为她的前途着想！谢先生已明确表示。只要玉燕肯做他媳妇，天河新铺的产权就是聘礼。这可是千载难逢的好机会呀！

[暗转：还原。

赵燕明　玉燕！

（唱“乙反十字清”）

你妈妈一番哀求征服了我，

既是各得其所，拚作牺牲又如何？

爷　爷　（接唱）　你也不该瞎编出故事一个。

赵燕明　（接唱）　玉燕情难变，要分手唯有认哥哥。

[此时玉燕妈已悄悄上。

赵燕明　玉燕，如果我跟你妈不用这个玉佛计，你肯离开我吗？

黄玉燕　不用说了！

（唱“新曲”）

这一句“老实话”唤醒了我，

原来情海中，早泛起浊波。

为什么我未能将骗局识破？

都只为太纯真沉浸在爱河！（伤心恸哭）

玉燕妈　（良心发现）玉燕——

黄玉燕　妈你 .....

玉燕妈　妈之所以骗你，无非因为“疼”你呀！

黄玉燕　你这不是“疼”我，是害我！

（转“乙反长句二黄”）

当日肖像风波，今日招来恶果，

终成分飞劳燕，遭此痛苦折磨。

想不到母亲与恋人，

竟将我当作待价而沽的“奇货”。（旬）

见财起心手段多，

见利忘义泥坑堕，

世间除了“金钱”两字，

可知道还有什么？

（幕后伴唱）

还有什么？

赵燕明　玉燕，其实到现在我还是真心爱你的！

黄玉燕　爱？哼！

（唱“正线快二流”）

你有何资格说爱情？

利欲熏心万人唾！

你为了钱，将人格出卖，

为了钱，将真情抛入珠江河。（取玉佛抛还燕明）

此刻间悔恨交加，

燃起了满腔怒火！（打燕明一巴掌）

（转“高腔散板”）

黄玉燕心中淌血，

怨人生路上太坎坷！

[雷声隆隆，玉燕悲愤地夺门而出。

玉燕妈　玉燕——（拦门）妈对不起你，原谅妈吧！

黄玉燕　别拦住我！（推开母亲，冲下）

妈、爷　玉燕——（追下）

[雷声更大，暴雨倾盆。

[燕明毫无表情地淋着雨缓步出门……

[幕后合唱“杨翠喜”：

一朝裂变燕分飞，这边赵燕明呀……

既失落又空虚，痛心追悔难禁泪……

[聚光中，燕明失落地走到“燕燕时装屋”拆剩的残墙断壁前，捧起破旧的招牌，痛苦地追忆……暗转。

那边黄玉燕艰苦创业、奋力进取，

几多波折也无畏惧。

往事悠悠如逝水，

珠江呀，滚滚去。

勤劳汗水浇出灿烂繁花，

金秋喜结硕果累！

尾　声

[数月后，某贸易广场“玉燕时装设计展示会”上。

[玉燕精神抖擞地与爷爷、玉燕妈、阿丽、林仔布置会场。

[赵燕明捧着花束悄悄上，想向玉燕献花，又无勇气……

众　人　（发现燕明）燕明？

黄玉燕　（落落大方地走过去）燕明哥，多谢你来捧场呀！你看——

[音乐大作，一群时装表演的姑娘花枝招展上，翩翩起舞……

[幕徐闭。

——剧终

本剧选载的是1995年曹秀琴、吴国华、凌东明、梁健冬、梁筠菱、朱伯钊等主演的演出本。

锦伞夫人

编剧：文新国　潘邦榛　何笃忠

人物表

冼　英　　女，20岁左右，岭南俚人大首领

冯　宝　　男，20多岁，汉族，高凉郡太守，冼英之夫

芒　宣　　男，30岁，俚人峒主

李阳纥　　男，50多岁，汉族，高州刺史

山　官　　男，60岁，俚人老峒主

巴　雅　　女，16岁，冼英的侍女，芒宣之妹

葛医师　　男，70岁

巫　师　　女，60多岁

副　将　　男，30岁，李阳纥的心腹

俚族各部落酋长甲、乙、丙、丁、戊

俚人兵将和男女群众若干

汉族兵将和男女群众若干

时间：南北朝年代。

地点：岭南俚汉杂居的高凉山区。

第一场　射旗联姻

[音乐声中幕启。铜鼓岭上。

[众俚人议论鼓噪，准备树旗打冤家。

巫　师　芒峒主，吉时已到，鸡卜占毕！

芒　宣　祖先鬼怎样昭示？

巫　师　“彤云密布，宜动刀枪，逐走汉魔，吉利贞祥。”

芒　宣　好！

（唱“七字清中板”）

我俚人世代居住高凉山上，

汉官来身受辖制无法逞强。

趁此时战乱频频南朝动荡，

打冤家，遵天意，

将汉魔逐出高凉。

升旗！

[鼓声中升起蛙纹战旗。

[内声：好胆！好胆！

芒　宣　（一怔）啊……

山　官　（上）芒峒主，高州刺史李阳纥到了！

[锣鼓声中，李阳纥身穿铠甲率副将和汉兵冲上。

李阳纥　芒宣，你胆敢在此聚众闹事？

芒　宣　李阳纥，高凉山本是我俚人的地盘，你等汉人快与我滚出去！

李阳纥　住口！

（唱“滚花”）

老夫身为刺史镇高州，

岂容小小蛮酋兴风浪？

把反旗扯下！

芒　宣　你敢？

山　官　芒峒主，切不可鲁莽呀！

芒　宣　怕什么？区区几百官兵，怎敌我数十万俚人？来人——擂鼓升旗！

[俚人擂鼓升旗，双方对峙，剑拔弩张。

[千钧一发之际，一箭飞来，箭到旗落。

芒　宣　（怒吼）是谁射倒战旗？

山　官　冼英大首领。

[全场惊震，凝视内场。

[内场战马嘶叫，马蹄声急，巴雅与女兵拥冼英上。

冼　英　（唱“爽梆子慢板”）

惊闻突变，风雨满山，

得要化危为安，飞马赶到山前！

众　人　（跪）参拜大首领！

冼　英　（环视全场，接唱）

是谁个，在此祭天升旗，

挑起事端，妄动刀剑？（长过门）

李阳纥　大首领你来得正好，你的部属芒宣在此聚众闹事，你管也不管！

冼　英　哦，芒宣？

芒　宣　大首领！我是为了俚家不再受汉魔欺侮。

冼　英　胡说！汉人帮助俚家平战乱，事农桑，本该和睦亲善，怎可以汉魔相称呢？

芒　宣　哼！和睦亲善？！我芒宣身上，至今还留有汉魔的刀痕！

冼　英　难道汉人身上就没有俚家的刀痕？！

（动情地唱“反线中板”）

高凉山，一片哀声千滴泪，

往事历历记犹新。

为什么家家旧冢添新坟？

为什么年年战火烽烟滚？

为什么辈辈遭欺凌？

为什么代代捱穷困？

各族不和就是苦难的根！

（转“反线七字清”）

动乱之中岭南须求安稳，

事成于和睦力生于同心。

（转“三字清”）

不打冤家，从此息兵刃，

汉俚两族，还要喜通婚！（拉腔）

众　人　通婚？

冼　英　对，告诉大家，新任太守冯宝大人，今日要应我之约，前来下聘了。

众　人　下聘？

芒　宣　不行！

（唱“霸腔减字芙蓉”）

你本是金凤凰，凤巢岂容野鸠占？

冼　英　（转以“子喉”接唱）

冯宝在高凉建功业，我早与太守心相牵。

李阳纥　（旁接唱）冯冼联姻镇高凉，老夫抱负难施展……

芒　宣　大首领!

（再以“霸腔”接唱）

俚汉通婚违族例!

冼　英　（“子喉”接唱）

冼英破例敢为先。

芒　宣　哼！

（唱“滚花”）

你若将汉魔引入高凉，

必会招来天怒人怨！（气恼地卷旗冲下）

李阳纥　大首领，你当真要与冯太守结亲？

冼　英　（果断地，接唱）

冯冼联姻主意定，

但愿俚汉相好万万年！

[内报：“冯太守派人送聘礼来了——”

[鼓乐声中，冯府红男绿女抬各式聘礼上，众兴高采烈相迎，李阳纥在旁纳闷……暗转。

第二场　人闺打亲

[二幕前。巴雅与俚女甲、乙捧鲜花上。

巴　雅　（边撒边唱“梳妆台”）

布隆闺，喜事临，

大首领今宵，约会心上人。

俚女乙　（接唱）　歌为媒，定终身，欢声阵阵。

巴　雅　（接唱）　一路铺鲜花，巴雅笑吟吟。

俚女甲　巴雅姐，大首领真有眼光，选了个年少英俊的汉官做夫家。

巴　雅　冯太守也真够福气，竟有本事娶得我们俚家的金凤凰呀！

俚女乙　巴雅姐，今晚大首领夜游布隆闺，约会汉家郎，大家好开心，为何你阿哥芒宣峒主闷闷不乐呢？

巴　雅　他呀，升旗闹事被大首领教训了一顿，至今还不服气哩！

俚女甲　你大哥就是“死牛一边颈”（固执），还是大首领说得对，俚汉两族就是要不打冤家结亲家！

巴　雅　看，冯太守入布隆闺了！（与众下）

[二幕启。月上中天，俚家青年男女幽会的布隆闺外。

[冯宝身穿白衫，头戴书生巾上。

冯　宝　（唱“长句二流”）

趁月色，踏山行，朵朵鲜花将路引，

香风扑面，迎接入闺人。（句）

夜游布隆闺，俚俗奇异甚，

打亲何用意，教我费思寻。

堂堂太守重礼仪，我还得言行谨慎。

怎将闺门夜叩？徘徊不定暗沉吟……

[躲在一旁的巴雅窥见，走出行礼。

巴　雅　冯太守！

冯　宝　（惊怔）哦！是巴雅姑娘。

巴　雅　怎么啦？你既前来入闺，还不快唱开门歌？

冯　宝　开门歌？

巴　雅　是呀，太守有所不知，按照俚家族规，夜游布隆闺，定要过三关。

冯　宝　这第一关？

巴　雅　不唱开门歌，就进不了闺门。

冯　宝　（如释重负）哦，唱歌难不倒我！第二关呢？

巴　雅　就是打、三、鞭。

冯　宝　（大笑）真乃天下奇闻。月夜幽会，哪有挥鞭舞棍的？

巴　雅　（见冯宝执着样，忍俊不禁）……

冯　宝　嗨，你笑什么，快说何谓第三关吧！

巴　雅　第三关么……（羞而不答）等太守进得门去，你就知道了。（捂嘴笑下）

冯　宝　（自语）第一关是开门歌？可惜我不懂俚曲……（一想）有了！（走到闺门前）冼姑娘，你听着：

（唱“新曲”）

关关雎鸠，在河之洲。

窈窕淑女，君子好逑。

（得意地）咦，她果然出来了！

[“梆子慢中板序”，冼英身穿花筒裙，头插素馨花，楚楚动人上。

冼　英　（唱“慢中板”）

卸下刀剑戎装，精心织好藤鞭，

月下将情郎候等。

听这开门之歌，竟以《诗经》替代，

太守果真聪敏过人！（拉腔）

冯郎——

冯　宝　冼姑娘！

[幕后女声清唱“山歌”：

闺门洞开迎贵客，莫负花好月又圆。

[冼英深情地开门，冯宝兴奋地进门，四目相视，情意绵绵……

冯　宝　冼姑娘！

（唱“新曲”）

青娥世罕见，光彩耀南天。

冼　英　（接唱）　纵然海枯石烂，

冯　宝　（接唱）　冯宝衷情不变。

二　人　（同接唱）妹今与郎结百年，

（郎今与妹结百年）

绿树红藤永相连。

树绿藤红红不变，

树枯藤死死也缠。

冼　英　（举鞭）好，请受我三鞭！

冯　宝　（大惊）啊！你真要动手？！

冼　英　这是俚家风俗。（风趣地）太守大人，就请你咬牙忍一忍。

冯　宝　（大声地）大丈夫何言忍字？想我冯宝在万马军中面对刀剑尚不眨眼，岂惧小小藤鞭！

冼　英　请受姑娘第一鞭。

[冯宝昂首迎鞭。冼英将鞭高高举起，轻轻打下。

冼　英　咦，你怎么不说疼呀！

冯　宝　嗨，你那里高高举起，轻轻落下，我怎会叫疼呢？

冼　英　（笑）嗨！这是俚规。打亲是对男子的教训，要大声喊疼，表明今后不敢怠慢女人。

冯　宝　（笑）本官一向信守礼义，岂敢怠慢大首领呢？冼姑娘你就狠狠地打吧！

冼　英　好！请受姑娘的第二鞭！（挥鞭狠狠打冯）

冯　宝　哎哟！

冼　英　怎么样？

冯　宝　（尴尬一笑）这第二鞭真是打重了！

冼　英　冯郎啊！

（唱“爽二黄”）

恕我出手不轻，

其实我心中也不忍。

联姻佳话传万里，

鞭鞭分量重千斤。

冯　宝　（点头，接唱）

鞭子重，情更重，

纵有风雨频频——

冯、冼　（合接唱“解心腔”）

我俩心心相印！

[两人动情地依偎一起。

冯　宝　姑娘，怎不挥第三鞭？

冼　英　你可知道，夫家受了这一鞭，就要与姑娘伴睡。

冯　宝　啊！（大惊失色，连连摇手）使不得，使不得！

冼　英　什么使不得呀？

冯　宝　其他俚人习俗我都可以依从你，但与姑娘伴睡嘛……

冼　英　怎么样？

冯　宝　还得按我汉人的规矩，拜过天地才能花烛洞房呀！

冼　英　（怒吼）冯宝！我冼英不要你们汉人的洞房花烛，快上前受我第三鞭！（命令式地）你过来！过来……（追打，冯宝躲闪）

[芒宣已守候多时，冲上高叫：“慢——”

冼　英　呵，是你？

芒　宣　冼英姑娘!

（唱“霸腔滚花”）

冯宝不遵俚俗，分明看不起俚家人。

俚家凤凰只配俚家雄鹰，

你就朝我挥鞭不必再等。

冼　英　芒峒主!

（接唱）　山里凤凰多得很，雄鹰自有打鞭人。

芒　宣　我就是要你这金凤凰。你来看——（举葫芦）

[音乐骤起，巴雅与众俚人闻声陆续上。

冼　英　（凝视葫芦震惊）啊！你、你要献上迷魂汤?!

冯　宝　（不解地）迷魂汤？

芒　宣　（唱“回龙二黄”）

迷魂汤，意尤深，

挖下我指甲烧成灰，

以血调成和泪掺。

献与姑娘求婚配，你若不收下，

我永守孤身。

我芒宣，要让林中每只鸟，

要让山中每棵树，

都明白我此刻心悃！（拉腔）

冼英姑娘，你就向我打三鞭吧！

巴　雅　阿哥你好不明理，大首领这三鞭你如何担当得起？

芒　宣　莫说三鞭，就是三十鞭、三百鞭我也担当得起!

山　官　你受了大首领的三鞭，能使俚汉两族和睦亲善吗？

芒　宣　这……

山　官　你受了大首领的三鞭，能将汉耕汉学引入高凉，让俚家过上好日子吗？

芒　宣　这……

冯　宝　是呀，芒峒主，汉俚联姻，就是要使高凉山富庶安宁呀！

芒　宣　哼，说得好听！你不肯接受大首领第三鞭，分明是没有结亲的诚意！

冯　宝　这……

（唱“快中板”）

一言惊醒受鞭人。

冯冼联姻肩重任，

遵从俚俗表坚心！

（唱“滚花”）

姑娘快打第三鞭——（跪）

冼　英　（高兴地）真的？

冯　宝　对，我还要入赘上门。

众　人　（惊喜地）太守入赘俚家？

山　官　哈……

（续唱）　冯太守果真情意恳！

冼　英　好！这第三鞭——（举鞭一想，将鞭放下）我要留在成亲之日再打！

（接唱）　冼英何妨效汉礼，三天之后喜成婚！

[巴雅欢呼雀跃，芒宣怒视冯宝。暗转。

第三场　婚礼风波

[二幕前。李阳纥率兵众抬贺礼、捧贺酒上。

李阳纥　（唱“滚花”）

恨只恨冯宝入赘高凉，闹得天旋地转。

冼英如虎添翼，我难再只手遮天。

今日赴宴好时机，且看老夫施手段。

副　将　（接“滚花”）

倘若她不识抬举——

李阳纥　哼……

（接唱）　一坛贺酒，管叫她断子绝孙！

芒　宣　（内叫）汉官站住！（举刀背箭冲上）

[二兵上前架住芒宣的环头刀。

李阳纥　（喝兵）闪开！

（对芒宣，念“口鼓”）芒峒主，今日乃是冼英大首领成婚佳期，你为何舞刀弄箭？

芒　宣　（接念）我不准你等前去送礼——

李阳纥　（接念）哈哈，你能阻挡老夫送礼，可你阻挡不了冯宝上山入赘——

芒　宣　（接念）我要闯进竹楼闹翻天。

李阳纥　（接念）新娘就是你们俚家的头人，你想翻天天不转。

芒　宣　（接念）那……岂不是任得凤巢被野鸠占？

李阳纥　（笑里藏刀，接念）雄鹰既然难展翅 ——（一拍芒宣背上箭套），只好眼睁睁看着人家“花好月圆”啰！哈……

芒　宣　（被挑得怒火中烧，拔箭）哼！看他怎个“花好月圆”?!（冲下）

李阳纥　（见状狞笑）哼哼……（暗转）

[二幕启。竹楼张灯结彩，山官与众俚人在忙于布置。

俚女甲　山官峒主，你看——各位酋长送礼来了！

[四酋长率众抬贺礼上。

山　官　（迎上）哦，各位酋长大人！

酋长甲　山官峒主，喜闻大首领与冯太守联姻，我们送上香茅酒——

酋长乙　吉贝布——

酋长丙　金钱狸——

酋长丁　野山猪！

山　官　各位酋长如此盛情，我代大首领拜谢了！请各位酋长先入竹楼饮酒，待我前去村口迎接冯太守。（与四酋长下）

[巴雅陪冼英上。

冼　英　（念） 时已黄昏翘首望，万事俱备待冯郎。

[内报：“高州刺史前来贺喜！”

冼　英　好，鼓乐相迎！

巴　雅　动乐——

［鼓乐声中，李阳纥率众奉礼上。

冼　英　李大人，难得你屈驾光临，竹楼蓬荜生辉呀！

李阳纥　哪里话来？大首领盛情相邀，老夫不胜荣幸哩！

（唱“梆子慢板”）

恕老夫，不懂俚家俗例，

高州特产美名传，

谨作贺仪来奉献。（指贺礼）

冼　英　李大人！

（接唱）　蛮女何德何能？怎受得如此厚礼——

李阳纥　受得有余！

（接唱）　大首领英名远播，威镇南天！（长过门）

冼　英　大人过奖了！

李阳纥　大首领何须过谦？你能统率数十万俚人之众，不愧为女中豪杰，老夫此番前来贺喜，还想向大首领请教请教呢！

冼　英　不知大人有何赐教？

李阳纥　大首领——如今中原大乱，群雄割据，正所谓乱世出英雄呀，大首领有何打算呢？

冼　英　李大人意思是……

李阳纥　（悄悄地）可否与老夫合兵结盟，在岭南另建一个天外之天呢？

冼　英　天外之天？

（旁接唱）却原来李阳纥心怀不轨，

暂压下怒火一腔静观其变。

李阳纥　大首领意下如何呢？

冼　英　李大人！

（唱“滚花”）

你虽有“宏图大略”，恕冼英无法成全！

副　将　（暗自一怔，对李低语白）哦，她果然不识抬举……

李阳纥　（狞笑）哈……老夫不过一番戏言。来来来，趁今日大首领大喜之期，待老夫亲自把盏敬你一杯……

巴　雅　哎，大首领，新郎还未上门，婚宴还未摆开，这酒得等冯大人到来再饮呀！

李阳纥　（暗自一怔）什么，冯太守还未到来吗？……

冼　英　李大人，何不先请进竹楼一叙呢？

李阳纥　如此说请呀——（同下）

冯　宝　（内唱“首板”）

入赘上门逢阻障！（由山官等人扶着上）

（唱“包槌滚花”）

途中不幸受箭伤。

倘若要追查真凶，必掀起一场风浪。

为顾全联姻大局，此事决不可张扬。

忍痛带伤竹楼往——

巴　雅　（复上，见到冯宝，喜向内报）大首领，冯太守来了哇！

冼　英　（闻声复上）冯郎！（趋前相拥）

冯　宝　（伤手作痛）唉呀？

冼　英　（不解）冯郎你——

山　官　大首领，冯太守他——（正欲道破）

冯　宝　（急制止）我没事，只是徒步上山走累而已！

（唱“滚花”）

天已黄昏良辰到，莫误成亲好时光！

巴　雅　是呀，人回家，鸟归林，山官峒主，快主持婚礼吧！

山　官　哎……好，擂鼓动乐！

[鼓乐喧天，众上点着篝火，架起牛角。

冼　英　（举鞭）冯郎，请受姑娘第三鞭！

[冯宝忍痛受鞭。

冼　英　冯郎——

冯　宝　没事！（向山官示意婚礼继续）

山　官　（无奈吆喝）夫妻双双穿刀山——过火海！

[冼英高兴地拉住冯宝的手，冯宝忍着伤痛，强作笑颜，与冼英双双穿牛

角，终于昏倒在地，众为之愕然。

众　人　冯太守——

冼　英　（急扶之）冯郎你——

[众扶冯宝下，山官拉住冼英。

山　官　大首领，不能不告诉你——冯太守是在上山途中中了南丹毒箭！

冼　英　啊！

（唱“夺锦”中段）

陡然间，高凉山，

闪闪刀光，一桩血案。

（转“叹颜回”）

婚宴还未摆开祸先降。

龙日不祥，到底是谁人把杀机藏？

山　官　（出示毒箭，接唱）

是芒宣，丧天理，

结情仇，露凶相，

该怎么，治凶手？

（直接“得胜令”尾句）

首领请快作主张！

[冯宝此时正由人扶着复上。

冼　英　芒宣？（怒火满腔）把他押上来，当众处置！（山官应下）

冯　宝　夫人，今日是俚汉联姻的大喜日子，岂能为这一箭挫伤两族情谊呢？

冼　英　这……

山　官　（内喊）走——（推着捆绑的芒宣上）

[众闻声上，李阳纥从竹楼出来，袖手旁观。

巴　雅　山官峒主！何故将我哥哥五花大绑呢？

山　官　芒宣你自己说吧——

芒　宣　说就说——冯宝身上中的这支箭是我——

冯　宝　（急接）哦，这支箭是芒峒主的，但与他毫不相干！

众　人　（愕然）毫不相干？

冯　宝　各位父老乡亲！

（唱“七字清”）

俚人狩猎在深山上，

弓箭常在暗处藏。

怪我迷惘一时，偶然踩上——

巴　雅　什么，偶然踩上？

冯　宝　是呀！

（接唱）　本官途中中箭，纯属意外受伤。

芒　宣　（大惑不解地盯住冯宝）意外受伤？

冼　英　芒峒主——

（为芒宣解开绳索，暗示，唱“滚花”）

刚才太守所言，你要好好掂量。

今后狩猎毒箭，务必妥善安装！

李阳纥　（趁机插话）对呀！芒峒主，往后你这得要处处小心呀！

芒　宣　你……哼！（顿足下）

巴　雅　阿哥！（追下）

冼　英　冯郎你的伤怎么了？

冯　宝　一点轻伤不妨事，婚礼继续举行吧！

山　官　既然如此……婚礼继续举行！（叫喝）送黑布——

[乐声起，巫师捧黑布上。

李阳纥　为何要送黑布呢？

冯　宝　这是俚家的习俗。

巫　师　对呀！夫妻和好，黑布便陪伴终身，夫妻离异就要撕黑布。

李阳纥　哦——大喜之日言必吉利嘛！今日老夫特意送来高州名酒——（指“绝子酒”）定要敬新娘一杯，祝你们夫妻白头到老！

众　人　好意头呀！斟酒——（俚人甲开瓶斟酒）

李阳纥　（接过酒杯，暗自得意地）大首领，请！（递酒）

冼　英　（接杯）请呀——（毫不介意地一饮而尽）

李阳纥　（狞笑）哈……

巴　雅　（复上）大首领，葛医师带领父老乡亲送锦伞来了——

[鼓乐声响，葛医师率众高擎锦伞上，李阳纥悄悄溜下。

众　人　（合唱“萧萧班马鸣”）

高凉百姓送锦伞——

冼　英　（接唱）“保境安民”记心间。

冯　宝　（接唱）拜谢乡亲情无限。

众　人　（接唱）联姻鼓乐震河山！

[众欢呼雀跃。

第四场　泪洒黑布

[二幕前。一年后。副将上。

副　将　（内白）李大人！李大人！

李阳纥　（应上）何事？

副　将　（念“白榄”）

忙禀报，忙禀报，冼英果然没仔生，

按俚家俗规是禁母。

必须夫妻撕黑布，否则就要交铜鼓。

大人的绝子酒真使得，还厉害过一把杀人刀！

李阳纥　好！为老夫除却心腹大患，正是时机，你就立即去找芒宣……（与副将耳语）

副　将　（不解）哦？让芒宣夺权当首领，岂不是高凉大权仍在俚族人手上？

李阳纥　真是小人之见！

（念“口鼓”）可知芒宣他有勇无谋，是个草包，到头来还得听我摆布。

那时五十万俚兵由我管——

副　将　（接念）大人你真是着着棋高！

李阳纥　哈哈……（暗转）

[二幕启。太守府鼓楼，悬挂一面硕大的铜鼓。

[冯宝送背药箱的葛医师上。

冯　宝　（“慢中板”序中浪里白）葛医师慢走！

葛医师　冯大人留步！

冯　宝　（唱“慢中板”）

一年来，汉俚联姻息干戈，

女织男耕欢声一片。

惟是夫人，至今未孕，

犹令我肚挂肠牵。

（转“滚花”）

多谢葛医师诊治精心——

葛医师　不必客气！

（接唱）　望你早得麟儿偿所愿！

[山官内喊“大首领”急上。

山　官　冯大人，大事不好？

冯　宝　何事？

山　官　芒宣又聚众闹事了！

冯　宝　（执山官手）他们闹什么事？

山　官　他们说大首领一年未孕就是禁母，按照族规就得夫妻离异撕黑布！

冯　宝　夫妻离异？

山　官　他们还说，倘若不肯撕黑布，就得让鼓交权！

酋长丙　（报上）冯大人，芒宣他们正在歃血盟誓，其中有个乔装俚人的李阳纥部将呢！

冯　宝　哦？李阳纥……

[切光，一群持火把的俚人吆喝着冲过场。

[复明：夜景，冼英在痛苦地捶打铜鼓。

冼　英　（叫头）铜鼓啊铜鼓！

（唱“乙反十字二黄”）

为什么芭蕉龙眼能结果？

为什么冼英婚后不怀胎？

眼看药石无灵，我心如麻乱，

不撕黑布就得交权，

族规森严谁可改？

倘若拱手让权，招来人心躁动，

怕只怕高凉骚乱，此后会多难多灾！

（转“二黄滚花”）

铜鼓啊，你既无力助我消灾，

唯有摆开祭坛将石祖拜。

无后俚女是禁母，求神庇佑送子来。

[巴雅、巫师带俚女抬石祖和祭品上。

巴　雅　大首领，巫师已将石祖请来。

[冼英点头，巫师带领俚人们摆好“石祖”。

巫　师　（念咒语）石祖神灵，俚人的根，献血朝拜，得子得孙。

[祭拜乐声中，冼英划破中指，将血洒在三牲供品上。

[“哦嗬嗬……”九个头戴面具，身穿草衣的神童呼喊着冲上，围住冼英手舞足蹈。

[冼英起舞，越跳越狂，突然昏倒在地，全场戛然止声。

巴　雅　大首领……（急叫）葛医师、葛医师！（下）

巫　师　（自语）哎，莫非大首领碰上凶魂！

[巴雅领背药袋的葛医师上。

葛医师　巴雅，是不是大首领服了我的祖传秘方，有喜了？（欲上前把脉）

巫　师　（推开葛医师）哼，什么祖传秘方，其实都是冲撞石祖的禁品！大首领方才晕倒，就因为闯来你这凶魂！（念咒般）凶魂！凶魂！大首领，快用神鞭赶走这个凶魂！（递鞭）

[冼英取鞭打葛医师。巴雅急拦，冼英推开巴雅，再欲挥鞭。

[冯宝内喊：“住手！”冲上。

冯　宝　夫人，赶凶魂的鞭子不能落在葛医师的身上呀！

冼　英　我……

[巴雅扶葛医师下，巫师悄悄下。

冼　英　（痛苦地丢开鞭子扑向冯宝大哭）官——人！

冯　宝　夫人呀！

（深情地唱“古谱反线秋江哭别”）

哭声倍令我揪心，

你哀思如潮难言悲痛，苦陷愁城。

深山夜，罡风劲，

此刻我没法抚慰冼英！

冼　英　（接散唱）念我今生，太苦命！

（续唱）　两族联姻当初喜不胜，

怎知惹得风浪难平。

（浪里白）常说俚家女儿三个身，姑娘妻子与母亲，但我——

（续唱）　为什么，只让我做女人半个，

无法获得小生命，一颗心顷刻冷若冰！

冯　宝　夫人！

（接唱）　你不必太伤心，葛医师有秘方，

信他妙手能回春，可驱百病。

我和你爱比海深，终身相伴不移情！

冼　英　（转“南音”）

官人情万缕，吐尽爱千声。

无奈族人躁动，这场骚乱怎能平？

倘若让鼓交权，令贼人奸谋得逞。

再难保岭南安定，天人孽债我怎还清？

（转“乙反”）

求请官人原谅我，

忍泪含悲——（“抛舟腔”，取出黑布）

忍泪含悲撕黑布，你另寻汉女把家成！

[冼英欲撕黑布，冯宝一把抢过。

冯　宝　黑布撕不得！

冼　英　撕得！

冯　宝　撕不得呀！

（唱“爽反线中板”）

想当初入闺打亲，

曾说过树枯藤死死也缠，

你我死生同命。

黑布一撕，何止撕破夫妻恩爱，

更会毁掉两族深情。

黑布决不撕，也决不让鼓交权，

夫妻共赴艰危，志比金坚定！（腔）

（转“高腔滚花”）

天动地动心难动，绝子绝孙不绝情！

冼　英　（激动地抱住冯宝）冯郎……

[幕内人声呐喊，山官等急上。

山　官　大首领，不好了！芒宣带人冲进府来。

冯　宝　来也不怕，看他们能怎样？

[芒宣率酋长甲乙丙及化了妆的副将冲上。

芒　宣　夺鼓！

[芒宣与众酋长冲上夺铜鼓，冼英、山官等急拦。

冼　英　芒宣，你凭什么逼我让鼓交权？

芒　宣　凭什么？你既然不撕黑布，铜鼓当传他人！

酋长甲　对，芒峒主是俚家的雄鹰，铜鼓当传芒峒主。

众酋长　禁母快交鼓！（步步紧逼冼英）

冼　英　各位酋长，就算冼英愿意交鼓，这鼓也不能传给芒宣！

众酋长　为什么？

山　官　因为俚人族规有一条，犯有恶行的人不能受鼓。你们知道吗？当初冯太守身中毒箭，就是芒宣所为。

众酋长　哦？！……

酋长甲　当时冯太守不是说意外受伤的吗？

冯　宝　各位酋长——

（唱“霸腔芙蓉中板”）

我本想以血唤醒良知，

才对他网开一面。

谁料他听人唆摆，

又来再挑事端。

若让他夺鼓抢权，

必招至高凉大乱！

[副将暗中唆使芒宣拔刀。

芒　宣　冯宝看刀！

[芒宣拔刀刺冯宝，冼英夺刀击倒芒宣，山官将芒宣捆住，副将溜下。

冼　英　芒宣！

（唱“滚花”）

北风也有南回日，

你冥顽不化罪滔天。

押下去！

[山官等押芒宣下。

众酋长　（下跪）大首领，我等跟随芒宣闹事，自知有罪呀！

冼　英　不知者不为罪，众位酋长请起。

酋长甲　大首领，当初芒宣暗害冯太守，今日又当众行凶，实在罪大难饶呀！

酋长丙　大首领，下令刀劈野鬼吧！

冼　英　刀劈野鬼？

酋长乙　大首领，念在芒峒主为俚家立过功，恕他这回吧！

冯　宝　夫人，此刻李阳纥正想利用汉俚关系制造事端，处置芒宣，须慎之又慎哪！

冼　英　唔！（下令）就将芒宣打入石牢！

巴　雅　（感动地）冯大人……

[冼英忽觉昏眩。

众酋长　（急扶）大首领！

冯　宝　夫人你？

冼　英　我——（欲呕吐）

冯　宝　快传葛医师。

[葛医师急上，号脉诊断。

葛医师　（突然大笑起来）好，恭喜冯大人，贺喜冯大人！

冯　宝　喜从何来？

葛医师　大首领是身怀有孕了。

冯　宝　（惊叫）夫人——

冼　英　（“扑通”一声向葛医师跪下）葛医师，你真是神医！

众　人　哦——

[众人一片欢腾，幕闭。

第五场　突袭高州

[幕启：一月后，高州城内接官亭。

[亭边戒备森严，李阳纥正在亭中观望。

副　将　（报上）李大人，已按你吩咐，布置妥当。

李阳纥　好呀！

（念“口鼓”）冯冼结亲以来，笼络民心，教化俚蛮，钳制着高凉局面。估道叫她绝子让铜鼓，谁料她竟得孽种喜欢天。老夫急欲割据岭南就得要借助冼英，故此发函请冯宝到此会面。

校　尉　（急上）报——大人，冼英替代冯宝入城，还送来粮草百担。

李阳纥　呵！

（续念）冼英非等闲之辈，立即增派兵丁，戒备从严！

校　尉　领命！（下）

李阳纥　有请！

[冼英从容率巴雅等四女兵上。

冼　英　（唱"包捶滚花"）

李阳纥密柬相邀，妄图合兵谋叛乱。

就来个替夫践约，将计就计巧周旋！

李阳纥　哦，大首领——你身怀六甲，还勤政奔波，真令人敬佩！

冼　英　哪里话来？李大人有要事相邀，无奈冯太守身体欠安，冼英只好代夫践约了！

李阳纥　大首领亲自屈驾，老夫求之不得！今日相邀，正想与大首领同谋——

冼　英　千秋大业！

李阳纥　（一怔）哦？合兵结盟之事，大首领不再犹疑了？

冼　英　你们汉人有句成语叫做："识时务者为俊杰"嘛！

（唱"剪剪花"）

你既有拳拳盛意，与我同创岭南天，

我愿合盟将功建。

须未雨绸缪作打算，方可将抱负施展……

李阳纥　（序里白）大首领有何高见呢？

冼　英　（续唱）　应积兵囤粮以策万全。

[传来雷声隐隐。

冼　英　李大人，眼看暴雨将至，快将我送来的百担粮草运入城吧！

李阳纥　（对校尉）放桥开门，运粮进城。

校　尉　（对内）放桥开门——

[冯宝率众俚兵推车上。

李阳纥　多谢大首领送来粮草。

冼　英　（笑）倒要多谢大人打开城门呀！（突然下令）杀！

[小开打……冼英、冯宝、巴雅等与李阳纥、副将等交战。

[众俚兵纷纷从粮担、草车中抽出兵器参战。

[冯宝、冼英大胜，李阳纥败走。

巴　雅　禀大首领，李阳纥率领残兵往铜鼓岭方向逃去。

冼　英　（惊怔）哦——（突然腹疼）

冯　宝　夫人，怎么样了？

洗　英　不妨事！立即颁发告示，开仓放粮，安抚百姓！

[众造型。

第六场　舐犊情深

[二幕前。数月后，众喽啰拥李阳纥站场。

李阳纥　（念）　半世功名半世羞，竟然败于一女流。

躲进密林成草寇，东山再起志必酬！

副　将　（上）禀大人，小人依你吩咐，混进高州城，打开石牢，救出芒宣。

李阳纥　好，带他上来！

副　将　遵命！(招芒宣上)

李阳纥　芒峒主，你受苦了！

芒　宣　谢大人救命之恩！

李阳纥　哈……何须言谢？那冼英太不仁义，她不嫁芒峒主也就算了，何必将你关押起来呢……

芒　宣　刺史大人有什么事就明讲吧！

李阳纥　好，冼英和冯宝正要为孽子做满月，老夫命你潜入太守府——

芒　宣　大人意思是？

李阳纥　附耳上来……（暗转）

[二幕启。冯府花厅，张灯结彩。

[巴雅与众仆人一片忙碌，出出进进。

巴　雅　（唱“四季歌”）

首领得子，百姓欢欣。

太守府中，庆贺良辰。

满月宴摆开多热闹，

备好酒菜迎客人！（下）

[传来婴儿哭声——起乐：“二黄合字长序”中，冼英汉妇打扮与冯宝抱

爱子上。

冯　宝　（唱“长句二黄”）

盼月亮，盼星星，

总算盼来这小生命。

冼　英　（接唱）　冼英我几回洒下悲喜泪，

儿呀你可知阿妈苦乐情？

冯　宝　（接唱）　当初要交鼓让权，恰似五雷轰顶。

冼　英　（接唱）　幸得你父情义重，不肯撕布弃冼英。

冯　宝　（接唱）　今日里铜鼓岭在欢歌，俚汉同将吉礼庆。（句）

冼　英　（接唱）　手抱娇儿思前想后，禁不住喜笑盈盈。

（转“十字二黄慢板”）

看这宝贝儿，嫩茸茸像出窝的太阳鸟……

冯　宝　（接唱）　啼哭声似在空谷鸣，如仙乐一般动听。

冼　英　（转“教子腔”，与婴儿逗趣）

吉祥的太阳鸟，给俚家带来安定。

小娇娇似要说话，快唤声阿妈给我听。

叫啊、叫啊！

[婴儿哭，冼英不知所措，急忙将子贴在怀哺乳。

[幕后女声合唱“新曲”：

暖流通遍母子身，人间最亲舐犊情。

姑娘妻子成慈母——

冼　英　（接唱）　我是个真正的女人！

（加伴唱）我是个真正的女人乐忘形！

[葛医师与俚女甲上，见状开心一笑。

冯、冼　（惊醒）哦，葛医师也来了？

葛医师　大首领！

（唱“滚花”）

看你母子逗趣，好一片骨肉亲情！

看他天庭饱满印堂泛红光，

小公子定必聪颖过人风华盛！

冼　英　葛医师，全凭你回春有术，我母子还得好好报答。

葛医师　不敢当！不敢当！

（风趣地续唱）

神鞭不再抽打我，老朽便额手称庆谢连声！

冯　宝　哈……

俚女甲　（报上）大首领，来庆贺的各位酋长都要见见小公子呀！

冼　英　好，我去为爱儿更衣。

俚女甲　让我来吧。

冼　英　别忘记叫巴雅给仆儿戴上祖传的护身符。

俚女甲　知道了。

[山官与众酋长送贺礼上。

山　官　大首领，恭喜恭喜呀！

酋长甲　（念）联姻带来百族和，

酋长乙　（接）千里高凉喜事多!

酋长丙　（接）总算盼得小公子——

酋长丁　（接）甘来苦尽唱欢歌呀！

葛医师　大首领，将小公子抱出来让大家看看吧！

[俚女甲受伤惊叫着带信上。

俚女甲　大首领，几个蒙面人潜入府中，将小公子劫持而去！

[众惊愕，全场戛然止声。

冼　英　巴雅呢？

俚　女　巴雅已追上前去，这是蒙面人留下的书信。

冯　宝　（拆信急念）“兵权交我手，举旗反朝廷；违命先杀子，再把高凉平。李阳纥……”

冼　英　李阳纥？！（一昏，复挺起）

[急切光，暗转。

第七场　舍子平叛

[二幕前：紧接前场，芒宣与副将，贼兵甲、乙蒙面抱婴上。

[巴雅内喊："强盗哪里走？哪里走——"追上。

巴　雅　（扑向婴儿）将小公子还给我！（咬副将手）

副　将　哎哟！（拔刀欲砍巴雅）

芒　宣　（喝住）住手——不能杀她！

巴　雅　（闻声一怔）你是……（一把扯下芒宣的面纱）阿哥？！

[芒宣一时呆住，无言。

副　将　（愕然）什么？这女奴是你妹妹？

巴　雅　不是！我没有这样的阿哥！

（唱"快十字清中板"）

骂芒宣叛俚家忘恩负义，

投顽敌劫公子作歹为非。

你可知冯大人几番救你！（过门）

芒　宣　（一怔）什么？冯宝几番救我？

巴　雅　你当日夺鼓抢权，还拔刀行凶，众酋长都说要将你处死，全凭冯大人一句话，才留下你这条命！

芒　宣　（恍然）呵？！

巴　雅　（续唱）　你恩将仇报，有何面目进宗祠？（一巴掌掴去）

[贼兵甲、乙押住巴雅。

芒　宣　（掩面，唱"滚板"）

这巴掌打得我脸红耳热，

阿妹话说得我哑口无词。

看起来冯宝他真有义气，

我不该为泄愤冲动一时！

阿妹劫持小公子，是……

[此时李阳纥已悄悄上。

李阳纥　是我的主意！

（唱“滚花”）

有道无毒不丈夫，孽种劫来作人质。

迫冼英倒戈易帜，老夫唯有走这步棋！

贼兵甲　（报上）报——冼英冯宝进兵铜鼓岭。

李阳纥　来得正好，快守紧山头险要地势！上山——（暗转）

[二幕启。铜鼓岭上，雷鸣电闪，暴雨如注。

冼　英　（内唱“二黄大首板”）

雷公怒，风神吼——

[音乐声中，锦伞前导，冼英、冯宝策马率众上。

冼　英　（续唱）　纷飞泪雨、纷飞泪雨！

冯　宝　（唱“大笛二流”）

云苍苍，雾茫茫——

二　人　（接唱）　天地同悲！

[传来婴孩哭声。

冼　英　（接唱）　恨老贼，劫无辜，把我心捣碎！

冯　宝　（接唱）　千钧一发，平叛救儿。

冼　英　（接唱）　只见铜鼓岭上竖贼旗——

怎样运筹？教人焦虑！

[李阳纥出现在山头。

李阳纥　冯宝、冼英，果然不出老夫所料，你俩要为小宝贝兴师动众了！

冼　英　你——（强忍怒愤）孩儿是我冼英的命，也是俚汉两族的根，快将他还我！

李阳纥　（大笑）想要回儿子，又有何难，快交出人马，随老夫造反吧！

冯　宝　李阳纥，叛贼乱中原，已落得碎尸万段，难道你想步后尘吗？

李阳纥　你还如此口硬？冼英看着——悬崖下面是万丈深渊呀！人来，放吊绳！

[吊篮悬挂于半空，婴儿哭声震天。

洗、冯　孩儿——（与众冲到悬崖边，束手无策，翻身下马）

酋长甲　大首领！为了救出公子，就让我带人杀上山去！

山　官　不行，这样一来李贼必然抢先杀害公子！

酋长乙　如此说，岂不是真的要交出人马才救得小公子？

[众议纷纷。

冯　宝　（沉重地）你等暂且退下！

[山官带众人下，又响起婴儿哭声。

冼　英　孩儿！——

（唱“悲秋”）

听哭声，将我心撕裂！

见子不救怎算母亲？

虎毒尚且不伤亲生，

不若暂时易帜倒戈与他结盟。

（冲上高坡正欲喊话，猛然愣住）冼英我怎能与贼为伍呢？

冯　宝　夫人哪！

（唱“乙反中板”）

眼见你忧心如焚，为救子两难进退，

冯宝也和你一样焦心！

冼门世代忠贞，千古英名，

一心为民添福荫。

看这锦伞高悬——

（转“乙反二黄”）

你我身膺重任，须永记“保境安民”！

冼　英　（看锦伞，惊醒）保境安民！

（唱“昭君怨”中段）

铿锵语，惊心话，

一字字，重千斤。

此刻我，反躬自问：

身为大首领，怎可只当母亲？

我倘若易帜倒戈怎对万民？

一着棋下错，必铸千古恨。

腥风血雨中，要三思而行。

李阳纥　（复出现）哈……冼英冯宝，你再不从命，我就要砍断篮绳！（拔剑）

巴　雅　（冲上）不准伤害小公子！（奋身夺剑）

李阳纥　贱奴！（挥剑砍倒巴雅，转头下）

[巴雅掉下悬崖。

众　人　（惊呼）巴雅——

芒　宣　（冲上哭叫）阿妹——（望着悬崖，又悲又愤，猛然回头）李阳纥，你好狠心呀！（跃下悬崖）

[众人围向冼英。

众酋长　大首领，李贼心狠手辣，快作抉择吧！

[冼英左右为难，张口难语。

冯　宝　夫人！你、你你你就快作抉择吧！

冼　英　（一字一句慢念）扯白布，举白花，我要生祭爱儿告祖先!

（“反线二黄长序”中，冼英与众扯白布系身作孝，摘白花举起作幡，全场肃穆致哀。

冼　英　（唱“反线二黄慢板”）

铜鼓岭，设祭坛，

眼前一片白茫茫，

只觉天在旋来地在转。

冼英我，思潮起伏，

止不住悲泪似涌泉。

子未亡，阿妈先把孝服穿，

这样的母亲世罕见。

先奉祭品，向祖先祷告，

宽宥我断了冯门香烟。

[婴儿哭声……

冼　英　太阳鸟！阿妈心中的太阳鸟呀！

（转唱“尺字序”）

太阳鸟本该高翔在蓝天，

谁料到，竟遭禁，

锁在篮中半山悬！

你发未长，齿未全，

转眼就要坠危渊。

此刻间哪，万千长者送仆儿，

满山设葬仪，儿你可曾看见？

[冯宝上，见状抹泪。

冯　宝　（举酒祭奠，唱“乙反调新曲”）

一杯酒，祭爱儿——

儿你为众捐躯义薄云天！

二杯酒，祭祖先，

庇佑岭南各族，和睦亲善万万年。

三杯酒，三杯酒——

冼　英　（接过酒续唱）

三杯酒，祭冼英，

百年后与爱儿冥府团圆。

[幕内铜鼓号角声震响，李阳纥与副将急上。

冼　英　哦——（登高观看）

（唱“十字快中板”）

擎锦伞，擂战鼓，挥师出战！

抹干泪，握宝剑，策马扬鞭。

舍亲生——（众列队同仇敌忾）

除枭雄——（挽弓箭）

喝令贼人看箭！（拉高腔）

[冼英发箭，叛旗落下。

李阳纥　（咆哮）砍断篮绳——

[副将砍绳，吊篮坠落。

[开打……冼英、冯宝全歼叛贼。

[遍体伤痕的芒宣抱婴孩上。

芒　宣　冯大人、大首领！（举婴孩，跪倒在冯、冼面前）

冼　英　（惊喜地接过婴孩）仆儿！

冯　宝　（扶起芒宣）好兄弟！

[幕后合唱“新曲”：

啊——

锦伞夫人奇功建，

铜鼓颂歌万代传！

[造型，幕闭。

——剧终

本剧选载的是 1999 年曹秀琴、吴国华、小神鹰、高子凌、朱伯钊等主演的演出本。

惊世缘

编剧：包朝赞　何笃忠

人物表

刘文龙　相国公子

彩　凤　花江佳丽

丁县令　花江知县

彩凤妈　彩凤之母

凌　云　将门之后

凌　冰　凌云之叔

刘夫人　文龙之母

丁　六　县衙差头

星　哥　相府书僮

月　妹　彩凤之婢

梁　森　老狱卒

二　狗　梁森之子

老家院、相府管家、相府家丁、丫鬟、歌女、宾客若干；

凌府家丁、军士、校卫若干；村姑、乡民若干

第一场　奇遇

[序歌：新曲“爱在心扉”：

爱在心扉，诉与天地，
荣辱祸福，不弃不离。
问世间，情为何物？
直教人，相许生死！

[幕启。阳春三月，百花江畔。绿女红男来往穿梭，要狮、卖武，热闹非常。

众　人　（唱新曲“三月三”）

三月三哩春日朗，花江两岸是歌场。
拂柳穿花人熙攘，红男绿女踏春光！

[星哥引刘文龙观光上。

星　哥　公子，这边很热闹，快来看呀！

刘文龙　（唱“长句二流”）

一年一度三月三，百花江畔闹洋洋。
喜趁春浓，随娘亲到此游荡。
五彩缤纷看不尽，风情似画醉心房！（过门）

星　哥　公子，你看——狮子采青啦！

刘文龙　（续唱）　狮子扬威，气冲霄汉，

民间杂耍，万民争看。
文龙我平日困在书房，
今日出游才知天地广！（过门）

星　哥　是呀，公子长年累月闭门攻读，若非老夫人带你出来游百花江，哪有如此风流快活哪？（众随狮队下）

刘文龙　咦……

（续唱） 又只见丽质村姑河边舞，

波光潋滟映霞裳！

[彩凤与众村姑头戴花冠上，挥扇起舞。

众　人　（唱新曲“花江吟”）

戴起花冠喜唱吟，江中俪影似彩云。

葵扇笑迎东风舞，水乡姐妹友情深！

彩　凤　（接唱） 万物皆有情，知己情更深，

但愿人间春长在，郎亲妹爱伴终身。

百花江畔唱心曲，春风杨柳舞红裙！

刘文龙　（以扇击掌）唱得好，舞得妙呀！（上前向彩凤施礼）敢问姑娘叫何名字呢？

村姑乙　她就是江南第一美人——彩凤呀！

刘文龙　彩凤？好漂亮的名字呀！

月　妹　小姐——（低语）当心花花公子不怀好意。姐妹们，到那边唱歌去！（众下）

[刘文龙发呆地望着彩凤远去的身影。

星　哥　公子、公子……你看中这位姑娘了？

刘文龙　（佯嗔）胡说！

星　哥　公子，不用瞒我啦！夫人带你来美女如云的百花江，不就是要为你选娇娃吗？

（唱“海南曲”）

使乜害羞嗟？一见钟情古今有。

该出手时应出手，尽管大胆向前走！（推文龙）

[传来惊叫：“救命！有人掉进江啦……”月妹与村姑惊惶上。

村姑甲　月妹，快叫凌公子来！

月　妹　哦！（急下）

村姑乙　快来救人、快来救人啊……（与甲喊着下）

刘文龙　有人失足落水，我们快去搭救！（欲下）

星　哥　（拉住）公子，你的水性比我这只旱鸭好不了多少，怎能够落水救人呢？

刘文龙　这……

（呼救声急，心似火燎，唱“快中板”）

耳畔又闻声声呼救，怎忍无辜命葬中流？

君子见危——（散）岂能旁观袖手！（冲下）

星　哥　公子——（追下）

[凌云与月妹等急上。

凌　云　月妹，小姐在哪里落水？

月　妹　（指）就在那边——咦，小姐被人救上来了！

村姑甲　（急上）凌公子，彩凤姑娘被一位书生救上来了！

凌　云　（捏一把汗）谢天谢地！

星　哥　（惊惶失措上）救命……救命呀！

凌　云　小兄弟何事慌张？

星　哥　我、我家公子为救姑娘，被浪冲、走、啦！（哭）

凌　云　哦？！

（唱“快中板”）

千钧一发不可优柔！（脱外衣，纵身下水）

众　人　小心呀凌公子！（紧张音乐，暗转）

[二幕前。相府花园。星哥“扑灯蛾”上。

星　哥　（念“白榄”）

我家公子吉人天相，龙王爷都不敢把佢伤。

咪睇佢系只旱鸭，照样跳落水救起姑娘！

开讲好人得好报，公子亦被人救上岸……（锣鼓过门）

唯独有点奇怪，遇险之后公子傻傻憨憨。

周时自言自语叫“彩凤”，

莫非他迷上了彩凤姑娘？

此事非同小可，等我立即禀报老夫人。（下）

刘文龙　（上唱“寒关月”）

游江邂逅归来，好教文龙情难按。

心中一直惦念，失足沉江的灵气小姑娘。

她貌如春花俏，善舞能歌品性纯良。

未知有否再会缘？恐怕难遂我心，

只可寄于梦想！

[星哥引夫人上。

刘夫人　龙儿！

刘文龙　哦，娘亲！

刘夫人　这两天你神情恍惚，定有心事未曾对妈讲。

刘文龙　没、没呀！

刘夫人　没？哈……我早猜出，何必瞒住为娘？

（唱“减字芙蓉”）

冒险到江中救人，本属义行堪夸奖。

为娘且问你一句，是否爱上那姑娘？（行弦）

刘文龙　哎……

刘夫人　在妈面前，不用吞吞吐吐！

（续唱）　游江替你选佳人，

巴不得早日接新娘！（行弦）

刘文龙　娘亲，缘分可遇不可求，怎到你想呢？

刘夫人　（续唱）　相府名门谁不仰慕？包你愿能偿！

（接“滚花”）

待妈再到花江一行，

托县令做媒，成全你所望！（下）

刘文龙　娘亲……

星　哥　公子，今回你得米啦！

（唱“秋江别”中板）

公子你认真好彩，不枉你“泵”声跳落江。

全靠挺身救姑娘，来日你与她喜结鸾凰。

[暗转。

第二场　惊变

[二幕启。数日后，彩凤家院子里。彩凤正在绣像……

彩　凤　（唱“长句二黄”）

彩凤遇难得重生，那公子见义勇为可敬甚！

都怪当时未问他名姓，至今无法觅恩人。

他为救我险葬汪澜，未报殊恩教人抱憾！（句）

眼看佳期已到，还得赶绣信物送夫君。

（转“采花词”）

引线穿针，绣像赠郎为表坚心。

天赐良缘，教彩凤我暗庆幸！

绒丝绣出女儿一片心，

千针复万针，情真意更殷。

只待花轿临门乐鼓喧披霞凤，

彩凤出阁做新人！

凌　云　（上）彩凤。

彩　凤　凌郎，你来啦？

凌　云　过两日你就要做新娘了，精神好点了吧？

彩　凤　好多啦！

凌　云　唉吖，那天你失足落水，真个吓坏为夫了！

彩　凤　（嗔怨）还说，连救命恩人何名何姓，你都未有问呢！

凌　云　不用急，山水总有相逢日嘛……（发现绣像）咦，在绣什么呀？

彩　凤　绣幅我自己的画像，成亲之时，好送与凌郎。

凌　云　绣得好，形神俱备，栩栩如生呀！哦，还有一首诗……“爱在心扉”？

彩　凤　凌郎！

（唱新曲“爱在心扉”）

爱在心扉，诉与天地。

凌　云　（接唱）　荣辱祸福，不弃不离。

彩　凤　（接唱）　问世间，情为何物?

二　人　（合接唱）直教人，相许生死！（拥抱，暗转）

[同景，五日后：欢快乐声中，凤妈、月妹、老家院兴高采烈地在张罗茶果。

家　院　月妹，今日小姐和新姑爷三朝回门，你快去村口迎接！

月　妹　哦，知道啦！（下，凤妈笑上）

家　院　夫人，睇你今日开心到……

彩凤妈　乖女三朝回门，当然开心啦！

（唱“粉墙花”）

喜今日，灯花艳，犹闻乐鼓声催笑语喧。

为娘特意摆开接风酒宴，

教爱女高高兴兴会娘面！（行弦）

月　妹　（复上）夫人哪！

（接唱）　你盼女归，眼已穿，

小姐双双对对回门前！（接喜乐）

[二家丁捧礼盒，拥彩凤、凌云上。家院引二家丁下。

彩　凤　娘亲——

彩凤妈　女儿！

凌　云　岳母大人在上，请受小婿一拜！

彩凤妈　贤婿免礼了，哈……彩凤呀！

（唱“小桃红”）

爱女依偎在娘肩，禁不住喜泪如泉。

那日送你出门入花轿，三天不见似三年，

妈暮盼朝思，盼望归家燕！

彩　凤　（接唱）　娘莫怨，小女迟来见。

不须萦念，自入凌门，凌郎待我情意绵！

彩凤妈　　那就好了！

凌　云　　（接唱）　小婿自幼与彩凤，竹马青梅两相牵。

我父忙于掌军政，至今未有将媳见，

凌云我，与娇妻相处互爱怜。（过门）

岳母大人——

你待凌云，关怀胜亲萱！

二　人　　（牵手，同接唱）

夫妇连忙同跪拜，谢深恩，意拳拳！

彩凤妈　　（急扶，接唱）

礼仪尽可免，最紧要让妈早抱肥孙！（开怀笑）

家　院　　（匆匆上）夫人，大事不好！

彩凤妈　　何事紧张？

家　院　　凌姑爷的叔父凌大人仓皇而来！

众　人　　（一怔）啊！

[凌冰仓皇而上。

彩凤妈　　凌大人！

凌　云　　叔父，何故弄到如此模样呀？

凌　冰　　侄儿，亲家夫人，我、我凌家大祸临门哪！

（念“课子”）

奸贼刘丞相，蓄意害忠良。

无道昏君信谗谤，你父屈死在法场！

[气氛乐起，众震惊；老家院支开所有下人，到外面看风。

凌　云　　（悲呼）爹爹——（跪哭）

彩　凤　　（随跪）公公！

凌　冰　　昏君降密旨，抄家凶似狼，刘贼布罗网，扬言要将凌家斩草除根九族亡！

凌　云　　天哪！

（唱“可怜我”）

我爹爹，耿耿丹心孚众望，

为国长年护边疆，怎可屈杀忠良将？

我要与刘贼拼个死活——（欲下）

凌 冰 （急拦）侄儿！你去以卵击石，岂不是白白送死？

凌 云 难道这杀父之仇不报了？

凌 冰 非也！三贤王退守边塞举义旗，日后谁输谁赢仍未可料。你是凌家根苗，必须避过风头，再设法投奔贤王，才有望报仇雪恨呀侄儿！

彩 凤 叔父说得有理，凌郎不如上后山云峰洞暂避几天吧。

凌 冰 云峰洞？那里林深草密，易匿难寻，快收拾细软，立即上山！（云、凤应下）

彩凤妈 凌大人，你叔侄在山洞藏身，终非长久之计呀！

凌 冰 火烧眉毛只好如此！惟是，想蒙混出关投奔贤王，还得弄到天官路牌呀！

彩凤妈 天官路牌？

家 院 （报上）夫人，花江县令丁太爷到！（众一怔）

凌 冰 只恐来者不善！

彩凤妈 叔台大人躲躲才好呀！（与家院引凌冰下）

［丁县令卒丁六上，二衙差捧聘礼随上。

丁县令 （念）下乡办案三天整，忽然想起还有件大事情！

彩凤妈 （与家院迎上）父母官大人驾到，老身失迎，罪过罪过呀！

丁县令 何说此话呢？老大嫂，恭喜呀！

彩凤妈 唉，落泊之家，喜从何来呢？

丁县令 哈……估唔到哩？坐坐坐！

（唱“板眼”）

且听门前喜鹊叫，你家小姐遇福星——

只因被豪门看中，欲与你家把亲成。（行弦）

彩凤妈 丁太爷，你是在跟老太婆开玩笑吧？

丁县令 咳，下官忙都忙不过来，哪有闲心跟你开玩笑呢？

（续唱） 京都大贵人，托本官提亲下聘。（行弦）

彩凤妈 乜话，你想做大葵扇？哈……

（接唱） 我女儿早为人妇，

难道县令你不知声？（行弦）

丁县令　（一怔）什么，你个女嫁了人哪？“弊家冷撑”！

（接唱）　本官在刘夫人面前，曾经一口答应。

怎知道彩凤已为人妇，岂非媒人做不成！

如今叫我怎向相府夫人交代好呢？

彩凤妈　什么，你说的就是相府家？

丁县令　就是啰！

彩凤妈　那就更不用说！就算我女儿未嫁，也决不嫁与相府家！

丁县令　凤妈，开讲婚事不成人情在，难得相府睇中你个女啊！刘夫人还说：只要应承亲事，女家想要什么，她都可以办到！

彩凤妈　别替她说好话了！送客——

凌　冰　（突然闪出）等等！

丁县令　咦……你不就是将军府的凌大人？怎么也在这里呢？

凌　冰　哦，我侄儿凌云，就是她家的新姑爷嘛！

丁县令　哦，我还“懵盛盛”，原来你们还是亲家！哈哈哈……

凌　冰　丁太爷，刘夫人当真说过：只要应承亲事，女家……

丁县令　想要什么，她都可以办到！

凌　冰　好，那我侄儿就有救了！

丁县令　凌大人何出此言呢？

凌　冰　丁太爷，你可知近日风雨满京城？

丁县令　哦，下官刚落乡办案回来，京中的事尚未闻听。

凌　冰　我兄长凌凇被刘丞相诬陷至死……

丁县令　（一怔）吓！岂非天下又要不太平？

凌　冰　未知丁太爷能否帮凌家一个大忙？

丁县令　哎，令兄凌老将军是一代功臣，下官又怎会不肯效命呢？

凌　冰　那就请你这位大媒人，用花轿将彩凤接入相府把亲成吧！

丁县令　（愕然）吓……

彩凤妈　叔台大人，你是火上心头讲气话吧？

凌　冰　不！只有这样，才有机会讨得路牌，让我叔侄逃出边境。

彩凤妈　你……你忍心将彩凤，推入火坑不成？（顿足，悻悻下）

丁县令　凌大人，亏你这样的“屎计”都想得出，确实骇人闻听！牺牲侄媳换取路牌，你也太不近人情啦！再说，此事一旦被识穿，恐怕你我都难保性命呀！

凌　冰　丁太爷，为了凌家终有报仇日，老夫求你仗义把这重责肩承！（跪下）

丁县令　哎……（急扶）咳，难怪人话“米怕筛，人怕嚼”，你这一跪，下官只好勉为其难了！

凌　冰　谢太爷！

丁县令　谢什么？十画未有一撇，丁六，准备花轿送彩凤姑娘入京！

丁　六　遵命！（同下）

彩　凤　（内唱“秋水龙吟”引子）

　　　　惊闻要改嫁如雷轰！（急上）

叔父！

（唱“乙反快中板”）

　　　　你怎能冷血无情心肠狠，

　　　　竟将侄媳嫁仇人？

（转“三字”）

　　　　我生是凌家人，死为凌家妇，

　　　　宁愿作冤鬼，也不事奸臣！（行弦，欲下）

我投江罢了！

凌　冰　（急拦）彩凤——

（唱“乙反七字清”）

　　　　要死不难，难在解危困。

　　　　请听为叔把言陈——

（转“三字”）

　　　　你公公，黄泉饮恨，

　　　　那刘贼，必欲除根。

（转“七字”）

　　　　倘若一旦侄儿罹厄运，

试问凌家谁个继香灯？

彩　凤　（接“乙反十字清”）

救危难也不能乱伦毁行，

叫彩凤赴汤蹈火也心甘。

（转“七字”）

忍辱献贞操我不肯，

誓保千秋名节做清白人！

凌　冰　（唱“戏皇叔”）

既然你重名节，何妨听我说前人，

自古有美人为国献丹心。

（念“诗白”）

貂蝉巧施连环计，出塞和番有昭君，

西施媚吴图复国，皆留得清节千秋闻！（催快）

国难家难都是难，古人今人都是人。

我问你——舍己救夫可应分？

是留是去，你不妨想透想深呀彩凤！

彩　凤　啊……

（旁唱“快十字二黄”）

一番话，利似刀，教我心头震撼！

想凌郎，危旦夕，我不相救他怎样逃生？

（转“快二流”）

欲哭无泪，意乱如麻，

把心一横来答允！

叔父，彩凤听从你吩咐——（跪）

忍辱负重京都行！

[悲苦音乐起。

凌　冰　好！彩凤你舍己救夫至仁至义，请受老夫一个全礼！（跪）

彩　凤　（急扶）叔父，眼看生离死别，我要去后山见凌郎最后一面。

凌　冰　不行！若让侄儿知道，定然难舍难分，岂不误了大事？

彩凤妈　（复上，闻之一怔）女儿你……你答应改嫁相府啦？

彩　凤　（爆发般）娘——亲——（扑去）

彩凤妈　（搂紧猛摇）你好糊涂呀！

彩　凤　（唱“昭君怨”中段）

妈妈呀，请恕谅，

女儿为救夫擅作主张。

此一去入火坑、伴虎狼，

往后我难尽孝，妈你休悲怆——（直接尾句）

就当我刚出娘胎，已身夭丧！

彩凤妈　我的苦命女呀！

（唱“乙反二黄滚花”）

只怕今宵一别会无期，

让妈再看清女儿模样。（抱住端详）

彩　凤　妈！

（接唱）　待等来年春三月，女儿魂归故里慰亲娘！

彩凤妈　彩凤——（母女抱头痛哭）

[乐声起，丁县令率众抬花轿上，月妹、老家院闻声上。

丁县令　凌大人，花轿到啦，请彩凤姑娘上轿，动乐！

彩凤妈　彩凤……

彩　凤　娘亲保重！（把心一横，毅然上轿）

彩凤妈　女儿……（拉住轿杠，难分难舍）

[凌冰狠将凤妈扯倒，花轿被抬走，丁县令一声叹息招丁六随下。月妹、老家院扶起凤妈。

彩凤妈　月妹，你、你追上去！

月　妹　小姐……（追下，乐声中暗转，关二幕）

第三场　洞房

[二幕前。夫人与丁县令同上，家丁捧银，与丁六陪上。

刘夫人　丁县令劳苦功高，请进二堂，本夫人要敬你一杯！

丁县令　哎，都唔知下官有没有福气喝你这杯谢媒酒呢？

刘夫人　此话怎讲？

丁县令　夫人！

（唱“梳妆台”）

强扭的瓜，怕吃得都不会甜。

刘夫人　（接唱）　彩凤她长得俏，正合老身的眼缘。

不甜亦要强扭，只要遂得我儿愿。

三千赏银，答谢县官撮合凤鸾！

[家丁递上三千银。

丁县令　哎！卑职替相府办事，怎敢收媒人银呢？夫人有心，不如帮女家做件好事。您不是说过：只要应承婚事，女家要什么都可以吗？

刘夫人　不错，本夫人牙齿当金使，想要什么尽管开声！

丁县令　那好，卑职就替彩凤妈开口开舌啦！

（念“白榄”）

彩凤爹当年做过军尉，在塞外尽忠尸骨长埋。

凤妈想出关将先夫拜，却苦手上无“天官路牌”。

所以她想……

刘夫人　没得想！如今多事之秋，天官路牌岂能随便发放呢？

丁县令　（接念）　其实举手之劳，夫人也办不到就太“甩底”！

我好难求得人家将婚允，取不到路牌又怎交差呢？

算啦，唯有先将彩凤送回去，婚事以后再说，卑职告辞！

刘夫人　等等！文龙的婚期岂能更改呢？既然女家非要路牌不可，老身答应就是。

丁县令　那就“一天光晒”，哈……（喜乐声中暗转）

[二幕启：当晚，新房内外；彩凤独坐，揭头盖机警四顾。

彩　凤　（唱“燕子楼慢板”）

夜静酒阑二更响，刘贼之子未回房，

彩凤抽身，到帐前窥看。

幸得路牌到手，凌郎逃生有望，

我仍一身清白，趁此良机展翅翔。

（欲走，一想）我走不得呀！

（唱“秋水伊人”）

相府重门关紧，只身女子怎越墙？

庭园阴森，到处有兵周密布防。

一不小心乱行藏，前功顷刻丧。

我且留在房中，再等机会斗豪强！（闻声复坐好）

[星哥提灯笼引文龙微醉上。

星　哥　公子，小心走啊！

刘文龙　（唱“寄生草”）

送过宾客回房往，芬香夜风扑面凉！

多情月照入前窗，只见娇妻寂寞孤清守洞房。

待我揭开头巾将妻看——（挑巾，被推开）

莫非怨夫婿，冷落芙蓉帐？

妻你将新郎责骂一番也无妨！

娘子，为夫陪还不是……怎么不说话呢？房中只有你我两人，还怕什么？

彩　凤　我什么也不怕！（揭盖、举剪，露出一身孝服）

刘文龙　（一怔）娘子，你在洞房之中挥剪戴孝，莫非疯了不成？

彩　凤　我疯？哈……刘文龙，你可知我是谁人？

刘文龙　你不就是当朝丞相的新媳妇，我刘文龙的新娘子吗？

彩　凤　谁是你娘子？我是被你害得家散人亡的可怜人！（欲刺）

刘文龙　（夺剪）无缘无故杀我作甚？就算不当我是夫君，也该念我冒险落水救过你呀！

彩　凤　你救过我？

刘文龙　认不出啦？

彩　凤　（急掌灯辨认，愕然）啊！

（旁唱“紫云回”）

他他他，果真是，挺身搭救彩凤的书生。

我正苦未报他的深恩，怎料到恩公是仇人！

恩恩仇仇我该怎报？论情论理不可杀恩人。

阴差阳错非我之错，只怨天公偏要捉弄人！

（音乐衬白）我报得救命恩便报不了夫家仇，报得夫家仇又报不了救命恩。还有何意思留于世上呢？刘公子，今回不是你死，便是我亡了——（猛然撞柱）

刘文龙　（措手不及）彩凤！

[彩凤倒在柱下，满头鲜血。刘文龙蹲下欲扶……

[画外音唱“无字歌”：

啊……啊……（暗转）

[二幕前：丁县令、丁六艰难地攀爬上山。

丁　六　（念“韵白”）

深山老林，他们藏得密实。

丁县令　（接念）　坡高路陡，累到老夫气咳！

丁　六　（接念）　还算好彩，取得天官路牌。

丁县令　（接念）　还不快快，叫出凌家叔侄。

丁　六　（走到洞前）凌大人、凌大人！

叔　侄　（先后爬出）丁太爷，事情办得怎样啦？

丁县令　我办事，你放心——（出示路牌）

凌　冰　天官路牌？苍天保佑，我凌家叔侄逃生有望啦！

丁县令　你两个就高兴得落啦！难为彩凤她……

凌　云　我家娘子怎啦？

丁　六　少夫人她回不来了！（自知失口）

凌　云　此话怎讲?

丁县令　既然丁六漏了口，卑职唯有照实讲啦！闻得彩凤她……取到路牌之后，为表一身清白，在相府之中撞柱身亡！

凌　云　（一怔，悲恸音乐一句，狂呼）娘——子！（暗转）

[新房内外，若干日后。月妹捧洗脸盘上。

月　妹　（唱“孟姜女”）

小姐两次遭险死里得翻生，
好在相府之中碰到公子这大好人。
他关怀备至，悉心将病问，
但愿小姐早日痊愈返家行。

小姐……哦，她还未睡醒呢！（蹑足下）

[文龙捧鸡汤上。

刘文龙　（唱“梵天曲”）

手捧鲜鸡汤，缓步新房行。
文龙心绪乱，花烛良宵起祸心惊震！
却喜新娘，起死回魂……
每当爹妈追问为何因，
我推说撞墙头欠小心。
唉吔吔，我亦费思寻，
新娘子何事将死寻?
似密雾浓云看不真！（入房）

月　妹　（迎出）刘公子，早晨哪！

刘文龙　月妹，娘子起身未呀?

月　妹　起身啦！刘公子，你为我家小姐日夜操劳，眼都熬红了！

刘文龙　不要紧，只要娘子没事就好了！

彩　凤　（披褛缓步上）刘公子来啦?

月　妹　小姐——（扶坐）

刘文龙　娘子，快趁热喝点鸡汤补补身啦！

月　妹　小姐，看来刘公子与他父母不一样，确是个好心人哪！你有什么不妨对

他说明白。我去取些新鲜水果来。（下）

彩　凤　刘公子，我的事再也不能瞒住你了……

刘文龙　什么事呢娘子？

彩　凤　我不是你的娘子，也不能做你的娘子啊！

（唱“乙反南音”）

言未启，泪沾襟，

还请公子原谅我这苦命之人！

自入相府来，一直将真情隐，

其实我已为人妇，公公是凌老将军。

你父加害忠良，可谓手辣心狠。

还要株连九族，危及我夫凌云。

（转“流水”）

为救凌郎将计运，假意答应你娘亲。

嫁入相府换路牌解危困，

不惜忍辱负重再做新人。

本想血溅洞房明心悃，

（转“正线快二黄”）

公子又来救我，才得以回生！

刘文龙　啊……

（唱“回龙二黄”）

迎头冷水，如梦初醒心惊震！

彩凤姑娘多不幸。

估道花烛龙凤配，

谁料生死角斗血淋淋！

（转“越调清歌”）

事到如今无可挽，得饶人处且饶人。

父辈结仇冤难解，儿女何苦受折腾？

彩凤姑娘，到如今我也不想为难你，何去何从自己定夺吧！

彩　凤　（意外地）刘公子真的不究罪于我？

刘文龙　为什么要怪罪你呢！

（唱“千般恨”）

义字应该记在心，夺人所爱亦可憎。

自己所恶勿施于人，乃属君子好胸襟！

彩　凤　（接唱）　我历劫灾殃苦难深；

刘文龙　（接唱）　我玉食锦衣亦有憾。

二　人　（接唱）　两家出身纵使不一样，

但两家都有不幸。

彩　凤　（接唱）　龙凤姻缘生变，令你难忿。

刘文龙　（接唱）　我不想因此反爱变成恨。

你作何打算，我不宜过问。

彩　凤　（接唱）　深感公子恕谅之恩！

公子大德，永世难忘，彩凤就此告辞！（欲下，觉晕）

月　妹　（刚上，急扶）小姐，你怎样了？（发现彩凤欲吐）看来小姐有喜了！

刘文龙　既然如此，姑娘何不暂时留下？

彩　凤　不行，留在相府，夫妻名分，会令公子难堪。

刘文龙　这……月妹，你是小姐的贴心之人，就由你陪小姐住卧室，我独住书房。从今起，开门假作夫妻，关门兄妹相待，好吗？

彩　凤　兄妹相待么……

月　妹　好呀！小姐，还不快见过好哥哥？

彩　凤　哥哥在上，请受小妹一拜！

刘文龙　（扶）好妹妹！

[幕后合唱“新曲”：

一场风波过，仇家遇恩人……（过门）

刘文龙　妹妹好好歇息，愚兄就此告辞！（下）

[彩凤望着文龙背影，油然生敬意。合唱继续：

十月如转瞬，娇儿喜降生。（暗转）

第四场　罹祸

[二幕前。弥月之期，相府过廊。众家丁丫鬟捧酒菜过场。

月　妹　（捧金锁上，唱“西皮”）

长命金锁闪闪光，锁头用玉镶。

嘉宾个个喜洋洋，庆刘府弄璋！（行弦）

星　哥　（上）宝宝的长命金锁……好灿眼哪！是哩月妹，夫人这么疼宝宝，万一知道底细会怎呢？

月　妹　你不说我不说，夫人又怎会知底细呢？

星　哥　那也是！嘻嘻……

（接唱）　月妹你，果真聪明又漂亮！

月　妹　（接唱）　你别起势“刷鞋”，对我存妄想！

我睬你都傻夹憨，还得送锁进大堂！（下）

星　哥　月妹，等等我！（追下，暗转）

[二幕启。相府花厅，张灯结彩。众宾客簇拥夫人端坐，在听歌赏舞。

众歌女　（边舞边唱“一锭金”）

相府弥月宴，宾主乐陶陶。

花厅彩灯艳，歌舞兴致高！

糖莲红蛋，乳猪姜醋，奉客伴醇醪。

慈心得好报，观音送宝宝，

相府福气比天高！

刘夫人　哈……唱得妙，跳得好！人来，带他们到后堂领赏。

众歌女　谢夫人！（随家丁下）

众宾客　刘夫人，吉时已到，请少奶抱出小公子，让大家看看吧！

刘夫人　对，还要替宝宝戴长命锁呢！快请少爷少奶！

[刘文龙、彩凤抱婴上，星、月相随。

刘文龙　拜见娘亲！

彩　凤　婆婆万福！

刘夫人　免礼，已到吉时，快给宝宝戴锁吧！

刘文龙　爹爹还未回来呢！

刘夫人　唉，常言道伴君如伴虎，不会朝中又出事吧？

刘文龙　娘亲想到哪里去了？

月　妹　是呀，今天是大吉，快给宝宝戴锁吧！

刘夫人　老娘来——（戴锁）我的心肝宝贝哟！

宾客甲　看看……哗！

（唱"减字芙蓉"）

印堂泛红光，生来富贵相！

宾客乙　（接唱）　龙生龙凤生凤，长大一定是状元郎！

刘夫人　（接唱）　你们看他生得像谁？

宾客丙　（接唱）　十足文龙公子样！（无限序）

刘文龙　莫名其妙，宝宝怎会似我呢！

刘夫人　是你生的，不像你像谁？

刘文龙　（冲出而出）宝宝不是我生的呢！

众　人　（一怔）什么？

月　妹　（救场）夫人哪，宝宝当然不是少爷生啦，是少奶生的嘛！

众　人　可也是！

刘夫人　不过……宝宝生得圆头圆脑，也不像她母亲的长相呀！

众宾客　是呀！

月　妹　我看看……（又灵机一动）哦！是啊，真的又不像他爹，又不像他妈，他似……

（接唱）　宝宝似足嬷嬷样——（无限序）

刘夫人　似我？

月　妹　他珠圆玉润，跟夫人你一个饼印啦！

刘夫人　（接唱）　如此乐坏了老娘！

管　家　（内叫，慌张急上）老夫人，大事不好！相爷他……

（念“快白榄”）

街上乱纷纷，争着看皇榜。

三贤王摄政，整饬振朝纲。

群臣告御状，说相爷害忠良，

万岁大怒将旨降，相爷判斩在当堂！（众大惊）

刘文龙　（唱“哭亡魂”）

当头响霹雳，刘门大祸降！（雷鸣电闪）

[众宾客弃席而去，门外呐喊声响，夫人与龙、凤惊惶失措。

管　家　（内叫，报上）夫人，御林军围困相府，抄家来了！

刘夫人　咳，早劝老爷少结怨，如今落个抄家灭族，报应呀！

刘文龙　娘亲！

（唱“乙反二流”）

弥月大喜之期，偏逢弥天祸降。

何以爹爹作孽，恶果要合家同尝？（行弦）

刘夫人　世道如此怎奈何呢？

（接唱）　为免无辜刀下亡，快携宝宝逃生往！（行弦）

刘文龙　孩儿怎能丢下娘亲呢？

刘夫人　你们日子还长呀！媳妇，求你带好宝宝，为我刘家保住一条血脉！（跪）

彩　凤　（茫然，急扶）婆婆……

[门外呐喊声急。

刘夫人　你们快走，别管我！（毅然下）

众　人　夫人——（家丁、星哥追下）

刘文龙　月妹，你快与小姐从后园地道逃出京城，我留下应付！

彩　凤　不行！

（接唱）　兄长待我恩千丈，怎忍你作替罪羊？

刘文龙　（接唱）　我乃罪臣之子怎可逃？

彩　凤　（接唱）　我怎能丢下好兄长？

要留一起投罗网，要走一同返花江！

星　哥　（哭叫上）公子——夫人她、她、她，在后堂悬梁自尽！

刘文龙　　娘亲——

[悲乐起，文龙、彩凤同跪……暗转。

第五场　逃难

[二幕前。紧接上场，相府之外。

凌　云　（内唱“首板”）

驷马高居，威风凛凛。（率众军士上）

（唱“滚花”）

满城百姓，刮目看我凌云！

（念“诗白”）

家仇得报父冤伸，封官赐爵步青云。

奉旨查抄贼相府，满门斩杀务除根！

军士甲　（报上）启禀凌将军：刘贼之妻已在后堂悬梁自尽！

凌　云　好呀！真个天理昭昭，恶有恶报！

军士乙　（报上）报——启禀将军：已查得刘贼之子携妻儿逃出相府！

凌　云　哼，刘文龙呀，你逃到天涯海角，也要捉拿归案！（暗转）

[二幕启。数日后一夜，百花江畔。天上月暗星沉愁云密，江面浪涌波翻伴婴啼。

刘文龙　（内唱“二黄首板”）

路漫漫，水茫茫，

中途失散，我该何方逃窜？（抱婴仓皇上，四顾）

（唱“快二流”）

月冷星寒狂犬吠，遍野惊飞夜宿鸢。

犹恐追兵到，携婴走仓皇，

顾不得山高水险。

彩凤……月妹！

（续唱）　彩凤、月妹何处去？

不觉来到百花江边。

四下人影不见，只闻水急浪喧，彩凤、月妹，哪里去了？（婴啼）宝宝别哭！官兵闻声追来，你我性命难保呀！（婴又哭）唉，你哭什么呢？要哭的是我刘文龙呀！

（唱“连环扣”）

唤句唤句小宝宝，你家历代忠良功勋建。

你往后前程无限远，我却与罪犯血脉连；

你立志尚可攀高天，我却陷入深潭将污染，

千人憎，万人怨，苦若哑口食黄连！

唉，你来朝云开，能得天日晴，

与娘重会见，合府庆团圆。

我却在绝路苦交煎，

只怨文龙命太蹇，不敢怨苍天！

（婴哭不止，手忙脚乱）嗳……还哭？一定是饿了，河畔荒郊，有什么给你填肚呢……（发现蕉树）蕉果……真是天无绝人之路呀！（摘蕉喂婴，婴止哭）看，不哭了！不如石头作床、蕉叶当被……（将婴安置蕉树下）待我学彩凤唱首儿歌，让他好好入睡吧！

（清唱“月光光”）

月光光，照地塘，宝宝安静睡摇床……

哪有摇床呢？石头就是！

（续唱）　妈妈细声将儿歌唱……

哦，我不是妈妈，是爸……也不是爸爸呀！

（续唱）　叔叔细声将儿歌唱，宝宝一觉睡到大天光！

［众官兵巡上，发现文龙，大喝一声，文龙下意识转头。

官兵甲　咦，他是？

［文龙情急智生，抱蕉作婴，诱敌急下。

官兵乙　好像刘文龙啊！

官兵甲　追——（追下）

丁县令　（内叫）好酒、好酒呀！哈……（提壶醉步上，丁六提灯相扶）

（唱“追信”）

壶中酒，一醉解千忧——（摇摇欲跌）

丁　六　老爷，你在接官亭喝不停口。说你也不听，喝得脚步浮浮！

丁县令　混账！你大还是我大啊？要我听你的？今晚老爷一肚气，就要用酒冲一冲！

（续唱）　凌冰那赖皮真荒谬，过桥抽板太不知羞！

当年为逃往边关去，摇尾乞求。

毁掉彩凤换得天官路牌，才将他拯救。

今日凌门再起东山，对我冷眼都不瞅。

还说往昔事，不准挂嘴头，

分明怕隐情被捅破，朝中追究！

丁　六　老爷，这种落水喊救命，上岸不认人的无赖，以后再倒霉也别去救他！

丁县令　对，我日后再救这种无赖，就不是人，是鬼！（婴啼）唔，真有鬼？

丁　六　（听清）老爷，好像是婴孩的哭声呀！阿六，你去看看！

丁县令　荒郊河畔，夜半三更，何来婴孩呢？

丁　六　（找到婴孩）老爷，蕉叶下果然有个婴孩——

丁县令　（打量）这么趣的小宝贝，谁丢的？喂，你父母何名？家住何方？从实讲来！

丁　六　老爷喝糊涂了，这婴孩会答话吗？

丁县令　唔，我明白了，肯定是个被弃的私生子！

（念“缩头龟白榄”）

都怪我治县无能真丢架，

不正民风有伤教化——

和尚念假经，文人讲假话，

商人卖假货，官绅只识向上爬。

男人背着老婆勾女仔，

姑娘未嫁先做妈！

有胆生来无胆养，丢在芭蕉下，

骨肉无情真该打，雷公劈他个脑开花！

丁　六　老爷别借题发挥将人骂，是民间多疾苦，才江畔有弃娃！

丁县令　可也是，看来本太爷是主观了些！

丁　六　我说老爷呀！

（接念）　您为官心地好，但姓丁丁运差——

太太多年无生养，一直未抱娃。

观音送子来，分明是造化，

为老爷传宗又接代，正好将他带回衙！

丁县令　嘿，丁六一世人最聪明今晚，常言救人一命胜造七级浮屠呀！

（唱“煞板”）

今夜逢丁运，算是有缘分，

一于收下这娃娃！（傻笑抱婴，醉步与丁六下）

[暗转。

第六场　重逢

[二幕前。当晚，凌云下榻的行辕庭院中。沉重音乐，凌云在焚香拜祭彩凤的绣像，四校卫侍立。

凌　云　（诗白）　一炷清香悼亡灵，轻抚绣像泪珠盈。

待等刘贼家室齐归案，再设坛血祭把冤平！

（对校卫甲）将抓获的重犯刘文龙严加看管，等老将军晋京回来再行发落！

校卫甲　遵命！（下）

凌　云　（对校卫乙）加派兵丁巡查，务将刘文龙妻儿缉拿归案！（乙应下）刘文龙呀刘文龙，你刘家总算有今日了！

校卫甲　（报上）启禀将军：门外有一女子求见，说与将军有亲哪！

凌　云　与我有亲……唤她进来。

校卫甲　是！放门外女子进来——

凌　云　你等退至院外，加强戒备！（众校卫应退）

[彩凤匆匆上。

彩　凤　（唱“十字快中板”）

刘相公与宝宝失散中途无踪影，

我唯有偕月妹星夜转归程。

老娘亲遁迹庵堂悲苦命……

却闻道凌郎叔侄得荣升。

（转“七字”）

赶到行辕将夫认——

凌郎、凌郎！

凌　云　呸，妇人何故如此呼叫？

彩　凤　凌郎，你怎么连为妻也认不出来了？

凌　云　（唱“滚花”）

究竟是人是鬼，莫非绣像显灵？

彩　凤　为妻并非鬼魂，好辛苦才找到凌郎下落，赶来与夫相见！

凌　云　我不是做梦吧？

彩　凤　不是做梦！绣像上，还有你赠与我的诗呀——（音乐起）

爱在心扉，诉与天地。

荣辱祸福，不弃不离……

凌　云　娘子——

彩　凤　凌郎！（拥抱）

凌　云　（唱“饿马摇铃”）

喜夫妻劫后再相会，

天公有眼，得拜谢神明！

彩　凤　（接唱）　神明庇我，免丧非命，犹幸今宵再续情！

凌　云　（接唱）　心中悲喜交迸，当初听噩耗我便放哀声——

怎想到再续情？妻呀你怎得生还快道究竟！

彩　凤　（接唱）　当初假装嫁相府，取到路牌，总算事成。

新房中我欲以死相拼！

托赖天公对彩凤寄同情——
遇救星，我喜获重生得好报应！（行弦）

凌　云　救星是谁个呢？

彩　凤　就是相府公子刘文龙！

凌　云　他？！快说，到底是什么回事呀？

彩　凤　（接唱）　万语千言也难尽诉，
且听为妻说详情……（暗转）

[二幕启。次晨，牢狱之中。梁森在打扫牢房，仓内传来二狗的抽打、吆喝声和刘文龙的叫苦声。

梁　森　（摇头）唉，冇阴功！二狗这衰仔，晨早流流又打犯人啦！

二　狗　（得意上）老窦，我又叫刘文龙那家伙吃了餐“猪肉焖黄鳝”，过足手瘾！

梁　森　打人当过手瘾？衰仔都算折堕啰！
（唱“打扫街”中段）
官宦子弟亦有好人，咪一篙扳死一船人。

二　狗　（接唱）　我地当差就靠鞭棍，食呢行饭冇讲斯文！

梁　森　（接唱）　你咪胡夹混！就算做呢份差事，
有阵要拷问，亦不可昧住良心！
积点阴德好修身——（直接尾句）
若果歪心丑意，定必冇桃花运！

二　狗　冇桃花运又点啵？

梁　森　冇桃花运就冇女仔肯做你老婆啰！到头来，害到你老窦成世都冇孙抱呀衰仔！

二　狗　嘻嘻，老窦你入错行啦！你咁善心，早应该入庙当和尚！

梁　森　衰仔，老窦做咗和尚仲有你咩？殴死你——（举帚追打）

二　狗　老窦呀，殴死我，边个帮你娶新抱生孙呀？

梁　森　又系啵！快去将我家只老鸡乸劏咗，炖盅靓鸡汤来！

二　狗　无端端炖鸡汤做乜呀？

梁　森　冇使多问，一于照炖！

二　狗　是！（下）

[梁森扶刘文龙出来。

梁　森　阴功，打成这个样子……小心坐好啦！

刘文龙　老伯，我刘文龙犯了什么罪？凭什么将我如此折磨呢？

梁　森　凭皇帝圣旨，凭当官的一句话啰！想开点吧，就算让你活够一百岁，到头来也不是要死？

刘文龙　我不能死！我要帮凌家找回小宝宝，让他们骨肉团聚！

梁　森　自己条命都保不住，还想着人家骨肉团聚？刘相公呀，你好好歇着，梁森我弄点草药给你治伤吧……（下）

刘文龙　唉！

（唱“泣残红”）

陷囹圄受棍鞭斑斑血痕，天公呀孰忍心？

父债子偿落得个千古遗恨，

满腔冤屈气向谁陈？

此刻万念俱灰，只有一事未圆觉羞窘——

宝宝下落挂在我心，

倘遭不测又怎对凌家人？

[内报：“凌将军到！”梁森引凌云率二校卫上。

梁　森　相公，你要小心答话，求凌将军高抬贵手呀！（退下）

刘文龙　（上前）刘文龙见过将军！

凌　云　刘文龙，听说你救过彩凤两次，可有其事？

刘文龙　有，一次救她上水，一次救她还阳。姑娘可算命大呀！

凌　云　又听说，你与她开门认夫妻，关门做兄妹。是吗？

刘文龙　是，为掩人耳目，不得已而为之呀。

凌　云　你们相处十月，彩凤便产下孩儿，又作何解释？

刘文龙　何必解释，那宝宝就是凌家的亲骨肉。

凌　云　刘文龙，你与彩凤孤男寡女，难道就无半点瓜葛？

刘文龙　我与彩凤姑娘，似井水河水，有月妹为证，苍天可鉴！

凌　云　那么，你说彩凤她美不美？

刘文龙　美若仙姬！

凌　云　　你喜欢她？

刘文龙　　十分爱慕！

凌　云　　却又来——既承认爱慕，两人同居一室长达十月，怎可能清白无犯哪？

刘文龙　　将军言差矣！

（唱“反线中板”）

爱美之心人皆有之，我爱青山、白云，

更爱明月、春风与鲜花、佳丽。

倘若人人都将所爱，据为己有，

试问成何世界？颇值得深思！

（转“七字”）

古人曰“发乎情，止于礼义”，

文龙乃圣贤弟子，岂可乘危夺之？

（转“三字”）

彩凤姑娘，为你出生入死。

柔肩挑重任，纤手挽垂危。

（转“七字”）

她心比金子还珍贵，

你前世修来好福分，有此贤妇良妻！

凌　云　　（感动，旁唱“新腔梆子流水”）

这番话，教我口无言来心有愧……

刘文龙　　（接唱）　我早将，生与死，度外置之！

凌　云　　（接唱）　好彩凤，可爱善良心地美。

刘文龙　　（接唱）　求将军，悉心呵护好妻儿！

凌　云　　刘相公——你果真是君子、恩人哪！

梁　森　　（与二狗捧鸡汤上）咦，一转眼，犯人就变成恩人了？

凌　云　　你等听着：这位刘相公两次救活我家夫人，恩重如山呀！你等要好生款待，稍有不周，唯你父子是问。松刑！

梁　森　　是！（替龙卸枷）我都说老天爷有眼，好人得好报啦！

刘文龙　　谢将军！

二　狗　　嘘——好彩没打死他！哈……（暗转）

第七场　绝情

[二幕前。两日后，接官亭。凌云率众迎候，凌冰奉圣旨上。

众　人　　恭迎老将军，晋京归来！

凌　冰　　哈……

（唱“古腔七字清”）

皇上英明恩似海，凌家门楣叶灿花开！

历代忠良得厚爱，红白喜事接踵而来！

凌　云　　红白喜事？！

凌　冰　　不错！

（念“白榄”）

吉星高照飘瑞霭，凌家双喜临门笑颜开。

这第一是白喜，彩凤哀荣添光彩。

万岁册封她为烈妇，忠节牌坊要立起来（双）！

凌　云　　（接白诏，一怔）啊？

凌　冰　　（接念）　这第二是红喜，侄儿一步登云天外。

九千岁招你为郡马，喜讯在京城已传开（双）！

凌　云　　叔父，这红白喜事，我家担当不起呀！彩凤……

凌　冰　　两旁退下！（众校卫应下）彩凤她怎样啦？

凌　云　　彩凤大难不死，平安归来了！

凌　冰　　哦？！（暗转）

[二幕启。凌冰官邸，挂有绣像。凌冰叔侄在来回踱步……

凌　冰　　侄儿，今回大件事了！

（唱“长句滚花”）

本以为，彩凤丧了命，千岁替老夫请旌奏龙廷。

怎料她脱险生还将夫认，我欺君妄奏罪非轻。

一子乱了满盘棋，看来攀作皇亲会成泡影！（句）

凌　云　那怎办好呢？

凌　冰　（唱“霸腔滚花”）

为挽回凌家败局，只得抽薪釜底不留情！

凌　云　（一怔）抽薪釜底？

[月妹在窗驻足窃听，继而报讯下。

凌　冰　就是只留绣像不留人！

凌　云　啊？！

凌　冰　只要她在人间消失，就可以保住凌家名声，我照立牌坊、你照当郡马，何乐不为呢？

凌　云　这……

（唱“扑仙令”）

一边是悬崖雪冰，一边是锦绣前程。

违圣命获罪非轻，抛彩凤却负前情！

叔父，要侄儿抛弃彩凤，我良心过不去呀！

凌　冰　哈……什么叫良心？难道你自毁家声，良心就过得去？

凌　云　我……

凌　冰　我孤寡老头能有几日命？凌府家业就靠你传承。要对得住列祖列宗，便将彩凤逐出境！若再优柔寡断，老夫唯有一死，请罪于你爹在天之灵！（拔剑，佯装自杀）

凌　云　叔父——（急拦）

彩　凤　（挺身而出）凌大人，不要争了！

叔　侄　（一怔）彩凤……

彩　凤　你们的话我都听见了。凌大人将我怎样处置都可以。只求大人高抬贵手，不要加害刘相公！

凌　冰　哦，你还替刘家说话？

彩　凤　只要留他一命，彩凤万死不辞！

凌　冰　好，老夫应承你！不过，要你受点委屈啰……（悄悄卸下）

彩　凤　委屈？

凌　云　（百般无奈地）彩凤……

彩　凤　凌相公！

（唱“恋檀中板”）

想彩凤，本出自寒门身太卑。

当日蒙凌家不弃，才得与相公结缡。

既然灾祸起，林中鸟分飞，

缘分已到此，彩凤应退避，

怎可辱你望族的门楣？

凌　云　（接唱）　娘子呀，恕凌云对不起你！（过门）

今生未能长相守，只等来世报深情啦彩凤！

彩　凤　深情？哈……

（续唱尾腔）

莫提那，情与意，

我如今心里已经明是非！（一把撕下绣像）

凌　云　彩凤，你……

[画外音合唱主题歌“爱在心扉”：

爱在心扉，诉与天地，

荣辱祸福，不弃不离。

问世间，情为何物？

直教人，相许生死！

[歌声中，彩凤将绣像投入火炉，旋即化为灰烬……

彩　凤　永别了，将军！（毅然而下）

凌　云　彩凤……（跪望火炉发呆）

[凌冰率四校卫荷刀上。

凌　冰　彩凤呢？（揪起凌云）为什么放走她？（命校卫）快追！

校　卫　是！（拔刀追下）

凌　云　彩凤——（欲追）

凌　冰　（阴森地）侄儿，你还念旧情，就点燃香烛，送她上路吧！

[一阵霹雳雷电闪，凌云恐惧的特写。暗转。

第八场　上路

[二幕前。当晚，江畔。丁六打灯引丁县令“扑灯蛾”抱婴上。

丁　六　老爷，好生行呀！（婴啼）

丁县令　唉！

（念“白榄”）

太太不肯将弃婴养，本官又当爹来又做娘。

晚晚换尿布，日日喂羹汤，

搞到我升堂料案都心神恍！

丁　六　（接念）　都怪我当初出嘅坏主意，不该将宝宝带返衙堂！

丁县令　马后炮有鬼用？快去江边，帮丫丫仔揾返个亲生妈妈再讲啦！

丁　六　（有发现）咦，江边有个妇人跌跌撞撞，不成系佢嘅生母？

丁县令　哦？与爷赶上前去，看个明白……（同下）

[二幕启。冷月残星，愁云惨淡。彩凤踯躅江堤，欲哭无声……画外女声合唱“江河水”：

天哪，月冷风凄——

花草也伤心流涕，愁听夜深野狼吠！

彩　凤　（接唱）　江畔踯躅，黯然泪雨挥。

水在呜咽，伴着哀雁啼。

可怜我有家归不得，似浪里孤舟，

哪天始得靠河堤？但见得江雾迷迷。

我问句天公呀——

你怎不发慈悲，救弱扶危？（跌坐青石上）

彩凤好命苦呀！

（接唱“风飘飘”）

恨怨无路诉，爱念已消逝，

禁不住哭声凄厉……

早知流水落花去，当初何苦戴月归？

寒风呼啸乌云闭——

就让我，随同这百花江涛呀，一去永不归！

[彩凤正欲投江，突然止步，仿佛听到呼唤：“彩凤、彩凤！”

[女声合唱的“花江吟”在夜空回荡：

绿水青山也留人，依依难舍挽姐裙，

葵扇有情花有意，劝姐不要弃人生！

彩　凤　（唱“祭塔腔”）

犹闻姐妹呼喊，情牵绝望人，打动我的心！

回首江岸悄然自问：我怎可一死投河轻生？

死去后，长埋恨，青山绿水也为我伤心！

想起日夕相依众姐妹，情似海深心相印！

（唱“反线二黄”）

想起好妈妈——

望穿双眼盼女归，我要到庵前慰问；

想起小宝宝，急待奶浆哺育，

怎能没有娘亲？

（转“尺字序”）

更想起恩人陷囹圄罪加身，

凭谁替好公子解厄困？

我切不可葬碧波，得要代他把冤伸……

我强挣扎，与他分担苦和贫，

报公子深恩，情义永不泯！（正欲回家）

[二校卫持刀上拦截。

校　卫　妇人哪里走？

彩　凤　（一怔）你们想做什么？

校　卫　我们想要你的命！（举刀正欲砍去）

丁　六　住手——（与众差及时赶到，一棍扫落校卫手中刀）

[小开打，众差擒住二校卫；丁县令抱婴急上，婴啼。

彩　凤　（惊喜）宝宝……（抱婴贴面）

[丁县令在旁抹一把冷汗，暗转……

[次晨：文龙披枷，由梁森父子押送上路。

刘文龙　（唱“乙反仿越王怨”）

戴镣披枷，文龙我屈作罪囚，塞外充军。

遥望关山远，举目无垠。

此去百折千磨风霜凛，心头唯念育婴人！（腔）

梁　森　唉！十年河东，十年河西。

二　狗　一个上京当郡马，一个充军做地底泥。

刘文龙　唉！

梁　森　刘相公，唔使唉唉声！风水轮流转，讲唔定一觉瞓醒，又轮到你享富贵。

二　狗　系啰，食几多着几多都是整定的，上路罢啦！（三人欲行）

[月妹喊着“刘相公慢走！”抱婴挽包与彩凤同上。

彩　凤　恩兄！

刘文龙　（一怔）彩凤？

彩　凤　恩兄！

（唱“双星恨”尾段）

你披枷又戴锁，鲜血滴满襟，

好心竟判去充军。

悔不该与兄险路行，反误你一生。

此一去，难更深，边关远，寒冷侵。

我难以饶恕，累你历劫受冤永沦沉。

恩兄呀，怪彩凤害了君，愧疚于心！

刘文龙　唉，落到如此，皆由将相两家前世冤仇，又怎能怪你呢彩凤？

彩　凤　恩兄，你不要再叫我做彩凤啦！

（唱“乙反减字芙蓉”）

彩凤已作屈死魂，我是恩兄连襟衽。

愿与你同上西凉路，今生今世永不分！

刘文龙　不行呀小姐！

（接唱）　你一片真情慰我心，文龙毕生深铭感！

但此去边关成绝路，岂可连累你终身？

彩　凤　（唱“乙反滚花”）

纵是黄沙白雪把尸骨埋，

也与你垒石筑坟同穴寝！

夫妻本是同林鸟，大难来时比翼飞。为妻决意随刘郎上路！

父　子　（一怔）乜话，彩凤姑娘是刘相公的妻子？

丁县令　（率丁六暗上）没错，当初还是本太爷做的媒哩！他俩拜过天地入过洞房，早就是夫妻啰！

刘文龙　太爷，那些都是假的呀！

丁县令　这大千世界，假的可以变真，真的也会变假，见得少吗？要是说上次拜堂不算数，今天就再拜一次天地！

[众百姓扶凤妈、众衙差捧各种喜仪拥上。

彩凤妈　女儿——

彩　凤　妈！

丁县令　彩凤妈都来了，父老乡亲——文龙、彩凤前世有缘，我这个大媒人，今日要在百花江畔为他俩再举行一次婚礼，才算功德圆满！人来，松刑！

（梁森父子替文龙除枷）

刘文龙　万万不可呀丁大人！我是囚犯，朝廷知道，会连累于你！

丁县令　怕个屁！大不了革掉我这顶乌纱帽，大不了赶我回乡下耕田。今日我还是县太爷，堂上有位子、头顶有帽子、手中有印子、谁敢不给我点面子？人来！

（唱“煞板”）

吹响打，烧炮仗，

擂鼓动乐，龙凤成亲！

丁　六　动乐！

[吹打乐起，文龙、彩凤披红挂彩拜天地。

丁县令　（唱礼）一拜天地、二拜高堂、夫妻对拜、送往西凉！

[刘文龙、彩凤哭着对拜……

彩凤妈　贤婿、乖女……（生离死别，哭出声来）

丁县令　大喜日子哭什么？高高兴兴送新郎、新娘上路！（也哭）

[众伤心落泪，文龙、彩凤与众依依惜别，随抱婴的月妹、梁森父子步上高处，众挥手目送文龙、彩凤一行远去……

[幕后合唱"明月千里寄相思"：

江水呜咽，草木流泪，惊世缘动人魂！
浪水淘尽悲欢事，天下今古颂爱心。
月圆月缺有阴晴，万水千山隔不断，
情义永，爱海深，一曲传奇寄后人……

[造型，收光。

——剧终

该剧2000年由吴国华、曹秀琴、何笃忠、高子凌、郭建华等首演。现选载的是2010年蒋文端、林家宝、陈家鼎、郭建华、吴泽东等主演的演出本。

梦惊邯郸

（根据 [明] 汤显祖《邯郸记》改编）

编剧：廖维康　潘邦榛

人物表

卢　生

崔　氏

宇文融

萧　嵩

黎玉妹

冼　方

司　户

皇　帝

高力士

春　香

驿　丞

门　官

店小二

差　官

送礼人

天　使

工头、囚妇、刽子手、军士、衙役、采女、丫鬟、牢子

序幕　入梦开篇

[开放式的舞台。观众进场时已可见舞台上悬挂着一个放大了的剧本，封面为《梦惊邯郸》四字。

[音乐起。

[幕内合唱“新曲”：

邯郸梦传奇新演，
汤显祖情聚笔尖，
痴卢生牵驴入梦——
梦连梦断，梦连梦断，
云阳问斩作开篇。

[追光。

[曲唱中，身着汗衣、彩裤、高靴、未穿戏服的卢生（替身）深深沉思，自语：“云阳问斩！”然后要起水发。

[烟雾起，遮掩整个舞台。

第一场　云阳问斩

[灯渐亮，现出云阳刑场，卢生正在要水发。

[四刽子手持刀，八军士持长枪列队，气氛凝重、阴冷。

[低回的音乐。

卢　生　冤枉，冤枉呀！

（唱“反线寒关月”）

刑场里列队排九天罗刹，

一个个凶嚣跋扈，

鬼头大刀手中拿。

浴血功臣，金戈铁马，

此番竟下落魂桥，

实堪怜——

云阳市好一抹凌烟画！

[崔氏带春香挽篮急上。

崔　氏　（唱“乙反二流”）

噩耗惊闻，心如刀剐。

夫君蓦然受罪，

平白没个根芽。

快步赶至云阳——

卢郎——

刽子手　朝廷钦犯，不得相见！

[崔氏示意春香，春香上前给钱刽子手。

[刽子手并众解差散下。

崔　氏　卢郎！

卢　生　（迎上）夫人，你还赶来做甚?

（接唱）　此刻徒然泪洒！

崔　氏　（接唱）　恩爱夫妻，竟成永别——

卢　生　（散唱）　悔不当初，心乱如麻……

[卢生、崔氏抱头痛哭。

[烟雾重新遮掩舞台。

[闪回。

第二场　赠金赴试

[喜庆的音乐，气氛急转。

[幕内男女合唱“新曲”：

当初似刘阮步入天台下，

卢生恍然迷误进崔家。

偶逢狭路通情话，

姻缘喜结度韶华。

[音乐声中，春香伴崔氏上。

春　香　姐姐，自你成婚一月，万般风情，为何今日，见你似有心事？

崔　氏　春香呀——

（唱“爽梆子慢板”）

从天掉下，一个卢郎，

两下倾心，

总算还清相思账。

却羡人家，夫荣妻贵，

休被风流所误，

长对白衣夫郎。

春　香　这也是。

崔　氏　（接唱）　开科在即，春闱应试，

有意催他登程，

争个名题金榜。（腔）

春　香　（拍手）好好好！姐夫若去应试，定能中得官回。

[卢生上。

卢　生　嘿嘿！你两人说些什么，这般高兴？

崔　氏　卢郎，自月前你牵着青驴，恍恍然撞进我家，见你一表人才，与你结成夫妻，朝欢喜乐，百纵千随，只是我家七辈未有白衣女婿，功名之事，卢郎有何打算？

卢　生　这功名！娘子，正所谓“极目云霄似有路，惊心岁月总无涯”，小生嘛——

（唱“梆子中板”）

我本是落拓书生，

随先父流迁这邯郸县，

只有荒田数亩，

三间旧房。

闲时古道牵青驴，

勤时窗下读诗书，

也算得才高学广。

我也想建功树名，出将入相，

我也知大丈夫者，志在四方！

（转“七字清”）

嗟我春秋几场皆落榜，

翰林苑内不取好文章，

高中者点墨胸无，

尽是那豪门贵党。（腔）

崔　氏　说豪门贵党，也怪不得他。

（接唱）　只怪你交游不广未谙官场，

幸奴家四门亲戚还可依傍，

有家兄神通广大引见帮忙。

卢　生　（惊喜）家兄？

崔　氏　（唱“滚花”）

准叫你金榜题名易如反掌！

卢　生　家兄这般利害，为何不叫小生拜见？

崔　氏　春香，有请家兄。

[春香走近案桌，挥手一指，桌面渐渐升起金银之宝，满台光华。

卢　生　（诧异）这就……你的家兄？

崔　氏　　正是。

（唱“柳摇金”）

此家兄打圆就方，

你且来，定神看，

非我数白论黄。

幕内众　（接唱）　少了他呀，

入云天梯登不上。

崔　氏　（接唱）　要夺魁首永无望。

幕内众　（接唱）　他能助你，

早酬大志，势莫能当。

崔　氏　（接唱）　出入紫阁豪门声威壮。

幕内众　（接唱）　鬼也愿推磨，

神也愿焚香。

崔　氏　（接唱）　定保你取星摘月，

夺他一个状元郎！

[“钱神美女”舞蹈。

[三人相视而笑。

[灯暗，三人隐去。

第三场　金榜定元

[追光。

门　官　　有没有搞错！这年头送礼的都送出窍门。只送老爷，不送下人，我这管门的小官也捞不到油水了。（欲下）

送礼人　　门官大人请留步，我是特意来拜谢你的。

门　官　　真的？

送礼人　　这张银票是给你的，这是送给你家老爷的。

门　官　这，不好意思，多谢了！难得你还有这般心思。好，你先回去，等状元批文一下，我派快马官差告诉你。

送礼人　多谢，多谢，告辞了。

门　官　哎，走后门啊！

送礼人　是是是……

门　官　有请大人。

[灯亮。

[宇文融上。

门　官　大人，又有人送礼来了。

宇文融　放入我的金库。

（唱“古腔七字中板”）

宇文后魏留支派，
犹余霸气号令三台。
今者圣上招贤容我主宰——
谁个举子识趣，
就为他把门开。

（翻卷）这卷中有个兰陵萧嵩，乃梁武帝之后，果是奇才，堪荐头名，可惜他自恃才高，不愿投拜于我。且喜有个裴光庭，才品虽次，却是前任宰相之子，为人倒也乖巧，派人送来千两黄金，一斛明珠，当然就该点……

幕　内　高公公到！

[宇文融慌忙出迎，两人见过礼，归座。

宇文融　禀问公公，下官看卷早已进呈，未知圣意如何？

高力士　已将名次点下。

宇文融　（急）第一名的可是裴光庭？

高力士　差得远了。

宇文融　是……萧嵩？

高力士　这还差不多。你可知道邯郸卢秀才么？

宇文融　邯郸卢秀才……

高力士　名唤卢生。

宇文融　（惊讶）卢生？三甲之列，下官均有印象，除非他是落榜……

高力士　（不悦）唔！

宇文融　（吃惊）高公公，皇上当真点了他？

高力士　正是。不仅御笔题红，而且满朝勋贵都拥戴于他，我嘛，嘿嘿，见他字字端楷，气度不凡，他日定是朝廷栋梁，人才难得呀！（拿出一颗耀眼的夜明珠在手中玩赏，大笑）哈哈！

宇文融　原来如此。

高力士　（一拍桌子，恩威并施地）就这样定了！告辞。

[高力士下。

宇文融　可恼呀！可恼！

（唱"滚花"）

这寒生通天有路识钻营，

眼内无珠，偏把老夫抛脑外。

姓卢的，哼哼！

（接唱）　你休想得沐天恩争权势，

且看我妙手推你堕高台！

[切光。

第四场　取旨起祸

[卢生领衙役、丫鬟、家院上。

[春香急上。

春　香　姐夫回来啦！姐夫回来啦！

[崔氏急迎上。

崔　氏　卢郎！

卢　生　夫人！为夫想死你了。来来，让我好生看看。

崔　氏　（喜极而泣）夫你一去三载，抛下奴家一人，个中苦味，你可知晓？

卢　生　夫人，大喜了！

崔　氏　何喜之有？

卢　生　为夫被留在中书三年，专掌制诰，乘便偷写下夫人诰命一道，混在众人诰命之内，进呈圣上，侥幸果真全数御批准行，故而为夫启程回来，亲捧这凤冠霞帔，送与贤妻。（取过凤冠）

[春香引衙役下。

崔　氏　（一惊）呵？！

（唱"追信"）

凤冠一色新，

当真瞒过了圣君？

卢　生　（接唱）　管它怎弄来，你不必再问，

为夫有权执掌当费心，

夫荣妻贵，自古有云。

崔　氏　（接唱）　你入官场，

为妻也添福分！

卢　生　（接唱）　谢贤妻迷津指引。

好得朝贵广交，也牵动了圣君！

（直转"爽二黄"）

才有落卷翻成第一，扭转乾坤。

（唱序）　更得官袍已加身！

崔　氏　（接唱）　是你天生巧步云——

卢　生　（接唱）　是我早得嫦娥近。

崔　氏　（唱"拉腔"）

苦我三载记挂你，

今朝送暖喜春风，

妻亦沾光，庆得行夫运！

[内声："萧大人到！"

[衙役引萧嵩急上。

萧　嵩　卢年兄。

卢　生　原来是萧年兄。夫人，萧嵩大人乃先朝梁帝之后，文才天下第一，同科榜眼，钦命翰林编修。

崔　氏　（施礼）崔氏见过大人。

萧　嵩　（回礼）嫂夫人。

卢　生　萧年兄缘何到此?

萧　嵩　卢年兄朦胧取旨，被宇文大人看破，连夜奏知了皇……你可知，此乃欺君之罪。

卢　生　（震惊，唱“沉腔滚花”）

这这这……

朦胧取旨存侥幸，

机关察破变罪人。

崔　氏　卢郎为妻受罪，奴家心里……（悲伤）

卢　生　只怪卢某一时糊涂。

萧　嵩　卢年兄——

（唱“七字清中板”）

初涉官场当谨慎，

心莫贪来手莫伸。

卢　生　（接唱）　年兄提点情切恳。

萧　嵩　（接唱）　此事幸蒙圣主尚宽恩。

圣上宽恩免究，此去华阳山外，有座陕州城，运道三百里石路不通，圣上着你出任知州，凿石开河。

卢　生　凿石开河?

崔　氏　凿石开河?

萧　嵩　立即起程!

[切光。

五场　开河情泪

[幕内合唱“新曲”：

山磊磊，石崖崖，

千辛万苦把河开。

谁怜揪锄流汗血，

多少工食费民财。

[追光，开河工地。

[冼方在研究施工图。

冼　方　（念）　开河两年多，工程费折磨，

州官头发胀，小吏背也驼。

下官冼方，受知州卢大人之命督工开河，好不容易，大功将竣，卢大人还请驾巡河观景，不料前面有熊耳大山挡道，全是透底硬石，凿它不开，铣它不入，急得我屁滚尿流。工头何在？

[灯亮。

工　头　（应上）小的在。

冼　方　吩咐下面，一人管十,十人管百，冒雨施工，不得懈怠！

工　头　是。（下）

[驿丞上。

驿　丞　启禀大人，各乡将所选棹歌采女送来驿站，共九百九十八名。

冼　方　怎么缺了两个？

驿　丞　两名头梢实在不好找。

冼　方　不好找？不好找敢烦劳驿丞大人你？征集千名棹歌采女是为皇上巡河之用。岂可有失，不够一千，就拿你家娘子小姐顶数。

驿　丞　大人息怒，在下这就去找。（下）

[冼方也下。

[电闪雷鸣，大雨滂沱。

卢　生　（内唱“首板”）

雨急风横，心焚难耐！

[卢生上，黎玉妹打伞随上，步履艰难。

黎玉妹　卢大人，小心路滑。

卢　生　玉妹，风大雨大，你还是回家去吧。

黎玉妹　不，爹再三交代，让我送你回来。

卢　生　唉！

（感慨，唱“滚花”）

民夫费力安营寨，

石山挡道怎摧开，

圣驾快巡河，功成休稍息！

黎玉妹　卢大人，不要焦急，你要保重身体。我回去了。

卢　生　玉妹，雨停了，你的伞。

黎玉妹　大人还要外出，留着用吧。（下）

卢　生　（感动）玉妹！

[冼方上。

卢　生　冼方大人，请驾巡河的折子，皇上御批了。

冼　方　皇上同意中秋出巡？

卢　生　你让我写上“月进十里”，皇上凭此一句，料定三月后河工将竣，届时即来陕州。

冼　方　（一惊）……岂不是提前了两个月？

卢　生　好一个月进十里，可每月明明不足六里，如今又有大山顽石挡道……

冼　方　卢大人，属下倒有一条开山妙方。

卢　生　快讲！

冼　方　盐蒸醋煮。

卢　生　盐蒸醋煮？

冼　方　取干柴百万束，连烧此山，以醋浇之，待顽石开裂，后用盐花投之，石便化水。

卢　生　石可化水？有此玄虚？

冼　方　正是，此乃五行之术，当年禹王爷治水以此凿开三门，建功立业。

卢　生　好啊！无妨一试。速传各乡里，全数男丁一律上工，不得有误。

冼　方　工头何在？

工　头　小的在。

冼　方　着行盐蒸醋煮之术，令顽石化水。

工　头　是！有无搞错，顽石又岂能化水？

冼　方　能化得化，不能化也得化！石头不化，我要你脑袋开花！

工　头　（惶恐）这……在下遵命！（匆匆下）

[内场鼓鸣，呐喊。

冼　方　（向内）大人，你看，火烧起来了。

卢　生　烧起来了！（观望）

（唱“回龙腔二黄”）

长河要通，石山须化，

冀盼天能助我也。

稍弄了一回虚假，

民夫苦力又添加。

心有愧——（腔）

却无奈——（腔）

重担焉能放下。

我已是工棚当官衙，

无暇颂风雅，

一腔心力全花！

（转“新曲”）

但等功成好迎圣驾，

君开怀，把旨下，

复旧职，返京华，

状元府中再把彩灯挂！

金銮殿上重插美宫花！

[冼方捧食盘上。

冼　方　大人，请用膳吧。大人进陕近三载，也该功成回京了。

卢　生　（苦笑）你倒也善解我意。唉，一言难尽啊。

[驿丞上。

驿　丞　启禀大人，棹歌头梢已找到。

冼　方　快带上来。

驿　丞　上来！

[二囚妇上。

二囚妇　（作揖）囚妇见过大人。

卢　生　囚妇？

驿　丞　这是驿站刚到的人犯。

冼　方　（生气）我要的是侍候皇上巡河的采女。

驿　丞　大人息怒。她俩虽是犯人，但姿色尚不错。

卢　生　你两人可会唱采菱歌？

二囚妇　我俩正是江南人氏。

卢　生　唱来听听。

二囚妇　大人请听。

（唱“仿咸水歌”）

月儿弯弯挂上天，

新河弯弯泊渔船，

镰刀弯弯……

冼　方　停！这渔船、镰刀什么的，只怕败了皇上的兴头。

卢　生　哦……倒也在理。改改。

二囚妇　大人再听。

囚妇乙　（接唱）　月儿弯弯贴着天，

新河弯弯伴君眠，

手儿弯弯抱住帝王颈——

囚妇甲　（接唱）　脚儿弯弯搭在帝王肩。

囚妇乙　（接唱）　帝王笑，笑开言——

二囚妇　（合唱）　这样的金莲大似船。

卢　生　哈哈，唱得好！

冼　方　唱得妙！定唱得皇上开怀笑。

卢　生　（对囚妇）快快请起……驿丞，好生调教，事后论功行赏。

驿　丞　是。

[驿丞带囚妇下。

卢　生　冼大人，为讨皇上巡河欢心，到时还须沿河插柳栽花，舞龙唱戏。

冼　方　来个热热闹闹！

卢　生　再要催集各路运粮船只，焚香展旗，鸣锣奏乐。

冼　方　定要大壮声威！

[突然传来霹雳声。

工　头　（慌上）大人，不好了，大石突然爆裂，砸伤百十名煮醋民工！

卢　生　什么？

[黎玉妹捧血衣上。群众跟上。

黎玉妹　大人！

卢　生　玉妹，你……

黎玉妹　山体滑坡，我爹被乱石……砸死了！（示血衣哭）

卢　生　什么，你爹……

黎玉妹　（唱“浣纱溪”）

似惊雷轰下祸飞来，
乱石砸人头，
我父竟遭灾，
血衣捧手上，
心似被刀割，
谁怜孤苦弱女，
哀哀痛哭泪满腮。

爹！爹！

[玉妹下，群众跟下。

卢　生　（震惊）五叔他，他他……（捧血衣）

[追光。

卢　生　（唱“反线锦城春”）

伤怀！伤怀！

凝望血衣恍若你人还在。

记当日为绘图共上危崖，

我不慎被毒蛇噬咬正愁难护救，

险境中赖你妙手安排。

更攀山涉水将药采，

悉心替我排毒消灾。

深恩呀，刻心内，

怎知今朝你，

施工反遇害，

好教我痛切惊呆！

五叔呀——

卢生多心哀，

劳民虽不该，

君命重似山，

求望你休怪，

待得那一天，石路已打开，

我定再焚香跪拜上高台！

[内声：“报！”

差　官　（上）卢大人，皇上巡河之日已改，定于端午佳节。

卢　生　（一惊）端午？因何又提前一个月？

差　官　是宇文大人选的吉日。

卢　生　宇文大人……

差　官　皇上还将主持竣工盛典，卢大人务必抓紧凿石开河，不得有误。（下）

卢　生　冼大人，如何是好？

冼　方　（心急火燎）工头……工头何在？

工　头　（上）小的在。

卢　生　传令下去，不准歇工，务必两个月内将河开通！

工　头　卢大人，民工经年劳累，已是病弱交加。

卢　生　（一咬牙）顾不得那么多了！从即日起，男女老幼即日上山，白日烧石，晚上挑灯煮醋，违令者收监问罪！

冼　方
工　头　可连日下雨，柴草全湿。

卢　生　（再狠心地）拆门板！将各家门板都拆来烧了！

工　头　大人，恐怕拆不得啊。

卢　生　（怒目而视）拆！

冼　方　拆！

工　头　是！拆！（急下）

[群众扛门板上过场。

[黎玉妹扛门板上。

卢　生　你也拆门板？！

黎玉妹　官府有令，谁敢不拆！

卢　生　五权！我对不起你呀！（悲痛难忍，泪如泉涌，双脚跪地，渐起接过玉妹门板）玉妹，我送你回去。

[音乐，造型，切光。

第六场　巡幸赏功

[灯亮，河口。

[彩旗招展，龙舟雄列。

[武士、龙套、兵士列队候驾。

[宇文融、萧嵩、朝官引队上。

[高力士、宫女、皇帝上。

皇　帝　哈哈……

[卢生上。

卢　生　陕州知事，前翰林院学士兼知制诰臣卢生，领合州官吏百姓迎驾。

皇　帝　可是前日状元卢生？

卢　生　正是。

皇　帝　平身。

卢　生　启禀皇上，前面已是三百里新开河道，恭请圣驾登上龙舟。

皇　帝　传联旨意，起驾登舟。

高力士　圣上有旨，驾登龙舟！

[音乐起，众随皇帝登舟。八兵士手持船桨上。

卢　生　开船。

皇　帝　卢爱卿，当年联巡陕州，全是石道，崎岖难行，而今竞水天色，美不胜收。

卢　生　全赖天恩浩荡。遵照皇上旨意，臣还选下采女千人，为皇上棹歌而来。

皇　帝　好，起舞。

卢　生　起舞！

[众采女上。棹歌，边唱边舞。造型。

众采女　（唱“新曲”）

谢君王福耀，

谢君王福耀，

凿破了河关一线遥，

摇呀摇，摇呀摇，

讴歌太平调

欢声颂当朝。

卢　生　圣上英明！天下太平！

众　人　圣上英明！天下太平！圣上英明！天下太平！

皇　帝　哈哈哈……

（唱“七字清中板”）

果是采女如花多奇妙，

欢歌起处舞纤腰。

（转“三字经”）

齐颂当朝，天颜笑，

福临天下，乐逍遥！

（转“七字清”）

这道新河，

开得妙来妆得俏！——（音乐不停）

卢　生　启禀皇上，臣妻崔氏恭请皇上用千秋万岁酒。

皇　帝　好！分赐随从，开怀畅饮。

众　人　万万岁！

[众人下。

皇　帝　（续唱）卢爱卿功劳不小，

朕与你共醉今朝！

卢爱卿果然安排精巧。众卿家，俺君臣今日之乐，全仗卢知州开河之功！

众大臣　圣上英明。

皇　帝　卢爱卿，前岸所立何物？

卢　生　镇水灾的铁牛。

皇　帝　萧爱卿。

萧　嵩　臣在。

皇　帝　卿长于文翰，可作铁牛颂，以彰卢爱卿之功。

萧　嵩　臣领旨。（转对卢生）卢年兄，一别三载，你果然奇功立下。

卢　生　哪里，小弟怎比萧年兄，如今是中书大人了。请问萧兄，为官之道，可有秘诀？

萧　嵩　为官做人，但求问心无愧。萧某正有一事未明，要请教卢兄。

卢　生　萧兄请讲。

萧　嵩　凿石开河，月进六里已属不易，卢兄竟能月进十余里，不知施用何法？

卢　生　卢某所用乃五行之术，能节时省工，又免劳民伤财之弊。

萧　嵩　既无劳民伤财之弊，为何陕州所请公款不菲，民工伤残人数惊人？

卢　生　这……哎呀萧年兄，此事容后再说，铁牛颂可一言带过，有劳大笔为小

弟多加美言就是。（向萧施礼）

萧 嵩　卢兄不必如此，萧某岂有功过混淆之理。（对皇帝）启禀圣上，陕州臣民开河有功，理应嘉奖，以示皇恩浩荡呀。

皇 帝　（赞许）传联旨意，为表陕州百姓开河之功，特赦免赋税三年，以安民生。卢爱卿以功抵过，官复原职，速理行装，随朕回京！

卢 生　谢主隆恩！（下）

[内声："报！"

军 士　吐蕃入犯，玉门关告危，急请圣裁！

宇文融　再探。

[报子下。

皇 帝　（大惊失色）什么？玉门关告危？！众爱卿，谁可领兵征讨，替朕分忧？

[众臣面面相觑。

宇文融　（对皇帝）启禀皇上，臣荐一人才，可以抵敌。

皇 帝　快快奏来。

宇文融　陕州知事卢生。

萧 嵩　启禀皇上，卢大人乃一介儒生，怎能领军杀敌？

宇文融　哎，满朝上下，谁不知卢大人文武全才，今日河功至伟，定可再建边功！

皇 帝　好个河功至伟，再建边功。萧卿家，即传联旨意：拜卢生为御史中丞，兼挂印征西大将军，星夜起程，不得延误。

[皇帝、宇文融、朝官、高力士急下。

萧 嵩　臣遵旨！圣上有旨，卢生挂帅出征！

[众旗兵、四将士、八兵士、身穿大靠卢生（替身）急速过场。

第七场　死别生离

[一追光。宇文融出现在舞台一角。

宇文融　本想置卢生于死地，让他挂帅出征，谁知他竟建边功，奏凯回朝，可幸老夫军中派下心腹密报，卢生在天山拾得番将雁书，便即收兵，我正好奏他一个虚报军功，通番卖国！

[追光。萧嵩出现在舞台另一角。

萧　嵩　（念）才听卢兄喜得封，却传通敌射番鸿，事有跷蹊当谨慎，须防奸臣妒边功。（对宇文融）老平章，此事非同小可，须得查个明白。

宇文融　萧大人，卢生通敌，已有明证。老夫深知，你对他也早有看法。

萧　嵩　此话怎讲？！

宇文融　陕州巡河，萧大人所作铁牛颂，执意大书百姓之功，可见对其为人……

萧　嵩　宇文大人，此一事，彼一事。陕州开河，卢大人也非无功可言，而此番征西大捷，皇上已经加封为兵部尚书。你我身为朝廷命官，岂可反叫功臣蒙冤？

宇文融　休要多言，我已写下奏章，要圣上处置卢生，请萧大人认同画押。

萧　嵩　事实未明，萧某不画押。

宇文融　（怒目）好胆！敢不画押？

萧　嵩　决不画押。

宇文融　（冷笑）哼，你与卢贼同年，又是先朝梁帝后裔，我就添上四个字“通同卖国”，让你株连九族！

萧　嵩　（气极）你……

[切光。

[追光。

[差官敲铜锣上。

差　官　奉天承运，皇帝诏曰：卢生虚报军功，通番卖国，图谋不轨，即刻拿赴云阳，明正典刑，钦此！

[音乐起。

女　声　（独唱“新曲”）

云阳问斩作开篇，
传奇续演兴味添。
痴人作梦多幻变，
卢生命运曲中传。

[烟雾起，遮掩整个舞台。

[烟雾散，灯渐亮，再现出云阳刑场。

[追光。

[卢生、崔氏正抱头痛哭。

卢　生　妻呀——

（唱“乙反长句二黄”）

通番卖国罪强加，

风驰电发惊雷炸。

正乐得封官受赏，

转眼又诛杀拘拿！

霎间祸起大如天，

无法辩明真与假。（句）

崔　氏　（接唱）本可奏当今銮驾，

求再把真相盘查。

卢　生　（接唱）你不见文武满朝，

谁肯为我呼冤喊话！

罢了！

（转“靡芜歌”）

悔当初恋富贵，入赘你崔家。

崔　氏　（接唱）应怪我一心攀紫阁，

着意贪荣华。

当日靠钱买官，

你喜得戴上乌纱。

卢　生　（接唱）却在官场结下仇家，

竟弄至蒙冤死罪加！

唉！

（转“反线中板”）

倒不如，安安分分，

良田数顷，蔬食衣麻。

邯郸道上乘青驴，

葡萄架下举金杯，

闲弄琴棋书画。

两夫妻，恩恩爱爱，无牵无挂——

（转“反线二黄”）

小日子美似朝霞。

崔　氏　夫呀——

（接唱）　人生变幻怎可知——（腔）

于今后悔复何言——（腔）

哀顷刻死别生离，

苦酒一杯且饮下！（拉长腔）

[音乐声中，崔氏递酒，卢生猛然饮下。

卢　生　（唱“新腔二流”）

苦苦苦，

苦海无边阴阳隔。

崔　氏　（接唱）　痛痛痛，

痛切肝肠泪如麻！

卢　生　（接唱）　去去去，

贤妻另选得意人，

莫为卢生悲作寡。

幕内众　（合唱）　只愿清明多把纸钱撒，

坟前常除杂草放鲜花！

差　官　（上）时辰到！午时三刻已到，开斩！

崔　氏　（痛苦欲绝）卢郎——

卢　生　夫人！

[刽子手将崔氏拉开，举刀。

高力士　（内喊）刀下留人！

[高力士，萧嵩急上。

高力士　（宣旨）圣旨下，卢生罪当万死，朕沐上天好生之德，量免一刀，谪去广南鬼门关安置，妻崔氏驱入外机坊织作，钦此。

卢　生　罪臣谢恩。

高力士　卢大人，你受惊了。

卢　生　谢公公。

高力士　（叹息，自语）唉，万岁爷也是的，朝承恩，暮赐死，又改放鬼门关，好叫卢生可怜！（下）

萧　嵩　卢年兄，此去广南崖州，海涛浪急，虎虫横行，务请珍重！

卢　生　珍重。

差　官　来人，将崔氏拿往外机坊，着卢生上路！

[衙役分押卢生、崔氏。

卢　生　夫人！

崔　氏　卢郎！

[灯暗。

第八场　织恨救夫

[幕内女声合唱“新曲”：

一边是山穷水又恶，

一边是机房苦织作。

两地夫妻同泪落，

望断银河心如刀割。

[追光，崔氏悲怨地。

崔　氏　（唱“乙反南音”）

烟锁帘箔，夜半挑灯，

天何折罚我这弄梭人。

一朝贬作为奴频织锦，

恶吏追逼勒索作凌侵。

百样折磨我当能强忍，

只是思夫情切切——（抛舟腔）

思夫情切切，

长系那位远行人！

（转“新曲”）

深情织就回文于锦上，

伺机好将冤情达圣君。

一缕缕线儿衬着一丝丝苦恨，

一字字诗句隐着一点点泪痕——

盼盼盼，

盼能解厄运，早日把冤伸！

[追光，萧嵩出现在舞台另一角。

萧　嵩　嫂夫人！

崔　氏　萧大人来得正好，奴家当有一事相求。

萧　嵩　但讲不妨。

崔　氏　我夫发配崖州，至今消息全无，苦我天涯望断，何日冤情平反，官锦之上，奴家在其一端，织上回文宫词，烦献与圣上御览，也表白罪妇一片苦心。

萧　嵩　快快取来。

[崔氏交锦，萧嵩接过。

崔　氏　有劳萧大人！

[灯暗。

第九场　崖州突变

[崖州鬼门关大堂。

[司户上。追光。

司　户　（念“韵白”）

在下崖州司户，官小无人眷顾。

老天降个尚书，大名鼎鼎姓卢。

都说有日复官，本想认作义父。

不料宇文丞相，送来密函贿赂。

让俺了他性命，保我官主刑部。

今天是个好日，就当送他上路。

来呀。人来！带卢生。

牢　子　带卢生。

[灯亮。

[两牢子带卢生上。

卢　生　（念）　望断天涯路，何日出鬼门！

（拱手）司户先生，请了。

司　户　什么，司户先生也是你叫的？你是何人？

卢　生　犯官卢生呀，前晚你我还一同品茶下棋，难道忘记了！

司　户　呸！卢生乃流配之人，见了本官，还不赶快下跪，来人，给我打！

[牢子欲打。

卢　生　谁敢？

司　户　我就敢。（对牢子）给我狠狠打！

[牢子打卢生。

卢　生　犯官有何罪过？

司　户　还不知罪！

（边打边唱“霸腔快慢板”）

打你个暗通番就该千剐万斩，

打你个蠢囚犯至今颈硬愚顽。

卢　生　（气愤）小人！前日奉我座上宾，今天变了嘴脸，定是受宇文奸贼唆使。

司　户　放屁！宇文相爷是盖世忠良，你也配骂他？

（又边打边接唱）

打你个骂当朝肆无忌惮……

卢　生　你再打俺，朝廷当有用我之时。

司　户　朝廷用你？与我狠狠打！

（边打边唱“霸腔滚花”）

打你个痴人痴语，

还想跳出鬼门关。

打打打，

打得你皮开肉绽！

卢　生　（惨笑，唱“武二归家腔”）

哎呀呀！小衙门里，

也有恶鬼肆虐将人来犯！

（转“西皮”）

不想他一翻脸就咬人，

施刑更惨！

罢了！罢了！卢生下跪就是。

司　户　如今跪也来不及了，铁钳火烙！

[司户正欲动手火烙。

[内声：“圣旨到——”

天　使　（上）钦取宰相回朝。

司　户　（窃喜）呀，宇文老爷，下官还不曾替你干罢好事，便钦取俺拜相回朝。下官领旨……

天　使　咄！请卢老爷接旨。

卢　生　犯官卢生接旨。

天　使　（宣旨）皇帝诏曰：前征西大将军兵部尚书卢生，受宇文融诬陷，流往崖州为役。今宇文融伏罪，赐汝爵邑如故，钦此还朝，尊为上相，兼掌兵权，马头先到，先斩后奏。钦此！

卢　生　万岁万岁万万岁！（接旨）

天　使　卢丞相受苦了。

卢　生　天使大人，未知何故，卢某得以还朝？

天　使　尊夫人将回文诗织于锦上，向皇上申诉了冤情。也得萧嵩大人再三上折，奏明宇文融胁逼之情状，是故沉冤昭雪。

卢　生　哎呀，夫人！萧年兄！

天　使　请卢宰相更衣，下官一旁侍候。

[司户大惊，下跪。

司　户　（瘫软）卢大人——宇文融密信差我加害大人，小的不敢不从呀！

卢　生　宇文融！（强音乐起）

[追光。

卢　生　（散起唱“反线秋水龙吟”）

一提奸相——眼冒烟！

（上板）　他称霸操权要独尊。

毒似蛇蝎性阴险，

终有伏罪这一天！

看起来呀……

（转“反线二黄板面”）

这世事无定数转瞬多变，

风水轮流转，

否极泰来，自古亦然。

似我一生坎坷岁月强度，

往事重重，眼前又再闪现。

（唱“反线二黄”）

靠钱买状元，却贬陕州地，

熬尽艰辛河功建。

一朝遭奸妒，复职成泡影，

儒生反去靖狼烟。

（转“流水南音”）

报捷边关正喜封官显，

霎间云阳问斩竟蒙冤；

司户在鬼门关对俺换嘴脸，

天使突传圣旨——

转眼还朝变升迁。（拉“合”字）

（转“正线十字二黄”）

端的宦海沉浮，（腔）

浪险涛惊，（腔）

褒贬不辨忠奸，

得失祸福难断。

于今人生看破，

何必认真二字苦相缠。

（转“新曲”）

叹叹叹，怨怨怨，

涩涩涩，酸酸酸！

有势有权不可腾气焰。

有福尽享行乐至为先，

富贵荣华随缘去，

万般恩怨化云烟——

虚幻一生，良宵苦短！

[灯亮。

司　户　（叫）大人！

卢　生　（从沉思中转来）你是何人？

司　户　犯……崖州司……

卢　生　原来是司户先生、司户大人！

司　户　不不，犯官是个狗奴才，是堆臭狗屎，罪该万死！

卢　生　罪该万死——该怎么个死法？

司　户　雷打火烧下油镬……铁钳火烙我受用。

卢　生　你这狗官，手中有权，竟这般残忍；风向转，就如此势利，你……

司　户　卢大人，你若解恨，就火烙我吧！

卢　生　（欲举又止）与你这种小人计较，也太不值了！（丢去烙铁）

司　户　（惊喜）大人饶恕我了？大……（频频叩首）千岁千岁千千岁！

天　使　请大人更衣上路。

[卢生更衣，穿上宰相服。

[天使拥卢生欲下。

[宇文融戴手镣脚铐上，与卢生迎面相遇。

卢　生　（意味深长）宇文大人……走了？

宇文融　（恨恨地）……走了！

卢　生　司户，宇文融就交给你！

[司户冲上前狠揪住宇文融的衣襟，怒视。宇文融战栗。

司　户　人来，与我狠狠打！

[卢生发出一阵不可名状的大笑。

[造型，切光。

第十场　乐极生悲

[幕后男女合唱“新曲”：

皇恩浩荡福尽享，

侯门依旧老平章。

文武百官齐拥望，

灯红酒绿袍袖香。

[追光。

门　官　有没有搞错！这年头送礼都送出窍门。只送老爷，不送下人，我这管门的小官也捞不到油水了。（欲下）

送礼人　门官大人请留步，我是特意来拜谢你的。

门　官　真的？

送礼人　这张银票是给你的，这是送给你家老爷的。

门　官　这，难得你还有我心。好，你先回去，等土地批文一下，我派快马官差报与你知。

送礼人　多谢，多谢，告辞了。

内　声　宫中美女到！

[众美女过场。

门　官　老爷真是好艳福啊！

[灯亮，卢府，红灯高悬，华堂璀璨，气氛热烈。

[喜庆的音乐不断。

[崔氏与春香同上。

崔　氏　（唱“玉美人”）

锦绣大唐。

春　香　（接唱）　锦绣大唐。

崔　氏　（接唱）　圣上深恩福又降，

寿诞欢歌震天响，

春　香　（接唱）　华筵醉倒喜若狂。

崔　氏
春　香　（接唱）　我也沾光，

谢皇上赏赐多金玉满堂。

崔　氏　真果是皇恩浩荡，我家老爷二十年当朝宰相，今日八十大寿，又进封赵国公，食邑九千户，官加上柱国太师。

春　香　常言说，一人得道，鸡犬升天。

崔　氏　不光老身晋封为赵国夫人，先荫儿男齐升官，就是老爷生下最小的倚儿，虽年小，也挂选了尚宝司丞。孙子十余人，全都送监读书。

卢　生　（上）夫人，这就叫福要来，门……也挡不住。哟，华堂之上何来那么多绝色女子？

崔　氏　那是皇上闻得府中少用女乐，特地从仙音院选了二十四名赐给老爷，以应二十四气。

卢　生　哎呀，教坊之女，不可近也。

崔　氏　这是为何？

卢　生　（摇头晃脑）这教坊之女，声色歌舞样样俱佳。老子曰：“五色令人目盲，五音令人耳聋”，是故君子可视不可陷，可远不可近也。

崔　氏　既不可近，送还朝廷便是。

卢　生　且慢……礼云：不敢虚君之赐，却之不恭，只好受之惶愧了。

[门官上。

门　官　老爷，门口来了一位地方官，空手前来祝寿，说是老爷故旧。

崔　氏　带往偏厅用膳。

门　官　他非见老爷不可。

卢　生　让他进来，你们先下去。

[崔氏与春香下。

[冼方上。

冼　方　祝相爷寿比南山！

卢　生　你是……

冼　方　陕州冼方。

卢　生　哦，冼方来了，快起来吧。

卢　生　冼方，你是来跑官的？

冼　方　（哆嗦）是的……不不！下官不敢，下官进京公干，……顺便给老爷献条方子……

卢　生　献方？

冼　方　（犹豫）是是，采采采……采战术。

卢　生　采战术？

冼　方　但是方子有些污目，请老爷千万休要动气。

卢　生　呈来看。

[冼方咬牙壮胆，呈图。

卢　生　（看图）春宫图？

冼　方　（慌忙跪下）下官该死，下官以为采战乃道家养身妙术，胡乱便给您送了来。

卢　生　道家养身妙术？

冼　方　对，对对，据说彭祖年高八百，靠的就是此方。

[卢生大笑。

卢　生　知我者，冼方也。冼方啊冼方，老夫这辈子，先后用过你两条方子，一为盐蒸醋煮，一为采战……冼大人请回去，陕州开河疏漏表彰，明日老夫保你一个工部尚书。

冼　方　（意外）工部尚书？（忙叩谢）老爷大恩，冼某没齿不忘！（下）

卢　生　采战……（看图，情不自禁）奇方，妙方！

春　香　（上）老爷，老爷，副相萧大人求见。

卢　生　就说我睡着了，不见不见。

[萧嵩上。

萧　嵩　卢年兄。

卢　生　（尴尬）萧年兄。

萧　嵩　卢年兄八十大寿，本不该叨扰雅兴，只因兵部送来急……

卢　生　萧副相阅处就是。

（唱“减字芙蓉”）

休再来惊动老夫，

我只待美人把歌儿唱。

萧　嵩　（气愤）卢大人！

（接唱）　军机大事休轻放，

岂能儿戏自主张。

卢　生　哎，你要做你就自己做吧！

（接唱）　辛劳已有数十年，

本当度日休闲福尽享。

萧　嵩　（唱“爽七字清中板”）

身在其位重责不忘，

为官长把社稷想，

不该迷恋酒色香！

卢　生　萧年兄言重了。曹孟德诗云：对酒当歌，人生几何？

萧　嵩　卢年兄！

[萧嵩长叹，下。

[崔氏上。

崔　氏　萧大人……老爷，萧大人对我们有救命之恩，所言亦非无理，你为何如此说话？

卢　生　这老古板，由他去吧……夫人，你来得好。皇上所赐女乐，为夫今夜便在楼中派定，此楼二十四房，每房一姬，下官依次就寝。

崔　氏　（惊异）依次就寝？

卢　生　此乃道家采战之术。

崔　氏　老爷年已八十，怎可采战？

卢　生　下官也是图些寿算，看护子孙，难道瞒你取乐？

[崔氏无奈，下。

卢　生　（色眯眯地）众美女，歌舞上来。

[众歌女上，簇拥着卢生调闹。

卢　生　（喜极，唱“新曲”）

红喧翠嚷，

情深意广。

众采女　（接唱）　沉沉的玉漏稀，

娟娟的风露凉，

一个个待枕席生香。

卢　生　（接唱）　色眯眯尽情儿玩赏，

笑笑笑，笑人生百岁，

醉煞温柔乡。

[卢生兴乐之至，猝然倒下。

众采女　（惊呼）老爷！

[崔氏、春香、丫鬟急上，家院搬卧床上。扶卢生上卧床。

崔　氏　老爷，你八十岁老人家，怎生采战？平安便罢，要有些差池，我要那二十四个丫头偿命！

卢　生　（羞恼）少啰唆，事已至此，还吃什么醋。

春　香　老爷休要生气。

[内传“高公公到！”

[高力士上。

卢　生　（欲起不能）公……

高力士　老相爷休要起身。

（唱“古腔七字清中板”）

本监奉皇之命来探望，

卢　生　（接唱）　下官毫发沐圣光，

只是临终仍觉心不放，

有桩要事依仗你相帮。

高力士　老相爷请讲。

卢　生　俺为官六十年，勤劳功绩人所共知，只怕身后萧年兄总裁国史，有所遗漏。

高力士　朝廷自有功劳薄，逐一比对，谁敢遗漏？老相爷但请放心，皇上等着本监回话，就此告辞。

卢　生　（急忙）公公请慢！

高力士　老相爷还有何事？

卢　生　老公公……（气喘）

春　香　老爷！

崔　氏　老爷怎么了？（忙捶背）老爷休急，有话慢说。

[卢生哭状。

卢　生　夫人……春香……

高力士　老相爷何故哭泣？

卢　生　老公公，卢某平生诸多波折，只恐身后又遭诬陷……老公公，但不知老夫死后，万岁如何加官赠谥？

高力士　皇上英明，加官赠谥自有圣眷，老相爷不必挂心。本监去也。（欲下）

卢　生　老公公，老公公！（挣扎起身，跌落地上）哎哟……

高力士　（吓一跳）老相爷！

[崔氏，春香急扶。

卢　生　老公公，老夫……老夫有个孽生之子卢……卢倚，年纪尚小，还想为此子讨个小小应袭，望公公……公公，我身后祭文一定要写……（突觉失明）哎呀，我怎么看不见你们……

崔　氏　（惊呼）老爷！你的眼睛……

卢　生　（狂呼）我的眼睛！我的眼睛！

[卢生倒地。崔氏、春香痛哭。

[烟雾起，遮掩整个舞台。

尾声　梦惊邯郸

[幕后男女合唱“新曲”：

心未死，目先盲，

再不见华堂金阁，

看不到紫袍官衫。

富贵功名皆虚幻，

临终呓语变笑谈！

[烟雾散。现出邯郸古道。小店。

[年轻的卢生从梦中惊醒。

卢　生　我的眼睛！我的眼睛！我的眼睛……（迷糊）我刚才不是盲了么？怎么又看得见了？你……（看店小二）高公公！

店小二　什么高公公，我是店小二啊。

卢　生　店小二？

店小二　相公，你是睡糊涂了，你刚才不是吩咐小二喂驴做饭的吗？

卢　生　对了，刚才我迷迷糊糊睡过去，做了一个惊梦，一梦就是六十年。

店小二　还六十年呢，我那黄粱米饭都没煮熟哩！相公，我替你拿饭去。

卢　生　（无限感叹）真是人生如梦幻，心血莫空抛！

[效果风声起。

[幕后男女合唱“新曲”：

邯郸道又卷秋风，

痴卢生黄粱醒梦——

似梦非梦，似梦非梦，

惊世事，古今通！

[卢生缓缓向立体高台走去，脱去演出戏装。

[曲声中，卢生肃立。

[一步一步慢走驴蹄声变为现代火车声。

[“呜”——火车的机声轰鸣，排山倒海。

[众舞蹈女演员随着火车轰鸣声起舞。

[大造型。

——剧终

本剧选载的是 2002 年吴国华、曹秀琴、郭建华、岑海雁、高子凌等主演的演出本。

君子桥

（根据包朝赞、陈自强《两代冤家》改编）

编剧：包朝赞　陈自强　梁郁南

人物表

丁文清　　38岁，一个迂腐、正直的书生

于笑娴　　35岁，汉婉的后娘，敢爱敢恨

丁志鹏　　19岁，丁文清的养子，英俊，允文允武，天性纯厚

孟汉婉　　19岁，丁志鹏的恋人、妻子

老军爷　　60多岁，幽默风趣，有着正义感的传奇人物

英　宗　　20多岁，初登基，血气方刚，疾恶如仇

丁文姑　　30多岁，丁文清之妹

马将军　　30多岁，英宗的侍卫

国　老　　60多岁，英宗做太子时的老师

巫　赖　　20多岁，十足的无赖，国老的孙子

小　梅　　18岁，孟府丫鬟

小　菊　　17岁，于府丫鬟

媒　婆

族　长

四轿夫、孟府家丁、巫府家丁

第一场

[幕启。君子桥。

[幕后唱：君子桥，君子桥，古今传奇知多少。

两代冤家一场梦，如哭如笑觅逍遥。

[一顶花轿在吹打声中抬过君子桥。

四轿夫　（唱“海南曲”）

啲啲啲打啲啲，

啲打啲啲啲打。

姑娘你早出嫁，

我赚个钱来花。

（唱序）　啲打啲打啲打打打啲，

啲打啲打啲打打打啲……

媒　婆　（接唱）　休讲我口花花，

劝姑娘你早出嫁。

姑娘你早出嫁，

迟咗就变茶渣！

（唱序）　啲打啲打啲打打打啲，

啲打啲打啲打打打啲……

[四轿夫抬轿与媒婆开心地下。

[内场吟哦声，丁文清捧书摇头晃脑地上。

丁文清　（吟哦）古人之得志，泽加于民；不得志，修身见于世。穷则独善其身，达则兼济天下。此乃君子也！妙哉，妙哉！

（唱“古腔中板”）

饱读圣贤书，今生何愁不得志？

穷，独善其身；达，兼济天下，

先贤教诲莫差弛。

君子桥，不负名声有君子，

人说道，富不传三代，

书香名节万世可衍之。

[桥边传来婴孩哭声。丁文清上前观之。

丁文清　哦……

（唱“流水板”）

谁家父母心肠狠？

（寻觅）有人吗？有人吗？（无人回应，欲上前抱之，退后）

（接唱）　声声哭叫碎人心。

夜冷风寒谁顾问？

又怕虎狼叼食在三更。

（抱起，见状）哈哈，真真的可爱呀！小乖乖，让我送你到一户有钱人家，免得在此啼哭无依呀！（走了两步，猛然）啊！

（接唱）　君子桥，君子名声最要紧，

切不可……施小善，误清名，沾辱先人。

想这君子桥，乃因我祖辈有君子之名而受封，连绵三代，皆君子也。若我抱着一个小孩在大街上走？如何向人解释？向人辩白？（文清放婴孩于原处，转头欲走，婴哭声，心头颤动，拿出书本，凑近路边挂着的花灯，急乱翻查，吟哦）君子不谓小善不足为而舍之，小善积而为大善也！小善积而为大善也！（振奋，毅然抱起婴儿，揭开布裙一看）哈哈，好一个可爱的小男儿！好，待我抱回家中，认作义子。小善积而为大善也！

（再看，取出一玉石，读上面的字）鹏？哦，这玉石刻一鹏字，就取名志鹏吧！好，志鹏小乖乖，我们回家去！

[丁文清欲下，忽闻内有声音，停足伫望。

[于笑娴内唱倒板：“满怀悲愤！满怀悲愤！”上。

于笑娴　（唱“十字清”）

洞房里竟是个将死的人，

抱公鸡拜堂，屈辱怎吞忍，

此身随浪去，来世投胎莫做女人！（欲投河）

丁文清　（大喝一声）且慢！（上前拦阻）姑娘，看你年纪轻轻，为何轻生呀？

于笑娴　我……

丁文清　（恍然大悟）哦，莫非我怀中婴儿，是你所生？（不容分说）可怜天下父母心，你，你，你太心狠啦！（不容分说，把婴儿塞于笑娴）

于笑娴　（抱住婴儿）君子，你误会了！我与这小孤儿一般命苦呀！

（唱“阴告”）

你且听——

笑娴娘早丧，心受创，

偏遇上恶毒后娘。

我受尽折磨不敢声张，

可恨她为了三百两，

竟将我卖让！

丁文清　你的后娘，为了三百两竟将你卖掉？可恨，实是可恨呀！

于笑娴　卖给一个丧妻有女，年过半百，病卧在床的将死之人！

丁文清　啊？还是一个将死之人？

于笑娴　抱着公鸡拜……喜……堂！

（接唱）　悲新房，冲喜花烛亮，

可怜我，一十六春，

此生已绝望，

路在何方？！（把婴孩放回丁文清，又欲投河）

丁文清　姑娘！（拦介）姑娘呀！

（唱“靡芜歌”）

听苦况，我也心伤，

心中一句，奉劝姑娘。

人生多劫殃，且向好处想，

今生苦尽尝，来世定报偿，

纵使委屈也承当。

看这街边丢弃的小小儿郎，

今日被人弃，

他朝当会玉带紫腰拜君王！

[内场人声起，孟府家丁、媒婆抱婴儿引族长等上。

族　长　（审视着文清）哦哦，原来你俩早已勾搭，还生下了……

丁文清　胡说！我与姑娘素昧平生，这婴孩也是我刚才在这桥边所拾！这姑娘冰清玉洁，你们休要胡言中伤！

族　长　哼！

媒　婆　（抱着婴儿）笑娴，孟府富甲一方，孟老爷年纪虽然大些，病在床中，但说不定你这一冲喜就会好起来哩！这婴儿多可怜呀，一出世便没了娘亲，你就当可怜可怜，做她的娘亲啦！

[笑娴转身欲投河，婴儿大哭，心生恻隐。

[婴儿大哭，引得文清怀抱中的婴儿也哭了起来……

[笑娴又欲投河。

丁文清　（叫住）姑娘！莫为时艰黄泉走，今生本为来世修！

[笑娴愣住……

族　长　人来，将她带回去！

[幕后唱：

莫为时艰黄泉走，

今生本为来世修！

[笑娴与文清凝视……

[收光。众隐去。

[追光中，老军爷喝着酒，醉意上。

老军爷　（唱“朦胧”）

葫芦里天高海阔任遨游，

十盏八杯湿湿碎，

微微醉无欲也无求。

观世间万事，数知足最乐事，

无忧愁，人长寿，

酒葫芦，你共我是良友，

又过十八秋！

[十八年后。

[内场巫赖叫白：“众家丁，走呀！”众家丁引巫赖上。

巫　赖　（念“扑灯蛾”）

元宵佳节，少男少女节；

本少爷是彩云，靓女是明月。（双句）

彩云追月好风流，寻美好比去狩猎！

本少爷，当朝巫国老的嫡亲孙子，巫赖是也！众家丁！

众家丁　有！

巫　赖　张大双眼，寻个大美人，送与爷一乐！

[下介。

[一位青春少女走上君子桥。

孟汉婉　（唱“平湖秋月”）

行行行！

今宵我睇花灯却往别处行，

心中有话语不敢对人陈，

君子桥边，翘首盼郎临。

盼君桥上过，来唤我，

又只觉乱了芳心暗兴奋。

君呀你可有遗忘，

去年今宵在此相邂逅互唱吟。

君有情，妾有意，

对影桥中心心印。

相分相分许了个愿，

约定元宵再相见，

但见灯见月未见君临。

问谁人，通音讯，

为我告知可否前来再相亲？

情牵，魂绕，梦寄，

痴痴盼呀盼呀，苦苦等，

相思苦味熬煞人！（翘首盼望）

[巫赖与众家丁齐上，见汉婉。

巫　赖　（惊艳）啊？！美人！（蜂拥而上）

孟汉婉　（惊怕）哦，原来是你！

巫　赖　（围着汉婉打转）美人！美人呀！

（慢念“扑灯蛾”）

好美人，听我说，

莫将巫赖再拒绝，来来来，

何必作扭拧，快与我来亲热！

孟汉婉　（急步上桥）强徒！

（接快念）恃势强行凶，禽兽不如人性灭。

你若再胡缠，我跳河存贞节！

巫　赖　跳河……？好啊，你跳下去，我也跳下去，我们做一对戏水鸳鸯，我来一个英雄救美啊！（追上桥，逼过去）

[汉婉四顾无人，绝望欲跳……

[内场传来：“且慢！”志鹏上，一脚踢翻巫赖。护着汉婉。

[众家奴上前动手，被志鹏打得落花流水，巫赖上前，也被制伏……

巫　赖　（大呼）英雄饶命，英雄饶命啊！

丁志鹏　你等若再胡作非为，休怪我丁志鹏，一拳收拾你这畜牲！

巫　赖　（叩头）畜牲，我是畜牲！

丁志鹏　（飞起一脚）滚！

[巫赖与众家奴逃下。

孟汉婉　谢过英雄救命之恩！

丁志鹏　姑娘毋需多礼！

丁志鹏
孟汉婉　（惊喜同白）……是你呀？！

（唱“红豆曲”）

追忆君子桥畔，佳节元宵订良缘。

孟汉婉 （接唱） 感君恩义厚，赴约定情鸳。

丁志鹏 （接唱） 明月当头照，彩云舞翩跹。

孟汉婉 （接唱） 似我共君相永伴，此誓证碧天！

丁志鹏 （接唱） 天心从人愿，花月俩缠绵。

丁志鹏
孟汉婉 （合唱） 只愿美好人世间，人月两团圆！

丁志鹏 志鹏以随身玉石赠予姑娘，以作媒证！（取玉石相赠）

[二人含情相视……

[幕后曲：

十八年前小弃婴，

双双许愿定了情。

相约三月下媒聘——

[灯光暗，隐去。

[追光中，老军爷上。

老军爷 （接唱） 何来喜乐吹打声？

[喜乐传来。

[丁文姑欣喜地上。

丁文姑 （唱“梳妆台”）

我哥佢死读书，

读得书多人变呆，

单身寡佬未得美人陪。

今日大红花轿抬到丁家府上，

的打的打的打，让妹我做大媒！

[老军爷一旁听着。

老军爷 什么？你做的媒？

丁文姑 （吓了一跳）唉哟，老军爷，原来是你呀！

老军爷 哦，丁文清要成亲拜堂了？

丁文姑　哈，老军爷，我阿哥四十娶回十八妻！

老军爷　丁文清行桃花运啦！

丁文姑　真是姻缘天定啊！那姑娘闻说我来自君子桥边丁家村，她便一口应承。说什么曾往西山求佛语，只与丁氏结姻缘，老军爷，等阵可要到我丁家饮杯喜酒呀！哈哈哈……（下）

老军爷　喜酒？

（唱“荡舟”）

乐悠悠，有喜酒，

只怕世间恩怨复情仇，

君不见多少兄弟互残斗，父子反成仇。

尊声朋友，好戏还在那后头。（下）

[幕闭。

第二场

[丁家新房偏厅，红烛高照，陈设清雅，窗外明月当空。

[鼓乐喧天，汉婉新娘打扮，坐于桌旁。二更鼓响。

孟汉婉　（唱“凤凰台”）

幸结良缘喜欣欣，

与君结同心，

不计荣华或素贫，

只要情真义厚和谐乐唱吟。

正好三月下媒聘守鸳盟，

今夜洞房盼郎临，

细叙情真意恳。

[外面传来祝酒声……

孟汉婉　（唱“滚花”）

一夜春宵原无价，

郎呀何不快回临？

[三更鼓响。汉婉端坐静候，不觉伏案睡去……

[文清带醉上。

丁文清 （唱“长句二流”）

桂花酒，鸳鸯灯，

灯红酒绿，满座良朋。

你一杯，我一盏，

一杯一盏杯杯围困，

说什么嫁娶人生，

应尽情痛饮。

（散唱） 又怎知文清十数载，

忘不了心上人。（腔）

[一阵夜风，掀动纱帘，龙凤烛被风吹灭……

丁文清 （唱“寄生草”）

晚风吹送，夜半寒露重，

天边明月向西沉。

欲近前去唤醒玉人她，

交杯合卺证婚盟，

又怕好梦被扰惊于心不忍。（短腔，脱下衣衫）

晚风冷，为她把寒衣来盖，

心中生怜未敢说殷勤。

[音乐。文清为汉婉盖衣，暗坐一旁，渐觉困倦，伏案而眠。四更鼓响。

丁文清 （醒，唱“滚花”）

昨宵冷落了佳人，独坐新房深愧甚。

待我亲自下厨去，打点参汤敬夫人！（下）

[志鹏高兴上、巫赖随后跟踪上。

丁志鹏 （唱“七字清”）

离家求学喜得昨宵回故郡，

更喜是志鹏今朝有娘亲。

孝道谨遵圣贤教训，（腔）

（转“滚花”）

孩儿请安来了，

奉茶拜见娘亲！（腔，躬身）

孩儿志鹏，叩见娘亲金安！

[汉婉闻声见状莫名其妙……

丁志鹏　孩儿志鹏，叩见娘亲金安！

孟汉婉　（忍俊不禁）我只知夫君勇武守礼，原来还懂得闺房之趣，与我开起玩笑来了！（清一清嗓子）唔，孩儿有礼，娘亲老怀——宽慰了！

[志鹏抬头，惊愕。

丁志鹏　你？！怎会是你？

孟汉婉　不是你家“娘亲”，还有谁人？

丁志鹏　（如雷轰顶）天啊！

（唱“秋江别”尾段）

你怎么会，与我父亲成婚？

孟汉婉　（接唱）　你疯癫了，什么娘亲又父亲？！

丁志鹏　（接唱）　阳错阴差痛断魂，

与你同拜花烛，是我父亲大人！

孟汉婉　（茶盘落地，惊呆，痛呼）丁郎，我嫁的是你啊！（扑上前去紧抱志鹏）

丁志鹏　（紧紧地抱着汉婉）汉婉……

孟汉婉　丁郎……

[与此同时，巫赖出现在窗前偷窥……

[文清兴冲冲捧参汤上，见状吓呆了……

丁文清　（怒斥一声）畜牲！

[切光。

[追光现出巫赖。

巫　赖　（幸灾乐祸）畜牲！骂得好！好一个乱伦的畜牲！（发出狞笑，大声地叫着）畜牲，畜牲，快来睇畜牲喽！（叫嚷着下）

[收光。

第三场

[紧接上场。

[于府前厅。

于笑娴　（上，念）十八春秋针与线，一片苦心育儿严。
只为君子一番话，今生修下来世缘。
（唱“浣纱溪”）
昔日君子桥一番话，
记取十数年长。
对孤灯，夜茫茫，
寂寞守天光。
守得女长大，却顿感失依靠，
竟违娘亲出嫁去，
思忆到此自暗伤。

小　菊　（内叫）夫人……（匆匆上）禀夫人，大事不好了！

于笑娴　何事？

小　菊　小姐哭哭啼啼，返了家门，自锁房中，要生要死！

于笑娴　啊？昨日才出嫁，今日跑回来，到底发生了什么事？

小　菊　我也不知道。小姐哭得可伤心啦！

于笑娴　我一早说过，媒婆说亲不可靠，她竟然不听，就凭着什么“西山佛话，丁氏姻缘”，草率允婚，如今闯下大祸啦！（欲下）

[内传：“丁家新姑爷到！”

于笑娴　来得正好，请！（负气背场）

小　菊　有请新姑爷！

[丁文清上。

丁文清　小婿拜见岳母大人！（躬身）

于笑娴　（背场没好气地）哼，我儿昨天才过丁家，何以今日返回，又哭又闹，要生要死。到底是我儿做错了事，还是你丁家欺我婉儿？！

丁文清　唉！非丁某人做错了事，也非令千金做错了事，今日阴差阳错，铸成了一桩错事，憾事……非同小可的大件事！

于笑娴　（一惊）非同小可的大件事？（转身）到底是什么事？

[二人照面，四目相对，不禁惊愕……

内合唱　（同唱“散板”）

十数载梦魂中，

常见卿（君）幻象……

于笑娴　（唱“新曲”）

此身处梦乡，轻轻泣诉暮思朝想；

丁文清　（接唱）　君子桥上一面见，十数载牵挂梦断肠。

于笑娴　（接唱）　每每梦断残夜，一弯冷月照西窗。

丁文清　（接唱）　人何方，人念想，宵宵守寒窗。

于笑娴　（接唱）　一个缘字愿难偿。（饮泣）

丁文清　（唱“南音板面”）

记忆当年相逢风清月朗，

你抗婚逃亡，

路人亦觉心伤怆。

十八载锁书窗，

每思也断肠。

岁月悠悠如何过？

于笑娴　（接唱）　感君一问泪如雨，

何堪回忆魂欲丧。

丁文清　（接唱）　不该相提断肠句，

更添断肠！

于笑娴　（唱“南音”）

十八载无人语，

只有泪满眶。

夜夜孤灯心绝望，

思君一语暖人肠。

丁文清　（接唱）　唉！你苦若黄连，难堪想象。

宽人语句，说说容易要做实难当。

忘不了当年如花呀……（拉“抛舟腔”）

（转“乙反南音”）

如花美貌，今日两鬓已添霜。

两鬓已添霜，更添人惆怅。

心底一句真情话，

十八年来未敢对人说端详。

（冲动地）姑娘！

于笑娴　笑娴老了……

丁文清　（同情地紧盯着）笑娴！

[笑娴一步步走向文清……

丁文清　（骤然猛醒过来，用力推开笑娴）

（唱“沉腔滚花”）

唉吔吔，我是你文清小婿，

你是文清……岳母娘！

于笑娴　（不以为然）啊……唉！

（唱“血泪花”）

错配凤凰，（双）

一笔误会糊涂账。

只要你写一纸休书，

万事了，一天光，

家庭私事还私了——

丁文清　（接唱）　丑事已传扬了，

丁家面子丢清光！

于笑娴　此话怎讲？

丁文清　你女儿元宵之夜，遭国老孙子巫赖调戏，我儿打了巫赖，结下冤仇。今朝之事，被巫赖在窗前窥见，丑事已被张扬！

于笑娴　（倒吸一口冷气）……啊！

丁文姑　（内场叫）大哥……（匆匆上）大哥，孟夫人！

丁文清　阿妹！你来做什么？

丁文姑　哥哥呀！志鹏哭跪祖先灵前，说什么保得丁家名声，死而无怨。

丁文清　啊？

丁文姑　（跪下）大哥，孟夫人！此事错在我文姑，乱点鸳鸯，但志鹏是无辜的啊！你们救救志鹏，饶恕志鹏吧！

[文清与笑娴急扶文姑，焦急……

丁文姑　（唱“流水新腔”）

两代成冤家，一笔糊涂账！

丁文清　（接唱）　如何来了结？费尽了思量！

丁文姑　（接唱）　志鹏他，心善良，前程宽广，

于笑娴　（接唱）　小汉婉，非亲生，我也是娘！

丁文清　（接唱）　两个小冤家，

于笑娴
丁文清　（合唱）　苦身世，一般凄凉！（三人同唱）
丁文姑

丁文姑　（接唱）　快快快，快将良策想，

丁文清
于笑娴　（合唱）　我我我，我一时失主张。

丁文清　（接唱）　四书五经全无用，

看起来，声名已难保，

难免祸一场！

丁文姑　声名难保，志鹏莫非也难逃一死么？

于笑娴　死？哦，有啦！

（接唱）　一个死字眼前亮，

毒酒一壶——

丁文清
丁文姑　（大惊）啊？毒酒？！

于笑娴　（接唱）　毒酒一壶，先叫小冤家饮恨亡！

丁文清
丁文姑　（同惊）毒酒？！

[汉婉暗上惊听，下。

丁文清　这，这是何话呀？

丁文姑　你也太心狠啦！

于笑娴　志鹏不死，汉婉不亡，如何面对世人？何不准备一壶迷魂酒，来一个先杀后放！

丁文清　（心中一喜）阿妹，我们快走！

[切光。

[幕闭。

第四场

[君子桥。

[汉婉内唱“银台上”：

恨恨恨，悲愤压于心！（踉跄地上）

孟汉婉　（接唱）　天何无端作弄人，

千羞百辱，历经痛苦，

娘亲早丧终生已大憾！

幸只幸元宵佳节正好遇见君，摆脱恶运，

知否到今弥天祸再一番降临！

丁郎，是我一时之错，误君害君。丁郎呀丁郎，今生无缘，来世再续吧！

（转“滚花”）

君子桥头添怨恨，

今生缘尽待来生！

[汉婉一步步走向桥中，欲跳……

[笑娴上，见状，大惊。

于笑娴　（惊叫）汉婉！你……你要做什么？

孟汉婉　哼，你不是说要为我们准备毒酒的么？我都听到啦！还装什么假慈悲？！

于笑娴　汉婉，你听我说？

孟汉婉　你……好狠心啊！原来你当年嫁给我将死的父亲，早已与那丁……

于笑娴　与他怎样？

孟汉婉　暗通私情。

于笑娴　你……再说一遍！

孟汉婉　暗通私情，暗通私情！

[笑娴怒极，一掌打在汉婉的脸上。

孟汉婉　（悲愤而笑）哈哈哈，你打，你打吧！

于笑娴　（也为之震惊）汉婉，这十多年来娘亲未打过你，可是今日——

（唱“滚花”）

非是娘亲心肠狠，

孟汉婉　（唱“连珠散”）

从今后，地陷天崩雷电劈，

孟汉婉誓不再叫一声——娘亲！

[小梅捧药酒急上。

小　梅　（内场白）夫人！（上）夫人，丁家老爷送来药酒，要我转告夫人，丁志鹏他已饮毒身亡！

孟汉婉　啊？！丁郎已饮毒身亡？

（从笑娴手中抢过酒壶，惊呆，咬牙切齿地走向笑娴）毒妇人！

（唱“快慢板”）

骂一声，毒妇人，心肠毒狠，

弄阴谋，施毒计，坑害好人。

捧毒酒，哭郎君，哭我丁郎长饮恨。

君子桥上曾相识，今夜汉婉伴你行！

（饮毒酒，抛壶。恨恨地）青竹蛇儿口，黄蜂尾上针，两般皆不毒，最毒后……娘……心！（昏倒）

于笑娴　（惊叫）汉婉！

[丁文清与文姑同上介。与此同时巫赖也与众家丁上发现介。

[巫赖大声高呼："死人啦，毒死人啦！大家快来看呀！丁志鹏、孟汉婉做了丑事，畏罪饮毒身亡啦！"

[众村人上，巫赖起哄着。

丁文清　（大声地）各位乡亲父老，我丁文清教子无方，出了这等败俗伤风之事，现他俩已饮毒身亡，罪有应得！

族　长　伤风败俗，死了也要浸猪笼。

丁文清　老军爷，更烦你将这两个不孝之人抛沉珠江！（对老军爷暗示）

老军爷　（会意大声地）好吧！

[老军爷内场大声地："开船，浸猪笼喽！"

[人们争相涌向桥头看热闹。

[笑娴一晕，文清急扶，国老上发现文清与笑娴在桥上的举动。

国　老　（大骂）畜牲！

[丁文清与笑娴瞬间分开。

丁文清　（称呼）国老！

国　老　丁文清呀丁文清，君子桥的名声全给你败坏了！女婿、岳母，妹妹、哥哥，道德沦亡，人面心魔！（介）丁文清，你们父不父兮子不子，儿子抱着娘亲，女婿岳母调情，伤风败俗，愧对祖宗！

巫　赖　快催促官府，亦将这一对奸夫淫妇，游街浸猪笼！

国　老　（气得发抖）什么畏罪饮毒身亡？丁文清，我想你一定是毒妻杀子，勾占岳母！

丁文清　（惊）啊？！

国　老　你，你听候治罪！

[收光，隐去。

[追光亮，老军爷上。

老军爷　（无奈地惨笑）伤风败俗，有辱祖宗？哈哈，哈哈哈……你看人家国老大人，娶了十六房妾侍，如今八十岁了，还要娶，恨不得再娶十六房，人家可不是伤风败俗，那叫光宗耀祖，这才算君子呀！吓，你问是不是君子谁说了算？哈，哈哈！我说呀谁大谁说了算！什么？你不服气？你也不服气？好啦好啦，道理莫辩，大家休息十分钟吧！

[切光。

[幕闭。

第五场

[三年后。

[一家人陪伴国老上。

国　老　（唱“滚花”）

数月前，太后懿旨传来，

天子微服南巡幸，

皇上初登基，少年气盛，

命老夫提点殷勤。

（得意满满地）当今天子，乃老夫之学生，晚辈晚辈！哈哈……

内　场　巡按大人到！

[丁志鹏上。

丁志鹏　（唱“快中板”）

隐姓埋名三年整，

一朝高中上金銮。

赴任两广遵皇命，

我正好暗审奇案雪沉冤！

英　宗　（内白）引……路！

[众侍卫引英宗上。

英　宗　（唱“中板”）

宋天子惊听得番禺奇案，

父子母女乱伦丑行太荒唐。

朕今日初登基江山握在掌，

为苍生风行雷厉正纲常！

国老大人，番禺父子乱伦一案，已过三年，何以当地有司，迟迟不终审定案，礼法何存？

国　老　（悠然自得）把丁文清长押狱中，此乃老朽的主意。

英　宗　此话怎讲？

国　老　万岁！

（唱“粤调流水”）

败俗伤风痛心复耻笑，

若然充军制罪，

分明让他好逍遥。

读书人，有败絮其中，

金玉其表。

千古书生，不怕伤其筋骨，饿其体肤，就怕丢他的面子呀！

（续唱）　老夫已将君子桥改为耻辱桥，

每月逢初一十五，让他扫桥示众，

听听骂声与嘲笑；

胜过一刀砍了，丑行云散烟消！

英　宗　（颇为赞赏）哦，国老费煞苦心！荆子朋少卿家！

丁志鹏　臣在。

英　宗　朕微服南巡，要亲审番禺奇案。你为新任两广巡按，此案交由你处理！

丁志鹏　臣……遵旨！

[灯暗。

国　老　（阴森地，突然叫一声）丁志鹏……

丁志鹏　（停步，回顾）老大人与谁说话？

国　老　呵，老夫想问，老夫故地番禺县有个丁志鹏，巡按大人可否认识？

丁志鹏　我乃梧州人氏，孤陋寡闻，不知贵县有此丁志鹏。

国　老　哈哈，老夫老眼昏花，几乎认错大人你是丁志鹏！

丁志鹏　（坦然以对）不奇！一点不奇！国老嘛，既是老喽，老眼自昏花，这脑子自然也糊涂起来，糊涂嘛！（哈哈一笑下）

国　老　（又气又恼）你……

[收光。

[幕闭。

第六场

[“当当当！”三声锣响。

老军爷　（上叫）初一十五，君子桥……哦，如今叫耻辱桥了。初一十五，耻辱桥上看扫……街……喽……（泣咽，抹泪）

[秋色，君子桥畔，景物凄清萧索。

[三年前的君子桥，如今桥畔授了一块“耻辱桥”石碑。

[狱卒内呵斥：“快走！”

丁文清　（内唱“散板”）

　　最怕初一十五这一天！

于笑娴　（内唱）　最盼初一十五这一天！

[文清、笑娴执扫帚，边扫边上，两狱卒随上。

丁文清　（唱“反线祭塔腔”）

　　耻辱桥头比地狱更堪怕！

　　扫街示众在人前，犹似苦海无边。

于笑娴　（接唱）　狱中三载苦难比牛马贱，

　　每夜盼天边月儿圆，

十五偿愿这一天!

丁文清 （接唱） 一想到“十五”两字，心如麻乱，

心惊肉跳想找地道钻。

于笑娴 （接唱） 一想到十五，得与君重逢，

重逢在难里，倍感心温暖!

丁文清 （唱“反线二黄”）

盼重逢，怕重逢，

重逢更添恨和怨。

于笑娴 （接唱） 三载共困牢中，

虽恨煞一墙之隔，

无缘咫尺亦有缘。

丁文清 （接唱） 斯文扫地，心痛交煎，

于笑娴 （接唱） 看他含耻忍辱，斯文尽扫，

一样凄酸，我痛心肠断。

丁文清 （接唱） 要生不能生，要死不能死，

只苦我有冤无处可诉冤!

于笑娴 （接唱） 只盼天天都是初一十五，

好与丁郎长会面。

丁文清 （唱“小曲”）

唉，禁锁牢房已三年，

身心好似跌落森罗殿，

羞与人见面。

于笑娴 （接唱） 偷偷看，心中喜得相见遂人愿。

丁文清 （接唱） 风霜长打面，更惨遭人作贱，

今世生也贱，死也贱，我如何见先贤?

于笑娴 （接唱） 西风里，佢似丝如断。

丁文清 （接唱） 腰如断，

于笑娴 （接唱） 步也飘飘如乱，

丁文清 （接唱） 低首扫，泪洒遍，碎石与阶前。

于笑娴　（接唱）　剖心泣血，更感肝肠断。

（唱“乙反二黄”）

恨一句苍天，

再把苍天来怨。（腔）

于笑娴　（清唱）　恨你不遂好人愿，

怨你不将好人怜。（入乐）

不念他饱读诗书，

任由他街头遭贱。

执箕抓扫，风侵雨淋日煎。

君子谦谦如蚁贱，

丁文清　（接唱）　惊心又到，又到君子桥边。（句）

每到君子桥，（收）

（散唱）　心打颤——君子桥变耻辱桥，

辱尽书生颜面！（低头不敢向前）

于笑娴　文清，这君子桥让笑娴代你扫吧！（欲前）

丁文清　啊，不可，不可呀！（依然不敢抬头相看）

（唱“乙反中板”）

谢一声，暗施礼，

若为路人见，又要出恶言。

求笑娴，休为我，

且离文清去远。

责与骂，羞与辱，

让我独担待，

莫为我牵连。（强步欲前，跌倒）

于笑娴　（急扶）文清！

（唱“秋江哭别”）

追忆往昔岁月情怀乱，

君子桥头你曾把奴相劝，

说道今生修取来世缘。
喜得见君面，纵死也甘愿，
我不怕为你担承恨与冤！

丁文清　（惊惧地推开笑娴）不可，万万不可呀！
（接唱）　今生已经罪难免，
当是罪犹前生欠，
相报在目前。
不应与天争辩，不应与天争辩，
添罪过，你我不能共脱生天。

于笑娴　文清，当日君子桥上，你救我一命，今日病成这般模样，我就不能帮你一帮吗？

丁文清　不可，不可！

于笑娴　我不怕！

丁文清　我怕，我怕！
（唱“十字清”）
我怕是蜚语流言利如剑，
我怕是君子桥上辱祖先。
我怕是一生扫街难了断，
更怕你来世也难脱生天！（抛腔）
（咳嗽着踉跄地上桥，跌倒）

于笑娴　文清！（上前相扶）
（唱“滚花”）
敬君心中为我念，（上句）
我不怕扫扫扫，扫它个一万年！
[巫赖与众恶奴上。

巫　赖　（上前制止）慢，丁文清你病死也要扫！来人呀！（众家丁上）与他们带上。
[众家丁把牌子分给二人挂上。

巫　赖　呵呵，心痛啦？系岳母心痛女婿，抑或淫妇心痛奸夫啊？（与众恶奴狂笑，高呼）大家快来看奸夫淫妇啦……哼！

（唱“弹竹花”）

臭奸夫，淫娃妇，

杀亲生，应得此报，

老娇婿抱住岳母乐陶陶，

颠七倒八邋遢污糟！

（上前悄声地）当初，让你女儿跟我，一天都光啦！（笑娴愤怒地向巫赖啐了一口，巫赖欲发恶，回想）将个扫帚还给奸夫！（回看见笑娴没反应）将个扫帚还给奸夫，淫妇！

[冲前夺过家丁手中扫帚狠狠地向笑娴扫过去，把笑娴打倒。

[志鹏官袍与侍卫打扮的英宗、马将军上。

丁志鹏　（上前，喝止）不准打人！

巫　赖　（打量着）你……你是什么人？

丁志鹏　新任两广巡按！

巫　赖　新任巡按？哼哼？你也不问问我是谁人？你叫少爷唔打就唔打，好有面啫！多管闲事，我连你也照打！（打向志鹏）

[志鹏把巫赖打翻在地，踏上一脚，军爷忙制止。

老军爷　大人打不得！他是当年教太子读书的巫国老的孙儿呀！

[英宗示意，放了巫赖。

丁志鹏　滚！

[巫赖抱头下，众奴跟下。

英　宗　还不上前谢过巡按大人相救之恩？

丁文清　（上前）谢过大人相救之恩！

[一揖，文清、笑娴与志鹏相望，惊愕。

丁文清　（唱“新曲”）

胆战心惊！

丁志鹏　（接唱）　带喜，还惊！

丁文清　（接唱）　娇儿、娇儿呀！

丁文清
于笑娴　（同唱）　分明 娇儿/贤婿 在眼前，

丁文清
于笑娴
丁志鹏　（三人唱）亲人呀，是梦还醒，是梦还醒！

丁文清　（唱“新曲”）

看鹏儿，

玉带紫衣穿戴定，

不禁带喜还惊。

于笑娴　（接唱）　喜的是鹏儿当年离险境，

丁文清　（接唱）　龙门一跃已扬名。

于笑娴　（接唱）　惊的是一声犯人不忍听，

丁文清
于笑娴　（接唱）　更怕街头相见露真情。

英　宗　巡按大人，巡按大人！

丁志鹏　（惊醒）啊……

英　宗　巡按大人，番禺父子母女乱伦案的案犯在此，大人本为此案而来。既有巧遇，何不当途审他一审？

丁志鹏　这个……

老军爷　唉吔，这当街审案，恐有不妥吧？

英　宗　什么不妥？这叫现场办公！人来，摆案设座！

[众差衙摆案设座，国老等上，入座。

英　宗　巡按大人请坐！

丁志鹏　哦，是，是……

（唱大喉“滚花”）

天子手握生死权，教我如何来决断。

又见萱亲阶前站，高座孩儿如坐针毡。

呔！

[文清与笑娴仍惊愕中站立。

英　宗　　呔！两犯人，因何不下跪？

　　　　　[众侍卫“威武”介。丁文清与于笑娴跪下。

丁志鹏　　犯人丁文清、于笑娴，所犯何罪，快快如实讲来。

丁文清　　（唱“滚花”）

　　　　　　　　一声犯人猛惊醒，

　　　　　　　　保孩儿，天大罪名由我独担承。

英　宗　　所犯何罪，快讲！

丁文清　　大人呀！

　　　　　（唱“三字清”）

　　　　　　　　我招供，我招认，

　　　　　　　　毒妻杀子，灭绝父子情！

英　宗　　虎毒尚且不伤儿，因何杀子毒妻？

丁文清　　（唱“七字清”）

　　　　　　　　我儿志鹏太不敬，

　　　　　　　　母子淫乱辱家声。

　　　　　　　　杀他为把家风正，

　　　　　　　　一壶毒酒不留情！

于笑娴　　大人！

　　　　　（唱“三字清”）

　　　　　　　　杀人计，由我定，

　　　　　（转“七字清”）

　　　　　　　　笑娴请罪受斩刑！

丁文清　　大人！

　　　　　（接唱）　她一派胡言休偏听，

于笑娴　　（接唱）　他谦谦君子早闻名。

　　　　　　　　何来杀人歹毒心性？

丁文清　　毒酒杀人的是我，与她无关。

于笑娴　　毒酒杀人的是我，与他无关。

国　老　　哼！死到临头，还互相袒护，真是不知廉耻，世所难容。

英　宗　好，好骂得好！如今世上有人争着做官，有人争着夺利，哈，还有人争着去死，真是人心难测，世事难料呀！（对志鹏）巡按大人，你话呢？

丁志鹏　哦，依我所见嘛，

（接唱）　犯人相争将罪认，（半句）

案中必定有隐情。

国　老　对，说得对！丁文清，你抬头看看，这荆子朋荆大人你可曾认识？

丁文清　荆子朋？（抬头与志鹏相视，冷静下来）哈，哈，哈……

（唱"流水腔"）

志鹏子朋无须认，

我儿丁氏他姓荆。

相貌一般不同命，

一个在地府，一个列公卿。

生死皆由天注定，

糊涂案何必要审清？

受辱三年，生比死还贱，

求大人，一声斩令快行刑！

丁志鹏　这个……

巫　赖　哈哈，招了！奸夫淫妇，游街浸猪笼！

丁志鹏　万万不可！

国　老　他已招认，有何不可？

丁志鹏　案情未明，岂能定罪？

国　老　巡按大人对犯人百般袒护，莫非与他有亲……

丁志鹏　这个……

英　宗　巡按大人，街头审案，众目睽睽啊！

丁志鹏　皇……

英　宗　王法不容呀！

丁志鹏　王法不容嘛——

国　老　（追问）巡按大人，还不定案？

丁志鹏　（唱"十字清"）

一边是国老相逼来索命，

一边是双亲请罪问斩刑。

教我如何来决定？

（转“滚花”）

罢罢罢！

欲尽忠，先尽孝，

街中请罪不辱君子名！

（欲跪）万……

英　宗　（急阻）慢什么？巡按大人，这案已明明白白，母子乱伦，岳母女婿有私情！难道还需再审吗？

丁志鹏　这个嘛……

丁文清　唉呀！

（唱“快中板”）

眼看鹏儿临险境，

身心受着两熬煎。

何不一死了恨怨，

或可含笑在九泉。（头向君子桥撞去）

于笑娴　（惊呼）文清！

[众人大惊。

英　宗　人来！将犯人收监，请医治疗，择日再审！

[切光。众卸下。

[追光下，老军爷叹息一声欲下。

英　宗　老军爷！请留步！

老军爷　你叫我？

英　宗　你是个聪明人！

老军爷　（举酒葫芦）过奖！我是个酒鬼，糊涂人！

英　宗　（忙掩饰）老军爷，我想入牢中看看，可以么？

[老军爷又打量一番；英宗上下摸索，要找什么东西；马将军急忙递过一锭银子。

英　宗　（送银）老军爷，拿去喝酒！

老军爷　（打量英宗）看你不似坏人，我亦不算收黑钱。（接过）好啦，“不收门票”，自由参观学习啦！

英　宗　市井民间，有趣，有趣！

（唱“合尺滚花”）

微服入死牢，亲将奇案断，

孤要拨开迷雾，笑看一个艳阳天！

[收光。

[幕闭。

第七场

[当天夜。

[男女牢房。中间一盏高脚油灯隔开，灯光如豆。

丁文清　（唱“牢中吟”）

孤灯伴寒夜，愁泪斑斑！

牢中一声叹，哀这人世间。

谁来说辩？谁来甄鉴？

君子呀，梦到今时已梦残。

一生守名声，至今毋相犯，

却要街头遭辱，长困牢樊。

念心中之爱，

谁为我解愁递柬？

情义有千万，牢内隔千重，

可叹，唤一声难也难。

哀哀我君子，腰不直，骨头也不硬，

任欺凌，任打骂，任摧残。

欲求一死不复生，

免在人世上，受辱百千次，

不堪再令我君子蒙辱更无颜，

谁为我将苦喊！

[内场白：“巡按大人到”！

[志鹏、汉婉与文姑上，两衙差随上，志鹏示意衙差下。

丁文姑　志鹏侄儿，果真是你！

丁志鹏　姑姑，不可声张

[文姑领会，一旁放风。

丁志鹏　　　　　　　　　　爹爹！

　　　　（见文清、笑娴）

孟汉婉　　　　　　　　　　娘亲！

丁文清　　　　　　　　　　爹爹

　　　　（同白）我不是你　　，你，你快快离去吧！

于笑娴　　　　　　　　　　娘亲

丁志鹏　爹爹呀！

（唱“苏武牧羊”）

漫说当年一杯毒酒怨爹恨娘，

为甚醉倒一梦黄粱？

我俩性命却保安康？

孟汉婉　（接唱）　怎么会我俩小夫妻，

福大命好化险呈祥？

丁志鹏　（接唱）　若说毒害我夫妻，

孟汉婉　（接唱）　因甚舟中却备了银两？

丁文清　（接唱）　莫再说当初事，

于笑娴　（接唱）　就当世上后母狠心肠！

丁文清　（接唱）　你俩重回故里，

小心被识破庐山真相！

志鹏，你我虽非亲生，却情同骨肉，爹爹与你岳母愿受千般屈辱，但求你俩一生平安。你们快走吧！

丁志鹏　（唱“笛子二流”）

惊心语，如雷贯耳！

一字一血泪，痛双亲受屈辱为孩儿。

孟汉婉　（接唱）　未报深恩养育情，

反累娘亲招重罪！（跪地）

娘亲！

于笑娴　（趋前欲扶，醒悟，推开，接唱）

我女汉婉早已死，世上何来有女儿？

丁志鹏　（跪地）爹爹！

丁文清　且住！

（接唱）　谁是你爹爹？

可知欺君是死罪？！

快走，你俩快走！

丁志鹏　爹爹，我俩纵偷生，却令爹爹岳娘受罪，叫孩儿如何安心？

（唱“滚花”）

血写本章奏万岁——

沉冤昭雪死不辞！

[“圣旨下！”马将军捧圣旨上，背后跟着英宗和得意的国老。

马将军　（宣诏）圣旨下！南海郡番禺县乱伦一案，有污礼教纲常，犯人丁文清、于笑娴罪不容诛，赐二人自饮毒酒，以惩奸恶。圣德仁慈，念二人原乃旧好，特许二人临终一别。钦旨，谢恩！

众　人　万万岁！

丁志鹏　（欲跪）皇……

英　宗　皇上圣旨，谁敢违抗？

[众惊呆……

国　老　御酒呈上！

[侍卫呈上写着“御”字的酒壶，置一旁。

英　宗　人来，打开牢门让他们临终一别，你等回避也罢！

[众退下。

丁文清　笑娴，我对不起你！是我连累你了！

于笑娴　（毫不怯惧，一字一血泪地）文清，我知道，你心中装着笑娴，可是你却不敢说出来。这御酒一杯，你我转眼永别人间。来这世上，就此匆匆而去，难道你不觉得冤，不觉得恨，不觉得自己在欺骗自己么？文清，你连说一个爱字都不敢，这算什么君子？你还是一个顶天立地的男人么？

丁文清　笑娴！

于笑娴　（含着激动的泪）文清！

丁文清　（爆发般）笑娴……

[二人同时激情地扑向对方，将对方紧紧拥抱……

丁文清　（唱“新曲”）

悲声难忍！

只因你心中有泪有冤有恨！

爱卿，纵死不悔恨！

心贴近，情贴近，

于笑娴　（接唱）　心贴近，情贴近，

请君将我抱紧，请君将我抱紧，

今生今世有此死无憾，死无憾！

丁文清　（接唱）　两颗心贴紧，

纵死也无憾，死也无憾！

[暗转君子桥景。

[笑娴提壶斟酒，二人举杯……

于笑娴　且将御酒代喜酒，

丁文清　暂把牢房当新房。

于笑娴　饮下交杯随郎去，

丁文清　天作罗帐地为床。

（唱“丝丝泪”）

月照碧空净，

无尘境，多清静。

于笑娴　（接唱）　牵手相伴，

永无分，效双星。

丁文清　（接唱）　邀请一天星光表盛情，

贺我双双唱咏。

于笑娴　（接唱）　捧御酒，

丁文清　（接唱）　借风轻，

于笑娴　（接唱）　与君归去，

丁文清　（接唱）　觅蓬瀛。

于笑娴　（接唱）　君情君情一朝似惊醒，

丁文清　（接唱）　抛低荣辱弃浮名。

于笑娴　（接唱）　只要有真情在，

不怕有骂声讥声。

丁文清　（接唱）　生死也轻，最重是人情！

[幕后伴唱：

生死也轻，最重是人情！

[二人举杯痛饮。

[收光，文清与笑娴隐去。

[静场有顷。桥顶追光亮，英宗立于桥中；志鹏、汉婉、老军爷在旁。

丁志鹏　皇上……

英　宗　速备小船一只，将丁文清与于笑娴远送天涯！

丁志鹏　皇上，这……

英　宗　（得意地）这……是我从你父身上偷来的"好桥"呀！

丁志鹏　（拜倒）谢主隆恩！

老军爷　好啰好啰，有情人终成眷属啰！

[丁文清与于笑娴步上君子桥。……

[幕后曲：

君子桥，君子桥，

古今传奇知多少。

君子名，抛舍了，

换来情一段，天涯乐逍遥。

——剧终

本剧选载的是 2003 年丁凡、麦玉清、曾小敏、林家宝、文汝清等主演的演出本。

唐宫香梦证前盟

编剧：陈锦荣

人物表

唐明皇

杨贵妃

梅　妃

李太白

念　奴

郭子仪

陈元礼

高力士

裴力士

安禄山

杨国忠

史思明

李莫愁

曾鬼马

中　军

副将甲、乙

梨园子弟、宫女、太监、军士、仙女等

第一场　梨园春暖

[唐天宝年间。唐宫梨园，梨树茂盛。

[合唱中起幕，各行当艺人造型。

[幕后合唱：

帝苑春催梨树花，
琴瑟笙箫随皇驾，
长袖舞，莺喉弄，
飘上碧霄伴云霞。

[幕启。李莫愁、曾鬼马舞台中走小丑身段。

李莫愁　（念“白榄”）
小名李莫愁，

曾鬼马　（接念）　人称曾鬼马。

李莫愁　（接念）　天生一副俐齿伶牙，
谁说教坊人低下，
一朝选入帝皇家，帝皇家。

曾鬼马　（接念）　唐天子，是行家，会聚百家艺人，
吹弹打唱梨树下，
这边“咚咚咚”，那边“打的打”。

李莫愁
曾鬼马　（合念）　我俩凭住一张嘴，
皇帝老子笑到（模仿笑声）哈哈哈……

李莫愁　兄弟，一会皇上到来，你我又要编笑话（啰）！

曾鬼马　容易、容易！（向两边呼喊）练功（啰）！

[练水袖、把子、筋斗，一片热闹的练功场面。

[内呼：“皇上、娘娘驾到！”

唐明皇　（内唱“合尺首板”）

优孟衣冠，传到了大唐盛世。

［唐明皇、贵妃、高力士、裴力士、太监、宫女上。

众伶人　（齐呼）我皇万岁，万万岁！（跪迎）

唐明皇　平身！

众伶人　谢皇上！

唐明皇　（唱“十字清中板”）

春秋韵西凉乐妙舞新词。

集倡优百艺精华遂孤心事。

杨贵妃　（续唱）　君倡导，皇家班子声遏云霓。

（转“滚花”）

当日教坊勾栏，

幸有明君礼遇。

［李莫愁、曾鬼马向唐明皇行礼。

李莫愁　皇上康健！

曾鬼马　娘娘吉祥！

唐明皇　妃子，他二人是讽谏高手，来来来，今日以水为题，看看你们又编出什么故事来！

李莫愁　遵旨。（稍思索）皇上请听呀！

（念）水下屈原将我带，拿着离骚说开怀。若是此生逢明主，何需投江下水来！

唐明皇　妃子，他是叫孤皇做个开明皇帝呀！

杨贵妃　说得好呀！

唐明皇　（对曾鬼马）你呢！

曾鬼马　皇上容禀。小的看到龙王呢！

（念）多日不见早朝开，想煞龙宫众兄台，龙王托把口信带，恭贺皇上艳福来！

唐明皇　你！

［曾鬼马慌忙跪下。

杨贵妃　皇上，你不是要他们说讽谏的故事么？

唐明皇　哈哈……起来、起来。

李莫愁
曾鬼马　谢皇上。

唐明皇　（对杨）妃子，你看他们口齿伶俐，却又滑稽可笑，我还要赏他们一个雅号呢！

李莫愁
曾鬼马　（抹了一把汗）谢皇上。

唐明皇　高公公！

高力士　奴才在。

唐明皇　把彩笔拿来。

[高力士下拿出油彩与笔，唐明皇拿笔在李莫愁、曾鬼马脸上点划。

唐明皇　你们听着，从今以后，这插科打诨之伶人就是这个模样，谓之小丑！

李莫愁
曾鬼马　谢皇上。

杨贵妃　皇上，如此说来，那大小花面，也可将面具去了。

唐明皇　妃子，我们真是心有灵犀一点通，孤皇正有此意！

杨贵妃　好啊！你们以后就将面具去了，改为自己勾画吧！

花面人　谢皇上、娘娘！

唐明皇　妃子！你的霓裳羽衣舞，已重新制谱修订，孤皇是先睹为快呀！

众伶人　请娘娘歌舞！

杨贵妃　蒙皇不弃，待我舞来！（脱下斗篷）

（唱新曲“霓裳”）

轻罗冉冉舞霓裳，冰弦鼓笙琴韵扬，
阿娜摇雪浪，风飘步留香。
彩虹缤纷百花放。

女　声　（和唱）　啊……步留香，
彩虹缤纷百花放。

杨贵妃　（接唱）　我皇带笑看。

女　声　（和唱）　啊……（众舞姬出）

[音乐不断，众舞姬上场伴舞。

唐明皇　好呀！

（唱“飞越霓虹”）

蟾宫仙子云中飞，

凌波仙子漫步水湄。

柔比丝丝柳，旋转若风驰。

若顾若盼（序），媚眼若醉（序），秋波涌，

敬之又爱之，秋波涌，绝世奇。

杨贵妃　（椄唱）　绝世奇。

唐明皇　好呀！

（唱“滚花”）

唐宫何幸凤来仪，

幸有知音能解语。

杨贵妃　（接唱）　雨露阳和天恩厚，

与君酬唱乐何如。

圣上宏才伟略，

更擅打唱吹弹，

堪称艺坛班主。

唐明皇　孤皇是艺坛班主！（得意）

高力士　皇上，今日在这梨园之内，皇上为戏班制定了丑生扮相，这天赐精神，必传承千秋，何不趁此机会，以梨园为名，收下这班弟子！

李莫愁　皇上就是梨园始祖！

高力士　哎，你们吃了皇上的戏饭，还不快快参拜祖师爷！

杨贵妃　对、对、对！（介）弟子杨玉环，参拜梨园始祖。

众伶人　参拜梨园始祖！（跪拜）

唐明皇　梨园始祖！起来，起来！

（唱“七字清”）

前朝百艺岂废弛，

生有奇才承盛世，

（转“煞板”）

愿梨园，传千古，

众　人　（合唱）　花发向阳枝。

［幕闭。

第二场　御园赏花

［御园沉香亭畔，初春牡丹盛放。

［二幕前。

高力士　（内场白）皇上有旨，御园赏花，沉香亭摆宴！

［安禄山、杨国忠从两边上。

安禄山　（唱“七字清中板”）

钦点郡王位昭显。

杨国忠　（接唱）　贵为右相谁不尊。

安禄山
杨国忠　（同唱）　御园赏花隆恩见。（腔）

安禄山　皇上恩宠，赦了死罪，赐封东平郡王，贵妃娘娘更收为义子，许我出入禁宫，哈哈……

杨国忠　（见状）安禄山！

安禄山　老杨，你叫我什么？

杨国忠　安禄山，御园禁地，竟敢大声喧哗！

安禄山　本郡王常承密旨进进出出，大笑几声，又有何妨！

杨国忠　好个又有何妨，当初你被押进京，难逃死罪，求我周旋——

安禄山　赦罪封官，皇恩浩荡，与你何干！

杨国忠　（气极）安禄山，你——

高力士　（急劝）二位大人，少安毋躁。皇上御园赏花，沉香亭的牡丹还未全开哪。皇上急着要来，是知道贵妃娘娘爱牡丹，让她高兴高兴。我们也好凑凑热闹！

杨国忠　（恨恨地自言自语）这个奸贼，竟敢如此狂妄。

（唱“滚花”）

定要上本弹劾，

岂让你只手遮天。

[内叫：“皇上驾到”！

高力士　两位大人，一旁稍候。奴婢接驾去了！（下场）

[起二幕。

[宫女、内监引唐明皇、杨贵妃上。杨国忠、安禄山随上。

唐明皇　（唱“河调慢板序”）

日满园林喜春暖，

御驾亲临春光占。

杨贵妃　（接唱）天之骄子驭四海，

喜听欢报太平年，

新岁祥和尽领天恩眷。

唐明皇　（接唱）天宝黎庶歌，千秋有名传，

盛世风华令朕欢忭，

花亦如人意，待放红栏边。（序）

芳菲满眼斗娇妍，

杨贵妃　（接唱）天香意态最天然。

君有雅兴觅芳华，

相随君皇莫教春光远。

唐明皇　（唱“士工慢板”）

听罢霓裳羽衣曲，欣喜又闻牡丹好，

莫笑帝主爱悠闲，

庆瑞祥，花吐艳。

杨贵妃　（接唱）物阜民丰，车水马龙，

君是太平天子，怡乐也安然。

唐明皇　（接唱）　赏名花对佳人，
　　　　　　　　　方信君皇福匪浅。
杨贵妃　（接唱）　何幸有君恩佑，
　　　　　　　　　愿岁岁花好月圆。
唐明皇　（序托白）妃子，今日赏花，你定高兴。
　　　　（唱“饿马摇铃”中段）
　　　　　　　　　有梨园弦乐奏，
　　　　　　　　　在亭里设华筵，
　　　　　　　　　看，美酒席上鲜。
　　　　　　　　　醉花朝乐华年，
　　　　　　　　　长共卿作伴，
　　　　　　　　　此生哪肯羡神仙。
杨贵妃　（接唱）　皇家福无边，
　　　　　　　　　何需羡那仙乡远，
　　　　　　　　　我愿年年长随圣君主，
　　　　　　　　　永得把雨露沾。
唐明皇　（接唱）　携玉手，同步香阶，
　　　　　　　　　秋水媚人，
　　　　　　　　　媚人腰肢软。
　　　　[唐明皇携贵妃入座。
唐明皇　（对杨国忠，安禄山等，唱“七字清中板”）
　　　　　　　　　朕与卿家同欢宴，
　　　　　　　　　牡丹浓艳衬丰年。
　　　　（唱“滚花”）
　　　　　　　　　已诏李白到来，新词奉献。
　　　　裴公公，因何李翰林尚未到来呢？
裴力士　禀皇上，李翰林醉倒酒肆之中，尚未酒醒。
唐明皇　啊！
安禄山　（即禀告）父皇，既然李白未到，待孩儿舞一曲“回旋”，为父皇、母后助兴！

杨贵妃　好呀！

[擅自起舞，乐不可支。

杨国忠　（自言自语）这个胡儿，处处献媚邀宠，还须提防呀！

杨贵妃　舞得好呀……

[内呼："李翰林御园候旨！"

唐明皇　传！

李　白　（内唱"士工首板"）

酒兴方浓闻皇旨！

[李白扶醉上。

李　白　（唱"七字清中板"）

君皇急诏赋诗词。

未整衣冠非失礼。

臣叩见皇上，愿我皇万岁、万万岁！

唐明皇　平身！

李　白　谢皇上。

唐明皇　卿还未酒醒？

李　白　皇上——

（唱"滚花"）

微臣酒醉，方能赋新词。

奉诏而来，供文翰之差使。

唐明皇　朕与娘娘同赏牡丹，召卿前来，就是要你以牡丹为题，赋词奉上！

李　白　以牡丹为题？皇上！

（续唱）　臣无此等闲笔墨，写这花草之词。

唐明皇　卿真醉矣！这牡丹乃花之极品，瑞祥之兆必有高才赋咏，才不负此国色天香！

李　白　国色天香？（自言自语地）我看皇上醉翁之意不在酒呀！我李白恃才傲物，也只有作此用场！有此文房四宝侍候。

[李白有点不屑地，带醉，略视沉香亭牡丹，两太监拿字幅上，

李　白　（挥笔点墨，唱新曲“天香”）

天香淡淡本奇枝，

人间佳丽态亦殊。

唤得诗魂同一醉。

才气动，墨淋漓。

大笔如神已成诗。

［高力士见诗成，即取过呈唐明皇。

杨贵妃　（念）　云想衣裳花想容，春风拂槛露华浓，

若非群玉山头见，会向瑶台月下逢。

唐明皇　佳句、佳句呀！

（唱“滚花”）

高才尽解君心意，天香国色咏贤妃。

杨贵妃　（接唱）果然是名不虚传，写尽花魂多创意。

高力士　（惊喜地）皇上，皇上你看，牡丹都开了，都开了呀！

裴力士　吉祥、吉祥呀！

唐明皇　（大喜）啊！妃子，牡丹全开了！裴公公！

裴力士　奴才在。

唐明皇　赐李翰林令牌一个，可长饮于京华酒肆，以壮诗怀！

裴力士　遵旨。

李　白　谢皇上！（跪叩，开怀大笑；裴力士引下）

唐明皇　二位卿家。

杨国忠
安禄山　臣在。

唐明皇　赐席暖阁，不醉无归！

杨国忠
安禄山　谢皇上！

［杨、安打个照面，安禄山“哼”一声，大模大样地下，杨拂袖随下。

［高力士知明皇心意，引宫娥内监等下。

［杨贵妃看词，爱不释手，唐明皇与其同看，突然贵妃有所感，黯然。

唐明皇　啊，爱妃看得高兴，因何又面带愁容呢？

杨贵妃　皇上！

（唱“八板南音板面”）

你赏花请高才，禁苑行写新诗，

只惊春去落红，有谁怜惜风采去。

将妾比花，

似水流年像残红落絮。

唐明皇　（接唱）　你休伤情自叹，

名花一枝是爱妃谁可似，

今生君皇伴你永不分离。

杨贵妃　（唱“南音”）

皇宠幸，世间稀，

杨家兄妹，光耀门楣。

春寒赐浴“华清”，温泉水腻，

炎夏飞骑千里，送荔枝。

今日享尽尊荣，怕招风翻云翳，

只怕去如朝露，恩爱只一时。

唐明皇　（唱“长句二黄”）

妃子且莫叹唏嘘，

七夕誓盟心须记。

在天愿为比翼鸟，

在地愿为连理枝。

更有钿盒金钗，可证皇心意。

帝主一言九鼎，莫猜疑。

杨贵妃　（接唱）　君有六院三宫，数不尽千红万紫。

唐明皇　（接唱）　那千红万紫，朕偏独爱一枝。

（直转“反线中板”）

卿是解语花，

与朕同度新曲，是知音，是知己。

卿是解语花，蹁跹起舞，

瑶池仙子降，不及可人儿。

杨贵妃　（唱“反线三字清”）

天上牛女星，双双盟心誓。

休教红颜老，花落化尘泥。（腔）

唐明皇　（唱“承恩”牌子）

为卿，采摘名花一朵伴鬓旁，

指天心语，不相弃，

共偕白首永相随。（采花赠贵妃）

杨贵妃　（唱“归帆”）

愿这花永沾雨露开，愿这花永伴銮舆。

唐明皇　（接唱）　任那春光永逝去，丽影岂会忘记。

杨贵妃　（接唱）　盟誓愿君刻铭在心，

唐明皇　（接唱）　缘是金石难移。

杨贵妃　（接唱）　皇爱花愿得长护庇，相伴琴瑟舞步驰。

唐明皇　（接唱）　共对花语意且真，负了花朝悔何如。

杨贵妃　（接唱）　共君并肩悄悄密语，

唐有皇
杨贵妃　（合唱）　道不清这浓情意。

内　场　（合唱）　啊……誓盟在心，坚贞不移，

永记这份情和意，情和意。

[幕闭。

第三场　贵妃醉酒

[春寒料峭，月明之夜，沉香亭畔，牡丹盛开，念奴与宫女忙于摆设。

念　奴　（唱“仙女牧羊”）

御苑中香微微繁花开，爱春色多雅兴，

娘娘并驾来，

谱新曲，赏牡丹，

趁此花月良辰乐唱弹。

案设美酒香醉人，

灯辉映，远更轻送暮云盖。

[高力士上。

高力士　念奴姐姐有礼！

念　奴　高公公有礼！

高力士　贵妃娘娘快要驾临，酒筵可曾备好？

念　奴　公公请看……一路檀香点燃，亭内华筵摆开！

[裴力士上。

裴力士　咦？为何在此摆开筵席？

高力士　是贵妃娘娘的懿旨！

念　奴　也是皇上的口谕，今晚在此与娘娘同赏牡丹，共度新曲，想必两位公公早已知道！（下）

裴力士　不好了！这回床下底破柴——撞板咯！

高力士　为什么？

裴力士　（左看右看，悄悄地白）万岁今晚要与梅妃娘娘在翠华宫相会，怎能到这里呀！

高力士　（一愕）那……贵妃娘娘知道又如何是好呀？

裴力士　当然是不能让娘娘知道，到时看我眼色行事吧！

[内报：“娘娘驾到”！

高力士
裴力士　（齐）恭迎！

[贵妃内唱“洛水恨”一句。

春宵细理云环。（上）

杨贵妃　（续唱）　身拥银裘风满袖，

喜那红香绕玉栏。

且看牡丹，恰比花容灿，
与君赏花心韵弹。
月照花娇，望盼君皇赞，
休看残红意阑珊！
听更声远入御园，
春月银河云影淡。
宫阙静，空阶冷。
亏我凝眸仍未见圣君颜，嗟叹复嗟叹！

高力士
裴力士　娘娘请坐！

杨贵妃　裴公公，为何皇上尚未驾临呢？

裴力士　娘娘，天时尚早呢！

杨贵妃　二更快到还说早？高公公，皇上哪里去了？

高力士　（口快地）哦，万岁去了梅……

裴力士　（急接）哎……万岁去了梅林赏月，想必又有新曲，雅兴未尽，我看万岁初更不来，二更必到呀！

念　奴　娘娘，裴公公言之有理，请娘娘稍候片时！

[二更鼓响。

杨贵妃　（唱“骂玉郎”）

只影单，两更响过不见圣君，
究竟为何故把约耽。愁侵朱颜，
怨句君主，怎么讲过又忘却，
沉香亭里，谱曲赏牡丹。

[鼓报三更。

杨贵妃　哎，三更了，两位公公，圣上何故还没驾临呀？

裴力士　娘娘何必心急呢。

（唱“长句滚花”）

我想万岁他是步月吟，不知晚，
一会定有新声，与娘娘共畅谈。

高力士　对呀，对呀！

（接唱）　虽是稍觉夜寒，喜见满篱花映眼。

对此月明花好，管它到几更。（句）

待奴婢奉上琼浆，请娘娘细啖。（欲下）

杨贵妃　慢！

（接唱）　薄酌寡饮无滋味，

与圣君同乐，方见秀色可餐。（句）

念奴为我掌灯，同往梅林把路趱。

高力士
裴力士　（急拦）娘娘，去不得，去不得呀！

杨贵妃　胡说，御园之内，哪有去不得之理，人来摆驾……

高力士
裴力士　（再拦）娘娘，夜寒风冷，去不得……

念　奴　娘娘，区区小事，何需恼火，待奴婢到梅林催驾吧！

杨贵妃　速去速回！

念　奴　知道！（下）

高力士　（急，与裴悄语）这回纸包不住火啦！

裴力士　怕什么，快拿酒来！

[高力士下，取酒复上。

裴力士　（劝酒）娘娘，万岁爷快到了，有道酒添雅兴，娘娘先饮为快呀！

高力士　娘娘请饮。

杨贵妃　先饮为快么！（举杯）

（唱"反线中板"）

美酒醇浓，待我举杯邀明月，

且作知音往还。

什么夜冷形单，

朵朵牡丹迎人，正与玉环把盏。（酹酒向牡丹）

牡丹饮胜……

杨贵妃　（倚着高力士，东歪西倒地，唱"春江花月夜"）

月夜百花繁，淡淡飘香泛。

怎及玉环俏，盈盈媚态天生，

胜牡丹开玉栏。

奉一杯邀明月，更妙舞一曲取悦龙颜。

永沾露雨恩，不屑着意高攀。

[杨贵妃独自醉舞，高力士、裴力士左右陪伴。

[念奴内呼："娘娘……"急上。

杨贵妃　（醉中以为皇上驾到）皇上来了，待哀家接驾！（整装下跪）

念　奴　（急扶）娘娘！

杨贵妃　万岁呢……万岁在哪里？

念　奴　（下跪）娘娘，万岁在翠华宫宠幸梅妃娘娘去了！

杨贵妃　（顿时酒醒）什么？哈……万岁他他他……宠幸梅妃去了？

（唱"沉腔滚花"）

什么盟誓如山。

（转"快中板"）

难压心头怒火猛，

君皇情薄负玉环。

什么宠杨不管梅落瓣，

竟然偷会不知羞惭。

（转"滚花"）

待我即闯翠华宫，

休怪我忘情侮谩。（欲下）

高力士
裴力士　（急阻）娘娘……娘娘，去不得呀！

[杨贵妃，高力士，念奴下。

裴力士　（唱"滚花"）

唉！风流皇帝多枝节，呢回问你点转弯。

[幕闭。

第四场 赠珠留情

[月夜，翠华宫内。

梅　妃　（唱“白头吟”）

月冷深宫秋风飘絮，
玉漏声偏惹恨情，
有啼鹃相应。
江采蘋泪已将罄。

（楔白）一自绿杨承新宠，未许寒梅拾旧欢。

（续唱）　将君皇争竞，欺采蘋薄命，
争欢还夺宠被玉环胜，抱恨成病。
伤心人挑孤灯，空叹夜长珠泪凝。
此夜难平妒性。
相思味苦无限徒望爱重咏。
惜荣华泡影，叹寒帏瘦影。
似黄粱梦已醒了，
奈何怨，怨君恩似薄冰，
深宫怕听杜宇声，唉，悲冷清。

[鼓打二更，唐明皇上。

唐明皇　（唱“长句二黄”）

夜行步履轻，
莫道帝皇风流性。
为把旧欢重拾，今晚慰娇情。
怜她寂寞芳心，形单只影。

孤要怜香惜玉，尚记旧恩情。

梅妃，梅妃呀！

梅　妃　主上！

唐明皇　孤皇依约来了！

梅　妃　你有心啦主上！

（唱“郁金香”）

不要假惺惺，怨君暗移情，

你既情爱付太真，休向我谈情。

唐明皇　（续唱）　王却冒了风冷见热诚，

休再怨，忙慰卿卿。

（楔白）梅妃，你瘦了！

梅　妃　（续唱）　应记玉环，多妒性。

唐明皇　（续唱）　今夜盼卿无复拒续前情。

梅　妃　续前情?

（唱“平湖秋月”中段）

续前情实怕听，

想到当初，你弃旧怜新不公正。

心灰，伤心怨苦命，

唐明皇　（续唱）　永记梅花清高性，

你休生妒负了孤真诚，

心记丽人多优胜。

奉劝卿卿恕孤国事勤劳，

令你孤清。

梅　妃　（续唱）　唔听，唔采，唔应，

唐明皇　（续唱）　卿卿你亦太忍心，

我求续爱，偷偷相约慰离情。

梅　妃　哎也，我心领略主上！

（唱“反线中板”）

本是相见欢，却言偷相会，

真使我啼笑两不成。
天上有牛郎织女星，
一年一度会银河，
哀我未能鹊桥接应。
三千宠爱在一身，
六宫粉黛无颜色，
岂信假义虚情。
冷落上阳宫，今夕重约翠华楼，

（唱“滚花”）
总是杨盛梅衰，帝主空言怜薄命。

唐明皇 （唱“下西岐”）
薄命颦娘埋怨声，
我念梅花惜瘦影，
此夕慰相思可证孤皇重爱卿。

梅 妃 （续唱） 谢君眷念怜寂静。
妾在禁苑求禅敲青磬，
请向别个调情。

唐明皇 （续唱） 偷怨玉环善妒多娇纵，
教朕貌似忘情。

梅 妃 （续唱） 悟透前尘，奴心已清静。
你偏爱玉环待妾轻。

唐明皇 （续唱） 怎教你识真心，

梅 妃 （续唱） 不如诵佛经。

[宫女内唤：“皇上”！匆匆上。

宫 女 皇上，贵妃娘娘已到翠华宫前。

唐明皇 哎……玉环定不善罢甘休，风头之上，妃子还须暂避为宜！

梅 妃 （凄酸地）主上，你的威风系得咁耐咯，我已见得多。

唐明皇 （唱“秋江别中板”）
心羞愧，叹息声声。

梅　妃　（续唱）　心悲切，泪似江倾。

唐明皇　（续唱）　无语对卿卿，换得薄幸名。

待皇赠你珍珠赎罪名。

[宫女捧上珍珠。

梅　妃　珍珠……（推开）哎！

（念“诗白”）

柳叶双眉久不描，

残妆和泪湿红绡，

长门自是无梳洗，

何必珍珠慰寂寥。

唐明皇　（唱“滚花”）

忍见杏眼偷藏珍珠泪，

卿何情重朕何轻。

清吟诗句怨君皇，

一树寒梅长夜永。

梅妃保重，朕定会将你探访（再赐珠）

梅　妃　（悲白）主上！

（续唱）　咫尺天涯如永别，

珍珠难保碎心灵。（推开珍珠，泣下）

[唐明皇叹息。

[杨贵妃上，高力士，念奴上。

杨贵妃　万岁……

唐明皇　哦，妃子，妃子到来，赐座！

杨贵妃　万岁，那梅精藏在何处？

唐明皇　妃子此话何解？

杨贵妃　臣妾独守沉香亭，苦苦等候，主上却在翠华宫。

唐明皇　哦！偶感不适，在此暂歇，不期负了妃子之约，还请谅朕！

杨贵妃　怕是梅精苦苦相缠吧！高公公，这廊前屋后，可有人踪迹？

高力士　娘娘！刚才进宫，奴婢已处处留神，这廊前屋后，并无人丁！

唐明皇　妃子，翠华宫乃朕藏书之所，那有什么柳精梅精，妃子你多疑了！

（唱“滚花”）

七夕之盟铭于心，上有双星可证。

杨贵妃　（接唱）　只怕风云无定向，多情月向别家明。

唐明皇　妃子勿虑，朕九五至尊一言九鼎。你不必多心，我们先回宫吧，人来摆驾！

高力士　遵旨！

[幕下。

第五场　马嵬兵变

[马嵬坡，山路崎岖，赤日炎炎。

[幕后合唱新曲“西行苦”：

渔阳鼙鼓震天惊，

安史逆贼扰皇城。

护驾西行兵勇苦，

上危崖，翻绝岭。

捱饥渴，日如蒸，

谁酿家国祸，将士怒难平。

[启幕。兵士攀爬开路，炎热难捱。

[中军鞭马呼喝上，家丁推车过场。

唐明皇　（内唱“倒板”）

避乱西行何凄惨。

[高力士、裴力士、杨国忠打马上。

[马童牵马，唐明皇打马上。宫女推车，杨贵妃坐车上。

唐明皇　（唱“雨霖铃”）

层峦莽莽，路有几弯？

杨贵妃　（接唱）　不堪回首，烽火唐关，

望帝京，已漫漫。

唐明皇　（接唱）　贼帅喧嚣，夺朕江山，

（慢唱）　远走路太艰。

[众人下马，杨贵妃下车。

杨贵妃　万岁，还有多远路程？

唐明皇　快了，快了。高公公，贵妃娘娘疲惫不堪，找个阴凉之处，让娘娘稍歇一时。

高力士　奴才遵旨。

[高力士引杨贵妃下。

[幕后传来兵士喧哗声：“啊……”

[陈元礼急上。

陈元礼　参见皇上！

唐明皇　陈将军，六军何故喧闹？

陈元礼　禀皇上。杨国忠专权误国，贪敛钱财，克扣军饷，至令逆贼伺机谋反——

杨国忠　（急）皇上，切勿信他胡言乱语。

陈元礼　皇上！更迫圣上西迁，君臣仓皇出逃，招致弥天大祸。将士请求皇上，下旨将杨国忠诛杀，否则不过马嵬坡！

[幕后又传喧哗之声：“杀死杨国忠……”

陈元礼　皇上，众怒难犯呀！

杨国忠　万岁，冤枉……冤枉呀！

[唐明皇四顾凄然。

陈元礼　皇上，请速决断呀！

唐明皇　（唱“滚花”）

传圣旨，斩罪臣，惩恶除奸。

斩！

杨国忠　皇上……

[陈元礼与兵丁押杨国忠下。

[幕后又传喧哗之声："杀了杨贵妃！"

唐明皇　裴公公，杨国忠已伏法，因何还有喧哗之声？

裴力士　（不敢直言）皇上，人声嘈杂，奴才听不清楚。

[陈元礼、郭子仪，副将甲、乙急上。

陈元礼　皇上！

（念"扑灯蛾白榄"）

将士们，怒不止。

贵妃宠逆贼，竟认为义子。

声色媚君皇，其罪不可恕。

郭子仪　（接念）　留在君皇侧，难免后患起。

唐明皇　（接念）　他们要怎样？

陈元礼　（接念）　杀死杨贵妃！

唐明皇　吓！

郭子仪　皇上，杨国忠虽死，但杨贵妃仍留在皇上身边，将士们怎能安心呀！

副将甲乙　杀死杨贵妃！杀死杨贵妃！

唐明皇　（惊，震怒）好胆！

（唱"快中板"）

贼臣野心思谋反，

孤皇失策责应担。

天生丽质无过犯，

怎能迁怒杀红颜。

（唱"滚花"）

传令六军，将路趱。

副将甲　万岁！不杀杨贵妃，决不起驾！

副将乙　不杀杨贵妃，决不起驾！

唐明皇　陈元礼！莫非要兵变么？

陈元礼　皇上，不是兵变，乃是兵谏！

唐明皇　难道大唐天子，连自己的爱妃都不能保护！

郭子仪　　皇上，如今是江山美人不可兼得呀！

副将甲
副将乙　　不杀杨贵妃，决不护驾！

唐明皇　　住口，若杀娘娘，军法从事。

陈元礼
郭子仪　　皇上，勿忘战乱呀！

副将甲　　皇上，杨贵妃不死，将士难保你西行了！（猛地自刎）

副将乙　　皇上，不杀杨贵妃，无人护驾！（自刎）

唐明皇　　（惊愕）啊……

　　　　　[杨贵妃内场悲呼："万岁！杨玉环愿死"。急上。

杨贵妃　　万岁！

　　　　　（唱"焚稿词"）

　　　　　　　　军心离散愤火翻，
　　　　　　　　自甘抒难保河山。
　　　　　　　　休为臣妾多牵挂，
　　　　　　　　社稷为重，死也无憾。
　　　　　　　　烽火漫天来，莫惜朱颜泪雨斑。

唐明皇　　（接唱）　爱妃殉难，皇权尊贵，
　　　　　　　　掌天下，也不开颜。

　　　　　（怒）陈元礼，这个皇帝——孤不做了。爱妃，我们走！

陈元礼　　皇上，若再迟延，六军失控，危及圣上！

郭子仪　　皇上，天下不能一日无君！

杨贵妃　　妾身不忍见圣主蒙尘，自愿受死！

唐明皇　　你、你们定要娘娘一死！

陈元礼　　望皇上割恩正法！

郭子仪　　兵谏不平息，就会酿成兵变！

杨贵妃　　主上！（众慢退下）

　　　　　（唱"反线二黄"下句）

君皇莫伤悲，臣妾有幸承恩宠，
享尽尊荣富贵，
长生殿里，伴龙颜。
逆贼起干戈，山河多劫难，
妾愿一死报君皇，以慰军心，
把狂澜挽。

唐明皇　（唱“乙反十字清中板”）
万姓尊，不及寻常百姓，
任教花残。
望几番，眼前人，无辜临大限。
哭一句回天无力有泪空弹。

杨贵妃　（唱“乙反七字清”）
跪倒尘埃掩泪眼，
身死犹谢恩重如山，
（转“乙反滚花”）
愿赐三尺红绫……

唐明皇　（悲白）三尺红绫……

杨贵妃　（续唱）　求个全尸，好把黄泉路探。

唐明皇　身为帝主，一诺千钧，与卿誓盟，时刻铭记。到如今，怎忍你独赴黄泉形单只影，要我赐红绫，万万不能！

杨贵妃　万岁，我们有七夕盟誓，更有钿盒金钗相随，我身在夜台如日旦。只是我舍不得三郎啊！

唐明皇　妃子！

[幕后又传来呐喊声：“杀死杨贵妃。”

杨贵妃　高公公！

高力士　奴婢在。

杨贵妃　我死后望能葬于牡丹花下，纵于九泉，也为三郎献舞弹琴！

唐明皇　爱妃！
（接唱）　让皇再望卿玉颜！

杨贵妃　（唱“昭君怨”尾段）

我皇保重，我皇保重，

痛心亦强餐，莫再惜玉环。

唐明皇　（接唱）谁愿意，爱妃你独行，

此心伤透挽手惟泪泛。（序）

杨贵妃　（接唱）你西去孤单，枕冷听更。

唐明皇　（接唱）生当乱世，舍了花颜，

忍隔阴阳，

杨贵妃　（接唱）愿龙驾再回御殿。

唐明皇　（慢接唱）爱卿已魂飞怎得返！

[两兵丁取出红绫。贵妃披红绫慢慢走下。

高力士　（悲呼）娘娘升天啦！

[暗灯。

[战场。八叛军舞。

安禄山　（内场唱“霸腔首板”）

兵起范阳，唐关陷。

[安禄山趾高气扬上，史思明随上。

安禄山　杨国忠、杨国忠！

（唱“包槌滚花”）

你不该，与我争权势，上书进谗。

唐天子，遣我出京城，说什么为防边患。

他不知，俺此行，恰似猛虎归山。

（转“古腔十字清”）

羡煞那帝皇家，乾坤独揽。

位尊荣凌万姓天上人间。

俺如今夺龙楼山摇地撼。（腔）

史将军！

史思明　在！

安禄山　我军已克京城，正待西进。却有郭子仪、陈元礼前来讨战，速领三军，与俺杀敌去也!

史思明　领命!

[郭子仪、陈元礼上，两军相遇。

郭子仪　呔!来者可是逆贼安禄山?

安禄山　呸!俺乃新朝帝主燕王是也!

陈元礼　安禄山，大唐帝主，待你不薄。你竟恩将仇报，谋朝篡位，众将官!杀!

[两军交战，一番争斗，郭子仪、陈元礼杀退安禄山、史思明。唐军亮相造型。

[幕闭。

第六场　香梦前盟

[唐宫殿前。

唐明皇　(唱“自由板”一句)

御槛侵霜。

(念“诗白”)

依旧秋光明花树，萤飞紫殿倍生寒。

(唱“万花灯”)

人静更添衿袖凉，风过微香漾。

不堪记，不堪看，花开又半墙。

曾挽手将花赞赏，名花与卿一样。

牛女星证心誓，生死随唱。

哪知横祸惊帝殿，马嵬坡，香销冷岗，

花萎尚带香，相思情太伤。

空悲哀，怎知怨魄在哪方，

帝主枉断肠，悲泪淌。

（唱“长句二黄”）

夕旦难眠凭轩窗，玉镜未留花模样。

梨园乐奏，谁个舞霓裳。

满篱牡丹，依旧红香样。

空留丽句，落得泪滴华章，

总是倩影难忘，欲向梦中寻访。（句）

怎奈经年死别——

（唱“湖仙幻影”）

梦也难求，空宝帐，

宫闱人杳劳痴想。

料想花去无痕多恨怨，

只怨君王护花无力，

毁约誓，拆雁行。

（续半句，转“二黄”）

阴阳阻隔，不成双。

（转“十字二黄”）

细追思，泪如澜，冬去春来，难剪情丝千丈。

悲秋风，泉台冷，无语话凄凉。

（转“新腔十字清中板”）

嗟今生，枉有誓盟留心上，

盼来世，再绾红丝结凤凰。

恨悠悠，青鸟无凭音书难往，

教孤皇，牵魂绕梦，辗转难安。

（转“沉醉东风”）

问一句，魂何处，今宵夜泛花香。

忆往昔，曾梦天阙，

夜访蟾宫聆听天音奏霓裳，

妃子似那姮娥处仙乡。

（音乐衬白）那倚篱牡丹，含苞欲放，莫非妃子情动，要来一见呀！

（续唱） 怎得御风腾云去重聚首，

又与妃子细语情长。

但听飘飘似天籁韵扬，

遥遥是那更声催朕梦黄粱。

[明皇入梦。

[众仙女合唱“啊……”舞蹈引杨贵妃上。

杨贵妃 （唱“雪中燕”）

烟飘飘，雾荡荡，

碧空朗月有路到仙乡，

永别却人间万千魔障，

在凌霄，雾锁烟波里，

虽孤寂却无尘壤。

千般宠眷万斛明珠，

似过眼云雨皆虚妄。

青春已负却云和月，

苦海已尽觉醒回头岸，

辱与荣尽消往，

剩一点情最难忘。

（转“二黄”）

真是岁月留痕前事依稀，

（转“解心腔”）

愁难放。恨这九重天外，望不见旧苑宫墙。

（转“滚花”）

难忘帝主朝暮情，情比海天深无量。

[唐明皇寻梦而来……

唐明皇 （唱“反线到春来”）

璀璨玉楼，金碧闪亮，翡翠玉阶砌千丈，

满眼霞彩绕锦帐，有玉人站阶下回头望。

唐明皇 妃子！

杨贵妃　　主上！

唐明皇　　玉环！

杨贵妃　　三郎！

唐明皇　　（接唱）　惊觉玉人泪满香腮，痛心不忍望。

杨贵妃　　（接唱）　喜重逢不禁泪盈眶，

冷落宫花寂寞红逢露降，喜见春光。

仙乡凝思苦断肠，道是前盟断，

今宵喜得与君相会，带泪含笑迎皇上。

唐明皇　　（唱“反线二黄序”）

月殿里会佳人，

你笑泪渗出芬芳，

难得与卿月宫中诉衷肠。

叹孤家怕深宵剔残灯数更漏响，

最哀伤，人生苦短却恨长。

杨贵妃　　（接唱）　人生苦短却恨长，三郎为我把哀歌唱。

唐明皇　　（唱“反线二黄”）

感触笑复悲，人生苦无奈，

管你是百姓或帝皇，今夜是梦是真，

杨贵妃　　（接唱）　管它是梦是真，只需情似海深，

唐明皇　　（接唱）　怕好梦惊回心更怆。

杨贵妃　　（接唱）　多劫人生何堪回顾，

好梦似成虚也堪永念想，

马嵬兵变是真，空留得千秋悲怆，

唐明皇　　（接唱）　朕不该奸邪莫辨，致令逆贼披猖。

玉殒香消愧恨难忘，

杨贵妃　　（接唱）　已沐恩隆无怨怅。

唐明皇　　（唱“乙反中板”）

伤心往事铸心头，兵变马嵬悲无奈，

每一回顾一断肠。

什么万岁明君，坐享太平，至尊无上。

一朝权势倾，真命天子悲苦命，黯然收皇气，

难护一红妆。

（转“乙反滚花”）

但愿马嵬噩梦喜惊回，羽衣霓裳曲再响。

杨贵妃　（音乐衬白）一任贫富尊卑悲欢聚散，到头来觉醒凄然梦一场。

唐明皇　凄然梦一场？如此说，马嵬祸变？

杨贵妃　是噩梦！

唐明皇　长生殿誓盟？

杨贵妃　是好梦！

唐明皇　今宵你我重逢呢？

杨贵妃　是痴梦！

唐明皇　痴梦？好一个痴梦呀！

唐明皇　（唱“反线小桃红”）

孤家爱妃子梦也痴，一颗爱心与天地永垂，

两情若痴，海天高远万里迢迢，

难隔孤心为卿醉。

杨贵妃　（接唱）　妾身长念皇恩，刻骨深铭霓裳羽衣。

君宠爱妃沈香亭畔，羞花闭月舞翻翠袖时，

度著新曲别有番新意。

唐明皇　（接唱）　你翻翠袖翩翩羽衣，胜天仙女，百态千姿。

杨贵妃　（接唱）　君赐赠翡翠明珠，堪一笑似水月虚，

妾只有念念深深记，

七夕与君俩无人夜半私语时，

唐明皇　在天愿为比翼鸟。

杨贵妃　（接唱）　痴心语在地愿为连理枝，

唐明皇　（接唱）　朕与玉环在长生殿里，

痴心语为情痛誓词，

杨贵妃　（接唱）　永记为比翼鸟相思连理枝。

唐明皇　（接唱）　梦也痴心情更痴，月殿再把旧盟叙，

杨贵妃　（接唱）　纵是梦也堪追，

这世间有一个，

痴心李隆基，只愿永留在梦里痴，

唐明皇
杨贵妃　（合唱）　千载相随在梦里痴！

——剧终

本剧选载的是 2006 年丁凡、蒋文端、林家宝、叶蓓、文汝清等主演的演出本。

东坡与朝云

编剧：秦中英

人物表

苏东坡　　名轼，翰林学士，谪贬惠州

王朝云　　东坡爱妾，出身歌妓

佛　印　　和尚，东坡好友

苏　福　　苏家老仆

林德正　　惠州乡绅

詹　范　　惠州太守

刘　仲　　老渔翁

林行婆　　东坡邻居，卖酒老妇

黄敦逸　　监察御史，受命监管苏轼

陆尚文　　青年书生

老牛叔　　民工

狗　仔　　民工

旺　嫂

邓守安　　罗浮山道士

衙差头

大臣、纤夫、衙差、民工、御林军、男女村民、酒保、撑船女、男女祭民、和尚、仙女等

序　幕

[舞台上前区，四御林军各人手持一牌匾，每牌一字，“乌”“台”“诗”“案”。

[舞台后区站十二大臣，手持短简。步向前区跪下。

众大臣　（齐声）苏轼有罪！苏轼有罪！苏轼有罪！

[森沉鼓声中皇上画外音：贬！

[舞台上四牌的字变为“谪”“贬”“黄”“州”。

众大臣　万岁，万岁，万万岁！

[切光。

[佛印上。

佛　印　甘将傲骨迎风雨，不随尘俗共浮沉。因言获罪，因诗遭贬。壮哉东坡，悲情朝云。善哉！善哉！从此人生之路漫漫长兮！善哉，善哉！

[光渐压。

[转一场景。

第一场　大江东去

[浩荡长江，清晖满月。

[演区是一艘靠岸的船舱里，有矮脚粗木桌椅。

[音乐声中启幕。

[苏东坡与朝云相拥造型。

苏东坡　（唱“古腔梆子慢板板面”）

薄抹浮云巫山远，

但见水茫茫，波光潋滟，

碧空缥缈浪接天，

高山隐约瀑布悬，

翻腾跃跳飞珠溅。

王朝云　（接唱）　轻鸥嬉戏浪雪尖，

金波飘泛浪里船，

好山河，妙似丹青染。

苏东坡　（接唱）　任世间人事变，

王朝云　（接唱）　但与君情莫变。

苏东坡　（接唱）　相终老，相缱绻。

王朝云　（接唱）　花间对酌，理冰弦，

苏东坡　（接唱）　肝胆对照似冰泉，

王朝云　（接唱）　好教我半喜还半甜，

但觉心头儿丝丝暖。

苏东坡　（唱“慢板”）

大江流日夜，

王朝云　（接唱）　逝水不复还，

苏东坡　（接唱）　感宇宙之无穷，

叹人生之苦短。

王朝云　（接唱）　喜君有高怀，

苏东坡　（接唱）　空明无杂念，

王朝云　（接唱）　哪管浮生若梦，

苏东坡　（接唱）　珍惜美景当前。

[苏福持酒具上。

苏　福　大人，已备热酒一壶，请大人与少夫人上座！

苏东坡　福伯呀，苏轼是负罪贬官，以后莫称我大人。（笑意）

苏　福　那——应该如何称呼？

王朝云　（上，接盘，笑意）就叫苏轼先生啦！

苏　福　苏轼先生…… 我还是叫少爷吧！夫人，请用酒！老汉下去烹茶。（下）

[朝云给东坡斟酒，东坡挡开，“唉！”东坡默然，似感叹。

王朝云　乌台诗案，入狱被贬，人皆知是奸党构陷，苏郎何必耿耿于怀？

苏东坡　朝云！

（唱“滚花”）

我为爱卿受累，心不安，

王朝云　（接唱）能得多历江湖，亦可增些识见。

苏东坡　难得朝云如此豁达，苏轼心安了。（凝视，有所感）远贬黄州，又算得什么？能得游赏这江山胜景，你看这浩荡长江，惊涛拍岸，已足壮祁襟怀，更难得朝云你——心如朗月碧空照，情似清波江上流，真是越来越可爱了！

王朝云　（自得地笑，俏皮地）当日歌楼初见，苏郎不是说我是你心中永远鲜艳秀丽的情花么。

苏东坡　经历风霜，这树情花更添鲜艳，来，苏郎敬你一杯！

王朝云　清酒静饮，岂不负了美景良夜？行个酒令，如何？

苏东坡　（大喜）朝云如此雅兴，我当奉陪，不知行什么酒令呢？

王朝云　小令四句，前两句即景……

苏东坡　后两句要用四书句子！

王朝云　用四书的句子……

苏东坡　考考你这几年功课。

王朝云　（欣喜）好呀！你来带个头！

苏东坡　（离开座位，赏景，念）

浮云散开，明月出来，

天何言哉，天何言哉！

王朝云　（叹赏）终是浮云难蔽日，皇天也没奈何。郎君高怀，该敬一杯！（奉酒）

苏东坡　好！（一饮而尽）到你啦！

王朝云　（赏景沉吟，念）

浮萍散开，鱼儿出来，

得其所哉，得其所哉！

苏东坡　（大加叹赏）十分儿态，一片童真，该赏一杯。（奉酒）

[朝云一饮而尽，倒在东坡怀中。东坡紧抱，无限温馨。

[舱门推开，佛印出来。

佛　印　（高声念）阿弥陀佛…… 舱门推开，佛印出来，（看苏）

人焉瘦哉，（看云）人焉瘦哉！（“瘦”字阴平声）

[二人惊分开。

王朝云　（大为羞嗔）我们夫妻恩爱，你这个和尚却来偷窥……

佛　印　人说东坡先生，一肚子珠玑锦绣，家国经纶，却来效痴儿女，吟小令词——

苏东坡　（苦笑）我苏轼今日，除了效痴儿女，吟小令词，还能做些什么？

王朝云　（笑意）这也活该，谁叫你一肚子不合时宜。

佛　印　（感慨）此正是东坡之可悲。

王朝云　此正是朝云所爱！

苏东坡　（哈笑）你就爱我一肚子不合时宜——真是我知心人也。（无限柔情，拥着朝云）

佛　印　唉！善哉！善哉！（不胜感叹）四周彤云恶雾，重重围困，方待伸腰，便碰损头，就怕你一贬再贬，会把你豪气消磨净尽！

王朝云　（深叹）你这个野和尚，倒有一副热心肠。

佛　印　是佛心肠。

苏东坡　热心肠也好，佛心肠也罢，好朋友，都请放心，（带点自负的冷笑）一贬再贬，终不能损我赤子之心，浩然之气。（豪情勃发）你们看……

[十二纤夫上场造型。号子：哎哟，哎哟……

苏东坡　人生如负重纤夫，岂受恶浪遏阻！天空海阔，大江奔流，汹涌澎湃，又岂是彤云恶雾所能围堵！

[东坡疾书。

王朝云　（引吭高歌“念奴娇”）

大江东去，浪淘尽，千古风流人物。

故垒西边，人道是，三国周郎赤壁。

乱石穿空，惊涛拍岸，卷起千堆雪。

江山如画，一时多少豪杰。

遥想公谨当年，小乔初嫁了，雄姿英发。

羽扇纶巾，谈笑间，樯橹灰飞烟灭。

故国神游，多情应笑我，早生华发。

人生如梦，一樽还酹江月，还酹江月。

[众造型。

佛　印　（喜叫）好！佳章妙韵，璧合珠联，堪称千古绝唱，该赏大碗！

苏东坡　我们一齐饮！

王朝云　你们看，对岸篝火明亮，苦力呻吟，在做什么？

苏东坡　福伯催请船家，摇船过江，看个明白！

[苏福内应：遵命，开船！

[撤光。

[音乐声，配以“唏——嗬”，“唏嗬”的苦力劳作声，灯渐亮。

[天幕是一座在建筑中的高楼。

[四差人手拿火把，鞭子吆喝着，众民工辛苦地劳作。

[四个民工抬一长方石条为一组，一组组踏着齐整的脚步上，衙差执皮鞭随后监赶着，过场。

[老牛叔，狗仔，甲乙民工共抬一石条，艰难踏步上。

[老牛叔不支跌倒，石条压在他脚上，一声惨叫。

[众民工大惊，急齐力搬开石条。

[老牛叔跌倒时，苏东坡、朝云、佛印齐上，大惊，急趋前。

王朝云　流血了。（急取手帕包扎）

[牛叔呼痛。

苏东坡　（关切地）手轻点！

佛　印　（抚摸）脚骨伤了！

王朝云　老伯，这么大年纪，还来做这苦力？

狗　仔　（带些气愤）能不来吗？牛叔家中，还有个小孙女！

老牛叔　（忍痛示意噤声）别说了……

苏东坡　什么工程，如此紧急？

狗　仔　听说贵妃产下王子，我县禾生九穗，官府说是皇上盛德，天降吉祥，因此强征民伕，自带口粮，建这座颂德楼！

衙　差　（怒喝）还不开工，想作反！

苏东坡　（趋前）贵差，这老伯受伤了，想请个大夫——

衙差甲　哼！你想讨打。（举鞭欲打东坡）

苏　福　（护着东坡）要打就打我吧，不要打我家少爷。

佛　印　阿弥陀佛！

衙差甲　（审视东坡）你似是个做官的，哼！讲风凉话。误了工期，我要杀头！

（命民工）开工！

苏东坡　（趋前）贵差……

衙　差　开工！

[民工甲急背老牛叔下。

[衙差挥鞭赶民工乙，狗仔同下。

苏东坡　（无限悲愤，含泪仰天）

（唱“越王怨”）

天何狠心——

忍将哀哀黎民，推向水火深。

强劳力，苦操作，

鞭子下做人。

可悲老弱伤残，

死于饥困，

重楼记业记功，皆万姓新坟，

我仗半截毛锥，写一腔悲愤。

王朝云　苏郎，你还要写么？

苏东坡　我不但要写出来，还要上奏朝廷！

佛　印　壮哉，悲乎！

王朝云　你为这些文字，贬谪，坐监，害得还未够惨么？（凄然）

苏东坡　（抚慰，深叹）苏轼一支秃笔，难道只能吟风弄月，绘草描花么？（愤然）

我要为民请命！（坚决地）陈述民苦，上达天听！写呀！写！

[全场灯暗，一支追光照住东坡。

[十二个御林军持戈上，造型。

苏东坡 （挥动巨笔，边写边唱）

（唱“古腔梆子中板”）

罪臣苏轼，泣血陈词，

跪向明君叩禀。

太祖开基，太宗承业，

首重布德施仁。

民之安，国之强，

邦基固稳。

夺农时，兴徭役，

损国之根。

今日里，官吏朋奸，残民自奉。

弄权谋私，贿赂公行，

朝廷失禁。

记功碑，颂德楼，

驱虎狼，役百姓，

骗取皇恩。

（趋快） 一级一级相欺瞒，

天聪渐黯。

一层一层加抽剥，

民命何堪。

（更快） 饿殍道旁相藉枕。

淫威之下，不敢呻吟。

（散板） 放眼周边——（音乐声）

（加快） 西夏东辽，常思启刃。

民穷国弱，将士离心，

一旦外寇来侵，凭何对阵？

神州大地，将见沦沉。

（更加快）望我皇，乾纲振，

进贤德，去佞臣。

将那庸官劣官昏官贪官狗官贼官，

一个一个，一个一个，

扯下乌纱，严将罪问！（音乐唱腔断收，静场）

（直起唱“仿煞板”）

还我大宋朝，

一个澄明天地，朗朗乾坤。

（拉腔，造型，定格）

[切光。

第二场　忠言获罪

[十二御林军持戈站。

[朝云、佛印、苏福站在平台。在画外音中缓缓地走向台前。

画外音　圣旨下，奉天承运，皇帝诏曰：盖闻君子修身以事上，忠臣守分以从公，乌台诗案，朕降殊恩，免尔苏轼一死，外放黄州，尔仍不思改过，危言惑众，污蔑诸官，逞己之狂，扬朕之短，罪不可逭矣。苏轼，着贬宁远军节度副使，随营编管，不得签押公事，即日登程，钦此！

[十二御林军下场。

[前台分三个演区，定点光投向朝云、佛印、苏福三人身上。

王朝云　又贬了！

苏　福　又贬了！

佛　印　阿弥陀佛！

王朝云　朝来寒雨晚来风，仓卒朝南又向东！

苏　福　一贬再贬，高压重重，天理何公呀！

佛　印　善哉，善哉！承道义伴灾难，因果相随，不了缘中。

王朝云　苏郎，朝云与你困苦相随！

苏　福　少爷，苏福与你患难与共。

佛　印　和尚不随俗事，自去云游，他日有缘，惠州重逢。阿弥陀佛！

[留住苏福的定点光。撤去朝云、佛印的定点光，二人隐去。

[苏东坡家，空洞洞的大厅。

苏　福　少爷……

[东坡站场。

苏东坡　福伯，你偌大年纪，受我拖累了。（掏出银子，喜状）我为黄太史写了一篇墓志，他家方才给我二十两笔金，福伯你拿着！（给银子）

苏　福　（不接）这是少爷你全部家产了！

苏东坡　（感情深挚）福伯，我是你看着长大，可惜我是个穷官，没有什么孝敬你，如今给你全部家产，也不过分！（爽快地将银两塞在苏福手中）你拿着回乡，做些小本买卖，也可安度晚年！

苏　福　（把银两强塞回东坡，坚决地）我不回乡，我要跟着少爷。走！

苏东坡　你也知道那里是千里蛮荒。

苏　福　就算万里蛮荒也不怕，阿福几根老骨头，还算硬朗！（耍几下拳脚，一个踉跄倒向东坡）

苏东坡　（哈哈大笑）好！老当益壮！你去收拾几件衣裳，一齐上路！

苏　福　好，好！

[苏福下，朝云同时分边上。

王朝云　苏郎！

苏东坡　（似感意外）朝云，你还没走——

王朝云　我走——此时此刻我能走吗？官差传话，苏郎今日便要登程，我们种的蔬菜，尚未收成，我就去求市场六叔买下，得了三贯大钱，好作路上盘川。（给东坡钱）

苏东坡　我这里还有二十两银，福伯不要，你留在身边吧！（给银两）

王朝云　（持银两关目）我留在身边，我留在身边？

苏东坡　时日艰难，无钱更苦！

王朝云　与苏郎同在，虽苦犹甘。

苏东坡　那里是千里蛮荒！

王朝云　苏郎能去，朝云也能去！

苏东坡　（诚挚地）你要想清楚才好，俗语话，夫妻好比同巢鸟，大难来时……

王朝云　（紧接）大难来时并翅飞！（身段，造型）

苏东坡　（无限感动，热泪盈腔，趋前紧执双手）朝云——

王朝云　（唱“鸟惊喧”）

几番强忍，强忍热泪溶溶，
他心中一般在痛，
他腮边抽搐颤动，
却又竭力压抑未敢动。
可惜我偏语拙词穷，
心想对他慰解却又无从。

苏东坡　（接唱）　恨儒生真真无用，
难护庇心爱玉芙蓉，
双肩担千斤重，
此身却比风筝飘天空。
张首张眼但见，但见浊雾重重。
请爱卿再休，再休为我受那劫难重重。

王朝云　（接唱）　甘与君比肩挽手，
受那劫难重重。

苏东坡　（接唱）　此去祸福难自控，

王朝云　（接唱）　死生不可控，
笑对素淡还能自控，
我俩挺起心胸，
哪里会为余生愁饿冻。

苏东坡　（接唱）　唉！怎忍卿卿娇瘦弱，
还任劳任辛为我受困受穷。

王朝云　（插白）别傻了，我们在黄州三年，还不是自耕自食，朝云年纪还轻，我们都有双手，何愁养不活自己，（一派天真开朗，是有意慰解东坡）惠州纵是蛮荒，一样有山有水，我们俩……

（接唱） 春来引山泉，将那新蔬种，

深秋初冬，新收香稻，

封酯成瓮，制作米酒自奉。

花间醉倒卧绿丛，

静看牧童欹身牛背，

竹笛呜呜，欢乐山歌送，

细雨濛濛，青山绿水画图中。

戴蓑篷，泛舟烟波里，

一竿归钓夕阳红。

苏东坡 （为朝云的情趣所感染，哈哈大笑）一竿归钓夕阳红，真有诗情画意。走，一起收拾赴惠州！

[暗灯。

第三场　惠州父老（1）

[有大榕树，树下桌椅，音乐声中、灯亮。

[两队男女分边舞上，对唱。“客家山歌”。

陆尚文 （山歌） 一自文星降惠州，

百里书香淡荡浮。

女　声 （接唱） 布谷催春新雨后，

秋田一片绿油油。

刘　仲 （接唱） 今春农作快又轻，

插田秧马新制成。

女　声 （接唱） 先生深解农家苦，

龙骨水车备旱情。

刘　仲 各位乡亲，东坡先生，和一班生员，带领乡众，疏通东涌河。从此西湖免泛滥之灾！农田少水涝之害。今天完工了，我们同去祝贺。

[同欢笑下。

陆尚文　（对内高叫）林员外……

[音乐声、德正上。

林德正　（唱“七字清中板”）

柳岸疏杨新添翠，

诗人徒负赏春时。

陆尚文　（楔白）大半月来，东坡先生都忙着帮乡亲们疏浚东涌，还有那般闲情逸致么？

（接唱）　半尺坭泞涌水里，

书房无复见新词。

刘　仲　（接唱）　他日禾黄遍野浓香气，

杯传榕树下，更多抒情诗。

陆尚文　今日河工完了，一身轻松，学生要再陪东坡先生夫妇，畅游惠州胜景，再发抒情。

林德正　今天不能了，今天我特备下酒菜，要为东坡庆祝。

刘　仲　（喜叫）你闻下，林行婆酒寮内，肉菜飘香了。（对内高叫）林行婆，林行婆。

林行婆　（内应）来啦！

[林行婆从酒寮急上。

刘　仲　东坡先生快到了，盘菜准备得怎样了？

林行婆　（喜叫）我早就准备好啦。（卖弄地）

（唱“渔歌晚唱”）

天光就趁墟，赶他个大早市，

靓靓猪脾肉，不瘦又不肥，

姜葱芥酱，春草鸡，秋花鲤，

菜嫩笋鲜美，般般买办齐，

（直转“慢板”半句）

试下我林行婆，好手势。

陆尚文　净系闻见肉香，就知你好手势啦！

林行婆　这些系先生教咖，有名东坡肉。（众称好）

陆尚文　（趋前高叫）你们看，东坡先生来了。

[德正、尚文示意林行婆下去准备。

苏东坡　（内唱“首板”）

水混泥香，凝汗雨。

[东坡、朝云同上。

林德正　东坡先生，你一早就带领民众疏通河道，辛苦了！

林行婆　朝云嫂嫂，多亏你教我们妇女用薄纱织帽，真是又轻盈，又凉快。

王朝云　惠州姐妹勤劳聪慧心灵手巧，织编皆是个中能手。我不过是将原有竹帽稍加改进，不敢居功呀。

刘　仲　先生，你教我们新做秧马，大减农时插秧之苦，大家都说，今年肯定好收成！

林德正　先生啊！

（唱“梆子慢板”）

东陂先生，

众位生员，

带动各村丁壮，

不管炎阳烈日，

顶着大雨滂沱。

陆尚文　（接唱）　旬日之间，

疏通东河，

从此西湖免泛滥之灾，

两岸农田免水涝之祸。

[刘仲挽一篮荔枝上。

刘　仲　荔枝来了！

王朝云　好新鲜的荔枝！

刘　仲　是刚从树上摘下来的。

王朝云　（作喜）好极了，苏郎最爱吃荔枝，前几天在罗浮山，邓守安道士请他吃荔枝，他吃个不停，赞个不绝……

陆尚文　听说还写下佳章。

林德正　（众齐）愿闻先生佳句。

苏东坡　（念“诗白”）

罗浮山下四时春，
卢橘杨梅次第新，
日啖荔枝三百颗，
不辞长作岭南人。

[众人齐叫：“好诗！”

陆尚文　请先生吃荔枝啦！

林德正　慢着，先饱酒饭，再尝荔枝，我们广东人叫“饭后果”。

王朝云　（喜叫）好个“饭后果”，正是岭南特色。

林德正　朝云嫂嫂，果然卓见。先生，请上座。林行婆，把你的拿手盘菜搬上来！

[林行婆，拿盘菜上。众人饮酒。

苏东坡　林翁盛情，苏轼夫妻拜领。

林德正　诶！先生一代文豪至惠州，聚生员讲学治文，授孩童初业至理，还不辞劳苦制定疏河防涝之策，亲力而为领民众引水制秧，为我惠州带来一片生机盎然呀！

陆尚文　有先生在，兴学倡农，惠州将一改千里蛮荒之名，成岭南一方沃土！

苏东坡　诶！说什么千里蛮荒，苏轼蒙罪到此，感受惠州百姓真诚以待，拳拳盛意，方知客家人情淳朴皆自然，岭南山水灵秀自澄天。能在惠州乐居，苏轼有幸了！

林德正　先生自谦了！惠州得先生，才是民生之大幸呀！

陆尚文　先生为惠州造福，既不惜力，弟子岂敢惜身！

林行婆　（捧菜上，插口）众家村民，更不惜命了！（众欢笑）

苏东坡　（张望，有所感）西湖虽免泛滥之灾，百姓仍有涉水之苦！

刘　仲　（捧菜上，插口）是啊，每遇雨后湖水大涨，都有小童溺水身亡。

林德正　对啊，得想个办法，解决涉水过湖之苦！

苏东坡　我倒有一个设想……

林德正　不知先生有何高拟？

苏东坡　（唱“长句二黄”）

一带荡漾碧波，

两边行人隔阻。

每遇雨晴水涨，

便似烟锁银河，

我见不少乡民，

迫着涉流而过。

其中肩挑背负，

更是艰险诸多。（句）

如能两岸伸去长堤，

中间建拱桥一座。

湖水相连，轻舟无阻，

利行人，添景致，

将见柳堤唱晚，

不尽牧笛渔歌。

林德正　（唱“滚花”）

惠州人苦盼多年，

可惜至今，尚无结果。

（叹息）官府以其小事而不为，百姓有心而无力。

林行婆　不是无力，是少个领头人！

陆尚文　领头人，如今有了！

（唱“滚花”）

先生领头声望大，

馆中生员数众多。

各为乡里广宣扬，

群众热情一定高似火。

林德正　（喜叫）新桥建起，指日可待了！

苏东坡　（有所感触）东坡以受罪之身，不便出头露角，请林翁领头，苏轼愿随冀尾。

林德正　（哈笑）头也好，尾也罢，总之由先生倡导，惠州人谁都尽力以赴。

林行婆
刘　仲　（齐声）惠州人又添一福！

苏东坡　（爽笑，唱"滚花"）

但愿百姓，安居乐业。

苏轼个人，算得什么。

我这条犀角带，是皇上当年恩赐，我就献给惠州父老，为建桥略表寸心。

陆尚文　（两生员齐声）先生高风，学生受教了！

苏东坡　（念"诗白"）

万众汗珠成翠柳，

众　人　（接念）　一抹彩虹影碧波！

[众人造型，切光。

[内场合唱曲：

一自文星降惠州，

百里书香淡荡浮，

身在云天千里外，

心为红尘百姓忧。

万众汗珠成翠岸，

一抹虹桥映碧流。

[内场："新桥落成啦！"

第四场　惠州父老（2）

[演出字幕：一年后，惠州西湖新桥建成。

[光起，新桥出现。

[德正，东坡，朝云，邓守安，尚文，刘仲，行婆斜挂红绸上。

林德正　（念“诗白”）

一载辛劳成硕果。

刘　仲　（接念）　百尺长虹卧碧波。

陆尚文　（接念）　惠州有幸得贤助。

苏东坡　（接念）　西湖今日，遍欢歌。

林德正　新桥落成典礼现在开始！

[欢乐场面，众人及三麒麟起舞。

[舞毕。分边下。众人欢呼。

黄敦逸　（内场高叫）好胆，好胆！

[黄敦逸上场，四带刀兵勇随上。

黄敦逸　（大叫）苏轼，聚众喧闹，意欲何为？

林德正　（急趋前下礼）大人，今日是西湖新桥落成典礼……

黄敦逸　不关你等之事，将苏轼拿下！

[兵勇上前捉拿东坡。

詹　范　（内场高叫）且慢！

[詹范上。

苏东坡　拜见太守大人！

众　人　（齐声）请太守大人做主！

詹　范　请问御史大人，苏轼所犯何罪？！

黄敦逸　苏轼以戴罪之身，份应闭门思过，仰报皇恩，乃竟蛊惑乡民，聚众喧闹！

詹　范　大人，今日西湖新桥落成，大有益于惠州百姓，下官往日，忙于政务，以其事小而忽略之，苏轼此举，正好补官府缺失，是一件大好事情。

陆尚文　大人，东坡先生还为惠州百姓做了许多好事！东坡先生是个大好人啊！

黄敦逸　胡说！

（唱“滚花”）

苏轼身犯重罪，

才有贬谪南迁。

他来到惠州，每日游山玩水，交结江湖草野，游罗浮山，有诗曰：日啖荔枝三百颗，不辞长作岭南人。分明是满腔愤怨，似是个服罪之人么？为你们做些小技小恩，无非是收买人心，用意险恶！

（续唱） 坏人怎做得好事来，

你们切莫无知受骗！

刘　仲　大人，东坡先生做的都是好事！教造龙骨水车！解除农田旱患。

旺　嫂　教造秧马，减少插秧辛劳。

陆尚文　疏通东河，两岸农田免除水患。

林行婆　苏夫人教我们造薄纱竹帽，又轻盈，又凉爽。

林德正　东坡先生做的好事，数之不完。

众　人　东坡先生是大好人！

黄敦逸　（大怒）住口。对抗朝廷，应正刑典。人来（命兵勇）统统拿下！

詹　范　慢着！大人，朝廷派尊官到来，是监管苏轼，这些都是本府治下的黎民，纵有过失，似不该由尊官发落！

黄敦逸　化外蛮民，犯上作乱，人人得而诛之！人来，拿下！

苏东坡　（冲出）御史大人，书经曰：圣人在位，不忍不教而诛。既称化外蛮民，便是少沐王化，言行有失，应宜深加教导，一旦施予重刑，恐有违太祖太宗以仁德治天下之本旨！

黄敦逸　这……

林德正　（呼叫）东坡先生，有功无罪！

[众百姓齐呼：“有功无罪！”

詹　范　御史大人明断。

黄敦逸　这……（胁于众人之威，口硬心怯）苏轼编管之身，行为不检，本应治重罪，念皇上仁德治国之意，从轻发落，每月皇粮五斗，减为三斗，从此闭门思过，不许接触百姓乡民，再有违犯，重参不饶！（急下，兵勇随下）

画外音　每月皇粮五斗，减为三斗，从此闭门思过，闭门思过！

[众百姓齐趋前。

苏东坡　（含泪仰天）多谢朝廷恩典！

[众百姓大悲呼叫：“先生……”

[灯渐暗，众人下。

[幕闭。

第五场　患难真情

[幕启。佛印上，定点光。

佛　印　善哉！善哉！

（念）　一声唱喏漂泊不定，

心怀故友不了情。

你是一匹负重而行的山驴，爬不完险恶艰难的山岭。命中注定你难安分，坎坷一生皆因你是性情中人。唉！可叹红颜柔弱之身，也要伴你负重而行。善哉！前世修来同船渡，今世有缘结同心。苦命鸳鸯，一般命运！阿弥陀佛……

[收光。

[苏东坡在惠州的住所，简陋，雅洁小厅。

[阴沉乐声中，四差人巡门过场。

[音乐声中灯亮，朝云站幕。

王朝云　（唱“反线二黄尺字板面”）

三斗粗粮，困难日子，

由秋到冬，愁处家里，

盼青山，盼碧水，

情与心远飞。

听山歌，神往春风柳岸驰，

苦啸一声，魂断心碎。

（唱“反线二黄”）

可怜他，窗前相对，

只有几卷残书。

说什么——（五字长腔）

（清唱） 处江湖之远，则忧其君，

居庙堂之高，则忧其民。（六字长腔，入乐）

他却是无可用心，

好比鸿鹏折了翅。

苦煞朝云，苦持家计，

不敢言劳，不敢言病，

免他再添忧思。

只恐怕，

磨磨折折，折折磨磨，

冷落他火热肝肠，

损了他豪爽气。（拉腔）

[林行婆捧碗肉，草药一包闪缩窥望上。

林行婆 朝云，嫂嫂。

王朝云 （意外）大娘，你……

林行婆 我做了一碗红烧猪肉，先生最喜欢吃的，看外边没有鬼差，就送过来……

王朝云 多谢大娘。苏郎昨天还自己解嘲，说什么孔子在陈，三月不知肉味。

林行婆 还有，这是陈大夫给你配的药。

王朝云 唉！我就怕他知道……

[朝云在行婆提到她的病时，不时张望，怕东坡听到。

林行婆 我就是知道你怕先生知道，所以煲好了，你趁热饮吧。

[朝云饮药。

林行婆 你如此折磨自己，先生知道，更加伤心。陈大夫说，你的旧病日深，千万不可轻视，一定要坚持吃药。

王朝云 （醒起）对了，陈大夫这些药，配了多少钱？

林行婆 陈大夫不肯要钱，说道是惠州人一点心意，只望你身体平安……

王朝云 （无限感动）惠州乡亲对我夫妻太好了……

林行婆 （伤感）唉，林员外给我讲了几次，说先生每月只得三斗口粮，怎够你夫妻二人过活，他又不敢使人送米来，他想送来我家，由我转给你……陆公子给我讲之时流眼泪呀，他说一代文宗，如此磨折，成何世道，是何世道……

王朝云　大娘，请告诉林员外、陆公子，先生并不把这些放在心上，我们在黄州，种田自食，就这样过了三年！

林行婆　啊，这就好了！你们夫妻保重，我不敢多留，被那鬼差知道，又惹麻烦。你一定要吃药啊！

王朝云　多谢大娘！大娘，请呀！

林行婆　保重！

[林行婆向外窥望，下。

王朝云　（快，作喜）苏郎今餐有肉吃了，我去煮饭。（下）

[阴沉乐声中，四差人巡门过场。

[苏东坡持书卷上。

苏东坡　（唱“二黄慢板合字板面”）

樊篱隔阻似重围，

奢望蔽我眼睛，填聋耳，

不见不知，

他可以任妄为，任胡为，

浮云哪能遮掩日光辉，

全自作蠢计。

（唱“二黄慢板”）

为什么文人与苦难，

总是形影相随。

我越读诗书，越怀疑，（合字长腔）

今日方知其中理。

（唱序）贾大夫因甚贬长沙，

屈大夫因何投湘水，

（入乐）不是憎命文章，

都是读书养来正气。

一卷残篇祸之根，
七寸狼毫心之寄，
赤心不能泯灭，
祸患亦所不辞，
能掩我耳目，
难改我初衷，
永与苍生，相依鱼水。

（读书）天将降大任于斯人也，必先劳其筋骨，饿其体肤……

[朝云同时捧碗肉上。

王朝云　（喜笑）不用饿其体肤了！今餐有肉吃，你最喜欢食的红烧肘肉！

苏东坡　（趋前）好香呀！你是怎样变出来的？

王朝云　我又不是神仙，能变得什么？是林大娘偷偷送来给你吃的！

苏东坡　（大有感触）可知人心是隔不断的！

王朝云　快点食啦，我去装饭。

苏东坡　等你才一齐食！（捧碗）惠州乡亲深情，苏轼铭记了！

[朝云下，捧两碗白饭，一小碟咸菜上。先将一碗饭放在东坡身前桌上，小碟菜和另一碗饭放在较远的小桌子上。

苏东坡　坐过来，一齐吃——

王朝云　你忘记了，我是食素的！

苏东坡　（轻叹）当时你说持斋礼佛，保佑我早脱灾殃，要夫妻分桌而食，我为领你心，只好顺从你意。几个月来，我灾殃未减，你身躯清瘦了许多。看看你呀！（趋前抚爱，无限怜惜）

（唱“蘼芜歌”）

身心憔悴，褪尽芳菲，
我早经看到，
你是强作撑持。
种菜蔬，种红薯，
艰辛操作，任劳任饥。
苏郎寸心，痛楚伤悲。

王朝云　（接唱）　君休为我，牵心过虑，

寒梅映霜雪，

越见风骨英秀胜旧时。

苏东坡　不行，今天无论如何你要听东坡的！这餐一定要你一齐吃肉！

王朝云　苏郎，硬要我破戒，佛爷不高兴的！

苏东坡　（笑意）佛爷有空管你吗？我们俗家居士，但求心中有佛，何必自苦身躯？（夹起一块肉）来——你看看！

（唱“减字芙蓉”）

这一件红烧肉，半瘦又半肥。

张开口吧！

（续唱）　待苏郎喂入口中，

别有一番滋味。

王朝云　（接唱）　佛爷睁大眼嘎，

不许这么顽皮。

苏东坡　（接唱）　灵山也有凤鸾鸣，

佛爷看见都欢喜。

王朝云　（捧起饭碗）我吃白饭。

苏东坡　不行，今餐一定要吃肉。（迫前喂肉）

[朝云闪避，争持中，饭碗跌地，大碗里跌出小碗。

苏东坡　（强音乐声，凝视，大惊）你——原来你小碗盖着大碗，看来两碗饭一样满满的，其实你每餐只是吃小半碗饭，难怪得你越来越瘦了！朝云，苏郎对不起你呀！（冲前，抱住朝云，声泪交下，无限怜惜）

王朝云　苏郎！

（唱“乙反中板”）

朝云节食为消灾，

曾向佛前许愿，

愿捐卑贱体，

换夫早扬眉。

苏东坡　（接唱）　每月三斗粗粮，

怎养活两夫妻，

说什么节食礼佛爷，

分明是舍身酬夫婿。

往日润笔有微资，

今日出门无去处，

釜中无米，巧妇难为。

朝云，苏郎害苦你了！

王朝云　别这样说！

（接唱）　我是弱小妇人，

半碗饭已足疗饥。

苏东坡　（前腔）　为甚大碗中，暗藏个碗仔。

王朝云　（笑意，插白）我这是哄你高兴的。

（前腔）　你见我饭量宽宏，

一定心情舒畅，

苏东坡　（接唱）　你用心良苦，

我岂有不知。

（带点坚决）不行，这碗饭，我们要一人吃一半；这碗肉，亦要一人吃一半。

（转“滚花”）

饱则同饱，饥则同饥。

生则同生，死则同死。（拉乙反腔）

王朝云　（无限感动，悲叫）苏郎！（扑埋东坡身上，音乐声由强转弱，悲凉，静起）

（唱“苦喉木鱼”）

郎你深深情意，

更添我阵阵伤悲。

苏东坡　朝云，你应该开心才是。（同时替朝云抹泪）

（唱“乙反南音”）

我俩是相濡以沫，一对涸中鱼。

王朝云　（接唱）　郎是枝上凤凰，

我是半枯桐树。

恨难将我一腔热血，

注入你身躯。

苏东坡　（接唱）　卿你这般说来，

我更羞愧死，

愧我有妻难养，（抛舟腔）

枉说七尺男儿。（静收）

王朝云　苏郎切莫这般说话。

（接稍快唱）

月明也有云遮蔽，

人间道路是崎岖。

能受天磨真铁汉，

不招人妒是庸愚。

（趋快）　你是庙廊一石擎天柱，

你是文坛旷世大宗师。

莫为儿女情长，短尽英雄气，

（吊慢）　本想侍奉郎君，生生世世，

（更慢）　奈何修短不由人自主，

苏郎呀，朝云不在，

你更要刻苦撑持。（昏欲倒）

苏东坡　（大惊，抱住呼叫）朝云！朝云——（抱起朝云坐椅上，以下一段戏，抱住朝云）

（唱“三叠愁”）

睇你一丝余气，断续迷离，

莫抛撇下郎，忍心独行自向西，

曾誓相扶永共依。（哭）

（呼叫）朝云，你醒醒！

王朝云　（接唱）　请君毋悲切，自珍维，

此身远去，魂永驻，

添香送酒奉茶学唱诗。

苏郎，佛说人生，如梦如幻如泡如影如露如电，朝云生死何足介怀，只担忧朝云不在，我这个满肚子不合时宜的苏郎，日子不知如何过下去了……

苏东坡　（大悲）朝云，你这一生，跟着苏轼，太不幸了！

王朝云　苏郎何出此言，朝云一个风尘女子，纵然在俗世终老，也只与草木同枯，能为东坡所爱，依附郎君，此朝云之幸也，（拼最后一口气呼叫）我很幸福呀……（死去）

苏东坡　（紧抱朝云，悲声呼叫）朝云，朝云……

[切光，换景。

[音乐声不断。

苏东坡　（画外音）朝云，朝云，朝云……

[十祭民持幡，十二僧执木鱼与佛印上。

众　僧　（众人吟唱）南无阿弥陀佛！……

[佛印过场边行边唱。

佛　印　（唱“梵调”）

佛说人生，如梦如幻，

如露如电，如泡如影，

魂兮归来，朝云，朝云！

舍身为情的朝云……

众　僧　（吟唱）　南无阿弥陀佛！……

第六场　西湖幽梦

[惠州西湖，孤山左侧，朝云墓，墓前六如亭。

[疏云淡月，烟水迷茫。

苏东坡　（内唱“二黄倒板”）

天渺渺，水茫茫，

朝云何在。（双句）

[音乐声，灯亮，苏东坡在坟前张望呼叫。

苏东坡　朝云，朝云，苏郎叫你呀，你听不听得到呀？

（唱“悲歌行”）

日日思卿，夜夜思卿，情悲哀，

思卿日日，思卿夜夜，

人恍似，痴又呆，

料想你在黄土中，

思念郎，更悲十倍，

真是惨切，悲哉痛哉。

万言万语难诉泉台，

郎心已，一似蜡炬火燃寸寸灰，

好人不好报，

空说善恶轮回。

低徊，低徊，

寂寂青山，沉沉碧海，

人影悄，孤雁泣泉苔。（拉腔，过“乙反二黄合字序”）

（转“乙反长句二黄慢板”）

说什么并头花，倚春栽，

说什么入骨情，倾心爱，

说什么鸳衾鸾枕，合欢栽，

卿你美德纯情，堪称绝代，

挥尽人间妙笔，也图写不来。

你曾说修短由天，不是人主宰，

我骂句天心何残忍，

和鸣歌半调，碎毁我琴台。（句）

唉呀千呼不来，万唤唤不回，

（清唱）　委屈身如盘上藕，

皎洁人如岭上梅，

躬耕强把辛劳耐，

暗减碗中饭，送我口中来，

病骨已支离，面仍泛光彩，

只防夫痛惜，竟惹杀身灾。

（入乐）　剩我只影孤身，

怎度这凄凉一辈。（句）

（凄然念）如梦如幻，如泡如影，如露如电，唉！朝云，爱卿……

（转“反线七字清中板”）

你慧心解悟禅门呗，

定瑶阶步步上蓬莱。

庄严法相光华盖，

拈花含笑坐莲台。

苏郎不敢前盟背，

与卿携手踏云陔。

（趋快）　不慕词章传宇内，

不求翰苑占文魁，

洗尽心灵无挂碍。

此后清风明月，

（吊慢）　坟前夜夜，把你相陪。

朝云——

[走向坟前，同时场灯尽暗。

画外音　（圣旨）圣旨下，奉天承运，皇帝诏曰：罪臣苏轼，恩置惠州，不思悔改，纵酒浪游，愚惑黔首，妄自出头，着贬琼州别驾，编管儋州昌化军，钦此，谢恩。

[黑暗中传来苏东坡呼声“万万岁”。

[定点光亮，佛印出现台中，古琴音乐起。

佛　印　天阴晴，月圆缺，任浮沉，齐生灭，世道尽崎岖，人生原历劫，一佛心中留，百难腰不折，参透色空，是真洒脱，阿弥陀佛。

[灯熄，佛印退去。灯亮，茫茫大海，闪烁波光，岸边怪石嵯峨。

[一艘帆船，载着苏东坡缓缓向远处驶去。

[内场合唱曲起：

千里波涛远，险恶说琼州。

天高鸿折羽，地尽鹿回头，

愁对烟波悲白发，

强支老病下扁舟，

云淡淡，水悠悠，

难舍难离是惠州，

西湖佳景年年在，

父老叮咛再畅游。

[合唱曲声收，东坡远去。

[直落谢幕仪式。

[幕闭。

——剧终

本剧选载的是 2008 年丁凡、蒋文端、林家宝等主演的演出本。

广东粤剧院优秀剧本选

第六卷

GUANGDONG YUEJUYUAN YOUXIU JUBEN XUAN

广东粤剧院 编

中国戏剧出版社
CHINA THEATRE PRESS

《广东粤剧院优秀剧本选》编委会

目录

南海一号

原作：苏　虎　李雨芬

整理改编：梁郁南

人物表

李六哥	男，26岁，敢作敢为的年轻商人
林　花	女，19岁，李六哥表妹，善良贤淑
古　丽	女，18岁，波斯国葛会长的女儿，热情率直
李大用	50多岁，李六哥之父，南海商船纲首（即船长）
葛会长	50多岁，古丽之父，中国通，波斯商会会长
哈立德	30岁，心胸狭窄，追求古丽的波斯商人
陈　桧	50多岁，市舶司监门官，后升任南海督司，市侩，狡猾

阿海、舵工、船工、葛府仆人、波斯商人、波斯姑娘、小贩、众窑主、窑工、狱卒、中外人士、男女工人、舞狮人、游人、现代潜水员等

第一场

[南宋·高宗年间。

[幕启。瀚海无边，一艘木船，桅杆高耸，云帆掩映，海中航行……

[船工扯帆绳，喊号歌。

[六哥手持单筒望远镜，瞭望……

[大用提笔在画架前，绘制《万里航海图》……

[外音：早在西汉武帝时期，汉武帝征服南越国后，曾派使臣远航出海，沟通贸易。至唐代，则更为发达。而朝代更替，华夏多难，至南宋高宗年间，中原失落，战事频仍，海上丝绸之路，只剩民间来往船只。

李六哥　（唱“散板”）

　　南海通商，惊涛骇浪。

众船工　（唱“主旋曲”）

　　嗨哟，嗨哟——

　　远海经商——

　　嗨哟，嗨哟——

　　踏波涉重洋——

李六哥　哈哈哈——

（唱“霸腔二黄”）

　　海中生，海中长，海上儿郎。

　　俺祖先，曾挂云帆，远方闯荡，

　　拓南海，远贸易，通达邻邦。

众船工　（唱“主旋曲”）

　　嗨哟，嗨哟——

　　远海经商——

　　嗨哟，嗨哟——

踏波涉重洋——

李六哥　（唱“十字清”）

纵然是恶浪滔天也难挡，

也难挡南海儿女踏重洋。

（转“七字清”）

莫道黄沙开丝路，

海上丝路路也长。

爹爹一生把海图绘，

黑发绘成白苍苍。

（转“三字清”）

李六哥，雄心壮，

效先辈，涉重洋。

（转“七字清”）

闯过暗礁劈巨浪，

心随帆影——

向远方！

众船工　（唱“主旋曲”）

嗨哟，嗨哟——

大海任来往——

[一声惊雷炸响。

[六哥举镜远望。

李大用　各位注意，前方就是鬼门礁——（向前一指）兄弟们，各就各位……

（唱“散板”）

鬼门礁前来相拼！

众船工　（唱“新曲”）

右满舵，（合）舵满右，

降全帆，（合）全帆降。

李大用　（接唱）　莫怕巍峨礁石迎面，

我辈惯经风险！

众船工 （接唱） 提着心，吊着胆，
只望纲首化此险。
李六哥 （唱“二流”）
下有万丈惊涛，
众船工 （合唱） 惊涛！
李六哥 （接唱） 前有礁石突现。
众船工 （合唱） 突现！
李大用 （接唱） 左满舵，右满舵，
看我续道向前。
众船工 （合唱） 向前！
（唱“新谱曲”）
左满舵，满舵左，
右满舵，满舵右。
啊……
舵　工 （惊呼）老爷不好！左右都是礁石，已避无可避！
[望着前方，全场惊呆……
李六哥 （登高一呼）弟兄们！听我的，升全帆！
众船工 （惊愕）啊？！
李六哥 听我命令，（近似狂叫）升帆！升帆！升帆！
李大用 升帆提速，无异速死！阿六，你疯了么——（阻止六哥）
李六哥 （推开大用，疯狂般指挥着）听我命令，升帆！升帆！升帆！
[李大用急火攻心，昏倒……
[众惊惶中扯帆绳，帆急速升起……
李六哥 （唱“快中板”）
心莫惊来胆莫颤，
千斤碇石绑帆绳。
众船工 （重唱） 千斤碇石绑帆绳。
李六哥 （续唱） 抛碇石，入水面，
齐心合力莫迟延！

快！快！快！

[“通”“通”一声声，碇石破水而入。

李六哥 （续唱） 砍桅杆，两边断，

众船工 （合唱） 砍桅杆，两边断，

李六哥 （接唱） 巨帆入水分两边！

众船工 （合唱） 分两边，分两边！

[“轰隆”“轰隆”随着两声巨响，巨帆分两边轰然倒下……

李六哥 （接唱） 鬼门礁，咫尺远，

拉紧帆索，（介）挽危船！

[众船工死死地拉着入水的帆索……

船工甲 冲过鬼门礁啦！

[切光。

第二场

[波斯，葛家城堡，面向大海。

[葛家家庭舞会邀请了波斯大小商人聚会。

[舞池两边布满了波斯的各式雕塑、壁画、饰物等。

[壁炉炉火正旺，歌舞喧哗，美酒飘香。

[仆人甲上。

仆人甲 禀老爷！云散雾开，海面上南海号依然踪影全无！

葛会长 （不禁紧张）这个……

[众宾客停舞围上。

[甲客：“葛会长。”急上。

甲 客 葛会长，南海突起风暴，南海号迟迟未到，不会发生什么事吧？

葛会长 （故作轻松）没事，没事的。李老爷是航海名家，经惯风浪，没事的。大家放心吧！

[哈立德:“葛会长。”急上。

哈立德　老爷，不好了!

葛会长　何事惊慌?

哈立德　听过往的船工说，南海号风浪中桅杆消失，帆影全无，已触礁沉没了!

葛会长　啊……

甲　客　完了，完了，我们预订的大宋陶瓷，丝绸茶叶，全都没了!

乙　客　葛会长，你说请我们来这里等候大宋贵宾，接运我们的订货，不是要向我们宣布，我们的钱扔进大海了吧?

[众躁动。

葛会长　各位先生老爷，大家不用惊慌。这只是道听途说嘛!来，饮酒，饮酒!

(唱“慢板”)

海之东，有客到，

远渡重洋，惯经风暴。

几回生，几回死，凭的是万里海图。

(转“中板”)

想当年，献美瓷盛醇醪，国王醉倒，

献丝绸，王后笑，打赏奇高!

茶叶药材夸地道，

商船一到，当夸我引荐功高。

来来来，饮酒，饮酒!

[有人高呼:“看，南海号!”

[众迅速望向大海，兴奋地:“啊，南海号，果真是南海号来啦!”

葛会长　(大笑)哈哈哈……奏乐相迎!

[乐声大作，李大用上;李六哥等随上。

葛会长　李老爷!

李大用　葛会长!

[二人拥抱，行左右贴面的波斯礼。

葛会长　李老爷，多年不见，你依然老当益壮呀!

李大用　葛会长，此番到来，险些见了龙王呀!

葛会长　李老爷福大命大！

李大用　全凭犬子六哥，当机立断，拯挽危船，九死一生呀！

波斯人　六哥？

大宋人　若非六哥，我等早已身葬大海！

李大用　想我一生航海，见惯风浪，此次风暴骤起，暗礁突现。左满舵——

大宋人　左有巨礁！

李大用　右满舵——

大宋人　右有巨礁！

李大用　眼看避无可避，千钧一发。绝望之际，我儿六哥，登高一呼，升全帆，断桅杆，抛碇石，巨帆入水，强行减速，拯挽危船！

[大用说得惊险；听者惊叹连声……

葛会长　英雄六哥，是哪一位？

李大用　我来介绍！（指六哥）犬子李六哥。（指葛）波斯商会会长葛老爷。

李六哥　葛会长，有礼！（一揖）

葛会长　（赞叹地）啊，后生可畏，后生可畏呀！李老爷，我也介绍一下，他们是我们波斯国的商人巨富！

李大用　各位老爷有礼！

众　有礼，有礼！

葛会长　（指哈立德）哈立德，我们商会的会员，年轻有为。

哈立德　久闻李老爷大名，幸会……

葛会长　哈哈哈，歌舞上来！

[一队波斯姑娘扭腰缓步而出，古丽领舞。古丽舞到六哥跟前，邀其共舞，在波斯天籁般的音乐中，六哥学着舞步，跳了起来……

[乐停。舞毕。

葛会长　李老爷，她是谁……还认得么？（指古丽）

李大用　（辨认着）她是……

葛会长　小女古丽。

李大用　哈哈哈，几年不见，都长成大姑娘了！

葛会长　见过李老爷、李六哥。

古　丽　李老爷好！李六哥好！

[二人照面，诧异地望着对方……

葛会长　请各位后堂饮宴，为大宋贵宾洗尘接风！

众　请，请！

[葛会长与李大用引众下。

[李六哥被波斯的建筑、雕塑、壁画、饰物所吸引，古丽也好奇地望着六哥……

古　丽　李六哥。

李六哥　你叫我……

哈立德　古丽，我们走吧！

古　丽　你先走啦。

哈立德　古丽，我哈立德说过，你在哪里我就在哪里！

[内场葛会长叫："哈立德！"

哈立德　（露害怕表情）哦，会长叫我，你快些来！（急下）

古　丽　你叫……李……六……哥！

李六哥　（吓了一跳）你叫古……丽。

古　丽　你是从大宋来的……

李六哥　我也是第一次来波斯。

古　丽　我也没去过大宋……你喜欢我们波斯的建筑、雕塑、壁画？

李六哥　（仍观赏着）喜欢，喜欢呀！

古　丽　六哥，跟我来！

李六哥　去哪里？

古　丽　去一个你喜欢去的地方。

李六哥　这……恭敬不如从命！

[转景。波斯街市。

[在充满波斯风情的音乐声中，舞蹈表现：波斯人选瓷、玩瓷、用瓷的生活场景，吸引着六哥；古丽带着六哥一路赏玩，最后带到后花园。

[景转花园。有摇椅。

古　丽　六哥，坐啦！

李六哥　男女授受不亲……

[古丽将六哥按坐在秋千上。

李六哥　为什么这椅无脚的?

古　丽　这是波斯的摇椅。

李六哥　哦，也就是大宋的秋千，我也来试一试。有意思，有意思，你们波斯的圆顶房屋、白门窗、摇椅都很有意思!（坐介）

古　丽　是吗?

李六哥　（唱“十字清”）

圆顶房白门窗未曾想象，
花瓶高杯壶矮器物细长。
最奇是盛水瓶不担肩上，
放头顶竟也能步似飞翔。(拉腔)

古　丽　（唱“七字清”）

只闻宋邦人谦让，
呆头呆脑读文章。
今见六哥人开朗，
热情潇洒更大方。

古　丽　六哥!

（唱“减字芙蓉”）

我们家家都用瓷，算来是天量，
若然改款式，一定有大市场。

李六哥　哦，对呀!

（接唱）　精美大宋瓷，融入波斯式样，
南海通商路，共拓大市场!

古　丽　对，这是一笔好大好大的生意!

李六哥　古丽，你也觉得大有可为?

古　丽　大有可为!

李六哥　我回大宋，即上书朝廷，革新宋瓷，组船队，远贸易，再兴南海!

古　丽　六哥，你是说，你要回大宋了?

李六哥　对！即邀葛会长及众多波斯工匠，到我大宋，助我革新宋瓷！

古　丽　好…… 不过这不行！

李六哥　哦，为什么？

古　丽　因为你……没邀请古丽！

李六哥　你？

古　丽　唔！我还可以帮助你设计新款的波斯陶瓷花样！

李六哥　好啊！惊涛万里，你不惧怕？

古　丽　有六哥相伴，我不怕！

李六哥　好呀！不过……

古　丽　不过什么？

李六哥　大宋法例规定，外国女子不可上街行走，更不可进入瓷窑。

古　丽　不许外国女子街上行走，不可进入瓷窑？哦，我若改扮男装，不就可以了么？（学男子走了几步）怎样，可以么？

李六哥　（兴奋忘形）好，一言为定！（执古丽手，尴尬分开）

（背唱"新曲流水"）

偷偷看心慌神慌，

她深眼高鼻梁，明丽异常。

轻纱罩面当风扬，

不禁令人神驰意惶惶……

古　丽　（背接唱）好一个潇洒大方，

目光迷人，撩动柔肠，

丘比特，一箭把我伤，

心上人，难道已在我身旁？

李六哥
古　丽　（二重唱"红绣鞋"）

异样的眼神，如火焰；
如甘泉！

李六哥　（接唱）　如火烧烫，

古　丽　（接唱）　如冰冷。

李六哥 （齐唱） 烧得我心儿暖，
古　丽 　　　　 刺得我心儿颤，
李六哥
古　丽 骤然犹似堕身爱河里面。

[俩人沉浸在爱的幻象中……

[哈立德上。

哈立德　古丽！你怎样了？

古　丽　（惊觉）哦，我在做一个梦。

哈立德　做梦？

古　丽　我梦到传说中的大宋……六哥，走！（拉六哥下）

哈立德　古丽……（又气又恨）我哈立德原是身份卑微的小商贩，贩过服装、做过杂货、卖过酒水，起早摸黑东奔西走，终于混到了葛老爷身边。我还要搞定古丽，让她成为我的妻子，让葛老爷的财产归我哈立德所有！如果古丽有个三心两意，那我的计划岂不毁于一旦！

[切光。

第三场

[广州繁华的墟市上。商铺鳞次栉比。中外商贾络绎于途。

[群舞，表现瓷器、丝绸、茶叶、凉茶铺与广州特产的制作、流通。

[人在用古法谈着交易，小贩在叫卖瓷器。

[林花欣喜地上，浏览两旁瓷器；阿海推装满瓷器的小车随上，停好。有客围上，取瓷器观赏。

林　花　（唱“杨翠喜”）

三街六市车马喧，

人在市墟我心却在常常念记，

将哥哥来挂牵，

怎会几天不见人影？

此番出海远航到波斯，

带返一个洋公子，

帮助造新瓷组船队远销天边远。

阿　海　小姐，你看那边还有很多靓瓷器呀！

林　花　去看看！

[林花巡看。

[乐声中，陈桧坐四人大轿上。

陈　桧　（唱“海南曲”）

官阶虽系最低，

出巡要讲威势。

众公差　（接唱）　实为轿底下多收礼，

陈　桧　胡说！

四公差　（恍然大悟）哦……

差甲乙　（接唱）　老爷今年不收礼，

差丙丁　因乜轿门越坠越低！

公差甲　老爷在轿内坐，越坐越肥喽！

公差乙　老爷油水足嘛！

陈　桧　呵呵，老爷近来吃得饱饱滞滞，快行啦！

[四公差难堪重负，放轿。

陈　桧　怎么不走了？

公差甲　老爷，我们走不动了啦！

众公差　累死啦！

陈　桧　好，好，好！轿中多器物，老爷体恤下属，下轿步行就是！（下轿）

[林花与推着车的阿海上。

阿　海　小姐，走了那么久了，休息一下吧。

林　花　好！休息一下吧！

陈　桧　（见林花车上陶瓷，兴奋）啊，好瓷，好瓷！

林　花　大人，你喜欢陶瓷？

四公差　（附和着）喜欢，喜欢！

林　花　看来，你们也是识货之人呀！

陈　桧　（爱不释手地）识货，识货呀！

（唱“流水南音”）

钧瓷出窑一色艳，

红似朝霞漫上天；

绿似春水初生日，

定官汝哥单色妍……

这些上好的陶瓷，从何而来的呢？

林　花　大人呀！

（唱“杨翠喜”）

访遍官窑和私户，

真假优良来分辨。

大墟场自有精品见，

从中收取入库存。

存存存，（一边收瓷器，放回车中）

存到仓满那一天，

销往波斯国，越洋过海面，

使我大宋瓷，美名传遍海角天边！

陈　桧　什么？你收购官窑陶瓷，销向波斯？

林　花　是呀！

四公差　（恫吓，异口同声）官瓷外销，犯法的嘞！

陈　桧　人来！与我没收！

林　花　（一惊，低声）阿海快走！（收起欲走）

[众公差上前抢陶瓷。

[六哥内声：“且慢，且慢！”与男装的古丽上。

林　花　六哥……

李六哥　参见大人！

陈　桧　你是谁人，胆敢阻碍公差执法？

李六哥　大人，南海商号李六哥，叩见大人！

陈　桧　李六哥？你就是大名鼎鼎的南海商号李大用的公子？

李六哥　正是。

陈　桧　（见古丽）这位是……

古　丽　波斯商会的古利。

李六哥　大人，我正欲前往府上拜访……

陈　桧　（见古丽手中锦盒）你的锦盒很别致呀，装的是什么？

古　丽　看过便知。（打开锦盒）

陈　桧　（惊喜地）珍珠——玛瑙——洋手镯——

古　丽　漂亮吗？

陈　桧　（贪婪地）漂亮，漂亮！（收入怀中）

古　丽　大人，波斯国有许多许多的珍珠、玛瑙、洋手镯！多到用大船去装也装不完！

陈　桧　真的？

李六哥　六哥此番波斯之行，深入民间访查，发现波斯国家家户户使用陶瓷，若将波斯风情融入我宋瓷之中，以我宋瓷之精湛，就可以装去陶瓷丝绸，运回珍珠玛瑙！

陈　桧　（欣赏着珠宝）好，好！

李六哥　大人，我正准备修书一封，请大人转达朝廷！只要朝廷恩准，必能拓展市场，富我国邦！

陈　桧　好主意，不过本官只是小小市舶监门，人微言轻……若能坐上南海督司之位，自然就水到渠成了。

李六哥　大人此话何意？

陈　桧　南海督司一职现正空缺，州官正在勘察人选，若你能出资相助，疏通疏通，大事可成！

李六哥　这个……（低声）多少银两？

［陈桧伸三个指头示意。

李六哥　（低声）三十两？

［陈桧再示意。

李六哥　三百两？

陈　桧　是三十万两。

李六哥　啊……

林　花　六哥，什么事呀？

陈　桧　还有。刚才那位姑娘精乖伶俐，俏丽可人，若将她送与州官王大人……

李六哥　（怒执陈手）你……

陈　桧　（痛叫）哎哟！

李六哥　（放手，转恳求地）大人，六哥之托，乃为国家之事，岂能用金钱和美女来交换？

陈　桧　哈哈……

李六哥　你笑什么？

陈　桧　（低声地）商人逐利，你却在本官面前妄谈富国兴邦，难道不可笑么？

李六哥　你……

［李大用内叫："可恼，可恼！"气得发抖上。葛会长、哈立德随上。林花、古丽迎上。

林　花　伯父……

李六哥　阿爹……

李大用　逆子！

（唱"扑仙令"）

悲且恨，逆子乖张，

顷刻间，家道沦亡。

李大用　（愤怒冲前）你竟将我的家业变卖，大院典押！我，我，我一生的心血——（掌六哥脸）

（接唱）　全付了，海与江，

怎不教我恨如狂！（气昏）

林　花　（扶住）伯父——六哥，这是真的么？

李六哥　爹爹呀！

（唱"朦胧"）

孩儿有冲天志非言谬妄，
为家国披肝胆反受凌辱，恨也若狂。
闯暗礁越骇浪滔滔，视生死轻似尘样，
又怎能受屈辱输豪气损我南海之商！
（转“爽中板”）
好爹爹，谆谆训言记心上，
常教导，人不立品莫经商。
（转“七字清”）
邦国不兴，国人头难仰，
人在异地最思乡。
（转“五言”）
爹绘航海图，经多少风浪？
非谋一人利，福荫南海疆。
（转“三字清”）
分国忧，担民望，
行大义，是大商。
（转“七字清”）
孩儿捐家行险仗，
不为一家富，欲图国兴昌。（长腔）
阿爹，我们买瓷窑，组织船队运去大宋陶瓷丝绸，运回波斯的珍珠、玛瑙！

林　花　伯父，这样岂不是可以换回好多间大屋！阿哥，我支持你！

葛会长　李老爷，六哥大志堪嘉，果然是虎父无犬子呀！

李大用　过奖！过奖！

古　丽　李老爷，到时候你们的南海号就装不完我们波斯的珍珠、玛瑙啦！

李大用　对，组织船队，做大生意！

陈　桧　（狡黠地击掌两下）好，好！毁家纾难，大义之举。不过若得不到朝廷恩准，本官放行，恐怕……

李六哥　还望大人上报朝廷，日后多多关照！

陈　桧　日后？今日不知明日事。如今市舶混乱，刁民肆意，你以为我这个官好当么？

哈立德　大人，官好当，当官好呀！

（唱“流水中板”）

当官好呀，官好当呀，
人人都有此梦想，
当官自有黄金万两，
当官可展宏图理想，
当官好啊……
有你讲时无人讲，
当官威风千万丈。
纵然是当官要花银两，
好快连本带利回到手上，回到手上，
当官好……
当官掌权真真爽，
面子钱财两得好风光。

陈　桧　哈哈，一个洋人，也懂处世之道。难道堂堂南海商号李六哥，却不知权柄之厉害？竟为那区区三十万两……

李六哥　大人，商人之钱银，是血汗中换来，风浪中搏取，岂能用于不义？

陈　桧　不义？你……你会为今日说的话后悔的！

李六哥　若为此之故，六哥死而不悔！

李大用　好！阿六有志气！你不愧是我李大用的好儿子！

林　花　伯父，你不怪罪阿哥了？

李大用　哼，我还在恨他呢！

林　花　啊？

李大用　我恨他为何不对我早说。

葛会长　李老爷真是教子有方。哈立德，你应该向六哥学习学习。

哈立德　是，是。

李大用　葛老爷，走！我们去看看六哥新买回来的瓷窑！

李六哥　葛会长，请！

葛会长　请！

[众下。

陈　桧　（咬牙切齿地）好，好，那就等着瞧！

[陈桧与四公差造型，收光。

第四场

[瓷窑前，一轮明月升起。

[后区光亮。乐声中，李六哥与李大用、葛会长巡视：绊浆、制瓷、描绘等各组造型……

[幕后唱：

一纸新图十万工，
旧灶新窑炉火红。
田流活水禾苗壮，
新货出窑财路通。

[六哥与李大用、葛会长等复上。

窑工甲　（上）六哥，新瓷已经做好，你看合不合波斯的规格？

李六哥　葛会长，你是我们聘来的总监制，陶坯是否合格？你说了算！

葛会长　（看陶坯）好，比我们波斯的还要好！

窑工乙　是否可以入窑点火？

葛会长　好！待我加盖印章，就可以入窑烧制！

李六哥　（对窑工）你通知大家准备入窑！

船工乙　（上）李老爷，租借的新船陆续到埗，请李老爷上船察看！

李大用　好，好！组船出海，马虎不得呀！

葛会长　李老爷，你这航海名家，这回大展身手了！

李大用　哈哈哈，全赖葛会长你给我们大单生意，成全我们呀！

葛会长　一起赚钱，不用客气。

李大用　（对六哥）阿六，你几个通宵未睡，要好好休息才是呵！好！

葛会长，一起去看看我们的船队吧！

李六哥　知道了，阿爹。

[众分边下。

[四个窑主台前远看，又恨又气。

窑主甲　李六哥竟让波斯人进我窑场，习我工艺，这还了得？

窑主乙　在我大宋的陶瓷上画上波斯的图画，淫邪之极，成何体统？

窑主丙　如此一来，波斯人只买他李六哥的陶瓷，我们岂不是要吃西北风！

窑主丁　（压低声音）告官，我们要告官！

众窑主　对，告官去！

[众窑主闪下。

[林花提篮上。

林　花　（唱“燕子楼中板”）

深宵夜静人难寐，

夜静更盼共语时。

暖暖鸡汤深深意，

问哥可知妹心思？

（转“楼台会”）

为你痴痴意，

为你苦相思，

欲语难语，

唯求月老赐齐眉。

念到好哥哥，

顿觉耳热心花飞，

欲借夜来风，把柔情寄，

谁能谅我心底意？

[内场古丽叫：“六哥，六哥——”

[林花闪避。

古　丽　六哥，你睇我靓唔靓？！

李六哥　（一惊，旁视）古丽……你快装扮男仔。若被人看见，会招是非的！

古　丽　怕什么？这里没有旁人，只有我和你。六哥，我们一起设计波斯式样的陶瓷做好了没有？

李六哥　全做好啦，已经入窑了。

古　丽　如果运到波斯去，一定赚大钱。

李六哥　古丽，夜已深，你快回去休息吧，我还要入窑去看看。

古　丽　六哥，你日夜操劳，为何不停下来，静静地看一看月亮？

李六哥　看月亮？

古　丽　是啊，你看今晚的月亮多圆，多浪漫！

李六哥　浪漫？

古　丽　（唱"新曲"）

看那月与星，相对笑叙时，

犹如我与你情深相依。（深情地看着六哥）

李六哥　（不敢正视，抬眼望星空）

（接唱）　她百丈爱火，

我七尺男儿，

难言爱意，唯借明月将心寄。

林　花　（旁唱）　看那月与星，相对笑叙时，

犹如笑我林花心太痴。

古　丽　（旁唱）　爱他烈烈汉子，

李六哥　（旁唱）　爱她爽直娥眉，

林　花　（旁唱）　他俩情浓意趣，

我犹似心撕碎。

古　丽　（接唱）　愿梦停止在今夜，

愿今生记住这一切……

李六哥　（接半句）谢天赐你我相逢，

多少回忆，付与明月夜。

林　花　（接唱）　记得儿时游戏扮夫妻，

你做新郎我做新娘，（仄声）

今宵冷冷孤单，看那月西斜，看那月西斜。

古　丽　（唱“新曲序”）

浪漫在美丽的今夜，

愿此情绵绵永不绝。

李六哥　（接唱）心跳在美丽的今夜，

美妙感觉难抒写。

林　花　（接唱）孤独在冷酷的今夜，

愿它永去，不复此夜。

三　人　（合唱）啊……

李六哥
古　丽　（续唱）多么美丽的夜……

林　花　（接唱）多么冷酷的夜……

李六哥
古　丽　（接唱）多么美丽的夜……

林　花　（接唱）多么冷酷的夜……

三　人　（合唱）啊……

[哈立德与陈桧分边上；陈见古丽女装，闪避偷窥。

哈立德　李公子，我有话要跟古丽说！请！

[李六哥与古丽一惊，分开。林花闪避下。

古　丽　六哥……

哈立德　古丽！（拉一旁）我是如此的爱你，你却伤害我？

古　丽　我伤害了你？

哈立德　你不该与那李六哥……

古　丽　就为这事？

哈立德　你……

古　丽　你可以走了！

哈立德　站住，我哈立德说过，你在哪里我就在哪里。

古　丽　你不走，我走！（下）

哈立德　古丽……（气愤极）李六哥！你，欺人太甚！

（唱“新腔哭灵”）

我心上人你强抢，

我竹篮打水空一场；

你有来时我有往，

哈立德岂是任宰割的羔羊！

你阻住我把天堂上，

我就要你见阎王！

[陈监门走到哈立德身后，一拍哈肩膀。

陈　桧　哈立德先生……

哈立德　陈大人……

陈　桧　李六哥实在是太可恨了！

哈立德　我要与他决斗！

陈　桧　且慢！杀人是要填命的，这又何必呢。只要你依我之计，三条罪状，李六哥生不如死，必落地狱！

哈立德　哪三罪？

陈　桧　他与古丽勾搭，败坏祖宗规矩。是第一罪！

哈立德　第二罪呢？

陈　桧　他只顾金钱，不惜泄露我大宋瓷艺。是第二罪！

哈立德　第三罪呢？

陈　桧　他以改革新瓷为名，偷运官窑瓷器，无视王法。是第三罪！

哈立德　证据何在？

陈　桧　新瓷即将入库，林花清点校验，只要将林花引开，神不知鬼不觉官瓷换新瓷。然后你做贼喊贼，来个一个开箱验货！

哈立德　好！

陈　桧　你的女人嘛——自然就是你的了！

哈立德　李六哥，你既不仁，休怪我不义！

[陈桧奸笑……

[切光。

第五场

[南海监狱。窗外一弯残月。

[关上铁门的巨响。

[三五狱卒醉意朦胧地上。

狱卒甲　兄弟们！兄弟们，喝酒……

狱卒乙　（念“白榄”）

　　　　　　你有罪，你无罪？
　　　　　　入黎呢度谁理你！
　　　　　　唔理你国恨与家仇，
　　　　　　小事一桩好“湿碎”。

狱卒甲　（续念）我嘅地头我话事，
　　　　　　今朝有酒今朝醉！

狱卒丙　（续念）啱！有酒呢度系生人庙，
　　　　　　无酒呢度系死人堆，
　　　　　　你有冤，谁不冤？
　　　　　　世道唔理谁冤谁！

狱卒丁　（续念）我是谁？你问谁？
　　　　　　谁再问我我是谁！
　　　　　　我就要你知道我是谁！

狱卒甲　（续念）谁是谁，爱着谁！
　　　　　　我只认银子、美酒和美女，
　　　　　　不管你们谁谁谁！

[狱卒下。

[追光下，大牢内，李六哥举着手镣而立，悲愤填膺……

李六哥　唉！

（唱“狱中吟”）

铁窗伴长夜，

恨压心中。

顿感撕心痛，

一眶泪悲涌。

何来有罪？何来之错？

竟要待作死囚困樊笼。

当日毁家不避险凶，

为展平生梦。

却遇奸人坑害，转眼头断血流红。

唉！

（转“乙反长句二黄”）

身困铁窗，心飞瓷窑往，

忘不了窑工数万，笑脸一张张。

冷灶炉火红，家家燃希望，

奔富有新路，个个喜洋洋。

恨只恨奸诈小人，欺下瞒上，

诬我三条罪状，要我刀下命亡。

（转“流水行云”）

我曾志在四方，富耀国邦，

盼海之邦，路通畅，

盼海之疆，财气旺，

民安国亦安，南海兴昌国富强。

正气一腔，沥胆披肝，

越之商，雄心壮，

越之商，敢拼闯。

今日梦残志断，声威遭毁丧，

在顷刻间，血溅洒刑场。

（转“反线中板”）

说什么，私通外国女子，

亵渎瓷窑，有罪难恕谅。

她有情，我有爱，彼此相爱又何妨？

说什么，金钱为诱，

重商毁农，乃是天大罪状。

岂不知，行商道民富足，

才会国运兴昌。

（转“七字清”）

说我走私将法枉，

越思越想越荒唐。

入库新瓷应验看，

官瓷怎会入库仓？

（转“三字清”）

我坚信是，人间存公道，

终将一日，正义张扬！（拉腔）

[古丽内叫：“六哥——”天幕出现古丽形象。

李六哥　古丽？

古　丽　六哥！

（唱“新曲”）

见六哥，披枷锁，

两眼不禁泪模糊。

伤心见英俊六哥人憔悴，

好人怎会受罪多？

为什么男女相爱也成罪过？

古丽越想越糊涂。

六哥，听闻你今日要问斩。

李六哥　是呀！

古　丽　你为古丽而获罪，后悔么？

李六哥　我不后悔！

古　丽　（感动而泣）六哥！

（续唱）　多情男儿，世间有几个？

敢为佳人，不怕羁锁，

谢苍天，赐我六哥！

李六哥　（接唱）　痴情女子，世间有几个？

敢为心上人，踏破狂波。

遥遥千万里，点燃爱之火。

[陈桧上。

陈　桧　李六哥。

李六哥　昏官！

陈　桧　昏官？！本官上对得住皇上，下对得住黎民，中间呢，对得住良心。阿六，既知今日，该悔当初了吧？

李六哥　无耻！

陈　桧　哈哈！正是我这个无耻之人，因监察港口市舶有功，已荣升为南海督师之位，明日你奔赴黄泉，本官就不来相送了！

李六哥　你滚，你滚！

[陈桧得意洋洋大笑而下。

[狱卒甲带李大用、林花上。

狱　卒　李老爷，你可知李六哥是如何入狱的？

李大用　是怎样入狱的？

狱　卒　是有人写了匿名信。李老爷，请！（大用拿出钱孝敬）你这是什么意思？不好吧……下不为例。（狱卒下）

[李大用示意林花入监牢探望六哥，卸下。

林　花　六哥！

李六哥　阿花……

林　花　（唱“诉冤中段”）

泪似珠，满双眼，

忍看哥你受折挫，

枷锁上留恨仇多。

妹我恨难替代哥，挡灾祸，

恨我大意轻疏把罪罗。

令你获罪遭羁锁，

只因轻信竟任教唆，

害了好哥哥！

李六哥　阿花，库仓由你看管，为何新瓷换了官瓷，莫非你真的受人贿赂，种下祸根，你快说！

林　花　哥哥呀——

（唱“反线二黄”）

忆那天夜月斜挂在天边，

我仓前将货验，（免序）

忽闻惊慌声乱。

李六哥　那是什么声音？

林　花　（接唱）　纷纷说，瓷窑倒塌，

我哥埋在窑里边。

李六哥　（惊愕）啊？那，那后来又怎样？

林　花　（唱“长序”）

我惊慌失魂似火煎，

唤哥叫哥欲把哥哥见。

过东村，到西村，逐个兜转，

待访遍，才知坊间竟是谣传。

心思忖，才知受了欺骗。

李六哥　（又恨又怜）原来阿花是为了六哥，遭人陷害！

林　花　（跪介）阿哥，我对不起你——

李六哥　（急扶）我的好林花，我的傻妹妹！

林　花　朝廷派来了钦差，监斩阿哥。我要救哥哥出狱！

李六哥　唉，弱小林花如何救我呢？

林　花　阿哥，你来看！（掏出血书）

李六哥　（惊）血书？（执看林花手指，大惊，痛怜地）你……你滴血写状？

林　花　我要告状！我要还你的清白！

李六哥　阿花！

（唱“乙反减字芙蓉”）

良善林花遭冤枉，

顿觉心中似万箭穿。

（动情地）阿花！

（转“丝丝泪”）

字字殷红，血泪印映，惊怕认！

娇柳般柔弱，却有壮烈心，不惜命。

林　花　（接唱）　好哥哥，抱负未完成，肩担使命。

（转“乙反中板”）

数家窑炉因你兴，

数千窑火因你停。

波斯人到来，合同早订。

若负盟约，一切化烟轻，

我耻生于世，哥也断了前程。

阿哥呀！

（转“快二流”）

我不信铁镣枷锁，

能锁住滚滚洪波？

我不信邪气歪风，

能将那正义羁锁？

更不信奸人作恶，

能逃过恢恢天罗。

头顶血书，

（转“滚花”）

与数万窑工，哀哀上诉！

哥哥保重！

[花对六哥三拜，急下。

李六哥　阿花，阿花——

[李大用上。

李大用　阿六！

李六哥　爹爹……你为儿奔波，一夜间骤添白发，老了许多。是孩儿不孝！（跪介）

李大用　葛会长发现由他监制的新瓷分明已经入库，却流入墟市之中，他怀疑是哈立德所为，陷害于你。

李大用　阿六，可知你入狱之后，最惦挂你的是谁呢？

李六哥　孩儿知晓，乃是爹爹！

李大用　是阿花。

李六哥　阿花为我滴血写状，情动天地！

李大用　阿花她是你什么人，你又知不知呢？

（唱“乙反二黄慢板”）

想当年，我便觉心穿箭。

我与她爹出海去行船。

茫茫夜里行，触礁遇险，

林兄命断！

李六哥　啊！原来叔父当年是海难身亡！

（唱“悲秋”）

好妹妹，我最亲善，

自小相亲相戏乐无边。

纵使地塌山崩损，

视作亲兄妹永爱怜！

李大用　视作兄妹还不够呀！

（唱“二黄”）

你与她，竹马青梅，

亲上加亲，我久存心愿。

岂止兄妹情，应属夫妻爱，

天赐良缘！

李六哥　（惊呆）阿爹……

李大用　阿花为了你，头顶血书，带着数万窑工，哀哀上告，你不能辜负了她呀！

李六哥　阿爹，我与古丽志趣相投，互相爱慕……

李大用　住口！你与古丽只是生意上的朋友，以后不可逾越半步！

李六哥　阿爹……

李大用　难道你要为父，跪下求你不成么？（欲跪）

李六哥　（扶住）爹——

[内叫："圣旨下！奉天承运，皇帝诏曰：南海商人李六哥，心忧社稷，胸怀大志，实为商人楷模。万人血状，写得分明。所罗罪状，子虚乌有。原南海督司陈桧督查不力，降职查办。赐南海号为南海一号，升任李六哥为南海督司，重拓我南海丝绸之路，革新宋瓷，组船队，远洋贸易，扬帆出海！"

[收光。

第六场

[南海神庙码头，醒狮舞蹈，鞭炮齐鸣。

[蔚蓝的大海上，"南海一号"巍然耸立，幡旗猎猎。

[内场："船队到埠，装货咯！"

[幕后合唱"新曲"：

醒狮翻天锣鼓响，

南海号将启航。

参天云帆向大海，

帆下万人装船忙！

男工人　（意气风发地，接唱）

装装装，装装装，

布匹漆器和竹杖，

五金胭脂还有糖。

汗流浃背船上装，

越装心里越舒畅！

女工人　（续唱）　装装装，丝绸绵绵长，

似要把这海路丈量，

茶叶飘香渡海过洋！

男工人　（念“音乐数板”）

农具、食盐、工艺品，

五金堆成山一样。

岭南民康又物阜，

奉上新瓷十万筐。

款款新，“哐哐响”，

装满甲板堆满舱。

众　（合唱“新曲”）

装装装，装装装，

装的是发财梦，

装的是豪气壮，

奇珍异宝一箱箱，

齐上空前大船仓，

海不扬波向异邦。

[六哥率众人上。

[恢宏的音乐将气氛推向高潮，汉子们立于船舷，在李六哥的带领下，肃穆庄严。

[莽筒长鸣……

[陈桧与公差上。

公差甲　李六哥他们走远了。

陈　桧　走得越远越好。

公差甲　走多远都要回来呀！

陈　桧　他们还想回来…… 我已重金收买船上之人，暗做手脚，船到鬼门礁……哼!

[切光。

第七场

[“南海一号”内舱。

[海面暗起西风，并伴有隐约雷声。

[林花正在聚神绣鸳鸯……

林　花　（唱“秋水伊人”）

浓情鸳鸯，

双双戏水泛荷塘。

奴奴厚意，

怎寄得心上情郎?

只好深深永埋藏，

默默记，偷偷看，

祈求上苍，

让我身边相伴已愿偿。

[六哥上。

李六哥　阿花，自从我出狱之后，满心歉疚。有句话我一直想与你说……

林　花　（阻止，一笑）阿哥，不用说。你心里想说的话，我全知道。

李六哥　你全知道?

林　花　（唱“秋江哭别”）

与哥相处十八春秋，

同乐同游同欢畅，

双双嬉戏共拜堂。

相亲相依傍，十数载相守望，

哥心里话语，妹能做猜想。

（转“流水新腔”）

哥想说，阿花年华十八如花样，

是贤妹，似贤妻，

热时执扇，冷送热茶汤，

操持家务，寒来暑往，

窗前灯下，为我补衣裳。

上告呼冤，滴血写状，

情隆义厚，哥哥愧难安。

李六哥　阿花，我和古丽之事……

林　花　（依然一笑）阿哥，古丽是个好姑娘，你不要辜负了人家呀！

李六哥　阿花……

林　花　阿哥，无论你做什么事，做怎样的决定，阿花都相信，你是对的！

李六哥　（感动地）阿花！

（唱“秋江哭别”）

哥与妹相处十八春秋，

却从来未曾留心看，

阿花真个淑女贤良。

几多委屈也忍让，

对哥多番体谅，

深施一礼谢过好红妆。（施礼）

林　花　（急扶，散唱）

阿哥你休将记心上。

（入板）　愿哥哥一生安稳少风霜，

消灾解祸殃，

梦好心愿偿。（序）

李六哥　（执林花手，看伤痕，痛惜地）阿花，你为六哥付出太多太多了！

（接唱）　让哥无论在何处，

也为妹遮风挡浪，

不被那风刀雨箭伤，

一生也安康。

林　花　（接唱）　与哥你走过几多坎坷和痛伤，

有哥相伴纵苦梦也香，

惯经风雨狂。

李六哥　（接唱）　怜和爱，

化一声多谢贤妹义厚情长！

[古丽叫着“六哥”上。

古　丽　六哥，原来你在这里。李老爷说要起风了，叫你到甲板上去！

李六哥　好。你们慢慢谈。我上甲板去了！（下）

古　丽　（见绣帕，赞叹地）林花，你拿的是什么，上面绣的是什么雀？

林　花　这种雀叫鸳鸯。

古　丽　鸳鸯？

林　花　鸳鸯总是成双成对，永不分离，所以，我们把恩爱的夫妻叫鸳鸯。

古　丽　（似懂非懂）哦，鸳鸯？就好比我和六哥，以后一双一对，恩恩爱爱，永不分离？

林　花　（尴尬地）嗯……

古　丽　林花，到波斯后我带你去看，看圆顶房、白门窗，还有波斯的壁画。不过现在你要教我写汉字，好吗？

林　花　你想学汉字？这并非一日之功呀。

古　丽　我就是想一日之内，学会写“李六哥”。（拿笔在陶坯上比画着）

林　花　好，我教你！

（唱“河调慢板”）

十八子，便为李。

横轻竖重且凝神，

淡抹浓涂写下去。

[古丽学着林花的样子，依书而写。

古　丽　（接唱）　十八子，便为李。

俏丽林花无猜忌，

未识我别有心思。

写名字，心好奇，

好把“李六哥”，珍藏心底。

林　花　现在写第二个字——六字！

（接唱）　一点一画长，撇捺分左右。（不断序）

古　丽　这个字简单。（依样就写）

林　花　再写个“哥”字。此字由“两可”结合而成。

古　丽　（另场）“两可”？即是六哥可以同古丽，也可以同林花？

林　花　（看对方举止神情，心有感慨）

（接唱）　她心直口快，

不把爱意深埋！

古　丽　（唱“螺黛”）

她纯洁善良，

人靓心地美。

待六哥，又何止是兄妹俩情长？

她心中，也有相思，

却埋于心底，天神般秀美。

[哈立德拿一个酒瓶，醉醺醺地闯上。

哈立德　（叫喊）李六哥，李六哥……

林　花　哈立德，你要干什么？

古　丽　你喝醉酒了！

哈立德　（一抛酒瓶，拔出腰间短刀，狂吼着）我没醉！李六哥，我要和你决斗！

林　花　哈立德，你真是醉了……

哈立德　李六哥，我要杀了你……（下）

[林花、古丽随后追下。

[切光。

第八场

[接前场。“南海一号”甲板上。

[天气晦暗，飓风渐强。

[李大用与葛老爷正在细观天象，核定海图。

[天上突然响起一声炸雷，恶浪一阵阵袭来。

李大用　注意！前面就是鬼门礁！

李六哥　把紧航舵，看好方向，引领船队，闯过鬼门礁！

众　知道！

李六哥　阿爹，前方乌云密布，电闪雷鸣！

李大用　让我看看！乌云密布，海涛汹涌！

葛会长　看来，一场风暴果真要来了！

李六哥　各位船工大佬，降全帆，收全橹，稳速续航！各就各位！

舵工　降全帆，收全橹！

[船工分头忙碌。

[哈立德挥刀叫喊着“李六哥”，醉醺醺地冲到六哥前；古丽与林花追上。

哈立德　李六哥！我要同你决斗！

李六哥　哈立德，你要干什么？

[哈立德挥刀就刺；六哥避开。

古丽　哈立德，你不要乱来。

哈立德　住口！你抢我的女人，我要杀了你！

[突然，惊雷炸响，电裂长空。

李六哥　哈立德，你住手！（赤手与哈格斗）

[六哥与哈立德激烈对打介，夺下短刀。

[船工甲内惊叫“六哥——”上。

船工甲　六哥，大事不好，飓风来了。

李六哥　快拉紧船帆，稳住船舵。

船工甲　司南被人损坏，航船失去方向！

[船工乙内惊叫“六哥……”上。

船工乙　六哥，南海一号偏离航线了……

众船工　怎么办？！

李六哥　大家不要惊慌，速发信号，命令后面船队，相互连接，组成方阵，以抗风暴！

船工甲　（向前一指，惊呼）鬼门礁，鬼门礁……

[突然轰隆一声，大船触礁。接着是桅杆断裂的可怕声响……

船工乙　（惊呼）桅杆断啦，快些闪开！

[哈立德被眼前景象吓呆了，怔怔地站着……

李六哥　（大叫一声）哈立德，闪开！（一个箭步，冲前推开哈立德）

林　花　（望着呼啸倒下的桅杆，抢前一步，身护六哥）六哥危险——

[“轰”一声，林花倒地……

众　（惊呼）啊——

李六哥　阿花……

哈立德　（酒醒，双膝跪下）司南是我毁的，我做了些什么啊！

李六哥　（抱住林花）阿花，你醒醒，你醒醒呀！

林　花　（林花醒来）六哥，六哥呢？

李六哥　阿花，我在这里！

李大用　阿花……

林　花　伯父，阿花再也不能侍奉你老人家了……

李大用　阿花！我们还要去波斯的……

古　丽　我答应带你去看圆顶屋、白门窗……

林　花　（执六哥之手）六哥，我不能同你到波斯去了……

（唱“乙反木鱼”）

我……我自幼失去双亲人孤零，

却不曾失去幸福与温馨。

与六哥竹马青梅，与伯父晨昏定省。

浓情厚爱两身承……

李六哥　　阿花……

林　花　　六哥，好冷，好冷……

李六哥　　（紧紧抱住）阿花！阿花！

林　花　　（艰难地，拉着古丽的手）古丽，我不能再教你……写汉字了……这鸳鸯……（掏出鸳鸯巾，执六哥手和古丽手在一起，死去）

李六哥　　（悲呼）阿花……

李大用　　阿六……

[古丽给林花盖上纱巾。

李六哥　　今生不能结夫妻，阿爹，你就为我和林花主持来世的婚礼吧！

李大用　　好！（含泪，喊）一拜天地！

李六哥　　（唱"新曲"）

一拜天地至尊，

谢过天地灵气现，

三生石上铸姻缘。

谢过日月精华，

万物欣欣繁衍。

众　　（合唱）　啊……

谢过秋冬春夏，

风调雨顺万万年……

李大用　　二拜高堂！

众　　（合唱）　啊……

[六哥跪拜。

李六哥　　（续唱）　二拜高堂，亲恩长念！

十月胎恩重，三生报答轻。

父母百般苦，养育我成年。

（秃转"昭君怨中板"）

深深记，深深念，

父母养育大恩永萦念。

三春晖照，一生不断，

但我未报寸草心；

愿他生再侍父母亲畅享天年，

膝下来奉敬，酬恩万遍！

李大用　（喊）夫妻交拜。

[六哥跪拜。

李六哥　（唱“凤笙怨”引子）

夫妻交拜泪淋漓！

林　花　（画外音接清唱）

记得儿时我俩扮夫妻，

你扮新郎，我做新娘……

李六哥
林　花　（唱“秋水龙吟”）

青梅竹马两无猜，

知暖知寒度寒暑。

李六哥　（续唱）　热忙赠扇，冷补寒衣，

我监中困锁你跪行呈血书。

想到此，哥我痛心如裂撕，

请恕哥哥负情痴。

想往昔，你共哥笑望时，

竟是忍着悲来为我喜。

我错负了，你包容不猜忌，

抱着爱念舍生为我死！

李六哥
林　花　（唱“新曲”）

长夜漫漫，冷冷苍天，

睁睁双眼，见证此一刻：

李六哥　（续唱）　今生不能结夫妻，但求来生在一起！

李六哥
林　花　（合唱）今生不能结夫妻，但求来生在一起！

[又一声惊雷，风起，雨落，船身剧烈晃动……

[呼救声、海浪声混成一片……

[一声沉闷的巨响，大船沉入海底。世界归于宁静，只有阵阵海水的水泡声此起彼伏……

[收光。

尾　声

[两名现代潜水员在海水中勘察。

[画外音、字幕：公元1987年，这艘沉没了八百多年的木船在广东阳江海域被意外发现，经中华人民共和国批准，2007年由广东省人民政府组织打捞出海，并被命名为“南海一号”，掀起了世界海上丝绸之路的崭新一页……

众　（合唱“新曲”）

一枕情梦八百秋，
醒时喜见日当头。
沉舟侧畔千帆过，
说风流时更风流……

——剧终

本剧选载的是2010年丁凡、蒋文端、梁淑卿、姚志强、林家宝、文汝清等主演的演出本。

青春作伴

编剧：文电伯　秦中英　余楚杏　李新华

人物表

文　青　女，23岁，大学农科毕业生，平山镇水口村新任村长（即村委会主任）

林春华　男，28岁，水口村村长助理，复退军人

罗家伟　男，23岁，文青大学同学，原男朋友

四　婶　女，50多岁，盲眼村妇，文青生母

傅丽丽　女，23岁，文青大学同学，密友

郭　强　男，40多岁，平山镇镇长

算盘叔　年近60，水口村民，林春华父亲

阿　发　男，50多岁，前任村长

阿　娣　女，20出头，水口村民

文　母　女，年近50，文青养母

小跟班　村民

众大学生、众村民、路人等

第一场　欢乐中的悲哀

[南方某农大校园内，礼堂。

[幕启。一群男女大学生在照毕业相，在提示声中不断变换造型，镁光灯闪烁。

罗家伟　男生来一张——

众学生　好！

文　青　女生来一张——

众学生　好！

文　青　再来张个性的——

众学生　好！

罗家伟　最后来张经典的——

众学生　好！茄——子——

[众人扔帽子、狂欢：“毕——业——啦——”

众学生　（合唱新曲“毕业歌”）

曾共你挽手青春一起走过，留下了思忆永记。

还共你书山攀登勇于探索，为着理想不说放弃。

曾共你挽手青春一起走过，留下了思忆永记。

还共你书山攀登勇于探索，为着理想不说放弃。

无惧畏经风风雨雨后，让我的青春放飞，

商海里遨游同行又添朝气，

同学有豪情让那壮志冲天远照万里。

从今去两地关山，人渐远，

心永远记挂着这天，心永远挂牵，

今后再重逢如何又不牵手，

共细说问候人未老，让江山更要丽美！

真情、要真诚、让理想飞！

文　青　叻仔（聪明）——

众女生　学生哥——

罗家伟　叻女（聪明）——

众男生　学生妹——

女生甲　（满怀憧憬地）十年后同学会，你们将会看到我的奔驰宝马！

罗家伟　（意气风发地）二十年后，整个华南商界，都是我罗家伟的天下！

男生甲　我将来的企业，称霸东南亚！

傅丽丽　我傅丽丽将来的公司，要跨国到美加！

女生甲　文青，你呢？

文　青　（一时愕然）我？

众学生　是啊！

傅丽丽　（抢着）我们的文青小姐呀，豪门千金，富家二代，父母将她下半辈子都安排好了，不是考研就是出国，哪还用她操心！

罗家伟　（打断）好啦好啦。我宣布，毕业晚会，现在开始——

四男生　我们先表演！

[学生跳舞狂欢，家伟与文青深情对望，被同学调侃。

男生甲　（触景生情地）家伟，你再不向文青求婚，将来就怕没有机会了！

众男生　（集体起哄）求婚！求婚！

[罗家伟在男同学的推搡下，走到文青面前。

[傅丽丽见状，当即上前阻止。

傅丽丽　慢！我们的罗大班长，向文青求婚，你凭什么呀？

罗家伟　（一时没想好，似在自语）我凭什么？

男生甲　我们班长是学习尖子，校园歌手，还是篮球王子，学生会主席，帅哥一个，这样还配不上吗！

傅丽丽　（酸溜溜、挖苦地）我知道他还有车有楼嘛！但车是自行车，楼是他父母20世纪分的四五十平方的旧楼，配得上我们文青的男孩子，还没在地平线上出现。

罗家伟　我已毕业，以后可以奋斗！

傅丽丽　（嘲笑）奋斗？你算了吧！文家的夫婿，将来要掌控整个文氏集团，不是“金融大鳄”，起码都是只过洋“海龟”（海归），轮得到你咩？

男生甲　（看不过眼）傅丽丽，是不是没人向你求婚，你吃醋呀？

傅丽丽　（气结）你——

众男生　（又起哄）求婚！求婚！求婚！

罗家伟　（犹豫地，旁唱“怀旧”）

相爱已三载，难得有情人。

我有痴心与用心，早盼共结誓盟。

[罗家伟欲上前。

男生乙　等一等！（拉开一个易拉罐，把拉环递给罗家伟）家伟，戒指都帮你准备好了！

男生丙　用易拉罐拉环做戒指？叻仔！

罗家伟　（接过戒指单膝跪下）文青，你嫁给我吧！

文　青　（被感动，与家伟深情，接唱）

相爱已三载，共哥结伴行。

睇到（看到）家伟有上进心，总不甘落后别人。

爸爸教导记于心，要用心鉴别人，

既看聪慧更看人品，坚贞守志每在贫。

罗家伟　文青，嫁给我吧！

[文青向家伟投以鼓励的目光，慢慢地伸出了手。

[罗家伟把“戒指”戴在文青的手指上。

众男生　（不依不饶地）嘴佢！嘴佢！嘴佢！（亲她）

[正在这时，文母拉着个大旅行箱仓促上。

[同学们热烈庆祝，大呼小叫，气氛热烈。

文　母　（站在门口，呼叫）文青！

文　青　妈？

众学生　阿姨好！

[热闹的场面消失，载歌载舞的学生隐去。

文　母　（惊恐地）文青，你快跟我走——

文　青　（不解）妈，我们要去哪？

文　母　先到香港，再想法出国。

文　青　（一惊）香港？出国？为什么？

文　母　你爸爸今日上午被法院的人带走了！

文　青　（大惊）啊？爸爸怎么啦？怎么会这样？

文　母　唉，你爸爸有个朋友因巨额金融诈骗被抓，他是担保人，肯定是被牵连进去了。

文　青　做个担保能算什么罪呀？妈，爸爸他不会有事的！

文　母　（哭喊）文青，案件金额涉及好几个亿，谁知道会有什么事情发生呀！就连我们的房子，都被法院查封了！

文　青　（惊愕）妈——

文　母　（急）女儿——再不走，我怕连个养命钱都保不住了！

文　青　（痛苦地）妈，我们不能走！爸爸正是需要我们的时候，如果我们走了，谁来照顾他呀？

文　母　（严厉地）我管不了那么多！我再问你一次，你走还是不走？

文　青　（痛苦地摇头）我不走不走我不走！（哭着喊）妈！你别走……你不可以丢下爸爸不理的！（哀求）妈——

文　母　（冲口而出）我不是你妈妈！

文　青　妈，你讲什么？（以为妈妈说的是气话，但看到妈妈是认真的，震惊）

文　母　（冷冷地）我不是你亲生妈妈。（叹了口气）文青，你既然不想走，我也不勉强你。（打开皮箱，拿出件小棉袄递给文青）这是你刚到我们家的时候身上穿的，你就留下做个纪念吧。

[文青颤抖着手，打开了那件小棉袄，发呆地看着。（注意，棉袄的形状不能让观众过早看清楚）

文　母　开车时间到了，我走了！（急下）

文　青　妈！（双重打击下，几乎崩溃）

（唱“双星恨”尾段）

天要倾，地要翻，一瞬间，泪满衫。

失去双亲倍孤单，两手颤抖，豪情顿化冰冷。

孤飞燕，魂欲散，失倚靠，无望盼。

梦已尽碎，自天坠地我未惯，

心中痛苦五味翻，道长路远怎去攀……（欲晕倒）

[罗家伟、傅丽丽上，急搀扶。

罗家伟
傅丽丽　文青，文青！

文　青　家伟——（三人相拥，文青痛哭）

[切光。

[夜，街。昏黄的路灯，细雨飘零。

[文青手里拿着一叠求职简历，木然上。

[耳边是汽车飞驰而过的声音，文青视而不见。

[家伟持伞对上，撑伞为文青挡雨，两人对望着。

罗家伟　（关切地）文青。（见文青情绪不好）现在下雨啊，你怎么了？不怕着凉吗？来，先坐下……（拉文青坐下）怎么样？今天见工不顺利吗？（文青哭，家伟拿过文青简历看，气愤责骂）这算什么公司？一点不守信用，说好毕业就来报到，现在却翻脸不认人！就算你爸爸出了事，他们也不可以这样啊！

文　青　家伟。我、我想离开这里！

罗家伟　离开这里？到哪？

文　青　去——农村。

罗家伟　（意外地）去农村？

文　青　是的。学校推荐我去农村，我答应了。

罗家伟　（着急）学校鼓励尖子生到农村，当然说得天花乱坠，你以为农村真那么好么？

文　青　不是尖子生，学校还不会推荐呢。家伟，我是认真思考过的，实习时我曾到过农村，在那里，我是最开心的，何况我们学的是农科，也算学以致用啊。

罗家伟　文青，我的大小姐，现在我们最重要的是在这座城市找到一份工作，拜托你现实一点好不好？

文　青　（恳求地）家伟，我要你跟我一起去。

罗家伟　（犹豫地）文青，我、我……

文　青　你不愿意？

罗家伟　文青，你冷静一点，其实……其实我已经找到工作了！是一间很大的地产公司，我应聘的职位有很多人竞争，（得意地）我表现得很出色，所以最后他们录用了我。（见到文青用陌生的眼光盯住自己，竭力解释）文青，其实我不是你想象的那样……（终于找到借口）你看这样好不好：你既然想去农村，你就去，就当是散散心，我就进那间地产公司。以后你在农村不开心，可以回来，因为还有我。如果你在农村站稳了脚，升了个一官半职，说不定我以后还要投靠你！这样，岂不是两全其美了……而且你现在这样的心情，离开一下对你也有好处。

[文青心里一冷，忧伤的音乐起。

[两人有点无奈地各自转过身去，背靠背。

[切光。

第二场　被推上的村长

[一年后。

[暗转。水口村头小广场。

[阿娣举着个“大声公”（扩音器）上。

阿　娣　（吆喝）各位乡亲，各位父老！各位父老乡亲！今天是水口村换届选举大会，请大家都快些出来参加会议，为了我们村的发展，投下你神圣的一票！

[算盘叔上，只见他“咣——”地打了一下铜锣。

算盘叔　乡亲们，投票选村长咯——

阿　娣　（走过来问）算盘叔，我刚才这样嗌（叫喊）可以吗？

算盘叔　（满意地）可以可以，电视上都是这样嗌的！（“咣——”地又打了一下

铜锣）大家快点出来，选村长咯——（下）

[一队大姑娘小媳妇，拿着小板凳舞蹈着上。

众媳妇　走快点吧！选村长咯！

[内场回应：来咯！

[算盘叔复上，往大姑娘小媳妇手里塞东西。

算盘叔　到时候选哪个，你们都记得了吧？

众媳妇　（齐声）记得啦！（下）

[一队青年小伙上，算盘叔又与他们一一耳语，众人会意。

算盘叔　（继续吆喝）大家快点出来，选村长咯选村长咯——

小跟班　（上，冷嘲热讽地）算盘叔，你这样做，不就想要大家选你的儿子春华吗？直接说好了。

算盘叔　（不服地）春华怎么啦？他从部队复员回来，前前后后当了五年村长助理。

小跟班　那算什么，人家阿发叔，都当了两届村长。

算盘叔　阿发当村长，他自己就（对着小跟班敲锣）“发”（发财）啦！（继续吆喝）投票选村长啦——（两人下）

小跟班　（向里招呼）阿发叔快些吧！——

[阿发在另一班村民的簇拥着上。

阿　发　（对众人）没问题，你们的事包在我身上！知道选哪个了吧？

众　人　（点头）知道，知道！（簇拥着发叔下）

[村民们陆陆续续进会场，会场十分嘈杂。

文　青　（有点胆怯地）请大家静一静，静一静，水口村推选村长候选人大会马上就要开始，请大家讲文明、讲秩序……

男村民　（马上呛声）文青——我们乡下人是这样的啦，不习惯你就下去吧！

阿　娣　大家静一静，下面有请我们平山镇郭强镇长主持会议！

[郭强上，众村民鼓掌。

郭　强　各位乡亲，水口村领导班子换届选举工作，现在正式开始了！下面请候选人上来！（阿发、春华上，郭强对文青说）大学生，你也上来，帮忙做记录。（大家坐定）阿发，你是老村长，你先讲几句吧。

阿　发　各位乡亲——

（念“白榄”）

水口村，虽然近年没什么发展，

都算是安安乐乐无惊无险，

开讲有话平安就是福，

老老实实养肥几只猪、耕好几亩田，

就系最大的发展！

算盘叔　（挖苦地）阿发，不是我说你，你自己没胆量没本事，就别找这么多借口！

村民乙　是啊是啊，我们水口村还没发（发财），他自己倒是发得不明不白了！

阿　发　（被辱，怒）喂——你不要血口喷人！我两个儿子，一个搞装修，一个开酒楼，我阿发的每一分钱都是干净的！

[两边的村民又闹得不可开交。

郭　强　春华同志，你来跟大家说几句。

林春华　（清清嗓子，向群众敬了个军礼，念）各位乡亲，各位父老，各位父老乡亲！（从裤袋拿出一份发言稿，一本正经地）在上级党委政府的正确领导下，在村党支部的团结带领下，在全体村民同志的共同努力下，近年来，水口村坚持科学发展，虽然遇到了一个又一个的困难，但我们还是取得了一个又一个的胜利……

村民甲　（打断）喂——春华，你可不可以不读文件呀？

[部分村民起哄：“是呀是呀——”

算盘叔　（激动地站了起来）儿子呀——不用怕！老爸支持你！

[部分村民附和：春华我们支持你——

郭　强　大家静一静，大家静一静！春华，你还是讲讲具体的工作设想吧。

林春华　郭主任——

（念“白榄”）

水口村，有资源。

去省城，未算远。

点解（为何）近年冇乜（没什么）发展？

皆因没个长远规划和现代理念。

又怕亏，又怕蚀，想发财，又怕承担风险……

村民甲　（打断）春华，不是我们不想发财，是这几年，你都没给我们带来什么发财的机会。

[部分村民起哄："是呀是呀，发财谁不想呀？"

郭　强　好啦，乡亲们，两位候选人都谈了自己的想法，我们就开始推选村长候选人。候选人确定后，报镇里面进行资格审核，审核通过后，就可以进行正式投票，选出水口村新一届的村领导。现在开始投票推选正式候选人——

[两边支持者分别呐喊："支持春华！""支持发叔！"

[四婶拿盲公竹，由女村民引上。

四　婶　是不是今天选村长……是不是今天选村长……

林春华　（赶忙迎上）四婶，今天只不过是群众推选正式候选人。你不方便，就可以不来了。

四　婶　华仔，我还没全瞎，我要来选你当村长！

[林春华扶四婶落座。

[文青手机响，走到一旁接听："喂——喂——"

郭　强　同意林水发为正式候选人的，请举手——（部分村民举手）文青，请统计一下人数。（不见文青）文青——文青——

[文青正在一旁接电话："吴老板，对对对，是我联系你的……什么？你下午就到？好好好……"

郭　强　（只好对一旁的阿娣）阿娣，你统计一下人数。

[阿娣点人数。

郭　强　同意林春华为正式候选人的，请举手——

[部分村民举手，算盘叔举手，四婶也举手。

[阿娣又在点人数。

[文青接电话："吴老板，我都问过的了，这个价钱……"

阿　娣　（有点为难地，对郭强）郭镇长，两个的票数一样多。

郭　强　（有点意外）啊？

[一组村民："选发叔——选发叔——"另一组村民："选春华——选春

华——”双方甚至分成了两个阵营，举起拳头挥动着，一副誓不罢休的样子。

[声音震耳欲聋，文青听也听不清电话。

[郭强让众人少安毋躁，众人安静下来，一起望向文青。

文　青　（继续对电话）吴老板，只要价钱合理，十车八车没问题……我都打听过了，这个价钱肯定合理……水口村的紫心番薯曾经出口香港……对，只要车一到，就可以马上装车！

[众人听到了“水口村的紫心番薯”，围拢到文青这边来。

算盘叔　（走了过来，有点不满地）文青，你真没一点规矩！现在大家都在开选举大会，你做自己的生意，怎么可以这样啊？

文　青　（收起电话，歉意地对算盘叔）不好意思算盘叔。刚刚有个客商打来电话，说他的车队下午就到我们村，收购番薯芋头。

阿　发　（不解地）收购番薯芋头？

众　人　番薯芋头？

文　青　是呀，这个客商是我联系的，我要将村里的番薯芋头卖出去。

女村民　你到我们村这么久，我都还没见过你到城里去，怎么联系？

文　青　其实很简单，如今都是信息时代了——

[众人表现出兴趣。

文　青　（唱“数鬼芙蓉”）

有网络，有手机，

广州，深圳，上海，北京，

可以随便去。

（转“二黄”）

月来见到，村民家家户户，

收成大批芋头番薯，

（念“白榄”）

年年贱卖，日日喂猪。

看得我心头如受刺。

现在的大城市，都是流行绿色饮食——

众村民　绿色饮食？

文　青　（接念）　粗粮搭配山珍海味，

有益健康又减肥。

（续唱）　越是盛宴华筵，越食芋头番薯，

这对我们村里，是一个大好商机。（句）

我就上网搜寻，（合字长腔）

手机联系，

找来吴老板，嗰间（那家）农贸公司，

他利用回头货车，

省却了许多运费。

（趋快）　一门生意，两家便宜。

以后许多经营，

（转“合尺花”）

都可以发展下去。

算盘叔　（有点恼火地）文青，讲到卖番薯芋头，我算盘叔最在行的！你的番薯芋头卖多少钱一斤啊？

文　青　（反问地）算盘叔，你们以前的番薯卖多少钱一斤？

算盘叔　（挠挠头）谁都知道，我们番薯卖到三毛五毛一斤。

[文青伸出两只手指。

众　人　两毛？不卖不卖！

文　青　如果是两元呢？

众　人　（惊讶）两元？

算盘叔　（第一个反应过来）卖，我卖！我家里还有十几担呢！我得回去装番薯咯！（急下）

众　人　（抢道）我卖——我卖——

文　青　放心，大家将自己的番薯芋头装好袋，到时敞开收购。

[众人一听，急着要散。

郭　强　（急了）喂——各位乡亲，会还没开完，还没推举出正式候选人呢。

众　人　（收住了脚步，一起指着文青）不用选了，就选她——

郭　强　（疑惑地向文青）你？！

文　青　（意外地）我？

[急收光。

第三场　盲村妇的倔强

[音乐起，灯渐亮，四婶坐缝棉袄，身旁放着一个针线篓。

四　婶　（放下衣物，起唱“朦胧”）

沉沉黑暗度晨昏，

幸好靠感觉还能够站与行，

十数载光阴，万事可躬亲，

最遗憾有件事心中长抱恨。

（悲叹楔白）丢妹，你听唔听到（听不听得到）妈妈叫你呀？

（转略爽“二黄”）

妈妈年年月月，为你咬线拈针。

只望你早日归来，呢（这）件新衫望能合衬。

（音乐声，坐下，摸索着零碎布料，七拼八凑，引线牵针）

[灯全亮。破旧农家小院，一间矮小的土砖房。

[林春华扛水泥上。

林春华　四婶！

四　婶　华仔，你又来了。

林春华　是啊，我来帮你捡瓦漏。

四　婶　唉，自你从部队回来，年年都来帮我捡一次瓦漏，算起来都有五次啦。

林春华　这都是我应该做的。不过四婶，这房子又残又旧，还是找个地方搬出去吧。

四　婶　我不搬，搬走了——

林春华　丢妹回来，就认不得路啦。

四　婶　呵呵呵，华仔啊，全村人，就数你最懂我的心意。

林春华　当然啦！但是刮风下雨的话，这房子就危险啦！

四　婶　你不用再劝我啦。总之，𡚸妹一天不回来，我就守一天；一辈子不回来，我就守一辈子。

林春华　（不忍地）四婶，都十多二十年了，我看啊，𡚸妹是不会回来了——

四　婶　我不许你乱说！𡚸妹她一定会回来的！（发觉不该这样对春华，和颜悦色地）华仔，如果𡚸妹回来，我一定要她嫁给你。

林春华　（玩笑地）那也要我见过才行啊，万一她是个丑八怪，那怎么办？

四　婶　（嗔怒）我的女儿，怎可能是丑八怪呢？我的女儿很可爱的，她小时候不知道多聪明啊！

林春华　你的女儿当然聪明啦！

四　婶　（忽觉悲从中来，边走边自言自语地）唉，讲起𡚸妹就可怜咯，三岁就没了爸爸，四岁就被人拐卖——

林春华　四婶，没事的，没事的……

四　婶　（拭泪）没事的，没事的……

林春华　（嗅了嗅鼻子）四婶，是什么味道？

四　婶　（醒悟）哎哟，我还煮着番薯！

林春华　等我来……

［春华拿桶，和四婶齐下。文青提了包礼物上。

文　青　（唱“西皮”下句连序）

水口江边多美景，风帆浪里影。

远闻鸡唱声，近看鸭鹅泳。

虾仔跳，身轻盈，林树间，

蝉鸣荔熟，一片安宁。

（看见破房，楔白）池塘，破房，是这里啦！唉——

（唱“滚花”）

没料到四婶的住处，果是这般光景。

待我劝她离开，与她细说慢“倾”（谈）。

［文青推门而进，四婶出来。

文　青　四婶——（四婶装着没听见，文青趋前）四婶，我是文青——

四　婶　文大村长，有何贵干啊？

文　青　（感受到一股敌意）四婶，大家委托我看你来了。

四　婶　有心了！

文　青　（想找话说，看见针线篓，上前想拿棉袄）这是什么？真漂亮！（四婶举起“盲公竹”扫过来要打，文青缩回碰到棉袄的手）

四　婶　（喝止）不准碰我的东西！（自言自语般说给文青听）哼，卖几担番薯就抢了我春华的村长当，什么道理啊！

[文青有点尴尬，又讶异于四婶的感觉敏锐。

林春华　（拎着水桶上）四婶。

文　青　春华哥！

林春华　人家是大学生！

四　婶　（不以为然）大学生怎么啦，大学生就可以吃人啦？

[春华已经顺着梯子爬上屋顶。

文　青　（看看屋顶，转移话题），春华哥，我有事正要找你！

林春华　有什么吩咐，文村长？（抛下缆绳，刚好落在文青身旁）

文　青　（受惊吓）啊——蛇！蛇呀——

林春华　（已经从屋顶下到地上。拿起绳头嘲笑文青）只是草绳而已，不是蛇。

四　婶　（有点心痛地）唉——五谷不分，禾稗不辨！你为什么抢我春华的村长当啊？！

文　青　（无话找话）啊，春华哥，你爬上屋顶干什么？

林春华　捡瓦漏！

文　青　我也是为这事来找四婶的。

四　婶　我的屋子关你什么事？

文　青　四婶，这屋子太危险了！村委会临时安排了一间新屋，我们想你搬过去。

四　婶　文村长，这个村，是你说了算；这屋子，是我说了算！我不用你瞎操心！

文　青　（虽难受仍真诚地）四婶，你一个人住在这里，我们实在放心不下，万一发生什么事情，我们怎么对得起你老人家呀！

四　婶　我死是我的事，与你们无关！

林春华　文村长，四婶不愿意搬，你就省点力气吧？

文　青　明明是危房，为什么不搬？

林春华　你知道什么啊？因为四婶的女儿……

四　婶　（一声断喝）华仔！

林春华　好好好，四婶，我不说！我不说！

文　青　（想起手中礼物，双手奉上）四婶，这是村委会的一点心意，请你收下！

四　婶　什么？你捎些东西来，是想堵住我的嘴吗？哼！（把文青的礼物扔在地上）

（直起唱“雨打芭蕉”中段）

我哋（我们）虽穷，人人老实务农，

不慕浮华，不肯跟风。

不管啲官讲乜东东（东西），

有饭，有茶，有餸（菜），

家家饱饱暖，年年笑口逢。（边唱边下）

文　青　（追上）四婶，四婶！

林春华　（看着文青捡拾东西，有点不忍）文村长，四婶她老人家脾气是大些，你不要介意。

文　青　（严正地）春华哥，你这样就不对了！让四婶搬家是村委会的决定，你当时明明在场，为什么不帮忙劝她一下？

林春华　文村长，你来这条村才多久？你了解多少情况？

文　青　我不管什么情况！我是一村之长，万一房子塌了，出了人命，我是要负责任的！

林春华　文大村长，四婶不搬，她有她的难处，我们帮她补补瓦漏，也是为了安全着想，有什么不好？（自言自语）又说是大学生，得把口（只会甩嘴皮子）！这些你就不会了，大学生！（提了提手中装了灰浆的水桶）

文　青　（恼怒上前抢过春华的桶）谁说大学生就不会了！（爬上屋顶，屋顶摇摇晃晃，文青胆怯）

林春华　（叹气，递上手）下来吧——大学生。（文青欲走，林春华喊住她，打圆场）大学生，你又说有事找我，是什么事啊？

文　青　春华哥，这段时间，我走访了各家各户，听过大家的意见，初步想到了发展水口村的三个规划，想听听你的意见。

林春华　（冷冷地）三个规划？你说吧。

文　青　春华哥你听——

（唱“梆子慢板”）

水口村，近江边，

（转“越调流水板”，静唱）

山丘后坡，成一片，

不少有名种养，出自家传。

算盘叔养的乌鬃鹅，皮脆肉嫩，

春华哥你种的鸡心芥，肉厚淋甜，

发叔养的对虾，也曾蜚声近远。

可惜小家小户，

（入乐）散养兼散卖，卖不出好价钱。（句）

林春华　那你想怎样？

文　青　我想把散养户联成合作社，提高品质，创出名牌，打入大市场，才有可能大发展。我最大的理想，就是将我们水口村建设成绿色生产基地。

林春华　哼！你就这些发展大计啊？这叫纸上谈兵——

（唱“三脚凳”）

听下就得（听听就算了），只怕难实现。

若有好办法，何必等到今年？

你睇（看）各户各家，都系自打自算。

加上无门又无路，又点（怎么）进大城圈！

四　婶　（端着一碗煮熟的番薯出来，挖苦地）华仔，今时就不同往日咯——

（唱“滚花”）

人哋（人家）山鸡可以变凤凰，

神通广大“乜都搞得掂”！（什么都可以办妥）

文　青　四婶，不是我神通广大，不过——

（唱“减字芙蓉”）

只要我们用心做，三个规划可以办周全。

四　婶　（接唱）　就怕你不识农时，

到时搞成七国咁乱！（到时弄得一团糟）

不过讲到种菜呢（这）一项，

我哋华仔就最有发言权！

文　青　好呀，春华哥，那就由你来负责联系各户——

（接唱）　整体开发松仔坡，

规模种植连成一片。

林春华　（接唱）　东家推去西家让，

散沙一盘难成团。

文　青　春华哥，下一步，我们再把江边一带零散虾场连结起来，

（接唱）　产业化科学养殖。（半句）

林春华　（不屑地）哼哼——

（接唱）　台风一到就玩完！

文　青　春华哥，我都问过了，容易受水流冲击的就“转角坳”那几十米堤围，我们先把它加高加固。等到虾场赚到钱，再按百年一遇的防洪标准筑高石基，那时就安枕无忧了。

林春华　（语带讥诮）如果是这样做，那我预祝你早日成功咯！

四　婶　那我预祝你早日成功咯！

林春华　那你还有什么大计啊？

文　青　听说，你爸爸是养鹅能手，对吧？

林春华　你不是打算养鹅吧？

文　青　对！不但养！还要大养特养。你做一做他的工作，帮他“打行个算盘”（算足账），发动村里养鹅户，扩大存栏量。销路由我负责！

林春华　（不相信地）呵呵，你以为卖番薯咩？

四　婶　系咯！你以为卖番薯咩？

文　青　（满怀信心地）放心啦，乌鬃鹅比番薯好卖！

林春华　（抗拒地）文村长，养家禽风险多大，你知不知道啊？

文　青　我是正牌农科生，你提的问题我都懂，这是安全系数最高的投资！怎会有风险？

林春华　要是养殖户有什么损失，谁来负责？

文　青　大家有什么损失，村委会负责！

林春华　（大笑）村委会？哈哈哈……

文　青　你笑什么？

林春华　笑你张空头支票开得好大啊！

文　青　你什么意思？

林春华　村委会负责喔，何况村委会账上只剩下丁点钱了！怎么负责？

文　青　村委会没钱，就由我来负责！

林春华　你负责？你做得到才好说啊！

文　青　（正式地）我说得出，就一定做得到！

[收光。

[水口村村口。禽流感后，村民们议论纷纷，要求索赔。

林春华　（制止众人）别吵，文村长她也不容易，这次禽流感谁也预想不到，大家咬咬牙，一起渡过这难关吧。

[众人继续喧哗。

阿　娣　（从外面冲进来）春华哥，文村长走了——

众村民　走了？她怎么可以跑路啊？

阿　娣　不是，文村长是到省城借钱，说要赔给养殖户。

林春华　大家别吵，文村长和村委会一定会给大家一个交代。阿娣，这儿就交给你了，我去看看到底什么情况。

[春华下。

[切光。

第四场　情河上的突变

[罗家伟居室客厅。

[灯起，天快亮了，罗家伟坐在沙发上，旁边有一瓶酒和一个有酒的酒杯。

[罗家伟焦急站起，端起酒杯，将酒一口饮尽。

罗家伟　（又把酒倒上，无限感慨，唱“寒关月”）

夜凉如水，一宵未眠，心惆怅。

酒香烈，却难得，浅斟低唱。

为我前程理想故，难为她舍身去帮忙，

如今天已大明，

未等到消息我坐卧不安！

[百感交集，举杯一饮而尽。

[傅丽丽低胸装上。按门铃，罗家伟开门。

傅丽丽　家伟！

罗家伟　丽丽，丽丽，那件事情办得……（丽丽径直走进门）啊，你先进来坐坐。我，我去倒杯水（拿水杯）来，先喝点水。昨天那件事——

傅丽丽　（把杯子递给家伟，打断他的话）你就知道关心自己的事。

罗家伟　是，是我不对。那你休息一下，好吗？

傅丽丽　你就不想知道自己的事么？

罗家伟　（马上愣住）不，不不，我、我想，只不过看你太累了……

傅丽丽　家伟，为了你，就算再辛苦，我也愿意。

罗家伟　丽丽——（情不自禁地扶着丽丽双肩）

傅丽丽　你说吧，想听好消息还是坏消息。

罗家伟　啊？（略思索）还是——先听坏消息吧！

傅丽丽　（狡黠地）那你听着！——

罗家伟　说吧！

傅丽丽　乔老板决定要免去你销售经理的职务！

罗家伟　（跳起，走来走去）这是为什么！？我做错了什么？

傅丽丽　（欣赏着家伟的反应，慢条斯理地）都当副总了，还做什么销售经理啊！

罗家伟　（不相信似的）你是说乔老板已经——

傅丽丽　（含情脉脉看着罗家伟）只需董事会上走走程序，就会下任命。

罗家伟　（瞬间经历两重天）真的、是真的吗？副总？我罗家伟就要做公司副总？就这么简单？可能吗？

傅丽丽　有什么不可能！公司谁上谁下还不是乔老板一句话的事！（语气一转）当然了，如果不是我极力推荐，你再有本事也没用！

罗家伟　我知道，你为我付出了很多，多谢你！（二人拥抱）

傅丽丽　你陪我跳个舞！

罗家伟　好！

[音乐起，罗家伟挽傅丽丽起舞。

罗家伟　（唱“柳摇金”）

当初满怀理想，

曾经不停拼命干，

只得两字叫悲凉。

多亏你，为我未来扫清魔障，

痛苦自吞，足见你情深意长。

傅丽丽　（接唱）　茫茫人海，你才智是无双，

我最喜欢你，愿共同把方向，

不怕闲言，无畏雪霜。

罗家伟　（接唱）　迈出此步决不后悔，

光辉锦绣万里长！

[罗家伟抱起丽丽进入房间。

[文青风尘仆仆，一脸疲惫上。

文　青　（唱“西皮”）

我曾组织村民养鹅，

供广州，市场甚多，

眼看成，丰硕果，

怎知道突来，禽流感凶魔。

（楔白）疫区家禽，全部扑杀，唉，虽有政府补偿，但损失实在太大！

（唱“双飞蝴蝶”）

我曾经有许诺，

甘当一切劫后果！

现全村已骚动，

要追损失嘅太多！

家中遭变后钱已无几个，

法子想遍难以补过。

这风波，扰心窝，

备感焦灼彷徨无助，

唯有到此找家伟，

盼他出手渡危祸，

借点资金与我，

到门边心猛跳似着了魔。（吊慢收）

文　青　（站在罗家伟公寓门口，按门铃）家伟——家伟——

[罗家伟开门，两人一相见，家伟慌乱地关上门。

文　青　（好笑地推开门进去）家伟，我回来你不开心吗？

罗家伟　（敷衍地）开心……开心……

傅丽丽　家伟，家伟……

[傅丽丽衣衫不整上，与文青面面相觑。

文　青　丽丽？

傅丽丽　文青？

罗家伟　（极力解释）文青、文青，不是你想象的那样……

傅丽丽　（面无表情地）文青，你爸爸的事，我帮你打听过了，检察院说他只是替人担保，尽了担保义务就可以放人啦。

文　青　（痛心地）多谢！

罗家伟　文青，你听我解释！

[文青从挎包里拿出当日那个拉环“戒指”，扔给罗家伟，转身就走。

罗家伟　（捡起掉地上的“戒指”）文青——

傅丽丽　（抓住罗家伟）家伟——

[文青从家伟家出来后，忍不住失声痛哭。音乐起。

[切光，换景。

[灯复明。

[夜，路灯下。

[林春华挎着个挎包，冒雨上。

林春华　（唱“河调七字中板”）

昨天同文青到省城，

她说要去找人借钱。

担当起村长责任，

信守自己许下诺言。

（转“反线二黄板面”）

看她愁容满面，一语不言，

却艰难勇担当，一往无前。

不屈天灾祸害，

不怕万箭千剑，

和她同赴艰险。

（转“反线二黄”）

想当初，也曾对她，冷语恶言。

以为她，到农村，

不过是“镀金”和“打个转”。

没料到，她殚精竭虑，

把“三个规划”，实施周全。

（见文青缓步上，在车站旁坐下。转“古腔十字清中板”）

可见她，每日爬山，下虾塘，不知疲倦。

可叹她，把心事，藏心底，不与人言。

可敬她，将水口村，当成家，来把功业建。

可服她，一年半载，就赢得称赞，口碑在全村。

（转“快中板”）

前路崎岖，我愿与佢（她）同赴艰险。

如磐风雨，我愿为佢（她）撑起一片晴天！

[悄悄地走过去，脱下自己的外套，为文青撑起一片“晴天”。

[头上没雨下了，文青以为雨停，抬头一望，却是林春华为她支撑的“晴天”。

文　青　（感动地）春华哥，你——

林春华　文青，我们回去吧。

文　青　（苦恼地）钱还没有借到，我还不能回去。

林春华　（靠近文青，有点神秘地打开挎包）文青，看一看是什么。

文　青　（文青一看，吃一惊）钱？

林春华　（自豪地）整数，十万！

[春华郑重地把挎包递给文青。

文　青　（疑惑地）从哪里来的？

林春华　昨日我们从车站分手后，我去找我叔叔借的。

文　青　你叔叔？

林春华　是呀，他在省城做包工头。我说我找到了女朋友，准备结婚，所以问他借钱。我小时候叔叔最疼我了。

文　青　你女朋友？谁呀？

林春华　（冲口而出）就是你嘛！

[文青一恼，把挎包塞回给春华。

林春华　（窘态）我跟你开个玩笑而已。

文　青　（依然不解）那你借这么多钱干什么？

林春华　（坦然）补偿养殖户的损失。

文　青　（气恼）我说过我自己的事，我自己负责，你不信任我！

林春华　文青，你家里的情况我都清楚了——

（唱“反线中板”）

这个时候，你又如何，

去揾（找）人借钱？

你是村长、支部书记，

我也是支部委员。

工作上，应当坦诚相见。

有困难，更要共同携手，

风雨并肩！

文　青　（感激地旁接唱）

原来他，一直在关心支持，

不由我心头一暖。

这两天，我趟过了冰火两重天。

林春华　好啦，一天都光晒了（雨过天晴了）。你笑下啦。

[这天的伤心事太多了，文青心情还没有平复，没笑。

林春华　整天板着脸，很容易老的！（见文青还是不笑，叹气）文青，既然我这么辛苦借钱回来，你都不开心，那这钱扔了算了！

[春华甩包逗文青，文青终于忍不住笑了。

林春华　好了，笑了就好了！我们快点回去吧。天气预报说，今年的第七号超强热带风暴“海棠”马上就要登陆，村里还有很多事情要等你处理。

文　青　是呀，我们现在快赶回去吧。

文　青
林春华　好，出发！

[雨又下，林春华重新撑起衣服做的“伞”，两人一起走下。

[切光。

第五场　风雨中的棉袄

[水口村村头。

算盘叔　（打着铜锣急上）乡亲们，发大水啦、发大水啦！快点走啊！

阿　娣　（举着“大声公”急上）台风来了，大家快点走啊！危险啊！

[文青和春华带着村民们急上。

算盘叔　（大声地对文青）村长，洪水都快浸到菜田了。（对春华，伤心地）哎呀——养的鹅全死光，种菜又“泡汤”，春华，你的“老婆本”又没咯！

小跟班　（急）虾场快要浸水！什么都没有了！

众　人　（急，围着文青）村长，我们该怎么办？

文　青　（镇定地）大家不要急，听我安排。春华哥——

林春华　文青，我听你安排。

众　人　我们都听你安排！

文　青　春华哥，你快集合民兵应急分队，马上冲上大堤，保护大堤的安全！

林春华　好！

阿　发　（站了出来）文村长，大堤情况我最熟悉，还是让我去！

[说完，阿发就要走。

林春华　（拉住阿发）我在部队曾多次参与抢险，我有经验，等我上！

[阿发和春华争执了起来。

阿　发　我上！我上！

林春华　我上！我上！

文　青　（果断地）情况危急，你们都不要争了，我看还是让春华哥上吧！阿发叔，你负责组织村里的老人小孩子，全部撤到学校！

阿　发　（略一想）好！

算盘叔　（急了）那我呢？

文　青　算盘叔，你负责带领村里的其他男村民，去芥菜基地排涝保苗，减少损失！

算盘叔　好！

文　青　大家分头行动！

[众人欲散。

文　青　（叫住）等一等！（强调地）大家都要记住，财产固然重要，但我们更要确保全村不能出现一个意外伤亡！

众　人　（齐应）好——

文　青　阿娣，跟我来——

阿　娣　好！

[众人分边急下。

林春华　大家跟我上——

众民兵　好！

[穿迷彩服的民兵应急分队扛着防汛器材穿梭而行；算盘叔和一班村民荷着锄头上；发叔带着老人小孩撤离。所有人员组成一幅立体宏大的抗台风场面。

算盘叔　（急上）乡亲们，村东边决堤，快去顶住！文村长，四婶的房子已经进水快要倒塌了，我叫她快些搬出来，她硬是不肯！怎么办啊？

阿　娣　（吃惊）怎么办啊？村长？

文　青　（暗吃一惊）阿娣，我们去看看！

阿　娣　好！

[文青和阿娣迎风而上，舞蹈身段圆场。

文　青
阿　娣　（合唱“旧苑望帝魂”）

台风浪卷滔天，洪水将岸淹。
漫过山坡，毁坏农田，
满目沧桑最心酸。

[幕后合唱前曲：

皇天你又太心偏，何必施怒怨？

文　青　（接唱）　我踏浪口风尖，

阿　娣　（接唱）　我逐浪尾回旋，

文　青
阿　娣　（合接唱）抗天灾勇当先！

[风雨越来越大，文青和阿娣继续圆场。

[幕后合唱前曲：

皇天你又太心偏，何必施怒怨？
我踏浪口风尖，我逐浪尾回旋，抗天灾勇当先！

[歌声中，文青、阿娣：“四婶，四婶！”同下。

[灯全亮。四婶的院子前。

四　婶　（站在小屋门口，哀叫）奀妹——奀妹——

[叫了几遍，四婶又巍颤颤地进入屋里。

[文青、阿娣上。

文　青　（呼叫）四婶——四婶——

[屋里传来四婶的哀号：奀妹——奀妹——

[文青就要往屋里冲，阿娣追在后面。

阿　娣　村长，危险——

文　青　四婶在里面，她更危险！

[文青还是不管不顾地往屋里冲进了屋里。

阿　娣　（着急地向外边叫）来人啊——救命呀——

[文青拉着四婶从屋里出来。

四　婶　（始终不愿意离开）你们放开我！我不走我不走！我要等奀妹回来——

文　青　四婶，屋里边危险！

[四婶不听，三番四次挣脱文青和阿娣的手，要冲进屋里。

[情急之下，文青“叭——”的一声，跪在四婶面前抱住她。

文　青　（流着泪，激动地）四婶——如果你不听我的话，万一出个什么事，奀妹就算回来，怕也都见不到你了……

[四婶闻言，如泥塑木雕一般，呆住了。

四　婶　（摸摸索索地扶起文青）对……村长，四婶听你的话，听你的话，我一定要等到奀妹回来。（走了两步，转而一想）不行！我还有个藤匣……（又往摇摇欲坠的破屋里冲）

阿　娣　四婶，难道藤匣比人命重要吗？！

四　婶　它比我的命还重要……

[还未等四婶说完，文青就冲进了小屋。

阿　娣　村长、四婶——危险——小心——

[紧张的音乐。

[风雨中，文青挽着个小藤匣从屋里出来。

[一个着急，文青重重地摔了一跤，小藤匣打开，里面的棉袄丢了一地。

[又一阵强风刮过来，小屋轰然倒下，三人惊呆。

[四婶抖抖索索地摸索，找地上的棉袄，阿娣帮忙把棉袄收拾起。文青，也捡起两件。

[棉袄在手，文青下意识地打开来看了看。一看，竟是件深蓝底布、襟前缀着三颗鲜红荔枝、有一排蝴蝶布纽的棉袄。

[文青惊呆!

[幕后哼唱“无字歌”。

[渐收光。

第六场　风卷回的母亲

[音乐舒缓而幽怨，背景灯徐亮。

[晴空万里，茫茫江边，几根水草随风摇曳。

[决堤旁，文青独立远望剪影。

[起“江河水”引子，前灯渐亮。

文　青　（唱“江河水”）

雨后到江边，江景昨日与今两重天。

江风胜旧更觉新鲜，

江中漂浮却是那些败草荆段。

再抬头望向天——

也是多么洁净真个灿烂，

难解莫辨，顷刻之内乍晴乍雨、骤暗骤明，

像我今天纷乱，烦恼满腹有辣有酸倍熬煎。

（转“乙反中板”）

不期风雨，毁了虾场，断送几许乡亲致富愿。

多日辛劳，满腔热血，剩得黄泥水草半沉船。

接二连三，残酷打击，万丈雄心随风渐去远。

一场台风，卷走了希望，也卷回慈母到我跟前。

（转“二黄尺字序”）

她苦苦撑持凄然度过每一天，

形单只影鬓经霜染，

置衣衫，理三餐，未有差半点，

谁敢想，佢已经盲咗（了）双眼有十几年，

不是一点苦相思，

如何面对此惨变。

（转“反线二黄”）

叹文青，廿数载人生，苦乐一朝尝遍，

家方散，将复圆，谢天公格外垂怜。（转“叹板”）

[远处传来四婶的呼唤：“奀妹 —— 奀妹 ——”

文　青　（续唱）　仿听得呼唤奀妹，是妈妈叫我回家转，

待我加快脚步，恨不能飞到她身边！

妈妈 ——（文青圆台下）

[暗转四婶家，起“春江花月夜”序。

[灯复亮，残垣前，四婶坐小桌旁依旧缝她的棉袄。旁边空地上，横架起两排竹竿，前矮后高，竹竿晾满了式样一致大小不等的十八件棉袄，随风飘摇。

四　婶　（唱“春江花月夜”）

仍是这方圆，屋已塌瓦不全，

池塘未涸，树尚翠青，

我拈线依然。

[音乐不断。

四　婶　（哀叫）奀妹，妈妈为你呀 ——

（续唱）　用一岁光阴制一件，

尽管两眼昏黑不似从前。

总之要爱女，归家有新衣穿。

[文青拿着小棉袄上，百感交集，踽踽而行。

文　青　（如忆如诉，接唱）

耳际仿佛听见，妈妈又来劝——

外出休走远，

叮嘱声声水边、山间太险莫流连。

（轻声地，楔白）妈妈，妈妈，奀妹返来了！

四　婶　（似真似幻）奀妹，奀妹，是不是你叫妈妈啊，我听到，我听到你叫我啦！

文　青　（续唱）　夜深每不眠，挑灯帐中把被添。

四　婶　（回忆着，接唱）

这门前，洋溢你笑声串串，

羊角小辫扎起分两边，

微泛酒窝嗌（叫）妈又甜。

文　青　（幻想着，接唱）

年小不知分寸，

只会撒娇牵衣绕缠裙脚边。

发髻爱搞乱，你大啖（大口）亲我面，

几句童言稚语，常常令你腰身仰俯笑成团。

世间母爱最真善，

但得再入怀，享不尽这温暖。

[四婶起来，踉跄差点摔倒。

文　青　妈妈——（抢前扶住）

四　婶　（触电般）妈妈？谁叫我妈妈？

文　青　（肆意地呼喊）妈妈，奀妹回来了！

四　婶　（抖抖索索地摸着）你系奀妹？你系奀妹？（忽然清醒，慢慢把文青推开）你不是奀妹！我听出来了，你是文青，你是村长！

文　青　妈妈，我是奀妹啊！

四　婶　村长，我知道你心地好，是个好姑娘，但你别骗我，我不需要你逗我！

你不是夭妹——你不是夭妹——（推开）

[文青拿出小棉袄。

文　青　妈妈，我真是夭妹啊！四岁那年，我被人送到养父母的家，穿的就是这件棉袄，和你这十八件棉袄款式一模一样。

[文青双手把小棉袄送到四婶手上，四婶几乎抢过，上上下下、里里外外摸个仔细。

四　婶　那排蝴蝶纽、那三颗红荔枝，都是我绣的！都是我亲手绣的！对对对！没错，是这件，就是这件！（开始激动起来）你，你，你脖子后面——

文　青　有一个半月形黑痣！还有左小腿后面——

四　婶　有条长疤，是你三岁多的时候爬荔枝树刮伤的。

[四婶拉过文青，抚摸着，一把抱过。

文　青　妈妈——

四　婶　（哭，把文青搂在怀里）夭妹——

文　青　（悲呼）妈妈——

四　婶　（使劲拍打着文青）妈等了你足足十八年啦——

（唱“昭君怨”，首句摇板）

十八年——

（跳到中段唱）

时时梦见你红红笑面带甜，

醒来已不见，唯泪向枕衾染，

无计无语无言，唤句天，

文　青　妈——

四　婶　（续唱）唉！苍天终不见，早黑终莫辨，

日里夜里但把女儿念，

念你孤身在哪方，有边个（哪个）爱怜？

每日里长伴我，拈针弄线，

针曲线断。

（跳到尾句）

只剩满心是痛酸。

文　青　妈妈——（安慰四婶，互相擦拭着眼泪）

（接唱）不须心痛，不应再洒泪，

莫怨莫悔莫把以前念。

身边有女孝亲慈，

让寂寞离远，忧心渐远，也不必再掂线。

期待来日里共建——

一个亮丽温馨快乐小家园，

甜甜话语绵绵说不完，

围着我妈转，长在你身边，

从此令你开心每一天。

四　婶　乖女——

文　青　妈妈——

四　婶　妈妈做了棉袄给你，你试试？

文　青　好！

[四婶跟文青试棉袄，林春华内呼："四婶，四婶——"兴奋上。

林春华　你原来真的回到这里！

四　婶　华仔，奀妹返来了，奀妹返来了！

林春华　奀妹？在哪里？

文　青　妈——

四　婶　奀妹——

林春华　原来你是……难怪难怪，我总觉得你们两个有什么相似之处！

四　婶　当然啦，母女连心啊！哈哈哈。华仔，（林春华过去，四婶拉起他的手，低声问）我这女儿漂亮么？

林春华　漂亮，漂亮！

四　婶　不是丑八怪吧？

林春华　不是！不是！

四　婶　那我把她——

文　青　妈——

四　婶　（与春华相视会心一笑）哈哈哈……

[三人其乐融融。

[切光。

第七场　小村官的抉择

[村口林荫小道。

[罗家伟、傅丽丽派头十足、志得意满，由郭强引上。

郭　强　（唱“追信头”）

这村中，系边（哪里）开发任你拣——

罗家伟　（与傅丽丽走向高处眺望，接唱“追信”）

景色醉人天空湛蓝，

河流绕村走吞远山，

极目苍翠禽犬往还。

傅丽丽　（接唱）　忙不迭迷倒了双眼，

柔风里暗香轻泛，

何处乡村堪比此间？

郭　强　（接唱）　庄稼碧绿，小溪潺潺，

田园景致认真幽闲。

两位请看，前面就是水口村了。

罗家伟　真是世外桃源，世外桃源啊！

傅丽丽　最重要的是离省城不远，十足一个后花园！

罗家伟　（从手袋中取出规划图后，把手袋塞给郭强）郭镇长麻烦你。（郭强被动接过，罗、付看规划图，指点远处）丽丽你看，江边起别墅，右边建会所，后面盖高楼，左面嘛——

傅丽丽　当然是写字楼和商业区啦！

罗家伟　对！不用三年，一个园林式成熟社区就会在水口村落成！

傅丽丽　郭镇长，就凭这个项目，你镇上的 GDP 就不知要翻几个番呢。

罗家伟　只要你好好配合，我会向上面美言几句，你就等着升官吧。

郭　强　（内心无奈）罗总放心，上头督办的事情，我会认真对待的。

[几次想把手袋送回罗家伟，罗装着看不见，郭强气恼。

罗家伟　有你这句我就放心了。走——

傅丽丽　（拉住罗家伟）家伟，一会见到文青，你该知道怎么做吧。

罗家伟　丽丽，这是我当副总后的第一个项目，我知道哪边轻哪边重！（主动伸出胳膊，傅丽丽趋前与罗挽手下）

[切光。

[村委办公室。

[起音乐，文青收拾办公桌、文件柜，神情黯然。

[林春华与算盘叔、阿发、阿娣上。

算盘叔　（近乎献媚，夸张地）文村长，你千万别辞职啊！就你这次在台风里的表现，是这个！（比拇指）我们都佩服你！

众　人　我们都佩服你！你叫我们去哪就去哪！

算盘叔　听说你要辞职，春华饭都吃不下，觉也睡不着啊。

林春华　阿爸！

文　青　（关切地）春华哥——

林春华　文青，不要听他胡说八道。

阿　娣　那村长辞职，你很高兴是不是?

林春华　（急了）不是，不是！我不是这个意思！

文　青　各位乡亲，你们的心意，我都明白，不过……我原本以为，自己上过大学，就能够带领大家过上好日子。但现在的境况……我实在太对不起大家了。

林春华　文青，人祸天灾，这些谁也预料不到的啊。你放心，我们仍会支持你的！

众　人　支持你！

[郭强上。

算盘叔　郭镇长来了！

郭　强　文村长，春华——

众　人　郭镇长。

郭　强　各位乡亲，这场突如其来的台风，给大家带来了不少损失，你们受苦了。

算盘叔　幸亏文村长指挥得力，比起其他村，我们好多了！

[众人附和。

郭　强　（赞许地）文村长，水口村灾后重建的工作进行得如何？我想去看看。

文　青　村民们都很配合，各项工作进展顺利。走，我陪你去！

郭　强　不用急。我今天带来了两位重要的客人，是宏大集团的副总和董事局秘书，他们想与水口村洽谈投资项目，你和春华陪他们好好谈谈！我有算盘叔他们陪着就行，我带他们过来，（向内场）罗总，傅小姐，这边请！

[罗家伟、傅丽丽上，众人鼓掌。

[文青收拾完东西，抬头看见二人。

郭　强　文村长，我来介绍，这位是宏大集团副总裁罗先生。

罗家伟　（很大度的样子，主动伸手）文村长，希望我们合作愉快！

文　青　（稳住情绪，不卑不亢与罗握手）合作是否愉快，就要看是什么样的项目了。

罗家伟　我来介绍，傅丽丽，我们公司的董事局秘书。

[傅丽丽上前依偎着罗家伟。

文　青　（大度地笑）请坐。

[罗家伟、傅丽丽坐下。

郭　强　（拉文青和春华到一边）文村长，春华，上头说了，这个项目能帮助你们灾后重建，有助于经济发展，一切就看你们啦。

林春华　那太好啦！如果是这样，文青就不用辞职了！

文　青　镇长，我的辞职报告已经递上镇委，项目就由春华哥来谈吧。

郭　强　你辞职的事我回头再跟你说，现在先谈好投资项目吧。（对罗家伟等）罗总，我等你们的好消息。（对算盘叔）算盘叔，走，带我看看去！

算盘叔　好，郭镇长，跟我来！

[算盘叔、阿发、阿娣领镇长下。

傅丽丽　文青——

文　青　我来介绍一下，这位是我们的村长助理林春华先生，有什么项目我们一起谈吧。

[众人落座。

傅丽丽　我们今天来，是想协助水口村灾后重建！

林春华　灾后重建？

傅丽丽　不错。唉，你们水口村啊——

（唱“杨翠喜”中段）

天降灾情成祸患，多少村民房打烂，

修建危房是所盼，本公司急众之难。

林春华　（接唱）大家盼盼盼，谁都焦急盼望把身翻，

资金短缺能怎办？多谢热诚帮忙，

为村民度过困与艰。

不知两位怎样帮法？

罗家伟　我们打算给钱，让水口村民——

（唱“秋江别中板”）

一转眼有车有楼，分补贴大家有份。

田也不需耕，地由佢（它）赋闲，

做个老板仔日子不用烦。

文　青　（冷静地截住春华话头）在商言商，两位来水口村不可能是开善堂。直接说吧，是什么项目？

罗家伟　果然爽快！宏大集团打算和水口村合作发展房地产，三年内，将水口村打造成一个现代化园林式综合小区！

傅丽丽　林助理。（拿出规划图，林春华上前接过，和文青一起看）怎么样？你们对这个项目，有什么看法？

林春华　如果这样的话，农民就没田可耕咯。

傅丽丽　（奚落他）喊，今天还有几个农民喜欢耕田啊？

林春华　傅小姐，话不能这样说吧！

傅丽丽　辛辛苦苦，看天吃饭，永远不可能发达！搞房地产多好啊，小区一建成，个个可以住洋楼、养番狗，还可以分到一大笔钱。

林春华　（不耐烦）那到底有多少钱啊?

傅丽丽　（成竹在胸）我就知道你们农民最关心就是钱，你们放心，征地补偿会以最高标准执行，到时打跛只脚，都够“叹”（享用）一世啦。

罗家伟　（上前，对林春华）林助理，资金方面，你们就不用担心了——我们集团的资金已经落实，只要完成征地，马上可以投入建设。

文　青　这样吧，这么大的事情，也要等我们村委开个大会，研究研究才能决定。

林春华　（走到文青身边）对，我们要研究研究。

罗家伟　研究研究?两位，相信郭镇长已经跟你们打过招呼，项目已经得到上面的支持，你们就不要跟我们打什么官腔了。

林春华　你——既然上面都同意了，那你们还来干什么?

罗家伟　来跟你们谈妥征地的事呀。（递上协议）

林春华　征地的事?谁支持你们，你就找谁谈吧!（拿过协议，扔在桌子上）

傅丽丽　我们来是表示对你们的尊重，等真的落实了，你们就下不了台啦。

林春华　你这话什么意思?

文　青　（拉住春华）春华哥，水口村的土地属于全体村民集体所有，只要我们不签名，他们是奈何不了的!（冷冷的语气，但“春华哥”几个字却叫得特别亲切）

傅丽丽　文青，公是公，私是私，这事关系到全体村民利益，你不要意气用事好不好?

林春华　你们最关心的，是宏大集团的利益吧!

罗家伟　那是双赢的事——

文　青　我不认为是双赢!土地是国家粮食安全的根本保障，没有了土地，饭都没得吃，谈何“双赢”?

罗家伟　（想到换个姿态，把协议递给文青）或者我们换个说法——两位，只要签下项目，我可以做主让你们参与公司利润分成!

文　青　（推开协议）损害大家利益的协议，我是不会签的。

林春华　难道你们以前的项目都是这样签下来的吗?在这里是行不通的，你找错地方了!

[村民陆续上，围观。

林春华　（唱“快慢板”）

钱可使，鬼推磨，可致六亲不近。

水口村，民风淳，不是有钱万能。

清者清，浊者浊，岂容有亏祖训，

不速之客，怎投机，请往别处而行。

罗家伟　我就不相信，有人连钱都不要！

林春华　不是所有东西都能用钱买到的！

罗家伟　这句话拿到舞台上当台词用去吧！现在这个世道，什么东西有钱买不到？我知道啦，你这样的乡下仔，肯定不知道做有钱人的滋味吧？

林春华　你——你身上穿的、嘴里吃的，哪一样不是我们这些乡下仔提供的！

罗家伟　你这些没知识、没文化的乡下仔，鼠目寸光，跟你谈，简直是对牛弹琴！

[郭强、算盘叔、阿发、阿娣上。

文　青　（拍案而起）罗家伟，你太过分了！乡下仔又如何？或许，他们比不上你见多识广，也比不上你工于心计，但是，他们身上的真诚和朴实，是你一辈子都学不会的！

罗家伟　哈哈哈……我差点忘了，在这里，文大村长是最有发言权的了！（对村民）你们知不知道，她为什么如此反对你们卖地？

众村民　为什么？

罗家伟　因为她自己本身就是个有钱人！她本来就是个富家女！你们没钱没所谓，她有就行啦！

傅丽丽　（马上接口，得意地煽动）还有啊，她是罗总以前的女朋友！现在人家不要她，她怀恨在心，公报私仇！总之，她就是个不要脸的女人！

[众人哗然。

林春华　什么？原来欺负文青的就是你！（突然冲前想抓罗家伟）

[文青赶快拦住，算盘叔把林春华举起的手按下。

文　青　春华哥，你别这样。不错，曾经我是个富家女，是个不知人间忧愁的天之骄子！（起音乐，稍停顿）我清楚地记得，一夜之间，身边的亲人离我远去，富家千金变得一贫如洗，那个说过千万次爱我的人这个时候把我无情抛弃！在短短几个月的时间里，我经历了一次又一次的生与死！当我从大城市来到这个乡村，我对人与人之间的情谊有了更深一层的认识，我对人与土地的关系又多了一层了解！我知道了什么才叫真情、什么才叫真爱！我更加知道了人和土地的关系除了索取，还要有更多的保护和付出！当有一天，我们看见栋栋高楼把阳光遮蔽，无数的汽车在村道上拥挤，当再也闻不到田野收割后清甜的滋味，听不见早晨的鸡鸣和黄昏的犬吠！那时，我们就会知道，我们破坏的不仅仅是生存的家园，更是我们心灵中的精神家园！

[女村民上前支持文青："村长——讲得好！我们支持你！"

文　青　（转"秋江别"中段，众人陆续鼓掌拍和）

道路多曲折，坚守信和诚，

曾历灾劫，艰辛再苦拼能越过崇山险岭！

倘卖了地！（一顿）如何面对后世子孙滚滚骂名！

众村民　好！

郭　强　罗总，傅小姐，你们都听到了吧？

罗家伟　（急了）郭镇长，你知道，我们公司已经作了前期投资，各方面还做了打点，如果不能签约，我们损失就大了！

郭　强　罗总，集体土地，要尊重村民意见。这条政策，就不需要我多作解释了，你们请吧。

[罗家伟、傅丽丽无奈下。

郭　强　文村长，这事我一直有压力，你帮了我一个大忙啊！

文　青　郭镇长，我还担心你会逼我签呢！

郭　强　怎么会？我也是这里的一分子啊。哈哈哈……

众　人　哈哈哈……

文　青　镇长，那我辞职的事……

郭　强　各位乡亲，文村长要辞职，大家同意吗？

众　人　不同意！

郭　强　那水口村的村长——

众　人　（指向文青）还是她！

[切光。

尾　声

[乐声跳跃、欢快。

[水口村一望无际的田垄，丰收在望的庄稼。

[嘈杂人声。

[算盘叔、阿发西装球鞋，脖子挂特粗金项链，各引一队大学生分边上。

算盘叔　（敲铜锣）各位同学，过来过来，静一静、大家静一静！听我介绍，这一边，是我们水口村绿色农业生产基地，产品已经远销东南亚！

众学生　哇！好大规模！

阿　发　（指另一边）那一边，是我们的对虾养殖场吗！现在我们的鲜活对虾，专供香港市场。

众学生　哇，好厉害！

[文青引另一队大学生上。

算盘叔　我们的文村长来了——

文　青　（向大家介绍规划）各位同学，我们水口村的绿色农业基地已初具规模，有三高农业，还有特种养殖。下一步，我们还要引入生物工程开发！算盘叔、阿发叔，你们带大家到各处参观一下。

[算盘叔、阿发领众学生下。

[林春华提行李上。

林春华　文青——

文　青　你这是……

林春华　我要走了。

文　青　（看见行李）春华哥，你要去哪？

林春华　文青，我——（递上录取通知书）你看！

文　青　哇！省农学院！你太棒了！（高兴，稍停顿，露出惆怅的表情）那你现在就要走了？

林春华　嗯。（见文青不开心）我又不是不回来。

两　人　我想……你先说。

文　青　那……我送你。

[两人抢着拿包。

林春华　我拿吧……

文　青　一起拿吧。

林春华　嗯。

[音乐声起，两人并肩而行。

文　青　（唱“送郎调”）

斜阳柳林边，绿叶轻拂脸，
漫步小径中，心内似蜜甜。

林春华　（接唱）荷塘有双飞燕，呢喃悄相言，
离愁别绪缘何心中掀。
欲去怕行，几点泪儿转，
望望一川翠碧，寸寸心上连。

[歌声中，文青、林春华帮扶着行走。

林春华　文青，到村口了，我走了。

文　青　春华哥，你保重。

林春华　你也是。那……我走了。

文　青　（喊住春华）春华哥，我等你。

林春华　（高兴地）嗯！

[两人告别。众学生上。

学生甲　师姐，你不愧是我们农村创业的成功典范！

学生乙　师姐，我们也要加入这个创业团队！

文　青　好！我们就携手努力，创造美好未来！

众学生　好！（音乐起）

[众人舞蹈。

众学生　师姐，我们拍照吧！

文　青　　好！我们照个经典的！

众学生　　好！

文　青　　走！

众学生　　茄——子——！

[音乐起。

——剧终

本剧选载的是 2011 年曾小敏、文汝清、彭庆华、李虹陶、冯梓莹等主演的演出本。

蔡文姬

（根据郭沫若同名话剧改编）

改编：吴惟庆　梁建忠

人物表

蔡文姬　名琰，左中郎将蔡邕之女，没入南匈奴12年，为左贤王妃。后由曹操遣使赎回。归汉时年约31岁

董　祀　汉朝屯田都尉，汉派赴匈奴正使，后升任长安典农中郎将。是文姬的表弟，后与文姬成亲。出使时约30岁

曹　操　汉朝丞相，后晋封为魏王。赎回文姬时年54岁

左贤王　匈奴仅次于单于的大王，名冒顿。年约40岁

周　近　汉朝屯田司马，汉派赴匈奴副使

曹　丕　曹操长子，汉朝五官中郎将。出场时年22岁

赵四娘　文姬之姨母。年约60岁

蔡　邕　字伯喈，陈留郡圉县人，蔡文姬之父

蔡文姬幼年

胡　儿　文姬的儿子。出场时8岁，归汉时16岁

胡　女　文姬的女儿。出场时半岁，归汉时9岁

侍　琴　曹操的家婢，跟随出使服侍文姬

侍　书　曹操的家婢，跟随出使服侍文姬

单　于　　南匈奴大王，名呼厨泉，年约50岁

胡兵、匈奴贵族大臣、曹丞相府侍者、侍卫、歌伎等各若干人

序

[汉献帝建安十三年（208 年）初春。

[幕启。

[内唱“胡笳十八拍第一拍”：

我生之初尚无为，

我生之后汉祚衰。

天不仁兮降乱离，

地不仁兮使我逢此时。

[在内唱中蔡文姬从舞台走过。

[音乐结束时，画外音起：“奉曹丞相之命，出使匈奴！”

[鼓乐齐鸣，旌旗舞动。

[出使的汉朝仪仗队持节，捧重礼出城启程。

[曹操、董祀与副使周近上场。

曹　操　（唱“十字清”）

平定中原未得民心难昌国运，

顺天意传承文脉方可再立国魂，

遣使臣召回文姬替父修书承重任，

（转“七字清”）

匡扶大汉引鸿雁归林。

董祀都尉，老夫命你赴匈奴恭迎蔡伯喈之女蔡文姬回归大汉！厚礼可曾齐备？

董　祀　俱已齐备。

曹　操　此番出使，关乎汉匈和睦，更关乎我汉朝兴文大计，你们要竭尽所能，不容有失！

董　祀　丞相亲自送行，我们定不负丞相重托，完此重任。

曹　操　　好！大功告成，再论功行赏！

董　祀　　我们就此拜别！副使周近，吩咐登程！

周　近　　登程！

[鼓乐声中，仪仗队启程。众造型。

第一场　归汉

[光起，蔡文姬的穹庐，内设有屏障。

蔡文姬　（念“诗白”）

茫茫大漠起风尘，
文姬归汉路艰辛。
嗟别儿女何堪忍，
思乡梦圆要别君。

（唱“汉宫秋月”）

喜报大汉派来使臣，
曹丞相尽遣千金赎妾身，
趁东风应律，
鸿雁晚归林。
十二载思故乡情，
梦破留泪印。
归故地，献才能，
承父志为大汉秉笔续书，
为千秋百世鉴证修真。
痛舍爱子独回汉，
诀别肠断牵挂志消沉，
百感交侵，心中苦处向谁陈？

爹爹，我该如何是好？

蔡文姬（幼年） 爹爹、爹爹。

蔡　邕　　文姬。

蔡文姬（幼年） 爹爹，我要学琴。

蔡　邕　　哦，你要学琴？我来问你，琴有七弦又如何称谓？

蔡文姬（幼年） 我当然知道，徵羽宫商角徵羽。

蔡　邕　　我只讲过一次，你便能记住。

蔡文姬　　（幼年）是啊，我听过就记得。还有你念过的诗赋，我全部都能记住。

蔡　邕　　真的？

蔡文姬（幼年） 你不信？你昨日作的那首赋我背给你听听。

蔡　邕　　好，念来听听。

蔡文姬（幼年）（念）清声发兮五音举，

韵宫商兮动徵羽，

曲引兴兮繁丝抚。

然后哀声既发，

秘异乃开。

蔡　邕　　好！果然是过目成诵，听罢能复，来来来，为父教你辨音弹琴。（教文姬弹琴）文姬呀，你要记住：

（念）　隔山隔水难隔琴音，

改朝换代韵律永在。

炎黄子孙志存高远，

青史流芳千秋万代。

蔡文姬（幼年） 爹爹，我记住了。

蔡文姬　　爹爹，我记住了。

[另一表演区灯暗。

[胡儿配弓悬箭，手拎一只兔子上。

胡　儿　　母后，你看，我打的兔子！

蔡文姬　　（深情地）好呀，胡儿真是长大了，似个男子汉。

胡　儿　　当然啦，我都快十岁了。

蔡文姬　　就快十岁了。

胡　儿　母后，我听好多人讲，你今日就要回汉朝了，是真的吗？

蔡文姬　（欲答无言，叹气拭泪）……

胡　儿　看来是真的。母后，回汉朝不是好事吗？

蔡文姬　胡儿呀，娘亲都不知如何说才好。为娘已经三日三夜无睡，今日必须做出决定了。

胡　儿　那你就快决定吧，把我们一起带回去。

蔡文姬　难啊！你爹爹不答应呀。

胡　儿　为什么？

蔡文姬　你爹爹说你是匈奴人，不能让你跟我走。

胡　儿　（愤愤地）爹爹不讲道理。

蔡文姬　不要怪你爹爹，你爹爹是爱你们的。

[一遍笳鼓响。一胡兵上。

胡　兵　启禀王妃，单于请你速速去王宫！

蔡文姬　我即刻就到。

[赵四娘上。

胡　儿　四姨婆你是不是也要回去呢？

赵四娘　我是想回去的，谁不思念自己的故土呢；但我要留下来照顾你们俩兄妹，好让你娘亲安心地回去。

胡　儿　不！不！不！我要同母后在一起！

[胡儿放声大哭，文姬、赵四娘也跟着流泪。

蔡文姬　四姨娘，我、我、我不想回去了，我们一同留在这里。

赵四娘　唉，你未免太溺爱儿女了！文姬呀！

（唱“减字芙蓉”）

今天瑞气降祥云，

丞相召唤情真意恳。

切莫辜负殷殷期盼，

只顾眼前骨肉亲。

（转“滚花”）

文姬呀，国事家事应权衡，孰重孰轻当审慎。

蔡文姬　（接唱）　十二年来长相伴，

姨娘关爱胜娘亲。

你自幼教我孝义为先，

文姬独自回朝，于心何忍。

赵四娘　文姬，自古忠孝不能两全，这道理你比我懂呀。

[二遍笳鼓响。文姬急，胡儿惊。

赵四娘　文姬，你快作决定吧。

（唱“滚花”）

你能归汉我已了心愿，

养儿育女你大可放心。

把你儿女抚养成人，

姨娘力承重任。

让胡儿一代代替父亲一代，一定要看到匈奴和汉朝成为一家。

[左贤王匆匆上。

左贤王　（愤愤地）你们在胡说些什么？什么叫匈奴和汉朝成为一家。

赵四娘　你们一家不就是这样吗？

左贤王　哼，你说得好听！你没见到我这一家眼看就要四分五裂了。

蔡文姬　四姨娘，你把胡儿带出去吧。

胡　儿　母后！

赵四娘　好，胡儿乖，姨婆带你去草原上看跑马。

[胡儿勉强听从，两眼含泪，随赵四娘下。

蔡文姬　（关心地）大王！

左贤王　文姬，你已经决定了，是吗？

蔡文姬　大王——

左贤王　雄鹰向往苍穹，雁儿一心南飞，你终归是汉朝人，终归是要回去的！

蔡文姬　文姬恨不得身分两地，一半寄予汉朝，一半永远留在大王与儿女身边！

左贤王　我知道你的一片心意！汉朝使臣已经等了三天了，今日单于在为汉朝来使饯行，大家都在等你呀。

蔡文姬　汉朝来使到底姓甚名谁？

左贤王　我只记得一个是什么“东师”都尉，一个是什么“将军”司马，都是带兵的官。

蔡文姬　带兵?

左贤王　是啊，那位“东师”都尉倒还和气，那位“将军”司马，却是盛气凌人。他刚才还私下对我说，不把你送回去，曹丞相已经大军随后，大军一到，立即荡平匈奴，这叫“先礼后兵”。

蔡文姬　先礼后兵?

左贤王　文姬呀。

（唱“霸腔芙蓉中板”）

汉朝特使盛气凌人，

先礼后兵重开战阵，

草原又要号角相闻。

（转“三字清”）

涂炭生灵，心何忍，

十二载，夫妻情深。

（转“滚花”）

眼看北雁南归，

我却独守穹庐愁自困。

蔡文姬　大王呀，

（唱“叹颜回”）

穹庐顾影莫伤心，

有胡儿与小女笑语频，

两地常怀心里人，

幸得好夫君，

在黄河救此身，

冰封千里塞外引，

心心相印，

今续书要南行，

问天可首肯，

此番当断就要凭天意候佳音。

左贤王　（不解地）要问天？

蔡文姬　是，要看天意了。

左贤王　这是何意？

蔡文姬　（叫头）大王呀！

（念“口鼓”）汉使接我，本应意恳情真。大兵压境，只会人神共愤。当机立断凭天意，弄清真相见使臣。

左贤王　言之有理。

蔡文姬　我希望你请那位比较和气的“东师”都尉到来。

左贤王　好。（向外高声）人来。

[内场应：有！

左贤王　立刻把汉使“东师”董都尉请来。

[内场应：遵命。

蔡文姬　大王。

（唱“滚花”）

我与使臣对话，你要句句听真，

不可莽生事端，更应小心谨慎。

[内场高声：汉邦使臣董都尉到。

[文姬示意左贤王一旁隐听。左贤王下场。

[侍卫引董祀上场。汉婢二人，侍书捧汉衣冠，侍琴抱琴，随上。

董　祀　（行礼）参见文姬夫人。

蔡文姬　你是……

[二人相见惊愕，音乐起。

蔡文姬　公胤，原来真是你呀！

董　祀　陈留董祀，拜见文姬夫人。

蔡文姬　你怎么这样称呼我？照你小时候的习惯，叫我表姐吧。

董　祀　哦，表姐。我真没有想到能够和你再见面。

蔡文姬　我也没有想到啊。

董　祀　听说四姨娘也在这里。

蔡文姬　是啊，我们是兴平二年一同流落到这里，同住了十二年了。

董　祀　十二年，十二年的变化真是大啊！

蔡文姬　是啊，多年不见，你倒学会了以大欺小，恃强凌弱！

董　祀　表姐，我奉曹丞相之命，带来好多礼品，献给单于和左贤王，百般诚意前来接你，何来欺辱之心！

蔡文姬　如无欺辱之心，为何有大军随后。

董　祀　我们一行就只有三十五人，何来大军随后？

蔡文姬　这是周将军对左贤王说的。

董　祀　（诧异）周将军？哦，你是说周近，他只是副使，我下属的一个屯田营的司马。完全是误会！

蔡文姬　误会？

董　祀　是误会。

蔡文姬　他还说，如若文姬不归，大军一到，即刻荡平匈奴！

董　祀　（惊诧）他说过这样的话？他怎能如此信口开河。表姐呀！

（唱“爽二黄”）

丞相补天浴日，

匡扶国祚见真心。

更兼仰慕你才华，

召回汉邦研修学问。

汉匈和睦安定为贵，

何来压阵万马千军？

（唱序）　表弟话语句句是真。

曹丞相主张“天地间，人为贵”，他广罗人才，力修文治，要在文治上做一番大事业。表姐，丞相知你离开故乡太久，特意为你准备了几套汉朝衣服，还派了自己府中的侍婢侍琴、侍书前来陪伴你。（侍琴、侍书施礼）

蔡文姬　多谢曹丞相。

董　祀　曹丞相为表诚意，特为你准备了一份厚礼。

[音乐起。焦尾琴出现。

蔡文姬　焦尾琴！父亲的焦尾琴！

董　祀　正是伯喈先生独创的焦尾琴。曹丞相敬重伯喈先生，更敬佩表姐你的才情，千方百计寻得此琴相赠与你，就是希望你能继承伯喈先生之遗愿，修文续史，造福天下。

蔡文姬　（感慨地抚琴）修文续史，造福天下！

（唱“反线中板”）

今日抚琴思父恩，

见物如见故人，

拨弄琴弦，犹听乡音阵阵。

道义在肩，从天问，

只盼天下气象新。

独自回汉舍娇生，

怕听胡女啼痕，

骨肉分离心不忍。

（唱尾腔）左贤王他溺爱子女，

说要受胡邦护荫。

公胤呀，今日我若回大汉，将与一双儿女天各一方，你能明白一个母亲的心吗？

董　祀　可怜天下父母心！我明白你，更明白左贤王的心意，他想把儿女留在身边，也是人之常情。表姐，如今汉朝和匈奴已如一家，儿女留在胡邦也是一样。表姐，请你务必以国家大事为重，把天下人的儿女作为你的儿女吧！

蔡文姬　把天下人的儿女当作自己的儿女！公胤啊，你说得我无言对答了。

[左贤王从掩伏处出。

[董祀出乎意外，以手按佩剑。二侍婢亦惊惶奔赴文姬侧。

左贤王　（急忙向董祀行礼，诚恳地）董祀都尉，我多谢你。

[董祀亦答礼。两人相扶而起。

左贤王　（唱“霸腔滚花”）

谢你为我答疑解困，

霎时吹散满天乌云。

曹丞相大略雄才，

董都尉亦名声远震。

董　祀　左贤王言重了！

左贤王　文姬呀！

（念“口鼓”）儿女留在我身边，要他敦品立行，你就遵照曹丞相的意愿，回归继承父志撰雄文。

[左贤王解下所佩轻吕刀。

左贤王　（唱大腔“光闪闪”）

我誓愿今生与汉邦相亲，

永远和睦，岁岁丰稔。（相思过门）

董都尉。这把佩刀是我心爱之物，我把它献给你。

[左贤王行跪礼捧刀呈与董祀。

董　祀　（深受感动，行礼接过刀）多谢左贤王！（相扶起，也将所佩玉具剑解下）左贤王，我这把玉具剑是曹丞相赏赐给我的，这比我的生命还要宝贵，我也把它转赠给你。

（唱“水仙子”第二段）

宝物回赠，刀剑可证真心，

天意定，匈奴共汉邦俩亲近。

[两人拱手为礼。文姬也合掌垂泪含笑。

左贤王　文姬呀，待我吹响胡笳，送你登程！

蔡文姬　多谢大王！

[音乐起，蔡文姬在音乐中换胡服为汉服。

第二场　伤别

[草原一片葱绿，穹庐已成背景。

[左贤王吹起了凄美的胡笳歌声响起。

[文姬已换上汉装。

蔡文姬　（动情地）大王！

左贤王　（迎上）文姬！你穿起汉装，显得你更加端庄、更加好看了！

蔡文姬　（强忍悲伤）大王过奖！

左贤王　在我的心目中，你就是雪山上的女神。文姬呀！

（唱“胡地蛮歌”）

一日夫妻呀，

犹胜百日情恩，

心难舍，心难忍，

怆然忍泪送亲人，

教我能不伤心。

蔡文姬　（接唱）悲洒泪，别离人，

文姬回归肩重任，

人去情难禁，

夫君长呵护恩重情深，

何惧风雨同途秋霜凛，

十二载，心相印，

今惜别，声声笳笛伴琴音。

左贤王　（唱“梆子慢板”）

想当年，你不嫌胡服短，

一片芳心，令我这个粗夫得配红粉。(起高句)

蔡文姬　（唱“骂玉郎”）

有幸配好夫君，

置身北塞爱绿茵，

永谢情厚感君恩，铭刻于心。

昔日救我出生天，更千般护荫，

穹庐夜对，浅斟低酌到凌晨。

左贤王　今日一别，不知何日才能重逢了！

蔡文姬　你我夫妻身虽两地，文姬之心与大王永不分离！

左贤王　（唱“长句二黄”）

文姬情意殷殷，

淑妇贤良好德行，

默默忍受胡风冷月，

哺育儿女多辛勤。(落句)

望文姬此去长相思，

谨记穹庐情不泯。

蔡文姬　（接唱）　唯望夫君知冷热，

莫教我终日担心。

左贤王　文姬呀！（掏出胡笳）

（唱“爽十字二黄”）

心爱胡笳，赠与文姬，

愿长伴襟怀，

吹奏笳声拍和琴韵。(拉腔)

蔡文姬　多谢大王！

（唱“二黄滚花”）

文姬今生不言悔，

来世还做你夫人。（相拥而泣）

[擂鼓奏乐，单于来送行，董祀、周近等随上。

[内场高声：单于大王前来送行！

单　于　文姬呀！

（念“口鼓”）文姬夫人深明大义，诚心归汉利国利民。助丞相大计兴文，担起和睦汉匈重任。

蔡文姬　单于放心！

（唱“新曲”）

滔滔黄河千里奔，

大河上下筋连筋。

手心手背都是肉，

匈奴汉邦永远一家亲。

单　于　（唱“古腔爽慢板”）

肺腑之言令人感奋，

汉朝匈奴永世和好，

山河有幸前景无垠。

巍巍雪山，铭记你的功勋，

莽莽草原，永留你的脚印。

儿女成长无须牵挂，

加倍呵护我毋让他人。（拉腔）

蔡文姬　多谢单于！

单　于　董都尉，代本王向曹丞相问安，愿汉朝与匈奴永归于好！

董　祀　这正是曹丞相的希望，大王一片真心，定向相爷告禀。

[周近注意董祀佩剑有所不同。

周　近　董都尉，丞相送你的玉具剑？往日你剑不离身，别遗留在异邦了。

董　祀　哦，因为左贤王豪爽，我们刀剑互赠，已成了生死之交。

左贤王　是呀，我还送他胡服，他赠我汉装，这是我们匈奴人的礼节，我们是兄弟至亲啊。你说，这不是好事吗？

周　近　（口不对心地）好事，是好事。

单　于　汉匈一家亲，哈哈！

众大臣　汉匈一家亲，哈哈！

董　祀　单于，我们就此告辞了！

单　于　请！

[《胡笳十八拍》之十三拍乐声起。大队胡人、周近、董祀伴随蔡文姬离去。

左贤王　（依依不舍地挥手）文姬！

[幕后合唱声起。唱《胡笳十八拍》之十三拍：

不畏残生兮却得旋归，

抚抱胡儿兮泣下沾衣。

汉使迎我兮四牡騑騑，

胡儿号兮谁得知？

与我生死兮逢此时，

愁为子兮日无光辉，

焉得羽翼兮将汝归。

一步一远兮足难移，

魂消影绝兮恩爱遗。

十有三拍兮弦急调悲，

肝肠搅刺兮人莫我知。

[收光。

第三场　慰父

[长安城外，蔡邕墓畔。旁有几顶帐幕。

[时已夜半，冷月一钩。月下的蔡文姬坐在帐幕外调好琴弦，自弹自唱《胡笳十八拍》之十六拍。

蔡文姬　（唱“新曲”）

十六拍兮思茫茫，

我与儿兮各一方。

日东月西兮徒相望。

不得相随兮空断肠.

对萱草兮忧不忘，

弹鸣琴兮情何伤！

今别子兮归故乡，

旧怨平兮新怨长！

泣血仰头兮诉苍苍，

胡为生我兮独罹此殃！

[唱毕，悲伤至极，伏在琴上，昏昏入睡。

[胡儿打马奔驰上。胡儿与蔡文姬相互寻找。

胡　儿　母后，母后！

蔡文姬　胡儿，胡儿！

[突然电闪雷鸣，大雨滂沱。二人艰难行进。胡儿摔下马。

胡　儿　母后，你为什么不带我走？为什么不带我走？

蔡文姬　（抚摸胡儿）胡儿，你来了就好！

[赵四娘抱着胡女跟上。

赵四娘　文姬，我们一起回汉朝。

蔡文姬　好，我们一起走。

[文姬昂头，左贤王出现。

左贤王　文姬，你不能带走我的一双儿女，留下我一个人哪！

[文姬带胡儿、赵四娘走，左贤王阻拦。

左贤王　文姬，不能带走他们哪！

胡　儿　母后，带我一起走！

赵四娘　文姬，我们一起回汉朝！

左贤王　文姬，文姬，不能带走他们哪！

[蔡文姬被三人包围，晕倒在地。

[渐渐暗场。有侍书侍琴连呼“夫人”之声。

[转明。文姬仍倒在墓前。侍琴正搀扶着她，使她坐起身来。

蔡文姬　哦，原来是你们哪。

侍　书　夫人，你怎么样了？

蔡文姬　我刚才做了一个梦。

侍　琴　你梦见什么？

蔡文姬　我梦见我的一双儿女了。就让我留在梦里就好了！

侍　琴　都怪我们叫醒了你。

侍　书　夫人，你太悲伤了，这样是有伤你的身体的。我们还是回帐中里去吧。

蔡文姬　我尚无睡意，侍书侍琴，我想一个人静一静，你们下去吧。

侍　琴
侍　书　夫人……好，我们在旁伺候！

[蔡文姬掩袖而泣。

蔡文姬　（唱小曲“且抛忧”）

夜深深，月星沉，

心内思潮翻滚，百感交侵，

忍抛亲情，情伤不禁。（过门）

苦悲添泪痕，

爹你唤儿回汉，

含泪问严亲，

须知分袂伤透了心。

（转“乙反南音”）

爹爹教诲之言，文姬常记谨，

奈何战乱不由身，

丞相赎我回归肩重任，

恐怕难成大业，

奈何志消沉。

（转“乙反流水南音”）

儿女分离悲难禁，

再愁弱女离娘会病缠身，

心念胡儿喉咽哽。（重句）

（转“乙反二黄”）

爹爹呀！

你再来面教儿学弹琴。（落句）

再来教儿作诗品，

教文姬人生之道，

再来教儿学做人，

一腔愁绪萦怀，

（转“正线二黄”）

爹你再来教儿解苦困。（落句）

[蔡邕现身。

蔡　邕　文姬，

（念）　欺霜傲雪似寒梅，

蕊寒枝瘦格清新。

自古文人多厄运，

唯有风骨不离身。

抛却愁绪肩大任，

翰墨承传意殊深。

显才智，抒胸臆，续雄文。

[念毕，蔡邕隐去。

[接董祀从另一帐幕走出。

董　祀　文姬表姐，三更半夜你还在这里弹琴？

蔡文姬　我睡不着，吵醒你了吗？

董　祀　不，我也睡不着。大家都在替你担心，怕你伤了身体。

蔡文姬　多谢你们。我自己也知道，但我……

董　祀　表姐呀！

（唱“长句二黄”）

你如哭如诉字字千金，

拨弄琴弦抒心悃，

你歌你血心无旁骛，

感天动地可泣鬼神，

一曲胡笳唤知音，

半夜闻弦生百感。

蔡文姬　（接唱）　春去秋来十二载，

惟将心事付瑶琴。

董　祀　（弹词）　修书续文完大任，

以慰泉下好慈亲。

应放宽襟怀谱新韵，

莫负丞相寄望意殷殷。

（转“二黄”）

昔日千里无鸡鸣，

今日国泰民安基业稳。

蔡文姬 （唱“寄生草”）

记忆往事愁侵云鬓，

烽烟骤起欲断魂。

董 祀 （接唱） 今日丞相谋策运鸿钧，

一心问鼎福荫后人，

冠绝时辈声威震，

昇平盛世家邦振，

劝姐放下愁绪，

专心续汉书振精神。

望表姐莫负伯喈先生遗愿，以天下之乐为己乐，莫负丞相一片心。

蔡文姬 （唱“长句滚花”）

一番话见衷忱，

忠言惊醒梦中人，

话语不多情意恳，

怎可心存私念，只顾骨肉亲。(落句)

深陷苦井转弯难，

幸得伸手有人，文姬心铭感。

董 祀 表姐呀!

（唱“七字清”）

我敬姐聪敏出口成文，

博学多才专心学问，

更比班昭上一层。

响鼓不用打重锤，

心有明灯把路引。

蔡文姬 （唱“快中板”）

豁然开朗逐乌云，

节怨敛哀精神振，

立志做好汉朝人。

董　祀　（高兴地）好了，好了！正是——

（念“诗白”）

心已亮时天快亮，

早些安歇好还乡。

明天我们还要赶路呢。

董　祀　侍书，侍琴，送夫人回帐歇息。

侍　书　知道。

侍　琴　知道。

[侍书、侍琴随文姬向帐幕走去。

[董祀伫立目送之。

[周近从一旁闪出，他目睹一切。

周　近　（唱“新腔流水”）

本视出塞为畏途，心存忿恨，

却原来是大漠荒沙也含金。

终遇良机求转运，

仕途有望步青云。

[收光。

第四场　诬陷

[邺下，曹操书斋。夜。

[曹操在灯下看书。

曹　操　（继之以朗吟，一面以手击拍）

为天有眼兮何不见我独漂流？

为神有灵兮何事处我天南海北头？

我不负天兮天何配我殊匹？

我不负神兮神何殛我越荒州？

好大的气魄！有胆力！够胆讲！

（唱“古腔首板”一句）

好诗悦目不觉困，

（转“古腔合调慢板”）

精妙歌辞，将天问，

北塞边陲，霜重雪盖，

胜似劲开寒梅傲骨俊秀挺立胡尘，

写尽泪血心魂。

（转“古腔中板”）

我似久旱逢甘霖，

我似沙漠见绿茵，

更喜文坛添秀锦。

阙胡笳新词，

真是传神写照，

哀感顽艳，裁月镂云。（拉腔）

（转“滚花”）

喜得旷世奇才，

此乃社稷之幸。

[曹丕上，手执简牍一通，走近曹操跪地呈献。

曹　丕　参见爹爹！遣胡副使屯田司马周近迎接蔡文姬回来了。

曹　操　这么快就到了！

曹　丕　周近到府报到，还呈缴了董祀的这通表文。

曹　操　董祀呢？他还没有回来吗？

曹　丕　表文里说他在华阴坠马受伤，恐怕要一个月才能痊愈。

曹　操　蔡文姬的《胡笳十八拍》你看过吗？

曹　丕　已经看过了，我觉得蔡文姬的这首诗是《离骚》以来最好的一首诗。

曹　操　你的眼力不错。我看你身边的那一批文友，恐怕没有一个人能够作得出来。

曹　丕　爹爹所言极是，我们没有那样的经历，没有那样磅礴的感情。不仅我们这一批文友，依我看来，自秦汉以来就没有这样一个人。我们的文字是用笔墨写的，屈原、司马迁、蔡文姬，他们的文字是用血写出来的！

曹　操　见解甚好。这也是艰难玉成了她，蔡伯喈果然有一个好女儿，兴文大计有希望了。

曹　丕　听说她已经有了一子一女，能够一起回来吗？

曹　操　不能，那边的左贤王不肯。

曹　丕　那做娘亲的不是很伤心？

曹　操　《胡笳十八拍》就是写出她这天大的伤心！

曹　丕　实在是首好诗。我最欣赏的就是这第十拍。

（唱“新曲”）

城头烽火不曾灭，
疆场征战何时歇？
杀气朝朝冲塞门，
胡风夜夜吹边月。

曹　操　好诗，真是好诗！好就好在有感情，更难得是有思想。

曹　丕　是的，气魄非凡，胆识过人！只恐她会因此受人排斥啊。

[一侍者上。

侍　者　启禀相爷，屯田司马周近到。

曹　操　请他进来。

侍　者　知道，有请周司马。（下）

[周近上场。

周　近　（唱“快中板”）

良机助我转乾坤，
晋爵加官前程似锦，
功劳独享才是真，
加醋添油，（半句）

（转“滚花”）

向相爷告禀。

周　近　小官周近敬候曹丞相万福，敬候五官中郎将起居。

曹　操　起来说话。

周　近　谢丞相。

曹　操　你们是今天到的吗？

周　近　是，是今日申时初刻到的。离开龙城，一共走了四十五天。南匈奴单于，为表敬意，献上黄羊二百五十头，胡马百匹，骆驼二十头，并由右贤王去卑率领胡骑二百人星夜兼程，一路护送。贡品已妥帖点交。

曹　操　那边的情形怎样？

周　近　旁人都还尚可，只是左贤王他——

曹　操　左贤王怎么样？

周　近　相爷。

（唱“手托”）

他鼎足之势别有居心，

教我难以完重任，

迫我略施警告，

戈马直进你要当心。

曹　操　（目光更加炯然）你居然向他讲这样的话？

周　近　我也是最后一天才说的。我觉得此人实在傲慢，只好警告他一下，不过他听到后，倒也妥帖了。

曹　操　唔！文姬夫人的情况怎样？

周　近　托丞相洪福，她无病无痛，看来还好。

曹　操　她的《胡笳十八拍》你看过吗？

周　近　我看过，她沿途都在弹唱。

曹　操　你觉得怎样？

周　近　（揣摩不透问意，迟疑了一下）我不通音律，也不大懂诗，不过，我觉得很悲哀，很放肆，似乎有失“温柔敦厚”的诗教。

曹　操　唔，你这倒是一种看法。

周　近　（自以为揣摩得手）我觉得蔡文姬似乎有些不愿意回来，在她的诗里充满着怨恨，甚至说她的怨气之大连宇宙都不能容下。

曹　丕　（忍不住）她的诗不是也很怀念乡土吗？你听听这第五拍：

（念诗） 雁南征兮欲寄边心，

雁北归兮为得汉音。

雁飞高兮邈难寻，

空断肠兮思愔愔。

曹　操　是啊，怎么能说她不愿意回来？我看，她是舍不得和她的儿女分离，所以才那样悲哀。

周　近　是，是，丞相所见极是。

曹　操　董都尉的伤势怎么样？

周　近　相当严重。

曹　操　听说他是从马上跌下来的，你们在路上赶得很紧吗？

周　近　其实也不是很紧，只是董都尉的行为，似乎可以说，对蔡文姬是有些——失检点的地方。

曹　操　怎么有失检点？

周　近　相爷。

（念“课子”）

他自恃两人是表亲，

有时相会到夜深。

不顾同行多非议，

无视礼节失身份。

曹　操　哼，我倒没有想到董祀这后生会是这样的人！

周　近　（看到话已投机）我也无法理会，其实最难令人理会的是他同左贤王的来往。

曹　操　哦，他同左贤王又怎样了？

周　近　相爷。

（唱“滚花”）

他两人跷蹊关系，

莫名其妙大献殷勤。

结成生死之交，

还将刀剑互赠。

曹　操　刀剑互赠？

周　近　是，左贤王把他的佩刀送给了董都尉，董都尉也把丞相赐给他的玉具剑和朝廷的命服都送给了左贤王。

曹　操　（含怒意）此事当真？

周　近　绝无虚假，同行之人，人人皆可作证。

曹　操　（大怒）可恶也！

（唱“霸腔滚花”）

偶失检点犹可恕，

暗通关节是罪人。

子桓，记下饬令！

曹　丕　遵命！（从腰带上的小配囊中取出铅条和木片一枚作记）

曹　操　“饬华阴县令：屯田都尉董祀暗通关节，行为不端。令到之日，着即令其自裁！”立即派人送往华阴！

[锣鼓中一束光投向曹操。众人造型定格。

第五场　辩冤

[丞相府后院松涛馆，有苍松古柏、花坛。同日辰时。

[蔡文姬急上场。侍书、侍琴跟上。

蔡文姬　（唱“新腔流水”）

霹雳一声惊雷震，

翻天覆地起风云，

无事生非气难忍。

何来暗通关节成罪人？

何来行为不端将罪问？

侍琴侍书做证人，

同见丞相把真情禀，

是非明辨据理力争。

周　近　大胆蔡文姬，你衣冠不整、披发跣足，对丞相大为不敬！

曹　操　文姬呀，你回来了！

蔡文姬　蔡文姬拜见丞相，感谢丞相把我赎回来了。

曹　操　继承父志，修文续史，我大汉朝的文脉传承，就全靠你啦！

[蔡文姬突然跪下。

曹　操　文姬！你这是……

蔡文姬　蔡文姬特向丞相请罪！

曹　操　我不曾说你有罪啊，起来讲话。

蔡文姬　请问丞相如若有人蒙冤，当如何处置？

曹　操　查明真情，昭雪平冤。

蔡文姬　董祀有冤，又当如何？

曹　操　董祀之罪，证据确凿，何来冤枉。

蔡文姬　我听说董祀的罪名是“暗通关节，行为不端”，董祀之罪当死，文姬之罪也不容宽恕。今日文姬，不召自来，不整仪容，不敬丞相，不顾生死，想问个明白，如若董祀犯有死罪，文姬愿同受罚，倘若董祀蒙受冤枉，也请丞相昭雪平冤！

曹　操　好，文姬呀，既然来了，把事情说清楚也好。

（唱“古腔慢板”）

非是空穴来风，事出有因。

我不会无故冤枉好人。

（转“七字清”）

你俩一路同行多亲近，

相会弹唱到夜深。

（转“三字清”）

他放浪形骸，违规犯禁，

不守礼节，握雾拿云。

（转“滚花”）

他行为不端，有失身份。

蔡文姬　还有其他不端行为吗？

曹　操　这足以构成死罪。我问你，你们深夜见面此事当真？

蔡文姬　当真！见过一次。

曹　操　看来并不冤枉。

蔡文姬　冤枉呀，丞相！

（唱“恋檀慢板板面”）

我思念儿女，悲相分，

午夜弹唱抒心悃，

他来奉劝，逐散我心中愁云。

曹　操　哦？他劝你什么？

蔡文姬　他劝我——

（唱“恋檀慢板”第四段）

归汉修书，须知相爷苦心。

昌国运，为社稷，应振起精神，

应少哀怨，专心史册，

承父志建功勋，

修汉书，青史长存鉴后人，

这大好贤臣，谈何违例禁，

（唱“尾腔”）

望丞相不要妄断，

兼听则明，偏听则暗。

（转“滚花”）

他说应以天下之乐为己乐，

立志做好汉朝人。

我有旁证为凭，

说甚行为不端，要将死罪问？

曹　操　（有些醒悟）此事谁人作证？

蔡文姬　侍书、侍琴，可以作证。

曹　操　侍书、侍琴，你们在场吗？

侍　书　在场，我们一路上朝夕共处，我可以作证。

侍　琴　我也可以作证，文姬夫人的话有少无多。

曹　操　但我听说左贤王是有野心的人，他与董祀结成生死之交，互赠刀剑，此事又是否当真？

蔡文姬　这就是“暗通关节”吗？

曹　操　难道不是吗？

蔡文姬　丞相，你又冤枉好人了！

曹　操　文姬，你不好一味袒护啊。

蔡文姬　丞相呀！

（唱“反线中板”）

左贤王，他为人刚棱疾恶，
豪侠仗义，耿直率真。
他重亲情，痛惜儿女一双，
要留在身边常亲近。
我情陷深渊，
一时难以决断，

（转“反线二黄”）

把归期贻误，议论纷纷。
有人威胁声声，先礼后兵，
若再拖误归期，
大军压境重开战阵。
若有此举，文姬宁死不归汉，
不义之师何以服人？

（唱“反线二黄尺字序”）

董祀敞开襟怀，对侬直禀，
说道丞相意殷殷盼归人，
赎伯喈女归汉修书，
怎会动三军，
我夫君闻知即出帐前，喜见贤臣，

疑团尽散心兴奋。

（转“正线爽十字二黄”）

他二人，坦荡胸怀，

实意真情剑刀互赠。

说什么，暗通关节，

无中生有，中伤离间是何因？（拉腔）

[周近边听边坐立不安。

曹　操　侍书、侍琴，你们也在场吗？

侍　书　在场。董都尉和夫人说话的时候，左贤王是在旁边偷听的，他十分感动，突然出来向董都尉行了大礼，还把自己的佩刀献给董都尉。

侍　琴　左贤王还对董都尉发誓，从今以后决心与汉朝和好。

曹　丕　（感动地）看来左贤王倒是一位值得敬重的豪杰啊！

蔡文姬　所以，董都尉也感激地把自己的玉具剑赠给左贤王，他说这是曹丞相赏赐给他的，是比他的生命还要宝贵呀！

曹　操　（恍然大悟）啊，原来如此！我错了，我真是错了！

（唱“困曹腔二黄之回龙腔”）

文姬言来有理，

董祀擎天一柱，

我居然将罪问。

我犯下弥天大错，

草率妄断，良莠不分。

我不该轻信一面之辞，

须知兼听则明，偏听则暗。

亡羊补牢，

（转“回龙煞板”）

仍未晚，

法律严明，是非不淆混，

改饬令莫误时辰。（收尺字腔）

子桓。

曹　丕　在！

曹　操　十万火急，你即刻派人选乘快马，星夜兼程，务必将前令缴销！着董祀晋职为长安典农中郎将。伤愈，即行到任。

曹　丕　遵命！（下）

曹　操　（和蔼地）文姬呀，多谢你。今日你非但无罪，而且有功。不然，我就错杀好人。

蔡文姬　丞相英明，多谢丞相赏罚分明！

曹　操　侍书、侍琴，快引文姬夫人梳妆去吧。

蔡文姬　多谢丞相！

[侍书、侍琴陪文姬下场。

曹　操　周近！你知罪吗？

周　近　（叩头）小官万分惶恐，死罪死罪！

曹　操　周近，你谰言妄断，以己度人，本朝和南匈奴和好，得来不易，险些葬送你手。人来呀，拖下去，从严议处。

众侍卫　（齐声）遵命。

[造型。

[幕后合唱声起，唱“新曲”：

星移月转又八载，
才女美名天下闻，
笔耕不辍传伟业，
苍天有眼，天道酬勤。

第六场　重睹芳华

[八年后的秋天清晨。魏王府松涛馆，现在是蔡文姬住地。馆中布置有所改变；另案上摆满已写好的汉书。

[蔡文姬正在伏案假寐，桌上有已写好的最后一辑汉书。

[侍琴上，见状忙轻轻地取披衣给文姬披上。

蔡文姬　（惊醒）啊，侍琴，天光了吗？

侍　琴　是呀，夫人，快到辰时了。你日日不睡，你要保重身体呀！

蔡文姬　光阴苦短，时不我待呀。不过，现在好了，汉书中《十志》最后的《律历志》写完了。

侍　琴　就是说，《续汉书》写完了？

蔡文姬　写完了！

侍　琴　太好了！四百几篇都写出来了，怪不得大家都说你不是凡人，你是神呀！我要快将喜讯禀告魏王！（下）

蔡文姬　爹爹呀！今天，我可以告慰你在天之灵了！（拿起《律历志》虔诚地放到另外的案上。）

（唱"梆子慢板"）

八载寒窗霜染鬓，

爹爹伴我度光阴，

字字珠玑，留下爹爹血印。

雄书《十志》，光照后人，

手摸书卷情难禁，

几多血泪汇成文。

（唱"尾腔"）

风骨傲立翰林，

告慰慈亲放宽心。

爹爹呀，你看到了吗？

[《梅花三弄》古曲响起（与第三场蔡邕念白时用的那段相同），琴声中后屏风从中间向两边拉开，蔡邕立于中间一高光光圈之中，七个"琴女"在其后背身列队，舒缓起舞。蔡邕行至案前，拿起书简欣慰地看着。

蔡文姬　（琴声起后开始说）八年了！文姬不敢有丝毫怠慢，唯恐辜负爹爹遗愿。八年了！文姬离夫别子，孑然一身，埋头续书，呕心沥血，孩儿的这份苦痛和艰难只有爹爹你能知晓啊！也只有爹爹你的感召，才支撑着孩儿咬牙捱过了八年，今日《汉书》终于续写完成了！爹爹，你看到了吗？

你看到了吗?

蔡　邕　（看着文姬朗朗吟诵）欺霜傲雪似红梅，

（边放下书简边吟诵）蕊寒枝瘦格清新。

蔡文姬　（向前看着从左向右横走调度）爹爹……

蔡　邕　（边转身边吟诵）自古文人多厄运，

[蔡文姬回身看到父亲。

蔡　邕　（边向后行边吟诵）唯有风骨不离身。

[蔡邕诵完最后一句，背身立于屏风打开时站立的高光光点位置。琴声在主题出现之前暂停。

蔡文姬　（追至书案前）爹爹……

[起《梅花三弄》主题动机（用原来此处用的经过处理的那一句），屏风合拢，蔡邕消失。

[侍书上。

侍　书　夫人。

蔡文姬　什么事这么高兴?

侍　书　你看谁来了。

董　祀　（行礼）拜见文姬表姐。

蔡文姬　（惊喜地）公胤，原来是你!

董　祀　公胤从长安回来述职，特来看望表姐。

蔡文姬　真想不到你会来看我，八年不见，你都好吗?

董　祀　好。表姐，这次回到邺下才知道，若不是表姐当年披发跣足去讲情，哪有小弟的性命!

蔡文姬　过去之事，不提也罢。

董　祀　表姐呀!

（唱“小桃红”）

叩首谢恩，

姐你救出刀下人，

一别八年甚挂牵，

表姐别胡尘，

独处深宫伏案把章振。

蔡文姬 （接唱） 承父遗志，心中谨记慈训，

千秋伟业承重任，

倾心着笔力耕耘，

运句苦思自激奋。

董　祀 表姐，自从三年前听说左贤王为打退鲜卑人的侵犯血洒疆场，我怕你太过伤心，今日见你精神焕发，我就放心了。

蔡文姬 我今日特别开心，因为汉书续写完了。

董　祀 （惊喜地）续写完了？那真是天大的喜事呀！ 可喜可贺！伯喈先生可以含笑九泉了！

蔡文姬 这个时候，我更加想念我的一双儿女，公胤，你可有他们的消息？

董　祀 （欲言又止）表姐……

[内喊：“魏王到！” 曹操上。

蔡文姬 （施礼）魏王万福！

董　祀 （施礼）魏王万福！

曹　操 文姬呀，听侍琴说《续汉书》已大功告成。

蔡文姬 魏王请看！

曹　操 归汉八年，你泼墨生辉，尽显才能，已立下盖世功劳！今日老夫要好好地奖赏你！

蔡文姬 不知魏王要奖赏我什么？

曹　操 你来看！

[十六岁的胡儿和九岁的胡女在赵四娘、侍琴的陪伴下上。

胡　儿 娘亲，我是胡儿啊！

胡　女 娘亲，我是胡女啊！

蔡文姬 （惊喜，眼泪涌出）胡儿、胡女！（上前拥抱）

胡　儿
胡　女 娘亲！（三人相拥而泣）

[赵四娘在一旁抹泪。文姬此时才看见她。

蔡文姬 四姨娘，这些年，辛苦你了！

赵四娘　文姬，我总算不辱使命，有所交代了！

[曹操翻阅了文案，转过身来。

曹　操　文姬呀，今日可谓双喜临门，应该四海同欢啊！

（唱“七字清”）

蔡邕书刻石经朝野震，

文姬续写汉书天下闻。

纪表传志甚严谨，

妙笔生花写作传神。

（转“滚花”）

蔡兄在天之灵当笑无憾，

奇女助我应天顺民。

[音乐起。

歌伎队　（唱“新曲”）

妙龄出塞兮泪湿鞍马，

金璧赎我兮重睹芳华。

抛儿别女兮声咽胡笳，

所幸今日兮遐迩一家。

[众人在音乐中造型。

——剧终

本剧选载的是2012年麦玉清、姚志强、林家宝、黄少飞等主演的演出本。

风云 2003

编剧：邵　忠　李新华　陈艳冰

人物表

关　山　　男，岭南医院教授，医院呼吸疾病研究所所长

万明川　　男，岭南医院院长，万小丰父亲，关山大学同学

林青萍　　女，北京呼吸疾病专家，关山、万明川大学同学

方　兰　　女，岭南医院护士长

万小丰　　男，岭南日报记者，方兰的新婚丈夫

叶德元　　男，关山研究生，助手

朱碧芸　　女，岭南医院护士

梁　姨　　女，方兰邻居

周主任　　男，院办主任

吴教授等医护人员，保安甲、乙，送货工甲、乙等若干人

时　间：2003年春夏季节

地　点：广州

第一场　迎新岁

[幕后女声独唱序曲：

莫道当今无战事，

从来生命总关情。

回首荆途血与泪，

突变风云世人惊！

[光渐起。

[2003年除夕。岭南特色的年市花街，有卖桃花、年橘的档口，也有卖挥春、年货的档口。广场音乐不停地播放欢快的贺年曲。

[花街处处花团锦簇、春意盎然。倩男靓女手持玫瑰、剑兰、百合在各个档口留连。

[方兰身穿艳丽的春装，手持鲜花上。

方　兰　（唱“娱乐升平”）

春节花市又迎岁，

花竞相开放，

心情也开朗。

（回头喊）小丰，你快点——

[万小丰内应：“来了老婆——”。只见他一副记者行头，上。

方　兰　（续唱）　你睇那边芍药红红衬出好时光。

桃花，兰花，浓香远溢四方。

万小丰　（接唱）　人在红树绿海中走过，

美好年景真欢畅，

庆新年，又有福星降！

方　兰　（接唱）倩影对对，丽影处处，

话短却情长。

万小丰　（接唱）暂且多留连，让我共你相依，

就似玉燕双双。

方　兰　（接唱）宏图大计，有你同在，春光明亮。

美好日子，过得幸福，与天地长。

万小丰　（接唱）看今天，把花街行遍，

缤纷五彩，春色秀妆。

夫妻创业共进取，

青春岁月伴理想。

[万小丰边唱边举起手中的相机抓拍。

方　兰　小丰，你看……（有点埋怨地）小丰啊，今日是年三十，我们出来行花街的嘛，你还要带个相机。

万小丰　现在顺便拍几张而已，明天可以放上我们报纸的新春特辑，这叫工作生活两不误！

方　兰　（略羞赧）除了工作和生活，明年我们还要……

万小丰　（不解）还要什么呀？

方　兰　还要完成我们的“造人”计划……

万小丰　“造人”计划？（喜）好呀！

（续唱）你要说到做到，我爱你护你。

落街买菜，用心照顾，每日有靓汤。

方　兰　（接唱）夫妻恩爱，互敬相亲，好风尚。

万小丰　（接唱）育养子女，奉养双亲，记心上。

方　兰
万小丰　（合唱）今日，春报鸿福至，

听日（明天），新春来临共祝太平年，

愿人世繁华庆祝岁月长！

[这时，方兰的手机急促响起。

方　兰　（接电话）喂……主任，我是方兰……啊？！什么……好……我马上回来！（收电话，对万小丰）小丰，我们主任说医院突然收了 20 多个重症患者——

（唱“快滚花”）

急诊科取消轮休，

全部回到岗位上。

万小丰　（接唱）我们休的是婚假，

应该可以有商量。

况且今晚是年卅晚（除夕夜），爸妈都等我们回去吃团年饭。

方　兰　主任要我马上回去，医院召集关叔叔和所有医护人员开紧急会议！

万小丰　为什么？

方　兰　好像是收治了一些奇怪的病人……（把鲜花往万小丰怀里一送）不跟你说了，我走了！（急下）

万小丰　（欲叫住方兰）喂，小兰——（自言自语）年三十晚还要开紧急会议……奇怪的病人？有料到！（灵光一闪）

[切光。

第二场　风骤起

[紧接上场，岭南医院呼吸疾病研究所实验室。窗外隐约传来救护车鸣叫声。

[关山离开实验台，用消毒剂洗手，摘下口罩，神色凝重。

关　山　（唱“寒关月”）

辞旧岁，新春到，

惊风骤起南方。

暗涌浪，一似层层网，

难却心里彷徨。

不明瘟症来得猖狂，

全社会应要尽快提防，

莫叫瘟魔散布来逞凶悍。

（直转“二黄”）

但专家会诊，也难看个周详！

（转“爽二黄”）

难道是，人类正面临一种全新疫瘴？

我关山，毕生研究呼吸疾病，

如今也费煞了主张。

（转“二黄滚花”）

这疫病到底从哪而来，

又从何而降？

[内场：“站住！”

[实验室窗帘被拉开，万小丰“咚”地跳下，没站稳，摔在地上。

[内喊“站住——”两名保安举着警棍冲上，与万小丰一阵开打。保安保护关山。

保安甲　（呵斥万小丰）说——你从窗口爬进来干什么？

万小丰　我……（找到借口）我给关教授送音乐会戏票！

保安甲　送戏票？为什么有大门不进？

万小丰　大门你们站了十几个人，还用警戒线封了起来，我怎么走？

保安甲　（有点不知所措，望着关山）关教授……

关　山　（心领神会）是我叫他来的，你们下去吧。

[俩保安将信将疑地退下。

关　山　小丰，你应该打电话给我，我要他们堂堂正正地放你进来！

万小丰　没用的，他们说没有院长的命令，谁都不许进来！

关　山　（有点愤怒）都到这个时候了，他们还在封堵消息！

万小丰　（不以为然）关叔叔没事的，我是《岭南日报》的“战地记者”，如果我想进来，“话咁易啦”（再容易不过了）。

关　山　你那个当院长的阿爸，知不知道你来了我这里？

万小丰　他知道就什么也干不成了。关叔叔，今天小兰接到医院电话，说回医院开紧急会议，除夕夜都要开会，难道医院有什么“劲料”（重大新闻线索）？

关　山　（犹豫）几天前，医院收治了一名奇怪的病人，患者持续高烧、白肺，呼吸困难，还有剧烈咳嗽。

万小丰　（不以为然）医院不是每天都接收不同病人的吗？

关　山　但令人忧虑的是，常规的治疗办法放在这个病人身上，收效甚微。

万小丰　是不是禽流感？前两年香港禽流感就死了不少人。

关　山　我已经排除了。

万小丰　（有点惊恐）不会是恐怖分子搞生化袭击吧？

关　山　（摇头）也不是。可以肯定是一种肺炎，但又与传统的、典型的肺炎有很大区别，姑且可以称之为“非典型肺炎”。

万小丰　“非典型肺炎”？

关　山　对！这可能是一种全新的疫症。第一个从下面县市送上来的病例，一路上已经感染了 50 多名亲属和医护人员。

万小丰　（吃惊）啊？那他岂不就是一个“毒王”？你们找到治疗方法了吗？

关　山　这个病例我还是第一次碰到，暂时没有确切的治疗方法。

万小丰　（似乎感觉到一些什么）关叔叔，我要走了。

关　山　这么快就走？

万小丰　回去赶稿啊。

关　山　赶稿？

万小丰　对！明天的头条就叫“广州发现‘非典型肺炎’，专家教授束手无策”。（拿起采访包欲走）

关　山　（喝止）回来！（缓了缓口气）不能这么写！你这样写，一定会制造社会恐慌。虽然现在还不知道“非典”的病因，但是只要大家掌握基本的防护方法，发现病例，早送院早治疗，相信可以阻断它的传播路径。（沉重地）唉，在大自然面前人类永远有未知领域。

[切光。

第三场　要公开

[次日，广州街头市面，市民有的在阅读报纸，有的在交头接耳。突然有一个市民咳嗽几声，众人急忙避开，随之戴上口罩。

[暗转，呼研所。

[万明川拿着一张《岭南日报》气呼呼地上。

万明川　（唱“追信头”）

要追究——

“边个咁大个胆”！（哪个这么大胆）

[万明川进呼研所，看见叶德元正在做实验。

万明川　（把手中的报纸往叶德元面前一摔）叶医生，你过来，跟我解释清楚！

叶德元　（拿起报纸，读）《广州发现“非典”疫情，岭南医院提醒市民加强防护》。院长，这个……

万明川　读下去！上面“表扬”你们呼研所了。你们谁那么大的胆子，擅自向社会公布消息？

叶德元　不是我……

万明川　（想了想）你去把方兰找来！我倒要问问，是不是她把消息透露给她那个混账老公！

叶德元　好的，院长。（欲下）

[关山上。

关　山　不用问了！老万，是我向你的宝贝儿子透露的消息。

叶德元　（在门口，小声地提醒）老师，注意，十二级台风！

[关山摆摆手，示意叶德元下去。

万明川　（气恼）没想到会是你！

关　山　老同学，你早该想到是我。

万明川　（苦口婆心地）老同学，这回你闯大祸了！

关　山　没那么严重吧！

万明川　（拿起报纸，拍了拍）你看看今天的报纸！

（唱"追信"）

似飞机往下投重磅炸弹，

民众惊慌，恶雨风翻。

情况公开去，回旋就难。

在今日，道听途说催波澜，

弄得我，似身居冰炭。

群情已汹涌，问真相，

生责难，我愧羞惭。

如何去应对，实教（叫）我犯难。

医务科的电话几乎被市民打爆，他们问死去的病人是不是摆满了医院太平间？

关　山　既然如此，更加要将疫情公开。

万明川　老关——

（唱"滚花"）

如何公布疫情，

一级有一级权限！

关　山　（接唱）疫情已经开始扩散，

无法再按部就班！

社会上已经出现流言，

恐慌情绪开始延蔓。

现在人人有手机，一条信息可以转发几十万次，你想捂是捂不住的！

万明川　社会上传播流言，那是社会上的事，但消息绝对不能从我们岭南医院漏出去！

关　山　从专业机构发出的准确消息，难道不比社会上流言四起好？

万明川　（越说越急躁）老关！我们只是家医院。我们能够做的，就是执行现行的规章和制度。至于公不公布疫情、如何公布疫情，那是上头的事！这就是政治，难道你不懂？

关　山　（针锋相对）我不懂！在我眼里，人民群众的生命安全，就是最大的政治！以科学态度找到“非典”的病因，就是最大的政治！

（唱“爽慢板”）

我只知肩上的责任，

不懂你这阔论高谈。

万明川　（接唱）若果上头追究下来，

后悔就为时已晚！

关　山　（并不退让，唱“快慢板”）

上头若然来追究，

就找我关山！

万明川　（气结，接唱）

就怕你收不了场，

到头来牵连我老万！

关　山　（冷笑，接唱）

我更不会连累你，

有事就由我去坐监！

万明川　老关！唉！

（唱“七字清中板”）

预警疫情有缺陷，

权衡轻重进退难。

导致人心惶惶悔之晚，

难知后果要把关。

关　山　（唱“长句二黄”）

该担责时就肩担，

“非典”疫情来势猛。

群众彷徨焦虑，

流言传播非等闲。

若内紧外松，群众疏于防范。

疫情大爆发，防控难上难。

万明川　公开疫情非同小可，乱揭盖子难收科！

[两人僵持，气氛凝重。

周主任　（内场）院长——

[周主任上。

万明川　什么事？

周主任　（递上红头文件）刚才院办接到卫生厅转发的省委文件。

万明川　（拿过红头文件，一看）疫情公开，实事求是，实时报道？

关　山　省委的做法是正确的，这样才是给予老百姓知情权。历史上疫灾不计其数，死亡超千万人的也有三五次。如果“非典”一旦扩散，你说后果有多严重？这个责任哪个可以负得起？

[万明川左右踱步，犹豫不决。

万明川　（最终决定）既然上级有明确的指示，我们就执行吧！

关　山　老万，我昨晚已经赶写了几份社会人群防护指引供大家参考。（递交材料）

万明川　（翻看材料）《医护人员防护指引》《“非典”疑似病人甄别和送治指引》。太好了！（对周主任）周主任，你马上给各科室、各部门印发一份。

周主任　好！

关　山　老万，疫情发展的态势，远比我们预期的严重得多。我建议把最严重的病例都送到我这里来。

万明川　（严肃地）老关，目前还未掌握防治非典的规律，病例还在不断增加，我们守得住吗？

关　山　必须守住，这是一场保卫全人类的战争！

[切光。

第四场　单程票

[夜，窗外一轮满月。舞台正中是方兰与万小丰的新房，色调暖和。墙上挂着方兰与万小丰的婚纱照，一张双人大床整理得温馨、浪漫，床上放

了个洁白的、大大的毛娃娃。门边放了个拉杆行李箱。

[方兰穿粉红色睡衣，从卫生间出来，把毛巾、衣服放进行李箱，然后把一套出门穿的衣服挂在衣帽架，拿起床头柜上的手机看了看时间，十分焦急的样子。

方　兰　（略带忧伤，唱“明月千里寄相思”）

春宵夜难静，
盼月照归人，
情共爱缠绻。
内心怕在今宵分别，
只会剩了心头凄酸。
明月对我，说归期，
梦里相思爱恋。
怕今后难共佢再相见，
今宵云梦再圆！

万小丰　（进门）老婆，我回来了！

方　兰　（嗔）你再不回来，我就要走了。

万小丰　走？今天是元宵，中国情人节，你去哪？

方　兰　就准你加班，不准我上夜班？十点我就要回到医院接班。

万小丰　（调皮地指着自己的脸）“洗了白白”（洗澡）等我回来——吻别？

[方兰含情脉脉地点了点头，万小丰搂过方兰。

方　兰　（推开万小丰）你先冲个凉……

万小丰　来不及了！

[万小丰一时激动，抱起方兰，旋了一个大圈。

[正在这时，“叮咚——”门铃响。

万小丰　（恼）谁呀？

[万小丰悻悻地放下方兰，出去开门。

[梁姨拎着大包小包站在了门口。

万小丰　梁姨，是你？

梁　姨　（快人快语）是我啊小丰。今晚不用加班么？

万小丰　刚回来。有什么事吗？

梁　姨　我今日下午到商场排队买板蓝根，幸好见到你妈妈陪我说说话，不然的话，闷都闷死啦！现在几点啦？

万小丰　（看了看表，不耐烦）都快十点了。

梁　姨　（依然快人快语）你看看——我们从下午四点开始排队，足足排了四五个钟，才买回……（边说从购物袋掏出东西）板蓝根，白醋，还有抗病毒口服液，你妈妈叫我顺便带上来给你们，说你们平时上班忙。抗“非典”的家居常备药，统统买齐了！

万小丰　（接过药品，哭笑不得）梁姨，白醋又怎么抗“非典”呀？

梁　姨　哎呀！报纸都讲啦，煲醋可以消毒空气。现在买支醋都要“抢嘣头”！

（念“白榄”）

白醋本来卖两“文”（元，阴平），

我们买时就二十“文”，

现在已经涨到五十“文”！

口罩凉茶统统货源紧，

重有抗病毒口服液同板蓝根！

万小丰　多谢梁姨！（边说边把梁姨往外让）

梁　姨　（千叮万嘱）要记得煲醋！天天煲！

万小丰　记得记得……

[梁姨下，万小丰把那些物品放好。

万小丰　（进房）这个梁姨，口水多过茶！老婆……

[一段柔情小夜曲响起，万小丰揽过方兰，两人起舞，开始接吻。

[这时，“叮咚——”门铃又响。

万小丰　（骂）又是谁呀？

方　兰　（兴致索然，叹了口气）怕又是梁姨。

万小丰　（痛苦地一拍脑门）过完年借钱都要买新房子，搬家！

[万小丰出去开门。门外站着两名送货工，一个肩上扛着两包大米，另一个扛着一箱食盐。

货工甲　（说的是普通话，但又极力模仿广州话）大哥，送货的！

万小丰　（广州话）送货？（似乎明白）哦，好好！放这。（说完就把送货工往外请）

[两名憨厚的送货工把货物放门边，眼巴巴地望着万小丰，没有要走的意思。

货工甲　（伸出手，谄笑地）大哥，运费……

万小丰　（愕然）运费？平时你们不是免费送货上门的吗？

货工甲　大哥，现在又不是平时嘛。

万小丰　那现在是什么“时”？

货工甲　（挠头）现在是……

货工乙　（接过茬）是……是“非典时”！

货工甲　哦对，是“非典时”！

万小丰　“非典时”？

货工甲　现在我们加班送货，按规定，一包大米加收20“文”（元）。

货工乙　（帮腔）20“文”！

货工甲　一箱盐加收10“文”。

货工乙　10“文”！

万小丰　（骂）“边个衰人”（哪个王八蛋）的规定？

货工乙　是我们“衰人”老板的规定。

万小丰　（愤怒，吼）有没有搞错！太离谱了，我退货！

货工甲　（不依不饶）大哥，现在退货，也要给运费的嘛……

万小丰　（吼）你们这两个家伙发国难财，小心我到物价局告你们！滚——

[梁姨从对门出来，看见两个送货工，用广式普通话劈头盖脸就骂。

梁　姨　哎呀呀！你们呀，我都跟你们老板讲得很清楚的啦，是送到402，不是401！

[梁姨的广式普通话“2”“1”难分。

货工甲　（委屈地指门牌）这不就是401吗？

梁　姨　（右手伸出两个手指比画）真是的，一二一二都分不清，我教教你们吧！这是“一”，这是“二”！出来“捞世界”，首先要学好普通话，正所谓“学好普通话，走遍全国都不怕”嘛！快点快点，送过去，全部都送过去。

[两名送货工赶紧把米盐搬到隔壁梁姨家。

万小丰　（好奇地）梁姨，你买这么多米和盐干什么？

梁　姨　（神神秘秘地）小丰，你有所不知了，我听别人说，外地米商现在都不敢到广东，马上就没货了。盐就更加重要了，非典、非典，非常缺碘，盐里正好有碘！（问）你们家还没买？

万小丰　没买。

梁　姨　明天一早就去买吧，还要多买几包！记得买，记得买，你记得买！（进自己家）

[万小丰回到房间。

万小丰　（愤愤然）这次摁烂门铃我都不开！老婆……（见方兰已换了出门衣服，一愣）小兰，你……你怎么换了衣服呀？

方　兰　（把万小丰拉到床边，坐下）小丰，先坐下，我有话要跟你说。

万小丰　你有话对跟我说？

方　兰　是呀——

（唱“三脚凳”）

现在是非常时期，

没事你少跑医院。

万小丰　（接唱）　我是个“战地记者”，

怎能够不上前沿？

方　兰　（接唱）　那就少些入病房，

减少传染的风险。

知道吗？

万小丰　（不耐烦）知道了老婆！你怎么越来越像我妈？

方　兰　（接唱）　还要记得戴口罩，

别往人多的地方“钻”（读“捐”）。

记得了吗？

万小丰　记得了，我不怕！我去过几次关叔叔的实验室，连“毒王”都采访过，早就有抗体了！

方　兰　抗体？（苦笑）现在全世界的医学专家都在找这种抗体，你这么容易就有了？

万小丰　（辩解）我这种是“精神抗体”！

方　兰　（郑重地）小丰，我们医院已经为“非典”病人建立隔离病区，为了防止疫情通过医护人员向外扩散，医院决定医护人员都要隔离。

万小丰　（惊愕）啊？连医护人员都要隔离？

方　兰　（点头）我是护士长，所以……

万小丰　所以什么？

方　兰　我带头报名了。

万小丰　你带头报了名？

方　兰　是的。疫情来得实在凶猛，已经有患者离世，不少医护人员被感染倒下。

万小丰　（想了想，解下脖子上的一个小挂件，深情地）小兰，这个是我戴了十多年的玉观音，有她保佑你，你不会有事的。（把玉观音挂在方兰脖子）小兰，我等你回来，我们还要去马尔代夫度假，把婚假休完，好吗？

方　兰　（心酸，欲言又止）小丰，我……我答应你。不过我不在家的时候，你要学会照顾自己，少捱夜，多休息。知道吗？

万小丰　（点头）知道……

方　兰　还要记得吃早餐，不要吃生冷的东西。知道吗？

万小丰　（点头）知道……

方　兰　出去采访时一定要记得带雨衣，现在疫情凶猛，如果淋湿了身，得了感冒，就麻烦了。知道吗？

万小丰　（哽咽）小兰，我都知道……

方　兰　小丰……

[万小丰一把抱过方兰，两人紧紧拥抱。

[床头柜上的手机突然响起，打破了两人正在沉浸的世界。

方　兰　（征询地）接吗？

万小丰　（宽容地）接吧！

方　兰　（小心地拿起手机，接听）喂，主任……我知道……十点准时到岗……（收起电话，饮泣）小丰，对不起，实在没时间了……

万小丰　（安抚）小兰，不要紧，来日方长，我等你回来。

方　兰　（不忍，终于说出）小丰，这次我买的，可能是张单程票……

万小丰　（大惊）你说什么？单程票？

[方兰含泪点头。

万小丰　你不再回来了？

方　兰　（哭）小丰——

万小丰　（唱“千般恨”）

话语一声似旱雷天，
似又见天际乌云若现。
怕此分开，难见我妻面，
梦里相思最熬煎。

方　兰　（接唱）　梦里相思最熬煎，
盼望有一天共你还见面。
雪雨不见，雾散青峰现，
共唱心曲有情天。

万小丰　（接唱）　单程的票，天涯望断，
对你说声心里更怀念。

方　兰　（接唱）　真情不变，亲情永在，
你我心中永存誓愿。

万小丰　（接唱）　月到中天照婵娟，
愿你安康人壮健。

方　兰　（接唱）　再相见，

万小丰　（接唱）　说思念，

方　兰
万小丰　（合唱）　共你一生再写爱情篇。

万小丰　（再次抱紧方兰，声嘶力竭）小兰，你会回来的，你一定要回来！我等你……

方　兰　小丰……

[急收光。

第五场　不言惧

[屋外，不时传来隐隐的雷鸣和救护车的鸣叫。

[医护人员全副装备，在急诊室主任的指挥下，把一批批“非典”重症患者用担架抬进岭南医院（过场）。紧张激昂的背景音乐。

[突然，有抬担架的医护人员倒下，主任二话没说，接过担架。

[倒下的医护人员被同事扶起，送往诊室。

[关山从急救室出来，解下口罩和眼罩。

关　山　（十分疲惫、感慨，唱“滚花”）

我们的医护人员，

无畏英勇。

人人冲锋陷阵，

个个是战斗英雄！

叶德元　（从急救室出来，急）老师——

（接唱）　危重病人太多，

病床已经不够用。

关　山　（接唱）　你去向院长报告，

病房马上要扩容。

叶德元　是！（欲下，回头）老师，你已经连续工作了三十几个小时，要注意休息。

关　山　我知道。

[叶德元急下。这时，朱碧芸和一名医护人员拖着行李箱，从临时休息室匆匆出来。

关　山　（纳闷，拦住她们）你们这是干什么？

朱碧芸　（嗫嚅）关教授，我想……请假……

关　山　（严肃地）现在这个时候，你想请假？

[朱碧芸点头。

关　山　（问另一名护士）那你呢？

[那名护士不敢言语。

关　山　（严厉地）现在是非常时期，全院人手紧缺，省里都要从各地医院调人过来，你们这样做，是逃兵！知道吗？

朱碧芸　（哭）关教授……我好怕……

关　山　怕？

朱碧芸　怕！在我的班组里，已经有五个同事被感染了……我妈只有我一个孩子……

关　山　（心一软，叹气）唉！你们还年轻，如果实在坚持不住，我不拦你们，走吧……

[朱碧芸和那名护士低着头，刚走了几步，天上又响起了几声响雷，两人不由自主地停下了脚步。

朱碧芸　关教授，我们知道错了，错了……

（唱“乙反流水南音”）

面对疫情太惶恐，

面对生死想避凶。

忘记了肩头千斤责任重，

看不见个个勇士英雄。

[关山为两人擦去脸上的泪花。

关　山　（鼓励）小朱，小吴，不用怕！你们是新战士，第一次上战场，难免会有点惊恐，只要留下来，你们就是英雄！关叔叔无论什么时候，都会和你们在一起。

[两人含泪点头。方兰急上。

方　兰　关叔叔，“毒王”病情有变，全身缺氧，出现紫绀（音“禁”），随时可能死亡。

关　山　马上抢救！

[众人急下。

[切光。

[二层平台起光，ICU 病房，关山、叶德元、方兰、朱碧芸、小吴穿上防护服，一起抢救病人（以身段展示）。

[救治完毕，二层平台收光。

[舞台起光，关山、叶德元、方兰、朱碧芸、小吴等上。

朱碧芸　（长吁一口气）病人终于抢救过来了，生命指数不断提升……关教授，您辛苦了。

关　山　大家都累了，去休息一下吧。

[话音刚落，关山突然倒下。

众　人　（惊呼）老师！关教授！

[切光。

第六场　四不停

[会议厅。

[林青萍与吴教授上。

林青萍　（唱“南音”）

花城重到，心似浪翻。
只为病魔飞降，肆虐岭南。
报告频传，疫情未减。
纵观当前事态，举步维艰，
省里达旦通宵，商量对策。
仍是“非典”传播，

（转“二黄”）

真是进退两难。
曾在“世卫”多年，
各类疫情见惯。
唯愿多年经验，

可助攻破难关。

（转“二黄滚花”）

受命从京赶来，

不负众人期盼，

一同越过这个急流险滩。

[林青萍和吴教授到会议厅，万明川和众医生上前迎接。

吴教授　（和万院长握手）万院长你好，我来介绍……

万明川　（示意不必介绍）林博士，老同学呀，辛苦，辛苦了！（对秘书）请各位专家到来开会。

[万明川招呼大家就座。

万明川　各位，我来介绍，这位就是林青萍博士。她是在世界卫生组织任职多年的一线干事。（对吴教授）这位是北京的专家吴教授。

[林青萍环顾四周，未见关山。

林青萍　关教授呢？

万明川　关教授病了……

刘医生　听说他还发高烧……

杨医生　莫非连他也……

万明川　各位！关教授连续工作38小时，疲劳过度，感染肺炎。

众医生　肺炎？

[众人议论。

万明川　各位，各位！关教授只是感染了普通肺炎，大家不要紧张！（看表）事态紧急，我们马上开会吧。

众　人　好。

万明川　现在请林博士发言。

林青萍　（直入主题）各位，广东是“非典”的重症疫区，世界卫生组织一直对事态相当关注。万院长，到底现在情况如何了？

万明川　“非典”已进入发病高峰，情况非常严峻呀！（递上报告）

众　人　非常严峻！

万明川　（唱“长句滚花”）

“非典”延蔓，非寻常。

广东三百病例，足以见险象。

一百零一个危重者，

日夜抢救忙。

感染的医护人员，情况难估量（句）。

（转“滚花”）

社会上流言四起，已引起群众恐慌。

林青萍　（迅速浏览报告）各位，我方根据以往在国内外医治疫症的临床经验和实验数据，认为造成“非典”的致病元凶是衣原体。

[吴教授派发报告。

吴医生　（看报告）没错，“非典”死者的尸检报告上，也明显发现衣原体样颗粒的存在。

钟医生　对，我们医院也是针对衣原体进行治疗。

林青萍　看来我们对“非典”病原的观点都已达成共识。

众　人　（点头）对！

林青萍　接下来，我们就应该科学取证，对症用药。（众人点头，讨论）

关　山　（内唱一句“快首板”）

心急如焚医院往——

[关山手中举着吊瓶，匆匆走进会场，叶德元尾随。

叶德元　老师，您病刚好，要注意休息……

关　山　我知道了，快去拿资料。

叶德元　老师……

关　山　快去。

[叶德元下。

关　山　（唱“滚花”）

世卫专家相助，联合攻关到会场。

强支病躯，商讨治疗方案。

老同学！

[众医生起立。

关　山　　欢迎你来指导工作。

林青萍　　老关，你身体如何？

关　山　　没什么大问题。

万明川　　老关，你刚康复，就在家好好休息嘛。会议内容一定会向你通报。

关　山　　这么重要的会议，我怎能留在家中！别说那么多了，继续开会吧！（坐下，看林青萍报告）林博士，你对“非典”病原和治疗方案，有什么好建议呢？

林青萍　　关教授，方才大家对“非典”病原已有共识，一致认为致病的元凶是衣原体。目前广东疫情严重，防控体系尚未完善，疫苗又没研制成功，抗生素能有效抑制衣原体生长，我认为还是用抗生素疗法比较好。

（唱“减字芙蓉”）

几番分析试验，

按此措施控防。

抗生素治疗，

可有效将“非典”抗。

关　山　　（接唱）　若是衣原体感染，

抗生素确是良方。

可是“非典”的元凶，

非如你们所讲。

我认为“非典”元凶绝对不是衣原体！

[众医生议论纷纷。

万明川　　老关！

（唱“手托”）

此方案，经大众磋商。

好方案，符合当前现状。

没必要，另作他想。

老关，林博士在“世卫”组织，有多年病毒学研究经验。何况，大家都认为病原是衣原体！

[众专家附和：“对，我们都认为是衣原体！”

关　山　我不赞成这个观点！

林青萍　关教授！

（唱“中板”）

我们实验室，通过标本研究，

已是论据周详。

关　山　（接唱）衣原体易分离，单凭一个实验室，

未可匆忙定案。

林青萍　（接唱）已是多个学科，联合探讨研究，

（清唱）是衣原体，致人于死地。

（入板）使用抗生素，控病药效强。

关　山　（唱“七字清”）

若说已控病情，只是冀望。

病因何在，还要细探其详。

（转“滚花”）

“非典”的源头，

不是我们之前所想。

林青萍　那你认为呢？

关　山　我认为，“非典”病原并非衣原体，而是一种新型的冠状病毒！

众医生　冠状病毒？

关　山　你们看，这是我的研究数据——

[肺片放下，众人离座观看报告。

吴教授　关教授！

（念“韵白”）广东是“非典”的重症疫区，我认为这个报告不是很完善。

陈医生　（接念）在患者标本和抗体同时发现衣原体和冠状病毒……

刘医生　（接念）关教授，你凭几个零星个案，就做此断言？

杨医生　（接念）我们作为医生，治病救人，应该考虑周全！

关　山　（接念）正因为是医生，要对患者负责，这个不是一般的学术问题，事关人民群众生命安全！救命的问题如果不处理好，几多悲剧就会上演。所以，我必须坚持这个判断！

[全场霎时安静。

[周主任内场急唤："院长——"上。

周主任　（递上文件）院长，卫生厅转发的省委急件！

万明川　（念）世界卫生组织和国际旅游协会，已经把广东列为重症疫区。（众人哗然）4月15日将要举行第93届"广交会"，四万展商、十万客商汇聚广州。省委省政府要求各级专家马上开会讨论，提交合理建议，广东是否执行"四停"决策。

众医生　什么是"四停"？

万明川　（念）"四停"就是停课、停工、停市、停办公！

林青萍　这个"非典"，影响严重呀！广东是中国南大门，是对外贸易的重要窗口。如果"广交会"的外商被感染，我们就很难向国际社会交代了！

[众医生边推座椅上，边讲。

吴教授　没错！"非典"一旦在社会上交叉传染——

钟医生　如果发生新一轮大爆发……

刘医生　后果不堪设想呀！

吴医生　"非典"传染性太强了——

杨医生　我们的医生护士，不断被感染。

陈医生　如果这样下去的话，这场仗，我们还怎么去打？

众医生　我们都认为，"四停"为好啊！

万明川　我也认为"四停"有必要！

关　山　我不同意！依我看，"非典"传染性没有你们想象中那么严重。

（秃起唱"滚花"）

虽然"非典"肆虐，又起狂澜！

只要早诊断，早隔离，早治疗。

（唱"长句二黄"）

可遏制疫情扩散，

（清唱序）通过基层监督防范。

林青萍　（接唱）　这"三早"方案，

本也切实可行。

无奈病例日增，

抢救治疗，难分夕旦。

（清唱序）医院人满为患。

万明川　（唱“教子腔”）

若不停运作，疫情更延蔓。

院方添压力，怎将重责担？

如果“四停”，就可以减轻医院压力了。

刘医生　关教授，现在医院的病床已经用完了。

杨医生　我们医院隔离病区的医生护士，已经好几个月没回过家了。

吴医生　我们的护士经常十几个钟头没法上厕所，要穿着成人纸尿裤上班。

[众人附议。

关　山　我们做医生的，遇到这样的疫情，就像工兵碰到地雷阵，我们不上，谁上？

（唱“俺六国”牌子）

医护天职治病，

正为惊扩散应将重责担。

又岂能身退不思救病患。

应同心控制“非典”病增。

定措施不怠慢，消灾解难。

我不同意“四停”！

林青萍　“四停”可以从宏观上降低风险，为什么你还要坚持已见！

关　山　我们要以科学的态度，看清问题。我们的医护人员之所以不断被感染，并不是“非典”不可控制，而是因为我们每天都要去近距离接触它。近日，我们采用中西医结合疗法，不但病人情况有所好转，而且并无一例死亡！（众医生看了关山报告后，有所启发）相反，有些医院滥用抗生素，反而引致了并发症，增加了死亡风险，这个值得我们重视。

万明川　老关！（小声）你小心说话！

关　山　科学只能实事求是，不可以明哲保身。

林青萍　关教授！

（唱“梆子慢板”）

我们都是医生，

以患者为重，理应身体力行，

只是重大疫情，

有国际惯例为凭，

这“四停”，应照办。

“世卫”实验室，正将疫苗研发。

“四停”来等待，何用险中行？

（转“滚花”）

最怕一着棋差，得失权衡，应谨慎。

万明川　“四停”可以为“世卫”争取更多研究时间啊。

关　山　在疫苗尚未研发成功前，我们必须建立起有效的防控机制，在全省条件较好的各大医院建起隔离病区，发现病例，早诊断、早隔离、早治疗，这样就可以一边抗击“非典”，一边将有效数据送到“世卫”，如果这样做，就无须“四停”啦！

吴博士　关教授，如不实施“四停”，万一疫情大规模爆发，你背得起这个责任吗？

[众医生在旁劝说：“你背得起吗？”“关教授，要考虑清楚啊……”

关　山　只要有一线希望，我都会去尝试。因为我首先想到的，不是失败！

万明川　老关，大家都是医生，疾病才是最大的敌人，切记要冷静，要冷静！

关　山　很多外国同行曾经断言，中国要战胜这场“非典”，最少还要两到三年。难道我们就要停课、停工、停市、停办公两三年？你们有没有试想过，“四停”会发生什么状况？

（唱“反线中板”）

一不能停课休息，

学生从城市返乡村，

形势将更加严峻。

二不能停工闭厂门，

失业的外来工把疫情带到全国，

这如何面对13亿人民？

三不能停市，

一旦疫情随外国商人扩散到全球，

这岂是大国的担当和责任？

四不能停止办公，

当前疫情肆虐，

各界更应协力同心！

（唱“二黄滚花”）

岂可冀望“四停”，

缓解这场灾难，

控防“非典”求良药，

临危不惧虎山行。

[众医生起立，聚拢，沉默，感动。

关　山　“非典”出现于广东，我们就有责任和义务，要让它结束于广东、消失于广东！

[切光。

画外音　几天后，广东省委省政府经过对这次会议的反复研究，采纳了关山的建议，最终实施“四不停”政策，第93届“广交会”如期举行。关山对“非典”病原的研究成果，也被世界卫生组织正式确认。然而，年轻的护士长方兰，倒在了抗战的第一线……

第七场　病房会

[深夜，舞台一角，隔离病房。

[方兰躺在病床上，面部罩着氧气罩，沉睡。万小丰穿着厚厚的防护服，坐在隔离病房外打盹。

[朱碧芸穿防护服，端着药盆上。

朱碧芸　（轻声）护士长——护士长——方兰姐——

[方兰没有醒。朱碧芸放下药物，检查了一下输液瓶，轻手轻脚地准备下。

[万明川上。

朱碧芸　（轻声）院长——

万明川　（示意朱碧芸下。走到方兰病床前探视，轻声呼唤）小兰……（愧疚地）小兰，阿爸来看你了。小兰，你可要挺住……要挺住啊小兰！

[方兰没醒。万明川拭泪，下。

[隔离病房灯暗，方兰和万小丰出现在另一舞台空间。

方　兰　小丰……小丰……

万小丰　（寻找）小兰……小兰……

方　兰　小丰，这里是医院的重症病房，你不应该来的。

万小丰　小兰，我们说好的，你在哪，我就在哪。

方　兰　（唱“楼台会”）

重会到病房，

又见面思忆奔涌。

万般情爱，在心里仍旧痛，

为何在这相逢？

万小丰　小兰，你已经睡了三天三夜了。

方　兰　三天三夜？

万小丰　（接唱）　又再相逢，恨脚步匆匆。

热爱长在，存心里仍未冻，

为情越过山万重。

方　兰　（接唱）　当初见面欢笑中。

万小丰　（接唱）　又再见面风雨中。

方　兰　（接唱）　忍泪含笑迎风，

转面心隐隐痛！

万小丰　（真诚地）小兰，不要往坏处想！感染了病毒也不要怕，关叔叔的治疗方案，已经让很多“非典”患者康复出院。

方　兰　（沉重地）可我也目睹很多重症患者悄然离世。（动情地）小丰，如果我也有这么一天，你不要伤心，不要难过，我会在天堂为你祝福的。

万小丰　（极痛苦）不要！我们都还没来得及去度蜜月，我要为你买一张可以回家的双程票呀！

［两人痛苦相拥。

方　兰　小丰，对不起。我不可以同你一起去马尔代夫度蜜月了，你会不会怪我？

万小丰　我不怪你……

方　兰　小丰，我不跟你商量，就报名进了这隔离病区，你会不会怪我？

万小丰　小兰，我不怪你……

方　兰　小丰，我觉得很遗憾，都还没来得及为万家传宗接代，你会不会怪我？

万小丰　小兰，你别再说了……我不怪你……

方　兰　小丰，玉观音还是留给你吧，我会在天堂永永远远为你祝福。（泣不成声）

［隔离病房急救铃声大振。方兰在舞台上隐去。

万小丰　（惊）小兰，小兰！（大叫）小兰，小兰！

［舞台一角，隔离病房。

［方兰躺在病床上，面部罩着氧气罩，沉睡。

朱碧芸　关教授，关教授——

［关山准备帮方兰插喉管。

叶德元　老师，让我来！

［突然，方兰一阵更猛烈的喘气，一口鲜血喷涌而出……

［舞台上一片红光……

万小丰　（在隔离病房外惨叫）小兰——（悲伤倒地）

［关山领众医生从隔离病房出来，两医生看见小丰，忙上前扶起。

关　山　小丰……

万小丰　关叔叔！（抱住关山）关叔叔……小兰她……

关　山　（沉重地）小兰她是个好姑娘。

万小丰　（痛哭）关叔叔！关叔叔……为什么，为什么……（哭晕）

关　山　小丰，我……对不起……

［医生将悲痛欲绝的万小丰扶进场。

[紧接下一场。

第八场　决战时

[关山心情沉重地坐下。

关　山　（音乐托白）韩医生、宋医生已经牺牲，就连小兰这样好的姑娘，也永远离开了我们……

（唱“新曲”）

有多少重症病人，
忍受着病痛煎熬，
徘徊在生死线？
又有多少鲜活的生命，
等不来命运眷顾，
从此地下长眠？
小兰她痛苦的神情，
总浮现眼前，
似穿心万箭。
“非典”会否卷土重来，
横行肆虐，又再烽火连年？

（转“归帆”）

病魔降已将恶浪掀。
其势汹汹正流传。
研制新方抗病染。
喜有病者经已复原。
令我心痛苦忧煎，
护士医生噩耗频传。
在那风险最前线，
抗病将生命献。

（转“乙反长句二黄”）

战场不见漫硝烟，

却是一场浴血战。

病者安全圣地，医护难保安全。

昼夜抢救病人，自身难幸免。

恨那病魔凌厉，

威胁人类，每一天。

（中速唱“乙反流水南音”）

谁人不爱花开春暖。

谁人不望，团聚笑声喧。

多少理想追求，尚期实现，

时逢盛世，都想福寿延年。

谁料“非典”骤来，风云变，

毁了多少好梦，

（转“乙反二黄”）

怎不心碎，黯然。

（转“爽二黄”）

怎能让，白衣战士，

救病扶危，频将生命献。

怎让“非典”恶魔，持续蔓延。

（转“扑仙令”）

亲试验，疫情令我心牵。

亲试验，病寻源。

无惧畏，责重担肩，

驱魔抗病，勇行前。

（转“二流”）

我是医学专家，应速交答卷，

如今形势，已是刻不能延。

采集“毒王”血清，

唯愿成功抗病。

（转“二黄滚花”）

岭南大地，复见春暖花妍。

小张，我们马上去实验室采集“毒王”血液，用我身体做试验！

[众人劝阻关山。

[万明川内场叫：“老关……”

[万明川、林青萍等人赶到。

万明川　（拉着关山）老关，你是主将，不能这样做！

林青萍　（劝阻）老关，现在新增病例已经减少，你是不是再考虑考虑……

关　山　我已经考虑清楚了。（平静地问万川）韩医生、宋医生是不是已经在昨天晚上殉职？

万明川　（沉重地）是的。

关　山　叶德元和朱碧芸是不是还在ICU抢救？

万明川　是的。

关　山　（开始趋急）重症病房里是不是还有50多名患者在靠呼吸机维持生命？

万明川　是的。

关　山　（悲痛地）老万，我眼看着小兰……我却无能为力！

万明川　老关，你别再说了……

关　山　（坚定地）所以到了这一步，血清试验必须做！

林青萍　老关，这样做太冒险了……

万明川　如果这一步必须做，就在我身上试吧！（挽起胳膊，命令地）小张，你把病毒血清给我打进去！

关　山　（阻止）慢！没时间反复做试验了，我更了解血清在身体上的反应，因为我是个医生！

万明川　（严正地）关山你别忘记，我万明川也是个医生！

林青萍　（伸出胳膊）我林青萍也是个医生！

众　人　（纷纷伸出胳膊）我们都是医生！

[众人齐刷刷地伸出胳膊，举起了一片臂膀的“森林”……

[一段众志成城、共同战斗的群体舞蹈。

[光渐暗。

[光渐起，木棉花怒放，医护人员和各界人士向抗“非典”纪念园的英烈献花。

[伴随着敲打键盘的声音，纱幕上出字幕：

2002年11月，广东发现第一个“非典”病例，到2003年5月23日，世界卫生组织宣布解除对广东的旅游警告。至此，抗“非典”战斗取得了决定性的胜利。“非典”期间，全球感染人数8422例，死亡919人，涉及32个国家和地区。其中我国感染7751人，死亡829人。（键盘音停，字幕继续）

在抗击“非典”的过程中，我国30多名医护人员因公殉职，他们是：

范信德，男，中山大学附属第二医院救护车司机，2月23日殉职，终年57岁。

叶　欣，女，广东省中医院护士长，3月24日殉职，终年46岁。

李晓红，女，武警北京总队医院主治医师，4月16日殉职，终年29岁。

邓练贤，男，中山大学附属第三医院主任医师，4月21日殉职，终年53岁。

梁世奎，男，山西省人民医院急诊科副主任，4月24日殉职，终年57岁。

刘永佳，男，香港屯门医院护士，4月26日殉职，终年38岁。

陈静秋，女，台湾和平医院急诊室护理长，5月1日殉职，终年48岁。

陈洪光，男，广州市胸科医院重症监护室主任，5月7日殉职，终年39岁。

胡贵芳，女，台湾仁济医院护士，5月8日殉职，时已有身孕，终年27岁。

丁秀兰，女，北京大学人民医院主任医师，5月13日殉职，终年49岁。

…… ……

[长长的英烈名单，在缓缓上升。

[光渐收。

——剧终

本剧选载的是2013年丁凡、蒋文端、林家宝、康健、李嘉宜等主演的演出本。

白蛇传·情

（取材自民间传说）

编剧：莫　非

粤剧改编：陈锦荣

人物表

白素贞
许　仙
小　青
法　海
鹿　童
鹤　童
仁　心

序　忆情

[水雾迷离似是西湖的波光涟漪，白色的塔若隐若现，许仙在默默地浇灌着朵朵佛陀花，漫开的并蒂莲花如海如幻，延绵出虚幻之境……

[投影：曾是佛前一对莲，历劫投生为人和蛇儿。凡人几经轮回已忘前尘，那白蛇修炼千年依然念念。于是，人间一场恋，西湖几度春，雷峰数层塔，佛陀花如海，演绎至今的传说……

[素贞于花塔中倩影蹁跹，擎一柄紫竹伞，歌随舞起……

白素贞　（唱“新歌”）

圆我的愿，心事千年，
只等你遇见。
西湖雨里，为我撑起一片晴天。
伞下，羞的嫣然，是六月莲。
情已生，心相至。
情已深，悔也迟，
哪管他，是人间少年。
莫再说，我是蛇儿不能恋。
为了他，求仙草，
为了他，漫金山。
为了他，舍生死，
为了他，我愿塔里再困千年。
情已深，思忆点点甜。

[白素贞在思忆迷离中，天幕间幻出“白蛇传・情”。

第一场　钟情

[碧水，莲开田田，白素贞与小青曼舞其中。

[幕后传出众莲女泛舟采莲的歌声。

[幕后唱“新曲”：

蓝蓝天，水涟涟。
一叶莲舟划过水里天。
水宽鱼沉何需觅，
觅觅觅得情痴戏中演。
演罢浮生几重爱恋，
缘起缘始悲喜缠绵。
一掬清歌风月无边，
惟愿人间真情永传。

白素贞　（喃喃地）惟愿人间真情永传……

小　青　姐姐！

白素贞　小青，春色潋滟，最是人间好时节，真好呀！

小　青　（懵懂地）真好呀！姐姐，好在哪里呀？

白素贞　人间好在，有情有爱，亦有家！

小　青　（不明白）情？爱？家？

白素贞　嗯！小青，你我此番人间一回，若能如愿，也不枉我为此修炼千年！

小　青　姐姐，青儿定当相随，不离左右！只是，您到人间又有何心愿呢？

白素贞　小青，你看！

（唱“妆台秋思”）

万花吐芳旖旎开，
爱一枝淡雅耐寻味。
有相知最明我心，

说绿鬓娇红定相宜。

一枝秀，细采摘，

花簪鬓上暗动爱思。

定要追寻，依稀可盼梦里两相依。

小 青 （不解地）姐姐，你系话……

白素贞 （脱口而出）我想，遇见他……

小 青 他？

白素贞 （含羞地）嗯！再续兰因前缘，心有灵犀情所至。

小 青 哎呀，姐姐，你我是蛇儿，又怎能和凡人一起呢？

白素贞 小青，试想想……

（轻歌曼舞地吟唱）

趁好天时，山清水旎；

月照西湖，散点寒微。

与心上人，碧漾红艃；

灯笼底下，弄髻描眉。

对品香茗，两情相寄；

烟水朦胧，落花菲菲。

巫山云雨，思之寤寐；

只羡鸳鸯，不慕仙姬。

白素贞 （笑而颔首）至真至美至善，莫过于情之所至，携手一心一世人。

小 青 （陶醉地）姐姐，真有那么好吗？！

[音乐中，灯光渐收，白素贞和小青游湖……

[莲随风漾，许仙吟诗上。

许 仙 （吟诵） 来是空言去绝踪，

月斜楼上五更钟。

梦为远别啼难唤，

书被催成墨未浓。

蜡照半笼金翡翠，

麝熏微度绣芙蓉。

刘郎还恨蓬山远，

更隔蓬山一万重。

[白素贞听闻，痴痴目送许仙背影而去……

白素贞　就是他！

小　青　姐姐，就是他？

小　青　诶，你等一等……

白素贞　（羞怯地）小青，岂可如此冒昧呢？！

小　青　哎呀，姐姐，你是千年修炼的蛇，不是扭捏作态的人，既然都遇见了，还绕什么圈子。

[青蛇作状欲去，白蛇着急扯住她衣袖，青蛇笑之。

白素贞　小青！

（唱“滚花”）

可否穿针引线，成全美事？

小　青　唉呀，姐姐！

（唱“长句滚花”）

人去已，人去已，

且待我把雨施，

先将离人留住，

再为你来牵丝。

[白素贞含羞追下，小青蛇轻舒翠袖行云布雨；许仙于淡烟急雨中撑伞行路上，白素贞旁上与许相遇，弱不禁风欲摔，许仙情急情危忙搀扶，两人伞下目光相投，刹间忘乎所以雨落如花……小青笑之，许白惊羞分开，许见白以袖遮雨忙将伞递上，白素贞娇羞推搡……

白素贞　（羞答答地）多谢公子！

许　仙　小姐不必客气！这把雨伞就留给你们遮风挡雨。

白素贞　如此公子你呢？

许　仙　我？

白素贞　不若——

小　青　（干脆地）不若三人共一伞，如何？走吧！

[乐起，雨雾蒙蒙中三人缓缓而行……

小　青　（衬白）公子何名何姓？

许　仙　（衬白）小生名叫许仙。

小　青　（衬白）可曾娶亲？

许　仙　（衬白）未曾娶亲！

小　青　（衬白）我姐姐姓白名素贞，也未曾娶亲……

白素贞　（情急纠正地）是未曾婚配……

[许仙白蛇再顾生情，于伞下舞之……

白素贞　（唱“新曲”）

我愿修炼千年，

在西湖断桥边。

举一把伞，等来那书生名唤许仙。

许　仙　（接唱）　我修得前世缘，

在西湖断桥边。

徘徊烟雨中，

遇见那女子叫白素贞。

白素贞　（接唱）　这一刻的心弦，似雨丝缠绵。

许　仙　（接唱）　看她羞得低首，像月下睡莲。

白素贞　（接唱）　也许这就是缘，

许　仙　（接唱）　也许这就是情。

白素贞　（接唱）　只想此后有他，

许　仙　（接唱）　梦想此后有她，

白素贞
许　仙　（合唱）　伴我岁月无边。

白素贞　（接唱）　月白风清时，

许　仙　（接唱）　情温语软。

白素贞
许　仙　（合唱）　彼此凝望的双眼，

一花一树，一枝一蔓，

彼此紧贴的心，

一波一脉，一涟一漪，

纵过千年，风景依然。

[雨渐停。

小　青　（收伞）姐姐，雨停了。

许　仙　（依依难舍）如此，小生告辞了……

白素贞　（挽留）公子……

（唱“反线中板”）

清明一霎雨霏霏，

邂逅于莲前，

信是前缘，天有意。

若此轻别离，相逢无觅处，

何以再系游丝？

公子借伞赠裙钗，

不若小坐寒间，感高谊，表谢意。

许　仙　（受宠若惊）小姐多礼，

（唱“滚花”）

小生冒昧，叨扰一时。

白素贞　公子请。

[白素贞暗挥袖施雨，与许仙执伞同行。小青渐行渐后。

小　青　（猛然醒觉）哎，姐姐，等等我呀！

[雨雾中，许、白两人下……

[纱幕下，小青既是新奇也是惑然目睹许、白的逐渐情许结缔……

第二场　惊情

[乐起。春意盎然，许仙与白素贞俪影双双，庭前流连。

[幕后伴唱“新曲”：

落花风中翩，舞尽相思意。

烟雨帘前袅，牵就缠绵丝。

值美景良辰，趁赏心乐事。

哪管浮生如水逝，留得人间几重痴。

[轩窗内，白素贞为许仙冲茶品茗。

白素贞　（温柔地）许郎，这茶味道如何？

许　仙　娘子玉手煮来，味道自是甚好！

白素贞　这玉泉山水冲泡西湖龙井，最是适宜。有人说，茶与水，是前世失散的燕侣，今生遇见了，便是彼此的知心人。

许　仙　娘子，或许你我也是如此！如若不然，我们又怎会一见倾心呢？

白素贞　许郎！

（唱“新曲”）

雨中素莲开，你我湖边会，

自有累世缘千载。

许　仙　（接唱）　孤身往徘徊，茫茫人海，

卿自拈花来，风雨亦有爱！

白素贞　（接唱）　此后浮华一枕梦回，

红尘俩依偎，为你素手烹羹脍，

暖酒煮青梅，

任流年如晦，相守候莲开！

[白素贞幸福陶醉地倚身许仙怀中，小青一旁上……

小　青　姐姐！

许　仙　（对白素贞）娘子，时逢端阳，待我打点一二，与你共度佳节。

[许仙欲下，小青有意无意地拦住去路。许仙不知所措。

小　青　姐姐！（许仙赶紧下）

（唱“陈世美不认妻”）

你持家政，

煮饭烹菜，

还要为其把心操。

应知若气损怎样成道，

不该恋凡人心志改。

姐姐，时值人间端午节，家家插艾饮雄黄，我闻之头晕气喘。不若我们还是回去罢！

白素贞　小青，人间也有人间的规矩。既为人妻，就要遵从为妻之道，如今我唯一的心愿，就是要与许郎做长久夫妻，更何况我……

小　青　怎么了？姐姐，怎么了？

[白素贞暗示小青，自身已是有孕。

小　青　（惊讶）哎呀，姐姐，你千年修炼，快成正果，如此，岂不是误了自己！

[经声传来……

白素贞　（警觉）啊……

[法海上。白素贞拉小青欲避不及……

法　海　阿弥陀佛。

白素贞　请问法师法号，又所为何来？

法　海　贫僧乃金山寺主持法海，持法守严，卫护天道！正是为你而来！

白素贞　哦，哪敢劳动法师！

法　海　你这白蛇，不在山中修炼，幻化人形，窃居人间，又所为何来？

白素贞　法师！我羡人间美好，慕真情而入世，如今方知为人之乐，只求圆愿，绝不有害凡间。还望法师成全！

法　海　住口！

（唱“快梆子慢板”）

宇宙间，物归其类，怎能变改？

妖与人，不同界，未许胡来。

迷爱痴，弃仙道，严惩无例外。

（转“滚花”）

若再流连忘返，必降祸灾。

小　青　我呸！你这个臭和尚，我们要来就来，要走就走，何用你来管！

法　海　哼，小小青蛇，如此野性，难免成害。待我先收了你！

小　青　我怕你不成！

[法海举法钵欲收小青，白素贞急护。

白素贞　小青速速离开！这里有姐姐应对，你快走！

[白素贞推小青愤愤然地下……

法　海　白素贞！你与许仙妄结夫妻，瞒得一时，骗不了一世！你再不离开，我定向他说明一切！

白素贞　（气恼地）你为何非要拆散我们夫妻不可！

法　海　许仙不知你是蛇，才与你结为夫妻。他若知你是蛇，我劝你还是知机舍下痴情，走了吧！

白素贞　走？！（百感交侵）

（唱“反线怀旧”）

痴已心中栽，

情根心内埋。

怎可轻舍意难改，

不思到蓬莱。

法　海　（接唱略快）

我持法则，休说情，

人间不许往来。

为众生，佛法难容，

莫身困堕爱海。

山无言水无心，天地无边法有规，各归其道行各则，佛度众生是大爱！——我言已尽，你好自为之！他日人间再见，法不容情！

[法海下。

[白素贞心神不定，失魂落魄。

[许仙略有心思，提篮上。

许　仙　哪来的法师，简直是一派胡言！娘子，娘子！

白素贞　（惊喜地）许郎，你回来了！

许　仙　回来了。（察觉白素贞面色有别）娘子，你坐……

白素贞　（掩饰地）许郎，你坐……

许　仙　娘子，还是你坐吧。（拿出雄黄酒）今日乃端阳佳节，为夫特备雄黄美酒，待我拿来，以敬贤妻！

白素贞　雄黄美酒？！

许　仙　娘子呀！

（唱“长句二黄”）

曾在佛前上心香，

愿求贤妻长相傍。

如今成家立业，好梦能偿。

难得美眷如花，情怀舒畅。

值此端阳佳节，

敬你一盏，柔情觞。

娘子，贤妻！

[白素贞情心如醉，闻得雄黄酒味，使她昏昏然，犹豫中看许仙一脸欣喜……

白素贞　（唱中速“乙反流水南音”）

这酒是雄黄，神迷惘。

若然饮下，我痛难当。

只是许郎情真，怎能推搪？

（吊慢唱）毋多想，

为郎甘愿，饮雄黄。

白素贞　许郎请。

许　仙　娘子请！

[白素贞饮下酒。

许　仙　娘子真好酒量，来，我再敬你一杯！

白素贞　许郎，为妻不能再饮了。

许　仙　不能再饮？却是为何呢？

白素贞　许郎，我……（暗示自身有孕，不宜再饮）

许　仙　娘子，你是说……（焕然大喜）哎呀，娘子，如此更应再饮一杯！

白素贞　再饮一杯？

许　仙　对，对，对，此杯驱邪安胎，为我们的孩儿祝祷。

白素贞　为孩儿祝祷！？

许　仙　娘子请！娘子，我要再敬你一杯！

白素贞　许郎……

许　仙　（音乐衬）娘子，想我许仙无亲无故孤身飘零，蒙你不弃情许一生，我许仙在此立誓，一心一意一世人，不离不弃终百年！（再敬酒）

[白素贞感动，三饮雄黄，顿觉不支。

许　仙　哎呀，娘子，你，你怎么了？

白素贞　（强自支持）为妻只是不胜酒力。许郎，你给我做碗酸梅汤来解酒，稍歇便好，快去……

许　仙　好，好！（许仙下）

[白素贞挣扎下，蛇影重纬……

[许仙捧汤复上。

许　仙　娘子，酸梅汤来了……

[许仙不见白素贞，向内望去，见异状大惊失色。

许　仙　哎呀……（倒地昏死）

[小青急上，见此急呼“姐姐”，入内扶白素贞上，白素贞虚弱不已，见许仙此状，痛哭……

小　青　姐姐，相公他被你吓死了！

白素贞　（唱“落叶摇情弄”）

天昏地转，雄黄强饮五内伤。
怪我为爱深，不惜罹孽网。
却自恃修千载，原法力强，
害郎身丧归泉壤，
难舍空悲怆。

（唱“乙反快中板”）

哭地呼天红泪淌，
千声唤叫未见还阳。（腔）

（泣血痛呼）许郎、许郎、许郎！（腔）

小　青　姐姐，他已气绝身亡，又怎能起死回生呀！

白素贞　（猛醒）起死回生？对了！昆仑山上有起死回生的灵芝仙草，待我速去求取！

小　青　啊，姐姐，你今元气大伤，那昆仑险地，只怕有去无回呀！

白素贞　为了救他，我纵死不辞！

小　青　姐姐！

白素贞　小青，我与许郎生死相依，烦你好生看护许郎。三日之后，我若未归……劳你将他葬于西子湖畔，姐姐九泉之下，也感恩不尽……

小　青　（悲泣）啊，姐姐……

[白素贞洒泪作别……

第三场　求情

[仙山高耸云天，雾霭迷茫。

[两仙童以天地为棋盘，摆阵对弈。

鹤　童　道生一，

鹿　童　一生二。

鹤　童　二生三，

鹤、鹿　三生万物。

鹤　童　人法地，

鹿　童　地法天。

鹤　童　天法道，

鹤、鹿　道法自然。

鹿　童　师兄，想这么久了，还没想好下一步棋？

鹤　童　师弟，你不知一步走错，满盘皆输？自当想好！

鹿　童　师兄，输赢不必这么当真！比如这当神仙嘛，人家都说好，我看倒还不如到人间喜怒哀乐走一回，倒也有点意思。

鹤　童　师弟，你修行尚浅，还未定心。得道成仙，谈何容易，切莫因红尘俗念，损了神仙的正果！

鹿　童　师兄教诲一定谨记。

鹤　童　师弟，我们巡山去吧！

鹿　童　是！

[鹿童下。鹤童思索中似觉有异，警觉而下。

[白素贞腾云飞身上。

白素贞　（唱“反线萧萧班马鸣”）

青山冲霄鹤鸟飞，

驾雾腾云精力疲。

唯求仙草郎回生，

何惧崎岖路千里？

白素贞　灵芝！

[白素贞遥望灵芝闪烁生光，大喜，飞身欲采。

[鹤、鹿二仙童冲上急拦。

鹤　童　好胆！好胆！何方妖孽，竟敢闯我仙山！

白素贞　仙童呀，我白素贞修行千年，羡人间美好，与凡人结缘。只因我夫命悬一线，只有灵芝仙草可把命延，因此我千辛万苦来到昆仑，求仙官恩赐。

鹤　童　我呸！灵芝乃昆仑至宝，仙凡不同道，怎为凡夫把命延。

白素贞　仙童！

鹤　童　走！

白素贞　仙童呀！

（唱“可怜我”）

上仙山，哪管死生甘登险地，

为这延命仙草，

救夫还阳尚盼速归去。

鹤　童　休得多言！与我走！走！走！（对打）

鹿　童　师兄，你且把守灵芝，这里交与我！

鹤　童　小心！

[白素贞欲采仙草，两仙童前后拦阻，刀剑相对。白素贞力竭，险些堕崖……

鹤　童　白素贞，你速速归还灵芝，饶你不死！

白素贞　若无灵芝仙草救回我夫，我生有何欢，死又何惧！

鹿　童　我师兄念你修行不易，你还不知难而退？

白素贞　我白素贞循人道求一爱，纵然死在剑下，也无怨无悔。只可怜我腹中有儿，也要随我而死，我们一家只有黄泉可聚！求仙官看在我一家三口的性命，将仙草赐予我吧！

[白素贞悲泣，鹤童不忍杀她，鹿童更是心生恻隐。

鹿　童　都说人间有情痴，谁料你这蛇儿，比人更痴！师兄，救人一命胜造七级浮屠，就成全她吧！

鹤　童　师弟，师尊回来，我们如何交代？

鹿　童　师兄，我们修仙，若修得无情无觉，也非正道。师尊回来，定是救人为上！白素贞，你走吧！

白素贞　谢仙童！

[鹿童飞采灵芝，赠白素贞。白素贞跪谢，急下。

第四场　伤情

[西湖边，秋风萧瑟，黄叶飘坠。

[法海与小和尚西湖边等候。

仁　心　师父，你在此诵经已久，却是为何？

法　海　佛度世人，皆有因果。那许仙端阳惊魂，白素贞虽历险求来仙草救他性命，却难消他心头疑云。人心易变心病难了，许仙必定会前来求佛问神，待我在此候他，实言相告，度他断缘忘情，好叫那白素贞死心，就此离去！

[许仙心事重重上。

仁　心　诶，师父，那许仙果真来了！

法　海　嗯，且候一旁！

许　仙　（唱“反线锦城春”）

心头猜疑。

烦事千钧重令人忧虑。

身边娥眉有人说是蛇儿，

不禁彷徨是人是蛇，六神无主。

忆起端午事出确离奇。

以酒敬妻饮下弱难支，

仿佛有蛇在房中睡。

心惊悸，生诧异，

怎得似，知真伪，

心中百结哪处消除？

（转“南音”）

只是家中钗裙，温柔贤惠，

辛劳夕旦，对我一片情痴。

疑鬼疑神思之有愧。

若是蛇妖，怎会白首相随？

[法海上。

法　海　阿弥陀佛！

许　仙　又是你？

法　海　许施主，白素贞确是千年蛇妖，她妄来人间，与你结缘，自有因果。但终有违天理，难容于世，虽未有害你之心，他日定会祸及人间。

许　仙　（惊）祸及人间？！法师，我佛真慈悲，当度人于苦难。求你指点迷津，解我困境！

法　海　苦海茫茫及回头，断孽缘，忘前尘，依佛门，当可历劫。

许　仙　（茫然地）回头？断缘？忘情？皈佛？唯是娘子对我情深义重，腹中有我们的孩儿，这便如何是好呀？

法　海　世间万物为镜像，非眼前所见。她非人类自有去处，你不必多虑，快随我来。

[法海念经，众僧鱼贯而来，簇拥许仙至金山。

众　僧　阿弥陀佛。

[众僧关闭山门。

[白素贞内场唱“二黄首板”：

寻觅许郎，飞波逐浪。

[白素贞与小青凌浪上。

白素贞　（唱“千般恨”）

泪化江波雪浪翻，

漫向金山为爱无退让。

小　青　（接唱）叠浪翻江，唤水族，

助你索夫再成双。

白素贞　（接唱）莫再推波怨恨深，

待我讲理殿堂上，

望他息手，让我夫郎，

（吊慢唱）携手相依醉年光。

小青，你切莫冲动！待我好言恳求法海，让他放回许郎，我只望庭院静好，岁月无惊过日便好！

小　青　姐姐，枉你修炼千年，倒学会了委屈自己！

[法海出现山门前。

法　海　阿弥陀佛！

小　青　哼，你这和尚，冷血无情，偏要把人夫妻拆散，待我先拆了你的庙！

[白素贞急忙按捺住小青。

法　海　无知妖孽！佛门圣地，岂容你等放肆！快快离开！

白素贞　法师，我与你素无纠葛，你放回许仙，我自会离开！

法　海　白素贞，你是蛇妖，竟慕人间情欲，天道难容。我受佛命，护法尊严，岂能任你妄为？许仙已皈依佛门，忘情渡劫，你若再违抗天理，必遭天谴！

白素贞　天理？若是天理不许爱，我与他千年缘起又是为何？

法　海　那是你执迷所致！

（唱“中板”）

若要空空，百念皆了了，

应知人生苦短。

此生不向今生度，

更向何世度此身？

休为爱恋痴缠。

（转“十字清”）

从今后，守戒静心再修炼。

离苦海，放下痴情可成仙。（腔）

白素贞　放下？离苦海？

（唱“新曲”）

若说忘情离苦海茫茫，

我愿永陷亦不离许郎。

这千年苦我甘尝，这千年海我愿趟！

法　海　白素贞！

（续唱）　你执念成孽，枉修千年！

小　青　我呸！人家你情我愿，碍了谁人的眼，关了哪佛的事，逆了哪里的天？

（续唱）　你凭什要来主宰？

——姐姐，休得与他废话，我们水漫金山，看他放不放人！

法　海　你敢！为一己私情扰攘众生，再不收手，我这金刚伏魔杖必收了你！

白素贞　我苦苦相求，百般隐忍！你屡屡相欺！也罢！

（唱“新曲”）

您有金刚伏魔杖，我有天地揭谛剑一双，

今尽与您拼一场，看这法理规千行，

管得了众生凡心向，缘生缘聚情未央！

[白素贞与小青入海催浪，众水族汹涌而来。

[法海抛佛珠扬袈裟，茫茫如天，天兵呼啸而来。

[水族和天兵对阵，白素贞、小青与法海斗法，水漫金山……

小　青　姐姐，你快寻找许仙。

白素贞　好，你要多加小心！

法　海　看法宝！

[白素贞催波逐浪四处寻找许仙，呼唤："许仙，许郎。"

[众僧围拢许仙诵经施法，水渐渐漫顶。有僧惊恐，经声稍停。许仙清醒过来，听到白素贞在唤他。

[白素贞闻声而来，被天兵围攻，拼力相抗！终腹痛难忍，体力不支，遍体鳞伤昏迷沉水……

[许仙目睹，心如刀绞……

许　仙　娘子！（抓住小和尚苦苦哀求）小师父，你放我出去吧！

仁　心　阿弥陀佛。

许　仙　（音乐衬）娘子她纵是蛇，为我拼却九死一生，我得妻如此，夫复何求？！如今我已负她伤她害了她，怎可再抛下她呢！

（唱"乙反恋檀慢板板面"）

爱念哪可断？苦她山里追寻为救夫君。

闯阵却未得见，教我泪雨涟涟。

旦夕也思念，想她一点真情爱若金坚。

甘为我历劫灾，怎得舍下这段良缘？

哪管是妖，哪管是蛇，

心坚意决，望盼归家团圆。

仁　心　（心动）施主，你可想清楚，她是蛇妖呀，你真不计较？

许　仙　人若无情不如妖，只要有情妖是人。

仁　心　人若无情不如妖，只要有情妖是人。

许　仙　我心已决，求小师父成全。

仁　心　这……

许　仙　如若不然，许仙又何必生于世上！（苦撞法钵）

仁　心　（拦之）施主！唉，人也罢，妖也罢，如此重情，也应成全。许仙，你走吧！

许　仙　你说什么？

仁　心　你快走吧！

许 仙 谢小师父！

仁 心 许仙，你快快走吧！

[小和尚离阵，许仙奔出速下。

[法海急上，小和尚下跪请罪。

仁 心 阿弥陀佛！

法 海 阿弥陀佛！

仁 心 师父，慈悲之心动我恻隐之念，我放走了许仙，请师父处罚！

法 海 人执迷，妖不悟，孽缘不知何时休。待我上呈佛祖，再行处置！阿弥陀佛！

[灯暗。

第五场 续情

[断桥边，残荷凄月，月色孤清。

[白素贞随波漂流至此，昏迷醒来。

白素贞 （醒来，呓语）许郎……（四顾，凄然泪下）

（音乐衬）又见长堤，断桥依旧。昨日情始，今日情决，千年缘生，我心如昨。奈君负我，天也情薄！

（唱“新曲”）

落得一身伤痕，清泪两行。

重回故地，魂断神怆。

凄然独对天边冷月，自彷徨。

茕茕孤影家在何方？（加伴唱）

[白素贞只身欲行，羸弱倒地。

[小青急上，见状，扶起白素贞。

小 青 姐姐，待我渡元气救你！

白素贞 没用的，你只有百年修行，哪抵得了这法阵之伤！

小　青　姐姐，有情的是妖，无情的是人。这一趟人间，我们来错了！

白素贞　小青，红尘经一回，方懂何谓人间真爱，我，无悔！

小　青　姐姐，那许仙舍你忘情，累你至此，他，根本就不值你爱！

白素贞　小青，许仙他只是一凡人，他心有所惧也是人之常情。

小　青　你还替他说话！说什么一生一世对你好，却无情负心，若然让我再遇他，定然青锋相见！

白素贞　小青！

小　青　这人间有何可恋，我们还是归去吧！

白素贞　（犹豫地）归去？

小　青　对，我们回归山林，就此自在！我们走！

[音乐，白素贞行至桥头，百感交集，挥泪欲去。此时，远处许仙唤："娘子……"

[白素贞循声欲去。

白素贞　许郎……

小　青　（拦阻）姐姐，你还不死心要见他？

白素贞　我心有不甘，要问个明白！

[白素贞不顾小青阻拦，循声迎许仙而去。

[许仙寻上，见白素贞。

[许仙悲喜交集欲上前，小青冷然拦在中间，剑指许仙。

小　青　许仙，你再上前半步，管叫你血溅青锋！

许　仙　（渴求地）小青，待我讲明一切，再杀不迟！

小　青　你还有何面目来看她！

[小青提剑步步逼退许仙……

白素贞　小青！

小　青　许仙，姐姐有何对你不住？难道待你不周，有甚过错？以致你负她，欺骗她，抛弃她？你，你口口声声的情意哪里去了，朝朝暮暮的誓言可曾记得？你这个负义寡情之人，哪值得起我姐姐如此相待，我决不饶你！

[小青边问边提剑欲杀许仙，白素贞急拦之，许仙几番惊魂闪避……

许　仙　（唱"扑仙令"）

知悔恨，我负情自觉亏心。

知悔恨，念前盟。

容我，再道真心。

我非是，负情人。

小　青　（唱“乙反七字清”）

要你此时一命殒，

姐姐有幸断情根，

免受折磨除羁困。（腔）

白素贞　（唱“浣纱溪”）

且平火千丈让他道缘由。

莫挥这龙泉，世道看不真。

心中爱恨，有万千结，

横挥利剑，也难分。

小　青　姐姐，他口是心非，你还信他？

白素贞　纵然要分要离，也要和他说个清楚。

许　仙　娘子，你听我说……

小　青　我呸！

白素贞　小青！青妹……

小　青　好，你就与他说清，一刀两断，决不牵连！

[小青收剑。白素贞欲扶许仙，心自悲苦，不肯面对。

白素贞　许仙，你既已参禅忘情，又来寻我则甚？

许　仙　娘子呀！

（唱“乙反中板”）

那日在湖边，

竟与法海相遇，

他说度我，除孽根。

迫我上金山，法阵相围，

神思昏然，不知音问。

白素贞　我与小青上山寻你。

许　仙　（续唱）　贤妻水淹寺门，法阵惊破，

我方醒觉，悟前尘。

（转“乙反三字清”）

见你遍体鳞伤，悲难禁，

哀求小和尚，放我逃生。

（转“乙反快中板”）

心志不坚羞愧甚，

寻找贤妻续前盟。（静收）

娘子呀！恨我一念之差，铸成大错。求妻恕谅，自此心如磐石，一如最初！

白素贞　（心为所动）心如磐石，一如最初……（音乐衬白）与君初相识，犹如故人归，最初的缘始，在千年的桥边，经五百年的风，受五百年的雨，也只为与你人间相遇，续一缕情丝！

（唱“反线春江花月夜”）

默默记千年，袅袅丝不尽。

悠悠历遍夏雨秋风也将美梦寻。

三生写缘分，不羡仙到红尘，

盼君望君痴爱重千钧。

永记几丝雨一方阳伞，

能共倚喜不禁。

天福荫惜花眷与君鸟同林。

虽是蛇儿幻化人，

循妇道，弃修行，

相许共此一生。

（转“反线二黄”）

恨法海无端，横阻隔。

一杯雄黄现真身，

吓得官人命殒。

我上仙山，求仙草，

艰危历尽，救你回生。

（转“楼台会”）

情重天可悯，誓语重千钧。

孰知郎负约，入禅寺去，

害侬望盼血泪淋。

晨起倚门间，夜里拥孤衾。

未甘弦断，要续情爱，凤俦永同林。

无奈对阵往山寺中，

乘巨浪斗得两难分。

痛问可知为情真，

已是心遍伤痕。

（转“悲秋”尾段）

悲痴情，遭霜雪，

让那相思去莫寻。

（转“清歌”）

为你拼死生，你尽忘情，

山盟尽泯，

心中言已尽诉，

无尤怨，了羁尘，

再无牵挂相离分。（高腔）

[小青拉白素贞离去，白素贞洒泪而行，许仙急追跪求。

许　仙　娘子！（许仙跪地膝行，苦苦哀求，白素贞不忍回首）娘子，你为我千年修行人间续情，许仙得妻如此，若不知感惜枉自为人！

许　仙　（唱“新曲”）

愿惜前尘兰因，缘续再不留憾。

春游湖雨中行，夏赏莲沐花氛，

秋品茗闲夜斟，冬暖手吻香鬓！

此生终情不泯，来世再将妻寻！

白素贞　（接唱）　愿惜前尘兰因，缘续再不留憾。

此生终情不泯，来世再结鸳盟。

白素贞
许　仙　（合唱）　此生终情不泯，来世再结鸳盟。

小　青　——姐姐，我随你人间一回，心已倦！你既愿弃仙道随许仙回家，小青也无牵挂，就此别过也罢！

白素贞　小青，你曾经说过不离我左右。你怎能舍我而去呢？！青妹，夫妻之情我难舍，姐妹之情也难断呀！

小　青　姐姐……

许　仙　我许仙在此立誓，从今以后，决不负娘子！娘子，西子湖边有我们的家，此后我们相守情重，养育孩儿，纵有千难万险，不离不弃。

白素贞　不离不弃？！

小　青　好，我又信你一次。

许　仙　多谢小青！

小　青　愿这人间，真情永存！

白素贞　小青，许郎，我们回家吧！

[雨下，许仙撑伞，扶白素贞缓缓而行，小青随之。

[幕后唱“新曲”：

难断的缘，未了的情。
此后身边有你……
此后身边有你……
岁月无边，月白风清时，
情温语软。
彼此凝望的双眼，
一花一树，一枝一蔓，
彼此紧贴的心，
一波一脉，一涟一漪，
纵过千年，风景依然。

[灯暗。

尾声　未了情

[水雾迷离，塔下……

白素贞　我触犯天条，本该遭天谴灰飞湮灭。佛祖念我情痴，将我收入雷峰塔，保得真身，再修千年，或可成人！为此，我愿，塔里千年！

[一边，许仙手持莲花上……

许　仙　娘子，我说过，此生伴你百年，不管几生几世，我来寻你！

[雨丝丝，雾茫茫，漫天莲花盛开，绕白素贞与许仙成幻境……

[幕后唱“新曲”：

谁的思念，暖了春天？
谁的挂牵，永驻断桥边？
谁的誓言，风里听见？
谁的泪水，模糊视线？
纵是未见，感觉在这鬓边，心跳不变。
纵过千年，倩影镜花前，未曾走远。
谁的眼波，醉了水中莲？
谁的素手，夜凉相牵？
谁的情话，流传人间？
谁的爱恋，缠绵千年？
纵是未见，感觉在身边，诉说不变。
纵过千年，守望在塔前，未曾走远。
哪天，佛陀花开，你我再见！

[在歌声中，众演员谢幕。

——剧终

本剧选载的是2014年曾小敏、文汝清、朱红星、王燕飞等主演的演出本。

梦·红船

编剧：梁郁南　尹洪波

人物表

邝三华　　30 多岁，人称三哥，因练南派绝技而腿残的粤剧文武生

梅　卿　　20 岁，粤剧名花旦

超剑郎　　25 岁，粤剧名文武生

十二爷　　50 岁，戏班中开戏师爷，曾经的骨科名医

龙齐光　　30 多岁，土匪、军阀、汉奸

黄天霸　　40 多岁，乡间恶霸

小梅香　　19 岁，小旦

六　叔　　40 岁，艺员

龟　田　　日本军官

群众演员：生旦净末丑行当等艺人

土匪、伪军、日军等

第一场

[20 世纪 30 年代。

[幕后唱：“反线二黄板面”：

粤剧逢乱世，

举步倍艰危。

似江河日偏西，

天意已难为。

更兼风雨逐恶浪，

帆飞断樯桅，

红船梦散风泣涕。

[幕启。

[“剑影班”旗帜下一个“奠”字。众艺人叩拜，与戴孝的梅卿依依惜别，下。

梅　卿　（悲痛欲绝，悲哭）爹爹——（伏跪灵前）

（唱“新曲”）

一生一场红船梦，

却赢来一口腥血魂断。

卿儿无力挽颓势，

唯随爹爹你，赴黄泉。（欲跳河自尽）

[内声悲唤：“师父，我邝三华回来了——”三华急上。

梅　卿　（止步）师兄？！

邝三华　（见灵牌，震惊）师父？师父——（昏倒，绞纱起，复跪，哀哭）师父——

梅　卿　师兄，一年来，你到底去了哪呀？（哭）

邝三华　想当日梦断高台，落下一条残腿。一年来身别舞台，心系红船，师父，不孝三华回来了！

（唱“怀旧”）

感铭师恩，

跪哭祭亡魂。

拼却一生誓振戏班，

他朝慰亡魂。

梅　卿　（接唱）　苦呀苦苍生，

粤班势沦沉。

艺海不堪再为家，

枉有痴心梦难寻！

邝三华　师妹，我有三招，定要重振戏班，捧红师妹！

梅　卿　哪三招？

邝三华　第一招，广招名角，苦练硬功，张扬我南派绝技！

梅　梅　第二招？

邝三华　第二招，请十二爷出山，审时度势，开演新戏！

梅　卿　哪第三招？

邝三华　说动商人参股，打造红船。师妹，你来看！

[音乐起，二幕升起，一艏巨大的红船遥遥驶来。

梅　卿　（又惊又喜）大红船？！

[幕后伴唱“新曲”：

红船如梦，梦中红船，

艺人的宫殿在水乡漂移。

梅　卿　（接唱）　船舱为我遮风雨，

船台任我舞翻飞。

演尽人间千古事，

唱出喜乐与伤悲。

[幕后伴唱：

红船如梦，梦中红船，

艺人的宫殿在水乡漂移。

邝三华　（唱“雨打芭蕉”）

听——

歌声四起，粤韵悠扬，

水乡村寨，招展戏班旗。

让梦飞上凌云处，

秉师志，粤韵大戏歌声里，

演遍天下传奇。

红船梦永刻在我灵魂里，

一生相托永不改志！

拜华光师父！

[一排生；一排旦；一排丑；一排文；一排武；水袖舞；背旗飞……

邝三华　（拈香上）想我广府大戏，起自江湖十八本，历经演变，才有今日。而近日之粤剧，不思变革，一片颓废，实愧对祖师。华光戏祖在上，今日剑影班挂牌亮相，神灵佑我，开班大吉。请受红船子弟叩拜！

[众跪拜。

邝三华　（礼毕）有请开戏师爷十二爷！

[小梅香上。

小梅香　有请师爷爷！

[内叫：“来也！”幽默风趣的十二爷上。

十二爷　（念“口鼓”）莫道世风已难挽，

小梅香　“笃撑”！

十二爷　（接念）且看今日剑影班。

小梅香　“笃撑”！

十二爷　（接念）一本《火烧黄天荡》！

小梅香　“笃撑”！

十二爷　（接念）高台照镜——

小梅香　“嗪笃笃撑”

十二爷　（接念）岂等闲！

（说戏）此本《火烧黄天荡》，演的是南派绝技，唱的是忠烈传奇。

话说金人入侵大宋，韩世忠与梁红玉夫妻且战且走，把数万金兵诱到了军事死地黄天荡，围困长达48天。一日，夫妻于战船之上，对酒长歌，几多慷慨。歌罢，韩世忠跃上高台，丢下火把，引燃了满荡芦苇，将金人葬身于火海之中——

邝三华　好!

十二爷　饰演梁红玉的是——

邝三华　新扎花旦小梅卿!

十二爷　《火烧黄天荡》有我南派绝技高台照镜，非一般老倌能以胜任。饰演韩世忠的是……

邝三华　我高薪聘请，当今最红文武生——超剑郎!

[超剑郎内唱首板:“跨战马，领奇兵，诱敌芦荡，诱敌芦荡!”西装革履上。

[众惊呼:“哗——”

超剑郎　(入戏)贤妻哪里?

梅　卿　红玉来了!

[超剑郎与梅卿对面，互相惊艳。

[幕后伴唱“渔村夕照”:

暗生惊诧!

超剑郎　(接唱)影翩翩，似月霞，

心中暗惊暗喜有幸同台也，

禁不住心猿意马。

梅　卿　(接唱)他英风照日华，

何曾见如此潇洒俊雅?

不负巨星代价。

超剑郎　(接唱)他一双俏眼，仿佛会叙话，

梅　卿　(接唱)神明造化，

超剑郎　(接唱)天赐搭档，

梅　卿　(接唱)惊绝世才华!

[幕后伴唱:

莫非冤家聚头，

真缘分也！

[全场定格。

[片刻静场。

[龙齐光内场呼叫：“救命，救命啊！”跌撞而上。

[黄天霸领一群土匪上，挥刀直砍龙齐光。

土　匪　哪里走……拿命来！

[邝三华迎上，拦住黄天霸。

邝三华　请教哪路英雄？

黄天霸　南天一虎——黄天霸！

[全场震惊。

邝三华　（谦卑地）原来是江湖上鼎鼎大名的天霸大爷。

黄天霸　将那小子交出来，饶你一船性命！

邝三华　且慢！大爷要人性命，却是为何？

黄天霸　欠我赌债。

邝三华　欠你多少？

黄天霸　三个大洋！

邝三华　三个大洋，便要取人性命，未免过分。天霸大爷，三个大洋，由我代还，只求勿污我红船，你待如何？

黄天霸　要打要杀，与你何干？上！

邝三华　（边打边说）天霸大爷，红船新造，视若生命。开张之日即遭血污，实属不吉之兆，还望天霸大爷，高抬贵手……

黄天霸　（被对方屡败，恼羞成怒）哇呀！（命令手下）放开手脚，大开杀戒！

[龙齐光畏惧地躲在梅卿后面。

邝三华　天霸大爷，祖师爷有训，红船子弟，不可参与江湖械斗。

黄天霸　可恼，尔等戏子，竟敢抗我？

[土匪们作势。

邝三华　慢！（满面赔笑地）天霸大爷，在下倒有一计，可令大爷得遂心愿……

[黄天霸将信将疑，放松警惕。

邝三华　（趁机靠近黄，突出手段，拿住了黄）得罪了！

[众匪徒急于救人。

[邝三华手上用力。

黄天霸　（疼痛难忍，喝止徒伙）退后！

邝三华　（情恳意切地）天霸大爷，我与你非亲非故，无仇无怨，只是红船与我等生命攸关，人在船在，万死难以让步。今日，只求大爷立誓：从此井水不犯河水，我等一定感恩不尽。如若不然，只有玉石俱焚！

黄天霸　（恨恨地）黄天霸在此立誓，今生今世不踏红船半步，若违此誓，天诛地灭！

邝三华　（放开黄，谦卑地抱拳）多谢天霸大爷！

黄天霸　（对打手发泄）走呀！

[黄天霸悻悻然带人撤走。

龙齐光　（对三华）恩人，请受龙齐光一礼！

邝三华　（急扶）不必大礼。

龙齐光　（目视梅卿，惊艳，话中有话地）龙齐光有恩必报，告辞！（下）

[众人惊疑不定。

邝三华　剑影班，解缆开船！

[内叫："解缆开船！"

[收光。

第二场

[内叫："剑影班的红船来了，睇大戏喽！"

[男女老少村民背长凳短凳兴高采烈上，跳板凳舞。

[幕后唱"新曲"：

戏班红船到村口，

戏棚搭起像高楼。

一声锣鼓喳笃撑，

睇大戏喽！

（续唱） 排排凳仔叠人头。

[锣鼓声响，人们拥挤着站上板凳，争看台上戏，只见人头叠着人头……

[“哗，好嘢！”灯光随之渐收。

[夜。

[红船。

[三华上。

邝三华 （似听到喝彩声和掌声）

（唱“二黄合字序”）

如雷掌声耳边鸣，

夜静思忖，心难平静。

昔日剑影班，今日再扬名，

奈何未见高台飞身影，

南派绝技怎相证？

（转“二黄”）

自受伤，多少回锣鼓声中梦惊醒，

多少遍，男儿泪，湿透襟枕伴哭声。

（唱“二黄尺字序”）

喜得卿儿，换来万众欢呼声，

造船毁家，酬恩也为情。

到今宵，对一弯明月诉心声，

这一生，若得师妹与红船相依恋，

不负缘分三生订。

[三华上船顶，望月……

[船转动。梅卿坐船尾，望着江水，抑禁不住内心的兴奋。

[超剑郎出。

超剑郎 梅卿！

梅　卿 （一惊）剑哥！你还没睡？

超剑郎　（深情地）因为——想你！

梅　卿　（一惊）你……

超剑郎　（迂回）想你——真幸运，一夜成名了！

［俩人对视，一时无语。

梅　卿　（转移话题）剑哥——三哥说得好，无技不成艺。粤剧若要发扬光大，必须恢复祖宗的绝技……你为什么不做高台照镜呢？

超剑郎　（气结）这——没有高台照镜，不是也一样让观众着迷么？

梅　卿　不过——

超剑郎　（狡辩地）我若有高台照镜，观众还会把最响亮的掌声给你么？

梅　卿　（感动）哦，你是故意在捧我？

超剑郎　贤妻——

梅　卿　（一惊）你……

超剑郎　（老练地趁势进入排戏）对酒当歌，人生几何？

梅　卿　这杯酒——

超剑郎　（一手拉住）梅卿！

（唱"孔雀开屏中段"）

你的一双眼，

恰似酒那样烈。

一醉令人实难醒，

昏昏似患上相思症。

（加序，插白）梅卿，为了你，我做什么都愿意！

梅　卿　（一笑，欲拒还迎，接唱）

你轻挑言语真讨厌，

超剑郎　（接唱）　我飘飘欲仙没了魂灵。

夜宁，

梅　卿　（接唱）　月明……

超剑郎　（接唱）　水冷……

梅　卿　（接唱）　风清……

超剑郎　（接唱）　爱河浴沐，只盼夜宵永！

[剑郎顺势将她紧紧抱入怀中……

[梅卿轻轻地倒入剑郎的怀中……

[“砰”的一声，三华愤懑地一拳打在船楼的亭柱上。

[剑郎与梅卿一惊。

[收光。

[暗中。

[演员吊嗓声参入：“伊……伊伊伊……合……士……生……尺……”

[红船在晨雾中慢慢驶来，“砰砰”的击打声，时强时弱，时断时续。渐见众男女演员在红船上练功……

[梅卿与超剑郎在排练“贤妻，拿酒来！夫君，请……对酒当歌，人生几何……这杯酒”的戏份，情意绵绵。

[三华击打木人桩的声音越来越强烈。“砰”，木桩横棍被击断……

[众惊，觉异，停止练习，注视三华……

邝三华　（心有怨气地）阿棠！

[练功中的阿棠应声出。

阿　棠　三哥，有何吩咐？

邝三华　（瞥一眼一旁的剑郎）与我练高台照镜！

阿　棠　（畏缩地）我？

邝三华　高台照镜是我剑影班的招牌绝技，没有高台照镜，还是剑影班么？来，我陪你练！

[众摆高台照镜台凳。

梅　卿　师兄！你的腿……

邝三华　师妹，我的腿怎么啦？拿酒来！你看，我的圆场，（走一圈圆场）一样潇洒；我的做功，一样儒雅。（向超剑郎示威似的进入表演状态）贤妻，对酒当歌，人生几何——

[众人正在赞叹之时，三华突然摔倒，众人上前欲帮扶。

梅　卿　（拉一把）师兄……

邝三华　没事、没事！（继续演戏）万里沙场征战……苦……（又摔倒）

梅　卿　师兄——（再次上前搀扶）

邝三华　（推开梅卿）不要碰我——这高台照镜，身要轻，腿要稳，胆要大，心要细，踏上椅面，跃过椅背，飞上高台，如观音端坐莲花之上。（高叫）火来也！——

[表演高台照镜，跌倒在地。

梅　卿　（难过地）师兄，莫非你忘了，就因为高台照镜，你摔断了腿啊！

[超剑郎大吃一惊。

邝三华　（悲凉地指着高台）高台啊高台，难道你真的让我成了一个废人？

[超剑郎更加吃惊。

十二爷　只怕未必！可曾听讲，驳接错榫的骨头，只要重新打断，还可复原——

邝三华　你说打断重新接驳，还可复原？

[十二爷点头。

邝三华　（拿起一根木棒，交给六叔）六叔，你来！

[六叔畏惧不敢，推辞。

[三华又将木棒交给其他人，人人畏惧推辞。

邝三华　剑郎，帮我！

[超剑郎接木棍，尴尬，犹豫着慢慢举起……

梅　卿　（喝住）剑哥！（夺过木棒）师兄，剑哥不做高台照镜，只是因为……

超剑郎　（急忙制止）别说了……

（背唱“新曲”）

见高台，心颤抖，

邝三华　（接唱）　望高台，恨难再从头。

梅　卿　（接唱）　心底事，难猜透，

超剑郎　（接唱）　分明是，昨夜情景恨未休。

三哥，我……对不起你。

邝三华　（一笑，掩饰内心的痛苦）剑郎兄弟！

（接唱）　这高台，又岂止技艺争斗？

它是我大戏人搭就的高楼。

须知道南派大戏我独有，

祖宗的绝艺要保留。

万众期待重抖擞——

三华拜托了！（一揖）

梅　卿　剑哥！

（接唱）　莫让三哥心中期待付水流。

超剑郎　（触及梅卿眼神，再看三华期待的目光）

（接唱）　他心里，又岂止是高台竞秀，

夺梅卿，我心忽觉似鞭抽。

情与义，相煎逼，

欲留却难留。

三哥，我……辜负你了。告辞！（扭头下）

梅　卿　剑哥……（欲追又止，回头）师兄，他……

[十二爷示意众人下。

梅　卿　（求助地）十二爷……

十二爷　梅卿，难道你真不知道，三华对你情深一片么？

梅　卿　（一惊）啊？

十二爷　（对梅卿）梅卿，你不该……

邝三华　十二爷……

十二爷　（制止三华，对梅卿）三华本是富家公子，只因酷爱粤剧上了红船。如今他变卖了全部家产打造红船，为什么？都是为了你，捧红自己的心上人啊！

邝三华　不，她不是我的心上人，她是我师父的女儿，邝三华的师妹！

[梅卿倒退一步。

十二爷　梅卿，一切都是因为你……

邝三华　十二爷，不怪梅卿，怪我自己，怪我自己啊！（捶着残腿）

十二爷　唉！（下）

梅　卿　（陌生地望着三华）师兄……

邝三华　（欲语难语）我……

梅　卿　（秃起唱“反线二黄”）

见师兄心底事一言说破，

我的心忽又似跌入冰河。

（转“流水腔”）

恰似左边冰来右边火，

船在大海折了舵。

前行是错退也错，

心里犹如着了魔。

（转“原板”）

他是情你是恩分明不错，

你是亲他是爱难辨亲疏。（哭）

[邝三华震惊地步步后退，无限痛苦。

邝三华　（唱“爽中板”）

师妹她哭泣声声心痛楚，

一声声如刀剑刺我心窝。

一个亲一个爱何曾有错？

我不该令师妹再受折磨。

师妹！

（转“中板”）

师父曾经嘱托我，

红船与师妹莫抛疏。

到如今船到江心风雨阻，

人心离背怎操舵？

既然是师妹情心非属我，

何必一起受折磨？

为师妹，为红船，我愿吞下千般苦，

仰天一笑——

（笑得似哭）哈哈哈哈……

梅　卿　（哭着）师兄——

邝三华　（清唱“散板”）

只要师妹心里甜，红船走得远，

三华无悔，

（入乐） 助你牛郎织女渡银河！

梅 卿 师兄……

[灯暗。

第三场

[追光中，一条写着“赌”字的黄船驶来。

[黄天霸杀气腾腾威风凛凛地立船头。

黄天霸 哈哈哈……

（唱“霸腔芙蓉中板”）

江湖我横行，

地方我称霸！

为雪戏班羞与辱，

有意搬来赌馆妓家！

[打手甲上。

打手甲 大爷，剑影班的人过来了。

黄天霸 靓女们，唱起来，舞起来啊！

[赌声阵阵，一片喧闹。

[众妓女搔首弄姿，又唱又舞，把艺人推向赌局，或抱入怀中……

（唱“新曲”）

今夜，我要和你抱紧些，

今夜，边个有钱就系大爷，

今夜，放纵你的狂野，

今夜，你系姐姐嘅大爷，

大爷……

超剑郎 （回头发现有诈，掀翻赌桌）可怒！

（唱“快中板”）

竟然出千来欺诈，

剑郎岂是盆中虾！

[众打手围上，与超剑郎等红船弟子开打；超剑郎一个扫堂腿，一打手哀叫一声抱腿倒地……

超剑郎　（对众人）走！

黄天霸　（率打手持武器上，拦住去路）哈哈！

（唱“滚花”）

你来时容易归去难，

除非叫来邝三华，将赎金留下！

[开打，制服超剑郎。

黄天霸　兄弟们！

众　有！

黄天霸　（接唱）断他一腿，以牙还牙！

众　是！

[邝三华内声：“且慢！”急上。梅卿随上。

戏班众　（求救）班主！

黄天霸　邝班主，大爷我遵守誓言，没上你的红船啊！

邝三华　天霸大爷，我的兄弟错上赌船，多有得罪了！梅卿，呈上！

[梅卿气愤地呈包。

邝三华　此乃我剑影班开班以来的全部戏金，求大爷高抬贵手。

[黄天霸不接，示刀，示意邝三华刀下跪过。

[邝三华推开阻拦的梅卿，压着怒，赔着笑，负着屈辱，跪过，然后双手捧上。

黄天霸　（接过戏金，掂了掂，交给下人，大呼）赌债还清！

邝三华　（站起来，喝令剑郎等众人）回去！

超剑郎　三哥，他是全心敲窄！（冲前，被黄天霸打倒）

邝三华　大爷何意？

黄天霸　赌债还清，人债未还！

邝三华　何为人债？

[黄天霸使眼色，一打手倒地抱腿大叫：“哎哟，我的腿呀！”

黄天霸　（指着抱腿的土匪）江湖规矩，以腿还腿！

邝三华　（倒吸一口气）大爷，剑郎以演戏支撑我红船，您要断他一腿，岂不是断了剑影班的生路？

黄天霸　江湖规矩，快意恩仇！

邝三华　留得青山在不怕没柴烧，大爷若能高抬贵手，为我戏班留一条活路。三华此生此世感恩不尽！

黄天霸　此乃空口许愿！

邝三华　敢求天地为证。

黄天霸　英雄一口吐沫——

邝三华　板上一根铁钉。

黄天霸　好，那就一腿换一腿！

[全场大惊。

邝三华　（无可奈何）好，好，好，邝三华这条腿，黄大爷你就拿了去吧！

梅　卿　慢！天霸大爷，得饶人处且饶人，何必将人生路断？

黄天霸　只为赌场有规矩。

邝天华　（决心）赌场规矩，无非一个赌字！

黄天霸　（大喜）没错，赌！

邝三华　赌！

黄天霸　赌了？

邝三华　赌了！

黄天霸　哈哈，邝老三，大爷就等你这一句！

邝三华　请定赌注。

黄天霸　我要你红船一艘，人命一条！

邝三华　我要你一清两散，永不相见！

邝三华　赌场言而有信。

黄天霸　放手就有死生。

[黄天霸一挥手，打手们摆上赌台赌具。

[黄天霸、邝三华同笑。

[邝三华、黄天霸相互对视，推磨，埋位。

黄天霸　邝老三，押大押小？

邝三华　你若无假，邝三押小；你若弄鬼，邝三押大。

黄天霸　好，我押大——

邝三华　开宝——

黄天霸　开宝——

打　手　开宝——

邝三华　（机智地按住）你想出千？（猛地掀开赌具盖子）

黄天霸　（一惊）啊！

邝三华　天霸大爷，你输了！

黄天霸　（立刻恼羞成怒）哼，天是大爷的天，船是大爷的船。我说输就输，我说赢就赢。兄弟们——砍掉他的手，挖埋他双眼！

[打手们一拥而上，突然，两声枪响。内场："国军龙旅长到！"

[全副武装的士兵上，众怔住。

[趾高气扬的龙齐光身着正规军服上。

龙齐光　十年河东，十年河西，黄天霸，我们终于又见面了！

黄天霸　龙齐光，你！

龙齐光　日寇入侵，国难当头，国民政府令：贩烟开赌，涣散斗志者，严查法办。船，没收归政府。黄天霸，拿下！

黄天霸　龙齐光，你……

[国军将黄天霸捆绑。押下。

邝三华　多谢龙大人出手相助。

龙齐光　哈哈，若无恩人当日相救，哪有齐光今日？恩人，明日家中有个宴会，本旅长是来请梅卿小姐前去捧个场面。不料仇报了，恩也报了。天意，天意呀！梅小姐，（上前执手）请——

邝三华　（发现不妥，难免紧张）龙旅长，演出档期已定，主演梅卿缺演，犹恐主顾刁难……

龙齐光　（突然变脸，对内）将土匪恶霸黄天霸就地枪决！

[幕后立刻枪响。

[艺人们大惊失色。

龙齐光　梅小姐，请吧！（再次欲执梅卿之手）

超剑郎　慢——龙旅长，有花旦没有文武生，哪里成戏，我超剑郎愿意随喜堂会！

六　叔　对，给旅长捧场，怎可没有八音锣鼓呢？我们都愿意过去！

[一群演员和乐手一起往前站过来。

龙齐光　（奸笑）好，够朋友！

邝三华　既然如此，我也过去跑跑杂吧。

龙齐光　（拒绝）你，嘿嘿，不敢劳动恩人大驾！（对梅卿）请！

邝三华　啊……

[收光。

第四场

[黎明前。

[三哥立船舷，望远方……

邝三华　三更了，怎不令人担心呀！

（唱“寒关月”）

望云天，夜茫茫，心似油煎，

忧思阵阵，伴着寒风袭襟前。

乱世艺人，多灾劫，泪血洒红船。

梅卿呀快归来，

莫让红船，再添恨怨！

（转“十字清”）

为什么，双眼望穿人不见？

为什么，三更过后未归旋？

（转“七字清”）

莫非梅卿遇凶险，

莫非大祸降红船？

五军虎哪里？

[武打演员五军虎应声而出。

五军虎　班主有何吩咐？

邝三华　龙齐光此番堂会，意在梅卿，居心叵测。各位兄弟，与我龙府而去！

五军虎　是！

[内人声嘈杂。六叔等提二胡乐器道具急上。

六　叔　班主，不好啦！

（念“白榄”）

龙齐光，太可恨，

竟对梅卿起兽心。

艺人甲　（接念）　要娶梅卿为三姨太，

艺人乙　（接念）　扬言明日就成亲。

邝三华　梅卿呢？

艺人丙　（接念）　梅卿被锁禁，

艺人丁　　　　　　只怕难脱身，难脱身！

邝三华　剑郎呢？

众　　　别提啦！

六　叔　自从入了龙府，就被龙齐光的妹妹缠住了。

小梅香　班主，快救卿姐，快救卿姐呀！

六　叔　龙齐光，一个流氓，一个土匪，一个爆发军阀，要抢就抢，要杀就杀，还有国法么？

邝三华　大乱之世，法有何用？

众　　　三哥，难道我们就这样任人欺负么？

邝三华　（焦急地辗转）不救梅卿，对不住红船弟子的称号！

众　　　（激起义愤）那就拼了吧！

邝三华　（阻拦）不可强夺，只可智取——兄弟们！

众　　　　有！

邝三华　　（唱“快中板”）

　　　　　　　　龙府门深高墙挡，

众武生　　（接唱）　无声筋斗过高墙！

邝三华　　（接唱）　须防机枪来相向，

众武旦　　（接唱）　腾挪闪避枪对枪。

邝三华　　（接唱）　红船弟子江湖上，

众　　　　（接唱）　不畏强贼与虎狼！

邝三华　　（接唱）　黑夜茫茫多险障，

众　　　　（接唱）　我有飞腿，[介]　快似电光！

邝三华　　（接唱）　救亲人，

众　　　　（接唱）　离罗网，

邝三华　　（接唱）　与恶贼，

众　　　　（接唱）　拼一场！

邝三华　　（接唱）　还我尊严，还我希望，

众　　　　（接唱）　还我姐妹一平安！

邝三华　　兄弟们，走！（众造型）

　　　　　[梅卿内叫：“师兄！”跌撞着急上。

邝三华　　师妹！

梅　卿　　（唱“散板”）

　　　　　　　　虎口逃生离魔掌！

邝三华　　剑郎呢？他在哪？

梅　卿　　他么——

　　　　　（接唱）　他正与龙家小姐，举壶飞觞！

邝三华　　师妹……你是怎么逃出来的？

梅　卿　　（唱“七字清”）

　　　　　　　　龙府犹如千层网，

　　　　　　　　森严壁垒列刀枪。

　　　　　　　　若非苍天来救助，

只怕插翼难以出高墙。

守门的士兵醉了，走廊的士兵也醉了，但后门却是开着的……

邝三华　剑郎他……

十二爷　剑郎虽有不是之处，却有戏班义气。我想，定有跷蹊！

[幕后“砰砰”两声枪响……

六　叔　龙齐光追来了！

十二爷　解缆开船！

[收光。

第五场

[幕后众：“红船来喽！”

[男女老少村民背长凳短凳兴高采烈跳板凳舞。

[幕后唱“新曲”：

戏班红船到村口，

戏棚搭起像高楼。

一声锣鼓嗦笃撑，

睇大戏喽！

（续唱）　排排凳仔叠人头。

[锣鼓声响，人们拥挤着站上板凳，争看台上戏，可是越看越不好看。众喝倒彩，扔凳下，“没有高台照镜，剑影班，骗人的！”留下一片狼藉……

[邝三华等走下红船，扶起横七竖八的条凳……

艺人甲　（难为情地）班主，我们是不能怪观众的，没有好的文武生，怎揾食呀？

艺人乙　我家里等米落锅的呀。

[十二爷用手势劝众人先下去。

邝三华　（哀叹）没有好的老倌，没有绝技，广府大戏就不是广府大戏了！

小梅香　班主，除了超剑郎，难道就再也找不到能演高台照镜的老倌？

邝三华　粤剧式微，苦练者稀，既无殉道者，何成大道？

众　殉道者？

十二爷　若言殉道者，我这里倒有一个！

众　谁？

十二爷　（向往地）遥想当年，有一富家公子，酷爱粤剧，离家出走，上了红船。历尽千辛，苦练硬功，凭一双神腿，玉喉金声，万人空巷，唱响梨园！

[三哥傲然，提起了精气神。

十二爷　《火烧黄天荡》正是为他度身订做。不料，他心高气傲，强力而为，断了神腿。继而，任性妄为，深夜逃离，偏信庸医，落下了今日腿瘫之患。

邝三华　悔之晚也！

十二爷　不晚也不晚！若你雄心犹在，将错榫的地方再次打断，重新接驳，神腿依然是神腿，《火烧黄天荡》依然非你莫属！

[众惊疑。

梅　卿　你——只是个写戏的……

十二爷　哈哈！我，本是跌打名医，但不愿只医一人一处之外患，故提笔做戏，欲医天下万人之内疾也！

众　（释然）哦，原来啊！

邝三华　这殉道者么……（执板凳，举起）

梅　卿　（阻止）慢！十二爷，你敢保证一棒打下，安然无事？

众　（担心地）安然无事？

十二爷　（迟疑中隐藏着激将法）生死两重天，中间一张纸，纵使神医，也会是——

邝三华　是什么？

十二爷　一棒是成——

梅　卿　一棒是成？

十二爷　一棒是败——

众　一棒是败？

十二爷　一棒是成，一棒是败，成败难料哇！

邝三华　一棒是成，一棒是败，成败难料么？！

［邝三华思索，一咬牙关，再次拿起板凳。

梅　卿　师兄！（抢过板凳）

邝三华　（抢板凳）师妹，给我！你给我！

梅　卿　师兄！

（唱“秋江别”）

不忍看，棒落魂惊丧，

血飞染罗裳。

怕看再遭劫恙，

一朝毁冀望，

凄风暮雨岂能再加霜。

邝三华　（接唱）　不经大雪和寒霜，

岭上红梅如何能绽放？

为了一生好梦得偿，

死生不畏惧，

死生不畏惧，

一棒换我希求梦想！（再抢板凳）

梅　卿　（接散唱）要知戏班寄于你身上！

（入板）　若然你惨遭不测再受创伤，

一朝惹祸殃，岂不招恨长？

邝三华　（接唱）　为了红船扬帆去，

半生洒血汗，

今朝再觅理想，

一死也心安。

十二爷　梅卿……

梅　卿　（痛怜地）师兄！

（接唱）　与哥你走过几多雨风和雪霜，

你的心痛我心伤，此生恩义长。

既然是你决心不可改变，

唯有跪叩苍天，福荫愿能偿。（递过板凳）

邝三华　谢师妹！

（唱“快中板”）

只要尚存一线希望，

也要舍命搏一场。

纵赴九泉心不惧——

（唱“滚花”）

求换得舞台重上笑声扬！

（举起板凳，打腿）

[邝三华痛叫一声，昏倒在地……

众　班主——

梅　卿　（悲呼）师兄……

[收光。

第六场

[幕后叫：“睇大戏喽！”

[内场大首板：“跨战马，领奇兵，诱敌芦荡，诱敌芦荡！”

[内众喝彩声：“好！”锣鼓声、掌声、喝彩声一浪高过一浪……

[突然，幕后枪声大作。

[内叫：“日本鬼来了，快跑啊！”

[“大日本皇协军龙司令到！”伪军列队上，龙齐光出，超剑郎随后。

龙齐光　人来！

超剑郎　在。

龙齐光　传令下去，红船征为日本皇军战船，戏班回城演戏，宣示共荣！若有违抗，格杀勿论！

超剑郎　是。

[龙齐光与伪兵下。

超剑郎　唉！

（唱“反线中板”）

恨一声，日寇侵华苍生怨，

叹一句，家亡国破在眼前。

有谁知，为救梅卿我曾舍身履险，

借得那，龙家小姐巧周旋。

（转“七字清”）

谁料一入网罗网难剪，

身困龙府陷深渊。

盼相逢，怕相见，

今日刀枪相逼上红船。

（转“滚花”）

暂忍下委屈一腔寻机变，

教我红船有路出生天。

[梅卿上。

超剑郎　梅卿！

梅　卿　（一惊）是你？你来做什么？

超剑郎　梅卿，事情紧逼，你听我说……（回望一眼远处）

梅　卿　（往外看，一惊）啊？

（唱“锦城春”）

惊惶，惊惶！

原来你——

超剑郎　梅卿！

（接唱）　大祸将降红船上，

心里惶惶，唯求快逃亡。

梅　卿　（接唱）　我不负地来不负天，

这是我家乡，缘何要逃亡？

超剑郎　（接唱）　唉，要知鬼子堪比杀人狂魔，所经之处尽惨状。

梅　卿　（接唱）　可笑，可恨！

超剑郎　（接唱）　忍辱，吞恨！

梅　卿　（接唱）　不想再见这负义狠心郎！

你走吧！

[邝三华出。

超剑郎　（欲解释）三哥……

邝三华　哼！

[内叫："大日本皇军龟田大佐到！"龟田不可一世地上，龙齐光像狗一样随上。龟田将布告交龙齐光。

龙齐光　太君有令，军火上船！

[众艺人抗议；日伪军镇押。

龙齐光　人来！

超剑郎　司令。

邝三华　司令？

龙齐光　大日本皇协军司令。恩人，我们又见面了。

邝三华　真是山不转水转。

龙齐光　念！

超剑郎　是。（取出命令）大日本皇军令！为宣示大东亚共荣，凡大日本皇军所到之处，戏班不能停演，一律宣传大东亚共荣；红船不得私用，一律征为大日本皇军战船。若有违抗，格杀……勿论！

龙齐光　恩人，听到了吧？戏班，回城演戏，宣示共荣；红船，立刻为大日本皇军运输军火！

邝三华　恐怕有点难啊！

龙齐光　嗯？

邝三华　要知道，我们八和会馆，也有一道通告。（掏出告示）十二爷！　念！

十二爷　（接过布告，读）八和戏剧会通告："失地一日未复，国耻一日未雪，凡有血气者，莫不敌忾同仇，纵有大利当前，刀斧加颈，亦当严词拒斥，誓死不辱，为此郑重通告，凡我同仁，慎勿为敌所诱，甘为汉奸，以保我会忠贞廉洁之美德。倘有叛国丧心，定必严厉制裁，与众共弃！”

龙齐光　（夺过布告，恶狠狠地对众艺人）机枪准备。

超剑郎　三哥，俗话说，识时务者为俊杰。你又何必……

邝三华　用我们的红船运他们的机枪炸药，杀害我们的同胞，这叫识时务？

艺人甲　超剑郎，你这狗汉奸！（扑上欲打剑郎）

[龙齐光拔枪射杀艺人甲。

龟　田　（一巴掌打在龙齐光脸上）船有炸药，这边的，不许开枪！

龙齐光　是。

龟　田　（对龙齐光）将他们赶下船去，通通……（做杀人的动作）

龙齐光　是。

超剑郎　（闻言，大惊）哦，太君……

龟　田　何事？

超剑郎　太君不是说要他们回城演戏，宣示共荣么？剑影班有南派绝技高台照镜，何不让他们在回船路上，为太君上演一出好戏？

龟　田　唔，中国大戏，大大的好。一边回城，一边睇戏？

超剑郎　对，一边回城，一边睇戏。

龟　田　好！一边回城，一边睇戏。回城之后，通通……

龙齐光　是！（与龟田等下）

超剑郎　（走向三华，高声地）剑影班听住！皇军有令，回船路上，上演好戏！

[众人“哼”了一声，不屑一顾。

超剑郎　（低声）三哥，日寇已下令，回城之后，通通……（做杀人动作，下）

[众同惊。

邝三华　回城之后，一个不留嘛……

[邝三华示意众退下。

邝三华　（唱“回龙二黄”）

云迷雾锁地暗天压心如滴泪。

寒江无语一片凄迷。

我曾借红船威，飞扬氍毹梦，

轻上高台，张扬绝技。

（散唱） 甲板斑驳浸着我的泪，

通体红艳染着我的血，

（唱“二黄”）

一朝梦断，折翼难飞。

（唱“新腔滚花”）

为圆梦，经历了九生九死。

才得站在舞台上，

却又遇国破家亡时。（腔）

想我毁家造船，重组戏班，欲图自强。无奈土匪横行，军阀欺压，更有日寇来侵，艺人之路，何以这般的难啊！

（唱“秃起反线中板”）

红船路，路难行，

历经九九八十一难。

看起来，这一难，

再无生路，已入鬼门关。

鬼门关，吓不到红船弟子一身胆，

这红船，只载我南粤戏宝，

怎能载机枪炸药，毁我河山？

（唱“双星恨尾段”）

悲满腔，恨满腔，

悲满腔，恨满腔！

一世坎坷几沧桑，

化得雪霜雨骤狂。

重重祸降，

家邦沦丧，江山沦丧，

何以何以任尔任尔袖手作沦亡。

一声奋呼为国邦！

（悲壮地）各位兄弟！

[众上。

邝三华　日军要我们在回船路上，上演一出好戏，我们就上演一出《火烧黄天荡》！

十二爷　演《火烧黄天荡》？

邝三华　（一语双关，说戏）《火烧黄天荡》演的是南派绝技，唱的是忠烈传奇。话说金人入侵大宋，韩世忠与梁红玉夫妻，且战且走，把数万金兵引到军事死地黄天荡，围困长达48天。一日，夫妻于战船之上，对酒当歌，几多慷慨。歌罢，韩世忠跃上高台，丢下火把，引燃了满荡芦苇，将金人葬身于火海之中——

十二爷　（明白，悲壮地）班主有命，誓死遵从！

众　（悲壮地）班主有命，誓死遵从！

邝三华　（庄严地）面对江水，正告天地！红船之上，开演好戏！

十二爷　装身开锣！

[梅卿戴盔披甲，扮梁红玉上，擂战鼓，众兵列阵。

梅　卿　（唱“霸腔慢板”）

恨金兵侵大宋妄挑战祸，

我夫妻领奇兵以少胜多。

黄天荡即将成通天大火，

（唱“滚花”）

誓将金寇葬碧波！

邝三华　（内唱“首板”）

跨战马，领奇兵，诱敌芦荡，诱敌芦荡！

[邝三华上。

梅　卿　金寇来了？

邝三华　你来看！

（唱“俺六国”）

引敌寇到军中死地，

管让它风中飞蛾扑火，自招劫祸。

且辨得东风点起火，

看，看，看——

化灰尘把金兵破！

邝三华　拿酒来！

[演员呈酒介。

梅　卿　这一杯酒！

邝三华　对酒当歌，人生几何？

梅　卿　夫君……

（唱“小桃红”）

借一杯醇美酒，

表我夫妻情长似蜜稠。

邝三华　（接唱）沙场万里征，不惊生死敌忾同仇，

誓保金瓯护锦绣。

梅　卿　（接唱）期待有朝，烽烟消散，横扫敌寇，

赏花栽柳，赋诗对酒，

邝三华　（接唱）孝双亲，乐天伦，

奉上此杯，谢父母恩深厚！

梅　卿　这二杯酒——

邝三华　祭奠随我出征，血洒战船的死难战友！

梅　卿　（转“新曲”）

累累山坟处，

多少将士头，

邝三华　（接唱）酒水和热泪，

洒落慰青幽！

[幕后伴唱：

洒落慰青幽！

梅　卿　这三杯酒——

邝三华　这三杯酒嘛？

（续唱）报国恨，雪家仇，

借此一杯酒。

酹向天边，

犹胜百万貔貅！

[幕后伴唱：

犹胜百万貔貅！

邝三华　（将酒酹向天边，决然高呼）火来也——

[内场：“火来也！”甲从船舱内打翻上，亮出火把。

[敌人冲出，围住艺人。

龙齐光　（惊慌地）船有炸药，不许开枪！

[围绕着火把，红船弟子与敌兵展开了一场搏斗，众艺人纷纷倒下，前仆后继……

[火把在艺人手中传递……

[梅卿接过火把，递给邝三华。邝三华保护梅卿，接过火把……

[龟田从背后对着三华一刀砍下……

[邝三华握火把，眼含怒火，顽强挺立……

[幕后唱“旧宛望帝魂”：

前生是戏痴，

来生再演戏。

善恶忠奸，

粉墨台前。

红船艳——

是我碧血鲜。

[龟田举刀，复刺邝三华；超剑郎大叫一声“三哥！”冲出，挡住钢刀。剑郎从腹中拔出钢刀，怒视敌人……

[幕后唱：

河海是我胸襟，

云山是我志远。

日思恋，

夜也红船，

红船梦，高似天！

邝三华　剑郎，我的好兄弟！

超剑郎　三哥，高台——照镜！

[超剑郎与梅卿等众艺人站起，挡住敌人的刺刀……

众艺人　（高呼）三哥，高台照镜——

邝三华　火——来——也！

[邝三华做南派绝技高台照镜，跃上船顶。

[敌人惊呆……

龙齐光　（惊慌）放下火把，重重有赏！

邝三华　（大笑）哈哈哈……（丢火把）

[轰隆声起，火光冲天……

[幕后曲“新曲”：

腾腾怒火，
烈烈红船，
烧吧，烧吧！
烧出我梨园气节，
烧出我艺海晴天！（重复一句）

[烈火熊熊，映红了天。

——剧终

本剧选载的是2014年彭庆华、曾小敏、文汝清、冼鉴棠、王燕飞等主演的演出本。

决战天策府

（取材自武侠网游《金山剑侠情缘网络版叁游戏软件》）

编剧：玲珑问情　野火大鸿

粤剧编剧：冯敏仪

人物表

李承恩　天策府统领，郭子仪手下猛将，戍边平乱，战功赫赫，人生以报国为第一目标

小　七　七秀之燕秀，侠骨柔肠，惯用双剑，学成后浪迹江湖，在烛龙殿被李承恩所救，对其情有独钟

祁　进　纯阳宫首席剑客，天策府客卿，为天下而入世，受郭子仪之托，辅助李承恩。因身中忘情蛊，忘尽与谷之岚的恩怨前事

唐傲骨　天策府谋士（军师），出身唐门，心思缜密，为达目的不择手段

慧　海　少林寺高僧，心怀天下，佛法与武术同样高深

谷之岚　出身万花谷的侠女，现为天策府军医，医术无双，与祁进有一段刻骨铭心的感情

沙叱博　狼牙军首领之一，外号“雷狼”，效命于史思明，手段凶残

薇　儿　小七贴身丫鬟

曹雪阳　天策府宣威将军，巾帼不让须眉，武艺高强

军士、女眷、武林各门派人士

(茶馆)

赵云睿　　茶馆老板娘

曾　鑫　　五行石商人，嗜钱如命

赵　茶　　茶馆店小二，擅长打听八卦，四处散播江湖秘闻

众茶客

茶馆秘闻

（备注：本片段在剧场大堂作互动演出，融合游戏设定和改编元素，简述剧情）

[安史之乱期间。

[长安茶馆。

[茶馆内，茶客喝茶聊天，谈论江湖秘闻。

[赵茶上。

赵　茶　各位客官好啊！（招徕客人）大家喝茶，大家喝茶。

茶客甲　老板娘呢？

茶客乙　听说老板娘好漂亮呢！

赵　茶　我们老板娘当然漂亮啦！

众茶客　（四处张望）怎么到现在都还没见到她啊？

赵　茶　（对茶客及观众）怎么，你们都想认识她吗？

众　人　是啊，是啊，老板娘快来吧！

赵　茶　别急别急，（向里看）这不，老板娘来啦！

[赵云睿上，向大家打招呼。

赵云睿　大家好，大家好！大家快来接任务吧——

（念“白榄”）

今日茶馆送侠义，

双倍经验无人知。

福禄宝箱有新意，

做多啲时啊奖多啲，奖多啲！（做得多就奖得多，奖得多！）

大家快来做任务吧！

曾　鑫　（气喘呼呼追上）我来啦，等等我！

赵　茶　曾老板，你不卖五行石，来凑什么热闹啊？

赵云睿　安史之乱，风起长安，人人都忙着升级装备。你的五行石生意，可比我这茶馆强多了。

赵　茶　老板娘，咱们收他双份茶钱！

曾　鑫　看你们说的，生逢乱世，大家都不容易啊（大家都揾食艰难啊）！

赵云睿　（对观众）想要茶馆福利，做任务吧。赵茶（示意赵茶上），考考他！

赵　茶　茶馆任务之江湖秘闻——天策府第一高手，是哪个？

茶客甲　（举手抢答）我知道，我知道，是李承恩！

曾　鑫　还以为问题有多难，是个人都知道，李承恩他武艺高强人潇洒，镇守天策府，是个好将军。这算什么秘闻？

赵云睿　这么容易（咁轻易），就想拿茶馆奖励，做梦（发梦啦你）！再来第二个问题，赵茶，上！

赵　茶　好。茶馆任务之江湖秘闻——天策府军师，你又知不知道（你又知唔知）？

曾　鑫　这个……好像有点冷门喔……

赵云睿
赵　茶　（异口同声）真没用！（无鬼用）

茶客乙　这个我知道，天策府还有个神秘军师，是唐家堡的唐傲骨，武艺超群，在家中排行第二。

赵云睿　（紧接）他行事诡秘，会隐身还会飞（识得隐身时重晓飞）。

赵　茶　曾老板太弱了（水皮咗啲喔），问问我们今天的观众，七秀坊有哪一位在天策府啊？

观　众　小七！

赵云睿　不就是七秀坊的"燕秀"小七嘛！她英姿飒爽，剑术无双，貌美如花，对大将军还情深一往。

曾　鑫　还有还有！还有一个人，我就再清楚不过啦。他就是纯阳宫首席剑客……

众茶客　祁进！

曾　鑫　对！他奉郭子仪大帅之命，任天策府客卿，和万花谷的美女神医谷之岚，还有一段情……

赵云睿　祁先生他为大义，入世修行；谷军医貌美如花，妙手仁心。他们男有情，女有意，偏偏又爱恨恩仇，难舍难分。

赵　茶　这个我知道，这个我知道！（八卦地）祁进他曾是个杀手，杀人全家绝无留手，唯独放过了谷之岚，后来偏偏又爱上了对方！现在啊，这对痴男怨女还要在天策府日对夜对，谁知还会发生什么事。

曾　鑫　发生什么事都好，其实照我说（照我话斋），做人最重要是开心！生逢乱世嘛，多点升级装备，这样才可以好友、情缘两手抓（搭着赵茶、赵云睿肩膀，赵茶、赵云睿嫌弃地推开），做尽人生大赢家！（对观众）各位光顾一下吧（帮衬下吧），做茶馆任务有优惠哦。

赵云睿　（看时间不早）老曾，还说这么多干啥呀，演出 7 点半就开场啦！

赵　茶　我去担凳仔，先占个靓位！（下）

赵云睿
曾　鑫　那我们也走吧。（欲走）

茶客甲　老板娘、曾老板先别走啊，跟我合个照吧。（其他茶客帮忙拍照，拍完，对观众说）你们要一起来拍吗？拍完照，记得赶紧进场看戏哦！

[观众拍照互动环节。

[群演引导观众进剧场，接驳正剧观演环节。

序幕　残阳泣血

[唐代安史之乱期间。

[狼牙军军营。

[肃杀压抑，天地俱暗，沙叱博引狼牙军杀气腾腾上。

沙叱博　兄弟们，待我们攻入天策府，大碗酒，大块肉，尽情享受。（跃上舞台）两边守住！

[狼牙军兵士东歪西倒躺一地，两个狼牙军兵士懒散地在营外放哨。

狼牙军兵士甲　（结巴状）当头儿的风，风……流快活，我们就风，风……餐露宿，食、食谷糠。

狼牙军兵士乙 （醉意，打嗝）等攻陷了天策府，什么没得你吃，什么没得你抢？

狼牙军兵士甲 （结巴状）这么久了都还没攻陷，恐、恐怕都十分渺茫啊。

狼牙军兵士乙 茫什么茫？有酒你就喝吧，今朝有酒今朝醉，睡醒明天再打仗！

狼牙军兵士甲 喝！

[两黑衣人上，将狼牙军哨兵一一暗杀。其一狼牙军哨兵惊呼，被潜伏的唐傲骨射杀。众狼牙军兵士上，唐傲骨将其一一击破。

[沙叱博上，与唐傲骨对打，唐傲骨的杀招全被沙叱博躲过。唐傲骨弓弩不宜近战，反被沙叱博打伤，频频遇险。千钧一发之际，天策府统领李承恩手持长枪，杀出救援，祁进同上。

李承恩 （边打边唱“决战天策”）

万里，万里战火见血浪，
绝世天策傲岸。
烽火远山踏过与天对望，
凭我如虎一啸，风云变样。
破军驰骋沙场，（群：尘土飞扬）
裂了穹苍，未管带伤。（群：无论风与霜）
白骨荒烟杀出战火夕阳，
尽染尘沙，留明月照大江。
大天策谁共我担当？
定军铁牢热血守望！
舍身去留盛世万千景象，
明日剑指天苍苍。

[李承恩与唐傲骨合兵一处，大战狼牙军。李承恩冷不防被划破了手臂，继续力战。

[李承恩与沙叱博对打，沙叱博败走，其余狼牙军兵士被歼灭，天策军取得一战功成。

李承恩 犯我大唐者，虽远必诛！

[众人造型，收光。

第一场　乱世深情

[将军府。

[一轮弯月照在窗外，小七舞剑，等李承恩回府。

小　七　（大大咧咧的举止，难掩少女情怀）李大哥为何这么晚都还没回来?

[薇儿内场：“七姑娘——”上。

薇　儿　夜深了（好夜啦），休息吧（休息啦）。

小　七　（把双剑给薇儿）月色这么美（个月光咁靓），我……再多赏会儿（再睇多阵先）!

（唱“少年游”）

云已渐散看天际，沉醉绿野稻田。

行过雾里，沿岸溪水碧空带烟。

忘记俗世我心开朗，陪你步过田园。

和你共对，游历山水看自然。

共你渐行渐远，看春意山色故园。

暴雨骤来骤去，也仿似，满目晴天。

薇　儿　（拆穿小七）姑娘，你在天策府多时（咁耐啦），那月亮还没赏够吗（个月光重未赏够咩）?（见小七不语）大将军重任在肩，何曾知你心中冷暖?

小　七　（被戳中心事，不自然，故作豪迈）薇儿，李大哥说过，强敌当前，要以国家为念。

薇　儿　念念念，你不说，他不知，真让人光火（真系睇到人眼飙烟）!

小　七　我和他……

薇　儿　（灵光一闪）姑娘，姑娘，世间男儿都爱温柔乡，女儿家何必日日舞刀弄剑?择日不如撞日，就今天，姑娘为自己牵红线，跟大将军说清楚!

小　七　（惊讶）今天?!

[内场男声："天策大军胜利归来 ——"

薇　儿　姑娘，快去梳妆打扮，大将军快到啦！快点快点！

[薇儿推着小七下。

[祁进急上，谷之岚上，祁进看见谷之岚，两人对望，谷之岚回避，又不舍，几经挣扎，转头下。祁进见状，欲言又止，神情复杂。

[内场："大将军回府 ——" 天策军士兵、唐傲骨伴李承恩上。

唐傲骨　本战大捷，全赖将军神勇！

祁　进　将军，狼牙军一时败退，却未能依计全歼，放虎归山，全功难望。

李承恩　虎？沙叱博一介草莽，祁先生何须高看？（强硬地）祁先生虽受大帅所托前来相助，但天策府之事无须先生多费心神！

祁　进　将军……

李承恩　（对唐傲骨）傲骨，以后行军打仗还需小心。今日若非我及时救援，恐怕你小命难保！

唐傲骨　将军救命之恩，傲骨……没齿难忘。

李承恩　我知道你心有所想，但如此行事，此后你又怎能独当一面？

唐傲骨　（捂住伤口，谦卑地）惭愧，惭愧……

李承恩　好了，傲骨，你与众家弟兄下去休整。

唐傲骨　是。

祁　进　将军，现时不宜休整，还需再作……

李承恩　（打断祁进的话，语气冷硬，意气风发地）本将军自有决断，此役沙叱博元气大伤，我军亦有折损，传我将令，天策府上下休整三天。

唐傲骨　是！将军有令，天策府上下休整三天！

天策军　将军威武！将军威武！

[祁进无奈。

唐傲骨　退！

[女眷、天策军下，祁进、唐傲骨下。小七上。

小　七　李大哥，你回来了。

李承恩　嗯，回来了。

小　七　李大哥，我有话跟你说……

李承恩　　哦？什么事？

小　七　　（犹豫地）我……我……

李承恩　　你说吧。

[薇儿泡茶，端茶壶迎上，小七接过，薇儿示意小七，小七羞赧地为李承恩端上热茶。薇儿下。

小　七　　李大哥，喝茶。（李承恩接过，露出肩膀伤口，小七看见，一惊，一把抓住李承恩伤处）你受伤了？（对内场）薇儿，快拿金创药！

[薇儿内场："来了 ——"

李承恩　　行军打仗，哪有不受伤的！

小　七　　不如……让我帮你分忧？

李承恩　　你？

小　七　　对！昔日小七行走江湖，也曾历经多少凶险 ——

李承恩　　上阵杀敌，自当男儿在前。

小　七　　李大哥，你别忘记，我小七一双宝剑，纵横江湖，快意恩仇，谁不敬我三分！

李承恩　　江湖恩怨，怎比战场凶险？

小　七　　但你今日 ——

李承恩　　今日天策府大获全胜，你懂什么。（又扯到伤口）

薇　儿　　药来了，药来了 ——

[小七为李承恩包扎，但下手太重，弄疼李承恩。

小　七　　（心疼地）李大哥……

[两人四目相投。

小　七　　（唱"猜"）独有千丝万绪，相对望，我为你心醉。

李承恩　　（接唱）　影一对，月半倚像要陈说，不觉我心翻起思绪。

小　七　　（接唱）　欲说又还推，

李承恩　　（接唱）　未说为何推，

小　七　　（接唱）　欲悔又还追，

李承恩　　（接唱）　暗动如许，

小　七　　（接唱）　许你心意求共对，

李承恩　（接唱）　我心意怎记取？

小　七　（接唱）　愿永伴随——

李承恩　（接唱）　却是为谁——

情心崎岖，

小　七　（接唱）　我顾虑，

李承恩　（接唱）　怕猜不对，

小　七　（接唱）　怕再催，

曾经沧海未为水——

李承恩　（接唱）　空心碎——

小　七　（接唱）　花开愿折取……

李承恩　（接唱）　花开怕折取。

小　七　（鼓起勇气）李大哥，其实我……

[天策军甲内场“报——”，上。

天策军甲　启禀大将军，门外有一少林寺和尚求见。

李承恩　请他上来。

天策军甲　是。

[李承恩示意小七离开，小七拜别，下。

[少林寺慧海上。

天策军甲　大师，请。

慧　海　阿弥陀佛。

李承恩　哦，原来是慧海大师，多时不见。

慧　海　多时不见，将军威名远播，贫僧一路走来，听百姓众口相传。

李承恩　大师过誉了。大师此次前来，不知有何要事？

慧　海　贫僧从长安而来，发现史思明大军似有转战，可能是要进犯枫华谷，盼将军小心为念。

李承恩　枫华谷？枫华谷乃连通长安、洛阳之战略要地，兵家必争，多谢大师提点。

慧　海　客气了。李将军——贫僧方才到来，听得哭声震天。校场上准备斩杀战俘，眼见当场血溅。保家卫国，杀生护生，手染鲜血，在所难免。只是既已俘虏，何苦再徒增杀业？

李承恩　此事无需大师费心。想那史思明和安禄山，所到之处，所过之城，尸横遍野，血海难填。我只不过杀几个战俘，以儆效尤，聊作祭奠。

慧　海　将军……

李承恩　人来！

天策军甲　（上）在。

李承恩　传我将令，明日午时，斩杀战俘，不得再横生枝节。

天策军甲　是！

慧　海　（还想再劝）将军……

李承恩　送大师！

慧　海　（无奈地）阿弥陀佛……

[半空中狂雷乍响，黑云压城，夜雨纷纷。

[切光。

第二场　诡计阴谋

[紧接前场，夜雨蔽天。

[两束定点光下，唐傲骨（黑衣人造型）与沙叱博接头。

唐傲骨　（阴森地）雷狼，你飞鸽传书，所为何事？

沙叱博　自从李承恩接管天策府，我们就一直倒霉（无运行）！你快点想个办法，除去李承恩这个心腹大患！

唐傲骨　（奸笑）哼哼，想除去李承恩？谈何容易！要是这么简单，你们早就杀了，又何需心烦？

沙叱博　照这么说，难道你就甘心，在李承恩身边做个小军师？你那鸿图大志……

唐傲骨　（冷笑）哼……那史大帅答应在下的事情……

沙叱博　只要能拿下天策府，你要什么，史大帅都必定为你达成心愿。

唐傲骨　如此嘛……好！在下已经有了一箭双雕的妙计，只要……（神秘低语）

沙叱博　（附耳听之，眼中闪光，兴奋状）好计！好计！汉人的头脑，就是好使。

唐傲骨　事成之后，你们切勿食言啊。

沙叱博　（不耐烦地）放心吧。

唐傲骨　如此，在下告辞了。

[唐傲骨下。

沙叱博　（看着唐傲骨远去身影，不屑地）无论你有多聪明，一样在史大帅算计之中。李承恩，这次你无论如何都逃不出我手掌心了！（狂妄，得意）哈哈哈……

[惊雷，暴雨。

[暗光。

[数日后。

[天策府正殿。

[高台上，李承恩、唐傲骨、祁进看军事地图，肃容议论。

[天策军甲带令旗急上。

天策军甲　报——启禀大将军，前方战报，史思明二十万大军已经占领枫华谷。

李承恩　再探！

天策军甲　是！

[天策军甲下，李承恩、祁进、唐傲骨三人神色更为凝重。

李承恩　人来，棋兵伺候——

[内场三呼："棋兵伺候——"黑红两组拟人化的棋兵现身，随着李承恩等三人的推演，模拟两军战况。

李承恩　两位，这枫华谷——距离东都洛阳不足三百里，天策府与洛阳城只隔黄河险滩。近可攻洛阳，远可取天策，向西可谋长安城，史思明此着确实不凡。

祁　进　将军，战情紧急，我等可先行商议，但还须与郭大帅禀报才是。

[天策军甲急上。

天策军甲　报——史思明兵分两路，一路按兵不动，一路向东北来犯。

祁　进　如此说来，史贼的目标，并非长安！

唐傲骨　东北方向？枫华谷东北，正是洛阳！假若史思明日夜兼程，不出三天便可直抵东都！（唐傲骨边说，边以身段带领棋兵推演行军路线）看来他果真要攻打洛阳城！（肯定状）

李承恩　我看未必。（徘徊，沉吟）若史思明与沙叱博形成合围，渡黄河，取天策，再攻洛阳，亦未尝不可。我等，要静观其变。

祁　进　大将军言之有理，待大帅下令再作定夺不迟。

[李承恩不置可否。

[天策军甲气喘状急上。

天策军甲　报——史思明率领狼牙军，往洛阳方向而去！

李承恩　哦？果真如此？

唐傲骨　将军！（抱拳）事急从权，我们应该马上出兵，保卫东都！若等大帅调令，恐怕为时已晚！

祁　进　不可！沙叱博在天策府外虎视眈眈，若然强渡黄河，前有天险，后有追兵，需防一着不慎，再难转圜。

李承恩　兵贵神速，战场瞬息万变，又怎能谨小慎微，一味偏安？

唐傲骨　将军，如此说，我们更应趁沙叱博元气未复，将其一举歼灭！

李承恩　说得有理！

[小七“且慢！”急上，所有人都为小七的忽然出现感到诧异。

[棋兵暗下。

李承恩　小七，我们在商量军机要事，你来作甚？

小　七　将军，你们的话我都听到了。

李承恩　小七，你……（想叫小七离开）

小　七　（急）我军出兵，后营空虚，万一狼牙军趁机偷袭，又如何是好？

唐傲骨　想不到七姑娘侠骨柔情，亦有意沙场驰骋，唐某倒要请教为盼。

祁　进　（真诚地）七姑娘见多识广，祁某愿闻高见。

小　七　小七身在江湖，对战局所知有限，但亦明白天策稳守，方能牵制史思明。

唐傲骨　天策府既是东都卫城，天策将士更是勇猛当先，若不施以援手，一旦洛阳城破，敢问七姑娘，我等又该如何面对凌烟阁上英魂千万？

小　七　将军，我们可以快马加鞭，向少林寺，（略作思量）或者到扬州向郭大帅求援啊。

李承恩　求援？（思索片刻，沉重地）来不及了。莫说扬州路途遥远，鞭长莫及，即使向少林求援，也须选取精锐，杀出重围，一旦遇上狼牙军，生死难料。更何况，少林集结武僧尚需时日，即使举全寺之力前来相助，能否及时赶到洛阳城，也未可知。求援，并非一时良策。

唐傲骨　大将军英明神武，天策府兵强马壮，何须求援？破敌军，我有良方。

李承恩　唐军师，你待如何应对？

唐傲骨　（正气凛然状，抱拳）大将军。

（唱“烟腾腾”）

可夜袭匪患诛敌奸，

任凭肝胆狂沙飞卷剑锋冷。

精锐尽闯阵朝夕间，

脱难，再为国除战患。

小　七　不可！

（唱“十字清”）

天策府，兵多将广，何惧凶蛮？

退可守，进可攻，哪容侵犯？

军师之计轻疏，不若稳守雄关！

贸然出战，实有隐患！

唐傲骨　（紧接）大敌当前，岂能龟缩？沙叱博又算什么东西！

[李承恩有所触动。

小　七　（焦急，担忧）李大哥，这样太冒险了！

（唱“俺六国”）

既是叹艰险战患，

应将计策思辨再三——

唐傲骨　（抢白，向李承恩拱手致意，接唱）

实有违天策东都教范！

小　七　（义正言辞，接唱）

逞英勇怕遭遇险滩。

唐傲骨　（吊慢，接唱）

匪首眈眈，莫轻言更恐遭劫难。

祁　进　先除后患，再发奇兵，未尝不可。但我等近日方才偷袭成功，沙叱博虽是莽夫，却又岂容我们一再得手？将军，小心为上！

（唱“新腔流水”）

冒进急功，难逃下场惨淡。

李承恩　（接唱）　出兵解难，休提血泪斑斓。

唐傲骨　（接唱）　内患外忧，试问倾颓怎挽？

小　七　（接唱）　心忧大战，误羁迷雾险滩。

唐傲骨　（接唱）　坐困愁城，战机稍容即散！

李承恩　（接唱）　荡平敌寇，成败或在此间。

卫国保家，岂容兴叹？

饮血沙场，放手一搏，

生死视作等闲。

四　人　（四重唱）奇谋尽出，忠烈可鉴。

千秋史册，不负大唐江山。

[音乐急收。

[唐傲骨、小七、祁进同声建言。

唐傲骨　将军，我们要奇袭沙叱博！

小　七　大哥，应该先守住天策府！

祁　进　将军，我们要三思呀！

唐傲骨　　　　将军！
祁　进　（同白）将军！
小　七　　　　大哥！

李承恩　好了！你们无须再争，本将军已有决断。我天策府皆是血性男儿，（拱手）为保大唐江山，粉身碎骨，万死不难！我等且先破沙叱博，再渡天险救洛阳。（对唐傲骨）傲骨，你有伤在身，留守府中，后营安危，交托于你；小七，你配合之岚速速打点，祁先生与大军，随我尽早起行。

祁　进　将军！

小　七　大哥！

[李承恩决绝转身。

唐傲骨　（假意谦恭地）遵命。

[切光。

第三场　盛宴悲歌

[天策军出战前。

[天策府附近山间。

[谷之岚坐在石上，手中握着玉玦，神色哀伤压抑，又偶尔露出悲欢交集的笑容。

谷之岚　曾经以为是上天赐给我的有情郎，想不到我爹娘原来就死在你手上……当年，你一念之慈放过了我，我真的不知道，对你应该是爱还是恨。（自嘲落寞地笑）你现在倒好，中了忘情蛊，情爱尽忘，把选择抛回给我。我究竟……要怎样面对你？

[祁进手持披风上，远远看着谷之岚，见她感觉寒意，忍不住上前为其披上披风。谷之岚猛然惊觉，收起手握玉玦，欲走。

祁　进　之岚！我……是来向你辞行的。

[谷之岚站定，眼神复杂，不知道该如何反应。两人相对无言，片刻之后，谷之岚先开口。

谷之岚　祁先生要随大将军出战？

祁　进　军令如山，祁某虽只是客卿，也必须听命随辕。

谷之岚　（哀伤）战火无情，生灵涂炭，尸横遍野，血流成河，何时才有尽头……

[两人再次陷入沉默。

祁　进　之岚，你在想些什么？

谷之岚　将军与先生袭营在即，成败难料，九死一生，先生为何不再劝劝将军？

祁　进　（表情冰雪消融，诚挚地看着谷之岚）大将军主意已定，势必一战，祁进受郭大帅所托，定当拼死相随。

谷之岚　难道没有其他办法了吗？

祁　进　（淡然一笑，摇头，忍不住抓住谷之岚手）或者有，不过已经太晚了。

[谷之岚避走一旁。

祁　进　虽然不明白为何你一直对我如此冷漠，但曾经，曾经看见你偷偷望我，你的眼神……你对我，绝对不是那么无情。

谷之岚　（哀羞交加）你误会了！

祁　进　（不想难为对方，无奈地）之岚，后营事务繁忙，你要多多保重。

谷之岚　（点头）祁先生阵前杀敌，也要小心。

祁　进　此去生死难料，希望我们还有再见的一天。（转身欲走）

谷之岚　（急追，冲口而出）那……你，有什么未了的心愿？

祁　进　其实我……我每次看到你，都觉得很亲切，很熟悉，好似前世就已经认识，本来就应该在一起。（走近谷之岚，坐下，谷之岚缓缓在旁边坐下）

谷之岚　（唱“玦别”）

清心仿似山泉，

人在近，还是远？

而水月无间，流光清浅。

祁　进　（接唱）　此生可有家园？

人在江湖未了断。

走天下，往昔不复见。

谷之岚　（接唱）　前路会否不相见？

祁　进　（接唱）　玦别情丝。

谷之岚　（接唱）　空山人渐远。

祁　进　（接唱）　似断难断。

谷之岚　（接唱）　看世事，

谷之岚
祁　进　（合唱）　为何离与乱？

谷之岚　（接唱）　不忍看，

祁　进　（接唱）　明日醉醒，

谷之岚　（接唱）　不须怨，

祁　进　（接唱）　留玉玦我心愿，

谷之岚　（接唱）　玉玦成圆，

祁　进　（接唱）　游花海，

谷之岚
祁　进　（合唱）　永伴缠绵。

[两人对视，缓缓走近又错身。

祁　进　（接唱）　人为何觉心酸？

仿佛你飘远。

谷之岚　（接唱）　如梦人生，只得往事如烟。

凝望你，心中一暖。

祁　进　（接唱）　对望情牵。

谷之岚　（接唱）　沧桑人未变，

祁　进　（接唱）　终此不变。

谷之岚　（接唱）　看世上，碧水滔天——

祁　进　（接唱）　碧水滔天。

谷之岚　（接唱）　情如碧水一片。

祁　进　（接唱）　陪着看飞花千遍，

谷之岚　（接唱）　舞动如烟，

祁　进　（接唱）　情分割舍不断，

谷之岚　（接唱）　历遍磨练，

祁　进　（接唱）　停沧海，爱是自然。

谷之岚　（接唱）　随风舒展。

心不变。

祁　进　（接唱）　盼如愿。（从怀中拿出玉玦握在手心）

[内场号角响。

祁　进　（期待，隐有哀求之意）之岚，我的未了心愿就是……想听你唤我的名字。可能，以后也没有机会听见了。

谷之岚　祁先生……（情绪崩溃，泪飞）进哥……

祁　进　（浑身一震）之岚……

[祁进想拥抱谷之岚又不敢造次，将手中玉玦塞进她手里。

谷之岚　（欲语还休）这块玉玦……

祁　进　满者为环，缺者为玦。我会找到另一半，与你结成环，等我！

[祁进怕被谷之岚拒绝，不敢等她回答，急转身走回军营。

谷之岚　进哥……（独自哽咽，喃喃自语，拿出自己那块玉玦，与祁进的玉玦对成环）我等你，我等你！

[切换场景。

[天策军营中，送别宴上。

[盛宴已到高潮，将士们唱起军歌，冲散悲情气氛，跳秦王破阵舞。乐声正气凛然，无边浩气，雄壮激荡。

[女眷悲从中来，舞不成舞。将士、女眷相舞，依依不舍。

[小七持伞，难得温婉地出现，为李承恩献舞。

[李承恩渐渐被小七深情打动，流露出一丝真情。

[将士们的高歌从不舍转入悲凉，再化作悲愤，最后凝聚成冲霄战意。

小　七　（唱“盛宴悲歌”）

家国乱，送君上沙场。

盛宴一曲起，羽衣共舞带花香。

自古远征后，魂牵鼓角声暗想遥望，

为你长歌舞起，染泪裙上。

女　眷　（接唱）　人间辗转见得太多凄凉，

小　七　（接唱）　可得归故乡？

女　眷　（接唱）　黄沙溅碧血，只怕带伤。

小　七　（接唱）　寒夜月影也消逝，

女　眷　（接唱）　群山只听得战歌回荡，

壮丽如画，留住我盛装。

李承恩　（接唱）　刀剑下，战鼓擂动上苍。

穿飞沙，剑影对血光。

明日待得破坚阵，全军都染鲜血征袍上，

挽我河山劫，魂系国邦。

小　七　（接唱）　生与死，原是朝夕无象。

李承恩　（接唱）　生与死是同样。

小　七　（接唱）　梦里乡，来日会否又盼望？

李承恩　（接唱）　保国民是我心盼望，顶盔亮甲点兵校场上。

小　七　（接唱）　能为爱经风霜，

李承恩　（重唱）　长枪百炼如凤翅傲霜。

[李承恩、小七目光缠绵，情意难以自控，共同起舞。

李承恩　（接唱）　回风过尽，几多袖舞低昂。

女　眷　（合唱）　悲曲歌正响。

李承恩　（接唱）　凝光翻起剑影动四方。

小　七　（接唱）　时乱莫悲国家运，尘烟起舞中战鼓嘹亮。

[小七与女眷们强忍不舍，鼓舞士气。

全　体　我大唐军向前闯！

天策军　为我盛世向前闯！

[李承恩与众将士行军礼。

李承恩
天策军　（接唱）　大天策来卫我家邦，

天策军　（合唱）　用我缨枪，

李承恩　（接唱）　愿一战能共抱希望，

小　七
女　眷　（合唱）　在你心上。

李承恩　（接唱）　漫山遍随盛舞挽弓开满月，

全　体　（接唱）　提步上，再别回望——

[悲歌戛然而止，李承恩、祁进与天策军踏上征途。

[小七、女眷们不舍目送勇士们前行，唐傲骨神色淡定，一旁守候。

李承恩　长枪永守——

全　体　大唐魂！

[造型，切光。

第四场　血溅军营

[接前场场景，夜色昏暗，隐隐透露不祥。

[天策府留守士兵巡逻。

[唐傲骨上。

唐傲骨　（对天策军巡逻兵）兄弟们。

天策军　参见军师!

唐傲骨　连日征战，你们辛苦了，下去休整也罢。

[天策军巡逻兵听命，下。

[唐傲骨冷漠环视，下。

[心中不安的小七、谷之岚分别拿着手帕、玉玦上。

小　七　（唱“有所思”）

百转千回心已乱，

又涉险，

生死都挂牵。

谷之岚　（接唱）　自有真心离泪串串，

远望寻他，却都不见面。

小　七　（接唱）　人在时未敢嗟怨，

谷之岚　（接唱）　此际思念——

小　七　（接唱）　要共他相依恋，

谷之岚　（接唱）　能否双飞似燕?

小　七　（接唱）　为世兴国运，

谷之岚　（接唱）　我却为他受磨练，

风波险，

小　七　（接唱）　自盼凯旋归家再见面，

谷之岚　（接唱）　盼望快归再见面。

小　七　（接唱）　云在天。

谷之岚　（接唱）　身化烟……

[月亮穿破云层，绽放光华，小七和谷之岚不住抬头仰望。

小　七　月圆了……

（念“诗白”）

海上生明月。

谷之岚　（接念）　天涯共此时。

小　七　（接念）　情人怨遥夜……（蜷手帕）

谷之岚　（接念）　竟夕起相思。（看玉玦）

[小七、谷之岚分别叹气，发现对方存在。

小　七　之岚。

谷之岚　七姑娘。（走近，忧虑地）此战凶险，不知他们能否平安归来。

小　七　（强打精神，开朗状安慰）之岚放心吧，李大哥骁勇善战，何况还有祁先生在旁辅助，他们一定没事的。

谷之岚　但愿如此。

[谷之岚愁容不减，下。

[小七独处，拿着手帕想念李承恩，突然发觉营中异状。

小　七　营中为何如此安静？（张望）巡逻的守军呢？

[小七忽然听到异响，心生警惕。

[小七听见远处薇儿惊呼“七姑娘”，知道事情不好。

[女眷忙乱上，手无寸铁，慌不择路，凶残的狼牙军追赶而上。

[和女眷一同到来的薇儿为小七递伞，小七接过，发现不是趁手用以攻击的双剑，一时无措，但已来不及换武器，只能拼命护住女眷们。

[戴斗笠乔装的唐傲骨上，施展暗器把小七招式打断，又潜行而去。

[谷之岚赶来支援，与小七一起奋力抵抗。（双人踢枪）

[众女眷与狼牙军殊死对峙，渐落下风，全体下。

小　七　之岚，你快走，去找李大哥和祁先生救援！

谷之岚　那你呢？

小　七　我来断后，快走！

[谷之岚咬牙急下。

[乔装的唐傲骨欲追谷之岚，遭到小七阻拦。

[小七与唐傲骨对战，打飞其斗笠，唐傲骨施展变脸功夫，最后终于暴露形迹。

小　七　（难以置信地）是你！（被唐傲骨推倒在地）唐傲骨！原来你是叛徒！

唐傲骨　（袖手俯视小七，得意又阴阳怪气地）不就是我嘛。

小　七　（惊）李大哥他……

唐傲骨　（模仿小七惊惶状）李大哥，李大哥，李大哥……（阴恻大笑，假装无奈，就像猫戏老鼠般超然优越）李承恩此时，恐怕已经去见阎罗王了！

小　七　我不信……你这卑鄙小人！

唐傲骨　（不慌不忙，慢条斯理）正所谓“识时务者为俊杰”，史大帅曾经许诺，若我助他灭天策，就捧我登上唐家堡主之位！（略停顿）怪就怪你自己，有逍遥的女侠不做，偏偏跟李承恩前来送死。

[小七奋起进攻，趁唐傲骨不备，将其打伤，急下。

[得意洋洋的沙叱博上，正好撞见小七远走。

唐傲骨　（咬牙切齿）追！

[沙叱博、唐傲骨追下。

[换景，转场。

[狼牙军军营。

[另一边，毫不知情的李承恩、祁进带士兵，前往敌营偷袭。

祁　进　营中如此安静，甚为古怪，恐防有诈。

李承恩　我已传令下去，天杀营前去探清敌营虚实，天枪营埋伏后方待命。

天策军甲　（急上）报——

李承恩　战况如何？

天策军甲　（神情紧张）大将军，营中空无一人！

祁　进　（惊讶）声东击西！

天策军乙　（扶着受伤同伴急上）报！大将军，我们已被重重包围！

李承恩　（闻言色变）后营怕是有变！（咬牙）来人，兵分两路，一路随我向西阻击，一路随祁先生向东突围。

祁　进　将军不可！西面凶险，不如一同突围再说。

李承恩　狼牙军来势汹汹，一同突围反难脱身。我来掩护，先生先行向大帅报信，我等再一同返回天策府救援。（见祁进还想再劝，郑重地）先生责任重大，承恩，拜托了！

祁　进　将军……

李承恩　（决然地）军令如山，走！走啊！

[祁进自知情势危急，向李承恩一礼，急下。

李承恩　（对剩下的天策军）兄弟们，随我杀！

天策军　（决然地）杀——

[李承恩与众天策军冲向敌阵。

[收光。

[留守天策府的将士与小七护着女眷逃命，女眷们在狼牙军钢刀下送命，将士们也尽数力战而亡，小七边打边走，退至崖边。

[在夜色的掩护下，李承恩带领残部回到天策军营。

[天策军残部逐一战死。

[李承恩悲愤中杀上山崖，看见被狼牙军围攻的小七。

[李承恩把小七身边的狼牙军逐一击杀，此时小七已经筋疲力尽，身负重伤。

[李承恩尽扫余敌，蹒跚走到小七身边，小心翼翼地将其半抱。

[李承恩眼见小七重伤，悲怆呼号。

小　七　（转醒，终于见到李承恩，惊喜又不敢相信，露出笑容）李大哥，我终于又见到你了……（颤颤巍巍抬起手，想触碰对方）

李承恩　（紧抓小七手）小七……

小　七　李大哥……（拿出染血的手帕）其实我一直都……

[一支冷箭破空而来，射向李承恩，小七手疾眼快，拼尽最后一口气，为李承恩挡下。

李承恩　小七……！

[唐傲骨随沙叱博来到崖边，在狼牙军身后排众而出，姿态从容。

[唐傲骨抬手又是一箭，李承恩为了拉着小七，背后中箭。

[李承恩无暇顾及冷箭，用尽全力拉住小七的手，却渐渐力竭，只能悲痛地眼看小七摇摇欲坠，最终掉下山崖。

李承恩　（悲痛欲绝）小七！

[唐傲骨不屑地冷笑。

李承恩　（终于觉察真相，转身愤怒指着唐傲骨）唐傲骨，你——

[唐傲骨抬手又是一箭，正中李承恩前胸。

[逐渐放慢的心跳声中，李承恩似听见小七低声吟唱……

[小七（内场清唱）：

云已渐散看天际……

李承恩　（不支）小七……（坠崖）

[除去心头大患，沙叱博、唐傲骨奸笑。

[切光。

[劫后战场，一片狼藉。

[慧海急上，遇见重伤的天策军甲。

天策军甲　（跪下磕头）大师！大师！求你快救救大将军，救救大将军！

慧　海　（扶起天策军甲）施主，发生何事?

天策军甲　唐傲骨……叛变了！

慧　海　什么！

天策军甲　天策府已被狼牙军攻陷，连大将军和七姑娘都……（悲伤地）坠崖了！

慧　海　（惊讶）啊！我们快点去看看！

[慧海与天策军甲下，谷之岚折返，看见慧海和天策军甲身影，追赶而下。

[崖底水下，伤重的李承恩拼死找寻小七，却怎么也捉不住对方。（动画配合）

[李承恩陷入深沉梦境，与小七在一片花海中相遇。

李承恩　（发现小七）小七……

（童声）（唱"少年游"）

人会聚散似风车转，

陪我度过童年。

和你共对游历山水，

心更自然。

小　七　（接唱）云已渐散看天际，

沉醉绿野稻田。

行过雾里，

沿岸溪水碧空带烟。

[李承恩追随着小七的步伐，被对方拂起的水花溅中，惊喜地以为大家都平安无事，欣然和小七共舞。

李承恩　（接唱）忘记俗世我心开朗，

陪我步过田园。

和你共对游历山水，

看自然。

小　七　（接唱）共你渐行渐远，

看春意山色故园。

李承恩　（接唱）暴雨骤来骤去，

也仿似满目晴天。

李承恩
小　七　（接唱）天和地春风吹送，美好眼前。

欢颜伴光阴经过，哪管变迁。

温柔是青葱的脸，笑得更甜，

心灵内共欢笑，美丽流年——

小　七　（接唱）原野夕照也牵手过，

来对坐看稻田。

李承恩　（接唱）来两手牵，肩并肩。

和你共对陪在身边，也自然。

小　七　（接唱）　相伴也想念。

李大哥，一直以来，我都好喜欢……

[小七声音渐弱，身影倏然化作花瓣，随风散去，再不可寻。

李承恩　（大惊，呼叫）小七！

[切光。

第五场　男儿为国

[少林寺。

[钟声中，祥和光起，香烟袅袅。

[寺内，少林武僧晨起练武，有的施展百般武器，有的赤手空拳，俱是虎虎生风。

[远处，挑着水桶的和尚们跃过山头，如林间飞鸟。

（唱“禅武金刚”）

问世间真理，
红日里钟声到天地。
练气于心性，
磨炼我这七尺躯。
禅宗深似水，
易筋壮阔，洗髓精微。
拳风刚劲处，
罗汉衣襟振起。
如山开塔碑，
为参透，亦无惧。
拳棍守佛法，
芦苇人踏似飞。
大气，用功夫去凝聚。

怜俗世血火流着热泪。

绝岭，望满山苍翠，

回看云过雁飞。

我心慈悲。

[浑厚的钟声中，武僧们活人如塑。

[暗光。

[少林寺附近山上。

[谷之岚为李承恩针灸，慧海运功协助。施救后，谷之岚下去休整，慧海在一旁为李承恩护持。

[钟响，佛号传来。李承恩苏醒。

慧　海　大将军。

李承恩　慧海大师？为何我会在这里？

慧　海　当日天策府蒙难，贫僧路遇谷军医，与她一同前去救援，只见得大将军随水而下，人事不知，便把你从少林密道，带回本寺。

李承恩　（想起所有事情，沉重地）多谢大师相救，李承恩告辞了。

慧　海　大将军意欲何往？

李承恩　我要召集旧部杀回天策府，手刃唐傲骨，保卫东都，还要……找回小七。

慧　海　（摇头）洛阳城已破，天策府尽亡……贫僧救起的，只有大将军你一人啊。

李承恩　什么？！东都，天策府……都已经……（大受打击）

（唱“水仙子”）

思忆两茫茫，

转眼间心如秋霜。

（转“俺六国”）

心似灰怕听钟鼓跌宕，

一迭声震破凄凉满腔。

释迦语，

十方皆可引航，

偏渡不过我煎熬痛殇，

尽翻悲笳血浪。

（转“乙反南音板面”）

别矣年少轻狂，志承家国望。

心寄望，血痕尽染汗衣，戍边大唐。

共同伴领风傲岸，天责用银枪凌霄迎敌往，

罡风踏雪，义胆惯经黄沙闯。

几多灾祸也无惧畏，勇自当。

（转“流水南音”）

天策无愧龙庭，却灾骤降，

想我竟然误信，奸人谎。

兵困危城，横遭祸障，

惨见山河碧血，碧血成行。

（转“悲秋”）

叹娇颜，独悲怆。

红尘俗世中最难忘。

悔当时未有珍看，

浮沉乱世落花飞絮惹恨长。

（转“新曲”）

承恩愧负同袍众心厚望，（合：啊……）

府中兄弟拚命丧，（合：啊……）

天下之大，哪是岸？

迷迷惘惘，（合：迷迷惘惘）

觅路去向——（合：觅路去向——）

凌烟阁上，几多热血忠良。

同悲天策府悼国殇。（合：啊……）

何日尽诛百千敌，

还我山与水往昔模样，（合：啊……）

痛折翼，壮心愧上苍。（合：啊……）

[李承恩神情颓然。

慧 海 将军只是一时被唐傲骨蒙骗，何须过分自责？

李承恩 若非我轻敌自满，唐傲骨又岂会有机可乘？在下实在难辞其咎。

慧 海 将军……（转念，用激将法）将军所言极是。若非你一意孤行，又岂会落得如此田地？

[李承恩无言以对。

慧 海 所谓“一切诸报，皆从业起；一切诸果，皆从因起。”你既种下恶因，自然恶果自尝。只可怜天下苍生，从此又再陷入水深火热。

李承恩 我……

慧 海 力挽狂澜，你责无旁贷！

李承恩 （被警醒，思索后逐渐坚定）对！李家碧血，世代忠良，我不能让天策府和东都，沦丧敌手！此仇不报，李承恩誓不为人！（想冲回天策府）

慧 海 （阻挡李承恩）阿弥陀佛，大将军单枪匹马，无异于送死啊。

李承恩 我李承恩还有一身武艺，凭我手中银枪，也要杀上天策府，报仇雪恨！

[祁进内场“大将军——”冲上。

李承恩 （惊喜地）祁进！你没事！

祁 进 （行礼）将军当日以死相护，祁某得以脱身向郭大帅及时传信。大帅已经派出援军，请大将军回府，主持大局。

李承恩 好啊！

祁 进 只是此去天策，难免又是恶战一场……

慧 海 无妨，本寺北方灵霄峡，有水道直通黄河，将军不妨借此秘道前行。

李承恩 那就太好了！

慧 海 上天虽有好生之德，降魔卫道也有怒目金刚之相。贫僧愿随将军阵前杀敌。住持方丈也已广发英雄帖，邀请各大门派前来相助，希望李将军早日旗开得胜。

祁 进 天时地利人和，何愁大事不成！请将军再执银枪，重上沙场。

[李承恩重重吐出一口浊气，神色逐渐回复清明英气。

李承恩 我一定要夺回天策府！

（唱“新曲”）

重整征袍沙场往，

祁　进　（接唱）　壮心何惧战虎狼？

慧　海　（接唱）　同振家邦刀山闯，

祁　进　（接唱）　愿将碧血荐玄黄。

李承恩　（接唱）　誓破狼牙，

慧　海
祁　进　（接唱）　誓破狼牙，

李承恩　（接唱）　重振天策，

慧　海
祁　进　（接唱）　重振天策，

李承恩
祁　进　（合唱）　戎衣血染，永守大唐！
慧　海

[天策援军内场报：“宣威将军曹雪阳到——”

[曹雪阳捧帅印步上。

曹雪阳　（递上帅印）末将曹雪阳奉郭子仪大帅之命，带援军到。

[李承恩郑重接过帅印。

李承恩　立即启程！

[众人斗志昂扬，誓要夺回天策府。

[切光。

[在少林寺英雄帖的号召下，各大门派众志成城，驰援天策府，共保大唐河山。

[众门派英豪各展所能，气势如虹。

慧　海　（唱“决战·侠客行”）

禅宗深似水，

易筋壮阔，洗髓精微。

历险奔走，

芦苇人踏似飞。

藏　剑　（接唱）傲气，尽把青锋挥动。

松涛下，轻剑偏情重。

横越过，一片山水，百转飞虹，

我仗剑，夕照雷峰。

五　毒　（接唱）万劫千丝，似恩怨更凌乱。

毒最高，为你来补天。

梦境，不再流连，

传万世，化轻烟。

丐　帮　（接唱）锄强，侠客最铿锵。

未必醉，赢得一生狂。

我，任满面风霜，

看一看，人已入醉乡。

明　教　（接唱）凭明尊走出坎坷，

如黄沙都踏过。

自有光明，苦楚说不破，

看世间，乐也未多。

祁　进　（接唱）谪仙走天下，

心生太极最潇洒。

管它连绵大雪也飞罢，

明月似画。

谷之岚　（接唱）山清水秀，

琴棋共书画花香透。

但觉深远，让情像水流，

总清幽。

唐　门　（接唱）在这诡变中寂静，

像冷风千机都会追命。

才俊傲世怎判定？

我身影，你心惊！

七　秀　（接唱）　生与死，原是朝夕无象，

梦里乡，来日会否又盼望？

真盼望，海枯石破战歌尽回荡，

留得美丽神会到梦乡。

曹雪阳　（接唱）　万里，万里战火见血浪，

绝世，天策傲岸！

烽火远山踏过与天对望，

我大唐军，豪气尽闯！

[李承恩重整军容上，向众门派致意，众门派还礼。

全　体　（接唱）　为天策，来共你担当！

卫我家邦——

愿一战，能共抱希望！

在你心上——

舍身去留盛世万千景象，

提步上，向前望！

[各方力量云集响应，一同攻回天策府。

[切光。

第六场　决战天策

[战场上，各大门派迎战狼牙军。

[李承恩在战阵中看到唐傲骨，与其对打，唐傲骨运用唐门秘法隐身。

李承恩　（四下观察）你已经走投无路，束手就擒吧。

唐傲骨　（忽远忽近，忽左忽右）束手就擒？哈哈，你捉得到我再说吧！

李承恩　唐傲骨，你出来！

[唐傲骨阴险奸笑。

李承恩　我当你是手足兄弟，天策府上下对你不薄，为何你要这样做？

唐傲骨　兄弟？哈哈哈……你李承恩，不过是我登上唐家堡堡主之位的一块踏脚石！

李承恩　你，又置天下苍生于何地？！

唐傲骨　天下苍生？哈哈哈！我只知道，挡路者死！

[唐傲骨现身，意图突袭李承恩。两人短兵相接。

李承恩　短视之徒，目无家国，死不足惜！

唐傲骨　我呸！今天不是你死就是我亡！

[两人大打出手，招招拼命。经过一场恶战，李承恩一枪打杀唐傲骨。

[沙叱博上，被丐帮、明教夹攻。沙叱博实力强横，丐帮与明教不敌，李承恩急上大战沙叱博，沙叱博率领狼牙军余部仓皇逃走。

[战事方休，天策府重光。众人集结，准备赶赴洛阳。

李承恩　会师东都！长枪永守——

众门派　大唐魂！

[全体造型。

[切光。

[“决战·侠客行”（主创版）歌声中，带剧情（简单交代后续）谢幕。

——剧终

本剧选载的是2015年彭庆华、朱红星、王燕飞、黄春强、康健、冼鉴棠等主演的演出本。

还金记

（根据罗宏长篇小说《骡子和金子》改编）

编剧：梁郁南

人物表

马得金

花　姑

古小姐

王麻子

袁队长

古团长

邱排长

阿金父

谢团副

红军、联防队员、国军、匪兵

序　幕

[幕后曲：

自古世上多傻人，

傻人自有傻精神。

一段传奇《还金记》，

信义两字胜万金。

[剪影：马得金牵着大黑青，从远远的天幕处走过……

一

[1934年秋。

[粤北山区。

[前区灯亮。

[袁队长率红军队伍飞奔而来。

袁队长　（唱“首板”）

别江西，急行军，如风似电，

（转“十字清”）

经粤北，到湘西，血战未停。

（转“快中板”）

鲜血斑斑染路径，

马匹锐减滞征程。

红军甲　报告！前方有敌军阻拦，运输队通行困难。

袁队长　警卫排掩护，运输队绕山路前行。

红军甲　是！

红军乙　报告！保卫排与敌军遭遇战，运输队马匹受惊，伤亡惨重。

袁队长　全力保护马匹，确保完成护送任务。

红军乙　是！

袁队长　沿途无马匹征集，物资运输困难，这便如何是好？

[一声马嘶……

邱排长　队长，马来啦！（牵马上）大黑青！

袁队长　好呀！

（唱“七字清”）

正愁拉车少良马，

天赐一匹大黑青。

大黑青，骨骼健，

够豪迈，又机灵。

有它定能完使命，

何惧强敌百万兵。

袁队长　同志们，马车上套，将中央红军最贵重的物资绑在大黑青背上，准备渡江！

众红军　是！

[大黑青突然嘶鸣，左冲右突，冲撞人群，众追马下……

[马得金唱首板：“风吹酒醒！”急上。

马得金　（唱“流水新腔”）

何以不见我的大黑青？

[内马嘶叫……

马得金　大黑青！大黑青！（吹口哨）

[众红军追大黑青上。大黑青奔向马得金。

马得金　（见马，大喜）大黑青，大黑青！你怎么独自来这了？吓死我啦！走，我们回家去！

邱排长　慢，兄弟，这匹马是我们红军用二十个大洋买的。

马得金　乜话，你们用二十个大洋买的？

邱排长　是刘老板卖给我们的。上面有你的手指模！

马得金　刘老板？（恍然大悟）唉也，我上当啦！

（唱“十字清”）

我不该，忘了花姑临别叮咛声声情切恳，

我不该，一壶老酒几粒花生饮成醉猫一个头昏昏。

（转“七字清”）

误信奸人我真笨，

才有这一匹好马糊里糊涂白送人。（拉腔）

[袁队长与众面面相觑。

袁队长　兄弟，你叫什么名字？

马得金　我叫马得金。村里的人都叫我——傻金。（悔恨地）我真系傻架！

袁队长　得金兄弟，看来，我们都上了刘老板的当。但红军不能让老百姓吃亏，你把大黑青拉回去吧。

马得金　但我也不能让你们吃亏呀？

袁队长　你将大黑青拉回去吧。

马得金　让我把大黑青拉回？

袁队长　我们工作也有疏忽，接受教训嘛。

马得金　（秃起唱“中板”）

听从前人人都说红军好，

今日一见果然真。

红军同志！

（秃起念“白榄”）

贪杯是我错，

失马不该怪别人。

无奈此马非是我的马，

花姑借我把钱挣。

挣钱为医老父病，

失马我犹如失了魂，失了魂！

袁队长　得金兄弟，你的难处我们知道了，大黑青你拉回去吧！

马得金　红军同志，我不是这个意思！

袁队长　你的意思是……

马得金　我的意思是，不能让你们吃亏，但我又要拉回我的大黑青！

袁队长　得金兄弟，你这不是为难我们嘛？

马得金　红军同志，我做你们的马夫，赚回二十个大洋后，我就牵回我的大黑青。

袁队长　（惊讶）什么？你要做我们的马夫？

马得金　（大声地）对！我要做你们的马夫，和大黑青一起完成你们的交托后，我就牵回我的大黑青！

袁队长　我们要走的路，还很远很远，而且十分危险……

马得金　为了大黑青。我不怕！

袁队长　好吧，等到胜利了，我们红军记你一功！

[邱排长复上。

邱排长　报告！突围准备完成！

袁队长　好！（从自己头上取下一顶红军帽，交给马得金）马得金同志！欢迎你加入红军运输队！

[马得金接过军帽，又惊又喜，一时无措，解下颈上围巾，相赠。

袁队长　（接围巾）好，谢谢马得金同志！同志们，车辆上套。把最重要的物资绑紧，它就交给大黑青啦！

马得金　红军同志，你们放心吧！

袁队长　邱排长！

邱排长　在！

袁队长　掩护运输队，渡江！

邱排长　是！

[众下。

二

［内军号响起……

马得金 （牵着大黑青，豪迈地）大黑青，走！

［枪声炮声喊杀声，血与火中，红军战士沃血奋战；运输队在一步步向前……

邱排长 报告！浮桥被敌人炸断！

袁队长 搭人桥！

邱排长 是！

［“人桥”搭起，队伍从“人桥”上过。

［运输队在炮火中，向前，向前……

［突然，轰隆一声，炸弹在人群中爆炸，大黑青惊叫，疯狂般冲出队伍……

马得金 （呼叫）大黑青，大黑青……（追下）

［众红军欲阻止马得金，一阵机枪声，红军卧倒……

众 （同呼）马得金，小心啊——

［马惨烈嘶鸣，声音渐渐远去……

［灯暗。众隐去。

［追光中，马得金追马冲出，执缰绳，翻腾，倒地，再爬起，大黑青最终无力地倒在血泊中……

马得金 大黑青，你怎么了？（扑在大黑青的身上）大黑青，你怎么啦？你怎么啦？你不能死，你不能死！你死了，我如何向花姑交代呀！（慌乱地要去扶起大黑青，忽看到一个散架的箱子旁边洒了一地的金条，音乐起）金条？（一边拾一边数）一、二、三、四、五、六、七、八……三百！三百条，三百条黄金！我不是做梦吧？

（唱“月下飞鸾”）

黄金，似火，似灯，

闪闪刺眼亮，

实太迷人，难言兴奋。

三百黄金真迷人。

谢我爹妈，起了个大名——（收煞）

马得金，马得金！哈哈！

（清唱） 与金果是有缘人。

黄金原来是这个样子的，真好看。（抚金介）

[大黑青嘶叫了一声……

马得金 啊，大黑青，大黑青，你，你怎么啦？

（唱“秋江别中板”）

你睁双眼欲语咽哽，

似有叮嘱语托交马得金。

诚信于心，才可昂首天地行，

诚信胜于金，不可失信于人！

对！黄金不是我们的，一分也不能要！我们答应过红军，要送到目的地！（用棉衣把金子包起来，绑在身上）大黑青，你放心吧！

（转“快中板”）

三百金条身上捆，

千斤重担担在身。

纵有千难和万险，

阻不了誓守信义去还金！

大黑青，我们走！（大黑青气绝，哭叫）大黑青……

[远处传来枪声和人声：“抓共匪！”

马得金 （想走，不舍地回头，从大黑青的脖子上取下铃铛）大黑青，好兄弟！

（唱“滚花”）

从此只有这铃铛，

解我路上倦困。

今日一山青草埋忠骨，

待来日三杯薄酒祭忠魂。

（一拜，欲下，铃铛响，急捂住，下）

[王麻子引古团长等上，见一堆乱草，用枪指着，紧张地围上去。

王麻子　报告团长，是一匹死马！

古团长　（一巴掌打下）我要的是活人！

匪兵甲　报告团长，拾到一张纸条！

古团长　（接，念）中央财务入库清单，黄金三百条，净重三百两。黄金三百条，净重三百两？

[众惊呆，狼狈地四处寻找……

古团长　人来呀，封锁路口，沿途搜索。生要见人，死要见尸！共匪重要人物，带走三百金条——（觉失言，压低声音）三百金条，获者重赏！

王麻子　是！（看马，惊愕地）大黑青？

[收光。

三

[景转：马得金家门前。

[几声狗吠。花姑由内出，远望。

花　姑　（唱“十月怀胎”）

外面狗吠声，

惶然心自忖。

莫非是马得金，

返家转，人已到村边？

不对！

[内狗吠声渐近，王麻子领联防队上。

王麻子　没我命令，不准开枪，抓活的！

[入门。

花　姑　哦，原来是王队长，你要干什么?

王麻子　抓人!

花　姑　抓谁?

王麻子　傻金!

花　姑　他跟刘老板外出贩盐了。

王麻子　哼哼！他回来了!

花　姑　马得金回来了?

王麻子　在山沟里，我看见大黑青了！搜!

[众联防队员推开花姑，入屋内。

[甲、乙押病体孱弱的马得金父上。

联防队员　报告队长，屋内找不到傻金，只有他的老父病卧床上!

阿金父　你们要干什么？你们要干什么?

王麻子　傻金投共，全家通匪!

花　姑　啊?

王麻子　押下去!

[花姑亮出手段，打倒众人，扑向王麻子。

王麻子　（拔出手枪，对着花姑）站住，再走一步，我就开枪了!

[花姑惊住……

王麻子　限明日交出傻金，不然就杀了这个老鬼!

花　姑　王麻子，你——

王麻子　不过，念在同乡份上，交三十个大洋换人，也是可以的！带走!

[王麻子与众押马得金父下。

花　姑　马得金呀马得金！你到底去哪了?

（唱“新腔流水”）

暗心惊，一月来，问你因何无踪影？

忽又听，投军去，叫我怎不忧惊?

莫非是，你忘了，你爹爹在家抱病，

莫非是，你忘了，花姑待你一片情。

（转“散板”）

马得金马得金，要傻你就傻到底，

切勿回来枉送命。

菩萨保佑，马得金一定要平安无事，你千万不要这个时候回来呀！

马得金　花姑！我回来啦！

[马得金上。

花　姑　（一惊）马得金！（上下打量）你到底去了哪？

马得金　花姑，我差点没命了。

花　姑　到底发生了什么事？

马得金　我……

花　姑　你快说！

马得金　（韵白，一口气地，由慢而快）自从别了花姑，我就跟着刘老板苏区贩盐巴上了路程。交了货收了钱买了好酒刘老板说是对我的奖赏要分明。谁知道刘老板黑了心肝将我灌醉偷了我的工钱，还变卖了我们的大黑青。红军还我马赔我钱我若让好人吃亏我知花姑也会不答应。为了赎回大黑青，我就、我就、我就、我就……

花　姑　你就怎样，快说呀！

马得金　我就当了红军的马夫上了征程！（喘粗气）

花　姑　你真的当了红军？

马得金　是红军的马夫！

花　姑　后来又怎样？

马得金　花姑呀！

（唱“朦胧”）

人在烽烟里显我男儿性，

行走在枪声里，向绝处问前程。

碧血铺路，不惧牺牲朝前认，

运输队，同一样豪气生死轻。

（转“滚花”）

我与大黑青，总是冲在前头，

生就一副英雄性。

忽然间，一声震天响，

大黑青它——

花　姑　它怎样？

马得金　它中了弹，倒在了血泊之中……

花　姑　大黑青——

马得金　（唱“滚花”）

它它它，死不瞑目，

我只带回它颈上的铜铃！（示铃铛，摇了一下）

花　姑　（气得欲哭）你——

马得金　花姑，我，我对不起你！

花　姑　既然你当了红军，就不该回来！

马得金　花姑，我回来和你告别，马上就走！

花　姑　马得金呀！

（唱“三字清”）

联防队，已颁通缉令，

共党分子，要肃清。

（转“七字清”）

活捉大洋三十整，

打死也可立功名。

你走路从来只向前头认，

为何今日偏要转归程？

（转“滚花”）

可知你爹爹——

马得金　我爹怎样？

花　姑　已被王麻子抓了去。他说除非交上三十个大洋，不然就——

马得金　不然就怎样？

花　姑　（续唱）　不然就难存性命。

马得金　该死的王麻子！

（接唱） 三十个大洋换人命，

简直是吸血的魔鬼害人精！

（抚着棉袄，一惊）黄金！啊，不行！

花　姑　马得金，你不要难过。我一定会救你爹出来！

马得金　（捂紧衣襟）三十个大洋，哪里找啊？

花　姑　我爹爹留下的一亩水田，三亩山地，把它卖了，应该可以凑足三十个大洋。

马得金　不可以！这是你爹留给你养命的。

花　姑　我的就是你的，你的也是我的。还分什么你的我的？

马得金　花姑……

花　姑　听我的！王财主早就想谋那片水田和山地了，我现在就去找他去！

马得金　花姑……

花　姑　马得金，如果王麻子知道你回来，那就麻烦了。你快躲起来！待救出你爹，我们就远走高飞！等我！（下）

马得金　（叫不住花姑，来回走动）……找王麻子，救阿爹。找红军，还黄金。这便如何是好啊！哦！有了！

[切光。

四

[古小姐提一个皮箱上。

古小姐　（念）省城求学读书人，投身革命主义真。星火未燃遭扑灭，何处效我救国心。

[马得金上，与古小姐相撞，碰落皮箱。

马得金　不好意思。（帮手拾起）

古小姐　多谢！

[分边下。

[背景，国军、土匪、流氓见路人一个个审视，绑架……

[大牢外，马棚前。

[古团长上。

古团长　（唱“七字清”）

缉匪一声令发下，

忽见共匪多如麻。

无奈三百金条无下落，

只得漫天撒网把人抓。

通通关起来！（下）

[王麻子押马得金上。

王麻子　走！

马得金　（唱“新对花”）

真不讲理，真不讲理，

无缘无故将我拉。

正一是个无赖，立心太坏！

王麻子　（接唱）管你骂我倒与歪，

只认钱最大！

马得金　（接唱）三十个大洋边处揾，

只好每天将血卖！

嗱！（送一个大洋）

王麻子　（接过，示一个大洋）这是三十个？

马得金　王队长，一个月三十天，对不对？

王麻子　对呀。

马得金　我一天卖一次血，卖一次有一个大洋，三十天三十个，对不对？

王麻子　一天卖一次血，你以为你的心脏是水库，抽不干呀？

马得金　我不怕死。

王麻子　你不怕死，我怕你死。你死了，三十个大洋我问谁要？

马得金　（急了，大声地）王麻子，你——

王麻子　（举枪对准马得金威吓）

马得金　反正都是一死，开枪啦！

王麻子　哈哈，我不会就这样让你死的！快说，（低声地）那三百金条在哪？

马得金　（一惊）金条？

王麻子　别装了！那河边死了的大黑青是你的。那三百金条也一定是你……

马得金　（努力让自己镇静下来）你，你，你胡说什么呀？

王麻子　再不说，我就真的开枪了！

马得金　打死我也不说！因为我，我……我根本就没见过！我若有三百金条，还要卖血救父？

王麻子　（懵了）这……

马得金　每天一个大洋，卖血换的，三十天三十个，我只求放了我爹！

王麻子　好！只要你听我的，我不但不要你三十个大洋，还送三十个大洋给你。

马得金　送我三十个大洋？

王麻子　知道抓一个普通共党分子多少大洋么？

马得金　多少？

王麻子　三十个大洋！

马得金　三十个大洋？

王麻子　知道抓一个红军师长又是多少个大洋么？

马得金　多少？

王麻子　一百个大洋！

马得金　一百个大洋？

王麻子　没错！

（唱“三脚凳”）

国军抓共匪，

按官衔论赏银。

官阶大一级，

就高一级赏金。

马夫是匪徒，大官还是匪，

不如你连升几级，多拿些赏银。

赏银若到手，你我都有份。

一百个大洋，我与你三七分。

马得金　三七分？

王麻子　三七分！

马得金　我七你三？

王麻子　你傻架？是我七你三！

马得金　哦！

（接唱）　即系话让我做监墩，

你就去领赏银。

王麻子　（冷笑）哈哈，傻金，聪明！牺牲你一个，幸福全家人呀。

[内场一阵马嘶……

王麻子　什么事？

国军甲　队长，马惊了。古小姐她……

王麻子　团长千金，还不去救人。

[烈马负着古小姐狂奔而上，古小姐大声惊叫……

[王麻子也被狂马冲撞；马得金跃上马背，将马降服。

[古团长等追出。

古团长　乖女，你没事吧？

古小姐　（娇嗲地）爹，我没事呀。

古团长　以后不准你骑马了。

古小姐　爹，我没事。

古团长　没事没事！如果你有什么事，你叫我如何对得起你死去的娘亲呢？

古小姐　阿爹，我真的没事。是这位大哥……

王麻子　不用客气。

古小姐　行开。是他……

古小姐
马得金　（二人照面，惊讶）是你？

古团长　王队长，他是什么人？

王麻子　报告团长！他是本村的马夫，叫马得金，又叫傻金！

古小姐　爹……

古团长　（从裤袋里掏出一个大洋）看赏！（抛给马得金）

马得金　多谢长官。

谢团副　报告！报告团长，捉来一个红军头子。

古团长　押上来！

[两国军押邱排长上。邱排长与马得金碰面。

马得金　邱……

邱排长　（恨恨地）哼，你还有什么可忧的？领你的赏银去吧！

谢团副　团长，那姓邱的分明是扛枪打仗的红军，却打死不招！

古团长　（审视了一下邱排长）这么嘴硬，我亲自审问，押下去！（下，谢团副随下）

[古小姐看二人神情，似有所悟。

[邱排长被押下。

王麻子　人来呀！（对马得金）把他抓起来！

古小姐　慢！他是我的恩人，你想将他怎样？

王麻子　（赔笑地）呃，不敢……

古小姐　恩人，你马技了得，我要你留下做我爹的马夫！

马得金　又做马夫？

古小姐　跟我来。（白一眼王麻子）放手！

[古小姐领马得金下。

国军甲　姐夫，现在怎么办呀？

国军乙　队长，现在怎么办呀？

王麻子　（沮丧地）我哪儿知道怎么办？唉也，煮熟的鸭子也会飞呀！

[收光。

[内传来阵阵拷打声和惨烈的叫声，渐渐归于平静……

[夜。

[马得金蹑手蹑脚地上。

马得金　（唱“跳花鼓”）

卖血救爹爹，

想来真够笨。

（念“白榄”）

与狼讲道理，

十足大傻人。

自己是个泥菩萨，

此后一定要小心，要小心。（下介）

[马得金救出马得金父。

马得金　（接念）　大气不敢透，

踮脚轻轻行。

偷偷离马房，

趁夜好脱身，好脱身。（送马得金父下介）

想起邱排长，正好找他还金。

忽又见，牢门哨兵呼呼睡，

我要偷开牢门再救人，再救人！（介）

（唱“尾腔”）

救出邱排长，

一起去还金。

[马得金下介，邱排长被救出……

邱排长　得金兄弟！

马得金　邱排长……

邱排长　得金兄弟，你不要管我，快走！

[马突然嘶叫，内人叫：“走犯啦！”哨声中，众兵慌上。

邱排长　得金兄弟，我掩护你！快走！（掩护马得金，中弹）

马得金　邱排长……

[敌兵上，马得金指了一个方向。敌兵追下。马得金望着气绝的邱排长。

马得金　邱排长，你放心吧，我会把物品亲手交还袁队长的！

[马得金欲下；古小姐上。

古小姐　站住！（盯着马得金）我早就猜到，你是红军的特工！

马得金　我是个马夫，我真是个马夫！

古小姐　没时间磨嘴皮了，（掏出一纸文书）这是通关令牌，牵上马，我送你出去！

马得金　（不敢相信）这……真的？

［人声嘈杂……

古小姐　快！跟我走！（拉马得金下）

［古团长上。

［内马嘶声……

［谢团副上。

谢团副　报告团长，狱中囚犯全部逃脱。那个马夫也骑着你的马出了关。

古团长　啊？谁放他出关的？

谢团副　（幸灾乐祸地）是您的千金大小姐，拿着您的通关文书，骗过了关卡。

古团长　（一怔，知其不怀好意，却无可奈何）追！

［谢团副奸笑。

［收光。

五

［荒野。

［一阵马蹄声过。

［花姑内唱“散板”：

立心太歪！

花　姑　（上，唱“快二流”）

一路追踪步飞快，

［内人声又起：“抓共匪！”

花　姑　（接唱）　穿过山谷过险崖！

［花姑追下。

［马得金左闪右躲地上；古小姐追寻着上。

马得金　唉，古小姐，你怎么还跟着我，这件事情我连累了你，我对你不住，你快回去吧。

古小姐　不要装了。你老实跟我说，你是不是 CP(共产党)？

马得金　CP？

古小姐　我是 CY（共青团）呀。

马得金　古小姐，你年纪轻轻又怎会是师奶。

古小姐　不是师奶是 CY。

马得金　我不理什么 CP、CY，我还有紧要事情要做，我要走了，你快回去吧，你不要跟着来，我要去撒尿，不要偷看呀。

[突然，“呼呼呼”叫声：“捉共匪！”一阵枪响。

[马得金与古小姐入草丛中。

[敌兵搜索过场。

[花姑寻找着上。

[马得金与古小姐从草丛中出。

花　姑　（大喝一声）马得金！

马得金　（惊喜地）花姑？

古小姐　原来你就是他口中念念的花姑姐呀！

花　姑　狐狸精！

马得金　花姑，你听我说。

花　姑　住口！

（唱“快慢板”）

可恨你骗花姑良心已坏，

弃老父无情义怒上胸怀。

一月来人不归却原有狐狸作怪！

马得金　花姑……

花　姑　你收声！（指向古小姐）

（续唱）　好一位官小姐却原是一个怪胎！

古小姐　花姑姐姐，你误会我了。

花　姑　马得金，我卖了田地也要将你阿爹救回，你却带着这狐狸精远走高飞，你对得住我吗？

马得金　花姑，你可以骂我，但不要冤枉好人。

花　姑　好人？你就是帮着她，你没良心……

马得金　她救过我的命。我们只不过是……

古小姐　是同志。

花　姑　同志？

马得金　哦！对，是同志。

古小姐　首长，请相信我。

花　姑　（懵了）你说他是——首长？

古小姐　花姑姐姐，看来，你也被他骗了。

（唱“新曲”）

他是人前装傻将戏演。

实为智勇两双全。

降烈马舍己救人，

劫狱放人出生天。

红军用兵如神，

今日百闻不如一见。

我已确信，我找到组织了。马得金首长，古玲子愿意接受你的领导。

马得金　（哭笑不得）这，这误会真的大了！

[谢团副引兵包围，古团长上。

古团长　（盯住马得金）好你个马夫，原来是一个共匪，拿下！

古小姐　（恳求地）阿爹你要捉他，就先捉我。

古团长　不关你的事，走开！

古小姐　爹，我已经是他……是他……是他的人了。

古团长　一个千金小姐和一个马夫，莫非你真的读书读糊涂了！

古小姐　（低声地）爹，他是共产党，女儿也是共产党，爹你脱得了关系么？

古团长　（惊）这……

古小姐　自招通共是灭门之罪，你才是糊涂啊！

古团长　这……

古小姐　爹，不如你就依了我。

古团长　依你什么？

古小姐　远走高飞！

古团长　你和他私奔？你堂堂千金小姐和一个马夫私奔，我这张老脸往哪放？

古小姐　爹，你是要脸，还是要命呢？

王麻子　（另场）煮熟的鸡又回来了。

古小姐　爹……

古团长　（无可奈何）唉，谁叫你是爹的掌上珠心头肉呢，只能依了你啦！

古小姐　谢爹爹！（转身拉马得金欲走）

古团长　站住！（对马得金）你！胆大包天，竟敢拐骗官家少女？

马得金　（懵了）我？拐骗少女？

古团长　带走！

古小姐　爹，是放。

古团长　（低声地）傻女，明目张胆放走共产党，阿爹不要命了？我是明擒暗放！

古小姐　（暗喜）哦，谢爹爹！

古团长　（喝令地）带走！

[众兵拥上。

马得金　慢！让我对花姑说两句话。可以吗？

古团长　快说！

马得金　花姑，你亲手缝给我的棉袄，我遗留在山洞里，你一定要取回来！

花　姑　命都没有了，还要那破棉袄干什么？

马得金　棉袄里面有……

花　姑　有什么？

马得金　有你的一针一线，有你的情，有你的义，还有我的一个承诺！

花　姑　你的一个承诺？

马得金　（唱“流水南音”）

棉衲虽然破旧甚，

却能遮风挡雪度寒更。

它是我心头一块肉，

丢它我似丢了魂。

花　姑　一件破棉袄，至于么？

马得金　（焦急地）唉呀！

（唱“流水行云”）

求花姑呀！

念我与它数载结伴同命运，

互关照，寒更雪天结伴行，

予我热与温。

你莫舍佢太心狠，

你莫伤透我的心。

内里一针一线是你夜里挑灯意层层。

求求你，休舍弃，

到那避雨挡风处，

为我分忧践誓盟。

花　姑　（接唱）他一声一句意情恳，

一声一句带忧恨。

情重意真，定有内因未说与人。

几番哀求，男儿有泪染襟。

好，我去，花姑这就去！

马得金　慢！

（接唱）还有话要讲望记紧，

一诺千金，莫忘了古训，

不占不贪，宁可受困顿。

棉轻絮轻，莫让它沾半点泥尘。

花　姑　我……知道了！

古团长　带走！

[马得金被押下。

古团长　王队长！

王麻子　在。

古团长　今晚将他……

王麻子　杀了？！

古团长　不能让我的刁蛮女儿知道。

王麻子　是。

[古团长等下。

王麻子　（对内）将他绑上来！

[马得金被绑在一柱子上。

王麻子　（对众兵）你们下去，让我亲自来审。（接过鞭子，说一声抽一下）傻金，说，黄金到底藏在哪？

马得金　（痛叫）哎哟——不知道。

王麻子　不知道？（狠抽）该知道了吧？

马得金　王麻子，你打死我也没用，我是不会说的。

王麻子　傻金，服你了！这样吧，三七开，掉转来，你七我三。

马得金　我真的不知道。

王麻子　傻金，红军到底给了你什么好处？

马得金　他们什么好处也没给我。我只知道，他们是好人！

王麻子　（气急败坏、疯狂地抽打）打死你，打死你，打死你！

[马得金痛昏倒地，又艰难地爬起来……

王麻子　（喘过了气，举枪）气死我了！看来你是不见棺材不掉眼泪，我只有送你去见阎罗王了。

[王麻子举枪指着马得金，马得金吓得腿软，一声枪响……

[王麻子惊奇地望了望仍在冒烟的枪口，再看看倒地的马得金，狡猾地笑，闪一旁。

[一阵冷风吹来……

马得金　（四周看看，猛醒似的，逐一检查自己的四肢、头颅，欣喜）我没死，我还没死！山洞黄金……

[马得金下；王麻子一旁闪出，暗喜，跟下……

[收光。

六

[夜。

[山洞。

[鸦叫。

[花姑内唱“雪中燕”：

心惊惊，觅旧地。

花　姑　（上，接唱）

一弯冷月趁星稀，

寒鸦凄风里。

忆曾经，多少次，

风雨夜共对话童年旧事。

今宵里，人独往，

只因别语叮嘱句。

声声里若似有难言事，

岩缝石壁里觅那棉袄释疑虑。

（寻介，惊见）棉袄？（捧起）

（转“滚花”）

为何沉沉如铁——（半句）

（打开棉袄，大惊）啊，黄金？！

（接唱）　黄金来何处，不禁起思疑？

（转“七字清”）

声声叮咛犹记起，

言辞恳切动心扉。

一线一针，不可贪为己，

句句话里有玄机。

（转“三字清”）

他匆匆回，匆匆去，

竟为还金，苦奔驰。

[忽闻鸦声。

[花姑欲藏棉袄原处，觉不妥，最后藏一块石头底下。

[马得金满身伤痕上。

花　姑　（惊）马得金？

马得金　（踉跄地）花姑……

花　姑　马得金，你怎么了？痛吗？

马得金　（强忍）不痛。

花　姑　（抚伤处）他们把你打成这个样，还说不痛？

马得金　花姑，有命回来，痛算什么？

（唱“秋江哭别”）

今番老天关顾情无限，

枪底无情竟还带眼，

不让这冤鬼往地狱行。

钢鞭抽肉烂，

只因骨骼硬，

几番走近地府死后复再生。

花　姑　（接唱）　不忍看衣破皮肉烂，

你究是为谁捱鞭棒？

身摧肉也残！

这般遭苦难，

竟说此身骨骼硬，

花姑也为你洒泪透衣衫。

马得金　（奔向藏棉袄处，惊）花姑，那棉袄呢？

花　姑　（赌气地）我没见到。想是被人拿走了。

马得金　（到处乱找，绝望地）完了，完了，完了！我如何对得住袁队长，我如何向红军同志交代呀？

花　姑　那黄金是红军的？

马得金　是。（忽醒悟）啊，花姑，你见到黄金了？

花　姑　（心虚地坐于那石头上）没……见过。

马得金　你见到了！你分明是见到了！花姑，藏在哪？快告诉我！

花　姑　马得金，我先问你，你打算带着那黄金去哪里？

马得金　去找红军！

花　姑　现在？

马得金　立即。

花　姑　不行！

马得金　为什么？

花　姑　你就不为自己想一想？

马得金　想什么？

花　姑　马得金呀！

（续唱）可知你爹爹仍染病患？

破屋烂瓦怎挡雨风翻？

怎挡雨风翻？

四壁只有草糊拦。

你不为自己着想，也要为这个家着想呀，不准去！

马得金　（接唱）念到泥墙和茅舍，

我无语羞遮颜，

爹爹苦累一生，病体撑。

花　姑　（接唱）你口说只对花姑爱重似山，

也应火砖瓦面有屋半间，

一顶花轿娶我回还。

耕田汉，若毋三分几亩田耕度日难。

马得金，我们的大黑青没了，田地也没了，如果再没了你，我怎么活下去呀？

马得金　（沮丧地）花姑，我知道，我配不上你。但做人要对得住天地良心。

花　姑　天地良心？你就知道天地良心，你不为我着想，不为这个家着想，现在连大黑青都死了，如果你有个三长两短，我就真的一无所有了！

马得金　（爆发地）不要说了！（哭泣起来）不要再说了。

花　姑　（歉疚地上前抱住，也哭了）花姑只是要你为自己想一想，你不能这样白白地去送死，你知道么？

马得金　（乞求般）花姑，以前都是我听你的，这一次，你听我的，行吗？就这一次。行吗？

花　姑　……（无语）

马得金　（接唱）　有称天地横，
为诚信，谁重谁轻可量限，
公理在人间。

花　姑　（接唱）　心底里反复问数番，
他这半痴半戆间，
似昏似醒脑不转弯，
却有铁肩担道义，
也曾令我倾心所爱认作心中好儿男！

马得金　（乞求般）花姑，我求你了……

花　姑　（忍不住一笑）好了，好了，谁不知你是一根筋。和大黑青一样，你认定的事情，就一定要做到。

马得金　（怯怯地）花姑，我知道，这样不好。

花　姑　谁说的，花姑就喜欢你这一点。

马得金　花姑！真的么？

花　姑　你说呢？

马得金　我就知道，花姑是世界上最好的女人！

[花姑顺势倒入马得金怀中……

花　姑　马得金，如今到处打仗，也分不清哪头是白军，哪头是红军。待平静些了，你再去还金。好吗？

马得金　花姑。红军行军打仗，缺粮少衣，等着钱用，一刻也不能等啊！

花　姑　天亮了再去，也不行吗？

马得金　这……

花　姑　天快亮了，这一次，猫头鹰一定还未醒来。你不是说过，要花姑的么？（渴求地望着马得金）

马得金　我要，我要……（迅速地要解开花姑的衣衫）

［花姑也在忙乱地为马得金解开衣扣……

［忽然传来猫头鹰的叫声。一切因此而停止……

马得金　猫头鹰……

［猫头鹰又叫了两声……

花　姑　（沮丧地）猫头鹰，又是这该死的猫头鹰！

马得金　花姑，待我还了黄金，回去就与你拜堂成亲。待等花烛洞房之夜，一定，一定……

花　姑　（一笑）如果那猫头鹰再敢多事，就猎了它，炖了汤，给你补身子！

马得金　对！看它还叫不叫！

花　姑　（从石头下取出棉袄，递过）嗱！红军的黄金，一钱不少！

马得金　花姑，你真好！

花　姑　你说了好多次啦！穿上吧！（为马得金穿棉袄）

马得金　你是真的好嘛！

［王麻子突然出现。

王麻子　红军的黄金，一钱不少，哈哈，哈哈哈……（举着枪，一步步逼过来）

马得金　王麻子，你要干什么？

王麻子　哈哈，要发财，要黄金！还要你的命！

马得金　黄金是红军的！

王麻子　如今是我的！

花　姑　王麻子，你敢？！

王麻子　（枪指着）花姑，你拳脚是厉害，但敌得过我的枪么？

马得金　（用身体挡住花姑）王麻子，我再说一遍，这黄金是红军的！你不怕天打雷劈么？

王麻子　哈哈哈，你真是一根筋！到如今还说这种话？告诉你，三七开，也是骗你的。这黄金全是我的。全是，明白么？对不起，见阎王去吧！（对准马得金胸膛扣响枪）

[“砰”的一声；接着“铛”的一声回响……

[马得金身体摇了一下；王麻子却“呀”了一声，摇摇倒地……

王麻子　偷鸡唔到蚀揸米……（气绝）

花　姑　（疑惑地看马得金，见铃铛，惊喜）马得金，是大黑青救了你！

马得金　大黑青，又是你！

花　姑　一个人走累了闷了，就与大黑青说说话。（挂好铃铛）

马得金　（亲了一下铃铛）大黑青，我们上路吧！花姑，我很快就会回来。回来……娶你！

花　姑　（点着头）唔！

[无歌词的吟唱声：

唔……

[二人依依惜别……

[收光。

七

[荒野。

[红军长征过场，艰难跋涉……

[幕后唱“新曲”：

离了瑞金过湘江，

四渡赤水路茫茫。

金沙泸定转眼过，

草鞋一路向北方。

[马得金一路追赶，拾起破草鞋，欲朝北去……

[古团长带谢团副等匪兵冲出，拦住去路。

古团长　抓活的！

[众匪兵一拥而上，捉住马得金。

[一个兵士突然出列，拔出了枪，转身对准了古团长。

古小姐　住手！

古团长　啊……

古小姐　（除帽，露出女装）令他们退下！

古团长　玲子？是你！

古小姐　令他们退下！

古团长　（挥手示意众兵放下枪）女，你疯了么？你要干什么？

古小姐　你卑鄙！为什么要暗中枪杀我的朋友？

古团长　他是共产党！（指马得金）

古小姐　那我告诉你，你女儿也是！

古团长　你……疯了么？

古小姐　你们不是到处找红军么？女儿乔装随行，我也正是借机找寻，投奔共产党。

古团长　荒唐！

古小姐　爹，我知道爹最爱玲子。但女儿有自己的梦想。女儿知道说服不了爹，但爹也别想说服女儿。爹，我们各行其道吧！

古团长　（欲扑过去）玲子——

古小姐　（把枪对准自己的额头，威胁）爹，再前一步，我就开枪！

谢团副　团长，不能放了共产党！

古团长　（大吼一声）滚到一边！

古小姐　爹，若一朝战场上相遇，女儿绝不向爹爹开第一枪。

古团长　女，爹爹爱你，胜过一切。你怎么可以？

古小姐　爹爹，既然爱我，就放我走！

[古小姐护着马得金一步步走出包围圈……

[突然，“砰”的一声枪响，古小姐中枪倒地……

[古团长大惊，回望，是谢团副开的枪。

古团长　女——（扑向古小姐，抱住）

古小姐　（奄奄一息）爹爹……

古团长　女，爹爹不能没了你呀！

古小姐　爹，对不起……

古团长　（痛哭）女……你不能死，不能死！你死了我如何向你妈交代啊！

古小姐　爹……玲子没死，玲子只是……只是走向……真……真理……（气绝）

古团长　（大恸）女呀——（少顷，静）玲子，你妈走了，你也走了，爹爹活着还有什么意义？（从士兵中抢过一把机关枪，对着马得金）是你！是你害死了玲子！

谢团副　（幸灾乐祸地）共产党，杀，杀他个干干净净，一个不留！

[古团长突然停住了脚步。猛地背过枪口，对准了谢团副……

谢团副　（大惊失色）你，你，你要干什么？

[古团长对着谢团副，扣动了扳机，一梭子弹把谢团副打成了马蜂窝……

[众匪兵惊呆了……

古团长　（对众匪兵，大吼）丢下你们的枪，都回家去！

[众匪兵怯怯地丢下了手中的枪，惊惶地散去……

[古团长把机一摔，从腰间拔出手枪，对准了自己的太阳额，扣响了扳机，倒在了古小姐的身旁……

马得金　（向古小姐缓缓下跪）古小姐，你的恩我记下了。待找到了红军，见到了袁队长，我会告诉他，有一位叫古玲子的同志。再见！

[收光。

八

[茫茫草地，处处沼泽。

[红军艰难地过草地，有的红军战士陷进沼泽之中……

[一累累土堆插着一根根树枝，那是英雄的墓铭……

[幕后唱“新曲”：

一阵烈日一阵风，

乌云翻滚瘴气浓。
根根树枝作墓铭，
串串脚印入苍穹。

[马得金艰难地行来……

马得金　（唱“反线二黄板面”）
万里跋涉，山峦过千重，
饥肠已空空，
双眼也迷蒙。
似觉天翻转，地晃动，
我与飘絮同，
无力任那罡风送。

[寒风阵阵。

马得金　（唱“反线二黄”）
天苍苍，野茫茫，
抬头不见飞鸟过，
低头只见脚印串串入苍穹。
一会奔向西，
一会忽又东，
红军分明跟前过，
忽又没了影踪，
似向云间飞纵。（左右寻觅，昏倒介）

[大黑青的叫声传来……

马得金　（昏迷中醒来）大黑青？大黑青！（挣扎起来）
（唱“二黄滚花”）
看四周新坟累累，
（惊见一杆枪从沼泽中高高竖起，顶着一条围巾在风中飘扬）
沼泽里，似有酒旗迎风。
（惊愣）围巾？（取下，细看）这不是我送袁队长的围巾么？（一想，突然意识到什么，回望沼泽中竖起的那杆枪，大惊）袁队长？！

（对沼泽呼叫）袁队长！袁队长！袁队长……（哭了）

（转“乙反中板”）

唤千声，人不见，

只见静水之下，

似有一股豪气直冲天顶。

看一路，新土堆堆，

草标成墓记，

未知是哪家儿女？何姓何名？

袁队长，我虽然不知道你们来自哪里，叫何名字，但我知道，你们是好人，是天底下最好的人！袁队长，你放心吧！我一定要找到红军，完成你的交托！袁队长，拜别了！

[马得金艰难跋涉。景转雪山。

[寒风呼啸，飞雪漫卷……

马得金　（唱“蘼芜歌”）

风呼啸，雪飞翻，

走过了荒草千里，

又见大雪山把路拦。

追足踪，觅印迹，

孤身翻雪山。

登悬崖，过绝壁，似攀鬼门关。

又见冰崩雪塌，似怒卷狂澜，

雷轰天塌，断摧千丈岩。

[雪崩巨响，震天动地……

马得金　（从雪堆里爬起，眼前一亮，惊喜地）红军，是红军，我终于找到红军啦！

[舞台留下一幅壮烈的“人塑冰雕”图景。

[“雪人”有的倚着岩石，有的坐在石头上，有的相互拥抱，还有一个抽烟的红军，似笑点烟斗……

马得金　（冲到“人塑冰雕”前）红军同志！

[“雪人红军”一动不动……

马得金　（定睛细看，惊呆）啊？！（冲上前，一个个呼唤）红军同志，红军同志，红军同志……

（唱“散板”）

触目惊心，摧肝裂胆，

活人成塑，倚石成岩。

（转“回龙二黄”）

谁来作证，寒天不语，

只作低头任飞雪漫漫。

一座座人雕冰塑，

视死如归，敢越鬼门关。

（转“活动句”）

麻布作衣衫，

草鞋裹冻脚，

半截卷烟风吹灭，

骨如钢造压不弯，

（转“原板”）

似与老乡攀谈，情意风中飘散。

一串串笑声，

回荡于山涧，

一股股豪气，

直上云间。

[马得金从怀中取出红军帽，戴上，向“冰雕”敬军礼。

[狂风卷雪，马得金艰难地前行……

[幕后唱“新曲”：

红军踏过冰川，

寒冰血色染。

踏过草毡，

草染如燃，

红艳似火烧天。

男儿捐躯露笑脸。

随同日月一起飞天。

路弯弯，接天远，

红军路，满硝烟。

夜望北斗星，

神鬼也自暗惊，

云天也为我作证。

黄金轻，信义重如城，

寻红军——

（变奏） 寻的是天地豪情!

[音乐声中，马得金艰难地跋涉……

[幕后朗诵：1936年秋，马得金经过12个月零2天的艰苦寻觅，穿过了十一个省，与红军一起经历了几十次大小战役，爬雪山、过草地，终于到达延安，亲自将黄金交到了二号首长的手上。马得金一个人的长征结束了。这是一次人格的长征。它将与伟大红军一样，写进伟大长征的历史里。

——剧终

本剧选载的是2016年文汝清、程君婕、冼鉴棠、严金凤、刘建科等主演的演出本。

八和会馆

编剧：黄维若

唱词整理：冯敏仪

人物表

新　华　（邝殿卿）本地班艺人，八和会馆的创建者之一

翠　屏　新华的恋人，后为其妻

勾鼻章　本地班艺人

蛇公荣　老一辈本地班艺人

桂　叔　老一辈本地班艺人

肥佬黎　所谓的“班蛇”

靓仔森　“班蛇”，后被新华感化

刘华东　被参革的举人，众本地班艺人的挚友

瑞　麟　两广总督

瑞麟母　旗人贵族老太太

李福泰　广东巡抚

崩牙启　本地班艺人，新华的师兄弟

小生伦　本地班艺人，新华的师兄弟

生鬼保　本地班艺人，新华的师兄弟

小德兴　本地班艺人，小武

小东生　本地班艺人，小武

衙役若干、下人丫鬟若干、群众若干

序

[清同治末年至清光绪十五年（1889 年）。

[广府城乡各处。

[影片，“高边锣”响，主观视像切入展开：回溯历史、黑白影片资料翻阅浏览，聚焦定格在“八和会馆”主体字上……

[鼓乐狂起。舞台区大屏，旌旗飘落……

[字幕：公元 1854 年（清咸丰四年），广东本地班领袖李文茂起义反清，率领众艺人红巾缠头，所向披靡，横扫两广数十州县。后数年李文茂负伤牺牲，起义失败。清政府随即对本地班严查死禁，本地班遂遭亡行灭戏之惨祸。

第一篇章

[大屏出同治年间上府偏僻戏台。

[后台师兄弟众人心焦等候……

生鬼保　阿伦，你走来走去做什么（做咩啫）？

小生伦　如今官府禁戏，我们本地班生计无路，唯有偷偷地来到这里（哩度）做戏。

生鬼保　新华师兄去收戏金，为何还不（点解重未）回来呢？

小生伦　是啊，都不知道（唔知）戏金，有没着落呢？

崩牙启　保哥，那怎么办啊？

生鬼保　（沮丧地）我怎么知道。等师兄回来再说吧（返嚟再算啦）。

崩牙启　那（咁）……

生鬼保　妆身吧。

新　华　（内场唱“首板”）

天时困，路艰辛，迎难而上——（上场）

（转“快中板”）

君看江河万古长，

道路千条皆有岸，

生天再造自挥扬。

（转“滚花”）

壮志少年，凌云万丈。

崩牙启　师兄回来了！

[众人簇拥新华。

生鬼保　师兄，戏金有没有着落啊？

新　华　（故作凝重）没有啊……兄弟们，你们看！（突然掏出戏金）

[众人开怀。

崩牙启　好了，总算有薪金（有粮出）了。

[新华把戏金给崩牙启，崩牙启分发给众人。

新　华　（崩牙启给新华戏金，他不接）阿启，一会儿（一阵）帮师父打斤五加皮，他老人家好久没闻过酒香了。

崩牙启　好的！

新　华　记得啦！

崩牙启　好的！

生鬼保　我们都准备得七七八八，一会儿（一阵）可以开得锣鼓啦！

新　华　好。

小生伦　（忐忑地）师兄，万一一会儿（一阵）开锣鼓引来官兵，那怎么办啊（咁点算啊）？

新　华　那就按老规矩，我与阿章掩护，大家收好东西，准备“花门”（撤离）。

众　人　好！

新　华　大家“马前”（麻利点）啊。

[众人各自准备。

勾鼻章　师兄，《别窑》这段我还有点生疏，我们对对“介口”（我们对对戏）吧。

新　华　好啊！在这里对，如何（喺哩度点啊）？

勾鼻章　好！

[突然一声断喝，官府的衙役手执铁尺刀棍猛然冲上。

衙役班头　呔！大胆戏子，竟敢违禁演戏！

新　华　官爷，营生艰难，通融一下吧？

衙役班头　通融？

勾鼻章　通融下。

衙役班头　那你也该识相才是……

[勾鼻章递钱给新华，新华递给衙役班头。

勾鼻章　官爷。

衙役班头　（接过，掂量）才这么点！

衙　役　当我们是乞丐啊？

勾鼻章　官爷，我们就只有这么多。

衙役班头　就只有这么多？没关系，没关系（无相干，无相干），那你就跟我们回去吧（咁你就跟我们返去啦）！

勾鼻章　官爷，这样可不行啊（咁样唔得架）！

新　华　“花门”（撤离）啦！

[众衙役虎狼直扑众戏子。众戏子收拾家伙奔窜逃跑。

[勾鼻章与新华机智默契地配合牵引众衙役开打，保护其他师兄弟收拾家当逃跑……

衙役班头　捉住他，捉住他。

崩牙启　师兄！

新　华　快走！

[新华与衙役缠斗。

新　华　官爷，别打了。

衙役班头　拿下！（向手下）把刀给我！

[新华打倒衙役，逃下。

衙役班头　追！

[众衙役下。

[灯光变，大屏影像消失。

[新华由台口奔逃而过，一群衙役大呼小叫追来，亦循迹而下。

[灯光变，片大屏移，出现井台，参天榕树。

[翠屏挑担上，井台上汲水。

翠　屏　（唱“西皮”）

古井巷边挑担水，水流画镜妆。

缓步野花香，花香照榕浪。

鸟飞舞蝶回，娇羞看，

犹是这般，似锦屏造像，艳胜骄阳。

[新华急急奔上。

新　华　（慌张）对不起（对唔住），阿姐！大姐，我被官兵捉拿，你帮帮我！

翠　屏　（狐疑地）你？

新　华　我不是坏人，我是戏班的！

[幕后有追杀喊声响起。

[翠屏指旁边堵墙，新华跳墙藏身，靴掉了。

[翠屏拾靴，丢向路的另一旁。

[片刻之间，一群衙役冲上舞台，将她团团围住。

一衙役　喂，看到一个戏子吗？

翠　屏　（摇头）没有！

一衙役　没……

翠　屏　我的水桶啊。

[一衙役见路边丢下的靴子。

一衙役　找到了，找到了。

一衙役　哪里找到的？

一衙役　那边，快追！

[众衙役吵吵嚷嚷一窝蜂下。

[新华深出一口气，跳下墙，向姑娘深揖。

翠　屏　喂，喂……

新　华　怎样呀（点样呀）？阿姐！

翠　屏　走远了。

新　华　大姐——

（唱“快中板”）

阿姐义气长坦荡，出手救我避强梁，

磊落光明好气量，善心仁义世无双。

翠　屏　（脸通红）哎呀，不用多礼，只因我阿叔也唱戏，我才救你。你快快走罢。万一官兵回转就糟了！

[翠屏紧张又害羞地担水下，两人惜别。

[内场伴唱“小红灯”：

悄悄回头看，亭亭儿郎。

倍心慌，对目光，

难知性情，费猜想。

相识瞬间又别离，

冥冥中早有所向，

哪知何日再相遇上。

[生鬼保寻上。

生鬼保　师兄，师父听说我们演戏被官府捉了，他去官府击鼓鸣冤啦！

新　华　师父！

众师兄弟　桂叔！

[新华大惊，两人急寻下。

[灯光变，传来击鼓声。片屏呈现广东巡抚衙门大堂。

[舞台衙役列站，广东巡抚李福泰上。桂叔跪于堂下，戏班人焦急围观。

李福泰　闲杂人等退下！

众衙役　退下！

[众戏班子弟被押退下。

李福泰　呔，堂下何人击鼓鸣冤？！

桂　叔　（求告）大人！小民阿桂，是本地戏班一名班主，为求活命，前来求告巡抚大人，释放我那班被抓的徒弟，求大人开禁本地戏班，唱戏谋生……

[他话未说完，李福泰将惊堂木一拍。

李福泰　（怒喝）住口！唱戏谋生？哼，你等戏子敢为反贼，如今伏法被禁，你有何冤屈！

桂　叔　（悲愤）大人！

（唱“秋水龙吟”）

当朝一语人命殇，

惨煞亲朋陷孽网。

要遭这磨难劫灾、错冤案，

青天翻飞六月霜！（吊慢）

李福泰　混账，好你个大胆逆贼，不知悔改凶顽强霸，分明就是漏网的李文茂余党。正是：“乱世用重典，严刑出太平”！本巡抚要振天威，明国法，剿逆贼，穷寇灭。人来呀，将这反贼押到闹市街头斩首示众，若有戏班戏子前来相认，视同余党一同处死，将那贼窝琼花会馆一并拆毁充公，后患永绝。（将令签丢下）

[众衙役一声吼。

桂　叔　冤枉！冤枉啊！大人，冤枉！

[众衙役将桂叔五花大绑、插签，推到闹市街头。

[新华、小生伦、崩牙启等人上，见待斩的桂叔，悲痛莫名。

新华等　（哭喊）桂叔！师父！桂叔啊——

[众人欲上前被拦……

衙役班头　退下！你们想干什么？巡抚大人有令，若有余党一同处死！

众衙役　一同处死！

[众人无措，新华上前。

众戏班子弟　师兄……

一衙役　你是何人？

新　华　官爷，我是他的儿子，两位大人开恩！就容我见老父最后一面！

[一衙役欲推开新华，衙役班头拦之。

衙役班头　算了，算了。就容你上前听他交代后事了！

[新华扑到桂叔跟前。

新　华　师父，都是我害了你呀！

桂　叔　华仔，不是你的错，是世道不公，不许我等蝼蚁有生路！

（仰天长叹，唱“俺六国”头段）

胸中冤屈作浪，

冲霄怨气激荡四方。

昏官乱搬生死法场，

污浊暗蔽天日光。

独两桩心里愿，

舍身刀斧志未忘——

（转“俺六国”中段）（桂叔与众戏班人重唱）

身故去，莫须、莫须香烛千百样，

休祭拜，怀奋志，无惧风浪。

当血性，释禁闭，一举振戏班，

让这“花”再开芬芳，

方显我粤班所望。

（转“俺六国”尾段）（桂叔与众戏班人合唱）

再复粤班，义比荆轲报易寒，

冬过去，觅希望，共盼望，何日春满岸。

春意发，再见碧天朗照大江，

众戏班人　（接唱）　添勇气，全赖同道来日共守望。

天公乞可了此心里愿，

频回望——

当惜寸心坦荡。

新　华　（哭）师父——

桂　叔　（音乐衬白）华仔，我的徒弟当中，你是最机灵的一个，戏班就交给你了。

新　华　师父……

桂　叔　你要关照着师兄弟们，如果广府戏班有解禁之日，你记得到我坟头告知一声，我就算是死，也都瞑目了！

众戏班子弟　师父……

[悲怆的牌子音乐中，新华跪下向桂叔大礼拜下。

衙　役　时辰已到，行刑——

众　人　师父——

[新华目睹桂叔被杀，悲痛万分……

[片屏上现一弯残月，会馆被毁，瓦砾断墙。

[本地班艺人上，还有不修边幅、拎酒壶的秀才刘华东。

众　人　（唱“新曲”）

亡行苦来苦亡行，走投无路心慌慌，
唱戏要受牢狱苦，不唱一家受饥寒。

[肥佬黎上。

蛇公荣　真是断粮绝炊（吊起沙煲打烂镬）。

小生伦　荣叔，桂叔被杀，琼花会馆被毁，我们怎么办啊？

众　人　（附和问）我们怎么办？

[荣叔无言以对，默默无语。

肥佬黎　怎办？各人自扫门前雪呗（田鸡过河，各撑各咯）。

蛇公荣　肥佬黎，你怎么说话的？

肥佬黎　什么怎么说话？当年造反，如今落难，自作自受，与我无关！

生鬼保　肥佬黎，你也是大戏行的人，你撇得开吗？

肥佬黎　你自己想死也就罢了，别想搭上我！

刘华东　（突然发笑）哈哈哈哈，你们一个两个，真是榆木疙瘩（托杉都唔识转膊）！

靓仔森　（怒）你是谁？净说些风凉话！荣叔，这是谁？

众　人　是啊，这是谁？

蛇公荣　诶！这是我的朋友刘华东，中过举人，大有学问。

肥佬黎　举人，来戏班混饭吃，能厉害到哪儿去（好打极都有限啦）！

靓仔森　能厉害到哪儿去（好打极都有限啦）！

肥佬黎　举人老爷，你说怎么办吧！

[刘华东不答话。

蛇公荣　是啊！刘先生，你就帮我们出个主意，想个办法吧！

众　人　刘先生，你说怎么办？

刘华东　办法总比困难多！

（唱“粤调评弹”）

珠江河汉千千万，广府路途万万千，

大胆走得天下路，心细能行顶风船，

万般谋事都在人，谁云成事只由天？

广府人从来敢为人先，做好做实就是大圣贤。

想我广府大学问家朱次琦先生说过，做学问的目的就是要实用。我以为，只要实用，就是学问。官府禁的是本地班，不禁外江班，京戏就在不禁之列，你们可以自称京戏，明修栈道，暗度陈仓！

众　人　什么仓？

刘华东　就是挂羊头卖狗肉的意思！

[众人一听，群情耸动，议论纷纷。

肥佬黎　（突然）慢着！举人，你别在这儿外行装内行（羊牯扮叔父）！你想的馊主意（屎桥）就是让我们本地班唱京戏，那师父传下来的武艺子不就荒废了？

众　人　那就什么都没了！

肥佬黎　这样做的话，官府还没亡我们这行，你倒先搞得我们亡行了！

蛇公荣　人在戏在，人亡行亡。保住这些人，本地班就亡不了。况且，我本地班与外江戏本是同根同源！

（唱“慢板”）

外江班，广府戏，天下梨园，相扶相望，

技同源，斗芬芳，各擅胜场。

江湖上，戏有十八本，汉调京昆，渊源流淌，

本地班，唱的是，曲牌梆黄，

称京戏，走四方，出将入相。

（转“滚花”）

演绎是我旧排场。

况且此是权宜计，留得青山水流长。

众　人　有道理，有道理！

肥佬黎　我们不干！我们生是本地班的人，死是本地班的鬼！你们改唱京戏，就是欺师灭祖！

靓仔森　欺师灭祖！

新　华　欺师灭祖是你们，是你们趁大家没饭吃，组几个班子，骗取兄弟们的“班领”和“师约”，把这些变成卖身契，狠心盘剥他们。

靓仔森　谁盘剥谁？老子我（阿叔）冒杀头风险来组班，来组班！他们感激我们胜爹娘，胜爹娘！离了我们要饿死！要饿死，张嘴只有北风尝，北风尝！

新　华　那天我在陶陶居，看到你们两人跟衙门里的师爷分钱，这就是“杀头风险”了，是吧？

靓仔森　你以为我们愿意？不给钱，那班混蛋（契弟）会放我们私下组班吗？

肥佬黎　（喝道）蠢材，胡说八道（乱咁嗡）！（抓住他就走，向蛇公荣等）老子不跟你们玩了，走，我们走！

靓仔森　德兴、东生，跟我走！

[小德兴、小东生看看蛇公荣、新华，无奈跟下。

小生伦　师兄，怎么办？

生鬼保　我们听你的！

新　华　荣叔——

蛇公荣　华仔，你师父临死将戏班托付于你，你拿主意吧！

众　人　师兄！

新　华　各位手足！荣叔讲得对，人在戏在，人亡行亡。我们就听从刘先生的建议，改称京班。

众　人　好！改称京班！

蛇公荣　唉，不知何时，本地班才可以解禁呢？

[新华暗下决心，谋求解禁之机……

第二篇章

新　华　搬砖啦！

[照舞台处，新华与众师兄弟建房砌墙。

新　华　大家休息一下！

（唱“二黄合字序”）

多得有同仁互帮，暗中收留，

暂落在别乡埋名和换姓。

草台渡光景，雕琢大器成，炼我劳形。

困顿里众心凝，肝胆志非轻，

危难更见此心永。

蛇公荣　华仔，去厨房拿桶凉茶给大家喝吧。

新　华　好！

[舞台上，翠屏提凉茶上。

翠　屏　茶水来了，茶水来了！各位大哥、师伯辛苦了，歇会喝凉茶吧！

[新华走过去。

新　华　多谢阿姐，交给我吧。

[翠屏一抬头，两人“呀”的一声惊叫了起来。

新　华
翠　屏　（异口同声）是你？

[翠屏也惊喜，但更多是慌乱，一脸通红。

翠　屏　你、你……怎么会到这里来？

新　华　那你又为什么在这儿啊？

翠　屏　我来帮我阿叔提凉茶。

新　华　阿叔？原来荣叔是你阿叔！太好了，太好了！（帮翠屏拿凉茶）

翠　屏　小心点啊。

[新华把凉茶放到一边。

新　华　阿姐，我还不知道你的名字哩。

[翠屏羞而不语。

新　华　你不说，等会儿我问荣叔就知道了。

翠　屏　（大急）哎呀，不要去问他！到时就说不清了……

新　华　那阿姐你就告诉我吧！

[翠屏犹犹豫豫，用手指沾一点清水，在地上写下名字。

新　华　（尴尬至极）我……我……不认识字。你告诉我吧。

翠　屏　（指着两个字）翠——屏——

新　华　翠屏？

翠　屏　翠就是绿色，屏就是有字和画的条幅。

新　华　翠屏……翠屏。

蛇公荣　（内场）华仔，凉茶呀！

翠　屏　（一下慌了）你快去吧！

新　华　我还能再见到你吗？

蛇公荣　（内场）华仔啊，快点吧！

新　华　（不舍地）来啦。

[翠屏一着急，顿足走下。新华意会到两人会再次在这里见面，欣喜。

[蛇公荣上。

蛇公荣　华仔，你傻乎乎杵在这儿干啥？凉茶都放凉了。（玩笑地踢了新华一脚）马步扎稳些。

新　华　（心有所念，一顿足）荣叔，一会儿我留下收尾，让大家早点收工。

蛇公荣　好！华仔，辛苦你啦！

新　华　不辛苦！

蛇公荣　那我拿凉茶给大家喝去。

新　华　辛苦荣叔！有劳！

[夜里，一轮明月高挂。新华焦急地来回走着。

新　华　（唱“新曲”）

月色当空四边静，

万里银河却无尘，
抬眼望来侧耳听，
焦急徘徊到初更。
莫不是临出门母亲阻你？
莫不是悄冥冥小路难行？
莫不是露气重湿了鞋袜？
莫不是晚风疾吹熄灯笼？
莫不是荆棘丛挂住长发？
莫不是田埂上夜雾朦胧？
莫不是路横斜失了方向？
莫不是水边厢泥泞路不平？（坐断墙上）
坐不安，立不宁，
心中万遍唤翠屏，
月照井栏影渐长，
望眼欲穿一盏灯。（二更鼓响）

[新华坐等，一盏小小灯笼从里冉冉而出，正是翠屏到来。

新　华　（欣喜上前）翠屏！你终于来了……

翠　屏　你、你怎会在此呀？

新　华　你临走（示意一顿脚），不是暗示我……？

翠　屏　（恼羞地）谁暗示你！夜深了，你须得离我五尺远。

新　华　五尺远？

翠　屏　走远些，再远些。

新　华　翠屏……

翠　屏　不然，我转头就回去。

新　华　五尺，五尺。一二三，五尺啦。

翠　屏　（唱“十月怀胎”）

望似天真，
一阵又无常率性。
弱女心，似荒（草）径，

横缠竖绕惹翻心旌。

啊……五尺五尺，我来和你见面，都不知道你的为人，也不知道你可不可信……

新　华　可信！其实我们的相遇，就像一出戏文，《拜月记》。

翠　屏　《拜月记》？

新　华　《拜月记》里边的王瑞兰与蒋世隆，逃难路上萍水相逢，夫妻相称。

翠　屏　夫妻相称？

新　华　喏，你看——

[新华演来，明月当空，井台之上，仿是戏台。翠屏看得入迷，新华拉起她的手，模仿戏里动作。

新　华　（唱“血泪花”）

你是谁？你是谁？

知否我家母在何处？

谁知你萱亲？我不过叫妹妹。

你方才呼唤奴小字，

君子休要相欺。

（念“白榄”）

风又来，雨又至，

行快步，莫迟疑。

[直到戏已演完，翠屏方才发觉，自己被新华牵手而行，四目相投，顿时又羞又怕推开……

新　华　翠屏？

翠　屏　五尺！（欲走）

新　华　（真诚地）翠屏——

（唱“雨打芭蕉”）

我本心未敢内存半点痴意，轻佻闲情。

侬是至真至善情和性，惠雅可敬，

义举风骨证，致我心中怦怦。

犹是可贵戏文能认，真教我佩复敬。

翠　屏　我家里是做戏服的，我跟一位大姐习学广绣，想将它用到戏服上，那大姐——

（接唱）　佢（她）亦识文，还时常为我言明。

新　华　（紧接唱）实在你为人精灵（伶俐），

真心意先氹得佢高兴（才哄得她高兴）。

翠　屏　（接唱）　若得教习和悟性，

你当能识文添本领。

进步如神又再显功成，

看书演戏更广视听。

新　华　（大为兴奋）你说得对，说得对！

（唱“快中板”）

读书知理明心性，

甘守愚顽不识丁。

千字百句来相认，

世事如棋自然明。

翠屏，多谢你！

翠　屏　事在人为，你，你做得到的！——夜深了，你早点回去吧。（拿起灯笼）我走了。

新　华　翠屏！下次见面我再演戏给你看，好吗？（翠屏欲走又回头）

翠　屏　喂，下次我要看你演新戏。

新　华　好！

[翠屏渐走，新华月下凝望。

新　华　对，我要读书识字，我要去请教刘先生。

[屏转现舞台室内景，墙上挂着西洋诸国海图，书架上有线装书。

[新华拿着一份《循环日报》，刘华东坐椅子上，一手拿长烟杆。

新　华　刘先生，报纸在这里。

刘华东　新华，来，坐坐坐。跟我念——（指着报纸上的字）循环日报。

新　华　（跟着念）循环日报。

刘华东　对对，这是“循”，字，这是“环”字，循环者，周而复始也。

新　华　什么意思呢？

刘华东　一件事物，由此到彼，又从头再来，这就是循环。

新　华　我明白了，就跟演戏一样，从杂边（上场门）上，从衣边（下场门）下，在后台转一圈，又再在杂边出场，是这个意思吗？

刘华东　你挺聪明，一说就明白。照这样，一天能记二十多个字，你坚持下去，定能有所成。

［新华指着报上几个字问刘华东。

新　华　先生，这个“强中以什么外”是什么意思？

刘华东　这是“强中以攘外”。这个字读“攘”，意思是推开。什么叫“强中以攘外”呢，那就是——

（唱“朦胧”头段）

上帝天国尽沦丧，
残伤遍川野，民众无力叹途穷。
清政府莫道补天功，
暴戾满胸，若再续前路，
惯旧习、闭视听，危机已深种。

（长叹）我们国家如此下去，内忧外患，不行啊！一定要汰旧革新，国人当自强，中国当自强，这样才能抵抗外侮。

新　华　刘先生，你说的国情和戏班的情形好相似。

刘华东　道理都是一样的。要自强，就要革旧鼎新。

新　华　（奋起）革旧鼎新——

（唱“爽七字清”）

道理相通可相证，粤剧自强发新声！
解禁革新齐力拼，重建会馆聚群英。

［此时，小生伦急急跑上。

小生伦　（兴奋）师兄，总督府点我们去唱堂会。

新　华　唱堂会？

刘华东　两广新任总督瑞麟要看戏唱堂会？！

小生伦　是呀。总督府中太夫人，喜欢听戏上了瘾，点名要看我们岐山凤，一出

《四郎探母之坐宫》。

刘华东　新华，这是个机会！

新　华　机会？

[新华若有所思。

[舞台大屏移出总督府亭台楼阁，舞台中唱堂会的戏台，前区是厅堂。

[家人丫鬟迎客，若干官员携内眷上，两广总督瑞麟扶他母亲太夫人上。

管　家　呔，总督府太夫人赐戏，《四郎探母之坐宫》。

[勾鼻章扮铁镜公主上。

勾鼻章　（唱"西皮流水"）

听他言吓得我浑身是汗，

十五载到今日才吐真言。

原来是杨家将把名姓改换，

他思家乡想骨肉不得团圆。

我这里走向前再把礼见，

尊一声驸马爷细听咱言。

早晚间休怪我言语怠慢，

不知者不怪罪你的海量放宽。

[众人大声喝彩，亭阁里的太夫人却突然哭了起来。

瑞麟母　（哭）喂呀——

[所有的人大惊，戏马上停了下来。

瑞　麟　母亲大人，因何伤心——

瑞麟母　孩儿啊，你看他和你早年夭亡的妹妹，相貌神态一模一样。（哭）

（唱"乙反滚花"）

依稀见，旧形骸，

犹记当日伴居庭。

相傍相依孝心证，

唤娘娇态，笑语盈盈。

一朝痛失云英，

悲叹天公不应。（上句）

骨肉分离长夜永，

可怜这苍苍白发送娉婷。（下句）

女儿啊……

瑞　麟　母亲大人，往事如烟，人皆有命，还请宽怀。

众　人　请太夫人放宽心怀。

[勾鼻章听得太夫人如此说来，到太夫人面前跪下。

勾鼻章　惹太夫人伤怀，是小人罪过。太夫人福泽无边，仙逝的郡主格格在天早列仙班，还请太夫人且放宽心怀。（说着，恭恭敬敬向太夫人叩头）

瑞麟母　好孩子，见到你，就如看到我那女儿仿佛又在眼前，我的心呀！（再拭泪）

瑞　麟　你这戏子，本督看你说话伶俐，心性良善，你在我府中先留几日，早晚妆成女子扮相，到我母亲面前请安侍奉，陪她老人家说说话，如何？

勾鼻章　（再拜）大人吩咐，小人岂敢不从。

瑞麟母　你与我女儿如此相似，不若长久留在我身边，我将你认作干女儿，如何？

[属官及内眷们也有小小骚动。

瑞　麟　嗯，母亲——？

瑞麟母　诶？你这是不允？

瑞　麟　孩儿岂敢，但遂母亲大人之愿。

瑞麟母　好！（向勾鼻章）你以为如何？

勾鼻章　（忍着心中惊异慌乱）小人乃戏班中人，请容我与班主禀告一声。

瑞麟母　也有道理，快去，快去。

[灯光变。亭阁及阁中众官等隐去。

[屏移，出后台。

[新华与勾鼻章、崩牙启、小生伦、生鬼保等人商议。

崩牙启　章师兄，章师兄？（怒）干女儿？！章师兄是男儿，做戏才扮女人。她一个旗人老太太，愣是要认他做干女儿，真是看戏看坏了脑子。

小生伦　这次惹上麻烦了（搞出大头佛啦）！

生鬼保　如果章师兄做了总督府的干女儿，今后就不愁吃喝啦！

新　华　别说了！阿章，你怎么想？

勾鼻章　师兄，我不可以去扮女人，你快帮我想想办法吧。

[新华沉思不语。

众　人　师兄，你是怎么想的？

新　华　噤声！如果阿章做了干女儿，我这便上前求告总督大人，从今解禁本地班！

[所有的人一齐惊叫了起来。

众　人　啊？求告解禁？不能去不能去！那要杀头啊！

新　华　（唱“爽十字二黄”）

我曾在，桂叔前，指誓青天，信誓为证，

千般苦，万般难，责自担承！

解禁戏，聚同人，我愿肩挑，千斤巨鼎，

不成就，凌云志，誓不休停！

[新华向众同门跪下。

新　华　（流泪）众位，大家兄弟一场，只为义字当头，肝胆相照！倘若新华一去不复返……

众　人　师兄！

新　华　剩下的担子，就全靠你们来承担！

[崩牙启、小生伦、生鬼保齐跪到新华面前，抱住他痛哭。

勾鼻章　（泪流满面）师兄，你舍命求总督解禁，我有什么舍不开面子去做干女儿？！

新　华　阿章！

勾鼻章　走，我们师兄弟，一起死就死吧！

众　人　师兄！

[切光。

[灯亮，大屏恢复到上一段场景。

[新华、勾鼻章走上。

勾鼻章　（到老太太面前跪下，磕头道）娘亲在上，女儿愿意侍奉你老人家，祝愿娘亲身体安康，福寿绵长。

太夫人　（大喜）好好好好！好孩子！

勾鼻章　好娘亲，好兄长！

瑞　麟　……好，好！

[此时众官员一齐祝贺。

众　人　恭贺太夫人喜收义女，太夫人福寿绵长，安康吉祥！

太夫人　好好好！

瑞　麟　来人，给戏班打赏。

[新华突然跪到瑞麟面前。

新　华　小人有事求告总督大人！

瑞　麟　（不悦地）嗯！

管　家　（惊，上前）大胆！

勾鼻章　（求太夫人）母亲大人，他是女儿的师兄，有事求见总督大人，求母亲开恩！

太夫人　诶，孩儿，他既是女儿的师兄，就给他一个天大的面子，听听再作定论。

瑞　麟　娘亲……（见太夫人不悦）好，好。

太夫人　女儿，你就陪娘亲逛逛花园，可好？

勾鼻章　好。

[众人随老太太下。

瑞　麟　你有何事？快说。

新　华　禀大人，今日大人与太夫人所看的，虽说是京戏，其实小人们都是广府本地人。多年来本地班一直被禁，我广府艺人生计艰难，苦不堪言，求大人开恩，解除这禁令，让我本地艺人得以生存。

瑞　麟　（一言不发，冷笑）看不出呀，你年纪轻轻，却是个人物！

新　华　小人不敢。

瑞　麟　不敢？

（唱“十字清”）

你趁住太夫人一团高兴，

强进言，解禁戏，大胆求情。

此事若本督拒不答应，

估道慈亲定必吵闹后庭。

（转“七字清”）

本督险遭挟持定，全因认作义母兄。

你贼胆包天不惜命，敢将缸瓦碰瓷瓶！

新　华　（唱“十字清”）

事关本地班数千人难维性命，

实无奈，冒死罪，泣告当庭。

（转“七字清”）

病饿伤穷亡行境，拖儿带女放悲声。

唱戏谋生求活命，青天还望念其情！

瑞　麟　（面色一凛）你想没想过，本督可立时杀了你？

新　华　想过。小人的师父桂叔，就是求告李巡抚解禁本地班而被杀头的。

瑞　麟　哦，那你难道不怕？

新　华　怕！大人哪，新华我生在戏班，长在戏班，戏班就是我的家，师兄弟就是我的亲人——

（唱“新曲”）

开手学戏《一捧雪》，莫成替死化忠魂。

《王祥卧冰》寒彻骨，融尽坚冰见孝心。

出师初演《李彦贵》，节妇正是黄桂英。

《打洞结拜》赵匡胤，义字当头千里行。

学遍新老十八本，忠孝节义在我心！

为求解禁何惧死？恳请大人一线恩。

瑞　麟　（叹息）倒也说得是，戏中忠孝节义，高台教化，如何扬其长、避其短，为官者不可不思，不可不察也！

新　华　（锣鼓白）大人明鉴，我广府如今兴洋务，办学堂，机器局，招商局，一派兴旺。汰旧革新，国运宏昌。喜见到民生安稳，造福于士农工商，如若解除禁戏，我本地班广腔广调，传播城乡，将大人励精图治，昌盛繁华之德政，名扬海内，传之四方，岂不是好！

瑞　麟　（哈哈大笑）你滔滔不绝，满口新词，编来一顶顶高帽，把本督哄得高兴，一不小心便中你圈套，是也不是？

新　华　小人说的是实话。

瑞　麟　（疑惑）实话？这些洋务革新之类，你是如何知道的？

新　华　禀大人，小人时常看些报纸。

瑞　麟　（长叹）时势变易，今非昔比啊。连一个戏子尚且读书看报，求新去旧乃当今潮流。

新　华　正是！

瑞　麟　这样罢，本督不明令开禁，但从此也不再抓你们杀你们。你们自行演戏，多谈忠孝节义，守法行仁，好自为之。

新　华　（叩头）新华代本地班感激大人！小人还有一事相求。

瑞　麟　（冷峻）嗯？

新　华　（略迟疑，坚决）小人恳求大人，恩准我等修一座本地班会馆，以商量处置行中之事。

[瑞麟盯着新华，良久，他拍了拍新华肩膀。

瑞　麟　新华，本督没有看错，你是个人物。

新　华　小人后辈！

瑞　麟　不日必成广府戏子之领袖也！如此倒也简便了，本督将事情着落在你身上。你若循规蹈矩，谨守法度，会馆也好，神社也好，料亦无妨。你若聚众滋事，本督就要你头一个人头落地！

[瑞麟走下。

新　华　解禁了？！我们解禁了！师父，您看到了吗？我们解禁了，我们可以唱大戏，有自己的会馆……对，我要建会馆！

[勾鼻章于花园处，两人遥遥相望。

勾鼻章　师兄。

新　华　阿章……保重！

[两人惜别。

[大屏上再现井台，月夜。

[舞台上，翠屏拿着那盏灯笼，背着一个青布包袱上。

[新华上，两人相会。

翠　屏　华哥，你没事吧？

新　华　没事。

翠　屏　求总督解禁本地班的事，你都不知道我有多担心你（唔知我几担心你啊）。万一你有什么事，那我……

新　华　（顽皮地笑）有点什么事，我就算死，都要来见你！

翠　屏　你还乱说！我不理你啦……

新　华　（急）乱讲，乱讲。

[翠屏解下包袱放到新华面前。

新　华　是什么？

翠　屏　你看看。

新　华　（大惊）呀，一双靴子！真好看！你做给我的？！

翠　屏　你试试？

新　华　好！（穿上靴子）你看——

翠　屏　（唱“小桃红”）

冷宵月半弯，照影在东墙。

灯前尽素心，穿针线密密缝，

做对新靴奉君看。

新　华　（接唱）情重难当，靴中心意盈泪眶。

细绒织布、桃红样，

十指为辛忙，

累你针锥受伤创。

翠　屏　（接唱）针凿做靴偷偷到三更，

怕双亲怪责，不小心刺指间。

忍痛又觉风吹冷，一月里灯火晚来常伴我，

手牵针线为郎着意忙。

盼得一朝你，声威震万人巷。

戏内恣情如日放，

新靴穿上，艺坛露锋芒。

新　华　（接唱）情在手，感娟千缕情义向。

新靴踏四方，怎忍损伤？（稍停，思索）

念再三，不可将它放衣箱里，

更不可任其万里闯。

翠　屏　（不解，接唱）

不过是靴鞋，不该被封藏，

穿着合意称心娇捷在戏行——

新　华　（紧接唱）穿着合意称心方要伴身旁。

珍惜爱护两相安，若有悲欢喜恶共责当，

休戚相干——

翠　屏　（接唱）　望佢（他）痴心一语、情态若狂，

暗自盼情缘还往。

你……你到我叔叔那里去，就说你请他到我家……跟我父母说，你……我……

[她越说声音越小，头低下去，脸通红。

新　华　我明白了，我这就去，我……我请荣叔到你家为我做媒证，遵父母之命，将你嫁给我。翠屏，执子之手……

翠　屏　与子偕老。

新　华　三生不离！

[大屏上出现广府的洞房。起“一锭金”，新华翠屏两人拜堂成婚……

[收光。

第三篇章

众　人　华哥，我们先回去了。

新　华　各位兄弟，明天便是六月初一，大家好好休息，观音诞我们按时组班开新戏……

众　人　好，先走了！

新　华　（对刘华东）刘先生，到我家谈一下新戏吧。

刘华东　好。

生鬼保　（十分内疚）师兄，我……下一届班，不能跟你干了（我唔同得你做啦）。

新　华　（大惊）为什么？

生鬼保　我，我要去那个锦天齐班。

新　华　锦天齐？肥佬黎的班子啊！

生鬼保　（长叹）师兄——

（唱“扑仙令”）

因输钱，末路到底，

高息贷利，借我渡难危。

无力挽，以师约做押抵，

到锦天齐，做他奴隶。

新　华　肥佬黎，你太可恶了！

（唱“七字清”）

肥佬黎把我欺，赌船紧跟红船尾。

九出何止十三归？死挨烂挨将债抵。

（怒）行，我要找肥佬黎理论！

[小生伦、崩牙启神色仓皇地走到新华面前。

生鬼保　不行的，师兄。

崩牙启　师兄——我……我们也不能……跟你干了（我们都唔同得你做啦）。

小生伦　我也是。

新　华　（吃惊）啊，你们又出了什么事？

小生伦　肥佬黎说我们就要“扎起”（熬出头了），为我们置行头，添戏服，不料欠下巨额钱债，只好到他戏班去做戏。

新　华　（惊怒）你们——你们到底欠了他多少钱？我来想办法！

小生伦　师兄，我们不想连累你！

生鬼保　师兄，是我们不争气。

崩牙启　我们对不起你！（小生伦、崩牙启下）

生鬼保　我没脸再见你！（急急跑下）

新　华　你们回来！回来——（顿足）

刘华东　新华，出来混总要还的，你不能一辈子罩着他们啊！

新　华　刘先生，这样下去，戏班难成气候，我得想想办法！

刘华东　（叹气）现在很多本地班都做不下去，前阵子，我碰到小德兴和小东生，他们如今在黄埔机器局烧锅炉。

新　华　烧锅炉？！我要去看看他们！

[新华与华东转身下。

[灯光变，屏现一处烧蒸汽锅炉的地方。（视频出蒸汽火焰）

[小德兴和小东生脸上身上全是煤黑污迹，各执一铁铲，挥汗如雨，以南派把子开打样式朝炉膛里铲煤。

[小东生伤了腰，坐在一边唉声叹气。

小德兴　东生……这日子要熬到什么时候！？我常常想起以前跟师兄演戏，再怎么辛苦都很开心。

小东生　那时我们演《夜战马超》。

（唱“念锣鼓”）

且观哪个好胆，

且观哪个好胆，

敢来叫爷名堂，

左右快绑，快绑。

小德兴　俺就是燕人张飞，杀人王。

小东生　杀人王？看枪！（两人边演边铲煤）

新　华　（上）德兴！东生！

[两人惊讶回头，丢下铁铲，跑上来拉住新华。

两小武　华哥，华哥！你怎么来了？

新　华　来看你们。

刘华东　你们还真潇洒呀！铲煤还带演《夜战马超》！

小德兴　哈哈哈哈，我们还演“盘肠大战”。

小东生　还演“挡谅”加“破阵”。

小德兴　铲煤松筋骨，做足六时辰。

小东生　锅炉翻热浪，好似火烧身。

小德兴　人称黑鬼七，快活过日辰。

两小武　哈哈哈哈……呜呜呜呜……

[他们的哈哈大笑渐变为悲惨哭声。

新　华　两位兄弟……

小德兴　华哥啊——

（唱“阴告”）

自悔恨，

锅炉如像阴司，似十八层困，

汗涔涔。

小东生　（接唱）　在泉台，倍阴森，

身似煤一样乌，

地府黑鬼最接近！

小德兴　（接唱）　昔日里欠来阎君债，

烟熏熊炉受鞭棍，

挥铲愧自问。

小东生　（接唱）　恨怨力穷自招引，

苦痛交加笑我笨！

小德兴　华哥啊，我经常做梦都听到锣鼓声，好想再登台演戏啊！

新　华　好，我们走，我们这就走！

小东生　使不得呀华哥，我们还欠着别人钱。

小德兴　我们不能连累你！（两人走开，铲煤）

新　华　你们放心，你们欠的债，我想法子替你们还！

刘华东　新华，你以为你开钱庄的吗？

新　华　我……

小德兴　对，华哥，我们情愿做牛做马，都不想再连累你！

小东生　如今本地班欠债的、老的、病的、残的都不少，你把自己累死也顾不周全啊！

小德兴　华哥，你不用管我们啦！这里乌烟瘴气，又热又闷，你和刘先生先出去吧！

小东生　对对对，等我们收工，找个地方喝酒。

[说罢不由分说就拉着新华、刘华东走圆场。

[视频屏现：黄埔机器局各个生产段大生产流水线工作的情景，气派震撼。

新　华　那是什么？

小德兴　吊车！

刘华东　这是什么？

小东生　这是龙门刨床！

刘华东　真厉害呀，铁都给一片片刨下来了。

新　华　那是什么？

小东生　那是卧式铣床。

新　华　那么多人，这里一排，那里一堆，都在干什么？

小德兴　听工头说，这叫流水作业。华哥你看，这批人是专管下料的。

小东生　那批人就专管铺龙骨。

小德兴　做船体的只管做船体。

两小武　分为八条拉线——

小德兴　我们叫八仙过海，各出其力——

小东生　合在一起——

两小武　就把船做成了。

[新华呆呆地看着远处的生产场面。

新　华　（自语）八仙过海，各显神通，各出其力，合在一起……刘先生，我们要建的会馆，就是一条船，我们八方兄弟，就像八条拉线——

刘华东　各出其力，和衷共济！

新　华　我们的会馆，就叫做八和会馆！

[机器的轰然鸣响大了起来，切光。

[大屏出月光下的黄沙，一片荒地。

[新华来到这里丈量着土地，靓仔森偷偷带人跟在后面。

新　华　梁伯捐的这片地有三百八十井，会馆议事堂就在这里，这里放华光师傅的神座……

[众人上前打昏新华，拖入房间……

新　华　（醒来）你们是谁？放了我！

靓仔森　嚷嚷什么！再嚷嚷，我就把你杀了。

新　华　靓仔森？靓仔森！我知道一定是你，快放了我！

靓仔森　放了你？！说句老实话，你不怕死，求总督解禁，我们也挺佩服你的。可是你搞什么会馆，岂不是要断我们财路（米路）吗？

新　华　（怒）断财路（米路）！我是为大家谋生路！

众　人　谋生路？

新　华　你们不懂八方和合，大局为重！

靓仔森　（困惑）什么方？什么大局为重？

新　华　那好，你听着——

（念“英雄白”）

千百同仁本地班，箫鼓红船走八方，

八方散涣被人欺，八方凝聚志轩昂！

各行各自有堂口，生老病死相扶帮，

班蛇恶霸何足惧，生死同心义气扬。

[靓仔森几人渐渐听进去了……

靓仔森　听起来挺可行的（有搞头啵）！喂，我也加入你们会馆如何？

新　华　你——？

靓仔森　我可以在里头开一个赌场，建一个烟馆——

新　华　不行！我们办会馆就是为了要认认真真唱戏，堂堂正正做人！

靓仔森　真的假的？

新　华　有志者事竟成！

靓仔森　听起来挺靠谱！

[肥佬黎手拿几张纸冲了上来，向靓仔森怒喝。

肥佬黎　靠什么谱？脑子又进水了是不是？

靓仔森　（显然不满）黎哥，你不要总说我脑子进水好不好？我脑袋又不是水壶。

肥佬黎　不是水壶是尿壶！（对新华）华仔——

（唱“手托”）

好汉绝不逞英勇，

懂分寸，才更受用，

画押，你莫要再招凶。

好好在这张契上画了押，就说你赌钱输了，把黄沙那块地皮抵给了我们福成堂，再签了这纸字据，就说你今后不再带头建什么会馆……

新　华　画押、签字？那……（要求松绑的手势）

肥佬黎　松绑！

新　华　我既不会画押，更不会签字据。

肥佬黎　你！

新　华　会馆还未动工，你们便怕成这样，看来我建会馆是对的！

肥佬黎　怕你们？哈哈哈……凭什么？我们要人有人，要钱有钱，上通官府，下通洪帮，难道老子还怕你们几个臭小子？！

新　华　邪不能胜正！

肥佬黎　你再嚣张，我就把你毒哑！再挑断你脚筋，让你这辈子都上不了台，演不了戏！

新　华　呸！我生是唱戏的人，死是唱戏的鬼，定不能饶你们这些人渣！

（唱“回龙腔二黄”）

陷牢笼，望盼归处，恨埋楚痛，

不由心绪泛动。

粤班重振，灾劫千重。

多赖前辈传承，做戏做人，仁义智勇。

邝新华我立志，舍己为公！

莫道是，你呢群（你这群），班蛇毒种，

刀斧下，休想我，面色改容。

谋福祉，为同门，裂碎筋骨何惧恐！

烈焰烧，寒风折，不改初衷。

青山在，水长流，恰似荆轲千古传颂！

血与火，成就我，丹心火红！

[众人愣住……

肥佬黎　你们干嘛？教训他！

[众人上，新华抵抗。

[此时，小生伦、崩牙启、生鬼保等上。

崩牙启　师兄！休伤我师兄！

[双方开打。

[新华将肥佬黎打倒，众人痛殴肥佬黎下，余下靓仔森呆站于一边。

靓仔森　我们都想加入你们会馆，行不行？

新　华　你？好，只要是我们这一行的，都可以加入会馆。但是入会馆，就要照会馆的规矩做人。

靓仔森　（诚心地）其实一直以来，我都想有依靠，正经谋生（揾食）。华哥，我会痛改前非，收留我们吧！

手　下　收留我们吧！

新　华　（答允）众位兄弟，我们一起齐心协力建会馆！

众　人　好！

[收光。

第四篇章

儿　童　（念诵）八和八个和，分设八个堂。

首设兆和堂，统属公脚小生行。

第二庆和堂，二花六分同执掌。

第三福和堂，聚集了旦行。

第四新和堂，男丑女丑同拍档。

第五永和堂，小武、武生聚一堂。

第六德和堂，打武家人人是硬汉。

棚面师傅人济济，同集第七普和堂。

坐舱接戏大权掌，统理事务为戏班，

水陆交通诸般事，掌管全由慎和堂。

[排场音乐，新华带领大家，将华光师祖神像恭迎到会馆后堂。

翠　屏　阿启，华哥呢?

崩牙启　在这里（喺度），华哥，阿嫂来了!

翠　屏　华哥，我将你的字，一针一线绣在锦屏，表成方匾，你看……

新　华　有志者事竟成!

众　人　（欢呼）有志者事竟成!

刘华东　新华，就将它挂在中堂。

新　华　好，挂在中堂!

[此时，勾鼻章孤单地上，众人一时认不出来了。

小生伦　你是?

新　华　阿章?

众　人　章师兄……

勾鼻章　师兄!

新　华　阿章!

勾鼻章　师兄，我回来了!

新　华　阿章！你回来就好啦!

勾鼻章　太夫人过世了……我侍奉她多年，她感激我，赏赐了我许多金银财宝。我要把它们捐给我们的会馆，让我们可以照料孤寡的前辈，给他们食“箩更”饭，睡“禄架”（双层）床，住老人院。师兄，你就收下吧!

[新华热泪滚滚，向勾鼻章大礼拜下。

众　人　（拥上）章师兄!

新　华　我们熬了这么多年，终于建成八和会馆了，以后都是好日子！兄弟们，我们一起拜华光师祖。

（庄重地）八方和合，如天之福，

生生不息，自立自强。

和而不同，各呈芬芳，

分工有序，相扶相帮。

和衷共济，友爱同行，

敬业诚信，崇德艺尚。

仁义为本，永志勿忘！

刘华东　新华，为八和会馆落成大庆典，我改编创作了剧本《六国大封相》，你看……

新　华　（接过剧本）念出…（排演起来）一人有计安天下，万载标名宇宙中……

[上演《六国大封相》。

[六国帅出——

魏　帅　（念“韵白”）

今有苏秦先生，说合六国，伐秦有功，

六龙会议，有旨下来，拜他为相，

劳烦列位镇台，

身披戎装，法台恭候。

有礼请……

[孙衍、苏秦出，推车出。

[马童翻跟头、大造型、音乐。

[大屏《六国大封相》演出的各时代海报翩飞……

[字幕：春风又起，草木重生。以新华为首年轻一代本地班艺人，生死无惧，奋斗不息，置之死地而后生，解除禁戏，建八和会馆，迎来了粤剧中兴。

[视频片尾：粤剧《八和会馆》微纪录。

——剧终

本剧选载的是2018年黄春强、黄嘉裕、黄新辉等主演的演出本。

风起南粤

编剧：李新华

人物表

杨汝山　50多岁，当年曾任两广纵队炮兵团团长，现为驻港中资企业招商局常务副董事长、深圳蛇口工业区建设指挥部总指挥，有时以青年、老年状态上场

潘　震　50多岁，当年曾任两广纵队炮兵团参谋长，杨汝山的战友，现为招商局副总经理、深圳蛇口工业区建设指挥部副总指挥，有时以青年状态上场

张火生　40多岁，蛇口白坭湾生产队长

海　生　出场时20来岁，支前民工，张火生的哥哥，在解放大铲岛战斗中牺牲，后以灵魂出现

晓　燕　女，20多岁，潘震的女儿，新华社香港分社记者

吴大龙　20多岁，一个失败的逃港者

罗镜忠　40多岁，蛇口公社党委书记

桂　婶　女，年近八旬，海生、火生的母亲

小　宋　男，20多岁，杨汝山秘书

小　芸　女，小学生，杨汝山的孙女

港商王老板、严老板，逃港者，民兵、村民、工人若干

序　幕

[追光中，戴着红领巾的小芸走上来。

小　芸　（对全场观众讲述）你们知道吗？我的爷爷是一名老战士，一名从战火硝烟中走过来的共和国老战士……

[已经离休多年的老年杨汝山自己摇着轮椅上。

老年杨汝山　是的！时至今日，我都还没走出那场战火硝烟。

小　芸　有人说，我的爷爷是个英雄。

老年杨汝山　我不是英雄，我只是一名和英雄一起战斗过的战士。

小　芸　是他们解放了我们脚底下的这片土地……

老年杨汝山　其实在这片土地上，还经历了一场战斗，一场看不见硝烟的战斗。

小　芸　（疑惑）一场看不见硝烟的战斗？（见到爷爷，走过去）爷爷——

老年杨汝山　这个故事发生在上个世纪 70 年代末，那时候你爷爷已经年过半百……

[幕后群唱“新曲”：

临老受命过香江，
五旬老兵上疆场。
莫道桑榆已晚景，
长风伴我迎朝阳。

[渐收光。

第一场　回旧地

[1978 年春的南中国海滨，乍暖还寒时节。傍晚。

[杨汝山内唱“首板”：

到蛇口回旧地心潮激荡——

[杨汝山上，只见他西装革履，带着潘震、晓燕和小宋上，晓燕背着个采访包。虽然大家都走得有点狼狈，但仍可见杨汝山难掩的兴奋。

晓　燕　杨叔叔！

杨汝山　（唱“七字清”）

银滩十里好风光，

隔海相邻是香港，

这就是我们要找的地方。

晓　燕　杨叔叔你说得对！

（唱“滚花”）

这里可建码头和船厂。

世界各地都通航！

杨叔叔，你看……

潘　震　（叫苦）我的杨董事长！你看天都快黑了，我们再不赶到蛇口公社，今晚就要在这荒郊野岭打地铺了。

杨汝山　打地铺？好啊！

晓　燕　（对潘震）阿爸，当年你和杨叔叔打仗的时候，不是经常住荒郊野岭吗？

潘　震　当年我和你杨叔叔带的是部队，和现在能一样吗？

杨汝山　老潘，有什么不同？照我看，都一样！

[三人圆场。

[在另一个方向，吴大龙在小树丛小心翼翼地探出头来看了看，没发现危险，就把食指伸进嘴巴吹了一声口哨，树丛中冒出了五六个衣衫褴褛的青年男女，他们身上都挂着旧车胎、旧篮球做成的救生圈。

[吴大龙一挥手，众人一声不吭，跟在吴大龙屁股后面上路小心前行。

[杨汝山他们深一脚、浅一脚地走过来。走在前头的杨汝山和吴大龙撞到一起，两人同时大吃一惊。

杨汝山　（大叫）你们是什么人——

[吴大龙伸出左手试图掩住杨汝山的嘴巴，右手食指贴在自己的嘴唇，“嘘——嘘——嘘——”地拼命吹个不停。

吴大龙　（压着嗓门问）你们也是过海的？

杨汝山　（也学着对方的声调）过海？

吴大龙　别出声，跟我来——

[两队人马会集一起前行。

杨汝山　（念“课子”）

一路行来晕头转向。

吴大龙　（接念）　专行夜路我也慌张。

杨汝山　（接念）　那边传来阵阵海浪。

吴大龙　（接念）　游到对面就是天堂。

[众人继续摸黑前行。

[眼看就到海边，突然从路边冲出数名手持步枪的民兵，把逃港者包围起来。

吴大龙　下水！

众民兵　（大声喝令）别动——举起手来——

[杨汝山、潘震、晓燕三人一脸的无辜与错愕，也只好把手举了起来。

[罗镜忠带着一个民兵上。

罗镜忠　全部都给我站一边！（认出了领头的吴大龙，恼）吴大龙？怎么又是你呀吴大龙？这都第几次了？

吴大龙　（一副死猪不怕开水烫的样子）第三次了。

罗镜忠　（冷笑）第三次？！这一次改在晚饭时间，聪明！县供销车队的车你不开，整天就想着跑去香港，香港有那么好吗？

吴大龙　当然好啦！（有点小得意）

（念“白榄”）

香港那边我有个七叔，

他做工头管工地搞建筑，

叫我过去开车拉泥兼运木，

每个月“港纸”（港币）三千六！

（手舞足蹈地比画着“三千六”）

就算兑换成人民币，

比我两年工资还多出“一大碌”（一大截）！

他还叫我带人去，

包食三餐包住宿，

餐餐有酒还有肉！

工资唔会少，

个个三千六！

逃港者　（合，接念）

每个月工资三千六，

你话心嘟唔心嘟（你说心动不心动）？

罗镜忠　（气急败坏）岂有此理，通通给我送去学习班！

潘　震　（见势头不妙，赶紧出声）这位是不是罗书记？我们几个不是逃港的！

罗镜忠　你们是……

潘　震　（递上介绍信）这封是我们的介绍信。

罗镜忠　（接过介绍信看了看）香港招商局？（对民兵甲）先将吴大龙一干人等带走！

民兵甲　走——（押众逃港者下）

吴大龙　（边走边嚷）放出来我还要去找我七叔——

罗镜忠　（大骂）这个吴大龙，办他两期！

[吴大龙等人被押下。

罗镜忠　（歉意）昨天我就听说，香港招商局有人要来蛇口找地皮建修船厂，你们是……

潘　震　我是潘震副总经理，（介绍杨汝山）这位才是我们的大老板，杨汝山常务副董事长，（介绍晓燕）她是香港新华社的潘晓燕记者，负责我们这一块业务。（介绍小宋）他是我们招商局的小宋秘书。

罗镜忠　欢迎，欢迎！（与杨汝山热情握手）

杨汝山　罗书记的这个欢迎仪式，还是挺特别的嘛！

[众人笑。

罗镜忠　让几位受惊了。唉！这几年蛇口成了偷渡的“重灾区”和“中转站”，我这个当公社书记的，除了抓人和办学习班，一点办法也没有。不如我们回公社再谈。

[说话间，张火生肩上荷着把锄头上，刚收工回来的样子，手里还拿着叠账单。

张火生　罗镜忠，你躲得过初一，躲得过十五吗？

罗镜忠　（赔着笑）火生，今天我这里有两位香港老板，明天你到公社来找我，行不行？

张火生　不行！这几天我每天去公社找你，哪回见得着你？什么香港老板我不管，生产队还等我拿钱回去买化肥，今天你必须给我结了这张单。

罗镜忠　火生啊——

（唱“七字清”）

同你讲明多少遍，

公社现在没现钱！

总之有拖不会欠，

年底一笔付齐全。

张火生　（恼，唱“快中板”）

年复一年在拖欠，

不怕夜鬼把你缠？

罗镜忠　我行得正踏得正，怕什么？

张火生　今天你不把这单结了——

（秃唱“滚花”）

我张火生就同你一齐去阎王殿，

把新账旧账算周全！

[“啪”的一声，把账单甩到罗镜忠怀里。

罗镜忠　（气结）张火生，你都是个共产党员！我问你这个生产队长你还当不当？

张火生　今日就算不当这个队长，我张火生都要收回这笔账。

[杨汝山想起了什么，又仔细地看了看张火生。

杨汝山　张火生？你是不是有个哥哥叫张海生？

张火生　你认识我哥哥？（痛苦地）我哥哥在解放大铲岛那年牺牲了！

杨汝山　（激动地）火生兄弟，你还认得我吗？我就是当年去你们家借船的炮兵团杨团长。

张火生　（意外）杨团长？

潘　震　是啊，我是那个潘参谋长。

张火生　潘参谋长？

杨汝山　火生兄弟！（回忆般）转眼三十年了，我记得那一晚，我们就是从这里出发——

[后演区光起，前演区光渐暗。蛇口海边炮兵阵地，一排山炮直指西边，炮身钢青色的寒光泛着杀气。

[一队解放军战士在迅速集结，海生拿着一支船橹随队跑上。

海　生　（四处寻找）杨团长——杨团长——

[战士们列队肃立，没人回答海生。

海　生　杨团长，我们家的船已经准备好了！我要跟着你们，去解放全中国——

[后演区光渐暗，前演区光起。

杨汝山　火生兄弟，你们的困难，让我们来解决，罗书记，让我看看！（从罗镜忠手中拿过那叠账单，急忙翻看账单，读）“海上派出所”“无名氏，拉尸费15元”“15元”“15元”……罗书记，这到底是怎么一回事？

罗镜忠　（沉重地）唉！这几年从蛇口偷渡香港的，游过去一部分，抓回来一部分，剩下的……（指了指杨汝山手中的账单）

杨汝山　（触目惊心）天呐！这到底有多少张？（迅速点数）

张火生　别再点了！从去年10月到现在，一共126张。

杨汝山　126张？一张就是一条人命啊……

罗镜忠　（从杨汝山手里拿过账单）火生啊，年底吧，到时一定同你结清这笔数。

[这时，桂婶拄着拐棍上。

桂　婶　（呼唤）海生……海生……

张火生　（迎上）阿妈！你头痛不能吹风，这里风大，回家吧。

桂　婶　海生，海生，回家去……

张火生　妈……

桂　婶　火生，你阿哥呢？你阿哥不是回来了吗？

张火生　我不是告诉你了吗？阿哥他参了军，等打完仗，他就会回来。

桂　婶　（似懂非懂）哦……那我回家等他。（转身欲回）

杨汝山　（急上前）桂婶，你还记得我吗？我是当年到你们家借船的解放军杨团长。

桂　婶　（望着眼前这个西装革履的“港客”，一脸茫然）你不是解放军，你是香港大老板。我儿子海生才是解放军，我要回家等他……

[说完，桂婶就拄着拐棍颤巍巍地往回走。

[张火生从杨汝山手里夺回账单。

张火生　（撂狠话）罗书记你记住，到年底我再来找你，阿妈，你慢点……（追下）

[眼前的这一幕幕，毫无征兆、猝不及防地奔涌而至，众人呆若木鸡。

杨汝山　罗书记，桂婶还不知道海生已经牺牲了吗？

罗镜忠　当年海生牺牲的时候，火生一直不敢告诉他妈妈。最近两年桂婶得了老年痴呆症，头脑一时清醒一时“懵”（犯迷糊），一“懵”就到海边找她的大儿子海生……海生烈士的抚恤金，还有那条渔船的赔偿金，其实已经由我们民政部门付清了。

杨汝山　（心在痛）付清？这样就付清了？（指着海的对面）海生他们当年划着自己的小渔船、顶着敌人的炮火冲向了大铲岛……（不禁掩泪）

[随着杨汝山手指的方向，后演区光起，蛇口海边炮兵阵地。

[青年杨汝山和青年潘震跑上。

青年杨汝山　（大声）登陆突击队都准备好了吗？

众战士　（齐声）准备好了！

海　生　报告杨团长，我的船也准备好了！

青年杨汝山　海生兄弟，等解放了全中国，老百姓就可以过上好日子了！（看了看腕上的表）上船！

海　生　（第一个跳上木船，喊）阿妈，我参军了！等打完仗，我再回来看你——

[渐收光。

第二场　访故人

[光渐起。桂婶家，一个宁静的农家小院。

[海生呼唤妈妈的声音似乎还没散去，桂婶慌慌张张地从里屋走出来。

桂　婶　海生……海生你是不是回来了？妈妈听到你叫我了……

[桂婶见到眼前熟悉的一切，又回到了现实之中，颓然坐下，拿起针线篮里的针线。

桂　婶　唉——

（唱“乙反南音”）

东风暖，又春天，

春来春去又一年。

每日门前我穿针线，

每日村口我眼望穿。

（转“流水南音”）

你叫阿妈我听得见，

阿妈想你想得好可怜。

你在外边要食饱穿暖，

记得同我生个大肥孙！

归来莫嫌水路远，

阿妈就在你眼前。

[杨汝山和晓燕带着礼物和药品上。

杨汝山　（唱“新曲”）

村前大榕依旧见，

匆匆岁月三十年。

小户门庭未改变，

一草一木似从前。

[说话间，已来到桂婶家院门前。

杨汝山 （有点小心地）桂婶，你认得我吗？我们昨天还见过面。

桂　婶 （仔细地看了看杨汝山）你是海生？

晓　燕 婆婆，他不是海生叔，他是当年解放军的杨团长，你还记得吗？

[桂婶茫然摇头。

晓　燕 （提示）海生叔就是跟着他们去解放大铲岛的。

桂　婶 （找到了记忆）我认得了……（追问）海生呢？海生他怎么还不回来呀？

晓　燕 婆婆，等打完仗，海生叔他就回来。

桂　婶 （似懂非懂地点头）哦……等打完仗海生就会回来……

晓　燕 婆婆你看，今天杨团长专门到县城，给你买了这些治头痛的药。还有牛奶、麦乳精，都是给你老人家补身子的。

[晓燕把药品、礼品交到桂婶手上。

桂　婶 （又犯迷糊）我要将它们收起来，等海生回来吃。（把礼物搂在怀里）

[张火生收工回来，见到杨汝山和晓燕，意外。

张火生 阿妈，我回来了！

杨汝山 火生！

张火生 杨团长，你怎么会来到我家？

杨汝山 我们特地来看看桂婶。

桂　婶 火生你看，杨团长给我买来一大堆好吃的。我要将它收起来，等海生回来吃……

[张火生看见母亲抱着礼物乐滋滋的样子，恼火，“哗”的一声把礼物抢来全扔地上。

张火生 阿妈，我们不要！（对杨汝山）你们拿回去！

桂　婶 （举起拐棍“叭”的一声打张火生屁股上）你这个衰仔（不孝子）！你把这些好吃的东西扔掉，你哥回来给什么他吃？你给我捡起来！

张火生 妈！这些是有钱人吃的东西……我们吃不起！

晓　燕 火生叔，你错怪杨叔叔了，今天一大早他就去医院，为婆婆买来这些治头痛的药，明天还要送婆婆去做检查。

杨汝山　晓燕，你陪婆婆回里屋去。

晓　燕　好。（把地上的礼物捡起来，扶着桂婶进里屋）

桂　婶　（从晓燕手中接过礼物）我要收起来，等海生回来吃……

[张火生蹲在台阶上生闷气。

杨汝山　（也坐在了台阶上，摸了摸口袋）火生，有没有烟？

张火生　我这烟不适合你抽。

杨汝山　这种烟才够味道。

[张火生望了一眼杨汝山，把水烟筒让给他。杨汝山接过，也没擦一下就抽了起来。

[两个老男人你一口我一口地抽着水烟。

张火生　杨团长，我想问问你，你这个带兵打仗的团长，怎么跑去香港当大老板了？

杨汝山　（申辩）这是组织上面的安排。

张火生　（冷笑）组织对你真好啊！

杨汝山　火生，现在我在香港招商局主持工作，这次回来是建码头、修船厂。

张火生　那又关我们什么事！

杨汝山　（打破尴尬，转换话题）火生啊，这些年过得好吗？

张火生　（气恼）好？好！

（唱“快慢板”）

咸鱼白菜，番薯芋头，三餐不变。

豉油捞饭，榄角送粥，苦不堪言。

一天工值，只有三毛六分，超支难免。

月月捱穷，日日挨饿，如此年年。

（转“滚花”）

若不是丢不下老娘亲，

我张火生早跑去对面。

杨汝山　（闻言，心情沉重，旁唱“中板”）

百姓生活艰苦，

生产难以为继，

真真实实摆在了眼前。
不改变这现状，
不解决温和饱，
怎拦得住人家跑对面？
如果把修船厂，
改成工业区，
群众就不用逃港生存。（思考成熟）
（楔白）火生——
（转“七字清”）
我的蓝图有改变，
你再多等我三年。

张火生　（唱“三字清”）
你休再胡言将人骗，
已经等了三十年！

杨汝山　（旁唱“新腔流水”）
闻此言，惊我心，一语一言似刀剑。
三年期，为誓约，定要闯出这新天！
火生，再给我三年！
[切光。

第三场　新思路

[香港招商局，杨汝山办公室。

杨汝山　（手中拿着一份方案稿，念“诗白”）
身在香江和风暖，
心似江中逆水船。
（唱“长句滚花”）

方案蓝图反复推算，

修修改改已趋周全。

唯是老潘，

思想难改变。

入山怕老虎，

过海怕沉船。

[港商王老板、严老板手拿着报纸上。

王老板
严老板　（热烈地）杨董——杨董——

杨汝山　（迎上）哎呀！严总、王总，今日是什么风把两位给吹来了？

严老板　是发达的风——发财的风——

王老板　（纠正）欸——应该是发展的风！

杨汝山　（打趣）难道今日香港的股票全部飙升了？

王老板　（叹息般）股票有没有飙升我就不知道，但是香港的地价不断飙升！（拍了拍手中的报纸）杨董还是你有眼光呀！

杨汝山　（明白过来）你们都知道了？

严老板　报纸已经“卖通街”（已经在街上卖），现在全香港都知道了。

王老板　（读报）今日大公报头版头条刊登了：《招商局投资蛇口，进驻内地谋发展》；还有商报也都刊登了：《杨汝山心中的蛇口，未来东方鹿特丹》。那个叫潘晓燕的记者，为你们省了不少广告费。

严老板　看来，你们招商局不再是“照相局”，要打算回内地布更大的局。

[三人大笑！

杨汝山　两位，我没想那么多，只是想让我们内地的乡亲父老有个地方打工赚钱，有两餐温饱而已。

王老板　杨董，你的意思是——

（唱“滚花”）

我们将来回去把厂建，

你不管我哋赚不赚钱？

杨汝山　不是，不是！

（接唱“滚花”）

前提当然是企业有发展，

才有工人的工资和工钱！

王老板　那我们将来赚到的钱，能不能顺利汇回香港？

杨汝山　一定可以！招商局是在香港注册的公司，如果我们在内地的工业区能够办起来，一切运作，按香港这边的管理办法进行。

严老板　（说出最大的担心）如果将来我们的企业做大了，不会被人强行吞并吧？

杨汝山　（郑重地）两位，如果真到了那一步，我以招商局的在港资产，1∶1进行赔偿！

[王、严两人仍有疑虑。

杨汝山　如果两位还有顾虑，下来我们所有的合作协议，都可以在香港我这间办公室签署。

严老板　那就是说……

杨汝山　那就是说：招商局全部的在港资产，都可以视为我方的抵押物！

王老板　好，那我们就放心了！

严老板　对！只要你的工业区办得起来，我们就敢跟你回去办厂投资。

杨汝山　一言为定？

王老板
严老板　一言为定！

[潘震手中拿着一份方案稿上。

潘　震　（念“诗白”）

方案如何能改变？

百年招商不航船？（进门）

老杨，这个修改方案，我不同意！（“啪”的一声，把方案拍在桌子上）

[见到潘震当着港商面发火，杨汝山急忙打圆场。

杨汝山　哦……老潘，你说的那份财务方案嘛，有些细节我还没来得及同你商量。一会儿再说！（对两港商）两位，下来我再约时间，好好地谈谈合作的事。（欲送客）

王老板　杨董，到时候工地开工，记得知会一声，我们也想过去看看！

杨汝山　一定，一定！

王老板
严老板　（合）再见！（下）

[看到王、严两人已完全出门，才拿起潘震甩在桌子上的那份方案，质问潘震。

杨汝山　（严肃地）老潘你吃错药了？当着港商的面说这样的话？

潘　震　反正这个修改方案，我不同意！

杨汝山　你不同意？

潘　震　不同意！

杨汝山　老潘啊！我是这样想的：如果老百姓在家门口就可以打工挣钱，他们还会偷渡来香港吗？

潘　震　老杨，老百姓逃港的事情，不归我们管！

杨汝山　（有点恼了，严正地）老潘！你还有没有党性！

潘　震　党性？我严格执行上级的指示，这样才叫作有党性。

杨汝山　（语重心长地）老潘，如果我们回去只办个修船厂，最多只能解决两三百个工人的工作问题。但如果我们能够办成个工业区，把香港的老板吸引回去办厂，一个工厂就上千人，十个工厂就上万人啊！

潘　震　你以为香港老板就那么听你的话？

杨汝山　（胸有成竹）轮不到他们不听！现在香港的地价和人工那么贵，做老板也会算账的。何况招商局去招商，名正言顺！

潘　震　但你也不要忘记了，招商局作为交通部的驻港企业，主营业务是航运业，不是招商，更加不是你说的办工业区！

杨汝山　你说得没错。招商局传统的主营业务是航运业，但时至今日，这家当年李鸿章创办的百年老店，还有船吗？在全球任何一条航线上，还有属于招商局的半艘轮船吗？

潘　震　所以我们才要把修船厂和后勤基地建起来，重振招商局的航运业务。

杨汝山　（苦笑）重振？现在全球航运力已经严重过剩，如果在这个时候把仅有的一点家底用去买船造船，这种行为等于自杀！

潘 震　你回去搞工业区就是搞资本主义，这样做才是自杀！（苦口婆心）“宁左勿右”啊老战友！

杨汝山　你说的我都明白，但我更加知道：吃不饱饭的主义不是社会主义！老潘啊——

（唱“快慢板”）

那天桂婶将我，

当成大老板，

令我羞惭满面。

我更无法面对，

火生的质问，

叫我欲辩无言。

（转“爽慢板”）

当年是他们，

为人民政权，

作出了无私奉献。

用去三十年时光，

却未能兑现，

那一句诺言。

（转“滚花”）

难道我们当年敢跨海作战，

今天连个计划都不敢重编？

[后演区光起。海生正在船上奋力拉起风帆。

[众指战员纷纷跳上海生撑划的木船，冒着枪林弹雨冲向大铲岛。

[后演区光渐收，转回杨汝山办公室。

潘 震　（感慨）当年敌人在哪里，我知道。但如今敌人在哪里，我却不知道……

杨汝山　（指着自己的心，意味深长地）在你的心里，也在我的心里！（拿起方案，做决断）这份报省委和交通部的新方案，如果你不同意，就以我杨汝山个人名义上交。

潘 震　（恼）一旦出现问题，谁来负责？

杨汝山　（严正地）我！杨汝山！

[切光。

第四场　闯雷区

[光起。蛇口码头工地，远处停着几台工程机械。

[吴大龙歪戴着安全帽、披着工作服上。

吴大龙　（念“白榄”）

本来想逃港去享福，

怎知三次落网被人捉！

上课十日把文件读，

送回家去插田种谷。

好在遇见了杨老板，

他来自香港招商局，

要在蛇口建码头起大屋，

把我招来当了这个小头目。

他就成了我的上司，

我就做了他的下属。

你们看工地上个个在磨洋工、开牌局，

迟早我又会游过香港去找我七叔！

[工人们三三两两地走上来，手里都拿着扑克牌。

吴大龙　（从众人手上收缴扑克牌，训斥）上班时间赌钱，你们在拿谁的工资、吃谁的饭？

工人甲　龙头，你去看看：那些挖泥的挖不出泥，装车的装不上车，叫我们这些运泥的运空气吗？

工人乙　就是！大家都在吃“大锅饭”，干多干少一个样，还不如打几圈牌赢钱买酒喝。来来来——（说着，拉吴大龙入牌局）

[吴大龙和几个工人围成一圈，甩起了扑克。

[杨汝山和小宋上。

杨汝山　（四处看了看都没发现人，唱“滚花”）

因何不见工人在工地，

也不见车辆在运泥？

[杨汝山四下张望，好不容易在一个土堆后面发现了正在甩扑克的吴大龙他们。

工人甲　（甩牌，吆喝）三条六——

吴大龙　（甩牌，吆喝）同花顺！哈哈！你又输了，掏钱——

[工人甲极不情愿地掏出几块钱。

吴大龙　（抢过）走，去买酒——（一转身，见到杵在面前的杨汝山，吓坏）

[众人见“大老板”不期而至，要作鸟兽散。

杨汝山　（喝止）都给我站住！

[众人只好站在原地。

杨汝山　（训斥）吴大龙，你过来。你身为工头，带头磨洋工，还在赌钱？你呀！

（唱“二黄”）

蛇口工业区，建设报告，已经送呈省委。

正好对接上，省委领导，发展新思维。

（转“七字清”）

难道你们想把工程拖死？

吴大龙　（狡辩，接唱）

那些挖泥的挖不出泥，

难道叫我们去运空气？

众工人　（附和）就是！

杨汝山　（想了想）小宋，你马上去把挖泥的、装车的全部给我叫来，我要开会！

小　宋　好。（欲下）

吴大龙　杨董，没用的！大家都在吃“大锅饭”。再这样下去，我迟早去找我七叔……

杨汝山　（骂）你给我“收声”（闭嘴）！别动不动就找你七叔。

[吴大龙赶紧闭嘴。

杨汝山　（想了想）我问你：你一天最多能运多少车泥？

吴大龙　30车。

杨汝山　我要你们运40车。

吴大龙　40车？不可能！

杨汝山　超出40车的，我给你们计超额奖。

众工人　（感到意外）超额奖？

小　宋　（提醒）杨董，发奖金的事，是不是要向上报批？

杨汝山　这件事我考虑了很久，既然招商局执行的是香港工资制度，蛇口工地为什么不可以按经济原则来办事？（问吴大龙）吴大龙，有没有信心拿这超额奖？

吴大龙　（不动声色）杨董，那些挖泥的、装车的跟不上，奖我们再多都没用。

杨汝山　他们也同样计超额奖。

[几个工人闻言喜形于色。

杨如山　怎样？有没有信心啊？

吴大龙　那得看奖多少钱一车了。

杨汝山　每车奖你们3分钱。

吴大龙　3分钱？杨董你也太“孤寒”（抠门）了吧？

杨汝山　那你说多少？

吴大龙　（伸出一个巴掌）一口价：5分！

杨汝山　（笑骂）漫天要价，最多给你4分。

吴大龙　（叫苦状）杨董，现在冰棍都5分钱一条，你就不能多给1分钱吗？

杨汝山　不能！

[工人们见杨汝山要收回成命的样子，着急，把吴大龙拉一旁。

工人甲　龙头，差不多了！别弄到一拍两散。

工人乙　对呀！不就差1分钱吗？

吴大龙　（唬）1分钱不是钱呀？

工人甲　你不干我们干！（转身要去找杨汝山）

吴大龙　（呵斥）回来！（回转身对杨汝山）杨董，真的没得加了？

杨汝山　其实 3 分钱已经很多了。

吴大龙　（认了）好，就 4 分钱，到时候你可别赖账啊！

杨汝山　“男人老狗”（男子汉大丈夫），牙齿当金使！

吴大龙　一言为定！

杨汝山　成交！

吴大龙　开工！

[杨汝山举起右掌，吴大龙也举起右掌，两人“啪！”的一声击掌为誓，成交！

众工人　（欢呼雀跃）开工啰——开工啰！（载歌载舞）

（唱“新曲”）

嘿哟嘿哟嘿——
大家齐动手，
嘿哟嘿哟嘿哟嘿——
开足马力加足油，
干劲冲天好足够！好足够！
四化建设大家齐动手，
嘿哟嘿哟嘿——
兴建大楼港口和码头！
嘿哟嘿哟嘿——

吴大龙　（接唱）　如今揾钱门路有，
美好日子在前头，
无须再过海投亲靠友！

[音乐骤停，众工人立即跑下。随即，幕后响起一片马达的轰鸣声。

[晓燕挎着采访包兴高采烈地上。

晓　燕　杨叔叔！

杨汝山　晓燕，你来了。

晓　燕　是啊，吴大龙他们热火朝天地干起来了！

杨汝山　这个是利用经济原则刺激积极性。

晓　燕　杨叔叔，看来还是你有办法，我爸那个副总指挥……

杨汝山　晓燕，千万不要这样说。你爸他呀，（指着自己的脑袋）是这里暂时没转过来。省委已经同意我们先行建设蛇口自用码头，等到中央批复下来，我们就可以全面铺开建设了！到时候呀，还要请你这个新华社记者为我们多做宣传。

晓　燕　没问题，接下来我就把这里的故事，写成长篇通讯发往北京。

[港商王老板、严老板挽着裤脚、一脚黄泥一脚土地上。

王老板
严老板　（兴高采烈地）杨董杨董——

杨汝山　（略意外）哎呀！王总、严总，你们怎么会来到这里呀！

王老板　（埋怨）杨董，你这样就不够朋友了！工地开工也不知会一声。

杨汝山　（笑着）现在还是烂地一块，就怕把两位吓跑了。

王老板　是跑来了！我对这里的发展前景充满信心——

（唱“减字芙蓉”）

我要建一座铝型材厂，

东边那块地你给我留。

严老板　（接唱）　我要建个电子厂房，

就要海边那二十亩。

杨汝山　两位！

（接唱）　厂房用地保证足够，

你们无须为此担忧。

晓　燕　（对两位港商）王总、严总，你们是第一个敢吃螃蟹的人，可不可以接受我的访问？

严老板　第一个敢吃螃蟹的人不是我们，是他——杨汝山！

杨汝山　前面就是我的指挥部，我们坐下来慢慢谈。

王老板
严老板　好！

[众人下。

[渐收光。

第五场 雨骤临

[幕后一片车来车往的样子。

[突然传来一阵急刹车声和“呼！”的一声闷响，随之而来的，就是一片鼎沸人声：“抓住他——赔钱——”

[光起，码头工地，吴大龙慌张跑上，张火生带着村民抄着扁担锄头追出来。

[张火生冲上前，一把抓住了吴大龙。众村民追了上来，围着吴大龙你来我往地推搡拉扯。

吴大龙 （大喊大叫）救命呀——

[杨汝山、潘震急上，几个工人随后也跑了上来。

杨汝山 （喝止）住手——到底发生什么事?

吴大龙 我撞死了……我撞死了……（喘着粗气）

杨汝山 （大惊）先别说了！人在哪里？带我去看看——（急着要走看现场）

潘　震 吴大龙，你就等着蹲大牢吧。

吴大龙 （喘定了一口气，不以为然）蹲什么大牢呀，不就撞死生产队的牛吗?

潘　震 （诧异）你撞死的是牛，不是撞死人?

吴大龙 （嫌不吉利）你才撞死人！你踩单车撞死人，你走路也撞死人!

张火生 吴大龙，你知不知道，你撞死了生产队的母牛!

众　人 是啊!

张火生 （唱“快中板”）

你撞死只牛真好胆!

吴大龙 （接唱） 是它累我车开翻!

张火生 （接唱） 不赔钱时仲（还）嘴硬?

吴大龙 （接唱） 修车费用你埋单?

众村民　“打跛”（打瘸）他条腿——

[众村民又群情汹涌，围着吴大龙一副要打要杀的样子。

杨汝山　（松了一口气）好了好了，既然撞死的是生产队的母牛，那就赔钱吧！

众村民　赔钱！

张火生　（向吴大龙伸手）500！

潘　震　吴大龙，赔钱吧。

吴大龙　都望着我干嘛？（冷笑）要我赔钱？

潘　震　不是你赔谁赔？

吴大龙　（抗议）潘总，你有没有搞错？现在是我在帮你们打工，要我赔钱？

潘　震　据我所知，最多那天你拉了131车，奖金拿了3块6毛4。奖金是你自己的，牛是你撞死的，这赔款你不出谁出？

吴大龙　（被人起了底，恼羞）喂！

（唱“三脚凳”）

我都是为了工程，

在赶进度促生产。

执行杨董的指示，

每天加点又加班。

一天只睡五个钟，

三餐没食定时饭。

如今出了这事故，

却要我自己埋单？！

这活，我不干了，去找我七叔！（扒下工作服往地上一摔，要走人）

众村民　站住！

张火生　（拦着）赔了钱才能走！

吴大龙　（怒，唱“滚花”）

要命尽管你来拿，

要钱去找杨老板！

[众村民一看吴大龙油盐不进的样子，又火了。

众村民　我们就“攞你条命”（拿你的命）！

[眼看村民们就要把吴大龙往死里打，潘震急了，死死拦住。

[不料，杨汝山这时反而镇定下来。

潘　震　住手，住手——

杨汝山　（大声地）老潘，你让他们打！

潘　震　（愕然）让他们打？！

杨汝山　打死了吴大龙，一条人命抵一条牛命，两清！

[众村民开始醒悟过来。

杨汝山　到时候派出所来抓人，该坐牢的坐牢，该枪毙的枪毙。

[众村民泄气。

张火生　那、那我们的牛就白白被撞死了吗？

杨汝山　该赔你们的钱，一分都不会少！

张火生　你就说得好听！你们在这里搞工业区，建码头，搞到乌烟瘴气，我们老百姓有什么好处？

众村民　是啊！

杨汝山　（歉意地）火生，现时我确实给不了你们什么好处。但等到将来工业区办起来，你们白坭湾生产队，还有整个蛇口公社的年轻人，个个都可以入厂做工人！

众村民　（惊喜地）做工人？

杨汝山　在家门口就有钱揾，就不用游过香港做黑市劳工了。

众村民　（将信将疑）真的还是假的？

杨汝山　码头都已经开工了那么多天，你们说真还是假？（对张火生）火生，你先带大家回去，转头我叫人把赔偿款送到你们生产队。

张火生　（对众人）那我们先回去等消息——

[张火生和众村民下。

杨汝山　老潘，我看这 500 元，就在工程费中开支吧。

潘　震　我不同意！

杨汝山　历来车辆出了事故，都是由公家出钱解决的。

潘　震　但现在是他们个人拿了奖金，出了事故，就应该由他们个人承担。

杨汝山　（想了想）那好吧，这笔费用由我杨汝山个人来承担。

潘　震　老杨，你这样做，也是违反规定的，我更加不同意！

杨汝山　现在不是讨论这个问题的时候，当务之急是尽快把码头建起来，把工程进度提上去。（对吴大龙）吴大龙，你们马上继续开工。

吴大龙　知道。

杨汝山　注意安全。

吴大龙　哦。

杨汝山　老潘，我们应该谈一谈。

潘　震　他们都走了，还谈什么呢……

杨汝山　自从来到了蛇口，你就东一句不同意，西一句不同意。（追问）你还是当年那个敢打敢杀的潘震吗？

潘　震　（叹气）已经不是了……

（唱“二黄”）

这些年来，
见尽几多风风雨雨，
见过几多浪急波翻。
曾经一腔热血，
曾经万丈豪情，
已经变成一声长叹。
资本主义是条高压线，
谁人敢去碰，
哪个敢去攀？

杨汝山　老潘，资本主义也好，社会主义也罢，争来争去没意义。还是光明日报那篇文章写得好：实践是检验真理的唯一标准。今年 4 月份，习仲勋同志到广东担任省委书记，第一站就来到宝安调研。我们在蛇口办工业区，与习书记的发展思路是一致的。老潘，相信我吧，一切都会好起来的。

潘　震　我恐怕等不到那一天了。

杨汝山　为什么？

潘　震　因为我的病退报告，已经上报交通部……

杨汝山　（痛心、愤怒）潘震！你要当逃兵？

潘　震　什么？逃兵？

杨汝山　你这样做，怎对得起当年牺牲在这片土地上的战友？！

[另一演区光起，炮声隆隆，火光冲天，一艘艘木帆船组成的登陆方阵排山倒海般压了过来，青年杨汝山和青年潘震带着突击队在海生的船上，冲在最前面。

[船将靠岸，敌人一发炮弹打过来，船被炸散，众人落入海中。海生身受重伤，青年杨汝山和青年潘震费了九牛二虎之力才把海生拉到岸边。突击队继续登陆冲锋。

青年杨汝山　（大喊）海生——海生你怎么了——

海　生　（断断续续地）杨团长，我不行了……（昏迷）（艰难地睁开眼睛）杨团长……仗打完了吗？

青年杨汝山　打完了。

海　生　我们胜利了？

青年杨汝山　我们胜利了。

海　生　（断断续续地）胜利了……胜利了……（含笑牺牲）

青年杨汝山　海生——

青年潘震　海生——

[演区光渐收。转回工地现场。

潘　震　当年我打反动派，我光荣！但今天我打谁呀？难道要我把你杨汝山当成资本主义来打吗？（沮丧）

杨汝山　（唱“乙反中板”）

三十年来，我常梦见，
那个炮火纷飞的夜晚。
但更让我触目惊心，
是张火生手上，
那一叠收尸的账单。
那是一个个，
野鬼与孤魂，
没有姓名无路回返。

父母与妻儿，

有谁又知道，

他们已魂断深圳湾？

（转“乙反七字清”）

同心来将危局挽，

莫惧险阻与艰难！

[正在这时，小宋拿着两份电报急上。

小　宋　杨董，北京发来的两份加急电报。

杨汝山　念！

小　宋　这份是国家劳动总局发来的：勒令招商局马上停止“奖金挂帅”的资本主义生产方式。这份是交通部发来的：蛇口码头无限期停工，杨汝山立即回北京作深刻检查。

[闻言，杨汝山和潘震感到意外和震惊。

杨汝山　发奖金的事情，他们这么快就知道了？

小　宋　晓燕姐写的那篇《蛇口码头实行超额奖，工人一天奖金三元六》的长篇通讯，前几天已经在北京各大报章发表了。

杨汝山　（摇头苦笑）“奖金挂帅”“无限期停工”……

潘　震　（安慰）停下来看看也好。

[吴大龙等人跑了上来。

吴大龙　杨董，真要停工啊？

杨汝山　是暂时停一停……等我从北京回来，一切照常进行。

吴大龙　（忧心忡忡）这么一搞，你还能回来吗？

杨汝山　（恼火）谁说不回来的？我们办工业区的思路是对的，中央是会支持我们的。（警告）你们谁都不许乱跑，留在这里等我，等我回来继续开工！

[切光。

第六场　唱大风

[天将破晓，屋外不时传来风雨之声。

[简陋的指挥部，一张行军床，一边放着个行李袋，吊着的灯泡被风吹得不时晃动。

杨汝山　（披衣上，念“诗白”）

长夜无眠惊梦话，

潇潇秋雨赴京华。

（唱“反线二黄板面”）

但见连夜雨掩盖了天霞，

不见当年号令，

我心乱如麻，

怕见海边荒冢乱开野花，

寒月当空挂！

（转“新曲”）

怎对得起大国泱泱巍巍华夏？

怎对得起乡亲父老万户千家？

怎对得住南下征途千军万马？

怎对得住当年战友逐浪撑槎？

谁个能明我心中说话？

哪个来听我半夜喧哗？

（脱下外套，在行军床上躺下）

[梦幻般的追光中，海生的灵魂出现。

海　生　（唱“二黄首板”）

我来听听他心中话！

杨团长！

[杨汝山从行军床上起来，与海生展开了一段超越时空的对话。

杨汝山　（颇感意外）海生？你不是已经牺牲了吗？

海　生　但我的心，永远留在了南中国这片海岸上。

杨汝山　原来，你一直在天上看着我们。

海　生　是的！这三十年来——

（唱“快二黄”）

我看到你哋（你们）在建设国家。

杨汝山　（惭愧，接唱）

三十年来太多风吹雨打……

海　生　（接唱）　你哋一直在振兴中华。

杨汝山　（接唱）　就怕中途牺牲倒下……

海　生　杨团长，你不用怕！

（接唱）　真正的战士拖不死打不垮，

何惧征途上那些风吹雨打？

杨团长，你就勇敢地出发吧！

[追光收，海生隐去。

杨汝山　海生——海生——

[杨汝山追到门边，几乎与进门的潘震、晓燕撞个满怀，两人都撑着伞，潘震还拿着件军大衣。

晓　燕　（纳闷）杨叔叔，你在叫谁呀？

杨汝山　（拍了拍脑门）哦……我做了个梦……

潘　震　一场秋雨一场寒，你要保重。（递过军大衣）

杨汝山　（接过大衣）看来呀，这场雨一时难以停歇。

晓　燕　（痛苦，旁唱“新腔摇板”）

我不该把文稿发往北京。

潘　震　（旁接唱）他不该回来开山劈岭，

杨汝山　（旁接唱）难道就此永远终止工程？

晓　燕　（旁接唱“新腔流水”）

这结局我酿成如何收整？

潘　震　（旁接唱）这未尝不是个最好情形！

杨汝山　（旁接唱）此去真要为民请命！

晓　燕　（旁接唱“快中板”）

他带去最基层群众呼声。

潘　震　（旁接唱）但愿他能避开刀光剑影。

杨汝山　（旁接唱）纵然是蹈汤火我也登程！

（对潘震）老潘啊，如果这次能够回来，你愿不愿意再陪我干几年？

潘　震　好！我等你平安归来。

晓　燕　（愧疚）杨叔叔，对不起，都是我闯了大祸……

杨汝山　晓燕，这件事情不怪你，我知道你是在为我们呐喊助威。况且，这是真实情况，人家迟早也会知道。现在我还想请你再写一篇。

晓　燕　再写一篇？

杨汝山　就以“蛇口码头重吃‘大锅饭’、工程完工遥遥无期”为主题，通过你们新华社的渠道直达中南海，越快越好！

晓　燕　好，我马上回去就写！

潘　震　（责怪女儿）你就别火上浇油了好不好？

杨汝山　我就不相信，这区区 4 分钱，还能把我们压倒？我要先去一趟省委，直接向习书记汇报这里的情况。

[天色渐亮，外面传来汽车喇叭声，小宋上。

小　宋　杨董，车已经准备好，我们可以出发了。（帮忙提行李）

杨汝山　好！出发——

[众人出门。张火生和桂婶上，桂婶还挎着个竹篮。

桂　婶　（边上边喊）杨团长、杨团长……

杨汝山　（迎上）桂婶，一大早你来做什么？

桂　婶　（从篮子里拿出）这是刚煮熟的鸡蛋，给你路上吃的。

杨汝山　（感动）多谢桂婶！

张火生　是我们要多谢你！阿妈吃了你的药，好多了。

桂　婶　（又从篮子里拿出一包番薯干）这包番薯干，麻烦你带给海生……

张火生　（不忍，打断）妈，杨团长是去北京，怎么见得着我哥呢？

桂　婶　（失望）哦……

杨汝山　桂婶，会见到的……

桂　婶　见到海生，你就告诉他，妈妈在家好着呢，他什么时候想回来就回来。唉，他一走就这么多年，也没寄封信回来，我知道台湾还没解放，他还忙。他最喜欢吃的就是妈妈晒的番薯干了……

杨汝山　（接过番薯干，哽咽）桂婶你放心，这包番薯干，我一定送到！

张火生　杨团长，别忘了，我们的三年之约。

杨汝山　一直记在心里，一定要让老百姓过上好日子！出发！

[正在这时，幕后传来罗镜忠的叫喊："杨董，出事了——出事了——"

[罗镜忠和几个民兵抬着四副担架急上，每副担架上躺着一个人。

杨汝山　（愕然）罗书记，发生什么事？

罗镜忠　吴大龙……他们又去逃港了……

杨汝山　（不敢相信）什么？！停工还不到两天，他们又逃港！

罗镜忠　昨天夜里正值天文大潮，风浪又大，他们根本就游不出去，连吴大龙在内，淹死了四个……

杨汝山　（震惊）就因为这 4 分钱，又淹死了四个？！

[众人见状，无不感到痛心、震惊。

[杨汝山走过去，望着担架上吴大龙的脸庞，痛彻心扉。

杨汝山　（骂）吴大龙啊吴大龙，你好傻呀！你要找你七叔，为何不等到风平浪静再去？！为何不等到工地完全停工再去？！你好傻呀……

[这时，天上下起了大雨，还刮起了大风。

[杨汝山把自己的外套脱下，轻轻地盖在吴大龙的脸上。

潘震、张火生、罗镜忠也把外套脱下，盖在遇溺工人的脸上。

杨汝山　（迎着大风，转"乙反南音"）

这叠叠重重滔天浪，
几多无名野鬼葬乱岗？
几多孤客天涯把命丧？
几多黄泉路远少年郎？

（转“弹词”）

我从来不相信，

为百姓过上好日子，

会让人入狱锒铛！

（指天悲号）吴大龙，如果你在天有灵，你给我记住——

（转“乙反二黄”）

我始终不相信，

这区区 4 分钱，

能将时代脚步挡！

我一直不相信，

眼前这困局，

会是翻不过的高墙！

（新腔） 我更加不相信，

这道所谓难题，

可以阻挡共产党！

（转“新曲”）

因为时代的领航者，

已经重新站在我们的前方，我们的前方！

[狂风暴风，吹打在每一个人的脸上。

杨汝山 （拭干脸上的雨水和泪水）走！掩埋好吴大龙，我们再出发——

[杨汝山紧步走到前头，默默地抓起吴大龙担架的把手，潘震紧随其后，也抓起吴大龙担架的把手，罗镜忠、张火生和民兵等人也随之缓缓地抬起担架。

[风雨交加，众人随行，气氛悲壮。

[幕后群唱“新曲”：

是谁人在哭，

哭得这么伤心？

是谁人在唱，

唱得这么凄凉？
是谁人在吼，
吼出如此力量？
是谁人在说，
诉说这一段巨变沧桑……

[人群下，渐收光。

尾　声

[天幕上，重现当年被誉为“中国改革开放第一声开山炮”的蛇口炸山情景。

[轰隆隆的炮声，唤醒了沉睡的山海，唤醒了南中国的这片土地。

[老年杨汝山摇着轮椅上。

老年杨汝山 （感慨地）当年在蛇口，我们打响了解放大铲岛的第一炮。没想到三十年后，又是在蛇口，拉响了这开山填海的第一炮……

[小芸走上来，依然在讲述爷爷的故事。

小　芸　爷爷的故事还好长好长。

老年杨汝山　但后来的故事，大家都知道了。我在广州见到省委习书记，在北京见到小平同志，他们都支持我的工作。我在北京还没回来，码头工程就恢复了，工业区全面建设了！ 4 分钱，如果放在现在……但在当年，却决定着一个人的生死、一个国家的前途、一个民族的命运。后来，我又见到了张火生，但是他手里再也没有那种“账单”了。（欣慰地笑了）不过这场仗还没打完。因为这是一场硬仗，一场只许胜利、不能失败的硬仗。接下来，看你们了……

[幕后群唱“新曲”：

一声春雷震天响，
风起南粤到四方。

正是当年有胆气，

写成今日好文章！

[渐收光。

——剧终

本剧选载的是 2018 年彭庆华、冼鉴棠、刘建科、王燕飞、李虹陶、严金凤等主演的演出本。